有爱的青春陪伴者

重门殊色 上

起跃 著

江苏凤凰文艺出版社

图书在版编目（CIP）数据

重门殊色：全2册 / 起跃著. -- 南京：江苏凤凰文艺出版社, 2024. 11. -- ISBN 978-7-5594-8958-6

Ⅰ．I247.5

中国国家版本馆CIP数据核字第2024B08V11号

重门殊色（全2册）
起跃 著

责任编辑	王昕宁
特约编辑	欧雅婷
责任校对	言 一
出版发行	江苏凤凰文艺出版社
	南京市中央路165号，邮编：210009
网　　址	http://www.jswenyi.com
印　　刷	天津睿和印艺科技有限公司
开　　本	880mm×1230mm 1/32
印　　张	21
字　　数	741千字
版　　次	2024年11月第1版
印　　次	2024年11月第1次印刷
书　　号	ISBN 978-7-5594-8958-6
定　　价	62.80元（全2册）

江苏凤凰文艺版图书凡印刷、装订错误，可向出版社调换，联系电话025-83280257

目录

上册

001　第一章 …… 换新娘，换新郎

052　第二章 …… 娘子持家有道

103　第三章 …… 倾家荡产

167　第四章 …… 为五斗米而折腰

231　第五章 …… 上东都

287　第六章 …… 与君共患难

下册

347 第七章 …… 望夫成龙

389 第八章 …… 郎君生气了

432 第九章 …… 早就喜欢你了

484 第十章 …… 良辰美景

529 第十一章 …… 人生漫漫，有你陪伴就好

568 番外篇

第一章 换新娘，换新郎

三月暮春，落日熔金，缕缕缛彩刚从鬓发珠钗上退下，华灯如星雨，迫不及待地映入重门。

七尺余高的梨木府门大敞开，金辉溢出外面的踏道，曹姑姑立在最下层的光影里，待马车上的人一下来，执纱灯立马迎上："二娘子，慢些。"

温殊色脚跟立地，人还是蒙的，三个时辰的马车，脑花儿都快抖散了。

温殊色原地定了会儿神，一仰目，细细弯弯一道弦月，悬在府门内的榕树枝上，竟被府门前一片昏红灯笼抢了光辉。喜色一冲击，总算恢复了些精神，温殊色抬脚跨入门槛，问曹姑姑："祖母身子可还好？"

曹姑姑一笑，领她上长廊："老夫人要是知道二娘子如此挂记，定会欣慰。"

七进七出的宅子，青砖黛瓦，共百余间房。前几日落了一场雨，把砖墙冲刷得一尘不染，雕梁画栋，越往里走越精致。黝漆梁柱，屋顶悬雕云垂鱼，梁悬雕花斗拱，惹草装饰。因府上明日要办喜事，不只是门口，院内各处都装点好了，石墩桥栏铺上了大红缎花，红彤彤的吉祥灯笼围着长廊相绕，一圈接一圈，夜风轻摇，延绵起伏，堪比夜空里的星河。

府上先前办的两场喜事，温殊色都不在，没见过这样的热闹，脚步走得缓慢，路过西厢房，彻底停了下来，朝跟前的灯海里一望，雀跃地问："新娘子呢，都收拾好了？"

走在前面的曹姑姑回过头，昏红的纱灯光晕笼罩在跟前的女郎身上，如芙蓉披了一层晚霞，娇艳欲滴。

温家的三位娘子都不差，但又数二娘子最为出众，也不怪温老夫人日日忧心念叨。

曹姑姑无奈地催道："老夫人正等着二娘子呢，娘子先过去吧。"

宅子的主屋坐北朝南，位置靠里。

曹姑姑越走越快，温姝色只好跟上，绛色裙裾随步飞扬，绕过层层叠叠的门庭，终于到了正屋门前。透光的直棂门没闭，敞开了两扇，内隔一层细篾卷帘收到了底，灯火亮堂如银月溢出，洒进庭院内。

温老夫人平日里喜欢礼佛，洞开的门扇正对着堂屋，堂屋的正中央供着一尊观音像，常年香火不断，细细几缕青烟被门外夜色吹得弯弯曲曲，散乱地缭绕在观音脸上——这副圣容，一个月前温姝色跪在蒲团上，仰望了整整一个时辰，再熟悉不过。

她深吸一口气，腰杆子挺直了，方才轻提裙摆入内。

里屋没有实墙，仅用了一人多高的屏风隔断，跨进门，便听到了里头温大夫人的说话声："倒不是说六十四抬少了，可礼簿上先前写得清楚，摆设和细软统共一百二十八抬，早宣扬了出去，中州的百姓家喻户晓，如今东西突然减半，臊得怕不只是大娘子的脸，咱温家明儿恐要成为全中州的笑柄……"

温老夫人的声音倒挺平和："我温家的娘子，个个都是珍宝，别说一百二十八抬嫁妆，千抬也值得，奈何我这老婆子能力有限，没本事，能给的只有六十四抬。"

这话温大夫人不信："二爷捎回来的六十四抬嫁妆，两个月前便到了府上，姝色接的，底下的人都见着了，全抬进了她院子……"

说话的当头，温大夫人听到外面的动静，转头瞧见曹姑姑身后的温姝色，煎熬了几个日夜的心终于落了地："可算回来了。"

上回的祸事不确定祖母还有没有消气，温姝色进来时没敢抬头，冲着上位先行了一礼，小声唤道："祖母。"

温老夫人的目光早落在了她身上。

两盏三层高的莲花灯照得堂内如同白日，跟前的小娘子依旧是之前那个白白嫩嫩的女郎，没见少一块肉。

温老夫人神色一缓："坐吧。"比起一个月前，语气明显温和了许多。

温姝色暗松一口气，抬头见屋里不只是温大夫人，准新娘温素凝和本应身在京都的温大爷也在。

明日便是大娘子温素凝大婚之日，温大爷身为准新娘的父亲，理应赶回来。

温姝色对京都的热闹早有耳闻，半年前大爷去京都赴任之时，已心生羡慕，如今见到人，先前的紧绷荡然无存，热络地问："大伯父何时到的家？"

温大爷扯动了一下僵硬已久的嘴角，冲她温和一笑："傍晚。"

曹姑姑去旁边搬了一张高凳给温姝色看座，温姝色一面就坐，一面继续问温大爷："京都那边的月亮，当真比中州的圆？"

不过是民间传出来的无稽之谈，温大爷笑着摇头："并非如此，热闹倒是热闹。"

温殊色还欲再问怎么个热闹法，被温老夫人一声清咳止住，及时缩回脑袋，端坐于高凳上，目光正好同对面的准新娘撞上。

要说容貌，温家二娘子温殊色无可挑剔，甚至比过她温素凝，尤其是对方同自己的父亲说话时，脸上洋溢出来的欢快，纯粹耀眼，连她都看愣了神。可说不出来为什么，温素凝就是喜欢不上温殊色。

温家如今正值上坡路，无论是朝堂还是后宅，都藏着无数艰难风险，温素凝无法理解，温殊色为何还能做到这副无忧无虑的模样。两人目光撞上的瞬间，温素凝面无表情，淡淡地撇开。

温殊色见怪不怪，也没恼，反而细细地将温素凝打量了一番，温家还是头一回出嫁姑娘，她没见过新娘子，想多看两眼。

亥时已过，还有几个时辰谢家就要来接人了，一旁的温大夫人没那闲工夫唠嗑，身子往温殊色这边一探，直截了当地问："殊色，年后二爷可是捎回来了六十四抬东西？"

温殊色记得，点头道："是。"

温大夫人面上一喜："谢天谢地。可急死伯母了，那是你姐姐的嫁妆，搁置在哪儿的，你告诉伯母，我让人赶紧去抬。"

温殊色神色呆住。

温大夫人见她不说话，莫名生出几分不祥之兆，小心翼翼地问："怎么了？"

却听温殊色吐出一句："没了。"

温大夫人心下猛然一沉，不太明白："没、没了？"

温殊色回忆道："上回祖母过寿，伯母说祖母夏季怕热，在西院那棵大榕树的院子里腾出几间厢房，差人来我儿要家具摆件，我让他们都抬了过去。"

温大夫人哑然，诚然温老夫人过寿，她是想表孝心，但没让温殊色拿大娘子的嫁妆去填。不过是个避暑的院子，集市上买些摆件回来便是，用得着摆上金丝楠木？既已给了温老夫人，总不能再抬出来，摆件没了，细软还有几十抬，她自己再想办法勉强能填上："把剩下的都搬出来吧。"

温殊色两道秀眉微皱，依旧摇头："都没了。上个月大嫂回娘家时，说没有像样的首饰，让人来我儿拿，我给了三箱；不久前二嫂嫂也来了，又取了三箱；后来省得她们一个个再来跑一趟，我便给每个屋里都分了一些。余下的，我也不缺，都让祥云拿去当卖了。"

见温大夫人脸色慢慢发白，温殊色没敢再往下说，嘀咕道："我只道是父亲捎回来供给我的开支，也没听说是大姐姐的嫁妆……"

这还用得着说？多年来，温家大房负责在官场上周旋，二房负责银子，一直配合很好。

温家大爷刚去京都半年，为官又清廉，不愿占人半分便宜被人诟病，别说两副全抬的嫁妆，就算掏光大房的家底，怕是连半副都凑不出来。

温大夫人胸闷，说不出话来。

温老夫人替她问了接下来的话："当卖的银子呢？"

温殊色侧身看向温老夫人，没直接应，嘴角露出浅笑，双目水盈亮泽："祖母，城外的那处庄子占地还挺好，靠山环水，池子里冒出来的水冬暖夏凉，唯独一样，蚊虫多了一些，我特意让人开了三里荒地，将庄子附近的杂草树木都砍伐了，又买了幔帐挂上，待天一热，祖母就去那儿避暑，比西院还要凉快。"

她这番答非所问，说得兴致高涨，在场的却没一个人动容。反倒温大夫人的脸色更难看了，她这么一折腾，花出去的可都是大娘子的嫁妆。不待温老夫人再问，温大夫人实在忍不住，抢先开口："二爷捎回来的现银呢？"总还在吧。

温殊色目光又转了回来，看向温大夫人："我也是去了庄子才知道，那儿夜里的星星比城内的还多，还亮。可惜楼层太低，我便请人建了五层高的观景阁楼，视野开阔，风景极好，伯母下回要是得空了，也可去瞧瞧……"

瞧什么，要了她命吧。

就说呢，温殊色去一趟庄子，还越发水嫩了。

一句"败家女"，当真没冤枉她。

温大夫人的头一阵阵跳着疼，情急之下，口不择言："真不知道是谁养出了你这样的……""败家子"没说完，意识到失言，想止住，已晚了。

还能是谁养出来的，二娘子儿时丧母，温老夫人亲自养出来的。

果然，温老夫人的脸色慢慢地冷了下来。

横竖话已说了出来，温大夫人破罐子破摔，索性起身跪在温老夫人跟前："母亲，大娘子嫁的可是中河副指挥官谢家，将来的郎子风度秀整，乃进士出身，眼下虽只是个县令，明年期限一满，也得去京都做官，我温家怎能让人此时看轻？仲峤他刚到朝堂，尚未立足，身后若是有个人能帮衬，前路总会轻松许多，等将来谋出一条仕途之路，咱们一家都能搬去京都，也算光宗耀祖了。"

道理是这个道理。

温老夫人点头道："光宗耀祖，确实少不了金银铺路，更不能丢了颜面让人瞧不起。"顿了顿，转头问温大爷温仲峤，"老大如今是什么职位？"

温仲峤一愣，虽不明母亲为何明知故问，还是起身恭敬禀道："回母亲，孩儿任职工部侍郎。"

"正四品，是个有出息的。"温老夫人转头又问曹姑姑，"二爷呢，怎么没回来？"

　　曹姑姑垂目回禀："二爷说，快到休渔期，得赶最后一趟，手里的船只全出了海，暂时同三公子留在福州，过两个月再回来。"

　　两兄弟，一个官至侍郎，一个还在海里捕鱼，云泥之别。再看其后辈，龙生龙，凤生凤，老鼠的儿子会打洞，官途上有出息的几个公子，全在大房这边。而二房……只有温殊色在场。

　　一个月前，温殊色惹了靖王家的公子，温老夫人罚温殊色去了城外，本想磨磨温殊色的性子，让温殊色吃点苦头，如今瞧温殊色那滋润样子，可有半点成效？

　　将来去京都的只会是大房，老二一家依旧是捕鱼的。

　　察觉到温老夫人语气里的异常，温仲峣的神色渐渐起了变化。

　　温老夫人的目光再次落在了温仲峣的身上，脸上有笑，目中却自带威严，问他："老大以为，我身为母亲，这一碗水可端平了？"

　　大酆之前，温家还算是个大户。温家老爷子辅助先朝的七岁幼帝到成年，官至左仆射，风光十足，但好景不长，皇上终究还是被他叔叔夺了江山。易主后，温家因同前朝的关系，一度被打压，温家老爷子因此郁郁而终。后来温家全靠老夫人一人撑着，困难之时一日三餐汤碗里全是菜叶，半点油星都见不着。直到靖王出任此地的节度使，广揽贤士，大兴贸易，温家才得以翻身，慢慢有了起色，却也元气大伤，家中两个儿子，只能送一人进私塾。

　　温老夫人选了老大。纵然是亲生兄弟，这一举动已是偏袒了老大。更何况，温大爷只是个养子。

　　"当年我唯恐担下一个后母刻薄的名声，送你读书，再入仕途，给了你比亲生儿子还要优渥的条件，虽也有做给旁人看的心理，可也不曾后悔过。自老爷抱你回来的那一日，你便是我温家的子嗣。身为人母，我抚养你是应该，但你弟弟一家，他不欠你，你不该将他也算入仕途的桥梁，你有多大本事，我有多大本事，自己衡量着看，别再指望二房。"

　　这一番话，犹如一记巴掌，重重地扇在温大爷的脸上，温仲峣额头都出了汗，不顾小辈在场，跪下磕头道："母亲，是孩儿不孝。"

　　温老夫人继续道："今儿我是无论如何也凑不出一百二十八抬来，大娘子要是觉得六十四抬嫁妆委屈了，那便不嫁。"

　　未等几人品出这话里的意思，温老夫人目光一转，看向温殊色，突然唤道："缟仙。"

　　"缟仙"是温殊色的小字，同"殊色"一样，意为如仙女一样的姿容，殊色美丽。名字是她母亲取的，盼她能长得如花似玉，如今倒也遂了她母亲的愿，可惜她母亲却没那个福气见到。

在她六岁时，二夫人得病去世，留下爷三人，温老夫人心疼，抱来养在自己跟前，照着大家闺秀的模子精心培养，养着养着才察觉，似乎用力过猛了。

娇气过了头。

就她那老鼠存不住隔夜粮的秉性，别说整副嫁妆，就是给她金山银山，她也有那个本事造光。

老大媳妇说得没错，谢家大公子素有贤德美名，不求荣华富贵，只求将来能有个包容她的郎君。

温老夫人一闭眼，横心道："你来嫁。"

她嫁谁？温殊色怔住。

对面温素凝平静了一个晚上的神色终于有了波动。温仲峤依旧磕头不起，看不清神态，但脊背明显绷紧了。

温大夫人道是温老夫人不想给嫁妆，故意弄出这样的威胁出来，不由得心生悲凉，自嘲道："我看大爷这侍郎，也不见得有多威风，到头来连两副嫁妆都让人为难了。那隔壁明家，同样书香门第，官途还不如咱们呢，节度家臣无品无阶，都能摆出一百二十抬的排面。怨不着人，是我大娘子命苦，不该摊上这样的爹娘……"

温大夫人就差明着骂温大爷没用了。

温老夫人不理睬她，让温仲峤起来，接着往下说："谢家老爷子与我温家定这门亲，目的为结朱陈之好，续祖辈们的情谊，并未指名道姓，非要哪个小娘子。当年你夫妻二人呈上大娘子的生辰八字时，你担任凤城县令，谢家乃中州的副使，你说能借此攀上谢家，是天赐的良机，不求将来多荣华富贵，只求能在中州有一席之地。

"为了这一席之地，我顺了你的意愿，将亲事许给了大娘子。这些年温家上下都在为你使力，老二一年到头脚不沾地，想他年轻时何尝不是个面如白玉的郎君，再看他当下，那张脸是一年黑上一个色，这趟回来，怕快赶上了灶灰里的黑炭了，银子是赚了不少，都填在了哪儿，你心里有数。"

温仲峤刚抬了一半的膝盖，又软了下去。

"你有本事也争气，如今坐到了侍郎的位置，当初所愿既已成，其余的便是锦上添花。"

没了这门亲事，于他大房而言，没多大损失。

温老夫人先征求他的同意："就当成全了我为人母的苦心吧，这门亲事给二娘子，也算是对二房的一点补偿，你可有意见？"

一语如惊雷，屋内落针可闻。

温殊色没工夫去想此时大房是何心情，果断回绝："祖母，婚姻不能儿戏。"

城外的那处庄子，除了开荒和修建阁楼，还有一件事她没说。

她特意供奉了一尊菩萨，望能从此消灾化劫，顺便把对未来郎君的要求也一并说清楚了。怕愿望太多，显得她没诚意，她一狠心，花重金塑了个金身给它。她有信心，就算不用抢，自己也能嫁一个如意郎君。

温老夫人当没听见，并不搭腔，神色平静，等着温仲峤的答复。

温仲峤的面色早已千变万化，温老夫人糖里带刀，能说出今日这番言论，足以见得，心中对他的不满已藏许久。巨大的羞愧让他始终抬不起头，不敢直视老夫人。

他一生的荣华，包括性命，都是温老爷和温老夫人给予，古有王祥卧冰求鲤向后母朱夫人表达孝心，何况温老夫人待他无半点可挑剔之处，虽非亲生却胜似亲生。大抵也是因这一点，让他渐渐忘了那道母子之间、兄弟之间应该保持的界限。

温大夫人这才意识到温老夫人并非玩笑，面上露出惊慌，唤了一声母亲，心头直呼荒唐，转头又看向一脸愧疚之色的温大爷，顿觉不妙："老爷，大娘子可是你亲生闺女啊……"

温仲峤头磕在地上，发出一道闷沉沉的"咚"响："一切都请母亲做主，孩儿不孝，让母亲劳心费神了，求母亲责罚。"

大婚前夕突然换了新娘子。

府上的仆役来回穿梭在两个院子之间，一面往外搬，一面往里送，忙得人仰马翻。

大娘子穿好的嫁衣，被催着急急忙忙脱下来，头上凤冠一取，一身素衣坐在妆台前，脸上还残余着妆容。温大夫人哭得眼睛都肿了，一见到她这副模样，眼泪又涌了出来："我早说过，这养子就是养子，怎能当真同亲生的去比，一顶'不孝'的帽子扣在你父亲头上，别说仕途，能将他逼死……"

"母亲慎言。"温素凝性子不随母，而像温仲峤，遇事冷静，心头即便有怨言，也不显于脸上。

"我说错了吗？她以为二娘子上了明儿的花轿就能幸福了？偷梁换柱，谢家要是知道还不知如何……"

"能如何？"温素凝轻声打断，"进了门才算一家人，日子久了，照样能举案齐眉，既然这桩婚事笑着哭着都得让，母亲又何必给自己留个差印象，只要父亲官职在，名声在，有何可愁，更不值得母亲与二房闹僵关系。"

温素凝早冷静了下来。

谢副使在中州的权力虽大,也只是一个藩地使职,无法与朝廷的品级相论,且朝廷最近几次举动,都有了要收拢各方节度兵权的风向。

谢家将来能指望的,是谢家大公子。凭谢家大公子的才能,她嫁过去,固然是一份保障,可即便没了谢家,她也不愁,父亲乃四品工部侍郎,去京都寻一门亲,不定就比谢大公子差。

亲事可以让,今后的仕途上不能缺银子。

二叔这几年在福州赚得盆满钵满,各处都置办了产业,中州一半的茶楼在他名下,财富只会越积越多。有钱不是万能,但到了京都那等寸土寸金的地方,没钱万万不能。

奈何温大夫人听不进去。她之前一直看好谢家大公子的品行,料定了将来会有大出息,如今被抢了,越发觉得是个香饽饽。

"咱真应了那句给别人做嫁衣,你父亲去京都半年了,要不是等谢家的这门亲事,你我早进了京都,这个家我是片刻都不想待了,就留着二房在她跟前尽孝吧,待明儿一过,咱都走……"

简直油盐不进。

对自己这位母亲,温素凝偶尔感觉很无力,没心再同她说下去:"我累了,母亲先回吧。"

温大夫人一肚子的愤恨,温殊色又何尝不冤。

回来的路上,她一心盼着瞧新娘子的热闹,结果自己却成了新娘子。事情来得太突然,喜服都穿身上了,她还没缓过来。

之前为给温素凝做这一套喜服,温家二爷从各处寻来了几十颗珍珠,温大夫人全让人镶在了婚服上,为此胸前的尺寸稍微做大了一些。

温殊色和温素凝同年同月同日生,温殊色只小温素凝几个时辰,但个儿比温素凝高两指,胸前那点肉也更丰益。喜服如同量身定做,比温素凝还合适,但温殊色无心欣赏自己的美貌,临时抱佛脚,想打听刚"抢"来的那位郎君。

谢家大公子,凤城县令,同温家大娘子一样,贤名远播,她还从未见过本人。

倒是谢家的三公子,她见过。

一个月前,靖王妃周夫人相中了明家的二姑娘明婉柔,托媒人上门提亲,其子周邝得知后,瞒着长辈私下给明婉柔递了信物,约其会面。

明家乃世代书香,明婉柔平日里大门不出二门不迈,哪敢私会外男,一时没了主意,找到了温殊色。

温殊色同明婉柔从小玩到大,同为娇滴滴的世家小姐,性子却迥异,一个优柔寡断,一个满身韧劲儿。听完明大娘子的话,温殊色心头已有了猜测。私下相约还不让告知家中长辈，怎么想，都算不上光明磊落。碍于对方身份，又担心这门亲事真成了，明婉柔还未嫁过去先得罪了未来夫君，往后他要故意使绊子，日子也不好过。折中后，温殊色想出了个法子。对方若真拿出诚意，定亲前想要先会一面也未尝不可，隔着帘子大致看个轮廓，再说上几句话，彼此了解一番，于明婉柔也算好事。若想行登徒子行径，那就别怪她不客气。

当日，明大娘子先到了约会的地儿，温殊色藏在暗处打探。

那周邝存的还真不是好心，来的不仅他一人，身后还跟着三位外男。

谢劭、崔哱、裴卿。

谢劭乃谢家二房谢仆射的独子，八年前谢仆射辞官举家迁回了中州，从此不问朝政，闲云野鹤，其子却逐渐在中州崭露头角，艳名与恶名齐飞，远播中州，无人不识。

崔哱乃中州富商之子，整日无所事事。

裴卿的父亲为大理寺少卿，据说父子俩关系不和，没跟去京都，一人留在了中州，在衙门谋了个巡检的职位。

四人时常并肩街头，人前自称四大才子，人后被称"年少轻狂"。

——哱劭卿邝。

温殊色听说过几人的名头，自己一个闺中小娘子，本不该惹麻烦，但欺负到自己发小头上，她不能不管，趴在墙头看了个清楚，待几人一到，开门放狗。

不料，平日传得威风赫赫的四人，一见到狗，竟爬梁上柱。

尽管事后温殊色如何同祖母解释，那几条大黑狗根本不咬人，周邝屁股上掉下来的一块肉，是他自己爬屋顶被瓦片刮下来的，但都无济于事，先被罚跪，后被赶去城外庄子，一待便是一个月，今日方才回城。

一个窝里出来的，能有多大的差异。

祥云看出了温殊色的心思，劝说道："娘子放心，谢家大公子奴婢见过，品貌皆优，与谢家二房的三公子不同。"

容貌上大公子虽占了下风，但皮囊这东西，最不可靠，太好了容易招蜂引蝶。

这话多少起了那么一点作用。

就拿她和大娘子比，一个端庄文静，高瞻远瞩；一个及时行乐，吃了这顿不想下顿。

人与人的差别，确实挺大。

温殊色僵硬的脖子，稍微一软，立马被嬷嬷捏住下颔，细纯的棉纱线，往她面上一绞。她一声"痛"呼出来，旁边祥云接着宽慰："再说，老夫人待娘子是疼到了心肝，还能害了娘子不成？定是觉得谢家大公子秉性良善，娘子嫁过去，往后一生能受到呵护……虽说谢家那位三公子品行不正，可娘子进了门，他也得唤您一声'嫂子'。"

夜色一落，繁灯关进瓦舍内，吵嚷的人声映着灯光，从阑槛钩窗内传出，热闹丝毫不减。

一辆马车停在了茶楼门前，立于门槛青砖石上的书童，已候多时，瞧见马车忙转身进屋。不久从里出来，书童身后跟着一锦衣玉带的少年，少年信步走向马车，登车掀帘，一头钻了进去，抬头看了一眼车内的人，热情地唤道："谢兄。"

来人正是周邝，今夜刚回城。

谢劭往里移了移，脊背懒散地靠着车壁，绣祥云绲边的宽袖一扫，收回搁在膝上的手，一双黑眸投过去，好整以暇地看着笑话。要说这人，无论是长相还是气度，将来都是达官显贵的料，只可惜，和他周邝一样，力气使错了方向。吃着参天大树的养分，长成了歪脖子，只顾着旁生枝节去了。

周邝每回见他这副看起来英俊矜贵，实则桀骜不羁的面孔，脑子里总会浮出一句"人模狗样"。

疗养了一个月的伤，周邝的屁股虽好了，心头却留下了阴影，坐下前明显顿了顿，一落座就迫不及待地诉起苦来："那都是什么破庄子，连张像样的床都没有，夜里蚊虫还多，险些没把我吸光……"说得满腹悲切，对造成这一切的罪魁祸首，更是痛恨至极。

被罚去庄子上的不止温殊色，还有他周邝。周夫人知道后，觉得周家的脸都被他丢光了，不顾他屁股还烂着，当日让人抬走，也送去了城外。

温家二娘子，他听过，也见过。

确实美貌天仙。

但也不能因她长得好看，就能将屁股上掉的那块肉给补回来，更不能抵消他受的这场活罪。

尤其是那日他挂在屋檐上，听到的那几声如同银铃般的"咯咯"笑声，怎么也挥之不去。

"我一个大男人去报复小娘子，显得心胸狭隘，失了风度，这笔账先且算在她头上，等她将来出嫁，我找她夫婿去，非得撕下他一层皮不可。"说到一半，突然想起来明儿的亲事，他及时住嘴，往后两家成了亲戚，这事儿还真不好办，但让他一笑泯恩仇又不甘心，扭捏半天，才勉强道，"要不是看你面子上，我非得……"

受伤那日周邝穿的是浅色衫袍，屁股墩挂了彩后，如泼了朱砂染料，极为醒目。

想来都疼。

谢劭并非没有同情心："不用给面子，我谢家娶的是温大娘子。"言下之意，周邝尽管放心找温二娘子讨债。

周邝迟疑地看了他一眼，回想起当时吃亏的不只是自己，倒明白了，凑过去问了一句："谢兄，你也怕狗？"

见谢劭落在他脸上的目光突然定住不动，逐渐疏淡，预感不会讨到好。

果然——

"原本念你素了一个月，连口酒都没喝上，特意在醉香楼订了个雅间，如今看来，你是不稀罕了……"

醉香楼的雅间，一套吹拉弹唱，陈酿佳肴下来，少说也得百两银子。但跟前这位谢三公子财大气粗，不仅养了整个谢家，还是中州各商家公认的肥羊。前仆射辞官之时，皇上为犒劳他为朝廷做出的贡献，赏黄金五万两，其母族阮家又乃扬州第一香料大户。雄厚的家产，比他靖王府还富有。

有钱可使唤鬼，而况人乎。

"掌嘴。"周邝装模作样地拍了一下自己脸颊，及时赔罪，"明日贵府喜事，我保准热闹……"

外面突然一声"三公子"传了进来。

谢劭转过头，推开手边的直棂窗，头上的玉冠微偏，谢家老夫人跟前的家仆就差把脑袋挤了进来，一脸慌张："老夫人病了……"

换作平常新娘子出嫁，单是沐浴换衣，梳妆打扮，便要花去大半日，如今紧迫起来，一个时辰也能搞定。

新娘子换了，嫁妆得移交。

听说温大夫人身边的婢女过来送清单，祥云赶紧出去接，人刚到跟前，对方将那单子往她怀里一塞，眼尾挑起，下巴高扬："礼单上列的是一百二十八抬，可二娘子也清楚，老夫人只许了六十四抬，委屈二娘子自个儿重新列一张吧，东西大夫人已派人抬至前院，再劳烦二娘子差个人去清点，免得事后生出什么误会，罪过又落在咱们大房身上。"

要不是自家娘子得了便宜，祥云真想将单子招呼到她脸上。

大娘子为了六十四抬嫁妆，平白丢了婚事，怪谁？

年后温二爷捎回来的一批箱匣，谁也不知道是给大娘子准备的嫁妆，可个个都把二娘子当成了取不尽的金山。

温老夫人寿辰，温大夫人为表自己的孝心，当着中州一众内宅贵妇的面，自个儿揽了孝名，说要给温老夫人腾个院子避暑，转头就找上二娘子，张口倒容易："大夫人已差人把屋子打扫干净，二娘子添些陈设摆件就成。"

腾出来的院子是给温老夫人用，添也应该，二娘子愿意。

温大夫人的人前脚刚走，大少奶奶跟前的婢女又到了，端了一盘干瘪瘪的糕点进屋，说是大少奶奶亲手做的。

"大少奶奶明儿打算回一趟娘家。"

因温二爷和温三公子常年不在家，钱财自然都落到了温殊色手上，这样的情况温殊色见多了，一听便知是何意："大嫂缺什么？"

丫鬟朝温殊色蹲了个礼，神色委屈又可怜："大公子随大爷去京都已有半年，大少奶奶默默忍着孤寂，信件里也只报喜不报忧，从未同他开过口，今儿大少奶奶说想回娘家瞧瞧，奴婢一收拾才察觉，大少奶奶连件像样的首饰都未置办。"

不过几样首饰，温殊色并非吝啬之人，让她随便挑几样。她倒不客气，一口气挑了三匣子。东西刚搬走，二嫂嫂的人也风风火火地赶了过来。

温殊色坐在罗汉榻上，拿着温二爷捎回来的单子，正打算把挑走的东西补上，闻言将单子往榻上一拍，来了火气："统共就这些东西，个个都来要，我给谁？他们那眼睛还挺会长，只看得到金银，瞧不见旁的了。上回父亲回来，脸上正脱着皮呢，他们是一点都不心疼，还有我哥，再这么黑下去，将来怎么找媳妇儿。既然都想要，也省得她们再跑一趟，祥云，你把嫁妆都分了，每个屋里送三箱，余下的换成现银，咱自己拿来花。"

逼急了，二娘子能是个好惹的主儿？

温老夫人屋里的吃穿用度，都是温殊色亲自过眼，没有一样马虎。

温二爷捎回来的金丝楠木正合适，二娘子当日便让人将东西搬了过去，事后也同温大夫人禀报过，都收拾妥当了。温大夫人要是有心去看上一回，能察觉不出端倪？

还有大少奶奶、二少奶奶拿去的那些首饰，心头就没有过怀疑？

不过是都觉得二娘子有的是钱，能榨多少是多少。

大喜日子，还是二娘子的大喜之日，闹出生分不好，祥云忍住气，一把夺住单子，回头点了几个人一块儿去前院清点。

大娘子嫌六十四抬少，二娘子不嫌。嫁过去后，凭温二爷在中州的产业，二娘子自个儿就是个活嫁妆。

祥云刚走，曹姑姑进了屋，身后带着一位仆妇。

两人进去时，温殊色已坐在了喜床上，听嬷嬷临时为她补课。

"温婉柔顺，孝敬长辈，相夫教子……"云云之类，温殊色一句都没听进去，见曹姑姑来了，似是见到了温老夫人本人，一双眼睛眼巴巴地望着她。

当年二夫人的模样，曹姑姑还记得，二娘子倒是像温二爷更多一些。瓜子脸樱桃嘴，眉心间的花钿勾出底下一双黑眸，这世间的灵动仿佛都装在了里头，华丽的嫁衣如在美玉上镶嵌了一道华光。刻在她身上的明艳，看得见的在流动。本就是个美人坯子，被温老夫人娇养多年，满身福气浸透了骨子里，举手投足都带着娇贵。

这番望过来，饶是曹姑姑看了，也觉得自己仿佛造了天大的孽，忙上前柔声安抚："老夫人看人一向很准，今儿宁愿背负骂名，也要将这门亲事给二娘子争取来，娘子就安心待嫁，可别辜负了老夫人的一片苦心，旁的东西，老夫人也拿不出来。"回头将身后仆妇叫上前，"往后晴姑姑就跟着二娘子了。"

晴姑姑也是温老夫人身边的老人，看着温殊色长大，有她跟着，温老夫人才放心。

先前谢家大公子和温家大娘子已经见过面，温家突然换人，还是有几分风险，但只要拜了堂，生米煮成熟饭，谢家的人也只能接受。

就怕中途出了岔子，不好收场。

知道指望祖母改主意是不可能了，温殊色认命，开始交代："我屋里那梨木柜里还有几盒龙涎和浓梅香丸，你拿给祖母，她喜欢自个儿制香，我全留给了她。"

其他的……上回不该卖的都卖了，平时也没个存货，还真没啥了。

温殊色搜肠刮肚一阵，想了起来："车上有我在庄子里摘的几筐新鲜樱桃，还没来得及给她呢，嬷嬷记着，别坏了。"

曹姑姑心口有些发酸："娘子放心。"

温殊色不再说话。

先前没有任何预兆，亲事突然降临在自己头上，说嫁就嫁，温殊色只剩下了茫然和恐慌。渐渐冷静下来，她意识到自个儿当真要嫁人了，似乎才回过神，开始有了新娘子出嫁前该有的忐忑和恋恋不舍。母亲在她最需要依赖的年岁撒手人寰，祖母见她哭着要娘，夜里便一直搂着她，给她讲故事。人前祖母一脸肃然，府邸上下无人不怵，只有对着她时，才会笑容满面。儿时，大伯母和几个堂哥有事不敢对祖母开口，常借她来用，祖母心里虽知道，但没有一回不给她长面儿。

事后，祖母同曹姑姑说："她能把我当成炫耀的资本，是我该高兴。"

她便是在这样的纵容之下长大的，意外地没长成祖母希望的模样，反倒养出了一身谁也不服的倔劲儿。每回见到祖母被气得不能言语时，她都暗自发誓，一定要把身上的毛病都改了。可做起来……实属太难。

祖母向来疼她如命，她怎会不知道祖母的苦心，宁愿坏了自己几十年堆砌起来的慈母名声,也要让她嫁个好郎君。

这回,她断不能再让祖母生气。

她嫁。

缕缕酸楚如同一道弦扯住她心口,越理越乱,不知道自己该去想哪样,又该做什么,呆呆地看着不断流走的时光,终于没有坐住,忽然起身,提起裙摆便朝着温老夫人院子里冲去。

身后曹姑姑和众人齐齐反应过来,忙追上:"娘子……"

温殊色充耳不闻,凤冠上细碎的流苏珠子晃荡在她眼前,碰出"丁零"响声,她双手提着裙摆,脚步如风。身后一串人跟着。

正院外寂静的长廊,再次传来动静声,先前敞开的直棂门扇已紧紧闭上,屋子里没有半点灯火,唯有渐渐亮开的青色天光。

温殊色的脚步停在了门前。

曹姑姑追上,轻声劝道:"时辰紧迫,娘子还是回吧,老夫人歇下前,特意交代过娘子不必过来……"

话音刚落,温殊色往后退了两步,膝盖一弯,跪在门槛外,提起声音道:"祖母,孙女儿来给您跪拜了。"

温老夫人正坐在圈椅内出神,闻见声儿,立马从椅子上站了起来。

"孙女不听话,常常惹祖母不高兴,今日我同祖母磕头赔礼,是孙女不孝。"温殊色弯身磕头,头上的凤冠碰在青石板上,噼里啪啦地响。

温老夫人嘴角动了动,颤颤巍巍地抬步,走向门口。

身旁丫鬟搀住她:"老夫人,慢些。"

"孙女儿马上就要嫁人了,心头舍不得祖母,想过来看一眼。"温殊色的声音顿了顿,"我走后,祖母要好生照顾身子。我已经在菩萨面前许过愿,愿祖母身体安康,长命百岁,佛祖定不会欺我。"

半夜的时光眨眼就过,日出卯时,旭日东升,一道天光猝不及防地当头落下,长长地铺在门口的踏道上。光线穿过直棂门扇,白蒙蒙的光束映入屋内,温老夫人的视线被那片光刺得模糊,脚步急忙往前:"缟仙啊……"

前院突然响起了连片的爆竹声,声如雷鸣,震在人心尖上。

"姑爷来了。"

都知道那爆竹声是何意,个个手忙脚乱,曹姑姑一把扶起她:"娘子,耽搁不得了。"

温殊色被生生拽了起来,身后的仆妇替她整理起嫁衣。

曹姑姑一面将遮面的团扇递到她手里,一面嘱咐道:"娘子记得,千万别乱瞧,团扇拿稳好生挡住面容,头尽量低着,莫让人认出来。"

一行人拉着她往门口而去。

上了穿堂对面的长廊，温殊色再次扭过头。身后的门扇不知何时被打开，金灿灿的晨光正照射在门扇内温老夫人的脸上。

温殊色鼻尖蓦然一酸，唤了一声："祖母……"

曹姑姑也瞧见了，怕温老夫人受不住，赶紧将她拉走："娘子走吧。"

前院的爆竹声，延绵进来，半天不见歇停，众人吊起来的心一直悬着，落不下来。

温殊色浑浑噩噩地被带着往前，抬脚跨出正屋门槛时，轻声问曹姑姑："以后我还能回来吗？"

丝丝柔柔的声音，简直要人命。

曹姑姑终于理解温老夫人为何不要她跪拜，费力挤出了一丝笑容："二娘子是嫁人，又不是上刀山，两日后便能回门。"

温殊色似乎安下了心，转过头，手持团扇遮面，低头不再乱瞧。

以防万一，温老夫人特意从大娘子身边调来了一名贴身婢女跟着，和晴姑姑一左一右，替她挡了两旁的视线。

温殊色的婢女祥云，则被安排在了后面输送嫁妆的队伍里。

温殊色同大娘子本就同岁，身形相差又无几，再加上凤冠上的珠串流苏和手中团扇，外人看来，形同雾里看花，不故意凑近瞧，根本瞧不出来。

院子里的装扮，昨儿都准备好了，温殊色出了院子后，不绕长廊，走的是穿堂，红绸从内院一路铺到了门口。

看热闹的宾客一堆挤在前院，曹姑姑在前引路，晴姑姑和婢女紧紧地护着温殊色，不给人靠近的机会。

谢家接亲的队伍已经到了一阵，安静地候在门外，贴着吉祥符的两扇府门此时大大地敞开，爆竹声一过，外面并没有想象中的哄闹。

曹姑姑本想瞧瞧姑爷今儿的英姿，抬眼望去，却看到了张陌生的面孔。那张脸过分英俊，金冠绯衣，高高的个头，脊梁挺直，骑在马背上，不言也不语，神色露出了几分懒散的倦怠，甚至称得上张扬。

不是谢家大公子？

曹姑姑见过谢大公子，哪里有这番扎眼，她不由得怔了怔，回头与身后同样呆住的晴姑姑面面相觑，一时弄不清楚状况。

这时，立在那位公子马前的小厮走上前来，正巧这当口几道唢呐声，盖住了众人耳朵。

只有离得最近的曹姑姑，听清了那小厮的解释："大公子今儿临时接了一桩急差，怕误了吉时，让三公子先且过来代接娘子回府。"

原来是那位三公子。

倒是名不虚传，清隽是清隽，性格也不是个平易近人的主儿。

人都有个着急忙不过来的时候，尤其是在衙门里当差的，有个紧急事，实属情有可原。

兄弟代劳接亲的事例也不是没有。自己这头做贼心虚，哪有心思去怀疑人家，曹姑姑反倒松了一口气，来的不是大公子，认出来的概率更小。

"有劳三公子了。"曹姑姑客气地回了礼，同身后的晴姑姑使了个眼色。

晴姑姑见她如此，多半也猜出来了是谢家哪位公子过来代接，身子微微往前一挡，同旁边的婢女搀着温殊色，上了门外的花轿。

马背上的谢劭，压根儿没往这边瞧，等人一上轿子，马头一掉立即走人。

轿子都快走出巷子了，温大爷才慌慌张张地追了出来，一面还在整理自己的衣帽，知道自己来迟了，忙将手里的一卷画册交给正要上马车的祥云："这是京都闹市的挂画，你拿给殊色，大伯没能相送，对不住她。"

接亲队伍离开温家，走上大路，铜锣唢呐声跟在马匹之后，越吹越响。

从温家出来，谢劭的脸上便无半分高涨之色，此时一双耳朵快被吵聋了，人既已接到，打算抄近道回府。他勒缰掉头，马蹄刚踏出半步，及时被一旁的安叔堵了去路："三公子……"

谢劭眉头微皱，头上的金冠被明艳的光线闪出了一道耀眼的金光，神色却灿烂不起来，相反露出一丝不耐烦："还要怎样？"

安叔没去看他，哈腰垂目："依规矩，三公子得带着新娘子绕城……"

也不知道是哪个祖宗兴出来的规矩，谢劭不买账："今日外面风大，别把新娘子冻着了，先回去吧。"

晴空万里，哪里来的风。

安叔挡住他的去路，纹丝不动："三公子，老夫人气儿还没喘过来呢。"似乎知道这招能治住他。见他半天没再出声，安叔才抬起头，嘴角扯开冲他一笑，"新人受到祝福，才会美满幸福。"

硬抢来的亲事，配有哪门子的美满。

谢劭偏头咬牙，权衡一番到底没让脚下的马蹄子从安叔身上踩过，转过身，拉着一张脸上了长街。

大鄞百年间数次动荡，头顶上的主子换来换去，遇上贤主还能过几日安心日子，要是个镇压不住的，时常被叛军逼宫，百姓也得跟着颠沛流离，家破人亡。当今皇上的皇位，虽说也是从自己侄子手上夺来，但在位已有二十余载，天下太平。江山稳固，朝廷安稳了，地方百姓也过上了优渥日子。中州凤城靠近西夏，商贸发达，城中东南西北四个方位，分别从护城河内引入了五六条水域，贯通全城，人口由建成最初的两万余人，到如今的十倍增长。

人一多，便喜欢凑热闹。城中但凡有点名望的人户家逢上喜事，必然会引起一番议论热潮，谢、温两家，在中州凤城算是有头有脸的人物，两家成亲，前来观望的人群自然不少。

从东角城门进来，有一条牛街，名为乐市，商贩来往不断，随处可见贩卖各种丝绸、新奇玩意儿的摊贩，时常从早闹到深夜，灯火不灭。与之并行的另一条街，之间相隔半里，被称为桥市，靠近靖王府，酒馆与茶楼居多，光顾者多乃本地显贵，也是凤城大户人家红白事的必经之路。

接亲的队伍一到，街头两边不断拥入人头。

桥市的地段珍贵，阁楼瓦市之间没有半点浪费，紧挨在一起，阁楼挂了一片彩旗，标识着各自的铺子名号。

温家二爷主业虽在福州，但这些年在凤城也置办了不少产业，除了主打的海产，便是茶楼。

今儿东家的大娘子成亲，茶楼的伙计早便盼着了，成堆地立在茶楼门口，打算等姑爷一到，起起哄，热闹热闹。

远远见一身绯色的新郎骑马而来，个个扭着脖子，盼星星盼月亮将人盼到了跟前，还没来得及闹，又齐齐愣了神。

马背上的那人，再熟悉不过，只要是这条街上的人，谁不认识他谢三公子。

一伙计先回头疑惑地问同伴："我记得大娘子许的是谢家大公子，没错吧？"

"我也记得是。"

"我也是。"

"怎么是谢家三公子？"

人都从跟前走过了，众人也没能得到答复，见后头新娘子的轿子来了，都是本家人，没那么多顾忌，一人上前拽了大娘子的丫鬟秋莺，将她拉过来，匆匆问："大娘子许的是谢家三公子？"

秋莺袖口被拽住，脚步一顿，突然听到大娘子的名字，心头直发慌："说什么糊涂话呢，大娘子许的自是谢大公子。"生怕被瞧出来，转头跟上晴姑姑，实在没忍住，轻轻地碰了她一下，悄声问："姑姑，轿子怎么还走到市上了？"

晴姑姑也有些闹不懂，按理说，谢三公子只是接人，没必要走这一遭。她转念又一想："必定是姑爷今儿有事，一时半会儿赶不回来，总不能让新娘子立在门槛外等着。"

秋莺赞同地点头。晴姑姑看了她一眼，提起了醒："别打马虎眼，盯仔细了,万不能让人看出端倪。"再回头瞧向身旁的花轿,直棂窗内的帘子遮得严严实实,甭管外面有多热闹,连个角儿都没掀开。

温二娘子的性格,众所周知,只要她不乐意的事儿,十头牛都拉不回来。

这回倒听话。

晴姑姑丝毫不敢松懈,绷紧了精神跟着队伍。

队伍走完桥市后,拐过一条长巷,逐渐慢下,不久后,花轿停在了一扇气派的"将军门"前。

当年谢仆射辞官回到中州凤城的老家,除了五万两黄金,皇上还赏赐了这座府邸。踏道乃垂带踏道,有七阶,比温家的高了四阶,踏道之上,两侧矗着两根朱漆圆柱,圆柱后才是大门。

大门有三道门扇,中间的两扇门装在正间脊桁之下,再往上便是门匾,匾上写着"谢府"二字。正门两旁还各有两扇带束腰的门板,门档则有半个孩童一般高。

晴姑姑头一回到谢家,一眼瞧去,心头无不震撼。怪不得温老夫人不要名声,也要把二娘子推进来。

这才是货真价实的高门。

府门上挂着的两串爆竹一点,噼里啪啦炸上了天。

对方的嬷嬷早已候在门前,轿子停稳,上前来接人。晴姑姑顾不得规矩,等那仆妇扶起帘子的工夫,先一步走到了桥门口,朝温殊色递出了胳膊。

温殊色自来坐不了马车,顶多半个时辰脑袋便会犯晕,谁知坐上轿子更厉害,一路抖过来,抖得精神气儿都没了,脚跟落地如同踩在云朵上,天旋地转。脚下没稳住,身子往一边倒,手中的团扇也偏了偏。晴姑姑吓出一身冷汗,及时一把扶稳她:"娘子,再撑会儿。"

秋莺的心也提到了嗓子眼上,忙背身挡住对面的嬷嬷。

曹姑姑昨儿夜里将秋莺从大娘子身边要过来时,便同她打了招呼,说这回的事情要搞砸了,就把她卖了。秋莺哪敢马虎。

两人的心都系在温殊色身上,完全没注意到谢劭已先进了府门,走的是正门内那条只有新郎官儿和新娘子才能踩踏的红绸。

抬脚跨过门档,新娘子进了门,断没有娘家仆人再送的道理,怎么着都得交人了。

晴姑姑松手前向温殊色确认:"娘子可站得稳了。"见她点了下头,长松一口气,又嘱咐道,"娘子团扇千万要挡好。"

对方的嬷嬷再次上来接人,晴姑姑只能退到一边。

跨火盆,再跨马鞍……

晴姑姑和秋莺悬着心，跟着温殊色一路紧随，快到前院大堂了，终于见到了新郎官，一身绯色婚服，手里拿着一段红绸，背对门口而立。

谢家大公子总算赶上了。

晴姑姑心下一喜，随即眉头突然又锁住，总觉得那身影有些熟悉。正欲再往前看个明白，身旁不知道从哪儿冒出来几个仆妇，左右架住她一双胳膊，热络地道："是温家姑姑吧？路上辛苦了，咱先去后院歇息，喝口茶水……"

晴姑姑没反应过来，客气地道："多谢了，不过是几步路，今日是大喜之日，哪会辛苦。"

对方却不容她拒绝，拉着她硬往外拽："新娘子都送到府上了，姑姑还有什么不放心的，今儿夜里还有得姑姑忙呢，先歇歇脚，喘口气，轻松片刻。"

晴姑姑被强硬拽出来，神色愣住，再瞧旁边的秋莺，和自己一样，也被人拽住拉了出来。

晴姑姑这才感觉到了不妙，心头最先想的是二娘子莫非暴露了，慌张地回过头，这时立在前头的新郎官儿正好转过身。

谢三公子？他不是代接亲的吗？

怎么回事……

晴姑姑瞪眼张大嘴巴，脑子一片空白，惊愕地看着谢三公子将红绸的另一端塞到了她家二娘子手里。

一道晴天霹雳，劈得人魂儿都没了。

晴姑姑脱口而出："二……"嘴才张开，身旁一丫鬟立马往她嘴里塞了一块糕点，"姑姑饿了吧，先吃块糕点，垫垫肚子。"

"吉时已到，新人拜堂。"

傧相那响亮的声音钻进耳朵，晴姑姑腿脚一软，被糕点噎得双眼发白。到了这时，她大抵也明白了是怎么回事，心中暗呼苍天大地，观世音菩萨啊……当真是人心难测，心眼子一个赛一个，这不是流沙地下挖坑，自个儿把自个儿埋了吗。

温殊色脑子里的眩晕还没完全平息，但内心敞亮，明白开了弓的箭没有回头之路，万不能白费了工夫，强打起精神，照着姑姑嘱咐，手中团扇紧紧贴着面儿，丝毫不知自己的姑姑和丫鬟已被堵了嘴，对面的新郎也同自己一样，换了个人。

"一拜天地。"

"二拜高堂。"

"夫妻对拜。"

"礼成……"

三拜结束，温殊色没有新娘子的紧张，只有完事后的解脱，已拜过堂，大公子即便想反悔也无用。她身上的担子瞬间松了八成，先前听祥云说谢大公子好看，但每个人对美的审视不一样，万一正好是自己欣赏不来的……

她心念一动，手上的团扇下意识地移开。还没来得及看清呢，旁边几名仆妇忽然拥上，扶住她胳膊，仿佛也在害怕她被瞧出来一般，带着她转了个身，匆匆往后院走去。

谢府的前堂和后院，以一道垂花门隔开，同样的朱漆门板，与大门的将军门样式不同，有垂柱装饰，门前檐柱悬在门槛下两侧，柱头部位雕刻出了彩绘花瓣，五彩绚丽，巧工精美。新妇入门走的也是铺成红绸的穿堂，两边的环廊上，则倚着众多看热闹的女眷。

吵吵闹闹的说话声入耳，温殊色不敢再乱瞧，低头盯着脚下方寸之地，曾几何时，她也曾是其中一员。

隔壁明家长子娶新妇时，她去了，因瞧不见新娘子的面容，很是惆怅，暗自决定等自个儿当上新娘子了，定要从团扇下露出半边脸来，让大伙儿尖叫轰动一番。

可惜，不如人愿……

今儿她要是把团扇取下来，别说热闹，恐怕要落得一个千山鸟飞绝、鸦雀无声的场面。坦坦荡荡地活了十七年，头一回做亏心事，心头"怦怦"乱跳，当真尝到了见不得人的滋味。

耳边的声音莫名聒噪，脚步加快，也没数自己到底跨了多少个门槛，脑子里的眩晕渐渐褪去，越来越清醒。

引路的嬷嬷终于没再跨门，领着她往左手边拐了个弯，上了抄手游廊。

"少奶奶，当心脚下。"

四周安静，温殊色微微偏过头。长廊的左侧下，有一道青瓦白墙，墙体顶部砌出一个一个的灵纹小窗，成排相连，能瞧见里面绿油油的芭蕉，人刚靠近，芭蕉丛中突然一阵窜动，飞出几只五颜六色的鸟雀，清脆的鸟鸣声不绝于耳。

待从边上进入院子后，鸟鸣声越发清晰了。

谢大公子喜欢养鸟？

温殊色突然回忆起那日几人前来见明婉柔时，谢三公子手里还提着个鸟笼子。

后来……鸟笼子好像丢了，鸟也飞了。

温殊色抿住唇瓣，极力压住想要上翘的嘴角。

人生在世，及时行乐，这是她一贯的行事作风。看吧，眼下这般紧张的局面，她居然还能乐得起来。自己泥菩萨过河，还有闲情雅致看别人笑话，她忙闭眼将那晦气之人甩出脑子，一心留意着身边的一草一木。

但这院子实在是超出了她想象，大院里面包小院，一路走过，亭台楼阁，花池水榭，样样俱全，活脱脱的一游园。从一处绿荫假山下出来后，温殊色已经彻底找不准方向。

七弯八拐后，嬷嬷的脚步停在了一道三交球纹菱花的门扇前，没再走了，转身来扶她："少奶奶当心门槛。"

温殊色抬步，团扇微微往下移了半寸。

进门是一张黝漆短腿翘头案，搁着墨砚和几幅收起来的挂画，只有正位的位子上放置了一块篾竹编制的蒲团。身后有一排菱形雕花直棂窗，中间的菱形花洞占了大半，上面的几副卷帘收起，大片光线照进来，洒在临窗下的另一张案上，案头则放置着一应茶具。

一看便知是个读书人的屋……

"三爷三爷，小的来晚了……"耳边突然一道声音传来，温殊色惊愕地转过头，险些同跟前的鸟笼子撞上。

是只满身花绿的八哥。

温殊色同那鸟类瞠目对视片刻，还没回过神呢，身旁的仆妇神色慌张地解释："这不是知道今儿大公子和少奶奶成亲嘛，三公子特意差人送了这只鸟过来，热闹热闹。"

温殊色不是很喜欢鸟，尤其是叽叽喳喳的鸟，目光略带嫌弃地别开，虚惊一场，重新扶着团扇继续往里。

谁知那八哥是个话密的："三爷，三爷……"

"这畜生，闭嘴。"仆妇捏了一把冷汗，恨不得把它两瓣尖嘴给撬了，匆匆带温殊色走进里屋。

里屋同外间的隔断用的是直棂门，再以幔帐和珠帘遮挡，门扇敞开了两扇，幔帐也被金钩收起，只余下一副朱色珠帘，被里面两位丫鬟左右拂起，恭敬地候着新娘子通行。

钻过珠帘，迎面又是一副鸳鸯碧纱落地屏风，绕过去后，才见到一张雕花梁床，悬挂喜红帐子，床铺喜红鸳鸯云锦被，红彤彤的褥子上铺满了桂圆花生红枣一堆的干果。

仆妇扶着温殊色坐上了喜床："少奶奶要是累了，先把团扇放下，喝点饮子吃些东西填填肚子。"

大酆稳定了二十余载，国风也逐渐放开，对女郎没之前那般苛刻，成亲当日断也没有新娘子不能吃东西的规矩。

从早上接亲到进门，瞧着快，实则已过去了大半日。

温殊色却并没有放下团扇的意思,稳稳地坐在那儿,小心翼翼地寻着晴姑姑和秋莺的身影。

"少奶奶?"

"我不饿。"温殊色找了一圈没见到人,连个声儿都没听到,只得出声问,"嬷嬷可有见到我身边跟来的姑姑和丫鬟?"

仆妇一笑:"少奶奶放心,老夫人特意嘱咐过,要奴婢们招待好温家的人,晴姑姑和秋莺娘子,奴婢都安排好了,正在后院里用饭歇息呢,"又哈腰道,"奴婢姓方,少奶奶有何吩咐,直接找奴婢。"

温殊色怔了怔。

用饭歇息?这紧要关头……

见温殊色怀疑,方嬷嬷往她跟前走近一步,低声道:"少奶奶进了门,从今往后便是我谢家的人了,奴婢也不妨告诉少奶奶,谢家有个不成文的规矩,新娘子进门头一夜,屋里伺候的人得是夫家的仆役……"

温殊色愕然,还能有这等规矩?

"少奶奶,扇子放下来吧……"

温殊色身子忙往后一仰,躲开方嬷嬷的视线:"我不累。"心头仍有疑惑,晴姑姑一路上比她还紧张,能放心丢她一人?

此时的晴姑姑和秋莺确实被安排"妥当"了,好酒好肉摆满了一桌,房门却被上了锁。

那群天杀的抢人犯,不由分说,将两人拉出来后,直接带到了这一处,说得倒是客气:"姑姑和娘子先在此歇息,少奶奶那头就不用费心了。"

也不知道这是哪一处,定是个偏僻没人的角落,晴姑姑嗓儿都喊哑了,也没有人理睬。秋莺还在不断地晃着门板:"有没有人,来人啊。"摇累了,回头瞅了瞅一脸愁容的晴姑姑,嘴角一噘,急得直哭,"姑姑,咱们该怎么办啊,这会儿二娘子和三公子怕是已经拜完堂了,二娘子还不知道呢……"

不提醒还好,一说,晴姑姑心火又起来:"人心隔肚皮,他谢家也是名门大户,瞧他们干出来的缺德事……"

秋莺不敢搭腔,自家也不是个良善讲诚信的,同晴姑姑提议道:"要不咱索性就告诉他们,来的是二娘子……"

先坦白了,把二娘子救出来。

"不成。"晴姑姑一口否决。这事儿她早想过了,谢家能想出偷梁换柱的损招,看上的必定是大娘子的贤名。要提前知道了来的是二娘子,说不准当场翻脸,将二娘子原封不动地抬回去都有可能,之后再想个法子,将过错安在温家头上。到那时,别说嫁给三公子了,就拿二娘子出嫁被退的名声,恐怕会成为中州凤城，乃至整个大酆的笑柄，这辈子嫁不出去不说，温家也抬不起头来。

晴姑姑细细想了一圈，发觉这事儿好像只能哑巴吃黄连，自己先咽下去。

"可怜的二娘子，团扇一取，见到新郎官儿换了人，也不知道会……"晴姑姑一个惊醒，这二娘子的脾气可不是常人。

不行，她得先去劝解安抚。

晴姑姑再次起身，同秋莺一道晃门："来人啊。"奈何铁锁锁得死死的，纹丝不动。

躲在后墙窗扇外的一位丫鬟，早已目瞪口呆，脸上的惊愕之色仿佛窥见了天大的秘密，堵在了嗓门眼上，提着裙摆匆匆地赶往谢大夫人吴氏的屋里。

吴氏正犯着牙疼，看谁都不顺心，一屋子的人埋着头都不敢说话，奈何外面的唢呐铜锣声关不住，还是钻入了耳朵。

正心烦着，丫鬟闯了进来："夫人。"

吴氏气不打一处来："慌慌张张，不成体统，赶投胎呢？"

丫鬟往后退了两步，也没能管住嘴，抬起头双目炯炯："夫人，奴婢发现了一件不得了的事。"

吴氏手捂住半边脸，斜眼看向她。

丫鬟急忙走近，凑到吴氏耳边，小声嘀咕了一句。吴氏瞳孔一震，转头盯住丫鬟："你可听清楚了？"

"奴婢听得清楚，温家的姑姑和婢女还被关在西院那偏屋里呢。"

吴氏不太敢相信有这么及时的报应，一时没回过神，呆了半晌脸上的神色才慢慢地平静下来，嘴角也露出一丝痛快的笑容。

不是温家大娘子，是温家二娘子。

这可真是报应啊。

昨儿夜里，那偏心眼儿的谢老夫人一招装死，将众人都叫到跟前，开始交代"后事"，硬生生地将大公子的婚事夺去给了三公子。

活了这么多年，她还是头一回见到这般不讲理的祖宗。

温家大房如今已是京官，四品的工部侍郎，承基要是同温大娘子结了亲，将来去京都，有了岳丈的照应，还愁立不住脚？

可能怎么办，"后事"都交代了，子孙能不听？吴氏打碎牙咽进肚子里，气得牙疼的毛病都犯了，好在苍天长眼，人算不如天算，谁能料到温家也换了人。

这下可热闹了。

报应来得太快，吴氏精神头儿瞬间冒了出来，问跟前的一名仆妇："新郎官儿呢，回后院了？"

那仆妇赶紧出去打探了一圈，很快回来禀报："三公子被人从酒桌上拉了回来，刚进院子。"

吴氏看了一眼外面黑漆漆的天色，牙疼都忘了，起身招呼身边的一众仆妇丫鬟："还愣着干什么，走，都去瞧瞧。"

温殊色在喜床上坐了一个多时辰，最初还能坚持，时辰久了，一双胳膊酸得抬不起来，团扇眼见要脱手了，忙把人都打发到外间。

只剩自己一人了，温殊色得以放松，撤掉手中团扇，捏了捏酸胀的胳膊，起身去圆桌前饮了两杯茶水，趁机打量了一圈。屋子的装饰奢华无比，但瞧什么都觉陌生，就是这么个地方，往后便是她的家了。她倒没有认地方的毛病，只要舒服哪儿都成，不舒服她将其改成舒服的便是。

拜过堂后，她已同先前的想法不一样了，将自己当成了半个谢家大少奶奶。往后大公子在衙门当他的值，这后宅她待的日子多，得花一些心思在上面，旁的都还称心如意，唯独那只会说话的鸟雀，她不喜欢，改日给谢三公子退回去吧。

方嬷嬷怕她饿着，让人送来酒菜，摆好后，又被她打发出去。前院的酒席天黑了才会散，漫长时光是消磨人紧张最好的良药，久了都快忘记了自己是个替代，用了餐食饮了茶水，等啊等啊，等到天边余晖散尽，夜色登场，屋外的仆妇丫鬟突然闯进来禀报："公子回来了。"她暂时丢掉的那股子心慌才又捡了回来，转身匆匆坐回喜床，把团扇严严实实地遮挡在面上。

很快，耳边响起了脚步声，越来越近。

丫鬟拂起最后一道珠帘，细碎的珠子碰到一起，发出"丁零"的脆响，回荡在耳边迟迟不散。温殊色十指紧握扇柄。团扇的扇面为白绢所制，绘制了一对鸳鸯，没有针脚的地方并非完全瞧不见，光线透过来，能模糊地看到个身穿绯色婚服的人朝她走来。

想她活了十几年，哪有过这般紧张，换气都小心翼翼。

她正屏住呼吸，对方走了一半却立在那儿不动了，屋里两盏比人还高的落地灯盏把他的身影拉出了一道长长的阴影。

温殊色早已做好了心理准备，知道谢家大公子同大娘子见过，待会儿团扇一取，突然见到另外一张面孔，吓一跳是在所难免。但伸手不打笑脸人，她先赔个不是，再告诉他两人已经拜过堂，是名正言顺的夫妻了，既已成事实，何不就接受呢。再说自己也不差，虽比不上温素凝那般温柔贤惠，但她的长相略胜一筹，除此，她还有旁的可取之处，比如……

对方在那儿似乎站了有一会儿了，还没过来。

心中有鬼后，很容易心虚，温殊色怀疑起手中的团扇到底有没有起到作用，他莫不是瞧出来了？

而对面的谢劭，不过是在看自己那张睡了好几年的床，帐子被褥换了，还被一个陌生女人给占了——就算是只鸟雀，被分了巢，心情也不会好到哪儿去。

谢老夫人知道他会找出各种借口来装疯卖傻，宴席上的酒他一口都没沾到，此时脑子清醒得很，正因为清醒，双脚无论如何都不想再迈半步。

他谢劭虽算不上正人君子，但还从未干过如此上不得台面之事。

刚转过头，立在他后方的方嬷嬷头一低连连后退，同旁边的丫鬟手疾眼快地将两道直棂门扇关得结结实实。

满屋子的红烛，静悄悄地烧着，屋里就只剩下两个人了，迟早得面对。

她要真介意，他也爱莫能助。

她是个受害者，自己有愧在先，怎么着也该给人家一个好脸色，谢劭调整好心态，再次往前，偏开目光轻声道："取下来吧。"

清清淡淡的声音，透出几分不经意的散漫，一时听不出喜悲，还挺悦耳。

男女头一回见面，一眼瞧中的都是对方的容貌和仪态。为了待会儿能早些被他接受，她得先把自己最美好的一面展露出来，最好能让大公子一眼见到她就能忘了大娘子，这样更省事。温老夫人从小在她身上费的心思不少，请了先生和嬷嬷授课，大家闺秀的规矩一样没落。

这厢团扇一寸一寸地往下移，眉眼慢慢上抬，女儿家的娇态她天生自带，但要她做到妩媚多情，有点犯难，费了一些劲，才勉强往自己的眼睛里揉入了几丝含情脉脉。

微笑，羞怯，抬眼——一套动作自认为赏心悦目。

今日大婚，婚房自不会吝啬烛火，除了两盏落地罩灯，头顶上还悬挂着几盏五六层高的红烛铜灯。

光线亮堂，瞧什么都清楚。

对面的新郎官儿金冠绯衣，身长如玉，灯海里一张脸乍一瞧，让人忍不住惊艳，再细看，剑眉星眸，唇红面白，不仅经得起打探，竟越瞧越乱人心弦。

可……就是这么一张光风霁月的脸，却吓得温殊色差点飞了七魂。

谢三？

她瞳仁里好不容易聚集起来的含情脉脉瞬间变成了惊吓，手中团扇"啪嗒"一声落下，滚到了对面郎君的脚前。

谢劭的视线本没往她面上瞧，料定了她会有如此反应，正欲同她摊牌，目光转过来，不经意一扫，皱眉顿住。

团扇落地后，温殊色只剩下凤冠上的流苏玉珠，离得远或许瞧不真切，如今两人之间隔了不到五步，细珠子只能隐约挡个大概。

巴掌鹅蛋脸，额点花钿，玉肌朱唇，美艳如火。

温家的大娘子他见过，但这轮廓不太像，且那双眼睛，他好像在哪儿见过……

到底还是隔了珠帘阻碍了视线，没看清楚，他又往前走了两步，弯身偏头。

刚被吓掉七魄的一张脸陡然在她眼前放大，这回魂儿也没了，温殊色终于从噩梦中惊醒，意识到这一切并非梦之后，腾地从喜床上起身，脚步节节后退，伸出食指，指向跟前的人，急成了结巴："你、你……"退得太快，脚跟撞上身后一张圆凳，几番踉跄，凤冠上的流苏珠串也撞得噼里啪啦，乱七八糟。

不用凑近，他也看清楚了。

这不就是那日放狗咬人，趴在墙头上笑得最大声的温二娘子。

温殊色结巴了半晌，总算把舌头抒直了，与对面的郎君几乎异口同声地质问彼此——

"怎么是你！"

"怎么是你！"

晴天霹雳也不过如此。

噩耗当头一棒，双方都被砸了个稀巴烂，大眼瞪小眼，愣愣地盯着对方，不知过了多久，劈飞到天边的神志，才慢慢地拉回来。

为何会是这样的局面，风云突变一瞬息，两人脑子里闪过无数可能，倒也不难猜。耍心眼的不只是自家，对方也不是个讲诚信的。

谢家大公子换三公子，温家大娘子换二娘子。各自机关算尽，到头来，谁也没有如愿。搬石头砸自己脚，当真是算得巧妙，算得满盘皆输。

气血猛然上涌冲上脑子，脚跟有些不稳，谢劭伸腿去钩侧方的圆凳，腿才伸出去，便见跟前的女郎花容失色，提防地瞪着他："你别过来！"

简直可笑，谢劭"喊"了一声，全然没了好脸色："谁过去了？"

温殊色看着跟前的纨绔子弟，神志是归了位，内心却无论如何也无法接受，整个中州凤城，谁不知道他谢三是个败家子。

将来，将来……她该怎么办？

祖母要是知道，会如何……

一急起来，她也不想讲道理，将错全抛在了对方身上："你们谢家堂堂名门大户，这等子偷梁换柱的损招，也不怕折了脸面。"

谢劭憋着一肚子气，亏得谢老夫人在人前装"死"，居然换来这么个玩意儿，回头冷笑道："你温家倒是书香门第。"

这是要互相伤害了。

温殊色长了一张嘴，从来不是摆设，也不会让自己吃亏："你谢三要是看上大娘子，直接说啊，先退了大公子的亲，再上我温家来提，我大伯、大婶、祖母都同意了，光明正大地娶不好吗，非得干出这等上不得台面的事来，如今好了，你可如愿了？"

"咦——她还讲不讲理了！谢劭被她一刺激，顾不上坐了："你看上大公子，你怎么不去找他？"

杀敌一千自损八百，再争论下去，谁也讨不到好。

温殊色强迫自己冷静下来，同他商议："怎么办，我是万万不能嫁你的，你去找谢家老祖宗来，咱们今儿说清，虽说拜了堂，好在暴露得早，还来得及，适才大伙儿都没看清我的脸，咱把大娘子偷偷换回来给你，我选个日子再嫁给大公子，成不？"

这好像是眼下唯一的办法。

但她那话怎么就那么不中听，何为万万不能嫁，说得他像颗毒瘤。他一般很少同女郎计较，但这温二娘子显然是个特殊："我是能娶大娘子，但要怎么把你送回去？"仰头"噢"一声，又道，"还是八抬大轿原封不动把你送回去吧。"

他这是要撕破脸，不打算给自己留活路了？

今儿把自己戳成筛眼子，她也不能被这一口气给活活噎死："你坑蒙拐骗的招数已经用过了，再去温家不会有人再相信你，要娶大娘子？那你恐怕得把大公子的脸皮割下来，贴在自己脸上才管用。"

当真是个伶牙俐齿的女郎。

"言不过多，你家里人就没管教过你？"

骂她没教养呗。

温殊色心火一烧，咬牙道："谢宰相在朝为官之时，管理手下幕僚无数，怎么退居到了中州凤城连自己的儿子都管不住。莫不是有贵府的老夫人护着，他爱莫能助，只能让其野蛮生长，娶不到媳妇儿没关系，学会仗势欺人，坑蒙拐骗，还愁啥。"

成，她要吵是吧。

谢劭眉心一跳，一面往她跟前走，一面不服输地讨回来："当年温家老爷子辅佐文昌帝，高自标持，背后人人称赞他言行，怎么这一去，到了孙辈，竟如此败落，莫非老夫人平日太忙，疏于管教？"

已经上升到了对祖辈的人身攻击，再骂，恐怕连祖宗都得挖出来。

冤有头债有主，要出气，也得戳到正主儿的肺管子，温殊色搜肠刮肚正想着怎么把他打倒，见他越走越近，都要凑到跟前来了，情急之下突然对他叫出一声："汪……"

她儿时顽皮，这等把戏不在话下，声音从喉咙里发出来，有八分逼真。

谢劭神色一变，下意识地往后退，脚后跟推倒了之前绊住温殊色的那张圆凳，圆凳倒下，碰到旁边的一个瓷器摆件，接着摆着花瓶的高脚凳也倒了，"叮叮咚咚"砸了一串。

动静声传出去，躲在外间门后的方嬷嬷和一众丫鬟面面相觑。

丫鬟一脸疑惑："嬷嬷，我怎么感觉有些不对？"

传闻那温家大娘子性格温柔贤惠，方嬷嬷也不明白怎么会闹出这么大动静，担忧之余，隔着门扇唤了一声："公子……"

还没来得及问呢，便听到自家公子一声怒斥："温二！"

这一声"温二"与先前模糊不清的说话声不同，响亮无比。方嬷嬷一怔，抬头问对面的丫鬟："谁是温二？"

丫鬟也是一脑子糊涂："少奶奶该是温大娘子才对。"

"哟，这新人怎么还闹上了，今儿是谁守夜……"这头还未闹明白，外面廊下突然传来说话声，听声音像是谢大夫人吴氏。

方嬷嬷眉头一皱，忍不住嘀咕："她来凑什么热闹。"使了个眼色给旁边丫鬟，"你去瞧瞧。"自个儿则悄悄上前，耳朵贴上了直棂门扇。

丫鬟匆匆走出去，吴氏已带着一众丫鬟婆子，浩浩荡荡地立在了院子的穿堂内。

见丫鬟来了，吴氏挑眼朝灯火通明的厢房内望了望，神色一片忧心忡忡："这大晚上的，宾客还没散尽呢，温家大娘子可是闹上了？"

"闹一会儿就过去了，大夫人不必担……"

"你等着，明儿一早，我便让人抬你回温家。"新郎官儿似乎是气得不轻。

瞧这阵仗怎么也不像是一会儿就过去的样子。谢大夫人吴氏心知肚明，故意问丫鬟："三公子怎还把人家大娘子送回去呢，老夫人还躺在床上呢，可经不起他吓唬。"

丫鬟心道黄鼠狼给鸡拜年，您就别来火上添油了。

屋内温殊色听他说要把她抬回温家，到底有些心虚，旁的她不怕，唯独怕惹祖母伤心。瞅了瞅跟前满脸怒容的郎君，她实在想不明白，缓声道："狗有什么好怕的。"

她一副怜悯之相，无疑让谢劭再次回忆了一遍那日几人的狼狈。

这还不算，她又无辜地补了一句："它真不咬人，真的……"

"你把嘴巴闭上。"谢劭眼睛阵阵犯花，受不了她，"总算知道你们家老夫人为何要让你温二娘子上了大娘子的花轿，这不是滥竽充数嘛，不这么做，你怎么嫁得出去。"

嘴可真毒。

两人说话的声音也不小，传到门外，方嬷嬷听见了，穿堂内的谢大夫人和一众丫鬟婆子都听到了，顿时耳边鸦雀无声。

这还得了。大公子不是大公子，大娘子也不是大娘子，真相简直石破天惊，让人不敢相信。

"你厉害，怎么娶媳妇，还顶上旁人的名了……"

屋内新一轮吵架又开始了，外面一堆局外人还迟迟反应不过来，吴氏扫了一眼对面目瞪口呆的丫鬟，假模假式地捂住心口，倒退两步，惊呼出声："老天爷！居然温家大娘子也换了，这该如何是好。"

吴氏看似要被吓晕厥了，声音却格外宏亮，隔着婚房清晰地传进了两位当事人耳里。

屋内箭拔弩张的两人齐齐安静下来。

外面吴氏越发着急了，呵斥一众仆役："你们还愣着干什么啊，还不快去知会老夫人。温家主意倒是不小，还想偷梁换柱，以为随便抬个人进来，就能糊弄咱们了。哎哟，可怜咱三公子了，这娶的怎就不是大娘子呢……这事咱没完，必须得去温家讨个说法……"

很明显的讽刺了。

造孽在先，报应在后，合情合理，没什么想不通的，只得干受着。

先前两人还唇枪舌剑，恨不得与对方掐个你死我活，一瞬如同泄了气的皮球，躺平任人嘲，立在那儿一声不吭了。

大约过了一炷香的时辰，吴氏都走了，屋内还是没有一点动静，安静得不太正常。方嬷嬷心头一跳，慌忙推开一条门缝："公子。"

"出去。"谢劭心烦。

方嬷嬷关上门吸了一口长气，还好，两人都好好地活着。

这事要怎么善后，身为奴才她也不知道，身子埋进土里半截了，还从未遇到过如此棘手之事。闹出这般大动静，且有谢大夫人吴氏那张嘴报仇雪恨，谢老夫人想必很快就会知道，她还是候在这儿，好生看顾着吧……

谢大夫人吴氏的话连讽带刺，犹如一瓢凉水，彻底泼灭了两人身上的火焰，两人都没了心思再动嘴。

既已成事实，再追究是谁的过错毫无意义，紧要的是，接下来该怎么办。

冷静下来后，温殊色的心情跌到了谷底，一抬头，铜灯上的红蜡烧出了蜡油，挂在烛柱上，像极了滴下来的一串串眼泪，莫名地让人觉得悲伤，似是为她这一场糟心的婚事哭泣。

今夜一过，谢家上下都会知道她不是温家大娘子，是温家二娘子。谢家的谋算落了空，会不会恼羞成怒？适才她说的那办法，细想起来实则也行不通，就算让谢家今夜把她悄悄送回温家,大娘子就乐意嫁给谢三了?造了一次孽,便遭了这般报应,万不能再打旁的歪主意。

她是彻底走投无路,但他谢三也好不到哪儿去,顶着谢大公子的名来温家接亲,之后又顶着自己的脸同她拜堂,前堂宾客的眼睛又不瞎。他要真敢八抬大轿把她原封不动地抬回去,那他谢家的名声也不要了。

她转念又一想,都能当着大伙儿的面临时换新郎了,谢家怕是也没把名声当回事。

谢家真要两败俱伤撕破脸,吃亏的还是女郎。流言蜚语一起来,还不知道把她传成什么样,大抵说她不要脸,自个儿往上贴也没人要……

她估计也会成大酆开国以来,唯一一个被退回来的新娘子。名声没了,这辈子再嫁人是无望,祖母原本是为了自己好,想让她嫁个会疼人的郎君,结果好心办了坏事,心疼和内疚,怕是能把祖母活活怄死。再想起临走时,门扇内的那道身影,她心口蓦然一酸,眼圈也跟着泛红。

要不……

可怕的念头一起来,温姝色下意识地回过头。她那一声狗叫后,谢劭早已离她远远的,立在屋内的一片狼藉之间,一手叉腰一手扶额。似乎是察觉到了她的目光,他也偏过头来,眼神极不友善,让人忍不住又想撑他,但论品相……

她记得自己今夜头一眼瞧见的是他右边侧脸,后来他一凑近,又瞧见了正面,如今对着她的是左侧,突然惊奇地察觉,那张脸居然全方位没有半点缺陷,完美得有些过分,再看身形,骨架大,肩膀也宽,个头……似乎比她亲哥哥温淮还高半个头。

论品行……还是别论了。

他全身上下可圈可点的,只有那张脸。

巧了,对面的谢劭也是如此想法。

一通闹下来,温姝色面前的流苏珠子早已掀开,搭在了凤冠上,一张美人脸彻底地暴露出来。作为新娘子,她今夜的妆容自然细致,柳叶眉,樱桃小嘴,她的脸不似一般女郎那般消瘦,饱满有肉感反而看起来更为水嫩,双颊上晕了一层浅浅的桃粉胭脂,眼角也有,分辨不出是由何种胭脂调出来的色彩,但明艳动人,眼睛……

她刚翻开的那白眼是何意?

算了。

谢劭扭过头,要真娶了她,大抵唯一安慰的只有她那一张脸。

事情到了这份上,千万条后路他都想过了,貌似只有一条路能行得通。

再换人不太可能。

老祖宗连自个儿的面子和名声都豁了出去，不惜装死，也要让他成这一门亲，为何目的，他心里清楚。不外乎想让他娶一个贤惠的媳妇儿，替他守住家业，两人能夫妻恩爱，家庭和睦。

　　这会儿谢大夫人怕是已经去了老祖宗那儿，知道温家也换了人，没病也得气出病。谢大夫人说得对，老祖宗那把年纪不起折腾。

　　不过是想让他过得好，如老祖宗所愿便是。他心头有了求人的打算，嘴巴却硬实，冲身旁的女郎"喂"了一声，见她看了过来，便道："不是我故意泼你凉水，你真嫁不出去了。"

　　他气不气人。

　　他是想气死她吧。

　　温殊色先前的那点念头顿时消失得无影无踪，后半生会如何她已完全顾不上了，如同膨胀的刺猬，眼见就要炸开，又听他道："要不同我将就一下？"

　　他转过身，面朝她，如同在谈一桩买卖："造成如今局面，你我两家都有过错，与其费心揪彼此的把柄，不如握手言欢，化干戈为玉帛，将错就错。我愿意牺牲自己，你呢，愿不愿意将就？"

　　他说得诚意十足，倒是与她还没被他气岔气之前，想出来的主意不谋而合。

　　祖母之所以让她替嫁，也是想让她幸福，若她真同跟前这混账东西相处融洽了，祖母是不是也能放心了？

　　但得需要多大的勇气呢……

　　"将就"二字用得太妙了，这辈子要同这么个人生活，可不就是将就。

　　见温殊色立在那儿半晌，单是一双眼睛骨碌碌乱转，也不给他答复。

　　谢劭催了一声："如何？"

　　"容我再想想。"

　　谢劭抬袖一扫，哂笑："有什么好想的，我都没……"

　　温殊色及时打断："你别说话，你一开口，咱俩今夜铁定谈崩，谁都不会有好下场。"

　　这倒是，谢劭自己也有那个自知之明："成，你慢慢想。"

　　谢劭不催她了，一屁股坐在旁边的圆凳上，提着酒壶，一杯接着一杯地往喉咙里灌。

　　仿佛等到了三更那么久，她终于出声了："咱约法三章。"

　　正好，他也有。

　　为了彰显自己的君子风范，他主动礼让："你说。"

　　温殊色虽说不是扭捏的性格，可一个黄花大闺女，有些话还是难以启齿，舌头免不得磕磕碰碰："周、周公……"

说了一半，谢劭已明白了她的意思："放心，我又不是畜生，不喜欢的女郎，不会碰。"

这话倒让温殊色刮目相看，他是想说自己万花丛中过，片叶不沾身？

不过，这不重要。

温殊色继续道："人前是夫妻，人后我们……"

"各不相干。"先前他还觉得这辈子大抵要同她温二鸡犬不宁了，如今多少有点安慰，起码这约法三章，和他想的一样。

温殊色吐出一口气："最后一桩，我从小衣食无忧，没吃过苦，以后你也不能让我跟着你吃苦。"

唯独这条不同，但也不是什么大不了的事，他谢劭还能饿死她不成，于是满口应下："成交。"

一条死胡同，突然找到了一条出路，没工夫去想胡同通向哪儿，前面是不是一道悬崖，总之是值得庆幸的。

人放松后，温殊色方才察觉凤冠压得她脖子发酸，姑姑和丫鬟都不在，她只能自己动手去解。

"我也有一条。"谢劭转头，正好瞧见她袖口滑落之下的半截胳膊，白嫩得晃人眼，目光不动声色地撇开。

温殊色挑眼望去，盯着他后脖子："啥？"

"以后不许学狗叫。"

温殊色一愣，心道他怎么还过不去，不就是条狗……忽然见他脊梁越绷越紧，她想起两人好不容易才做到表面的心平气和，点头应承："好。"

这头刚谈妥了，外面又是一阵吵闹。

"二娘子。"

"娘子……"

温家的家仆终于被放了出来。主仆相见，指不定有多少话要骂他呢，他再待这儿不适合，起身道："我先出去，你收拾好了叫一声。房间是我的，并非我不行君子风度，实在是有认床的毛病，旁的地方睡不习惯，就劳烦你让人铺个褥子在地上，铺哪儿都可以，我不介意。"

温殊色手上没控制好力度，扯了一把头发下来，顿时眼冒金星。

"啪"的一声，门扇推开，那人已经扬长而去。

晴姑姑、秋莺、祥云立马闯了进来，祥云跑得最快，"扑通"跪在温殊色跟前，上下细细地把她打探，一面哭着一面问："娘子，他可有欺负你……"

晴姑姑和秋莺也跪下，双双抹泪："娘子，是奴才们没用。"

温殊色没出声儿，待心口的那股翻涌平息下去了，才转头吩咐祥云："你去庄子，把那菩萨的金身给我刮下来。"

她花重金供来的菩萨，满心诚意地把自己对未来郎君的愿望都说了，不惜塑了金身，可瞧瞧菩萨是如何回报她的。不干事的菩萨，没资格享受她的金身。

祥云连连点头："娘子放心，奴婢明儿就派人去刮，娘子要还不解气，咱扔它去香炉里吃灰去。"

晴姑姑则让秋莺去关门，把谢家的仆人都关在了外面，只剩下温家人了，才回头慌张地问温殊色："二娘子，咱们怎么办？"

"还有退路吗？"温殊色垂死挣扎。

晴姑姑忙凑近道："有，奴婢立马送娘子回去，名头上温家今儿嫁的可是大娘子，只要二娘子先逃出去，明日谢家来要人，要的也是大娘子……"

一旁的秋莺听了一半，眼珠子圆瞪，惊愕地打断："晴姑姑这不是要坑大娘子吗？"

晴姑姑一愣，回头望向秋莺，被秋莺那目光看得心头直发虚，又转头躲开。她倒忘了，这儿还有一个敌方阵营的。

这法子确实是坑了大娘子，可除了这个没别的招数了。

一时之间，几人都陷入了沉默。

本也没抱多大的希望，温殊色不想再钻进死胡同里乱撞一回，认命道："我想好了，谢三就谢三吧，他也同意。"

"二娘子。"

"娘子……"

瞧三人的反应，不清楚的还以为她要去赴死。

温殊色想起父亲同她说过的话，要想和一个人和睦相处，便多想想他的长处，把之前两人的第一次见面从脑子里抛开，当作今夜是两人的开始。

"其实，三公子挺不错。你们看他长得多好看，个头高，宽肩窄腰，眉毛、眼睛、鼻子、嘴巴没有一处打马虎眼，细皮嫩肉比一般娘子还白，别说中州凤城，这样的姿色，大酆怕也难寻出几个，且谢仆射虽辞了官，那也是宰相出身，瘦死的骆驼比马大，宰相之子，身份比大公子还高。就这宅子，还是陛下赐给谢仆射的呢，有钱长得又好看，简直是一桩完美的姻缘，我赚了。"

吞了黄连说甜，大抵便是如此。

也不知道是安慰她们，还是安慰自己，温殊色说完心头突然敞亮了不少，甚至还怀了几分希望。

果然，人要有一颗善于挖掘美的心，不为旁的，取悦自己也好。

那人只要不张嘴同她说话，不出现在她面前，凭她脑子里构造出来的美好画面，往后她还真能在谢家幸福地过一辈子。想通了，就安心地住下来。

昨日夜里从庄子回来后,进门便成了新娘子,一夜没合眼,天一亮又上了花轿,疲倦从四面八方席卷来,温殊色打了个哈欠,不管三人是何神色,起身吩咐道:"更衣吧。"

谢劭出去后,便去了谢老夫人的院子。

到了门前,屋里已经炸开了锅,一堆人围着,府医也来了,刚替谢老夫人号完脉,让一丫鬟跟着他去抓药。

府医走到门口,险些同一身婚服的谢劭撞上,神色一怔,拱手招呼:"三公子。"

谢劭目光往里瞧了一眼,问他:"老祖宗如何了?"

"气血不畅,伤了精气神,我先开一帖药,让老夫人服下睡一觉,明儿再看情况。"

谢劭点头,抬步跨进去。

里屋谢老夫人半躺在床上,面色憔悴,喘着粗气。谢大夫人吴氏正坐在她身边陪着,拿瓷勺小心翼翼地往她嘴里喂水:"要怪就怪那温家不守诚信,咱明儿就派人去讨个说法,母亲千万别气坏了身子⋯⋯"

听到身后珠帘响,吴氏回头见是谢劭,惊了一跳:"新郎官儿怎么来了?"

"伯母先出去,我同祖母说几句话。"谢劭没去看吴氏,往床边走,等着吴氏给他撤地儿。

他一个高个头突然伫在跟前,像一座山压过来,吴氏只好起身:"成,好生同你祖母说,别让她再怄气。"

屋里一众仆役都被打发出去,谢劭搬了个凳子坐在适才吴氏的位置,看了看被气得话都说不出来的谢老夫人,凑近冲她一笑,狭长的一双黑眸,笑起来风度神采,勾魂引魄。这张脸可惜温殊色没见到,若是见到了,说不定今夜又能少伤些神。

"祖母,实不相瞒,温二娘子正是孙儿的心头所好⋯⋯"

好不容易把谢老夫人安抚好,时辰已过了人定。

温二也该收拾好了。

谢劭昨天半夜被抓回府当上了新郎官儿,天没亮又去接亲,人有些犯困,匆匆赶回院子。

进了屋,却见谢家的丫鬟都候在了外间,里屋两道门扇紧闭,道她还没弄妥当,他便坐去了外间的蒲团上候着。他不知不觉撑着头,糊糊涂涂地睡了过去,脑袋险些点在了桌上,才猛然惊醒,起身走到里屋,见还是没半点动静,霎时没了耐心,吩咐方嬷嬷:"叫门。"

方嬷嬷忙上前唤道:"三少奶奶……"

谢劭一噎。

先前两人在屋里的一番商议,方嬷嬷贴着耳朵都听全了,知道两人已决定将错就错,那往后这位温二娘子,便也是谢家的三少奶奶了,她没叫错。

门扇很快从里推开,晴姑姑走了出来,同谢劭蹲礼:"姑爷回来了,娘子适才等了一阵姑爷,实在没熬住,已经歇下了。"

谢劭一言不发,脸上带着肉眼可见的疲倦。

晴姑姑识趣,回头把秋莺和祥云一同唤了出来。

屋子里的狼藉已收拾干净,推倒的高凳重新摆回了原位,靠近床边的一块空处铺了几层干净的褥子,枕头棉被都放好了,上面并没人。

不是说歇息了吗?

谢劭困惑,抬眼一扫,很快找到了人,确实歇息了,歇在了他床上。

谢劭眉心一跳,这人还真不讲信用,不顾有没有打扰她安眠,他毫不客气地唤了一声:"温二。"疾步朝她走去。

他立在床前,伸手就要推她,床上的女郎突然往里一翻,死死抱住身上的云锦丝被,嘴里喃喃如梦呓吐出一声:"祖母……"

软绵绵的棉被被她蜷缩成了一团,全身上下裹得只剩下了半颗脑袋,这姿势,像极了遇到危险的鸵鸟。

吊灯上的红蜡燃得正旺,偶尔"噗噗"几声,火光也跟着跳了跳,谢劭手僵在半空一阵,到底是缩了回来。

要不是他,这会儿她应该是知县夫人。一个女郎新婚当夜才知自己嫁了一位不如意的郎君,没有退路,只能寄人篱下。

也挺可怜。

脑子里那可怕的同情心一起来,再也无法下手,谢劭转身去了净室,退下身上的婚服,洗漱完回到房里,床上女郎睡得正香。

他咬牙躺进褥子里,瞬间被地板硌得腰窝发疼。他堂堂谢劭,何时睡过地上,越想越来气,同情心荡然无存,转头不甘心地又唤了一声:"温二,你讲不讲道理。"

回应他的只有耳边均匀的呼吸声。

这番翻来覆去,困意袭来,腰窝子似乎也没那么疼了,正要入眠,突然一阵高亢缭亮的戏曲唱腔从前院传来,隔着好几个庭院都觉吵得慌,谢劭心火乱窜,翻了个身,用被压住耳朵,何时睡过去的他不知道,睁开眼睛时,外面已经大亮。

他掀开身上的褥子坐起来,周身如同拉过弓箭,又酸又疼。

散乱的思绪从混沌中拉回来，方才想起了他昨夜娶了个媳妇，他转头去寻找那位鸠占鹊巢的罪魁祸首，床上已没了人。

温殊色昨晚睡得挺好，床上的褥子垫了好几层，与她温家闺房里的床铺差不多，又软又暖，很适合初春的气候，昨夜一躺上去，睁眼便到了天亮。

趁他还没醒，她先占了净室，正端着盐水漱口呢，身后一阵风袭来，没等她反应过来，人已堵到了她身后，劈头质问："昨夜我同你说过，我认床。"

温殊色背对着他，忙抬起宽袖，把嘴里包着的一口水吐出去，才转过身。

昨夜面上的新娘妆容已洗干净，一张脸素净白皙，亮堂的阳光从旁边洞开的直棂窗内照射进来，四目相对，彼此看得比昨夜更清楚。没了昨夜的明艳，像是剥开了夜色的美玉，她脸上的神色并没有如他想象中露出半丝内疚，反而拿眼狐疑地打探着他："认床是心病，多习惯就好了，我看郎君昨夜睡得挺好，这不才刚醒嘛。"

人困极了，哪里不能睡，她站着说话不腰疼，他想提醒她记住自己的本分，却被耳边那一声"郎君"渐渐分了心。

纵然这门亲事并非你情我愿，且还鸡飞狗跳，但大清早的突然被一位长得还算好看的女郎，唤了一声郎君，他也有了片刻的失神。再看净室，多宝橱上一半的位置已放上了她的东西，花花绿绿一片，无一不在提醒他，他已是有妇之夫。

既然自己已经认下了这门亲，他总不能真将她提出去，扶额揉了下眼眶，脚步风一般旋了出去，身上还穿着宽大的衫袍，扬声叫来了门外的小厮闵章："把西厢房腾出来。"

温殊色自从见了他这么一眼后，一个早上，再也没见到他人影。

她嫁了三公子一事，很快便会传到温家，她得赶在流言出来之前先知会祖母，早上洗漱完后忙打发秋莺回去给温老夫人报信。

找个什么样的理由呢？温殊色脱口而出："就说我喜欢上了三公子，他英俊非凡，我一眼就看上了。"

昨日谢家大公子的婚宴，出来拜堂的却是三公子，已引起了不小的轰动，还没闹明白其中曲折，一早起来，不知道谁最先传出来，府邸上下又说昨日抬进谢家的新娘子，也不是温大娘子，而是温二娘子。

越来越乱了。各种猜测层出不穷，比画本子还精彩，天下没有不透风的墙，狂风以势不可当的姿态，从墙头上刮过，很快卷往街巷。

流言一起来，谢家必然会被淹没，谢劭一早到了醉香楼，让人去约周邝。

夜里的醉香楼灯火辉煌，莺歌燕舞，白日也不过是一处饮酒聊天的地方。

周邝收到消息,翻墙前来赴约。他上楼推开房门,见谢劭临窗而坐,一身墨色团花圆领衫袍,盘坐在蒲团上,侧头正瞧着底下的车水马龙,忙唤了一声:"谢兄。"

谢劭转过头,周邝一屁股坐在了他对面,招手让身旁的小厮倒茶,抿了一口:"还是醉香楼的茶好喝,家里的茶水再香,总觉得缺了一股味儿。"放下茶盏,周邝迫不及待地同他邀功,"我可花了整整一个月的支出,请了对岸白楼里的戏班子到贵府助兴,还用上了红牙板,怎么样,昨夜那小曲儿可带劲?"

确实带劲。

谢劭没答话,扯唇一笑。

与周邝行于表面的纨绔不同,谢劭的不羁刻在了骨子里,一眼瞧着人才斐然,只有在起歪心时,那股世家子弟的矜贵败类之相,才会表露出来。

周邝太熟悉了,谢劭这样一笑,周邝莫名发慌:"怎么,唱得不好?要不是被禁足,我也能去凑个热闹,可惜了……放心,等你成亲,我必定上门闹上三天三夜。"

谢劭难得没搭腔。

往日谢劭很少这么早约人,见他似乎有事,周邝没再耍嘴皮子,先开口问:"谢兄有何事,不妨直说。"

说话间,有人推开了隔壁的门,两间厢房虽有隔断,但临街的一排窗扇相连,此时都敞开,对面的说话声清楚地传了过来。

"谢家的事儿你们听说了没。"

"大公子换成三公子那事儿?"

"这才是个开始呢,精彩的还在后头。温家抬过去的听说也不是大娘子,你们猜是谁?"

安静了几息,那人又道:"温二娘子!"

"还有这等荒唐事?"

"这哪是大公子的婚宴,怕不是三公子的婚宴。"

"温家倒是同你的说法一致……"

谢劭让闵章把窗户关上,隔壁的说话声瞬间挡在了窗外,再抬头,对面周邝已经目瞪口呆,动也不动地盯着他。

"确实有一事。"既然都听到了,谢劭也懒得解释,接过周邝刚才的话,扫袖提起茶壶替他续茶,"帮我去造个谣。"

周邝还没从刚才那个惊天动地的消息中缓过神,见谢劭轻轻地搁下茶壶,凑过来慢慢道:"说我谢劭对温二娘子图谋已久,昨日婚宴,为我俩两情相悦。"

老祖宗没那么好骗，得等外头的风声传进府上，这场笑柄才会平息，老祖宗也能喘回一口气。

周邝把手默默地伸进袖筒里，狠狠掐了一把，他定还躺在被窝里做梦，且还是个噩梦。胳膊上的痛楚无比清晰，周邝依旧不相信，怀疑自己耳朵听错了，不死心地确认道："谢兄，温二娘子是哪个温二娘子？"

断不会是那位放狗咬人的温二娘子吧……

对面的谢劭一言不发，目光望过来，脸上那一抹死灰般的沉寂，已经不言而喻。

人在家中坐，祸从天上来。周邝除了同情，再也说不出话来，半晌才喃喃道："谢兄，早就同你说过，供尊菩萨……"

身后房门"哐当"一声被推开，崔晔、裴卿先后闻讯赶来，一副行色匆匆的样儿："谢兄……"

一大早，凤城四大纨绔算是聚齐了。

谢家老夫人昨儿夜里受到的打击不小，病是真病了，谢劭安抚完后半夜才睡着，早上还没醒。怕待会儿新人过来敬茶，再受刺激，谢夫人身边的贴身婢女南之早早派人来同方嬷嬷传话："老夫人身子不利索，新人敬茶先搁上一阵，等老夫人身子好些了再说。"

本就是个替代，谁也不待见谁，一见面自己尴尬，对方也尴尬。

省了敬茶，温殊色落了个轻松自在。

这亲事虽不尽如人意，谢老夫人没能如愿让谢三公子娶到温大娘子，可温二娘子已经进了屋，往后便是府上的三少奶奶了，方嬷嬷同她说了一些院子里的情况。半个月前，谢劭的外祖母摔了一跤，接到消息后，谢劭的父母连夜赶去了扬州，如今不在府上。

这一来，倒也证实了这回打主意要换亲的人是府上的老祖宗。

简直和自己一模一样。

谢老夫人病了，祖母呢？得知真相后，怕也少不了一场大病，自个儿编造出来的那套说辞，祖母八成也不会相信。父亲和哥哥又不在，过两个月回来知道自己嫁了人，嫁的还是凤城有名的纨绔，会如何想？

昨夜事发突然，太急太累，只顾着为自己谋一条活路，来不及细嚼，这会子天亮了，脑子也醒了，再回头去看自己这桩稀里糊涂的婚姻，心里说不出的忧伤悲哀。

所有的女郎都有一个怀春的梦，她也有。

在去庄子前，明婉柔将她送到城门口，明家的二公子也一道骑马护送。临别时,二公子突然跳下马背,疾步走到她跟前,目光落在她的脸上,左右躲闪:"二娘子好好照顾自己,早些回来。"

早春的风一吹,将站在她身前的少年的脸都吹红了,多美好,多心动。她要嫁,也该嫁这般如意郎君。

再想起昨夜那张怒目瞪她的脸,和那一声呵斥她的"温二",两者一比,立见高下。

不能想,想多了都想去跳河了,悲伤的情绪越来越浓,收不住,总得有个地儿宣泄出来,温殊色抱住胳膊"嗷嗷"地哭了起来。她一哭,晴姑姑和祥云也跟着落泪,主仆三人抱成一团。

方嬷嬷和谢家的丫鬟立在一旁,手足无措。

嫁过来头一天,长辈不认,新郎官儿一早又不见了身影,确实是个可怜人。方嬷嬷上前细声开解道:"眼下正值春季,院子里花儿开得好,三少奶奶去逛逛,散散心吧。"

温殊色不是个善于伤感的人,天大的事,哭过一场也就过去了。她回屋里洗了一把脸,打起精神,真带上晴姑姑和祥云去了院子。

这一逛,她便找到了自己的快乐。

昨日进来,她就觉得院子大,不承想还有个小湖可以划船。

想在温家时,想划船还得去几里之外的湖泊,见现成的摆在面前,温殊色忙让人把船只拉过来,主仆三人一道上了游船,刚从拱桥下穿过,迎面一片花海闯入视线,成片的芍药花,沐浴在春日之下,粉粉白白,恍如梦境。

温殊色突然觉得自个儿先前的格局太狭隘了。不就是谈情说爱、风花雪月嘛,她要想了,多看些话本子,或是去茶楼里听一段感天泣鬼神的旷世绝恋,看别人恩爱也能过瘾。

除了姿色,谢三在她眼里,又多了一样可圈可点的地方——会过日子。

正午的日头有些晒,温殊色从芍药花丛中横穿而过,爬上了挨着院墙而建的一处观景阁楼去乘凉。阁楼有三层,站在最顶上往下看,能把附近一片府邸瓦舍,尽收眼底。只见高高矮矮的青砖黛瓦,横七竖八地挤在了一起,与平时在地面上瞧见的感觉完全不同,站在高处,视线开阔,有了一种万物皆在脚下,一切的烦心事儿都随之烟消云散的宽阔胸襟。

祥云突然道:"娘子,这里能不能看到温家?"

随着她的话,几人抬眼开始寻找。

"还真能瞧见,那不就是嘛。"晴姑姑手一指,指向左侧尽头的一处瓦舍,即便只露出一方院角,也足以让几人兴奋。

"以后娘子想家了,就来这儿看,咱明儿捎个话回去,说不定哪天娘子还能和老夫人对望呢。"

这就有点异想天开了。她们能瞧见对面，对面可不一定能瞧到这儿来。

正在兴头上，右侧的墙角处突然传来一道呵斥声："怎么说人怕出名猪怕壮呢，这人啊一旦有了半点出息，总有八竿子打不着的亲戚找上门，顾氏不过是府上的一位姨娘，就能引来了你们这等穷酸亲戚，今儿表姐，明儿表妹，自个儿都泥菩萨过河呢，也好意思领你们进门……"

温殊色好奇，抻长脖子一望，那不是谢家大门吗？

说话间，立在门内的那人突然一把推开门槛处的两人，府门"啪"一声关上。

那两人吃了个闭门羹，转过身来。温殊色才瞧清，是位四十来岁的妇人，身边带了个女郎，两人均是面黄肌瘦，衣衫破烂不堪，手上连个包袱都没。

女郎盯着谢家那道气派的将军门，面色绝望："娘，我们该怎么办？"

"走吧，看来你姨母日子也不好过，咱上街头讨一点，总比饿死强……"

傍晚时分，谢劭才踏进院子，一进门先问方嬷嬷："老祖宗今儿怎么样？"

挨着正屋的西厢房闵章已经收拾了出来，见他抬步要往里走，方嬷嬷忙把他拦住："老祖宗挺好，三少奶奶……"

谢劭脚步有些晃，一听到三少奶奶，脑仁就叫嚣得厉害，不耐烦地问："她又怎么了？"

"三少奶奶今儿大哭了一场，哭得肝肠寸断。"方嬷嬷垂着头，细细禀报，"今早老夫人那边派人过来传话，说让三少奶奶不必过去敬茶，三少奶奶听进心里，想必牵起了心头的伤心事，一发不可收拾，晌午过后，都没进食，公子还是去瞧一眼吧。"

既已成夫妻，总不能形同陌路，往后一辈子的时间，多相处下去，保不准哪天就看上眼了呢。

见他不出声，方嬷嬷又低声道："其实三少奶奶也挺可怜……"

今儿天一亮，府邸上下都知道温家换了人，个个都不待见她，公子又出去了一日……

长辈不疼，夫君不喜，怎不可怜。

耳边安静了半晌，谢劭才开口："麻烦。"嘴上如此说，脚步到底还是转了个方向，去了正屋。

温殊色逛了一上午的园子，有些累，午后回来睡了一觉，错过了饭点，这会子没了瞌睡，正坐在灯下剥着桂圆。

听到外头的脚步声，又听丫鬟唤了一声"三公子"，她心头一跳，暗道西厢房不是收拾出来了吗？

040

这天都黑了,他怎么还进来了,不是说人后各不相干吗?

果然是来同她争床的。

这头还没想好应付的法子,外面的人已拂起珠帘,径直朝她走来,掀袍坐在了她对面的圆凳上,也没看她,直接开口:"你又想如何?"

瞧吧,这人就不适合说话。

"昨夜咱们已经谈好,你也同意留在谢家,既然愿意,就别做出一副我欺负了你的模样。不妨告诉你,就凭你温家滥竽充数的手段,别说过安稳日子,以府上大公子的脾气,当夜便能把你原封不动地送回去,你应该庆幸遇到的是我,若非我心生慈悲,恐怕你连哭的地儿都没有。"

温殊色眼皮一跳,真想把他那两瓣嘴唇给封上,手里的力道没控制住,桂圆"啪"一声,壳儿捏得稀碎。

谢劭顺势看过去,这才看清满桌子的桂圆壳儿,旁边还有一碗刚用完的鸡蛋羹,眉头一皱:"你不是食不下……"

"三哥哥回来了吗?"说话声突然被打断,外面又是一阵急促的脚步,一面往里走,一面唤着,"三哥哥……"

很快,里屋那道还没来得及平息下来的珠帘,再次被掀开。

是位十五六岁的年轻女郎,齐踝间裙,外罩一件春季杏色短衫,小圆脸,看上去俏皮又活泼。

温殊色转头,恰好与那女郎的目光对上。

对方眸子里划过一丝惊艳,很快平淡下来,漠然地别开,也没同她招呼,冲她对面的郎君走去,弯唇笑成了月牙:"三哥哥,你怎么才回来?"

谢劭头正疼着,怕吵:"什么事?"

女郎立在他两步之外,捏着手垂目道:"今日顾姨娘的表姐来了府上,说是家里遇上了天灾,没了口粮,带自家娘子前来投靠姨娘。许是顾姨娘手头也紧,没给,我恰巧在门口遇上,瞧着不忍心,擅自做主,便给了她一些钱财,挪的都是这个月的用度……"

顾姨娘,那不就是……

身后晴姑姑与祥云不由得相视一望,偷偷地看向自家娘子。

不过一个局外人,温殊色本也没打算听他们说话,可实在太巧,眸子不由得轻轻一动,挑起眼重新打探起了对面的女郎。

谢劭揉了揉太阳穴:"多少?"

"五百两。"

这一幕莫名熟悉,以温殊色的经验之谈,觉得这女郎有些太心急了,狮子大开口容易穿帮。

随后,她便见对面的郎君眼睛也没眨一下,抬手唤来了外间的方嬷嬷:"给她一千两。"

温殊色顿时失言,她大抵明白了谢老夫人的苦心,为何不顾名声也要把新郎换成谢三,是指望温大娘子的贤名,能拯救这位败家爷们儿。

结果被自己搅黄了,真可惜……

温殊色难得有了一丝愧疚,心头却生了疑惑。全凤城的人都清楚,谢家二房就谢劭一个独子,无兄弟无姐妹,今儿来的女郎定也是大房的哪位娘子,怎还上他谢劭这儿来要用度?

谢大爷乃中河副指挥官,被靖王一手提拔上来,按理说也不缺钱财。

疑惑归疑惑,钱不是她的,轮不到她操心,她继而埋头从一把碎渣子里去抠桂圆肉。

女郎得了自己想要的,脚步轻快地跟在方嬷嬷身后,眼见就能拿到一张千两银票了,心中别提有多快乐,谁知人还没走出去,身后突然唤了她一声:"慢着。"

女郎转过身,神色免不得有些慌张:"三哥哥还有事吗?"

温殊色也挺意外,以为他终于发现了哪里不对劲,真是可喜可贺呢。

谢劭今日饮了不少酒,神志时不时被拉扯,集中不了,使力忍住脑子里的昏沉:"你过来。"

女郎不明所以,脚步忐忑地倒回来,走到他身旁,还未开口询问,谢劭便冲着对面的温殊色一扬手,使唤那女郎:"你三嫂,见礼。"

女郎面色一愣。

今儿消息传出来后,府上谁都知道进来的是温家二娘子,这等子打着歪心思进门的人,怎配当她的三嫂。

女郎一身倔劲儿,扭头不吭声。

谢劭见她没动,醉酒后的头疼让他没了耐心,盯向女郎,催道:"见礼。"

女郎扭捏一阵,许是自尊心终究还是没能抵过那一千两银票的魅力,垂头不情不愿地唤了一声:"三嫂。"

以两人那糟心的开端,能有如今和睦的场面,实在是烧了高香,菩萨显灵了。

一旁的方嬷嬷上前两步,笑着同温殊色解释:"这位是谢家的大娘子,三少奶奶昨日才进来,还没见着呢。"

这结果,温殊色实属没想到,看了看端坐在那儿的谢劭,又瞅了瞅垂着头的女郎,该如何回应呢。

人家既然叫她三嫂,照理说该给个见面礼,封点银钱,但她花钱自来大手大脚,有多少用多少,囊中实在是羞涩。且先头有了谢三的一千两,她要拿出十几二十两来,岂不是更难看,还不如不给。横竖都是心意,她看了一眼桌上剩下一半的桂圆，端起来交给方嬷嬷："大娘子头一回来，尝尝这桂圆吧，很甜的。"

方嬷嬷笑着接过："奴婢这就去替大娘子包上。"

谢大娘子伫在那儿一声不吭，以为终于完事了，脚尖正欲往外转，又被谢劭叫住："不谢礼？"

这回谢大娘子没忍住，惊愕地抬起头来，无辜的一双大眼睛里无不在抗议，她这算哪门子的礼。见谢劭硬盯着她迟迟不放，一副她不答谢不罢休的架势，平日里瞧着这位三哥哥不着调，出手也大方，似乎任何要求他都能满足，可他要是这般认真瞧着人时，总会让人心头发虚，她终究一咬唇，掐着掌心才把那句违心话说出来："多谢三嫂。"

温殊色客气一笑，同她摆摆手："不必见外。"

这回没人再拦着她了，谢大娘子脚步如飞，很快没了身影。

屋里又只剩下了一对新婚夫妇。

先前说到哪儿了？谢劭晃了一下头，半晌没接上思绪，罢了，明日再说吧。他撑腿起身，醉酒之人，四肢不受脑子使唤，脚步迈了两步，脚尖撞上了桌踝，整个人往前一载，心道不妙，但好在前面还有个人。

可那人并没如他所愿伸出援手，他的额头结实地撞在了圆凳上。

谢劭的脑袋被磕得眼冒金星，气血更是翻涌得厉害，她没看到吗？还是她没长手，就不知道扶一把！

温殊色亲眼见到他撞上圆凳，"咚"一声，无比响亮，听着都疼，并非不动容，扬声帮他去唤："方嬷……"

"没死，不用叫。"谢劭自己撑着圆凳爬起来，心头怒火难消，眉心直跳，他真是倒了八辈子的霉，才会遇上她温二。

这一磕，他脑袋倒是清醒了不少，终于想起了自己为何而来，忍着头痛欲裂，同她阐明："我谢劭喜不喜欢你是一回事，但身为谢家三少奶奶，该有的尊重你会有。"

温殊色盯着他肿起来的额头，动也不敢动。

于是，谢劭给出了对她的警告："以后不准哭。"别在他这儿哭，别让老祖宗知道，老祖宗要有个好歹，他和她没完。

说完，他扭头就走，胳膊微抬提起宽袖。玉冠下散出来的乌黑墨发披散在后背，步伐稳健，身姿如松，仰首挺胸，男子的阳刚如猛兽一般散发而出，简直魅力四射。

人走了，晴姑姑和祥云才走了过来，见温殊色立在那儿一动不动，唤她道："娘子？"

"啊？"温殊色回头。

云祥一颗头凑上来，神采奕然："娘子，奴婢瞧着，三公子并非外面传的不尽如人意，就凭他替娘子撑腰这一桩，也算得上好人。"

是不是好人她不知道，这会子温殊色满脑子都是他那句"以后不准哭"。

明婉柔买的那一堆话本子，她也没少看，最为心动的是其中一个片段，男子把小娘子困在怀里，霸道地说"不许哭"。明婉柔还嘲笑她，好歹也是个大家闺秀，怎还喜欢这样的野蛮汉子。她却觉得是明婉柔不懂，那一句"不许哭"爆发出来的霸道魅力，有多俘获娇滴滴的少女心。

经此一回，晴姑姑也对这位便宜姑爷有了改观："娘子明日何不同他商议回门之事，若三公子愿意同娘子回温家，老夫人见了，自然能安心。"

对，还得回门。

这问题已经困扰了温殊色一日，确实如晴姑姑所说，姑爷随新娘子回门，不就说明两人很恩爱吗，谣言自会不攻而破。

今晚的谢劭确实同之前她所认识的有所不同，酒后吐真言，人品也见真假，或许这才是他真正的品格呢。人能因第一印象，便对一个人定下好坏的结论，也能因一句话，一夜对其改观。

新婚夜的红烛已撤走，屋内换上了油灯，喜色褪去，人却永远困在了里头。

再想起今早放了秋莺出去，还没传回来信呢，也不知道祖母如何了，温殊色点头："成吧，我去试试。"

求人得有求人的态度，翌日早上一起来，温殊色便同晴姑姑和祥云去了后厨，一道做米糕。

这米糕非一般的米糕，是温二爷想方设法不惜陪了半夜的酒，才从凤城有名的白楼老板那儿讨来的秘方。

好不容易做好一笼，她兴致勃勃地提着食盒，到了西厢房门口，方嬷嬷却说人已经走了。

等了一日，米糕做了一笼又一笼，依旧没见到人影子。到了傍晚，祥云才从外面疾步进来，人未到声先至："娘子，娘子，公子回来了……"

温殊色躺在安乐椅上，瞬间来了精神，起身扶了扶头上的步摇，接过晴姑姑手里的食盒，匆匆出去拦人。

到了穿堂，很快便见两道人影从对面的长廊上走了过来。夕阳穿瓦，鸟雀翠鸣，前头的郎君一身紫色便装，手提弓箭，身形洒脱，再无昨夜的醉态，跟在他身后的闵章则双手提着几只野鸡和野兔。

原来是狩猎去了。

温殊色挺了挺腰身，端庄地立在那儿，等着他过来。人影渐渐走近，俊还是俊的，只是额上的一大块青紫好不明显。

谢劭早见到了穿堂里的身影，碍于他今日出去受到的过分关注，不得不临时拉弓上马，替额头上的伤找了一个可以言说的理由。本不想搭理于她，奈何她的目光太过直白，一直朝自己额头看来，他方才给了个眼神。

落日余晖镶了一层金边在她身上，那张脸笑面如花，目中生出几分假模假样的愧疚，一瞧便知有求于人。

他不是菩萨，更没有菩萨心肠。他扫了她一眼，又一声不吭地从她身边走过。

温殊色赶紧转身追上，先开口道歉："我保证，下回郎君要是摔倒了，我一定会扶你。"

谢劭脸色发青，抿出一抹疏淡的微笑："那娘子的愿望恐怕要落空了，我不会给你第二次机会。"

给不给，没关系，同她一道回门便好。

见她还跟着自己，谢劭的脚步停在门槛前："有事？"

温殊色弯唇露出一道微笑，把手里的食盒递给他："我做的米糕，郎君尝一块？"

"不尝。"

"郎……"

谢劭一把推开西厢房的门："人前夫妻，人后各不相干，日前的约法三章你温二莫不是忘了？"跨进去转身关门，简单直白地拒绝了她的靠近，"别同我套近乎，我不吃你那一套。"

一夜的好感，瞬间连渣子都不剩。

什么回不回门的，全抛在了脑后，温殊色转过身，提着食盒怒气冲冲地下了踏道。

见人走了，谢劭才偏过身往外张望，恰好听到那头一声："拿去喂狗吧。"

自此之后，两人再也没有碰上面，谢劭每日回来，正屋的一排直棂门扇闭得一条缝儿都没留，真正做到了各不相干。

谢老夫人的身子还是没见好，谢劭日日都会前去探望，今日出来，正要往外走，迎面便被安叔拦住："公子，账房那边出了些问题。"

谢二爷和谢二夫人去了扬州后，便把账房甩给了三公子，这才过了大半个月呢，远超出了上个月一个月的支出。

谢劭丝毫不上心："拨银子便是。"

安叔哀叹："再多的银子也填不了贪婪之心，账目不明确，分配不公，迟早会出事。奴才可听说了,这半个月来,大房那边的二公子、大娘子,以公子的名义擅自去账房,支取了好几回银子……"

"多少?"

"账上少了两千两。"

谢劭记得几人都来自己跟前讨过银子,但记不清自己应承过多少数目,两千两,也不算多:"行了,我知道了……"

"公子……"安叔看着消失在门口的身影,急得跺脚,这般下去,谢老夫人那病能好才怪。

当日也不知是酒场子散得早,还是戏曲儿听腻了,谢劭难得在太阳当空之时回到了院子。

脚步刚上长廊,便见对面穿堂内的梨树下搭了一张桌,几人坐在树荫之间正饮着茶。

几日不见,女郎依旧谈笑风生,好奇她是上哪儿结识来的人,到了跟前,方才认出是大伯父屋里的顾姨娘。

"奴给公子请安。"顾姨娘见谢劭回来了,忙起身行礼,解释道,"前几日家中表亲来府上寻亲,我困乏得紧,睡了过去,幸得三少奶奶帮衬了一把,施了五百两银子,这才不至于让母女俩流落街头……"

今日顾姨娘过来,是为找零那日温殊色给的五百两整票,家中表亲只留下了二十两,找回来四百八十两,和一张盖着血红指印的二十两欠条。

顾姨娘道完谢,把自己绣的几张绣帕作为谢礼留给了温殊色,之后辞别回了院子。

阳春三月,艳阳当空,气候正适宜,谢劭转头望向身旁的女郎。海棠色的长裙,披鹅黄大袖对襟沙罗衫,头顶大片绿叶映下,斑斑点点的光影随风轻轻移走在她的脸畔上,风动人不动。

所以,给顾姨娘表亲钱财的不是什么谢家大娘子,而是温二,也不是五百两,只有二十两。

顾姨娘在时温殊色对他尚有一副笑颜,人一走,遵从各不相干的约定,权当没见到那么个人,转身吩咐祥云和晴姑姑收拾木案圆凳。

谢劭垂眼一扫,案上的小吃茶点一应俱全。

白楼的米糕、醉香楼的养颜花茶、昨日他刚让人送进府的贡桃,以及两盘盐卤菽,脚边还有个熏香炉子,香片熏的是流脑。奢靡程度,一点都不逊于自己。

谢家上下这几日因她的不请自来,闹得鸡犬不宁,自己更是为了安抚老祖宗,绞尽脑汁努力营造出一种他很幸福美满的假象。

她倒是过得悠闲自在。

愣个神的工夫，女郎已提着裙摆进了屋。

谢劭转身回到西厢房，正打算睡上一觉，大房的二公子谢玠突然造访，进屋后便坐在他对面的圈椅内，同他聊起了几日后要举办的春社。从马匹说到了马鞍，扯了半天，硬是没说到点子上，谢劭困得慌，没心思同他熬，直接问道："要多少？"

打发走了二公子，谢劭安稳地睡了一觉，傍晚时分，安叔便抱着一摞账本找上了门："二公子说公子应承了他六百两银钱，可属实？"

谢劭一身单薄长衫，睡眼惺忪，起身坐到矮几前的蒲团上，倒了一杯茶水："给。"

"三爷威武，谢过三爷。"

正屋的那只八哥，西厢房收拾好后，便被温殊色派人给他提了过来，鹦鹉学舌，足见这畜生听了多少阿谀奉承之言。

安叔老泪都快流了出来："公子，老爷和二夫人这前脚刚到扬州，回来若是知道……"

"会如何？"谢劭一副懒洋洋的架势，"当年他谢仆射，辞官携家眷归故里，图的不就是当下这份天伦之乐，独乐乐不如众乐乐，一点银钱能让全府上下都快乐，何乐而不为。"

"公子如此下去，是从未考虑过往后的前程……"

谢劭嗤笑一声，抬头看向安叔："我一介纨绔子弟，要何前程，爹娘造了一座金山银山，这辈子最大的前程，便是往外花钱。"

安叔不死心："钱财乃身外之物，总有花光一日。"

"花不完。"

"花得完。"安叔言语激动，掷地有声。

谢劭知道安叔今日是有备而来，不达目的不罢休，只得退步："行吧，把账本搁这儿，我瞧瞧。"

安叔呈上账本，弯身再次行礼："劳请公子一定要过目。"

华灯初上，谢劭望着跟前的一摞账本，把方嬷嬷唤来："温二呢？"

"三少奶奶刚歇下。"

谢劭转头看向沙漏，日暮才刚过，又问："她很清闲？"

方嬷嬷心道还真不闲。

"三少奶奶每日辰时起，先去惜金亭走上两圈，回屋再歇息片刻倒个回笼觉，醒了后带上吃食上船，船里待一阵，再划船到半月桥，半月桥对面的芍药地里三少奶奶让人添了一副秋千,荡上半个时辰,再上凉亭。午后日头晒,三少奶奶喜欢去南边的水榭,午食大多在水榭用完再回院子,还特意请了画师上门,一日行居全都入了画,隔上两日便会派人传给温家老夫人。"

上回温殊色的回门梦,终究落了一场空。

她本想拉着谢劭一道回门,吃了个闭门羹后,也没再指望,第二日收拾好东西,打算一人回温家,人还没走出去,却被谢老夫人的人拦了下来。

谢老夫人的原话——

"一桩亲事阴错阳差,新郎不是新郎,新娘子也不是新娘子,闹到这份上,两家都没脸见人,都在装傻等着对方先上门呢。闲颐为了安抚我,一口咬定温二娘子是他心头所好,听着玄乎,可万一说的是真的,这头我放了二娘子回去,依照温家那老狐狸的心思,二娘子还能回来?她温老东西跟前就这么一个亲孙女,知道谋算不成,估摸着这会子正盼着人回去呢,等人一回到温家,什么名声什么脸面,她恐怕连命都能不要,把人给藏起来,到那时我谢家莫不是娶了一场空?

"好生伺候着,需要什么都满足她,唯独不能回温家。"

温殊色回不去,又从秋莺那儿得知祖母果然倒下了,心头着急,便请了画师到府上,把自己每日的幸福日子用画像记录下来,拿给祖母瞧。

确实是充实,可在谢劭听来,是无所事事。

第二日一早,温殊色醒来一掀开帐子,谢劭便从里屋的珠帘下钻了进来:"温二,收拾好了出来一下,有事同你说。"

两人已经快十来日没说过话,温殊色过得快活自在,大清早忽被找上门,预感有大事要发生,心头生了防备,也不敢耽搁,匆匆洗漱穿戴好出去,谢劭已坐在了外间临窗的那张茶案前。

温殊色绕了绕胳膊上的浅粉披帛,上前客气地问:"三公子有何事?"

从那日她扭头留给了自己一个六亲不认的后脖子,谢劭便知道她还记恨着上次之事。

事后也弄清楚了她是为何而来,想回门。但他一向不喜欢应付这些家长里短,有心无力,爱莫能助。

也没去追究她的态度,谢劭让她坐在了自己对面,劈头便问:"会管账吗?"

温殊色一愣。

"温家乃中州凤城有名的书香门第,对家中女郎的管教定不会落下,琴棋书画不用说,管理治家当也不在话下。"他挑眼看了一眼对面呆愣的小娘子,眉头微皱,"温老夫人没请先生授教过?"

果然,是大事。

温殊色精神一振，不是都已商议好了两人将就过日子，怎么事后还有验货这一环节？她很想同他掰扯，可断不会承认自己没教养，答道："请过。"

"会吗？"

他是何意？答一句请过，不就是会了吗？他看不起她，还是怀疑她在撒谎？温殊色神色之间有了不耐烦："自然会，三公子到底有何事？"

"会就好。"谢劭把昨夜安叔给他的一摞账本原封不动地堆到了她面前，"今日起，府上的账，你来管。"

温殊色瞪大眼睛。

一旁的祥云和晴姑姑也齐齐吸了一口凉气。

温殊色没反应过来："三公子说什么？"

谢劭又道："你来管账。"

他这算急病乱投医吗？自己什么斤两，她还是有那个自知之明，没有金刚钻不揽瓷器活。

温殊色委婉拒绝道："这等紧要的活儿，三公子还是要深思熟虑为好……"

"占了我的屋子，吃我的，用我的，总得干些事。"谢劭一心认定了她就是接替自己的最佳人选，"顾姨娘表亲一事，我见你并非如传闻中那般无用。既有大娘子那般贤名，耳濡目染，你温二也差不到哪里去。"

祥云死死地掐住自个儿的手，同晴姑姑两人一道绷紧脊梁，咬紧牙关，生怕牙缝儿一个没关住，露出了不该有的声音。

这顶高帽子一戴，温殊色听不出他是在嘲讽，还是在夸赞，顿了片刻，问："三公子想让我如何管？"

"随你，每月同账房的安叔对好账即可。"

温殊色试探："那我的支出……"

"随意。"

还真是一桩了不起的大事，在院子里住了十来日，谢三的财力她看在了眼里，凤城实打实的第一财主。

要她管账，意思是这些个钱财，往后都是她说了算吗？温殊色心头突然"咚咚"地跳了起来，可再亢奋的心，也不能让他瞧出来。她低头咬唇思忖了一会儿，勉为其难地道："行吧，我试试。"后又探头看向对面的郎君，同他讨价还价，"管账不是件轻松事，今后我怕是要忙起来了，数数日子，我来谢家已有十二日，还没回门呢……"

只要她愿意为自己分担，旁的好说，谢劭应承了她："明日辰时末，门口候着。"事情谈妥，谢劭回去立马让闵章把库房钥匙交给了温殊色。

早食后，温殊色主仆三人去了一趟库房，回来后个个瞠目结舌，再翻开账本看着那上面一长串惊天的数目,温殊色迟迟没缓过神,仰头叹息:"我们该怎么花呢?"

知道自己主子是个什么样的人,晴姑姑赶紧一把帮她把账本合上:"娘子,这银子揣在身上,它不咬人,咱慢慢来……"

唯一牵绊的麻烦事没了,谢劭一身轻松,出门时再遇见安叔,潇洒一扬手:"找三少奶奶去,往后她管账。"

今儿几人约好了上裴卿家饮酒,谢劭出了门直奔裴家。

裴家的家主几年前便去了京都,如今官至大理寺少卿,留下凤城的这座府邸,唯有裴卿一个人居住。府中没个压制的长辈,年轻人怎么轻松怎么来,别看裴卿长得一副威严面相,小娘子见了都会发抖,却把宅子布置得诗情画意,这些年,便也成了几人的常聚之地。

往日进门,府门外只有一个门房。今日下马,却见府门两旁笔直地立着两个侍卫,谢劭正疑惑,裴卿从里出来招呼他进门:"谢兄。"

没等他主动问,裴卿领他上了长廊后,往前厅的位置使了个眼色,压低声音:"一炷香前突然回来,事先毫无半点消息。"

谢劭往里一瞧,前厅的一排门扇大敞开,四面的卷帘也拉了起来,茶案前坐着一位四十来岁的男子,正是裴卿的父亲裴元丘,京都的大理寺少卿。

既已碰上,谢劭上前去见礼:"裴伯父。"

"哟,这是闲颔吧?"裴大人看着谢劭,眼前一亮,热络道,"一别多年,长得越发一表人才。"

"伯父谬赞。"

"离开京都时,你才十二岁,这一晃眼,都成亲了,听说娶的是温家的娘子?"

"对,温家二娘子。"

"挺好,温家在福州发了些财。"

"父亲想同谢兄叙旧,还是改日再约,今日他是孩儿的客人。"裴卿从中打断,撂下一声,"父亲先忙。"拉上谢劭去了后院。

后院,崔晔、周邝已经到了。裴府也是个五进五出的宅子,前院与后院隔开,两边的动静听不见,各忙各的。

几杯酒下肚,谢劭去往旁边的净房,出来却见裴元丘双手拢袖,背对着他,立在穿堂内的青石板上,明显是在等他。

谢劭目光一顿,沉默片刻,笑着招呼道:"伯父。"

裴元丘见他来了,转身迎上前,继续适才的寒暄:"谢老可还好?"

谢劭答："都好。"

裴元丘看了他一眼，突然问："怎么，没想过回京都？"

谢劭摇头："大鄮民风讲究落叶归根，何况凤城山清水秀，在此安顿之人，哪还舍得再动。"

裴元丘偏头一笑："这恐怕是你父亲的意思吧。我跟前那不孝子你也清楚，自小想法多，起初我同你父亲一样，也想把他绑在身边，可后来怎么着？父子俩的关系一落千丈，便也想明白了，儿孙有他自己的想法，做父母的干涉不了。"

谢劭安静地听着，并没搭腔。

裴元丘见他不出声，点明了问："谢老还是不同意你到京都？"

谢劭道伯父误会了："我同家父志趣相投，也好这凤城美景。"

"我看不见得。"裴元丘转过头，抬头望了一眼天，"当年你十二岁，立在贡院的龙虎墙金榜前，一句'万疆河山，还看少年郎'，如今朝中臣子说起，还赞叹不绝呢。"

"不过是年少无知，轻狂之言，让伯父见笑了。"

"何为年少？"裴元丘似是被他气笑了，"你要称一个'老'字，把你父亲，把老夫置于何处？"

裴元丘叹息一声，又道："世间之事，全看天命，有使命在身之人，越想躲越躲不掉，你可知谢老之后，那位只做了几日的王仆射是如何死的？"

"王仆射之所以被害，是因之前被人抢劫过钱财和姬妾，对方害怕罢了，我谢家无权无势，无冤无仇。"

"谁说的？这不凤城还有个靖王吗？"

后院，裴卿没见到谢劭，找了一圈，才看到谢劭同自己的父亲走了出来，脸色顿时一变。

送谢劭出门时，裴卿便凑在他耳边低声道："此人心思极深，已经投靠右相门下，今日无论你说了什么，你切记，要谨慎。"

谢劭牵唇一笑，拍了拍他的肩头："知道。"

"今日是我失礼了，明日我上门来赔罪。"

谢劭接过闵章手里的缰绳，翻身上马："明儿怕是没空。"

"有约了？"

"回门。"

第二章 娘子持家有道

三月末，春风拂过鼻尖，隐隐夹带一股花香，人也跟着神清气爽。

温殊色激动之心难以平复，除了天降横财砸下来的眩晕感，头一回挑起管家的重任，心口发胀如同火焰灼灼在烧。

父亲去了福州，纵然把家底留给了她，但祖母也不敢当真把所有的鸡蛋都放在她一个篮子里，能让她祸祸的只有父亲每个季度捎回来供给大房的开支和她的零花，在凤城的茶楼铺子，都在祖母手上。

谢三不一样，他是把谢家二房的钱财毫无保留，全交在了她手里。能如此信任她，她断然不会让他失望。虽没有温大娘子的贤名，但她愿意一试，等将来家管好了，离开谢家时，也不至于给人留个"白吃白喝，去留无痕"的印象。

安叔找上门时，温殊色的态度极好，端坐于官帽椅上，让晴姑姑同安叔看茶，言语客气："晚辈学识浅，还请安叔多指教。"

许是有了谢劭那败家子在前开了个先例，见她如此，安叔老泪纵横，瞬间看到了希望，把账本从头到尾细细与她理了一遍。

从日头初升到落日西沉，温殊色满腔激昂，终究被账本上的枯燥数目，消磨了个干净。

送走安叔，温殊色躺在安乐椅上正回神儿，方嬷嬷进来禀报，说谢大夫人跟前的大丫鬟碧云来了。能被唤一声"谢大夫人"，必然是大公子的母亲，若非谢三，谢大夫人这会儿该是她的婆母了，不知寻她有何事。

温殊色让方嬷嬷先放人进来。

碧云拂帘进屋，寻的却并非温殊色，朝她随意蹲了个礼："三少奶奶。"目光便往屋里打探了一圈，转头问身后的方嬷嬷，"三公子还没回来？"

神色之间，全然不把温殊色放在眼里。

娘子进府是有些不光彩，但如今是三公子承认的正经娘子，亲眼见过三公子在大娘子面前替娘子撑了腰后，祥云突然有了底气，不待方嬷嬷回碧云，先接了话："姑爷忙着呢，这位姐姐有何事？"

碧云没料到温家的丫头会搭腔，面色微露诧异，扫了一眼祥云，眼里一丝轻蔑难掩，也不回答她，只同温殊色笑了笑："三少奶奶，奴婢今儿是奉大夫人吩咐，前来寻三公子领取下月水粉的银钱，三公子既然还没回来，奴婢在外候一阵。"神色突然一惊，似是想起来了什么大事，颇为懊恼，"瞧奴婢这脑袋，忘了三公子如今住的是西厢房了，打扰到三少奶奶歇息了，奴婢这就告退。"

祥云气得岔气，这装模作样的……她脖子一仰，冲着转身朝外而去的背影，大声道："巧了，姑爷今儿把库房交给了三少奶奶，这位姐姐恐怕还得掉个头回来，找咱三少奶奶了。"

果然，前面那人顿了脚步，扭头看向身后的方嬷嬷。

方嬷嬷点头："祥云娘子说得没错。公子今儿已把账本交给了三少奶奶，往后府上要找三公子支取银钱，找三少奶奶便是。"

怎么可能？碧云一脸震惊，府上谁不知道她是个假货，三公子若真能容得了她，怎会搬去西厢房住，能留她在院子里，不过是为了安抚谢老夫人，待谢老夫人身子一好，一纸休书，她来谢家不就是一场走马观花……

可方嬷嬷是三公子的人，说不了假话。

半晌过去，碧云终究是缓过了神，虽不明白三公子这糊涂之举是何缘故，眼下又不得不低头，倒回去走到了温殊色跟前，这回态度客气了不少："三少奶奶，您看，大夫人下月的水粉开支……"

温殊色被安叔念叨了一日，耳边还在嗡嗡响，没承想，这么快就上手了，随口便问："多少？"

说辞、语气倒是同三公子一模一样。

碧云松了一口气："五百两。"就等着对方开票子了。

却见对面安乐椅上的女郎缓缓直起身，问："哪家的水粉？"

哪家的？

如此简单的问题，许是从未被人问过，碧云被问得一愣，望着对面女郎渐渐露出的疑惑，忙道："西街崔家。"

女郎神色一顿，露出微愠之色："崔家的少爷崔哗好歹和郎君是拜把子的兄弟，背地里怎还起了蒙骗之心。"

见碧云一脸不知所云，温殊色同她解释道："大夫人还不知道吧？崔家的水粉虽说匣子好看，可卖点也全在匣子上，里头的水粉都是从青州进的货。青州的水粉从哪儿来的呢？不就是扬州吗？婆母的娘家阮家，乃扬州有名的香料世家，每年输出外地的胭脂水粉中阮家占八成，他崔家骗骗旁人就罢了，怎还骗起了大夫人呢。"越说越气了,温殊色挺直了胸膛,"咱大夫人,名门出身,长相秀气,脸又不是个大玉盘子,一个月顶多用十盒,十盒要五百两!"眉头皱得更紧了,"他崔家用婆母的水粉,倒个手再以几十倍高价卖给郎君,这不是把郎君当傻子吗,崔家也不怕昧良心啊。"

碧云目瞪口呆。

"不成,我这就去找郎君,说他被骗了。"

温殊色突然起身,碧云吓得魂儿都没了,忙把她拦住:"三少奶奶,且慢……"慌慌张张道,"大夫人用的水粉,好像也不全是崔家,旁的……奴婢这脑袋还真不记事儿。"

温殊色也没为难她,神色慢慢松下来:"就说呢,这崔家的心肝子也太厚。"

碧云连连道是:"奴婢一时记岔了。"

温殊色没继续追问,一心怕谢家人被骗:"咱谢家不是也有水粉铺子吗?之前我用过,货色同崔家的一样,大夫人今后要缺水粉,去铺子里拿便是,不能让旁人平白无故赚了咱们银子。"转过头,叫方嬷嬷过来,"嬷嬷明日走一趟水粉铺子,瞧瞧到底是怎么回事,府上主子们用的水粉,怎么能苛刻了呢,还得让大夫人自己掏钱去买……"

"不用麻烦三少奶奶……"

祥云看着碧云那张五颜六色的脸,心头一阵舒坦。

娘子与三公子可不同,败家那是败在自己身上,旁人想来搜刮没那么容易,温家大娘子的嫁妆,不就是个例子。

半刻后,碧云空着手出来,走出屋子,夜风一吹,方才察觉背心一层冷汗。一时惊觉,这三少奶奶……不是个省油的灯啊。

碧云匆匆回去把温殊色说的话一字不漏地传给了谢大夫人吴氏,吴氏越听越觉得荒唐:"她还真把自己当谢家三少奶奶了?"又恨起了谢劭,"别的事他三公子怎么胡闹都成,账房这等大事,也敢随便交付?怕是还没听说温二娘子的本事吧。"

当夜,谢大夫人便去了谢老夫人屋里:"母亲,您是不知道温家这位二娘子的品行……"

谢家大公子同温家大娘子定了亲后,吴氏同温家大夫人没少往来,温家的事她都清楚。

那位温二娘子就是个十足的败家子,一天一身新衣不带重样,沐浴用牛乳,喝水只喝青山朝露,听说屋里的碗筷都是金子做的,珠宝首饰更不用说。

谢老夫人害的是心病,谢大夫人吴氏一脚正好踩上痛处,险些一口气没喘过来。

吴氏说上了劲:"她来府上半个月还不到,又是请画师,又是让工匠修院子,花起我谢家的钱财倒是大手大脚,可今儿我让人去支取五百两银钱,她却一分不给。当年二爷带着五万两黄金回凤城,多少双眼睛盯着,要不是这些年大爷在前面护着,哪有如今的安宁……"

吴氏后面一堆话,谢老夫人一句都没听进去,只听到了那句"一分不给",眼神陡然一亮,气也慢慢地顺了过来。她不动声色地听谢大夫人抱怨完,等人一走,立马从床上坐起,使唤南之:"快,快把方嬷嬷叫过来。"

昨日谢劭答应了要带温殊色回门,温殊色一个晚上脑子里全是祖母,天还没亮便醒了,横竖也睡不着,起来开始收拾东西。

怕谢劭突然反悔,她早早派了祥云去西厢房门口站哨。

谢劭昨日从裴府出来后,被周邝和崔晖拉着上了白楼,听几个西夏商贩,唱了一个晚上的曲儿。

西夏的唱腔与大酆不同,曲子里全是情情爱爱,没有半点遮掩,俗人骨子里的那点放荡,一经挑拨如洪水决堤,一曲唱完,满堂儿郎大呼精彩。

谢劭很晚才回府,睡得正香,耳边突然吵了起来。

"姑爷,到辰时了。姑爷,姑爷……"

"祥云娘子请不要大声吵嚷,公子还没醒……"

谢劭翻身坐起来,脑袋又痛又沉,穿好衣裳出门时,眼睛还有些发涩,门前的小娘子倒是一脸精神饱满,笑着对他挥了挥手:"郎君,该出发了。"

改口倒挺快。

谢劭没理她,让闵章去备回礼,自己则跟在快要蹦起来的小娘子身后,一道走出院子。

"郎君,你喜欢吃什么,有没有忌口的?我好先给厨子打声招呼。"

谢劭毫无兴致:"都行。"

"那我看着办。"温殊色又扭过脖子同他继续道,"郎君今儿没什么安排吧?出嫁那日我刚从庄子回来,屋子都没来得及回,便被推上了花桥,今儿我回去想收拾一下,估计得耽搁些时辰,先同郎君打个招呼,别催我成不?"没了往日的咄咄逼人,摆出一副求人的姿态,那张明艳期待的脸,莫名顺眼了许多。

她为何去的庄子,谢劭自然知道,被逼成亲的滋味也深有体会,既已应承了她,没必要扫兴:"日铺,最迟。"

日铺足够了,只要不是坐一下就走。

"多谢郎君。"

温殊色心满意足,转过头再也不理会他,两人一个神色高涨,一个无精打采,刚从影壁后转出来，便见到了立在门口的谢老夫人。

昨日谢劭过去探望，还见她脸色憔悴躺在床上，突然见她能下地了，他怔了怔："祖母？"

谢老夫人的目光却在温殊色身上："这是殊色？瞧这模样多水灵，一看就是我谢家人……"

成亲半个月，谢老夫人还是头一回见到人，目光里的惊艳并非装模作样，是真没料到温家的二娘子原来生得如此标致。

昨夜她听方嬷嬷说今日三少奶奶要回门，既然是夫妻两人商议好了，自己也不能再阻拦，阻拦不了，那便一道去吧。

两家总不能一直这般耗着，早晚都得碰面，她就不信那温老东西，还能在自己的眼皮子底下，把人藏起来。

新婚敬茶免了，没了露面的机会，温殊色也是头一回见谢老夫人，本以为是个严肃刻板的老人，却见对方意外地慈眉善目。

一声"殊色"把她唤愣了神，身旁的方嬷嬷提醒她："三少奶奶，这是谢家老祖宗，之前一直病着，怕新人瞧了晦气，近段日子，便没让三少奶奶到跟前请安。"

一句话把几人之间心知肚明的尴尬事化解开，足以见得，会说话的下人，对主子有多重要。

温殊色上前去见礼，随谢劭唤了一声："祖母。"她自来不是个记仇的人，对方一张笑脸，她也是一副微笑的和气样。

"好孩子。"谢老夫人又把她从头到尾瞧了一遍，关怀地问她，"在府上住得如何？"

温殊色点头："都好。"

这段日子谢老夫人虽没见到温殊色的人，但每日都会召方嬷嬷到院子，温殊色的一举一动都到了自己耳里，没有闹腾，也没吵着非要回温家，谢老夫人很满意，就怕她嫁不成谢大公子，一哭二闹三上吊，那才让人揪心。昨夜又从方嬷嬷那儿一字不漏地听了温殊色是如何把谢大夫人的婢女说得哑口无言，听到乐子处，谢老夫人还当场几声"呵呵"大笑。

知道要问银钱花在哪儿，还知道崔家水粉从何而来，这样的孙媳妇，比起自己那位败家孙子，简直叫人安心踏实。

没见着人时已对温殊色改观，如今见到人，越看越喜欢，生怕她一去不再愿意回来，谢老夫人试探道："时候不早了，咱们先去温家见你祖母吧，等晚上回来，咱祖孙俩好好说说话。"

温殊色一愣，谢老夫人也去？

之前为了让谢劭同她一道回门,她费了九牛二虎之力,已经千恩万谢了,谢老夫人再一道陪她回门,这等大场面她做梦都不敢想。

见她不说话,谢老夫人歪头问她:"怎么了?不欢迎祖母去?"

自打温家和谢家你谋我算,谁也没能如愿之后,两家拉不下脸一直僵持着。如今谢老夫人能主动迈出这一步,温殊色心头感激,怎能不高兴。她也不是那等子拐弯抹角的性子,当下"扑通"一声跪下,权当是弥补了那日的敬茶礼,脆声道:"高兴,孙媳妇谢过祖母。"

"怎还跪上了,快起来……"谢老夫人慌忙伸手,一旁的丫鬟仆妇也纷纷去扶温殊色。

前面说说笑笑地聚成一团,好不和睦,谢劭和闵章立在重围之外,一头雾水,还没闹明白发生了何事,谢老夫人便回头唤他:"闲颐,时辰不早了,带殊色上车。"

日头已经晒到了谢府的将军门上,时辰确实不早了。

谢老夫人一副装备齐全早已备好的架势,谢劭知道阻拦也无用,吩咐方嬷嬷过去照顾好谢老夫人,带着温殊色上了后面的一辆马车。

马蹄声"嘚嘚嘚嘚",每往前走一步,便离温家更近一步。

算上在庄子上待的一个月,温殊色有了一股很久未归家的感觉,想起祖母的笑,想起自个儿种满了花花草草的院子,连马车的颠簸也忘了,恨不得插上一双翅膀,"嗖"的一声飞到温家。

但显然身旁的人没能感同她的快乐。

谢劭双手撑着膝盖,旁边的一扇直棂窗户打开,百般无聊地看着外面不断移走的巷子砖墙。

自己一个人高兴,有些不好意思,温殊色瞅了瞅旁边一言不发的郎君,主动搭话:"原来郎君的小字叫闲颐啊?"

谢劭回过头,旁边的女郎腰身瞬间坐直了,摆出一副端庄的模样来:"我姓温,名殊色。"

谢劭一笑,面上生出一抹嘲弄之色:"温家二娘子,殊色美丽,好名字。"

一高兴,险些忘记了他长了一张嘴。她说:"我是见你每回都唤我温二,担心你不知道我名,好心提醒你,免得待会儿咱们穿帮。"

谢劭疑惑了:"何来穿帮一说?"

温殊色见他如此,暗道一声幸好事先说起了此事,赶紧帮他捋了捋:"那日咱们是不是约法了三章?人前夫妻,既然是夫妻,待会儿当着温家人的面,咱们就该有夫妻之间的浓情蜜意。"

"不见得。"身旁的郎君无视她单纯美好的畅想,一瓢凉水当头泼下去,

"不见得所有夫妻都会浓情蜜意,夫妻两看生厌,各自偷欢,宠妾灭妻的一大把,远的不说,凤城这样的事例还少吗?"

他回头看了一眼跟前目光呆呆的女郎,继而说教道:"只有互相喜欢,真心相爱的夫妻,才会浓情蜜意。"

话毕就后悔了,他何时这么多话了,果然昨夜的西夏曲子听多了。

他正要掐断话题,闭眼歇息一会儿,却听身旁的女郎,用着视死如归的语气同他道:"那你就当我喜欢你吧。"

谢劭一噎。

温家的宅子在南边的惠民河,谢家的府邸则建在东边的护城河,从靖王府和府衙外的街市道上绕过去,垂直角便到了南边。

温家的门房今儿刚接了一位客人,回到门前,还没喘过气呢,门外巷子里又传来了车辘辘子碾动的声响。

温大爷在京都做官,温二爷又常年在福州,平日里温家的门庭并不热闹,很少有人上门。门房暗道今儿是什么好日子,探头往外一看,不得了,狭长的巷子内马车一辆接着一辆,缓缓朝着门前驶来,为首的那辆马车已到了门口,马匹金络青骢,车身同车辘辘子皆以黄铜打造,绿荫车盖下的两盏灯笼上,写着大大的"谢"字。

中州凤城除了前谢仆射家,还能有哪个谢家有如此大的排场。

马车很快在门前停稳,只见几个丫鬟仆妇一并簇拥着一位老夫人下了马车。

门房一看,赶紧回头,激动地同雕花影壁后的一位仆妇道:"快去禀报老夫人,谢家老夫人来了。"

自从得知自己偷鸡不成蚀把米,谢家也换了新郎,心头肉嫁给了一个世家纨绔之后,温老夫人便躺在了床上,一病不起,起初滴米不进,之后收到温殊色捎回来的画像,才慢慢地缓回一口气。这十来日,温老夫人心思没一刻闲着,想尽了各种法子,甚至动了念头让人去谢家把温殊色劫回来,奈何谢家的府邸建得密不透风,没下手的机会。想着实在不行,只能来明的,大不了豁出老脸不要,去府上把人讨回来。她心头正盘算着,外面一仆妇匆匆进来禀报:"谢老夫人来了,二娘子和姑爷也回来了。"

温老夫人呆愣了片刻,忽然从床榻上坐起身,挣扎着要下床:"这只老狐狸,她还有脸上门。"一面又催曹姑姑,"快,赶紧替我收拾,打扮得精神些……"

谢、温两家的祖辈乃世交,才有了这门亲事,早年谢老夫人也来过温家做客。只是今夕不同往日,难免让人尴尬。但误打误撞,温家给自己送了个满意的孙媳妇儿上门，得了便宜总不能还卖乖，既然上门便得拿出诚意。

春季的天气乍暖还寒，温殊色今儿一条鹅黄间裙，同色半臂，祥云拿了一件轻薄的锦帔在手上，怕她待会儿凉，好替她披上。

谢老夫人看在眼里，待两人走近，便同祥云道："把锦帔交给姑爷吧。"

祥云也是个实心眼的，没等谢劭回话，埋头走到他跟前，将手中锦帔径直递过去，谢劭只得伸手。乳白色的锦帔质地柔软细腻，绣着一朵一朵红色的小花，鲜艳耀眼，搭在他纯青色的袖口上，色彩越发鲜明。

这般花里胡哨的料子，一看就是小娘子的东西，谢劭眉头微皱，还没回过神，身旁的女郎冲他一笑，倒是毫不客气："有劳郎君了。"

温家的祖上在凤城，当年文昌帝为了感激温老爷子的孺慕之情，特意让人在凤城置办了这处宅子，歪打正着替温家留了一条退路。

当今皇上登基之后，温老爷子被贬，举家迁回了凤城，府邸前原本那扇气派的大门拆掉，换上了简单的屋宇式大门。绘松竹的石头影壁，一条朴素的长廊，毫无气派可言，往里进一道门，才瞧到了雕梁画栋，看出这座宅子当初的辉煌。

温殊色归心似箭，同晴姑姑走在前引路，谢劭和谢老夫人并排落后三五步，传话的人照温老夫人的吩咐，把几人带到了心远堂，奉茶先招待着。

半盏茶的工夫，屋外传来说话声。温殊色心口一紧，抻长脖子往直棂窗外一探，见温老夫人领着曹姑姑和两名丫鬟下了长廊。十几日的相思和种种变故，温殊色顾不得去担心会不会被人看了笑话，起身疾步走了出去，跨出门槛立在踏道上，看着眼前年过花甲的老人，嗓音齉齉地唤了一声："祖母。"

没等温老夫人反应，温殊色又提着裙摆，快步走下穿堂，上前一把抱住了她："想死孙女儿了。"

温殊色自幼被温老夫人带大，祖孙俩的感情非比寻常，儿时温殊色一高兴常常会扑进温老夫人怀里，长大懂事后，知道了何为规矩，已很久没这般任性过。

温老夫人被温殊色这一抱，眼泪花儿都冒了出来，深吸一口气，旁的什么心思都没了，只拍着她的肩，哑声道："回来了就好。"

祖孙俩在院子里相拥诉着相思，屋内谢老夫人心里越发没了底，转头看向旁边一脸无聊的孙儿，凑过去点拨道："温家这老狐狸城府极深，今日能不能把你那心头肉带回去，就看你了。待会儿多长个心眼子，想想你兄长平日的谈吐，你照着学来两样，让那老东西见了安心，老大老三不也一样。"

谢家能这么同他说话的人，也只有谢老夫人了。先前谢劭一个劲儿地同她保证，温二就是他心头所好，如今却成了作茧自缚。

没等谢劭应，外面的一行人已朝着屋内走了上来，谢老夫人神色一肃，忙问谢劭:"你帮我瞧瞧,可还精神?"

谢老夫人今儿也特意打扮过,下马车时还让南之给她补了些水粉在脸上,这会子也不知道是紧张还是水粉的效应,昨日还苍白的脸色,倒是红润了不少。

谢劭无奈地点头:"精神。"

谢老夫人仍不放心,腰杆子一挺,起身道:"不行,我得去门口接人。"

温老夫人抬脚正要跨过门槛,回忆起了谢老夫人的那张脸,脚步一顿,转头低声问温殊色:"我脸色不差吧?"

温殊色挽着她的胳膊,在她耳边夸道:"祖母精神着呢。"

话音刚落,门内一道人影突然走了出来,嗓音无比响亮:"哎哟,老姐姐,咱们可是好久没见了。"

温老夫人抬头,一眼就认出了跟前的老狐狸。这几日对方的名头,各自都没少挂在嘴边。

于是,昨日还齐齐躺在床上的两人,凭着一口硬气,把周身的精神劲全使了出来,谁也不想让对方看出半点憔悴。尽管心里已把彼此骂了千百回,见了面还是得保住体面。

温老夫人一笑:"可不是嘛,都快半年了,听说前些日子老夫人害了一场病,本该去探望,谁知被府上事务所绊,还请老夫人莫怪。"说着吩咐下人,"谢老夫人身子骨弱,一般的茶水哪里行,去取些温补的来……"

谢老夫人面色微僵:"不过是牙痛了一阵,没什么大毛病,让老姐姐挂心了。老姐姐上回身子抱恙,我不也忙得脱不开身,没能上门探望……"

姑娘年轻时比谁许的亲事好,成亲了比谁的夫君更疼人,有了儿女又比谁的儿女有出息,到了晚年,除了家族荣誉,比的便是谁的身子骨更硬朗。精神头上不认输,嘴巴上的功夫两人也不相让。正因为先前两人熟悉,还曾坐在一起嚼过不少世家的舌根,这家的老夫人德行有亏,不可深交,那家的老夫人心思深,小心提防。如今两人闹出了这么一场笑柄,双方都能预料到,以对方的那张嘴,背地里肯定没少编派自己。

两人各揣心腹事。进了屋,温老夫人的注意力才从谢老夫人身上挪开,目光朝谢劭探去。往日只闻其名,今日头一回见到人,看到那张脸时,倒是立马让温老夫人想起了温殊色捎回来的信,说她被三公子迷了眼。皮相确实是个讨姑娘喜欢的,可长得好看,又不能当饭吃,论品行,他哪里比得上谢大公子……

见人进来了,谢劭起身见礼:"晚辈闲颇见过老夫人。"

没讨到心头的如意孙婿,却嫁了个名动凤城的败家子,两个败家的走到了一起,将来日子该怎么过。温老夫人兴致缺缺,客套地点了下头,也不言语。

丫鬟仆妇重新上了新茶,一时耳边只余下瓷器茶盖儿碰出的"丁零"声响,之后便彻底没了声儿。

气氛突然陷入沉默，谁也不说话，摆在大家眼前的尴尬，各人都心知肚明，可谁也不愿意先跳出来。

最终还是温老夫人先开口，客气地问谢老夫人："谢仆射不在家？"

谢老夫人没有一点防备，如实答道："上个月阮家老夫人跌了一跤，半个月前带着孩子娘去了扬州。"

"怪不得。"温老夫人轻轻地搁下手中茶盏，"谢仆射为官之时，名声响彻大鄷，清识难尚，铁腕无私不说，待人之诚信，自不在话下。"

在换人这事上，她和谢老东西各打五十大板，谁也怪不了谁。但自己的亲孙女嫁过去都有十几日了，她是数着时辰过日子，她谢老东西但凡有点良心，就早该来给她个说法，却装聋作哑，还兴起了扣人这一招，连门都不让回了。当真是老来失德……

谢老夫人眼皮子一跳，这是在讽刺她人品连自己儿子都不如了……

这厢也不服输："说起名望，哪里比得上贵府的温老爷，一代帝师，一国之主的先生，要论品行诚信，谁敢在温家之上。"

半截入土的两位老祖宗，开始唇枪舌剑，底下的人神经紧绷，一声都不敢吭。

温殊色也经历过了这一遭，心头不免暗道，原来老一辈的人吵起来，同小辈一个样，挖祖宗讽儿孙……

两个老祖宗也及时察觉了出来，在小辈面前，似乎不太好看。

温老夫人看向温殊色，温声道："这么长时间没回来，心头想必念着你那院子，去瞧瞧吧。"

温殊色起身一走，谢老夫人才猛然惊醒，她在干什么……三言两语被那老东西激得失了理智，只顾着嘴上舒坦，忘记了自己今日来的目的。她赶紧转身同谢劭道："长辈说话，你在这儿听着也无趣，去陪陪殊色。"

从屋里出来，温殊色猛吸了一口气，回头担忧地看了一眼门内，问身边的祥云："不会打起来吧？"

祥云摇头："肯定不会，老祖宗还得要脸面呢。"

也是，像她这般年轻气盛，当夜不也没同谢劭动手。知道自己在，老祖宗们放不开，但不发泄出来，心头的气儿消不掉。

正好她要回一趟院子，倒也不是为了收拾东西，临走之前，她屋里的东西都被倒卖换成了银票，没啥可收拾的。

她回院子，只是为了去会隔壁的明婉柔。

上回她被罚去庄子，明婉柔自责得眼睛都哭肿了，谁知一回来，招呼都没来得及打呢，便被抬去了谢家。如今全凤城都知道了谢三娶了她温二，还不知道明婉柔急成了什么样。

温家和明家的宅子相邻，两家挨着的院墙之间仅隔了一条丈来宽的通道，平常两人不便相见时，都是去后院搭把梯子，隔空喊话。

晴姑姑被温殊色使进了屋，让她翻翻还有没有漏网之鱼，自己身旁只带着祥云。

木梯搭好，祥云先爬上去唤人："明家大娘子……"

对面很快有了回应："是二娘子吗？我家娘子惦记二娘子好几日了，饭都吃不下，劳烦二娘子先且候上片刻，奴婢这就去唤娘子过来。"

谢劭出来后，温殊色已没了身影。

身后屋内的两个老祖宗，估计还有得一番大战，他不便留在此处，温家他没来过，并不认识路，不认识路，不好贸然乱闯。他正打算要不要出去走一圈再进来，一低头见到了胳膊弯里搭着的锦帔，只好作罢，往右侧的长廊走去。走了一半，对面突然来了一位年轻公子，脚步匆匆地迎了上来，远远便招呼道："三公子。"

此人谢劭倒是认识，温家的大公子温濛，半年前跟着温大爷一道去了京都，想必是因府上的亲事，才赶了回来。

谢劭点头回礼："大公子。"

"适才听底下的人来报，说三公子到了府上，是我来晚了，礼数不周之处，还望三公子见谅。"温濛侧身一抬手，邀请道，"寒舍备了些粗茶，还望三公子别嫌弃。"

温二的父亲和亲哥不在，由他这个当大兄长的招待，合情合理。

谢劭正好也无处可去："叨扰了。"

温濛上年考了一个贡士在身，凭温大爷的脸面，先一步进了翰林院，任翰林御书院待诏，虽尚无品阶，前途却无量。

温濛一路找话同谢劭聊着，很快到了一处院子，一进门视线便被一座假山挡住，温濛抬手："三公子，这边请。"

谢劭抬步继续往前，越过假山后，视野瞬间开阔，一眼便见到了对面穿堂内摆着的一张长案。

温大爷正在沏茶，跟前还有一位客人。

听到身后的动静，背着这方的客人缓缓转过身，正是昨日谢劭在裴家见过的大理寺少卿，裴元丘。

"闲颐？这不巧了吗？"

见人到了，温大爷便起身招呼："三公子来了。"转头让仆人看座。

谢劭脚步立在那儿没动。

"今日三公子回门？"裴元丘问跟前的温大爷，得到肯定的回答后，笑了一声，"昨儿在府上才见了贤侄一面，没想到今日又碰上了。"抬胳膊扫了一下宽袖，扭头热情地唤谢劭，"闲颜，过来坐。"

谢劭笑了笑："裴伯父忙，晚辈就不打扰了。"

"我与温侍郎难得都是凤城人，这趟回来，赶在了一起，同乡人聊聊几句家常罢了，谈何打扰？"

一个是大理寺卿，一个是工部侍郎，同朝为官自是相熟。

谢劭依旧没动，对他扬了下胳膊上挂着的那件小娘子的锦缎，抱歉地道："内子的锦帔还在我手上，改日吧，改日晚辈再同裴伯父一叙。"

不顾温大爷和温大公子挽留，谢劭转身从原路返回。出了院子，谢劭眼里那抹不羁的眸色瞬间淡了下来，偏头同闵章道："给老爷子送个信。"

闵章上前两步匆匆走到谢劭身旁，谢劭附耳："就同他说跑得了和尚跑不了庙，有人在打他儿子的主意。"

那日裴少卿一句凤城还有个靖王，谢劭便明白，他谢仆射当初这告老还乡的地方怕是没选对。即便靖王只是个养子，京都的那位太子也没打算放过。

闵章的性子实诚，办事效率自来很高，有事从不会多留半刻："小的这就吩咐下去。"

等谢劭抬头，闵章已转过身疾步往门口走出去了好一段。

谢劭哑然，罢了。

闵章一走，只剩下他一人，谢劭不知道跟前的路通向哪儿，拉了个过路的丫鬟问："哪边是二娘子的院子？"

今日府上的仆役都知道家里来了客人，丫鬟抬目匆匆瞥了一眼谢劭的脸，猜想着当是谢家的那位姑爷，直接把人领到了二娘子的院门口。

温姝色出嫁后，院子里的丫鬟仆妇也都重新分配到了旁的地儿当差，门口没人，里面也没人。

谢劭静悄悄地进去，正四处寻人，忽听到从墙头边传来一道声音："你怎么就嫁给了谢三？"

谢劭转过头，便见一女郎正立在木梯上方，人趴在墙头上，鹅黄色的间裙盖在梯阶上轻轻飘扬："可别提他了，简直就是噩梦。"

身旁有一根朱漆圆柱，谢劭没去打扰她，脊梁往柱头上一靠，打算细细听听她的这一场噩梦。

上面的人丝毫不知情，底下祥云一心扶着梯子，也没察觉。

"你也太可怜了，那他有没有……把你怎么样？"明婉柔趴在巷子另一边的墙头上,好些日子不见,脸上的肉都缩了一圈,面上挂着同情之色。

"那倒没有。"实则也没那么惨,温殊色继而安慰道,"我给你说,其实他就是个傻子,被人骗了好多钱。"

谁知,明婉柔更伤心了:"纨绔也就算了,怎么还是个傻子呢。"若非人在木梯上,定要捶胸顿足一番,心头无不替她惋惜,"那日我二兄听到你嫁给谢三的消息后,回来便把自己关在房里,一日都没进食。"

温殊色一愣,再想起明家二公子那张脸,突然有了一种仿佛和他有过一段私定的真情般。她关心道:"那你该去劝劝他,让他好好吃饭。"

明婉柔点头:"劝了,还好缓过……"

"他要是还放不下,你再告诉他,我也是被情势所逼,算是同他无缘了,但天涯何处无芳草,让他寻个差不多的就行了。"

谢劭实在没忍住心头嘲弄,偏过头"喊"了一声。

正巧晴姑姑忙完从屋里出来,一眼便看到了对面红柱上靠着的姑爷,神色愣了愣,转头又瞧见了爬上梯子的自家娘子。

还没弄明白是怎么回事,梯子上的小娘子继续道:"你呢,你怎么样?周家来提亲了没?周邝屁股上那块肉也不知道长好了没。真没想到,他们竟然怕狗,谁不知道你家里的两条大黑,连猫儿都怕,那日乱成一团,也不知道是狗吓着了人,还是人吓着了狗,真是笑死我了。"说到了兴头上,控制不住,放肆"哈哈"大笑了两声。

"娘子……"晴姑姑吓得脸色都变了,慌乱上前去唤温殊色,"二娘子,二娘子……"

祥云先听到晴姑姑的唤声,一回头见到谢劭,一双眼珠子差点瞪了出来,忙跟着一道唤人:"娘子……"

温殊色很久没这般笑过,腮帮子都酸了,终于听到耳边似乎有人在唤她,咧开的嘴角一时半会儿收不住,随意往下一望。

靠在红柱上的郎君已经眸色如刀,透骨寒凉。

刹那间,天崩地裂。惊雷劈在温殊色的头上,她脸上的笑瞬间不见了踪影,人险些从梯子上跌了下来。

对面的明婉柔完全不知情:"你还不知道呢,你去庄子的第二日,周家便来提了亲,我俩这都是什么命,怎就都同纨绔缠上了呢……"

"缟仙。"见她没反应,明婉柔又唤了一声,"缟仙……要不你找个时机在谢三面前,多说说我的坏话,定会传到周公子耳朵,让他找周夫人退了亲事……"

温殊色的神志猛然拉了回来,唯恐明婉柔说太多,忙同她递眼色,奈何一

064

双眼睛眨得都快抽搐了,明婉柔却没能意会过来:"这样吧,你哪日出来,咱们约好,我再把大黑二黑拉来,吓他们一回……"

温殊色脸色如同死灰。

这厢已经魂飞魄散,没了声音,底下院子内的人替她回应:"明大娘子放心,你的话,谢某一定带到。"

对面的明婉柔终于住了嘴,呆呆地看着一脸菜色的温殊色,侥幸地问:"是谁?"

温殊色已经说不出话来,木然地张了张嘴:"谢三。"

安静片刻,明婉柔的脑袋一溜烟儿地从墙头消失不见。

温殊色缓缓地从梯子上下来,院子里的郎君早已不见了身影,带着她的锦帔一块儿走了,凉风一吹,温殊色抱住自己的胳膊,狠狠地打了个寒战:"完了。"

温殊色懊恼不已,本想问晴姑姑和祥云他到底听了多少,抬头扫了一眼两人,脸色比她还白,便也明白不用多问了。

她彻底把人得罪了。好不容易求人同她回了门,没承想会弄成这样,心远堂的两位老祖宗还在较劲儿呢,两边要都闹起来,温家今日不得鸡飞狗跳。

可怕的念头刚从脑子里闪过,一位仆妇闯进院子,脚步如同踩着云朵,着急地道:"二娘子,二娘子,出事了,老夫人同谢老夫人吵起来了……"

真是怕啥来啥。

温殊色慌忙提起裙摆,一面跟着前来报信的仆妇疾步赶往心远堂,一面问她:"怎么回事?"

仆妇细细地同她说了。

适才温殊色和谢劲走后,两位老祖宗之间便只剩下了雷光闪电,起初还好,各自嘲讽了一通,面子上至少维持住了,可后来温老夫人忽然说:"既然人已回来了,我也不去追究我家姑娘到底有没有吃亏,这桩亲事便这样吧,人我收下,谢夫人想必家务很繁忙,就不送了。"

谢老夫人最担忧的事还是发生了,哪里肯罢休,直斥道:"人言道宁拆一座庙不毁一桩婚,何况还是你亲生孙女的婚姻,你心肝子就这么坏?"

温老夫人当场"哼"出一声,也没了好言好语:"我心肝子坏,总比有些黑心肝的强。"

"你这个老东西。"谢老夫人被气得倒仰,"你今儿要是敢扣人,明儿我就宣扬出去,说你温老东西不顾祖先脸面,不守诚信,新婚当日临时换人不说,没能如愿又要把人讨回去。咱俩家谁也别想好,要毁灭那便一块儿毁灭吧。"

最初谢、温两家各换新郎新娘的消息传出去后,各类谣言一时满天飞,谢、温两家都编了说辞,但效果甚微。后来也不知道从哪儿兴起的流言,说谢三公子早与温家二娘子两情相悦,这场婚宴本就是为两人准备的,只不过消息没扩散出来,方才收了场。为此,谢家、温家都松了一口气,这会子听她如此说,是想来个鱼死网破了,温老夫人胸口的气又有些喘不上来了,痛骂道:"老狐狸……"

曹姑姑见情势不对,偷偷同门口的仆妇使了眼色,仆妇才急忙出来找温殊色去救场。

温殊色慌慌张张地赶到院子,恰巧同对面赶来的温大夫人安氏撞了个正着。

安氏虽也在着急,可那面上怎么瞧都带着几分幸灾乐祸和看热闹的兴奋劲。上回温老夫人为了一副嫁妆,说换人就换人,安氏心都伤碎了,哭着离开了正院。温殊色出嫁,安氏也没到场,不仅没到场,还给大爷的茶里添了药,让大爷睡过了头,错过了送亲。可再大的委屈和不满,也都在得知谢家也换了新郎,温老夫人的一场算计打了水漂之后一扫而光,安氏只觉得神清气爽,畅快无比。

这会子见到人,安氏已没了半点怨恨,主动同温殊色打起了招呼:"殊色回来了?"

"伯母。"温殊色打了一声招呼,没心情理会安氏,匆匆进了院子。

安氏紧跟在她身后:"听说谢老夫人来了?"转头瞅了一眼温殊色焦急的神色,哀叹一声,"明知道大家心头都不畅快,这怎么还上门来了呢,老夫人身子可还没好利索,你是不知道,前些日子老夫人滴米不进,躺在床上,怎么唤也不应,可没把人吓死……"

温殊色眼皮子一抖,身后祥云瞪着安氏,就差让安氏闭嘴了。

温殊色无心应付安氏,生怕两位老祖宗当真动起手,人还在门前,先出声唤:"祖母……"急急忙忙地跨进屋,两位老祖宗已从位置上站了起来,适才的精神劲儿不复存在,两人都才下床不久,这一气,简直两败俱伤,均露出了原有的病态,各由身旁的仆人搀扶着。

没料到两个老祖宗这大把年纪了,还会闹到如此地步,温殊色颇有些手足无措,该如何是好呢?

她还是先上前去扶温老夫人:"祖母……"

"缟仙。"身后一道郎君的嗓音突然打断她。

温殊色一愣,回头便见一位玉面郎君抬脚走了进来,不正是被自己气跑的谢劭,必然是适才听墙根,从明婉柔那儿得知了自己的闺名。

温殊色提防地看着他,怕他再来添乱,摆正态度及时向他低头,弯唇一笑,目光里满是和善求饶。谁知,那人竟然也对她报以微笑,仿佛前一刻那道想要扒她皮抽她筋的眼神是她的错觉,眉目之间甚至还拢上了一层柔情,从容地走到她跟前,抖开手中锦帔,胳膊一抬,披在她的身上:"今日风凉,披好。"不顾小娘子惊愕的神色,他双手捏住锦帔领子,忽然一提,她被力道拉扯,往前迈了好几个小碎步,扑在了他胸膛上。

温殊色失言。

女郎瞬间的目瞪口呆,让他心情愉悦了一些。

噩梦吗?那就继续做吧。

他手指捋开她锦帔的系带,一面熟练地打着结,一面偏下头同她耳鬓厮磨:"今日难得回门,好好同祖母说说话,库房的钥匙在你手上,瞧瞧缺什么,给祖母添上。"

怀里的小娘子好像有些僵硬,并没回应他,谢劭眼睑一动,盯着她一边通红的耳垂,心头最后的一丝不快也跟着烟消云散,微微直起身来,故作无事唤了她一声:"缟仙?"

他个头本就高大,又是宽肩窄腰,温殊色鼻尖碰在他肩头上,幽幽的流脑香气钻入鼻尖,死死地勾住了她的三魂六魄。她的心不争气地"咚咚"乱跳,脑袋也一团晕沉,却又无比清晰,这天杀的狗东西,是在对她释放美色吗?

周围早没了声儿,众人的目光都在两人身上,温柔又有魅力的俊俏郎君,谁不喜欢。

尤其是温老夫人,神情呆呆地盯着跟前两人蜜里调油的亲密劲儿,活脱脱一对新婚璧人。

再去看那位先前不待见的郎君,怎么也不像是传闻中那般不着调。当初自己不顾名声把缟仙换给谢大公子,不就是盼着将来能有个疼她、爱她的郎君。

温老夫人脸上的变化谢老夫人都看在了眼里,一面叹服孙子的出息,心下不免也有了怀疑,莫不是这二娘子当真是他的心头肉……

突如其来的浓情蜜意,化解了屋子里的硝烟味儿,谁也没出声去破坏。

温大夫人率先打破沉默,进屋来搀温老夫人:"母亲,怎么样了?这不早上还躺在床上吗,怎就出来见客了呢……"

谢老夫人瞥了一眼温老夫人,果然脸色又变了。

两人嘴上虽说得厉害,可自己经历过,知道其中的滋味不好受,说到底都是为了儿孙在操心,论笑话,自己不也是个笑话。

谢老夫人没再落井下石,拦住了温大夫人:"不过小辈之间的小打小闹,关起门来已经解决好了。我瞧着老姐姐的身子好得很,温家大夫人不必忧心。"又仰头唤了一声,"殊色,过来陪你祖母聊会儿。"转头又冲着屋里的一位温家丫鬟道,"听说你们老夫人种了一片枇杷,带我去瞧瞧吧。"

温老夫人的神色也缓和了下来,深吸一口气,吩咐丫鬟:"去吧,带老夫人逛逛园子。"

等谢老夫人拉着谢劭一道出了屋子，这场惊心动魄的暗战，才总算平息了。

温老夫人把所有人都打发出去，屋子里只留下了曹姑姑，让温殊色坐在了身旁，细细打探起了自己的宝贝孙女。

小娘子面上被撩拨出的一丝红潮还未褪干净，倒让温老夫人莫名有了一丝欣慰。

适才，她虽撑着硬气，想同谢家毁了这门亲，可心头又何尝不知道，这一来，自己的孙女名声必定受损，这辈子想要再讨一门好亲，是难上加难了。

若谢三真是个体贴的……温老夫人到底还是不放心，问："真没受委屈？"

温殊色心头尽管已把谢劭骂了千百回，可面对温老夫人的一脸关切，终究不忍心，抿唇一笑："孙女好着呢。"

"我怎总觉得玄乎呢……"当真是自己歪打正着了？

温殊色说不玄乎："我不瞒着祖母了，在这之前，孙女实则已见过谢三公子，祖母可还记得孙女同明大娘子放狗咬周世子一事？当日谢三公子也在，孙女被他的英姿所折服，可惜还没来得及同祖母诉说，便被祖母推上了大娘子的花轿。要不说菩萨保佑孙女呢，新婚夜孙女把手上的团扇一取，见眼前的郎君竟然是自己喜欢的谢三公子，一时还不敢相信，迟迟回不过神，祖母猜怎么着？"

她说得神神秘秘，温老夫人和曹姑姑听得认真，齐齐倾耳过去。

"谢三公子突然上前握住孙女儿的手，口中念叨着菩萨保佑，孙女儿方才知道，那日看对眼的不仅是孙女，三……郎君也对孙女生了情种。"她低头羞涩地牵着自己的衣袖，一副小娘子的害臊模样，说得绘声绘色，只有菩萨清楚，有多荒唐扯淡。

活灵活现的说辞，让温老夫人同曹姑姑已信了九成，曹姑姑抿着笑："奴婢就说，二娘子是个有福气的人，老夫人一心向佛，供了这些年的菩萨，菩萨还能让老夫人伤心不成。"

压在温老夫人胸口十几日的不安和愧疚，终于卸了下来，脸色也红润了许多，又问她："他真把库房钥匙给了你？"

温殊色点头："给了，往后孙女就是谢家的管家娘子了。"

"他还真敢放心。"屋里没人，温老夫人也不怕泼温殊色凉水，自己养出来的人是个什么性格，她心里清楚。要温殊色管家，今后恐怕有得谢老夫人哭。她心头如此想，脸上却露出了久违的笑意。

"奴婢看，二娘子管家挺好，至少没亏待自己。"往日二娘子在府上，个个都被她花钱的本事所震撼，如今人一走才瞧出来，府上温二爷赚的银钱，还不如拿给二娘子去败呢，曹姑姑一时没忍住，"大夫人这些日子打的那主意……"

"咳……"温老夫人一声咳嗽打断曹姑姑，"好端端的，提她作甚。"继续同温殊色道，"再同祖母说说谢家……"

那头，温家的丫鬟一路带着谢老夫人和谢劭去往温家的枇杷园。

刚出院子，便见出去办事的闵章脚步匆匆而来，见他神色不对，谢劭脚步落后几步，同谢老夫人道："祖母先去，我待会儿过来。"

儿孙长大了，有他们自己的事要做，谢老夫人一向不干涉："记得别错过了午食。"

谢劭应了声好，待前面的人群走远了，闵章才道："周世子急着找公子，人正在门口。"

什么事能让他找到这儿？谢劭眉头一皱，快步走去门口。

周邝已经在门口打了半天的转，一见人出来，立马上前连招呼都顾不上打，哭丧着脸道："谢兄，怎么办，西郊的兵器库被人闯了，管事的不见了踪影。"

身为儿郎谁不喜欢舞刀弄枪，周邝在西郊的一处隐秘宅子里私自存了一些兵器，平日里没事，几人也会去操练一番。

今日周邝过去，却见房门大敞开，兵器散落在地，唤管事的，半天都没人应。库房里所有的兵器统共就百余件，不过是为了悠闲娱乐，成不了什么大事，但若是管事的落到了有心人手里，送去京都，事情就大了。私藏兵器乃杀头之罪，到时连靖王都脱不了干系。

近一年来，周边的几个藩王陆续被朝堂抓住把柄，眼下只剩下了中州的节度使靖王。

确实是麻烦事，谢劭问："王爷知道吗？"

周邝更着急了："庆州这几月都快被太阳烤焦了，流民乱窜，四处都在闹事，父王早上才出城……"

"立马派人出城沿路去追，只要是马车，所有人一概下车受检。"谢劭转头看了一眼府门前停着的那辆马车，"去通知谢副使。"

午饭设在了温老夫人的正院。

谢劭还是没能赶回去，派人同温老夫人打了一声招呼："公子说抱歉，手头上实在有件急事先走一步，改日再登门拜访老夫人。"

一旁的谢老夫人先搭腔："是个没口福的，错过了老姐姐今儿准备的一桌好菜，少个人还少双筷子，咱多吃些……"

起初底下的人还担心今日该怎么收场呢，谢老夫人转个园子的工夫，再回来两人突然握手言欢，关系仿佛回到了从前。

先前那一通吵了后,像是把两位老祖宗心头的郁结都吵散了,温老夫人招手把晴姑姑唤来:"待会儿回府,把这米糕给姑爷稍上。"

"是。"

今日是温殊色出嫁后的头一回回门,午饭前,温大爷把屋里的客人送走后,带着二房的人也来了温老夫人院子待客。

温大公子、温大娘子、温三娘子都来了,唯独温大夫人没来。

府上温二爷不在,温大爷便是家主,原本应该由他来招待上门的姑爷,不承想今日不巧,撞上了裴大人上门做客,本想借午饭同他谢三公子喝两杯,人却先走了,加之那日自己又没能送成亲,心头有些愧疚。两位老夫人说着话,温大爷便转头和气地问温殊色:"缟仙,在谢家可还好?"

自小伯父待她都是如此亲和,温殊色点头:"都挺好。"想起他带给自己的京都画册,"伯父的画册我收到了,京都真热闹。"

温大爷一笑:"既喜欢,下回寻个机会,到京都来亲眼瞧瞧。"

温殊色道好,又问:"伯父什么时候走?"

"明日。"

温殊色一愣:"这么快?"

"朝堂事务繁忙,我已耽搁了不少日子,该回去了。"他转身看了一眼旁边的女眷,"你两位嫂子,还有你大姐姐和你三妹妹也一道走。"见她面色一惊,又道,"你伯母和姨娘先留在府上,照顾老祖宗,前些日子我派人同你父亲递了信,想必也快回来了。"

难怪不见温大夫人的踪影,去不了京都,估计得恼死。

这一别也不知道何时才能团聚,温大爷嘱咐她:"有什么需要伯父帮忙的地方,你尽管来信同我说。"

温殊色点头:"好。"

散了宴席,温大爷回了院子,温老夫人和谢老夫人关起门来说话,院子里便只剩下了几个小辈。

温家的小辈有大公子、二公子、三公子、大娘子、二娘子和三娘子。

温二公子在京都拜到了一个老先生门下,先生门规严正脱不开身,没能回来,温三公子正随温二爷在福州捕鱼,今儿在场的只有四人。

温大公子把自己从京都带回来的礼物交给了温殊色:"二妹妹看喜不喜欢,兄长事先不知道二妹妹成亲,新婚贺礼,待下回我回凤城,或是二妹妹来了京都,兄长再给你补上。"

原本是大娘子的婚宴,确实也没想到出嫁的人是她,温殊色接过,是一盒心字香。心字香乃素馨花和茉莉两种花香侵染的香片,如今只有京都才有,温殊色很是喜欢，欢喜地道了谢："多谢兄长，有这个就够了。"

三娘子同二公子都乃姨娘薛氏所生，许是被温大夫人常年压制，三娘子的性子天生怯弱，把自己绣好的一个荷包递给了温殊色，红着脸道："祝二姐姐同二姐夫百年好合，永结同心。"

一句话说得如同诵书，三娘子紧张得不敢抬头，温殊色伸手接过来，冲她一笑："多谢三妹妹。"

一旁的大娘子温素凝迟迟没开口，见她似乎有话要单独同温殊色说，大公子和三娘子识趣，找了个借口回避开。

虽说自己最终并没有抢了她的大公子，但也算抢了她的婚事，温殊色心头多少有些愧疚，主动开口："大姐姐明日一路顺遂。"

温素凝没吭声，看了她片刻，轻叹一口气："你这样，当真就幸福吗？"

温殊色眸色一顿。

"祖母年纪大了，你不想让她伤心能理解，可人一辈子的幸福，总不能将就过去。"

温素凝自小脑子聪明伶俐，处事也冷静，像极了温大爷。温殊色也不意外她能看出来，问："那依大姐姐看，我当如何？"

"大鄴大小州府几十余座，凤城不过只占其中一席之地，二妹妹何不抬起头往前看，婚姻不如意和离的女郎并非罕见，也未必没有出路，何必要苦了自己？"温素凝问她，"你可曾想过以后？"

见温殊色没出声，温素凝又道："父亲在京都任职，温家迟早都得迁过去，这回考虑到祖母的身子还没好利索，父亲把母亲和姨娘留在府上暂时看顾祖母，等祖母身子好些，便都要搬去京都。"

温殊色眉头微皱："祖母知道了吗，她想去吗？"

"不想去又能如何？"温素凝道，"二叔和三哥哥常年在外奔波，顾不上家中之事，母亲和父亲总不能分开一辈子，永远留在凤城。

"再说，凤城怎能同京都相比，温家迁去京都，是在走上坡路，二叔的生意何处不是做？从福州到京都，路程更近，将来把凤城的家产变卖，去京都置办产业，不比在凤城强？"

温殊色听出来了："伯父想在京都置办家业？"

"今日我所说皆是我个人的意见，与父亲母亲无关。"温素凝撇清楚了，又道，"我算过一笔账。

"父亲和两位兄长在京都，方可住在店宅务，租赁尚且便宜，如今家眷一去，便再也不能同大伙儿一道挤了，按京都租赁的价格，一套能让我们容身的房子，一个月得需六十到九十贯钱，而在京都买一套差点的房产，价格大概是一千五百贯，好点的五千贯，所以，按长远考虑，买下来更划算，即便将来不住了，以京都寸土是金的市场，卖出去也能赚翻倍的价钱。"

温殊色点头："确实划算，你同伯父说说，让他买下来便好了。"

温素凝神色一僵："二妹妹怎能不清楚，以父亲的俸禄，哪里能买得起。"

温殊色明白了："你是想让我把凤城的铺子都倒卖了，去京都买房？"

"何尝不可？"温素凝也不同她绕弯子了，"凤城的产业变卖后，二叔和三哥去京都发展，生意必然比凤城好，你也一道随我们去京都，到了京都谁还知道你的过去？要什么样的好儿郎没有，犯得着让你搭上自己的一辈子，同一个纨绔子弟将就下去。"

"那这宅子呢？"

"凤城如今的宅邸还算值钱，等到朝廷开始削弱藩政，只会贬值，早卖早……"

"温素凝！"温殊色气得发抖，脑袋"嗡嗡"一阵响，总算明白了曹姑姑适才那欲言又止的话。

原来他们是在打这个主意。

温殊色再也没了好脸色，看着大娘子咬牙道："你要是敢动这宅子，我同你没完。"

午饭用完，坐上片刻，谢家的人便该走了。

温老夫人还有话要同温殊色交代，让曹姑姑出来寻人。曹姑姑寻了一圈，才在一处偏僻的院子里找到身影。

"二娘子……"曹姑姑还没来得及传话，就见抱膝坐在石头上的温殊色回过头来，一张泪眼婆娑的脸，眼睛都肿了。

曹姑姑吓了一跳："哎哟，小祖宗这是怎么了？"

温殊色知道是祖母在寻她，抬手慌忙抹干净脸上的泪水，从石头上起身。

曹姑姑赶紧迎上，责问她身后的晴姑姑："谁欺负咱们二娘子了？"

没等晴姑姑答，温殊色先问她："姑姑，我问你，他们可是在打这宅子的主意？"

曹姑姑一愣，这几日温大夫人为了这事每日来心远堂好几回，适才本想告诉二娘子，被温老夫人一打断，便也不好开口。

曹姑姑脸色突然变了，他们莫不是找上二娘子了？

不用她回答，看她神色，温殊色也明白了。

"放心，我父亲和哥哥都在，我也活得好好的，老祖宗哪儿也不用去，我来照顾她，宅子、宅子……"温殊色声音突然哑了起来，没忍住呜呜哭了两声，

"那是祖父当年的荣誉,是祖母的心头血,他们也敢……"

"快别哭了。"曹姑姑见她哭,心揪成一团,劝说道,"要是老祖宗瞧见了,还不得心疼。"

这话倒管用,温殊色不敢再哭,微微仰头把那眼泪花儿倒回去,赶紧吩咐祥云:"快,快去拿块冰来,我敷敷。"

温老夫人等了好一阵,才见到人,眼圈不红了,但还是有些肿,温老夫人一眼就看出来了,皱眉问:"怎么了?"

"孙女儿一吃完饭便犯困,适才去院子躺了一会儿,醒过来后,眼睛就肿了。"

谢老夫人也在,笑了笑:"吃饱了就睡,眼睛最容易肿了。"忙起身让了地儿,同温殊色道,"我先去前院等你,不着急,慢慢同你祖母说。"

该说的,适才温老夫人已同温殊色说了,临走前,不过有东西要交给她。

"谢老夫人虽说脾气拧,但心肠不坏,是个爽快人,你在谢家的日子倒是比我想象得好。"知道谢老夫人在等着,温老夫人没打算多聊,直接让曹姑姑把备好的匣子拿了过来,交到温殊色手上,"先前我不给你,是怕你大手大脚习惯了,拿到手里全给败了,如今既然三公子都有那个胆量把家底交到你手上,我也没什么好怕的,且都是你父亲和你哥哥赚来的,你花也是该花。"

匣子里是温家在凤城所有的店契、地契和田契。

这一来,温家的财产算是都交给了温殊色,温老夫人倒觉得一身轻松,手上没了东西,也不会遭人惦记。

成了亲,温殊色便是另一家人了,有人脸皮再厚,总也找不到谢家去。

温殊色垂头盯着手里的匣子,半天也不说话,温老夫人察觉到,歪头去看她:"怎么了?"

"祖母。"没等温老夫人反应,温殊色突然一把抱住她,"孙女儿就算这辈子当姑子,也不会让祖母一个人留在宅子里,待父亲回来,他要是不愿意留在凤城,我便回温家,回来陪祖母。"

"糊涂。"温老夫人轻斥道,"这才刚成亲,说什么糊涂话?我正嫌府上这群碎嘴的吵得耳聋呢,还用得着你回来陪。"

日铺后,温殊色方才同谢老夫人离开了温家。

见她面色不舍,谢老夫人安抚道:"横竖两家离得也近,等有空了,常回来便是。"

谢劭此时正从城外赶回来,去往铺子里找崔哔。

崔哔正在应付谢家的二娘子谢明缨。

"我说了,今儿我没带银子出来,记在我三哥哥的账上不就行了?"娇滴滴的姑娘说起话来,无不惹人怜惜。

可不巧的是,他崔哞眼里只有钱:"实在不好意思,谢二娘子是不知道,你三哥哥在我这儿根本就没有账本,咱们关系虽好,但亲兄弟明算账,你信不信,就算你三哥哥明天破了产,吃不上饭,我也不会施舍他半分。"

谢明缨一愣,斥责道:"你这算哪门子兄弟,我要去同三哥哥说……"

说人,人便到了。

谢劭从马车上下来,一脚踩在铺子门槛上,没进屋,也没有多余的话,看了一眼崔哞:"出来。"

崔哞立马换上一副恭敬样儿,手里的账本往边上一撂,赶紧跟上:"谢兄,等等我……"

"三哥哥……"谢明缨回过神来,忙追出去。

谢劭没空搭理她,把崔哞推上马车,直接撂下一句:"找你嫂子。"

温殊色回到谢家,日头已经偏西,下了马车便被谢老夫人拉着去了一趟院子,日落回屋时,怀里又多了一个妆匣。

夜里主仆三人挑灯把温老夫人今儿给的那匣子一并开了,入眼一片琳琅满目,两个匣子堆积起来的金银财富灼人眼睛。

祥云举着灯靠近,把那一堆金银照得闪闪发光,瞠目感叹:"娘子才不是什么败家娘子呢,分明是个招财娘子……"

温殊色耷拉着头,并没有觉得高兴,这一匣子东西,祖母是把温家的家产都给了她。温素凝说得没错,伯父在朝为官,温家大房迟早都得去京都,祖母如今把家产给了自己,就只剩下了那座宅子。大房明日便得走,今儿夜里还不知道会闹成什么样,她心头不放心,问晴姑姑:"你给秋莺说好了没?"

晴姑姑点头:"小妮子起初还不答应呢,奴婢说要把她卖了不让她跟着大娘子去京都,这才应下来,要是大娘子和大夫人真要打宅子的主意,她立马给二娘子报信。"见她还在忧心,晴姑姑劝道,"娘子就别想了,老夫人是什么人?老太爷走后老夫人撑了几十年的家,想当年温家都快揭不开锅,二爷更是没钱进私塾,也没见老夫人抵了宅子,如今大房想要卖宅子去京都买房,她能答应?娘子放宽心,老夫人心里有数。"

话是如此,但她见不得祖母受气。

温殊色让晴姑姑把匣子收起来,想起温素凝今儿那模样,又忍不住来气,歪在安乐椅上抱怨:"这些年,个个都指望父亲和三哥哥在外面多赚点,补贴一屋子人的家用,名头倒是找得挺好,是为了振兴家族光宗耀祖。可瞧瞧,如今是个什么局面呢？外人眼里温家有出息的是大伯父，工部侍郎四品的官多威风，还有大哥哥和二哥哥，出入一身光鲜，前途无量。再提起父亲，谁不知道他是个捕鱼的？有其父必有其子，三哥哥就是被他把路子带偏了，书不读，非得同海里的螃蟹杠上。大娘子算盘倒是打得响亮，一家子去京都享福，要父亲和三哥哥过去当他们的钱袋子，这哪是兄弟，怕是比菩萨还好使。"

在温家她一直憋着，生怕被祖母听到，这会子回到谢家跟前只有晴姑姑和祥云了，才竹篮倒豆子，"噼里啪啦"说了一通。

外间的丫鬟仆妇，也察觉出了三少奶奶这趟娘家回得似乎不太如意，听见里面在发火，个个绷紧了精神。

温殊色痛恨至极："这辈子我最讨厌的，便是问人讨要银钱之人……"

"三嫂在吗？"

抱怨声被门外一小娘子打断，温殊色闭了声。

方嬷嬷没想放人进来："二娘子，三少奶奶已经歇下了。"

"这么早，我可等了她一个下午，她怎么就歇下了？"

"二娘子……"

方嬷嬷没拦住，外面的脚步冲了进来，越来越近，帘子一掀开，还没等温殊色从安乐椅上起身，跟前的小娘子便往屋子里张望了一圈，最后把目光落在了温殊色身上，没有半丝商量的余地，小娘子开口便道："三嫂，给我一百两银子吧，我看中了一只镯子，明儿去买。"

这刀口上……

晴姑姑和祥云齐齐捏了把汗。

方嬷嬷知道温殊色心情不好，忙追上来劝说谢二娘子："今儿晚了，三少奶奶又刚回来，二娘子还是明日再来吧。"

谢二娘子眉头一皱："不成，镯子没买到，今儿夜里我都睡不着觉了，三嫂只需应一声，又不麻烦她，嬷嬷替我取来便是。"

往日三哥哥一向都是如此。

温殊色眼角突突直跳，合着她才是塑了金身的菩萨，走哪儿都逃不过被人搜刮的命。她倒是沉住了气问："二娘子买什么镯子？"

"崔家春季才到货的新……"

"什么东西做的，得要一百两？"

"一只镯子虽只要二十两，我买两只，余下的……"谢二娘子突然不往下说了，神色不耐烦，"我已经同三哥哥说了，他让我找你，你拿给我便是，问这么多作甚。"

祥云气得瞪眼，就没见过这等要钱的人，比起温家大房，简直有过之而无不及。

正欲发作，温殊色转过头吩咐祥云："你去把我的荷包拿来。"

祥云转身气呼呼地去寻荷包，谢二娘子立在屋里等着，温殊色也没看她，转头问晴姑姑："刚才我说到哪儿了？"

晴姑姑不动声色："三少奶奶正说银子呢。"

"对，银钱。"温殊色继续道，"人言道，不受嗟来之食，伸手讨钱之人，还能如此理直气壮，也不知道是怎么想的，莫非不要脸了……"

她一时想了起来，忙看向跟前的谢二娘子，解释道："二娘子别多心，我在说我温家的家事。"

也没管谢二娘子是什么样的神色，温殊色又道："又不是无父无母，讨钱也该去找自己的父母，就算无父无母，那不还有亲兄长吗？亲兄长靠不住，人总是个四肢健全的吧，自己没本事赚钱，合着别人的银子就是大风刮来的……"

见祥云把荷包递了过来，温殊色拉开系带，把里面的东西底朝天全倒了出来，埋头用手指拨了拨，片刻后抬起头，一脸抱歉地看向谢二娘子："真不巧，荷包里就只剩下这些铜子儿了，二娘子要是不嫌弃，都拿去？"

当夜，谢家大房便炸开了锅。

谢二娘子抱住谢大夫人吴氏直哭："几十个铜板，她是打发叫花子呢，不对，她就是骂我叫花子，还质问我是不是没爹没娘……"

谢大夫人气得眼前阵阵发黑，要不是见天色晚了，非得杀到谢老夫人跟前，把那不知天高地厚的东西扫地出门。

第二日洗漱好，连早食都没顾得上吃，谢大夫人带着谢二娘子浩浩荡荡去了谢老夫人院子，人一到便把昨儿夜里温殊色的话，添油加醋地说给了谢老夫人："我嫁进谢家跟着大爷也算活了半辈子，今日竟然因为一点银钱，让一个外面的黄毛丫头埋汰成了要饭的，旁人都唤我一声大夫人，依我看，我哪配得上，今日这脸面算是臊尽了……"

谢大夫人先自贬，再从上到下把温殊色数落了一通，非要谢老夫人给个说法。正闹得不可开交，门外一名仆役急急忙忙走来，进门便道："老夫人，几个铺子的掌柜都堵在了院门外，说是要找大夫人对个账，怎么轰都不走，非要见大夫人……"

谢大夫人神色一呆："对什么账？"

谢大夫人来找谢老夫人哭的这阵，谢家铺子的掌柜正巧上门交账，安叔把人带到了温殊色跟前。

铺子的掌柜按照往年的惯例，都会先把一笔内宅的用度扣掉。每个店铺都有这样一本账目，上面全是谢家大房前去支取的货品记录。

谢大夫人用的水粉，谢府上下的香料，都从铺子里支取……

往年即便是谢二夫人在府上，这笔账也是从账本上划去，今日却见三少奶奶翻了一阵，突然道："这笔账我不认。"

"府上的主子们，每月都有到账房支取水粉香料的银钱，怎可能还去铺子里拿货？平日主子们事务繁忙，记不清这些，只能任由你们添上一笔，谁知道真假呢？今儿各位的这些账目，对不住了，我没法认。"

几位掌柜的一听，吓了一跳，慌忙申辩："三少奶奶，这些确实都是府上主子们到铺子里支走的，奴才们哪敢私自挂账……"

"那就更说不通了。"温姝色疑惑地看着几人，"听安叔说，你们当中最少也有五年的掌柜经验，按理说不会犯此糊涂，铺子开门做生意，一手收钱一手给货，即便没卖出去，货物也应该在，如今钱对不上货，你们既说自己的账目清白，那谁拿走的，就去找谁要回来吧。"

一波还没平，又一道惊雷。

谢老夫人听完，愣了愣，转头瞅了一眼谢大夫人那目瞪口呆的脸色，困了多年的心疾终于治愈好了，心头默念一句菩萨显灵，眼珠子一转，当头便晕了过去。

"老夫人……"

"母亲……"

"快，快去叫府医来。"南之把人搀扶进里屋，见谢大夫人还跟了上来，也不客气，"老夫人前头的一场病还没好呢，大夫人就别来刺激她了，要是有个好歹，如何同大爷和二爷交代。"

这天杀的。

谢大夫人无奈只得先回去，人刚到院门口，便被几个掌柜团团围住。

"大夫人，这月的几笔账还请大夫人先结了……"

"奴才手上也有几笔。"

"还有奴才的……"

谢大夫人头都大了："你们这是怎么回事，谁给你们的胆子堵上门的。"

掌柜的索性给她跪上了："大夫人见谅，大夫人乃副使夫人，身份尊贵，断然不会为了区区几十两银子为难咱们这些做奴才的……"

身为掌柜，今日却被一个小娘子问得哑口无言，比起缺失的账目，自己拼搏了这些年的名声最要紧。不管谢大夫人说什么，几人都不动容，使出浑身的劲儿找债主填账。

除了谢大夫人，大房其余的主子也没能幸免，一个上午，府上乱成了一锅粥。

谢大夫人气得七窍生烟，等她应付完，怒气冲冲闯进院子来找人，温殊色早已带着晴姑姑和祥云出门买花盆去了。谢大夫人听完，太阳穴一阵阵地跳，转头问方嬷嬷："老三呢？"

"三公子也不在，昨儿一夜都没回来。"

谢大夫人甩下一句狠话："成，那就等大爷回来找他吧。"

温殊色去了桥市。

适才把掌柜的打发走，她坐在院子里吹风，突然闻不到往日的花香了，想着买几个花盆回来，就摆在院子里。

临时说起出了门。

这一逛，温殊色便买了一堆的东西，才到日昇主仆三人怀里已经抱满了，花盆却还没买。

谢劭正同周邝几人在茶楼蹲点，二楼的窗扇打开，一眼望出去能看到大半个桥市的动静。周邝倚在窗口，远远看着几人靠近，依稀认出了温殊色，目光不由得盯紧了，待人走近了才确定，忙伸手拍了一下对面的谢劭："快，嫂子，嫂子……"

谢劭昨日陪周邝出城去追人，一夜没回府，凌晨才回到茶楼继续守人，正手撑着头打瞌睡，闻言眼皮子一掀，偏过头漫不经心地往底下瞧去。只见熙熙攘攘的人群里，站着一位明艳灼目的小娘子，簪高髻挽披帛，耀眼的日头正落在她身上，正是他家的那位女郎。

似乎是碰到了熟人，几人立在底下没走了。

温殊色确实遇到了熟人，是平日就不太对付的魏家娘子。

"这不是温二娘子吗？好长日子没见到你了，如今可还好？"见温殊色不出声，魏家娘子又道，"起初我听家仆说起，还不敢相信，温二娘子先前不是对大伙儿说了，要去给明大娘子当嫂子的吗？怎么说成亲就成亲了，还嫁……"

温殊色抱着一堆东西，又累又没心情："魏娘子是想说我怎么嫁给了谢三对吗？对，我就是遭了报应，嫁给了一个钱多人傻的纨绔子弟，夫君不疼长辈不爱，过得很不如意，魏娘子可满意了？"

没料到她竟然自己骂起了自己来，魏娘子闹了个没趣，赶紧拉着丫鬟走人。

温殊色手里的一堆东西还是没稳住，"砰砰砰"地掉了一地。

楼上的周邝没忍住，"哎"了一声。

温殊色抬起头时，只看到了从窗口探出脑袋的谢劭，四目相对，脸色一僵，暗道人倒霉起来喝水都能塞牙缝。两次说他坏话都被撞见，也太巧了。不等楼上的人发作，温殊色打算先发制人："我觉得郎君总是这样听人墙脚，很不好。"

楼上的郎君随着她的话,左右扭了一下脖子,眼里满是怀疑。人来人往的热闹大街,她站在马路牙子上,那么大嗓门儿骂他钱多人傻,说自己嫁得很不如意,还用得着去听墙脚?

他一脸质问,温殊色多少有些心虚,但人不能输了气势,只能硬着头皮与他东拉西扯:"郎君,你怎么在这儿?昨日祖母给你带了米糕回来,祥云去了几次你都不在,你是不是一夜未归?果然每个家里的规矩都不一样,上回我三哥哥一个晚上没回来,父亲险些把他打死,郎君没人约束管教,真好……"

又在指桑骂槐,说他没人管教。

被她一吵,谢劭瞌睡都醒了不少,她的伶牙俐齿自己见识过了,楼上除了他,还有三个真正听墙根的,没去同她多计较,出声问她:"你在干什么?"

温殊色指了一下地上掉落的一堆东西,很鄙夷他的明知故问:"买东西啊。"

以为她像他那么闲?

晴姑姑和祥云已经抱着东西先去了马车上,温殊色不打算再理他。

她正要弯身去捡散落在地上的大包小包,突然想起了什么来,又不动了,复而抬起头看向跟前清闲的郎君。

昨日自己从温家回来,本来气已经消了,是他那位二妹妹夜里上门把她气了一通,她一个晚上都没睡好,早上睁开眼睛,想吹会儿春风,却遇上了上门交账的掌柜,本着负责到底的态度,辛苦地帮他把一堆烂账处理好了。全府上下这会子估计早已乱成一团,忙得不可开交了,他却还在这儿躲清闲。

今日买的东西,都是院子里要用的,他也有份,于是,温殊色面不改色地问楼上的郎君:"你有空吗?"不给他拒绝的机会,"你下来帮我捡一下东西吧。"日头都晒到柱子上了,她还没买花盆呢。

一大早,茶楼底下便站着一位娇滴滴的小娘子,仰着头在底下,早就引来了不少目光。就凭适才她骂自己的劲儿,能看出来,她不是个怕笑话的人。

两人对峙半晌,楼上的郎君到底把头缩了回去。片刻后,楼道上传来了脚步声,谢劭走在前,周邝、裴卿、崔晖紧跟其后,一个一个地从茶楼内冒了出来。

这几人都认识温殊色。不打不相识,怎么也没想到有朝一日,那日趴在墙头放狗咬人,看他们笑话的女郎,会成为他们的嫂子。

世事难料,就是这么巧。既然已是一家人了,过去的事儿便也没必要再提,连最大的受害者周邝都打算翻篇过去,主动上前唤了一声:"嫂子。"

结果那女郎毫不避讳地往他身后瞧去,好奇地问:"世子的伤好了?"

周邝面露尴尬,裴卿和崔晖也没好到哪儿去。

谢劭倒一点也不意外,想早些打发她回去,弯身替她捡起了散落在她周围的物件。

周邝曾经一度扬言要扒了她将来郎君的一层皮,这会子完全没了脾气,含笑道:"多谢嫂子关心,都好了。"

温殊色想起昨儿明婉柔趴在墙头同自己说的话,一个晚上,那听墙根的必然什么都说了,便补救道:"明大娘子不过是开玩笑,世子千万别当真,明大娘子……"该怎么解释呢?"她还是很欣赏世子的,你放心,断不会再把大黑二黑放出来。"

周邝听得云里雾里的:"大黑二黑?"

温殊色解释道:"就是那日追你们的两条黑狗。"

周邝脸色一变,回头再看崔哗和裴卿,已转过身同谢劭一道捡起了地上的物件。周邝匆匆道了一句:"嫂子,我也帮你捡。"

适才见她抱了个满怀,就知道东西不少,一散落更多,谢劭捡了几样起身,懒洋洋地递给了跟前的女郎。女郎却没接,抬手指了一下前面停着的一辆马车:"麻烦郎君帮我搬去马车上。"

他眉头才皱了一半,便见女郎指了下他手中一个匣子,又对他比画了一下自己的额头:"这个是给郎君买的,去血化瘀。"

谢劭哑然。

人多力量大,四个人毫不费力地把东西搬往马车,温殊色绕着胳膊上的披帛,两手空空地跟在身后。

谢劭把东西给她摆到了车上后,回头便见女郎躲在了屋檐下的阴影里,歪头正优雅地扶着自己的高髻。

她倒是会指使人。

打算回茶楼接着打盹儿,身后突然传来一阵"嘚嘚"的马蹄声,谢劭扭过头,便见左侧道上,一行车队缓缓驶来。

裴卿先反应过来,上前去拦车:"停。"

能经过桥市这条路的马车,都是凤城的高门世家,今日的动静不小,十几辆马车串在一起,从巷子口出来,一眼望不到头。

马车被拦,车夫勒缰揽辔。

车一停稳,裴卿便同对方亮了一下自己的腰牌:"府衙捕快裴卿,奉命办事。"收好腰牌,仰头看向对面熟悉的马车,神色无半丝波澜,冲里面的人喊道,"王府近日丢了一样东西,还请阁下下车配合受检。"

过了半响,里面的人才扶起帘子,裴元丘一脸冷气,盯着自己的儿子:"王府到底是丢了什么样的宝贝,要你查到你老子的头上?"

裴卿不为所动:"还请裴大人体谅。"

一边的侍卫实在是忍不下去:"裴公子,裴大人能容你放肆至此,已是仁义……"

裴元丘伸手止住,扶着侍卫的胳膊,缓缓从车上下来,立在裴卿跟前,哼了一声:"出门也没见你送上一程,合着在这儿候着。"不想看他这副六亲不认的模样,怕自己被气死,转头望向一旁的周邝,朗声问道,"周世子,打算如何查?"

周邝爽朗地笑了一声:"原来是裴大人。"上前拱手,"裴大人今儿回京都?好不容易归乡一趟,怎不多待些日子。"

裴元丘拢了拢宽大的袖口,双手置于胸前:"老夫有皇命在身,哪能像世子恣意洒脱。"又问,"王爷到底是丢了何物,如此兴师动众?"

周邝不好意思地摸了一下后脑勺:"不怕裴大人笑话,不是父王的东西,是我的。东西倒是不贵重,可落入有心之人手中,怕歪曲了事实,裴大人大人大量,自不会同我这小辈计较,那我就不客气。"回头吩咐手底下的人,"搜。"

"放肆!"府衙的人刚上去,守在马车前的侍卫突然拔刀相拦。

裴元丘对周邝抱歉地一摊手:"我这车里确实没有世子想要的东西,倒也不怕世子查,可关乎着朝堂命官的脸面,底下这批从京都而来的侍卫不同意,本官也没办法,要不,世子同他们说说?"

两方人马一时僵持不下。

前面的马车一停,后面堵了一串,整条街巷被堵得水泄不通,温殊色过不去,立在那儿瞧着热闹。后面一辆马车上的人突然唤了她一声:"缟仙?"

温殊色回头,便见温大爷正从窗口探出头来,这才留意到,身后跟着的一串马车里,温家也在其中。知道大伯今日带家眷回京都,没料到会在闹市上遇见,温殊色迎了上去:"伯父……"

周邝的人马和侍卫对上,谁也不让谁。没有证据,也不能当真动手,周邝没了法子,下意识地回头。

裴元丘顺着他的视线望去,便看到了靠在马车旁的谢劭,神色做出一副惊愕之态:"贤侄也在这儿?"

谢劭起身,上前见礼:"伯父。"

裴元丘的神色颇为遗憾:"这次回来本想同贤侄说两句话,奈何一直找不准时机。"

谢劭道了一声"不急":"裴家的祖业在此,伯父必然还会归乡,待伯父下次回来,晚辈再登门造访。"

裴元丘一笑,突然没头没脑地感叹了一声:"怕就怕物是人非啊。"转头扫了一眼周邝,再看向跟前的谢劭,"那日的话,我还没同贤侄说完。当年谢

081

仆射为何辞官，贤侄可曾清楚？"

他又自己答道："不过是手底下的一名学生，借着仆射的名头闹出了些事情，被人捅到了陛下跟前，本也不是什么大不了的事，清者自清，查明白便是，可谢仆射太过于刚正，当下便辞官回了凤城，你说这是何必呢？且我一直没想明白，谢仆射一辈子注重德业，言行无玷，以他的性子不应该背负污名而活，等哪日他回来了，贤侄不妨好好问问他？"

"家父以身作则，无非是想给同僚和后辈们一个警醒和榜样，哪怕身居高位，也要时刻谨慎，万不可走错了路，造成不可挽回的局面，士虽有学，而行为本焉。"

裴元丘看着他，沉默了半晌，突然呵呵大笑两声："贤侄果然不适合这儿，京都的天空才是你的施展之地，但愿谢仆射别做出糊涂之事，若是断送了贤侄的前程，不仅是大酂苍生的损失，陛下也会可惜……"

"闲杂人等回避……"

说话声被急促的马蹄声打断，裴元丘扭过头，便看到了匆匆赶来的谢副使和凤城县令。

温殊色正立在马车旁同温大爷说话，听到耳边的马蹄声，抬起头，顿觉一阵风从跟前快速刮过，只看到了两道模糊的背影。其中一位年轻公子身穿官服，坐在马背上的姿势甚是优雅，心头正怀疑，便听祥云出声问："那是谢家大公子吗？"

祥云问出来，便觉得不妥了。果然，除了温殊色，温家几人的脸色都有些尴尬，自然没人回应她。

如此，便错不了了。

嫁进谢家后，温殊色一直没见到谢大公子，听方嬷嬷说，大公子衙门事务繁忙，平时都住在府衙，很少回府。今日好不容易碰上，温殊色心头早就好奇了，这位险些成了自己夫君的人到底是何模样。她仰头往前望，什么也瞧不见。

马车内的温大爷也终于坐不住了，掀帘下了马车："家眷都留在车上，我去前面看看。"原本他只想做个本分的京官，不太想插手这些争斗，闹到如此地步，便也不能装聋作哑，带着温大公子赶了过去。

温殊色如今是谢家的三少奶奶，不在温家的家眷之中，便紧跟在了温大爷身后。

前方谢副使和谢家大公子早下了马背。周围的人太多，遮挡了视线，温殊色远远张望，从人群里寻着适才马背上的那位郎君，可事不如人愿，要么瞧见的是后脑勺，要么瞧见的只是一方衣摆，怎么也看不到脸。见温大爷和温大公子径直往前，她便借着两人的脚步，提着裙摆往里挤，慢慢地听到了里面的说话声。

"怎么，谢副使也是来查马车的？"

裴元丘看着堵在跟前的一众人马，无奈地一笑："要不你们说说到底丢了什么，万一本官见到了，也好给你们指个地儿，免得大家着急。"

谢副使早已焦头烂额。

昨日接到周邝的消息后，他便知道出了大事，忙带着谢恒挨家挨户地搜人。

谢副使是靖王一手提拔起来的副指挥使，若无意外，凭靖王对他的信任，将来官途不可限量，但这回靖王要是被朝廷抓住把柄，借机削藩，他也会跟着受牵连，往后如何，谁还说得清。

可一夜过去，一无所获。他心头早把周邝骂了千百回，成事不足败事有余，弄什么不好，偏弄了个兵器库，坑他老子的人头就算了，这是要将大家都拖下水。

这头刚搜完茶楼，便听手下人来报，说周世子把大理寺少卿裴元丘堵在了桥市，立马带着谢恒马不停蹄赶了过来。

一到场，便见到这剑拔弩张的一幕，心头多少明白了怎么回事，人怕是就在他裴元丘的车上，也没什么好脸色："小辈们太鲁莽，裴大人莫怪，但事关重大，今日所有的马车都要受检，仅裴大人例外，若那东西当真被送到了城外，裴大人岂不蒙受了冤枉。"

"谢副使所言极是。"裴元丘这回倒是爽快，回头撤走侍卫，"让谢副使搜。"

谢副使亲自上前，掀开车帘，里面空空荡荡，并没有人。

裴元丘似乎早就预料到了，也没回头看，目光落在了谢恒身上，缓声道："谢大公子的调令已经到了吧？想必过不了几日，咱们便能在京都相见，上回我还听陛下提起过大公子，言语之间赞不绝口，这次调回翰林院，想必以谢大公子的才能很快便能留馆，将来前途无量啊，必会成为朝廷内阁一员。"

听到那声"谢大公子"时，温殊色已成功地挤了进来。

"承蒙裴大人高看……"

听声音是个温润儒雅的，温殊色神色难掩激动，就快看到了，还差一点，再往前挤挤……

身在中心的谢劭无意间回头，便见到了温大公子身侧冒出来的一颗高髻脑袋，脖子拉长了好几寸，脸上的兴奋之色，不用多猜，也知道她要干什么。若非自己从中插上一脚，跟前这位前途无量的谢大公子，便是她的夫君，可结果却嫁给他这样的纨绔，真可怜……但他这个人从来没有成人之美的美德，就是不想让她如愿，脚步不动声色地往旁边一挪。

温殊色眼见就要看到谢大公子的正面了，突然被一道背景挡住，又什么都瞧不见了。她愣了愣，也没放弃，继续往边上移。但无论她怎么移，都被跟前那道乱晃的背影挡得严严实实。最后，她瞪着眼前如山的背影，不免恼火了，他是后脑勺长了眼睛吗，走位如此风骚……

突然，她没了看人的心情，立在那儿不动，就想瞧瞧那人到底要晃出个什么花样来，结果她不动，人家也不动了。

温殊色就很无语。

没在裴元丘的马车内搜到人，谢副使脸色便有些挂不住了，听完裴元丘的那一番话，神情越发僵硬。身后周邝完全没察觉，催促道："后面还有马车，副使，继续搜。"

裴元丘也不发话，等着谢副使的反应。

片刻后，谢副使突然放下帘子，退了回来，同裴元丘拱手："裴大人，多有得罪，还望海涵。"不顾周邝着急的神色，回头便道："放行。"

堵在马车前的衙门巡检缓缓退开，为马队让开了一条道路。

"裴某谢过副使了。"裴元丘转身回了马车。

队伍重新出发，温大爷和大公子也顾不得再去找温殊色，匆匆往后方的马车走去。

周邝脸色都变了："谢副使……"

谢副使当没听见，转头同谢大公子吩咐："把裴大人送出城门。"

"谢副使这是何意？"周邝急得脸红脖子粗。

谢副使转身留了个背影给他："不是搜了吗，没人。"

周邝紧跟而上："谁会蠢到把罪证放在自己的马车上？我敢肯定，兵器库的管事就在后面那辆马车上……"

"无凭无据，搜了朝廷命官的马车，你我今日已经得罪了。"谢副使回头打断，脸上有了不耐烦，"世子还是好好想想怎么同王爷交代吧。"

兵器库是他私下建的，旁人并不知情。周邝一时哑口无言，呆在原地。

几人追了一夜，最后才怀疑到裴元丘身上，天没亮便在茶楼蹲点，谁知人却被放走了，一旁的裴卿和崔哞当下也没了主意。

"派人去京都。"谢劭开口提醒，"赶在人到之前，先去请罪。"尚且还有挽回的余地。

周邝眼珠子恍然一亮，对谢劭道了声："多谢谢兄。"翻身上马，赶回府邸。

昨夜一个晚上没合眼，困得慌，这会子估计也没人有心思喝茶，谢劭转头打发走了裴卿和崔哞："回去歇息吧。"

适才人群散开后，温殊色又看到了希望，转身赶紧往后退，可等她抬起头时，谢大公子已翻上马背，再次留了一道背影给她。

温殊色一脸颓败，回头再看向那位坏了她的好事之人，心头的怒气难消，"噌噌噌"地冲上去，对着谢劭的脚后跟，狠狠踩了上去。

谢劭一吃痛，冷脸回头，见到跟前气鼓鼓的小娘子后，倒能理解了，脸色缓和了下来："你这算恼羞成怒？"

就知道他故意的。

出嫁那夜，她便好奇大公子长什么样，后来到了谢家，一直没见到人，今儿好不容易都到跟前了，就差那么一点点，便能瞧见，可偏偏被他从中作梗，还是没见到人，本来也没什么想法，这样一来，却让她有一种被人吊胃口的焦灼难受。

她难受，那他也别想好过："对不住，我没郎君的眼睛好使，郎君不止前面长了眼睛，后脑勺上还长了两只。"

谢劭倒是对自己的行为供认不讳，反过来质问她："你不该检讨你自己的行为吗？"

"我怎么了，要检讨？"

"既已是有夫之妇，便应该收起你的痴心妄想，什么该瞧，什么不该瞧，还要我教你？"

他还倒打一耙，温殊色深吸一口气："郎君就没痴心妄想了？难道你就不想知道大娘子长什么样？"

结果谢劭一声冷笑，说道："不好意思，我还真没想过，不像某些人不老实，贼心不死。"

他摆出一副高尚的态度，倒是让温殊色处于下风。突然意识到被他带偏了，她又掰回了正题："我看郎君不过是心虚，怕我瞧见了比你长得好看，比你优秀的人，不喜欢你了。"

简直笑话！这小娘子不只是脾气差，眼睛也瞎。谢劭的情绪彻底被她挑了起来："谁稀罕你的喜欢？"

"那郎君为何要阻止我看别人呢……"

两人站在街头上，突然吵了起来，身后一堆丫鬟仆妇不敢吭声，又怕别人看了笑话，将两人围成一团，两人便站在一个圈子内唇枪舌剑。

适才一耽搁，太阳早就升上了当空，即便是春季的日头，头顶上没个遮阴的，直照下来，也有些受不了。又晒又困，还费神，谢劭先认输："懒得同你说。"转头叫来闵章，"回家。"

太阳确实大，温殊色怕被晒黑，同他吵时，还一边拿手挡在额间，举久了手都酸了，他不吵了正合她意，转身也叫了睛姑姑和祥云："我们也回家。"

她一头钻进马车，瞬间凉快了。

谢劭那边一只脚踩上马镫，发现日头还是晒在了自己身上，回头看向身后不远处的马车，顿了顿，把缰绳甩给了闵章，大步朝马车走去。

　　车内比外面凉快许多，温殊色后悔没早点进来，背靠着马车壁正放松，跟前的帘子被人掀开，突然又看到了那张讨厌的脸，吓了一跳，脱口而出："三公子不是要回家吗？"

　　"我家不是你家？"

　　晌午时，两人一道回了府。

　　一下马车，谢劭便见府门前放了一堆的竹筐，凑近一看，篓子里全是一条条活蹦乱跳的大鱼。

　　不等他问，搬货的仆人忙迎上来，哈腰唤了一声三公子、三少奶奶，神色感激："多谢公子和少奶奶惦记着咱们这些奴才……"

　　谢劭不知所云。

　　见他一脸疑惑，仆人解释道："三少奶奶今儿早上说这几日天气一冷一热，公子怕奴才们身子受不住，加了些伙食。这不，早上三少奶奶便去外面订了鱼，这会儿刚到……"

　　谢劭昨日一夜未归，并不知道府上已经翻了天，见她还能如此周到想到府上的下人，越发肯定自己当初没有看错。

　　她温二旁的虽没什么可取之处，但治家还是一把好手。他同下人说了一句："嗯，多吃些，不够再找三少奶奶。"回头终于低下了高贵的头，看向身后一脸漠然的小娘子。

　　吵了一架，两人一路上谁也没理谁，但既然她替他谢家做了事，他也不能视而不见。谢劭先打破沉默，夸了她一句："家管得挺好。"

　　温殊色勉强扯了下嘴角，转头避开他的目光："郎君不必客气。"

　　谢家大房乱了一个上午，上到谢大夫人，下到谢二娘子，个个被掌柜追着讨债，府门都出不了。

　　谢大娘子被烦得没了主意，只好把自己存的银钱，拿出来交给掌柜的填账，却也如同割掉了血肉，心疼不已。她坐在院子里，骂了温殊色半个时辰，听下人来报说三公子和三少奶奶两人一道回了谢府，立马把二娘子叫上，怒气冲冲地去游园找人算账。

　　来的路上，大娘子和二娘子自然也看到了仆人手中提着的鱼篓，一问清楚，心中的怒火更甚。

　　适才几个掌柜的堵在她们院子里，连一盒胭脂都不肯抹去，一分一文算得干干净净，转头她倒是有银子打发下人了。

两人气势汹汹地赶到院子，温殊色已经进了屋，谢家大娘子和二娘子先去了谢劭住的西厢房拍门。

"三哥哥。"

"三哥哥……"

谢劭昨儿跑了一夜，又在大街上同那伶牙俐齿之人吵了一架，颇有些身心疲惫，正欲脱衫子沐浴，仰头大睡一觉，门板突然被拍，看架势似乎要把两道门扇给卸了才罢休。

闵章对撒泼的小娘子一向束手无策，只站在门外一口一个大娘子二娘子："公子在休息，娘子们别拍了。"也不敢真上手去拉人。

耳朵被吵麻了，谢劭闭眼"嘶"了一声，重新穿戴好，拉开房门，没什么好脸色："怎么回事？"

谢大娘子站在门槛外，一脸委屈地说："三哥哥，三嫂她太欺负人了，趁着三哥哥不在，把府上搅得鸡犬不宁，母亲都被她气得落泪，祖母更是气晕了过去。"

谢二娘子跟着搭腔："对，这样的嫂子咱们可不能认，三哥哥还是让她从哪儿来，回哪儿去吧。"

二人言语里满是对温殊色的控诉和状告。

谢劭有些诧异，温二管家不是管得挺好的吗？他对她们的说辞不太相信，转过头，刚朝着东屋的方向望过去，便见祥云立在屋檐下，拖长了嗓音道："我们三少奶奶说了，大娘子二娘子有什么苦楚，抓紧时辰，赶紧给三公子诉完了，等她洗个澡出来再听二位娘子狡辩。"

谢劭哑然。

谢家大娘子、二娘子被那一句"狡辩"震得齐齐一愣，反应过来，便跺脚哭诉："三哥哥你看，她是不是狗仗人势。"

谢劭头疼，扫眼过去："骂谁呢？"

谢二娘子被噎住，忙道："三哥哥，你不知道她都干了什么……"

觉是睡不了了，谢劭进屋坐在了蒲团上，一边打着瞌睡，一边听两位堂妹不断控诉自己的新夫人，听了半天，总算是听明白了，撑起眼皮问："你说她让掌柜的问你们要钱？"

"可不是，今日铺子的掌柜上门对账，她一句不认，掌柜的个个跑来同我们讨要香料水粉钱，连母亲都不放过……"

谢大娘子跟着拱火："往日里这府上谁不知道三哥哥最疼人了，可她一来，全变了……"

几人在屋内使劲状告的工夫，温殊色已沐浴完，换了一身新衣，让晴姑姑和方嬷嬷一道把木案板凳搬出来放在了梨树下，再备上茶水糕点，摆出一副奉陪到底的姿态，才让祥云去叫人。

祥云去西厢房传信，也没上门槛，站在踏道底下，依旧拉长了嗓音："三少奶奶已经沐浴完了，大娘子、二娘子想讨要说法，尽管来吧。"

屋内，谢家大娘子和二娘子气得后仰："瞧吧，她有多嚣张……"

谢劭揉了揉眉心，知道今儿不出面是收不了场了，也想去看看那位三少奶奶，究竟是不是如她们口中所说的那般嚣张。

结果一出门槛，他便见女郎坐在梨花树下的圆凳上，海棠长裙，头簪珠花，手中罗扇轻摇，正悠闲地品着茶。

谢劭哑然。

大娘子和二娘子如同黄蜂："三哥哥……"

谢劭硬着头皮走过去，温殊色只让人备了两张圆凳，一张自己坐了，另一张摆在了自己身旁。

谢劭倒是一点都没客气，挨着小娘子坐下后，抬手拂袖："你们三嫂在这儿，有什么就说吧。"

谢家大娘子、二娘子没了座，只能干站着，适才当着谢劭的面，倒是能说会道，这会子真对上本人，突然就卡了喉。

谢大娘子撞了一下谢二娘子，要她先开口，谢二娘子昨晚才在温殊色面前吃了亏，多少有点怵，说出口的话便要先细细酝酿一番。

温殊色也不急，等着她们慢慢想，半晌后还是谢大娘子先开口，也不叫她嫂子："你没来之前，府上一团和气。"

温殊色点头承认："这点我确实做不到，我人不傻，自来不做冤大头。"

谢劭一噎。

谢二娘子受不了，立马状告："三哥哥，她骂你傻。"

他听到了，用不着她重复，骂了好几回了，也不差这一次。谢劭头痛欲裂："说正事。"

谢大娘子稳住情绪："谢家上下在铺子里开支的银钱，都是算在了每月的支出里，这事也是二叔和二姊默许的……"

话还没说完，身后传来一阵动静。安叔带着几个仆役抱着一堆的账本匆匆赶了过来，温殊色接着谢大娘子的话，吩咐安叔："你给大娘子念念，上个月她支出了多少。"

这些账，安叔早就滚瓜烂熟了，翻开账本朗声念了出来："大娘子上个月以买香料、水粉、绸缎、首饰的由头，一共在账房支取了一千两百六十八两银子，另除了谢家的铺子,总共在外还赊了一百五十两银子。"

啧,一千多两银子,一个月……都能在凤城买套院子了,简直惊人,连谢二娘子都愣了愣,转头看向自己的亲姐姐。

谢大娘子脸色一变:"你莫要胡说,其中一千两是因我补助了顾姨娘的表亲五百两,三哥哥特意赏的。"

这就是凑上脸让人打了,温殊色丝毫不手软:"大娘子应该还不知道,那日我正好瞧见顾姨娘表亲被人赶出谢府,五百两银子不是你给的,而是我给的,顾姨娘已来过了院子,你三哥哥也知道,你骗了他一千两银票。"

谢大娘子慌忙看向谢劭。

谢劭坐在温殊色身旁,一副面无波澜的淡定模样,已经不言而喻。谢大娘子的脸色一瞬刷白。

温殊色继续道:"你不来找我,我也会让人去找你,你欠的那一笔账目,其中有我温家的,还请大娘子在今日之内把账平了。"

不理会谢大娘子似是埋进土里的神色,温殊色转头又看向谢二娘子:"二娘子呢,你欠我温家的四百八十两银子,何时还?"

赊了四百多两?她胆子真不小。

这回,换谢大娘子诧异了。谢二娘子张了张嘴,一时面红耳赤,赊账时对方说了会保密,谁知转头竟把她给卖了……

"安叔,把二娘子的账本也念念吧。"

安叔很乐意效劳:"二娘子上月在账房共支取……"

游园这边的动静,很快就传到了谢大夫人耳里,仆人一路小跑,见了人便道:"大夫人不好了,大娘子和二娘子被三少奶奶抓住把柄,告到了三公子面前……"

谢大夫人一愣,骂了一句"她这是要翻天吗",忙打发碧云过去瞧。

等碧云赶到,不只是谢家大娘子、二娘子,连谢家二公子和二少奶奶也被传到了院子里。

温殊色人手发了一摞账本,端端正正地坐在那儿,言语客气:"今日就劳烦各位,先平账。"

谢家大娘子、二娘子怎么也没想到,本是过来告状的,最后却成了被要账的,这还不算,两人背后的那点隐藏,也被当众扒了出来,如同剥光了衣裳,脸面无存,个个脸色都发了青。

谢二娘子自小被谢大夫人娇惯,率先发作:"我就不给,你能把我怎么着?"

温殊色一笑:"也不能把你怎么着,欠债还钱咱们只能公堂上见,上府衙去找你大哥,二娘子屋里应该也有值钱的东西,变卖一下能还账。"

谢二娘子指着她："你！"

"从小夫子没教过你们，人该量力而行吗？二娘子莫非不知道赊了账迟早要还的？"

谢二娘子当场气哭了。

谢大娘子哼了一声："不就是一百多两银子吗？用得着三嫂如此兴师动众，把大伙儿都逼到绝路，于你有何好处？"

这是打感情牌了。

"我不是个讨喜的人，也最不屑用银子拉拢人。"温殊色不买账，"我知道大娘子存了不少私房钱，倒也不用变卖，今日把账平了，那一千两银票，大娘子明日拿回来吧，下回别轻易骗人了，被人戳穿，太丢脸了。"

谢大娘子也被她气出了泪珠子。

谢二少奶奶见两位姑子被气哭，上前添油加醋："弟妹今儿可真威风，说到底咱们不过是外姓人，你这番把人得罪光……"

"是二嫂吗？"温殊色打断她，见她没吭声，便知道没认错，轻叹了一声，好言道，"你还是劝劝二哥，少去点意店。我从温家哥哥口中得知，里面的小娘子可会骗钱了，平常一壶酒几十个铜钱，到了她们那儿几十两上百两，二哥定是被人骗了，不然怎会赊了六百多两的酒钱……"

谢二少奶奶一愣，回头惊愕地看着谢二公子："你、你去了意店？"

凤城意店，全是姑娘，做的是什么买卖，谁不知道。谢二公子面露慌张，忙解释："我、我也是被逼无奈，被人硬拉上去……"

谢二少奶奶一把拽住他，边哭边打："我在家替你生儿育女，你倒是潇洒，还去了意店，你这个没良心的，我不活了……"

碧云赶过来，便见到了这一幕，心头"咯噔"一下，赶紧过去拉开谢二少奶奶，问道："这是怎么了？"

温殊色认出来了，是谢大夫人跟前的大丫鬟碧云。

正好，温殊色唤了一声："碧云姑姑。"

碧云刚瞧了过来，温殊色便道："大夫人今日没来，正好你同她带个信回去，就说三公子他每日事务繁忙，没工夫管账，我管家你们又不服气，从今日开始，避免日后再发生这等矛盾，咱们就各管各的，我们二房就不设账房了。"

二房不设账房，那……就是说从今往后大房得出钱负责自己的开销了？

平地一道惊雷，几人一时都没了声儿。

不等碧云发话，谢大娘子先反应过来，顾不上落泪，质问道："不知道这是你的意思，还是三哥哥的意思，三哥哥……"

温殊色掐断她的念头："你别指望他，钱在我手上。吃了他的住了他的，我总不能看着你们欺负他。"

听了这半天,谢劭大抵明白了怎么回事。府上的一堆烂账,并非今日才有,早就烂在了骨子里,但比起这些钱财,他更怕麻烦,他父亲和母亲在府上,也没见得理清楚,横竖有钱,睁一只眼闭一只眼,他更不用说,要多少拿去便是。

可如今看着身旁的小娘子,直腰挺着胸脯,一副护食的模样,替他愤愤不平,他要是再放纵下去,说个不字,多少有些不知好歹了。于是,谢劭没出声,默认了小娘子的说法。

意外地没得来三哥哥的支援,谢大娘子呆了呆,这才隐隐有了不好的预感。

碧云也看出来了情势不对,到底比在场的小辈们多活了些年头,知道这会子状告怕是无用,上前同温殊色道:"三少奶奶刚嫁进来,怕是还不知道谢家的内情,大爷因早年家境不如意,没能进学堂考功名,二爷一直挂记在心,曾说过,大房有何需要只管找二房……"

"这就奇怪了。"温殊色皱了一下眉,"不怕碧云姑姑笑话,我父亲早年也没读过书,人人都道是温家家境困难,祖母没银子供他上学,实则只有他自己知道,他是无心于科举,一见到书就头疼犯困,要真是个用功的,借光凿壁,也能有所成就。这念书,穷有穷的念法,富有富的念法,历代王朝在朝为官的大人们,有不少乃贫苦出身。父亲常对我说,人各有命,不能把自己的不幸,算给老天爷,更不能算在别人身上。这不生怕拖了大伯的后腿,父亲不仅没伸手同他要钱,还靠着自个儿的双手养起了温家呢……"

温家在凤城算是书香门第,家里什么情况,凤城人大多知道。

不就是说谢家大爷比不上她父亲心胸豁达。

碧云姑姑极为不屑她拿谢大爷同一个商户来比:"大爷乃凤城副使,哪能如温家二爷恣意。当年谢家二爷带着家眷和钱财回到凤城,不知道有多少双眼睛盯着,多亏有大爷在背后相护……"

"这有何可护的?"温殊色似是完全不明白姑姑的意思,一脸疑惑,"陛下治理的江山,一片国泰民安,难不成还有人敢上府上来抢人钱了?且阿公的钱财,我记得没错,还是陛下赏赐下来的银钱。碧云姑姑的意思是说陛下没把天下治理好,还是说有人不把陛下放在眼里,想要造次?"

见她居然扯到了皇上头上,碧云姑姑神色一呆:"老奴可没那个意思……"

"那就是碧云姑姑想多了。外贼胆子再大,也不能上门来劫财,否则大鄞律法也不会饶了他。倒是有一句俗话,日防夜防家贼难防。"

这番明嘲暗讽,半个脏字都没,却把大房拉出来示了众,碧云不敢再往下说,再说下去,指不定就被她扒光了皮来骂。

谢二娘子可咽不下这口气,听到温殊色那句"家贼难防"气得当场冲上去两步:"你……"

温殊色面色不动:"二娘子还有话要说?"

瞧她那趾高气扬的样儿,谢二娘子一时气结,半天都没吐出来。

其实也并非过不下去,温殊色好心劝说:"大爷乃凤城副使,月例不低,只要你们不大手大脚花销,平日里节俭一些,手头必定宽裕。今后各管各的,你们也懒得再绞尽脑汁,想尽各种法子,不惜连名声都搭进去来行骗。自己花自己的银子,岂不是更安心?"

一通夹枪带炮,谁也没能幸免。她这是要一锤敲定了不设账房。

见谢劭迟迟没有反应,一干人等立在日头底下干着急。

谢二娘子憋了半天,目光恰好扫到了温殊色今儿刚买回来的一批货物上,其中几个匣子她极为熟悉。可不就是崔家水粉铺子的东西吗?上回母亲找她要水粉钱,她编造出来的一堆道理,说崔家不过是弄了个骗人的噱头,转个身自己倒是买上了。

终于找出了把柄,谢二娘子冷声一笑:"三哥哥,你可莫要信她,她人前一套,背后一套,不过是见不得咱们好,想要独吞了三哥哥的家财。"怕谢劭不信,伸手指向还没来得及搬进去的一堆匣子给他看,"她倒是知道节俭,前儿还同母亲说崔家的水粉,噱头在盒子上,叫咱们以后不要上当,可三哥哥瞧瞧,那是什么……"

谢劭眼里只有马匹烈酒,眼皮子一掀,看过去也是白看,不就是一堆盒子,鬼知道是什么……

温殊色倒知道。自己确实说过此话,崔家的水粉噱头是在匣子上,可好看是真的好看,故而问二娘子:"你知道崔家为什么在护城河边上造个湖泊吗?"

这我怎么知道?谢二娘子没心情同她打哑谜。

听她如此问,谢劭扭头看向了旁边的小娘子。

崔家建的那片湖泊离护城河不到半里,毫无意义可言,不外乎是脱了裤子放屁,多此一举,吃饱了没事干,倒好奇她能说出个什么缘由来。

便见眼前的小娘子嘴角抿出了一道浅显的梨涡,手里的罗扇轻轻往案上一敲,笑呵呵地道:"因为钱是他的,他乐意啊!"

谢劭哑然。

谢二娘子一时还没反应过来,待回过神,愤然道:"我谢家的银子还成你的了……"

温殊色也不给她质疑的机会,抬头唤安叔:"安叔查查,我来谢家后,可有向谢家支取一分钱财?"

不需要查,安叔摇头:"未曾。"

温殊色一笑:"我温家二房非残疾之身,四肢健全,能自己赚钱,不用花别人的,自然是怎么乐意怎么花。"小娘子说罢,头一仰,目光扫向跟前众人,"还有谁有疑问的,别怕,都说出来。"

虽说春光怡人,正午的日头当空射下,站久了却让人后背生汗。小娘子坐在树荫底下,手里拿着罗扇,身板子挺得笔直,双颊因长时间的舌战染了一层浅浅的红晕,乌黑的瞳仁望过去炯炯生辉,精神劲儿十足。再瞧对面,主子奴才站了一堆,耷拉着脑袋,脸上均是一团菜色。哭过闹过,就是说不过。

小娘子凭一己之力,成功地舌战数人。谢劭适才的困意不知何时已经没了,突然生出了庆幸之心,庆幸这样厉害的小娘子是他家的,同自己是一伙的,又暗里告诫自己,今后若没什么事万万不能惹了这位小娘子,比起适才她的一阵唇枪舌剑,先前对他已是嘴下留情。

"都没有异议了吗?那就这么说定了,二房不再设账房,大家回去后相互转告,免得白跑一趟。"终于想起了坐在旁边从头到尾一声都没吭的正主子,温殊色回头征求他的意见,"郎君有什么话要说吗?"

她挑起上眼睑,把里面那双眼睛撑得更为明亮,面上含着微笑,眼珠子却装着乾坤。仿佛他只要一反驳,她便有成千上万句的话语等着他,一个回答不当,下一个,他便会成为对面那堆人中的一员。凭他纨绔的名声,他要引火烧身,小娘子今儿铁定不会饶了他。

他脑子又开始"嗡嗡"作响。细细琢磨,小娘子说得挺有道理,自己有多少便花多少吧,不能再惯着。人是他留下来的,钥匙也是他主动交的,如此贴心替他操心管家,他应该感激,更应该给她信心。他捏了一下眉心,决定给小娘子撑腰:"三少奶奶说了算。"

可喜可贺,他还算有救,不然她今儿一番功夫还真是白费了。为了奖赏他,温殊色拿起案上的一块米糕,凑过去亲手递到了他嘴边:"郎君英明。"

这一亲密的举动,总算让一众人明白过来是怎么回事。

三公子已经不是原来的三公子了,他被美色迷晕了。

谢大夫人正焦灼,盼着碧云回来传话,便见大娘子、二娘子、二少奶奶齐齐丧着脸,挤进了屋子。几人把温殊色在游园的所作所为,一字不漏,全传达了一回,说得绘声绘色。

谢大夫人听得直吸气,气血一阵压过一阵,两眼蹿出火花,尤其是听到谢二娘子说:"三哥哥就跟着了魔一样,她说什么便是什么。"

"老三同意撤走账房?"

谢二娘子嘴角一噘:"可不是嘛。三哥哥说,以后二房一切都是三少奶奶说了算。"

这还得了。

老三之前是府上最好说话的人，花起钱来大手大脚，十足的败家子，但也因此他格外大方，几乎每次开口，都会有求必应。先前知道谢二爷和谢二夫人要回扬州时，谢大夫人还松了一口气，这才过了几天好日子，居然要把账房撤了。

撤了，大房的开支从哪儿来？谢大夫人眉心跳得慌。

那温家的二娘子，她之前经常听温家大夫人背后议论，说也是个败家子，大把的银子往外扔，起初得知老祖宗不惜装死，最后却换了这么个玩意儿，心头还痛快。如今看来，是她没把其中利害想明白，温家大夫人之所以抱怨，不就是因为那温二娘子没把钱用在他们身上。

如今回过神，为时已晚。再说那老三，温二娘子的姿色本就在温大娘子之上，男人说到底不就是个图色的东西，为了哄女人开心，什么不能答应。钱在人家手上，人家说不给就能不给，谢大夫人两边额角不住地跳，人也如同抽干了气儿，歪在软榻上正想着怎么补救。

这关头，谢大爷却派了小厮回来同她要银子："今儿夜里老爷在白楼设了宴席，宴请几个部下同僚，让小的来找大夫人取些银钱过去。"

谢大夫人气不打一处来："哪儿来的银钱？告诉他，从今往后我们大房没银子了，老三被狐狸精灌了迷魂汤，谢家的金库，全让狐狸精叼走了。"

小厮不明白发生了何事，愣愣地站了一阵，只好空手而归。

谢大爷今日放走了裴大人后，便去了一趟靖王府，知道周邝会闹，先同周夫人禀报："马车属下已经搜了，里面没人，若再继续搜下去，惹怒了他，硬碰硬于王爷也不是好事，属下以为，已经过了一夜，人怕是早就送了出去……"

"副使这话非也。"话还没说完，周邝风风火火地从外进来，一声打断，"昨日一出事，我立马让人封住了城门，路过的马车挨个排查，夜里追了一夜，追出了凤城边界，已问过那里的人，都说没见到可疑的马车，不用想，人定在他裴元丘的车上。"

周夫人端坐于榻上，眉目虽带了几分愁绪，却并没有过多的慌乱，转头看了眼冒冒失失闯进来的周邝，没好气地道："还好意思说，谁惹出来的事？"

周邝对谢副使放走裴元丘一事很不满，不顾周夫人的斥责，继续道："他裴元丘早年弃发妻，跑去京都娶了高门王氏之女，高攀得势后，做到了今日大理寺少卿的位置，谁不知道他的夫人王氏同当朝右相的夫人乃亲生姐妹，右相又乃当今国舅，其中关系不难理清，周边几个叔伯的下场，足以说明太子殿下要削藩。如今轮到咱们头上了，他裴元丘这趟回来，便是为了揪住我们的把柄，即便没有兵器库这出把戏，他也会想出其他办法，副使心中应该比我更明白，今日贸然放他离去，此举实属欠妥。"

自从靖王来到凤城，便对谢家大爷青睐有加，从侍卫一路将其提拔到副使。这么多年还从未对他说过半句重话，今日却被世子当着周夫人的面训斥，谢副使的脸色有些挂不住。

周夫人察觉了出来，斥道："胡闹！不放他走，难不成把人给扣在这儿？"

"有何不可？"周邝急了眼，"此处乃父王的藩地，他若真存了坏心，孩子一刀割了他的脖子，让他永远都到不了京都。"

王妃温声反问他："要了他的命，不就正好给了旁人构陷你父王的铁证？"

"若是做了此等打算，自有可以圆说的说辞。"

见他这副誓不罢休的架势，周夫人只好同谢大爷道："副使也辛苦了，先回去歇息吧。"

谢副使也没继续留，拱手道："属下先告退。"

人刚退出去，周邝便一屁股坐在了周夫人身旁，一脸愤然："副使今日是被裴元丘的话所迷惑了，吃着碗里的望着锅里的，一说起大公子，副使就如同被蛇捏了七寸，那京都的官就那么吃香？是我父王亏待了他，还是嫌弃父王给的银钱少了？比起谢仆射和谢兄，这位谢家大爷当真提不上台面……"

周夫人听他发完牢骚，才搭腔，语气平静："人性如此，人立于世，本就是被利益驱逐，有何之错？"

周邝深吸了一口气，良久才平复下来："多亏谢兄提醒，让我立马派人去往京都，先同陛下请罪，母亲意下如何？"

他回来便是同周夫人商量，谁去最合适。

"你们几个，也就谢劭最为靠谱，就你这毛毛糙糙的性子，必然也想不出这等法子。"周夫人提前告诫他，"这事我已经有了安排，你不必再操心。你父王不在，怕是有人正等着咱们自乱手脚，藩王无召不得入京，你一旦踏入京都，别说你的命了，你父王，整个中州王府都会被牵连。"

这个他还是知道。周邝不放心，问道："母亲打算派谁去？"

"这节骨眼上，我王府派谁入京都会打草惊蛇。"周夫人突然看着他，神色一亮，"倒是巧了，明家的二公子，听说要上京都。"

周邝愣住。

"这样，你去找你未来的媳妇。"周夫人说着从袖筒掏出一封信递给他，"就说麻烦她交给明二公子，让他把这个带给宫中的杨贵妃。"

周邝如一根石柱僵在那儿，再也说不出话来。本以为上回明大娘子放狗，自己受了伤，母亲必然会打消念头，可不仅没有，母亲第二日就上了明家提亲。

如今两人已经是未婚夫妇，婚期都出来了，定在了今年秋季。

他阻止不了只能接受。

周夫人见他面红耳赤，明知故问："怎么了？"

"我，我去不太合适。如此大事，母亲还是妥当些更好。"他扭过头转身就走，"既然母亲已经有了安排，孩儿先不打扰了。"

谢副使从王府出来后，心情也极差，想起这些年为了靖王鞍前马后，几乎跑断了腿，日后还要为这么个纨绔子弟效劳善后，顿觉没了盼头，当下便邀了几个手底下的人去白楼喝酒。底下的人都知道他财大气粗，且他对一帮兄弟也自来大方，每回去白楼，都是上二三楼。

山珍佳肴，每人身边都有美人作陪，一边听着小曲，一边喝着美人纤纤玉手投喂来的酒水，如同饮了玉液琼浆，登上了仙阁，人都飘忽了起来。

白楼不比别处，自来不赊账，今日谢副使花钱买高兴，赏钱给多了一些，结账时发觉身上的银钱不够，差使小厮赶紧回府上去取。可没想到，小厮却两手空空地回到了白楼，见谢副使脸色瞬间阴沉了下来，小厮忙把谢大夫人的话，一字不差地复述了一遍。谢副使眉头紧皱，碍着身边还有底下的一帮兄弟在，到底不好发怒翻脸，找来掌柜的，以副使的身份作保临时挂了账，却再也没了心情，一杯酒灌入喉中，让兄弟们散了，自己也回了府邸。

谢大夫人还不知道外面发生的事，见人回来了，鼻子不是鼻子眼睛不是眼睛，先一通输出："你还知道回来，要再晚些，估计连个落脚的地方都没了。"

谢大爷没拿到银钱，也是一肚子气："怎么了？要山崩地裂了？"

谢大夫人冷笑一声："我看也差不多了。"

谢大爷适才听了小厮说完，知道了个大概，见她摆出这副模样，便知应该是出了什么事，主动问她："老三他怎么了？"

谢大夫人脱口而出："被狐狸精迷了眼，人财两空了。"

谢大爷最讨厌她这副模样，吸了一口气："你就不能好好说话？"

谢大夫人来气了，道我怎么没好好说话："你那位好侄子娶了个好媳妇，打算从明儿起要把账房撤了，往后咱们家里的开支家用，都得靠大爷您了。"

她满口含沙射影，谢大爷也不指望能从她嘴里听出整件事的来龙去脉，找来了碧云问："说说怎么回事。"

碧云把事情经过都说完，谢大爷咬牙半天都没吭声。

谢大夫人又开始嘲讽："大爷还能想出什么法……"

"你还有脸了？"谢大爷突然一声呵斥，回头瞪着谢大夫人，恨铁不成钢，"早就同你说了，做事要有分寸，别图眼前小利，你就是不听，目光短浅如何能堪起大任？不管那温二娘子是如何进来的谢家，老三当初既然能把她留下来，便说明心头已承认了她，她就是谢家的三少奶奶，犯得着要你们一个两个上门去挑衅？搬石头砸自己的脚，可有讨到便宜？简直愚蠢如猪狗。"

谢大夫人被他劈头盖脸骂得瞠目结舌。

"你可知道中州眼下是什么局势？"这两日谢大爷头都大了，"宫中的动静已经很明显了，要削藩，周边的几个王爷，可有一个是好下场？靖王将来必定凶多吉少，老大的调令就在最近，这节骨眼上，你不能替我们爷俩分忧也就算了，还闹得鸡飞狗跳，你看看，你哪点有当家做主的样。"谢大爷气得不轻。

这是大事。

谢大夫人愣了愣，终于冷静了下来，顾不得什么银钱了，忙问："这是发生了何事？"

谢大爷顺过胸口的那口气，才道："这次那裴元丘回来，便是来抓靖王的把柄，结果那位不成器的世子爷弄了个兵器库，被人逮个正着。人证、物证今日已经送出了城，怕是过不了多久，咱们凤城就要完了……"

谢大夫人被吓到了："靖王呢？可有办法……"

"庆州遭了天灾，百姓四处闹事，王爷如今正困在庆州，消息迟迟递不进去。"谢大爷深吸一口气，恍然大悟，"如今看来，这一切都是人家安排好的。"

"那怎么办？"见他这样，谢大夫人头皮都麻了，"咱们总不能坐以待毙。"

谢大爷想起今日在街头的一幕，知道裴大人的那番话是特意说给他听，今日自己要真同对方较上劲，等老大一到京都上任，对方只需要动动手指头，便能让老大无立足之地，说不定等不到老大去京都，连调令都下不来。

他早知道凤城并非久留之地，胜在老大争气，凭自己的本事考上了进士。如论如何，在凤城乱起来之前，他也要把人送出去。

"等老大调令下来，立马送他去京都。你先张罗，想办法在京都置办一份产业，尽量把钱财转移出去，到了京都还要各处打点……"

绕来绕去，还是绕到了钱财上。谢大夫人一脸丧气："你每年那点银钱都让你请人喝酒败光了，还有什么钱财？京都买房？说得轻巧，上回我听温家大夫人提起，京都的一套房产，得要五千多贯，再加上花销，二房要是一毛不拔了，咱们别说买房产，租个像样的院子都难……"

"你明日上门去赔个不是。"都是一家人，气头上说的话不算数，过上两日等三少奶奶气消了，再上门说上两句好话，还能生出隔夜仇不成。

想起今日哭着回来的几个小辈，谢大夫人可没他想得那么乐观："大爷想太简单了，这温二娘子，可不是好打发的。"

谢大爷眉头一皱："老夫人呢，知道吗？"

说起这个，谢大夫人就来气，人人都说只要是自己的儿女，手心手背都是肉，可他们谢家的这位老夫人，就是个偏心眼儿的。

"怎么不知道，正烧着高香呢。"

府上闹出了那么大的动静，谢老夫人怎可能不知道。

昨日听谢大夫人过来诉苦，说拿不到银钱，还让掌柜的上门追债，谢老夫人激动得觉都睡不着，同南之叨叨："真是歪打正着啊，我谢家的祖坟冒烟了，居然娶回来了个铁娘子。"

南之知道她高兴："老夫人这回该放心了。"

谢家这一脉从家族中分开后，谢老夫人就只有跟前的两个儿子，老大自小资质平庸，性格急躁，幸亏老二天资聪慧，处事沉稳，凭自己的本事做到了京都左相，让谢家跻身于世家高门。荣誉这东西一旦有了，便不能丢，官可以不做，但家族的气运不能断。

谢老夫人一双眼睛看人自来很准，谢家的几个后辈中，最有资质的并非大公子，而是老三闲颂。

可惜因他父亲，他只能回到凤城。是金子总会发光，但也耐不住旁人真把他当作金子使，谢家大房的那些弯弯绕绕，她怎看不出来，人人都想方设法要在他身上刮取。本以为他会有分寸，他倒好，整日一副懒散样，说什么也听不进去，总以为自己的银子多，花不完。

可他不知道，这世上最留不住的东西，便是银钱。他要是再如此懒散下去，待自己百年归土，他那爹娘也相继离去，家底恐怕也就被他败光了。当初不惜背负偏心眼的骂名，她临时把新郎给换了，便是看上了温家大娘子持家有道的名声，当夜得知温家抬进来的是二娘子时，她确实受了不小的打击，天旋地转，就差晕了过来，躺在床上歇息了几日，想来天命如此，二娘子就二娘子吧，也不再做指望，结果温家二娘子却给了自己一个惊喜。

怕温二娘子被大房那帮子人唬住，站不稳立场，谢老夫人特意同方嬷嬷打了招呼，关键时候要给三少奶奶撑腰。三少奶奶却没让方嬷嬷有用武之地。一次是意外，接二连三，那便是真本事了。

第二日，南之把三少奶奶是如何舌战众人，骂哭了几个娘子的经过细细说了一遍，谢老夫人坐在那榻上，竖着耳朵听，越听眼珠子越亮。最后听说，三少奶奶要把账房撤了，谢老夫人一激动，竟然老泪纵横，念叨了一声菩萨保佑，赶紧吩咐南之："去，去挑些补品，照好的拿，给温家老姐姐送过去，养个姑娘也不容易，她喜欢焚香，屋里那几盒香片你都拿给她，这老姐姐真是个了不起的人……"一通念叨，也难平心中激昂，起身又吩咐丫鬟，"备上香火，把菩萨供起来……"

谢大夫人带着几个娘子赶过来时,谢老夫人确实是在烧高香。

见谢老夫人满面红光,谢大夫人才陡然想起来,这老祖宗是个偏心眼儿的,却依旧抱了一丝希望,把大房的难处一一列举出来。结果老祖宗板着脸反问:"怎么,老大的俸禄不够你们花?舒服日子过够了,不往外扔银子心疼了?二房是有银子养你们,可将来呢?大娘子、二娘子这样是打算要找个家底殷实的富商嫁了?"

一股气没顺过来,又添了一股,谢大夫人气得心口都疼了,回来后拿起个茶杯要砸,临了想起今后还得要自己的银子补上,又放了下来,越想越窝囊,见谢大爷回来,自然没好气。

谢副使听她说完,也沉默了。自己母亲偏心老二,他从小就知道,心中要说没有埋怨是假的,只不过对自己没什么损失,便也没去计较。这回不同,关乎到老大的前程,他说:"这会子都在气头上,说话也不管用,等过两日派人把承基叫回来,我去同老夫人说。"

今日谢大公子谢恒照着谢副使的吩咐,把裴元丘一行送出城门外,正欲掉头,身旁裴元丘推开直棂窗同他道谢:"有劳大公子相送。"

谢恒勒住缰绳,面色平静:"今日晚辈送裴大人,是因裴大人与我一样,同为凤城人,还望裴大人将来不管身在何处,也不要忘了凤城的父老乡亲。"

裴元丘笑道:"没想到大公子还是个念旧之人,大公子如今还年轻,等有朝一日游遍大江山河,见过了秀美的风景,大酆又何处不是家呢?"没再耽搁,他转头放下车帘,同车夫道,"走吧。"

身后的马车徐徐而来,谢恒立在那儿没动,锁眉思索之时,目光不经意瞥向跟前的马车。

马车的直棂窗没合上,风一吹,白沙窗帘掀起一角,里面坐着的人正是温家大娘子。

谢恒微怔,对面的大娘子似乎察觉到了他的视线,回过头时,马车正好错过,也不知道对方有没有看见自己。

秋莺眼尖:"大娘子,大公子在外面……"

大娘子脸色没什么波澜,过了一阵,才轻声道:"无缘之人罢了。"

队伍出发,缓缓驶向京都,裴元丘帘子一落下,身边的家臣便道:"大人这回该放心了。"

"何来放心一说。"裴元丘拧开水袋,仰头饮了几口。适才在那日头下站了一阵,背心都冒出了汗,没想到那周世子竟然不是个草包,还怀疑到自己头上。

若非谢道远有软肋,自己今日恐怕还真难以脱身。

"还有得一番争斗。"裴元丘把水袋递给家臣,"殿下当初提出要削王爷的藩位,周边的那几个,陛下没同意也没反对,唯独这位靖王,陛下的态度坚决,其中缘由无人得知。等这一桩把柄摆在陛下面前,若陛下还要出面维护,殿下才真正该提防了。"

家臣觉得荒谬:"殿下乃陛下的嫡长子,靖王一个养子,不过是念在早年的一点感情上,想让他在凤城安享晚安,莫非真要在大事上偏袒他?"

"安享晚年,为何不去蜀州江南,偏偏是离京都最近的中州节度使?"

家臣一震,神色也跟着沉重了起来。

裴元丘继续道:"当年谢仆射乃一朝左相,官运正当红,却突然辞官回了凤城,如今看来怕是没那么简单。"

"大人是怀疑谢仆射辞官为假,实则领了皇命,来凤城保护靖王?"家臣想不明白,"他不过一个养子,陛下为何会如此偏袒……"

"这有何可想不通的。"裴元丘偏头往后一仰,"后面温家那位不就是个例子。"

"帝王之家怎能同寻常家族相比。"

"谁知道是不是养子,一切就看陛下这回怎么做了。"裴元丘想起了自己那位逆子,长吐出一口气,闭上眼睛道,"凤城动乱之前,想办法先把那逆子给我绑来京都。"

裴元丘与王氏成亲多年,王氏一无所出,如今他膝下就只剩下这么个原配夫人留下的儿子了。不管他认不认,都是自己的命根子。

"还有那位谢三公子。"裴元丘突然睁开眼睛,目光锐利,"以周世子的脑子,怕是还想不出今日来查我的马车,必然也是他的主意,先前我几次对他游说,都被他巧妙地搪塞过去,警惕性很高,怎么看都不像是个纨绔。"

家臣一脸凝重:"谢家若真的站了靖王,还真不好办。"

身为左相,又在京都活跃了那么多年,暗藏的人脉怕是已经根深蒂固。

裴元丘哼出一声:"他谢仆射固然坚不可摧,可就算是个铁鸡蛋,老夫也要敲出一条裂缝来。等到了京都,你差人去问问谢大公子的调令怎么样了,抓紧给他发下去。"

温殊色今日以一挑五,没有半分疲倦不说,眼见那精神劲儿越来越好,谁还敢待在这儿挨骂,都灰溜溜地散开了。

身旁郎君的动作也很快,屁股底下的圆凳仿佛烫到了他的肉,利索地起身,走人。走了没两步,却被小娘子唤住:"郎君。"

谢劭腿脚就跟不听使唤似的，停了下来，还破天荒地回头应了她一声："娘子怎么了？"

往日不是"温二"，就是"你"，突然一声"娘子"，温殊色不太习惯他的转变，但一想，自己今日替他解决了这么大一桩麻烦事，他心头肯定充满了感激。

其实替人办事，若得不到对方支持也没劲，温殊色指了指他嘴角沾着的一粒米糕渣滓，温声问他："米糕好吃吗？"

天知道那米糕是什么味道，被她塞进嘴里，他口鼻之间全是她指尖的香味，嚼了两口，囫囵往下咽，这会子怕是已经穿肠过腹了，半点滋味都没尝出来，但适才还伶牙俐齿的小娘子，突然嘘寒问暖起来，实在让人心头七上八下。他只能违背良心地点了头："好吃。"又生怕她还要继续拉着自己说话，"累了一日了，你早些歇息。"

温殊色心道果然要办点事才能与人和睦相处，继而同他表明衷心："郎君放心，我一定替你好好管家。"

谢劭扯了扯嘴角："有志者事竟成，娘子努力。"

当日，温殊色妙语连珠，一战成名。翌日早上起来，她才觉嗓子有些发干。

晴姑姑和祥云伺候她洗漱，方嬷嬷端了一个印花陶瓷的圆盅进来，扬声朝里头唤了一声三少奶奶："老夫人一早让人熬了燕窝，南之刚送过来，三少奶奶收拾好了，出来趁热用了，好润润喉。"

还是谢老夫人体贴。

昨日三少奶奶的本事大家有目共睹，二房何时这般扬眉吐气过，方嬷嬷兴奋了半宿，今日依旧精神抖擞，把谢老夫人的话带给她："老夫人说，三公子能娶到三少奶奶这样的娘子，全仗着谢家祖坟冒青烟。"

这两日自己把府上搅得一团糟，大房那群人必然会找上谢老夫人，温殊色心头实则也没底，如今得了谢老夫人这句话，犹如吞了一颗定心丸。

人总是经不起夸，温殊色嘴上谦虚："不过是分内之事，哪里能堪祖母如此夸。"却忍不住再次放下豪言，"放心，有我在，谁也别想再打库房的主意。"

温殊色说到做到，当日她和安叔便把账房撤了，账本攥在了自己手上。

温殊色本以为还会有人来闹几场，做足了准备等着人再上门，却意外地过了两日清静日子，有些不太相信这就结束了："就这么算了？"

祥云笑道："那日一战，只怕娘子的威名早就传出去了，谁那么想不开，上门讨骂？"

如此一说，这两日也没看到谢三。

早上一起来，西厢房便已人去楼空，不知道的还以为他领了份官职。

没人来打扰，她又搬出去坐在了梨树底下。这棵梨树还是当年回凤城后，谢二夫人亲手种的，眼下开得正好，白雪般的花瓣，一簇簇展开，拉坠着枝头。似乎今日才发现这一处的春光，温殊色仰起头慢慢欣赏。

上回方嬷嬷听她说闻不见花香，早让人摘回来了几朵芍药，用胆瓶装饰起来，就摆放在她跟前的木几上。

迟日江山丽，春风花草香。暗香溢鼻，眼前一片浓浓的春意。

温殊色正躺在安乐椅上，享受这无限春光。祥云突然从外面走进来："三少奶奶，大公子回来了。"

温殊色紧闭的双眼，瞬间睁开，又听祥云说："听说老夫人今日办了宴席，把屋里的一众老小都叫了过来，娘子也会过去。"

话音刚落，南之便来了院子传信："三少奶奶，老夫人今日设宴，请三少奶奶到宁心堂用饭。"

太突然了，温殊色愣了片刻。前几日谢三再三阻拦，不让她看到人，这不，一家人早晚还是会碰面。

温殊色忙从安乐椅上起身，低头瞅了瞅自己身上，坐久了，衣衫有些褶皱，没法见人："那我先去换身衣裳吧。"

祥云跟着温殊色进屋。一阵梳妆打扮，温殊色瞧了铜镜无数回，终于满意了，扶着高髻出来。南之还在外面等着。

一行人出了院子，温殊色脚步格外轻快，回忆起那日看到的马背上的挺拔背影，再想起那道声音，脑子里已经勾勒出了一张空前绝世、温润儒雅的面孔。奈何路太漫长，迟迟见不到人，她忍不住转头问南之："大公子不是公务繁忙吗，怎么突然回来了？"

南之却一副欲言又止的模样，似乎有什么难言之隐。温殊色更好奇了："是出什么事了吗？"

"奴婢也不瞒三少奶奶了，大公子的调令不出意外在这个月底前便能下来，调令一到，就得去京都任职，今日大爷和大夫人找上了老夫人，想为大公子在京都买一处房产……"

一瓢凉水从天浇下来，没有半点预兆，把人浇了个透心凉。心头冒出来的火花，听得见地"吱吱吱——"灭了个干净，脑子里那张空前绝后的面孔，也瞬间扭曲，不食烟火的谪仙从九霄云殿坠落，变成了牛鼻子老道。

第三章
倾家荡产

温殊色说不出来心里是什么滋味，这比她把盐当成了糖吞下去还难受。满目的春光没了，心情也没了，亏她还特意收拾打扮了一番，结果白马突然变成了骡子，简直失望透顶。

她总算明白了，为何好好的银钱却被一些酸儒说成铜臭。可不就是臭嘛，腐蚀人心，活活地把一位风流倜傥的公子爷变成面目可憎的吸血鬼。

见她突然没了兴致，如同霜打的茄子蔫了气，南之以为是自个儿的话吓着了她，赶紧安抚道："三少奶奶放心，老夫人断然不会同意。"

温殊色有气无力地点了下头，对那位大公子横竖是没了好印象，意兴阑珊之时，便见到垂花门内走进来了一位郎君——白襟圆领青衫，镶金玉冠，堂堂正正，一派风流倜傥。

今日之前她还一直幻想着，倘若嫁的人是谢大公子，是不是这会儿已同他举案齐眉，浓情蜜意了。如今再看迎面而来的谢三，她突然觉得庆幸，幸好谢家也换了人，败家子就败家子吧，好在他有钱，往后不会打她银钱的主意。

谢劭这两日早出晚归，一半的原因是被周邝相缠，另一半原因则在跟前的女郎身上。

那日，他只觉她有一张让人不敢招惹的利嘴，等到夜深人静躺在榻上时，才发觉更可怕的是她那几根青葱手指。她突然把米糕送到自己嘴边，从未有过小娘子喂过他东西，他一时没反应过来，她却似乎不耐烦了，眉头锁了起来，大有要同他大干一场的架势。他被迫张嘴，才张开了一条缝，她猛地往里一塞，手指头戳到了他的嘴角，好像还不止，碰到他牙了……也不知道，她那手指头是不是在香粉里泡过。整个晚上，他满脑子的幽香，飘忽不散。

事无依据，已无从对证。当夜，他很想去她屋里告诫她，下回不能再这样，他长了手，不需要她喂。

第二日起来,他却又打消了主意,罢了,还是少同她碰面。两日没见,女郎依旧明艳,高髻朱簪,身上的春绿长裙又是他从未见过的新衣,胳膊上挽着白纱披帛,额头还瞄了花钿,艳丽精致的妆容,似是去赴一场约会。

自己也是刚被谢老夫人派人从茶楼里叫回来,参加今日的家宴。

是了,今日谢大公子回来了。

那日他从中作梗,没让她见到大公子,也不过是临时起了捉弄之心,既已嫁入谢家,一家人总得碰面。终于能见到自己想要嫁的郎君,她想必心里很期待很高兴吧,走近了才意外地发现小娘子的脸上,并没有他预料中的欢喜,甚至带了些沮丧,这倒是稀罕了。

没等他想明白,对面的小娘子也看到了他,眼珠子陡然亮了起来,提着裙摆朝他奔来:"郎君……"

小娘子热情地从长廊那头奔到了这头,谢劭心中的疑惑更重。

听闵章说,这两日她一直在院子里晒太阳,莫非把眼睛晒花了,自己和大公子长得还是有些区别。

小娘子疾步走到他跟前,没等他提醒她眼睛睁大点,她突然伸手一把挽住了他的胳膊,头偏过来,头上的高髻戳到了他的下颌,他仰起脖子刚躲开,便听她道:"郎君,你知道大公子今儿回来了吗?"

什么意思?是故意来问自己,趁机想打击他一通,说他长得不如大公子?那她可能无法如愿了,他对自己的样貌一向很有信心。

小娘子却完全没看他的神色,拽着他不松手,甚至越靠越近,悄声同他道:"刚才我听南之说了,大公子这次回来是同咱们要钱的。"心中的那点风花雪月没了,温殊色这会儿满脑子都是如何应战,"幸好你回来得及时,咱们先通通气,想想待会儿该如何回绝,最好统一了口径,免得被对方找出破绽,该寻个什么由头好呢……"她实在苦恼,"说咱们没钱?不行,咱们自己都不相信。"

三寸不烂之舌也有为难的时候,实在想不出来,她抬头看向身旁的人:"郎君,你有什么好的办法吗?"

谢劭看着压在他胳膊上一脸愁苦的小娘子,面色有些愕然。所以,她那日左窜右跳也非要见一面的大公子,甚至懊恼自己拦住了她的视线还踩了他一脚,就因为知道是要来向她要钱的,突然就不感兴趣、不喜欢了?

他完全摸不透小娘子的心思了,更不知道小娘子心头到底喜欢的是什么。她突然问他,他能有什么办法,反问她:"娘子那日不是说要我放心吗?"

这话她确实说过,温殊色也不过是问问,没指望跟前的败家子能帮她想出什么好办法。自己是个外人,能做到冷酷无情认钱不认人,但他不同,要是谢副使以伯父的身份逼迫,大公子再以兄弟之情游说,他该怎么办?

幸好她有经验："我觉得郎君不能心软，要是他们说只想要银钱去京都买一套房产，你可千万不要相信，一套房产于咱们而言确实不贵，可买了房产后呢？是不是还得翻修一下，再置办一些家具摆件，请几个家奴。另外，大公子刚去京都，奔前走后得要银子吧？他们房产都买不起，哪儿来的钱周旋，还不是指望郎君。蚂蚁搬家郎君见过吗？就是一点一点地，把你的东西全搬走，变成他们的。"

　　见他听得入神，想必是觉得她说得很有道理，温殊色继续道："再说，郎君的钱是大风刮来的吗？阿公为朝廷贡献了一辈子，陛下赏赐给他的黄金是为了他能安享晚年。还有阿婆卖的香料，郎君可知香料是如何制作出来的吗？就拿沉香来说，那东西颗粒极小，还得与各类干花混在一起搓成圆饼，其中工艺甚是烦琐，却是薄利多销，赚的都是辛苦钱。他们从郎君这儿把银钱骗走，再大手大脚地扔给酒楼茶肆，可有想过这都是阿公和阿婆的血汗钱，良心就没有半丝不安和愧疚吗？"

　　谢劭哑然，照她的话，自己这些年就不是个人。

　　看出了他的心思，温殊色忙道："我没说郎君。郎君是他们的亲儿子，应该花，钱赚来不就是花的吗……"她不也一样。

　　如今看来，当真是上天注定的缘分，她和谢三都是有钱人，都被人想方设法在吸血，天底下就没有比他们更为般配的人了。她无望地道："我算是想明白了，我和郎君才是一路人，咱们都是塑了金身的菩萨，走哪儿都招人眼。不过，郎君你放心，我答应了替你管家，便不会失信，谁想要从我这儿拿到一分钱，还没那么容易。"

　　果真是一张利嘴，好歹全凭她说了算。

　　大房的打算，谢劭心里早就有数，那日谢副使当着世子的面把裴元丘放走，心里打的是什么主意，已昭然若揭。

　　当年谢道远乃靖王一手提拔，才有他谢家大房今日，可人的眼光一旦开阔了，就会嫌弃自己待着的地方太小。一个藩地的节度副使生了二心，不是件小事。

　　是以，周邝这几日使出了浑身解数对他试探和游说，生怕他倒戈。

　　当初大公子想进京做官，凭自己的本事考上了进士，靖王也没阻拦，就算王爷大度能容他进了京都，朝廷也不见得会接纳。

　　为何大公子去面圣领职，那么多的地方，皇上偏偏把他分配到凤城任县令，意思已经很明白。

　　藩地的副使之子，朝堂不可能会允许他踏进京都官场。不出意外，大公子的调令不会下来，没必要去京都置办房产。要当真下来了，更不能去。

　　他心中已有了权衡，但小娘子的好意不能辜负，点头道："全靠娘子了。"

　　温殊色松了一口气，不枉费她的一番口舌，忘了自己的手还挂在他的胳膊弯里,一边拉着他朝谢老夫人院子走,一边继续同他细细议论。

大房的人比两人早到,一众小辈正围在院子里观赏谢老夫人种的兰草,听到身后廊下的动静,回头便见到了长廊上挽着胳膊的两人。

远远瞧去,还能见到温殊色一张嘴滔滔不绝,谢二娘子眼皮一跳,极为不屑:"不知道又在吹什么耳边风……"

八成又在编派他们,说他们坏话吧。

她倒也没猜错,温殊色确实在说他们坏话,什么谢大娘子糟蹋了铺子里的水粉,谢二娘子借着谢三的名四处赊账等云云,一直说到门前,才住了嘴。

南之先走去前面,进屋同谢老夫人禀报:"三公子和三少奶奶来了。"

屋内的几人都往门口瞧去。

大房的人今日都到齐了,小辈晚辈都在,新娘子已嫁过来半个月,也就谢大爷和大公子还没见到这位三少奶奶。

大公子谢恒神色微微一动。

新婚夜临时换人,谢恒虽觉得温家大娘子是自己喜欢的类型,但架不住老祖宗用装死来威胁,他不得不让。

当夜自己回到府衙,一个人躺在床上,看着夜色慢慢流逝,本以为温大娘子已经成了三少奶奶,谁知第二日府上的小厮来报信,说温家抬从府来的不是大娘子,而是二娘子。震惊之余,谢恒心头也暗自欢喜和庆幸过。若非谢老夫人把自己换了,便是他娶了温家二娘子。

温二娘子他没见过,但听过她的传言,温家二爷的独女,从小被温老夫人娇宠长大,除了姿容绝色,是个花钱厉害的主。

他自小饱读诗书,不喜挥霍银钱之人,与这样的小娘子并不适合,要真在新婚夜遇上,不保证,自己会把人原封不动地送回温家。

这厢正想着,门外的人已经走了进来,谢三走在前,身后跟着一位女郎。她进来的瞬间,闷沉的屋里,突然明亮了起来。

女郎一身春绿色长裙,同色里衣外罩五丝罗薄纱,脖子上没戴任何配饰,秀出一段天鹅颈,肌肤如白玉细腻,妆容精致明艳却不浓,恰到好处地把她的艳丽勾勒了出来。确实是个好看的小娘子,可唯独她朝自己看过来的那道目光,有些让他摸不着头脑。似幽怨又不像,如同在市面上花高价买回来的石头,一打开,竟发现里面并没有半点翡翠时而生出来的失落。

谢恒一愣。这样的表情,很难不让人乱想。

从温家出嫁之时,她定知道与她成亲的人是自己,今日两人头一回相见,她这般神情,当是自己的样貌让她失望了。论样貌,他确实不如三弟,无端让一小娘子失望,多少有些尴尬。谢恒身子微微偏开,温殊色却早已没再看他。

实则谢恒的样貌并不差，与她想象中一般，确实是个俊俏的公子爷，但心头的那层光环破碎了后，便再也找不回之前的感觉。

温殊色满目惋惜，只看了一眼，便淡淡地挪开了目光。

那日在街头上，温殊色已见过谢大爷，典型的武将相貌。上前同长辈见完礼后，温殊色便同谢劭坐在了一侧。

时辰尚早，不到饭点，正是一家人团聚说话之时。

外面几个赏兰草的小辈也齐齐挤了进来，热热闹闹地坐了一屋，气氛却怎么也愉快不起来。

谢大夫人前几日被谢大爷训斥后，已调整了心态。温殊色适才见礼时，谢大夫人回了一道微笑，便有了和解的意图。

几个小辈则不同，两日前才撕了一场，仇人相见分外眼红，低头绞着手中的绢帕，脖子转向一边，摆出一副见不得她的神情。

温殊色压根儿没去留意，坐下后便凑头过去问谢老夫人："祖母身子怎么样了？"

"好得很。"想起两日前曾"晕"过一回，谢老夫人及时改口，"就脑袋时不时犯晕，受不了刺激……"

对面的谢大夫人嘴角一扯，这话是说给她听的吧。

"祖母这毛病倒是同温家老祖宗一样。"温殊色颇为诧异，"温家祖母常年头疼，平日里都是用赤箭养着。明儿我给祖母送些过来，让南之拿去给祖母煲汤。"

赤箭便是天麻，谢老夫人听说过能治头疼，但这入药的东西……

"还能煲汤？"

"嗯。"温殊色点头，"市面上的都是一些晒干的赤箭，拿来后先用温水泡涨，再切成块，和鸡汤一起炖，炖好了连着鸡肉一块儿吃下去，口感甚好。"

谢老夫人意外："还有这等吃法？"

温殊色道："可不止呢，泡涨后切碎，切成小小的颗粒，同鸡蛋一起蒸，味道也好。每回温家祖母头疼，都会让底下的人给她做，吃上几回，头就轻松了。"

"没想到这老姐姐还真会过日子，那改明儿你给我拿一些，我尝尝……"

"成。"温殊色点头，"祖母要是怕喝药，平日就多用药材煲汤，除了赤箭，还有几样也能缓解头疼……"

"是吗？"谢老夫人很感兴趣，"你都说说，我让南之记下来。"

这是没完没了了……

一屋子的人竟听两人聊起了煲汤，这要是说下去今日也不用聊正事了。谢大夫人越来越烦躁，直起腰来欲要发作，又极力忍住。

又听了一阵，谢大爷先开口打断："竟然不知老三媳妇还懂得这些，如此贤惠孝顺，倒是老三的福气。"

温殊色见他发话，这才住了声，坐直了身子双手贴在膝上，目光微垂，一派端庄。

谢大爷笑了笑，借着话头，问她旁边的谢劭："老三最近忙什么呢？"

"闲人一个，不像大伯事务缠身。"谢劭的语气一贯懒散，"大伯今日怎么有空回来？"

"怎么，我就不能回来了。"谢大爷一笑，"再忙也不能不回家。"转头看了一眼身旁的谢恒，"倒是承基，别光顾着府衙里的差事，多回来看看你祖母……"

谢恒垂目："父亲教训得是，孩儿往后多回来。"

"你这不是为难他吗？"谢大夫人插嘴，"眼下三年期满，调令很快便会下来，衙门里积压的事务都得处理，怕是忙得脚不沾地，哪里还顾得上家……"

谢大爷做出一副讨了个没趣的表情："我也没资格说老大，自己最近也忙得分身乏术，没空陪母亲说话，二爷和弟妹又不在。"转头看向谢大夫人，"你多费点心，没事就让几个小辈过来陪母亲聊聊。"

谢大夫人一唱一和："这点倒不用你费心。"

"你知道就好，二爷不在府上，老三又娶了新妇，初来府上想必很多地方不习惯，都是一家人，当以和睦为贵，有什么为难之处，你上点心，多多照应。"

谢大爷装聋作哑权当不知道府上发生的事，这番话，也算是给了温殊色一个态度。

言下之意，一家人不能离心。

今日的事还没说，谢大夫人知道轻重，应道："你管好自己的事吧，府上好得很，不用你操心。"

她一句"好得很"，把所有的事儿都掩盖了过去。没把温殊色告给大爷跟前，面儿上看起来确实是识大体，维护了温殊色，也惹来了底下几个小辈不快，谢二娘子欲发作，想说"父亲还不知道吧，这位新妇习惯得很，一进门就把谢家当成了自己的家，如今连账房都撤了"。

谢大夫人一个眼神及时递过去，谢二娘子只得闭嘴。

该给的态度，自己已经给了。兜了这半天，迟迟没说到点子上，谢大夫人没心思再周旋下去，直接开口同谢劭道："老三应该也知道，你大哥过不了多久便要去京都任职。自二爷回到凤城后，咱们谢家在京都算是一个亲人也没了，他只身前去，怕是东南西北都摸不着，伯母想着若是有个安之处，旁的事情做起来都轻松。我已经打听过了，京都的租赁极高，长期租下去也不划算，倒不如买上一套。"

来了……温殊色吸了一口气，面色跟着精神了起来。

她先前已同谢三通过气，想他应该知道怎么回复，半晌却没听到郎君出声，心头一沉，也不管什么仪态不仪态，扭头盯着他。就这能心软，他也太没出息了。

谢劭正权衡，要不要同大房兜底，余光察觉到旁边小娘子的目光，都快在他身上戳出一个洞来。罢了，他抬手碰了碰眉骨："我懒散惯了，不喜欢管家，如今都是殊色说了算，伯母有什么事找她商议便好。"

果然，被新妇拿捏住了，狐狸精吃了心，他还有什么主见。

谢大爷和谢大夫人匆匆对视一眼，心照不宣。谢大夫人恨其不争气，但银钱在人家口袋里装着，夫人管账，天经地义。

想起前几日的事，谢大夫人内心也有些怵这位三少奶奶，怕自己讨个没趣，当着众人的面下不了脸，目光一时没往温殊色身上瞧。

倒也不用谢大夫人张口，温殊色主动道："这不巧了。温家伯父一家也迁去了京都，前几日温大娘子也与我提过，还同我算过一笔账，说京都好一点的房子租赁要九十贯，买一套下来也就一千多贯，还说京都寸土是金，房产一天一个价，与其租房不如买下来划算，和伯母倒是说的一样……"

听她如此说，谢大夫人完全没想到，愣了愣，脸色和悦了许多："可不就是嘛，殊色也知道……"

"所以，我决定让人去京都置办房产，等大公子到了京都就租我的房子吧。都是一家人，租赁的银钱落在自己人手里，也好过让旁人占了便宜，不知大公子意下如何？"

既然都说京都买房划算，转个手便能赚不少钱，那她自己去买，他们租她的便好，肥水不流外人田嘛。

温殊色看向谢恒，满脸诚意地询问他的意见。

屋内突然安静，众人都没反应过来，谢大夫人心里的雀跃荡然一空，先回过神。就说呢，这温二娘子怎可能突然转性，果然憋了一个大招。她去京都买房产，让他们大房来租，她倒是会想会算。

可这样的说法却让人挑不出任何毛病。

谢大夫人哑口无言，谢大爷也没了声儿，先前一口咬定彼此都是一家人，竟让她钻了个空子。

倒是谢恒被跟前的女郎一问，尤其是她望过来的目光，又让他想起适才她眼里的那抹失望，无不讽刺。他脸色一僵，起身同谢大爷和谢大夫人道："调令尚未下来，孩儿能不能去京都还未清楚，父亲母亲不必如此着急。再说，即便去了京都，京都之大，莫非还没孩儿一处容身之地？"

没等两人回神，谢恒便向上位的谢老夫人拱手鞠了一躬："祖母见谅，府衙的事务实在太繁忙，孙儿今日就不留在家里用饭了，等孙儿忙完，再来向祖母好好请罪。"

谢老夫人呢，已被温殊色的一番话惊艳得说不出话来。

大爷和他媳妇儿这两日关起门来密谋合计，打的是什么主意，她早就听到了风声。大公子的调令八字还没一撇呢，他们却先打起了主意，去京都买房？张嘴一说倒是轻松，谁给银子？

他们这是生怕从老三手里攥不到钱。

果然，今日大爷突然来了她这儿，说老三娶了媳妇，一家人还未团聚过，中午在她院子里设桌宴席，把大家都叫过来，让她享享天伦之乐。

什么天伦之乐，就是他设给老三一家的鸿门宴。原本打算两个小辈若是不好拒绝，她自己出马，横竖也是个偏心眼，那就随性一偏到底，谁知道三少奶奶竟想出了这么个好法子。

谢老夫人心头暗自咨嗟："妙。"想起方嬷嬷前两日同她说的那句"三少奶奶就是个宝贝"，总算感同身受了，可不就是个宝贝疙瘩嘛。

谢恒起身同她赔礼，谢老夫人才回神，知道他是被自己父母架起来下不了台，也没拦着，嘱咐道："公务再忙也要注意身体。"转头又吩咐南之，"待会儿宴席上的菜，分出一些，给大公子送去衙门。"

谁还有心情惦记着饭菜。

谢大爷屁股底下的椅子如同长了木钉，也坐不住了，遂起身同谢老夫人道："我去瞧瞧他到底忙些啥，等会儿若是赶不回来，母亲先用饭，不用管我。"

谢大爷跟着谢恒身后追了出去，只留下谢大夫人和一众小辈。

谢二娘子到底沉不住气，对着温殊色冷哼一声，招呼也没打，甩袖一溜烟跑了出去。谢大娘子赶紧追上："我去瞧瞧二妹妹。"

这一走，屋里的谢家二公子、二少奶奶也找着由头走了。

大房只剩下了谢大夫人，要她陪着眼前这位机关算尽、一毛不拔的铁公鸡吃饭，她怕被噎死，也没再留："这些小辈，真是越来越不像话，简直目中无人，自私自利竟都想着自个儿，我非得去教训一番……"一番含沙射影，实则骂的是谢劭和温殊色，也算把自己心头的气泄了些。

大房的人是一个不剩了。

温殊色扭头看了一眼谢劭，原本热热闹闹的家宴，突然变得清冷，自古以来谈银子都费感情，不知道他能不能撑得住。

谢劭早上被周邝拉回去，空腹喝了半罐茶，脑子还停留在温二说的那些汤汤水水上，一阵饥肠辘辘早就饿了，偏头问谢老夫人："祖母饿了没？要不咱

110

们先开饭吧。"

"行。"谢老夫人吩咐南之传菜,满身是劲儿,招呼两人去饭桌,"他们个个都有事,就咱们祖孙三人闲着,今儿不着急,慢慢吃。"

谢劭扶着谢老夫人,温殊色跟在身后。

落座时,谢劭突然转身:"我最近也有些头疼,麻烦小娘子明日把你刚才说的那什么鸡汤药,也给我炖上一份。"

没等温殊色应,谢老夫人先笑着斥道:"你倒是会捡便宜。"

气氛轻松,并没有因大房几人的离去而受到影响,温殊色放了心,爽快地应道:"好,明儿我就给郎君炖上。"

碗筷很快拿了进来,温殊色坐在里侧,南之先摆给了谢劭,正欲绕过去,却见谢劭抬手把面前的那副碗筷递给了温殊色。

南之重新给他添了一副。

谢老夫人看在眼里,他这个孙子,除了败家懒散,几乎挑不出任何毛病,在京都出生,三岁便开始启蒙,天资聪慧,哪个先生不夸?

书香墨韵熏陶出来的人,即便是懒散下来,德业规矩也是刻在了骨子里。

再看旁边的三少奶奶。今日这一身打扮,比她院子里刚盛开的几盆兰花还亮眼,长相倒是像温家二爷,却避开了温家二爷的小眼睛,一双眼睛明亮有神,一对上,自己仿佛也跟着精神了起来。再细看,面色白皙红润,头一眼惊艳的人,很难有这样越看越耐看的,这样的骨相,摆在京都那也是万里挑一。

越看两人越登对。

亏得她还躲在屋里怄了几天的气,实属白伤怀了。这不就是菩萨大慈大悲,念在她三孙子心里承受着苦楚,才赐给了他们谢家这么一位小娘子。

两人成亲后,谢劭住进了西厢房之事,谢老夫人都知道,却也没说什么。两个人的缘分开始得并不好,便需要日子慢慢来磨炼。抱不抱重孙,她不着急,更想看到子孙们的日子过得如意。

菜肴端上来,原本十来人的份,如今只有三人,南之让人都换成小碟,每样先装一些,保障每道菜式都能尝到。

谢老夫人挨个先试,遇上个味道好的,便招呼温殊色:"这个不错,你快尝尝。"

温殊色虽不挑食,但一张嘴也是个能品味的,点头附和:"嗯,是好吃。"

一旁的谢劭没插嘴,但手里的筷子却随着两人的话默默地伸了过去。温殊色还是头一回与谢三同桌用饭,没想到他也是个不挑食的,谢老夫人说的有些菜确实不错,有些的口味却极淡,她跟着谢老夫人一通夸下去,谢劭也很给面儿,没有拆两人的台。

谢老夫人突然盯住谢劭的下颔,歪过头问:"闲颀这下巴是怎么了?"

谢老夫人的眼睛不好使,越近反而看得越不清楚。

温殊色闻言,顺着谢老夫人的视线也朝谢劭看了过去,可坐在侧方,角度不好,什么也没瞧见。

谢劭面露疑惑,拿手摸了摸下颔,并没察觉出异常:"哪儿?"

"左侧……"

谢老夫人指了个位置,盯着他的脸也就罢了,旁边的小娘子也凑起了热闹,一颗脑袋偏过来,越靠越近,到最后整张脸都撑到了他面前,视线倒是毫不避讳地在他脸上打探。他眼睑往下一扫,便见到了她小巧的鼻梁。当真是娇养出来的小娘子,这几日的太阳算是白晒了,水嫩得很,近距离都瞧不出半点瑕疵,再一挪,一双朱唇像极了熟透的樱桃,一时之间,竟把他内心搅起了一丝涟漪。

她是故意的吧,拿老祖宗当挡箭牌,实则是想贪图他的美色。正当他百般揣测小娘子到底是何居心时,小娘子眼睛突然一亮,目光抬了起来。

四目对上,他心口冷不防"咚咚"地跳了两下,顿时惊雷大作一脸防备,却见小娘子冲他一笑:"咦——郎君下巴上居然有颗痣。"

谢劭僵住。

"是吗?"谢老夫人又凑近。

温殊色怕她瞧不见,伸出手指戳到他的下巴上,还煞有介事地点了点:"这儿。"

被小娘子戳到的地方又酥又痒,眼见那股幽香又往他鼻子里钻,谢劭往上一仰头:"温……"

小娘子的手指倒是先放了下去,也没看他,一脸兴奋地同旁边的谢老夫人道:"上回我去街头算命,算命先生说下巴上长痣的人,乃财痣,一辈子有花不完的钱财。果然,他说得没错,郎君不就是嘛……"

谢劭:……这女郎是钻进了钱眼里。

谢老夫人瞬间来了兴致:"我看看,竟还有这等说法……"

一顿饭吃得欢欢喜喜,到了谢老夫人昼寝的时辰,两人才从院子里出来。

一出来,谢劭便拉住闵章,仰头问:"有东西?"

不过是刮胡子时,弄到的一点小口,无伤大雅,闵章忽略了过去:"公子下巴上确实有颗财痣,嘿嘿。"

这几日的天气大有要入夏的势头,正午后日头照下来,背心便有了热烘烘的感觉。

还没到夏天,温殊色出门没打伞,祥云便去穿堂内给她摘了一块芭蕉叶,温殊色顶在头上，慢悠悠地走在前面，吃了饭有些犯困，也没同谢劭说话。

两人一前一后，刚到游园外的长廊，门房小厮便追了上来："三公子，世子说庆州来了消息，有急事找。"

谢劭眉头一皱，当下跟着小厮一道往外走，走了两步，突然回头唤道："温二。"

温殊色脚尖都转过去了，又倒回来懒懒地看向他。

谢劭望着芭蕉叶下快要睡着的小娘子："待会儿给闵章支五百两银子。"

对面小娘子半眯的眼睛瞬间睁开，一双眼珠子圆鼓鼓的。谢劭突然觉得好笑，戏弄道："娘子放心，库房的钱花不完，就算花完了，你家郎君这儿不是还有颗财痣吗。"完了，不忘对她扬了一下下巴。

温殊色一噎。

回到游园，温殊色看着方嬷嬷把那白花花的银子封在荷包里，交给了闵章。

身旁祥云和晴姑姑还沉浸在刚才温殊色一招制敌的惊喜中。晴姑姑把泡好的茶盏搁在她面前，忍不住夸道："娘子的脑袋真好使，竟然想到了这个办法，如此，温家老夫人也就解脱了。"

听府上传来的消息，温大爷一走，温大夫人日日都往温老夫人院子里跑，软磨硬泡，颇有温老夫人不松口不罢休的架势，甚至把自己的官架子都搬了出来。她说二房没有一个当官的，如今资助些银钱给大房，等大房将来起来了，便是二房头顶上的一把伞，否则凭二房一个商户，没有任何背景，将来如何守住家业？

听说温老夫人气得不轻。

倘若娘子自己在京都置办了房产，再租赁给他们，人情给了自己还没损失，他们也无话可说。

祥云赶紧问："娘子，咱们什么时候去京都买房？"

娘子也没去过京都呢，要是去置办了房产，往后过去还不容易？她一脸兴致勃勃，却听温殊色淡淡地道："谁说我要买了？"

晴姑姑和云祥齐齐愣住。

"我今日的那主意不过是缓兵之计。"温殊色从小就跟着温家大房那堆人打交道，太了解他们，"他们谋算了一番，结果成了一场空，受了打击一时半会儿还想不起来，等回过神，估计就会来个将计就计，他们要是赖着房子不给租赁的银钱，我还能当真把人撵出去？到时闹起来，被人戳脊梁骨的可是咱们⋯⋯"

晴姑姑变了脸色。

谢家她不好说，就以温家大房的德行，还真会这样，住久了不就成人家的了……

祥云着急地问:"那……那娘子怎么办?"

"你让人去温家传信,先让祖母缓上两日,过过清静日子,该怎么办……"温殊色撑着下颌,"我想想……"

先前的欢喜突然没了,三人正沮丧,方嬷嬷进屋禀报:"三少奶奶,顾姨娘来了,说是来还三少奶奶的银钱。"

祥云一愣:"这顾姨娘倒是个实在人,拿出去的银子还能还回来的,谢家她是头一个。"

温殊色倒没多大的意外,让方嬷嬷领人进来。

顾姨娘进屋唤了声"三少奶奶",把手里的荷包递给了她:"今日妾身送出去的一批绣帕结了账,凑够了十两银子,先还给三少奶奶,余下的恐怕还得让三少奶奶再宽妾身些日子。"

温殊色没拒绝,伸手接了,让晴姑姑给她看茶:"姨娘不必如此着急,有了再给,我不急用。"

顾姨娘又道了谢,临了想起一件事,便同温殊色道:"我听表姐说,他们从庆州出来的路上,看到了一批铠甲将士,应该是洛安一带要打仗。兵荒马乱粮食最吃紧,且庆州今年正值天灾,产不出粮食,三少奶奶要是手头上有宽裕的现银,多存些粮食吧。战火一起来,凤城离庆州最近,粮食必然会翻倍,不过也有风险,就怕朝廷的兵马万一过来征用粮草……"

洛安打仗?温殊色倒没听说,知道庆州今年旱灾凤城拥入了不少流民,粮食确实吃香。可凤城的粮食一向都是崔家包揽,温家的产业主打在茶楼和水产上,谢家则在香料和水粉上,都不曾涉猎粮食这块。

府上的粮仓还有去年的陈米,就算天灾也能撑几年,手里的银子已经招人眼了,正忙着应付呢,这份天灾钱她就不去赚了。

感谢顾姨娘相告一番,把人送出去后,温殊色便吩咐晴姑姑亲自回一趟温家,先把温老夫人从水深火热中解救出来。

晴姑姑晡时便到了温家。

回去时,温大夫人正巧在温老夫人院子里,前几日温大爷带着一屋子大小都走了,只剩下了她和薛姨娘在府上伺候老祖宗,温大夫人当日便同温大爷争执了一场:"说好了宅子卖了一块儿走,她怎么就不听?"

温大爷语气平静:"老夫人身子还没好,不宜舟车劳顿,你留下来照顾半年,等她养好了身体,我写信给二爷,商议该怎么办。"

半年?

温大夫人一口气提上来，气得连退几步："她能有什么毛病，须得养上半年？谢老夫人来的那日，看她精神好得很，怎么就坐不了马车了？你莫非还看不出她心思，她就是不想离开凤城，舍不得这宅子，防贼一样防着咱们，生怕咱们占了她亲儿子便宜……"

见她说得如此露骨，温大爷眉头一皱："搬家并非易事，老夫人既不愿意走，你暂且留在凤城。之后的事，我再想办法。"

见温大爷铁了心地要她留下来，温大夫人彻底没了理智："凭什么就要我留下来伺候？她不是心里只有她那位亲儿子吗？叫人回来在她跟前尽孝啊，凭什么好处咱们落不到半分，累活苦活儿全让我做了。"

"你苦什么、累什么了？"温大爷没了好脸色，"她乃我母亲，孝道都能忘，也配为人？你要是不愿意，让薛姨娘一个人留下来也罢，不过得劳烦你先腾出位置。"

这是要休了她的意思。

温大夫人气得大哭一场，眼睛都肿了，温大爷走的那日还在与他赌气。温大夫人一个人关在房里也不出去相送，两个小孙子在门外奶声奶气地叫着"祖母"，温大夫人别提有多煎熬，心尖都烧起来了。

人一走，往日热热闹闹的院子瞬间空空荡荡，走哪儿都没了声音，温大夫人魂儿都被抽走了，可能怎么办？走是走不成了，便留下来为自己一家使点力气吧。横竖没事，她每日都到温老夫人跟前念叨，劝老夫人早日卖了宅子，去京都买房产，一家子都搬过去，享天伦之乐。

奈何老祖宗就是不松口。

不卖宅子，也不给钱，她温大夫人要愿意留下来伺候就伺候，不愿意就走。

见温老夫人油盐不进，温大夫人今日便打起了感情牌，拿两个小孙子来说叨："两个小家伙走的时候，嘴里还念着曾祖母呢，这一去，也不知道什么时候才能团聚。京都那地方，样样要钱，听大爷说吃片菜叶子，也得去集市上掏钱买，单凭大爷的那点俸禄，哪里够一家人的花销。今日我也不同老夫人绕圈子了，大人也就罢了，实在心疼两个孩子受苦，这些年二爷为咱们这个家是花了不少钱，我心头都清楚。上回老祖宗把大娘子的婚事换给了殊色，事后我也想明白了，殊色能有个好归宿，我这个做伯母的也放心。就当是大爷同殊色借的吧，先让咱们在京都有个能容身的住处，将来我保证都给她还上。"

这回温老夫人听完，没再无动于衷，沉默一阵后，转头同曹姑姑道："去把我屋里那匣子拿出来吧。"

曹姑姑刚转身，晴姑姑便到了，拂帘跨进了屋，唤了声"老夫人"，关心地问候："身子骨可好些了？"

温老夫人一脸意外,突然紧张起来:"缡仙怎么了?"

"老祖宗放心,二娘子好着呢。"见温大夫人也在,晴姑姑笑着见了礼,"今儿都在,倒是正好。"转过头这才同温老夫人禀报,"二娘子让我回来同老夫人说一声,上回她听大娘子说京都房产利润高,这几日想了想,决定去京都买几套房产,这不大爷一家到了京都,也就不愁没地儿住。二娘子说把房产租赁给他们,旁人一个月收九十贯,念着咱们都是一家人,她只收八十贯,这样一来,租赁的钱也不会落到旁人手上,不让旁人占咱们这份便宜……"

温大夫人的反应倒是同谢大夫人吴氏一样,瞪着眼半天都说不出话。

温老夫人眸子微微一动,心头大抵猜到了,这败家子倒是每回都败到了点子上。

回去后,晴姑姑便同温殊色都说了:"幸好奴婢去得及时,老夫人险些就拿出自己的压箱底了。二娘子是没看到大夫人的脸色,青一阵白一阵的……"

温殊色早就料到了那日温大夫人没在自己这儿讨到银钱,定会打老祖宗的主意。说到底都是一家人,都姓温,祖母不可能不管,父亲的家产铺子都给了她,祖母只能把自己的棺材本都掏出来。

所以,她这招并非长久之计。

温殊色吩咐晴姑姑:"你找个可靠的人盯着安氏,一有动静立马报给我。"

晴姑姑说:"娘子放心,奴婢和曹姑姑通了气,都安排好了。"

天色不早了,方嬷嬷备好了晚食,用完外面已经黑透。今儿中午睡了一阵,温殊色没急着歇息,同祥云道:"陪我去消消食吧。"

眼下才四月初,没了日头晒着,夜风扫在人身上还是有些凉,游园里到处都是湖泊,晚上更冷,温殊色没去院子里逛,走出游园沿着外面的长廊缓缓漫步。

刚嫁进来的那十来日,方嬷嬷见她百无聊赖,曾带着她逛了一遍府邸,哪个主子住在哪个院子,温殊色依稀还记得。

谢家的宅子,从前面数是十进十出,两边却又扩展宽了一列。虽说府上的马场和后花园占了不少地方,但府邸的院子房间也不少,谢家就算再多人也住得下。房子多了有房子多的住法,主子们不想被打扰,默契地在院子之间隔出一个空院来,空院平日里没人住,便当成了漫步的地儿。

连晴了半个月,今夜的天空竟然挂了一轮明月。

祥云一边跟在温殊色身后,一边瞧着悬挂在府邸上方时隐时现的月亮,待收回目光,才察觉所到之地已是灯火阑珊。见温殊色脚步没停,还在往前走,祥云瞧出来了,忙问:"娘子是要去哪儿?"

温殊色没答,让她把手里的灯笼也一道灭了。

祥云疑惑地跟在温殊色身后，摸着黑，到了一堵院墙前，便见女郎开始挽衣袖提裙摆，实在忍不住小声问："娘子这是要干啥？"

温殊色抻长脖子，望向对面的灯火之处："这些人指不定又在谋划什么阴谋诡计，咱听会儿墙脚呗。"

祥云一愣，往周围望了一眼，这才终于回过神，对面不就是谢家大夫人的院子。再回头看自家娘子，一时目瞪口呆，白日里还光鲜艳丽的三少奶奶，正手脚并用地爬上了墙边的一棵杏树。

"娘子……"

"嘘！"

阻拦不了，祥云只得加入。主仆二人趴在靠墙的杏树上，听了半个时辰的墙脚，最后面色沉重地出了院子。除了证实了顾姨娘今儿说的洛安在打仗的消息，最为紧要的一桩是，谢家大夫人说："过几日我会去会一下温家大夫人吧。"

这两位要是凑在一块儿，那还得了。

她那缓兵之计怕是撑不了多久了。今日一来，足以见得听墙脚有多重要，温殊色扶了扶头上被戳乱的高髻，跨进院子同祥云道："明儿咱们再去。"

祥云哑然。

回到游园，西厢房一团漆黑，谢劭还没回来，这个时辰还不回来，估计又是一夜不归了。祥云瞧了一眼，忧心忡忡，不由得道："娘子，姑爷一天天在忙些什么呢，连家都不回。"

温殊色与他有约法三章，只当是个搭伙过日子的人，并不关心。

祥云却是懂得如何戳主子的软肋："你说姑爷今儿拿了那么多银钱出去，会不会也是让人家给骗了……"看了一眼温殊色僵住的脸色，缩着脖子继续道，"娘子那日不是还提醒过二少奶奶吗？要是姑爷也被姑娘骗了，这头娘子辛辛苦苦替他管理一场，岂不是白费了功夫。"

温殊色：……这死丫头，还真会给人添堵。

当夜也不知道怎么了，她竟然就梦到了一群莺莺燕燕，把她团团围住，个个高声唤她为"姐姐"，还伸手来扒她的荷包。银钱散落一地，被人哄抢，温殊色瞬间被惊醒，从床上坐了起来，外面已经大亮。

晴姑姑听到动静上前拉开幔帐，关心地问："娘子做噩梦了？"

温殊色晃了晃头，也不明白自己怎么做了这么个不可思议的梦，定是祥云那死丫头偏生在睡觉前给她说了那么一句，日思夜想，才入了梦。

起来洗漱穿戴好，她正想问谢三回来了没，一出去却意外地见到了闵章。

闵章已经等了好一会儿了，听到动静转身，见人出来了，朝着她鞠躬行礼："三少奶奶早，公子说，要三少奶奶再拿五百两。"

梦还成真了。

温殊色张了张嘴，呆呆地怔住，觉得还是不能以小人之心度君子之腹，客气地问："三公子昨儿个是在外面赌吗？"

闵章一愣，赶紧解释："三少奶奶莫要误会，公子从不沾赌。"

果然那梦是真的了，温殊色面色恍然大悟："哦，那就是……"

闵章似乎知道她要说什么，红着脸急忙打断："也、也没找姑娘，公子就是喜欢喝酒，最多听听曲子……"

温殊色更不明白了："什么样的陈酿和曲子要五百两银子？"昨儿下午他才拿走五百两。

闵章犹豫了一阵，还是和盘托出。

昨日谢劭和周邝、裴卿、崔晔在醉香楼包了一个雅间，正谈着事，谢家二公子也不知道从哪儿得知了消息，突然闯了进来抱住谢劭的大腿嚷嚷着要他救命，瞧那样子也是喝多了，问清楚才知道他在醉香楼买了两壶酒，没钱结账。

一共五百两银子。

五百两，两壶酒，比抢钱还厉害，可等醉香楼的妈妈把花魁带出来后，便也知道那谢二公子干了什么。

谢二公子没钱，醉香楼不放人，要是一夜不归，第二日让人到府上找二少奶奶过来领人，以二少奶奶的性子，怕是又要一哭二闹三上吊，闹到谢大爷跟前，必然会脱层皮。

谢二公子哭爹喊娘，死死抱住谢劭的腿不放，谢劭还能怎么办，只好让闵章把昨日刚支取的五百两全都给了谢二公子填账。这不今日重新让闵章回来支取。闵章很想说，其实三公子虽说日日都喜欢往外面跑，但一个月的花费，单他一人还真花不了多少。

温殊色听明白了，昨夜梦里的那群姑娘不是谢三招来的，而是谢家二公子招来的。果然赌、嫖只要占一样，就不是个人了。

温殊色重新让方嬷嬷把银钱给了闵章，又一张整票子没了，钱要当真花出去自己享受了，她不心疼，可就这样打了水漂，连泡儿都不冒一个，她高兴不起来。有了第一次，便有第二次，谢二公子显然已经上了瘾。

她打算等谢三回来，好好吹吹耳边风，谁知谢三没等到，下午南之却又上了门。

二房的账房虽然撤了，但谢老夫人屋里的开支一直都是温殊色在拨银子，原本给过去的一个月开支，照平时的花销两个月都花不完。

今日南之打算出门替谢老夫人置办东西，便被谢大娘子和谢二娘子堵上，抢了她的活儿，非要替老祖宗去跑路，孙女要表孝心，南之没理由阻拦。

118

谢家大娘子、二娘子出去，谢老夫人的东西是置办好了，自个儿的也顺便一道置办了，银钱超出了预算的两三倍。南之知道自己办错了事，赶紧先来三少奶奶这儿把账目解释清楚，回去再上谢老夫人那儿领罚。

温殊色算是明白了，这些吸血虫，堵死了一条路，转过头见缝就钻，与之前比，不过是换了一种方式在吸血。这点倒同温家那一屋子简直如出一辙。只要你有银子，没他们想不到榨取的办法，撤走账房，到底是治标不治本。

温殊色又问方嬷嬷："三公子平常出去，要几天才会回来？"

方嬷嬷被她一噎，赶紧解释道："三公子平日很少夜不归宿，最近怕是被什么事情给缠住了。"

谢劭确实是被缠住了，被周邝缠住不放人。

从昨儿到今日，周世子一直坐立不安，先前兵器库被端，物证、人证已经送去了京都，周夫人虽托人找上了杨贵妃，尚不知道结果如何。

一事未平，庆州也终于传来了消息。

靖王被困住了。

一边是暴动的流民，一边是洛安的战场，靖王被困在中间，进退不得。周夫人已经派人过去支援，可远水解不了近渴，王爷如今到底是什么处境，一无所知，以他爱民如子的性格，一时半会儿不可能回来。

洛安不属于中州，乃太子所管辖的东州，这几年东州同西京的边界频发冲突，一场战事在所难免。可偏生就在这节骨眼上发生战事，到底是巧合还是居心叵测。

周邝虽不着调，但身在皇室，做不到烂漫天真："早不打晚不打，趁着庆州天灾，知道父王不可能不管，必会前去视察，想借此神不知鬼不觉地把父王解决在暴乱或是战场上。但他们可有想过庆州的百姓？已遇上了天灾，前方再来一场战事，他们可还有活路。一群疑心病的混账玩意儿，只知道玩弄歪心，真不是个东西！"

周邝一脸怒意，其余三人均不吭声，面色一团凝重。

真出事，凤城估计就是下一个间州府。间州府的节度使宣王，如今正关在京都的地牢。

平日里几人玩起来，无人能及，关键时候，却都知道轻重。

裴卿先发话："他要是敢打凤城的主意，就算粉身碎骨我也会上京都，亲手抹了他脖子，一并把母亲的仇也报了。"

裴卿说的是裴元丘。自从裴元丘去京都娶了王氏，害得原配沈氏活活怄死后，裴卿早就同他一刀两断，再无父子之情。

兵器库虽说是周邝弄的，可几人都有参与，谁都脱不了干系。铁公鸡崔哗难得大度一回："需要钱财的地方，你只管说一声。"

唯独谢劭一脸平静。听周邝唠叨了一夜，谢劭都睡了几回了，醒来还见他在叨叨，忍住困意安抚道："王爷当年能助陛下平定天下，什么阴谋诡计都见过，想要算计他怕是没那么容易，用得着你在这儿干着急？"

话音一落，周邝便回头看着他，目露幽怨："谢兄，你可不能背叛兄弟……"

谢劭：……又来。

"王爷难对付，但你这根傻子独苗就好对付多了，只要你一出城门，保准过几日就能送到炮灰前，让王爷为你拼命。"

周邝嘴角一抽，反驳："我有那么傻吗？"

"知道就别走来走去，回你府上好好休息，你不晕我还晕，只需派人守好城门，所有从京都过来的人，仔细排查。"

他们的目的乃中州，是以，目标根本就不在王爷那儿，而是如今的中州府凤城。但具体是什么阴谋，如今他也猜不出来，守好城门才是万无一失。

昨日四人原本是在醉香楼，被谢二公子一打扰，才挪了地儿，到了裴卿的宅子，虽说住得确实轻松，可也不能两日不归家。

崔哗同意："周兄，还是先回去吧，免得周夫人担心，等休息好了，脑子才能清晰。"

周邝也确实累了，终于散了场，听了谢劭的话，派人守住城门，严加防备。

各人回各人家，崔哗刚上马车，仆人便隔着窗同他汇报："公子，您让奴才收的那几家铺子的粮食，都在哄抬价格，要到了一百二十文。"

粮食往日从铺子卖出去给百姓，也才一百文一斗米。这群奸商，不外乎是见他开始收粮，个个心中都有了猜疑，想多捞点油水。崔哗逗了逗谢劭前几日送他的一只鸟，道："先不收。"

"洛安打仗的消息，传到凤城还要两日，先晾晾他们。你给他们说，要卖就卖，不卖就等着来年变成陈米，到时候等庆州旱灾一过，价格可就不是这个数了。"

"奴才明白。"

天色一黑，温殊色又拉着祥云出去散步。两人趴在墙头，高高的发髻与夜色相融，竖着耳朵听里面的动静。

先是谢大爷的说话声："今日传了消息回来，王爷被困在庆州，洛安又在打仗，怕是凶多吉少了。"

"周夫人呢,她是怎么打算的?"谢大夫人有些着急,颤声问,"她该不会要派你去庆州……"

"目前还没说。"谢大爷顿了一阵才道,"估计也快了。"

节度使出了事,作为副使不可能逃得掉。谢大夫人突然埋怨起来:"你说咱们跟他这么些年,出生入死的,也算是仁至义尽了……"

"慎言!"谢大爷一声打断她,"朝廷的事我心里有数,你顾好家就行,尤其是老大那儿,先找个人到京都打点好,租一处房产,把后顾之忧都安排好,等调令下来,立马送他去京都。"

谢大夫人说:"房产的事,你也不用操心,既然三少奶奶都说要去京都买房产了,咱们就让她买吧,到了京都先住进去,后面的事再说。"

果然,两个贪财又势利的人见了一面完全不一样了,先前的困局,茅塞顿开。

虽都在意料之中,却莫名让人寒心,主仆两人从树下爬下来,顾不得整理衣裙,一脸垂头丧气地往回走。

祥云突然想起了温家小时候的日子,喃喃地道:"奴婢有些怀念之前没钱的日子了,一家人虽辛苦些,但其乐融融,谁也别惦记谁的。"

温殊色眸子微微一动:"是啊,没钱就不会遭人惦记……"脚步突然加快,一边往院子里走,一边吩咐祥云,"你去打听一下,谢三到底什么时候回家。"

祥云正要应,一抬头便见对面亮起一盏灯火,灯火下有两人,前面提灯的是闵章,后面那位俊俏的郎君,不正是姑爷嘛!

温殊色也看到了,提着裙摆迎了上去。

谢劭一身疲惫,刚拐过游廊,便看到了一位小娘子快步朝他奔来,模样似是迫不及待地想要见他。

这一幕倒不陌生,前儿才上演了一回,可今日再瞧,许是她手中多了盏纱灯的缘故,暖光一照,与上回的感觉便也不一样了。

这感觉不得不让他多想,她是在等他?突然想起崔晔说的那句"咱们都两日没回家了,你们家人就不惦记吗",他好像有人在惦记。

小娘子很快到了跟前,他这才留意到她身上的衣裙有些狼狈,手肘的白纱上沾了些脏污,裙摆也有,鬓发上甚至还挂着树叶。

嘴巴比心快,他劈头便问:"你在地上打过滚?"

温殊色一噎。

"跌了一跤,不碍事。"小娘子说得脸不红心不跳,一点都没有回避,当着他的面拍了拍裙摆,又抬手整理了鬓发,不等他再开口,先同他道,"郎君,我有事同你商量。"

谢劭盯着她高髻上的树叶:"何事?"

小娘子走在他身旁，提起灯笼替他照路："我打算囤点粮食。"

洛安在打仗，庆州又正值旱灾，囤点粮食确实不错。谢劭点头："钱在你手上，想做什么，自己决定就好。"

"真的？"小娘子嘴角一弯，露出里面几颗贝齿来，那笑容邪门得很，突然让人心情愉悦。

他洒脱地道："千真万确。"

小娘子松了口气："郎君，那以后我就自己做主了。"

"嗯。"

她又继续问："可要是我哪天生意失败了，把咱们的家产都亏光了，怎么办？"

自己有多少银子，谢劭心里有数，再加上温家的家产，两座金山，她有那个本事都亏光？

他当她是畏首畏尾，于是给她吃了颗定心丸："亏光就亏光，还能怎么办，再赚便是。"终究还是没忍住，他转过身一把擒住小娘子的胳膊说了句，"别动。"抬手把她头上那枚树叶给摘了。

胳膊被人擒住后，温殊色惊了一跳，转过头，一只宽袖突然抬了起来，几乎把她的视线都挡完了，藏色的蜀锦上绣了白鹤，袖口的一颗鹤头正对着她，离得太近，鹤鸟那双炯炯有神的眼珠子与她瞪目相对。呆愣片刻，没等她回过神，鹤头便亲在了她脸上，丝滑的锦缎盖上面部，口鼻瞬间被一股清香包围，他屋子里的熏香与她的一样，都是龙涎，可味道却截然不同，仿佛那熏香融合在他身上，被他的体温一熏染，变成了独一无二的幽香。

不似花儿的浓郁芬芳，倒是像春风不经意拂过鼻尖，不知从哪儿带来的一缕混着百草的不知名花香，清淡却勾人神往。

他怎么能这么香。上回在温家也被他这般唐突了一回，她心底暗叹，男人除了姿色，果然味道也挺能迷惑人心。

他把她头上的树叶摘下来，若无其事地递给了她，而她也鬼使神差地摊开手，让他把那枚绿叶放在了自己白嫩的掌心上。一片普通的红杏叶子，还被虫吃出了几个小洞，实在没什么美感，鼻尖的清香慢慢散去，涟漪也没了。

小娘子瞧了片刻，扬起手扔在了旁边的花草丛里，重新提灯往前。

谢劭借着她手里的光跟上脚步，这才发问："你怎么会在这儿？"就为了问他要不要囤粮？

结果小娘子想也没想："等你啊。"

得到了一个意外的回答，却又甚合心意，他负手抬头，凉风一吹神清气爽，再看头顶的大玉盘，又亮又圆。

想起昨儿在裴卿府上将就了一夜，几人熬到半夜，连个前来问候的主子都没，确实有些冷清。小娘子虽然凶了点，但胜在精神旺盛、热情。自己到底同那三人有所不同，他是个有家室的人，转头同小娘子道："最近我比较忙，下回要有事让人给闵章带个信，不必过来等。"要是他今夜不回来，她岂不是白等了。

　　小娘子却道："郎君忙你的，我就这么一件事，以后没事找你了。"

　　谢劭哑然。

　　她也很忙，有了他那句话后，她便没了后顾之忧，彻底地放了心。路上也没了兴致同身旁的郎君搭话，脑子里不断地筹谋，到了院门口，她把手里的灯一收，撂下一句"郎君早些歇息"，头也没回，着急地进了屋。

　　晴姑姑和方嬷嬷守在门口，正好奇这大晚上，三少奶奶到底上哪儿去漫步了，却意外地看到她和三公子一道回了院子。

　　方嬷嬷眼睛一亮："亏奴婢和姑姑白担心了一场，原来三少奶奶是去寻……"

　　"嬷嬷，麻烦把账本拿过来。"方嬷嬷还没得及惊喜，便被温殊色打断，"点一下库房里的现银，明儿一早我要用。"

　　方嬷嬷见她如此着急，疑惑地问："三少奶奶要置办东西？"

　　温殊色点头："对，我要买粮。"

　　那日顾姨娘过来说的话，方嬷嬷也听到了，天灾人祸，确实适合囤粮。她问："三少奶奶需要多少银子？"

　　"库房所有现银。"

　　谢家二房那库房的所有现银，可不是个小数目。

　　三人一愣。

　　晴姑姑和祥云对她的这一幕，简直太熟悉了，唬了一跳。

　　晴姑姑忙劝道："娘子，今儿晚了，要不咱们明日再说……"

　　"来不及了。洛安打仗的消息最迟后日便能传到凤城，我看凤城这边的粮食铺子还没什么动静，崔家估计是在压价，咱们得趁这之前，把所有的粮食都买下来。"不顾几人脸上的错愕，温殊色吩咐道，"去把安叔叫来，让他带几个人夜里跑一趟。"

　　她铁了心地要买粮，三人一时也不敢吱声，相互对望了一眼。还是晴姑姑小心翼翼地问了一句："娘子，是同姑爷商量过了？"

　　温殊色点头："他同意。"

　　晴姑姑又是一阵呆愣，这位姑爷的心可不是一般的大，库房所有的现银，那得买多少粮食……

温殊色这边忙得不可开交，心大的谢劭被周邝缠了两日，早已一身疲倦，回屋后洗漱完早早躺去了榻上。

好不容易睡个好觉，翌日天才麻麻亮，东屋便传来了动静，"砰砰砰砰"忙得底朝天，谢劭被吵醒，烦躁地掀开被子，问门外的闵章："怎么回事？"

闵章推门进来禀报："三少奶奶在运银钱买粮。"

昨夜温殊色同他说过，谢劭并未在意，耳边吵吵嚷嚷，睡是睡不着了，起身洗漱穿戴好，想起最近的几件事，到底不放心，打算去城门口转转。

前脚一出门，后脚温殊色便让人把他库房里的银钱一箱子一箱子地拉出了府。实在太早，府上的人都没反应过来。

这几日，谢家大夫人心头有事，睡得不是很踏实，早上起来得也晚，见日头都照进屋里了，赶紧让碧云替她梳妆。

自从谢大爷同她说了凤城的局势后，谢大夫人心头就没有一刻安宁过，白天夜里都在想着凤城要真出了事，怎么把一家老小安全送出去。按照她的主意，老大的调令一下来，先把老大送去京都。等他安顿好了，让二房出银钱，老大在京都打点好人脉，稳妥了后，再想办法把谢家这边的家产全转移出去。到时候就算凤城当真乱了起来，有老大那条人脉在，大爷能保下来，谢家二房的银钱也没损失。

谁知这二房，一个不着调，另一个更不靠谱，全然不顾大局，死死地把银钱抓在手里不放。三少奶奶去置办房产，让他们租赁？一家人，她倒是开得了口，想用他们的银钱替她养着房子，她再拿去买，最后钱都装进了她的口袋。她还能再想得美些。

本以为京都的房产是没着落了，昨日同温家大夫人见了一面后，结果柳暗花明又一村，倒是不谋而合想到了一处。

她要买就买吧，等他们人住进去后，给不给银钱，那就是他们说了算。等收拾好，谢大夫人便匆匆去了谢老夫人院子里，去催问，三少奶奶打算何时去京都置办房产。

等谢大夫人赶到宁心堂，温殊色正巧也在，同谢老夫人坐在院子里，边喝着茶边聊买粮食的事。

谢老夫人远远便瞅到了谢大夫人的身影，待人走到跟前了，假装没看见，继续同温殊色道："今年又是天灾又是人祸，也不知道明年的天时怎么样，囤粮食倒是挺好……"

谢大夫人听得云里雾里的，并没留意，一心想着她的房产，同谢老夫人见了礼，坐下来接过南之递来的茶盏，揭开盖儿，抿了一口，又听温殊色道："祖母放心,等过几日,粮食肯定翻倍……"

这回谢大夫人听出来了,盖上茶盖儿,随口问了一句:"殊色要囤粮?"

温殊色点头:"伯母还不知道吧,洛安那边要打仗,庆州今年又遭了干旱,各地的粮食已经有了上涨的势头,等到战火一起来,必然会翻倍,如今趁着消息还没出来,我把库房里的银钱都拿去囤了粮,伯母手里若是有钱,也可去买些来囤着。"

谢大夫人眉心一跳。她怎么不知道,她早就知道洛安要打仗,不仅知道洛安要打仗,还知道凤城也要大乱,她恨不得把粮食换成银票呢,三少奶奶居然还敢买粮。

买来有何用,等着被朝廷的兵马抢?没太明白三少奶奶所说的库房里的银钱到底是多少,谢大夫人确认道:"你买了多少?"

温殊色一脸红光,丝毫不卖关子:"库房所有现银都拿去买了。"

心口陡然一沉,谢大夫人总算明白了温家大夫人口中那句败家子意为何,谢大夫人的脑子一阵晕厥,颤声问她:"上回你不是说要去京都买房……"

"啊……"温殊色想了起来,摇头道,"如今不买了。"

谢大夫人瞪眼看着她。

"伯母信我,最迟明儿凤城的粮食肯定翻番,咱们等这一波粮食卖了,再去京都,之前的银钱能买一套房产,等过一阵,咱们的银钱买五套十套都有可能。"

她想得有多天真,谢大夫人抽了一口气,无望地看向旁边的谢老夫人:"母亲……"

"殊色说得没错,民以食为天,粮食不管什么时候都缺不得,买卖不会亏。"

谢大夫人差点就背过气,这一老一小,什么都不懂的愚蠢之人,这个家迟早要被他们败了。

"谢家经营的一向都是水粉香料,从来没碰过粮食,有买卖就有亏损,这么大的事,怎么着也得等二爷和二夫人回来了再决定。你不过一个新妇,你有什么资格……"

温殊色打断她:"伯母的钱不想拿来买粮食,去京都买房产也挺好,等以后我们到了京都,还能有个落脚的地方呢。"

这是说没资格插手的人是她。谢大夫人气得眼睛发黑,赶紧出去找谢大爷,让人传话:"这回老三是真的要让那新妇把家底败光了。"

谢大爷正在同周夫人商议如何接应王爷,无暇顾及,晚上也没归府。

到了第二日,谢大夫人等不住了,叫了一辆马车,亲自跑一趟去找谢大爷。

一出府门,便见外面乱哄哄吵成了一团,碧云上前去打听,片刻后回来,便慌慌张张禀报道:"大夫人,凤城的铺子里买不到米了。"

这一来,倒是越发肯定了那败家子当真是把库房里的银子都扔了出去,那么多的银子砸下去,市场上哪里还能有米卖。

谢大夫人猛捶了几下心口,半点力气都没了。

当日,谢大夫人也没见到谢大爷,谢大爷和周世子,还有谢家大公子一道去守城门了,哪里有空理会她。

崔家也乱成了一锅粥。

崔哔原本厌恶米铺的老板趁势涨价,想压一天的价,结果才半日呢,底下的人就急急忙忙地找到了他,说是铺子里的米让人用高出他们二成的价格,全部收走了。

崔哔以为自己听错了。他崔家在凤城做了几十年的米粮生意,能有这个能力一口气连铺子里的陈米都收购光的,不是他吹,只有他崔家。

崔哔眯着眼睛问:"谁收的?"

底下的人看了他一眼,欲言又止。

崔哔气得一脚踹了过去:"问你话,吞吞吐吐,成姑娘了?"

小厮机灵地躲闪开,结巴地道:"谢、谢家。"

谢家?崔哔又愣了,怀疑地问:"哪个谢家?"

可小厮的表情却很明白地告诉了他,凤城除了他的好兄弟谢劭,还有哪个谢家有能力同他抢生意。

崔哔摸了一把自己的额头,立马出去找谢劭。

谢劭正躺在城门口不远处的茶楼里睡回笼觉,崔哔杀气腾腾地冲上来,将他面上盖着的芭蕉扇揭开。

"谢兄,你这是要来抢兄弟的饭碗啊。"

府上吵,出来了还被人吵,这是诚心不让他睡觉,谢劭睁开眼,没什么好脸色,目光凉凉地盯着崔哔。

崔哔看着他眼底下的乌青,知道这人是没睡好,一时心虚,又把扇子给他盖了回去,嘴上却没停:"不是,你们家不是一向只做水粉和香料生意吗,怎么突然买卖起了粮食?"

半晌后,谢劭才慢慢地坐了起来:"说人话。"

"我这不是个大活人吗?"崔哔激动地道,"我本打算压一天米价,可你昨儿半夜就派人上门,一家一家的去敲米铺子,一夜之间,居然把粮食都抢光了,今日米铺子个个都关了门,没米卖……"

谢劭睡眼惺忪,瞌睡到底是醒了一些,显然他昨夜对小娘子所说的囤点粮,有些误会,没理解那个"点"的意思。

见他一脸迷茫，崔晔更吃惊："谢兄不知道？"

买了就买了，横竖米都在凤城。谢劭揉了揉眼窝，道："估计是你嫂子买的。"

崔晔脑子里立马响动了一串银铃笑声，忍不住打了个寒战，疑惑道："温家这么有钱？半个凤城的米，得多少现银……"

谢劭懒得听他在这儿嚷嚷，说："我已把库房交给她了，她管家，你要找找她去。"

崔晔：……果然是个败家子。

崔晔这头还没鼓起勇气去找人，温殊色倒是主动找上了门来。

当日下午崔晔正在楼上算账，听小厮说谢家的三少奶奶来了，一时没反应过来，三少奶奶是谁。小厮提醒道："温家二娘子。"

崔晔一愣，瞬间醒了神，急急忙忙下了楼，见果然是那位神清气爽的小娘子，客气地把人招呼进来："嫂子怎么来了？"

温殊色扫了一眼他的铺子："忙吗？"

"不忙。"见她一直盯着铺子里的胭脂看，他不确定她今日来的目的，问道，"嫂子今日是要买什么吗？"

温殊色开门见山："咱们做一笔买卖吧。"

米都让她买完了，他还有什么买卖可做，水粉香料，都是他们谢家的天下。崔晔有气无力地道："我这也没什么让嫂子看得上的……"

"有啊。"温殊色回头冲他一笑，"我买你崔家的米。"

崔晔哑然。

第二日，米价如温殊色所料，价格瞬间涨了起来，几乎没有哪个人家肯卖，价格还在不断地往上升。到了第三日更离谱了，就连谢大夫人听到碧云报出来的天价，都生了怀疑。一斗米竟比之前多了三十钱。相比之下，确实比去京都买房产来得更快，谢大夫人忙问碧云："三少奶奶买了多少粮食？"

"除了崔家的，半个凤城的都在她手上。"碧云也不知道具体多少，只道，"咱们府上的空院子都快被占了，还没搬完呢……"

谢大夫人让碧云带着她亲自跑去看了一眼，一麻袋一麻袋的大米堆在房间内，还在源源不断地往里送。一斗米就算按如今的三十钱的利润来算，苍天啊，那么多粮食，得多少钱……

谢大夫人胸口突然跳了起来，吩咐碧云："你派个人去外面盯着。"

派出去的仆役一个时辰报一回市场上的米价，每回都不一样，又过了一日，一斗米已经飙升到了二百钱。

谢大夫人心头一阵激动，还真如三少奶奶所说，短短两日竟然翻了一倍，照这个涨幅趋势，就算凤城要乱，也能在乱之前，赚上一大笔银钱，再去京都买房产，可就不是一千多贯的房产了，自然是五千多贯的好房子。

谢大夫人彻底坐不住了，打听到温殊色在谢老夫人那里，赶紧跟了过去。刚进门，便听里面的温殊色道："我打算把凤城的铺子暂时都押出去，温家祖母那边也同意，昨日我便把温家的茶楼和水产铺子都抵押了出去……"

把温家的铺子都押出去了？

谢大夫人一愣，心道简直太疯狂了，可转念想到如今粮食的价格，又觉得能理解了，伸手可得的利润谁不心动。

谢大夫人假意来问粮食的情况，实际也是想借机打听，这位三少奶奶除了谢家院子里的那些粮食，到底在外还囤了多少。

温家的铺子都抵押出去了，那这凤城的粮食，恐怕大半都在她手上了。

可这些她还不知足。

谢大夫人进去后，又听温殊色同谢老夫人在商议抵押谢家的铺子。谢老夫人道："我谢家的胭脂和水粉铺子，没有搞崔家的那些个名堂，自来走的是薄利多销，利润本身就低，一年到头也赚不了几个钱，能抵出去就抵出去吧。"余光轻轻地瞟了一眼谢大夫人，同温殊色道，"等将来你那粮食一卖，顶开十年的铺子了。"

温殊色轻轻点头，端坐在圆凳上，脸颊上带着微微的红晕，一脸的春风。

现银没了，铺子再押出去，谢家可不就什么都没剩下？

谢大夫人没想到两人会如此大胆，心头总觉得不踏实："这鸡蛋都放在一个篮子里，万一……"

"囤的是粮食，人人都离不得的东西，还有什么万一。"谢老夫人打断她，"这回的粮食要是赚了钱，承基在京都置办一套房产还不容易，都是一家人，能帮的就帮，我相信等二房哪日遇到了困难，你们应该也会拉扯。"

谢大夫人一愣，待反应过来，心头便是一阵狂喜，扯了扯手里的绢帕，笑了一声道："瞧母亲这说的什么话，一家人的事，我和他大伯还能不管？"

谢大夫人以为谢老夫人说的是官场上的玄机。虽说谢二爷贵为仆射，可那都是过去的事，如今辞了官同普通百姓无异，等老大将来去了京都，有了一番作为，将来的谢家便得倚仗他们大房。二房的银钱再多有何用，没有背景护着，只会遭人眼。

他们能想明白最好。

有了谢老夫人今日这句话，且三少奶奶也在场，再也抵赖不了，谢大夫人情绪高涨，仿佛京都的房产已经到了手，说话也轻快了起来。难得聊了一炷香，从谢老夫人屋子出来，谢大夫人阴霾了几日的脸色，终于见了晴："我得去问问大爷，洛安的战事如何了……"

第三日，洛安与西京战火拉开的消息便传来了。

米价疯狂地往上涨。

二百钱，二百二十钱，二百五十钱……

外面的人在米铺子前排着长队，而谢家院子里堆积的那些大麻袋，每天都在疯狂增值。不止大米，小麦等只要是粮食，温殊色都开始以高价囤来，又让人在外面搭建了十来个粥棚，百姓人人都可前去免费领粥，唯独不卖。

谢大夫人知道后，还心疼了一场，那熬的是粥吗？是白花花的银子。每日都有人同她汇报几次米价，看着数目不断地往上飙升，谢大夫人心头"怦怦"直跳，兴奋得连眼睛都合不上了。虽说银钱落不到自己身上，但也是在谢家，二房的官运到了头，大房的才刚开始，等往后去了京都，一切还不是他们说了算。

第五天，米价已经涨到了三百钱，谢大夫人受不了刺激，去找温殊色，商量着要不开始往外出些吧。

温殊色却不急："再等等，这不是一直还在涨吗……"

谢大夫人一直担心上回兵器库的事，京都朝廷来削藩，把粮食抢走，那可就一分都收不回来了。一边又确实如温殊色所说，米价还在不断地往上升，早卖一日，便要亏上好些钱，一时之间陷入两难，只能使劲儿找谢大爷打听朝堂的动静。

谢大爷也答不出个所以然。

王爷被困在庆州的消息传回来后，周夫人并没让谢大爷去城外支援，只让他和周世子一道守在了城门口。庆州本就是旱灾，再加上战乱，前方的消息来得缓慢，谢大爷也不清楚是什么状况。

到了第八日，谢大夫人再也坐不住了，又去找温殊色，人刚走出院子，便遇到了从外回来的谢大爷。见他行色匆匆，谢大夫人受不了刺激，捂住心口小心翼翼地问："怎么了？"

谢大爷怕把她吓出个好歹来，直接道："兵器库的事已经解决了，宫里的杨贵妃出面相保，陛下没治罪……"

今日京都的人刚传回来的消息，周世子接的，他也在，都听明白了。

裴元丘确实把人证和物证都带到了京都，在早朝上公然揭发靖王私造兵器，企图谋反。

铁证如山，太子殿下当场自请前往中州讨伐，谁知杨贵妃的父亲杨大人却横插了一句话："臣倒以为其中有误会。"

"谁家里没有个砍牛宰羊的刀具，不过是几样小孩子玩耍的刀枪，岂能算得上兵器。"杨大人蹲下来,和气地问兵器库的管事,"你别怕,王爷从小便跟着陛下走南闯北,马背上一道打天下,是君臣,也是感情深厚的父子,陛下绝不会冤枉你们王爷,我只需问你几个问题,你如实回答便是。"

管事被裴元丘带了这一路,面容憔悴不堪,趴在地上,头都不敢抬。

杨大人问他:"有哪些兵器?"

管事的颤抖地道:"刀枪都、都有……"

"枪有多少?"

"四、四万多。"

"四万多少?你既然管兵器库,对这些应该了如指掌,你精确到零头。"

"四万、五、五千八……"

"长枪还是短枪?"

"都有。"

"都是红缨枪?"

管事的点头。

"刀呢?是什么样的,有多长?"

"三尺。"

"刀有多少数量?"

管事的一顿:"也是四万多。"

"四万几?"

"四万六千七百八。"

"如此看来,确实是靖王生了谋逆之心。"杨大人缓缓站起身,突然又偏过头质问,"多少杆枪?"

那管事的被他冷声一呵,又慌又怕,脑子里哪里还记得那些数字,磕磕碰碰地道:"四、四万六千、六千五……"

一个人只有说了真话,第二次才不会说错。

杨大人一笑,抬手同皇上鞠躬,朗声道:"陛下,证人怕是已经被屈打成招。"

裴元丘变了脸色:"杨大人这是何意?"

杨大人不理他,直接同管事的道:"今日陛下在此,你若敢有半句假话,别说什么妻儿,就凭你欺君之罪,诬陷皇亲之罪,陛下今日也能诛你九族。"

管事脸色苍白,瘫在了地上:"奴、奴才……"

裴元丘原本的打算,就算讨伐凤城不成,也能借此看看皇上对靖王到底是什么态度,结果竟然被这姓杨的莫名横插一脚。虽说他已做好了万全的准备,确保管事的不会供出他,可这一来,他的一番功夫岂不是白费了。

果然那管事的咬破了嘴里的毒药，倒在地上打滚挣扎，还没等宣太医的太监赶出去，便没了动静。裴元丘一声冷笑："杨大人这是活活把证人逼死了。"

"我逼死的？逼死他的不是在他嘴里藏药的人吗？"杨大人也是个硬骨头，直接当着皇上的面，同裴元丘杠上，"人是裴大人带上来的，裴大人应该最清楚。若非裴大人所为，那肯定就是裴大人被骗了，有人试图挑拨陛下和靖王的关系，让父子两人兵戎相见，此番用心，当可诛啊。"

这杨家和皇后王氏算起来还是表亲的关系，裴元丘怎么也没料到杨家会突然与他作对，一时没个防备，倒吃了亏。尽管如此，他面色却不慌不忙："此人乃我归乡之时主动上门告发，我大理寺办案提取证人无数，莫非个个都是臣找来的？"

这固然把自己撇了个干净，可大势已去，众人心头必然也有了掂量。

太子的脸色不太好看。尤其是听到皇上发话："此等蝼蚁小人，都敢诬陷我大酆的王爷，看来是把朕当成了傻子，朕惶恐至极！如此一来，朕不得不怀疑，先前入狱的两位王爷，莫不是也蒙受了冤屈。"目光扫向大殿上的裴元丘，寒声道，"大理寺乃我大酆律法的断定者，若是追查不清，断错了案，天下岂不是要大乱。"

裴元丘心头一跳，掀袍跪下领罪："臣失察，请陛下降罪。"

皇上倒也没治他罪，只撂下了一句："好好自省吧。"便散了朝。

走了一段，太子便追了上来，诚恳地道："父王放心，儿臣必当查清此事，还靖王一个公道。"

"太子能有此心，朕甚欣慰。"皇上看着他，也不知道是在敲打他还是自己的无意之言，"将来的江山社稷，最离不开的便是你的这些兄弟，万莫受人离间，砍了自己的左膀右臂。"

事情一了结，杨贵妃便立马派人到凤城报信。

周世子收到信后，一阵狂喜，转身便往王府赶，去向周夫人汇报。

这事已经揭了过去，看朝廷这回的意思，似乎没想对靖王削藩，城门口也不必设防。

温姝色囤粮的事儿，全凤城都知道，谢大爷这几日被谢大夫人追问得心烦，有了消息便亲自回来相告。

谢大夫人悬着的心终于落了地，双手合十念叨："神仙保佑。"若当真要削藩，谢家作为凤城副使，怎可能毫发无伤。

重则家族覆灭，轻则也得伤筋动骨。

不削藩粮食便安全了，眼下就等着出手卖一个好价钱，赚他个盆满钵满。谢大夫人忍不住兴奋，拉住谢大爷，神秘地问他："老爷，你可知道如今粮食的价格？"

谢大爷怎么不知道,已经翻了三倍之多,周夫人也正在头疼呢。

"赚得也差不多了,赶紧让老三卖了。"这等国难之财,万不可闹大。

"知道。"

到了第九日,米价已经到了三百五十钱,还是一斗米难求。

别说谢大夫人,一向稳沉的方嬷嬷和晴姑姑都开始急得打转,晴姑姑也不知道自己问了多少回:"娘子,咱们什么时候卖?"

温殊色坐在院子里的梨花树下,面色平静地看着对面的长廊。

日正时,祥云终于出现在了长廊下,一边提着裙摆,一边冲这边的温殊色道:"娘子,人来了,来了……"

温殊色这才从椅子上起来,让方嬷嬷在门口把风,只叫了晴姑姑和祥云进屋。

"晴姑姑很久没回家了吧,你回一趟家探亲吧。"

晴姑姑一愣:"奴婢哪里有家。"她成亲两回,两回都死了夫君,成了村里出了名的克星,父母兄弟个个都不待见她,当年丢了个包袱给她,已经发了话——"死也死在外面,别回来连累大家。"

后来她到了凤城,有幸遇到了温家老夫人,要不是温老夫人给了她一口饭吃,她早饿死了。在她心里,温家就是她的家,温家的主子就是她的家人。

温殊色却道:"你有家。"她同祥云使了个眼色。祥云转身进里屋,从床底下掏出一个大包袱,递给了温殊色。

温殊色让晴姑姑坐在自己跟前:"姑姑也算看着我长大,我自幼丧母,被祖母抚养大,她辛苦了一辈子,拉扯了三代人,我不想她晚年还要被银子磨心。

"父亲常年在外,连在祖母跟前尽孝的机会都没,我常常想,这样的日子到底值不值得,大伯一家指望着他能多赚点,可银钱这东西不管你有多少,都不会有人嫌多,多赚点到底是多赚多少?只要山河还在,有人在,银钱便赚不完,与其被人指望,倒不如一下没了干净。"

晴姑姑往日从未见二娘子这般说话,突然听见她这席话,方才知道二娘子瞧着不着调,实则心里头明白着呢。想起温老夫人平时总说,不知道二娘子何时才能长大,晴姑姑一下湿了眼眶,温声问:"娘子是有什么主意吗?"

"仓里的粮食我不会卖,明日过后,我谢家和温家将会彻底破产,身无分文。"没等晴姑姑细想,温殊色便把那包袱推给了她,"姑姑是祖母身边的人,我信姑姑,这些银票你拿上。待会儿会有一辆马车在西边角门外候着,谢家老夫人安排好的,安叔也在里面,你拿着去京都买几套房产,余下的钱存到京都的钱庄。记住谁也不能说,包括祖母和姑爷,这次出府你只是回老家探亲。"

晴姑姑呆住。

祥云替她把包袱打开，只见里面一张一张的银票，全都是一千两的大额。

晴姑姑惊了一跳："娘子不是没钱了吗？"

米价涨起来后，温殊色如同魔怔了一样，还在不断地囤粮，温家的铺子、谢家的铺子，手里能抵押的东西都抵押了过去，眼里只有粮食，谁会怀疑她还藏了银钱。

粮食的价格一会儿一个变化，短短十日已经上了天价，也根本没人知道她到底花了多少本钱。

晴姑姑瞬间明白了，肃容道："娘子放心，老奴一定把事办妥。"

半个时辰后，外面便翻了天。

谢大夫人接到消息时正歪在榻上，连鞋都差点忘了穿，一路急急忙忙杀到了温殊色院子，进门就问方嬷嬷："三少奶奶呢？"

听到了动静，温殊色坐在安乐椅上索性闭着眼睛假寐，谢大夫人掀开帘子进来，不顾她有没有睡着，上前便嚷道："你赶紧把手里的粮食放出去，越快越好。"

温殊色睁开眼睛，一脸疑惑："怎么了？"

"怕是已经来不及了。"谢大夫人没工夫同她解释，"记住，待会儿不管谁来要粮食，你都不能给。放心，只要你和老三不松口，外面有我和你大伯父顶着……"

话音一落，外面的方嬷嬷便进来禀报："三少奶奶，老夫人让你过去一趟。"

谢老夫人多半也知道了。

谢大夫人生怕两人心软，继续同她道："咱们平日该纳的税一分没少，打仗就该国库拨发粮草，这会子求到咱们这儿来，咱们能有什么办法？那粮食都是白花花的银子买来的，他们想要，便按市场上的价，收购回去。"

谢大夫人本以为朝廷不削藩，便能太平了，谁知洛安的战火竟然越来越烈。太子起初发兵，并未当真想要挑起战火，按照以往的经验，不过是一场摩擦，结果西京这回动了真格，派大军与其周旋。并非真心要打仗，粮草准备得不够充分，三日后前线的粮草便开始告急。

而太子那边却迟迟没有动静，领地不能失，人不能撤，更不能饿着肚子上战场，大军只得派出几队人马去各处讨粮。其中一队人马到了庆州后，见有天灾，只得继续往前来了凤城。

人一个时辰前进的城门，一进门便去王府找了周夫人。

谢副使和谢县令都被叫去了王府，谢大爷第一时间让人给谢大夫人递了消息。两人一面往谢老夫人屋里赶，谢大夫人一面还在叨叨："要不怎么说，一个家里怎么着也得有个当官的人呢,你那一堆粮食看着是亮眼,但也惹人眼,这回要是没你大伯和大哥护着,指不定就保不住了。"

就老三那纨绔性子,能是个靠得住的人?这么大的事,这几日连人影子都没看到,也不知道醉在了哪个楼里。

米价涨起来的第二日,谢劭便同裴卿一道去了城外。王爷被困,谢大爷负责守城不能出城,周世子更不能出城,但王爷那边总得有人去打探情况,周邝不放心手底下的人,找上了自己的两个兄弟,求爷爷告奶奶把两人送出了城。

是有好几天没回府了。

温殊色点头赞同:"伯母说得对,家里确实不能缺个当官的。"

想起之前她那股执拗劲儿,如今还不是低了头,谢大夫人心里生出了几分得意,摆出当家主母的样来,带着温殊色到了谢老夫人屋里。

洛安的兵将上门来讨要粮食一事,迟早得找上谢家的门,谢老夫人把两人叫过来,问她们的意思。

温殊色还没表态,谢大夫人先插话,坚决不同意:"我谢家已经在凤城搭建了十几个粥棚,每天都在赔着银子做善事。凤城的百姓便也罢了,东州战场上的兵马,那是太子殿下的管辖之地,跑到咱们这儿来要粮食,这不是好笑吗?战场那就是个无底洞,谁知道要打多久,咱们捐一点半点,也是杯水车薪,解决不了问题,关键还得靠朝廷的粮草到位。"

这话是谢大爷让人带回来给谢大夫人的原话,当着周夫人和那位将士的面,谢大爷也是同样的说辞。

凤城不过是个节度州,庆州本就干旱,王爷赈灾还未回府,哪里有粮食支援战场。

前来的将士自称姓魏。

乃东州一名兵马都监,正八品的小官。他也知道自己不占理,不过是走投无路,前面打仗的将士不能没饭吃,见谢副使如此说,便给周夫人跪下:"晚辈今日前来,乃情势紧迫,实属唐突,还望夫人见谅。但外敌当前,我大鄮的将士们尚在战场上以命相搏,夫人若能想到法子凑出一些粮草,魏某感激不尽。"

周夫人忙让他起来,却同谢大爷有一样的顾虑。东州是太子的领地,中州的庆州又是天灾,他们自顾不暇,哪里还有余粮拿去外援。但人已经求到了自己面前,总不能一点都不给。

"我府上的粮食,你拿走一半。"

如今凤城的粮食一斗米难求,王府上下每日也要吃,能给一半,已经是周夫人的仁慈。

见周夫人如此说，一旁的粮食大户谢大爷顿时被架在了火堆上，思忖一阵，便也跟着承诺："我谢家出十担。"

周夫人目光轻轻一敛。

谢家囤粮她自然知道，听说那位三少奶奶把谢、温两家的铺子都抵押了出去，全部买了粮食。起初她还担忧过，怕那位三少奶奶搅乱了凤城，可这十几日过去，对方一没把粮食运出城外，二没饿着百姓。不仅没饿着百姓，还免费设粥棚，除了百姓买不到粮食，这凤城和以往没什么不一样。靖王坐镇中州后，大兴贸易，一向提倡买卖自由，只要没把凤城搅乱，她便没理由去追究。

至于谢大爷要捐多少，那是他们谢家自己的粮食，她无权干涉。

两人似乎都给出了自己能力所及的支援，但这些对于战场来说，实在是起不了什么作用。

周夫人看出了魏都监的为难，便道："这样吧，你要是能有什么办法让百姓捐粮，我不干涉。"

魏都监行礼谢恩，出了王府后便立马带着自己的人，蹲在了城门口向百姓讨粮。

谢大夫人好不容易与谢老夫人、温殊色通了气，一粒都不给，接到谢大爷的消息，如同被刀子割了肉，十担粮以如今市场上的价格得卖多少银钱啊！心疼了好一阵，可既然谢大爷已经许诺了出去，也只有同意的份。

温殊色没什么异议，让人抬出了十担大米，自己跟着一道拉去了城门口。

到了城门口，远远便见前面围了不少百姓，路被堵得水泄不通，温殊色让人把马车停在了巷子里，推开车窗往外瞧。

人群哄闹，吵成了一团。

"咱们凤城自己都没米呢。"

"可不是，哪里有东西捐……"

"知道大家为难。"人群前一道男子的声音高亢激昂，"但我大鄼的将士如今正在前方保家卫国，流血流汗，咱们不能让他们饿着肚子上战场同敌军拼命，无论多少都不拒，魏某在此先跪谢各位父老乡亲。"说完，他当真"扑通"一声跪了下来。

人群并没有他预料中的感动，个个缩着脖子往后退。

温殊色没再看，放下了车帘，突然觉得有几分寒心。

靖王治理中州后，一心系在百姓身上，这么多年造福凤城，穷了自己富了百姓，街头上的小娃哪个不是胖墩墩的，茶楼酒馆里一堆大腹便便的老爷。

庆州虽说遭了旱灾，但凤城没有，春季一过，稻谷一插上，过不了几个月，秋季又是一场丰收,谁家里没点存粮?就拿那粥棚来说,搭起来的前两日人多,后来越来越少,吃了几日白粥,都受不了了,还是回家吃自己的好酒好菜香。

粮食的价格能飙升到今日的价格,不过是自己压着粮不放,故意炒出来的,当真要拿出去卖,又有几个人会买。

温殊色让人把粮食送过去,自己也带着祥云下了车。

因这一场粮食大战,温殊色在凤城算是出了名,百姓私底下还给她取了一个外号"米娘子"。

温殊色从人群堆里挤过去,在场的百姓不少都认得她,纷纷让开了路。

魏都监还跪在地上,天色慢慢地暗了下去,头顶已蒙了一层灰。年轻将士最初脸上的那抹活力和朝气终究暗淡了下去,心中正失望,突然见到一位充满活力的美貌小娘子,神色竟有了几分呆愣。

"起来吧,你就是对他们磕头,他们也不会给你,何必损了你将士的气节。"温殊色让身后的小厮把人扶起来,回头指着后面的一辆马车,同他道,"我是来给你送粮食的。"

见他半天没反应,她抬头一看,人已经定在那儿。

高兴傻了吧,温殊色唤了他一声:"将士?"

魏都监猛然醒了神,忙拱手赔礼道:"多谢小娘子,不知小娘子如何称呼?"怕引起误会又赶紧解释,"某好铭记在心,让将士们记住小娘子的恩情。"

没等温殊色回答,身旁一位百姓先扬声答:"她就是咱们凤城的米娘子。"

"想要粮食,找她啊。"

"谢家的三少奶奶,咱们凤城的粮食都在她手上。"

…………

魏都监面露惊愕。

在这儿站了一个下午,他自然也听百姓说了,这城中粮食都被谢副使家里的三少奶奶囤走了,本以为该是位年纪稍大的妇人,没想到是这般年轻的小娘子。

见百姓替她报了名,温殊色也懒得自己再开口了:"将士不必言谢,今日谢副使答应了给将士十担粮食,都在这儿了。"

十担粮食,对于囤粮的谢家来说,实属九牛一毛。

可先前谢副使已经同他表明了态度,不愿意多给,他也无法强求。

魏都监再次致谢,温殊色却没急着走,让祥云把周围的百姓驱散后,望了一眼他空空如也的身后,好奇地问:"一粒米都没收到?"

从王府出来,已经过去几个时辰,天都快黑了也没能讨到一粒米。

魏都监面露惭愧:"是我来得太唐突,不怪大家。"

温殊色沉默了一阵,突然问:"将士在军中是什么职位?"

魏都监一愣，只见对面小娘子的目光朝他瞧来，饱含期待地看着他，眼中那抹想要攀附权贵的神色非常明显，势利之心昭然若揭。却又与旁的姑娘不同，她似乎势利得更加光明正大，一点都不让人反感和讨厌，反而让人生出一股自卑和心虚，羞于自己的官职说不出口。

魏都监避开她的视线，垂目道："我乃中州的都监，正八品。"

小娘子果然失望了，呆了片刻，从他脸上收回目光，曼声道："哦……"拉长的语调，无不透着失落，简直扎在人心上。

魏都监心下一着急，鬼使神差地道："不过，家中外祖父乃镇国大将军，当朝的杨将军。"以往他最忌讳旁人把他的努力归功于家族的关系，是以，没有留在京都，而是去了东州洛安，在人前从未提起过自己的身份，包括适才在周夫人面前，用的也是领军大将的名号，并非自己的外祖父。此时明知道跟前的小娘子想要攀附权贵，却甘愿道出自己的家底。

不出所料，小娘子的眼睛再次亮了起来："几品官？"

魏都监一笑："正二品。"

小娘子也是个爽快人："我倒还有不少粮食。"

魏都监神色一肃："若小娘子能解了将士们的燃眉之急，军中上下定会感激。待凯旋之日，末将必会向朝堂表明，记小娘子一记功劳。"

"当真？"温殊色一点都没客气，"你说话管用吗？"

魏都监听出了她话里的意思，正色道："某乃京都魏家的长子魏允，若有朝一日抵赖，小娘子大可找上门来。"

能记功劳是意外收获，先顾眼前的吧。温殊色道："粮食虽是我的，但此处乃靖王的封地凤城，魏将士要想把粮食运走，还得随我去找一趟周夫人。魏将士放心，中东两州本就是一家，都乃我大鄡的山河，王爷一心为民，不会让将士们因粮草被困在战场。"

一个多时辰后，温殊色出了王府。

天色已经黑透，温殊色坐在马车内把三份公文摊开，搁在羊角灯下，一个字一个字地读了一遍，越看越满意。

祥云不识字，看着自家娘子的嘴角都快咧到了耳朵上，也跟着一道笑，忍不住感叹："先前两位大夫人总说家里离不得个当官的，怕咱们将来护不住家底，殊不知这银钱还能买来官职。如今好了，娘子一下就有了三个，咱们以后谁也不靠，自己当官自己做主，等这次咱二爷和三郎回来，便再也不用去福州了。"

一张宣纸，添了几个字，盖上了红彤彤的印章，完全不同了。

当初温大爷的任命书下来时，大房当宝贝一样藏着，瞧都不给她瞧一眼，她还怨人家小气，如今倒是能理解了。

可不就是稀罕吗？

这十来日，温殊色并非表面的那番平静，每一日都过得惊心动魄，如今一切如愿，一颗心飞到了云朵上，问祥云："你说，他们会喜欢吗？"

"二爷和三郎肯定会喜欢。"但姑爷……祥云不太清楚姑爷的性格，不过不重要，"谁不喜欢当官呢，姑爷也会喜欢。"

谢三这儿，温殊色倒没多大担忧，事先她曾问过谢老夫人，谢老夫人说："怎么不喜欢？你看他整日忙里忙外，脚不沾地的，不就是个当官卖命的料？"

倒是父亲和三哥哥，两人的兴趣爱好都在那海水里，性子野惯了，要他们一直待在凤城哪儿都不去，也不知道愿不愿意。

祖母年岁已高，大伯一家又去了京都，这次父亲他们回来本也走不掉，给他们领份官职，踏踏实实地留在凤城，挺好的。

马车正好过闹市，桥市夜里最为热闹，楼上的华灯时不时映入马车内，茶楼酒肆里坐满了文人墨客。

突然，一阵香味飘进来，温殊色忍不住咽了咽唾沫。

祥云也闻到了："好像是炒蛤蜊的味儿。娘子饿了吗？奴婢去买点吧，娘子平日最爱吃……"

不提还好，一提温殊色便觉得舌头寡淡。

祥云推开车窗，刚拂起车帘想要叫车夫停车，温殊色及时拉住她的胳膊，有气无力地道："咱们已经身无分文了，买不起这些。"

祥云回头，目露同情："娘子，您真了不起。"

娘子哪里破产了。

旁人不知道，祥云这几日一直跟在温殊色身后，一清二楚，娘子压根儿就没用多少银钱。

最初从铺子里收来的粮食，还没来得及涨价，无论新米陈米，娘子都是以一百钱的价格统一收购。后来崔家的米，娘子没给现银，是用谢家和温家的铺子、茶楼做了抵押。最让人眼花的便是后来粮食涨价，娘子再购进来的几批，单是大米就涨到了如今的六百钱，翻了六倍，更不用说小麦。

所有人都不知道她是以什么价位买入，又买了多少。实则娘子买得很少。

第一轮涨价后，没有人出粮食，到了第三天第四天见价格飙升，有百姓便忍不住了，试着出了一些，娘子按照当时的价格全买了，买完后立马又提价格。几家农户得知自己刚卖完便上涨了三十钱，悔得肠子都青了，渐渐地，没有人再出。抬进府的那些粮食，不过是从自家这个库房挪到那个库房，娘子一边空炒着粮食价格，一边把库房里的存货成本抬高。最后算下来，除了最初买铺子里的大米用的一万两，亏掉的只有温家和谢家的铺子和茶楼。

一万两现银外加茶楼、铺子，换来三份官职，怎不值当。铺子和茶楼在温家和谢家手上，便是两边大房的指望，与其被他们蚕食，还不如给自己买个官职来得踏实。

今日娘子给晴姑姑的包袱里可是整整五十万两现银，去京都买几套房产，日后稳赚，不比茶楼铺子强？只是往后要委屈娘子的这张嘴了。

祥云心疼自个儿的主子："也不知道这大晚上的，这些人吃这么多作甚，明儿起来，指不定肚子又肥上一圈。"

温殊色："……把窗关上。"

谢家大夫人得知温殊色送完粮食，竟然去了王府后，心头便如同点了一把火，不断地煎熬，坐卧不安。

"你说她去王府做什么？"

"周夫人不会强征吧？"

"不行，你还是去王府走一趟，看看是什么情况……"

谢大爷这几日累得够呛，听她唠叨，来了火气："你急什么？她那么大个人，温、谢两家的铺子、茶楼都抵押了进去，她能让人占了便宜？"

倒也确实如此。

谢大夫人还是不放心，让碧云提了一盏灯，亲自去门口等，等了半炷香，正在影壁前踱步，便听到了巷子里的动静。

碧云立在踏道上，先看到了灯火，赶紧回头禀报："夫人，人回来了。"

谢大夫人走出门口，远远便见一大队人马朝着这边走了过来，到了跟前才看清，靖王府的兵将她认识，可那几个穿铠甲的，陌生得很。

谢大夫人的心一下提到了嗓子眼上，等温殊色从马车上下来，立马上前拉住她问："这是怎么了？"

温殊色一笑："粮食都卖了。"

谢大夫人愣住。

温殊色没理会她，回头招呼身后的魏都监和王府的人手："粮食太多，都在府上，劳烦各位自己进去搬吧。"

眼看一队人马进府去抬粮食了，谢大夫人心头很不是滋味，怨温殊色事先没同自己和大爷商量，竟然擅自去找了周夫人。但已经卖了，说什么也为时已晚，她继续追问："什么价格卖的。"

想了想，温殊色道："天价。"三份官职，可不就是天价。

粮食的价格一起来后，谢大夫人便想到了，这凤城里能买得起这些粮食的，除了崔家，也就只有周夫人。

一句"天价"到底让她的心情好了一些，望了望后面空荡荡的巷子，又生出了疑惑："银钱什么时候付？"

"已经付了。"

按今日粮食的价格，这么多粮食卖出去，银钱少说也得十几辆马车。

谢大夫人一阵纳闷，想着是不是怕太晚了没搬回来，转头还想细问，见温殊色已经上了长廊。她没再跟上去，急忙回了屋子，找谢大爷商量怎么分配银钱。这回要不是谢大爷在周夫人跟前替她护住了粮食，她哪里能保得住，如今粮食卖了出去，赚来的银钱，总不能只分给他们一套京都的房产，怎么也该分些银钱出来。

粮食实在太多，温殊色叫来了府上的家丁帮着一并搬，府上能用的马车都拿了出来。王府的马车也陆续到了门前，一个多时辰，所有的粮食都装上了车。

温殊色把魏都监送出门外，指着最前面的那辆马车道："我见你和将士们一天都没吃东西，里面放了些食物和水，你们待会儿在路上吃饱，人不填饱肚子哪行。"

雪中送炭远比锦上添花来得重要，也更能打动人心。若非跟前的小娘子，这一趟别说空手而归，自己和这些士兵恐怕也得挨饿。魏都监肃颜，拱手同她鞠了一躬："小娘子于魏某的恩情，魏某没齿难忘，来日小娘子有任何难处，尽管来找。"

当了官，突然在乎起了名声，温殊色挺了挺胸膛："魏将士不必再言谢，家国有难，匹夫有责，这都是咱们应该做的。"

削藩的事情平定了后，周邝前几日也出了城，去接应谢劭和裴卿，今日方才归来。

三人骑马刚进城，便见城门口一片灯火通明，一辆一辆的马车装满了粮食，排成长龙占了整条通道。周夫人也在，正立在前方的马车旁，同魏都监说着话："你竟然是杨贵妃的侄子，你这孩子怎么不早说……"态度比起晌午那阵，热情了许多。

魏允也没想到周夫人与姨母杨贵妃是旧识："这回多亏了周夫人关照。"

要不是谢家那位三少奶奶，周夫人还真不知道他的身份。

上回兵器库的事，他靖王府欠了杨家一桩人情，这回也算是还上了。

除了温殊色捐的粮食，周夫人还给了马匹的草粮，上万石的东西，凭魏都监带来的几个将士，送不到洛安。

周夫人亲自点了凤城一半的兵将，集结到了城门口，帮忙护送。

东州虽是太子的管辖之地，可战火烧起来，遭殃的是大鄹的百姓，粮草拨过去，先解了燃眉之急，至于以后，等王爷回来同朝廷慢慢再议。

队伍已经整装待发，多耽误一刻，于前方的兵将而言都是煎熬，周夫人没拉着他细说，催人上了马车："赶紧出发吧。"

魏都监这头刚坐上马车，周邝便带着谢劭和裴卿，走到了周夫人跟前。看着慢慢启程的队伍，三人翻身下马，周邝走在前一脸疑惑地问周夫人："母亲，这是为何？"

周夫人也看到了三人，目光更多停在了谢劭身上。如今已是半夜，三人奔波了一路，身上都带着疲惫，唯独谢劭面色坚毅。

几人在凤城里的名号，她都知道，但谁年轻时不轻狂恣意。她和王爷早就看出了谢家这位三公子并非凡夫俗子，也曾不止一次游说，给他在凤城安排个官职，却都被他拒绝。

说他自在惯了，当不来官。也曾问过谢仆射，谢仆射爱莫能助："离开京都时，我便同他说好了，今后他想干什么便干什么，我不干涉。"

周夫人隐约知道当初父子俩为了辞官之事，似乎起过争执。彼时意气风发的少年郎，心高气傲，一腔热血仿佛将万里山河都踩在了他脚下，突然遭遇谢仆射辞官，退回凤城，犹如长得正旺盛的苗子被人从中掐断，谁不受打击。

至于谢仆射当年为何要辞官，就连她和王爷都不明白。这些都是谢家的家务事，她不好多打听。原本还一直惋惜，如今一看，老天早有安排，无论你怎么逃避，阴错阳差终究还是会回到正道上。听周邝问，她便答道："洛安与西京的战事拉长了，太子殿下的粮草却迟迟不到位，前方将士被逼无奈，沿路讨粮，今日杨将军的外孙到了凤城。"

周邝一愣："杨将军？"回头往马车上看去。

兵器库一事，这回全仗了杨家出面化解，帮衬是应该的，可王府也拿不出这么多粮食："这么多粮草，是募捐的？"

周夫人仰头看向他身后的谢劭："这不还得感谢三公子，捐了粮食。"

见到那些粮食时，谢劭心头便起了怀疑，早知道温二在囤粮，今夜这马车上的粮食，怕是拉走了凤城的八成，温二囤的粮食必然也在里面。

周夫人的话解了他的惑。谢劭倒并无多大动容，自己才从庆州回来，洛安的战事他知道，确实很严峻。

捐点应该，倒是意外同崔吽一般钻进钱眼里的铁公鸡，这回是怎么舍得的。谢劭过去同周夫人见了礼，打算先回府。周邝却还在惊愕，问周夫人："这些都是嫂子捐的？"

三少奶奶刚买回去的官职，还热乎着呢，有什么意见最好一家人坐下来慢慢商谈，周夫人没往自己身上引火，不理周邝，岔开话题，明知故问："你们这又是去哪儿了？"

人已经安全回来，周邝也没瞒着："庆州。"

周夫人一记刀子眼递过去："你不要命了？还坑上自己的兄弟，他们摊上你也算是倒霉。"

周夫人总算说了一句公道话，谢劭和裴卿心中正是如此想。奈何周邝横竖脸色厚，丝毫没觉得不好意思。

周夫人又问："有王爷消息了？"

谢劭这才插话："晚辈与裴卿倒是在路上碰巧遇上了王爷。三日前，王爷正赶去京都求见陛下，让晚辈带信给夫人，不必忧心。"

想必是听说了兵器库的事之后，再加上洛安的战事，进京去面圣了。

兵器库的事夫人已经知道了结果，并不担心，目光从谢劭和裴卿身上温和地扫过，温声道："这一路你们辛苦了，赶紧回去歇息。"

时辰确实不早了，谢劭和裴卿同周夫人道别。

周邝的脑子还停留在适才那些粮食上："母亲，这些粮食都是嫂子……"

周夫人一把拽住他胳膊，往前方的马车上拉，周邝更疑惑了，还在问："母亲怎么了？"

怕他再嚷嚷，周夫人低声道："谢家三少奶奶用粮食给你那位谢兄买了个官。"

周邝一声惊呼："买官？"给谢兄？他扭过脖子直朝刚上马背的谢劭望去。

周夫人及时把人拽了回来，把人推上了马车后才松手。

周邝实在忍不住，疑惑地看着周夫人，面上又忍不住兴奋："嫂子当真给谢兄买了个官？"

周夫人知道他是个沉不住气的性格，说多少回都无用，便也罢了，答道："员外。"

周邝目瞪口呆。往日自己好说歹说，要给他置一个官职，让他能名正言顺地替王府出谋划策，可他回回都拒绝，死活不愿意。如今倒是好了，自己用粮食换了个员外。

员外就是一个闲职，好在皇上登基后，将其纳入到了编内，有了个九品的官阶。

周夫人见他快要惊掉了下巴，又道："兼军事推官。"虽也只是个九品官职，但胜在是实职，能一道分治案事，佐理府政。

周邝半天才缓过神，官位低没关系，只要他肯做官，往后再慢慢升也可以。

可问题是……"他愿意吗？"

周夫人一笑："三少奶奶做的主，这回怕由不得他愿不愿意了。"

周邝：所以说，这人一旦娶了媳妇，人生中便会有许多意想不到的变数。

府上的粮食搬完，已到了人定末。

温殊色洗漱完，躺在床上，又把那公文翻了出来。

方嬷嬷知道她今儿卖了粮食，虽不知道具体卖的是什么价位，可瞧她神色，定不会差。

见她抱着那几张纸，一会儿翻一下身，迟迟睡不着，方嬷嬷不由得打趣道："娘子那怀里揣的是什么宝贝，怎么还合不上眼了？"

温殊色没答，侧过身来问："嬷嬷，郎君什么时候回来？"

谢劭走之前，同温殊色和谢老夫人打过招呼，说自己要出一趟远门，算上今日已经过了七八日了。方嬷嬷也不知道他何时能回，总不能让跟前的三少奶奶失望，便答："快了。"

温殊色也没再追问，吩咐道："他要是回来了，你及时禀报，我有惊喜要给他。"

两人成亲也快有一个月了，虽说比自己预想的要融洽，可两人平日都是各过各的，互不关心也不是那么回事。听她突然如此说，方嬷嬷欢喜地应下："是，奴婢记住了。"

谢劭回到府上已是夜深人静，温殊色到底还是把自己翻睡着了。

今晚是方嬷嬷值夜，听到院子里的动静，便起身赶了出去。见是谢劭回来了，她终于松了一口气，上前见完礼，便禀报道："三公子这一趟走得久，三少奶奶日日都在念叨，今儿夜里更是一直等着公子不肯睡，这会子才闭眼。"

谢劭一脸意外，她念叨自己了？走的那日他前去同她打招呼，她坐在圆桌前，只顾盯着手里的算盘，匆匆应了一声"嗯"，头也没抬。

应当是捐粮的事，要同他汇报。既然睡下了，明儿再说。

庆州干旱天灾，洛安又在打仗，从凤城过去一路都是难民，沿途的店家和客栈唯恐被难民抢砸，不少都关了门。

这几日，他和裴卿几乎风餐露宿，如今回来了便该好好犒劳一下自己，洗漱完出来吩咐闵章："明日去醉香楼订个雅间，把裴卿也叫上。"

好几日没喝醉香楼的酒了，胃都寡淡了不少。

闵章应下。

他太累了，一沾上床便睡了过去，天亮时也没醒，迷迷糊糊听到小娘子的声音。

"还在睡吗?"

"昨晚半夜才回来?那我再等会儿吧,他要是醒了,你告诉我。"

没睁开眼睛,谢劭继续睡,一直睡到日晒三竿才从床上起身,唤了一声外头的闵章,正低头穿鞋呢,外间的房门突然被推开,小娘子的声音传了进来:"郎君……"

眼见她要闯进屏风后来了,他身上就一件里衣,胸口大敞,单薄如蝉,难得慌张起来,双脚又缩回了床上,拉上了被褥。

小娘子很快到了床前,看着半躺在床上的郎君,并没有觉得不好意思,柔声问他:"郎君醒了?"

谢劭抬目。小娘子的精力似乎一直都这般旺盛,目光炯炯有神,一双手藏在身后,笑嘻嘻地看着他,似是有什么天大的喜讯要同他分享。

谢劭不得不腹诽,周夫人昨夜不是说那粮食是捐的吗?莫不成还给了她钱?

他心下猜测,疑惑地看着她,她却同他卖起了关子:"郎君,我有一个好消息和一个坏消息,你想听哪个?"

谢劭不着她的道,直接问:"粮食没了?"

小娘子并没多大的意外,搬粮食弄出来那么大动静,他昨日回来,必然已经听说了。

既然想先听坏消息,她便只好说了,面容带着苦恼:"我看那将士可怜得紧。郎君是没瞧见,为了一口粮食我大酆的铁血将士竟对百姓下跪,可即便如此也没见他讨到一粒米。身为大酆子民,我实在瞧不下去,想着就算把自己饿死了,也不能让将士寒了心。"

她何时怀了一腔大义之心,倒让他有些意外。

她又道:"所以,我把粮食都捐了。"说完,她扫了一眼对面的郎君,似乎没什么反应,应该是对她所说的"都"还没理解过来。确实有些难以接受,她继续道,"嫁鸡随鸡嫁狗随狗,不管往后如何,我都不会嫌弃郎君。"

自己怎么着了,需要她不嫌弃?谢劭衣裳还没穿,不好同她磨蹭,主动问她:"好消息呢?"

说到此处,小娘子脸上的苦恼瞬间不见了踪影,嘴角缓缓往两边上扬,竟往前踏出几步,朝他的床榻上走来。

谢劭下意识地往后一让,小娘子却压根儿没跟他见外,一屁股坐上了他的床榻,不等他出声,背在身后的两只手突然掏了出来,递给他一张宣纸:"郎君,打开看看。"像是特意为他准备的稀罕宝贝。

谢劭手上还拉着被褥,满脸狐疑,然而小娘子目光切切,非要等他亲手打开。他终是掖了下被角,腾出手来,接过宣纸抽开捆绑着的红绸系绳,慢慢地拉开。

《任命书》。

谢劭眼皮子一跳,瞳孔渐渐微眯,视线从每个字上扫过。小娘子在他耳边做起了讲解:"员外郎,九品官。"

"我特意问了周夫人,她说是编制内的,还有俸禄,虽说每月只有五贯钱,但另外还给了一份职位,军事推官,一个月有十贯,做好了,还能升职成为幕僚……"

谢劭头有些痛,额头两侧隐隐在跳动,抬起头,凝视她片刻:"谁给你的?"

温殊色没从他脸上看到预料中的欢喜,神色诧了诧。

他不喜欢?也对,从前过惯了锦衣玉食的纨绔公子爷,手指缝里漏出去的都不止这些,猜他肯定是嫌弃俸禄。温殊色尽量给予他鼓励:"郎君先不要嫌弃俸禄低,咱们好歹有了一份官职,从此以后郎君也是当官的人了,以郎君的本事,我相信将来一定还能往上……"

终于明白她所说的好消息是什么了,他可无福消受,不等她说完,把公文塞回到她怀里,颇有些趾高气扬:"我有的是银子,不需要做官。"

温殊色愕然,呆呆地看着他,他恐怕还没明白如今府上的状况。

该怎么说呢?

罢了,还是如实相告。

"郎君,我们没银子了。"

对面的郎君眸色一顿,还是没明白。

温殊色一脸抱歉,从头说起:"那日顾姨娘来同我说,庆州旱情严重,洛安要打仗,让我囤些粮食,我问过郎君,郎君也同意。既然要囤,凭咱们这样的大户,几十担几百担岂不是白忙乎了,囤就要多囤,我索性把谢家和温家的银子都拿去买了粮食,连自己的嫁妆都搭了进去,把崔家的粮仓都清光了。本以为能赚个盆满钵满,前几日粮食价格上涨后,咱们确实也能赚得盆满钵满,可谁知道洛安居然缺粮草,跑到咱们这儿来要了。我能怎么办呢?谢家乃功勋之家,阿公曾贵为左相,忧天下万民,我温家乃书香门第,祖父曾为帝师,也都拿过朝堂的俸禄,如今家国有难,咱们总不能坐视不管吧。"她吸了一口气,"我便捐了。"

她又道:"自古以来都有捐粮得官的事例,咱们粮食没了,银钱也没了,总不能一场空,将咱们饿死对不对?我同周夫人好说歹说,便求来了三份官职的任命,郎君一份,我父亲和哥哥还有一份,从今往后,你们三个就都是员外了,每个月还有固定的俸禄,十五贯钱,普通家庭一个月的开支是三千钱,一贯是一千钱……"掰开手指头算了算,自个儿先皱起了眉头,说得毫无底气,"其实,节俭一些,也不是不能活。"

谢劭：……合着昨夜拉出城的那些粮食，都是她捐的？

谢劭脸色这才生了变化，突然掀开被褥起身，顾不得薄如蝉翼的里衣是否已经走光，会不会被小娘子占了便宜，大声唤"闵章"。主仆两人一个拿衣衫一个往身上套，也没去理会身后的小娘子，穿戴好后，急急忙忙地往外走。

温殊色提着裙摆，"噌噌"地跟在他身后。

一行人径直到了库房，脚步停在门前，前面的郎君回头望过去，不等他发话，小娘子很懂得看人眼色，赶紧掏钥匙去开门。

库房门打开，里面已被夷为了平地，空空荡荡。

上回他过来，有多少银子？单是黄金好像都还有十几箱吧，怎么着也能有个两万两黄金，再加上银子和银票，还有散货，几十万两白银应该有的。如今空空如也，箱子都没了。他眼前一阵发黑，往后退了一步。

闵章及时扶住他胳膊，担忧地唤他："公子，先冷静。"

别说话，他头疼。

"郎君……"

"你也别说话。"

温殊色闭上嘴，过了一阵，没忍住，牙缝里嘀咕出一声："郎君上次说过，亏光就亏光，再赚就是。"

那是因为他鬼迷心窍，识人不清。不知道她年纪轻轻，胆子竟然如此大，出手比他还阔绰，几十万两的东西……

谢劭咬牙，撑过了当头一棒的晕厥之后，慢慢地平复下来。东西已经没了，能怎么办呢？总不能跑上去问人家把粮食追回来。罢了，横竖还有母亲会赚钱，银子没了就没了吧，往后靠那些胭脂水粉铺子撑着，东山再起，也不是不无可能。

他无奈地转过头，小娘子立在身后，不敢看他的眼睛，慌忙垂首，模样愧疚得很。账房是他要人家管的，买粮她也同他汇报过，粮食并非被糟蹋了，而是捐给了将士，一颗大义之心日月可鉴，他怨她什么呢。他头晕目眩，只想出去走走，静一下。

见他脚步踉跄，温殊色劝解道："郎君放心，郎君是有财痣之人，将来一定能升官发财，只要肯努力……"

他脚步往外，越来越快。

小娘子抻长脖子，还在身后替他打气："当朝杨将军也曾贫困潦倒过，如今不也位极人臣了，是故君子力事日强，愿欲日逾，设壮日盛……"

谢劭充耳不闻，脚步飞一般穿过穿堂，旋入拐角，听不到小娘子"悦耳"的说话声了，才咬牙吩咐闵章："把崔哞、周邝都叫出来。"

温殊色看着快速消失在长廊下的身影，满脸疑云："祥云，老夫人不是说他最喜欢做官吗，我怎么看着不像啊。"

祥云也看出来了。

怎么还有人不愿意做官呢？娘子是不是忘记了同姑爷说，周夫人说过了秋季，俸禄会再涨。

谁经历破产，都会难受。

"这么多钱没了，姑爷应该是还没缓过来，等他出去走走，就好了。"

温殊色不这么认为，他这一出去，估计好不了。

谢大夫人跟前的丫鬟碧云已经寻了一圈，终于在这儿见到了人，松了一口长气，从长廊上下来，远远便道："三少奶奶可让奴婢好找。"

昨夜粮食卖了，卖了多少钱，银钱在哪儿，怎么分配，谢大夫人都还不知道。

等了一个晚上，早上一起来，谢大夫人便拉着谢大爷去了谢老夫人屋里，要谢老夫人兑现承诺，除了在京都给承基买一套房产，还需要一笔银钱，光有一套房产哪里够，得装饰，得买陈设摆件，还有在京都的花销开支，处处都要钱，且府上的大娘子，眼下正在说亲，嫁妆也该准备了，二娘子明年及笄，也得筹备……

谢老夫人听她絮絮叨叨地说完，一句话都没吭声。倒是被温殊色说中了，一套房产简单，背后却是个填不满的黑窟窿。

谢二爷当初辞官拉回来的银钱，单是明面上便有五万两黄金，可前几日清点出来，两万两黄金不到，才八年的工夫，竟然只剩下了小半。他们还不知足。如此下去，他二房过不了几年，怕就要被抽成干尸了吧。

谢老夫人没说答应，也没说不答应，可面色实属算不得好看。谢大爷见状到底有些心虚，同谢大夫人使了几回眼色，让她先住嘴，一口吃不了个大胖子，这不是让谢老夫人觉得他是在剥削谢二爷嘛。

可此时谢大夫人眼里只有银钱。她自己粗略算过，那些粮食卖完，怎么着也得赚上个几十万两，不说对半分，他们分个两三成，也是一笔可观的数目。

见谢老夫人半天都不吭声，谢大夫人心头打起了鼓："母亲那日可答应了……"

谢老夫人也没说什么，转头吩咐南之："叫三少奶奶过来。"

不用南之去叫，碧云已经把人带过来了。外面出着太阳，走了一路，温殊色面色一团红润，进屋同三人见了礼，坐在了谢大夫人对面，一副不知情的模样，笑着问谢大夫人："伯母找我有什么事吗？"

谢大夫人最担心的便是她这副德行。

昨儿夜里她还与谢家大爷念叨过，知道这温二不是个省油的灯，怕是卖了粮食翻脸不认人，到时候他们一分都不给。

谢大爷还说她想多了。

可如今看看，她果然想蒙混过去，谢大夫人脸色一变，也不怕自己的心思被暴露："昨日三少奶奶卖了粮食，还没同大家说吧。"

温殊色见她说的是这个，点头道："对，粮食是卖了。"

然后呢？谢大夫人等着她说下文，温殊色却又不说话了。

这就完了？谢大夫人不想看她卖关子，直截了当地问她："卖了多少银子？"

温殊色如实回答："没卖银子。"

她这是当真想独吞了！谢大夫人火气瞬间蹿了上来："你是想过河拆桥吗？当初要不是大爷在前顶着，你那粮食早被洛安的将士征收去了，还能保住卖到银钱？如今银子是拿到了，恩也忘了，这人啊，可得讲信誉，说好的等赚了钱给承基去京都买房产，我这还没开口呢，你倒是反悔得快。你不考虑将来，二爷二夫人和三公子也不考虑了？下回你们再有事，能保证不再求上咱们，求上大爷？"

谢大夫人情绪激动，说了一通，脸色都红了。

温殊色却一副无可奈何的神色："真没卖银子。"她埋头从自己袖筒里抽出了那张任命书，递给了上位的谢老夫人，"孙媳今儿本也是来同祖母禀报，粮食昨夜孙媳已经捐给了周夫人，给郎君换了一份官职，祖母瞧瞧。"

天打雷劈。

谢大夫人被她那一个"捐"字炸得回不过神来，身旁的谢大爷也皱起了眉头。

谢老夫人接过公文，急忙展开，同谢劭适才一样，也是一个字一个字地瞧，一边瞧一边读了出来："员外郎，兼……军事推官。"

温殊色点头："对，温家的粮食我也捐了，给父亲和哥哥换了同等官职。"

没等谢老夫人反应，谢大夫人瞬间起身走到她身旁，探出脑袋，往她手中的宣纸瞧去。

"任命书"三个大字，赫然入目，文书上盖着红彤彤的章。

温殊色继续道："本以为只是干旱天灾，囤些粮食能坐地起价，谁知道那洛安打仗居然还缺上了粮草，前线的将士都上门来讨粮草。城中百姓个个知道我谢、温两家囤了粮，咱们不出，他们必然也不会给。我考虑再三，与其把粮食卖出去，赚那丧良心的钱，不如干脆捐了。谢、温两家得了官职，还得了名声。此后郎君也算是入了仕途，将来进了官场，不用总是劳烦大伯父一人在前头奔波。"

那任命书，谢大夫人是心口淌着血看完的。

几十万两银子啊，她竟然买了一个员外郎……一闭眼便是一堆白花花的银子倒进了水里，堆积如山的粮食也没了，拱手送了人。谢大夫人不敢想，她就这么捐了？

什么都没了，库房里的银钱和铺子，都没了。

谁给她的胆子？

谢大夫人气得没了理智，一声冷笑，捏着心肝子斥责："当初老三把库房钥匙给了这个新妇，我便阻拦过。早听温家的大夫人说，温家二娘子就是个败家子，可老三被迷了心智，就是不听，非要让她管家。如今好了，谢家是彻底地败在了她手上，这样的新妇，我谢家祖宗怕是容不得了……"转头看谢老夫人，"要如何处置，母亲看着办吧。"

连谢二爷养老的黄金都被她败没了，老祖宗莫非还会相护？

谢老夫人正盯着文书，看了一遍又从头开始，视线在"谢劭"和"九品"几个字上来回移动，嘴角眼见就要绷不住了，大有上翘的趋势，压根儿没听见谢大夫人的叨叨。

旁边南之轻轻戳了一下她的肩膀："老夫人。"

谢老夫人这才回过神，见谢大夫人僵着脖子等候她发落三少奶奶，忙把嘴角压了下去，抬头问温殊色："当真什么都没了，倾家荡产了？"

温殊色埋着头，那愧疚的模样，已经说明了一切。

谢老夫人"嘶"一声，身子后仰，被南之扶住："老夫人，莫要动气，身子要紧。"

谢老夫人把那文书小心翼翼地递给身后的南之，一手捂住胸口，再回头问温殊色："那……那我给你的那些压箱子的银子呢？"

谢大夫人面露惊愕，老天爷！老夫人竟也投了银子？

温殊色把头埋得更低了。

"完了，苍天啊，那可是我的棺材本啊！这可怎么办，都没了，你让我往后怎么活……"谢老夫人捶了两下胸，身旁的仆妇齐齐围了上来。

谢大爷也起来上前问候："母亲您先别动气……快，快扶老夫人进屋。"

场面彻底乱了起来。

谢大夫人立在那儿，帮忙也不是，不帮也不是，眼睁睁地看着下人把谢老夫人扶进了屋，才想起，还没给个说法呢。

她回头怒目朝温殊色看去，正欲发作，谢老夫人虚弱的声音传了出来："把老三媳妇儿叫进来，我、我好好盘问她。"

温殊色起身，双手扣在腹前，低着头乖乖地从谢大夫人跟前走过，进了里屋。

谢大爷忙着让人去请府医，吩咐完回头，与屋内只剩下的谢大夫人两人相视一望，什么念头都没了。

还指望什么呢，谢老夫人的棺材本都没了，那天杀的败家子……

别说大娘子、二娘子的嫁妆，连大公子在京都的房产都没了，害她做了几天几日的美梦，如今梦碎了全成了一场空。没工夫听谢老夫人哭她的银子，谢大夫人也快怄死了，差一点就能到手的几十万两银子没了不说，往后连二房这个小金库也没有了。

心口疼得要炸裂了，也不管谢大爷是什么心情，谢大夫人转过身失魂落魄地走出了院子，到了半路便边走边骂："我早就让她出了，她偏不听，说再等等，还想要更高的价。结果呢，人心不足蛇吞象，什么都不剩，买了个员外郎，九品芝麻官，还稀罕了，我谢家真是遭了天罚遇到这么个败家东西……"

谢大爷也没料到这老三媳妇竟然敢如此自作主张，谢二爷是没在府上，要是在府上也不会发生这些事。

谢大爷问随从："还没有二爷的消息吗？"

"奴才今日听人说，去扬州的信使回来了，三公子应该收到信了。"

谢大爷也没什么好心情，吩咐屋里的仆役照顾好谢老夫人，自己也跟在谢大夫人身后，出了院子。

里屋的谢老夫人还在捂住心口，南之拂起帘子，笑着道："老夫人，人都走了。"

谢老夫人立马换了一副神情，从床上坐起来，扶着温殊色的胳膊："快，把那文书再拿给我瞧瞧。"

身后的仆妇小心翼翼地递给了温殊色，温殊色挨着谢老夫人坐在一块儿，陪着她又瞧了一回。昨儿看了一夜，上面的每个字温殊色都背得滚瓜烂熟了，谢老夫人却才刚起劲，转头问她："你给他看了吗，他什么反应？"

温殊色想起他跳下床时的激动样儿，疑惑地道："郎君好像不太喜欢？"

谢老夫人不以为然，继续高兴自己的："那是他还没被逼到份上。"

谢劭被突然腾空的库房打击得不轻，出府后，便带着闵章到了桥市，径直往醉香楼里钻，还没来得及进门，便遇上了崔哷。

"谢兄！"

谢劭回头，面色冰凉，他还敢来，主意都打到了自己头上了，把粮食卖给谢家，再让谢家拿去捐。崔家这些年在凤城赚了不少，都快富得流油了，国难当前，他还当真一毛不拔。

崔哷被谢劭那一眼扫过来，人都矮了半截，连连赔笑："谢兄，误会，都是误会，咱找个地儿慢慢说……"

他正有此打算。

谢劭转身往醉香楼里走，崔哱一把将他拉住："谢兄，今非昔比，咱们还是换个地方。"

现银没了，他谢家还有那么多的铺子在，不至于连醉香楼都去不了，连一壶酒都喝不起了？

谢劭充耳不闻，继续往前，没走两步胳膊便被崔哱死死地拖住，硬把他拽回了路上："谢兄，今日我已经备好了酒菜，就在旁边的茶楼，那里清静，咱们说话没人打扰。"

谢劭顺着崔哱的手指头看过去，是温家的茶楼。

也行。

温家的茶楼以菜式和水产为主，主打吃食，没有琵琶琴声，也没有姑娘，谢劭曾光顾过。

同温殊色成亲后，他也去过一回，那掌柜的一见到他满脸堆笑，回头冲着里面的人吼了一嗓子："姑爷来了。"陆陆续续的"姑爷"声不绝于耳，太过于热情，他有些不太习惯，再也没来过。

今日进门却清清凉凉，上回的掌柜也不见了，换了一张新面孔，倒是对他旁边的崔哱点头哈腰，颇为恭敬。

换了掌柜，不认识人也正常。

几人上了二楼，崔哱招来小二上菜："把最好的都拿出来，好好招待咱们谢公子，还有好酒，都上，动作快点。"

小二弯腰点头："是。"

俨然一副老板的架势。平日里他崔哱本就是这个模样，谢劭也没在意，问他："粮食是你卖给温二的？"

该来的总得来，崔哱掀起袍摆坐在他对面，怕他承受不了自己接下来的话，便先道："谢兄，当日可是你说的，谢家如今是嫂子当家，让我有事找嫂子的。"

看吧，一招失策，用人不当，自己把自己的路全堵死了。

谢劭无话可说。

"她用了多少银子？"库房和嫁妆都掏空了，想必崔家一粒米都不剩了，崔哱怕也没少对她趁火打劫。

崔哱轻咽了一下喉咙，没直接告诉他，先给他讲起了这场粮食大战："嫂子的脑子其实很聪明……"

"喊！"谢劭直接转过头。

她聪明，能把自己弄得身无分文？

崔哱无法反驳，慢慢地同他说道："嫂子最初买的粮食，确实很划算，一百钱一斗米，连夜收了米铺子，连陈米都没放过，险些把我的饭碗都抢了。

这事谢兄也知道，我还没上门呢，嫂子倒先找过来了，进门便扬言买我崔家的粮食。谢兄既然已经发了话，家里的事是嫂子做主，见她非要买，我念着咱们的兄弟之情，只能勉为其难地卖了。

倒也没有他说的那般为难，铺子以八折的价格抵押给他，他不要，温殊色就去找别人。

崔晔目中露出钦佩："后来那粮食价格，谢兄人没在凤城，是没见到，大米从一百钱涨到了六百钱！短短八九天的工夫，翻了六倍，小麦和豆类更是十倍往上涨。足以见得，嫂子是个做生意的料，看准了商机想做个大买卖，这才把谢、温两家的银子和铺子全投进去买了粮食，本是万无一失，稳赚不赔的生意，坏就坏在洛安的将士……"

"等会儿。"谢劭脑门心一跳，循着崔晔适才的话倒回去，"你说什么，什么铺子？"

这一刀终究得刺下去，崔晔没再绕弯子："嫂子在我这儿买的粮食，没给现银。"手指头轻轻地磕了一下两人跟前的木案，"这家茶楼是我的了。"完了又偏头，指着斜对面谢家的胭脂铺子，"那个。"还有水粉铺子，"那个。"街头和街尾那几家看不见，总之，"谢家和温家的铺子，嫂子都抵给我了。"

崔晔冲对面脸色凝固的郎君报以和善的微笑："所以，谢兄现在，可能已经倾家荡产了。"

现银没了，铺子也没了……不就是倾家荡产了。

谢劭目光呆滞，迟迟都没反应。

崔晔知道他一时半会儿承受不了，自己也不知道怎么安慰："放心，今儿这顿饭，我请谢兄，谁没个困难潦倒的时候。人生无常，关键咱们要学会适应。这不谢兄已经当官了嘛，从今往后就是谢员外了，指不定有另外一条阳关大道……"

谢劭突然起身，动作太快，险些把自个儿绊倒，伸手及时扶住案角。

崔晔慌忙起身去扶，同情地道："谢兄，节哀。"

谢劭懒得理他，紧咬牙关，浑浑噩噩地下了楼。周邝和裴卿也赶了过来，两人翻身下马，见人从里面冲出来，脸色一团死灰，便知道应该什么都清楚了。

两人齐齐上前安慰。

"谢兄。"

"谢兄……"

谢劭一抬手，他什么都不想听，前一刻怎么急急忙忙地从府上出来，如今便怎么急着回府。

周邝不放心，追着他的马匹喊了一句："谢兄，不必如此伤怀，等你日后上任,这不每月还有俸禄嘛。"

谢劭留了个马屁股给他,风风火火赶回谢家。门房一见他回来,便交给了他一封信:"三公子,二爷刚让人捎回来的。"

谢劭随手接过撕开,信纸上就几个大字:"吾儿意志坚定,为父不惧。"

是回复上回裴元丘来游说他之事。

且不说这话如同放了个狗屁,没半点作用,这个时候才传回来,有事要指望他,怕是黄花菜都凉了。

谢劭想起了什么,转头把信纸塞给闵章:"你去告诉他,他儿媳妇把他那堆养老的金子都败光了,再告诉二夫人,她的铺子也没了。"

闵章对他唯命是从,立马点头转身。

"等会儿。"他又叫住了人,"就说她全买了粮食,都捐了。"

"是。"

一个新妇刚嫁过来,人还没见到呢,先告她一状,无论是什么理由,两个老的听了印象必然就差了。那败家子还没见到公婆,先失了名声,往后还如何在长辈跟前立足。

祸不是她一人造成的,他也有责任,他扶额又同闵章道:"罢了,你回来。"

这败家娘们儿,简直能捅破天,他定要去好好问问她,谢家如今到底还剩下什么。

谢劭疾步回到游园,却见东厢房门前多了两副生面孔,看模样似是成衣铺子的人。

不等人通传,谢劭径直踏步跨进了屋,人刚冲到珠帘外,便听到了里面的说话声。

"我这都是没穿过的,崭新的,怎么就退不了呢?"

"铺子的规矩,离了店,若非衣裳的质量问题,咱们一概不能退换。三少奶奶也算是咱们的老客户了,规矩应当清楚,若是三少奶奶对这些衣裳哪儿不满意,咱们可以再拿回去修改,但是要退银钱,实在是抱歉……"

谢劭掀帘入内,便见屋子内摆着两口漆木箱,里面一堆的绫罗绸缎。色彩鲜艳,全是成衣,看成色当是全新的。

温殊色皱着眉头,似乎是一筹莫展,见谢劭回来了,起身唤了一声:"郎君。"再转头同成衣铺子的老板低声祈求道,"婶子你看,不全退,退一半也成。大家都知道,这回我把粮食全捐给了战场,谢家和温家已经掏空了家底,手头上实在是没了银钱。"

成人铺子的老板自然知道,谁不知道?今儿一早外面便传得沸沸扬扬,温二娘子用了近万石粮食买了三个官职。

温家二爷和温三公子,还有谢家的这位三公子如今都是员外郎了,各自还挂了推官的职位,虽说是九品,可也是编制内真正的官员了。旁人寒窗十年苦读,也不见得能有此成就,有钱人家就是不同,大手一挥,随手便能买个官来做。

铺子老板抿唇一笑:"三少奶奶真是折煞了老妇,这凤城谁不知谢家和温家家底深厚,不过是几件衣裳,三少奶奶说穿不起了,不是逗老妇吗?"转头看向刚进来的谢劭,"咱们的谢员外财大气粗,三少奶奶嫁进谢家,还能让您受了委屈不成?"生怕她再来缠上自己说叨,退后两步,"三少奶奶,时辰宝贵,老妇就不耽搁,先告退了。"

人一溜烟儿出了屋,领着自己的两个仆人,脚步匆匆地出了游园。

屋内只剩下了两位主子。被她这么一打岔,再看看漆木箱里那些花花绿绿的衣裳,适才谢劭冲进来的那股劲儿,如同茶盏外溅的一滴水珠子,起初汹涌,滚了一半,越流越慢。

不难看出她在干什么,穷得要退自己的衣裳了。

谢劭今日一觉睡醒,接连遭受了两回撞击,如今似乎没有什么能让他意外的了,怀着最后一丝希望问她:"真到了如此地步?"

温殊色不吭声。

跑了这半天,不止头晕,腿也软,谢劭走过去一屁股占了她的安乐椅。还没来得及发问,小娘子一副愁眉苦脸的模样,先对他诉起了苦:"衣裳好好的,一回都没穿过,十两银子一件,我要她退我八两她都不乐意,这不就是奸商吗。"

谢劭哑然。

两人都是娇惯出来的主子,何时有过这般斤斤计较的时候,别说十两银子,百两一件的衣裳,换作往日眼睛都不会眨一下。

越是这样,谢劭的心越是坠到了谷底,还是一次给他个痛快吧,转头示意她坐过来:"我有话问你,你坐。"比起最初,他此时已算是冷静。

温殊色乖乖地坐在了他对面的圆凳上:"郎君你问。"

他偏开头,不去看她那张无辜又欠揍的脸,尽量心平气和:"铺子也没了?"

"嗯。"

虽说已经知道了答案,可从她嘴里得到肯定,终究不如自己想的那般轻松,他用手掌捋了一把脸。

她温二,挺有本事。

他又捏了一下浑噩的脑子,让自己打起精神来:"同我说说,怎么没的。"这么多家产,谢家和温家两座金山,她到底是用什么本事花光的。

温殊色想了想,自省道:"怪我太贪心。"屁股往前移了移,咽了下喉咙,看着跟前脸色如死灰的郎君,打算同他细说,"郎君不知道,那几天粮食的价格有多诱人,闭上眼一睁开,价格又变了,一两银子变成二两,再变成三两、四两,我承认我是个俗人,没经得住诱惑,这不除了大米,后来我见那价格一直猛涨,我又去买了小麦和大豆,就……"再回忆,简直就是痛苦,"买的时候价格有点高。"

那么多的银子,突然没了,她自己也伤心啊,肩膀一耸,嘤嘤哭了起来:"本来还想独吞,哪知道最后被人一锅端,讨粮的将士一来,凤城里只有咱们家有粮食,我能怎么办呢……"

她捂着脸抽泣,伤心欲绝,那模样真真是悔到了肠子里。

对于她的这个"点"谢劲吃了几次亏,已完全明白了。

这怕是花了高价购了半个仓吧。

他不存任何希望,问她:"还剩多少?"本以为小娘子会直接摇头,却见她抹了抹泪,"郎君等会儿。"她突然起身,去了屏风后,摸索了一阵出来,怀里抱着一堆的金簪、玉簪和各种金银玉首饰,"哐啷啷"地给他倒在了跟前的木案上,"还有这些。"

她刚从梳妆台上扫下来的,细细一瞧,好像也不少。小娘子抬头,惊喜地朝他望来:"郎君,咱们应该能撑一阵子。"

他别过头,懒得看,一颗心已经麻木了。

"不过刚才嬷嬷说咱们预订的那批冰块明日就得搬到地窖,这不眼下马上就到夏季了,得付几十两银子……"见对面郎君的脸色实在难看,不忍心再往下说,温殊色闭了嘴,关心地问他,"郎君今儿吃饭了吗?"

不问还好,一问胃里忽觉一阵空荡。早上他睡到巳时才起来,还没来得及进食,便被小娘子当头一棒,出去后崔咋倒是准备了酒菜,也没来得及吃,又是一把刀子捅到他身上,什么时辰点了?屋里没沙漏,他偏头从半垂的卷帘内望了一眼外面的日头,至少也是未时了。

见他如此,小娘子明白了,转头吩咐方嬷嬷:"去给郎君备菜。"

人再怄气,也会饿,得吃饭,填饱肚子再说吧。好酒好菜摆在他跟前,温殊色坐在他对面,捧着脸看着他吃,偶尔给他夹菜添酒,认错的态度十分端正。

酒菜进喉,虽治愈不了内心的创伤,可终究缓回了一口气,结果他筷子一放,对面的小娘子便眼巴巴地看着他:"郎君,这个月的菜款还没结……"

"郎君放心,我待会儿就把那些簪子拿出去当了,还有衣裳,退不掉,我就低价卖出去……"说到最后声音都没了。

刚下腹的饭菜如鲠在喉。

还找她算什么账,是她在找自己算账。他算是明白了,同她掰扯,简直就是在往自己心口上撒盐。他起身出门便把闵章唤到跟前:"还有多少银子?"

闵章道:"五十多两。"

上次从三少奶奶那儿拿了五百两,公子当天就去醉香楼吃喝了一百两,后来在去庆州的路上,救了好几拨难民,如今荷包里就只剩下五十多两了。

谢劭烦躁地道:"给她。"

闵章跟了他这么多年,办事从来不问他原因,也不会怀疑,今日却头一回有了犹豫:"都、都给吗?"都给了,往后公子可就当真身无分文了。

谢劭一顿。

片刻后,谢劭朝闵章伸手,闵章赶紧把荷包放在他掌心。谢劭拉开荷包系带,埋头拨了好一阵,最终从里面拿出了几坨银疙瘩,大概有十来两,余下的还给了闵章:"给她拿进去。"

闵章转身回屋,谢劭一人立在那棵梨花树下,清风一过,长长的宽袖跟着飘拂,手中的那几块银疙瘩从未如此实在过。

南之照谢老夫人的吩咐过来请人,便见谢劭呆呆地站在那儿,一动不动,那模样倒让人有几分心疼。可三少奶奶那话说得没错,二房为何会如此,原因不在旁人,问题出在这位三公子身上,他要不改掉大手大脚花钱的毛病,家里的银子迟早还是会被败光。先前账房都撤了,大房的一堆子人不也是想了各种办法,从他身上榨取。没钱了好,没钱了就都不指望了。

南之敛下心神,笑着下了长廊,招呼了一声:"三公子回来了?老夫人正念叨您呢。"

出了这么大的事,谢老夫人必然也知道了。见谢老夫人躺在床上,谢劭顾不上自个儿的心情,只能反过来先安慰:"银钱没了就没了,再赚便是,老祖宗身子骨要紧。"

谢老夫人突然问他:"你怪那丫头吗?"

一个上午,府上早就掀起了风浪,谢大夫人闹了一波后,便是一群后辈。温殊色囤粮那几日,个个跟着兴奋,指望能从中瓜分一些,如今出了事,都把矛头指向了温殊色。

"那么多的银子,全被她捐了出去,之前她那股护食的劲儿呢,前头同咱们一分一文地掰扯清,转身就把银子扔火坑里,她是专程来克咱们谢家的吧。"

"要我是三哥,回来就把她给休了。"

几个人围在谢老夫人床前,意见一致,言下之意,要让谢三把人休了。

谢老夫人想听听老三的想法。谢劭皱眉:"账房是孙儿主动交给她管的,她即便有错,孙儿也该担一半的责任。何况她一没赌,二没贪,不过是把粮食捐给了战场,乃大义之情,替我谢家扬了名,该赞,我何来的怪罪?但对我而言,

'败家'二字，没有冤枉她。"

谢老夫人看了一眼他那咬牙的神情，转头憋住笑，心头也松了一口气，就知道他这孙儿德行不亏，是个明事理的。

"这回咱们算是倾家荡产了，今后怎么办，你可想过？"谢老夫人瞅了他一眼，"殊色给你买了一份官职……"

谢劭打断："孙儿做不了官。"

"为何？"

"谢仆射当年辞官时，可发过话，孙儿不能在朝为官，孙儿是他生的，这条命包括今后的路，都得听他的安排。他不惜大手一挥甩给了孙儿一座金山，孙儿这辈子只管花钱便是。"

还记着呢。

"这不是金山没有了吗？"谢老夫人劝道，"不过一句气头上的话，父子哪有什么隔夜仇，他要是再敢这般说，瞧我不揍他。"

怕也不是什么气头话。

那日裴元丘一番话，虽说目的昭然若揭，可也并非没有道理。

谢仆射当初为何突然辞官回到凤城，而凤城这些年遭遇了几次动荡，为何都能安然无事。

西北两州的王爷，陆续被削藩，只剩下了一个靖王。

这次兵器库的事情，一看就知道有人在背后推波助澜，最后却如此轻松地揭了过去，只怕并非好事。

太明显了。

尽管他谢仆射一心不问天下事，藏得再深，终究还是会被人怀疑上，就看他能逍遥到何时。

谢劭依旧一副懒散模样："那便把他叫回来再赚。"

"我怕等不到他回来了。前几天那粮食一涨起来，别说你媳妇儿，我都动了心，一时冲动，把压箱底的都拿了出来，让她帮着投了进去，如今吃了上顿没下顿，你那老子和老娘，拍拍屁股一走人，几个月都不见信，我要等他回来救济，怕是黄花菜都凉了。"

谢劭惊愕地看着谢老夫人。

谢老夫人偏头躲开他的目光，脸色尴尬："这不是你那大伯母天天在我耳边吵着要去京都买房嘛，我想着这回要是赚了，我掏钱给他们买，一时没经住诱惑，老都老了，还成了晚年不保，合了那句偷鸡不成蚀把米……"

谢劭哑然。

走之前，谢劭到底又把手伸进了自己的袖筒里，掏了一阵，掏出了七八两银子，递给了南之："留给老夫人吧，有难处同我说，我再想办法。"

谢劭从谢老夫人屋里出来后，脚步再无往日的洒脱，金库没了，铺子没了，兜里只剩下了二三两银子。

该去哪儿呢？无处可去。他怏怏地回了游园，院子里悄然一片。东屋外那棵怒放的梨花树也有了凋零之态，满院子的雕梁画栋，突然之间成了一个巨大的空壳。

他推开西厢房，有气无力地往榻上一躺，一双胳膊垫在脑后，闭眼想睡一会儿，早上睡到了日晒三竿，此时也没什么瞌睡。睁眼盯了一会儿帐顶，实在无趣，他转过头同闵章大眼瞪小眼。

闵章看着自家公子，满脸同情："要不咱们去找找周世子，让他想想办法……"

找他干啥，上任做员外？

闵章又道："公子若无事，去找三少奶奶说说话？"

找她？他还想多活几年。

终究是睡不着，谢劭翻了个身起来，从那蒙了一层灰的书架上翻出一本书，抖了抖，跷着腿坐在圈椅上懒懒地翻看。好歹有个东西可以打发日子，他捧着书一直看到傍晚，晚食方嬷嬷过来摆桌："三公子该用饭了。"

两盘素菜碟子，再配了三五个馒头，同中午他吃的那顿简直天壤之别。

瞧出了他的迟疑，方嬷嬷解释道："府上的大米昨晚都被拉走了，这个月的菜钱又没结，肉铺子早上便断了货，厨房里剩下的，今儿中午三少奶奶便让人都给三公子做了。如今只剩下了一些小麦，三少奶奶让人做成了馒头，说三公子先将就着吃一顿，等明儿她想办法，看能不能出去借一些。"

落差实在太大了，一夜之间倾家荡产，竟然连饭都吃不起了？

方嬷嬷道："公子要是吃不惯，奴婢去大夫人那儿走一趟。"

二房虽说破了产，可温家大爷还有俸禄，这回买粮食大房一分都没投进去，没有半点损失，二房养着大房这么些年，如今二房有了难处，大房总不能不管。

方嬷嬷刚说完，外面便响起了一道哭骂声："都是些什么人，良心让狗吃了，往日二爷和二夫人是如何待他们的，如今瞧瞧得了什么回报……"

方嬷嬷赶紧出去，瞧见是温殊色屋里的一个丫鬟，在那儿大声哭喊，便问："三公子还在里头呢，怎么了这是？"

丫鬟见到方嬷嬷，似是找到了人同情，哭得更上劲儿："嬷嬷不知道，今日三少奶奶忧心三公子吃不惯粗食，让奴婢去那边厨房看看还有没有肉，明儿早上好给三公子做些饺子，结果那二少奶奶身边的婢女一把将东西夺了过去，说是要给小主子熬粥用，三公子和三少奶奶要是想吃，自个儿拿银钱买去。"

越说越委屈，一声"哇"地哭出来，"上回二公子被扣在醉香楼，要不是三公子给的钱，这会子他怕是人都没回来呢。还有大娘子、二娘子、大夫人，她们从三公子身上拿走的银钱还少吗，今儿不过几斤肉，当真是把人看透了……"

谢劭刚夹了一筷子青菜，还在嘴里嚼着，裹在舌尖上涩涩的苦味配着外面的哭诉声，简直把他此时的凄凉和落魄渲染到了极致。

是不想让人痛快了。

他将筷子一放，拉开门，不顾外面一堆人的神色，叫上闵章，匆匆出了府。

夜里的桥市自来比白日还要热闹，灯火一照，阁楼上的阑槛钩窗内全是窜动的人影。

闵章跟在他身后，穿梭在人群里，从街头走到了街尾。酒楼暗巷里几度飘来酒香，撺动着人的意志，再多的心思，也抵不住袖筒里只有二三两银子。

也不知道走了多久，主仆二人选了一处没人的偏僻桥梁。

谢劭背靠在石栏上，望着远处热闹的灯火，仰头灌了几口闵章用一两银子买来的两壶散酒，味儿从喉咙一路辣到了肺腑。

除了烈，毫无香味可言。

醉香楼的酒是什么味儿来着？

闵章见他一口接着一口地喝，似乎也没什么不习惯，也从怀里掏出了一个馒头慢慢地啃着，啃到一半，察觉到身旁的目光，转头见自己的主子正盯着自己，道他是在怜悯自个儿，咧牙一笑，安慰道："奴才一点都没觉得委屈，奴才就喜欢吃馒头，小时候想要还没有……"

谢劭："还有没有？"

半两银子买来的一壶酒，劲头比醉香楼里的"醉仙"还大，谢劭一夜宿醉，第二日醒来，又到了巳时。

方嬷嬷端来了一碗肉粥到西厢房："三少奶奶今儿一早便去了当铺，把自己的首饰抵押了出去，换了些肉和米回来，让三公子吃了在府上好好歇息，她回温家一趟，看看温家大夫人那边能不能借些钱。"

谢劭心中一叹。

睡了一觉，日子照样凄惨。

谢劭盯着跟前这碗弥足珍贵的肉粥，他何时竟沦落到了让一个女人来养，转头吩咐闵章："找个人去催催老爷子和他夫人，就说他吃闲饭的儿子和媳妇儿要饿死了，让他赶紧回来赚钱。"

可就算谢二爷和谢二夫人此时赶回来，远水也救不了近火。谢劭转头朝屋里望了一圈："寻寻屋里还有什么值钱的东西，都拿去抵押了。"

闵章抬头便往他那张弓箭上瞧去,谢劭眼皮子一跳:"那个不行。"

闵章又瞧向了一张虎皮。

"更不行。"那是他人生中狩的第一只大虫。

还有马鞍。

"不行。"

那就没什么值钱的了,总不能把他的衣裳裤衩腰带拿去抵押。

闵章不说话了。

谢劭问:"真没值钱的了?"

闵章想了一阵:"要不公子去找二公子吧,他还欠公子五百两银钱。"上次在醉香楼,二公子说好的是借。

"你觉得他有吗?"

闵章摇头。

那不就得了。

沉默了一阵,闵章难得说出自己的意见:"奴才觉得公子去领一份俸禄也挺好,谢员外还挺中听。"

话音刚落,便收到了一记刀子眼。

谢家二房破产的事总得要解决,不能让三公子和三少奶奶当真饿死了,早食前,谢老夫人把人都叫到了宁心堂。

温殊色今日不在,回了娘家,二房只有谢劭一人。

大房谢大爷也不在,谢大夫人领着几个小辈到了场,一坐下来,气氛便与往日完全不同。谢大夫人把头偏向一边,几个小辈也是各自低着头,再也不似往日那般"三哥哥三哥哥"叫得亲热,个个都撇开视线,不往谢劭身上瞧。

谢老夫人往众人身上扫了一眼,心如明镜,问谢大夫人:"大爷呢?"

谢大夫人答:"王府这几日正忙着,脱不开身,今日天没亮就走了。"

谢老夫人也没再追问,直接开门见山:"二房如今的情况,你们也看到了,银钱是一分都没了,二爷和二夫人又不在府上,你们当大伯的总不能不管,且往日府上的开支,都是二房在出,这些年花了不少出去,平日里对你们,也没少帮衬,如今遇上了困难,都是一家人,相互照应,把这一关渡过去。"

怎么渡?二房这回那可是一分都没了,破了产的。难不成今后都要他们大房来养?谢大夫人这两日从那发财梦里醒了过来,便一直在担心二房会不会反过来向他们讨钱。

终究还是来了。

谢大夫人早就想好了说辞:"不是我们不帮,大爷的俸禄,摆在眼前大家都知道，就那么多，屋里这么多张嘴吃饭，算上顾姨娘屋里的，咱们大房一共几十张嘴，老二媳妇又刚生不久，且不说大人离不得补品供着，小的还是个奶娃呢，还有府上每天的开支，下人们的月例。老祖宗这儿，今后咱们总也得管吧……"她苦涩地咽了一口气，是真的伤了心，"你说这好端端的日子，被一个新妇败了家，往后还让我们怎么活……"

谢大夫人就弄不明白了，那温家二娘子捅出这么大一个娄子，怎么谢老夫人和老三还不把她扫地出门。

闻言，谢老夫人冷哼一声："你也知道府上的开销大，往日你们大房一家子都让二房养家的时候，怎么没见你替他们哭？"

谢大夫人一噎："母亲这话说的，我大房这不是手头上没银钱吗……"

谢老夫人怒气一下蹿了起来："那如今二房也没了银钱，你们就不活了？"

谢大夫人被谢老夫人一斥，不仅没觉得心虚，随性同她摊牌了："咱们之前不是没提醒过老三，早告诉他，库房不能交到才刚进门的新妇手上，他不听。老三媳妇囤粮食时，我也不止一次提醒她，早些卖出去，图个稳当，可她非不知足，如今败光了家底，冤谁？"她扫了一眼对面的三公子，到底没底气同他对视，目光掠过，撇过头道："老三这不还有一份官职吗？待日后上任，也能拿俸禄。"

那么大人了，自己不会养自己？

"母亲知道，承基马上要去京都，这一笔钱还不知道上哪儿去凑呢，家里又出了这么一档子事，这不是把我们往绝路上逼吗？"谢大夫人表明了自己的态度，"母亲这儿，身为儿子媳妇，咱们应该尽孝，屋里的一应花销我认。可除此之外，我大房实在没有银钱来养闲人。"

就老三那大手大脚的花钱法子，谁养得起。

还有温家二娘子，那等败家子，她恨不得将其扫地出门呢，今后还要她拿银子去养，不如气死她得了。

谢老夫人讽刺一笑："大爷也是如此想的？"

谢大夫人面色坚决，不退不让，一言不发。

谢老夫人还欲再说，谢劭缓缓站了起来，同老夫人道："祖母放心，孙儿四肢健全，饿不死。"也没再待下去，一人先出了院子。

气候已到了春末，世态炎凉，眼里的景色突然也跟着变了，沿路的牡丹和几棵海棠，不知何时已有了败落之气。谢劭倒也从未想过要倚仗大房，可适才那番人人避他如蛇蝎的情景，多少还是有些刺心。

连闵章都看出来了，他替谢劭一道想起了办法："公子在府上已经不太受待见，咱们还是去找周公子吧，一个月还能有十五贯呢。"

谢劭当没听到:"明天问问崔哗,有没有什么我能干的活儿。"

什么活儿能配得上他凤城纨绔的身份。以崔公子的性格,闵章觉得自家主子要是找上他,八成还会背上一笔可观的债务。

这头谢劭一副凄凉落魄的模样刚从院子里出来,便遇上了从温家回来的温姝色,小娘子同样无精打采的,耷拉着脑袋,一瞧便知道,必然也在温家碰了壁。

两人一个站在长廊头上,一个站在长廊尾巴处,四目相对,眸子里的凄惨不言而喻。当真是一对落难夫妻。谢劭别开头,温姝色垂眼走到他身旁,有气无力地唤了一声郎君,小心翼翼地问他:"祖母怎么说的?"

谢劭不搭腔。

"郎君放心,谢家大伯乃节度副使,俸禄高,往日郎君给了他们那么多银钱,如今郎君有了难处,定不会不管。不像我,回去一趟,别说借到银钱了,连口饭都没得吃……"

谢劭哑然。

她倒是会往人伤口上撒盐,谢劭仰头看了一眼日头,早过了午食的点,他也没吃饭。除了昨儿中午那顿,之后便没有一顿能果腹的东西,日子竟过到了这般境地。

谢劭一阵沉默,小娘子突然扯了扯他的袖角。他垂眸看过去,便见小娘子怯怯地问:"郎君身上还有银钱吗?"谢劭额角一跳,他还有什么银钱,昨夜剩下的二两银钱,买了两壶酒,如今就只剩下一两了,这还算有银子吗?

不等他发作,小娘子从袖筒里掏出一个油纸包,剥开好几层油纸,里头是一块馋人的酱牛肉。小娘子咽了一下口水,眼中虽有不舍,却毫不犹豫地递给了他:"郎君吃吧,我一点都不饿。"

往日他哪顿不是山珍海味,酒菜一日之内从不重样,怎会稀罕一块酱牛肉,偏偏前几天去了一趟庆州,风餐露宿,啃了几日干馒头,做梦都在想着凤城的美食酒肉,结果人回来了,家里却突然破了产,往日的日子一去不复返。酒楼里的酒菜是有,他却吃不起了,此时肉香入鼻,胃腹一阵紧缩,不馋是假的。

再看小娘子,手里的酱肉送到了他跟前,目光却迟迟离不开。

温家是什么状况,他也听说过。温家二爷负责赚钱,温大爷负责为官,同他谢家的情况倒是一个样,大房也是个只进不出的主。这回破产,温家也没能幸免,今日她回温家借钱能讨到什么好处。有了先前谢家大房的对比,小娘子递来的这块肉,便显得格外有情有义。

败家是败家,好在不是个忘恩负义、吞独食之人。患难见真情,也算不幸中的一点小安慰。

他一个大男人还能同一个小娘子抢食不成?谢劭深吸一口气,想把那股勾人的味儿隔在鼻尖之外，神色却突然一顿，只觉得那股香味莫名有些熟悉，目光重新盯向她手里的纸包，面露怀疑："这东西哪儿买的？"

小娘子没有半分隐瞒，目光亮堂堂地看着他："醉香楼。"

谢劭眼皮子一跳。

小娘子接着道："我听方嬷嬷说，郎君最喜欢去醉香楼，这不今日我把首饰都当了，特意去醉香楼给郎君买了酱牛肉。对了，还有酒。"小娘子一脸雀跃，埋下头如同变戏法般，又在自己的宽袖底下掏出了两壶酒，白瓷做成的精致酒壶往他眼前一晃，冲他一笑卖弄道，"郎君知道这是什么酒吗？醉香楼跑堂的人说，是他们酒楼最好的酒，名叫'醉仙'，我特意尝了味儿，确实香，唯独价格稍微贵了一些，一壶要一百两银子，不过我今日当的银钱刚好够……"

这两日受得刺激太多，谢劭腿肚子都软了。

昨夜他怀里揣着二两银子，在街头徘徊了一夜，没钱买的美酒，她买了回来。

二百两银子。

外加一块酱牛肉。

当真是有多少用多少。当初自己到底是有多眼瞎，才会觉得她能治家，跟前这位小娘子败家的本事，他怕是自愧不如。可到底卖的是她自己的首饰，他没有资格发话："你吃吧，我出去一趟。"

如此下去也不是办法，他去找崔晊，瞧瞧能不能先寻个活儿。

可小娘子非要同他同甘共苦，人都走了，还冲着他的背影倔强地道："郎君不吃我也不吃，我等郎君回来。"

不知道自己主子心中是如何想的，闵章被感动到了，转过头看了一眼谢劭，说出了自己对这位新夫人的第一句评论："主子，三少奶奶是个有情有义之人。"

就是花钱有些大手大脚，竟然比主子还狠。二百多两银子呢，主子身上才一两不到……

谢劭已经没心思说话，被那股熟悉的酒肉香味儿熏得晕头转向，四肢无力。

主仆二人的身影消失不见了，祥云才忙往后退两步，一边捏住鼻子一边捂着腹部，仰头翻着白眼："娘子赶紧包起来吧，奴婢不行了，太饱了，闻不了这油气。"

今日温殊色确实是回了温家，也确实如她所说，在温家一口饭都没吃上。

谢家二房破产的消息一出来，温家大夫人安氏便傻了眼。

前几日温殊色买粮食的事，温大夫人都知道，也知道温殊色把温二爷的几间茶楼一并抵押给了崔家，粮食价格起来后，安氏和谢家大夫人的反应一样，每日都在盘算着该同温老夫人要多少银钱去京都置办房产，本想再找个机会见

163

一见谢家大夫人，问问对方的打算，谁知这头还没约上呢，一夜过去，温家的茶楼和铺子全没了，连温老夫人最初打算拿给她的棺材本也没了。

那么多的粮食都让败家子拿去给捐了战场。

温大夫人安氏气得双眼发黑，骂了温殊色两日，今日见人回来，还没来得及质问她，她倒好，先问自己借起了银钱。温大夫人心头本就憋着气，一听完满腔怒火，哪里有好脸色，不顾温老夫人在场，板着脸数落起了人："我早知道咱们这位二娘子出手大方，先前大娘子的嫁妆便被她散光，母亲忧心她大手大脚的性子，怕她将来嫁不了好人家，不惜把大娘子的婚事抢了去，结果呢，白让母亲心疼了一场，才嫁过去一个月不到，不仅把夫家的钱财散尽，还有本事把自己的娘家也一并败了。老夫人和府上今后的一众用度，我都不知道上哪儿去想办法呢，我能有什么银钱借你？二娘子心头要是还念着娘家，就行行好吧，可别拖累了咱们。"

父亲和三哥哥这些年不知花了多少银钱养出来了一群白眼狼。

如今自己落难，换来的却是一句拖累。

虽说早已知道他们是什么样的人，如今亲耳听着这些话，依旧扎心。温殊色越发坚定了自己的选择是正确的，平静地道："大伯母怕是搞错了，我父亲捎回来给我的东西，怎就成大娘子的嫁妆了？大娘子有父有母，当叔叔的可没有义务要为她备嫁妆。即便我败家败的也是父亲赚来的银钱，父亲训我应该，犯不着大伯母来替我心疼。今日回来问您借银钱，是因我觉得父亲和三哥哥这些年没少养你们，如今他的女儿有难，你们也应当帮衬一把。可显然是我想得太简单，并非人人都像父亲和三哥哥一般善良，真心把咱们当成了家人。"

失望又伤心，温殊色片刻都不想留："伯母放心，今日我不会问您拿一分银钱，我已给父亲和三哥哥各买了一份官职，从今以后，咱们就各当各的官，各赚各的钱，最好是分清楚了……"

没等温大夫人反应过来，温殊色说完便起身离开了温家。

身后安氏回过神来，一副摸不着头脑的气恼样，转头便同温老夫人告状："瞧吧，家都被她败光了，她、她还有理了。"

温老夫人神色淡淡："既没借一分银钱给她，你说这么多，不觉得心虚？"

论心虚，温大夫人还是有的，二娘子败的那些钱财只是温二爷在凤城的家底，温二爷在福州还有资产，马上就到休渔期，应该赚了不少钱。

可让她往外掏银子，温大夫人无论如何也做不到。

不是已经嫁去谢家了吗？

谢家二爷就算不在府上，还有谢家大爷在呢，凤城的副使，一年俸禄好几千两银子，怎么着都够养活府邸上下，还能让她一个新妇饿肚子不成？

殊不知,谢家大房同她温家大房都是一类人,温殊色已陪着谢三饿了两天。嘴里胃里一片寡淡,做梦都是肉香味。今日早上着实没忍住,温殊色借着回温家的由头,实则是为了去醉香楼。

温家的茶楼自己抵给了崔家,如今的老板便是崔家的长子崔哞,自己是再也不能进去。凤城里的几个茶楼,就数醉香楼平日里来往的人杂,生面孔多了,便不会有人特意去留意她。

主仆二人戴好帷帽进楼,什么酱牛肉、涮羊肉,今儿差点把醉香楼的菜品都点了一遍。素了两日,两人最初是恨不得吃下一头牛,一直撑到喉咙,实在是吃不下了,才让人把剩下的一块酱牛肉包起来,两壶醉仙酒倒是温殊色另外掏银子特意买来的。

她也没说假话,两壶酒确实是二百两银子。

今日折腾一番,她把自己的首饰当掉,也就换来了二百两,如今买了两壶酒,又是分文不剩。

既已找到了另起锅灶的路子,今后便也不愁了。温殊色把酱牛肉的纸包裹上,塞给祥云:"我也吃不下,留着晚上给他吧。"

破产的第三日,谢劭再次找上了崔哞。比起上回刚受到打击时的激动,如今他整个人都冷静了下来,身上明显多了几分落魄。崔哞目露同情:"谢兄放心,银钱我虽帮不上什么忙,但一日三顿饭还是不成问题。你要是没了去处,就来我茶楼里吃,吃完了挂我的账就成。"

谢劭没领情:"我像讨饭的?"

这人虽说穷得连饭都吃不起了,可那股子傲慢的高贵气势,却依旧压在自己头上。崔哞摇头:"不像。"

谢劭直接问:"有活儿没?"

崔哞一愣:"谢兄想要什么样的活儿?"似乎明白了过来,目光一亮,凑近道,"我就说咱们凤城谁还能有谢兄的本事,不可能一次失败,就此被打倒。"忙问他,"谢兄是想做什么生意?要不要借钱?咱们是兄弟,一月只算你半贯利息。"

和闵章预想的一样,果然是要他负债。

崔哞明显是个不靠谱的,道不同不相为谋。谢劭蹭了一顿饭,刚从崔哞的茶楼里出来,迎面便碰上了周邝和裴卿。

比起崔哞,周邝爽快得多,上来便递给了他一袋银钱:"我正要去府上找你呢,上回谢兄替我去了庆州,这是跑路费。"

荷包里就只剩下了一两银子,谢劭确实很需要银钱。

谢劭接了过来。周邝与他并肩，不死心："谢兄打算何时当值？"袋子里给他的银钱并不多，就十两，杯水车薪，也解决不了他眼下的困局，又道，"至于俸禄，咱们还可以商量。"

谢劭依旧是那句话："我无心于官。"

周邝也没勉强："那行吧，谢兄有什么困难之处，随时同我说。"说完瞧了他一眼，肩头偏过去低声道，"听说嫂子今儿回了一趟温家，好像是哭着出来的，估计也是走投无路，连首饰都拿去当了。"

谢劭一顿。

"谢兄要是有什么难处，千万别同我客气，这小娘子身上要是缺了珠钗，身为夫君不也是脸上无光吗？"

主意没给他出一个，又被扎了一刀。

最后，还是裴卿稍微靠谱些："谢兄不是有一手好字吗？往日我便觉得浪费了，这回倒是能派上用场，谢兄不如抄书赚些银钱，先渡过眼前的难关。"

家里都破产了，也没心情多逗留。日跌时分，谢劭回到游园，刚跨进门，便听见了两道小娘子的声音。

明家的大娘子明婉柔来了，也才到不久，正立在屋前拉着温殊色左看右看："倒没见瘦。"继而埋怨道，"这么大的事，你怎么不同我说呢？要不是知道你今日回了温家借钱，我还真不相信你破了产。"身后没长眼睛，不知道来了人，"上回你还同我说，人家谢三是败家子，如今我看不见得，分明是你把人家的钱财败没了。"

温殊色似乎也没看到进来的郎君，一副痛心疾首的模样："你可别说了，我都已经后悔了，饿了两日，肠子都悔青了，往后的日子该怎么办。"

明婉柔胸膛一挺，十分讲义气："你放心，只要有我一口吃的，便不会让你挨饿，我来养你。"

"你说得倒是轻巧，你怎么养我？我如今已不是一张嘴了，你养了我，谢三呢，难不成你还要养他……"

明婉柔想也没想："可以啊，不过三顿饭，多张嘴而已。"

温殊色摇头："我知你是真心想帮我，可你千万别当着谢三的面说这句话，天下男人哪个不好面子，自己的媳妇儿养不活就算了，连自己都养不活，还得靠着朋友来救济，同乞讨之人又有何区别，岂不摆明了说他没用，活生生打他脸吗？"

第四章 为五斗米而折腰

这话听着怎么都不对劲。诚然他今儿确实在崔哞的茶楼里吃了一顿饭,也确实拿了周邝给他的十两银子。

这类情况在他破产之前也有过,别说一顿饭,几人去醉香楼,多数是他谢劭出的银钱。今日不过是蹭了崔哞的一顿饭,原本没有什么想法,经小娘子一说,却忍不住让人多想。养不活媳妇儿,还得靠她自己卖首饰糊口,吃不起饭去找朋友救济,说的不就是他如今的情况?

破产后这几日的切身感受除了饿肚子,没觉得有何地方可丢人,如今被小娘子一顶高帽子压下来,说者无心,听者有意,难以幸免地再次被戳了心。

知道她还饿着肚子,回来时,谢劭特意让崔哞做了几道菜,这会子是无论如何也拿不出来了。他抬步往前走,不顾小娘子惊愕的目光,随口招呼了一声明婉柔:"明娘子来了。"

明婉柔吓得不轻,猛然转过头。

上回在墙头背着人一通谋算,结果坏心思全被他听进了耳朵,想起来就尴尬,恨不得自己有通天的本事,把对方的记忆抹去。

正因为如此,她一直没脸来谢家看温殊色。若非今日听说温殊色回了一趟温家,被温大夫人赶了出来,恐怕还是下不了脸上门。

人还没缓过劲呢,又被听了墙根,明婉柔头一个反应便是去回想自己适才有没有说过什么得罪人的话。可她每回同温殊色说起凤城中的"年少轻狂"时,一向都没什么好话。

园子的主人已上踏道,进屋打算关上门了,明婉柔才反应过来,满脸辣红,结巴地回了一声:"三、三公子。"没脸再待下去了,明婉柔忙把一袋银子塞给温殊色,"缟仙,今儿我出来得急,手里就这些现银了,你先拿去用,等过两日我再来看你。"

温殊色没接:"我说了不能要。"

"你拿着吧。"

"真不用。你别听外面的那些传言,谢家这么大个府邸,你还怕我饿着不成,不过是再也回不到之前的宽松日子罢了……"

两人推托了一路,声音越来越远。

谢劭进屋关上门,正要吩咐闵章把提回来的食盒自个儿解决了,便看到了桌上摆着的一块酱牛肉和两壶酒。

谢劭一愣。

她还真没吃?

那头,温殊色刚把明婉柔送走,回来经过西厢房时,旁边的门扇突然从里打开,谢劭立在门槛内,温声问她:"不饿?"

即便她打碎了牙往肚子里咽,不与外人道出苦楚,恐怕也不管饱。

温殊色中午一顿吃完,走出醉香楼后便暗自发誓三天都不吃东西,缓缓地摇头:"不饿。"

分明是在说谎,他又道:"一起用。"

温殊色依旧拒绝:"不了。自小我便有过午不食的习惯,郎君今日在外忙了一日,应当还没吃东西,我让方嬷嬷把酱牛肉送到了郎君屋里,郎君先将就吃一顿,明日我再想想办法。"

她能想什么办法,再去当卖首饰?

如此一瞧,往日高髻上那支最显眼的金镶玉簪似乎也不见了。

周邝的那话,谢劭到底还是听了进去,再想起新婚夜小娘子同自己的约法三章,里头便有一条,不能过苦日子。

小娘子没主动同他提起,虽说有几分自知之明和愧疚的嫌疑在,但起码她明事理,不是胡搅蛮缠之辈。

他道:"首饰和簪子不必再往外当,银钱之事,我想法子。"

小娘子意外地看着他,似是被他的话所感动,痴痴瞧了一阵,嘴角一抿垂下头,声音齆齆地道:"我把郎君的家都败了,郎君不怪罪我,我已经很感激了,哪里还有脸让郎君去赚钱……"

这倒是真的,谢劭一时忘记了反驳。

沉默的工夫,小娘子已转过身快步跑回了东屋。

第二日,谢劭再次睡到了巳时,见东屋的房门大敞开,问方嬷嬷。

方嬷嬷道:"三少奶奶又搜了些簪子,早早便去了当铺。"

昨日刚从周邝那儿得来了十两银子，有了上回的教训，谢劭没敢把钱再交给温殊色，给了方嬷嬷："让她不必再当首饰，不够了再同我说。"

交代完，谢劭也没待在府上，去找裴卿，问他昨日所说的抄书之事。

裴卿帮他打听了，千字五钱。

谢劭还没说话，闵章眉头一皱："这么低？要赚上一贯钱，那得抄多少字。"

想他主子之前手指缝里漏出去的都比这多，千字五钱……闵章觉得是在羞辱他家主子。

裴卿一笑："这还是价位相对较高的。字迹不好的人，千字只有三钱，即便如此，这门行业在凤城依旧吃香，做习惯了的人，一日抄上几万字不在话下。"

一日几万字，公子怕是要整日不吃不喝，坐在书案前抄书了。

谢劭也有此顾虑，他从来不做付出与回报不成正比的买卖。

没谈妥，谢劭又去了几个招工的地儿，对方一听说他谢三的名号，个个都避之不及。要么把他夸上了天，当他是拿自己开玩笑，要么被他纨绔的名声吓跑，谁都不敢录用。几日过去，毫无成果，每日都忙到黄昏才归来。

好几次回来，谢劭都见温殊色立在一处墙角，轻轻地摇着手中罗扇，抻长了脖子往对面的一堵墙上望，望向的方向是隔壁大房二公子的院子。

起初他还不知道她在瞧什么，直到今日回来，听到她嗟叹道："真想将这墙砸了，果不了腹，闻个味儿总也行。"

十两银子也就能管几日伙食。自己勉强还能坚持，可她一个被娇惯大的小娘子，吃惯了山珍海味，日子一久哪里受得了。

夜里，谢劭躺在床上，瞧了一眼桌上至今未动的两壶"醉香"，难得失了眠。好歹是跟了自己，是他谢家的三少奶奶，总不能当真把她饿死了。翌日天刚亮，谢劭便咬着牙爬起来唤闵章："你去找裴卿问问，抄什么书。"先抄着吧，赚一钱是一钱，总比一直这般耗下去饿着强。

然而一日过去，两日过去，抄写的纸张都摆成山了，却换来了不到三百钱，还不够买一斤好肉。指关节的地方勒出了一个深窝不说，腰背脖子肩膀疼得更是直不起来。明摆着是件体力活儿，不适合他。谢劭不干了，将手中的笔一撂，再次问闵章："老爷子还没有消息吗？"

闵章摇头。自从上次捎回来了几个字的信件后，谢家二爷便再也没有任何消息。

快三个月了吧，他谢仆射是打算当上门女婿，不回来了？

屋漏偏逢连夜雨，正在这节骨眼上，谢老夫人又突然病了，犯了头风。

先前尚未破产时，温殊色曾替谢老夫人买了不少能治头疼的天麻，隔上几日，南之便会照着温殊色的法子煲汤或者蒸鸡蛋，谢老夫人的头疼确实缓解了不少，已经很久没犯过了。可最近天麻吃完了,二房没了银钱再买,屋里的开支都是大房在出,哪里舍得花钱去置办,一停下来,谢老夫人的头疼又开始了,这回疼得还挺厉害,躺在床上一直翻来覆去,睡不着,嘴里不停地唤着"闲颔"。

南之把谢劭叫到了宁心堂,谢劭陪了谢老夫人一个多时辰,人才睡过去。

出来后,谢劭便去问了府医,府医道:"老夫人的头疼是顽疾,并非一日便能根除,得慢慢养。三公子还是尽量想办法买些治疗头疼的食材回来,每日温补,比用药要见效得多。"

谢劭立马让闵章去了一趟药铺,差点的天麻一两银子一斤,好一点的五两十两都有。

先前兜里还剩下了不到一两,加上抄书得来的几百钱,勉强能买一斤。

这回是彻底身无分文了,抄书来钱太慢,尽管对方看上了他的字迹,涨到了七钱,可比起府上的开支和生存,还是差得太远。

已经够焦头烂额了,夜里方嬷嬷又过来禀报:"三少奶奶一头簪子,如今算是一个不剩了。"

南之也过来了:"三公子买回来的天麻,奴婢今儿炖给了老夫人,老夫人说味道不对,涩口,没吃几块便搁下了碗。"

要人命吧。

可还能怎么办,老爷子和二夫人不在,大房又睁一只眼闭一只眼。

果然有钱不是万能,但没钱是万万不能。眼下似乎只剩下一条路了,人被逼到了绝路,一切的原则,都不存在。

先做两个月,等谢仆射回来。

夜里,周邝都已经洗漱完,快睡下了,突然听到下人通传,说是谢家三公子来了,当下一愣,赶紧套了一件衣衫亲自出去接人。

刚跨出府门,便见谢劭立在门外,周邝上前唤了一声:"谢兄。"

他还没来得及领人进去,问谢劭这大半夜急急忙忙找上来所为何事,便听谢劭问:"俸禄多少?"

第二日,辰时刚到,祥云便匆匆进来摇温殊色的肩膀:"娘子,娘子……"往日温殊色要是睡着了,祥云断不会叫醒她。

突然被吵醒,温殊色眼睛睁开了,脑子却没跟上,蒙蒙地瞧着祥云,不明白是天塌了还是地裂了。

祥云的神色却带着天大的惊喜:"姑爷过来了,问娘子上回那份员外的文书放哪儿了?"

呆了片刻,温殊色瞬间从床上坐了起来,转身在自己的枕头下摸索了一番,拿出三份文书，找到谢劭的那一份，慌忙趿拉上床边的鞋，衣裳都没顾得上穿，穿着宽松的里衣，及腰青丝散了一肩，匆匆走了出去："郎君……"

昨夜，谢劭已上门同周邝谈妥，今日当值。

之前尚有金山在身，谢劭从未起过这般早，常常半夜歇巳时起，多年来养成了习惯，今日辰时不到，被闵章叫起来，一双眼皮子重得撑不起来，脑袋也是昏昏沉沉的。穿戴洗漱完，他依旧没缓过来，拖着脚步到东屋来拿文书，见小娘子还没起来，一屁股坐在被她霸占了好些日子的安乐椅上，再环顾屋子，久违的熟悉袭上心头，思及往日种种洒脱，已人是物非，真真不堪回首。

不由得去追忆，他的人生际遇到底是从何时发生的变化？

好像就是从娶了里头的那位小娘子开始。

鸠占鹊巢，倾家荡产。

两人成亲毕竟事先没合过八字，正暗忖她是不是与自己天生相克，耳边小娘子的声音便传了过来，唤了他一声"郎君"。嗓音欢喜雀跃，比他刚才过来时在外面听到的几道黄鹂声还清脆。他转过头，只见她神采也飞扬，刚从被窝里爬起来，面上还没来得及施上粉黛，没了往日的明艳，却是另外一种风采，白嫩的脸颊透出两抹自然的红晕，不禁让他想起了最近池子里刚盛开的几朵睡莲。

再往下，便有些非礼勿视了，跟前的这朵睡莲还没更衣，许是天气逐渐清凉，穿着也清凉。

她只着一件海棠色的里衣，外衫都没穿，白嫩的胳膊和肩头暴露在外，灼人眼睛。

谢劭不动声色地偏过头。

小娘子似乎很高兴，对自己的着装浑然不觉，把手里的文书递到他跟前："郎君要去当值了吗？"

谢劭起身，扭着脖子接了过来，尽量不让自己的视线瞟到她身上。小娘子却偏要往他跟前凑："我就知道郎君能想明白，那么多的粮食才换来的一份官职，不去领俸禄岂不是浪费了嘛。"又道，"那日周夫人应下的是十五贯一月，但我听她说每年秋季都会上调一回俸禄，眼下离秋季也快了，不过五六个月的工夫。"

谢劭：五六个月，她估计都饿死了吧。

俸禄的事，不用她操心，他从袖筒里掏出了一个荷包递给她："昨日提前支取了十两银子，老夫人近日犯头疼，上回你买的天麻，再买一些回来。"

温殊色点头，伸手去接，谢劭的动作却突然一顿，不松手了。

温殊色诧异地抬头,便见跟前的郎君神色认真地嘱咐道:"药铺的老板并非都是老实人,买之前,先让方嬷嬷多去几家,比较一下货色和价位……"这样的话,从他嘴里说出来,实属让人意外,说完自己先察觉了出来。往日他想要买一样东西,哪里会问价钱。再看如今,瞧他说的是什么话,如此会过日子,连他自己都快不认识自己了。

他一番暗自嗟叹,跟前的小娘子却没听明白,问他:"怎么个比较法?"

他忘了这人比起自己,有过之而无不及,败家的本事明显比他更胜一筹,终究不放心:"罢了,还是让方嬷嬷去办。"荷包又收了回去。

温殊色:"无妨,横竖我待在院子里也没事。"

"你还是去睡觉吧。"只要不再来败他的家,他就已经很感谢她了。

见他转身要走出去,温殊色终于没忍住,问他:"郎君昨夜是睡落枕了吗,怎么脖子是歪的?"

她当真没有半点自知之明?

谢劭觉得很有必要提醒她:"下回你出来见人,能先把衣裳穿好吗?"

温殊色一脸茫然,顺着他轻飘过来的视线垂首,脑袋瞬间"嗡"的一声炸开,想去拉东西遮挡,可光溜溜的一双胳膊,什么也没有。她想抱住胳膊挡住,又觉得太过矫情。于是,她破罐子破摔,不遮也不挡了,且还嘴硬道:"横竖都是夫妻了,这不便宜的也是郎君吗,怕什么。"

她倒是能放得开,可越来越红的脸又是怎么回事。

两人成亲虽说各不情愿,却是正儿八经拜过堂的夫妻,她要这么说,似乎也能理解。

他的目光突然正大光明起来,脖子也不歪了,一双眼睛直勾勾地盯着跟前的小娘子瞧了一圈,直把小娘子瞧得眼角一阵一阵地跳动。在她发作之前,他摸了一下鼻尖,及时转身:"看完了,我先走了。"

拂起珠帘刚出去,身后便传来了小娘子的惊呼声:"我就说他不是个好东西吧……"

也不知道是不是因为终于让败了他家的小娘子吃了一回瘪,踏出门槛时,他觉得今日的天气神清气爽,脚步也轻松了许多。

当日,谢劭便去靖王府领了值,员外兼军事推官。

周邝自然高兴,为了庆祝他头一日上任,自掏腰包,去醉香楼买了一壶酒送他:"本来应该请谢兄上醉香楼吃一顿,但谢兄也知道,我这世子恐怕是有史以来口袋最干净的一位,且最近天灾,母亲又管得紧,今日先买一壶酒,余下的饭先欠着。"

崔晔也买了一壶酒给他:"这不是接手了谢兄和嫂子的铺子嘛,最近我正忙着翻修整顿，银钱都投了进去，手头上没什么现银，下回给谢兄补上。"

裴卿更不用说，每个月的那点俸禄，维持完府邸的开支后已所剩无几，买一壶酒已是咬碎了牙。

往日四人之中，就谢劭手头最为阔绰，如今"钱罐子"没了，一夜之间都被打回了原形，醉香楼是去不成了，四人提着三壶酒去了裴卿的府上，日头还挂在西边，杯中的酒却已经没了。四人望着跟前的空杯，再无往日的潇洒恣意，极有默契地起身，各回各家。

头一日当值，只需要挂个名，并无事务，且军事推官，也是个轻松的活儿。

谢劭刚回了谢府，正打算补个觉，人还没躺下去，靖王府便来了两人，抬着一个竹筐篓子："谢员外，世子说这些是建府以来所有的战事资料，先让您瞧瞧，熟悉熟悉。"

谢劭：……他是不是长脸了。

"世子说，他已经向周夫人请示过了，昨日谢员外先支取的那十两银钱，下个月不从俸禄里扣，就当是给谢员外的额外补助。"

有钱能使鬼推磨。

三十年河东三十年河西，报应到他身上了。

谢劭还能说什么呢，只能挑灯看到半宿，第二日辰时准时到靖王府报到。

新上任，周邝特意为谢劭做了一身新官服，穿戴好，领着他到王府走了一圈，把府上的幕僚都给他介绍了一遍，接着又让他跟着裴卿去巡逻。

周邝是什么意图不难猜，大抵是想让谢劭在众人面前多露脸，越多的人认识他，日后越是无法反悔。这一招倒是管用，两日下来，凤城人全知道谢家的三公子当了官。

比起什么军事推官，"员外"更让人好记，凤城百姓对他的称呼，也从往日的"三公子"变成了"谢员外"。

每回听到"谢员外"三个字，裴卿都忍不住发笑，不忘朝谢劭心口戳刀子："没想到有朝一日，我还能有幸同谢兄共事。"

这几日下来，谢劭的心脏已无坚不摧，但不妨碍他心眼小，随口一报复几乎屡试不爽："你何时去京都？"

一提这事，裴卿立马没了好心情，沉默了一阵，突然压低了声音同他道："那老狐狸也不知要耍什么心思，最近频频派人回来劝说，非要我去京都一趟。"

谢劭神色一顿："裴大人派人来接你？"

裴卿点头又摇头："我这辈子就算是死在凤城，也不会承他的情，蒙他的庇佑。从他抛糟糠妻，弃幼子的那一刻，我便同他断绝了父子关系。"

谢劭想的却不是这事，问他："何时之事？"

"昨日。"

谢劭正立在马路中间，垂目沉思，耳边突然一道爽朗的声音唤来："谢三公子。"

谢劭闻声转过头，便见到了一张熟悉又陌生的面孔，辨认了一阵，不确定自己有没有认错："温三？"

"沿途回来，不少人都没认出来。"对面的郎君冲他爽朗一笑，"亏得谢三公子眼力好。"

此人正是温家三公子温淮，模样倒是生得眉清目秀，尤其是一笑起来，格外阳光，但黑确实是黑。

人是认出来了，可如今两人这关系，实在是有些尴尬。相遇得有些太突然，一时没想好该怎么面对。

早前谢劭便知道温家二爷和这位三公子常年待在福州，这回的事情不清楚温家人有没有给两人递消息。但见温淮此时待他的神色坦然又轻松，也不像是知情者，谢劭先寒暄道："何时到的？"

温淮指了一下身后小厮牵着的马匹："这不才刚进城。"

温二爷休渔期最后一次出海，去的路程比较远，为了赶温家大娘子的婚事，温淮到了半路便折回福州，船只一靠岸，便马不停蹄地赶了回来。

福州的气候比凤城热，四月的福州早已是一团火炉，海面上的日头一晒，比起去年，温淮整个人又黑了一圈。到了城中很多人都没把他认出来，谢劭是头一个认出他的人，但比起谢劭，温淮和谢家的大公子谢恒曾为同窗，关系更亲近一些，人才进城，消息还停留在几个月之前。

"可惜还是没赶上谢兄和家中大妹妹的婚宴，择日我再到贵府拜访新妹夫。"

不用问，是不知情了。

一旁裴卿的神色别提有多精彩，一脸看戏地盯着谢劭。这就难办了，不需要他择日拜访，他的亲妹夫就在眼前。

说来话长，且不是什么光彩之事，谢劭舌尖顶了一下腮，偏开头，掂量着要不要在这大街上对他当头来上一棒。自己对温家这位三公子也不是很了解，只不过同为世家，之前打过照面，认识此人。性情似乎还不错，应该能承受。但也不好说，到底是自己的亲妹妹，母亲已经没了，出嫁时父亲和哥哥还不在身边，且站在他们的立场，算是没能嫁个如意郎君。再好的性情，估计也会急眼。

这头还在犹豫该怎么办，温淮又道："出门在外最为挂记的便是凤城的一口吃食，那福州的菜一把盐了事，什么味儿都没，简直无法下口。"同两人一拱手，客气地道，"今日便不同三公子说了，先去喝口自家的茶，解解疲乏。"

一旁便是温家曾经最大的茶楼。

崔旰接手后,把里面的布置和人换了,外面的招牌却还没来得及更换。不待两人反应,温淮转身便往楼里钻。谢劭眼皮子一跳,及时唤道:"温三。"

既然亲妹妹出嫁不知情,家产被亲妹妹败光一事,自然也不知情,怕他这一进去打击太大,难以接受,谢劭还是决定先拦下来。

温淮被他一唤转过头,神色微愣。

谢劭上前委婉地劝道:"刚回来,不着急回家?"

温淮一笑,仰头望了一下马背上的一口木箱:"不怕三公子笑话,家妹最喜欢吃炒蛤蜊,这回出海我带了些新鲜的回来,茶楼里有海水好存放。"

大老远从福州回来,就拖了这么一箱子的蛤蜊,可想而知,是有多宠爱那小娘子。

笃定他承受不了,谢劭出声道:"令妹二娘子在我府上。"

自己的兄长,还是由她自己说吧。

温淮面露诧异,也只是一瞬,便想明白了,缟仙定是去谢家看望大妹妹了,倒也不着急:"谢三公子要是回去,替我捎个口信,就说我已回凤城,在茶楼等她,要是大妹……府上大少奶奶得空,也一并前来。"

好说歹说,他都没能明白,谢劭无奈:"二娘子在我府上已经住了一些时日,三公子还是自己走一趟吧。"

这回温淮的神色终于呆愣了一阵,但再好的脑子,也无法猜出比说书还要荒唐的真相,怀疑莫不是大妹妹同大公子生了间隙。这才新婚多久……

本就错过了两人的婚宴,横竖早晚都得上门赔礼,择日不如撞日,去瞧瞧也无妨。温淮回头看了一眼小厮,正打算让他先牵马进楼,谢劭却先道:"时辰尚早,府上的人还没用午食,令妹既然喜欢吃蛤蜊,趁新鲜何不拉过去,谢家也有厨子。"

一箱子蛤蜊倒也值不了几个钱,可这一路拉回来就有些不太容易,庆州天灾,洛安又在打仗,回来的途中遇到了好几拨流民,险些没保住。

要送去谢家,估计也拿不回来了。但两家刚结为亲家,人家把话都说了出来,他要是拒绝,显得他太小家子气。蛤蜊本就是带回来给缟仙的,如今人也在谢府,给就给吧,温淮拱手:"叨唠谢三公子了。"

谢劭说了声"无妨",走在前带路。

这等百年难得一遇的热闹,裴卿怎能错过,从碰上温淮,目光便在他和谢劭身上来回打探,没错过两人脸上的任何变化。他一跟,便跟到了谢府门口,还欲跟进去,谢劭突然回头,盯住他:"你不用做事?"

裴卿：……热闹没得看了。

他遗憾地同温淮打了一声招呼："温三公子，改日再聚。"

自从温淮前几年离开私塾后，便跟着父亲常年在外，很少回凤城，与谢家三公子不熟，裴卿更不用说了，心下疑惑自己何时曾同他到了能相聚的交情，面上却礼貌地回礼："裴公子先忙。"

裴卿一走，温淮才察觉出来，谢劭今儿穿的是一身官服。温淮意外地问："谢三公子做官了？"两人在家中均排行第三，称呼起来，不在前面加个姓氏，有种自己唤自己的错觉。

谢劭点头："员外郎，九品官职。"

果然人不在凤城，什么都不知道。

一听这官职，便知八成是买来的。谢家有钱全凤城人都知道，而这位谢三公子挥霍懒散，也是众所周知。依他看，与其买官，还不如把银钱攒下来，再多买几条船，待休渔期一过，船只出海，必然满载而归，何必非要走当官那条路。

不过每个人有每个人的活法，他贺喜道："恭喜谢三公子。"

倒也不用恭喜，他自己也有一份。谢劭笑笑没答，领他往游园的方向走。

温淮曾来过谢家大公子的院子，依稀还记得路，走了一段，见方向似乎不对，心中虽怀疑，但不确定大公子是不是换了院子，并没过问，紧跟在谢劭身后。

游园他还是头一回进，比起之前谢大公子的院子，似乎要大三五倍，七弯八拐半天还没到地儿，人生地不熟，再被里面的鸟雀一叫，他不免有些忐忑，问谢劭："大公子在家吗？"

"在衙门。"

主人不在，自己突然造访到了内院，似乎不太合适，正想着要不要先退回前厅，等下人通传，把温家的两位娘子叫出来。一转头，他便看到了立在对面穿堂内正在插花的祥云，神色陡然一喜，没再出声，抬头去寻自家那位阔别大半年没见的妹妹。

那方祥云听到长廊下的动静也抬起了头，目光瞬间愣住，呆愣片刻，转身便闯进了身后的门扇："娘子，三公子回来了！"

回来了就回来了，有何可大惊小怪的，最近几日春困厉害，温殊色正歪在软榻上打瞌睡，闻言如一条没长骨头的泥鳅，不紧不慢地撑起身子。

祥云知道她是误会了，一张脸撑到她跟前，兴奋地提醒她："是咱们家的三公子，温三公子回来了。"

前一瞬还无精打采的女郎，立马来了精神，腾地从榻上起身："兄长回来了？人呢，在哪儿……"一面提着裙摆，一面问祥云，匆匆跨出门槛，一眼便看到了对面走近的两人。

有了前面那位小白脸做比较，后面那位，简直称得上黑脸包公。

当真是越来越黑了。错不了，就是她的兄长，温家三公子温淮。等人走到了跟前，她不顾温淮欣喜的表情，先出声劈头便道："兄长，你怎么又黑了？"

温淮面色一僵，摸了一下脸："黑吗？我自己怎么没觉得。"不重要，细细把她打探一圈，"缟仙倒是没变，白白胖胖的。"

那福州的太阳怎就那么恶毒，嘴没有半点长进就算了，怎么连眼睛也瞎了。什么叫白白胖胖！

尤其是察觉到旁边那位郎君的目光也朝她望了过来，她顿时急了眼："我变了啊。"回头同祥云求证，"你说，我是不是瘦了？"

祥云极力地挺自己的主子："娘子最近瘦了许多。"

女人心海底针，先前在这位亲妹妹身上吃过不少亏，有了经验，温淮立马意识到自己说错了话，改了口："细瞧起来，确实瘦了。"

这不就对了。

各自偃旗息鼓，温殊色的神色这才露出关切："兄长何时回来的？"

"刚进城，路上遇上了谢三公子。"说着，他回头感谢地看了一眼谢劭，"要不是谢三公子，我都不知道你在谢家。"这含混不清的一句话，很让人摸不着头脑，他到底是知道了，还是不知道。

温殊色下意识地看向他身后的郎君，郎君接收到她的视线，立马做了个耸肩的动作，散漫中透出几分爱莫能助。

两人这般眉来眼去，温淮看得一脸蒙。

温殊色明白了："就兄长一人回来了吗，父亲呢？"

"快了，最多半个月便能到凤城。"温淮举目往四周一望，便问，"素凝呢？"没瞧见人，又问，"你怎么来了谢府？"

该从何处说起呢？

"说来话长。"一时半会儿也说不清，但迟早都得告诉他，温殊色先把人请进屋，"我慢慢与你说。"

谢劭没再跟上，脚步立在门槛外，想着万一温三激动起来，会发生不必要的口角。他扬头看向温殊色，招呼道："你同温三公子聊，我还得当值。"

温殊色点头："好。"

两人之间的气氛很怪异，温淮总觉得哪里不对劲。谢劭说的话不假，缟仙应该在谢府住了不少日子，同府上的人都相互熟悉了。

刚找了个可以圆说的由头，旁边的一位嬷嬷突然唤了温殊色一声"三少奶奶"："温三公子带了一箱蛤蜊回来，午食要做吗？"

一听有蛤蜊，温殊色口水都快出来了，感激地看向温淮："不愧是兄长，

177

果然还是惦记着我。"

温淮被那声"三少奶奶"震丢了七魂,目瞪口呆,哪里还顾得上什么蛤蜊不蛤蜊,疑惑地问她:"谁是三少奶奶?"

都到了这个份上了,不如伸脖子一刀来个干脆。温殊色反问道:"兄长没收到信吗?一个月前嫁进谢家的不是大娘子,是我。新郎也不是谢家大公子,是谢家三公子。适才带你进来的,便是你的亲妹夫,谢劭。"

消息太过于惊悚,温淮坐在她对面,变成了一尊雕像。

谢劭人刚上长廊,便听到身后传来一声怒斥:"荒唐!"心道这还早着呢,不过只是个开头,还有各种惊吓等着他温三。

是非之地,不宜久留,他脚底如同抹了油,迅速出了府。

他能跑,温殊色却跑不掉,见温淮激动起来,她转头屏退了身边的丫鬟婆子,把事情的经过粗略说了一遍。

话音一落,屋子里便是好一阵沉默。

温淮盯着她,目光一动不动,所以,他唯一的亲妹妹已经成了亲,父亲兄长没有一个到场。他想象中的替她送嫁,背着她走出温家,亲手把他交给未来姑爷手中的场景,一辈子都无法实现了。温淮的脸色越来越难看,怒斥一声"荒唐"后,发觉这事居然谁也怨不得谁,心中郁结更甚,呆呆地坐在那儿,看着对面如花似玉的小娘子,心中的愧疚和自责几乎要把他吞灭。

母亲走得早,他就这么一个亲妹妹,小时候她不懂什么叫人死不能复生,几日没见到母亲,便抱住他的腿哭得撕心裂肺,非要他带着她去找,他可没少陪着她一块儿落泪。那时候他便暗自发誓,这辈子怎么也要让她锦衣玉食,再也不能让她受半点苦楚。要论将来的姑爷,不说官有多大、多有钱,但一定得是个光明磊落、奋发上进、顶天立地的郎君。不是自己的妹夫时,那谢三在他眼里还算是个人才。可如今突然成了自己的妹夫,再去看,那谢三便什么都不是了,哪儿哪儿都是毛病。

见温淮迟迟不出声,一脸哀痛模样,活像她已掉进了火坑,温殊色不由得开解道:"兄长不必如此,其实吃亏的并非我。"

温淮周身无力,只一双眼珠子转了转。

"兄长之前不是说,将来嫁人,定要擦亮眼睛,一丑的不要,二心胸狭隘之人不能要,这两个优点,你的这位妹夫都有……"

相貌,那谢三确实没得说;心胸,他未与谢三接触,不知情不予评价,好奇她是怎么看出来的?

温殊色却没接着往下说,怕他接连遭受打击,承受不了,把手边的茶杯轻轻推给了他:"兄长先压压惊。"

温淮回来得匆忙，尤其是快到城门，心中念着家里的祖母和跟前的小娘子，归心似箭，路上水都没顾得饮一口，此时方才觉口干舌燥，端起茶杯，解渴也好，压惊也好，仰头一口全灌进了喉咙。

温殊色接着刚才的话往下说："我没骗你，谢三公子是我见过的最大度的郎君，兄长的心胸都不见得比他宽阔。"

她这话是何意。

突然意识到她似乎并没有任何悲伤，反而一副轻松，还在反过来开导他。

她莫不是阴错阳差嫁对了人喜欢上了人家，以谢三的那张脸，极有可能。

"兄长可知道他如今已是员外郎了？"

用银钱买来的官职，有何可骄傲的，但她这般替他申辩，温淮心中越发笃定，她八成已经喜欢上了谢三。木已成舟，生米煮成了熟饭，她要真心喜欢也是一桩好事，一时也不知道是该高兴还是该悲伤。

温殊色却道："我给他买的。"

温淮一愣。温殊色及时解释："兄长放心，我用的都是谢家的银钱。"

温淮更纳闷了，那谢三虽说懒散了些，但看着也不傻，怎会让她花钱去买官，不由得问道："多少银钱？"

温殊色神色微微闪躲："不太便宜。"

不太便宜又是多少。

不待温淮问，温殊色便冲他神秘一笑："温家的银钱我没动，拿来给父亲和兄长也买了一份，你等会儿，我去取来。"

温淮一呆。

她说她买了一份什么？温淮还没反应过来，温殊色已起身去了里屋，从枕头底下取出余下的两份官职，兴冲冲地拿到了温淮跟前，递给他："兄长和谢三公子都是员外，但兼的另外一份官职有所不同，谢三公子的是军事推官……"

温淮脑袋有些晕。

温殊色怕他看不清，把文书撑到他眼皮子底下："兄长看，是你的名字，没错。"

他看到了，要不是当初惦记着出海，他早考上了秀才，他也识字，看得很清楚，确实是他的名字。

温淮，字文博。

员外郎，兼司录参军。

他没心情去问那司录参军到底是个什么职位，一心只停留在了跟前的文书上。

不用她说，他心里也清楚，想要买一份官职，没那么容易。

历代皆有买官的人，但据他所知，并非人人都能买得起，一是看银钱的数量，二还得看家族和个人的名声名望。谢家的家族名望倒是有，无论是退隐朝堂的谢仆射，还是身为凤城副使的谢家大爷，都有名望，谢劭个人的名声虽说差了一些，但在大家族的荣誉面前，算不得什么。温家也一样，有祖父的名望和温家大伯在，只要给足了银钱，确实可以买官。

　　他就想知道，她到底花了多少银钱，一口气买下了三份。温淮先让自己冷静下来，平静地问她："花了多少钱？"

　　"谢三公子的那份比较贵。"温殊色没看他，捧着茶盏含糊道，"谢家的家产都搭进去了。"

　　温淮愕然，震惊地看着她："所有家产？"

　　温殊色难过地点头："库房里的现银，凤城的几个铺子都抵了出去……"她又把买粮食的事情同他复述了一遍，又悔又感动，"如今谢家二房是什么都没了，前几日三顿饭都成问题，我还能安然无恙地坐在这儿，兄长说谢三公子的心胸宽不宽广？"

　　当初谢仆射拉回来的可是五万两黄金，再加上二夫人阮氏这些年在凤城的香料铺子。

　　她说得没错，她还能完好无损地坐在这儿，谢三公子的胸襟确实了不得。

　　温淮听得惊心动魄，良久才开口："那温家的呢？"

　　"温家相对而言，便宜一些，同样都是倾家荡产，但咱们换来了两份官职。"

　　她可真会说话。知道她一贯的德行，温淮气血不断往上冲，凤城里的铺子都是自己和父亲这些年辛辛苦苦替她攒下来的嫁妆，她倒好，一出手，全没了。

　　温家有大伯一家当官就行了，他和父亲一心经商，哪里需要什么官职。温淮气得眼花，先前的温柔不见了踪影，指着跟前的小娘子，起身踱步："你等着，等父亲回来，看他不打断你的腿。"

　　温殊色对他这样的假虎假威丝毫不惧，装模作样地缩着脖子。

　　等温淮涌上来的那股怒气发泄了出来，温殊色才偷偷瞅了他一眼，小心翼翼地问："兄长就不想知道，司录参军是什么官职吗？"

　　管他是什么官职，他不稀罕。难怪适才在茶楼前，谢劭拦着他不让进，合着那茶楼早就不是温家的了。他转头又盯向她，结果便看到一张可怜又心虚的脸，满腔怒意突然又一扫而光，吸了一口气问："什么官职？"

　　"管户籍，还有婚姻。"

　　温淮嘴角一抽，他一个连亲事都还没定的人，怎么去替人断婚姻。

　　她又道："等兄长领了这份官职，将来我要是同谢三公子发成了口角和纠纷，兄长就能替我做主了。"

已经捅到天了,断不能再助长她的威风了。

"你还是别纠纷了,能找到谢三这样的冤大头,你该去庙里烧高香。"

温姝色一噎。

"兄长,你回来身上带了银子吗?"

不提还好,一提这个,温淮就头疼,为了赶行程,这回他走得太匆忙,并没拿多少银钱,想着上回父亲才往家里稍了不少东西,就算大妹妹要添嫁妆,也用不完,还有茶楼铺子每天都在进钱,只要路上够用,到了凤城定不会缺银钱。

谁知道……他下意识地捏了一下腰间的荷包,扁得不能再扁。

温姝色松了一口气,转身把祥云叫进来:"兄长刚回来,怕是还没吃饭。温家已经破了产,祖母的银钱也搭了进去,估计回去也没他的饭吃了,先把带回来的蛤蜊炒了,往后如何,再做打算。"

归家的喜悦,瞬间荡然无存了。比起当初谢劭,温淮承受的打击更重。短短半个时辰,一个接着一个的惊雷,全然不给他喘气的机会,他坐在圈椅内,久久没能回神。

院子里发生的一切,都被小厮一字不漏地传到了谢劭耳里:"温三公子好像受打击不轻。"

谢劭同裴卿坐在街头的一个石墩子上,手中干瘪瘪的馒头突然就变香了。

午后,温淮才从谢家出来,再经过街头,完全没了刚回来时的兴奋劲儿,整个人如同被霜打的茄子,提不起半点精神。

茶楼换了主人,口袋里干干净净,连马匹上的那一箱子蛤蜊都没了。温淮空着手回到温家,脸太黑,门房头一眼还没认出来,仔细瞧了瞧才惊呼出声:"三公子回来了!"

温家破产后,温大夫人再也没有去过温老夫人屋里,大房一家又搬去了京都,府上一片冷冷清清,连个说话声都听不见。

温淮并不知情,问门房:"怎么如此安静?"

"三公子怕是没收到信。半个月前,大爷便带着几位公子和姑娘去了京都,如今只剩下老夫人和大夫人、姨娘在府上,就等着二爷和三公子回来呢。"

虽说今日受到的惊吓已经够多了,可此时听到这样的消息,温淮还是愣了愣,衣裳都没来得及换,先去了温老夫人屋里。

温老夫人正在用午食,外面的丫鬟先看到人,赶紧进去禀报:"老夫人,三公子回来了。"

温老夫人没回过神:"谁回来了?"

丫鬟欢喜地重复了一遍:"三公子。"

曹姑姑先反应过来,笑着道:"可算是回来了,老夫人昨儿还在念叨呢……"

刚说完,便听到对面廊下传来了一声"祖母",爽朗的嗓音不是三公子温淮又是谁。

温老夫人扫了一眼跟前的碟盘,忙吩咐丫鬟:"快,撤走,这个也撤……"

几位丫鬟手疾眼快,这头刚把桌上的几盘荤菜撤下去,温淮便跨进了门:"祖母。"

温老夫人看着跟前笑出一排白牙的郎君,一阵愕然:"你这是从炭灰里出来的吗?"

"祖母不懂,孙儿这叫健康。"温淮上前跪下磕了一个头,"孙儿没能陪在祖母身边尽孝,给祖母赔罪。"

还是这副实诚性子,温老夫人眼眶一热,伸手扶他:"赶紧起来。"

温淮起身坐在温老夫人身旁,仔细把老夫人瞧了一遍,挺有精神,叙了一阵旧,视线突然扫到她跟前摆着的饭菜,脸色顿时一僵。

一碟花生米,一碟素菜。这也能吃?

虽已得知温家破了产,但亲眼看到温老夫人用的饭菜,温淮还是有些承受不了,心口疼得发紧。他和父亲常年在外,为的便是家人能过上好日子,如今见老祖宗过成了这般,还有什么意义。

温老夫人将他的神色看进眼里,恨不得让人备上一桌酒菜,替他接风,可到底是忍住了冲动,温声问:"还没吃饭吧?"

温淮吃了,一盘子蛤蜊和一个白面馒头,那位造成这一切的罪魁祸首,日子也不好过。

温老夫人并不知情,道他这一回来,又是一块大肥肉,狠不下心成不了事,同曹姑姑使了个眼色。曹姑姑很快意会,同温淮诉起了苦:"好在三公子回来得及时,二娘子把温家的家产都拿去囤了粮食,全给捐到了洛安,温家破了产,老夫人病了一场,没银钱抓药,把自个儿的首饰簪子都拿去当了,勉强够院子里的人开销……"

温淮听得心头犹如刀割,回来凤城短短半日,已经无数次后悔,悔得肠子都青了,为何自己就不多带点银子回来。他把荷包里剩下的最后一锭银子交给了温老夫人:"祖母先拿去周转。"

温老夫人盯着手里的银子,面露疑惑:"就这些了?"

温淮面色一热:"孙儿为赶府上婚宴,这回走得急,身上没带银钱。"

唯一一箱蛤蜊,已经给了缟仙。

怕老祖宗担心,温淮忙安抚道:"祖母放心,父亲过些日子便能到家。今年出去的船只比往年多,海产也多,咱们赚了不少银钱,先委屈祖母些日子。"

温三公子回来的消息,很快传到了温大夫人安氏耳朵。

熬了这几日,府上开支的银钱都是从她口袋里掏的,再这么掏下去,她恐怕就要山穷水尽,进京都问大爷要钱去了。唯一指望的只有等二房回来,盼星星盼月亮,终于把人盼回来了。她急急忙忙赶过去,温淮刚从温老夫人屋里出来,身无分文,口袋比脸还干净。几句寒暄完,温淮便客气地同温大夫人道:"事先并不知缟仙把铺子都抵押了出去,这次回来,我身上也没带银钱,府上的开支和祖母的用度,暂时还得劳烦大伯母关照。"

温大夫人的脸色立马变了,这出去大半年了,什么都没带?

温大夫人不相信,再让丫鬟去打听,禀报回来的消息:"三公子这趟回来,什么也没带,只骑了一匹马。"

温大夫人跌坐在软榻上,满腹怨气:"他不是专门出去赚钱的吗?身无分文,怎有脸回来……"

夜里又听到了风声,说今年不只是庆州天灾,海里的水产也在紧缩,温二爷把船只都派了出去,这回怕是赔了本。温大夫人心跌到了谷底,第二日再见曹姑姑过来支取温老夫人明儿的银钱,什么指望都没了,忍不住咬牙骂了一句:"钱没赚到,家也没顾上,没一个有用……"

可怜了温淮,原本跟在曹姑姑身后,还想替温老夫人做主,让大伯母多给她一些银钱开支,听到这一句,顿时面红耳赤,又羞又怒,心也凉了半截。

往日他回来,大房的人都是笑脸相迎,替他和父亲接风,从未有过这副态度,自己还道是一家人,当真关怀他们在外受苦受累。今日方才明白,能让他们笑脸相迎的,怕是他口袋里的银钱。一夜之间经历了倾家荡产,切身体会到了人情冷暖,世态炎凉。几重打击之下,内心纯洁的少年郎再无半点天真。精神受损,身体也跟着受罪。昨日,他把身上唯一的银钱给了温老夫人,底下的人去厨房又没找到吃食,自己断然下不了脸去温老夫人屋子里蹭吃。

上一顿还是在温殊色那儿吃的炒蛤蜊。身心皆被折磨,坚持到了第三日早上,温淮终于拖着疲惫的身体,拿上温殊色给他的那张文书,找到了周夫人。

温殊色午后才接到了消息。

温家的丫鬟来传的信:"大夫人说,她连老夫人都快养不起了,哪里还有银钱养个吃闲饭的,还说三公子都块双十的人了,出去一趟回来,半分钱没赚到不说,难不成还要吃用家里的?"

丫鬟说得有声有色,温殊色坐在屋里,一面剥着桂圆,一面听得认真,目露同情:"当真没吃饭?"

丫鬟摇头道"真没有"："二娘子是没瞧见，饿了两日，三公子路都走不稳了，腿脚打着飘，奴婢瞧着都不忍心，老夫人偷偷掉了几回眼泪。"

真被她说中了，温家没他的饭吃，这回怕是彻底明白了何为人心。她忙问丫鬟："如今人在哪儿？"

"奴婢也不知道，奴婢出来的时候，三公子还没回来，应该还在靖王府。"

头一天上任，只需去挂个职，耽搁不了那么久。

人在家里尚能打听到情况，去了王府，便不清楚了，也不知道今日有没有吃上饭。温殊色心头到底还是放不下，想派人出去打听，可想来一般人也打听不到王府里面去。正发愁，还是祥云提醒了她："姑爷不也是员外郎吗？比三公子还早当值了几日，应该有经验，咱们等姑爷回来问问便是。"

一语惊醒梦中人。

于是傍晚，谢劭刚回来，远远便见游园外的长廊下立着一位小娘子。她双手交叠在腹前，抻长了脖子，痴痴望着这方，见到自己的瞬间，眼睛一亮，热情地迎上前来："郎君回来了。"

能看出来她是专程前来接自己的，自然也知道她为的是什么。他应了一声："嗯。"突然有了几分得意，不由得卖起了关子。

小娘子紧紧挨在他身旁，扭着头问："郎君今日累不累？"

"还好。"他一双长腿，一步当她两步。

温殊色赶紧跟上，直截了当地问了："郎君可有见到我三哥哥？"

谢劭多此一问："温淮？"

小娘子忙点头："对。"

"哦……"他做出一副回忆状，"见到了，早上不是到了王府吗？"

小娘子立马来了精神："那他怎么样了？"

"看面色不太好，身子似乎挺虚弱。"他突然想了起来，道，"世子还私下问过我，他是不是有什么隐疾。"转头看旁边的小娘子，一本正经地问，"你应该知道为官上任者，须得身体康健，今日我念着你的关系，已同世子担保过，你老实告诉我，他到底有没有毛病。"

温殊色一愣，不疑有诈，着急地反驳："他能有什么毛病，不过就是两日没吃饭。"

原来如此，果然比他还惨。谢劭面露惊愕，假惺惺地道："温家真到了如此地步？温家大爷不管吗？"

这话捅到了小娘子的肺管子，反唇相讥："谢家大爷还是副使呢，你饿肚子时，怎么没见他管过。"

谢劭：……确实，都惨。

但这人嘛，落魄时总喜欢有人作陪，尤其是知道还有比自己更惨的人。他好奇地问："在外这么多年，他就没存点银钱？"

"能有什么银钱，回来时荷包里统共就一锭银子。"小娘子没把他当外人，说起了自个儿的家丑，"他还当是往日，以为回到家能好吃好喝，结果见到的却是冷锅冷灶，不忍心祖母受苦，把身上的银子都给了老祖宗，算是身无分文了。大房的一听说他没银钱，立马翻脸，连口汤都没给他留。主仆二人上顿饭还是在咱们家吃的呢，他带回来的那箱子蛤蜊，倒还剩了一半，估计也没脸来问我要了。"

谢劭听得一阵唏嘘，全然忘了前几日自己的难处："难怪到了王府，腿都站不稳了。"

小娘子一声嗟叹："所以说，世态炎凉，人心难测，有银钱在手时，几百两几千两拿去送人，眼睛都不眨一下，人家可不见得领他的情，八成还把他当傻子看，如今自己有难，再瞧瞧，得到了什么回报？别说银钱，饭都没给一口，倒是明白了人性凉薄，也太晚了。"

谢劭一噎。

她这话多少有点误伤，幸好小娘子没再往下说，说回正题，问他："他今日到王府是怎么说的？"

谢劭答："问了俸禄后，决定上职。"

小娘子松了一口气，庆幸道："幸亏我当时机灵，要了一份官职，虽说起早贪黑，但好在以后能养活自己。"

谢劭愕然，她怕不是忘了自己和温三是如何走到今日这番地步的。

那温三没了这份官职，出海捕鱼，也能养活自己，但想起昨日温三对自己说的那句"恭喜"，觉得人生还是不要太过于一帆风顺，总得尝试一番自己不太擅长的领域。

一个未成亲的郎君，去断婚姻琐事，不得不说，小娘子真会选，如此一比较，自己这个军事推官，真真是要感谢她了。

身旁的小娘子突然又挨了过来，牵了牵他的衣袖，柔声道："按温家的辈分，他是郎君的大舅哥，但论年岁，郎君还长他一岁呢，无论是见识还是心智，郎君都在他之上，所以，往后他要有什么难处，还得劳烦郎君关照一二。"

她这话听得倒挺有道理，算盘也打得不错，知道来求人，但官场之事，他一向论事不论人："那得看他自己造化。"

殊不知，第二日温殊色赶到温家，也是这般同温淮说的："你是他大舅子，谢三在凤城的名声你也听过，人傻又容易受骗，往后一同为官，有什么事，你得多多提醒他。"

温淮倒是比谢劭爽快,点头应了一声:"知道。"

短短几日,温淮便尝尽了人间疾苦,被现实摧残得身心麻木,早就认命了。

温淮昨日为何下定决心去了王府,也是被温大夫人安氏所逼。

温大夫人左盼右盼盼回来的人,不仅没带回来半两银子,还盯上了她的荷包,温大夫人本就因没去成京都怄气,如今哪里还受得了,当着温老夫人的面,同温淮道:"你大伯和你大哥在朝为官,忙得脚不沾地,一家子人再跟过去,哪里应付得过来。既然老三已经回来了,我便想着去京都替他们分担一二。"见温淮眉头皱了起来,心头不痛快,"这些年二爷和老三常年在外,有咱们大房照顾老祖宗,倒是屁股一拍没有后顾之忧。可当儿子当孙子的,不在这时候尽孝心,还要等到何时?"偏过头轻声嘀咕,"说起来,二爷还是老祖宗的亲儿子呢……"

温老夫人倒没什么反应,温淮听着却揪心。老祖宗辛辛苦苦一辈子,把儿孙拉扯大,晚年竟落到了被人嫌弃的地步。温淮当场便站了起来:"大伯母想要去京都,就放心去,往后由我来照顾祖母。"

第二日天一亮,他便带着温殊色买给他的公文去了王府领职,回来得晚,是因为自己去了谢家大公子的衙门上职,谢恒请他吃了一顿饭。

今日温殊色上门之前,温大夫人安氏便已经上了去京都的马车,带着自己的细软行头,屋子里但凡值钱的都搬走了。

自己说的话,便要承担后果,口袋里已经没了银钱,温淮也学了谢劭,提前同周世子支取了十两银子,一文钱掰成两文花,老祖宗那儿不能亏待,可自己的一餐饭比他在海上吃得还寒酸。

想起温殊色挑三拣四的毛病,他当日也没留她在家里用饭,到了饭点,直接开口赶人:"你还是回去吧,谢三公子也有俸禄。"

温殊色"啧"了一声,讽刺道:"你这兄长当得真没半点担当。"

温淮冷笑:"我要没担当,早把那半箱蛤蜊要回来了。"

也是,腿都饿软了,都没上门来讨要,足以见得,对她还是很疼爱了。不吃就不吃,那饭菜她确实也吃不下。她带着祥云出了温家,上回的油腻消化完了,又惦记上了外面的山珍海味。

醉香楼已经去过了,这回想换个地儿。上了马车,把帷帽戴好,温殊色便同祥云道:"咱们去白楼吧。"

今日出门前,温殊色已经同谢三打了招呼,晚上才回去。

时辰还早,她决定吃了午饭再去逛一下首饰铺子,戴不出来,瞧一瞧,摸一摸也好。

前几日，谢劭听裴卿说京都派了几拨人前来凤城后，心中便生了提防。裴元丘就裴卿一个独子，事发之前，必然会想尽办法，将其接出凤城。

上回兵器库的事情，只是个开始，接下来京都必定还会有动作。且洛安的战事，那位已经被烤在了火上，最好的解决办法，便是找一件比这更大的事情盖过去。

几件事凑在了一起，中州不会太平，王爷或许也是看出来了，才中途改道去了京都。

领人俸禄，便要办实事，谢劭今日拉着周邝一道在街头巡逻。

周邝的心却不在正事上，一门心思看他的笑话："听说温家大夫人去了京都，府上就只剩下了温老夫人、姨娘和你那位口袋比脸还干净的大舅子？"

关起门来，和小娘子议论是一回事，如今被一个外人提起来，很奇妙，突然有了一种荣辱共存的感觉。谢劭的目光凉凉地瞟过去："与你何干？"

"我这不是关心你嘛。"周邝卖起了乖，"如此一看，还是嫂子目光长远，替你们买了一份官职，好歹保住了饭碗。"

已经到了午食的点了，身上的二十两银子给了谢劭十两，又给了温淮十两，没钱进酒楼，周邝把手里的一块酥饼递给了谢劭，抬头看着跟前的白楼，叹息道："当真是往日不堪回首，咱们都好久没进去过了？"脚步突然走不动了，"咱就站在这儿，闻闻味儿吧。"

凤城两大酒楼，一个醉香楼，一个白楼，不仅夜里繁荣，白日里也是人来人往，醉香楼打尖的外地人较多，白楼则是本地人居多。

论菜品，各有千秋，但酒香还是醉香楼的更胜一筹，因此去的人多数是爱美酒的公子爷们。白楼不一样，人群混杂，上到六七十岁的老妪，下到几岁的小娃，其中不乏年轻小娘子的身影，比如今日，抬头一望去，阁楼一排撑起的直棂窗内，便坐着两位小娘子。

半撑起的窗扇挡住了两人的脸，只能瞧见女郎的半边肩膀，右侧那位小娘子着藕色罗纱窄袖短衫配杏黄半臂，胳膊上的雪色披帛似乎碍到了她，抬手绕了绕又伸手扶了一下发髻，举止雍容优雅。

楼里楼外，隔得太远，哪里能闻到什么味儿，不看还好，越看心头越难受，越痒痒。周邝叹了一声："罢了，望梅止不了渴，谢兄，咱还是走吧。"一转头，却没看到身旁的人，再一寻，只见其已抬步往白楼门口走去。

周邝一愣，赶紧追上："谢兄先说好，我身上可是分文都没了。"

前面的人没搭话，脚步没停，继续往前。

此时正是午食的饭点，客满为患，白楼门前已停满了马车，一位车夫守在自家的马车旁,眼睛极尖,见到人,转身便钻进了楼内。

周邝见谢劭还在往前冲,大有要进楼的架势,暗道这人是不是被逼疯了,一面追一面劝说:"谢兄冷静,不是我看不起你,就你如今的那点俸禄,还是别挥霍了,嫂子在家还等着你养呢……"前面的人却充耳不闻。

几拨出来的客人挡了脚步,两人一前一后从人缝里挤了过去,伸手掀帘,跑堂的立马上前来招呼:"哟,谢员外,世子爷,好久没见着二位了。"弓腰赔礼道,"实在抱歉,这会儿人太多,位子没了,要不两位稍等一会儿,小的这就去腾个地儿……"

"不必,找人。"谢劭打断,直接上楼。

周邝完全摸不着头脑,只能跟在他身后。上了二楼,包厢大堂早已满座,人群吵吵嚷嚷,让人耳聋眼花。

谢劭径直朝着窗边一排位子走去,扫眼一望,小娘子倒是有几位,却并非他适才瞧见的人。他抿唇皱眉,眼花了?

周邝听到了他刚才说的那句"找人",疑惑地问:"谢兄要找谁?"

谢劭没答,揉了一下眼眶,举目往四周又探了一圈,确定没有小娘子的身影。他不禁自嘲,当真是饿花眼了吧。她身上的珠钗已经抵押了个干净,哪里还有钱上这儿,是他疑神疑鬼了。

"走吧,看错了。"谢劭转身下楼。

周邝莫名其妙跟着他跑了一趟,满腹好奇,正欲追问他到底看到了谁,对面突然走来一人,惊讶地唤了一声:"三公子?"

谢劭抬头,认出来了,是谢家的车夫。他眉头一紧,刚消失的疑虑再次冒了出来:"你怎么在这儿?"

车夫扬了一下手里的食盒:"老夫人这几日没胃口,没怎么吃东西,三少奶奶惦记在心,这不今儿从温家回来,路过白楼,便让小的进来替老夫人买了几块碱水豆腐,让老夫人开开胃。"

几块豆腐,不过几十文,倒也花不了多少银钱。

谢劭问:"她人呢?"

车夫道:"三少奶奶刚下楼,去药房替老夫人挑选天麻去了。"

看来并非自己眼花,还真上来过。

他跟着车夫出了白楼,横竖也没什么事,便问她在哪家药铺。车夫抬手指了一下斜对面的一排铺子:"三少奶奶倒没细说,应该在那儿。"

周邝终于知道他适才在寻谁了,想起屁股上那块伤,多少还是有点怵,没再跟上:"谢兄同嫂子好好逛逛,我先回去了。"

斜对面只有两家药铺,不难寻。

188

谢劲跨门进去，便听到了小娘子的声音："我瞧这货色也没你说的那么好，隔壁的还少了二十文呢……"

"小娘子这不是睁眼说瞎话嘛，差的我这儿也有，可惜小娘子又看不上。"

"还能再便宜点吗？我并非一日两日光顾，常年都得需要，价格合适了，往后都来你这儿拿。"

掌柜的一脸为难："小的已经给了小娘子最低价，小娘子总得给咱们留口饭吃不是……"见有人进来，抬头一看，面色一愣，"谢员外。"

温殊色闻声转过头，这才撩起帷帽上的白纱，见到走进来的公子，也是一脸意外："郎君怎么在这儿？"

"路过。"

掌柜的看了两人一眼，恍然："原来是三少奶奶，逗小的玩呢。"

谢家破产之事凤城的人都知道，可瘦死的骆驼比马大，谁知道人家到底还有多少呢。换句话说，谁又会傻到把所有的家产都捐出去。

温殊色回头："我是真心要买，并非玩笑。"

掌柜的瞅了一眼她身后的谢劲，面露尴尬："这……三少奶奶，确实是最低价了。"

"那行，我再去旁的铺子瞧瞧。"说完，她转身便往外走。

谢劲的脚尖也跟着转了出去。

谢家在凤城到底是大户，如今谢劲又当了官，怎么也得给个情面，掌柜的道："这样吧，我再给三少奶奶少十文钱，三少奶奶要是再嫌贵，小的也没办法了。"

价格差不多了，温殊色也没再纠缠，让祥云拿来荷包。

谢劲立在一旁看着温殊色从荷包里掏出铜钱，一文一文地数着，认真专注的模样，怎么瞧都是一位会持家节俭的贤惠娘子。倾家荡产后，自己尚且能改变，小娘子尝到了人间疾苦，学会如何过日子，是好事。

一手交钱一手交货，掌柜把天麻包好，谢劲上前接过，先走在前，刚到门口，突然听到身后一声"嗝"，无比响亮。

谢劲一愣，转过头。身后的小娘子神色呆愣，片刻后缓缓地转过身，问跟前的掌柜："要不掌柜的替我把一下脉，最近我总觉得腹胀。"

掌柜不过是个卖药的，哪里会把脉，含糊地道："三少奶奶莫不是积食了？"

温殊色埋头思忖："今日是吃了几个荞面馒头。"

掌柜的一笑："粗粮是好，可也不能多吃，三少奶奶回去多走动，喝些温水，很快就好。"

"多谢掌柜的。"道完谢出来，嗝儿一个接着一个，一时半会儿停不下来。

谢劲几次偏过头，看着身旁抽搐的小娘子，模样着实可怜，自己虽已领职，俸禄却还未发放,如今府上能吃的也就只有白粥和馒头。他无所谓,娇滴滴的小娘子怕是扛不住,他转身把药包递给了她:"先去马车上等我会儿。"

人一走,温殊色便捂住心口,长吸了几口气,天知道她刚才有多慌,本就吃撑了,急急忙忙跑下来,不打嗝儿才怪。

"娘子,奴婢去给您买份饮子吧。"这嗝儿抽的,她看着都难受。

温殊色摇头:"不……嗝!不可轻举妄动。"

祥云一副心痛担忧,扶着她:"马车上有水,咱先上马车。"

温殊色点头,一面打着嗝儿,一面赶去了马车,坐在马车内抱着水袋喝了快半袋子水,嗝儿才稍微慢了下来。实属受到的惊吓太多,到现在还惊魂未定,双眼发直,还没缓过来。

祥云也心有余悸,趴在马车窗口上:"娘子,太惊险了。"又道,"姑爷不是在王府当值吗?怎么到大街上来了?看来娘子以后出来得小心了。"又叹一声,"娘子为了一口吃,也真是不容易。"

确实不容易。半个月了,她没买一件新衣,首饰发簪也戴不成了,吃口东西还得偷偷摸摸,如同做贼,她太不容易了。还差一个老员外呢,任重而道远,她不能前功尽弃。

嗝儿终于停了,谢劭迟迟未归,温殊色撩开车帘,正想问人去哪儿了,一眼便见到了从白楼里出来的俊俏郎君。

温殊色一愣,问外面的祥云:"你家姑爷是不是发财了。"

祥云也看到了,摇头说不像:"娘子早上好歹还'吃'了几个荞面馒头,姑爷好像只喝了一碗白粥。"

温殊色:……这丫头,说话越来越高深了。

人很快到了跟前,主仆二人都闭了嘴。

谢劭钻进马车,看了一眼坐在里面的小娘子,似乎已经平复了下来:"好了?"

温殊色点头,目光盯着他手里的食盒:"郎君买什么了?"

谢劭没答,挨着她坐下后先问:"温家没给你饭吃?"

温殊色噘嘴:"别提了,嫁出去的姑娘泼出去的水,这话说得一点都没错。温员外说养不起我,让我回家吃郎君的俸禄。"又往他旁边的食盒看去,"郎君也没吃饭?"

谢劭倒能理解,她这张嘴,确实难养,尤其是如今自身都难保的温淮。他把手边的食盒递给她:"吃吧。"

温殊色愣住。谢劭解释道:"前两日抄书,赚了一两多银子,贵的买不起。你先且忍一忍,等月末发了俸禄,日子会好过一些。"

温殊色打开食盒，里面是一盘咕咾肉，色香味俱全，还冒着热气。狭小的空间内，味儿很快散发了出来，尽管自己已经油腻得想吐，却觉得这一盘东西比她适才吃的那一桌大鱼大肉还要弥足珍贵。因为它不仅是一盘肥肉，还有身旁郎君待她的心意，自己喝白粥却给她买肉，这样的感情怎能不让人感动。

感天地泣鬼神都不为过，她还有什么不满意的呢，感动之余免不得吐出一句贴心话："郎君，我突然觉得，嫁给你我一点都不后悔了。"患难见品行，这样的郎君能坏到哪儿去呢，她甚至觉得一辈子跟着他，也不是不行。

身旁的郎君却完全不知自己在小娘子的心中突然有了如此高的地位，只觉得小娘子这话太过多余。

后悔还来得及吗？

他轻"嗤"了一声，随意瞟过去："能怎么办，拜过堂我总不能休了你，既然不能休了你，便不能把你饿出个好歹来。"末了还加了一句，"虽说你这样的败家娘子，很容易被休。"

这人真是多长了一张嘴，好好的人情不要，非得让人对他感激不起来。

她吃是吃不下了，问他："郎君还没吃饭吧？"

谢劭别过头去："我不饿。"可喉咙却禁不住吞咽了一下。

罢了，不就是一张嘴，就当没长耳朵吧，看一个人靠心体会便是。她问："郎君，你会玩手势令吗？"

会饮酒的儿郎，哪个不会手势令。

谢劭狐疑地看着她，她该不会是想同他玩吧？果然他猜得没错，小娘子一脸兴致："如今是午食的点，郎君应该不忙，咱们来玩一把，赢了的吃肉。"

真幼稚。

一盘子肉还得靠玩手势令，他得有多落魄。他不想把自己的惨状再扩大，一口回绝："我已经吃过了。"

温殊色没放弃："之前听明家二公子说，凤城内要论玩手势令，得数郎君最厉害，从未输过。我一直心生仰慕，却没机会见识，如今郎君远在天边近在眼前，成一家人了，我也就不客气了，让我见识一下呗？"

明二公子？他听话只听了半截："就是那位为你绝食一天的明家二公子？"

突然翻起旧账，还是听来的墙根，就很没意思了。温殊色说："都是之前的事，我这不是已经嫁给郎君了吗，郎君就不要得了便宜还卖乖。"

谢劭讶然。试问他得来的便宜在哪儿，是让她把自己的家给败了？

温殊色见此路行不通，索性使起了激将法："郎君你是不想玩，还是玩不起？"

去酒楼饮酒同一帮兄弟玩玩，能图个乐子，坐在这儿同一个小娘子玩，能有什么意思。但见小娘子一副誓不罢休的模样,他只能配合:"三局两胜。"

"成交。"

"三,五……"

果然小娘子输了,却没有该有的沮丧,把咕咾肉递到郎君跟前:"吃吧。"

谢劭哑然。

片刻后,眼见一盘子咕咾肉一半进了他肚子,他忍不住抬头,目露鄙夷:"你怎么那么笨?"

温殊色倒吸一口凉气,瞪着他,是他不识好歹,可别怪她了:"再来。"

士可杀不可辱,温殊色开始去揪他的动作:"郎君你出慢了。"

"哪儿慢了?"

温殊色却突然不讲道理,开始人身攻击:"我知道了,原来郎君赢出来的名声,靠的都是这等雕虫小技。"

这话谢劭不愿意听了,拂帘同外面的闵章道:"你过来盯着。"

温殊色不示弱,推开另一边的直棂窗,把祥云也唤了过来:"你也盯着姑爷。"

输赢是小事,不能看不起人,两人重新开始。

各自的小厮和丫鬟,一边窗口趴一个,纳威助喊:"娘子,五。"

"公子,出一……"

两人不知道从何时开始,早已经偏离了原来的初衷,一双筷子,也不分彼此,赢了自个儿夹肉往嘴里塞。等到碟盘空空如也,两人齐齐反应过来,为时已晚。

腹中的饥饿感没了,先前谢劭还如一只斗胜的公鸡,突然从这幼稚得如同在降他智慧的游戏中,意识到了什么。窥了一眼小娘子,小娘子的目光正直勾勾地盯着空盘出神。瞧他干的好事,谢劭捏了一下眉心,悔不当初,同一个小娘子抢食,损了大德,起身下马车:"我先去当值,下回再给你买。"

温殊色怎么也没想到会成这样,油腻腻的东西也不知道吃了多少块,胃里撑得难受。紧要的是,人家抄书辛辛苦苦赚来的一盘子肉,让自己给浪费了。内疚又自责,小娘子从窗内探出头,冲着前面那道脚步匆匆的背影道:"郎君明儿早上先别急着走,我给你做几块米糕。"

姿态像极了贤妻良母。

谢劭回头,也给出了身为夫君的态度:"早些回。"

结果第二日早上,谢劭坐在屋里等她的米糕,等了一炷香,却等来了小娘子一句请示:"郎君,我去一趟明家,晚点回来。"

看着她空着的双手,也能猜到,昨日她说的那话已经被狗吃了。

他心情不是很好,人也不爽快:"你每日倒没闲着,比我当值还忙。"

话音一落,小娘子突然上前来攀住他的胳膊,把他往屋里拽,谢劭脸色一变,她想要干什么,大白日难不成还要美色诱惑。他心雷大作之时,小娘子附耳过来,吐出另一道惊雷:"周世子有隐疾,明大娘子要退婚。"

谢劭一愣:"什么?"

"郎君不知道吗?昨儿下午周世子同明大娘子约了一面,周世子亲口说的,他夜里有难言之隐,明大娘子要是介意的话,可以退婚。"

谢劭蹙眉,越发蒙了。

"你说这周夫人也是,世子既然有隐疾,怎还出来议亲呢,这不是害了人家姑娘吗?"温殊色心疼地道,"可怜阿园昨夜哭了一个晚上,再过两个月就是婚期了,还不知道能不能退,要是不能退,那阿园,岂不是守一辈子活寡。"

谢劭盯着一脸愁苦的小娘子,心道,她还真不拿自己当外人,什么话都说。

小娘子突然盯着他。那样的眼神,很难不认人误解。谢劭一室,她什么意思?他好得很!他正欲澄清,又听她说:"谁不知道郎君与周世子关系交好,好得如同穿同一条裤子,郎君定也知道内情,为何不与我提前说呢?郎君可知道这等行为乃欺骗,礼法不能容。"

他同周邝关系确实不错,但倒也没好到穿一条裤子。多的不便说,他清了一下喉咙,委婉地道:"据我所知,没有这事,是不是明大娘子误会了?"

温殊色却道:"他亲口说的,还能有误?"见他似乎不知情,没再浪费工夫,"我去一趟明家,再问问阿园。"所以,他的米糕是彻底没了。

"对了。"小娘子突然又转过身,以为她终于想起来了,却听她道,"郎君也帮我打听打听呗,周世子是不是……"

谢劭不想看她,偏过头:"个人隐私,不能过问。"

温殊色又凑上去:"郎君难道不好奇,不想知道吗?"

这有何可好奇的,没有的事。

"不想。"

她又道:"郎君还记得上回被狗咬吗,周世子屁股墩受伤了……"

谢劭神色一顿。

"我也只是怀疑,要真因为这事让周世子……别说阿园了,我这辈子都难辞其咎,郎君就当是帮我一回,问清楚日子,不能让他讹上你娘子。"

她如此说,谢劭倒无法保证了,儿郎之间免不得会说一两句荤话,他能担保周邝之前没事,但被狗咬之后,不知情了。

"周世子那儿,就有劳郎君了。"温殊色没等他应,先把担子甩给了他,带着祥云一大早赶到了明家。

明婉柔果然一双眼睛都是肿的，长得本就娇怜，如今一瞧越发楚楚可怜，见到温殊色，却先关心起了她："我听说温家大夫人也去了京都，你莫要忧心，依我看走了也好，起码你们能过得自在。上回我同你说过，有何困难，你尽管同我说，别同我见外。"

天可怜见的，这时候还有心思操心她的事，温殊色险些就要将心头的秘密告诉明婉柔了，又及时压住道："谢三和我兄长都上了职，我能有什么困难，反倒是你，到底怎么回事？"

一提起这事，明婉柔又开始咬唇落泪了。

儿时她被明家的几个姑娘欺负，也是这副模样，温殊色没少为她出气，替她想法子让她讨回来，已经好久没见到她哭过。暗道周邝屁股上那块肉还是刮得太轻了，可转念一想，这事似乎也不赖他，他自己也不想，能在成婚之前说出来，已算得上君子所为，若要等到大婚夜，阿园那才是当真没了退路。

"昨日碰巧打了个照面。"明婉柔脸色通红，说得磕磕碰碰，"他就同我说，说……他有难言之隐。"

昨日下午，温殊色同谢劭在马车内玩手势令的那阵，周世子便与明婉柔遇上了。明婉柔出来置办水粉，马车停在铺子门口，一进去便见到了崔晔和周邝。

谢家的香料和水粉铺子抵押出去后，凤城的水粉铺子几乎都是崔家的，碰上崔晔在所难免，不承想周世子也在。两人已经订了婚，还有两个月便到婚期，突然遇上，想起之前那场不愉快的约会，各自都有些尴尬。

明婉柔对他福了一礼，正要扭头，崔晔先退了出去，顺便还替两人把门给合上："周兄同明娘子好好说说话。"

房门一关，只剩下两人，明婉柔紧张地捏着手，垂头不敢看他。周邝也没好到哪儿去，微微侧着身子，余光偷偷瞟着对方，全然没了平日里的吊儿郎当，沉默了一阵，自己到底是男子，先开口："你，买什么？"

明婉柔低声答："水粉。"

周邝望了一圈铺子，到处都是水粉，随口道："你挑，挑了我送你。"

明婉柔慌忙抬头道："不用不用。"

没料到她这么大的反应，周邝扭头看向她。四目相对，明婉柔头一回正面对上陌生儿郎的目光，心下顿时大乱，惊慌又羞涩，忙别过头。过了片刻，又听他道："明娘子，有什么话要同我说吗？"

明婉柔掌心都出了汗："我没有。"礼貌地回道，"世、世子呢？"

"不瞒明娘子，我一向反对盲婚盲嫁，两个陌生人突然成亲，对方的长相秉性皆不了解，万一有何自己无法容忍的地方，对明娘子也不公平。明娘子今日有什么顾虑或者忌讳之处，不必客气，都可同我说。"

明婉柔一片茫然，成亲不是一向如此吗？且两人也算不上完全陌生，至少自己听过他的名声。

可已经订了婚，她那些顾忌哪里敢说出来，怕他是在试探自己，便道："世子爷挺好，是婉柔高攀了。"

结果便听到了一句："我并非此意，人无完人，明娘子瞧见的仅仅是我的表面，实则还有许多鄙吝之处，尤其一桩，夜里……算是难言之隐吧，我……"话没说完，见对面的小娘子神色惊愕，已经目瞪口呆，不由得道，"明娘子若是介意，大可以退婚。"

明婉柔受到的打击不轻，坐在马车内才缓过来，捂脸大哭了一场，回到府上，又不敢同父母说。凤城是靖王的地盘，退婚哪有那么容易。

明婉柔一个晚上哭了几回，第二日一早实在没了法子，便让丫鬟去找温殊色，想问问她接下来该怎么办。

"缟仙，我先前还同情过你，道你的命苦，如今一看我还不如你呢，纨绔就算了，至少你家那位谢家三公子他、他……"明婉柔含糊地道，"至少他是个好的。"

温殊色面色一窘，心道是不是好的，她也不知道。

眼下该怎么办呢，还是先往好处想。温殊色劝说道："阿园你先别急，即便有疾，也分轻重，有病治病，以靖王府的权势，想来也不至于药石无医……"

听她一说，明婉柔不仅没被安慰道，还越发没了希望："但凡有希望，哪个郎君会拿这等子自损名誉的事来玩笑。"

温殊色不知道该怎么回答了。

明婉柔接着抽泣："府上姐妹虽多，可大多与我不对付，我还指望着能生儿育女，将来同你定个娃娃亲，就算到老了，咱们也能时常来往。"

"不定娃娃亲，也能来往。"

明婉柔摇头："那能一样吗？人生路漫长，哪个不是越走越远，再好的关系，也抵不住家族命运，先达们都免不了俗套，想尽办法去联姻，不就是图后辈能相互照应。你我姑嫂没做成，只能靠后辈来沾亲带戚，如今这点愿望也要落空了吗？"转而又无助地看向温殊色，"他亲口说我可以退婚，你说我要不要退。"

她想得太长远，孩子都安排好了，温殊色望尘莫及。

往日她遇到什么事，都是温殊色出主意，这回也一样。思忖了一阵，温殊色道："这样，我先去探一探，若当真属实，咱们就禀明长辈，要求退婚。"

有了温殊色替她做决断，明婉柔终于安了心："好。"

挑了这么大一个重担在身,责任重大,可这事儿自己急也没用,能指望的只有谢劭,从明家回来后,温殊色便在院子里打圈,焦灼地等着人。

傍晚还没见到人回来,想起明婉柔肯定比她还着急,一时等不住,温殊色临时起意,唤上祥云:"咱们去接姑爷吧。"

二房破产后,院子里的仆役遣散得差不多了,晴姑姑又回了老家,游园除了三个粗使丫鬟和婆子负责浆洗和厨房,近身伺候的人,只剩下了祥云和方嬷嬷。

见两人这个时辰出去,天都快黑了,方嬷嬷不放心,再三嘱咐:"三少奶奶就在王府门口等,要迟迟见不到人,便早些回来。"

温殊色点头,披了一件锦帛,匆匆出了府门。而谢劭那头,到了快下值时,才把周邝拉到一旁,目光在他身上扫了一眼,意味不明。

周邝被他这一眼看得毛骨悚然:"谢兄,怎么了?"

谢劭碰了一下鼻尖:"你有什么难以言说的疑难杂症吗?"

周邝一脸蒙:"我能有什么不能言说的⋯⋯谢兄到底想说什么?"

自己并非爱管闲事之人,可小娘子托付的事若没办妥,回去后八成又要被她缠上。谢劭试探地问周邝:"上回咱们见明娘子,你跳上了屋檐,除了屁股上受了伤,可还有别处?"早上小娘子的那一套说辞,确实有几分可信。

结果话一出,周邝立马会意,瞬间急了眼,质问:"谢兄觉得我还应该伤到哪儿!"

瞧吧,纵然再好的关系,这等事问出来,都有些尴尬。为了小娘子,谢劭当真是豁了出去:"没有就好。"

他这一番失常,把周邝听得一愣一愣的,问:"谢兄何出此言?"

谢劭没明说,目露佩服:"世子为了退婚,竟不惜玷污自己的名誉,谢某甘拜下风。"

这半截话,他还不如不说呢。周邝完全摸不着头脑,誓要问个究竟,府上的仆人却追了过来,同谢劭道:"周夫人有几句话要问公子,请谢公子留步。"

上回捐粮温殊色来过王府,却没心思打探,马车停在门前,撩起帘子往前望,府门上已经挂起了两盏灯笼,门前和踏道之下,左右两边各立了一名侍卫,比起温家和谢家,多了一份威严。

自己的事再大,也属于私事,只能干巴巴地等着。等了半个时辰,天色已彻底黑透,马车上坐着憋得慌,温殊色便下了马车,在王府门前来回踱步。望眼欲穿之时,终于听到里面传来了动静,谢劭和周邝一道走了出来。

周邝脸色不太好:"我是那意思吗?我分明说的是⋯⋯"他突然回过头,挡住了身后要跨出门槛的谢劭。

谢劭及时收住脚步,错身抬头,便见到了对面的一盏灯光,马车旁立着的那位女郎，不是他家那位小娘子还能是谁。人都等到这儿来了，能想象得出，有多着急。

小娘子也看到了他，提起手里的灯笼，快步迎上前："郎君今儿怎么这么晚。"见到周邝，转身招呼道，"世子。"

比起上回相见，周邝似乎越发尴尬，回礼唤了一声："嫂子。"

温殊色偷偷瞥了周邝一眼，脚步不动声色地挪向谢劭，到了他身旁，扯住他衣袖拽了拽。谢劭偏过头，便见小娘子的两道弯弯柳眉往上一挑，同他无声对了个口形，提醒他："问了没？"

她这般小心翼翼，谢劭断然也不能做出大动作，配合地点了下头。

两人的小动作，尽数落入了周邝眼里，想起两人这一日内背后不知道怎么编派自己的，周邝顿觉气血不畅，随性自个儿说了出来："嫂子，明日可否帮个忙，把明家娘子约出来，我有话要同她说。"

温殊色面色一诧，有些为难。如今还没闹清楚情况，贸然见面，岂不是又往阿园心口捅刀子吗？

周邝一见她那神色，便觉面上一阵火辣，一咬牙，澄清道："嫂子放心，我、我无疾。"说完扭过头，臊得就差一脚把地心戳出个窟窿，再钻进去。太丢人了，这回脸是丢光了。

温殊色见他如此，神色一怔，看向谢劭。谢劭道："明娘子误会了。"

悬在心头的石头终于落了地，温殊色长松一口气："是误会就好。"不然这事儿还真不好办。

既然是误会，解开了便是，温殊色想起他刚才所托之事，问道："世子想要约在哪儿？"

周邝已经没脸看温殊色了，扭着脖子："听明娘子的意见。"

明婉柔能有什么意见，只怕还是会让自己给她出主意，茶楼酒馆都不是说话的好地方。温殊色建议道："外面仔细隔墙有耳，要不世子明日来谢府，我把明家大娘子也叫过来，有什么误会，你们当面说清楚？"

好一句"隔墙有耳"，谢劭不动声色地看了一眼身旁的小娘子，她怕就是隔壁的那只耳吧。

可这件事情自己也算是从头见证过，眼见就要到最后的尾巴了，到底也有几分好奇，谢劭没吭声，默认了小娘子的主意。

周邝回答得很爽快："行，明日巳时我上谢府，叨扰谢兄和嫂子了。"

巳时都算晚了，要以周邝如今的心情，恨不得今儿夜里就把明家娘子约出来，立马同她解释清楚。

早就想躲了，事情谈妥后，周邝匆匆同二人辞别，转身进了府邸。

剩下两人往马车旁走去。见周邝进了门,温殊色才细细盘问起身旁的郎君:"周世子到底如何说的,竟让阿园闹出了这般误会?"

谢劭瞧了一眼被小娘子牵住的衣袖,没妨碍到他走路,便也没管,猜想着:"大抵不想成婚。"

温殊色瞪眼:"他不想成亲,以为阿园就想嫁他?"

倒也是,那日在墙头,明家大娘子为了悔婚,还曾谋算过放狗咬人。

回过神来,他又轻嗤一声,两人连吃饭都成问题,还有心思操心旁人的闲事。

周夫人留了他一阵,时辰已经不早了,见她走在自己后方,脚步缓慢,谢劭轻轻握住她小臂,把她牵到前面:"很晚了,上车。"

谢劭则接过闵章手里的缰绳,骑马跟在马车后方。

温殊色原本还想多问,见人没上车,自个儿骑马去了,只能作罢。

王府离谢家有一段距离,坐了一阵,着实无聊,她推开直棂窗,想同郎君说两句话,结果却被跟前的夜色吸引住。

王府的巷子外,灯火阑珊,一轮圆月挂在天边,光芒万丈,把四周的瓦舍蒙了一层银辉,夜风轻拂,两旁一排高高的杨树,发出了"哗哗"之声,颇有一番意境。

可惜坐在马车内,不能尽情欣赏。温殊色突然往后探出头,问道:"郎君,马背上的风景好看吗?"

谢劭不知道她何意,抬头一看,今日的月光不错,答:"还行。"

小娘子的脖子伸得更长了:"那郎君,我能上来吗?"

谢劭一顿。

温殊色没骑过马,但坐过温三公子的马匹,好几年前了,温三勒缰,她坐在他前面,他还曾带着她在道上奔跑过,挺有趣。

她以为这回也同之前一样,自己坐在前面,谢三驾马便是。

谁知却不尽如人意。先不说自己的个头已经长高,身后那人要勒缰绳,一双胳膊得绕上来,她整个人都在他怀里,且人也不是她的兄长温三。后背贴上他胸怀的位置,一片滚烫,熟悉的幽香比以往两回都要浓烈,把她包裹其中,铺天盖地地往她的鼻尖内钻。

什么风景,什么月色,统统瞧不见了,身体和精神备受煎熬,哪里还有心情欣赏。可要上来是她提出的,总不能再下去,后悔已经晚了,她只能绷紧身子不说话,身后的人稍微贴得近了,便立马往前挪一下。

谢劭也是一言不发。

破产后,小娘子没再梳复杂的高髻,简单地挽了个发式,簪子也只有一支,满头青丝关不住,散开几缕随风扫在他的脸上,先是挠人皮层,最后却挠到了心坎上,又酥又痒。无论他怎么躲开,几缕青丝仿佛与他作对一般,非要同他纠缠不清。

她再一动,他只能紧紧咬住牙。几回下来,谢劭终究是没忍住,勒住马头,突然停了下来,对身前的小娘子道:"你还是下去吧,你这样扭来扭去,太乱人心曲,你不是在看风景,是在考验我的道德底线。"

虽说正合她心意,但她一向嘴硬:"郎君的道德底线也太低了。"察觉到身后的人半天没动,立马认怂,也没让他帮着搀扶,顾不得自己是什么形象,手脚并用地从马背上溜下来,赶紧离他远远的。

她躲进马车,把窗户也关严实了,心绪久久才平复下来,暗自发誓,再也不会乱坐人马匹。

回到府上,下了马车,温殊色也没同身后的郎君说话,如同有猛兽在追,提着裙摆,脚步匆匆,先一步回了东屋。

以为她害了臊,一时半会儿估计不会来见自己,结果翌日一早,温殊色又是一副热情样,过来敲他的门:"郎君,周世子到了没?"

谢劭刚醒,回头看了一眼沙漏,辰时三刻。

温殊色冲他一笑:"明娘子已经在路上了。"

待会儿还得当值,早些处理早结束,他正打算让闵章出去打听一下,门外便传来了周世子的嗓音:"谢兄。"

谢劭起身打开门,却见周邝径直走向了东屋,及时出声:"这儿呢。"

周邝一愣,回头看了他一眼,似乎明白了什么,自己有了不幸后,很乐意见到别人的不幸。

"谢兄怎么搬地儿了,是被嫂子赶出来了?"

话音刚落,便见谢劭身后走出来了一位小娘子:"世子来了。"

他大有要与人同病相怜,一块儿凄惨的心态,结果人家小两口一块儿搬了地,惨的依旧只有他一人。

周邝神色同昨夜无异,一脸别扭,上前同两人打了招呼。门前的八哥许是听到了熟悉的说话声,学起了舌头:"谢兄,谢兄……"多少打破了尴尬。

周邝转头笑骂了一声:"怎么不叫三爷了。"往日谢劭没成亲之时,几人时常来游园,谢劭以好酒好菜招待,有钱的人都是爷,背地里几人便称他为三爷。

八哥倒是给他面子,立马扯开嗓子:"三爷,三爷……"

周邝逗了逗那只讨喜的畜生,刚要迈步进屋,却被谢劭拦住:"外面谈。"

今非昔比,东屋已经被人占了,小娘子住的地方,万不能让外男进去,自己的厢房……一进去不就暴露真相了吗?之前没成亲,几人打打闹闹,甚至在一个屋里睡过,如今人家已成了亲,有娘子相陪了,再进去自然不方便。

周邝回过神,转身下了踏道。

谢劭把人带去了湖边假山处的凉亭内,抬眼便能瞧见湖上的半月桥。湖泊美景,人心情好了,谈话也能心平气和。最紧要的一点,背后有一片假山,方便某人放一只耳朵。

果然,小娘子对他的安排甚是满意,隔空对他挤眉弄眼,也不知道她是如何做到的,一只眼睛睁开,一只眼睛闭上,一边嘴角跟着往上弯,用力一挤,动作极快,投送过来的眼波,一点都不单纯。谢劭心头突突一跳,昨日那缕青丝仿佛又挠上了心坎,忙别开头,不再去看那位颇会作妖的小娘子。

温殊色的示好,没得到回应,虽有些失望,却没放在心上:"郎君陪世子坐会儿,我去瞧瞧明娘子。"

明婉柔掐着时辰点到的谢府,从马车上一下来,便打起了退堂鼓,转头问身边的丫鬟:"我这样合适吗?"

丫鬟宽慰道:"娘子放心,有二娘子在呢。"

一提起温殊色,明婉柔果然安稳了下来,上前同门房报了家门,让其帮忙通传。门房笑着道:"明娘子请吧,周世子前一刻已经进了府,三少奶奶正候着明娘子呢。"

一听到那名字,明婉柔又开始紧张了。可来都来了,总不能再回去。她忐忑地跨进府门,刚上长廊,便见到了温殊色,如同见到了救星,上前一把捏住温殊色的手:"他,真来了?"

温殊色说"不然呢":"就等你了。"

明婉柔越发紧张了,深吸一口气,紧紧拽着她:"缟仙,要不还是算了吧,既然他说了是误会,我相信他便是,再见面我也不知道该怎么说,太尴尬了。"

温殊色骂她"没出息":"前儿夜里眼睛都哭肿了,人家一句话你又好了。"

明婉柔苦着脸:"我是没脸见人。"

"那你就想错了,没脸见人的不是你,是周世子。"温殊色替她打气,"你就不想知道他到底有何难言之隐。"

事关将来一辈子,明婉柔怎可能不想知道,马车上已经想了一路,那日他把说都到了那份上,又说误会,那到底自己误会在了哪儿。

并非不相信他,万一呢……明婉柔犹豫了起来。

"走吧。"温殊色拉着她,"有我在,还怕他吃了你不成。今日可是你最后的机会了,有什么顾虑或是要问的,统统提出来,万不能因为害臊,赔上自己一辈子。"

也对,一辈子的事,不能马虎,她之后还得同缟仙定娃娃亲呢。

赶鸭子上架,明婉柔跟在温殊色身后,也不知道绕了多少个圈,穿过假山,便看到了跟前的凉亭。

凉亭内的两位郎君也看到了进来的小娘子们。明媚的晨光落在两人身上,罗莎短衫,抹胸拽地长裙,色彩明艳,院子内的景色瞬间鲜活了起来。要不怎么说小娘子本就是一道风景线呢。

小娘子又开始对他使眼色了,谢劭识趣地从凉亭内走了下来。

明婉柔也同周邝对上了视线,不同上一回的惊慌陌生,只见对方的目光中仿佛揉进了万种情绪,欲说还休,极为复杂,当下一愣,脚步下意识往后退,被温殊色及时抵住后腰。逃不掉,她只能硬着头皮往前。

"三公子。"明婉柔垂目同走下来的谢劭打了一声招呼,脚步如同千斤重,一步一步地挪到了凉亭内,对着跟前的郎君行了一礼,"世子……"

人已经见上了,闲杂人等都得回避。

转身进假山,谢劭走在前面,温殊色见他脚步匆匆,完全没有停留的意思,愣了愣,轻声叫住他:"郎君难道真要走吗?"

谢劭顿步,回头斜眼过来:"不然呢,留下来偷听旁人说话?小娘子莫非没听过君子非礼勿听,非礼勿视吗?"

她自然听过,就不信他不好奇:"那郎君走吧。我不是君子,我是小娘子,世子到底是何隐疾我一点都不想知道,就怕待会儿两人一言不合,发生了冲突,我得及时阻止。"

谢劭哑然。片刻后,小娘子趴着的那块假山旁,又凑过来一人。小娘子转过头看着一脸别扭的郎君,目光坦然:"郎君想听就听,我又不会笑话你。"

凉亭内,两人已经尴尬地站了好一阵。

水粉铺子里匆匆一面,怎么也没料到会闹到如此场面。吃了亏长了教训,断然不能再像上回一样着急,有事得慢慢说,周邝指了下亭子内的石凳,招呼跟前的小娘子:"你先坐。"

明婉柔忙摇头:"我不累,世子先坐。"

周邝也不累,那就都站着吧。想了想该怎么开口,罢了,还是直接问吧。

"前日我与明娘子在水粉铺子里碰上,说了几句话,明娘子是不是对我有什么误会?"

误会是有,且还不小。但这等子事,明婉柔无论如何也说不出口,急忙含糊过去:"世子说是误会,那就是误会了。"

瞧她这话,是不信了。周邝顾不得规矩礼仪了,突然朝着她上前一步,不顾她一脸的惊慌,澄清道:"那日我所说的夜里难言之隐,并非我……"见跟前的小娘子似乎已经被他吓得瞠目结舌了,那两个字终究没说出口,"乃是我有梦行症。"接着解释,"病症也不是时常发作,偶尔一回,担心明娘子害怕,想成亲前说明白,不承想被明娘子曲解了意思……"

原来是梦行症。明婉柔倒听过,没觉得有何可怕的,但——

"世子那样说,我……"很难不让她误会。

周邝昨夜一夜都没睡安稳,想起自己还未成亲,未来的媳妇儿已经把他当作了太监,恨不得立马找她说清楚。如今见到了人,也解释清楚了,她似乎还在怀疑,他一时着急脱口而出:"我骗没骗你,等到了新婚洞房夜你便知道,定不会让明娘子失望。"

一句豪言壮志吼出来,嗓门也大,似乎把之前丢掉的面子都捡了回来,一雪前耻,这头深吸一口气,简直要扬眉吐气了。可怜了明婉柔一张脸已经红得发烫,几乎落荒而逃。接着便是周世子,他从凉亭下来,经过假山,脚步匆匆,也没停留。

待耳边彻底听不见动静声了,躲在假山后的郎君才侧身走了出来,回头再看里侧的小娘子,早已目瞪口呆、面红耳赤,周邝那话确实过于猛烈,连听墙根的都被殃及了,所以——"小娘子以后还是非礼勿听吧。"

事后诸葛亮,适才是谁主动贴上来的,温殊色没好气:"郎君就不要嫉妒别人了,好好当值,总能过好自己的日子。"

没等他反应,小娘子从假山后出来,面色平静地把跟前发呆的郎君挤开,手提裙摆,僵着脖子,脚步越走越快。那背影怎么看都不像是干了好事。

谢劭终于回过神来,嗓音颇有些咬牙切齿,甚至还连名带姓了:"温殊色,你什么意思?"

什么隐疾,不过是个梦行症,都怪世子半截话没说清楚,明婉柔白哭了一夜不说,害得一堆人跟着担心了两日,到头来竟是误会一场。

经此一回,两人的婚事倒成了板上钉钉,牢固得不能再牢固。

过了几日便听说新娘子的婚服,王府周夫人亲口应承了下来,明家只需置办嫁妆,一切都很顺遂。温殊色再也不用操心,反倒是担心起了自己的兄长,听温家的丫鬟来禀报:"三公子最近几次回来,似乎不太顺心,还生了火气。"

温殊色无不惊讶,谁不知道她的兄长温淮在温家的几个公子中,性情最温润,从未发过火,哪里来的火气。丫鬟又道:"三公子在府上对老夫人倒没异样,唯独每日从衙门回来,进门黑着一张脸,想必是当值不太顺遂。"

温殊色心道,他那脸够黑了,再黑,到底是个什么样。

衙门的事,温殊色也不清楚,想了解清楚,还得靠谢劭。自从两人掺和了一回明娘子和周世子的琐事之后,似乎熟络了不少。

等人一下值,温殊色立马捧着一盘米糕去了西厢房:"郎君,饭菜还要等一阵，先吃块米糕垫垫肚子，我亲手做的。"

谢劭刚净完手，扭头一看，不由得扬眉，太阳打西边出来了，终于想起来自己说过的话。结果，小娘子把米糕往他桌上一放，凑过来笑脸相求："郎君，能向你打听一件事吗？"

合着是别有所图呢。谢劭嗤一声："怎么，明娘子又想退婚了？"

这人往后要是挨揍，必定是因为这张嘴。温殊色说了一句"人家好着呢"，直接问道："兄长初次当值，是不是遇上了什么棘手的案子？"

谢劭正要同她说这事，见小娘子一副求知心切的模样，突然不想让她痛快。

"棘手之事，每日都有，温淮到底是进过学堂之人，若非他当年执意出海，早参加了乡贡，区区司录参军，有何不能胜任？"

同为九品的芝麻小官，笑话谁呢。

温殊色心头嘀咕，神色不动："兄长常年在外，对凤城又不熟悉，听府上的人说，最近几日回去脸色都不太好。兄长为人一向稳沉，很少这般反常。郎君若是不知情，明日我去问问大公子吧，兄长在他手底下做事，他应该清楚。"

温殊色还没来得及起身，跟前的郎君又道："是因为最近手头的这桩案子吗？"

温殊色抬头，面上露出古怪之色："郎君又知道了？"

"我也刚听说。"谢劭挪了一下屁股，神色倒是一派镇定，"小娘子到底是先让我吃米糕，还是先打听令兄的消息？"

谁让她是来求人的呢，温殊色把碟盘推到他跟前，客气地道："郎君先吃。"

于是，对面的郎君优雅地吃完了两块米糕，又饮了一杯茶，才慢悠悠地道："说来话长。"

小娘子一口气提起来，险些就要发作，郎君又缓缓开口了："北巷口李家的大公子，五年前去京都赶考，与京都著作佐郎余家的四娘子一见生情，不久后四娘子嫁入凤城，膝下育有一儿一女。原本李家还指望余家能拉扯一把，可惜一年前余家卷进了一桩贪污案，被罢官免职，眼见仕途无望，李家大公子另谋出路，新纳了一位姨娘，乃凤城赌坊老板的大娘子。四娘子气得一病不起，李家大公子不仅没收敛，还提出了和离，两个孩子四娘子一个都不能带走。四娘子身边的丫鬟不服气，替自己的主子敲了鼓。你兄长接的案子，没同意和离，这不李家的那位新姨娘每日便去府衙相缠。"

确实挺长。

温殊色听得惊叹："竟然还有这等负心汉。"

这还不算完呢，谢劭抛出了更为惊人的话："那姨娘说，你兄长再不同意，她便上温家给你做嫂子。"

温殊色眼珠子一瞪，气得抽气："这妇人怎如此不要脸。"

没想到兄长刚上任，便遇上了这么一件麻烦事。温殊色坐不住了，一旦被这些蝇子讹上，以兄长的性格，必然不知道怎么办。她急忙问谢劭："如今呢，如今进展如何？"

没进展，双方都在耗着，各不退让，闹得沸沸扬扬，今日更是传到了周夫人耳里，谢劭也在场，正好听见。

温淮估计已焦头烂额了吧。

温殊色呆了好一阵，才回过神："上头的人不管吗？"这些人摆明了欺负兄长是个新官。上头的人，不就是谢家大公子。

不待谢劭回答，小娘子便叹了一声："所以说不是一家人，到底还是隔了一层心，温家的姑爷一换，兄长也摇身一变，变成了郎君的大舅子了。"

几番相处下来，谢劭已经摸清楚了小娘子的套路，瞟眼过去，预料到接下来定没好事。

果不其然，小娘子道："郎君，明日你借给我几个人吧，我就不信拦不住那不讲道理的妇人。"

她想怎么着。凭她的小身板，还想同人动手？她怕是还没见过赌坊的那位大娘子，身板子比她三个还大，别说她，自己在那位大娘子跟前都显得渺小。

且他也不屑与这类粗俗之人打交道。

"不行。"

"郎君是不想帮我吗？要是等那妇人讹上了你大舅子，到时候别说我了，郎君不也得唤他一声嫂子。"

谢劭一噎。

小娘子同他发誓："我保证不先动手，她要是撒泼，我也报官，告她玷污朝廷命官名誉，行吗？"

温淮这几日确实头疼。

翌日早早到了衙门，本想再把李家的大公子和夫人传来，细细游说一番。一进门，他却听谢家大公子说，四娘子已经撤了诉讼，同意与李家大公子和离，这会儿人怕是快到城门口了。

温淮愣了愣："走了？她同意和离了，不要孩子了？"

这类事太多，见多了也就麻木了。谢恒摇头："李家不放人，她还能怎么着，这几日你也累了，先回去歇着吧。"

温淮立在那儿呆了一阵，突然转身，朝着城门口追了上去。

温殊色今日天麻麻亮便出了府门，马车停在衙门前的巷子里，一面打着瞌睡，一面盯着衙门口。

好不容易见到温淮进了衙门，还没来得及叫醒身旁的郎君，又见他风风火火地冲了出来，翻身上了马背，她赶紧吩咐车夫："快，追上。"

身旁的郎君睡得正香，完全没有防备，一头栽下去，这回小娘子倒是手疾眼快，一把扶住了他："郎君醒醒。"

温淮一直追到城门口，方才拦住了余家四娘子，隔着马车窗扇同里头的人道："夫人大可多等两日，我必然给夫人一个交代。"

余家四娘子没想到他能追上来，匆匆下了马车，对他鞠了一躬："多谢参军这几日替我做主，离开之前理应知会一声参军，可实在是无心再生事端，便没去打扰参军。"

温淮不介意这些，只问："真忍心放弃吗？"

余家四娘子垂目，似是在忍住眼眶里的泪水，良久才道："参军已经因我摊上了麻烦，我怎能再让参军再为难。我已决定离开凤城，回京都去。"

温淮挺直了脊梁道："只要四娘子坚持，我便能替你讨回一个公道。"

余家四娘子摇头苦笑："何为公道？当初是我执意嫁进的李家，如今有此下场不过是自食其果，一人承受便罢了，万不能牵连无辜，我心意已决，参军请回吧。"说完不等温淮再劝，转身回到了马车上。

眼睁睁地看着余家四娘子出了城门，温淮久久没动，生平的第一份职，不承想竟然做得如此挫败。

不知道立了多久，他垂头丧气地转过身，一抬头便见跟前站着一位小娘子，正一脸同情地看着他。

温殊色都听到了，安慰道："兄长是个好官。"

"你怎么在这儿？"温淮周身提不起劲，没工夫搭理她，"谢三呢？他就不管管你，整日放你出来晃荡。"怎么管，人都被她从被窝里拉了出来，正在马车上补瞌睡呢。

"兄长可听过，善有善报恶有恶报？余家四娘子回到京都，说不定比如今过得更好呢。"

温殊色正欲再劝他几句，身后突然传来一道嗓音："缟仙？"

声音太过熟悉了，两人神色一愣，齐齐回头，便见城门口驶进来一辆马车，车侧的直棂窗内探出一颗黑漆漆的脑袋。

比起温淮当初回来的那张脸，有过之而无不及。

温殊色盯着跟前的"黑老爷子"，辨认一二，惊愕地出声："父亲？"

赶了十来日的路，归心似箭，没料到一进城门口，便看到了自己家的两个孩子，真乃意外之喜，温二爷匆匆下了马车。

温二爷个头本就高，人一黑显得人更瘦了。又黑又瘦，温殊色确定是自己的亲生父亲，上前迎接："兄长说父亲近几日便到凤城，今早我想着来碰碰运气，果然接到了人。"

温淮讶然，这是人精吧，怪不得自己和父亲这些年，不论走到哪儿都惦记着她。

温二爷看得出很高兴，把人打探了一圈，颇为满意："看来还是凤城的水土养人，咱们家就数你最白净。"

"那是父亲和兄长都太黑了。"温殊色一点都没领情，"父亲回去，祖母八成认不出来了。"

温二爷呵呵笑了两声，不以为然："儿郎黑点没关系。"逐问她，"你祖母身子怎么样，可精神？"

温殊色点头道："挺好的，就是整日挂记着父亲。"

说起这事，温二爷面露愧疚，父母在不远游，自己常年不在老祖宗身边尽孝，还让其牵肠挂肚，实在算不上孝顺。他叹一声道："幸亏有你大伯一家看顾。"想了起来，"你大姐姐的婚宴如何，热闹吗？"

旁边温淮一眼扫向温殊色，永远都忘不了自己回来当日所经历的一切，如今熬过来了，倒有了闲心看她如何应付。前头已经有了经验，应付起来得心应手，温殊色面不改色："父亲刚到，先回去再说吧。"

家长里短，叨也叨不完，回家再说也不迟。温二爷转过身，看向温淮，目露惊讶："你怎么弄了这么一身穿着，倒是比你平日的青衫体面。"

温淮不嫌事大，拱火道："父亲认不出来吗？这是官服。"

温二爷一愣，温淮继续道："父亲喜欢吗？要是喜欢，缟仙那里还有一身。"

就他嘴快！原本是想回温家慢慢说，好了，父亲已经满脸疑惑地注视着她。

温殊色只好先道："父亲走了快半年，家里发生了不少事，一时半会儿也说不清，咱们先上马车，我慢慢同您说。"

说罢，她先往温二爷的马车走去。温二爷拉住她："知道你喜欢吃蛤蜊，回来拉了一马车，都装满了，没位置可坐，还是上你的马车。"

又是蛤蜊，好熟悉的一幕，温淮从父亲身上仿佛看到了当初的自己，想起曾经的惨不忍睹，温淮偏过头不忍心看。

温殊色却迟迟不动，回头扫了一眼停在路边的马车，提议："要不咱们走回去吧？"

温二爷一笑："离家还有一段路呢，走要走到何时。"他迫不及待想知道，"温淮怎么穿上官服了，到底是怎么回事？"

想来是等不到回到家了，城门口人来人往，总不能在这儿说，行吧，早晚都得相见。

"父亲,我先同你引荐个人。"

没等温二爷回过神,温殊色便转身走向了停在一旁的马车,立在直棂窗扇旁,轻轻敲了两下:"郎君……"

今日天还没亮,小娘子便来叫门,硬把他从被窝里拉了出来,谢劭匆匆穿上衣服坐上马车,去了府衙蹲点。又一路追着温三到了城门口,余家四娘子走了,却把温家二爷接回来了。

马车就停在不远处,外面的说话声谢劭早就听到了,碍于自己的身份,突然相见太尴尬,想等小娘子回去解释清楚了,下回再见面也不迟,没想到三两句后,小娘子居然先来敲窗了。

"咚咚"的声音响在耳边,谢劭脊背都僵了,很不想搭理。可小娘子不死心,继续敲:"郎君醒了吗?父亲回来了,你下来见一面吧。"

谢劭:……话都说出来了,还能怎样。

片刻后,马车的帘子从里被掀开,下来了一位瞌睡还没睡醒的清隽郎君。

温二爷听见温殊色那声"郎君"时,便已目瞪口呆,如今再见到从马车内下来的郎君真容,两眼愕然,完全不知所云。

温殊色却又当着自己的面,拉了一把郎君的衣袖,把他拽到身边,两人挨在了一起,笑着道:"父亲,这是谢家三公子,您的女婿。"

谢劭微微颔首,礼貌地行礼:"岳丈。"

温二爷立在那儿,一会儿瞧瞧这个,一会儿瞧瞧那个,半天都没反应。就算温殊色不替他报名,自己也认得出来,这不就是谢仆射那独苗,谢家三公子谢劭吗?

可为何会成为他的女婿?

温淮作为过来人,尤其理解这种感受,知道父亲难以接受,这还只是个开端,后面还有呢,便道:"父亲上车再说。"

温殊色和温二爷先后上了马车,温淮和谢劭没上去,立在外面等。

半炷香过去,里面的温二爷同当初的温淮一样,吼出一声:"荒唐!"

谢劭负手瞟了一眼温淮,温淮脖子扭向一旁,望着天边,自己那日好歹入城把凤城逛了一圈,父亲这回才进城门。

打击不小,里面迟迟没有动静。

耽搁了一番,此时日头已经升起,时辰也不早了,谢劭看向温淮:"今日约了几个幕僚,能否借参军的马匹一用,改日我再登门造访。"

他这是要逃吗?不好意思,温淮拒绝:"家门破产,马匹这几日没喂草料,怕伤着了妹夫,妹夫还是坐马车稳妥。"

一句"妹夫"压死人，谢劭脚步动不了了，只得干等着。又是半炷香过来，温二爷终于掀起帘子，从马车上走了下来。

也不知道温殊色怎么同他说的，再见到谢劭，温二爷态度竟然客客气气，问他："谢仆射还没回来？"

谢二爷尽管早已辞官，凤城还是有不少人如此称呼他。谢劭点头："扬州阮家外祖母身子抱恙，家父和母亲前去探望，怕是还要耽搁些日子。"

"早前便想去拜会了，等他回来，我再登门叨扰。"这话表明了自己的态度，算是默认了这门亲事。

比自己想象中要轻松，谢劭拱手行礼："恭候岳丈。"

温二爷又暗暗打探了一眼，人确实长得标致。他吞下心头苦楚，无心多谈："先回吧。"转身坐回了自己的那辆蛤蜊马车。

温淮翻身上马走在前，马蹄子一仰，矫健得很。

这厢正望着，温殊色推开窗扇唤他："郎君不是要当值吗？快上来，待会儿我送你到路口，我先回一趟温家，你自己走过去好吗？"

温二爷今日归来，小娘子必然要跟去温家。

从城门口回温家，会路过王府，不过差几步路，倒也不成问题。钻进马车，小娘子一副无事人模样，似乎刚才那一番热情只为了应付，人一走，自己没了利用之处，立马把他晾在一边。他心头不是很痛快，好奇地问："令尊没意见？"

温殊色知道他问的是什么，摇头："郎君长得这么好看，又做了官，父亲喜欢都来不及呢。"

这话也太违心，记性还没差到忘了这桩亲事是如何来的。他抬目探究地看着小娘子，突然明白了什么，问道："你是不是说你心悦于我？"

果然是同道中人，一猜就准。

温殊色没什么好遮掩的："还能怎么办，为了让大家放心，我只能牺牲自己，编出这样的理由。"

结果对面的郎君一声讽刺："小娘子还真是与众不同，心胸宽广，喜欢竟来得如此随便。"

温殊色一愣，请教道："那郎君会如何同令尊令堂交代。"

这有何难。

"实话实说。"实话实说，那不就是要分道扬镳了。

不知道谢二爷和谢二夫人何时回来，但应该也快了，好不容易安抚好府上的三个人，这么快就穿帮，不太合算。

温殊色好声好气地同他商议："郎君要不再等一段日子？我瞧着这些时日，咱们相处得挺不错，先凑合着过，将来等郎君或是等我有了喜欢的人，咱们再好聚好散，你觉得呢。"

何意，要和离吗？

她喜欢的人，明家二公子？也是，本就是错误的开始，总得有个了断，她一个小娘子都不怕名声，他怕什么。

"行，什么时候方便了说一声。"他转头吩咐车夫，"停车。"

没等温殊色反应过来，他起身推开车门，掀帘跳了下去。

还没到地儿呢，温殊色头探出窗外，想提醒他，却见他一头扎进街市，头也不回，背影走出了一别两宽的气势。她一时愕然，闹不明白自己哪里得罪了他。

马车驶向温府，温二爷并非表面上那般轻松，坐在马车内，还没缓过来。

不承想老祖宗英明了一辈子，居然办了这么一件糊涂事，要论起过错，谢、温两家都脱不了干系。

错都错了，嫁过去已经一个月有余，还能完整地还回来不成？既然无法挽回，只能接受。唯一安慰的，大概是缟仙她自己喜欢。自己的女儿自己知道，自小见到长得好看的，便要多瞧两眼。那谢三的长相，不就合了她意。再往好处想，谢仆射就算辞官好歹曾经也为一国之相，教出来的孩子，品行能差到哪儿去。要论懒散败家，自己女儿是什么性格，他也有自知之明，没有谁配不上谁，反倒庆幸谢家没当场将人退回来。

看适才谢三的态度，两人似乎相处得不错。虽说没能亲眼看着她出嫁，但为人父母，想看到的不过是儿女能过上安稳日子，只要今后二人能和睦相处，他也没什么可挑剔的。他心头的冲击勉强平复，突然才想起，最初本是问温淮的官是如何而来，结果被她一道惊雷打乱了思绪。

到了温家，一下马车，温二爷便又问温殊色："文博的官是怎么回事？"温殊色还没答，门房已经瞧见了人，热情地迎上来："二爷回来了。"

这一声后，冷清的院子总算有了一点活力，前院正清扫落叶的仆妇扔了手里的扫帚，便往里传："快去禀报老祖宗，二爷回来了。"

半年没回府了，温二爷先把话撂在一边，举目打探了一圈府邸，沿路遇到的仆人不过三五人，转头又问："人怎么这么少？"

时机差不多了，待会儿见到祖母，怕露馅儿，温殊色把人拦了下来："父亲先去前厅，我有话同您说。"

温二爷刚才一进城门，便被她吓得不轻，好多事情还没好好过问，等下大房的人在，确实有些话不太方便："正好，我也有几件事，同你兄妹二人说。"

也不用去什么前厅了，几人就在后院荷花池的凉亭内坐下。

温殊色主动礼让："父亲您先说吧。"

他说的事是喜事,不急,他更想弄清楚温淮的官职:"你先说,把府上半年来发生的事,一五一十,事无巨细,全告诉我。"

温殊色也没再隐瞒,告诉他:"大半个月前,我替兄长买了一份官职。"

果然是买的。

一路上他早就有了猜测,她嫁的是谢家二房,并非谢副使跟前的大公子,不说谢仆射如今不在凤城,就算在凤城,也没那个本事和必要,给舅家置办一份官职。

买官就买官吧,文博的年岁,总不能一直跟着他出海,买了官是好事,温二爷逐问:"多少银钱?"

温殊色却模棱两可,答非所问:"父亲不知,兄长如今不仅是温员外,还是司录参军,前几日办了一桩案子,有模有样。"

温二爷意外地看向温淮,目光欣慰,忍不住揶揄道:"是吗?我还道他只会抓螃蟹呢。"

见父亲果然被她带偏,温淮已经上过当,一扫袖:"父亲让她接着说。"

温二爷回头,目光依旧和善:"你说。"

温殊色冲他一笑:"我给父亲也买了一份。"

温二爷面色慢慢地僵硬,给他也买了一份,那就是两份……

一份的银钱,她把手头上的现银挪挪,尚且还能勉强凑出来,两份,不太可能,他没给她那么多银钱。

除非官职降价了,结果却听她道:"我把铺子卖了,再加上祖母的压箱底,拿来买了粮食。说来也凑巧,洛安突然就打起了仗,正好就缺粮食,父亲和兄长这辈子合着就该做官,不然换作平日,以靖王治下的严厉,这官还真买不到。"

温二爷的反应和温淮当初如出一辙,呆愣半天,侥幸地问道:"铺子还剩多少间?"

"还能剩什么,没了啊。"温殊色反倒意外温二爷的问题,"咱们那些铺子,能买来两份官,已经很划算了,谢家二房全部的家产也就换了一份官职……"

等会儿,什么谢家……

温二爷脑袋跟不上来。温淮实在忍不住,在一旁插嘴,直截了当:"不只是咱们家,谢仆射的家产也被她败光了。"简单明了,还有什么不明白的。

惊天大雷终于轮到了温二爷头上,温家的铺子没了,连谢家的家产也……

感天谢地,她倒能完全无损。温二爷呆呆地看着前一刻还让自己引以为豪的姑娘,突然变成了讨债的债主,落差太大,一时不知道该怎么反应,忍不住骂道:"你、你这个……"

温殊色及时道:"伯父和伯母已经去了京都,不回来了,让父亲和兄长在祖母跟前尽孝。"

温二爷再度惊愕。

温姝色继续轰炸："人都已经走了，如今府上就只剩下了老祖宗，跟前冷冷清清，整日问我，父亲什么时候回来，祖母真可怜。"

一提起老祖宗，温二爷瞬间蔫了气，一股屁坐在石凳上，不知道是该先骂跟前这败家子，还是先自省。

半晌过去，见他神色似乎缓和了一些，温姝色才小心翼翼地道："父亲也是九品员外郎，兼的是观察推官。我问过周夫人了，主要负责监管乐市来往的人群和秩序，父亲常年在外，见的人多，做起来必然得心应手。"

温二爷头昏脑涨，抬手捂住额头。温姝色又劝说道："银钱留在身上迟早会花光，官职不同，能一辈子保身。别说父亲和兄长，若我是儿郎，都想买一份官职来做。"微微凑过去，拉了一下温二爷的袖口，轻声道，"上回我听兄长说，父亲今年水产赚了不少，咱们不是还可以东山再起吗？"

温二爷心下一跳，满脸防备。

温姝色被他一眼瞪了回来，坐直了身子，这才问道："父亲适才要同我说什么？"

说什么，他温家还有谢家，那么大两座金山都没了，还有什么是她败不光的。

温二爷心绪急速翻转，突然摆手道："别指望了，我也破产了，这次回来身无分文。"

温姝色愣住。旁边的温淮也是一怔，转头问道："怎么回事？"

温二爷长叹一声，满脸愁容："回来的途中遇上了风浪，船只全翻了，手里的钱都拿去赔了命……"屋漏偏逢连夜雨，简直是雪上加霜。

一家子人指望着温二爷回来，能解除温家的困境，结果传言却不假，温二爷这趟，还真是血本无回。全部的家当，只剩下了一马车的蛤蜊。

听到消息时，谢劭还有些不相信，想起温二爷在城门口的神色，不太像破了产。

直到黄昏时见到小娘子无精打采地回到府上，提了一筐蛤蜊给他："父亲让我分给郎君，郎君省着点吃吧，下顿就没有了。"翌日，他又在靖王府遇到了一脸颓败的温二爷，这才相信。

破产破得还真彻底，三份官职，一个萝卜一个坑，这回都派上了用场。

花了几日终于应付完王府的一堆幕僚，今日谢劭跟着裴卿继续到乐市巡逻，这头从海产的摊位上刚出来，有人唤了一声："谢员外。"

接着又听到了身后一声："温员外。"

两位员外齐齐转身，同样一身九品官服，一老一少，内心皆是一团复杂。对望了一眼后，谢劭先上前招呼，当值之时，不能攀亲，略顿了顿，随众人唤道："温员外。"

那日匆匆一面，也没说上话，乐市与桥市不同，闲杂人多，温二爷往前面一棵大榕树下的茶肆一指："坐坐吧。"

翁婿两人相遇，自然有话要说，裴卿没再跟上，同两人辞别，先回了衙门。

此时已是午食的点，喝茶喝不饱，正好路过摊位，谢劭掏钱买了几块烧饼。温二爷看着他手里那只扁扁的荷包，心头顿时五味杂陈。之前谢家三公子在凤城过的是什么日子，他也见识过。

天壤之别也不为过。想起是自家那位败家子把人家的家产败光的，人家没把她休了，已经是谢天谢地了。他内心愧疚难当，让谢劭先去茶肆等着，自己折身去了一趟对面的酒馆。

再回来，温二爷手里提了一只食盒，里头是一只烧鸡，笑着推给了谢劭："回来时身上偷偷藏了几两银子，贤婿吃吧，吃完了回去，千万别告诉她。"

先前在城门口能接受他，是迫不得已，还有些勉强，如今是真心满意，遇上那么个败家的，换个人恐怕早已鸡飞狗跳。

结果对面的贤婿却道："我并不贪口食之欲，温家如今也正值困难，温员外给老夫人带回去吧。"

温二爷一听，越发对谢劭高看。儿郎有没有担当，一落难便能瞧出来，这哪里是什么败家子弟，分明是他家姑娘捡到了宝。

先前两家长辈都不在，如今他回来了，便得拿出长辈的样，得让今后两个孩子相处和睦，温二爷先谦虚地问道："缟仙在府上，可有不守规矩之处？"

"挺好。"谢劭答，"岳丈教导有方，小娘子贤惠孝顺。"

家都被败光了，哪里来的贤惠。难得他还给了自己这份体面，没把那罪魁祸首揭穿，可人家不好说，自己心里得清楚。

正是饭点，多数人进了酒馆或是酒楼，路边的茶肆里没什么人，温二爷对这位贤婿开始推心置腹："缟仙娘亲走得早，家里只剩我和他兄长，又常年不在她身边，遇上什么事都得靠她自己拿主意，日子一久，难免主见大。在温家时，上头尚且有她祖母替她权衡，到了贵府，没个约束，她要兴出个什么主意，贤婿还得多考量。"

谢劭大抵猜到了他想说什么，没让他再绕弯子，温声道："上回囤粮再捐之事，殊色事先问过我的意愿，实属也没料到后来洛安打仗，求粮求兵到了凤城。小娘子心地善良，心怀家国，并无过错，事后能替温、谢两家换来一份荣誉、三份官职，仔细论起来也不亏。银钱有价，前途无量，岳丈也不必过多伤怀。"

这还反过来劝起自己来了。不过听他说是征求过他的同意，温二爷顿时轻松了不少。

这样的贤婿，哪儿去找，万不能有任何闪失。想起两人这桩鸡飞狗跳的亲事，温二爷不由得打起了圆场："俗话说有缘之人千里来相会，缘分到了，无论是什么样的形式，两个人总会走到一起。先前我还一直想着将来的女婿到底是哪家公子，不承想竟是三公子。"不吝心中欢喜之情，夸赞道，"能找到三公子这样的贤婿，是殊色那丫头的造化。"

先前小娘子还在谋划着要去寻喜欢之人，如今听小娘子父亲的语气，这是认定自己了。

突然有些同情起小娘子来，这场戏，真不知道她该如何收场。

同情归同情，却不妨碍他继续使绊子。听温二爷唤自己三公子，谢劭谦卑地道："岳丈唤我闲颇便是。"

连小字都告诉他了，是真把他当自家人了，温二爷甚是满意，当下拿起茶壶，与谢劭碰杯："闲颇这名字好。来，咱爷俩喝两杯。"

一番交谈，翁婿两人的关系往前跨了一大步，亲近了许多。温二爷叹了一声，又道："闲颇，实不相瞒，缟仙是被我宠坏了，脾气倔，在家时我便没少被她所气。但她这人吧，胜在不记仇，不愉快的事也忘得快，虽说有时候她自己说过的话都不记得，但换个方向想，这样的人不也好满足吗？还有一点，她精力充沛，整日乐呵呵的，一看到她那张脸，自己都忍不住来精神，家中有个这样的人，将来能不兴旺？"

谢劭听出来了，是想让他多看看小娘子的好。

这点温二爷倒也没夸大其词，小娘子确实如温二爷所说，精力旺盛得很，当日下值回到府上，谢劭便见她抱着一只比她还高的莲花灯笼，匆匆往外走。

谢劭刚下长廊，险些被她怀里的灯笼戳到，伸手拨开灯笼上的一片荷叶，问道："娘子这是要去哪儿？"

小娘子瞬间从灯笼后伸出头来，两只眼睛如星光般璀璨："郎君回来了，我去明家送灯笼，晚些时候再回来。"

谢劭抬头看了一眼天边的火烧云，晚些时候，还能有多晚。他不由得提醒她："小娘子是不是忘记自己已经嫁人了，成日这般不打招呼地往外跑，可有顾忌过夫家的感受？"

温殊色一愣，成亲以后，不一直都是这样吗？虽说约好了互不相干，到底也要顾忌他的颜面，她客气地请示道："我向郎君禀报，出去一趟，给明家娘子送灯笼，很快就回来。"

谁知对面的郎君不罢休："既要向我禀报，便该有个禀报的样子，而不是你这样只图走个形式,我看你压根儿就不在意我同不同意,分明是想先斩后奏,要我没及时赶回去,你当如何?"怕是早就跑出去了。

不明白他今儿怎么如此反常,她深吸一口气,耐着性子问他:"那郎君同意吗?"

对面的郎君却转过头,仰头看向天边,一副欠揍的模样:"天色已晚,外面不安全,娘子还是吩咐底下的人送过去。"

这怎么成。她亲手做出来的莲花灯,送给阿园做新婚贺礼,自然得亲自送过去。见他执意相拦,她不满道:"郎君之前都没管过我。"

"以后得管管了,再不管不成体统。"不顾小娘子惊愕的目光,他转身把闵章叫过来,"替三少奶奶跑一趟。"

闵章过去便要接,温殊色反应过来,转身躲开,咬牙道:"不必了,明日我再送。"

"明日恐怕也不行,小娘子以后就好好待在府上吧。"说完,他从她让开的一侧穿了过去。

等人下了穿堂,温殊色才反应过来,把手里的灯笼交给祥云,紧追上去:"郎君是何意?是要禁我的足吗?"

"不至于。"谢劭负手往前,头也不回,"不过明家外男众多,小娘子一人前去不太方便,怕多嘴之人乱传,影响小娘子的名声。"

温殊色"啧"一声:"分明就是郎君小气,还说得如此冠冕堂皇。"她去的是明婉柔的院子,一路都有仆妇领着,谁会传。

她这般说,前面的谢劭也没反驳,就是不松口。

到了东厢房,他见到梨树下的一堆竹篾纱布,回头再看一眼气得胸膛起伏的小娘子,问她:"你做的?"

温殊色没好气:"不然呢。"为了给阿园一个惊喜,她花了大半日才做出来,好不容易在黄昏前赶了出来,迫不及待地想要拿给阿园,却没想到出不了门。

谢劭目光探究地往她身上一扫,颇有些意外:"看不出来你手还挺巧。"

本不想搭理他,可又见他一脸看不起人的模样,她不回应不快:"这有何难,郎君难道不会吗?"

"不会。"他转头瞅了瞅院子里挂着的纱灯,"马上就到端阳,院子里的灯也该换了,为夫正愁府上开支吃紧,没有银钱买新的,娘子既然会做灯,又在家闲着,正好可以省一笔。"他抬头冲小娘子抿唇一笑,"有劳娘子了。"

温殊色瞪大眼睛盯着他,不敢相信他说的话,让她做灯笼,这么大个院子,得要多少盏。

太欺负人了,她不得不撕破脸:"谢三,你不要太……"

"今日我在乐市遇上了令尊,问我小娘子在寒舍过得如何,我同令尊说,一切都好,虽说小娘子把我家产败光,但胜在如今知道了如何勤俭持家。"

一句话,如同掐在她的七寸上,刚冒上头的火焰当头一瓢冷水浇下,瞬间熄了气儿。

他遇上父亲了?他都说什么了?

没去看小娘子呆愣的目光,谢劭转身上了踏道,推开了西厢房的门,当着小娘子的面平静地关上门扇。

温殊色好半晌才回过神,没地儿发泄,只能回头同祥云道:"瞧见没?他气不气人?前几日我还觉得和他相处融洽,原来是我看走了眼,他这样的态度,分明就是不打算和我好好过日子了。"

祥云赶紧安慰:"娘子冷静,事出反常必有妖,咱们回屋好好想想对策。"

外面终于安静了,闵章才转过头,只见自己的主子立在门扇后,耳朵偏向一边,都快竖起来了,摸着衣襟半天都没解开一颗纽扣。

闵章心道,梁子宜解不宜结,这些日子相处下来,他觉得这位三少奶奶可不是那么好惹的。他出声提醒道:"院子里的纱灯,主子成亲前才换过……"

谢劭却没领他的情:"我做事要你管?"脱下身上的圆衫,搭在屏风上,这会子倒又气定山河了,让闵章备水,沐浴更衣。

晚食今日在王府用过,谢劭通知了方嬷嬷不必再送饭,沐浴完便坐在蒲团上,翻出今日周夫人给他的一沓府上幕僚对王府未来的预判来看。纸上谈兵的较多,没什么看头,翻完大半,他正打算歇息,突然传来了敲门声:"郎君……"

谢劭:……她不是该生气吗?

闵章也有些摸不着头脑,三少奶奶适才气得不轻,这就消气了?怕不是有诈。他看向自己的主子,不知道该不该开门。

门外小娘子的声音再次传了进来:"郎君睡了吗?"

谢劭起身,亲自去开门。

门扇一开,先瞧见一盏圆形纱灯,上面的一只白兔被灯火一照,红色的眼睛光泽透亮,栩栩如生。谢劭不由得一愣,小娘子的脸又从纱灯旁冒了出来,眉眼之间一团讨好的笑意,笑得比天上的明月还好看,问道:"郎君喜欢吗?"

好看的小娘子没人不喜欢,谢劭目光顿了片刻,回过神来,忙别开头:"小娘子的手果然巧,这么快就做好了一盏灯笼,想必很快便能把院子里的纱灯换完。"

温殊色脸上的笑容险些就没绷住,好在已经做好了心理准备:"其他的再说吧,我只想先给郎君做一盏,等明儿郎君回来就可以用上了。"

听她如此说，谢劭侧目重新打量起了她手里的兔子纱灯，突如其来的示好，免不得让人心头生出几分得意。好看是好看，可为何是兔子？

小娘子看出了他心头疑惑，解释道："我生肖为兔，便给郎君画了上去，往后郎君提着灯盏，便当是我陪伴在郎君左右，为郎君照亮前路。"说着把灯笼递了过来，"郎君要瞧瞧吗？"

比起刚才怒目瞪他的模样，她这会子的态度，着实讨喜许多。

见他面色有了动容，小娘子揭开灯罩，贴心地为他吹灭了里面的烛火，双手把灯笼递到他跟前，自夸道："小时候我便跟着娘亲学做灯笼，大抵天赋也能遗传，祖母说我做的灯笼，比花市上卖的还好看……"

有那么好吗？

谢劭伸手接过来，还没来得及细看，手指突然被什么东西刺到，且刺得不轻，十指连心，疼得他咬牙，却也没有将灯笼往地上扔，不得不怀疑她的目的："温二你这是存心报复，要谋杀亲夫乎？"

温殊色一愣，完全没反应过来，但见对面的郎君露出痛苦之色，手里的灯笼犹如烫手的救命汤药，丢了不是，拿也不是。她定睛一瞧，不得了，他手指头出血了。

当真是冤枉，她是听了祥云的劝，人在屋檐下不得不低头，想着把他哄好了一切都好说。

眼见他手指头不断冒出血珠子，把那只兔子都快染红了，她顿时吓到了，赶紧一把接过灯笼，放在一边，连连道歉："郎君对不住，可能是我没有处理干净竹刺，并非故意要刺你，我不是那么小肚鸡肠的人。"

她是不是故意，他没心思计较了，先处理伤口吧。

闵章也吓到了，赶紧取来药箱。

许是疼糊涂了，谢劭一把夺住纱布，便要缠上去，身旁的小娘子及时拦住："不能裹，里面怕还有刺，先清洗干净，我帮郎君把刺挑出来。"怕谢劭再乱动，一双手紧紧握住他的手掌，转头吩咐闵章去备盐水。

闵章动作很快，盐水备好了，温殊色抓住谢劭的手，亲自替他清洗："我尽量轻些，郎君忍一忍，之前我也被刺过，知道很疼，但刺取出来就好了。"

这么晚了，且这么点伤，断然不能去请府医，手掌被小娘子捏在手里，人自然也靠了过去，两人肩膀挨着肩膀，他一低头便看到了她满头青丝，也不知道她平时是用什么东西清洗的，味道像极了院子里的白玉兰，身子不觉又往下凑去，结果指尖突然被盐水一浸，伤着的那一块跳着疼，什么念想也没了，闭眼咬紧牙关。

血迹冲洗干净，果然看到指尖里面还卡着半截竹刺，还挺深。瞧着确实很疼，温殊色阵阵心虚:"郎君,你再坚持一会儿,我替你挑刺。"

她又让闵章拿出银针,在火上烧完,捏住他的手指头,突然发现离灯太远,看不清,索性起身跪坐在他身旁。两人的胳膊又扭住了,再一挪一移,等她一番调整好,人已经趴在了他的腿上。

谢劲的身子早已僵硬。夜深人静,这姿势怎么看怎么暧昧,两人成亲以来,别说这般亲密接触,连手都没牵过。

如今他不仅被小娘子握住了手,还投怀送抱,躺在了他腿上。他又不是太监,并非能坐怀不乱,念头越飘越远,银针刺进去,手指上的刺痛陡然传来,完全没有防备,"嘶"的一声,手还没来得及缩回来,一把被小娘子按住往前一拉,颇有些恼火:"郎君别动。"

被这一拽,他鼻尖彻底埋进了她青丝之间,脑袋昏昏沉沉,当真没再动。银针剜进肉里,也没听他再出一声,倒让温殊色轻松了不少,掐着他的指头,仔细把里面的竹刺挑了出来。

竹刺没多粗,细长一根,扎进肉里,却能疼得要命。细细查看了一遍,确认里头没有东西了,她松了一口气,放开他的手掌,回头看向身后面额生红的郎君:"郎君捏捏看,里面还疼不疼?"

她回头的瞬间,他便直起了身子,手指头轻轻刮了一下伤口:"疼是不疼了,但小娘子要趴在我身上到何时?"

她这才意识到自己的姿态极为不妥。但越是心慌,她越从容,淡然地从他膝盖上爬起来,做出一副大义之态:"郎君千万不要胡思乱想,伤者为大,不分男女,今日换个人,我也会这样。"

这话就很不中听了。他理了理被她蹭乱的衫袍,追问:"是吗,那小娘子还替谁治过伤?"

有过谁?温殊色想了想。

还没想出来,跟前的郎君已帮她想出了一人:"明家二公子?"

合着他就记得一个明家二公子了,但她实话实说:"那倒没有,被我灯笼扎到手的,郎君还是第一人。"

言下之意是他自己倒霉。

如此一来,她也承认了确实给明家二公子送过灯笼。

人家没扎到手,偏偏他扎到了手,倒不怀疑她是故意为之。既然不是故意,说明什么呢,说明她给自己做灯笼时不用心,刺都没刮干净,一看就知道在敷衍了事。

今夜多半是来他这儿讨人情的,但他明显没了心情,直接掐断了她的心思:"小娘子的心意我领了,可惜你也看到了,我被你的灯笼扎伤,不仅没得到半点好处,还见了血,实在没了好心情,无法答应你接下来的请求。小娘子还是请回吧,下回做灯笼,记得要认真仔细,旁人也就算了,别把自己扎伤。"

这小心眼儿,当真是一点都不饶人。可能怎么办,是她办坏了事,害得人家手指头多了个窟窿,站着人都矮了一截,她只能道歉弥补:"郎君是我不对,为了补偿郎君,明日等郎君下值回来,我亲自给郎君烧饭。"

这话倒让谢劭很意外,一面佩服她为了去个明家真能豁出去,一面又好奇她能烧出什么样的饭菜,于是他含糊其词地道:"再看吧。"

伤口愈合得很快,到了第二日早上,几乎都结痂了,怕去上值引人注目,谢劭把纱布取了下来。

谁知当日却在王府遇到了明家二公子。上回明家二公子替周夫人给宫中杨贵妃送了一封信,今日周夫人把人宴请到府上,以表感激。

午宴时,周夫人也把谢劭和几位幕僚一并叫了过去。之前谢劭和明家二公子打过交道,但并不相熟,见面寒暄了几句,各自坐在位置上,却不免对其留意了起来。谈吐得体,不急不躁,倒是担得起温润儒雅的称号。正赞叹小娘子眼光不错,就是不知道人家能不能等得住她,周夫人突然做起了媒:"瞧我这记性,二公子定下的是哪家姑娘?"

明二公子面色略微尴尬,礼貌地应道:"回禀夫人,晚辈还不曾许亲。"

周夫人一愣:"如此青年才俊,竟然还没许亲,凤城这些姑娘的眼睛也不知道瞟到哪儿去了。"待明家娘子嫁入王府,便也是一家人了,笑着道,"二公子若不介意,日后我帮你留意一番可行?"

谢劭不动声色地瞟向明二公子,眼见他的耳根慢慢红透,犹豫片刻,便朝着周夫人点头回道:"有劳周夫人了。"

完了。

谢劭收回目光,不禁替小娘子惋惜了起来,为她绝食了一日的郎君,恐怕等不到她了。他心头莫名多了一份快意,恨不得立马回去与小娘子分享,仿佛已经看到了她被打击后的失落表情,悲伤可怜极了。

下值时也没耽搁,谢劭径直回了谢府,跨进府门脚步都轻快了不少。这头还没走到游园呢,便见小娘子竟然主动迎了出来,在长廊另一头见到他,远远便招呼:"郎君,郎君……"

这般高兴,都让人不忍心打击她。等人到了跟前,还没等他开口,小娘子先一把抓住他的胳膊,就势一拽把他拉近,随后踮起脚尖,一方巴掌挡在他耳朵边上,悄声道:"郎君,京都刚刚来了调令,大公子要去京都任职了。"

谢劭由着她把他拽得偏下身,配合地附耳过去,以为她是来炫耀自己烧了什么样的好菜，没料到是这样一道震惊的消息。他面上的轻松之色慢慢褪去，心底不由得往下一沉，问小娘子："何时之事？"自己才从王府回来，为何没先听说。

"一个时辰前。"小娘子神色认真又紧张，"宫里的人到了谢府，大公子不在，谢大爷和大夫人接的调令。"

果然还是来了。谢劭蹙眉，大步往前。

温殊色提着裙摆一面紧跟他的脚步，一面继续同他噼里啪啦："宫里的人一走，大夫人便派人把大公子从衙门叫了回来，先郎君一步回了府，如今一家人正关着门商议呢。大夫人说要把她在外的几份田产和宅子卖了，给大公子凑钱好去京都安置，还特意嘱咐，别走漏了风声，让我和郎君知道了。"小娘子"啧"一声，极为得意，"可天下没有不透风的墙，这不还是被咱们知道了，我早就猜到了，果然他们藏了东西。"

她这一顿叨叨，说得有声有色。谢劭回过头，古怪地看向小娘子："你怎么知道的？"

笑得正得意的小娘子面色一窘，目光微微躲闪："郎君又不让我出去，我这不是在院子里闲着吗？四处走走，一走便听来了这么一件惊人的消息。"

四处走走，以小娘子的性子，只怕没那么简单。

但此时他已经没心思管她是从哪儿听来的，从长廊下来，脚步拐了个弯径直去往谢大夫人的院子。

温殊色一愣："郎君，你要去哪儿？"

谢劭没答。

温殊色吓了一跳，赶紧劝说道："知道吃了亏，往后长点心，不要动不动就给人银钱便是了，这时候郎君去了也没用，他们不会还咱们钱的。"见似乎阻拦不了，只得道，"那郎君你别同他们说，是我告诉你的。"

谢劭没答，越走越快。看那架势，似乎要同人干起来，不行，她得跟上。

到了谢大夫人的梅园，守门的仆妇才打了个马虎眼，突然见到有人从外冲了进来，当下一愣，抬起头，神色露出惊愕："三公子怎么来了？"见人径自往里冲，仆妇慌忙上前拦住，"三公子稍候，奴婢先去同大夫人通传。"

谢劭却充耳不闻，一路闯了进去。仆妇只能扯着嗓子提醒里面的人："三公子、三公子……哎哟，三少奶奶怎么也来了……"

屋内谢大夫人正拿出自己的压箱底，替谢大公子凑着盘缠，听到外面仆妇的说话声，面色一变，急急忙忙把一堆票子扫进袖筒，人也吓得不轻，忍不住骂道："狗鼻子也没这般灵光。"

上回他谢三公子来院子，也不知道是几年前了，今日突然上门，无事不登三宝殿，必然是听到了什么风声。

容不得她多想，转眼的工夫，人已经闯了进来。

谢家大爷和谢大夫人坐在软榻上，谢恒则坐在侧方的官帽椅上，齐齐看向贸然闯进来的两人。

谢劭立在门槛内，看向众人，面色没有半丝尴尬，似乎并未觉得自己有何失礼之处，同几人招呼道："伯父、伯母、兄长。"

温殊色也从他身后走了出来，垂目向三人福了福身。

"老三怎么来了？"谢大爷先反应过来，让屋里的丫鬟添了两张木墩。

谢劭坐在靠里的位置，温殊色紧挨着他，身子挺直，坐得规规矩矩。

不知他前来目的为何，谢大爷先同其寒暄道："听周夫人说，老三的军事推官，最近做得很不错。"

谢劭面色平静："托伯父的福。"

谢大爷一笑："都是你自己的本事，与我有何关系。"可心头到底还是有了几分满意。当初他没料到老三的媳妇竟然把囤来的所有粮食都捐给了洛安，替老三换来的员外郎一职，于他而言，等同于把粮食拱手送人没何区别。他也曾暗里发过火，骂过两人败家不知深浅，可又能怎么办，粮食已经被拉去了洛安，追也追不回来了。

除了这么个官职，二房算是彻底地破了产。本以为凭老三固执的性格，定不会愿意受此束缚，乖乖去做官，出乎他意料，老三不仅去领了官职，还做得有模有样。

人到了王府，以自己副使的身份，周夫人多少会给些情面，对其夸上几句，算是对谢家的一种认可，至于谢劭到底做了什么，谢大爷也不感兴趣。

军事推官，说白了，不就是陪着王府的人聊聊天，能有多大的出息。老三心头能想明白其中曲折，再好不过。谢大爷正觉宽慰，谢劭已看向旁边的谢恒，突然问道："兄长的调令下来了？"

一旁谢大夫人的神色立马变了，宫里的人才刚走，消息还没散出去呢，他倒是知道得快。

横竖这事迟早都得知道，没什么好隐瞒，谢恒一笑："刚接到。"

谢劭又问他："兄长如何作想，可愿意？"

谢恒有些意外谢劭会如此问，自己的这位三弟是什么性子他自然清楚，当初从京都回来时，他还曾对其有过期望，主动上门想要讨教。可说起吃喝玩乐谢劭样样精通，一说起家国之事，便是一副懒散模样，漠不关心。

去过几次后，他便很少再同谢劭来往，见谢劭今日突然认真起来，他意外之余有些不习惯："本也是意料之中，不过晚了一些时日，为官者为朝廷效劳，遵从旨意调动，何谈愿意与否。"

那就是要去了。

谢劭道："我看未必。"他不顾谢恒愣住的神色，接着道，"未必是朝廷的意思。兄长乃凤城副使之子，避免同一个家族脚踏两边，朝廷不会轻易录用，此番调令来得蹊跷，不经过王府周夫人，直接送上谢家，便已经不合规矩，我劝兄长还是留在凤城妥当。"

这回不止谢恒呆住，连谢大爷和谢大夫人均被他的话怔住。

先是意外他一个纨绔子弟，何来的这番见解，随后对他的言辞也颇为不满。

一个只懂吃喝玩乐的纨绔，他能有何高见，这话也不知道是存了什么心思。谢大夫人目光中闪过不屑，笑得勉强："老三这说法倒是新奇，你兄长是以自己的本事考上的贡士，金榜题名，黄榜上加盖了陛下的宝印，大鄢百姓都有目共睹。外官三年一考核，你兄长期满，政绩又无可指摘，为何就不能轻易录用？"

藩王属地就那么大，稍微一升职便到顶了，有何前途可言，莫非要同他一样，继续留在凤城，一辈子蹉跎在这儿？

自己没本事，倒想来挡别人的道。谢大夫人不高兴。

谢大爷这些日子为了等这份调令，夜里都没睡好觉，好不容易等到了，正在兴头上，被谢劭突如其来泼了一瓢冷水，心头自然也有些介怀，却没有谢大夫人那么大的反应，给出了自己的解释："你兄长虽是凤城县令，但因贡士出身，归属于京都朝廷，宫中可直接对其调遣。你说得没错，调令确实应该经过王府，想必宫中的人也是听说了王爷不在府上，便递到了我手上，待会儿我会去找周夫人禀明情况。"

谢大爷这话说得也没什么问题，他是凤城副使，王爷不在，很多事情由他代劳，调令他接过来，并无不妥。可今日也不知道怎么了，谢劭却揪住不放："王爷不在，还有周夫人，周夫人不在，有周世子。朝廷颁发调令，调配藩地中的官员，不经过藩地之主，反而越过藩王对底下的人施令，于理于法，都说不过去。伯父身为王爷的副使，又乃调令中人的父亲，更应该避讳此类事情才对。"

他一番言辞，义正词严，谢大爷一时被噎住，多少有些尴尬，不知该如何回应，不由得偏过头去。见他如此同大爷说话，谢大夫人愕然，更是不明白了："老三今日这是怎么了？"

谢劭没搭理她，看着谢大爷道："伯父为凤城的副使，王爷的左膀右臂，兄长此行前去京都，王爷会如何想、周夫人会如何想，伯父可有想过？"

自古用人最忌讳的便是生有异心，上回谢大爷擅自放走裴元丘，周夫人和周世子心中已生芥蒂。

周夫人为何没放他出城去接王爷，便是对他生了防备。

不待谢大爷发话，谢大夫人冷笑一声："这有何冲突，你兄长去京都做官，你伯父替王爷办事，虽各尽其主，所谋之事不都一样，都是为了大酆效劳。"

就算藩王，也得效忠于朝廷，温家的大爷尚且能从一介县令调去京都任职工部侍郎，自己的儿子为何就不能。

谢劭面色平静："但愿能如伯母所说，待有朝一日即便双方兵刃相向，也能各奉其主。"

谢大夫人一怔："你、你这说的什么话，何来的兵刃相向……"

谢劭不说话，一双眼睛沉静下来，只看着谢大爷。

"够了！"谢大爷被他这般一瞧，心头突然乱了，一声呵斥，"你以为我想？我这不是为了谢家着想。你也看到了，中州周边的几个藩王已经被削，靖……中州被削藩乃早晚之事，上回你和那周世子闹出的兵器库之事，还没看出来吗？就是一个下马威，接下来中州必然不会太平。"

这一声带着暴怒，屋内几人均被唬住，温殊色也不由得绷直了身子，偷偷瞥向谢劭，暗自狐疑，不是来找谢大夫人要银钱的吗，怎同谢大爷叫起了板？

谢大爷发了一通火，面色也黑成了锅底。谢劭眼里却并无丝毫惧意，直视他道："所以，伯父这是要向王爷表明，自己站队了吗？"

"你！"谢大爷气得指他鼻子，"你休得胡言。"

谢劭一脸平静，追问道："伯父所为已然告知天下，哪里须得侄儿多言。"

"你懂什么！自从你父亲辞官后，我谢家在京都再无人脉，趁着中州还未乱起来，先把你兄长送出去，将来就算我谢家遭遇不幸，也能有个门路可走。"

此等想法简直天真。

"伯父之心，侄儿确实不懂，但明白自古以来，一心难以效忠二主，伯父能想到的，对方也能想到。不经寒彻骨，哪来梅花香，伯父想要不劳而获，侄儿以为希望不大。"

谢大爷没想到今日会被一个晚辈说教，面子挂不住不说，心中的小算盘被说破，颇有几分恼羞成怒："依你之见，咱们就该睁睁地等死，陪着他靖王殉葬？"这才是他谢副使的真实想法，这一场党争之中，他早就站了队，认定了太子会赢。

"朝廷的动向如何，尚且不知，伯父又何出此言？即便真到了那一日，身死又有何妨！古有荀巨伯探友，尚且不离不弃，以命相伴，而况伯父受人俸禄，在其位谋其职，尽其责善其事。"谢劭目中突然有了几分不耐烦，"伯父可曾想过，当初伯父到底是有何过人之处，能得到靖王的青睐。"

当初能被靖王重用，还能因为什么？不是因为他的能力吗？可谢劭这般来拷问他，难免不让人深思。在靖王任中州藩王之前，谢大爷只不过是凤城一个小小的巡检，论学识论武力本事，大把的人在他之上，却独独他被靖王看重，因为什么，因为辞官的谢仆射正好也是那时候回到了故里。

这谢三公子是这么个意思吧？

谢大爷心口气血翻涌，脸色赤白一阵，目光盯着谢劭，再无半点慈祥，突然起身一巴掌拍上软榻上的木几，面容盛怒："你一个败光了家底的纨绔，有何资格来同我说教，谁给你的本事！"旁人不知，他谢大爷自己深有体会，身为谢家老大，没有该有的光彩，反而从小被自己的弟弟压制。

无论是天赋，还是后天努力，他都比不过谢二爷，早前的几十年一直活在了二爷的阴影之下，后来二爷辞官归乡，这才给了他翻身的机会，终于觉得是自己带着家族走过了十来年。如今却又告诉他，他所谓的成功，不过是谢家二爷替他铺好的路。

狗屁！这一巴掌，用力不小，木几上的茶具翻倒，身旁的谢大夫人被殃及，泼了一身的茶渍，慌忙起身，一面用绣帕擦拭，一面忍不住阴阳怪气："你说你，好好的一桩喜事，本该高兴，可怎就非见不得人好呢，还说什么家人，我看还不如陌生人呢……"

这话说的是谁，怎能听不出来，谢劭面色微变。

温殊色却是眼尖，从他身后探出头来，笑着指了指谢大夫人的袖筒，提醒道："伯母，您袖筒里的地契和房契好像掉了。"

谢大夫人一惊，慌乱捏住袖口，低头去查看。哪里掉了，不过是露出了一角，她赶紧往里塞了塞，再起身，便意识到自己已经漏了馅，脸色顿时一阵僵硬。

当初温殊色捐完粮，二房分文不剩，两人饿着肚子，谢老夫人把谢大夫人叫到跟前，让她支援一二，她一口强硬，曾当着谢劭的面哭过穷。

如今倒是有房契地契了，心思被戳破，算是颜面无存了吧。

一阵沉默，几人都不说话。

闹到如此地步，断然是待不下去了。谢劭起身，也没同几人打招呼，转身便走了出去。温殊色紧跟在他身后。

出了院子，看着前面气得脊背僵硬的郎君，温殊色不禁对其有了改观。

往日两人对决，大多是她占上风，本以为这人挺好对付，不承想，真较劲起来，嘴皮子竟然如此厉害。几人吵起来，也没当她是外人。温殊色听明白了，大房一家有宏图大志，想要谢大公子去京都发展做两手准备，但谢劭反对，认为应当忠于其主。

温殊色这回难得站了谢劭。人在谋划前程之前，先得考虑自己身在何处，跑得了和尚跑不了庙，靖王要是个狠角色，还能等到谢大公子去京都找人脉，前来相救？怕是在人来之前，早就血洗谢家，斩草除根了。

果然人需要做官,做了官就是不一样,不仅是兄长,谢劭也开始脱胎换骨了。适才他那一番言辞,全然没了纨绔之相,再努力下去,将来必成大器。

她心头正自豪,便见前面的谢劭转过身同她身后的闵章吩咐道:"给老爷子送信,告诉他再不回来,谢家要家破人亡了。"

温殊色一呆。

他正欲收回视线,余光瞥见跟前的小娘子面色一僵,瞪着眼睛疏离地看着他,大有要同他各自飞的意思。

他不由得一哂,想了起来,脚步倒回去往小娘子跟前走了一步,郑重其事地道:"小娘子想要重新嫁人的想法,怕是无法如愿了,还是趁早死了这条心吧。你的那位明家二公子今日已经答应了周夫人的许亲,小娘子的一腔真心注定了要付之东流。不过小娘子不用担心,山重水复疑无路,柳暗花明又一村。正好,我也没什么喜欢的人,这些日子与你相处下来,倒觉得小娘子很不错,尤其是小娘子还会用银针挑刺,替人疗伤,我颇为惊叹赏识。所以往后就委屈小娘子,要跟着我同甘苦,共患难,从此夫妇一体,荣辱与共了。"

他在胡言乱语什么。

温殊色呆呆地看着他,还没想明白他这番所为是什么原因,他又冲她弯唇一笑,慢慢弯下身,把她垂在一侧的手牵了起来:"走吧,娘子。"

昨日她替他挑竹刺,抓了他的手,是因为事出紧急,仅仅把他当成一只手来看,没有半点杂念。如今他这样故意来牵她,意图是完全不一样了。

手被他捏住,人也跟着动弹不得。也不知道他那手是如何长的,昨夜在灯火下她便察觉了出来,骨节分明又修长,此时被他牵住,颇有被如来压制的气势。

他是存心要拉她垫背吧。无论是他适才说的那一番鬼话,还是他如今的行为,都是在告诫她,自己逃不出他的手掌心?

诚然适才听到他说的那句"家破人亡"确实吓到了她。她的父亲和兄长刚回凤城,一家人好不容易安稳下来,倘若谢家出事,她断然没那个必要同他殉葬。

但细细一想,觉得不太可能。谢家大房要站队,谢家二房不也有自己的主见?先不说谢仆射,单凭谢劭同周邝的关系,应该也不会受到牵连。

自己也不怕,她这不是已经有了明婉柔吗?等明婉柔将来成了世子夫人,保她一条命还不容易。

何况,谢大公子这不还没出发去京都吗?

从来没被男子这般牵过手,对方掌心的温度不断传递过来,顺着她的脉搏,把她的心弄得七上八下,极不舒服,她试着挣脱:"郎君,有话好好说,你先松开,你这样我不习惯。"

谢劭似乎铁了心要把她一块儿拉下水,给了她一个理由:"那是因为牵太少了，以后我会多给你机会适应。"说完手掌又紧了紧，彻底把她钳得死死的，手指头还特意在她的手背上蹭了蹭。

未等她发作，他忽然回头问道："你平日如何养护的，手怎会如此细嫩？"这还没完，他把两人牵着的手扬起来，似乎发现了什么了不得的事，惊叹道，"小娘子的手真小，瞧我，一个巴掌就捂完了。"

温殊色耳朵瞬间烧了起来，身子僵住，不可思议地瞪着眼前一脸得意的郎君，惊愕他今日是不是打算不要脸了。

她手上挣脱不开，只好另一只手提起裙摆，绣花鞋一抬，踢向他袍摆下的脚踝。谢劭吃痛，她趁机抽手，终于从他的五指之中挣脱出来，往后急退几步，不忘愤愤地骂了一句"登徒子"。她转身避瘟神一样避开他，匆匆跑回了东屋，一把将门扇合上。

祥云今儿没跟着她一道出去，并不知道发生了何事，见她红着脸气喘吁吁地回来，吓了一跳："娘子怎么了？"猜测道，"娘子是被大夫人发现了？"

结果温殊色回头，一脸绝望，噘着嘴向她哀苦地道："祥云，我不清白了。"

祥云一惊，她不是去谢大夫人院子听墙根了吗，怎就不清白了？忙把她打量了一圈，并无异样。正觉茫然，温殊色便围着祥云猛打了两个转，紧紧捂住自己的一只手道："谢三刚才摸我的手了。"

祥云愕然了片刻，心头松了一口气，笑了笑："不就是摸个手，怎就不清白了？"又道，"娘子小题大做了，常在河边走哪有不湿鞋，娘子是姑爷明媒正娶来的妻子，肢体接触在所难免。"

"不一样。"温殊色一把将祥云的手拉过来，学着谢劭刚才的动作，手指头轻轻地在祥云的手背上打着圈儿，"他是这样摸的。"

祥云被她摸得皮肤发痒，顿时一阵毛骨悚然，打了个寒战，有点认同她了："确实好可怕。"

看吧，见祥云也如此认为，温殊色彻底蔫了气，一屁股坐在软榻上，无望地道："我是嫁不出去了。"

祥云压根儿就没觉得她还能改嫁。家给人家"败"了，她想拍屁股走人过好日子，只怕没那么容易。姑爷可不像是个好惹的主，八成已经做好了要与娘子共患难的打算。

祥云见她打击不轻，又宽慰道："娘子嫁给了姑爷，姑爷便是娘子的夫君，清白丢在夫君手上，天经地义。"

她还不如不安慰呢。

温殊色这时才回忆起谢三的那一通胡话，反应过来，双手捂脸，越发绝望了："谢三说明二公子要许亲了。"

她和阿园终究没了姑嫂之缘。

这不就对了。祥云道:"所以,娘子更该死心了。娘子先前费了那么一番劲头治家,如今还在熬着呢,要是再换个地方,又得重新开始,岂不是累得慌……"

这话多少管了一些用。可不是嘛,自己还在受苦受难呢,上回出去偷吃,险些被撞见,打了半天的嗝,滋味别提多难受。

且她好久都没有买过漂亮的衣裳和漂亮的首饰了,前几日在铺子里看到了一支白玉簪,成色比她手头上的都要好,如今还刻在脑子里,挥之不去。这样的"苦"日子还要过到何时,她转头问祥云:"晴姑姑递信回来了吗?"

"估计也就这几日了,奴婢明儿去问问。"

那头谢劭因唐突了小娘子,被踩了一脚,只能干受着。闵章看着自家主子沾了灰迹的袍摆,不是心疼,而是替他丢脸得慌。

似乎也觉得自己的行为有几分失脸,谢劭摸了摸鼻尖,抬头见闵章还怵在这儿,扬声道:"怎么还没走?"

闵章犹豫了一下,道:"主子一个月递过去的信儿,没有十回也有八回,二爷想收到,早就收到了。"

言下之意,即便他传了信,谢二爷也不会收到。

谢劭岂能不知。但这回的事情不同往日,很明显有人要对谢家动手,找准了大房这处缺口,投其所好,把谢大公子引到京都,将其安插到太子麾下。一对亲生父子却脚踏两边,即便谢家同靖王府的关系再好,久了也会出现猜疑。

这一来,老头子这些年暗里所做的努力,不就白费了吗?他谢仆射当初说的话便是要算话,早些回来收拾他的烂摊子,别把自己拉下水。

谢劭面上的轻浮之色敛去,肃然地道:"找个可信之人,亲自走一趟。"

闵章神色也认真了起来,点头道:"是。"不免又皱眉,"大公子莫非真要去京都?"

不然呢?寒窗苦读数十载,一心想要出人头地,如今好不容易能有机会施展自己的才能,替江山社稷做贡献,别说自己的几句话,就算是刀架在谢恒脖子上,也阻拦不了他上京都。

谢劭料得没错,两人一出梅园,里面便炸了天。

谢大夫人气得不轻,不顾谢大爷死活,火上浇油:"老三是说咱大爷能有今日,靠的是二爷?"

谢大爷心口的气儿还没缓过来呢,被她这般明着挑出来,脑袋又开始突突直跳。

谢大夫人丝毫没察觉，冷笑一声："简直是天大的笑话。当年二爷回来，不知道多少人盯着想看他的笑话，他怕是忘了。"

对于谢仆射归乡之事，各类猜测什么样的没有，有说谢仆射贪污的，有说他滥用职权惹怒了皇上，为了保命，自请辞官。虽说听来扑朔迷离，可堂堂一国之相，怎可能因手底下的学生惹了点事，便要辞官归乡成为一个庶人？若非犯了捅了天的大事，皇上又怎会把他打发到这儿来？是以，刚回来的那阵，个个都说谢家的气数要到头了，若非后来谢大爷替靖王卖命，谢家还能维持如今的辉煌？

说谢大爷是因为谢二爷才被靖王赏识，就更可笑了。一个被皇上遗弃的前仆射，有何可让靖王来拉拢的本事。

往日她觉得老三不过是性子顽劣了一些，是个懒散的纨绔子弟，今日过后，才看出来，此子竟还目中无人、傲慢自负，他莫非以为自己还在京都，有个当大官的老爹替他撑腰？

荒谬。

他二房的银钱、黄金、香料铺子，都是他们自己败光的，同他大房有何关系。这些日子以来，大房不仅要担起谢老夫人屋里的开支，府上一些大的支出，也都是大房在承担，已算是仁至义尽了。如今她拿自己存的宅子和地契，想给老大置办盘缠，有何错？没什么好遮遮掩掩的。

越想越觉得自己占了理，谢大夫人把袖筒里的一堆地契和房契，重新拿了出来，清点完唤来姑姑碧云："明日把这些拿去卖了，不说在京都能买个多大的院子，小点的两进两出，还是能凑出来。"转头看向还在皱着眉头的谢恒，"放心去你的京都，其他事有我和你父亲，你不必操心。"

谢恒多少被谢劭的那番话分了神，可思忖了一阵后，终究是坚定了自己心头所想，起身道："有劳父亲、母亲，孩儿先去面见周夫人。"

谢劭旁的话，谢大爷觉得都是在放狗屁，倒是有一点没说错，在一切稳定之前，不能让周夫人对他起了疑心。

今日宫中的人，直接把调令传到了他手上，想想确实有些欠妥。当下趁着夜色还未落下，谢大爷领着谢大公子一道去了靖王府。

翌日，周邝找上谢劭。不用问，看周邝的神色，便知道谢副使已经向周夫人禀明了调令之事。出乎意料的是，周邝并没有对其有所埋怨，只笑着道："人往高处走，水往低处流，谢大公子想要去更广阔的天地施展他的才能，是好事。父王不会相拦，母妃和我也不会。"转而一叹，"要怪就怪我靖王府如今还没有那个本事，让人心甘情愿为咱们卖命。"

谢劭意外地看向周邝，他倒是比之前长进了不少。

人会长大，随着心智的成长，人心的变化也在所难免。

谢家大房是谢家大房，同谢劭无关，周邝伸手豪爽地拍了一下谢劭的肩膀，道："谢兄不必因此事犯难，无论何时，我都相信谢兄。"

这厢谢劭却突然后退两步，朝着他恭敬地行了一礼："多谢世子的信任。"

自从谢劭跟着谢仆射回到凤城，两人便因臭味相投，相见恨晚，成了形影不离的好友。平日吊儿郎当习惯了，闹起来，谢劭还会抡拳头揍人。

突然见他来这一套，周邝愣了愣，一拳递过去，捶在他胸口："谢兄同我客气什么。"又上前一把捞住他的脖子，半挂半推地将他拉出王府，"走，今儿我刚从母妃那儿支取了零用，请你喝酒。"

谢劭下值回来，谢家大公子要去京都任职的消息，府邸上下已经人尽皆知，大房上下更是无人不高兴。

谢老夫人那儿，是今早谢大爷和谢大夫人亲自去报的喜，谢老夫人听完沉默了一阵，只问了谢大爷一句话："当真想好了，要放他出去？"

谢大爷点了点头："宫中已经颁发了调令，门下省的给事中，官居五品，也不枉承基努力了这么些年。母亲放心，周夫人那儿，孩儿已经禀报过，周夫人同意，还给承基封了赏银。"

谢老夫人瞟了一眼两人面上的欢喜之色，默了默，到底没再说什么，道："既然如此，今儿便给他办个送别宴吧。"

谢劭归来，府上正值热火朝天，不少谢大公子的友人均到府上来贺喜。谢劭路上碰见了几个熟面孔，相互打了招呼，脚步并没停留，径直回到了游园。他一进院子，便见到温殊色拉着自己的丫鬟，一边踮着脚，一边抻长脖子往墙外瞧："是不是唢呐声？"

祥云竖着耳朵："好像是。"

温殊色突然又伸出巴掌，轻轻一扇，把外面的风扇过来，鼻尖吸了吸，丝毫没有察觉身后来了人："闻到了吗？"

不等祥云回答，身后的郎君已经靠近，好奇地问："闻什么？"

"酒肉味儿啊。"温殊色反应过来，转头看向跟前的郎君，面色一喜，全然忘记了这人昨日曾夺了她的清白，还被她踢了一脚，急忙拉住他的袖子急切地道，"郎君怎么才回来，我都等你好久了，宴席要开始了，郎君赶快收拾，咱们别去迟了。"

谢劭的胳膊被温殊色拉住，直往西厢房拽去，心中不由得疑惑，转头问她："请你了？"她这番热情，人家不见得就欢迎。

"请了。"温殊色一脸雀跃,丝毫不把自己当外人,"这么大的喜事,外面的人都来贺喜,怎能少了咱们呢。"

下午碧云确实来了一趟,同温殊色道:"今日大夫人为大公子办了送别宴,三公子和三少奶奶要是想图份高兴,便来院子里热闹热闹,若有事要忙,大公子也不会怪罪,会记住二位的心意。"意思是两人最好还是别过去了。

但她没事要忙,不耽搁过去赴宴,郎君也当值回来了,都不忙。

谢劭本没打算过去招人嫌,但见小娘子似乎兴致极高,想来应该是这段日子也憋坏了,今日的宴席不缺酒菜,实在不忍心让小娘子流上一夜的口水,进屋换了一身衣裳,带着她一道去赴谢大公子的送别宴。

凤城很少有宵禁,今日谢家办喜事,一盏盏灯笼高挂,人群来往,到处是欢笑声,热闹程度,一点都不逊于外面的桥市。

而院子的主人,谢大公子的身边已围着一堆人贺喜。

两人没上前去凑热闹,找准自己的目的,只为酒菜。择了个角落的位置刚坐下,还没等到摆桌呢,南之突然走了过来,看到温殊色,松了一口气:"三少奶奶,老夫人正寻您呢。"

温殊色看了一眼旁边正在布席的仆人,眼睛有些挪不过来:"老夫人这时候找我有什么事?"

南之忙朝她挤了一下眼睛:"应是要问三少奶奶上回买的几味治头疼的药。"

温殊色收到了她的眼色,立马起身。走了一段,她见身旁没人了,才忍不住问南之:"是京都来消息了?"

南之冲她一笑:"安叔刚捎回来的消息。人多眼杂,三少奶奶先进去说话。"

原本是为了满足小娘子的口腹之欲而来,如今小娘子走了,这一处只剩下了谢劭一人,自己并非贪口舌之欲的人,且今儿陪着周邝吃喝了一顿,对酒肉没什么兴趣。他怕待会儿被人察觉,恶意揣测一番,打算先回去等着小娘子,还没来得及起身,只见对面来了一位穿着宽袖的黑面郎君,对他拂了一下手,一声"妹夫"唤得极为顺口。

还真来了。

谢劭只得坐了回来。

温淮来了已经有好一阵了,因常年不在凤城,认识的人少,就数与谢大公子谢恒交情深一些,可今日谢大公子实在太受欢迎,温淮去了几回都无法近身,再回头看自己周遭,没有一个可以说得上话的人,连座儿都不知道往哪儿坐,正一人尴尬地立在那儿,目光一瞟,便看到了谢劭,二话不说匆匆走了过来,往他身旁的位置上一坐,颇有几分解脱。

"殊色没来?"

"刚走。"

酒菜已经摆上了桌，温淮转了这半天，没找到茶水的地儿，早就渴了，提着桌上的酒壶，问身旁的谢劭："喝两杯？"

没能陪小娘子蹭饭，陪她兄长也行。谢劭举杯。

两杯酒下肚，温淮也饿了，拿起筷子随手夹了一筷子刚烤出来的炙肉，放进嘴里。对于好些日子没吃过肉的人来说，那味道简直太诱人了，不知不觉，碟子见了底。正觉还没过瘾呢，旁边谢劭把自己的那一碟，也推到了他跟前："这儿还有。"

温淮轻咳一声，掩饰住自己的尴尬："让妹夫见笑了。"

"同是天涯沦落人，何来见笑一说。"谢劭颇有经验地道，"吃饱一顿，能管三日。"

果然是同道中人，温淮转头，两人相视一眼，其中的辛酸，不言而喻，实在不忍直视，各自又偏过头。

这日子真不是一般的凄惨。再看看远处被众人簇拥的谢大公子，恍如人潮里的一束光，离自己越来越远。要说为何这人一定要沾亲带故呢，往日大公子与大娘子许亲，他偶尔一声妹夫，大公子颇为受用，两人相处起来，也把彼此当成了家人。如今妹夫的人选一换，家人的感觉也就没了，反倒是和身旁这位半道上捡来的公子爷，惺惺相惜了。

有本家的妹夫陪着，温淮畅快地吃喝了一顿，抬头扫了一圈，没见到谢大公子的身影，也不知道人去了哪儿应酬。

见时辰不早了，温淮同谢劭辞别后，又走过去同谢大公子身边的小厮打了个招呼，先回了温家。

谢劭跟着起身，刚要走出院子，就被身后一道声音唤住："三弟。"

谢劭回头，看着忙碌了一个晚上的谢恒，突然出现在跟前，有些意外："兄长有何事？"

谢恒提步朝他走了过来，立在他跟前，踌躇了一阵，抬头道："三弟的意思我明白，可人活一辈子，不过短短几十载，总不能永远立在原地不动，跨出一步，无论是什么样的后果，也不枉来人世间走一遭。"

本以为谢劭还会如昨日那般倔强，出言来反驳阻拦，却见他一笑："兄长既然想明白了，又何必在意。"

第五章 上京都

　　该说的话已说过，谢恒心意已决，执意要去，又何必再来问自己。阻拦了，他就能不去了？

　　没料到谢劭会是如此态度，谢恒愣了愣，双手从袖筒里抽出来，荡了一下宽长的袖口，神色放松一笑，欣慰地道："三弟自做官之后，与往日已大不相同，相信你我兄弟二人，早晚有一日能在京都相遇。"

　　谢劭并没搭话，笑着道："那我先祝兄长，前程似锦。"

　　"借三弟吉言。"

　　明日就要走了，谢大公子还有得忙，谢劭也没再耽搁他，辞别后先回了游园。小娘子还没回来，想必还在谢老夫人那儿用饭。他沐浴更衣完，随手翻出一本书，坐在了蒲团上等人。

　　温殊色确实在谢老夫人屋里，今夜宴席上的酒菜，每份都有送到谢老夫人屋里，两人坐上圆桌，一面说着话一面品菜。

　　"这回倒是下了血本，这脍鱼片刚切的就是新鲜，上回白楼的送过来，一层冰都快化完了，进嘴总觉得软绵。"谢老夫人夹了一块放进温殊色碗里，"殊色尝尝。"

　　上回被谢劭撞见之后，温殊色再也没有出去偷吃过，老老实实吃了几日素，胃里早已一片寡淡。

　　今夜谢大夫人为谢大公子设宴，庆祝他高升，来的都是凤城有头有脸之人，菜品自然不能马虎，味道并不比醉香楼和白楼里的差。从坐下来，温殊色一双筷子便没停过，闻言蘸上酱料，放入嘴里，神色跟着露出满足："祖母说得没错，新鲜、好吃，祖母也多吃些。"

　　谢老夫人就喜欢瞧她这副鲜活的模样，同食欲好的人同桌，自己吃着也上劲。

　　酒足饭饱，仆妇撤了桌。谢老夫人把屋里的丫鬟都屏退了出去，才将一封信交给了温殊色:"京都来的消息,黄昏刚到,你瞧瞧。"

温殊色知道是安叔和晴姑姑捎回来的,接过赶紧拆开。

信件上的内容简明,房产已经买了下来,当夜按的手印,第二日便跳了价,每套院子平均涨了一百贯钱。温殊色神色一惊,面上喜色掩不住,脱口呼道:"安叔和晴姑姑办事果然靠谱,这都顶得上郎君多少个月的俸禄了。"

可不是。

这才一日呢,将来等房产卖出去,恐怕翻上一番都不成问题。

当初温殊色把那主意一说出来,谢老夫人想也没想便同意了。自己的两个儿子是何秉性,她这个做母亲的,清楚得很。

谢二爷归乡后,撒手彻底不管,这些年一直让谢大爷当家做主;谢大爷倒是不客气当起了家,把二房的银钱也算在了自己的家产里。虽为一家人,但那银钱是不是自己的,该不该用,他们是半点没有自觉。银钱事小,秉性难纠,溪壑可填,贪黩无厌。为了这事,谢老夫人曾经也找过二爷,二爷呵呵两声,全然不当回事,一句话甩给了谢老夫人:"都是一家人,只要他们高兴就好。"

再要说,谢二爷不是东躲就是西藏,总能找个理由搪塞过去。

谢二夫人也是个靠不住的:"母亲怕什么,二爷能如此定有他的打算,等到山穷水尽,他总不能让咱们吃糠。"

小的更不用说,败家的本事比他父母更上一层楼。从小看大,三岁知老,谢老夫人心头无比清楚谢家大房担不起肩挑谢家的大任,将来能靠的还是二房。可二房这般自暴自弃,难免不让她担忧,尤其是自己的那三孙子,正红的苗子,她怎能眼睁睁地看着他被掐断。孙媳妇说得对,与其让他如此继续下去,不如釜底抽薪,给他来个痛快。

谢二爷当年怕自己的儿子当官站队,不顾死活把人带回了凤城,好吃好喝地伺候着,也不让其投奔于靖王麾下。如今他管不着了,儿子娶了媳妇。儿媳妇是个"败家子",倾家荡产买了一份九品官职,硬把他儿子送上了官途。

这样的歪打正着,谢老夫人做梦都能笑醒,只要把谢劭带到那条路上,以她三孙子的本事,她不担心他成不了才。但唯一对不住的人便是这位孙媳妇儿。

"平白让你背负个败家的骂名,祖母心头着实过意不去,你公爹是靠不住了,将来只盼着那小兔崽子能早日知事,待真相大白,必然会对你感激在心。"

"祖母言重了,孙媳妇这名声并非一日之有,还赖不到祖母头上,且日子是给自己过的,我要那名头有何用。"她要是在意名头,父亲和哥哥岂能有今日的安稳。

只要有她这个败家子在,便没有旁人前来打他们主意的份。

快亥时了,温殊色才回了院子,见西厢房的灯还亮着,想起说好的一道去白吃白喝，半途却把他扔下了，多少有些过意不去。再加上人逢喜事精神爽，立在踏道下，她扯着嗓子同里面的人打了一声招呼："郎君还没睡呢，你家娘子回来了，特向你禀报，早些歇息吧。"

谢劭翻了快一个时辰的书，听到外面的动静，知道人回来了，正欲合上书页，起身吹灯。

听到小娘子的嗓音，神色一顿，细品那句"你家娘子"，简直让人脸红心跳。他轻嗤一声，暗讽她倒是不害臊了，嘴角却不受控地咧开，半天都没合上，手里的书本一撂，让闵章吹灯，自己躺去了床榻。

中午陪周邝喝酒，晚上陪大舅子吃饭，再坐在灯下翻了半天的书等小娘子回来，瞌睡早就上头了，他一沾床便睡了过去。

翌日谢大公子何时出发的，谢劭并不知情，穿衣洗漱完，闵章才禀报："大公子已经走了。"

谢劭没什么反应。闵章又道："奴才找了人，已经在去扬州的路上，二爷很快便能收到消息。"

谢劭点头，出门上值时看了一眼东屋廊下，见那盏比人高的荷花灯还摆在那儿，转头问闵章："三少奶奶不是要去给明娘子送灯吗，她怎么还没送过去？"

闵章：……这话他怎就不当着三少奶奶的面说。

谢劭丝毫没觉得哪儿不对，面不改色："让三少奶奶早些送过去，别放坏了。"

温殊色听到闵章传来的消息，面色诧异："我能去明家了？"

闵章点头，主子能不要脸装失忆，可他不能，只能替自家主子圆场道："公子念着三少奶奶与明娘子的深厚情谊，思来想去，还是觉得三少奶奶亲手把灯送到明娘子手上更稳妥。"

这话温殊色爱听，当下夸了一句："郎君果然没有我想得那般小心眼儿。"转身便叫上祥云，抱着荷花灯去了明家。

明、温两家相邻，温殊色早就是明家的常客，见人来了，门房不需要进去通传，倒是仰起脖子，好奇地看着她马车上绑着的荷花灯，正欲问，便听祥云说："我家娘子给明娘子做的灯。"

门房立马招呼了几个仆役，小心翼翼地把灯抬了进去。

明家二公子正从院子里出来，听到外面的动静声，疑惑地问迎面走进来的仆役："什么事这么热闹？"

仆役对他行了一礼，道："谢家三少奶奶，给咱大娘子送了一盏荷花灯。"

一声"谢家三少奶奶"，明二公子还没反应过来。仆役见他面露疑惑，又道："温家二娘子。"

明二公子这才回过神。因自家的同胞妹妹，同温家的那位二娘子打小就穿同一条裤子，因此自己也早就相识。

说是从小看着她长大也不为过。脑子里立马闪过一张明艳的面孔，明二公子顿了顿，到底还是迎了出去。

灯笼已经抬了进来，温殊色跟在仆役身后，仔细地盯着："小心台阶……别压着了荷叶……"

灯盏挡住了她的视线，听前面抬灯的仆役唤了一声"二公子"，她才偏头去瞧。

明二公子恰好让开了路，侧身退到一边，察觉到视线，转过头，便与温殊色探过来的目光碰了个正着。

两人均一愣，明二公子忙别开视线，先同她招呼道："二娘子来了。"

一个"二娘子"，一个"二公子"，曾经明婉柔说两人天生一对，都是"二"，多好啊，成双成对。因温殊色同明婉柔交好，两家又是邻里，明家的几位公子，她从小便相识，明婉柔巴不得她嫁进明家，给自己当嫂子，成日在她面前提起家中几位兄长，问她看上了谁，由自己来牵线。

后来明大公子成亲，明三公子也许了亲，只留下一个亲哥明二公子。明婉柔一时着急，拉着她找上了明二公子，直接问他："兄长，你有喜欢的人吗？没有的话，你觉得缟仙怎么样？"

两人因明婉柔这话，愕然地看向对方。许是那一眼，明二公子才察觉出来，跟前的小娘子已经亭亭玉立，早已不是自己心目中的小姑娘。

明婉柔见他呆愣着，迟迟不说话，再次追问他。明二公子便红着脸答了一句："二娘子自是姿容绝色。"

得了这么一句话，明婉柔激动无比，把温殊色拉进房里，一通拜完菩萨："果然还是亲哥靠谱，他喜欢你，你要做我嫂子了。"

温殊色对自己将来要嫁什么样的郎君，心头并没有谱，见明二公子如此态度，倒也觉得省事。明家离温家近，将来回娘家隔一道墙就到了，且明家夫人思想开明，能免去婆媳和姑嫂之间相处的麻烦。

有了那份心思后，温殊色便也慢慢地留意起了明二公子。这一留意，简直越看越顺眼，温润儒雅的公子，哪个小娘子不喜欢。而明二公子也时常借着明婉柔的名头，邀她到府上来品尝菜肴瓜果，逢年过节，还会单独备一份贺礼给她。

一年下来，两人心照不宣，就差捅破那层窗户纸。

直到几个月前，温殊色被罚去庄子，明二公子将其送到城门口，终于鼓起勇气踏出了第一步，对她道："我等二娘子回来。"

什么意思彼此都明白。

等温殊色从庄子里回来，他便去温家提亲。可惜温殊色回来的当日便嫁去了谢家，明二公子听到消息时，已是第二日的中午。

自己筹备了好些日子，已经想好了该如何禀明父母，满怀期待就等人回来，这段情缘还没来得及开花，突然成了一场空，那感觉如同当头一棒，食不下咽，难过了一夜。

又能如何？人已经出嫁，再也无法挽回，归根结底是两人的缘分太浅。

前些日子听到谢家破产的消息，他也担忧过她在谢家的处境，私下打听到自家妹妹在暗自相助，便也放了心。

如今他能做到的，也就仅此而已了。

仆役抬着纱灯已经走远，祥云看了一眼二人，颇有眼色，埋头追上去："娘子，奴婢先去看着灯。"

长廊下只剩两人，对面的小娘子这才回应了他："二公子可还安好？"语气意外地轻快，明二公子不由得抬起头。

本以为日子多少有些难熬，看到的却依旧是一张明艳鲜活的脸，仿佛那愁苦同她永远沾不上边。心头那股熟悉的异样眼见要生了出来，他赶紧调开视线，道："都好，二娘子呢？"

"我也挺好。"

明二公子点了下头。昔日挂记在心的小娘子已嫁作他人妇，日子是好是坏，实则他也没有资格过问，唯有在心底祝愿她今后万事顺遂。

寒暄完，突然不知道该说什么。

往日的那些话题，因身份的转变，再也续不上来。

沉默片刻，明二公子转身看了一眼快要拐进转角的灯笼，笑着道："二娘子做的灯笼越发精致，阿园要是瞧见了定会高兴，二娘子还是先过去吧。"说完让出路来。

温殊色从他跟前走过，走了一段，到底还是没忍住，转头唤了一声："二公子。"

明二公子刚转过身，又回过头来看向她。温殊色同他道："我并非不守约。"

温家和谢家换亲之事，明二公子自然听她说过，可此时听她亲口说出来，心头突然一阵释然，冲她笑了笑："不怪二娘子。"

温殊色说完也松了一口气，再次转身往里走，越走心头越空，明白过来，是因为自己的一条退路彻底没了。除了明二，她这辈子还能嫁给谁呢。

想到将来要再找个人改嫁，还不如跟了谢三呢，起码他在京都有房。那日他同自己说过什么……好像说要与她夫妇一体。

自己是如何回答的？温殊色突然没来由地心慌，见到明婉柔时也提不起精神,午后忧心忡忡回到家,转头一看,西厢房内的郎君还没回来。

她破天荒地问了几次方嬷嬷:"什么时辰了?"方嬷嬷猜不透她的心思,只管看着屋里的滴漏回禀。

偏西的日头终于落到了天际,一道绚丽的霞光从卷帘下钻进来,坐在安乐椅上的小娘子瞬间起身,走向门口。

西厢房的门扇仍旧紧闭,对面的长廊下也没人,又来回在廊下踱了一会儿步,才终于见到了两道熟悉的身影。温殊色急急忙忙地迎上去,对跟前的郎君一通嘘寒问暖:"今日的日头真大,我才出去一会儿便汗了一身,郎君当了一天的值,累了吧?正好我屋里备了茶……"

无事献殷勤,非奸即盗,谢劲一脸防备地看着小娘子,负在身后的手,默默地捏了一下袖筒里的荷包。

她是狗鼻子吗?

今日自己刚领了俸禄。

他拒绝了小娘子的好意:"小娘子是很久没有晒过日头了,稍微一晒才会觉得累,我倒觉得今日天气风和日丽,正适宜。"

温殊色并没放弃,一直跟着他到了西厢房,抢了闵章的活,端茶倒水,甚至还伸手过来想要替他更衣。谢劲一惊,仰身避开小娘子的手,质问道:"小娘子有什么请求,不妨直说,你这样让我很不适应。"

"那是因为郎君不习惯,往后我多体贴体贴郎君便是。"小娘子一笑,无论是神情还是语调,都颇有他那日的风范。

叹服小娘子果然与众不同,为了一点银钱,她当真能豁出去。但银钱就这么多,万不能让她拿去败了。谁知,小娘子越挫越勇,又凑过来道:"郎君那日同我说的话还算数吗?"

他同她说过的话成千上万,不知道她问的是哪一句。

"郎君说要同我过一辈子,我已经记在了心上。"小娘子微微颔首,抿住唇瓣,声若蚊蚋,"不瞒郎君,其实我也对郎君动了心。"

这话太过于惊人,退到角落里的闵章,惊愕地抬起头,很想看主子的反应。可惜只见到自家主子的背影,但从那道僵硬的脊背能猜出,怕是受到的震惊也不小。

片刻后,闵章才听到自家主子的声音:"小娘子的言语实在让我有些不知如何是好,可否容我缓缓。"

闵章能看出自家主子的虚假,但温殊色似乎看不出来,着急地道:"郎君不用缓。那日郎君同我说的话,我都记在了心上,为此深思熟虑过。这段日子同郎君相处下来,我也觉得甚是融洽。先前是我有眼无珠,多少有些不识好歹了,像郎君这般英俊的公子，全凤城能找出第二个吗？没有的。郎君既然有心要与我同甘共苦，是我的福气，从此以后，我便是郎君的人了，郎君就是我的夫君，一辈子都不分开，将来有福一定要同享，好不好？"

温殊色说得诚意满满，谢劭却听得目瞪口呆。

不就是二十贯银钱……

罢了，还是给她十贯吧。

这头还没等他把银钱掏出来，小娘子接着又语出惊人："郎君要是愿意，今夜就可以搬回东屋。"

今日到底是什么样的良辰吉日。诱惑实在是太大，已经不是区区二十贯银钱便能换来的，太划算，容不得他多想，立刻抓住机会："小娘子说话算话？"

温殊色点头："算话。"

成交。

谢劭毫不犹豫地把袖筒里刚领来的二十贯俸禄递给她："给，娘子拿好。"

温殊色盯着跟前胀鼓鼓的荷包，不明所以，神色愣了愣，"咦"了一声："郎君哪里来的银钱？"

哪里来的，她能不知道吗？他暗道这小娘子也太会装了，但还是告诉了她："俸禄。"

温殊色听完面色一喜，接过荷包拿在手里掂了掂，而后那抹喜悦之色便渐渐消失，还轻轻蹙起了眉头："就这些？"

她这是什么话，莫非自己还能私藏？他不免有些恼火："俸禄总共二十贯，全给了小娘子，小娘子省着点花。"

温殊色想的却是，京都的房产一夜就赚了一百贯，郎君起早贪黑干了一个月，只得二十贯，真可怜。但并不妨碍她把荷包收进了腰间。

银钱已经给了，谢劭便问："我可以搬去东屋了吗？"

东屋的那张大软床，自己多久没躺过了？当真是无比想念，终于要夺回来了，虽说还是会被小娘子霸占一半，但没关系，横竖床榻够宽，完全可以容纳两人。

自己说话自然算话，温殊色点头："郎君请吧，需要我帮忙收拾吗？"

没什么可收拾的，他花重金打造的东屋，应有尽有，只需要拿上自己的衣物和随身携带的东西便是。转过身不待他吩咐，闵章已经开始收拾了。瞧着没什么东西，就一些衣物和筒靴，可一收拾起来，一两个包袱根本装不下。还有墙上挂着的几张弓箭、虎皮、最近要看的书籍、门口的八哥……闵章跑了好几趟，方嬷嬷也过来帮忙才把东西挪到了东屋。

大包小包终于搬完了，天色也已经黑透，方嬷嬷和祥云早掌了灯。

终于回到了阔别已久的房间，一切都那么惹人怀念，屋内亮着的那盏三层莲花灯,还是自己从崔哞那儿抢来的。

对面的大软床,用的全是金丝楠木,三面床围请了有名的工匠雕刻出富贵吉祥的花样,不同于一般的罗汉床,还做了床架。原来的蓝色幔帐被取了下来,换成了小娘子喜欢的杏色,床上的被褥也换了,玉白云锦蚕丝被整整齐齐地叠在床上,两个大圆枕上绣了两朵芍药,一朵含苞待放,一朵怒放盛开。

被小娘子一装扮,仿佛比之前更软了。

不知道躺上去是何感觉,也不着急,待会儿便知道了。

天色已经很晚,该歇息了,谢劭正欲问小娘子是自己先用净室还是她先,回过头却见小娘子一阵忙碌,也开始收拾了起来,抱着几件衣物交给祥云:"你先抱过去,再来跑一趟。"转头看向他跟前的软床,"被褥让方嬷嬷重新给郎君铺一床,咱就不留了,一块儿搬过去吧。"

什么意思?

谢劭完全没明白过来,眼见小娘子要去拽那床软软的被褥了,终于没忍住,及时出声:"你要搬?"

小娘子听他如此问,回过头神色比他还疑惑:"郎君都搬来了东屋,我自然得搬走。"反问道,"郎君有什么疑虑吗?"

疑虑大了,小娘子刚才说的与他想的出入太大。

回想小娘子的那番话,至今还在耳边,意思明确,言语露骨,自己不应该误会才对。可再看她如今一张无辜的面,简直是一颗冰心,纯洁至极。他便明白了小娘子怕是没经历过人心险恶,说的话只能听字面之意,不能深层作想。

所以,所谓的要他搬回东屋,不过是两人交换个地方。

倒显得他心思龌龊了。也行,她住了这么长日子,是该换换了。他扬手道:"没事,搬吧。"话音一落,便看着小娘子走去床边,把床上的被褥和两个圆枕抽走。光秃秃的大床突然就没那么软了。

他走过去坐在一边,想等着她慢慢搬,小娘子又凑上来问他:"郎君可否借一下闵章?我东西太多,帮我搬一下。"她抬手同他指了一下屋里的箱箱柜柜,"这些是我从温家带过来的嫁妆,都得搬去西厢房。"

谢劭哑然。

大晚上箱柜挪动的动静声,简直吵人耳朵,照这架势,屋子都要被她给拆了,等她搬完,恐怕天都要亮了。

他还睡什么睡。

"行了。"他忍了一阵终究没忍住,起身对正在忙乎的小娘子道,"不用搬。"什么念头都没了,扶额让自己冷静下来,"我搬回去,你好好住你的东屋,我不同你抢。"

与她的一堆东西相比,搬他的实在轻松很多。温殊色一愣:"那怎么成?我答应了郎君,便不能食言。"倒是真心想要把他留下来,"郎君好不容易才搬过来,怎还有搬回去的道理,要是让人知道了,还不得笑话。"

谢劭:……她也知道。

两人一阵沉默。

温殊色也没想到自己会有这么多东西,记得来时也就几个木箱,想来是后来才添置上的。确实不好搬,该怎么办呢?自己好歹也在这儿住了两三个月,要说没有半点留念是假的,既然两个人都不好搬,似乎只剩下了一个办法。

温殊色转头看向郎君,提议道:"要不我和郎君都住东屋吧?"

上过一次当,谢劭这回格外地镇定,目光瞟向跟前的小娘子:"想好了?"

还有何可想的,省了搬东西,还能继续住在这儿,已经很不错了。温殊色把被褥和圆枕重新放回床上,替两人做了决断:"郎君睡床上,我再搭一张床。"

有了先前的误解,反而是这样的结果,才让人觉得踏实。小娘子说得没错,搬进来再搬出去岂不是让人笑话,且那二十贯银钱给出去容易,拿回来困难。

谢劭点头同意:"依小娘子说的办。"

再找一张一模一样的床,不太可能,方嬷嬷和祥云把温殊色平日里当榻歇息的一张罗汉床挪到了里屋,铺上棉被。

达成共识后,两人不再折腾,所有的东西也都归了位,各自沐浴收拾完,躺在了自己的床上。

久别的大床同自己想象中一样,钻进被褥的瞬间犹如落进了九霄云层,尤其是盖在身上的被褥和头下的枕头,似乎被小娘子拿到太阳底下晒过,自然的阳光气息扑鼻,清新舒爽,赛过了龙脑香片,比他之前的床铺还要舒适万分。

谢劭一躺下便没再动。

两张床榻之间只隔了一张屏风。

大床上的郎君舒坦了,屏风外的小娘子却不太如意,尽管方嬷嬷在罗汉榻上给她铺了两层褥子,可躺上去还是觉得硌得慌,左翻右翻,睡不着。她偏过头去,山水画的一扇屏风,乃梨木所制并不透光,什么也瞧不见,但能感觉到里面的人正睡得安稳。

实在睡不着,又无聊,她轻轻地唤了一声:"郎君。"

床上的郎君正飘在云层之间,眼见就要跌入梦乡,听到小娘子一呼,费力地睁开眼睛:"怎么了?"

便听小娘子问道:"床软吗?"

"挺好的。"他想告诉她,不仅软,还很香。

小娘子没再问,片刻过去,他再次到了梦境边缘,耳边突然又传出了一阵动静。

温殊色翻身的动静真大。他忍了一会儿，没出声，好不容易安静下来，谁知又开始了。几番之后，瞌睡被搅得越来越远，头昏脑涨一片，他忍无可忍，出声问外面的小娘子："你不睡？"

谁知温殊色一听，嗓音带着惊喜和诧异："郎君也没睡着？"

什么叫也，她这般翻来覆去，他能睡得着吗？

"你睡觉一直这样？"可惜没有成亲前同屋相互考验的规矩，不然凭她这毛病，谁还敢娶她。

"郎君误会了，我一般不这样。"温殊色反驳道，"是这榻太硬，我睡不着。"

"嬷嬷不是给你垫了两床褥子？"他都看到了，并非硬到能睡不着的地步。

"郎君不知道，我小时候腰受过伤，睡不了硬榻，一睡全身都疼。"她又道，"郎君是不是觉得床很软？我在底下加了两床山棕垫，上面再铺了两层棉花褥子，被褥和圆枕，今日才让祥云拿出去晒过……"不说了，越说越糟心，她翻了个身，同里面的人道，"郎君睡吧，我不打搅你了。"

可腰底下依旧硬邦邦一片，四肢怎么摆放都不如意，她翻一下，再翻一下，再抬头突然见到跟前立了人影，虎视眈眈地看着她。

温殊色吓了一跳，反应过来后，满脸自责，看着跟前的黑影，小声道："我又吵到郎君了吗？我保证，再也不翻了。"

她那保证半点可信度都没有。

"床上去睡。"黑灯瞎火的分辨不清郎君的神色，但听得出来，声音有些咬牙切齿。

温殊色犹犹豫豫："说好的给郎君睡，这怎么好意思呢。"

她还有什么不好意思的，他额间又是一阵跳动，但事情都做了，话也要说得漂亮："小娘子不是腰痛吗，若是有个好歹，将来不也得托我照看。"

说得也对。

温殊色赞同，一副体贴他的模样："郎君已经够辛苦了，我万不能给郎君增添负担，这就到床上去睡。"她匆匆从榻上爬起来，毫无留念地走去了屏风后，一溜烟地钻进被褥里，腰底下终于不硌了，舒坦地伸了下四肢，再翻了个身，紧紧抱住失而复得的云锦被，嗅着上面的阳光味，心满意足地合上眼，再也没有翻动过。

悲喜换了个位，睡不着的人换成了谢劭。尤其是躺过了大软床，体会到何为舒坦后，再来睡这张简陋的罗汉榻，便如同从大院子搬进了茅草房，落差太大。

谢劭倒也没像小娘子那般频频翻身，只睁着眼睛觉得不可思议，不太明白，自己今日是怎么就走到了这一步。二十贯俸禄，一分不剩，就换来了这么一张罗汉床，还不如他的西厢房呢。

第二日，闵章见主子从里屋出来，本以为会见到一位意气风发的主子，结果却见其精神萎靡，眼底还有一块乌青。不知道是不是自己想的那样，这方正揣测，便听主子吩咐道："待会儿把西厢房的床搬过来。"那张罗汉榻不仅窄还短，一个晚上他都没伸直过腿。

闵章没闹明白，后来搬床进去才知道，主子这算是偷鸡不成蚀把米了。渐渐地，他又发觉，似乎并不是完全没有收获，起码主子终于住进了东屋，能同三少奶奶朝夕相处了。从分房到分床，已经跨出了好大一步。

谢劭也深有体会，同一个屋檐下住着，确实与之前不太一样，每日回来不再冷清，第一眼便能见到热情的小娘子。

许是小娘子一人霸占了大床，心头也觉得愧疚，这段日子对他无微不至，每回下值，都备好了热汤热菜。

他在铜盆里净水，她便立在旁边给他递上布巾，再问几句贴心的话："今日一场暴雨来得太快，郎君没淋到吧。"

他也会认真回答她："周夫人召了幕僚议事，今儿我一直在王府，没出去。"

小娘子点头："那就好。"

用饭时，小娘子几乎把碟子里的肉都夹给他："郎君多吃些。"

感受到了小娘子的关怀，日子仿佛越来越像那么回事，甚至让他体会到了几分夫妻的感觉。是以，见今夜月色甚好，谢劭主动相邀："要出去走走吗？"

小娘子欣然同意。

两位分居了几个月的主子，终于要往前踏出一步了，身为仆人，都长了眼色，断没有要上前打扰的道理。

祥云把灯盏备好，交到温殊色手里，怕夜里风凉，又拿了一件锦帛递过去。温殊色一只手已经提了灯，再拿上锦帛，不就是两手都不空了。旁边的谢劭主动伸手接了过来，横竖也不是头一回了，拿过来自然地搭在胳膊上，陪着小娘子一同出去赏月。

虽说二房破了产，但好在园子还在，春季过去，花香没了往日那般浓烈，树木倒是茂盛了起来。

温殊色走在右侧，提着灯笼与他并肩，银月从头顶洒下，把两人的影子拉长，照在身前的青石板上，乍一瞧仿佛依偎在了一起。微风一拂，心神免不得有些荡漾。细细察觉，两人的袖口确实碰在了一起，掌心莫名一阵空，谢劭想起那日握过的一只手，尤记得甚是细嫩柔软。

好不容易出来一趟，不能浪费了这般好月色，花前月下，不就应该手牵着手。

念头一旦生了出来,越压制越疯狂滋长,谢劭余光瞟了一眼小娘子,真乃天赐的良机,她挨着他这一侧的手,正好垂着,似是在等着他主动。

连后路都想好了,小娘子要是敢拒绝,他便告诉她,两人已是夫妻,牵手乃天经地义。他不动声色地将锦帛换到了右边的胳膊上,手垂下去,往边上一探,还差一点,心跳突然加快,竟然比他和周邝三人在马背上厮杀还刺激,却不知院子里的仆人少了大半,没有人修剪花草,再加上有个湖泊,到了夜里蚊虫尤其多。还没等到手碰过去,耳边突然响起了一道"嗡嗡"声,他不得不扬手拂开。手一放下,声音又钻入了耳朵,不胜其烦。

再看身旁的小娘子,一只手已经挠上了脖子。如今已是夏季,小娘子上衣穿的是薄纱,蚊虫追着她咬,一会儿胳膊痒,一会儿脖子痒,"嗡嗡"的蚊叫声,快要把人逼疯了。突然"啪"的一下,她一巴掌拍在了自己脸颊上,忙转过头来问:"郎君快帮我看看,我的脸是不是被咬了?"

说着,她把灯笼提起来,照在自己的脸上,往身旁的郎君跟前凑去。

灯笼的光晕滂沱一团,昏黄暗淡,看得并不清楚,谢劭瞧了好一阵,才在那张白净的脸上发现了一个豆大的包。鼓鼓胀胀,瞧那样子,应该是被咬了好一阵了。看着小娘子的惨状,他心头的涟漪到底被蚊虫扑灭,只能放弃:"回去吧。"

温殊色却不同意,挠着脸上的包块,一脸的不甘心:"不行,咬了我这么多个包,我一只都没拍死,总不能白白让它们吸了我血,还能安然无恙。"

说着,她把灯笼递给他:"郎君帮我拿着,我来捉。"

果然是小娘子的个性,有仇必报。

于是,他举着灯笼,看着小娘子当场与蚊虫大战,可惜小娘子的手太小,好几回蚊虫都送到她手上了,却还是从她手指缝里溜走。

半天了,一只都没捉到。他终于忍不住,把手里的灯笼还给她:"你拿着,我来。"

郎君的大手果然不一样,一出手便有了收获,掌心一捂,蚊虫已经半死不活。温殊色却丝毫不放过,将其尖端的一根刺拔掉,再扔进草丛里让其自生自灭,回头赞赏地看着郎君:"再来。"

好好的赏月,变成了一场人蚊大战,且结果还是两败俱伤。

半个时辰后,方嬷嬷和祥云看着两位主子一边挠着脸和脖子,一边走了进来,脸色都不太好,不由得一愣。还没来得及问这是怎么了,便听自家公子咬牙吩咐:"明儿把园子里的草都拔了,再买些烟熏,院子里都熏一遍。"

温殊色已经数不清自己的身上被咬了多少个包,对蚊虫是恨之入骨,点头附和:"对,一只蚊虫都不能留。"

沐浴更衣完，彼此躺在床上，还在数着身上的包块。

第一次约会就这么被蚊虫搅黄，宣告失败，简直惨不忍睹。为了弥补，谢劭又提议："明日我们换个地方赏月。"

两人身上那股杀敌一千自损八百，死也不服输的劲头，倒是莫名相似。

要是因为区区几只蚊虫，便灭了兴致，从此以后再也不赏月了，岂不是损失更大。

身上抹了药膏，也没那么难受了，温殊色便道："郎君要赏月，我倒知道一个地方，等明日郎君回来，我带你去。"

第二日夜里再出来，两人便准备充分，身上各自带了好几个驱蚊的香包。一路上蚊虫没了，月色也如小娘子所说，确实亮堂。可抬头一瞧，怎么看都不对劲，望了一眼墙角的那棵杏树，再回头扫了一圈地形，终于知道小娘子平日那些消息是从哪儿来的了。

突然怀疑起了小娘子的用心，她到底是来赏月的，还是来听墙根的。小娘子却冲他一笑，倒也毫不掩饰，悄声道："郎君，来都来了，咱们就听听呗，万一他们背着咱们密谋什么不得了的大事呢。"

这等行为终究非君子所为，无法与小娘子苟同，她也最好别听，听到不该听的，尴尬的还是自己。他把她往外拽，小娘子死死拖着他胳膊不走，拉扯之间，对面墙内突然有了动静，似是有人走了出来。

两人动作一顿，齐齐屏住呼吸。

"公公请留步。"是谢大爷的声音。

"谢副使还有何疑问？"

"这消息实在是让臣惶恐。"

"圣旨上盖有陛下的玉印，谢大爷莫非还怀疑真假？"被唤为公公的人一笑，"河西河北的两位王爷便是前例，谢副使还看不出来吗？陛下削藩的心意已决，谢副使就等着立了这一大功，封官加爵吧。"

今日夜里的风比昨夜要大，从墙头上刮过，把墙内仆人手里的灯盏吹得"咯吱"乱晃，头顶上的杏树也一阵"哗啦啦"直响。

两人竖起耳朵，顺着风尖隐约听到了谢大爷一声："我送公公。"

墙内的光影移动，往门口走去，光线陡然一暗，墙角下的两人眼前跟着一黑，惊雷压顶，齐齐没了反应。

温殊色本以为今儿听来的消息，不外乎又是谢大夫人在清点她的家产，或是骂她和谢三两人败家，不知好歹云云。

殊不知还真是一件天大的事。能被唤为公公，必然是京都朝堂的人，圣旨削藩，不就是要对靖王下手了吗……以往并非没有听过削藩的传言，尤其是河西河北两个王爷相继出事后，靖王迟早要被削藩的说法更加猖獗，但她总觉得是骇人听闻。

河西和河北的局势她不清楚，中州她知道。靖王设王府于凤城后，锐减兵力，大兴贸易，心思都花在了治理民生上。城中百姓的日子看得见地在变化，其中温家便是例子。

可富了百姓穷了自己，就凭谢三拿回来的那二十贯俸禄便能看出来，王府的口袋比脸还干净，他有何把柄能让朝廷对其动手。且这么些年，凤城也并非没出过事，就拿上次兵器库的事来说，最后不也化险为夷了吗？皇上真想削藩，怎可能放过这么好的机会。

自己买粮时，便存了想法，暗里赌上一把，富贵险中求，越是这个时候自己越要把握机会。

那日，她对父亲说的话并非全是诓人，换作平日以靖王的秉性怎可能同意卖官，要能轻易买卖，这些年崔家早就成了员外大户。

趁靖王不在，再有京都杨将军的外孙魏都监做证，她才能一口气从周夫人那儿买来三份官职。

本是稳赚不赔的买卖，眼看着三位冤主子成功摆脱了被压榨的命运，走上了官途，还没焐热呢，便要发生变故，且还是要谢家去削藩。这不是让谢家背叛主子，同靖王府反目成仇吗？

温殊色这回是真被吓到了，转过头惊慌地看向身旁的郎君。谢劭的面色沉静得可怕。

沉默片刻，他突然疾步往外走去，手还握在小娘子的胳膊上，一并拉着她离开了墙角，走上长廊，方才松开："你先回去。"

刀都悬在头上了，这时候她回去也安不了心，知道他是要去找谢大爷问个清楚，温殊色当下跟上："我同郎君一道去吧。"不容他拒绝，也不拖他后腿，脚步匆匆地追上与其并肩，"我的命也被捏住了，郎君不能拦着我。"心头着实害怕，叨叨道，"都怪那日郎君说什么共患难，这不立马就来了，你应该只说有福同享。"嗓音都发了颤。

他意外地看过去，便见小娘子一张脸苍白无比，稀奇了，似乎还是头一回见她害怕成这样，局势分明严峻，却又觉得好笑。

有了个比自己还紧张的人，他心头的紧绷反而轻松了不少："还不至于。"

"我又不是三岁小孩儿，郎君不用安慰我，就算是只兔子，急了也会咬人，真要削藩靖王就能坐以待毙了吗？"她摇头道，"不能的，王府必然会反抗，谢副使手里有兵，咱们没有，真动起手来，不是我挑拨离间，周世子和郎君的兄弟之情恐怕也就到头了，到时候头一个便会把郎君捉去当人质，接着便是你的岳丈、大舅子……"

再是谢家和温家的家眷，虽说他们的命不足以要挟到谢副使，但拿来泄恨还是可以的。

终于体会到了株连的可怕，果然成了亲，便成了一条绳上的蚂蚱，命运悬在刀尖上，似乎只能靠眼前的郎君扭转乾坤，博得一线生机。

淡淡的月色铺在长廊上，再也没了半点芳华，抬头一瞧，俨然成了一轮冷月。

温殊色一双腿到底是没有郎君的长，有些跟不上，伸出手攥住了他的长袖一角。谢劭感觉到袖口一沉，并没有回头，袖口下的手却抬了起来，手腕一翻，将那只手握在掌心，轻轻握了握，温声道："不会有事。"

吹了半天的夜风，她手脚不知何时已发了凉，冷不防被一只大手握住，方才觉得凉得慌。掌心里的暖意一股脑儿地往她身上传来，心头一跳，转过头去。银月下郎君的侧脸，坚毅沉静，哪儿还有半点纨绔之色。

这般一看，个头当真是高大，比自己高了大半个头。天塌下来，还有高个子顶着，这话说得一点都没错，仗着自己的个头，身旁的郎君突然就伟岸了起来。

握住她的那只手，像是在她跟前盾了一道城墙，忐忑和不安一下驱散了个干净，心里的浮躁也如同抽丝一般，慢慢趋于安稳。

终究是冷静了下来。

凤城没了，大不了去京都，但愿谢副使没那么快行动。

身旁的郎君见她没挣脱，也没松手，一路牵着她往门前走去。

谢大爷刚送完人回来便见到影壁前站着的谢劭和温殊色，先是一愣，神色突然紧张起来："你们怎么在这儿？"

谢劭没同他绕弯子，劈头便问："伯父收到了圣旨？"

谢大爷神色陡然一变，目光锐利地盯着二人，半刻才咬牙说了一声："进屋说。"

半夜突然来了个不速之客，谢大夫人坐在屋内等着谢大爷，魂儿还没缓过来呢，听到动静，起身迎到门口，却见谢大爷身后还跟着二房那两个讨人厌的东西，心头顿时一沉，也没好脸色："这大晚上的，你们来这儿作甚？"

谢劭没答，跟在谢大爷身后一步跨进门内，温殊色紧跟而上，进屋后两人也不用招呼，自己找了两张绣墩一左一右紧挨着坐在了谢大爷对面。

不待谢大夫人再问怎么回事，谢劭先开口，同谢大爷道："宫中的圣旨意为何，伯父是如何打算的？"

谢大夫人惊了一跳，万万没料到两人连这事都知道了，忙让碧云出去守在门外,回头再看着两人:"甭管你们是怎么听来的,从哪儿来回哪儿去,府上的事,还轮不到你们操心。"

谢劭坐在那儿纹丝不动,完全不把她的话放在心上,等着谢大爷的答复。

"伯母这话说错了。"温殊色忍不住出声道,"全家的脑袋都系在了大伯身上,自然要过问一二。"

谢大夫人脸色一变:"何来掉脑袋一说?既然是圣旨,咱们不过是奉命行事,谁敢来要咱们的脑袋,他还真想反了不成。"

一句说完,暴露了大半,谢劭直接问道:"是陛下下旨要削藩?"

到了这个份上,谢大爷也没什么好瞒着了:"不足为奇,迟早之事。"

"若圣旨是假的呢?"

谢大爷和谢大夫人脸色均是一僵,他们也不是没有怀疑过,这圣旨来得太快,完全没有任何预兆。按理说,上回兵器库的事情已经处理好了,皇上短时间内,不会对靖王下手才对。可转念再一想,谁又有那份胆量,敢冒着杀头之罪,假传圣旨。谢大爷一声冷嗤:"谁敢?宫里的公公亲自来的凤城。"

"那又如何。"谢劭打断道,"王爷想见陛下一面,尚且要驻在京都之外等候陛下的召见,更何况伯父一个藩地的副使,拿什么去求证,这份圣旨一定就是真的。"

"那又怎么证明他就是假的?"谢大爷突然来了火气,"是要我抗旨吗?然后让陛下治我谢家的罪,连诛九族,都掉脑袋?"

谢劭反问:"如此,伯父是打算好了,要背叛靖王,与他兵刃相向?"

谢大爷被谢劭这一问,犹如一巴掌扇在他脸上,恼羞成怒:"我有什么办法?你谢三聪明,你告诉我,我该怎么办?"

谢劭无视他言语里的讽刺:"伯父应该即刻起身去京都,求见陛下,不论圣旨是真是假,削藩之事,都不应该经由伯父之手。若为假,伯父必然能保住一命;若为真,伯父便是身死,也能落得一个衷心护主的名声。"

谢大爷神色一愣,片刻后不可置信地盯着他:"你的意思是要我去送死?"

"是死是活,尚且不知,但伯父已经没了退路。"谢劭看着他,"伯父可知,倘若此份圣旨为假,谢家的后果是什么吗?是为谋逆,会受到朝堂讨伐,会被世人唾弃。谢家满门的性命,都会因伯父的一念之差,受到牵连。"谢劭不惜摊开同他道,"此番所为,伯父还看不出来吗?乃党争所为,便是有心之人想趁着父亲不在,借机铲除我谢家,以此砍掉靖王的一只臂膀。"

谢大爷本就不想听谢劭一个小辈在这里对他指手画脚,又听谢劭提起了谢二爷,言语之间,不就是在告诉他,谢二爷不在,旁人把他当成了傻子。他不由得冷声一笑:"你父亲?他怕是早就醉死在了外面。"

僵持之时,外面的侍卫突然进来禀报:"大人,王爷已经过了灵江,半个时辰后便到凤城。"

谢劭瞬间起身:"谢副使!"

谢大爷一口气提起来,从椅子上起身,因紧张过度,气血从脚底冲上脑子,无数利弊从脑海里快速地闪过,想起适才公公说的话:"大公子文采斐然,右相颇为赏识,将来在京都前程无量,奴才先恭喜谢副使了。"

右相是何人,太子殿下的亲舅舅。

一个藩王,如何与堂堂太子相比。

河西河北的两个副使是什么下场,众所周知,他奋斗了一辈子,当真就要断送在这儿了吗?不可能,他怎能甘心。

周世子的将来一眼便能看到头。

自己上回放走裴元丘,谢恒如今又去了京都,周夫人怕是早就对自己生了疑心,待王爷一回来,必然会相告,届时自己是何处境还不知。且就算他不动手,等将来朝廷来了人,靖王一样保不住。到那时,他便彻底没了选择,变成了靖王叛乱的党羽,别说封官加爵了,性命都保不住。先前还指望谢恒将来能替自己谋一条出路,如今机会不就摆在了自己面前。

谢大爷心口"咚咚"地跳了起来,脑子里已是乱糟糟的一团,再看对面紧紧盯着自己的谢劭,终究是一咬牙,随着那侍卫快步走了出去,一声令下:"关城门!"

谢劭说得对,两船相撞,总得要做个选择,良禽择木而栖,希望王爷能理解。

大半夜,谢府的兵将尽数出府,震耳的马蹄突然响在巷子内,很快又消失。

温殊色一直不敢出声,此时才回头看向谢劭:"郎君……"

这会儿,谢劭的神色倒是恢复了镇定,话已经说到了这个份上,谢大爷非要往火坑里跳,自己也拦不住。

京都的那帮子人还真是一揪一个准。

谢劭转身拉着温殊色匆匆出了谢大夫人院子:"你先回屋,我去一趟王府。"

适才谢劭的那一番话,谢大爷没听进去,温殊色却听得内心骇然,一把拽住他问道:"郎君,圣旨当真是假的吗?"

削藩来得太过蹊跷,皇上当真削藩,怎能让一个副使去捉拿自己的主子?这不就是告诫自己的臣子,今后都可以背叛主子了吗?此番所为非明君之策,而皇上当政二十余载,国泰民安,素有明君之称。因此,她更倾向于谢三所说。圣旨是假的,朝廷根本就不存在削藩一说。但谢副使信了,要背信弃义把王爷拦在城外,一个副使竟把藩主逐出藩地,此等大事,过不了几日必然会传到京都。

遭殃的只会是谢家。要说不怕是假的，怪就怪自己那一番话说得太早，亲口与郎君说了要同他患难与共，如今大难临头，断不能再出尔反尔了。

既然逃不掉，难以幸免，只能一块儿去想出路。不待谢劭回答，她忙松开手又把他往前推去："郎君快去吧，定要告诉周夫人，错都在他谢副使一人身上，是他轻易相信贼人之言，落入了贼人的圈套，吓破胆不敢抗旨。祸端终究是在贼人身上，谢副使顶多算是个沉不住气的，纵然他该死，但祸不及家人。再去同周世子求个情，郎君同他情深义重，咱们二房忠心赤胆，即便是抗旨，也不愿与谢副使为伍，让他们不能为难咱们。"终究还是不放心，顿了一下，突然凑近道："郎君，咱们要不把大夫人绑了吧？"

无论是对付谢大爷还是王府，谢大夫人简直就是最完美的人质。

她一双眼珠明亮如星辰，紧张又兴奋，继续怂恿道："郎君要是下不了手，我来便是。"

早就知道她非等闲之辈，此时瞧她说得头头是道，暗道这小娘子真是胆大包天。他回头扫了一眼没跟上来的闵章，安抚道："谢大爷此番乃叛主，王爷岂能再谋逆，小娘子不用如此担心，拿人质去要挟，非君子所为。"

温殊色一个倒仰："火都烧到脚背上了，还顾什么君子不君子。"急起来直言道，"且以郎君的纨绔之名，与君子也不沾边。"

话音一落，突然听到身后传来一道颤抖的声音："放肆！"温殊色猛地回过头，便见昏暗的大门内一位妇人被押了出来，身后那人的刀架在了她脖子上。

细细再一瞧，可不就是谢大夫人？温殊色当下一愣，转头愕然地看着身旁的郎君。

果然不是君子所为。

谢大夫人被押出了门外，也瞧见了立在穿堂内的两人，顿时一阵激动，愤怒地瞪着谢劭："谁给你谢三的胆子，敢把刀架在长辈的脖子上了，你这是要忤逆，反了天了吗？"

谢劭面色不变："事出紧急，委实没了比这更妥当的法子。晚辈多有得罪，还请伯母见谅。"

谢大夫人脸色一阵发青，想要呼救，刚一动，闵章的刀便往她脖子上一逼，刀锋贴在她的皮肉上，又寒又凉。

这些年她一直身在后宅，哪里经历过这等生死场面，吓得人都抖了起来："你想要如何？"

谢劭言语轻松："不是什么为难之事，只想请伯母去王府坐坐。"

谢大夫人又是一震，怒斥道："你谢三当真要与逆贼为伍吗？京都削藩的圣旨已到，你这般维护靖王，便是同朝廷公然为敌，是想要把谢家都拖下水，同你陪葬？二爷和二夫人怎么就养出来了你这么个东西，全家人脑袋都要拴在裤腰上。"

到底是谁拖谁下水？温殊色吸了一口凉气："伯母就别喊了，再喊把府上的几个小姑子和兄长引来，想让他们看伯母的惨状吗？还是伯母要以身作则，告诫儿女何为清风傲骨，一刀抹了脖子，不拖大伯的后腿？"

谢大夫人吴氏不过就一普通的妇人，平日里虽见惯了谢大爷的佩刀，但与此时刀架在脖子上完全是两码事。

几步路，她腿都吓软了，哪里有勇气去抹脖子。她气得翻白眼，一边被闵章推着往外走，一边骂道："吃里爬外的东西，竟对自己家里人下手。我早就同大爷说了，这两人心思不正，不是个好东西，迟早会坏事。"谢大爷不听，非说两个败家子，能成什么气候。

成何气候？如今刀都架到她脖子上来了！

可后悔已经晚了。

人被闵章的刀抵住脖子，径直往门口走，身边的仆人一靠近，刀便往她脖子上贴来，谁还敢贸然上前。谢大爷一走，谢家的房门早就封死了，守门的侍卫先看到了前面的谢劭，忙一步上前拦住："大人吩咐过，谁都不许出去，三公子还是好好待在府上。"说完又看到了身后走来的三少奶奶，还有谢大夫人……突然察觉出不对，仔细一看，才发现谢大夫人脖子上抵了一把刀。

而谢大夫人如同见到了救星，带着哭腔吩咐道："快，快把他们擒住。"

"谁敢动！"不待侍卫反应，闵章一把抓住谢大夫人的肩膀，刀又往她脖子上一送，谢大夫人顿时软了骨头。

侍卫瞬间明白了过来，一面紧张地盯着谢大夫人脖子上的刀，一面防备地盯着谢劭："三公子休得胡来。"

谢劭面无表情："开门！"

"没有谢大人准许，恕属下难以从命。属下劝三公子还是早些放了大夫人，切莫做了让自己后悔之事。"

谢劭没了耐心，同身后的闵章使了个眼色。

闵章再一次把刀收紧恐吓，心头到底是知道手里的人是谢家的大夫人，不能当真动手把她怎么着，不可让公子背负骂名。

如此几次虚张声势，谢大夫人似乎也察觉了出来，刀并没有伤到她分毫，渐渐地也没了先前的惧怕，不再有反应。一口气还没缓过来呢，身旁温殊色突然上前，一把夺过闵章手里的刀，不待谢大夫人反应，猛地往她脖子上一逼。

谢大夫人光洁的脖子上瞬间冒出了一排血珠，一点一点地沾在了刀口上。刺痛感传来，谢大夫人才回过神，吓得差点晕厥过去，话都说不出来了，颤抖地碰着嘴皮子:"救、救……"

今夜不是你死就是我亡。

温姝色想活。她还有祖母、父亲和兄长在外,断然不能被谢副使困死在这儿。她手里的刀丝毫不松,咬牙道:"伯母是郎君的长辈,郎君断然不能弑亲要你的命,但我不一样,我不姓谢,与你吴氏早就不对付。从嫁过来的第一天起,你便对我冷嘲热讽,毫无长辈应有的模样,甚至背地里给我穿小鞋,想要郎君把我休了,让我成为全凤城的笑话。你还算计郎君的钱财,指使自己的子女去向郎君讨钱,这些年你用从二房骗来的钱财,暗中置办了上百亩良田,让你的娘家弟弟替你收租,还在惠民河周边置办了八套院子。"

谢大夫人心头一跳,内心的惊愕甚至一度压过了脖子上的疼痛。

温姝色下巴又一仰,指向门前的郎君:"你得了便宜还卖乖,笑话他是个不成器的傻子,盼着他能孤独终老,把二房的家产全卷入你口袋。后来粮食亏空,你又骂他是败家子,活着就只知道吃喝玩乐,毫无半点用处,还不如早些超生。"

谢劭哑然。

这是何等的恶毒之言,一旁的闵章都后悔了,恨自己没下手。

温姝色继续道:"我和郎君破产后,你不仅没有半分支援,还克扣府上的用度,把自己剩下的饭菜送去了老夫人那儿……"

谢劭眉心一跳。

"老夫人吃剩下的,几位小主子吃剩下的,你又让人拿下去重新回锅,贪便宜,去外面买馊了的鸡鸭,混在汤菜里,给院子里的仆役和丫鬟吃。"

谢大夫人被挟持后,院子里的仆役和丫鬟便都跟了出来,想要趁机搭救自己的主子。突然见三少奶奶割破了谢大夫人的脖子,还想冲上去解救。

结果三少奶奶的话,一句比一句令人惊愕,竟然还说到了自己身上,一回忆,似乎最近两个月的饭菜,确实有些不对。

有几回味道不对,有人还曾问谢大夫人身边的碧云姑姑,碧云姑姑说是天气热,有点味道很正常。如今知道真相,有几个下人当场便犯了恶心,不动声色地往后退去。

这都是自己关起房门的秘密,温二怎么知道?谢大夫人吴氏脊背一片发寒,瞠目结舌:"你、你……"

"伯母想问我如何知道的。"温姝色一笑,"我与菩萨通灵了,她什么事儿都会告诉我。"又语出惊人地说道,"所以,你让人从泔水桶里捡菜叶子,做给侍卫们吃,我也知道。"

虽明白此时温姝色的用意,多半是在挑拨离间,可门前的几名侍卫,脸色到底也不太好看。

周围的气氛突然安静了下来。

一番话语,简直惊天,比脖子上的刀还要让人震惊。

谢大夫人吴氏终于反应了过来,顾不得脖子上架着的刀,回头怒斥道:"你休得胡言乱语!"

"伯母仔细着刀口,别往上撞。"温殊色手里的刀一紧,及时把她逼了回去,"我有没有说谎,抓住底下那几个奴才问问便是。"

谢大夫人脖子一疼,大惊失色:"你、你别乱来。"

温殊色却摇头:"我年纪太轻,脾气也不好,不知道轻重,要是不小心失手,还请伯母见谅。不过伯母放心,待将来谢副使功成名就,官爵加身后,再娶一位美娇娘回来,定会替您照看夫君和孩子。"

脖子上的疼痛,越来越清晰,谢大夫人能感受到有鲜血顺着脖子流了下来,越来越惊恐。她怎么可能舍得死。她的夫君才刚起事,儿子去了京都做官,她还没享到福呢。权衡一二,她到底还是舍不得自己的命,哑着声音同那侍卫道:"放人。"

侍卫适才得了谢大爷的口令,知道这两人一旦出去,会去哪儿,一时没动。

温殊色不再多言,咬牙狠心地又把刀往前一送,血珠子瞬间染红了谢大夫人的整个脖子,扬声道:"开门!"

个个都被她突如其来的狠决吓愣了神,侍卫脸色一变:"三少奶奶切莫冲动!"

谢劭也抬起了头,便见小娘子一双眼睛通红,见他望了过去,嘴角突然抽了一下,又极力压住,想要隐去眸子里的害怕。

他的心口仿佛被什么东西突然拉扯了一下。

又疼又酸。

他转头抽出身旁侍卫腰间的刀,上前从温殊色手里拽过谢大夫人,刀重新抵在她的脖子上:"伯母也知道,我不是个好人,一条人命自然不在话下。"

比起温殊色的手劲,谢劭简直要划破吴氏的喉骨了。这还没到王府,她就要死了吗?

吴氏疼得尖叫出来,厉声对那侍卫吼道:"你是想让我死吗?"

侍卫看向谢劭,见其面色冷静凉薄,便知他当真动了杀心。

今夜不放他们走,谢大夫人怕是活不成了,谢大人虽有过交代,自己总不能不顾主母的死活。沉默了几息,那侍卫往边上一退,咬牙道:"开门!"

府门很快打开。

谢劭押着谢大夫人走在前面,偏头同身后的小娘子道:"拿好刀,跟在我身后,谁挡你,你就杀谁。"

人被谢劭接过去后,温殊色一双手早就发抖了,本打算抓住了他的衣袖,闻言又紧紧地握住手里的刀,贴着他的后背,慢慢地退了出去。

闵章断后,跨出门槛,正要去马厩牵马车,巧的是,巷子里正好来了一辆。

谢家二公子刚喝完花酒,原本想趁着夜深人静,众人都歇息的点儿偷偷进府,没想到一进巷子,却见府上一片灯火通明。

还没弄明白是怎么回事,马车便被人截了下来。一个倒栽冲,二公子险些跪在地上,酒却没醒,闵章踢开车门,一把将人拖了下来,让身后的人先上车。

谢二公子在自家门口,莫名被人从马车上揪下来,心头正愤怒,稳住脚跟后抬头便要骂人,突然看到谢劭,神色一愣:"三弟?你怎么在这儿?"

他又惊愕地发现三弟竟然拿刀抵在了人的脖子上,再看那位满脖子血红的夫人,竟然还像极了自己的母亲,他越发惊愕,抹了一把模糊的眼睛,不可置信:"母亲?"

谢大夫人如同见到了救星,朝着他便要扑去:"儿啊,快去,快去寻你父亲,让他来救我,再晚,你恐怕就见不到母亲了。"

谢劭一把将其推上了车,拉着温殊色跟着钻了进去。

门内的侍卫也追了出来,闵章立马跳上了车头,缰绳一勒,扬尘而去。

眼见着自己的母亲被三弟和三少奶奶带走了,谢二公子的酒顿时醒了一半,追着马车猛跑了几步:"母亲,母亲!三弟,你要把我母亲带去哪儿?"

没人回答他,身后的侍卫紧追而上。马蹄声从他身旁呼啸而过,他完全摸不着头脑,猛一跺脚:"怎么回事,到底是怎么回事?"

谢大夫人被押上马车后,谢劭手里的刀便从她脖子移到了胸前。

谢大夫人此时也没了反抗的精力,脖子上的鲜血还没止住,衣襟红了一片,胆子却是被跟前的两个后辈吓破了。

不怕无赖,就怕这种不怕死的愣头青。知道自己要乱动一下,他谢三必然会毫不犹豫地把手里的刀捅过来。到了这个份上,谢大夫人只想保住自己一条命,然后再等谢大爷想办法把她从王府救出去。她没了反抗之心,温殊色却不敢掉以轻心,同谢劭坐在一方,脊梁绷得笔直,紧紧地盯着她的一举一动。

见温殊色半天没动,谢劭微微侧目,见其一双手搭在膝上,手指上已经染了血,浅色的间裙上多了几抹朱红,格外显眼。上身一件绣海棠薄纱,杏色半袖,梳上了久违的高髻,虽说只插了一支玉簪,身上的艳丽却半点不减。看得出来,今夜她是精心打扮了一番。

两回赏月,第一日与蚊虫厮杀了一夜,第二日直接与人厮杀上了,简直一次比一次记忆深刻。

身后的马蹄声渐渐靠近,闵章的速度也越来越快。马车遇到坑洼往下一陷,温殊色刚提起一口气,便觉搁在膝上的手背贴来了一只手掌。同头一回一样,很暖,只轻轻地握住她,没动,也没有出声。

温殊色目光盯着前方的谢大夫人,依旧不敢乱动,心头的那股紧绷,却随着那只手的温度,慢慢地松懈了不少。

马车本就狭窄,这番小动作,被迫落入了谢大夫人眼里,不由得嗤之以鼻。

新婚夜两人闹出来的那番动静,历历在目,他谢劭扬言要将人抬回温家,如今倒是稀罕得紧了。

怎么着?割了自己的脖子,还心疼他媳妇儿弄疼手了?贼子配贼女,果然登对。谢大夫人气得倒吸凉气,知道自己逃不掉,眼不见为净,索性闭上了眼睛。

身后的马蹄声一直追到王府门口才安静下来,眼睁睁地看着几人把谢大夫人带进了王府,侍卫才掉转马头:"速速禀报副使,三公子叛变,大夫人被挟持,带到了王府。"

身为藩王之主,城门口闹出那么大的动静,周夫人和周世子怎可能不知道。

"他谢道远素日里心思就不正,今日竟然还敢叛主了,是活腻了吗?"周邝当下便拿起身旁的佩剑,要领兵前去。

周夫人一声止住:"怎么着,当真要谋逆了?"

周邝回头,满脸愤怒:"要谋逆的是他谢副使。"

"人家是奉旨削藩,何来谋逆?"

"奉旨?奉的是哪门子的旨?父王身边的侍卫昨日才回来,说陛下托了亲信公公特意前来相告,兵器库一事,他知道是误会,要父王安心回到凤城做好他的藩王,还对父王夸赞了一番,说他体贴百姓,亲自去庆州赈灾,还为洛安及时筹备到了粮草。"

周邝打死都不相信:"陛下当真要削藩,又何必多此一举呢!"

周邝所说,也是周夫人所疑惑之处。

王爷与皇上之间并非寻常的养父子关系。

三十年前,周氏的江山被赵氏篡夺之后,天下便开始大乱,几番你争我抢,江山最终又回到了周氏手里。

可却并没有因此而安定下来,周氏的几个党派又开始了内部争夺,几代周氏皇帝如同流水,有的甚至只做了一天便被驱赶下了宝座。包括当今皇上的江山,也是从自己的侄子手中夺来。

但论起来,两人之间已经隔了好几代血脉。

皇上乃周氏早年流落在外的旁系,并不在京都长大,出生在荆州,家中有两位兄弟,便是前不久被削藩的河西和河北的两位藩王。

除此，皇上还有一位妹妹。而这位周家唯一的姑娘，便是王爷的生母，却因遇人不淑，婚前有了身孕，承受不住打击，得了一场重疾，在王爷两岁时便撒手人寰。

许是心疼王爷无父无母，将来没个人照应，皇上将其收为养子，放在了自己膝下抚养。因此，皇上虽说是王爷的养父，也是货真价实的亲舅舅。且皇上对王爷的栽培和关爱，丝毫不亚于后来自己的几个亲生儿子，甚至比起其他几位皇子，王爷陪伴在皇上身边的时日还最长。

幼年皇上亲自教导王爷识字，长大后又将其带在身边，四处征战，父子之情比亲生儿子还要深厚。而如今的天下，说是父子俩一道打下来的，一点也不为过。后来皇上登基，为了稳固江山，王爷在边关替皇上守了十年，直到朝廷稳固，兵马逐渐强大，才撤回京都。

皇上念他有功，当着文武百官的面，亲自赐下中州的藩地，封王爷为中州节度使。

驻扎中州十来年，王爷一心只为治民，效忠于皇上，大小事务无一不上奏。河北河西两个藩王被削，是因他们都被人抓到了真把柄，而靖王，凤城众人谁不知他的贫穷。一双靴子穿了几年都舍不得扔，有何可让人揪住的把柄。就算被人无中生有，诬陷到头上，河北河西削藩，去的都是朝廷中人，这回皇上却下旨让一个中州凤城的副使来削自己的藩王。

于理不合。但周夫人比周世子沉得住气，看了一眼自己那位恨不得冲出去与人厮杀一场的儿子，无奈地叹了一声。脑子倒也不笨，唯独遇事容易冲动。

她把人唤来身边："坐好。"

周邝哪里还坐得住，早就看谢道远不顺眼了，上回他当着自己的面把裴元丘放走，便暴露了自己想要两面都沾边的野心。之后，谢道远又把自己的大儿子送去了京都。自谢仆射辞官后，后来几位上去的大人做不长久，要么病死，要么横死。门下省早就是他右相的掌中之物，谢家大公子去门下省任职，不就相当于甘愿送一个人质过去，摆明自己的立场了？

河北河西两个藩王相继被削，眼下能挡住他太子前路的，就只剩下父王。

是何居心，一目了然，很难不去怀疑。

周邝是恨不得去城门口把谢道远揪回来，问问他为人的良心何在。可到底还是听了周夫人的话，老老实实坐了回去。半边屁股挂在圈椅上，明显坐不住。

周夫人也懒得说他，细细同他分析道："无论圣旨是真是假，咱们都不能轻举妄动。陛下真要削你父王的藩，咱们身为臣子，坐在这儿等着便是；若为假，更不能动了，假的成了真的，岂不正中人下怀，给人家送一个意外之喜吗？"

"意外之喜？"周邝一愣，蹙起眉，身子转过去问周夫人，"那……这番目的又为何?"

周夫人倒意外他能听明白,反问他:"这次事发之后,谁会遭殃?"

周邝倒是很快明白了过来,心头一惊:"母亲是说谢家?"

周夫人点头:"朝廷来的圣旨,除了谢家,谁见过?"说到此处,不得不佩服,"若真如此,倒是一番好计谋。一石二鸟,成了,最好不过,能除了你父王这个大隐患。不成,单凭一个谋逆的罪名,便能把谢家连根拔起来,让你父亲失去一只臂膀。"

怎么都划算。

事先倒也并非没有苗头,上回裴元丘回凤城,怕是已经盯上了谢家。

谢副使还真让他把谢家这个铁桶,敲出了一条缝。

周邝不以为然:"他谢副使也算得上臂膀?资质平平,不堪重用,我还纳闷父王当年是如何看中的他,以为瞧的是一个'忠'字,如今好了,别说忠,他竟还敢转头把刀对准自己的藩主。谢家出了他这么个不忠不义的东西,简直就是佛头着粪,他却敝帚自珍,非要当自己是个人物。"跟着谢劭在凤城混了十来年,听多了,这会儿骂起人来,一点都不含糊。

周夫人当看猴一样:"你激动什么,我说是谢副使了?"

中州靖王府的臂膀,自始至终都不是什么谢副使。

而是谢仆射。

谢仆射乃进士出身,皇上平定江山的当年,便看中了他的才华和度量,亲自登门招揽。谢仆射也没让皇上失望,一度替皇上在新朝和旧朝之间找到了平衡,让皇上了却了一块心病。因此封他为左仆射,中书侍郎,行中书侍中之职,算是大鄘开国以来被封的第一位左相。

谢仆射在位的那几年,为官清正,对上尽忠尽孝,对下不显官威,更是以惜才为名,曾为皇上举荐了不少能人异士。至今朝中半数的臣子,怕是或多或少都承蒙过他的恩惠。这样的人,到了凤城王爷的地盘,怎么可能不让人防备。

周夫人继续道:"当年谢仆射辞官到了凤城之后,朝中多少双眼睛盯着,本以为闲云野鹤了这些年,一不问朝政,二不与我王府有任何牵扯,当也不会被人盯上。如今看来,就算他不想招惹是非,隐遁避世,也还是逃不过,会被人主动找上门来。"

周邝听明白了。

他就说说呢,谢道远何德何能……

可这一想明白,周邝越发不淡定了,腾地从椅子上起身:"那如今该如何是好?谢道远此举便是要将谢家满门送上断头台。"这才想到了谢劭,忙同周夫人道,"孩儿敢同母亲担保,谢兄为人磊落,定不会与谢副使苟同。"

此时谢兄想必也知道了谢道远的所作所为，必会前来相告。可谢道远又怎会让他出府，这会儿怕不是已将人关了起来。周邝越想越不放心："不行，我这就去找谢兄。"

人还没走出去，外面的一位侍卫匆匆进来禀报："夫人，世子，谢家的三公子和三少奶奶来了。"

周邝面色一喜。

周夫人也很意外："快请。"话音刚落，便见到一位满脖子鲜红的妇人突然被推到了门前，身后紧跟着谢劭和温殊色。

不明白这是为何，周夫人和周邝齐齐一惊，又才认了出来，跟前这位狼狈不堪的妇人不就是谢副使的夫人，谢家的大夫人。

两人震惊之余，谢劭已先抬步跨了进去。

往日谢大夫人来王府，哪回不是体体面面被周夫人派人请进来，客客气气地招待着。今日这般狼狈，有多丢人，从周夫人那道惊愕的目光中，便能看出来。

谢大夫人心中又将自家出的两个叛徒骂了一通，脚步迟迟不动，不愿入内。

适才一进王府，谢劭和温殊色手里的刀便被侍卫收缴，人已经带到了王府，也不再担心谢大夫人还能耍出花样。见她立在那儿不动，温殊色没有耐心，往她后腰上猛一推，谢大夫人脚下踉跄几步，被迫进了屋。

前一刻才收到谢副使关闭城门，拦截王爷的消息，后脚谢大夫人便被带到了王府，周夫人和周邝怎么都没料到会见到如此场面。周邝心头一震，激动地迎上谢劭："谢兄……"

谢劭却一掀袍摆，先对着周夫人跪下，拱手道："家中长辈愚昧无知，着了奸人之计，今夜冒犯了王爷和夫人，晚辈规劝无果，只得擒其家眷，前来向周夫人请罪，如何处置，全凭周夫人决断。"

一句话干脆利索地表明了自己的立场。

周邝转头再看向自己的母亲，眼中颇有些显摆的意思。他就说谢兄会永远站在他这一边。

往日周夫人从儿子口中没少听过这位谢家三公子的事迹，知道其品行不差，暗里也曾留意过，确实是个可靠之人。

而真正同其接触，是在谢劭到王府任职之后，与他面对面地聊过几回，周夫人便明白，虎父无犬子，将来能继承谢仆射衣钵之人，恐怕还得是他自己的亲生儿子。

如今见谢劭把谢大夫人带到了跟前，一面佩服他能在如此短的时间内看破局势，一面又忍不住敬佩他的果决。

"谢员外，快起来吧。"周夫人称呼起了他的官名，抬眼看向他身旁的温殊色,温声道,"府中惊变,二位也受到了惊吓,先且坐下,慢慢细说。"

一旁的嬷嬷忙上前,挪了两张官帽椅,挨着并放在周邝对面。

两人一坐下,偌大的堂内就只剩下了一位狼狈的人质。

周夫人抬头扫过去,正好与谢大夫人的目光对上,再也没了往日的热情和客套,面色冷漠冰凉。

既然已经落到了对方手里,再挣扎,反而丢了自己的体面,谢大夫人吴氏讽刺一笑:"家中出了叛徒,落到如此地步,我自认栽,可尔等一众乱臣贼子,今夜所为,早晚都不会有好下场。"

"有没有好下场,那都是之后的事了。"周夫人漠然地看着她,"成王败寇,大夫人还是省点口舌,你的丈夫把我的王爷拦在了城外,我心头正不痛快呢,切莫再得罪我,否则,我一个不高兴,拿大夫人先泄了愤,日后就算后悔了,大夫人不也活不过来了?"转头同一旁的嬷嬷吩咐,"把人带下去,先替大夫人看看脖子上的伤。"眉头皱起来,"啧"出一声,做出牙酸的神情来,"瞧着挺吓人的,怕是不浅,这医好了也得留下一道伤疤,倒也正好,时刻提醒世人和自己,曾经叛过主。"

这一路过来,谢大夫人受到的惊吓不小,本来没觉得脖子疼,被周夫人一提,顿时又觉得钻心地疼起来。尤其是最后一句,犹如把她钉到了耻辱柱上。谢大夫人又激动了起来:"周夫人这是贼喊捉贼,我谢家效忠于陛下,不与乱贼为伍,圣旨在手,何来的叛……"

话还没说完,她便被嬷嬷提着胳膊架了出去。

人一走,屋内便安静了下来,周夫人又看向旁边的谢劭和温殊色,既然人都给她绑来了,立场已经很明白了,没必要再多问。

局势紧迫,也没工夫再绕弯子,周夫人直接问道:"谢公子接下来打算如何?"

谢劭心里自然也清楚,如今谢家的处境只怕比王府更为严峻。

"卑职打算今夜出城,与王爷一道入京都,求见陛下。"

周夫人目露赞赏,想要解救谢家于水火,眼下只能如此了。知道他心中所虑,她道:"谢公子放心,我王府一心效忠陛下,无半分异心。就算陛下真要削藩,也不会做出任何反抗。相信王爷,同我也是一样的想法。"只要王府不与谢副使产生冲突,便是给了谢家一条退路。

谢劭起身行礼:"多谢周夫人。"

"谢公子不必如此见外。"周夫人无奈一笑,"看来谢仆射终究还是躲不过要与我王府绑在一条船上,如此倒是我靖王府沾了福气。"

外面突然一阵动静,很快有侍卫再次进来禀报:"禀夫人,谢副使叛乱,已带人马围住了王府。"

意料中的事,没什么可奇怪的。困住就困住,大不了王府的人不出去,但谢劭此番和王爷一道去京都,得先经过太子的东州。能冒死设下这样的局,太子必然也想到了这一点,怎能轻易让他们见到皇上。可除此,已没了旁的办法。她转头同周邝吩咐道:"清点几个得力的人手,待会儿随谢公子一道出城。"

周邝自告奋勇:"我去。"

周夫人毫不客气:"你父王前去,已经是给别人送人头了,你再跟上,是想被人一锅端,彻底绝了靖王府的后?"

周邝哑然。

既已做了决定,倒也不急于这一时,此番前去京都,路上并非一两日。

周夫人看了一眼两人身上沾染的血迹,起身道:"谢公子和三少奶奶先去沐浴更衣,歇息一阵,我让人收拾些衣物。一个时辰后,我带谢公子走地道出去。"

今夜出来,本为了赏月,不承想遇到变故,走到了这步田地,人是断然回不去了,要去京都,只能从王府先借一些盘缠和衣物。

谢过了周夫人,谢劭回头示意温殊色跟上,几人一并随仆妇去往后院的厢房。路过长廊,还能看到外面的火光。

谢副使的兵马围住王府后,开始扬声同里面的人喊话:"王爷既敢生出叛心,便能想到会有今日。身为人臣,当屈身守分,不可与命争也,如今王爷已被拦于城外,不日之后便会被驱出藩地,捉拿回京,我劝靖王妃莫要再做无谓的抵抗,犯下不可弥补的错误,立刻打开府门,束手就擒。"

早年王爷跟着皇上四处征战时,周夫人便陪伴其左右,那时她是周家的长媳,人人都称她为夫人。后来皇上登基,王爷镇守边关,周夫人依旧相伴左右,风里来雨里去,脸都晒黑了,哪里像个锦衣玉食的高贵王妃。连周夫人自己都嘲笑道:"别让我把大鄟王妃的名号给丢了,还是叫我周夫人吧。"

一直到凤城,大家都没改口。今日倒是稀罕听到了一声靖王妃。要真动手,也没必要喊话,周夫人充耳未闻,先去替王爷和谢劭准备衣物。

周邝没忍住,转头大步去往府门,仗着嗓门儿大,怒骂道:"不过一群蠢货,叛主求荣,还敢口出狂言。谢副使的夫人今夜正在我王府做客,我劝各位还是不要惊扰了她……"

越往后院,声音越远。

温殊色回头,紧紧跟在谢劭身后,仆妇把两人带到了客房门前,躬身道:"公子与夫人先稍作歇息,奴婢去备水。"

谢劭点头,推开门。

两人进屋，房门重新合上，耳边终于有了片刻安静。谢劭抬头再看向跟前的小娘子，脸色比平日里要苍白，鬓边的一缕发丝不知何时散开，正贴在她的脸上，许是拿手拂过，一边脸颊印上了血迹。往日每回当值回来，看她都是一身光鲜，今日这番狼狈，心里突然不是滋味。他忍不住伸手，指尖轻轻把粘在她面上的发丝拂开，低声问道："吓到了？"

从今夜听到谢副使要叛乱起，温殊色的一颗心便一直紧绷。

纵然她和谢劭把谢大夫人押来了王府，以人质投诚，可说到底也都是谢家人。

周世子或许会念在同谢劭的兄弟情分上，愿意相信他们，但周夫人是如何想的，自己不敢确定。

没料到周夫人会如此爽快，事情比她想象的顺遂，后续谢家的命运如何她无法预料，但眼前压在她心头的石头终于落了地。

一进屋，人松懈下来，双腿发软，再回想自己拿刀割了人脖子，手也抖了。谢劭的手伸过来，她也忘记了去躲，由着他替自己拂开发丝，别在了耳后。

都要诛九族了，能不吓到吗？今夜当真是把她逼急了，她抬起头便对跟前的郎君道："不管郎君信与不信，我这辈子从未伤过人，连刀都没碰过，今夜是头一回……"

她话没说完，突然撞见了郎君柔和的眸子，先前还能坐在前院，镇定地面见周夫人，此时被他这番一瞧，到底没绷住，最后一声话落，嗓音都抖了起来。

怕被他笑话，她忙偏过头，头刚扭过去，胳膊就被郎君一把握住，往前拉去。似乎猜到了什么，她脚步犹豫了一下。

谢劭的手用了一些力，终究是把人拉入了怀里，抱着她轻声道："嗯，娘子很了不起。"

整个人被一双臂膀包裹住，终于有了个地方可以让她安心地依靠，胸腔一热，心底的防线彻底没了，无助和害怕全被勾了出来，泪珠子在眼眶里打了几个转，顺着脸颊滚烫地往下坠，奈何胳膊被郎君抱住，手抬不起来，视线实在是模糊不清了，便也顾不上，埋下头，把眼泪擦在了郎君的肩膀上。

谢劭没动，让小娘子哭了个够。哭过后，心头的恐慌倒是慢慢地平静了下来，知道如今情势严峻，耽搁不得，温殊色想起身，才一挣扎，又被郎君收紧了胳膊，不想松手了。

温殊色一僵，脸颊两边很快腾起了红晕，先前牵她手，包括前一刻抱她，都能理解为他是在安慰与他同甘共苦的伙伴。

如今这番，多少有些故意了。

她心头"咚咚"一阵跳，脸烫得厉害，动也不动，正不知该如何是好，外面的仆妇敲了两声门，送水进来。

温殊色一慌,忙推开他。谢劭及时松了手。

仆妇进来把面盆放上了木架,又退了出去。

屋内再次安静下来,气氛便有些尴尬,但温殊色自来不会把自己放在这样的气氛下煎熬。把他的唐突抛在脑后,她问起正事:"郎君真要去京都吗?"

周夫人即便愿意相信谢家二房,他们也只是暂且得了一线生机,等到消息传出去,别说皇上,满朝文武百官、天下百姓都会齐声讨伐谢家。

同一个家族,一荣俱荣,一损俱损。哪里还会分什么大房二房,九族便都要被揪出来,杀个干净。所以,如今唯一的希望,便是如谢劭所说,同王爷一道亲自去京都面见皇上,告诉皇上真相。

谢副使叛主虽不能饶恕,但最大的根源,却还是他手上的那份圣旨。待一切真相查明,谢家才能保住家族。只是他这一走,自己该怎么办?

谢副使打的旗号是捉拿反贼靖王,温家无罪无错,他没理由去为难自己的家人,且恐怕也顾不过来。

但自己不同,她与谢劭一道拿刀划过谢大夫人的脖子,俨然也成了"反贼"一员,如今同谋的人要走,不就只剩下自己一人作战了吗。

似乎看出了她心中所忧,谢劭道:"你安心待在王府,周夫人和世子会护你周全。"

从凤城到京都,即便不吃不喝,路上不歇息,快马也要五六日,且两人此番前去,艰难重重,就是个活靶子。

人还没出发呢,便已经提前体会到了往后那种日盼夜盼的焦虑。

她自来是个没耐心的人,儿时兄长让自己等了半炷香,便恨不得把他扒一层皮,要她这般待在王府,一眼抓瞎地等着死期,她办不到。

京都吗……

晴姑姑还有些日子才会回来。

温殊色心思突然一动,偏头又问他:"那郎君什么时候才能回来?"

"很快。"见她站着不动,谢劭上前拉起她的手,一回生二回熟,如今大胆地捏在掌心内,再自然不过。

小娘子还在想着心事。

他牵着她走到了木架前,抬起她的手,轻轻地替她卷了两三层衣袖。

薄纱揭开,露出底下一截白皙细腻的皓腕,他握住她的一双手背,一同浸入到水中:"先洗手。"

盆里的水波荡漾,温殊色这才回过神来。郎君已在轻轻地搓着她指间的血迹,察觉她手在往外抽,一把又捏了回来,不动声色地道:"你要是待不住,可以把你父亲和温淮接来,或是回温家也可以。"

适才谢副使的人马看着他们进的王府,当也不会怀疑。"

"只要她待在府上,不出来,不成问题。"

温殊色没怎么听进来,目光愣愣地盯着水盆里那只被他一点一点清洗的五指,今夜几度流转在心头的那股暖流再次涌了出来。

即便是在儿时,父亲和兄长也没这般替她洗过手。除了母亲和身边照看她的嬷嬷,他是头一个。她心头感动,又意外于他这般养尊处优的公子,竟还会照顾人,好奇之下,微微偏过头,瞧了一眼郎君的侧脸。

整个晚上兵荒马乱,生死一线,都拿刀抹过人脖子了,却还是一副衣冠整洁的模样,鬓发纹丝不乱。

虽说这关头,心头生出来的那想法实在有些不应该,可这人当真是长得好看,免不得多看了两眼。

谢劭突然转过头来,她才惊慌地避开视线,忙着应道:"哦,我觉得郎君还是要多带些人手。中州还好,到了东州,太子必然不会让郎君轻易出城,紧要关头,就算有位小娘子在郎君身边,也能起到作用。"

谢劭意外地瞅了她一眼。她这番,他怎听不出来,直接掐断了她的念头:"不可能,乖乖待在府上,等我回来便可。"

心中希望落了空,温殊色嘴硬:"我又没说什么,瞧把郎君着急的。"故意装作不知,反问,"郎君是以为我要跟着郎君上京都吗?"目光陡然一亮,"要不是郎君提醒我,我还真没想到这一点。"又道,"郎君要是带上我,我还能给郎君盯梢,打马虎眼呢。"

谢劭没理她,拧干盆里的布巾,抓她过去。

小娘子脖子一仰,防备地看着他:"虽说成大事者不拘小节,可郎君今夜手也牵过了,抱也抱过了,实在没必要再抱第二回,我已经不害怕了,经此一夜,也算是个见过场面的人,就算下回见到杀人,我也不会眨一下眼睛。"

她心中的小算盘打得"啪啪"响,可惜跟前的郎君不着她的道:"小娘子还是别费口舌了,无论你说什么,我都不会带你一道。"

温殊色:……这就没意思了。

小娘子哭过后,眼睛一片红肿,妆容也有些花,谢劭伸手把人拉过来,手里的布巾刚落在她污了一边的脸颊上,便被小娘子一把夺了过去,自个儿胡乱抹了一通,布巾往盆里一放,便道:"那我回温家吧。"

"郎君一路小心。"她突然想了起来,"郎君身上带银钱了吗?"

谢劭:……上回唯一的二十贯俸禄,还没焐热便都给了她。

以为小娘子带了银钱在身,临走了要给他一些,却见小娘子蹙眉道:"我也没有,今夜沐浴后才出来,郎君待会儿问世子借一些吧,等下回咱们再还给他。"

温殊色说回就回,也不送他了,赶在谢劭出发之前,先去找周邝把她领到了地道口。

路上,温殊色便问了周邝:"世子身上有银钱吗?郎君和我今日出门都没带银钱,郎君打算问你借一些。"

周邝一愣。

上回他请谢劭去喝酒,已经掏空了,不过没关系:"嫂子放心,盘缠之事,母亲会想办法。"

"罢了,郎君脸皮薄,问世子借尚能开得了口,万不会去收周夫人的银钱。这样,待会儿我回温家后,让兄长给郎君送一些来,要是晚了,麻烦世子先让他稍等一会儿。"

谢兄倒确实有些好面。

王府的地道出口挖得极为严密,出来后便是一间茶坊,都是自己的人,不担心暴露。周邝点头:"行,那嫂子尽量快些。"

温殊色跟着两名侍卫,转身一头钻进地道,拼了命地往前跑。

夜里,温家二爷沐浴完躺在床上,都快要睡着了,突然听到外面的动静,立马睁开了眼睛。

自从当了监察后,人也极为警醒,他赶紧披了一件衣裳起来,问身边的小厮,发生了何事。

小厮出去打听,很快回来,慌慌张张地禀报:"谢副使关了城门,把王爷关在了外面,且还派兵马围上了王府。"

温二爷惊了一跳:"这是为何?"

小厮一摇头:"奴才也不知道。"

无论是什么原因,到了这份上,不就是叛主,要谋反了吗?

温二爷吓得不轻,半晌都没回过神,这谢副使脑子是被驴踢了吗?自己不想活,还要把谢家所有人头都送上。

想起自家丫头还在谢家,温二爷顿时急得像热锅上的蚂蚁,这头正打发小厮去牵马,要亲自出去打听,突然听到左边墙边的角门旁,传来了一声动静。他脚步一顿,回头紧紧地盯着,看着那墙角的砖头从外一块块地被抽走,越发震惊错愕。还没回过神来,便见到了一颗脑袋从外面钻了进来,接着再是身子。待人终于把身子抒直了,他才看清,可不就是自己正担心的闺女吗?他暗念了一句菩萨保佑,惊愕地问:"你怎么回来了?"

温殊色没工夫同他多说,劈头便道:"父亲,借我点银钱。"

温二爷一愣:"我哪里还有什么银钱,倒是你,谢家怎么样了?谢副使是着魔了吗？竟然敢叛主，你回来了，那姑爷呢？他也去谋逆了？"

温殊色实在来不及回答他，匆匆从他身旁走过，脚步直往屋内冲去。

温二爷紧跟在她身后，还在喋喋不休："谋反是要掉脑袋的啊，一个副使，与王爷对抗，这不是鸡蛋碰石头，自不量力吗？你可千万要劝住姑爷，不能让他糊涂……"

突然，他见温殊色朝他床头走去，心头一跳，赶紧扑过去，人都栽在了床上，还是没来得及，回头瞪着身旁抱着自己枕头的小娘子，脸色一变，咬牙道："这个你不能动。"

"我手上的现银没了，同父亲借一些，待我回来就还给你。"

什么手上的现银没了，她狡诈得很，他急忙阻拦："你个败家子，给我放下，这是我留着给你哥娶嫂子的。"

"兄长不是还没议亲吗？等他议亲了，我连本带利还给他。"温殊色转身便去屋里找了一块包袱，把枕头翻过来，拿了旁边的剪子，一剪子破开，里面全都是一张张崭新的银票，且还不是凤城的，而是京都钱庄的票子。

温殊色一愣，抬头看着跟前脸色发白的老头子，忍不住呼了一声："老狐狸。"他何时去的京都？

"你给我放下。"温二爷着急上前，"你别以为我不知道你偷偷藏了钱。你骗得了别人，还能骗过你父亲，你先给我说，你那些钱都去哪儿了。"

凤城的粮食能有多少，她就是把所有的粮食全买下来，能败光温、谢两座金山？至于什么哄抬起来的价格，自己的女儿自己还能不清楚？虽说是败家了点，但又不傻，还能把粮食当黄金来囤？

庆州天灾，凤城并没受影响，洛安虽打仗，尚还有东州和朝廷的粮仓，缺粮的局面超不过两个月。等再过几个月，凤城秋收，朝廷再开粮仓，她手里的那一堆粮食便会沦为陈米陈面，谁还会买？到最后只会烂在臭水沟内，一文不值。

那日听她说完，温二爷起初如同当头一棒，脑子砸晕了方向，一时没反应过来，后来再一想，越想越不对。

她自小便不是个不留后路的人。当年温家穷困，一顿饭仅有小半碗，本就吃不饱，她却还能剩下一口，偷偷捏成饭团藏起来，以备不时之需。如今日子好了，一家人好不容易不用再饿肚子，她能舍得把家产全赌进去？绝对不可能。

他明白过来，便猜着她那一通操作，应该是故意买空，借机把温家和谢家的钱财挪了个地儿。

为何如此，他心头大概也有了猜测。

温老夫人做事一向沉稳，突然在温大娘子出嫁当夜换人，其中原委，他同府上的人打听过，是因温大娘子不满意嫁妆。

年前回来的那一趟，知道温大娘子的婚期将至，他便留了银钱让母亲去置办了一副嫁妆，统共六十四抬。一般人家嫁女为半抬嫁妆，温家到底不同，在凤城也算是有头有脸的门户，又是头一个姑娘出嫁，自然要风风光光。

两副嫁妆，不为过。自己作为叔叔出一副，另外一副由温大娘子的父母来筹备，他平日给大房的银钱，再加上温大爷的俸禄，置办一副绰绰有余，且自己的女儿出嫁，父母出一副嫁妆，名头上也好听。事后，温大夫人却又来找他，说手头上吃紧，凑不出来，要他再备一副。

他不久前刚购买了船只，置办完一副嫁妆后，手头几乎没了余银，但既然温大夫人已经开了口，也不好拒绝。这些年自己和儿子常年在外，全仗着大房看顾温老夫人，出些银钱也是应该。

到了福州，他亲自下到深海，捞了一个多月的鱼虾，勉强凑出了一副，置办好托人捎给了缟仙。家居摆件他都算好了，只多不少，其中一部分现银，给多少合适，让缟仙自己看着办。

温家的日子优渥后，缟仙确实养成了大手大脚的习惯，从不亏待自己。可在大事上一向都很通明，若非逼急了，怎可能拿温大娘子的嫁妆当玩笑。闹成这样，归根结底，都乃大房的贪心所致。

尤其是知道了兄长一家竟然把温老夫人留在府上，都搬去了京都之后，他便也看明白了。

这一趟回来，他本就没打算再去福州，父母在不远游，那便留在凤城，也算没辜负那丫头的一番苦心。是以，第二日他便去了王府，领了员外郎的官职。

但钱在她手上，和在自己手上，完全是两码事。别看她笑起来人畜无害，活像个小太阳悬在头顶，温暖又阳光，可一旦狠起来，对谁都能下得去手。

温淮，还有谢家姑爷，最近过的那是什么日子，他都看在眼里，一分钱掰成两分用。那温淮前儿领了俸禄，路过卖烧鸡的摊位，腿都走不动了，手里的荷包捏了又捏，最后还是咬牙放弃。

一分钱憋死英雄汉，这话一点都不夸张，简直惨不忍睹。自己断然不能走他们的老路，温二爷再次伸手去夺。

温殊色不给他挣扎的机会："父亲怕是还不知道，你女儿已经没了活路。"

温二爷一愣。温殊色长话短说："谢副使今夜得了一道削藩的圣旨，打算趁靖王在外，把他驱出藩地，你女儿前一刻拿刀割了副使夫人的脖子，和你的贤婿一块投靠了靖王，如今已是'贼'人，再不跑路，父亲就等着替我收尸超度吧。"

温二爷听得惊心动魄，连连抽气。他上下把她打量了一番，见人完好无损，还是心有余悸，呼出一声："老天爷，你、你哪儿来的肥胆。"还敢割人脖子了。

"有其父必有其女,父亲下海之时,可曾想过自己要是回不来了怎么办?"温殊色没看他,忙着往包袱里装钱。

"这能相提并论吗?"温二爷已经顾不得什么银钱了,又才反应过来,紧张地问她,"朝廷要削藩?"

靖王手里一没兵权,二没银子,削藩意义何在?

"如今尚且不知,但此事颇为蹊跷。"

温二爷又倒吸了一口凉气:"谁人敢有这等贼胆,假传圣旨,乃死刑之罪,诛九族,谢副使……"他瞪大眼睛看着温殊色,一脸惨白,"你果然是没了活路。"瞬间想到了后路,"这节骨眼上,问姑爷讨一份休书也不知道来不来得及。"

温殊色:"怕是来不及了,你再这般耽搁下去,估计你那位贤婿就要自个儿一人逃了。"

"他、他逃去哪儿?"

"京都。"枕头里的银钱一张不剩,她全放进了包袱,去收拾自己的衣物断然是赶不上了,转身去温二爷的橱柜里拿出几套衫袍,一股脑儿地塞了进去,满满一包袱,紧紧地打了个死结,收拾完才回头看向一脸完全不知所云的温二爷道,"我这就去追他,父亲保重,在家好好吃饭,照顾好祖母。"包袱往肩头一挂,提起裙摆匆匆出去,继续去钻狗洞。

"你等会儿……"温二爷赶紧追出去,"还、还有……"

温殊色人都已经蹲下去了,无奈地回头:"还有什么,父亲你赶紧说完,你多耽搁一刻,你女儿的性命便要危险一分。"

温二爷立马道:"京都还有一家酒楼。"他把福州的船都卖了,以后再也不去了,"名叫觅仙楼。"这便是他刚回来,打算要同她说的好消息。

温大爷在京都做官,两边不能兼顾,一家人迟早要去京都,这趟回来前,温二爷便先去京都盘下了一家酒楼,打算以后在京都谋生。

谁知道,会发生变故。

京都的觅仙楼,上回温殊色倒是听温家的大公子说过……果然不简单,温殊色点头:"知道了,父亲放心,我一定会努力活下来。"

路上需要的人和包袱,周夫人已经收拾好了,时辰不等人,得趁夜出城。同谢劭交代了几句,周夫人亲自把人送到了地道口,嘱咐道:"谢公子一路小心,王爷那……"顿了顿,"就让他多保重,活了大半辈子,上过的战场不下百场,没死在战场上,死在了阴沟里,岂不辱了他一世英名。"

"夫人放心。"

周邝与谢劭一同进了地道,因自己不能相陪,颇为沮丧和遗憾:"此番谢兄定要当心，君子易处小人难防。父王虽有一身本事，但性格老实憨厚，有识人不清的毛病，谢兄在他身旁，定要多加提醒，不可轻易相信他人，当心背后暗箭。"恨不得自己也跟上，"只恨我不能亲手惩治奸人。"

"守城也没那么容易，王爷一旦面见了陛下，对方必然会狗急跳墙，多备一些火油，提防攻城。"

周邝神色肃然，点头："谢兄放心，我知道。"

一路聊到地道出口，周邝突然看着谢劭道："若陛下真要削藩，谢兄就走吧，我保证就算是死，也会护嫂子周全。"

往日他和谢兄，还有崔哗和裴卿，四人横行凤城，是何等的潇洒。

短短两个月，先是谢兄破产，如今又轮到了他王府，曾经几人一道饮酒作赋、策马奔腾的恣意日子，突然之间，再也不复返，心中免不得一阵惆怅。

难得在他脸上看到了几分沉静，谢劭伸手，重重地拍了一下他胳膊："拜托了，好好保重。"

时辰紧迫，推开茶坊房门，谢劭朝着门前的马车走去。

周邝这才想起了嫂子交代的话，忙往一边路口瞧了一眼，没人。正要收回视线，余光突然瞥见一道人影冲出了拐角。再回头，便见一位小娘子一手扶着肩上的包袱，一手提着裙摆，风一般的速度，朝着这边奔跑而来。衣裙被风紧裹，发丝也被吹在了脑后。

周邝还是头一回见一位小娘子跑成这样，那速度丝毫不亚于平常男子，没反应过来，人已经到了身边。

小娘子似乎并没有看到他，视线只盯着前面的马车，到了马车旁，包袱往车上一甩，手脚并用爬了上去。动作之迅速、之麻利，连周邝都看愣了眼，迟钝地回过神来。

嫂子？

她不是说温淮来吗？

马车里的谢劭也是一脸目瞪口呆，看着突然推门进来的小娘子，愣是忘了反应。温殊色扫了他一眼，气喘吁吁，一屁股坐在他旁边，不待他出声，便伸手先止住了他："我、我也要奉劝一句郎君，别、别再浪费口舌了，无论你说什么，我也要、也要跟着你，一道去。"

合着回去一趟，只为收拾东西，来这儿堵他呢，谢劭额角直跳。

温殊色换了一口长气，转头看着他，一口气道："郎君不必感到为难，是我离不开郎君，非要和郎君一块儿去。郎君就想着，横竖这小娘子是个不怕死的，危难之时，还能有这般娇娇俏俏的娘子陪在身边，是多少人都羡慕不来的福气，即便有朝一日得道升天，人世间这一遭也不算白来，还有何可为难的呢。"

对面郎君的一双眼睛，落在她身上，宁静无波澜，丝毫没有为她这番肺腑之言所折服。

郎君不发话，马车也迟迟不动。

温殊色再次顺了顺气息，把包袱放在膝盖上，语重心长地替他分析道："郎君觉得我待在凤城就安全了吗？谢大夫人一向以贵妇自居，平日里走到哪儿不是一身光鲜，不知羡煞了凤城多少妇人，今夜却被咱们轮流拿刀抵脖子这般侮辱。郎君不懂女人心，但身为女郎，我颇为清楚，女人一旦记上了仇，别说什么家国大事，规矩体面，急起来统统都不会在意，连命都能不要，很不得把对方生吞活剥了。"小娘子凑上前，紧张又神秘地道，"万一她有了勇气抹脖子，让谢副使替她报仇，我不是完了吗？"

说完，温殊色一仰头："所以，郎君一走，我一点都不安全。"

"至于郎君要我回温家，就更不靠谱了，谢副使知道我人在温家，正好，治温家一个藏匿叛贼的罪名，借机把温家也一并端了。

"既然在哪里，我都会被人追杀，还不如同郎君一道，离开凤城，是生是死，尚且还能自己掌握。"

要待在凤城，那才是真正地等死呢。横竖她不会走了，无论郎君说什么，她都不会改变主意，为了摆出自己心意已决的态度，她伸出手，不顾他是什么反应，一把拽住了他的衣袖。

她一副死也不松手的姿态，彻底让身旁的郎君没了言语，侧头盯着她。

她手下的动作攥得更紧了，腰杆子倒是挺得笔直，目光直视前方，神色坚定无比。时辰不早了，不能再耽搁，谢劭转过头，终于同车夫道："出发。"

到前面再把她扔下去。

谁知车毂轮子一动，小娘子立马换了一张脸，轻松愉悦，赞赏地看向郎君："这就对了嘛。"

很久没这般跑过，她胸口跳得厉害，一双腿也酸，这才拿着巴掌拍拍胸口，又弯身捶捶腿，再整理好衣裙，扶扶凌乱的发髻，问他："郎君，咱们是从哪里出城？"

没听到回答，她诧异地偏过头，便碰上了郎君探究的目光，双眸深邃，似是要把她看个对穿，突然让她有种芒刺在背的紧张。

她下意识捏了一下怀里的包袱，笑笑道："郎君这般瞧着我作甚……"

结果，谢劭道："想看看你脑子里还藏了什么招数。"

诚然他说这话，只是意外于她从一开始就算计好了，先来软的，不行就霸王硬上弓？

温殊色闻言，心头却大骇，心底藏的招数，那是断然不能同郎君分享的，可如今自己的神色，明显没隐藏好，不说点语出惊人的东西，怕是搪塞不了跟前的郎君。她落在郎君脸上的眼波一流转，突然低下头，细声道："被郎君看出来了？"

她这番羞答答的模样，确实让谢劭惊了惊。

看出什么了？没等他问，小娘子便道："说出来也不怕郎君得意，我与明家二公子再无可能，自那日我与郎君说过要同甘共苦后，已全心全意地对待郎君了。"又惆怅道，"但老天爷不开眼，没来得及等我同郎君花前月下呢，便降下一桩灭顶的灾难。可怜我同郎君才成亲几个月，孩子都没留下一个，郎君这一去要是有个三长两短，我岂不成了寡妇？"一双澄莹的眸子盯着郎君，神色紧张了起来，"惠民河畔张家的那位寡妇，郎君应该听说过吧，时常有不安好心之人上门。"语气突然带了质问，"我担心自己的郎君，想要和他在一起，不想当寡妇，被人欺负，哪里错了……"

她一席话，从起初的羞涩，到害怕，再到最后的理直气壮，说得跌宕起伏，谢劭也听得惊心动魄。

一句话里，对他脑子冲击最大的，当数那句孩子都没留下一个了。

两人前一刻才刚牵了手，勉强抱了抱，能有什么孩子。可她这话的威力实在是太大，他心绪已然全乱，甚至涌出了一股身为人夫、为人父的责任来。

张寡妇，他听说过……留下她，确实不太妥当。带在身边应该也无妨，且小娘子头脑聪明、四肢发达，并非那等哭哭啼啼的女郎，不用他过于操心。说不定反过来，她还真能帮到他呢。

先前的坚持，破了一个口后，很快土崩瓦解，他思忖一阵，终是松了口："也没说你不能去……"

小娘子一脸认真，等着他往下说。

"罢了。"人都已经上来了，还能把她赶下去不成？他沉思片刻，开始同她嘱咐，"此番前去的危险你当知道，遇到任何情况，切记，保命要紧……"

谢副使今夜堵住的是王府正道对着的前城门，除此之外，在左侧牛市，和右侧护城河引流的位置，还各有一道城门，均被谢副使派重兵把守。

硬碰硬是固然出不去。

谢劭也没想过从那儿出去，走了与京都相反的方向，通往熙州的后城门。正好声东击西，打算先出城门，再走水路，到凤城之外的灵江，与王爷会合。

凤城两面环山，一面环水，正面朝着京都。

凤城的贸易发达，靖王对人流的管控并不严苛，无论是从熙州过来的人想去京都，还是从京都过来的人想去熙州，都是直接穿过凤城，很少有人去走旁边的山脉，费时不说，还陡峭。

余下的水路，谢副使必然也派了人手。

此时靖王的人马刚到前城门，谢副使担心他攻城，把所有的兵力都调了过去。又是守城，又是围堵王府，人手已严重不足，后方的城门口只剩下了两个侍卫在把守。

从茶坊出来，马车行驶大半个时辰，下半夜才到后城门，到时，两个侍卫正立在城门前议论城中之事。

"当年王爷陪同陛下四处征战，从北一路攻入京都，把文昌帝赶下了皇位，自己坐上去，如今这才过了几年太平日子，说削藩就削藩，所以啊，伴君如伴虎，到底还是养子。"

"你懂什么，可知何为养虎为患……"

声音被马车的动静打断，两人齐齐朝这边瞧了一眼，见是一辆寻常的马车，并没在意，一人扯着嗓子道："今夜封城，没听说吗？"

马车并没有停下来，车夫客气地道："主子刚收到消息，家中突然生变，急着出城，还请官差行个方便。"

见马车还在往这边冲，侍卫不耐烦了："行什么方便，方便你家主子去阎王爷那儿报到。我劝你们一句，从哪儿来回哪儿去，老实在城里待着，别在这节骨眼上节外生枝。为了赶这一夜，把个人儿的命搭进去，可不值当。"说着往前，去堵马车。

车夫目光一冷。突然，左侧传出一道马匹疾驰声，侍卫的脚步一顿，回头还没看清是谁，便听马背上的人道："副使有令，所有人去前城门支援。"

这回两个侍卫都认了出来——是裴卿，凤城的巡检头儿，说的话必然可信。

侍卫不由得一怔，这是打起来了吗？先前两人便一直举棋不定，要是打起来，自己到底该站哪一边，是听圣旨削藩，拿刀对准昔日的藩主，还是誓死效忠藩主，抵抗朝廷。

无论哪种，都落不到好。原本还庆幸自己被安排到了这儿，不用做出选择，如今一听，还是没能躲过。他们哪里还顾得上什么马车，一面往前门赶，一面绞尽脑汁地想着法子。

后城门彻底没了人，裴卿翻身下马，上前把城门大大敞开，冲身后的马车一挥手："谢兄请吧。"

谢劭早已掀开了车帘，打量了裴卿好一阵，见人都寻到了这儿来，也没必要再多问。

马车出了城门，裴卿回头去牵马。

今夜接到谢副使关城门的消息后，裴卿便知道大事不好，急急忙忙赶去王府，正好瞧见谢副使的兵马将王府围困住。

事出何因，军中早已传开，皇上要削藩。消息太突然，他料到不会如此简单，又听说谢家的三公子和三少奶奶挟持谢大夫人投靠了靖王，心头的疑虑更重。身边有个诡计多端的父亲，比起周邝，他更清楚暗地里的钩心斗角。

上回裴元丘几度找上谢兄，有意在拉拢，最后谢兄没给裴元丘这个面子，回到京都，必然会对谢家出手。只是没想到，他如此胆大包天，还敢捏造圣旨。

横竖也没有后，裴卿倒不怕断后。重新翻上马背，裴卿走到谢劭的窗侧："我猜到谢兄会走这条路，还好赶上了。"

以如今的局势，谢家要想自保，只能上京都去面见皇上。一起吃喝玩乐了这么些年，几人之间多少还是有些默契，知道以谢兄的稳沉，前路不通，必然不会硬闯，多半会走后门。

果不其然，赌对了。

谢劭仰头扫了一眼他咧开的两排白牙，见他这番架势，马匹上都拴好了包袱，不太确定他的目的，出声问道："你去哪儿？"

"那老头子派了奸人回来，偷走了我母亲的灵牌，都做到这个份上了，我要不去京都看看，岂不是白费了他一番苦心。"队伍往前，裴卿打马走在前面，回头继续同谢劭道，"正好与谢兄顺路，路上相伴，谢兄也不至于一人寂寞。"

谢劭回头看了一眼马车内一声不吭的小娘子，默默放下了车帘。

裴卿要上京都，他拦不住，也没有相拦的理由。

马车内还有小娘子在，倒不需要人来相陪。偏生裴卿格外热情，待上了官道，马匹又与他并行，同他聊了起来："自裴元丘的人回来后，谢兄日日都在盯着，谢兄今夜到底是如何得知谢副使拿了圣旨要削藩？竟然能有如此快的反应，绑了谢大夫人，还送去了王府。"

谢劭没答。马车内的小娘子倒是一脸自豪，如何得知，听墙根听来得呗，她从小到大，似乎很有这方面的天赋。

有时候不想听墙根，那墙根都能送到她耳边。

没听到谢劭回答，那厢裴卿又道："只是为难了谢兄，前几日才刚搬回东屋与嫂子同住，事还没成，如今又要被迫分开。"

人在逃命的时候，往往喜欢苦中作乐，以此来减轻心头的紧张，全然不知马车内的郎君已因他这话不觉绷紧了脊梁，裴卿夹了一下马肚挨到窗前，低声问道："话说，谢兄，你牵到嫂子的手了吗？"

话音一落，便听到里头的人一声咳嗽。

裴卿并没在意，继续道："嫂子毕竟不同于寻常小娘子，周邝当初被她放狗咬，还曾放过豪言，非要扒了她未来夫君的一层皮，我还道是哪个倒霉蛋呢，谁知竟然是自家人,这不就是缘分嘛。放眼整个凤城,恐怕也就谢兄有本事能娶到嫂子了。俗话说好事多磨,谢兄倒也不用着急,要能活着回来,别说牵手了,抱一抱,亲上一亲,都不成问题。"但也有意外,不过没关系,"嫂子要是还不乐意,谢兄便去质问温员外,他温家到底是何意,小娘子娶进了门,哪有手都不给牵的道理。"

谢劭呆住。

怪只怪自己上回没沉住气,被裴卿一问:"谢兄还住在西厢房?"

他出于挽回自己的尊严,也或许是真有几分显摆的心,总之脑袋发热,同裴卿说了一句:"什么西厢房,我早搬进了东屋。"

裴卿一脸意外,无不敬佩:"这么说,谢兄和嫂子的好事成了?可牵上手了?"

男人单纯起来,实则与三岁孩童没什么区别,觉得他也太看不起自己了:"不就是牵个手吗?"说完却发现,自己那日乘人不备的偷袭,实在算不上牵了手。又道,"我明儿便去牵,她还能拒绝我不成。"

谁知道却被裴卿记在心里,还选在这个时候说出来,突如其来的尴尬几乎让他下不来台。

他余光匆匆瞟了一眼小娘子,小娘子倒是一派安静,一时摸不清她是真冷静,还是在强装镇定,转头再次对着窗外那位完全没长眼色的郎君猛咳了几声。

裴卿终于察觉了出来,顿了顿,疑惑地问:"谢兄这嗓子是染了风寒?"

这时候便显出了周邝和崔咩的过人之处,论反应,四个人之中,就他裴卿最为迟钝。

温殊色实在忍不住,担心旁边郎君的喉咙咳出个好歹来,出声替他回答:"郎君的意思是,让裴公子闭嘴。"

夜色突然安静下来,只剩下了耳边转动的车毂轮子声和嘚嘚马蹄声。

小娘子的嗓音犹如一道晴天霹雳落在头顶,裴卿人还在马背上,神志已经没了,脸因紧张瞬间烧了起来,整个人目瞪口呆。

过了好一阵,裴卿才一扬马鞭,远远地走在了队伍最前面,一个晚上,再也没回头去看那辆马车一眼。

天际慢慢地翻起鱼肚,日头初升,破开的朝霞染红了大片山头,一行人继续往前,日禺时才到码头。走水路,须得抛车弃马。裴卿刚把马匹上的包袱取下,余光便瞥见后方马车上下来了两人。躲了一个晚上,迟早还是得面对,待人到了跟前,裴卿才转过身,硬着头皮对小娘子打招呼:"嫂子。"

温殊色后半夜实在太困,睡了一觉,睡之前记得是自己抱着包袱偏向的车窗一侧，醒来却躺在了郎君的怀里，一边脸侧这会子还留有几道被袍子压出来的细细褶痕，一笑起来，显得格外温柔和善："裴公子。"

看样子似是有意要把昨儿夜里的一席话抛在了脑后。

裴卿求之不得，一口气还没松下来，突然见她往边上一移，伸手牵住了她身旁的郎君，还不忘对他礼貌一笑，颇有要向他澄清的意思。

裴卿一呆，昨夜的尴尬再次冒了出来，突然之间无地自容，求救地扫了一眼自己的兄弟。

却见对面的人一只手被小娘子牵住，另一只手负于身后，抬头挺胸，目光淡然含笑，看似平静无波，实则别提有多神气，丝毫没有要出面替他化解的意思。

这就是多嘴的下场。裴卿恨不得打个地洞钻进去，也顾不得再礼让二人，转身先一步跨上船头，一溜烟地钻进船舱。

温殊色倒也并非记仇之人，此举只是想告诉他，手已经牵了，就不劳烦他再去质问温员外。

得益的只有谢劭。小娘子的手还抓着他，细嫩的手指绕上来又柔又软，与他前几次主动牵她的感觉不同，愉悦之余，多了一丝春风得意，甚至对小娘子昨儿后半夜的不满，都退了几分。

马车出城后，他见小娘子抱着包袱睡了过去，为了养精蓄锐，自己也眯了一会儿眼，迷迷糊糊之际，一侧大腿突然被人踢了一脚，力气还不小。他忍痛睁开眼，便见旁边的小娘子睡得极不安稳，头朝着另一侧，企图把自己放平，双脚正努力扫清着障碍物，大有要把他踹下去的架势。

今夜出来，怕引人注目，周夫人准备的是一辆用于采办的马车，并不宽敞。

她要躺平了，就彻底没他谢劭的位子。断然不能这般被她再蹬下去，他起身咬牙将她的大头掉了一个方向，让她的头枕在自己怀里，脚对着马车壁。

总算消停了下来，可怀里抱着个如花似玉的小娘子，自己却有些睡不着了，睁眼到天亮。

谁知小娘子醒来，不问自己是怎么到他怀里的，也不感激他，一把将他推开，只顾着去捡落在地上的包袱，头也不回地跳下了马车。

忘恩负义，多少有点不知好歹，一路过来，谢劭脸上也没什么好神色。倒也意外，她不仅没追究昨夜那一席话的根源，还能当着自己兄弟的面主动来牵他，给足了他面子。

相较之下，他心头的那丝不满，实在算不得什么，甚至怕她跟不上，脚步放慢，尽量让她牵得毫不费力，本想在登船之时回握，扶她一把，小娘子却没给他这个机会。裴卿一走，她立马松开他，提着裙摆一脚跨过去，根本不用人搀扶，利落地上了船。

除了昨夜踢了他几脚，没让他睡个好觉，旁的她确实没让他操心。

谢劭紧跟而上。

比起凤城，此处更邻近西夏，客船和货船都很多，为了掩盖耳目，几人没有单独租船，搭上了一搜去扬州方向的货船。

队伍中留下一人处理马车和马匹，其余全上了船。

走水路最迟一个时辰便能到达灵江，不过将就坐一段，也没有独立的船舱，众人挤在一块儿，裴卿尽管想逃到天边去，还是免不得要面对两人，好在温殊色再也没有为难他，安静地坐在一旁，看着窗外的滔滔江水。

货船沿路停靠了两回，日昳末，方才到凤城外的灵江，船只一靠岸，谢劭立刻派人去城门口与王爷报信。

靖王此时已经被谢副使拦在城门外十几个时辰，完全不明白发生了何事。身边的家臣颇为恼火，破口大骂："谢道远这个畜生，本事半点没有，野心倒不小。若非王爷抬举，他这辈子能手掌兵权？如今竟敢把枪头对准自己的主子了，他哪里来的底气。"

靖王比家臣要平静，只想知道到底发生了何事，几次让人喊话，让谢道远出来，自己亲自问问他。

谢副使一直不肯露面，到了天亮，还没见朝廷的兵马前来，心头不免打起了鼓，掛酌一二，最终才走上了城门，同底下的靖王道："王爷远道而归，属下理应远迎，如今之举，实属被逼无奈，痛心疾首……"

家臣魏先生着实看不惯他这副嘴脸，当下"呸"一声，仰头便骂："反贼竖子，都做到了这份上，何必再惺惺作态。"

谢副使最憎恨的便是此人，因他自来就看不起自己，此时听完，谢副使不怒反笑："王爷能走到今日，魏先生倒是功不可没。"

这一句话更是让人摸不着头脑。

谢副使没再卖关子，同靖王道："王爷时常警示手下将士，要忠君忠主，忠孝朝廷，岂知自己却没能挺过这一关，听信小人谗言，私造兵器，起了谋反之心，企图与朝廷对抗，属下深感遗憾和心痛。今日念在王爷曾经对属下有过知遇之恩，好心奉劝王爷，陛下已下达圣旨，削夺王爵，还望王爷回头是岸，不要再做反抗，早日交兵投降。"

靖王这回听明白了，比起骇然，更多的是意外。自己刚从京都回来，亲耳听了皇上的传话，言语之间同往常一样，句句信赖，甚至还托自己给靖王妃带了她喜欢的新茶。

怎可能前脚刚走，后脚便派人削藩。他心头疑云重重，可除此之外，也找不出更能解释谢道远为何把自己关在城外的理由。

谢道远是自己当年一手提拔起来的人，秉性如何，他比谁都清楚。虽说此人并无多大本事，且喜欢贪图小利，但还没有胆子敢私自谋反。他很快猜到了应该是出自东州那位的阴谋，再细细一想其中的用意，当下背心一凉，仰头便对谢道远怒骂道："这么多年，你当真是一点长进都没，粪土之墙不可杇也，猪脑子都比你强。"

别看靖王常年在外征战，长相并非五大三粗之人，反而看上去有文人墨士的儒雅。面由心生，性格也很沉稳，治下虽很严厉，但很少这般骂过人，如今这般当着众军的面，怒斥谢道远，可见是当真动了气。

谢道远被他一骂，立在城门上，也有些愣怔。

靖王再也没看他一眼，也不进城了，愤袖转身，带着魏先生和自己的人马，撤出城门，转身往回赶。半路上碰到了谢劭派来的人马，得知谢家三公子已经出来了，他总算松了一口气，转身同身边的亲信道："立刻去扬州，务必保证谢仆射的安危。"

"是。"

凤城乱成了一团，京都此时也发生了一件大事。

早朝之后，皇上把太子叫到了御书房，将手中一份文书扔到了他身上，突然大怒，质问道："你同朕好好解释，洛安的战事到底是如何引起的。"

这些年大鄢与辽国虽摩擦不断，但因两国利益密切相连，从未真正大动干戈，太子这回竟有本事，凭一己之人挑起了战事。

因事先毫无预兆，太子脸色不由得一慌，跪下惶恐地道："父王息怒。此战乃辽军想霸占我真定背后的一处山脉，儿臣屡次派人前去警告，辽军不仅毫无收敛，还放出狂言，有朝一日，势必要吞灭我大鄢。"这等战场上的狂言，谁没说过？什么将对方夷为平地，五马分尸，杀光全族，甚至还要掠夺其妻女。大多都是为了激怒对方，让对方失去分寸。

可太子却这么做了。

皇上冷嗤一声，指了一下他跟前的文书："你自己好好看看。"

太子慌慌张张地捡起文书。是辽国一名将士写给大鄢皇上的诉讼文书，文书上句句滴血，指控大鄢太子，强占了大辽将士萧氏之女。

太子越看脸色越白，还没瞧完，额头便猛地磕在地上："父王明鉴，儿臣几个月前确实得了一女，乃府中幕僚所献，儿臣并不知此女身份。"

皇上冷笑："是吗？她是没长嘴巴，还是你把人家嘴巴堵了不让她说？"

太子实在没想到辽国将军的文书，竟然还能跨过自己的东州，递到皇上的手上，一时没有准备，无言以对。

皇上便也明白了，满眼失望，有气无力地道："既然人已经在你府上，明日派人前去辽国，同萧家议亲，光明正大地给人家一个名分，朕看，良娣就挺好。"

他堂堂太子，要联姻也是大辽的公主，那萧将军不过一个四品副将，有何资格做自己的亲家。

原本掠了对方女儿来，本就存了侮辱之心，无论是良娣，还是妾，只要给了名分，便是自己打自己的脸，让别人看了他大鄴太子的笑话。太子心头极不痛快，但事情已经捅到了皇上这儿，再不愿意，也只能接受。

这头太子还没走出御书房呢，杨将军突然又来到了门外，不待通传，"扑通"一声跪在御书房门外，掷地有声地道："臣今日斗胆，前来同陛下替我大鄴万千将士讨一个公道。"

当初皇上周渊北伐南下，身边跟着的人除了自己的养子靖王，便是这位杨将军了。周渊能夺天下，杨将军也立下了不小的汗马功劳，登基之后，也没亏待他，立即封他为镇国大将军。近几年大鄴逐渐太平，已经很久没见他如此激动过，周渊立马把人请了进来。

杨将军本就是个暴脾气，如今得知洛安缺粮的真相后，不顾太子在场，当着他的面，把太子的人是如何不顾将士们的死活，扣押粮草的经过，件件不漏详细地禀明了皇上，因自己的亲外孙也是其中的受害者之一，难免带了个人情绪，甚至有些添油加醋。

太子听了一半，脸色便不对了，想出声阻止，奈何杨将军作战多年，嗓门已经练出来了，一声盖过去，太子几回插嘴，都没能成功。

洛安的将军去凤城借粮的事，皇上已经听太子禀报过。太子的说辞是没料到洛安会当真起战事，手里的粮食都拿去安置了庆州流民，言语之间，还对靖王能借粮一事，颇为感激。

洛安是他太子的地盘，皇上从未怀疑过。

如今听完杨将军的话，方才知道并非是因为洛安没有粮草，而是太子的人押着故意不发。

洛安的将士走投无路了，四处去求粮，最后才在中州凤城靖王的手上求到的支援。

皇上一阵惊愕，简直不敢相信，盯着跟前这位唯一的嫡长子，盛怒过后，眼里满满都是失望。

他为了逞一时之快，沉不住气，捉了萧家之女，激化战事不说，还扣押为他卖命的将士的粮草，他到底想要干什么？

堂堂一国太子，大鄴的储君，若是如此德行，堪何重用。

太子怎么也没料到杨志敬竟然敢如此与他作对。察觉到皇上动了真怒，太子跪地请罪道:"父皇放心,儿臣立刻回东州,彻查此事,定会给父皇,给将士们一个交代。"

皇上没理会太子,颓败地坐在龙椅上,闭了闭眼,面上带着疲惫之色:"这些年朕自问对你的教导,并无半点疏忽。"

太子一听,心头猛往下沉,忙呼了一声:"父皇!"

皇上充耳未闻,呆滞片刻,突然喃声道:"同样的教法,怎会有如此天壤之别。"

太子脸色顿时大变。

"你的两位兄长,福气太浅,一早离世,朕跟前就你这么一个儿子,朕给予了你厚望,盼你能成才,可你呢,太让朕失望。"

太子跪地前行:"父皇……"

皇上看也没看他:"回去吧,回你东州的府邸去,好好反思,没有朕的允许,不许踏进京都半步。"

太子虽有封地,但因储君的身份,一直被皇上留在了京都,放在宫中亲自培养教导。如今突然要将人赶回封地,一夜之间,朝中沸腾了起来,对皇上此举各种猜测不断,众说纷纭。

多数人倒也不担心,皇上统共三个儿子,大儿子和二儿子早年在作战之时相继离世,开国后迎娶了皇后元氏,才有了如今的太子。

倒还有一个儿子,靖王。一个养子,如何能同亲儿子比?不过是气急了给他点教训,等过些日子,还是会召回京都。

太子却不这般想,当日从御书房出来,便找到了皇后,气急败坏:"试问谁还有那个本事,把辽军的信件送到父王手上,不就是他靖王吗?上回父王口口声声说,藩王不得入京都,让靖王有事呈折子便是,私下里到底还是让人去见了,如此,倒是让人越发怀疑那传闻。"

上回的兵器库一事,虽说没有成,但让他看清了父皇对那位养子的态度。

比起自己的那两位叔叔,靖王才是他真正的绊脚石。

父皇虽说封了他为太子,却又立了三位藩王。

中州的封地给了靖王,封他为中州节度使。不仅地盘比他东州大,且凤城、庆州等地,紧挨着东州,等同于困住了自己西北一侧,阻断了他往西扩张的机会。

而东路和北路又被两位叔叔堵住。南边是皇宫。

他一人困在中间,父皇这哪是要把皇位传给他,分明是想压制他,是以,他只能想办法靠自己的手段杀出重围。先削藩河西河北,解决了堵在自己头顶的两位叔叔,见父皇并没意见,他心头本还高兴,以为父皇这一番布局,是故意在考验自己，兴冲冲地把矛头对准了旁边的靖王，却处处碰壁。

父皇当着众臣的面屡次三番地护着靖王，有人早就在私底下相传，父皇是在养虎为患，将来这大鄞，恐怕要落在养子手里了。

原本觉得荒谬，如今一看，极有可能。毕竟那养子并非真正的外人，而是周家的亲外甥。一路过来，太子背心里夹了一层汗，也不知道是热出来的，还是气出来的，到了自己母亲这儿，方才得以发泄情绪。他猛往喉咙里灌了一杯茶水，搁下茶杯后，怒火稍微平息了一些，面色却没好到哪儿去，满目不甘："父皇要将儿臣赶回东州藩地。"

元皇后听到这惊天的消息，脸色一变，立马从凤椅上站了起来，急急忙忙赶去御书房求情，但皇上已经铁了心，没等她说几句便把人轰了出去。

眼看没了回旋的余地，元皇后只能让人匆匆把右相召进宫来商议对策。

见到右相，太子有些恼火，怨他先前出的那几个计谋没一个管用："前不久靖王果然到了洛安，萧副将的文书不是他给的父王，还能是谁？文书刚到父皇手里，杨志敬又跪在御书房外，控诉孤扣押粮草，孤这是在自己的地盘内，被人暗算，不知道的，以为孤身边没人了呢。"靖王何时到的洛安，又是如何同辽军见的面，竟然没有人同他报信。

上回兵器库之事，杨志敬当着朝廷的面，给他难堪，他一直记在心里。正好他那亲外孙在自己手上，负责监管粮草，是以放了个风口，故意扣下粮草，想治其一个监管不力的罪名，最好把杨家的人也牵连上，好出一口恶气。

谁知道杨家那位亲外孙，竟能跑去凤城求粮，还被杨志敬查出来，证据都送到了父皇。

自己的一番计谋一个没成，先被别人打了个措手不及。

元相这些年借助自己的地位，拉拢了不少人脉，按理说该手眼通天了，谁知关键时刻没起到任何作用，还被一个藩地的王爷逼出了宫。

初时听到太子被贬回东州的消息时，元相也很紧张，但很快镇定了下来。

洛安的战事一起，他便料到了会有今日，也做好了对策，只是还没等到自己那头的消息传来，火先烧到了太子身上。

听得出来太子的一番话，是在讽刺他，深知自己这位外甥太子的脾气，吃软不吃硬，元相忙赔礼道："是臣失误，殿下息怒。"

事情已经到了这个地步，怨谁也没用。

太子又问他："人都去凤城多久了，还没消息吗？"问的便是元相那份让人去凤城削藩的假圣旨。他赞同先下手为强，成王败寇，从不论手段，人要是死了，父皇即便是怪罪下来，还能把他如何？

想起皇上居然暗里把谢家留给了靖王，太子心头又是一阵生寒，吩咐道：

"这回务必要将谢家斩草除根，以绝后患。"

元相点头，还没来得及细说，内务的太监上门来催人了，元相只好长话短说："殿下放心，自会万无一失，殿下此时回一趟东州也好。"

凤城的事情一发，靖王必然会上京都面见皇上。

太子只想到自己被困在其中，却没想过，外有三个藩王替他挡在了边界，任何人到京都，都得经过他的东州。

靖王一旦走出他中州的封地，便是图谋不轨，太子有理由将其处死。

终究还是不放心太子，元相回去后便找来了裴元丘："你亲自去一趟东州，要是碰上靖王和谢家人，格杀勿论。"

太子一走，元皇后也坐不住了。换作之前，她没什么好惧怕，和朝中众多大臣的想法一样，皇上身边就这么一个亲生儿子，又是当朝太子，将来的皇位不传给他，还能传给谁。

可上回削藩河西之时，康王突然说了一句话："娘娘以为，陛下当真就只有太子一个儿子？"

皇上有多少子嗣，全天下的人都知道。

早年原配夫人生下来的两个儿子，一个死于天花，一个死于战场，皇上登基之时，膝下并无子嗣。后来，皇上迎娶她元氏为皇后，才有了自己的龙子，也是至今为止唯一的一位龙子，太子。

这些年杨贵妃倒也为皇上怀了三胎，可惜命薄福浅，诞下来的都是公主，后宫虽进了不少新人，个个肚子都没动静。后宫所有的嫔妃都在自己的眼皮子底下，除了太子，皇上哪儿来的儿子。

想了一圈，最后才想到了靖王。细细一想，皇上同靖王的关系确实不简单，幼年靖王便陪在皇上身边，皇上亲手把他抚养大，不是父子，胜过父子。心下一旦存了疑虑，便无法安心，一次一次地去试探，越试探心越凉。

皇上对那位养子，当真是维护得很，不得不让她心怀戒备，几个月前便派人秘密前去荆州，查了靖王的生母周娘子。手底下的人从一位老妪那儿打听到了情况："那周家的父母去得早，虽说周娘子上头有三个哥哥，但常年在外，一年到头难得回来一次，哪里顾得上她。周娘子遇人不淑，被人骗了身子，肚子显怀的那阵，村子里的人才知道，个个都骂她不知检点。

"起初还只是在背后骂骂，后来见周家无人，越发肆无忌惮，扔石头扔鸡蛋的都有，更有人心怀不轨爬上墙头，周娘子吓得门都不敢出，得亏周家的老大及时赶了回来，把欺负周娘子的人全绑到了村头的树上挂着，村子里的人再也不敢吭一声，周娘子这才过了一段清静日子。周家的老大一直照顾到周娘子生下孩子，满了周岁后，才出了门……"

"家里的几个兄长没去找那负心汉？"

老妪摇头："谁知道呢。"又道，"多半是被村里的哪个二流子欺负了，什么遇人不淑，怕是想保住自己的体面。"

无论是不是遇人不淑，孩子出生，总得有个父亲。只要把靖王的生父揪出来，公布其身份，他便对太子构不成威胁。元皇后又唤来了心腹："你再去荆州打听打听。"

当夜，皇上批完折子后，便坐在灯下，盯着手中一串早已被抚摸得看不出刻印的铜钱。知道他又想起了故人，太监刘昆上前替他续了灯火，劝道："陛下仔细眼睛，早些歇息。"

刘昆原本是周渊身边的奴才，后来周渊登基，本欲赐他官职，被他一口回绝，自己偷偷去净了身，继续留在了周渊身边伺候。

是以，周渊的过去，包括几十年前的事情他都清楚。见周渊又在睹物思人，正好刚得来了消息，刘昆便禀报道："娘娘今日派人去了荆州。"

周渊皱眉："她去荆州作甚？"

刘昆垂目道："前几个月娘娘的人找到过一个老妪，在打听周娘子的事。"

闻言，皇上的眸子一沉："她要打听何事？"

刘昆窥了一眼皇上，话有些烫嘴，顿了顿才鼓起勇气道："听说是要替靖王找出亲生父亲。"

皇上愣住，面色僵了片刻，突然一脸怒容，冷嗤一声："太子为何会走到今日地步，便是拜元氏所赐。"

谢劭一行，傍晚才在灵江与靖王会合。两方人马一会合，谢劭同裴卿齐齐迎上前，行礼道："王爷。"

靖王手一抬，扶起二人："都辛苦了，不必客气。"转而把目光看向谢劭，打量一圈，夸赞道，"三公子能做出此番决断，本王甚是欣慰。"

"家中长辈叛主，属下愧见王爷，还请王爷恕罪。"说完，谢劭便要掀袍跪下。

靖王及时托住他的胳膊："不过是心智不坚，中了贼人的奸计罢了，与你三公子无关。"匆匆问，"城内什么情况……"

几人在前面说话，温殊色立在队伍最后，安静地等着。

之前她见过靖王，今日一瞧，举手投足都带着一股正气，怎么也不像个谋逆的，越发坚定那圣旨之假。

面由心生，相比之下，谢副使一看就是个反贼。再瞧瞧立在靖王身旁的郎君，身板子笔挺如松，个头比靖王还要高出几分，微微俯身同王爷说着话，眉眼间的正气并没输分毫。也不知道这人最近怎么了，突然绽放起了自己的光彩，越看越好看了。

正看得仔细，几人突然回头瞧了过来。靖王的目光也落在了她身上。

温殊色一愣，忙收回视线，垂目远远对他行了一礼。

上回靖王离开凤城时，知道温、谢两家结了亲，但听说的是大公子和大娘子。后来在路上，他才从凤城来的探子口中得知，成亲的是温家二娘子和谢家三公子。

靖王当时还愣了愣，替谢仆射和二夫人惋惜，没能见证自己儿子的婚宴。温二娘子他没见过，今日是头一回，倒是个长得周正好看的小娘子，与谢三公子配得上。走到她跟前，他温和地打了一声招呼："温娘子路上辛苦了。"

温殊色又对他福了一礼："王爷。"生怕他觉得自己碍事，把她赶回凤城，摇头道，"民女一点都不辛苦。"

新婚宴尔，小两口确实难以分离，靖王理解，笑了笑："上车吧。"

队伍没有耽搁，即刻出发赶往京都。温殊色上了靖王的队伍的一辆马车，谢劭、裴卿和靖王则骑马走在前方。

虽说谢副使关了凤城的城门，但此处还在中州，尚且安全。

温殊色一人坐在马车内，时不时掀开帘子，瞧一眼前头马背上的郎君。长这么大，她还从未离开过凤城，唯一一次，便是几个月前去了一趟郊外的庄子，却没有走到这么远。

马车沿途经过了几个村镇，所见到的灾民寥寥无几。

前段日子，谢姨娘顾氏把余下的银钱还给她时，便同她说过："这一轮灾情，总算是熬了过去，表姐托奴感谢三少奶奶雪中送炭，她和姐夫去了东州，虽没什么本事，但人缘颇好，三少奶奶若有朝一日用得着她的地方，尽管开口。"

温殊色还诧异："他们没回庆州？"

"表姐夫说，人都出来了，便不走回头路了，继续往前，在哪儿都是安家，还不如离京都近一些，这便带着村里的人，上了东州。"

如今一看，庆州的灾情确实是稳住了。

当夜几人歇在了驿站，两人是夫妻，自然住进了一间房。

驿站不能同自己家的府邸相比，密密麻麻的房间并成一排，隔壁咳嗽的声音都能听得清楚。

靖王的房间就在旁边，生怕被听到了什么不得了的墙根，两人说个话，走路都得小心翼翼。

轻手轻脚地沐浴完，谢劭默契地没同她去抢床，抽了一床被褥垫在温殊色的床边，躺下便睡。

往日他与自己争抢，温殊色还能在床上睡得理直气壮，如今见他这般主动把床让出来,心头突然有些过意不去。既已决定要和他过日子,两人便是真正的夫妻,同床再合理不过,往里瞧了一眼床榻,还挺宽,再睡一个人不成问题。于是,她侧目张嘴,轻轻对旁边的郎君"吱"了一声。

灯已经灭了,窗外的月光洒进来,映出了直棂窗格,谢劭瞧了一会儿月色,困意袭上来,刚要闭上眼睛,便听到了耳边细细碎碎的声音,像极了老鼠。

他诧异地睁开眼,转过头,便见小娘子同他对起了口型。奈何月色没照到她脸上,他瞧不清。谢劭也对她动了一下嘴巴:"什么?"

"郎君睡地下冷不冷?"

谢劭凑近了一些,唇语回击:"我听不见。"

"我说你冷不冷?要不要来床上睡。"

尽管小娘子说得很卖力,在谢劭眼里,只看到她嘴巴在一张一合。

温殊色也有些恼火,头探出床外,身子都快掉出去一半了,地上的郎君见此,也体贴地撑起身子。一个坐起身,奋力地把耳朵凑上去,另一个吊在床边上,把嘴巴凑近,奈何视线瞧不清,两人都用力过猛,床上小娘子的唇瓣结结实实地贴在了郎君的侧脸上。

耳边"轰隆"一声,两人齐齐僵住不动。这般呆愣了两三息,小娘子先反应过来,猛地往后撤,谁知重心不稳,人从床上跌了下来,闷哼一声,咬紧牙关,自个儿爬了起来。

谢劭惊了一跳,伸手去扶,脚却碰到了床前的木几,木几几番摇摇晃晃,眼见上面的东西要砸下来了,顾不得脚下的踉跄,也顾不得小娘子了,只好先一把抱住,再慢慢地松开。

他抬起头时小娘子已经爬上了床。

自始至终,两人都没说一句话,外面人听来,不过是发出的一阵木板声响,并不知这一场惊心动魄。耳边安静下来,两人动也不动地仰躺着,睁着眼睛,同时出了一口长气。管他是睡床还是睡地板,温殊色再也不敢动了,拉上被褥,强迫自己闭上眼睛。

第二日天刚亮,一行人继续出发。

温殊色依旧坐在马车内,前面马背上的谢劭终究没有忍住,落后几步,行至她窗侧低声问:"你昨晚,要同我说什么?"

温殊色昨夜沐浴完,便换上了温二爷的衫袍,从小到大没穿过男装,分外新鲜,拿出私藏的铜镜正兀自欣赏。里面的人别有一番风味,真真是英俊非凡,正沉浸其中,谢劭的声音传来,一时没回过神。昨夜在客栈,她难得失眠,躺在床上又不敢翻身,干熬到半夜才睡着,醒来后,地上的被褥不见了,谢劭也不在屋内。

上马车时,她才远远看到前方一道熟悉的背影。本以为事儿便这般悄声无息地翻过篇了,如今被他一提,唇瓣上那股又软又凉的触感,突然卷土重来,紧张又心虚。道他终于要来同自己算账了,她凑过去隔着窗同他小声解释道:"昨晚的事……郎君千万别放在心上,我真不是故意要亲你的。"她又不傻,什么场合办什么事,清楚得很,并非要在这节骨眼上,故意去乱他心曲。且以平日里自己的人品,他应该会相信她并非那种人。

昨夜谢劭同样没睡好,小娘子的唇上也不知道是涂了什么东西,猝不及防地亲过来,如同点了一簇火,被她碰过的地方,脸颊烧了半夜,心绪也跟着乱了半夜。

如今她一句不是故意的,凌乱的紧绷感瞬间没了,且让昨儿那半夜的悸动也变得毫无意义。

其实她这话细细一想,非常可疑。

虽说驿站房间的隔音不好,但也不至于连个声儿都不敢出,她只要说话嗓音稍微放小一些,隔壁不可能听到。但她没有,故意不出声儿,让自己凑过去,她再趁机下手。谢劭很难不怀疑她是别有用心,对小娘子的说辞也嗤之以鼻,回击道:"我看未必。"

话音一落,小娘子便推开了窗,仰头看着马背上的郎君:"郎君是怀疑我对你图谋不轨。"

他没这么说。但她这话明显有问题,他纠正道:"我是你夫君,你要有个什么非分之想,怎么能称之为图谋不轨呢,这不是合情合理吗?"

温殊色趴在窗侧,叹服郎君的宽阔胸襟,不禁松了一口气:"没乱了郎君的心曲就好。"

"不会。"他坚决地应道,复而问她,"你昨晚到底要同我说什么?"

"我说郎君可以到床上来睡。"

谢劭哑然。

昨夜木板硌腰的感觉,还留在身上,酸痛难耐,一股懊悔从心头穿肠而过,极不是滋味。他抬目瞧了瞧前面的靖王和裴卿,微微弯腰,压低声音同她道:"下回你有什么话,大胆些,说出来,你我是夫妻,即便别人听到了又有何妨。"

小娘子似懂非懂,但还是点了点头:"好。"可机会一旦错过便没那么容易再找回来,第二日夜里为赶路,队伍只在一处茶肆稍作安顿,歇息了两个时辰,便继续往前。

第三日清晨,一行人到达了东州边界,渭城。

入城时,人马分成了两路。

靖王和裴卿，带着王府的几人混在进城的商队之中先入了城。

温殊色、谢劲和闵章走在后。谢劲弃马坐入马车内，脸上贴了一道极具商人气质的胡子，温殊色则下车随行，肩挂包袱，面上抹了一层黄土灰，扮成小厮，与闵章并肩走在马车一侧。

庆州天灾之后，有不少同顾姨娘表姐夫的想法一样，不愿意走回头路的百姓和商人拥入东州。

人实在太多，进出城门的人似乎分了时段。

只见进去，没见有人从里出来，守门的侍卫也顾不得个个盘问，见到马车，才随手截停，简单盘问一两句："哪儿来的？"

闵章躬腰，笑着答道："庆州刘家的三老爷，来东州进货。"

最近进城的人大多都是庆州而来，什么刘家的老爷、张家的公子、王家的二爷，他一个守城的侍卫，哪儿认识那么多人。没再多问，甚至连马车帘子都没掀开看一眼，直接放行。

温殊色跟在闵章身后，目不斜视，一张脸沾了黄土，黯淡无光，再加上温二爷灰不溜秋的袍子，并没引人注意。

进入城中，她方才敢抬眼打量。

中州富的是百姓，东州富的却是官僚，街头两旁酒楼瓦舍建得虽比凤城的气派，但百姓的穿衣打扮却不及中州人讲究，街头甚至有不少行乞之人。

正看得仔细，身侧马车的帘子从里撩起，里面的人对她唤了一声："小奴。"

温殊色回头："老爷，何事？"

"老爷"胳膊一伸递过来几枚铜钱，朝着对面的包子铺一扬手："去买几个包子。"

温殊色一顿。

老爷发话，当奴才的不能不听。接过铜钱，温殊色走去对面的包子铺，问了价钱后，把"老爷"所有的铜钱都换成了包子。

铺子旁的台阶处，坐了好几个面容落魄的乞丐，奇怪的是，他们并没往她手上的包子多看一眼。

凤城并非没有乞丐，个个都是闻着饭香而来。见这些人实属不太像，温殊色心头疑惑，停下脚步回头问了靠近手边的一位妇人："请问阿婶，此处离京都还有多远？"

阿婶转头看了她一眼，叹道："京都怕是去不了了，还是早些回去吧。"

温殊色一愣："发生了何事？"

不待阿婶答，边上一位大叔接了话，一脸的愤愤不平："渭城三日前便关了城门，所有前去京都的人都被关在了里面，谁也别想出去……"大叔把温殊色看了一圈，见其穿着打扮也是个糊口的生意人，并非富贵之辈，有了几分同病相怜，善意地劝道，"你还是留着银钱，省着点花吧，听来的消息，恐怕还得关一个月……"

话音一落，不远处的一人坐不住了："一个月？别说客栈，咱们怕是连饭都吃不起，当真要流落街头，乞讨为生……"

合着这些都是要去京都的人。

温殊色又问了几句，道完谢，不动声色地回到了马车旁："老爷……"

马车内的谢劭也瞧了出来，没等她开口，帘子一放，打断道："上来。"

进城容易出城难。圣旨一到凤城，太子必然算准了靖王和谢家的人会去京都，也算准了几人到达的日子，这是打算来个瓮中捉鳖。

出不了城，他们只得先住进一家客栈。

午后，靖王和裴卿来客栈与谢劭碰上了头。裴卿面色沉重，先道："城门已经关了三日，日夜重兵把守，怕是出不去了，眼下只有两条路，要么硬闯，要么退出渭城。水路想必也走不通，保险的办法，走旁边的山道，绕山进京都。"

绕山怕是来不及了。等到几人绕过去，谢副使叛变的消息，怕早就到了京都。靖王转头问谢劭的意见："三公子可有打算？"

谢劭沉思片刻道："走城门。"

几人商议了快半个时辰，谢劭才回到房间，温殊色脸上的土灰还没洗，见他回来，急忙起身问："怎么样了，咱们还能出城吗？"

谢劭没答，问她："会骑马吗？"

温殊色摇了下头，反应过来，及时改口道："应该能行。"

"坐过马？"温殊色点头。

"坐过几回？"这时候万不能逞强，她实话实说，"算上上回郎君载我的那次，统共两回。"

谢劭无奈："你出来。"

几人商议了半天，温殊色心里早就打起了鼓，此番往前，马车肯定是出不去。

以为他当真要把自己弃在渭城，她急忙道："郎君，我真的没问题，这回我保证，不管郎君怎么抱我，我都不会乱动。"

见他转身往外走，温殊色脸色一变，一把死死地拽住他，压低了声音，恳求道："郎君这时候丢下我，便是不顾我死活了，今儿我都听那些人说了，即便要回中州，也得去府衙先递交申请，手持通关文书才能出去，凭我这谢家三少奶奶响亮的名声，别说文书，一报完名儿，立马就能将我就地正法。"

嗯，是谢家三少奶奶的名声拖累了她，谢劭反手一把将人牵住，往外面拖。

"郎君，公子……

"老爷……"

被他一路拽着往前,怎么求都不管用,等停下来,温殊色才发现人到了马厩。

没等她回过神,谢劭松开她的手,上前解开柱子上的缰绳,把马牵到她跟前:"三个时辰,小娘子要努力了。"

温殊色深吸了一口气。只要不抛弃她,怎样都成,她自来学东西快。温殊色接过他手中的缰绳,走向马匹,迈腿蹬上脚踏:"郎君放心……"志气不小,奈何本事不够,腿不够长,没能爬上去,卡在了马肚子上,怎么也够不到马背。

如此几番,多少有些丢人了,但怎么也不能输了骨气,她扬手止住身后的人:"你别动,我自己来。"

谢劭垂目看了一下自己环抱在胸前的双手:"小娘子哪只眼睛看到我动了。"

日头从当空到日落,靖王和裴卿从楼上下来,盯着眼前牵住缰绳在马前奔跑的公子爷。裴卿实在有些不敢认,忍不住佩服道:"他倒突然有了这份耐心。"

谁没年轻过,靖王笑了笑:"当年周邝他娘还不如这位温二娘子呢。"

三日前,上头突然下达命令封城,更是派了东州府的将领亲自来渭城支援,渭城的县令不敢有丝毫懈怠,连续守了三日城门,没有放走一人。

今夜也一样,戒备森严。被关了几日,有不少等不及的百姓上前来求过情,均被侍卫赶了回去。

今日入夜不久,又来了一辆木板车,车上躺着一位半死不活的年轻男子,推车的是一位老爷子,语气急切地道:"求求官爷通融通融,放我和儿出去,这孩子就剩最后一口气,一直念叨着他娘,求官爷,就让他最后再见他娘一面吧。"

侍卫扫了一眼,没有丝毫动容:"告示早就贴了出来,无论是谁,都不能出城。"

"若非事出紧急,我也不会前来让官爷为难,可我儿他……官爷,就当是官爷积了一回德,我给官爷跪下了……"

封了三日的城门,城门内早已坐了一堆等待出城的人,见这边起了冲突,个个抬头盯着。

渭城县衙侍卫多少有些动容,正掂量着,身后东州府派来的将士突然上前,态度极其冷硬:"就算是他立马死在这儿,今夜也不能出城。"

这话落进身后的一堆百姓耳里,引起了不少人的愤怒。

老爷子还在继续磕头:"官爷……"

东州府的将领不耐烦了,一脚将其踹倒:"退下!"

人群中突然有人站了起来:"官差们这般做法,是不是太过分了?"

那将领一声冷嗤："怎么，有意见？"

说话的人瞬间没了声儿，转过头一屁股坐在地上，却哀声道："听官差们的意思，是真要把咱们都封死在这儿，大家都别指望了，等死吧……"

这话无疑把众人心底的恐慌都勾了出来。

终于又有人坐不住了："到底为何要封城？"

陆续有人站了起来："什么时候放我们出去。"

"是啊，要把我们关到何时？"人多势众，见反抗的多了起来，个个都壮了胆，"放我们出去。"

"放我们出去！"众人慢慢地往城门口移去。

侍卫脸色一变，抽出手中的刀，吼道："速速退开，否则杀无赦。"

话音刚落，突然有一人从后方扔来一块砖头，猛地砸向那位将领："横竖都是死，不如以死搏一命！"速度之快，将领毫无防备，瞬间头破血流，踉跄几步，其余侍卫立马上前相护。

另一人却趁机敏捷地从人群里冲了出去，钻到几名侍卫身后，以一身之力拓举城门闩，扔至追来的侍卫身上，转身快速踢开城门，逃了出去。

众人见城门破开，个个兴奋了起来，齐齐往前拥去。

城门口顷刻之间乱成一团。那东州府的将领被砖头冷不防地砸过来，头晕目眩，半天都没缓过来，又被人群一番推挤，眼见着人跑出去了，回头怒斥："一群饭桶，追啊！"

"造次者，杀无赦。"没等城门的侍卫骑上马背，城门内突然冲出一队侍卫，身穿盔甲，头戴甲胄，紧跟着前面的人追了出去。

领头一人急声同还没反应过来的将领道："关城门。"

适才头晕，也不知道跑出去了多少个，还有不少百姓在往外挤，东州府将领一面捂住滴血的额头，怒吼道："关城门！"

第六章
与君共患难

城门一关，所有的侍卫和百姓都被关在了城内，只余一队人马紧追窜逃出去的几人。

趁乱共逃出去了三人。一人乃起哄煽动百姓，后又趁机打开城门的壮士，另两人便是跪地求情的"老爷子"和他躺在木板上"要死不活"的儿子。

如今个个生龙活虎。

身后马匹越来越近，三人头也不回，拼命往前跑。

一双腿再快哪里抵得过快马，最前面的一名侍卫很快追上了落在最后的那位短腿小个子，弯下腰，伸手一把擒住他后领，将其整个人提起来，掠上了马背，另两人同时也被队伍的人抓住胳膊，甩在了身后的马背上，却都没往回走，继续往前疾驰。

马蹄如飞，尘土飞扬，官道上的追逐声逐渐远去。马匹沿着官道，疾驰了快两个时辰，感觉有细雨扑面，领头的人才掉转马头，钻进旁边山道，身后的人紧紧跟上，一队人马进了密林，慢慢地停了下来。众人翻身下马，纷纷取掉头上的甲胄，却见最先掠人的那名侍卫，不是谢劭又是谁。他仰头一看，被自己擒住的"逃犯"已瘫了马背上，便拦腰把人从马匹上抱下来，"逃犯"趴在他胳膊弯之间，一张小脸惨白，双腿发软站都站不稳了。

谢劭扶她坐在了边上的草地上，从腰间取下水袋，递到她嘴边："喝口水缓缓。"

头一个被逮住的"逃犯"便是温殊色，往日温殊色坐个马车都晕，这一趟跑下来，天旋地转，人如同飘在半空，头靠在郎君怀里，使不上力气，乖乖地张嘴，吞咽了两口清水。

加了冰块的凉水自喉咙一路浸入肺腑，她神志终于缓过来一些，人却突然沮丧了起来："都怪我不争气，骑个马都不会，郎君还是走吧，这回我再也不拦住你了，也不会怪你……"

在客栈的三个时辰，谢劭本就没指望她当真能学会骑马自己冲出城门，马厩里的训练不过是让她先适应。

如今一看，颇有成效，没影响她嘴皮子。

靖王和裴卿脱掉盔甲后，也都走了过来。瞧了瞧温殊色，靖王关心地问道："温娘子还好吗？"

生怕拖了大家后腿，温殊色忙从谢劭怀里起身，微笑颔首："让王爷费心了，我没事。"

靖王一笑，不吝夸道："没想到温娘子竟有如此胆魄。"起初听完谢劭的筹划，他还有些不放心，怕温娘子临时生怯反应不过来。

谢劭却同他保证："内子与寻常小娘子不太一样，比起骑马，倒不如选她擅长的。"

果不其然，相较于骑马，温娘子逃跑起来更为利索。

追兵应该没那么快反应过来，已经落起了雨，再走官道，必然会留下马蹄印，进林子先避一会儿雨，再连夜翻山到对面的城镇，换身行头，赶往下一个城池，南城。

渭城离南城，还得两日快马，但只要过了南城，离京都便近了，不着急这一会儿。靖王转头同众人吩咐道："原地歇息两刻。"

坐了一阵，头上的雨点子越来越密集，大有要穿透密林的架势，树木怕是遮挡不住，队伍重新出发，去前方寻地避雨。

温殊色的脸色刚缓过来，见众人起身，也没耽搁，把包袱重新拴在肩头，准备上马。山道的路狭窄又颠簸，再让她上马背，八成人会被颠晕过去。

看了一眼正往马背上爬的小娘子，谢劭将手中的缰绳交给闵章，转身把她拉了下来，背对着她蹲下："上来。"

温殊色一愣，盯着跟前郎君宽阔的脊背，很快明白了他是何意，连连摇头道："我没事，郎君不用担心……"

眼见雨势渐大，谢劭有些不耐烦："要真不让我担心，当初你就不该跟着我来，都到半路了，觉得我会扔下你不管？"

知道自己不会骑马，会给大家添麻烦，她已经在尽量努力了，实则这会子胸口闷得紧，但怕被人嫌弃，也不敢说。无端被谢劭这般一训斥，她心头蓦然一酸，更为沮丧，不敢再吭一句，配合地趴在了谢劭的背上。

山路蜿蜒，马匹缓缓而行，谢劭背着温殊色，同闵章和裴卿走在最后，一路安安静静，没一人说话。耳边没了小娘子聒噪的声音，有些不太习惯，谢劭后知后觉意识到自己那话是不是说得有些过分了。细细一想，这一路，她并没给大家添麻烦，自己也并非嫌弃她。

鬼知道他怎么就说出了那句话，收回来是来不及了，谢劭只好偏头同马背上举着火把的裴卿使了个眼色。适才他说那话时，裴卿就在旁边，早就知道他是给自己找事，难得心领神会，润了润嗓音，同温殊色搭话："今夜嫂子的反应真快。"

温殊色正陷入懊恼和自责中，提不起精神，突听裴卿搭话，才有了一丝精神："是吗？"

裴卿点头："本以为闵章会头一个跟出来，没想到是嫂子。"

这话倒不假。

裴卿把城门打开后，侍卫被他扔过来的木栓拦截住，还没来得及追上，温殊色突然从身后人缝中钻了出来，撒腿便往外跑。

之后再是闵章。

闵章也长了眼色，及时配合："奴才脑子愚笨，不如三少奶奶机灵。"

两人一唱一和，一通夸奖和认可，多少给了她一点希望。她转头偷偷看着身前郎君的后脑勺，忐忑又期待地等着他的回应。片刻后，便听郎君道："嗯，娘子聪慧机灵，巾帼不让须眉，并不比儿郎差。"

终于得到了郎君的肯定，喜悦冲上来，她嘴角一扬，又掺杂着一丝委屈，抿了抿唇，虽依旧没说话，但搂在郎君脖子上的一双胳膊却比适才贴紧了一些。

谢劭也松了一口气，温二爷说得没错，这小娘子确实好哄，不由得把她往背上搂了搂。

他一动，小娘子的下颌蹭上了他的发丝，一阵清冽的幽香扑鼻而来，一时忘了避开，额头不慎撞上了他银色发冠。还没来得及道歉，谢劭先扭过头来，细声低语地问她："碰疼了没？"

低沉的嗓音听得出来满是关怀，她心口蓦然一悸，一股异样划过，又暖又甜。

温殊色脸庞红了红，摇头道："不疼。"

谢劭背着她继续往前。走了一段，他察觉出头顶上的雨滴似乎减小了许多，一抬头，才见小娘子的一双手不知何时，盖在了自己的头上，正替他挡着雨水。心房突然涌出一道暖流，背上的人瞬间轻了许多。正要让她顾好自己便是，小娘子又将头轻轻地靠在了他肩头，低声道："郎君要是累了，就同我说一声，我能走的。"

他一点都不累，有的是力气："手遮在自己头上。"

夏季的雨不成气候，来得急去得也快，一行人还没找到避雨的地儿，头顶的雨点已经停住了。

下过雨，林子又湿又滑，夜里视线又受阻，再走下去到底不安全，待前方找了一处山崖后，靖王便让所有人停下，就地歇息一会儿。

　　雨滴倒不大，温殊色身上没怎么湿，谢劭让闵章从包袱中取了一条布巾，把她头上的水珠擦干。

　　回头见大伙儿都靠在石壁上养精蓄锐，谢劭也选了一处干爽地儿，让温殊色靠着自己的肩膀："睡一会儿，明儿还有得累。"

　　昨夜众人急着出城，没工夫睡，都有些疲惫。

　　越接近京都，路只会越难走，自己又是队伍中最弱的人，温殊色不敢浪费时机，靠着谢劭的肩膀，很快闭上了眼睛。不知过了多久，她被谢劭摇醒，睁开眼睛，天色已经麻麻亮，胸口的闷意没了，精神也恢复了许多。

　　队伍没再耽搁，齐齐上马，温殊色依旧同谢劭同乘一匹马，天色大亮后，马匹越跑越快。先前颠簸过一回，再跑起来，适应了许多。

　　一行人于巳时前后，翻过山脉，到达了对面的小镇。队伍再次分散，扮成两路下乡收货的商队，先后进镇。这回由靖王和王府的人断后，谢劭、温殊色和裴卿先走。

　　谢劭牵着马匹，温殊色跟在他身旁，不过是一处乡镇，街头所贩卖的东西毫无新意，几乎无人问津，经过的行人只顾赶路。

　　从镇头走到镇尾，一切都很正常。抬眼便能瞧见镇子的牌匾，渭城的消息应当还没传过来，镇子上并没设防卡。几人的脚步不由得加快，离出口不过两步，身后突然传来几道急切的马蹄声："东州府有令，所有人即刻停止出镇！"

　　后方的渭城被堵后，经过镇子里的人并不多，几人太过于显眼。谢劭心头一沉，快速把温殊色扶上马背，自己翻身而上。

　　靖王还在后面，裴卿留下断后。闵章跟着谢劭夹紧马肚，头也不回地冲出镇子，马匹刚走不远，身后便传来了打斗声。

　　温殊色缩在谢劭怀里，一动也不敢动。

　　马匹一路疾驰，一刻没停。跑了小半个时辰，突然听到有马蹄声追了上来，温殊色脸色一变，鼓起勇气从谢劭怀里探头往后瞧去，见来人是裴卿、靖王和王府的人，心口悬起的一口气，这才落下。

　　靖王追上前："前方弃马，入林。"说完自己先跳下马背，滚入旁边的土坡，而马匹还在向前奔跑。接着是裴卿。

　　温殊色从未经历过这等惊心动魄的时刻，看得目瞪口呆，不知道自己这一跳，还能不能活下来，八成是半死不活了。当真到了生死时刻，不害怕是假的，心头正慌乱无主时，便听谢劭道："别慌，慢慢转过身来。"

　　马匹还在跑，颠簸得厉害，温殊色屏住一口气，小心翼翼地挪动屁股，半晌后，双腿终于调了个位置。不待他说,她立马扑进他怀里,紧紧地抱住郎君的腰。

进拐角之前,谢劭及时松开缰绳,抱住她往马下倒去,一同砸进了边上的草堆。

落地的瞬间,温殊色并没有感觉到疼,翻了几个滚后,倒是被身上的人压得有些喘不过气。

适才听到了底下郎君的一道闷哼,知道是他先落了地,她慌忙爬起来去拉他:"郎君……"

谢劭咬牙:"我没事,先进去。"

闵章也跟着跳了马,及时过来搀了一把,三人匆匆往林子里隐去。

去往京都只有这一条路,一入东州,便是太子的瓮中之鳖,这样的碰面避免不了。

第一次交锋,王府的人马损失了三名,一名留在了镇上断后,另外两位没有跳马,引开了追兵。马匹没了,行踪已经暴露,只能走水路。

东州乃靖王曾经亲手打下的地盘,对此处的地形极为熟悉,队伍调整了一番,趁着天亮,顺着林子到了一处村落。

村落的南边有一条狭窄的河流,可以通往附近的渡口。

但此处偏僻,很少有外人进来,突然见到陌生人,村里的人有些防备,不敢与其搭话。

直到靖王笑着问道:"石磨盘的那棵歪脖子银杏还在不在?"

不知道当年谁撒了种子,撒在了石磨盘下,银杏苗子一长出来,便被磨盘压住,成了歪脖子,这事只有来过村子的人才会知道。

一位年长的男子诧异地问他:"贵客曾来过?"

靖王点头:"曾经来过。"又抬头指了一家农户,"那里曾是个庙,我住过两个月。"

众人这才放下了戒备。

"原来还是同乡。"年长的男子笑脸相迎,把众人请进了屋内。

攀谈之后,他们才知他是这儿的村长。

听说几人要渡河,村长毫不犹豫地答应了下来。换了一些粮食后,几人继续出发,人太多,共雇了两艘船只。

靖王和侍卫一艘,由村长亲自相送。

谢劭、温殊色、闵章、裴卿则坐后面的一艘船,划船的是一位小伙子,似乎很怕生,头也不抬,一路也没说话。

那位村长倒很健谈,问靖王从哪儿来,听说是来收棉花的商家,还贴心地举荐了几个地方。靖王客气地应付了几句,便没有了要谈下去的意思,反而后面船上的谢劭，同村长起了话："村里之前没来过人吗？"

"咱们这儿地处偏僻，很少有人来，开年后，几位贵客还是头一批呢……"

谢劭没再问。

从马背上跳下来后，谢劭的额头不知是被树枝还是石头划破了一道口子。温殊色问村里的人讨了盐水，沾湿绢帕，让他捂着。捂了一会儿，他突然不耐烦地扯下来，甩给了旁边的温殊色："这么点伤，有什么好捂的。"

温殊色原本安静地坐在旁边，被他这一声呵斥，眼珠子立马瞪了起来。

"怎么了，不服气，要不是因为你，我能受伤？下回给我好好看清楚了，到底谁才是你主子。"谢劭说话的声音不小，前面船上的靖王也听到了，眸色微微一动，脸上却不动声色。

裴卿劝道："不过一个奴才，不满意，出了这地儿卖了便是，何必发火……"

谢劭这一通行为，实在太反常。温殊色很快反应了过来，起身跪在他跟前，垂目听训："老爷息怒。"

谢劭没再出声。

裴卿深吸一口气，知道有人又要完了，借此偏头，瞧向水中，暗中盯着水面上的倒影。

这头一吵起来后，村长干笑了两声，没再说话，专心地撑着船。

两炷香的工夫，河面渐渐宽阔了起来，隐约能听到外面渡口的热闹声。此段河流，与外面的渡口并不完全相连，交汇口是一段瀑布，过不去，得提前下船。

村长将手里的撑杆抵住了前方下船的一段木桥，回头笑着道："各位贵客，到了。"

"多谢村长相送。"靖王先起身。

村长客气地立在一边，替他让开了路，待人经过身旁之时，突然从衣袖中掏出一把匕首，朝着靖王猛刺了过去。

靖王早有准备，目中一寒，反手擒住他的手腕，猛往上一折。曾在战场上厮杀了几十年的人，手劲可想而知。只听"咔"一声，村长的手腕当场骨折，疼得尖叫出声。

同时，身后那艘船的小伙子也开始有了动静，手中撑杆往对岸一抛，脚下正要用力蹬船，欲要连船带人，推入瀑布的断层之下。谁知人还没弹出去，边上谢劭一把抓住了他的脚踝，用力一拽，将人拽回了船只，闵章立马夺撑杆稳住船身，裴卿同谢劭一道擒人。船本就不大，几人一番动作，船猛然乱晃，荡起来的水花扑在了温殊色的身上和脸上，她一双手死死地抓住船沿，一声不吭，手上也不敢松。

村民被谢劭拽到船舱后，突然掏出尖刀，回身便朝着他刺去。

谢劭早有防备，身体后仰一脚踢上他手腕，那人没得逞，跌倒在船舱内，裴卿趁机上前压制。

人刚到跟前，只见白光一闪，尖刀已朝裴卿的喉间刺来，动作又快又狠，一看就是个练家子。

当了这么多年的巡检头儿，裴卿自然不是白干的，脖子往边上一偏，不等对方反应，快速擒住了对方手腕，用力一捏。那人吃痛，五指散开，刀跌落船舱。谢劭弯身拾起刀，裴卿又一脚踢在了那人的腿弯。那人踉跄几步，跪在了船舱内，刚要挣扎起身，对面谢劭手里的刀尖已抵在了他喉咙上。

目光相对，那人似乎要与他做一场豪赌。僵持片刻，那人突然转头，人还没来得及跳入河中，谢劭手里的尖刀毫不犹豫地刺进了他喉咙。刀尖入喉，还能听到"咕噜噜"的挣扎声。

温殊色脸上早没了血色，迟钝地闭上眼睛。人被裴卿踢入河中，闵章也顺利把撑杆卡在了落脚的木板上。谢劭侧身在河水里净了手，回头见小娘子双手紧紧地抓着船沿，两眼紧闭，知道她紧张，不觉替她回忆了一番："嗯，娘子也算是见过场面的人了，就算见到杀人，也不会眨眼。"凑过去盯着她紧闭的双眼，"倒确实没眨。"

当初为了跟着他，她是放过此等豪言。没等她想好怎么反驳，谢劭的语气又恢复了正经，朝她伸手："手给我，好好看着路。"

船只靠岸，裴卿先跳下去，转身好奇地问谢劭："谢兄是怎么看出来的。"

"村子里晒了一堆的银杏，既是村长，好不容易见到商队，为何不推广村中产物，反而急着把咱们往外送。"他又道，"其他百姓见了我额头上的伤口，个个都在躲闪，心中必然怀疑咱们商人的身份。他一个村长，却深信不疑，似乎还有意替咱们隐瞒，避开不谈，因为什么？怕打草惊蛇。"

想必此时渡口附近，已有人在等着他们。

裴卿听得一脸佩服，叹息道："谢兄不做捕头，实乃可惜了。"

谢劭没领他的情，对他的捕头不感兴趣，拉着身旁被吓坏了的小娘子上了岸。

前方靖王早下了船，手下的侍卫正押着那位断了手腕的村长在盘问："底下有多少人？"

村长死咬牙不吭声。

侍卫抽刀，刀柄猛地往他后脑勺一敲。村长疼得抱头号叫，脱口而出："百余人马……"说罢又恨声道，"你们逃不掉。"

既如此，水路不能再走，人一旦在江面上被堵，便无活路。走官道，至少还有机会。几人没再下渡口，转身返回林中。

靖王走在前寻路，其余的人跟在身后，没走几步，突然又听身后一道惨叫，靖王神色一紧,回头便见谢劭的一只脚正踩在村长的身上。村长脸着地,趴在地上,半边脸被踩变了形。不知发生了何事,谢劭已弯腰,从村长怀里掏出了一枚已被他用牙叼出来一半的火信。

适才被谢劭从身后一脚踢中,押着村长的那名侍卫,还没明白发生了何事,见此,脸色发白,气得抬脚往村长身上猛踹:"还想放火信,不老实的东西……"

黄昏天色将黑之际,江河的渡口突然亮起了一道火信。一声炸开,十里之外都能看到耀眼的火花,附近所有的人马倾巢而出,把渡口堵得水泄不通,十几艘船只顺江而下,拦截了整个江面,见船便搜,连只鸟雀都不放过。

与此同时,靖王带着谢劭一行,骑上了重新置办的马匹,连夜穿山越岭,于第二日早上彻底离开了身后的小镇。

一招声东击西,起了不小的作用,前面的一段路程轻松了许多,第三日清晨一行人顺利地到了南城脚下。

太子的东州府便在南城,过了南城之后,是大鄡的京都,比起身后的渭城,南城的城门更加坚固威严。单是一条门闩,便有四百多斤重。门前几十名侍卫来回巡逻,所有进出城的人,无论是商队还是百姓,都得挨个询查,防卫堪称密不透风。

上万的敌军都不见得能硬闯进去,更别说他们十来人。

靖王没急着冒进,住进城外的一处暗桩,等待时机,正好队伍也借此歇息调整。最后的两个日夜,路上几乎没停,统共只歇息了两三个时辰。人太疲乏,温殊色连最初的那股眩晕感都治好了,昨夜坐在马背上,好几回险些睡了过去,被身后郎君叫醒,非让她看风景。

月色稀薄,仅剩下天幕的余晖,抬眼一团黑,除了耳畔的风,能有什么风光可瞧。知道郎君是怕她睡着了摔下去,她暗里拧了无数次大腿,如今还在疼,终于下了马背,能有个床榻可以躺上一阵,分外珍惜。

匆匆洗漱完出来,她正打算让谢劭进去,却见其已和衣躺在床边的安乐椅上,睡了过去。

这一路,比起她,谢劭更累。尽管自己不想拖累他,但还是给他添了不少麻烦。因为自己,他处处受着牵制,还不得不分出一分心来放在自己身上。

那日从渭城出来,他背着她走了一个时辰。前日从马背上摔下来,他垫在了底下,没让她伤到分毫。水和食物,他总是会头一个递到她手上,荒野露宿之时,自己都是靠在他的肩膀上歇息……像这样细微的照顾,实在是太多了。此时看着他脸上的疲惫,她心头忍不出泛起酸楚,不由得自责,要不是自己非要跟着他,他一定会比当下轻松。可后悔已经来不及了,人都已经到了这儿,只能告诉自己,再坚强一些，少给郎君添些麻烦，祈祷能尽快平安到达京都。

本想让他到床上去睡，见其睡得太沉，温殊色没叫醒他，去床铺上拿了一床薄被，轻轻地搭在他身上。

她自己也困得厉害，一头倒在床上，昏睡了过去。不知睡了多久，迷迷糊糊之际，听到院子里的动静，这几日在路上逃亡，尤其容易惊醒，她挣扎着睁开眼睛，外面已经黑了。

远堂里的火把光亮映入屋内，温殊色翻身坐起来，安乐椅上没了人，急忙穿好衣裳，刚穿上床边的布鞋，便见郎君推门而入："东西拿好，入城。"

路上，几人东躲西藏，打听不到消息。

今日靖王才从暗桩的人口中得知，太子因洛安的战事和粮食一事，惹了圣怒，前几日被皇上驱出京都，如今人正在南城府上。

上回辽军萧副将的那份文书，确实是靖王给的皇上。靖王只因觉得太子此举太过于荒唐，丝毫不把将士和百姓的生命放在心上。挑起战事容易，收场却难。太子从出生，便是太平之年，没有见过什么是真正的战场。靖王的初衷是希望皇上能训斥太子一番，加以引导。

没料到皇上竟然直接把人赶出了京都。

靖王去过洛安的消息，必然也瞒不住，想必这会儿太子已经知道那文书是经由他递给的皇上。

他行事一向堂堂正正，没什么可回避，但太子记恨在心，定恨不得将他千刀万剐了。

由此倒也可推断，那一道削藩的圣旨为假。圣旨是假，凤城兵变却是真的，消息最迟明日便能传到京都。一旦证实了谢道远谋逆，就算皇上想要保住谢家，也找不到理由。

哪怕是刀山火海，这一趟也得闯了，靖王让暗桩的人出去打听，无论如何，今夜必须想办法入城。

暗桩的人傍晚回来，有了收获。

太子一回东州，日日发脾气，听说底下的人大气都不敢出，身边伺候的人挑了又挑，厨子更是换了一批又一批。打听到今夜会从城外送一批食材和厨子进城，暗桩的人立马回来禀报。

此人是当年跟着靖王在马背上打拼过的老兵，消息可靠。若出意外，必然也是太子的奸计，真如此，也只能将计就计，即便是进城遭到太子的埋伏，也比几人单枪匹马攻城要强。

进入南城的东西,每样都得必查。

菜筐一一检查完,再接着搜身,单是进城送菜的一队人,便在城门口耽搁了半天。

后面一队抬着棺木的将士,等了一阵见还没好,有些不耐烦,直接到前面,同侍卫道:"洛安等待归土的将士,还请打开城门。"

自洛安的战事平息后,皇上已经颁发了告示,所有在战场上的亡魂,都得接回故里安葬。

侍卫自然也知道,但最近回来了不少前线的将士,死个人很了不起一样,个个趾高气扬,这几日受的气不少,多少有些报复的心态:"没看着我在忙吗?后边排着去。"

那将士也不是个好惹的:"身后都乃我大酆战死在沙场的英雄,陛下仁德,得知将士们为国捐躯,悲痛万分,特意令我等接回故里安葬,官差却让我等,不知此意是官差自己的,还是太子殿下的。"

洛安的战事和粮食真相出来后,前方的将士和南城这帮子当差的早就水火不容了。

争吵声落入了边上的将领耳中。

前几日,太子正因为这事儿被皇上贬到了东州府,要是再把事情闹大,捅到皇上那儿,自己脑袋估计都保不住。将领赶紧上前赔礼,当场先让人开棺检查,一打开,里面一股味道,将领匆匆看了一眼,便让人封上,说了几句体面话,客客气气地放了行。

菜农和厨子被耽搁了一阵,排在了后方,等检查完,一行人刚进城不久,便被四面八方的官兵团团围住:"所有人一个都不能放走……"

菜农和厨子哪里见过这番阵势,吓得六神无主。

身后热闹的那一阵,前面抬着棺木的将士,已经隐入了暗巷。

温殊色从棺材里爬出去,谢劭伸手去扶,被她嫌弃地捏住鼻子:"郎君,别靠近我……"

谢劭轻哼一声:"你身上就没味儿?"

"我好不容易闻习惯了,不想再适应郎君的味道……"

为了逼真,不被识出来,所有人身上都涂上了不同程度的腐味儿,闻起来还真不一样,个个从棺材里爬出来,彼此面上都带着嫌弃,离得远远的。

又是一招瞒天过海。

裴卿虽受不了身上的这股味儿,却对谢劭佩服得五体投地:"我早就说过,谢兄要是将心思放在正道上,必然会有一番大成就,果然没看错人,谢兄继续努力,兄弟这回是死是活,就指望你了。"

谢劭哑然。

温殊色说得没错,新味儿确实很难适应,他直接推人:"你先走开!散散味儿……"

知道菜农没有异常,官兵很快便会怀疑到他们身上,先得找个地方,重新换一身行头。

这番一闹,南城通往京都的正门必然固若金汤,不能再走,但前山有一条山路,可通京都境内的暗河,是当年靖王和皇上亲自挖出来的,除了两人,没人知道。后来南城建了城门,那条路皇上竟意外地没有让人封上。靖王知道是皇上对他的信任,可此次情况紧急,逼不得已,只能走上一回了。

后半夜,一行人重新装扮成一支商队,朝着京都前山的方向驶去。

温殊色换上了干净的衫袍,依旧是温二爷的,宽袖一荡,自个儿嗅了嗅,确定没有那股味儿了才放心,习惯地把包袱抱在怀里。

谢劭已经注意了好几回,察觉出了异常,问道:"什么东西如此宝贵,能让你不撒手抱一路?"

温殊色冲他一笑,抱得更紧了:"故乡的一捧黄土,能给我带来财运,价值赛过黄金,郎君说宝不宝贵。"

难得有了片刻松懈,谢劭又没管住嘴巴:"那可能没什么用。"

温殊色疑惑:"怎么没用呢?"

"败家的黄土,带来京都,这不是要继续破产吗?"

温殊色吸了一口凉气,盯了他半晌,叹息一声:"郎君还是不说话时更让人喜欢。"

或许自己也意识到确实有些扫兴,谢劭没再继续这个话题,拍了拍自己的大腿:"小娘子,要睡一会儿吗?"

这一路自从自己在他身上躺过几次后,这郎君无论是说话,还是神色,就格外神气了。

"多谢郎君好意,我不困。"温殊色睡不着,离京都越近,心头就越兴奋,连逃命的紧迫感都消去了不少,凑过去同谢劭畅想起了未来,"凤城的谢府估计是回不去了,郎君觉得,咱们以后有没有可能会一直留在京都?"

思忖了片刻,她不等他答,又道:"其实也挺好的,郎君以后在京都做官,我就在家养养花,种种草,等郎君回来,便陪郎君说说话……"

她想得倒是长远,谢劭说:"谁说我要在京都做官。"

"京都的官有什么不好吗?"温殊色给了他鼓励,"我还指望郎君将来平步青云,我能妇凭夫贵,成为京都贵妇之首,羡煞旁人呢。"

谢劭愣了愣:"我算是看出来了,娘子野心真不小。"

"所以郎君能忍心让我的野心落空吗……"等她将来家财万贯了,他总得替她守着。

"要不你换个野心试试?"

"郎君这话,就不怕杀头吗……"

她还真想上天了,谢劭还没来得及震惊她的胆大包天,脚底下突然感觉到了震动,脸色瞬间一变,推开一侧车窗往外探去。

耳边隐隐有马蹄声,伴随着火把的光亮,正朝着这边靠近。没料到追兵会来得这么快,谢劭心头一沉,立马冲车夫喊道:"快!"

其余人也有了察觉,车队往前疾驰,马车剧烈地颠簸了起来,谢劭一手撑住车壁,一手扶住温殊色的胳膊。

普通的马匹,且还有马车,怎可能跑得过铁骑。围上来的火光越来越清晰,照亮了半边天,马蹄的动静让人脊背生寒。跑是跑不掉了,车队慢慢地停了下来,谢劭松开温殊色的手:"躲好,别出来。"他拿起马车上的弯刀,掀帘跳了下去。

靖王下了马车,众人围成一团,看着身后来势汹汹的追兵。

没有捷径,只能正面交锋。十几人对几百人,杀下去,都得死在这儿。谢劭面色肃然,转头同靖王道:"王爷先走,进京都见陛下。"到了这个节骨眼上,已经容不得人去细细权衡,死伤已避免不了,只能先考虑谁活着更有用。

在战场上遇到过无数次这样的抉择,靖王知道什么最关键,转身道:"温娘子跟我走。"

从凤城到南城,遇到过无数危险,但每回都是有惊无险。

瞧得出来这回要动真格,温殊色害怕,可不敢闭眼,趴在马车窗口正盯着,突然见谢劭折了回来,掀开车帘,把手递给了她:"下来。"

温殊色不敢问他如今是什么状况,只管听他的话。

谢劭一路将她拉到了靖王的马匹前,才转身同她道:"跟着王爷先走。"

温殊色一愣,心猛地往下沉:"那郎君呢?"

谢劭没看她:"我很快就来。"

身后那么大的动静,她又不是瞎子,也不是傻子,他留下来,岂能活?温殊色脑袋空白,一颗心悬着,头一回慌得抓不着方向,本能地摇头道:"我不要,我要跟着郎君一道……"

"听话!"谢劭突然一声呵斥。这一路他说什么自己都听他的,只因她是求着他跟来的,此时被他凶,同样也没有资格吱声。

温殊色只紧紧咬住牙关,眼泪夺眶而出,落在脸上,人却倔强地立在那儿,一动也不动。她这番模样,简直要人命。

谢劭吞咽了一下喉咙,不得不承认,不知何时,跟前的小娘子似乎已经入了自己的心。

见不得她委屈的样子,心口似是被人徒手在撕扯,一阵阵抽疼,他伸手抚住她脸颊,指腹轻轻地把她脸上的泪痕抹去,哑声同她道:"温二,别怕;先到京都等我。"

知道他说的话,自己反抗不了,温殊色的呜咽堵在喉咙口上,说不出话来。

谢劭没忍住,双手握住她肩头,拉过她,唇瓣轻轻地印上了她额头。额间的柔软传来,烫得吓人,更让她喘不过气了,温殊色终于没憋住,带着哭腔道:"你说过,要与我同甘共苦……"

他是说过。可如今反悔了,他舍不得小娘子受苦。此番分别,他也没有十足的把握还能相见。

他把温殊色抱进了怀里,知道她主意大,也极为聪慧,一字一句地同她交代道:"到了京都,你便是谢家三少奶奶,我谢劭的夫人,跟着王爷去面圣,事情的经过你都清楚,不要害怕,也不要试图欺瞒,发生了什么,一五一十地告诉陛下,只有我谢家洗脱了罪名,你才能清白。"

如此才能有立足之地,即便他回不去,她将来也能再嫁。

靖王分配好随从走了过来。靖王带了几个随从做庇护,半个时辰便能进入山道小路,其余所有的人马都留给谢劭。

见人来了,谢劭松开了温殊色,来不及多说,短短几句她必然也明白了,同靖王拱手行礼道:"内子就劳烦王爷看顾。"

靖王点头,先翻上马,弯身把手递给了温殊色:"温娘子快些。"

适才郎君一句谢家三少奶奶,温殊色已经彻底没了反抗的余地,浑浑噩噩地转身,抓住靖王的手,踩住脚踏,跨上了马背。

靖王勒住缰绳,回头叮嘱马匹下的年轻郎君:"谢三公子保重,务必要活着回到京都,否则你父亲那儿,我无法交代。"

这一路靖王亲眼看到了他的聪明才智,相信他能想到办法脱身。

"王爷放心。"

马头一转,马背上的小娘子回过头。火光映红了身后郎君的脸庞,震山的马蹄声席卷而来,似乎今夜要把他淹没在这片土地上。人影越来越小,他像是被自己遗弃在了那儿,夜风割人眼睛,心口突然空荡一片,直叫人惶惶不安。

温殊色一走,谢劭再也没了顾忌,转身召集人马,隐蔽在马车后,等待后方的追兵上前。

片刻后，黑压压的马匹卷土而来，一队百余人的士兵出现在了视线之内。

"吁！"凌乱的马蹄声陆续停下，士兵手中的火把从头照下，把马车后的人影照得清清楚楚。

为首的那人坐于马背上，扫了一眼后，盯着隐藏在马车后的人影，笑了笑："王爷贸然造访东州，不知所为何事？但太子殿下好客，特令属下前来接应王爷，去东州府坐坐。"

话说完，他手一招，底下的士兵立马向前，把几辆马车围了起来。

听到那道熟悉的声音，马车后的裴卿脸上露出一丝意外，太子被贬，难为他也被派来了东州。也好，今日决一死战，省得日后各自再惦记。

他的手摸向腰间的佩刀，身旁的谢劭突然一脚踢在他的屁股上，把人从马车后踹了出去。

裴卿一惊。

看着突然出现在火光下的人影，为首的人还没来得及高兴，神色突然一僵。

谢劭跟着走了出去，仰头看向马背上的人，笑了笑，招呼道："裴大人，咱们又见面了。"

来人正是裴元丘。

适才在城门口，堵上那菜农和厨子之后，裴元丘立马察觉出了不对，很快便怀疑到了那队刚进城的洛安士兵身上。

以靖王和谢家那位三公子的聪明才智，必然不会到正门送死。不走正门，那便是山道。

太子布好了天罗地网，一只鸟雀都别想从南城飞过，不止他这一队人马，上山的几条路都有士兵在追，自己运气好，堵到了人，却没想到自己的儿子也在其中。

以往知道裴卿和周世子、谢家的那位三公子走得近，想着不过是几个臭味相投的青年，凑在一块儿吃喝玩乐，不成气候。念及自己早年对他的亏欠，为了让他高兴，便也放任不管，但没想到他如此愚蠢。

如今朝中局势严峻，靖王府惹火上身，自己不止一次给他敲了警钟，让他离开凤城，不惜派人前去凤城接应，他要是稍微有点脑袋，都知道该早早来京都。

可他没有，竟然还同这一帮子人混在了一起。裴元丘盯着自己那愚蠢的儿子，脸色很不好看，见谢劭出来，才挪开目光，眸色冰凉，再无上回的热情客套："三公子，可惜了，上回一别，果然物是人非。"

"裴大人这话晚辈倒听不懂了，晚辈初来南城，难得碰上同乡，裴大人要是肯赏脸，晚辈这会儿倒有空同裴大人喝上两杯。"

裴元丘冷嗤一声，无心同他耍嘴皮子，往两人身后扫了一眼。

谢劭知道他在找谁："裴大人想找王爷，那恐怕走错了方向。"他抬头看了一眼天上的一轮玄月，"王爷此时应该快出城了。"

裴元丘脸色微微一变，很快又镇定下来，笑道："那倒是老夫孤陋寡闻了，靖王还有飞天遁地的本事。"

谢劭也不甘示弱，讽刺道："刀山火海，我等不也到了南城了吗？"

裴元丘目光一凉，兵分两路倒也不失一条好计谋，但他谢三今夜落到了自己手里，也算是不小的收获。他转头同身边的人道："谢公子想要同老夫喝茶，还不快请。"

话音一落，周围的士兵蜂拥而上，裴卿手中佩刀立马横在胸前，把谢劭护在了身后："谢兄，快走。"

裴元丘如今最在乎的是什么，裴卿比谁都清楚，不就是他这个唯一的后人吗？

当真是讽刺。

裴元丘果然变了脸："裴卿，过来！"

裴卿扭头看着马背上那位威风赫赫的大人，丝毫不给情面："裴大人助纣为虐，就不怕遭报应？"

裴元丘冷哼道："我倒是想知道，你想我遭何报应。"

"断子绝孙。"

裴元丘太阳穴一跳，气得心梗，久久说不出话来，身旁巡捕等着他的示下，催道："裴大人。"

裴元丘终究一咬牙："拿下。"

裴卿一刀挑开刺过来的长矛，急声同身旁的人道："谢兄先走，他不会将我如何。"

太子明显下了死手，来的都是上战场杀敌的士兵。谢劭躲过当头一记长剑，弯刀顺势一划，割破了对方的手腕，趁机往后退了两步，与裴卿脊背相抵："未必，裴元丘怕是做不了主。"

裴卿自然知道，自己想找死，谁也救不了，包括裴元丘。

但今夜能遇到裴元丘，已是最大的幸运，裴卿一刀斩断对方的长矛，抬脚踢开冲过来的士兵："能活一个是一个，总比都在这儿陪葬强。"

谢劭确实也没料到碰上的是裴元丘，扫了一圈地形，低声道："往左退，去悬崖。"

有裴卿在，裴元丘不会放箭，只要对方不下死手，他们便有活下去的机会。

裴卿明白过来，配合着往左侧攻击。两个三脚猫功夫的纨绔子弟，再有本事，怎抵得过上百精兵，以卵击石罢了，早晚都会死在这儿。

马背上的裴元丘死死地盯着裴卿，一颗心悬起来，随着士兵手里的长剑长矛一上一下，简直就是一种折磨。他心中又怒又恨，但凡那王氏肚子能争口气，给裴家留个香火，自己也不至于指望这么个蠢货。

包围的圈子越来越小，几人被逼到了一块儿。

谢劭还在往右侧退。看出来了他的意图后，王府的侍卫和闵章跟着他齐齐往左侧攻击。闵章一手持刀防御自己的身侧，一手抓住士兵手中长矛，用足了力气推着对方后退，旁边的侍卫一刀砍在士兵的剑身上，刀锋破了一个缺口，却丝毫不松手，大吼一声，刀口顺着剑身往下猛推，刮起了细碎的火花。能跟在靖王身边出生入死的人，都非凡俗之辈，心中牢记靖王临走之前的交代，务必保住谢公子性命。趁此工夫，一名侍卫蹲地，另一名侍卫突然跃起，踩在他肩头，以身体猛然扑向后方的士兵。

外围的士兵防备不及，被推倒一片，围起来的圈子终于撕开了一道口子。

侍卫死死地压住身下的士兵，回头嘶吼道："谢公子先走！"

要是稍微一迟疑，等士兵反应过来，口子很快便会合上，谢劭不敢耽搁，提刀同裴卿、闵章一道冲了出去。

到嘴的鸭子，还能在眼皮子底下跑了不成，巡捕怒吼道："拉弓！"

这一拉弓，还能有活口？

裴元丘眼皮一跳，及时出声阻止："慢着，捉活的。"

被裴大人那一拦，弓箭手略犹豫片刻，前面的人已经钻进了林子，错失了最好的机会，巡捕气得策马亲自追去。

有了谢劭断后，靖王的马匹畅通无阻地奔向通往京都的山头。

起初温殊色回头还能看到火光，后来火光瞧不见了，只能听到刀枪的厮杀声，即便人不在跟前，眼睛看不到，却能清晰地感受到那股被逼入绝路的恐慌。

她不敢去想，谢劭此时的处境。

她从未这般慌过。

当年娘亲走时，她不懂何为人死不能复生，以为娘亲去了很远的地方治病，总有一天会回来。

后来，她明白了娘亲再也不会回来，也早已熬过了最为难过悲伤的那段时光，没尝到那份渐渐失去的痛苦。如今她却切切实实地体会到了，前一刻还陪着自己坐在马车内说笑的郎君，正在离自己远去。

同娘亲一样，这辈子他或许再也不会出现在自己面前。想起新婚当夜，郎君看到自己惊愕的神色，气愤得扬言要将她抬回温家，却在第二日把自己的屋子让给了她。她把他的家都败光了，他气得倒仰，可并没有迁怒她，甚至自己受着饿,还给她买了咕咾肉。

他一边骂她是个败家子,一边又能把自己所有的俸禄交给她:"小娘子省着点花。"

想起他第一次牵她手,吓唬她道:"我觉得小娘子很不错……往后就委屈小娘子,要跟着我同甘共苦了……"

他并非胡说八道。

他背着她翻了半座山,危难时他牵着她的手,让她走在他的身旁,疲惫时他给了她可以依靠的肩膀。

一声一声的小娘子,不知不觉,早已经刻入了她脑海。这番一去,这辈子她或许再也听不到那声"小娘子"了。马匹越往前走,她心底越慌,忍不住再次回头,对面的那座山已被甩在了身后,两山脉相连,倒是还能瞧见。

突然看到山谷的位置升起了滚滚浓烟,她心口猛然往下一坠,手脚冰凉,颤声呼道:"王爷!"

听到她的声音,靖王侧目,也看到了,神色一凝,马匹渐渐慢了下来。

万没料到太子竟然疯狂到了如此地步,要放火烧山。温殊色的心脏"咚咚"地跳了起来,再也无法平静,就算这般到了京都又如何,倘若郎君死在了这儿,她这辈子还能安心吗?

她自来都是心头装不下半点事的人,又怎愿意一辈子都活在煎熬和痛苦之下。

谢家的清白,苍天在上,自有一份公道。

她想不了那么长远,只知道眼下郎君可能会死,她不能丢下他,哪怕是一己之力,她也要回去试一试。那股念头生出来,心头突然轻松了很多。她再也无法往前,翻身从马背上溜下,顾不得一身狼狈,从地上爬起来,仰头同马背上的靖王道:"民女恳求王爷,准许我回去。"

山火一烧,人活下来的概率更小,靖王也在犹豫,但此时回去,不过是多送一条命。

唯一的解决办法,便是尽快面见皇上。

"温娘子快上来,我答应过谢公子带你去京都……"

温殊色心意已决,摇了摇头,跪下道:"还请王爷成全,我同郎君立过誓言,这辈子要与他同甘共苦,我不能食言。"

靖王愣了愣,看着底下脸色苍白的小娘子,倒是想起了年轻时与周夫人的一幕。能理解她此时的心情,靖王没再勉强,肃然嘱咐道:"顺着山路下去,路上要小心,避开火势,不可与追兵正面相碰,若是见到厮杀后的场面,不着急寻人,当心落入对方的圈套,谢公子一向足智多谋,本王相信他能暂时找到脱身之处，太子的人马认不出你，你下山后，不要停留，立马出城去找暗桩的人来相救。"

温殊色点头："民女记住了，多谢王爷。"起身解开了肩上的包袱，托起来递给了靖王，"此物麻烦王爷先替我保管，若我能回来，必然会向王爷讨要，若回不来，还请王爷交给我父亲，温仲景。"

"好，温娘子保重。"

天色依旧漆黑，月色稀薄，温殊色沿着林子飞奔而下，林子里的虫鸣不断，黑夜很容易给人带来未知的恐惧。

她三岁时便能徒手抓鸡，十岁时能上房揭瓦，她不是寻常的小娘子，一点都不害怕。

脚下被树枝绊倒，她索性顺着山坡往下滑。接近山谷时，头顶的树木突然滴起了雨点，鼻尖浓烟的味道越来越近，依稀能看到前方的火光。她用牙撕下一片宽袖，沾着雨水捂住口鼻，再用滕草把袖口捆紧，避开火光亮堂的地方，绕着林子继续往前。

雨势越来越大，很快林子里响起了轰隆隆的雨声。山头的火势似乎也灭了，待闻不到半点烟味了，温殊色又摸回到了原来的山路上，不敢走正路，躲进旁边的丛林中，小心翼翼地往前爬。雨太大，天色又黑，她不知道自己走到了哪儿，也不知道走了多久，突然听到前方一道声音穿过雨雾传了过来："给我搜，搜不到人一个都别想活……"

心头猛地一跳，温殊色屏住呼吸趴在那儿一动不动。半晌后没听到动静了，她才慢慢地抬起头，太黑了，什么也瞧不见，直到头顶一道闪电落下，终于看清了对面商队的马车。

一辆被劈开，另一辆侧翻在地。地上横七竖八躺了一堆人，闪电太快，她瞧不见是谁。意识到自己已经回到了与谢劭分开的地方，心慌和恐惧控制不住，扑面而来。她埋头紧紧捂住嘴，深吸了几口气，闭上眼睛，强迫自己冷静。

既然还有人留在这儿搜山，谢劭一定还活着，她心头默念一遍靖王的交代："下山，出城，找人……"慢慢地从土坡上退出来，也不知道哪儿是路，从山背的方向爬出来，进入城中，天色已经翻了鱼肚。

落雨的缘故，街头的店铺还没开，行人寥寥无几。

雨水一淋，粘在脸上的黄土早就被冲刷干净，衣裳也贴在身上，显出了玲珑的线条。

靖王说得没错，这城中没人认识她，只要她扮成普通百姓，不慌不乱，便能顺利出城。小娘子的身份有些扎眼，她躲在一处暗巷，拧干了身上的水，重新束好发冠,又撕下袖口的布料,往胸口缠了几圈,这才走出巷子。

她刚出来没走几步,迎面便遇上了几位穿着盔甲的将士。

温殊色没有躲,脚步略往边上让开,微微低头,不动声色。

南城靠近京都,人口众多,即便是夜里,街头上有行人经过也不足以为奇,且这个时辰天色已亮,有不少菜农和百姓出没。

身旁几人并没有往她身上看。走过了,才突然听到其中一人道:"魏都监这回可是立了大功……"

"不过是跑了几步路,何来的功劳。"

声音莫名有些熟悉,温殊色一愣,忙转过身。

说话的人正侧脸看着旁边的同伴,温殊色几乎一眼便认了出来,对方正是前两个月来凤城讨粮的将士,魏都监。

她心中一喜,脚步下意识地往前追去:"魏……"

"洛安的战事刚结束,南城又怎么了,这一大早的,到底要抓何人,如此兴师动众……"

她到嘴边的声音及时收了回来。

几人很快拐进了前面的巷子,温殊色匆匆跟上,却见魏都监已翻身上了马背。

此处是南城,所有的人马都是太子殿下的,不清楚局势,她不敢贸然上前,眼睁睁地看着人打马离去,转身急忙往城门口赶。

雨已经停了,头顶的云雾却没散开,灰蒙蒙地压下来,让人喘不过气。湿漉漉的衫袍贴在身上,又冰又凉。到了城门口,温殊色见所有人都在往回走,不明白发生了何事,拦住一位刚回来的妇人问道:"婶子,怎么回事?"

那妇人摇头叹道:"封城了,出不去,还是回去吧。"

温殊色心猛然一沉,逆着人群往前挤去,果然看到两道城门紧闭,几十名士兵手持长枪守在了门外,谁也不敢靠近。

百姓出不去,扎堆立在外围,纷纷议论:"这又是出了什么事?"

"头上官爷的事,咱们怎么知道。"

"我倒是听说昨晚城门进来了一批贼人,军府的人都惊动了,如今还在搜山呢。"

"是何贼人竟如此胆大?"

没人知道,但看这架势——

"都回吧,近几日怕是出不去了……"

肩膀被边上的人一撞,温殊色才回过神来,出不了城,没有救兵,军府的人还在搜山。如此下去,即便谢三躲过了一劫,也会被困死在山里。

该怎么办,温殊色突然感觉到前所未有的无力。她很快打起精神,郎君生死未卜，她断然不能坐以待毙。暗桩的人她是联系不到了，自己一人进山救人，如何去救？恐怕人还没找到，先被人抓了起来，再以她为要挟，只会让谢三雪上加霜。

还能找谁？只有魏都监。

当初自己捐粮，虽也有自己的谋算，可也实打实地解决了他魏都监的困境。既是自己给他的恩情，便有理由讨回来，就算他不帮她，有那桩恩情在，也不至于把她卖了。真要卖了，只能怪自己有眼无珠，横竖也是死路一条，她已别无选择，转身又拉住一位百姓，问道："请问大伯，可认识魏都监？"

什么都监军监，不过一个百姓，哪里认识，对方摇了摇头，没理会她。

如此问了几人，终于有一人驻步看向她，疑惑地问："你是魏都监何人？"

这点温殊色早想好了，答道："魏都监曾在洛安时，与我有过一面之缘，当时情况危急，在下有一样东西托他保管，却忘了问住处，听说人回来了，一时不知该往哪儿寻。"

洛安打仗，遭殃的是百姓。

那人见她面容清秀，一身却落魄至极，应当是受战事波及，便也明白了，同她指了个方向："洛安的将士昨夜都回了南城，这会儿应当在军府，你上那儿去问问。"

军府。

就是那里头的人把她的夫君堵在了山上，生死不明，如今她又要上那儿找人救她的夫君，简直荒谬。虽说南城确实无人认识她，但她不能前去冒险，只能在附近徘徊，暗里打探着往来的兵将。

时辰一点点地过去，始终没再见到昨夜的那道身影。云雾遮天依旧瞧不见日头，却能感觉到太阳穿过云层，照在头上的灼热，湿衣贴在身上，不知何时已经被自己的体温烘干，腹中的饥饿传来，猜想应当是正午了。

再这般等下去不是办法。她探手钻进自己的袖筒，从胳膊弯的一处暗口袋里，悄悄抠出了几枚铜钱，回头看了一圈路上的行人，没找到一个合适的。正着急，突然听到一声方言，有些熟悉，很快想了起来，自己曾经从府上的顾姨娘那里听过，是庆州的腔调。

她忙上前拦住："大叔是庆州人？"

南城乃东州的属地，而庆州在中州，南城很少有庆州人，要不是这回庆州天灾，洛安又奉战事，庆州的人也不会跑这么远。

听她这般问，对方自然知道她听出了自己的口音，道是遇到了同乡，态度客气，点头道："公子也是庆州人？"

温殊色无比庆幸自己的记忆力好，还记得顾姨娘说的那位表姐夫的名字，赶紧问道:"大叔可认识一个叫张有泉的人?"

那人面色一愣,有些意外:"公子是?"

温殊色忙道:"我乃张公子妻妹的友人。"

那日顾姨娘上门来道谢,温殊色并没有放在心上,二十两银子而已,她就算不还,自己也不会放在心上。怎么也没想到真有一日会求到他们身上,那位庆州人把她带到了一间青瓦矮房前,简陋的木板门也没上锁,伸手推开,一进屋,那人便扯着嗓门冲里喊道:"张大哥,庆州来了亲人。"

话音一落,一名妇人便掀开布帘走了出来,温殊色立马认了出来,对方正是那日求上谢府的妇人。

对方却不认识她,满脸疑惑:"你是?"

温殊色客气地道:"一个月多前,夫人托顾姨娘带来的酥皮,甚合口味,还没来得及同夫人道谢呢。"

妇人听完立马明白了过来,惊愕地把她打量了一阵,瞧她这身打扮,知道她多半不便,忙把人请进屋,叫来了自己的男人,不太确定地问道:"您就是谢家的三少奶奶?"

温殊色点头:"初来南城,实在没想到会遇上意外,贸然上门叨扰了张大哥和夫人。"

妇人忙道:"三少奶奶折煞我了。我一个粗俗妇人,什么夫人不夫人的,三少奶奶于我娘俩乃救命的恩情,有什么难处三少奶奶尽管开口。"说完回头瞪了一眼自己的男人。

庆州闹天灾的那阵,流民到处疯抢,一家人被冲散,要不是三少奶奶那二十两银钱,自己的妻女早就饿死在了街头。

张有泉自然心存感激:"我旁的本事没有,人缘倒是不错,三少奶奶有何难处,尽管说。"人缘再好,也只是普通的百姓,且二十两银子的恩情,着实不能要求别人为她卖命,"我想求张大哥,帮我去军府寻一人。"

魏都监当日并不在军府。

今日凌晨,魏都监才从洛安回到南城,早上与几个同僚一同去军府复命,人却被拦在了门外。

巡官看着他,一脸阴阳怪气:"是我等有眼不识泰山,竟不知魏都监是杨将军的外孙,如此尊贵之人,区区都监,岂不是委屈你了。"

洛安粮草一事爆出来后,太子被杨将军参了一本,皇上一怒之下,将其贬回了东州南城,这事儿已经传了出来。

身为杨将军的亲外孙,太子没要了他的命,已算得上理智。见南城没有了自己的容身之地,他折身回到自己所住的小院,打算尽早赶回京都,却又得知太子下令封城，任何人都不得进入京都。

早上回来时，他便听到一些风声，说是南城昨晚进了贼人，太子为抓人，几乎倾巢而出。如今连城门都封了，这贼人怕是不简单，他忙招来小厮，正问着话，突然听到了几道敲门声。

这处小院平时也就几位兄弟造访，当是下值了上门来探望，小厮转身去开门，自己先沏茶。

门打开，却听见了一道陌生男子的声音："请问魏都监在吗？"

魏都监一愣，小厮很快折了回来，禀报道："外面来了两位从庆州来的公子，说是公子曾经欠了他们一些粮食，今儿个走投无路，上门来讨了。"

自己何时去过庆州？魏都监一脸疑惑，起身随着小厮出来，到了门口，便见有两人立在门外。一位乃中年男子，似是平常的百姓。另一位站在他身后，天色已经暗沉，两人手里都没提灯，一眼瞧不清楚，只见其身形纤细，头上束了发冠，是位年轻的小公子。

正疑惑着，那位"小公子"上前一步，抬起头冲他一笑："魏都监。"

魏都监盯了片刻，目光逐渐露出惊愕，呼出一声："小……"又及时止住。

那日凤城一别，魏都监便带着粮草匆匆回到了洛安，因粮草来得及时，大酆才得以扭转局势。

在上位者眼里是一场胜仗，但在他看来却是挽救了成千上万的生命。

魏都监心中一直记得这桩恩情，惦记着等回到京都，必然为小娘子讨一份赏赐，没承想人还没回去，先遇上了小娘子。

他顾不得去猜她为何这身狼狈，赶紧把人请进屋。

温殊色回头对张有泉道了谢："多谢张大哥，来日等我渡过难关，再登门道谢。"

张有泉能有这番人缘，自然是个有眼力见儿的人，摇头道公子言重了，见人已经找到，便与其道别，没再留。

这头魏都监领着人进去，关上门，还没来得及问，温殊色突然跪在他面前，拱手恳求道："当日公子前来凤城讨粮，身为大酆百姓，我谢家理应义不容辞，本不应该前来讨恩，只是今日遭人奸计，落难至此，夫君生死不明，我实在没了办法，求到公子面前，还请魏公子能施以援手。"

魏都监忙上前托住她手肘："小娘子快起来，有什么话坐下慢慢说。"

慢不了了，天又黑了，是死是活只能赌一把。

"不瞒魏都监，此时城中军府所捉之人，正乃我夫君，谢家三公子，谢劭。"

魏都监果然面露震惊，目瞪口呆。

温殊色心提到了嗓门眼上，紧紧捏住袖筒内藏好的短刀，做好了最坏的打算。

片刻后,便听魏都监道:"小娘子放心,谢家乃名门,谢仆射有令名在身,德行高洁,我坚信谢家的清白。"说完又伸手扶她起身,"小娘子快起来,若非小娘子大义,解救了万千将士,我大鄹不知还有多少亡魂要埋骨在洛安,如今小娘子能上门相求,是对魏某的信任,魏某必不会袖手旁观。"

从洛安粮食一事上,他便看出了太子的品行,如此不惜动用军府,追杀谢家,想必又是什么见不得人的手段。为表诚心,魏都监也告诉了她:"不瞒小娘子,因家中外祖父与太子殿下政见不和,如今魏某已被夺去都监一职。"又道,"不过小娘子放心,这些年我在南城还是有些可靠的人手,小娘子若是信得过在下,先换身衣裳,进些食物,其他的交给魏某,魏某先想办法。"

从昨夜到现在,温殊色精神一直绷着,不敢有片刻松懈,直到此时,才稍微松了一口气,起身道:"我先替夫君谢过魏公子。"

"小娘子不必客气。"他替她沏了一杯热茶,进屋去找了一套自己从未穿过的新衣递给了温殊色,"去洛安前,刚缝制的,还没来得及穿,小娘子进屋换上,我出去找人想办法引开府军,无论成功与否,最迟半个时辰,我都会回来,小娘子切莫着急。"

被雨淋了一夜,又东撕一块西撕一块,一身衫袍确实没法看了,温殊色没同他客气,接过来道了谢。

心中还是有些防备,温殊色不敢进食,去里屋匆匆换好衣衫,也不敢待在院子里等。她躲在外面的巷子口,留意着周围的动静,只要有异常,随时都能脱身。

等了小半个时辰,巷子里突然响起了一阵马蹄声,温殊色忙躲进暗处,片刻后,便见魏公子到了院子前,一人从马背上下来,穿上了军府的盔甲。确定他身后再无旁人,温殊色这才出声叫住了他。

魏公子对她的防备倒也没意外,回头把手中一套盔甲交给她:"小娘子先穿上,不出意外,府军半个时辰后会下山,小娘子随我一道进山救人。"

温殊色匆匆套好了盔甲,魏公子跨上马背,同她伸手:"小娘子上马吧。"

生死关头,顾不得在意男女之别,自己的骑术确实进不了山,况且上回已经坐过靖王的马匹,没什么可在意。她将手递出去,被魏公子握住,借力翻上马背,坐在了他身后。

魏公子同小厮使了个眼色,小厮将手中的火把往院子里一抛,浇了油的房屋瞬间燃了起来。

与此同时,魏公子手底下的一位士兵,匆匆上了军府:"报!都监魏允与凤城谢家三公子,意欲谋逆。"

这一声出来,军府炸开了锅。报信的人乃魏允手底下的亲信,看得出来神色慌张,必是偷听得来,吓得不轻。

杨将军在朝廷上几回公然与太子为敌,颇有亲近靖王的趋向,如今魏允私藏谢三公子,助其出城,倒不难理解。

找了一天一夜没见到人,没想到人早就到了山下,还找到了魏允共谋。

山上的人手全调了回来,开始搜城。

裴元丘一直守在山上,随着时辰慢慢过去,心头也越来越煎熬,希望找到人,又希望永远别找到。前夜谢三同他那愚蠢之子一同跳下了山崖,巡捕毫不犹豫地放火,一场山火烧了两炷香,好在及时下了一场大雨。几百号人搜山,搜了两日,没见到人,要么被山火烧成了灰,要么人已经逃了出去。悬崖的出路全被府军堵住,前者的可能性更大。

此时听到府军来报,裴元丘松了一口长气,目光看了一眼悬崖底下,转身立马召集手下人马:"下山。"谢三固然该死,但不值得搭上他的儿子。

此时一处断崖上,裴卿正卡在断崖的夹缝里,转过头看着身旁同自己趴了一天一夜的狼狈公子爷,压着嗓子道:"谢兄后悔吗?"

一层夹缝,两个人勉强塞进去,脑袋动都不能动,腿被岩石卡住,早就麻木了,谢劭艰难地瞟向他。

他倒是还有力气说话。

"我死了倒没什么遗憾,谢兄可惜了,白成了一场亲。"裴卿突然问,"嫂子应该到京都了吧。"

谢劭沉默。

再不说话,裴卿怕自己一闭眼,永远都开不了口了,好奇地道:"你亲过嫂子吗?"

"闭嘴,保存体力。"

"是什么感觉?"

谢劭深吸一口气,他怎么知道,前夜不过是亲了一下额头,看到小娘子的眼泪,心如刀割,什么滋味完全不知道,怕他再问下去,咬牙道:"美妙至极。"

"等从这儿出去,你也找个小娘子试试?"

裴卿一笑:"我就算了。"

"为何?"

"成亲生子?岂不是便宜了裴元丘……"他那句断子绝孙,并非玩笑之言。

当初裴元丘抛下自己和母亲,嫌弃他们是累赘,如今又想尽办法把他找回去。

这不就是报应。再困下去,都会死在这儿,裴卿伸手攀住外面的石岩,头突然探出了石缝之外:"谢兄活着去京都找嫂子吧。"

阻拦不及,谢劭一把拽住他后腰上的腰带。想要在刀山火海中讨一条活路,耗的本就是一场持久战，谢劭恨铁不成钢，咬牙拖住他："你也不怕裴元丘再给你添一位弟弟。"

裴卿一时卡在了那儿，进出不得，正要挣扎，却见山谷底下的火把正在慢慢地往外退，人声也越来越远。

裴卿松了一口气，拍了下还在拉拽自己的那只手："谢兄，人走了。"

谢劭抬目，视线透过崖缝上的树枝，这才察觉跟前的火光确实没了。

在崖缝里塞了一天一夜，身子早就僵硬，两人艰难地爬出来，腿脚血液一时半会儿回不上来，没稳住，齐齐滚下了山谷，跌入底下的水潭。

裴卿当即被灌了一口水，在水潭里"扑通"了两声，挣扎着爬起来。见山谷的火光撤去，人也陆续走了后，不远处的闵章也从断崖内滚了下来，正要寻自己的主子，突然听到动静声，摸着上前，小心翼翼地唤了一声："主子……"

"这儿，没死。"山崖不算矮，黑漆漆的又看不见，身上被树枝和石头不知撞了多少伤痕，再跌进水潭，不只是裴卿，谢劭也呛到了水，差点没能起来，勉强应了一声，艰难地往外爬，这番一刺激，腿脚倒是有了知觉。

昨夜一场雷雨，今日整天阴云，夜里没有明月，对方的火把一撤，谷底便没有一点光亮，伸手不见五指，跌跌撞撞从水潭里出来，也摸不清方向。

三人身上都没带火折子，这时候也不敢生火。以三人目前的形势，摸黑往上爬，怕是等不到太子的人再折回来，自己先摔死了。他们只能先拧干袍子上的水，隐蔽在一颗石头后，迎头等着天光慢慢地亮起来。

这会儿要是裴元丘的人马再回来，铁定一搜一个准。心猛地往下沉，裴卿偏过头："谢兄，裴元丘此人一向奸诈，你说他是不是同咱们来了一招以退为进。"

各人心里都在猜测，可就怕他这种乌鸦嘴道破。

果然，话音一路，山崖上便传来了一阵山石滑落的动静，裴卿来不及捂嘴，闭眼一个倒仰，头抵在石头上，恨不得扇自己一个嘴巴。

几人再爬上去，塞回到石缝里，不太可能，看不清路，也不能轻举妄动。三人只得绷直后背紧紧贴着石壁，留意着上面的动静。动静声越来越近，似是有人正顺着山道往下而来，慢慢地，几束火把的光亮，突然从半山腰上映下。

接着便听见一声："谢三公子……"

谢劭深吸一口气，捏紧腰间的弯刀，其余两人也都做好了决一死战的准备。

"郎君……"片刻后，突然一道声音窜入耳朵。

谢劭本以为是自己的错觉，察觉到身旁两人都没再动，应该也听到了，屏住呼吸，再次竖起耳朵。半晌，那道熟悉的嗓音又传了过来："郎君……"

这回听得清清楚楚，确定是他家小娘子的声音，谢劭惊愕她怎会出现在这儿,头一反应是靖王也落到了裴元丘那狗贼手里。理智一点,他不应该出去,否则全军覆没。但明显理智不了,他从石头后现身出来,看着山头上的火光慢慢靠近,人下到了谷底。

没看到大军,只见到两三道火把,人越来越近,随行似乎只有两三人。

不像是裴元丘的人马。

靖王昨夜才离去,脚程再快,这会儿应该也才到京都,不可能这么快派出人马前来接应。最大的可能,是靖王走了回头路。他心口一跳,跨步上前,谁知腿脚刚恢复了知觉,僵硬得厉害,肢体跟不上脑子,一跨出去,身体便一阵踉跄,最终还是没稳住,又跌进了水潭。

水潭下凹凸不平,谢劭爬了好几下才爬起来,勉强站稳,身上的水"哗啦啦"地往下滴,他狠狠地抹开糊在脸上的发丝。

这一番动静不小,刚下山谷的几人都听到了,他们快速赶了过来,三束火把齐齐在这边举,火光清晰地照在了谢劭的脸上。只见对面的小娘子神色呆愣了片刻,突然扔了手中的火把,双脚蹚入水中,不顾一切地扑进他怀里。

谢劭刚站起来,被她一扑,脚下不稳,一屁股又坐了下来,连带着身前的小娘子一道跌进水里,摔成了一团。水花砸起来,扑在两人脸上,小娘子一身也湿透了,却丝毫不在意,没等谢劭爬起来,人再次扑上去,一双胳膊紧紧地抱住了他,激动地呜咽道:"郎君还活着,呜呜……"

天知道她有多慌,短短一日,如同过了三秋,每一刻于她都是难熬,好不容易下了山,城门又出不去,找不到救兵,她都快急死了,几番辗转,眨眼的工夫便到了天黑。跟着魏公子找上山时,她并不确定谢劭是不是还活着,一颗心悬着,恐慌又紧张。

她不敢去想,谢劭要是再也回不来了,自己该怎么办。憋到如今,终于见到了活人,只有把人紧紧地抱进怀里,才能抚平她这一日的心慌意乱。

谢劭被她按在了水潭里坐着动弹不得,就凭这股力气和冲劲儿,不用再去怀疑,确实是他的小娘子回来了。

卡在石缝里的这一日,他眼前全是小娘子临别时的那张泪脸。当时情况危急,他只想着要把她送到安全之地,人一走,却又觉得内心空空荡荡。两人能走到一块儿,本就是阴错阳差,并非两情相悦,当初她能同意留下来与自己将就,他也知道,是因为她心疼温家老夫人,和自己的想法一样,想活给所有人看,即便是错了,他们也能过得很幸福。

之后两人各取所需,本不应该有交集,却怎么也没料到,自己会对小娘子生出情愫。细细一想,也并非意外,小娘子容颜绝色,性格好,谁不喜欢。

本以为她已经到了京都,这辈子大抵没了机会再相见,如今她却从天而降,把他抱在怀里，哭得肝肠寸断，是不是也证明了，她是舍不得自己，在意自己的。这样的感觉太踏实太温暖，一切的理智都抛在了脑后，他不想去问她怎么会出现在这儿，或是斥责她不该出现在这儿，甚至对她的出现内心还有了一份愉悦。他忍不住也搂住她，手掌抚住她的后脑勺，脸贴着她，安抚道："温二，我没事。"

小娘子抱得更紧了，边哭边嚷着："我不走了，你别让我一个人走，我要跟着郎君，就算死，我也认了。"

一日的束手无措，温殊色早就后悔了。她从小就没有承受苦难的本事，从昨夜到今夜，对方的生死全系在了她一个人身上，她却爱莫能助，那等子灭顶的绝望，她不想再去承受一回，太子的人来就来吧，还不如给她一个痛快呢。

"呜呜呜……"小娘子号啕大哭，全然没了白日里的冷静和端庄。

身后的魏允举着手中的火把，适才小娘子求上门来时的冷静和勇气还历历在目，如今再瞧，落差太大，一时之间看愣了神。

藏于石头后的裴卿和闵章也早走了出来，无比惊叹小娘子的伉俪情深，人都走了，竟然还跑了回来。不知道到底发生了何事，靖王是不是也回来了，裴卿抬头一看，突然见到了一张陌生面孔，目中瞬间露出防备。

跟前公子的穿衣打扮不像是靖王的人，裴卿出声问："请问阁下是？"

魏允拱手，客气地报了家名："某乃京都魏家的孙子辈，家中排行为首，单名一个允字。"

陡然听到小娘子之外的陌生嗓音，水潭里的谢劭这才回过神，终于抬起了头。

魏允的目光也恰好落在他身上："想必这位便是谢家三公子了。"虽说不太好打扰，但不得不出声提醒，"此地不宜久留，各位公子，先上去再说。"

一把山火把林子烧得乌黑，又下了一场暴雨，太子的人马在谷底搜了半天，就快把上头夷为平地，到处都是踩出的稀泥脚印。

上去的路不好走，三人身上又有伤，相互搀扶，花了大半个时辰，才爬到了最初的山路上。

裴元丘的人马彻底地撤走了，原地只余下了几堆火星，马车倒在地上，狼藉还在，地上躺着的那些人却都被拖走了。

包括王府死去的几名侍卫。

三人跳下悬崖时，王府的侍卫并没有跟上，以死为他们拖延了逃命的时辰。雨水一冲刷，血迹浸进土壤，道路染红了一大片，活生生的人，陪着几人走了这一路，谈笑声仿佛还在耳边，如今说消失就消失。几人目光沉痛，谁也没有说话，却一刻都不敢停留。

山下太子的人在搜城，他们只能继续往林子深处走。避开了那段路后，一行人又走了小半个时辰，实在走不动了，到了一处有水的山腰方才停下歇息。

　　昨夜三人被追兵逼上悬崖，身上都备好了铁钩，跳下去的瞬间抛出铁钩，及时挂在了崖壁和树干上，再艰难地攀上山崖，找到一处石缝藏身。

　　山火烧起来的那阵，几人差点没被浓烟熏死，好在天无绝人之路，老天爷及时下了一场雷雨，火势没烧起来，军府的人却不死心，围着山谷搜了一天一夜，迟迟不退。几人被困在石缝里动弹不得，腿脚磨破了皮，最后又跌下山崖摔了那么一跤，这会儿身上都是伤，行走在死亡边缘，又没进半点食物，又累又饿，一个个面色早已苍白。

　　魏允上山时，都准备好了，让小厮把包袱拿出来。

　　谢劭靠着树干坐下后，尽管脸色不好，精神却极好，目光盯着小娘子从对面的公子手里接过了包袱，笑着道了谢，转身又朝着自己匆匆走来。

　　路上，谢劭已经听她说了她这一日一夜所历的惊险，也知道了跟前这位魏公子是谁。

　　"同郎君分别后，我一直放心不下，后面在山腰上又见到了浓烟，知道郎君是被困住了，便求王爷把我放下马背，本打算照王爷的吩咐，下山后出城去找暗桩的人前来救郎君，谁知太子把城门也关了，出不去，我只能折回来，走投无路之时，郎君猜我遇上谁了？竟然是顾姨娘的表姐，所以说这人平日里要多做善事，紧要关头才能救自己一命，顾姨娘的表姐夫替我找到了魏公子，要不是魏公子，恐怕我同郎君当真要在天上相遇了……"

　　知道他要问，温殊色继续道："郎君还记得魏公子吗？"见他面色疑惑，又自己答道，"上回我同郎君说过的，来凤城讨粮的魏都监，今日在山下突然撞上，城门出不去，我没了办法，记得当初他来凤城时，品行不错，这才上门去讨要了恩情，果然没看错，魏公子听完二话不说，便出手相助，可见郎君的那些银钱并没有打水漂，不仅得了官职，还给自己买了一道救命符……"

　　小娘子许是熬过了苦难，终于松懈了下来，话语也轻松，他却听得心惊肉跳，暗道这小娘子当真是不怕死，也不知道哪儿来的胆识和勇气。

　　随后一阵后怕，背心都生了凉，他一路上紧紧握住小娘子的手，不敢去想她要是走错一步，会是什么样的结果，如今坐下来后，一双眼睛也没离开过她。

　　她从魏公子那儿拿着包袱回来，蹲在自己身前，从里取出了一块饼递给了他："郎君饿了一天一夜了，先吃点东西。"不仅是他，从昨晚到现在，温殊色也是滴米未进，递给他后，自己也拿出一块饼咬了几口，混着壶里的水囫囵吞下，空荡荡的胃腹总算好受了一些。

　　一块饼下肚，她回头见郎君手里捏着饼，目光直勾勾地看着自己，迟迟不动，疑惑地问道："怎么了？郎君是吃不惯吗，饼是有些干，但能救命，郎君将就吃一些……"

那双灵动的双眸，熬过了一个日夜，布了几道血丝，却依旧鲜活，炯炯地朝着他看来。

心口"咚咚"几跳，他终究没有忍住。

温殊色话还没说完，便见谢劭突然凑过来，他伸手钩住她的后脖颈，没有半点预兆，唇瓣一瞬间贴在了她唇上。

温殊色奔波了一天一夜，没合过眼，身心俱受摧残折磨，这会子还能保持清醒，全是因为她这十几年来底子打得好。嘴被谢劭亲上，一时还没明白发生了什么，两只眼睛愕然瞪大，呆呆地盯着眼前放大的一张面孔。怕暴露行踪，林子里没生火堆，但几人手里的火把却没灭，身后昏黄的光亮照过来，在他眉眼之间跳跃，只见他两排眼睫紧闭，细细密密的长睫垂下还挂着一层细碎的水珠，内心似乎也不太踏实，微微在颤动。

脑子里"嗡"的一声，迟钝地回过神来，温殊色头一反应便是推他。

他、他在干什么呀……身后还有人！她刚过来时魏公子正往这边瞧，还有闵章，无论何时目光都在他主子身上。

一定都看到了。

自己生平头一回的香艳场面，竟被人看了个光。她又羞又恼地去推他，却没能把他推开。他铁了心要亲她，手掌用力扣住她的后脑勺，就是不松，唇瓣死死地贴着她的小嘴，一动不动。

唇瓣被他堵得一丝缝隙都不剩，温殊色喘不过气来，鼻尖的气息与郎君相交，脸色一片辣红，越来越慌。

谢劭此时也有些无措，适才盯着她那双眼睛，突然就想亲她一下，那样的念头一冒出来，如洪水猛兽，汹涌地往上蹿，完全压不住，一时冲动，把人扣过来给亲了。

本打算蜻蜓点水，先解了心中之急，谁知一碰上便失了控，他不知道小娘子的唇竟是如此柔软，唇瓣相连之处，滚烫一片，仿佛还有一股幽香，勾着他甘愿往下沉沦，恍若置身于水深火热之中，抽不出身，心口"怦怦"直跳，神魂也开始凌乱，不知道该怎么办才好，不想离开便是了。

见她要躲，他自然不能松，手上的力气加重，把小娘子的唇紧紧压住。

他压得太厉害，唇瓣既疼又麻，推又推不动，想起身后的几人估计正看着热闹，一着急，温殊色只能伸手去掐他的胳膊。

胳膊上蓦然一疼，谢劭才猛然惊醒。手一松，小娘子瞬间离他远远的，坐在对面，背对着众人，把脸埋在掌心，羞于见人。

谢劭后知后觉,抬起头一扫,不远处的几道目光,躲的躲,闪的闪,不用说,必然什么都瞧见了。

头一回同小娘子亲热便遭了大伙儿的围观,谢劭到底还是脸薄,愣住片刻,夜里的风突然把郎君的脸吹出了一层红晕,幸在有夜色遮挡,摸了一下鼻尖,别过头去,耳边一阵安静,有那么片刻连林子里的虫鸣声仿佛都听不见了。

都怪自己没控制住,太唐突了,让小娘子也跟着害了臊。怕她生气,他偷偷看了她一眼,小娘子倒没再捂脸了,埋头小口小口地咬起了饼。

他轻咳一声,殷勤地把手边的水递给她:"喝点水,别噎着了。"

其实那个吻,温殊色没觉得有何不妥,自己是他的娘子,他要亲,天经地义,不妥的是被那么多人看了去。

可转念又一想,似乎也没什么,夫妻两人刚经历了一回生死,大难不死,头脑一热抱着她亲一口,乃人情伦理,情理之中。别说他了,自己在谷底的水潭子里看到他还活着的一瞬,也曾冲动过,要不是他倒得及时,恐怕自己早就亲了上去。

想明白了,一切就都不是事儿了,羞涩来得快,去得也快,尴尬从不会在她身上久留。没同郎君客气,她接过水袋饮了一口,递回给他,仿佛什么都没发生,一脸豁达地道:"郎君赶紧吃,一天一夜没进食,一定饿了⋯⋯"

短短不过几息,看着她脸上的娇羞变戏法似的消失不见,没料到小娘子比他还放得开,他松了一口气,隐隐又觉得有些失落,遗憾两人的第一次亲吻,时机太不是时候,没能给她留下足以回味的涟漪,自己是做不到她那番平静。

从凤城到南城,路上两人也不止一次喝过一个水袋,并没觉得有何不妥,可亲了这么一回之后,再也无法淡定了。谢劭仰头灌入喉中,水的味道仿佛都与之前有了不同。心神正飘忽荡漾,小娘子又慢慢地移到跟前,凑上前低声地道:"郎君要是想亲,下回没人的时候,我们再亲吧。"

他呼吸猛然一紧,小娘子的话简直太诱惑,先前的心情一下从谷底拉到了天上,嘴里的一口水,只听得"咕噜"一声,入了喉,连带着身上的那股疲惫感都没了,未来突然变得可期了,没人时再亲⋯⋯怎么个亲法,实在让人忍不住想入非非。

正心猿意马时,瞥见魏公子走了过来,谢劭不得不暂时敛下心中浮想联翩,目光在他身上流转了一番。

京都魏家,他知道。

儿时自己还曾见过这位魏家长公子,只记得个头瘦小,十来年没见,已然是位身长玉立的公子爷了。

魏允走到跟前,招呼了一声三公子,把手里的一瓶药膏递给他:"里面是金疮药，三公子的伤用得上。"

朝堂上太子与杨家对立，谢劭多少知道，至于魏公子能如此痛快地出手相助，确实没料到。谢劭起身，拱手同他行礼："此趟把魏公子也牵扯了进来，谢某实在抱歉，先在此谢过魏公子。"

魏允拱手回礼道："一切皆为我自己所愿。既做了选择，便会料到结果，三公子不必如此客气。"他转头看向温殊色，语气温和，"两个月前，我于凤城求粮，若非三少奶奶大义，解了我洛安将士的燃眉之急，如今我怕也不能安然无恙地站在这儿，今日力所能及，能帮到两位，于魏某而言，也算了了一桩心愿。"

听他说到了自己头上，温殊色慌忙起身，人已经救下，也能轻松地说着漂亮话："捐献粮草用于军中，魏公子不过是替大鄹将士奔走了一遭，要说欠人情，也不该是魏公子来还，魏公子可莫要再惦记在心，天大的恩情，这回也都还完了。"瞧了一眼手里的饼，热情地问，"魏公子自己可有吃？后面的局势还不清楚，难为魏公子也与咱们成了天涯沦落人，得要补充好体力才行。"

许是过了难关，她脸上的笑容轻松了许多，不似求上门时的防备和紧张，也不似适才在水潭里看到的失态和崩溃。笑容明艳，又恢复成了初次在凤城相遇的那个鲜活姑娘。

魏允笑了笑道好，遂把手里的一个纸包给了她："三少奶奶一身湿衣，林子里凉，魏某恰好备了一套新衣，三少奶奶换上，仔细别着了凉。"

原本她已经穿了人家一件，都怪自己太激动，往水潭里一扑，身上又湿了个透，夜里不比白日，确实有些凉。

既然有多的，自是换上干爽的好，温殊色接过来道了谢。

魏允又同谢劭道："我已派了可信之人引开府军，一时半会儿不会再追上来，三公子趁机先歇息，休养一阵咱们再往里走。"

谢劭面色看不出异样，含笑点头，待人一转身，目光便落在了跟前的小娘子身上。

适才只顾着看人了还没察觉，如今才发觉，她身上穿的衫子压根儿就不是她原来的那件。

知道她大半夜下山，淋了那么一场暴雨，定是一身狼狈，能有个人给她一件干爽的衣裳，他应该感激，可心头那股闷闷的刺疼，明显谈不上愉悦，甚至还有些难受。他并非介意她穿上了谁的衣裳，而是恨自己无用，懊恼在她最无助之时，身边陪着的人不是他。

等温殊色换好了衣裳回来，便见郎君手举火把在取暖。

火把靠得太近，生怕他把自己头发燎起来，她劝道："郎君也冷吗？要不我生一堆火吧,明儿我收拾干净便是……"

"不冷。"他把烤干的位置让给她,"累吗?"

累,怎么不累呢。紧绷了一天一夜,阎王殿门前徘徊了几回,终于可以松一口气了,一屁股坐下来,浑身都没了劲儿,她见他还在烤着,便没再管,埋头抱住了自己的膝盖:"我先睡会儿,郎君也早些休息。"

荒郊野外睡得并不踏实,脑袋从膝盖上滑下去好几回,迷迷糊糊被人拉了一把,听见一道声音:"肩膀干了,你靠过来睡。"

终于有个地方可以支撑下滑的脑袋,她实在太困,睁不开眼睛,沉沉地睡了过来。

京都皇宫。

皇上刚更衣完,门外廊下一位太监行色匆匆地到了门前,悄声同门口值夜的人说了一句,那人神色一慌,转身便推了门。

刘昆扶着皇上坐到了床边,正欲扶他躺下,突然瞥见手底下一人站在了帘子内,言行嗫嚅,冲他使着眼色。

这个时候了,还有什么事?刘昆轻手轻脚地走过去,皱眉问道:"怎么了?"

那人对着刘昆耳语了一声。

刘昆一愣,回到皇上身边,低声禀报道:"陛下,靖王殿下来了。"

皇上同样一怔,藩王无召不得进京,他不是刚回去吗,怎么来了京都,还选在了这个时候?

要是被人看到,还不得掉脑袋。皇上鞋都脱了,又让刘昆给他穿上,吩咐道:"把人叫进来,万不可让人瞧见。"

"是。"

不多时,外面一盏宫灯领着一位身披斗笠的人进来。那人一进屋便揭开了头上的帽子,跪在地上,额头点地:"儿臣叩见父皇,父皇万福安康。"

皇上的目光落在他身上,微微一颤,柔声道:"起来吧。"

翌日天还没亮,一封急报从中州发来:凤城谢副使叛变,围堵王府,将靖王关在了城门之外,意图谋逆。

早朝顿时炸开了锅。

多数人难以置信,怀疑道:"哪个谢副使?"

"前谢仆射的兄长,谢道远。"

还真是那个谢家。朝中文武百官脸色各异,以杨将军为首的几人,立在那儿闭嘴不谈。右相元明安瞟了杨将军一眼,脚步挨了过来,主动搭话:"谢家好歹也出过一个仆射,怎么突然就谋逆了呢,杨将军是何看法?"

杨将军一笑:"同一个鸡窝里,还能生出一个坏蛋呢,这有何可奇怪的。何况还是图谋不轨之人,故意敲出一条缝,难不成要殃及整个鸡窝?"

元明安笑而不语地看着他:"听杨将军这话,此事还另有玄机?"

杨志敬没理他,扫了一眼他左右,赞叹道:"元相如今这人脉,是越来越广了,千里眼顺风耳也不为过,有什么想知道的事儿,一句话的工夫,又何必来我这等耳目闭塞的人跟前打探呢。"

杨志敬这张嘴真是日益见长,哪里还像当初刚回来时,半天憋不出一个字来,脸如猴屁股。

已经到了早朝的时辰,臣子都到齐了,元明安只好先闭了嘴。

很快皇上到了,百官朝拜。

平身后,便有臣子出列,讨伐谢家:"区区副使,手中不过两千兵马,还敢举兵犯上,何等猖狂,恳请陛下立刻下旨,捉拿逆贼谢道远。"

"臣附议。此等贼人,目中无法,更无君主,按我大酆律法当处以斩刑,家族十六岁以上的男儿都应连坐,处以绞刑,母女妻妾等籍没……"

"臣附议。"

"臣附议……"

瞬间的工夫,跪了六七人。

"犯主谋逆,确实不可恕。"皇上一声冷哼,"朕倒要好好问问,这位谢副使,是谁给他的胆子。"

他扫了一眼殿下,唤道:"陈浩。"

一人出列跪下:"微臣在。"

"奉朕旨意,立刻前往中州凤城,捉拿叛贼谢道远。朕要活口,若有意外,提头来见。"

"臣遵旨。"

元明安脸色微微一变,头往右侧轻偏,身侧一人匆匆出列,跪在地上,声口激昂:"陛下,逆贼谢道远公然举兵谋逆,城中百姓皆可做证,人证物证俱在,为绝后患,陛下应立刻派人捉拿斩杀。"

"陛下,逆贼不除,难安人心,臣恳请陛下下旨。"

"恳请陛下下旨……"

越来越多的人跪下,又有一人道:"臣以为,此次事变,逆贼谢道远固然罪不可恕,但身为节度使,靖王却因管制不力,将我大酆陷入危难之中,臣斗胆,恳请陛下下一道处罚,以示我大酆律法纲目不疏,严谨无私。"

"行。"皇上抬头看向门外,一扬手,"把人宣进来。"

众人一愣，还没回过神，太监已领命到了门前，提起嗓子："宣靖王。"

听到宣见靖王的一瞬，元明安的脸色陡然生变。太子在南城设下了天罗地网，连只鸟雀都飞不出去，他是如何入的京都？可如今想这些没用，靖王人已经走了进来，一身亲王朝服，身姿笔挺，健步入内。

自从靖王去往中州封地后，回京次数屈指可数，当年驰骋在战场的青年，如今已至中年，容颜虽不再年轻，精气神却不减半分，反而多了一股稳沉，让人不可小觑。

行至殿前，靖王跪安："臣叩见陛下，陛下万岁安康。"

从他进殿，皇上的目光便在他身上，面色慢慢地露出了欣慰，仿佛看到了自己那些年的辛苦教导终于得到了该有的回报。

皇上收住心神，直接问道："有人说你管制不力，以至于手下副将生了谋逆之心，到底什么情况，你细细说来。"

这一突变，朝中的局势瞬间乱了方向。适才还扬言要连他一同治罪的臣子，弯腰垂目不敢抬头，原本见大势已去，想借机在背后参一本，日后好向新主讨一个人情。没料到会被正主撞见，且看如今皇上的态度实在令人难以捉摸，心中不由得一阵惶恐。

靖王跪在大殿上，叩首道："父皇明查，儿臣效忠大鄮，忠于朝廷，绝无二心。"

皇上一笑："朕拿你是问了吗？朕问的是你那位谢副使，他为何要反了你。"

靖王却道："禀父皇，无人谋逆。"

此话一出，朝上臣子面面相觑："怎么回事？"

不等皇上再问，靖王便道："谢副使并未谋逆，乃奉旨行事。"

"奉旨？"皇上故作不知，"奉什么旨？"

靖王答："削藩。"

朝廷众人齐齐抽了一口凉气。靖王继续道："儿臣本该束手就擒，以死证清白，只因此事疑虑重重，不得不斗胆前来同父皇求证，若旨意为真，儿臣甘愿受死，绝无怨言。"

话音一落，头上的皇上突然一声呵斥："荒唐！"这回是真动了怒气，"朕何时下过旨要捉拿他靖王了？"回头问身后的刘昆，"你见过吗？"

刘昆忙道："奴才未曾见陛下下过此等旨意。"

皇上冷笑一声："好得很！朕还没死了，居然有人敢公然假造圣旨，是不是下一步就要来夺朕的皇位了？"

殿上文武百官吓得不轻，个个跪下额头伏地。从见到靖王的那一刻起，右相元明安便知道大事不妙，此时随着众臣跪在地上，背心不禁出了一层薄汗，但到底是在右相的位置上坐了这么多年的人,自有他的定力和城府,在一片沉寂之中,抬起头平静地开口道:"陛下,臣倒觉得此事蹊跷得很。"

皇上从盛怒中抬眼看向他,语气难免不善:"元爱卿有话便讲。"

元明安沉住气,看向靖王:"臣知靖王殿下心怀大义,一向对属下信任不疑,但奉旨削藩这等大事,乃朝廷重要决策,怎会下旨让他一个副使来行削藩之事?这等经不起推敲的话,亏他谢道远也能编得出来,臣以为,如今不过是他谢道远见收不了场了,狗急跳墙,否则单凭一句奉旨,他何来的依据?"

不得不说,元明安此人心思极深,一早就看准了谢副使的愚昧,料到了会有今日。

既说是奉旨,那圣旨何在?前去宣旨的公公早把圣旨销毁了,还能留到如今给人抓到把柄?死无对证之事,他谢家逃不掉,靖王想保也保不住。

"右相所言极是。儿臣也曾有过此等顾虑,所幸宫中公公宣旨之时,谢家的三公子也在场,看出了此事蹊跷,同儿臣一道前来京都求见陛下,那份圣旨正在谢家三公子谢劭身上,如今人已到了南城,等待陛下宣见。"

此话一出,一脸镇定的右相,神色终于有了崩裂,眼皮一跳,侧目看向靖王,难得乱了阵脚:"临时造一份圣旨还不简单。"

靖王闻言转身,面色肃然:"元大人慎言。"

靖王的眉眼并无武将的威风,看似淡然如风,可朝着人看过来时,却有穿透人心的震慑力。

被他这一盯,元明安竟一时噤了声,反应过来,手心已经湿透,同皇上叩首:"陛下当知臣并无他意,臣的意思是,谢副使既然敢谋逆,还差那一份假圣旨吗?靖王莫要被他蒙骗了才好。"

靖王再次回头看向他:"这点元大人不必担心,圣旨上的字迹和圣印皆在,到了父皇手上,乃谁人所为,一查便知。"

他言语笃定,一副一切都在他的掌握之中的神情,倒是让元明安惶惶不安了,不由得去怀疑那公公到底有没有把圣旨销毁掉。

事情没摸清楚之前,他不敢再说下去。

朝堂上安静下来,皇上发了话:"宣谢家三公子进宫。"又道,"事情未查明之前,靖王先留在京都。"

原本今日是他谢家的死期,没料到局势突然起了变化,完全超出了掌控。一出大殿,元明安便低声同身边的家臣吩咐:"立马去通知太子,靖王是如何进的京都,有待追究,他若是再将谢家的人放进来。"元明安想起适才皇上把靖王留下来的情形,面色一片沉重,深吸一口气道,"怕是永远都回不了京都了。"

传话的人匆匆赶出宫。同时皇上也派了人去南城接应谢劭一行。

温殊色这一觉睡得尤其沉，睁开眼睛时，天幕已经有了微光。

感觉到自己正在颠簸，她缓缓睁开眼睛，见眼前并非昨夜的那片林子，低头一瞧，自己不知何时已在郎君的背上。

谢劭偏过头："醒了？"

温殊色面色愧疚："郎君怎么不叫醒我？"

"见你睡得沉，没忍心叫你，你要是还困，再睡一会儿。"

昨夜她都瞧见了，他一身的伤，也不知道他背着自己走了多久，哪里还好意思再睡。

"不困，郎君放我下来吧。"

"不困也能背。"谢劭没有要放她下来的意思，怕她再拒绝，便道，"我喜欢背你。"

头顶一道清脆的鸟鸣声入耳，像极了黄鹂，同郎君那话一样，都极为悦耳。

果然人在失去后，才懂得珍惜。虽说双方都是假货，但好歹两人是正式拜过堂的夫妻，将来有一辈子的路要走，他能及时意识到自己对他的重要，是好事。

自己也一样，大难不死，分外珍惜眼前人，这不，一场生死离别之后，连郎君的后脑勺都觉得好看了。想起自己昨儿一日是何等地挂记他，失而复得后，确实只有这般紧紧地靠在一起才能踏实，她将胳膊往他胸前绕了绕，挨过去趴在了郎君的肩头："那我就勉为其难地让郎君再多背一会儿？"

穷途末路，太子铁了心地要他谢家的命，本该紧张忧伤，但有这小娘子在，似乎怎么也悲伤不起来，不吝给她长了威风。

"多谢娘子成全。"

"不客气。"她倒上纲上线了，"郎君不知道，小时候多少人都盼着背我呢。"

这个他还真不知道，脱口而出："为何？"

小娘子一窒："郎君这话太让人伤心了，难道我就没有让人抢着要背的魅力吗？"

意识到自己的嘴又出了事，他及时纠正了回来："这不是有嘛，全凤城最好看的郎君求着要背小娘子。"毫不害臊的一句话，不等她出言揶揄，便自己岔开，"娘子说说当年是如何风光的？"

"倒也不是什么风光。"逃命的路太过漫长，说着话还能解乏，她不吝啬与他分享，"有一回我崴了脚，被同伴背了回来，为了感激他，我给了他十两银子。"

不愧是败光了两座金山的人，从小就有潜力。

郎君问："然后呢？"

"第二天一起来，门前便蹲了一长串的人，一看到府上的人就问。"温殊色清了一下嗓子，夹着声道，"温二娘子，你今天崴脚了吗？"

突然感觉到背上猛地一颤，温殊色声音顿住："郎君你笑了。"

谢劭咬牙："没有。"

温殊色不信，歪头过去盯着他上扬的嘴角，当场抓了个现行："我看到了，郎君的嘴都快咧到耳朵上了。"

小娘子突然凑过来，脸颊蹭到了他颈项，如一片羽毛一掠而过，威力却不小，温度钻入皮肤，瞬间把他心头的那根嫩芽，滋长成了参天大树，不禁容光焕发，连脚步都轻了许多，向她保证道："娘子放心，我不收你钱。"

他倒是想背着小娘子到天荒地老，温殊色也不能真把他累死了，过了一阵从他背上爬了下来，与他并肩走在林子里。

靖王走的那条路，温殊色只走了一小段，并不知道接下来的路程，且就算知道，靖王能走，他们也不能走。眼下唯一的办法，先找个地方安顿，躲过太子的搜城，再等靖王的消息。

小娘子不让他背，他便牵住了她的手。这番行走在林子之间，慢慢地察觉出了不对，这哪里是逃命，分明是同小娘子在花前月下。想起离开前一夜，两人为了约会，小娘子精心收拾了一番，身穿绫罗，头挽高髻，光鲜又明艳，月亮没赏到，意外地卷入了旋涡之中。如今再瞧，她一身男子的衫袍，又宽又长，明显不合身，脚上的一双绣鞋，已经看不出原样。

就这一身，还是旁的男人给的。虽说不介意，但自尊心还是受到了很大的打击，谢劭突然能理解那些画饼之人的心情，自己也无耻了一回，紧紧地捏着小娘子的手："等到了京都，去给你挑几身衣裳。"

也算不上画饼。

在凤城除了当值，他一直都在抄书，偷偷存了十几两银钱，如今就揣在身上，等到了京都，他再拿给她。可几身衣裳小娘子哪里够。

荒郊野外到处都是参天大树，偶尔还能看到一只小动物，起初温殊色还觉得新鲜，逃了这一路后，彻底看倦了，想念起了自己家里的大宅子："我还要大宅子、大床、大马车……"

十几两银子恐怕办不到这些，他正想劝小娘子，能不能先降低一点要求。

小娘子双手突然抱住他的胳膊，仰头看着他："所以，郎君将来一定要做大官，我做郎君的官夫人，这样便能享一辈子的荣华富贵……"

睡了一觉后，小娘子又恢复了精神，双目剔透，两边脸颊染了一层红晕，白皙的皮肤被林间的阳光一照，透出了薄薄的光晕。

小嘴……

"咚咚"几声心跳，发觉自己亲过她一回后，他再也不能单纯看她的唇了，脑子里不受控制地冒出一些不能言说的画面。

　　小娘子当真一点防备心都没，她难道不知道这样的姿态，很容易让人起色心吗？他余光往前面瞟了一眼，自从昨夜见过两人的那场亲热之后，其余几人都很有默契地避开，给了两人足够的空间。不知道这样的时机，算不算没有别人。色胆一起来，心头如同万千蚂蚁在咬着他一般，他气息都不顺了，非得再亲一下小娘子才能平静。

　　"好。"他昏头昏脑地应了一声，壮胆偏下头。

　　"别动。"耳边突然一声呵斥。

　　悬在半空的色胆顿时被吓破了一半，谢劭很快抬起来，脸色极差地朝着前面看去，便见不远处的裴卿，手里的刀不知何时架在了一位姑娘的脖子上。

　　姑娘手里也有一把弯刀，上面还沾着血迹，再看裴卿胳膊上的一道口子，应该是他身上的。

　　突如其来的变故，众人都警惕了起来。

　　"别出声。"裴卿推搡着人往前，手劲之大，那姑娘险些栽在了地上。裴卿又及时一把将人扯起来，提在手上，没有半点怜香惜玉，"我问你，你答便是。"

　　姑娘似乎被他吓得不轻，频频点头。

　　"你是谁？"

　　姑娘摇了摇头却没说话。

　　裴卿没了耐心，又推搡了她一下，继续问："住哪儿的？"

　　姑娘脸色发白，奋力地抬起手，指了指对面的山头。

　　谢劭同闵章使了个眼色，闵章立马过去查看，片刻后回来禀报道："前面有家农舍。"

　　东州府南城。

　　军府的灯火亮了两个通夜，一直没灭，却无半点收获。

　　太子自己都觉得可笑："人进了孤的南城，竟然能从孤的眼皮子底下溜走，你们告诉孤，是他靖王能飞天遁地，还是那位谢家三公子有什么了不得的本事，能原地消失？"

　　底下跪了一堆的人，谁也不敢吭声。

　　确实丢脸。

　　几千名侍卫关起城门，瓮中捉鳖，居然一个都没逮到，还把人给跟丢了。一群酒囊饭桶，嘴巴比谁都厉害，一遇上事没一个能用。太子看都不想看，暗骂了一声"无用的东西"，袖子一扫，案上的东西全砸在了地上。

"还愣着干什么，当真要孤亲自去搜？"

一群人鱼贯而出，裴元丘走在最后。

太子突然将其唤住，脸色很不好看："裴大人莫要再让孤失望。"

府军回来后，太子自然也听说了林中所发生之事，要不是裴元丘的儿子从中作梗，谢家那位三公子早就被射成了筛子。裴元丘心下一慌，跪地请罪："殿下宽厚，臣定会给殿下一个交代。"

刚说完，京都的人便到了，进来匆匆禀报道："元相给殿下带了话，靖王人已经到了京都，今日早朝面见了陛下，当着文武百官的面，洗脱了谢家的罪名，陛下已派人来南城接应谢家三公子。"

太子脸色遽变。

"还有……"那人顿了顿，"陛下将靖王留在了京都。"

报信的人垂目不敢去看太子震怒的神色，继续道："元相说，谢家三公子身上怕是还有圣旨，殿下要是还想回京都，这回务必要将三公子拦下。"

自己的人关上城门堵了两天，人家还是到了京都。

太子脸色一团死灰，又黑又凉，怒气回旋在胸腔，憋得心口一阵阵胀痛。他早知道，父皇对这位养子情深义重，但没想到竟然会偏袒到如此地步。

一国太子前脚被罚回了封地，后脚便把亲王召回了京都，此举让天下人怎么看？他是当真想要废了自己，立他那个没爹的野种外甥当太子吗？怕是老糊涂了吧。太子气得七窍生烟，恨不得冲去宫中质问自己那位父皇，到底谁才是他亲生儿子。可事情已经成了定局，眼下对自己一点都不利。

凤城之事已经败露，靖王又不是傻子，定会怀疑到自己头上，尚且不知他会如何同父皇弹劾自己，单是一桩假传圣旨，若是让父皇抓到了把柄，自己这太子当真就要废了。

太子捏了捏疼痛的脑袋，到底还有一分理智，知道如今不是乱阵脚的时候，强迫自己冷静下来，转头看向还跪在地上的裴元丘："裴大人起来吧。"

报信之人说的话，裴元丘也听到了，心中正骇然，万没料到靖王当真到了京都。

太子抬起头瞥了一眼他慌乱的神色，压下厌烦之气，问他："裴大人可有好的办法？"

如今靖王已经进了宫，顾大局不拘小节，亲口扭转了谢家谋逆一事，保全了谢家，这一来，矛头便指向了太子。

这时候怕是顾不得去应付什么靖王了，只能先自保，裴元丘很快平静下来，道："臣以为，谢家手上并无圣旨。"

前两日那位公公才从凤城回来，太子亲口过问，确定圣旨已经销毁，当不会有假。

别说圣旨，如今连公公也都一并消失了，此事要真查起来，是死无对证。可坏就坏在，靖王在朝堂上当着文武百官的面，公然指出谢家三公子身上有圣旨，皇上也并没有立刻下旨抄他谢家，多半已经信了。原本就是个假圣旨，他们能造，靖王自然也能造，只要是谢家的人携带进宫，这份圣旨无论出自谁手，都会成为最终的评判。

到那时，太子便很被动，生死全掌控在了别人手里。是以，如今谢家的人对太子而言，无疑是悬在头上的一把刀。

太子自然也想到了这一点，还真应了那句搬石头砸了自己脚，又气又恼，恨得牙痒痒，却又无可奈何，心头烦躁，问旁边的报信之人："陛下派谁去的谢家？"

"陈浩。"

还好是自己人，太子说："嘱咐陈浩，万不能留活口。"

"殿下放心，元相已有交代。"

至于剩下那位谢家三公子，自己的人马搜了两日，他像是凭空消失了一般，没有半点痕迹。

可靖王既然要皇上来接人，说明人定还在他南城。

"继续加派人手搜。"他还不信搜不到，甭管这谢三公子藏在哪儿，都要揪出来，不惜一切代价。

南城地广物博，人口众多，山脉水域无数，人要真心想藏匿其中，怕是一时半会儿也搜不出来，且也没必要去搜。

裴元丘出声道："想他现身倒不难。"目光看向太子，"陛下的人前来接应，殿下敞开城门便是。"

他又不是真能飞天遁地，人到了城门口，还怕他跑了不成？

太子沉默片刻，比起假传圣旨，落下被废的下场，还有什么可在乎的。太子抬头看向裴元丘："裴大人放心，只要令郎不与孤添麻烦，孤不会为难他。"

"殿下仁厚，臣多谢殿下。"

心绪太乱，太子无心与裴元丘再谈，一挥手："下去吧。"

从太子府上出来，夜风一刮，裴元丘背后一片冰凉，快步出了太子府，刚回到自己的房间，便见门口站着王氏身边的仆妇。

不知她来为何，裴元丘脚步顿了顿，缓缓上前："夫人回来了？"

那仆妇对他俯了俯身，垂目道："夫人知道大人这几日忙，说她就不回来打扰大人了，想在王家多待几日。"

什么意思，裴元丘岂能听不出来。

自从他上回去了一趟凤城回来，王氏对他便鼻子不是鼻子，眼睛不是眼睛，闹了几回，直接回了娘家。王氏同右相的夫人乃亲生姐妹，她一回去，不仅王家的人知道，元相也知道，估计如今都传到皇后娘娘耳里了。所有人都在看他的笑话，等着他如何收场。

裴元丘不说话，仆妇又道："夫人说，王家三少奶奶娘家有位远房亲戚，刚生下来一位男婴，孩子的父亲已经去世，孤儿寡母活不下来，裴大人要是得空，她让人把孩子抱过来，让大人过过眼……"

他与王氏成亲多年，王氏一无所出，娶她本就是高攀，又不能养妾。但跟前总不能没有子嗣，年轻时王氏还想了不少法子，往自己身上使劲儿，见彻底无望了，便动了领养的念头。

他有亲生的儿子，何须去领养。

"让夫人好生照看自己。"不顾那仆妇脸色如何，裴元丘推开房门进了屋。

门一关，裴元丘面色便露出了疲惫，盘腿坐在蒲团上。身边小厮替他倒了一杯茶水："大人不必忧心，公子没事。"

昨夜搜山，裴元丘自然知道几人还在山谷底下。那谢三的命固然重要，也不能赔上自己唯一的儿子。裴元丘端起茶杯，仰头灌入喉咙，一抬头，便看到了跟前案上摆的一块牌位，那是自己的第一位结发之妻，算是糟糠之妻。

他离开凤城那年，家中几乎揭不开锅，临走之前，他与自己的妻子道别："等我赚钱回来。"可这天下有本事的人太多，他被埋没其中，手中无权无势，哪里有那么容易立脚。他当过挑夫，卖过苦力，所赚来的钱财却是寥寥无几，后来无意间得了王氏的青睐，从马奴一跃成为王家的女婿，谁不心动。

人这一生，到死不过是黄土一捧，唯一能留下来的，便是流传给子孙后代的祖业。于是，他抛妻弃子，攀上了高门，一心想要光宗耀祖，这些年也不负所望，坐上了大理寺少卿的位置，为裴家攒下了基业。

可惜不如人愿，膝下再无子嗣，只剩下了当初被自己抛弃的儿子。即便儿子不认自己，自己也别无选择，得为他做打算。

天下人都知道，皇上也只有太子一个儿子，生母贵为皇后，将来的江山必然是他的囊中之物。

不知从何时起，局势却悄悄发生了变化，直至今日，靖王进宫，便彻底颠覆了他心中的推想，倒是有了另外的打算。

他庆幸没将自己的儿子也拉进来。真有一日，皇上改了主意，太子失宠，靖王上位，裴家依旧还有希望。自己这头也不能有半点松懈，未来的事情谁也料不准。他没谢道远那么傻，紧要关头最忌讳的便是沉不住气。谢家的那位三公子必须得除。

"选几个可靠之人，把人先引下山。"

裴卿手里的刀一路抵着姑娘的脖子，进了对面山头的农舍。

农舍的门被推开，里面一位中年农夫回头见到这阵势，吓得跪地连连求饶："好汉饶命，好汉饶命……"

几人奔波至此，只为找个安顿之处，并无恶意。闵章先进去打探一圈回来，同谢劭点了下头。

谢劭上前走到中年农夫跟前，态度客气："出门路过此处，借个地方歇歇脚，还请大叔行个方便，腾出几间屋子，再备些吃食，银钱我照付。"

明晃晃的刀子都抵在人脖子上了，让人能不答应吗？农夫颤颤巍巍地道："好汉要是不嫌弃，请吧。"

裴卿这才松开了手上的刀。

姑娘得了自由，忙站到一边，脸上的恐惧并未退去。

周遭就这么一家农户，裴卿也早猜到了那姑娘不过是个普通百姓，力气倒是挺大，胳膊上的一刀不浅。把人让到屋内，农夫立在门槛外，客客气气地道："各位好汉先坐会儿，灶台上有茶水，先解渴，我这就去给各位备吃食……"

此处虽是农舍，但不可不防，裴卿走在最后，转身跟了出去。

没走几步，农夫突然扭头盯着还站在那儿迟迟不敢上前的姑娘，呵斥道："愣着干什么，哑了又不是聋了，还不去给几位好汉收拾屋子。"

姑娘慌忙点头，匆匆往前，被裴卿吓了一路，一双腿早就软了，不慎跌在了地上。

农夫看得直冒火，冲上去一把揪住她的头发，把人往上提，嘴里咒骂道："成事不足败事有余，我养你有什么用，杀千刀的死丫头……"

农夫正要拽着她的头发往前拖，转头便见一把刀抵在脖子上。农夫脖子僵住，脸色都变了："好、好汉有话好说……"

"放手。"裴卿目露憎恶，"某生平最为憎恨欺负妇孺之人，畜生鼠辈不过如此。"

农夫急忙松手："放，我放……"

在荒郊野外度过了几日，总算有了安顿之地。太子的人虽说暂时找不上来，同样他们也打听不到山下的消息。

算日程，王爷应该到了京都，不出意外，今日便会派人来南城接应。

消息一出来，太子必然会坐不住。

从进东州后，太子不惜布下了天罗地网，到最后靖王却还是躲过了他的千军万马,从他眼皮子底下到了京都,太子怎可能咽得下这口气。

他们的处境只会比之前更糟。连圣旨都能假造,以太子的性格,会不惜一切代价对他们赶尽杀绝,即便南城所有的城门打开,他们也不见得能安全。

城门不能走。唯一安全的,是走王爷同样的路,进暗道入京都。

谢劭能想到,王爷也能想到,如今赌的便是皇上对谢家的态度,若皇上相信谢家,明日之内便会派出一队人马从后山接应。

如今众人要做的,便是养精蓄锐。

深山的农舍太简陋,统共就三间房,农夫占了一间,姑娘一间,余下只有一间空房。为了更大地利用到空间,到了晚上,温殊色主动抱了一床褥子去了外屋,躺在一堆干草上,把房间让了出来。

裴卿身上的伤不轻,尤其是被姑娘砍的那一刀。

那姑娘许是从未见过生人,今日突然见到有人上山,手里还带着刀,心慌之下,先发制人,才砍了裴卿的胳膊。

谢劭替他清理完伤口,涂上了魏允的金疮药,正包扎着,裴卿突然凑近低声道:"我都看见了。"

没头没脑的话,谢劭没听明白,抬眸一扫。

裴卿一副看穿了一切的表情,见屋里几人都睡着了,又朝屋外瞧了一眼,压低了声音,告诉了他一桩辛秘:"其实谢兄不必自吹,你之前说的那些话,不瞒谢兄,咱们三个就没一个人信,没碰过小娘子就没碰过,这也没什么丢人的,横竖如今有了嫂子在,又不会跑,一回生二回熟……"见谢劭眉头慢慢地蹙了起来,脸色有些不对了,赶紧一口气说完,"看得出来,谢兄是头一回亲嫂子,哪有人像谢兄那么粗鲁……"

"啊——"话还没说完,胳膊上的伤口便被谢劭毫不手软地捏住,裴卿疼得眼泪花儿都冒了出来,咬牙求饶,"谢兄、谢兄饶命……"

谢劭手里的白纱狠狠一系,裴卿再次吸了一口凉气。

谢劭转身推门出去。屋外的小娘子抱着被褥睡得正香。好不容易有个干爽的地方能躺着,终于能把自己的腿脚展开,即便是干草,温殊色也觉得舒服。

人还在梦里,突然被人打横抱了起来,她以为又遇到了追兵,瞌睡顿时醒了一半:"郎君……"

还没回过神呢,便听耳边"砰"的一声,郎君踢开了旁边的一道门,接着进屋把她往屋里的竹椅上一放,再去床上,一把提起早已被吓醒的农夫,一路拖拽,又回到了刚才的房间。

又是"砰"的一声,里头的裴卿还没反应过来,便见谢劭突然把手里的人往他跟前丢来:"正好,晚上你看着,别让他耍花招。"

可怜农夫连鞋子都没穿,稀里糊涂地被谢劭从被窝里提起来,扔到了这儿,再看到裴卿一张凶神恶煞的脸,吓得缩成了一团,连连道:"好汉,我可什么都没做……"

裴卿额头一跳,一脸发绿。

温殊色完全不知道发生了何事,呆呆地坐了片刻,便见郎君去而复返。

她还没来得及问他一声到底怎么了,郎君又弯下身,连人带褥一道抱起来,放在了跟前的床榻上:"睡觉。"

这回温殊色总算明白了。

当初在谢府,他要是拿出这等抢床的本事,哪里还有自己什么事。生死面前不讲究,她之前那些挑三拣四的毛病,这一趟全治好了,先前觉得那干草堆也能将就,但如今换到了房间,好歹有个床,自然更好。

她感激地看向床前的人,冲他一笑:"多谢郎君。"瞌睡被打断,脑子还昏沉着呢,不知道什么时辰,月亮都睡了吧,太困,继续闭上眼睛。

过了一阵没察觉到动静,她又挣扎着撑开一条眼缝,见郎君还立在床边,疑惑地问他:"郎君怎么了?"

该怎么开口呢。

毕竟在谢府,两人从未同过床,不知道会不会被拒绝,谢劭摸了一下鼻尖,委婉地提醒她:"隔壁人有点多。"

她要是还有点良心,就该主动把自己留下来。

温殊色头昏脑涨的,应了一声:"确实多。"捂嘴打了个哈欠,"郎君睡吧,不要说话了,我好困。"

他怎么睡,合着他还能站在这儿睡吗?

谢劭觉得自己今夜要是不挑明,他可能真就没地儿睡了,双手负于身后,姿态上给自己撑起了威风,说出来的话却没有半点底气:"我能一起躺下吗?"

温殊色一愣,他费这劲儿把人丢出去,自己抢了个床来,他不就是要睡这儿吗?

"当然可以。"不太明白他什么意思,她看了一眼床榻里面,反应过来,是不是自己占了他的位置,问道,"郎君是睡里面还是外面?"

"都行。"

温殊色心头嘀咕,这郎君怎的出了一趟门还变客气了,想让自己挪一下位开口便是,何必费这半天口舌,这大晚上的,他就不困吗?

她往里挪了挪,给郎君留出了足够的地儿。

农夫的床,还挺软。

多半是那姑娘铺好的,枕头和褥子还有一股皂角的清香味儿。

今儿白日日头大，她见姑娘在搓褥子，也借了皂角把昨日那身衣衫洗了，再用撑杆晾起来，晒在院子里，很快便干了。黄昏时又问姑娘讨了一桶水，关上房门，让谢劭在外帮忙叮梢，把发丝和身子都洗了一遍，用的也是姑娘的皂角，这会子抱着从姑娘屋里分出来的被褥，周身清清爽爽，极为舒坦，只想睡觉。

感觉到郎君已经躺在了身边，温殊色再次闭眼："睡吧。"

终于得偿所愿，把闲杂人等关在了外面，与小娘子睡在了一起，平躺在一个枕头上，谢劭满意地闭上了眼睛。

片刻过去，他竟毫无睡意。他睁开眼睛，偷偷往旁边瞟了一眼，小娘子侧身正对着他，脸挨在他的头侧，不过五指的距离，应该是睡着了，一动不动。

两人成亲以来，好像还是头一回同床共眠，一路上虽说抱住搂过背过，但与此时的感觉完全不同。身后有追兵，只顾着逃命，容不得他生出杂念。如今脖子上暂时没悬着刀了，多余的心思一股脑儿地往外冒，越想越兴奋，简直要思之欲狂。

但能怎么办，小娘子已经睡着了，再多的心思只能压下去。他强迫自己闭眼，但眼不见心并没有安静。到了晚上，山上有些凉，他很快感觉到了身上的凉意，转头去找被褥。

床里侧倒是还有一床农夫用过的被褥，但他不想盖，小娘子身上裹着的这一床就挺好的，离自己又近，且还有一股淡淡的皂角香，被她裹在身上，看上去又软又香。

身上越来越凉，实在扛不住了，他伸手去牵了牵，小娘子没动。

生平头一回像做贼一样，他也不敢去看小娘子，慢慢地从她身下一点一点地拉出了一角被褥，终于搭在了自己的胸口。

他胳膊枕在脑袋后，心口"怦怦"跳得更快，皂角的清香从被子上飘入鼻尖，越发浓烈，除此，还有一股被小娘子体温晕染出来的幽香。他喉咙一滚，颇有了一种山雨欲来抵挡不住的自暴自弃，试想夜黑风高，房门紧闭，身边还躺着个如花似玉的小娘子，他要不干点什么，不就枉为男人吗？

明儿指不定会被裴卿如何嘲笑。

管不了那么多了，他侧头过去，面朝着小娘子，轻声唤她："温二……"
夜色中，他只模糊地见到小娘子的眼睫垂下，并没有应答。

偷亲一下也行，怎么着也算干了点事，但在这之前，他还是打算先君子，无论她听不听得到，图的是个心安理得，于是又道："现在没人了。"

他下巴勾起来，正寻着该从哪儿下嘴她才不会醒来，或是醒来了，也不会被吓到。

还没等他磨叽出来，只见跟前小娘子紧闭的两排眼睫，突然打开，不顾他一脸惊慌,幽怨地道:"郎君你到底要不要亲?"

她都闭眼等了他这么久了,真的很困。

谢劭似是被这突如其来的意外怔住了,迟迟没有反应。

温殊色再也没了力气陪他耗着,无奈翻身转了个方向,背对着他。

人刚转过去,身上的被子便猛地被掀开,一只胳膊搭在了她腰上,手掌贴着她的小腹,用力往外一拉。

背心撞在他胸膛上,温殊色心下一惊,忙睁开眼睛,郎君已经撑着身子,单膝跪在了她上方,居高临下地凝视着她。一双黑眸沉静深邃,夜色中乍一看,犹如一头豺狼虎豹,紧绷的身体里仿佛蕴含了惊人的力量。

她心口突突跳了起来,想起上回,突然有些害怕,他这番架势,今夜该不会把自己的嘴亲肿吧……

没等她多想,谢劭的唇毫不犹豫地落了下来,覆盖在她的嘴唇上。

温殊色深吸一口气,抓住底下的褥子,做足了准备,然而……片刻过去,没有预想中的气势汹汹,也没有预想中的狂风卷巨浪。

谢劭的唇瓣轻轻地在她的唇上一下又一下地啄着,刚碰上便松开,再啄再离。

温殊色突然有了一种错觉,觉得自己就像是一块一碰就碎的豆腐,让他不敢下嘴。

他一欺上来,她的心便吊了起来,还没来得及落下,他又松开,犹如挠痒痒,半天没挠对地方,瞌睡都被驱走了大半。实在是受不住折磨了,她主动伸手搂住他脖子,把他正准备离开的唇瓣一把压下来,嘴儿紧紧相贴,只听"啵"的一声,痒痒终于挠到了正中心。温殊色舒坦地吸了一口气,再也不想折腾了,轻轻把谢劭从身上推开,拉起被他掀开的被褥往身上一盖,懒洋洋地道:"好了,郎君睡吧,我头都被你闹疼了……"

被她推开的郎君,仰躺在了枕头上,双目空洞,神色惨败,颇受打击。

黑暗中,谢劭紧咬牙关,心中怒骂,裴卿那头没见识的蠢驴……

旁边,裴卿拉开门出来,目光刚往旁边的房间瞥了一眼,莫名有了种想打喷嚏的感觉,及时捂住嘴。一时喷嚏落下,被拳头堵住,还好没吵到人。

谢劭把那农夫塞进屋后,那农夫便一副战战兢兢、贼眉鼠眼的模样,实在倒胃。

横竖白日里也睡过一觉,裴卿起身打开门走到了院子,月色被林子里的树木遮挡,淡薄又模糊。

裴卿本想去院子前的柴堆上坐一阵,突然听见屋后传来几道溚溚水声,寻声走过去,便见夜色下,一姑娘正抬着胳膊费力地往竹竿上晾晒衣裳。

正是农舍的那位哑女。不知道身后有人,一回头看到裴卿立在那儿,哑女吓得不轻,往后退了两步,惶惶不安地看着他。

裴卿知道自己的长相不如谢家三公子风流倜傥,也没有周世子的贵气,更没有崔家那位富家子弟的温润如玉。

加上白日把刀架在人家脖子上半天,他恐怕早就成了凶神恶煞的土匪。

怕把人姑娘吓出个好歹,他立在那儿没动,扫了一眼盆里的一堆衣裳,又抬头看向满竹竿的湿衣,出声道:"都是你洗的?"

姑娘点了点头。

裴卿想起正躺在屋里的那位肥胖农夫,眉头一皱。

哑女却走去旁边屋檐下搭建的灶台上,提着一个瓦罐往土碗里倒了一碗药,小心翼翼地捧到他面前,目光看向他胳膊上的伤。

裴卿一愣,很快猜到了她是什么意思,并没有接。

哑女似乎看出了他的顾忌,把碗送到嘴边,"咕噜"一口吞下,再抬头看他,眼里带了几分歉意。瞧出来她是在道歉,碗里应该是治伤的草药,他这才伸手接过,仰头一口,碗里见了底,把空碗递给她:"多谢。"

哑女摇头,仓促地笑了一下,碗放上灶头后,蹲下来继续搓衣裳。

裴卿便坐在墙边的谷草堆上,看着她把一盆子脏衣洗完,晾了满满一竹竿,几乎都是屋里那位农夫的衣裳,又问:"你父亲不干活?"

哑女摇了下头,又慌张地点头。

不知道她说的是什么意思,但裴卿看出来了,这农夫压根儿就不是在养女儿,而是在养奴隶。

他心中暗骂了一声,这天下的父亲,不是东西的还真不少。

哑女洗完了一盆衣裳,见他还坐在那儿,对他扬了扬手,双掌叠起来放在脸侧,偏头做了个睡觉的手势。

大抵是在劝他早些歇息。

瞧了一眼天色,确实不早了,他正要起来,见哑女转身又走去了灶台后,不由得疑惑:"你不睡觉?"

哑女摇头,冲他指了一下跟前的堆柴,从里面掏出一把斧头,一手对着他做了个捂耳朵的动作,又是在催他回去,怕吵到了他。

裴卿没动。

哑女见劝不动也没再管他,忙着干活。

哑女的个头并不高,身体看着纤弱,一双胳膊挥起斧头来,力气倒是不小,灶台上点了一盏油灯,光落在她跟前劈柴的木墩上。瞧了一阵,裴卿的眼前突然恍惚了起来。

哑女的身影慢慢地同脑海里那道熟悉的身影重叠。

裴元丘走时，他才六岁。一对孤儿寡母，想要讨生活更难，那些年母亲白日替人做工，夜里便和这位哑女一样，劈柴洗衣，常常忙到半夜。

母亲也很纤瘦，一双手几乎成了皮包骨。

"你是要累死我吗……"突然，一道尖锐的声音从耳边刮过，穿透了跟前的黑夜，周围的光亮瞬息不见，变成了一片漆黑的汪洋大海，汹涌的海水猛然倒灌过来，扑在他脸上，堵住了他口鼻。

"宴卓，对不起，对不起……"破碎的哭声拉扯着他，四肢动弹不得，海水肆虐地灌进他的心肺，剧烈的疼痛灭顶而来。

不知挣扎了多久，快到窒息的边缘了，袖口突然被人拉拽了一下。

口鼻之间的海水陡然退开，他猛地一口急喘，挣扎回来，灶台上那盏星豆的油灯重新映入瞳孔。

哑女正蹲在他跟前，手抓住他衣袖，惊慌地看着他。

缺失的气息慢慢地回稳，他知道自己的老毛病又犯了，从身后的谷草堆里爬了起来，嗓音有些嘶哑："没事。"

哑女忙去灶台倒了一碗水递给他。

裴卿迎头一口饮尽，频跳的心口渐渐地平静下来。

蹲了一阵，见他没事了，哑女又对他做了个睡觉的手势，裴卿点了点头。

哑女走回灶台，拿起斧头继续劈柴。

裴卿坐在谷草堆上，看了一阵，终究放下手里的碗，到了哑女身旁，伸手一把夺过了她手里的斧头："去歇会儿，我来。"

哑女一脸惊慌，忙伸手去夺，一抬起手，一截胳膊便从袖口中露了出来，只见那胳膊上，密密麻麻全是暗红的伤痕。

裴卿目光邃然一顿，眼皮子跳了跳，一股怒火陡然冒了出来："那畜生打的？"不用她说，想也知道，"我不弄死他。"裴卿咬牙，提起斧头便往屋里冲，身后哑女却拖住他胳膊，死死地拽住。

裴卿回过头，便见哑女满眼哀求地看着他。

再是畜生，那也是她的父亲，不就是和自己一样吗？一阵无力感袭来，他也立在那儿不动了。

哑女趁他呆住的工夫，赶紧夺过他手里的斧头，太慌张，不慎把他的一截袖口也掀了起来。

适才擦完身子后，他忘了捆绷带，只见手腕内侧，横七竖八的几道小刀伤痕，被旁边的灯火一照，触目惊心。

哑女一愣，愕然抬头。裴卿神色倒是平静淡然，伸手拉下袖口掩盖住，指了一下自己适才坐着的草堆："你去那儿歇着,我睡不着,帮你劈一会儿。"

哑女不知是不是被吓到了,退到了一边,立在他旁边没再动。

一斧头劈下去,裴卿低声同她道:"他下次再打你,你就躲,躲不掉……就求饶吧。"

这是他用母亲的性命,换来的道理。

儿时,他性子执拗,没少挨过打,尤其是嚷着要去找父亲,都会被狠狠揍一顿。慢慢地,便成了家常便饭,每回挨完一顿藤条后,母亲都会后悔,抱着他哀求:"宴卓,娘控制不住,下次娘再这样你就躲,跑得越远越好,别让娘追上好不好……"

他并没有跑,以为只要让她把心口的那股气顺过来,便会平静。

后来,他才知道自己错了。负罪感最终还是压垮了母亲,意识到自己再活下去只会对他造成伤害后,母亲选择了自缢。他从未恨过母亲,即便她打他一辈子他也愿意,反倒是没了那样的疼痛后,自己再也支撑不下去。

所以,他当上了捕头。他喜欢与人搏斗,喜欢刀子割在身上的感觉。

她不一样,她再待下去,屋里的那位畜生会要了她的命,他能帮她,必不会袖手旁观:"你要是愿意,明日我带你一道走。"

虽说也是刀山火海,但闯过去了,便能重见天日。

裴卿把劈开的木柴捡起来扔到旁边,转身去看哑女的反应,一回头,却见那哑女的脖子上不知何时抵了一把刀。

裴卿眸子一沉,满脸寒气。那人把哑女往前一推,冲他客气地唤了一声:"公子。"

此人裴卿认识,裴元丘身边最得力的亲信,冯超。

从裴元丘回到凤城来见他的第一天,便是此人跟在裴元丘身边,今夜这番出现,裴元丘想必早已知道了几人的行踪。

裴卿不由得将手中斧头攥紧,冷声道:"放开她。"

"公子见谅。"冯超并没松手,"若公子能配合,属下保证不会伤害到无辜。"

自八年前裴元丘回来想要将他接到京都起,两人之间的这一场拉锯便持续着,凤城出事后,越演越烈。自己身上到底流的是他裴元丘的血,逃避不了,迟早都得有个了断。裴卿平静下来,问道:"裴元丘有什么话?"

冯超看了一眼手中的哑女,有些为难,裴卿及时出声警告:"你动一下试试。"

冯超不敢得罪他,没有出手却迟迟不动。

裴卿又道:"她是哑女。"见冯超还是不放心,指了指跟前的木墩,对哑女道,"你过来,坐着,别动。"

哑女慌忙点头。

冯超这才缓缓地收了刀，一把将哑女推到对面，同裴卿拱手道："大人让属下来接公子下山。"

这话裴元丘那日将几人堵到林子里时也说过，当日没同他走，如今更不可能。

裴卿一笑："下山，然后呢？跟着他进王家？不知道他此举有没有经过京都王家那位夫人的同意，要是因我这个曾经被他抛弃的儿子，得罪了王家，丢掉他费尽心机攀来的荣华富贵，岂不是可惜了。"

王氏确实因此事在闹，已经在娘家住了几个月。冯超面色有些不自在，很快镇定下来："公子放心，只要公子肯下山，大人立马送公子出城去京都。"顿了顿，道，"至于公子之后同周世子的来往，他不再干涉。"

裴卿面色一愣，不敢置信，眼中露出的厌恶之色没有半点遮掩："裴元丘为了权势，当真无耻。"

他是想效仿谢道远吗？可惜自己不是谢恒，他还是趁早断了他的痴心妄想。

冯超劝道："大人一心为了公子着想，还请公子体谅。"

"我不需要！"裴卿突然一声低斥，"当年他丢下我和母亲，怎就没为我们考虑过，孤儿寡母要如何活下去？"

这些事都是大人之前的家事，冯超无法评价，也没资格评论其好坏，冯超低头不说话。

裴卿也没想到自己会突然失控，很快冷静下来，也没心听冯超再废话，直接问道："我若不下山呢，裴元丘会如何？"

冯超没回他，只道："大人说，只要公子下山，他不会动谢家三公子。"

裴卿冷笑一声，忍不住嘲讽："裴元丘说的话能信？"

冯超也没反驳："公子恐怕没得选择，属下只能给公子两个时辰的选择，明日天一亮，公子再不下山，便会有人放出火信。等到太子的人马赶到，怕是一切都来不及了。"

裴卿脸色一变。

冯超又道："大人知道谢三公子在等王爷的人马接应，也知道王爷能从南城逃出京都，走的并非城门。他本无意为难谢三公子，只是若让谢三公子就这么毫发无伤地离开南城，他无法给太子殿下一个交代，还望公子能理解。"

裴卿明白了。

裴元丘不动谢三，只是让太子出手。

人他带到太子面前，能不能拦住谢劭全凭太子的本事，同样谢三能不能从太子手上逃出去，也全凭谢劭的本事。

不愧是裴元丘，当真是机关算尽。

冯超见他半天没说话,知道他已经听进去了,拱手道:"属下等公子的答复,公子记得,莫要错过了时辰。"

突然造访的不速之客,隐入夜色,耳边又恢复了安静,夜色越发浓稠。

前院几间房屋一片漆黑,众人皆在沉睡中,并不知道外面的动静。

裴卿原地立了一会儿,没有回房,转过身,缓缓地走到了哑女身旁,坐在了刚劈完的一堆木柴上。哑女虽说不出话,但耳朵不聋,许是被几人的身份唬住了,坐在那儿,身子僵硬,目瞪口呆,见裴卿挨了过来,侧目怯怯地看着他,脸上的惧色更甚。

裴卿突然抬头问她:"识字吗?"

哑女摇头。

裴卿从怀里掏出一个药瓶:"想活命就把它吞了。"

哑女接过,瞧了一眼瓷瓶上的字,又抬头看向裴卿,一脸茫然。

裴卿没说话,平静地看着她。

哑女倒也没再犹豫,从里取出一粒药丸,正要往嘴里放,裴卿及时夺了过来,看来确实不识字:"放心,不会要你命。"

把瓷瓶收入怀中,裴卿没再说话,陷入了沉思。

裴元丘没在那夜对他们赶尽杀绝,且背着太子瞒下了几人的行踪,能做到这份上,已经是最大的让步。

底下的城门尚且还能拼一把,等太子的人上山,谢劭必死无疑。

两个时辰,倒也不用那么久,他这条命活到现在已经是透支。

他埋头从袖筒内掏出一块手帕,递给旁边的哑女:"原本想带你下山,看来办不到了,等一切结束,你拿着这个去找屋里那位谢家三公子,他姓谢单名一个劭字,会助你脱离困境。"

自己也曾被他相助过。

八年前,裴卿知道裴元丘回来找上自己后,一时情绪激动,刀架在脖子上,打算随母亲而去,一道声音突然从头顶落下:"干吗呢?"

他诧异地抬头,便见一少年正躺在自家的那棵樱桃树上,随着少年起身,满身的樱桃核落了下来:"身体发肤,受之令堂,你要是想玩点刺激的,我倒可以帮上忙。"

那日裴元丘离去之时,一身的脏粪。儿时的愤怒纯粹又简单,看到那个抛弃他和母亲自己在外活得光鲜的男人,一身狼狈,跳脚谩骂之时,痛苦了几年的内心,头一回有了痛快之意。

后来裴卿才知道，那位公子从京都而来，乃谢仆射的独子，谢劭。

之后，也是谢劭把自己引荐给了周世子："为夫不忠，为父不仁，一切的过错在他裴元丘，你和令堂何错之有？令堂一条命不够，莫非还要你为这等人再赔上一条命？喜欢当捕快吗，说不定哪天他裴元丘就落到你手里，割他肉，不比割你的强？"

因为这份希望和不甘，让他坚持到了现在。

救命之恩，兄弟之情，不能不报。

灶台的灯盏里的油慢慢地干涸，光线也越来越弱，哑女错愕地接过绢帕，拿在灯火底下照了照。

他知道她在瞧什么，对一个不识字的哑巴，也没什么好隐瞒："我叫裴卿，名字乃我生父所取，盼我将来能封侯拜相。"

可惜没等他长大，生父便迫不及待地抛弃了他。

今日无意撞见这哑女，让他看到了当初的自己，难免动了几分恻隐之心，他哑声道："我和你一样，我的父亲也是一位畜生，六岁时他抛下我和母亲，娶了一位高门夫人。"顿了一下，轻轻地咽了咽喉咙，"我母亲一辈子太苦，最后却因我自缢而亡，如今该轮到我了。"

油灯的火光，跳跃了几下，彻底灭了。

裴卿没再耽搁，从木桩上起身，取下挂在腰间的一柄弯刀，塞到哑女手上："好好活下去，不要走我的路。"

说完，他转身大步往前，走向前院，高声道："冯超出来吧，我想好了。"

谢劭白日同闵章去附近查看了地势，一日没歇息，虽说昨夜被小娘子刺激后，短暂地失了眠，到底没抵住疲倦，很快便睡了过去。

听到裴卿的声音，谢劭瞬间睁开眼睛，翻身爬起来，掀开被褥，同身旁同样被惊醒的小娘子道："穿好鞋，先别出来。"

房门打开，裴卿立在院子中央，对面已围满了黑压压的人马。

隔壁房里的闵章、魏允和小厮也都陆续冲到了门外。

火光一瞬把院子照得通亮。看到裴元丘身边的那位心腹时，谢劭便知道了怎么回事，昨夜和衣而躺，此时衣襟松垮，发丝也凌乱不堪，同冯超一笑："难为裴大人半夜上门，可否容我等整理一番妆容。"

只要他肯下山，不急于一时，冯超也很客气："谢公子请。"

人已经找到了这儿，便是最坏的结果，逃也逃不到哪儿去，再挣扎已无用，谢劭转身吩咐身旁的闵章几人："收拾东西，下山。"

回头进屋，温殊色刚穿好了鞋，匆匆忙忙赶到门前，脸上的瞌睡已不见了踪影，急切地看向谢劭："谁来了？"

谢劭拉过她，让她背对着自己，伸手把她散乱的发丝解开，没有梳柄，只能用自己的手指头，五手穿进她的发丝之间，一面替她挽发，一面回道："裴元丘的人。"

温殊色身体一僵，果然不脱层皮，是到不了京都了。

"后悔了？"谢劭偏头看了她一眼，手上的布条一圈一圈地缠住她的发丝，"早让你先走，你非要留下来，如今知道怕了，后悔也来不及了，恐怕得委屈小娘子同我一道死无葬身之地了。"

温殊色被他吓到了，打了一个哆嗦："郎君这不就是马后炮吗？昨夜郎君看到我时，分明很开心，咱们既得了半夜偷欢，付出些代价也是应该的。"

她怕是对"偷欢"二字有什么误解。

谢劭将她头发束好，打了一个结，掰过小娘子的肩膀，看着她假小子的打扮，别有一番俊俏，同她正色道："裴元丘和太子要的是我的命，没人见过你，出去后你跟着裴卿走。裴元丘就这么一个儿子，定不会伤害他，这是你最后能活命的机会。"不等她说话，先堵住了她嘴，"不许同我倔，只有你安全了，我才不会有后顾之忧。"拢了一下她散开的衣襟，"放心，昨夜让娘子失望了，我必然会留下一条命补偿娘子。"

温殊色一脸茫然，她失望什么了？

可郎君似乎觉得不解气，那股憋屈，隔了一个晚上，不仅没有消散，还更旺盛了。

他或许是担心当真就再也没有机会，若是这般给她留下一个无能的印象，即便九泉之下，怕也无法安宁，为了不让自己从坟墓里爬起来去找小娘子，还是先替自己正了名才好，念头一出来后立马付出了行动，伸手捏住了小娘子的下巴，往上一抬，突然俯身把自己的唇瓣亲了上去。

他不再像昨晚那般蜻蜓点水，若即若离，也不似那日在树林子里只光顾着堵住她的嘴儿不动，这回那唇瓣一碰上来，便用唇紧紧地咬住她来回地碾压。

温殊色瞪大了眼睛，这时候，命都要没了，他还来……

不容她动，谢劭的手掌紧紧地扣住了她后脑勺。

这回真如那豺狼虎豹，属于男子的气息铺天盖地压过来，吐在她面上，唇瓣越来越烫，勾着她的双唇，一下又一下地亲吻。魂儿如同被吊了起来，温殊色忍不住颤了颤，浑身酸软，彻底乱了呼吸。还没等她回过神，他突然张嘴，湿漉漉的舌尖滑在她的唇齿间，急促地描摹，不断地往里探……躲在齿列后的舌尖被勾到的瞬间，陌生的触感如同闪电击过，温殊色脑子"嗡"的一声炸开，什么念头都没了，耳畔全是郎君舌尖亲出来的细碎水声……

外面一堆的人马候着，里面的郎君捧着小娘子的后脑勺，一雪前耻。

片刻后，如同自断臂膀，谢劭艰难地从混沌中抽出理智，垂目看着眼前呼吸凌乱，面红耳赤的小娘子，那张小嘴上还沾着水泽的痕迹，顿时周身通畅无比。

这回是死而无憾了。

松开小娘子，谢劭背过身淡定从容地整理好了自己的衫袍，再出去时，人突然精神了许多。

谢劭立在门槛外，扬声同冯超道："昨日刚爬上山，腿脚有些酸，实在爬不动，还请冯大人备几匹马，咱们也好早些下去。"

冯超同身后的人使了个眼色，很快有人牵来了马匹。

谢劭没再等身后的温殊色，一人先上前，经过裴卿身旁时低声同他道："护好你嫂子。"

裴卿面色平静，应了一声："好。"

等温殊色回过神，意识到发生了什么，脸色已经红得不能再红。

所有人都到了院子里，容不得她继续害臊，她抬脚跟出去，火把的热气夹着一股浓烟，扑鼻而来，阵仗确实不小。

她正往前走，身后衣袖突然被人一拉。

温殊色回头，见是农舍的哑女，愣了愣，道是她害怕，安抚道："姑娘别怕，我们立马就走，你不会有事。"

哑女却不松手，伸手指向前面刚坐上马背的裴卿，又指了指自己的手腕，一双眼睛急切地看着她，嘴巴一张一合，奋力地想要对她说些什么。瞧得出来她似乎很着急，但温殊色并没听懂，爱莫能助地看着她。

哑女又是一番比画，手指着急地抹了一下脖子，见温殊色还没明白过来，眼里竟憋出了水雾。

见她这番模样，温殊色猜着是和裴卿有关，想起哑女曾被裴卿挟持过，温声同她道："姑娘放心，他是个好人，不会害你们的。"想了起来，从袖筒里偷偷抠出半两银子塞在姑娘的手里，"姑娘拿好，别让你父亲知道，想法子尽早离开这儿。"

哑女猛地一阵摇头，眼里的泪水也流了出来。

前面谢劭已经翻上马背，策马而去，并没等她。温殊色一着急，顾不上哑女了，匆匆丢下一句"姑娘保重"，立马追了出去。

大半夜城门口灯火通明，朝廷的人马被堵在了门外，一声接着一声高呼："陛下有令，请太子殿下速开城门。"

喊话声响彻在黑夜，砸在人心上，不禁心慌意乱，太子身边的家臣好几回看向太子，实在受不住煎熬："殿下……"

太子紧绷着脸。

朝廷的人倒是来得快。

自己堵了两三天的城门，已经放走了一个靖王，真要打开城门把谢家三公子送出去，让他在父皇面前弹劾自己假造圣旨？

不可能。

但这般关着门，把朝廷的人关在门外，便是抗旨不遵，同样不是办法。

太子看了一眼身后，问家臣："裴元丘呢？"

家臣忙道："裴大人让殿下放心，只要城门一开，谢家三公子必然会出现。"

门外朝廷的人已经喊了一刻的话，要是再不打开城门，怕是要传到皇上的耳朵里："开门，给孤守好了，见到谢家三公子，杀无赦。"

城门打开，前来接应的是马军都指挥使许荀。等了半天，嗓门都要喊哑了，才见城门打开，人还没进去呢，又被太子的家臣拦在了外面，拱手笑盈盈地同他道："太子殿下知道许指挥来接人，这不正急着找人呢。最近南城刚回来了不少亡魂，不宜受惊，还请许指挥见谅，在此先等上一阵，殿下一找到人，立马给指挥使带到跟前。"

许荀勒马，抬头一瞧，城门是打开了，门内却堵上了一队人马。

这是没打算放他进去了。许荀乃谢仆射的门生，今日皇上亲自授命于他，务必要将谢三公子平安地接回京都，人没见到，不可能退让，对家臣一笑："圣命在上，属下怎可偷懒，让殿下代劳。"转头吩咐身后的侍卫，"进城接应三公子。"

"许指挥！"家臣一下提高了嗓音，"据老夫所知，陛下只说了要接人，可没让许指挥搜城，莫非许指挥还想硬闯东州？"话音一落，身后一排黑压压的侍卫，瞬间围了上来。

许荀脸色一变。

对面的家臣又客气地笑了笑："劳烦许指挥在此等候消息。"

裴元丘在山下守了半夜，刚打了一个盹儿，便听身边的人道："大人，人来了。"

裴元丘一瞬睁开眼睛，抬头见山路上下来一队人马，天幕已经开了亮口，走在最前面的正是谢家的三公子谢劭，身后跟着裴卿、魏允等人。

一个不少。

裴元丘缓缓地从矮墩上起身，仰目看向马背上的年轻公子，等着人马慢慢地靠近，老熟人相见，无须多言："谢公子，咱们又见面了。"

谢劭一笑："恭喜裴大人立了一大功，又该高升了。"

裴元丘没答,不置可否,目光瞧了一眼他身后的裴卿,裴卿的马背上还坐了一位年轻的"公子"。

活了这么多年,对方是男是女,裴元丘还是能看出来。

从八年前起,裴卿的一切动向都在他的掌控之中,身边接触过哪些人,他一清二楚,可并没有什么小娘子。

哪儿来的呢?

太子的人马为何会突然从山上撤走,魏公子又是如何与他谢三公子搭上的线,再联想起凤城的那场捐粮……

他不由得恍然大悟,想必这位就是温家的二娘子,谢家的三少奶奶了。

见他目光带了些尖锐,盯向后方,久久不动,谢劭面色一凉:"裴大人想要升官,谢某自认为这条命已足够。大酆疆土辽阔,海陆并举,皆可前行,裴大人何不给自己留一条后路?"

谢家的三少奶奶,这要是到了京都,怕也没什么后路了。

裴元丘没动,在权衡。正犹豫,裴卿夹紧马肚缓缓上前,头一回正眼看向底下的中年男子,平静地问道:"裴大人说话可算话。"

目光相碰,那眼睛直勾勾地看着他,突然不见了恨意,裴元丘微微一愣,明白了他的意思。

只要他肯跟自己走,他可以卖给自己儿子一个情面。

在外露脸的只有谢家三公子一人,至于其他人,他并不相识。

裴元丘双手往身前一叠,温声道:"自然算数。"

裴卿没再说话,带着温殊色走向裴元丘身后,掉过马头,转身面对谢劭。

裴元丘长松了一口气,抬手一招,身后的人齐齐退开,为谢劭让出了通往城门口的大道:"谢公子请吧。"

谢劭没看裴卿,也没去看他身后的温殊色,拉了一下缰绳,头也不回地驶向城门。

温殊色下意识往前一倾,裴卿伸手一把按住她的胳膊。

温殊色绷直了身子,到底没再动。

天边开了个口后,光线很快亮开,眼前的人也越来越清晰。

裴元丘跟在队伍后,与裴卿并排,转头看向裴卿,见他胳膊上还绑着纱布,脸上也蹭了好几道伤痕,这一路怕是没少受罪,心头多少有些心疼:"待会儿回去,好好歇息。"

裴卿没应,问他:"母亲的灵牌呢?"

"在我房里,放心,没断过香火。"

马蹄往前,嘚嘚声入耳,裴卿突然问:"你后悔过吗?"

裴元丘一怔，比起这个问题的答案，更让他感触的是他终于愿意问自己了。

离开那年，裴卿好像才六岁，自己抱着他到了门口，父子俩道别，他紧紧地搂住自己的脖子，哭着道："父亲早些回来。"

往后的岁月，他周旋于富贵之间，锦衣玉食之时，不止一次回忆起这一幕，心中泛起的痛楚，又怎可能没悔过。

裴元丘哑声道："是我对不起你和你娘。"

裴卿一笑，满脸讽刺。裴元丘并没在意，又道："但让我重新选一次，我还是会走这条路。"眼中那抹妇人之仁慢慢消失，眸色凉薄，"至少我能替你铺一条捷径，让你今后不必去走弯路。我裴家的子孙后代往后不用再为生计发愁，能无所旁骛，一心拼搏。"

裴卿眼角一跳："所以，母亲就该被你抛弃。"

裴元丘无可否认："是我有负于她。"

被丈夫无端抛弃、背叛，独自一人带着他的孩子，为了生计，活活被折磨而死，得来的便是一句有负。

裴卿双手发颤，愤怒和痛苦交织，几近将他吞灭，眼前一阵阵发黑。

裴元丘连畜生都算不上，他还有什么可指望的。

他不想再看裴元丘一眼。队伍押着谢劭继续前行，两边的道路，越来越安静，到了城门口，晨光正好照在城楼的九脊顶上，一道刺眼的光圈，晃得人眼花。

底下黑压压一片，全是太子的人马。前面谢劭已停了下来。

"裴元丘。"裴卿目中一片寒凉，"你不配。"不配为人夫，不配为人父，更不配为人。

裴元丘一愣。

"嫂子抓稳，跟上谢兄。"裴卿将缰绳往温殊色手里一塞，猛地从马背上跃起，扑到了对面裴元丘的马背上。

两人重重地跌在地上，等众人回过神来，裴卿已揪住了裴元丘的衣襟，手里的刀子紧紧地顶到了他脖子上，怒吼道："让开。"

马匹受惊，温殊色险些摔下来，紧紧地抓住缰绳，趴在马背上不敢动。

裴卿冲前面的谢劭大声喊道："谢兄带她走，我来断后。"

谁也没料到会发生意外，冯超紧张地看着裴卿手里的刀："公子冷静，万不可冲动。"

裴卿没搭理冯超，拖着裴元丘往城门口移去："让他们退开！"

裴元丘被他一摔，骨头都散架了，又被他拿刀子相逼，脸色憋得通红，却顾不得自己，气得大骂："愚蠢无知！有勇无谋，你以为这样就能威胁到太子？你只会送命！"

太子等了这三日，早就恨不得将谢家的人挫骨扬灰了，怎可能因为他裴元丘放人。

果然退到了太子的人马前，便再也挪不动了。

谢劭几人早已下了马背，温殊色也到了他身边，一行人被裴卿护在身后，夹在了裴元丘和太子的人马中间。

太子坐在马车内，看了好一阵，起初见人终于来了，还很高兴，暗赞他裴元丘是个人才，殊不知却养了个蠢儿子。

太子之位，和一个得力的属下，孰轻孰重，几乎不用考虑。

帘子一放，太子同身边的人交代："动手，一个活口都别留。"

将士领命，翻身骑马到了跟前，看了一眼狼狈的裴元丘："裴大人，这是怎么了？"

裴元丘急声道："还请殿下再给臣一次机会。"

"裴大人糊涂了吧，此等贼人妄图谋害殿下，裴大人应该立马诛之。"将士说完，不顾裴元丘死活，一招手，身后的侍卫瞬间围攻而上。

谢劭将温殊色护在身后，早有准备，低声同几人道："王爷的人就在外面，捂住口鼻，往城门口靠近。"

话音一落，谢劭丢出一个烟筒，浓烟瞬间蔓延开。

冲上来的侍卫没有防备，个个被呛得睁不开眼睛，几人趁机拼力往城门口冲。裴卿被身后的温殊色一把拉住袖口，当下也拖着裴元丘跟着往外退。

可惜城门早已被太子围成了铜墙铁壁，不过往前移动了十来步，几人再次被侍卫围住。

谢劭突然抬头冲着城外扬声喊道："请问太子殿下，我谢劭到底犯了何罪，要殿下如此大费周章，不惜派军府之人诛杀。"

守在外面的许荀，一看到里面冒出来的浓烟，知道情况有变，他心头着急，却奈何寻不到理由攻城。

如今听到谢劭的声音，许荀再也没有犹豫，当下驾马带人往里攻入："陛下有令，接谢家三公子谢劭回京都，违令者视为谋逆，杀无赦……"

许荀从外一攻，前面堵得水泄不通的侍卫，慢慢地有了松动。

今日围堵在城门口的将士，有不少的府军，原本以为当真是来捉拿逆贼的，如今听到朝廷的人在外喊话，心头都有些慌。

相反，谢劭几人，知道来了援兵，拼尽全力往外冲。

身后一条路又被裴元丘的人堵住，太子的人马攻不上来，眼见情况不对，将士怒吼道："裴大人，你在干什么，还不快速速捉拿逆贼。"

人已经到了城门的位置。

再往前，等到朝廷的人马接应上，一切便都来不及了。知道自己的主子为了这一日付出了多少努力，冯超顾不得那么多，先以大局为重，冲上去拦人。

不远处的太子也看出了不对，太子骂了一声废物，下令道："关城门，备箭！"

"弓箭手，备箭！"

一旦关上城门放箭，所有的人必死无疑。

裴卿突然一把将裴元丘推开，刀子架在了自己的脖子上，双目泛红，死死地盯着裴元丘："现在呢，不知我这条命能不能威胁到裴大人？"

裴元丘被他推出来，还没缓过神呢，看着他脖子上的刀，神色一僵。

裴卿咬牙道："还请裴大人送我们出城。"

裴元丘脸色铁青："你这个逆……"

不待他说完，裴卿手里的刀子毫不犹豫地往喉上一割，刀口的位置瞬间流下了一道血迹。

裴元丘双腿一软，脸上终于有了慌乱："你别乱来，你先冷静……"

裴卿把刀子又往肉里一送："你只有我一个儿子，我死了，裴家便再无人延续香火，你有何颜面面对九泉之下的先祖？"裴卿一笑，"好好想想，是要我活着，替裴家延续香火，还是你裴元丘苟且于世，断子绝孙。"

鲜血从裴卿的脖子上流下来，裴元丘看得心惊肉跳，静静地注视着跟前这位自己唯一的儿子，神色慢慢地陷于崩溃。

裴卿突然一刀子捅进腹中。

裴元丘吓得瘫在了地上，吼道："让他们走！"

冯超："大人……"

"没听清楚吗，让他们走！"

冯超也看到了裴卿腹中的刀柄，神色呆住，再也不敢动。

城门已被关上了大半，没了冯超的人相拦，谢劭几人很快冲到了城门口，跨出城门，急切地回头："裴卿，快，跟上！"

裴卿一把抽出腹中的刀子，转身往外，却没出城，肩膀顶住侍卫来不及合上的半边门扇，使力往外一推，目光看向门外的谢劭，弯唇一笑，高声道："谢兄，替我好好看一眼京都！"

太子今夜痛下杀手，外面的怕是抵挡不住。

他能多拖延一阵，谢劭活下来的概率就更大。

没等谢劭反应，那几百斤的城门重重地合上，发出了一道闷沉的声响。

"裴卿！"谢劭怒声一吼，猛地回头，冲向城门，一弯刀劈在门上，"裴卿你出来，我们都能到京都。"

裴卿的脊背抵住城门，脸色惨白，额头细细密密全是汗珠："走！"

知道他不会出来，谢劭一脚踹在城门上，仰头大骂："裴元丘，你个畜生！虎毒不食子，你真要断子绝孙吗？你把他放出来！我带他去京都。"

破喉的怒斥声，穿透城门，传入裴元丘耳中，裴元丘充血的瞳孔惊恐地看着后背贴在城门上，身下渐渐被血染红的年轻男子。

那是他裴家唯一的儿子，是被他曾经抱在怀里，亲口教他唤自己为父亲的儿子。

他这一辈子，除了裴卿，再也没有体会过何为父子之情，他已经抛弃过儿子一次，还要再抛弃一回吗？裴家当真要断送在自己手里吗？

"冯超，送他出去！"裴元丘从胸腔里震出一道怒吼声，脸上的青筋暴显。

身后的弓箭手已就位，见裴元丘挡在了门口，将士怒声道："裴元丘，你是要叛主吗？"

裴元丘眼里只看到了裴卿身上不断流出的鲜血，整个人疯了一般，从身边侍卫的腰间抽出弯刀，转身对向太子的人马："陛下有旨！送谢公子入京都，尔等谁敢造反！"

裴元丘爬到如今的位置，用的是什么手段、依附的是谁，谁不清楚，怎么也没料到他会叛主。太子听得怒火中烧，恨不得一刀要了他的命。

将士也愤怒地看向裴元丘："裴大人可想好了。"

裴元丘没答，再次催身后的人："送公子出去！"

将士嘴角一抽："放箭！"

身后几人急忙拉开城门，冯超拖着裴卿的胳膊，从门缝里把人递给了外面的谢劭，还没来得及退回去，一支长箭穿入背心，人突然往前一跪，忍痛艰难地交代谢劭："务、务必要救、救活公子。"用尽最后一丝力气，把自己从门缝里退出来，身体往城门上一压，奋力喊道，"快走！"

门口的厮杀声传来，太子是要鱼死网破了。

谢劭扶住裴卿的胳膊，同魏允一道将人抬了起来。许荀及时接应到人，指了下身后一辆马车："三公子扶人先上车。"

知道太子不会罢休，许荀翻身上马，招呼人手："掩护谢公子入京，撤！"

马车在前，许荀的人马断后，一路疾驰，两刻钟后，终于到达了京都地界。

有爱的青春陪伴者

重门殊色

下

起跃 著

江苏凤凰文艺出版社

第七章 望夫成龙

京都的城门乃大酆的最后一道屏障,城墙三丈余高,城楼比起南城,气势更为雄伟威严。人仰头往上望,头上的帽子直往后坠,许苟勒马立在城门前,高声道:"马军都指挥使许苟,奉旨接谢家三公子入城,开城门!"

片刻后,两道厚重的朱漆门扇,缓缓地往两边打开。

马车在前,马匹在后,从城门下飞驰而过。跨过城门后,所有人都松了一口气。

魏允、小厮和闵章与京都的侍卫同乘,谢劭抱着裴卿坐在马车内,温殊色陪在身旁,两人面色紧绷,度日如年。

谢劭上车后便撕下了自己的衣袍,绑住了裴卿的伤口。鲜血还在不断往外浸,谢劭的一只手被血迹染红,双目也布上了血丝,自城门前那一声吼完,喉咙便嘶哑了:"裴卿,再坚持会儿,到京都了。"

裴卿面色苍白,人已昏睡了过去。

温殊色撩起帘子,两旁便是京都的街市,她却没有半点心思去瞧,抬目催道:"许指挥,麻烦再快些。"

救人要紧,许苟先带人去了最近的一处军医住所。几人手忙脚乱地把人抬下去,放到病床上,许苟匆忙唤来军医。谢劭见人来了,退后一步,扫袖弓腰同那军医行了一个大礼:"还请军医大人定要救活他。"

军医看了他一眼:"救死扶伤,乃我等本分,公子放心,定当竭尽全力。"说完把帘子一拉,所有人都被挡在了外面,"闲杂人等,都先出去吧。"

这一趟,九死一生,终于逃出生天,几人走出房门,浑身狼狈,个个都没力气说话,等着里面的消息。

魏允也受了伤,胳膊上一道长长的血口子。小厮催了魏允几回,许苟也过来劝他先去包扎,魏允这才跟着进了另一间屋。

谢劭立在门前,站了一会儿,双腿发软,缓缓地走到台阶处,一屁股坐在青砖石上,面容憔悴,目光空洞。

温殊色知道他担心,伸手挽住他的胳膊:"郎君放心,裴卿会没事的。"

谢劭太疲惫了,连点头的力气都没有。

片刻后,许苟走了过来,唤了一声"谢公子",路上太过于仓促,顾不得打量,这会儿才仔细打量了一圈,拱手道:"谢公子当年离开京都时才十二岁,没想到一别九年,再见公子,已成风华青年。"

谢劭忙起身回礼:"多谢许大人相助。"

"公子不必客气,许某职责所为。"许苟的目光转而看向他身旁的温殊色。

谢劭及时解惑:"家中内子,温家二娘子。"

许苟一愣,察觉到自己的失礼,赔罪道:"原来是三少奶奶,恕许某眼拙。"

温殊色一身也没好到哪儿去,昨夜才换上的干净衣衫,又沾了血迹和泥土,脸上抹了一层黄土灰,被烟雾一熏,流了不少眼泪,脸上已经斑斑点点,发丝也凌乱不堪,哪里还看得出原样。她朝许苟点头回礼:"许大人。"

许苟便道:"时辰紧迫,许某来不及寻个住所招待,便让人在军营收拾了一间房,公子先去整理一番,先随许某进宫面圣。"

假造圣旨一事,还未查清,谢家也未洗清嫌疑,宫里的人恐怕都在等着谢劭。

他们从凤城出来,一路被追杀,险些死在太子的手里,这笔账总得要算。

谢劭回头看向身后的房门。

许苟宽慰道:"谢公子放心,这批军医都上过无数回战场,什么病症没医治过,裴公子吉人自有天象,定能熬过来。"

温殊色转头:"郎君放心去吧,我留下来照顾裴卿。"

只有谢家真正安全了,他们才能有容身之地,谢劭的目光在那道门扇上停留了几息后,终究还是转过身,看向温殊色:"闵章留下来给你,我很快就回来。"这一路实在经历了太多,跋山涉水地走过来,两人的心早就连在了一起,无论谢家会面临什么样的结果,到了这一刻,他们都能接受了。

无须他多言,温殊色点头:"我等郎君。"

"嗯。"谢劭抬手把她一缕发丝别到了耳后,没再耽搁,随许苟去了后院。

再出来时,谢劭已收拾好,一头墨发梳理整齐以银冠相束,深蓝色锦缎圆领衫袍,胸前绣山水图样,肩背笔直,身形精瘦,面容也清洗干净了,脸色虽有些苍白,却依旧掩盖不住眉眼之间的英俊傲然之气。

许苟一时看失了神,脑海里突然浮现出曾经立在黄榜前,大放厥词的明媚少年。

见人上前,许苟将手里马匹的缰绳递给了他:"三公子请。"

谢劭离开后,温殊色坐在台阶处,一步也没离开。

闵章去后院把水袋装满，递给了她。温殊色饮了几口，继续坐在那儿等着。

头顶的太阳渐渐偏西，柱头上的阴影从她身后也一点一点地移到了身前，彻底将她笼罩，身后的房门终于打开。

听到动静，温殊色立马回头赶去门口，捏着心问道："大夫，他如何了？"

"血止住了，人也醒了，不过还得先熬几个晚上，多买些补血的食材，少食多餐。"

听到人醒过来了，温殊色卸下一口长气，全身顿觉一阵无力："多谢大夫。"

军医又嘱咐了一句："多让伤者休养。"便抬步先出了门。

温殊色跟着闵章进去瞧人。

裴卿正躺在床上，伤口已绑上了纱布，上身赤裸，什么也没穿。

伤者为大，温殊色不拘这点小节，上前在他伤口处瞧了一眼，关心地问道："裴公子怎么样了？"

她一番打量，反倒把裴卿看得有些不好意思，在南城时，他以命拦住了裴元丘，本就没打算出来，没料到还能活着。

在马车上意识一度消失，再睁眼，人已经躺在了病床上，腹部的伤口不小，军医缝合好后，上了金疮药，他也是刚醒来，见温殊色突然闯进来，他目光一时慌张，脸上终于有了几分血色，虚弱地唤了一声："嫂子。"却找不到衣裳遮掩，作势便要起身。

"别动。"温殊色止住了他，"我是你嫂子，长嫂如母，你不用介意。"兄长早些年还挨过父亲一顿板子，还是她替兄长上的药。

她一说，裴卿更别扭了，什么如母，自己比她还大……

总之人醒过来了就好，其他的都不是事儿，温殊色一副不介意的豁达模样，裴卿却极不自在。

闵章似乎也觉得不妥，转身找了一件衣衫，搭在了裴卿身上。

魏允和小厮已被魏家的人接走了，现在只剩下了他们三人。

从昨夜到现在，几人死里逃生，都还饿着肚子，温殊色和闵章还能挺一挺，但裴卿受了这么重的伤，不能挨饿。

托许指挥的面子，到军营保住了裴卿的一条命，已经感恩戴德了，不能再去麻烦别人讨药材和吃食。她回头同闵章道："你去外面买些吃食回来吧。"

闵章跟了一个破了产的穷主子，口袋比脸还干净，身上并没有银钱。他脸色一红正尴尬为难，便见温殊色挽起衣袖，里面的胳膊上绑着一条绢帕，她取下来拆开，里面便是两粒碎银子。

她将那两粒碎银子交给闵章："先拿着。"又伸手掏向了自己的后领子，半刻后从领子里又翻出了几粒碎银子。

再是裤腿、鞋袜……几处碎银加起来，差不多也有十来两，她全身的银钱都掏了出来，这回是干干净净了。她不顾两人惊愕的目光，交代闵章："给裴公子多买些补血的东西，再给咱们买点吃食，余下的银钱，打听一下哪里有便宜点的客栈。"

他们总不能一直住在军营。

魏允走的时候，倒是再三邀请过，说等谢劭回来后，便先去他魏家安顿。只是因救谢劭，她已拖累了魏公子，险些让人家赔了一条命，哪里还有脸上门再打扰。

眼下先找个客栈住下来，让裴卿好好养伤，他们再慢慢做打算。

有了这些银钱，算是解了燃眉之急，闵章立马出去办事。

温殊色转过头，便见裴卿神情愧疚地看着她："多谢嫂子。"

"裴公子不必道谢。"她目光轻轻地扫了一眼他手腕内侧，不动声色，"我的银钱从不白给，来日等裴公子伤好了，再赚钱还给我就成。"

裴卿点头。他身体到底还是虚弱，醒了一会儿，很快撑不住，又睡了过去。

温殊色一直守着他，视线再次看向他的手腕，自己也是在马车上才察觉，他手腕上的伤痕纵横交错，一瞧便知道是自己划伤的。

温殊色这时才明白过来，哑女拉住她，到底想说的是什么。

在山上时，裴卿应该就打算好了，没想过要活着。

从前在她眼里"年少轻狂"个个都是纨绔子弟，整日无所事事，从不知艰辛为何，如今才明白，是自己眼浅了。

裴元丘最后那一叛，多半也活不了了，但愿裴卿能走出来，活好自己……

半个时辰后，闵章才回来，军营也派人送来了药和吃食，给裴卿喂完药，两人也填饱了肚子。

闵章禀报道："属下订了一间客栈，等主子回来，咱们便过去。"

温殊色点头，折腾了一日，人昏沉沉的，却不敢睡，一直在等着谢劭回来。她心头难免忐忑，太子的行为再荒唐，但毕竟是皇上唯一的亲生儿子，谢家将来的命运如何，全看皇上是不是一位明智的君主了。

天色快黑了，谢劭才回来，身后跟着靖王。

见到温殊色时，谢劭目光带了些紧张。温殊色知道他在担心什么，点头冲他一笑。

谢劭匆匆进屋，靖王一道跟了进来。

见人醒了，谢劭悬着的心终于落下，同时又没好气，乜斜裴卿一眼："没死啊？"

裴卿艰难一笑："命硬，死不了。"

见到靖王，裴卿赶紧起身，被靖王及时止住："裴公子有伤在身，不必多礼。"靖王瞧了一眼他的伤势,又招来军医问了情况,回头便同裴卿道,"裴公子伤势严重,先到本王的住处安置,有宫里的御医在,照顾起来也方便。"

裴卿神色一紧,忙道:"属下怎能劳烦王爷……"

"谈何劳烦,先把伤治好了再说。"

几人初来京都,还未找到住所,裴卿的伤势马虎不得,能去靖王那儿养着,确实好上许多。

谢劭也同意。

几人说了一阵话,靖王便吩咐底下的人把裴卿抬上马车。

出来时,靖王看到立在门口的温殊色,脚步停在她跟前,看着她一身的狼狈,目光不由得生出佩服:"温娘子果然胆识过人。这回能到京都,温娘子功不可没。"

温殊色蹲身行礼:"是王爷宽仁厚德。"

靖王笑了笑,突然想了起来,让人从马车上把包袱拿下来,递给她:"如今完璧归赵,温娘子瞧瞧,可有少了东西?"

温殊色忙摇头:"不过几件衣裳,劳烦王爷照看。"

天色太晚,靖王不再耽搁,转头同谢劭道:"谢公子早些歇息,明日再叙。"

谢劭点头,目送靖王带着裴卿离开了军营,也同许苟辞别,去往客栈。

许苟挽留了一番,说要腾出自己的宅子,让三人过去安顿,谢劭客气地谢绝了。

谢劭并非初来京都,九年前从京都走出去,如今回来,虽说很多地方都变了样,但不至于抓瞎,摸不着方向。

裴卿能得靖王照看,已了了自己心头一桩大事。他身边有小娘子在,借住哪儿都不方便,先前已经拒绝了王爷的安排,如今也一样,一路太疲乏,此时他只想和小娘子安静地待一会儿,一道等着明日的宣判。

从军营出来,许苟的马车把三人送到了街头。

谢劭先下车,转身替小娘子打帘。温殊色扶着他的胳膊往下一跳,人还没站稳,便抬起了头,开始打量起了眼前的大鄘都城,京都。只见夜市千灯,莹莹相射,繁光坠天,高楼红袖莺歌,满街祛服华妆,人声沸鼎,车水马龙,望不到尽头……

大伯送给她的那几幅画像,瞬间生动了起来。

她如今才知凤城之小,到了此处,方才觉得海阔天空,犹如江河入了海,雄鹰飞到了长空。不愧是所有才子寒窗苦读,拼尽一生都想要到达的最终归途。她也终于明白,为何大伯一家不惜一切代价都要搬来京都,繁华一旦入了眼,怎舍得再离开。

温殊色双目生辉,一时看痴了,拉了拉身旁的郎君:"这就是京都吗?好热闹。"

与记忆里的画面相比,确实繁华了许多,谢劭也恍惚了一阵,闻声偏过头。她脸上的脏污虽洗去了,身上的衣裳还是魏允给的那身,素青色的长衫松松垮垮,沾着血迹和泥土,朴素又狼狈。身旁有几位盛装的女郎经过,越发衬得她格格不入。

她自己不觉,谢劭瞧得很不是滋味,轻轻地捏了捏她的手,应了声"嗯",拉着她往前:"走吧,带你去买几身衣裳。"

温殊色自然乐意,被眼前的太平盛世一冲击,先前的苦难瞬间抛在了脑后,心情也好了,东瞧瞧西瞧瞧,嘴巴没闲着:"郎君这是什么?我怎么没见过……"

谢劭顺着她的目光看去,见几个孩童手里拿着长形圆筒,一只眼睛凑在筒内,一边转着筒身,一边大呼:"我看到了女娲娘娘……"

不过是小娃娃的玩意儿,谢劭答道:"影筒。"

温殊色来了兴趣,一把拉着他的衣袖,不走了:"郎君也给我买一个吧。"一双眼睛朝他望过来,目光楚楚,巴巴地瞧着他,仿佛他不答应,就是造了天大的孽。

"郎君这个真好看。"

"郎君,郎君……"

"郎君再给我买一个。"

手里的荷包越捏越紧,谢劭终究没忍住,一把拉起小娘子便往前冲:"时辰不早了,咱们还是先买衣裳。"

时隔九年,京都城内繁华是繁华了,也多了一堆骗人钱的玩意儿。

怎就没人管管。

好不容易把人带到了成衣铺子,谢劭还没来得及松一口气,温殊色又被眼前花花绿绿的绸缎迷花了眼:"这个颜色好看,这款花色也好,还有这款,这么好看的花样怎么凤城就没有呢……"一面嘟嘟囔囔,一面往前,一双眼睛看不过来,瞧她那模样是恨不得把整个店铺收入囊中。

谢劭的心又悬了起来,一点都不比白日被追杀时来得轻松。

见谢劭跟在身旁,一直不出声,她转头拉他过来,试图把他也带入到自己的快乐之中:"从凤城出来,我还觉得男儿的衣衫新鲜,穿在身上娇小俊俏,别有一番风味,如今走了一路,倒是又想念起自己女郎时的模样了。"她突然问他,"郎君还记得我之前的模样吗?"

谢劭点头。

温殊色又问:"那好看吗?"

他脑子里立马浮出她挽着披帛,立在街头,歪头手扶高髻的一幕,那时自己一眼瞧去,心头便想着,这小娘子长得真艳丽。后来生活在同一个屋檐下,察觉她善会打扮,身上的衣裳,几乎从没重过样,但不可否认——

"好看。"

"我怎么觉得就那样了呢……"之前她对自己的穿衣打扮一向很有信心,可如今见到了更好的,才知道运到凤城的那些绸缎花样,都是过时了的,"原本我在凤城也算是数一数二的小娘子,今日来了京都才知道,天外有天,人外有人,我再不好好收拾收拾,定会被淹没在人群里,岂不是给郎君,给凤城丢了脸吗?郎君,要不替我多买几身吧……"她招手便要唤老板来,"麻烦量……"

她胳膊被郎君轻轻一拽,谢劭将其拉到一处无人的角落。

温姝色一脸疑惑地看着他,谢劭凑近她道:"娘子不知,即便在京都,娘子的容貌也是惊鸿一瞥的存在。"

两人成亲以来,他从未夸过她,冷不防地听他这样夸赞,她心头自然高兴,脸色也微微生了红。

谢劭握拳轻咳一声,又低声道:"所以,娘子不需要靠装扮,娘子天生丽质,已压过无数小娘子,至少在为夫眼里,你是最好看的。"

夸人的话都爱听,可过了头,便没那么真实了。

温姝色愣了愣,终于品出了一丝不对劲:"郎君这话,我怎么听着都像是在敷衍我呢?"

倒也不全是敷衍,人被逼到了这个份上,只得同小娘子说了实话,谢劭尽量好声好气地哄着:"娘子体谅一些,为夫身上银钱不够。"再好声好气,也没起到半点作用,只见小娘子面露失望,拖出一声"哦——",目光从他脸上移开,看向不远处的绫罗,如同没讨到糖吃的小孩,满眼的不舍。

谢劭看在眼里,如同被当众凌迟。

小娘子陪着他出生入死一场,他却连几身衣裳都置办不起,想起周邝曾经同他说过的那句,苦着自己的媳妇,算什么男人。

谢劭活了二十年,从未受过如此打击。他甚至有股冲动,想问问,有何地方可以卖身……想归想,但断然不能自甘堕落,自己这副身子只能留给小娘子。

能怎么办呢,继续哄着小娘子呗。他揽住她的肩膀,细声细语道:"待会儿给你买个糖人,好吗?"

还好小娘子是个好哄的人,她犹豫片刻后点了头:"成。"

他长松了一口气,唤来老板,给小娘子量尺寸,先做两身能换洗的,自己去交银钱,让小娘子先去外面等,免得她看多了,又得不到,更糟心。

温姝色抱着包袱去了门口,等着郎君出来。早听大伯说过,京都不禁宵,夜里如同白昼,如今眼见为实,一点都不假。

新鲜的东西实在太多了,行人来来往往,她瞧完了风光,便又打量起来往的行人,花枝招展的小娘子无论男女看了都喜欢。她一时抻长了脖子,看着对面高楼内翩翩起舞的歌姬。

正入神,视线突然被一辆宝马雕车挡住,她急忙仰起头,对面马车上的人碰巧从里掀起了帘子,朝着这边望了过来。

温殊色下意识地瞥了一眼,视线又匆匆落到了对面的高楼上,神色却猛然一顿,忙看向车内的人。

马车往前,车内的女郎也正扭着脖子愣愣地看着她。

鹅蛋脸柳叶眉,五官端庄温婉,不是温家的大娘子温素凝,又是谁?

温殊色怎么也没料到,进京的头一夜,便遇到了温家大娘子。

两人隔着半条街,惊愕地看着彼此。过了好一阵,温殊色才回过神,脱口唤她:"大姐姐?"

温素凝原本还以为是自己眼花,听到这一声,便知道没有认错,转头忙让车夫停车。

温殊色脚步嗒嗒地赶了过去,看着温素凝从车上下来,上下把她瞧了一圈,暗自感叹,京都的水土果然养人,气质明显比之前更好了,不由得目中生羡:"大姐姐到了京都,越来越好看了。"

可她在温素凝眼里,就不是那么回事。温素凝头一眼不敢认,便是因为她这一身打扮。此时,温素凝皱紧了眉头,问她:"你怎么来了,二叔呢?"

"在凤城。"

温素凝一愣:"你一个人来的?"

温殊色回头,看向铺子门口,谢劭正好从里走了出来。

"喏,同郎君一道来的。"

温素凝眉头皱得更紧了。

谢家出了那么大的事,京都早闹得沸沸扬扬,谢大爷谋反,把靖王赶出了藩地,虽说皇上还未治罪,但如今的谢家,半条命都悬在了刀口上。

谢家当真出了事,温殊色还能逃得了?不仅是她,只怕父亲多少都会被她牵连。温素凝不由得想起自己当初对她的忠告,颇有些恨铁不成钢:"当初我便同你说了,要你离开谢家,卖了宅子同祖母一道来京都,你偏不听。"

温殊色记得,温素凝确实说过,让自己同谢三和离,来京都。但这有什么冲突吗?她并不后悔当初的决定,相反庆幸自己留在了谢家,郎君挺好的,自己也挺好的。

"大伯还好吗?"

温素凝点了下头,不太想多说,从袖筒内掏出荷包,取出二两银子递过去:"家中的宅子是租来的,地方小,没有多余的房间住,即便是你找上门来,父亲恐怕也帮不上你。我手头的银钱也不多,这些你先拿着。"

自己送了六七年的银钱出去,如今终于收回来了一点,稀罕程度,如同太阳打西边出来。

有钱不要是傻子,温殊色没同温素凝客气:"多谢大姐姐。"

温素凝没再理会她:"你自己多保重吧。"转身上车前到底还是冲她身后的谢劭点了下头,看得出来对他不是很待见。

谢劭自然也认得出来,对方是温家大娘子。

等马车离开了,他才走过去。

本以为看到的会是一张黯然神伤的脸,却见小娘子转过身摊开手掌,笑着冲他显摆:"这回不用郎君破费了,我有银子了,自己能买糖人。"

小娘子的心情丝毫不受影响,买了糖人,越逛精神越好,身旁的郎君却灰头土脸。到了客栈,谢劭故意落后几步,同闵章道:"明日你去寻寻,有没有抄书的活儿。"

这才头一夜,手上的十几两银子便没了,且客栈的钱还是小娘子从身上搜刮出来的。要是多待几天,不得饿死。一分钱能憋死一条好汉,他想起之前自己的挥霍,有种肠子都悔青了的痛恨。

"是。"闵章早就感同身受,主子怕往后得努力了。

逛起来只觉得新鲜,忘记了累,等进了客栈房间,人泡进了浴桶内,温殊色方才觉得全身累得慌。

一日之内,经历了生死,从鬼门关闯回来,身心都受到了摧残,被热水一浸,昏昏欲睡。

时辰久了,外面的郎君"咚咚"叩了两声门。

"好了吗?"

她慌忙睁开眼睛,匆匆应了一声:"好了。"伸手摸去屏风上,却捞了个空,顿时瞌睡都醒了一半。

完了。

她好像没拿换洗的衣衫进来。

外面的郎君似乎也察觉出了她的窘迫:"等会儿。"

等会儿是什么意思?

是他帮她拿吗?

成衣铺子定制的两身衣裳,最快也得两三日才能拿到,今夜她还是得穿之前的,魏允给的两身自己穿了一身,另一身来不及洗落在了哑女的院子里,如今能换的只有包袱里面温二爷的衫子。

可那包袱里除了衣衫子,还有一些此时万不能让郎君看到的东西……

温殊色脑子"嗡"一声炸开,慌忙叫住他:"郎君!"

谢劭似乎被她这一声吓到了,回头:"嗯?"

"你、你还有干净的衣衫吗？能不能借我穿穿？"

谢劭顿了顿："靖王不是把包袱给你了吗？"

"里面的衣衫都是我父亲的，他平时又不讲究，不像郎君干净，身上还自带香气，衣裳也香……"

话音落下，半天都不见他出声。

片刻后，她才听到郎君离去的脚步声。她不确定他有没有同意，提心吊胆地等着那脚步声返回来。不久后，头顶的屏风上，突然搭进来了一件雪色的中衣。熟悉的暗香扑鼻，温殊色不用看就知道不是温二爷。她深吐一口气，道了一声："多谢郎君。"赶紧拉下衣裳，往身上套。

谢劭的个头比温二爷高，裤子也更长，从净房出来，温殊色双手只能提着裤腿，囔囔道："郎君，太大了……"

谢劭还没从她适才那一番话里回过神，见她出来，目光瞟了过去。

昨日还穿在自己身上的衫子，此时正贴身穿在了小娘子身上。

小娘子的发丝刚洗过，湿漉漉地披散而下，双颊被热气熏得酡红，衣襟太大，松松垮垮挂在她身上，肩头和颈项均露出了一片，莹白得灼人眼睛。

他适才那话并非为假。在他眼里，小娘子是最好看的。他喉咙突然一紧，别开了视线："先将就一夜，把头发擦干，早些歇息。"拿了另外一身，忙走去了净房。

今日谢劭也累了，他匆匆洗完，怕小娘子尴尬，在净房绞干了头发。出去后，温殊色果然已经躺在了床上。

昨夜两人在农舍同了半宿的榻，有了个开端，后面便顺理成章。知道他喜欢睡外面，温殊色主动给他让出了位置。走到床边，见小娘子闭上了眼睛，他小心翼翼地往床上一坐，腿还没来得及抬上去，整张床便往下一沉，随后便是一串声响。

"咯吱咯吱——"

谢劭神色一僵，下意识地看向里侧的小娘子。

温殊色也睁开了眼睛，错愕地看着他，怕他有心理负担，安抚道："郎君已经很瘦了。"

他硬着头皮躺下去，由着那"咯吱"声响在耳边，仿佛随时都能塌下去。

起初听闵章说找了一家客栈，一个晚上只要二十文钱，温殊色还觉得捡了个便宜，如今可见，便宜没好货。

躺下后，谢劭不敢再动了："睡吧。"

温殊色也不敢动，稍微偏过头，问他："郎君，陛下怎么说的？"

今日他能和靖王一道回来，便知道谢家八成没事了。

但她不确定。

谢劭抬手，动作尽量小心，拉住她搭在被褥上的手，握在掌心，低声道："不会有事，明日宫里便会出消息。"

今日他随许指挥进宫面圣，靖王也在。

许指挥将南城的事全禀报给了皇上，皇上听后，沉默了好半晌，又让谢劭把凤城发生的事一件不漏地禀报完。

听完后，皇上还是没吭声，反而让人替谢劭赐了座，奉上茶水招待，还问候了他父亲。

离开后，才听到了身后屋内传来了茶盏摔地的声音："这个逆子，他这是德不配位……"

皇上的话，谢劭和靖王都听到了。回来的路上，靖王曾问他："谢公子害怕了？"

经历了这些，其中局势已经明朗，两人用不着拐弯抹角，这一趟，谢家已和靖王绑在一起。

太子是皇上唯一的亲生儿子，纵然再专横跋扈，皇上气归气，未必会把他如何。

日后太子一旦翻身，谢家必有灭顶之灾。

"谢家从搬至凤城起，便已和那位站在了对立面。谢家本该灭于半个月前，能倚仗王爷躲过此劫，乃天命不亡，何惧之有。"

靖王一怔，意外地看向他，对面的谢劭却一脸平静淡然。

靖王收回视线，不再说话，眸底慢慢地涌出了些微暗光。自己何尝不知，要到了那一步，不只是谢家，还有靖王府，真能做到束手就擒？

若太子德厚流光，勤政为民，受万民敬仰，乃众望所归，自己的存在为他添上了顾虑，不用他来讨伐，必会给他一个高枕无忧的交代。但他屡次展现昏庸无能的一面，无端激发战事，扣押将士粮草，这样的人，当真能配让他赔上整个靖王府，乃至整个天下……

"本王自幼便跟在陛下身边，亲眼见他从战乱中一刀一枪打下了如今的江山。陛下登基，纷争了几十年的战乱才得以终结，天下太平了二十余载，河清海晏，四海升平。谢公子放心，陛下比谁都清楚这一切的来之不易。"

皇宫。

皇上摔碎了一个茶盏，痛声骂完后，便一直坐在御书房的龙椅上，久久不动。

煽动战事，扣押粮草，假造圣旨，抗旨不尊，私调军府公然追杀证人……还有什么是太子不敢做的。

皇上闭上双眼，依旧无法平息心中盛怒，胸膛急剧起伏，片刻后突然急喘起来。

刘昆赶紧上前搀扶:"陛下息怒,当心身子……"

皇上年轻时身强力壮,一人能从上百人的突围中冲出来,如今上了年纪,不得不服老,这番一气,老毛病又犯了,一张脸咳得通红,饮了半盏热腾腾的茶水,才平息下来。

太子这番所为,为的是什么,皇上心里清楚,可他固然耍上万般手段,也不该丧失良知,败坏品德,动国之根基。

"他只知道揽权,可知如何御敌?他以为这天下就永远太平了,辽国为何不敢挑起战事,是怕他太子?还是丧失了野心?"皇上失望透顶,"朕膝下单薄,无子孙之福,走到今日,就只剩下了他和靖王,为何他还容不下手足?非要赶尽杀绝,不给自己留一条后路?"

皇上这几句质问,刘昆不敢发话。

知子莫若父,太子的秉性,皇上并非今天才瞧出来,为何在九年前把谢仆射派去凤城,这不也是给自己留的一条后路。

皇上怒气渐渐平复,痛惜地道:"朕最痛恨的便是手足相残。"

父母走得早,留下他们三兄弟,儿时也曾相依为命过,既能共患难,为何就不能有福同享。是以,无论河西、河北的两位王爷做了何等的荒唐事,他都睁一只眼闭一只眼。直到太子说要削藩,把两人这些年的所有作为全查出来摆在他面前,他才知道,自己不能再纵容下去。以那两人的德行,待自己百年归去,必会挥军攻入京都,到那时,便是他为大鄹埋下了祸根。他默认了太子的做法,任由太子把河西、河北的两位亲叔叔斩草除根。

可靖王不同,他安分守己,一直驻守中州,碍着太子什么事了!当初自己身在战乱之中,颠沛流离,万不得已把尚且才两岁的靖王带在身边,言传身教,到底还是带着他一道上了战场。好几回都险些回不来,从死人堆里爬出来,曾经无数个日夜都睡不着,愧对靖王母亲临终所交代的那句"只求吾儿一世平安"。

这天下他打下来了,终于可以履行当初的诺言,想让靖王过上安稳的日子,把中州划给了靖王,心头还是想靖王离自己近一些。只要大鄹在一日,靖王,包括他的子子孙孙都能安稳度日。如今看来,是他想得太简单了,太子容不下靖王,不惜搭上自己的名声和前途,也要取靖王的性命。

他尚还在世,太子便如此肆无忌惮,等将来他走后,靖王一家还能活?

皇上心底默念了一声那个名字。

念儿,这天下没有真正的安稳和平安,只有坐上了这把椅子,方才能决定自己的生死。

"刘昆。"皇上突然唤了一声。

刘昆忙上前:"奴才在。"

"拟旨吧。"

打下这江山,能安稳地坐上二十年,其中的艰辛和不易,没人能比他更有体会。一国之君乃万民共扶,自己付出了多少辛苦才换来了天下苍天的安稳,谁也不能破坏,包括自己的儿子,也不能。

刘昆弓腰:"是。"

皇后元氏听说皇上已经面见了谢家三公子,脸色一阵发白,急急忙忙赶过来。刘昆扶着皇上刚从御书房出来。

见到皇上的神色,她心头便"咯噔"一沉,小心翼翼地问道:"陛下,可是延儿他又惹陛下生气了……"不等皇上回答,皇后又急急道,"那孩子自幼在陛下身边长大,对陛下的父子之情胜过了君臣,要是他有什么不对之处,陛下是他父亲,把他叫到跟前来,好好说教,他定会听陛下的话。"

皇上摇头,冷笑一声:"说教?朕怕是没那个本事了。"

皇后脸色一变,忙拽住他衣袖,颤声道:"陛下,陛下是他的亲生父亲,儿子错了,父亲不教,谁还能教,他不过是一时糊涂,陛下……"

"一时糊涂?"皇上冷哼一声,厉声道,"假造圣旨,挑拨战事,扣押军粮,他眼里可有朕这个父亲?可有天下苍生,黎民百姓?"

皇后"扑通"一声跪在地上:"陛下,他已经知道错了。都怪臣妾,舍不得管教,陛下把他叫回来,臣妾定会好好训斥……"

"晚了。"皇上声音一软,仿佛熬尽了全身力气,"你要是之前有这个觉悟,他也不至于走到今日这个地步,朕教不了他一辈子,你也不能。他从小日子过得太好了,不知何为艰辛、何为民生,沉迷于权术,不行储君之责,怎能行诸君之权,借此机会,让他自己好好反省吧。"

这话是何意?

皇后元氏一慌,拽得更紧了:"陛下,他可是您唯一的儿子啊……"

皇上转头看向她:"所以,你的意思是,不管他做了何事,是不是昏庸无能,朕别无选择,都得将这天下交给他?"皇上眼中突然闪过一丝厌恶,"别再逼朕追究你元氏一族。太子为何走到今日,你身为母后,也当好好自省,好自为之。"

皇后一愣。

皇上抬手从她手中抽出衣袖,扶着刘昆的胳膊,头也不回地回了寝宫。

翌日早朝,众臣子早早便到了大殿之外,等候开门朝拜。

气氛与前几日突然转了一个风向,右相元明安立在一旁,面上再无半点轻松,神色凝重,眼下一片青色,一看就知道昨夜没有睡好。

这回换成杨将军主动前来同他搭话了:"哟,元相这是怎么了,昨儿没睡好？这世上还有元相难眠之事？"

元明安岂能看不出杨志敬的嘲讽,转过头,不想搭理他。

杨将军却没放过,凑过去悄声道:"听说谢家三公子昨日到了京都,许指挥去接的人,在南城内还遇上了刺客。"他摇头咋舌,"也不知道谁这么大的胆子,这不是公然抗旨,不把陛下和太子放在眼里吗?"

元明安脸色越来越难看:"杨将军前几日不是才生了一场大病吗?怎的,吃了什么救命药,突然意气风发了?"

杨将军笑了笑:"我那外孙昨日也回来了,托陛下的福,安然无恙,可不就是救命药嘛。"

元明安额角一跳,脚步索性往旁边挪了几步,懒得再理他。

温大爷也在队列之中,暗中一直看着元相和杨将军的方向,心中一阵忐忑。

朝中最近的暗涌,在朝为官者,谁人不知。

温大爷进京为官,最为忌讳站队,之前不论是元相的人还是裴元丘的人,几番上门有意拉拢,他都没有松口。或许也是因为这一点,他才能做到底气十足。

前日突然传来凤城叛乱的消息,谢家牵扯其中,犯下了杀头之罪。

谢家三公子是他温家的姑爷,谢家一出事,缟仙必然会受牵连,身为大伯,他怎能袖手旁观,即便是折了自己一身骨,也得想办法保全她。

他熬了一夜没有睡好。到了第二日早朝,听元相等人同皇上汇报完谢家的罪证,更是紧张得背心出了汗。可按理说,谢家犯下此等大罪,理应抄家灭族,皇上却并没有立马下旨,而是派人前去接应谢家三公子。

这一来,他突然摸不清风向了。

昨夜又听府上幕僚探来的消息,说谢三公子已经到了京都,同靖王一道面见了皇上,他心头的石头顿时落地。

所谓家丑不外扬,平常人家尚且都关起门来解决,更何况还是太子,一国储君,关乎着大酆的将来。

揣测之间,大殿的门开了。

众臣朝拜后,鸦雀无声,皇上同刘昆使了个眼色,由刘昆宣读了一道圣旨。

"太子失德,邪僻是蹈,疏远正人,悖逆纲常,所犯之罪令朝野失望,万民嗟怨,经警示仍屡教不改,朕甚痛心,愧对先祖,愧对万民,故废其太子之位,望能洗心革面,好生悔改。"

这圣旨如同一道惊雷,瞬间炸开了锅。

知情人没料到皇上会如此果断。不知情的惊愕万分,可细细想来,上回太子突然被贬回东州封地,如今这道废太子的圣旨,实则也并非毫无征兆。

朝堂上元相一派,支持太子的人占了一半,此时个个面色如灰。

温大爷站在末端,长长地吐出一口气,一散朝,立马叫上温大公子,回了宅子。

温大夫人正关起门同温素凝说话。

昨夜温素凝回来，并未将自己见到温殊色一事告诉温大爷，早上实在忍不住，怕人突然找上门来，不好应付，便去了温大夫人屋里，把昨日见到温殊色的情形说给了温大夫人听。

温大夫人一愣，脸色立马变了："她怎么来了？"

温素凝皱眉："和谢家三公子一道。"

温大夫人吓得瞬间从椅子上起身："我就说这两天眼皮子跳得厉害，果然没有好事，你说她这时候来京都干吗？谢家出了这么大的事……"神色一顿，惊恐地道，"她该不会是来找你父亲，替谢家求情的吧？老天爷，你父亲才到京都多久，屁股还没坐热呢，这就被惦记上了，不行……我去同门房的打个招呼，万不能让她见到你父亲……"

谢家真出了事，那谢三公子和温殊色便是逃犯，如今两人到京都，定是事先知道大难当头，八成是来京都寻求庇佑。

这还了得。

当初温老夫人不顾温大娘子死活，非要把自己的亲孙女嫁去谢家，如今谢家摊上了麻烦，就该自己负责。温大夫人暗自庆幸，幸好没同谢家沾上关系。

"等会儿你去打听打听，她住在哪儿，暗里让人看着，只要她人来了，立马将其拦住……"话没说完，温大夫人听到外面的脚步声，知道是温大爷回来了，忙住了声。

温大爷推门而入，本想质问温大夫人怎么白日还关起门来了，进屋见温素凝也在，当是娘俩说体己话，并没有在意，面上还带了几分喜色，难得同温大夫人主动说起了朝廷之事："谢家没事了。"

温大夫人一愣。

温大爷又道："太子被废，谢家已经洗脱了冤屈。"

温大夫人和温素凝齐齐一怔，半响才回过神。温大夫人低声问："怎么回事，太子怎么就被废了呢？这，到底出了何事？"

温大爷没答，转头同刚跟进来的温大公子道："你跑一趟凤城，回去瞧瞧你祖母。"

凤城一乱，温老夫人想必受到了惊吓，另外再同温二爷商议，早点搬来京都。

不等温大公子应，温大夫人立马阻止道："这节骨眼上，你让老大一人回去，是不想让他活命了。"

这话倒是提醒了温大爷，太子被废，如今靖王又在朝中，自己一个侍郎都能看出苗头，何况太子。

温大爷能从凤城的县令，做到京都工部侍郎，并非只是运气好。

当下，他神色一紧，忙同温大公子道："你速速派个可靠之人给凤城那边递个信，把京都的情势告诉二爷，让他带着老夫人尽早离开凤城，记得避开南城的方向，往江陵走……"

昨夜客栈的床，实在是太差，好在两人一身疲惫，说完话后没再动，一觉到了天亮。

醒来时，谢劭还躺在身边，睁着眼睛扭头过来看她："睡醒了？"

温殊色点头，见窗外光线大亮，知道时辰不早了，懒懒地翻了个身："郎君昨夜睡得可好？"

回应她的便是一阵"咯吱咯吱"声响。

温殊色深吸一口气。

看着她一脸菜色，谢劭忍不住腹腔一震，弯唇笑出了声，这才掀开被褥从床上下来，一面往身上套衫子，一面道："今夜换家客栈。"

没见她应，他回头见她神色发呆，又问："想吃什么？"

温殊色的神志还停留在他那道笑容里，压根儿没听他说什么："郎君。"

谢劭侧过身，眉尾轻轻一扬："嗯？"

"要不我去找找房子吧。"温殊色终于回了神，从床上下来，赤脚踩在地上，"横竖都要住下来，还不如早些找到住处，还能省了客栈的银钱。"

谢劭没听明白。

温殊色见他腰间的大带还未系上，及时上前献殷勤："路上我向魏公子打听了，郎君的员外郎是在朝廷造册了的，属于编制内，在凤城能用，在京都同样也有用。"

谢劭没应，问她："喜欢京都？"

"喜欢，京都多热闹！"

"那就再待一个月。"

温殊色瞥了他一眼，小声嘀咕："郎君为何就不能待在京都呢？"

谢劭依旧没答，看着她拿着大带比画了半天，还没系在自己腰上，出声问她："到底会不会？"

温殊色本就心不在焉，动作快过了脑子，乱抢了活儿来，抢来了才知道为难，抬起头懊恼地道："不会。"

"小娘子难得有如此贤惠之心，为夫甚为感动，请吧。"他胳膊一展开，给了她发挥的空间。

温殊色看了一眼手里的大带，又看向跟前郎君露出的窄腰，实在不知道该从哪儿开始，抬头救助地看向了郎君。

"别看我，自己想办法。"

"行吧。"温殊色上前，不再客气了，一把抱住了郎君的腰，手中大带从他后腰处绕过来，似乎反了，脑袋在他胸前一蹭，手也开始乱摸，"怎么弄的……"

谢劭屏住一口呼吸，目光垂下。

小娘子身上穿着他的中衣，光滑的肩头如凝脂膏玉，莹白剔透，藏在万缕青丝之下，若隐若现。

她是故意的吧。

他展开的胳膊突然落下，手掌搂住了她的纤腰，歪下头去，盯着小娘子愣住的脸，眸子深邃，扬唇道："亲一下？"

"啊，我刚顺过来，郎君别动……"

"郎君……"

唇瓣眼见就要碰到小娘子了，门外突然一道叩门声，闵章的声音传了进来："主子。"

一股闷气堵住，谢劭深吸一口气。

"主子？"

片刻后，谢劭黑着脸打开了门："何事？"

闵章见他脸色不对，知道可能坏了好事，好在眼下的消息足以让他脱身："今日早朝皇上下旨，废除了太子。王爷派人来，请公子过去一趟。"

消息确实重大，对几人而言，是天大的好消息。

太子被废，谢家便有了存活的机会。

谢劭回头看向屋内，不确定温殊色要不要同自己一起去，还未出声询问，温殊色的声音已隔着屏风传了过来："郎君去吧，我就不去了，想四处逛逛。"

靖王找他，想必有要事商议，她去了也无聊。

谢劭从身上艰难地分出了二十文钱，交给了闵章，把他留给温殊色，自己一人出了门。

到了客栈外，靖王的马车已经在门口候着。

十年前，靖王去了封地凤城后，皇上并没有收回他的府邸，一直有专门的人打扫，这次回到京都，靖王正好住进去。

到了府邸，靖王先带谢劭去看裴卿。

昨日靖王请了太医院的人，药材也是用的最好的，隔了一夜，裴卿的伤口虽有些红，但并没有肿。

见其精神比昨日好了许多，谢劭留在屋内同他聊了一阵。

裴卿平日里粗惯了，躺了一日不习惯，起身也不是，翻身也不是，心里憋得烦闷，问谢劭："外面怎么样了？"

"太子被废了。"谢劭看向他，欲言又止，"裴元丘……"八成活不了了。

裴卿面色平淡，从自己决定把刀架到裴元丘脖子上那一刻起，便彻底割断了两人的父子关系。至于最后裴元丘舍命救下的也不是他，而是他身上的裴姓之血。

"若能找到他的尸首，麻烦谢兄帮忙埋了吧。"

见完裴卿出来，靖王把谢劭请到了书房，一坐下便是——

"三公子暂且留在京都。"

谢劭知道靖王的意思。

太子被废，只怕不会罢休，最怕的是太子狗急跳墙，转头去攻打凤城，把靖王的后路切断。

谢道远不堪大用，朝廷的人已经前去捉拿，多半也不会留活口，能不能活全靠他的命。

可凤城还有谢家老祖宗，自己岳丈一家也在，谢劭不能坐视不管，既然小娘子喜欢京都，就让她先待在这儿。

他心中盘算还没说出来，靖王先道："太子如今是恨不得将你千刀万剐，这时候就不用你前去送人头了，好好留在京都吧。"神色缓了缓，又道，"放心，你父亲和你母亲已回了凤城。若是周世子连这一关都挺不过去，往后恐怕也没本事自保。"

谢劭一愣。

这二老可总算想起自己还有个家了。

谢劭走后，温殊色便带着闵章出了客栈。

起来得晚，还没用早食，见闵章要去买包子，温殊色及时阻拦："好不容易来了一趟京都，咱还是换个味道吧，去寻寻有没有旁的好吃的。"

这一寻，她便寻到了京都几大酒楼之一的觅仙楼前。

三层高的楼阁依水而立，楼前三座拱形石桥皆可通向大楼，朱门戴瓦，雕薨绣槛，幽幽酒香混着小曲儿从里飘来，不禁让人神往，里头到底是何等的人间仙境。

再想起凤城的白楼和醉香楼，实在是小巫见大巫，无法相比。

温殊色立在拱桥之上，目光越瞧越痴。

那老狐狸，到底赚了多少钱……

闵章心里则是七上八下，侧目瞧了她一眼，紧紧地捏住手里的二十文钱，紧张得脸色都红了，终于体会到了主子的不容易，出声劝解道："三少奶奶，酒楼里的东西卖的就是个气氛，论味道还不如巷子里的地道。"

"不一定。"温殊色突然往前走。

闵章拦都拦不住，急声唤她："三少奶奶……"

"放心，昨夜温家大娘子给的二两银子还有得剩，咱先去问问。"

一两多银子，在脚店尚且还能吃个痛快，去酒楼恐怕也就够买几道素菜。

闵章放不下心，见她直直往人家门前奔，毫无办法，内心直呼主子赶紧回来，否则今儿三少奶奶怕是要折在酒楼了。

温殊色已经抬步进了酒楼。

小曲儿和酒香越发清晰，她抬头一瞧，正对面搭了一个擂台，朱红锦缎铺地，花枝招展的歌姬们怀抱琵琶坐于墩上，耳边的小曲儿，便是从几人口中传来。往上瞧，乃三层阁楼内景，圆形飞桥相通，勾栏槛窗分成了无数小阁，珠帘绣额，玲珑纱灯无数围绕了一圈。

头顶悬挂了几盏比人高的走马灯，要是夜里亮起来，不知是何等的璀璨夺目。

此时是清晨，出去的人多，进来的人少，一伙计过来，把他两人打量了一眼，态度还算客气："客官可有预订？"

温殊色摇头。

伙计又问道："客官是进小阁还是堂内。"

"都行。"温殊色道，"不过我只有一两银子。"

一两银子，半壶酒钱都不够，且来这儿的，多半是达官显贵。

伙计本也没打算以貌取人，可如今听完温殊色的话，面色一僵，态度慢慢地起了变化："客官怕是走错了地方，觅仙楼是正店，客官要去的怕是脚店。"还好心地替她指了一个方向，"出门左转，客官去吧，小的就不送了。"

很明显地在嫌弃她了。温殊色并没觉得不好意思，客气地道："一两银子也是钱，你们不赚白不赚，你就照着这个价钱，给我来两道菜，一道菜也成。我初来京都，早就听闻觅仙楼的大名，今日想来尝尝，小哥可否通融一下？"

先前两句话，已经不耐烦了，伙计再无好脸色："打肿脸充胖子，也得看自己有没有那个斤两。"

她的斤两确实不重。

她顺着伙计的目光往自己身上一瞧，身上穿着的是温二爷的青衫袍子，还不如昨日魏允的那一件呢。

看出了他眼里的轻视，温殊色辩解道："人不可貌相。"

伙计转过脸，露出半边嘲讽的脸，语气尖酸："那公子倒是拿出点真本事，让小的能对您刮目相看。"

"你这是何态度。"闵章再也看不下去，"三……公子我们走吧。"

温殊色盯着那伙计脸上的嚣张，这等子被人看扁的滋味儿，从温二爷暴富后，她就再也没有体会过了，难不成还要在自己家门前，受这窝囊气："不瞒小哥，我就是个算命的,你要不要算一卦?"

伙计露出了一副果然如此的表情来:"公子有那闲工夫还是替自己算一卦吧,京都这等地方不是人人都能留得住的,还是把钱存着,吃一顿饱饭。"

"我算了,我乃富贵之命。"眼瞅着对方脸上的讽刺更上一层楼,温殊色吸了一口气,"我给阁下也免费算一卦吧。"

不容他拒绝,她认真地把他打量了一番:"阁下面相刻薄,我算,一刻之内,你必有大难降临。"

伙计脸色一沉,不等他发作,温殊色又道:"把你们管事的叫来。"

伙计压根儿不把她放在眼里:"小的劝公子一句,别让自己太难看。"

闵章就差拔刀了。

温殊色回头:"闵章,你去外面等着,我同他说两句,要是一刻钟后还没出来,你就进来把这儿掀了。"

伙计一声冷笑。

闵章没动。

温殊色盯着那欠揍的伙计,推闵章:"去吧,我今日吃不了他家的东西,我气儿都不顺。"

知道自己这位三少奶奶是个什么性子,自己主子那等厉害的人物,在她手里都讨不到好,闵章到底还是不放心:"有事就叫属下。"

"知道。"

等闵章一出去,温殊色便仰头问跟前的伙计:"你东家是不是叫温仲景?"

这觅仙楼是几个月前才转手的,无论是经营还是里头的人都没变,背地里几乎没人知道换了东家。伙计面上的讽刺之意一凝:"你怎么知道?"

"你没见过他?"

"见过。"

温殊色气不打一处来,上前一步把自己的脸往那伙计跟前一凑:"那你眼睛瞎了吗?人人都说我这张脸与温二爷有七分像,你瞧不出来?"

那伙计一愣,当真打量了起来。

温殊色瞪他一眼,不给他看了:"把文叔叫出来。"

那伙计一听她叫出这个名字,心头便是一紧,不敢再耽搁,结结巴巴地说了一声"稍、稍等",转身便去了后院。

不久后,从一侧廊下走出来一位老者,老者忙得脚不沾地,听说有人闹事,很不耐烦:"谁啊?一两银子,也好意思进来……"

话还没说完,见到前面的身影,文叔神色一凝,半晌后,突然快步上前,激动地道:"哎哟,二娘子……"

闵章在外紧张地候着，一直留意里面的动静，一刻钟一到，立马推门进去。

却见适才那位蹬鼻子上脸的伙计，正对着温殊色一脸赔笑："少……公子稍等片刻，很快就好。"

闵章一愣。

一炷香后，温殊色便坐在了堂内的位置上，跟前木几上摆着的菜肴，怎么也不止一两银子。

不仅是她，闵章也被那伙计热情地带到了一处，跟着饱吃了一餐。

前后的差别太大，闵章实在摸不着头脑。

从酒楼出来，温殊色才同他解释道："遇上不讲道理的，先动之以情，晓之以理，他要不听，咱们就不能同他客气，找他上面的主子。在外做买卖，最注重的便是名声，老板谁不想自己的生意好，反而是底下这些打杂的，看碟下菜，喜欢捏面人儿。这不，老板一叫过来，这事儿也就摆平了，咱们还能白吃一顿。"手掌一摊开，露出个红牌子来，"瞧吧，还给咱们送了一顿。等你主子回来，咱还能再来一回。"

看了一眼闵章愕然的神色，她笑着道："是不是运气好？"

闵章点头。

确实好，好得有点不太真实。

"如此一想，先前那一顿白眼，倒也值得了。"温殊色一副因祸得福的模样，说得极为逼真。

闵章慢慢地也被她感染："三少奶奶乃有福之人，气运必定好。"

这话就像是开了光一般，接下来两人去找房子，一找便找到了一位老熟人头上。

温殊色上前去叩门，门扇一打开，闵章便觉里面的妇人眼熟得很。

直到听到温殊色唤了一声："晴姑姑？"闵章瞬间想了起来，这不就是三少奶奶的贴身嬷嬷吗？

前段日子嬷嬷老家似乎是出了事，同三少奶奶告了假。

没料到会在这儿遇上。

闵章意外，温殊色更意外，顿了几息才惊呼道："晴姑姑？"眼珠子往后面一挑。

晴姑姑会意，到嘴的话，立马收了回去："二娘子怎么也来了京都……"

他乡遇旧人，格外激动。

闵章立在院子里守着，主仆二人在房里叙旧。

房门一关，晴姑姑便是一脸担忧："前几日奴婢原本还打算回凤城，到了南城，谁知南城封了城门，不让出也不让进，又听到凤城传来的风声，谢家大爷他是不想要脑袋了吗？怎就造反了呢……南城出不去，奴婢只好折了回来，一直等着娘子的消息,娘子可算来了……"

这几日她心急如焚,奈何回不去,只能在这儿干等着消息。

"娘子是怎么过来的,老夫人可知道?"晴姑姑噼里啪啦一通问,又细细地把她瞧了一圈,心口一酸,"娘子这一趟怕是吃了不少苦吧……"

晴姑姑问得太多,温殊色也不知道该回答哪个,安抚道:"都没事了。"选了一张圈椅坐下,"安叔也在京都?"

"南城城门一封,一道折了回来,如今都在京都。"晴姑姑朝外看了一眼,又低声问,"姑爷来了,可是谢老夫人的意思?"

温殊色摇头:"谢大爷造反,当夜便关了城门,谁都来不及招呼。"

晴姑姑一愣,心头打起鼓来,想象不出他们是如何到的京都,不禁担忧道:"老夫人一人在凤城,可如何是好?"

"父亲和兄长都回来了。"

晴姑姑松了一口气。

省得晴姑姑再问,温殊色把凤城发生的事和路上的遭遇大致说了一遍。晴姑姑听完,脸上血色都没了,念叨了一句:"老天爷保佑,娘子能平安比什么都好。"

说完,她让温殊色等会儿,自己进屋抱出了一个匣子,递给了温殊色:"娘子瞧瞧,这些都是温家的银钱所换。京都不比凤城,地价高,一共三处宅院,两处铺子,还有五十多亩田产,您过过目……"

宅子和铺子虽少,但值钱,算下来肯定是划算的。

"谢家的都在安叔手上,娘子要是想要查看,奴婢这就去把他叫来……"

"先让安叔不要露面。"温殊色及时阻止,"谢老夫人说过,他一日不走上官途,便一日不能让他过上舒坦日子。"

晴姑姑知道这事,愣了愣:"姑爷还是不肯做官?"

"在凤城一番相逼,做官做得也挺好,也不知什么缘故,试探了他几回,就是不愿意留在京都。"

"那娘子呢?"

温殊色摇了摇头,她倒是不想回去了,之前没见过京都,心头虽向往,但也能止住,可如今见到了,便再也不想走回头路。

"京都的觅仙楼已经被父亲买下来了,如今由文叔在照看,估计父亲早就做好了搬来京都的打算。只要父亲不再去下海,祖母肯定愿意过来,温家迟早都得来京都。且我从周夫人那儿替父亲和兄长买来的员外郎,到了京都,依旧作数,将来有个官职在身,再守着这家酒楼,不靠大房,也能风生水起。"

如此再好不过,横竖房产田契都置办好了,要是来了京都也不愁。晴姑姑眉头一皱:"姑爷不留在京都,娘子该如何是好?"

温殊色惆怅地叹了一声："我也不知道。"

晴姑姑劝道："娘子向来主意多，再劝劝姑爷。"

温殊色从三个宅子中选了一个离闹市最近的，问晴姑姑："若是租，这一套得要多少钱？"

这个晴姑姑早就打探清楚了："奴婢来的时机挺好，庆州天灾，洛安又打仗，很多人趁着有价急着出手，这一套奴婢买下来是五千二百贯，按照市面上的价钱租出去，每个月最少能收五十贯……"

五十贯？这么贵。

见温殊色神色惊愕，晴姑姑一笑："娘子不知，温家大爷一家如今住的宅子，还没这个大，一个月都得要六十贯呢。"

温殊色点头："成吧，就这套吧，租给我。"

申时，谢劭才从王府出来。临走时，靖王递给他一袋银钱，约莫有二十两："走得匆忙，谢公子想必身上也没带多少盘缠，先拿去周转，不够了随时同本王说。"

无功不受禄，换作往日，谢劭必然不会收，可今非昔比，小娘子说不定还饿着肚子呢。他谢过靖王，当下接了过来，绕到了昨日的成衣铺子，另外再给温殊色置办了两身中衣。

回到客栈，得知温殊色已经退了房，他正打算寻人，便听到了一道熟悉的声音："郎君。"

一回头，小娘子正从一辆马车上下来，虽还是那身青衫，却是一脸的容光焕发。

"郎君，你猜我遇到谁了？"温殊色手提着袍摆，匆匆走到他跟前，脸颊染了两团红晕，仰起脖子看他，神态又恢复了之前的那股鲜活劲儿，不待他猜，自己答道，"晴姑姑啊。"见他蹙眉，忙帮他回忆，"我的陪嫁姑姑。"

谢劭面色恍然。

"这不前段日子，她家大侄子出了事，回了一趟京都吗？谁知这世界真小，今日我去找房，正好就遇上了。"她回头看了一眼闵章，"是吧？"

闵章点头。

她再转过头，兴奋地看着跟前的郎君："她大侄子留下了一套宅院，正让她帮忙出租。"她呵呵笑了两声，"真是得来全不费工夫，这下咱们也不用去找房了。晴姑姑说要把宅子租给咱们，外面的价钱是六十贯，她给咱们打半折，只收三十贯。"

三十贯……

谢劭算是知道了，自从遇上了小娘子之后，自己同钱财便彻底不沾边了。

先是破产，后来无论手里有多少银钱，从来都没焐热过。

想起昨儿夜里自己受过的窘迫，他有了经验，这回说什么也不能被她掏空，紧紧捏住袖口，自然不能一口回绝了，先附和小娘子："竟然还有这样的好事？"遂一叹息，"可为夫一分钱都没了……"

温殊色早就料到了他囊中羞涩："晴姑姑说了，可以赊账，等郎君以后赚了钱再给。"

她忙从袖筒内掏出一张租赁："怕行情太好，我急着下了手，你瞧……郎君放心，那宅子我瞧过了，保证郎君会喜欢，宅院大不说，房间也大。"

谢劭盯着租赁上的大红拇指印，额头两边突突两跳。

她是来克自己的吗？

小娘子上前挽住他的胳膊，凑过来低声道："房间晴姑姑都替咱们布置好了，我都瞧见了，床一点都不比咱们谢府的小，夜里别说躺一个郎君，再躺一个都不成问题。"声音更小了，"我偷偷试过了，还特意上床去打了好几个滚儿，半点声响都没。"

小娘子真会往人软肋上戳，一戳就准，突然之间，好像也没那么抗拒了。

不就是三十贯吗？他之前去醉香楼一顿饭少说也是上百两，倒是好奇那是什么样的一张床："有那么好吗？"

"好不好，郎君亲眼瞧了便知。"

两炷香后，温殊色将人带到了宅子。

晴姑姑开的门，热情地唤了一声："姑爷。"把人客客气气地请进来，"这宅子姑爷和娘子放心住，我那大侄子一年半载不会回来，银钱不急，三月五月付一回都成。"

谢劭本以为是小娘子夸大其词了，没承想宅子确实很大，四进四出，假山树木环绕，样样俱全。这样的宅子放在京都的地段，三十贯钱，怎么都是亏了。他有些怀疑地看向小娘子："你这位姑姑如今怕是比咱们还有钱，怎还干这等伺候人的活儿？"

"宅子又不是她的。"温殊色叹了一口气，"姑姑也是个可怜人，先前被家里人嫌弃是个姑娘，丢在外面，不管死活，如今家里遭了劫，就剩下了一个侄子，眼下要出一趟院门，宅子没人看管，交给旁人不放心，才想起了晴姑姑。郎君日后定要好好赚钱，租金咱们别拖欠太久了，怕姑姑为难……"刚往他背上压了一块石头，及时又喂给了他一颗糖，"郎君，我带你去看看咱们的房间。"

温殊色拽住他的衣袖，拉着他走去最里面的一个院落。

院子里的几棵海棠和玉兰花期刚过，枝叶茂密旺盛，青绿的叶儿遮挡了头顶的烈日，微风下光影轻轻在脚下摇晃，耳边几声夏蝉鸣叫，倒有了一种盛夏的宁静。

宅子的布局与谢府不同,少了铺张,多了几分惬意。

房门一推,四面的直窗撑开,风从两旁游廊下的清竹之间灌入,一股凉爽扑面而来,不禁让人心旷神怡。

小娘子径直把他带到里屋,珠帘一拂开,屋内没有设屏风,一眼便见到了右侧的那张大床。

小娘子也没骗他,床是很宽,被褥都铺好了。

清水蓝幔帐,以金钩拉开,露出了里面绣鸳鸯彩线雪色的云锦被,两个同色枕头,整齐地摆放在了一起,肉眼可见的香软。

十来日的风餐露宿,虽没眨一下眼睛,不代表他就忘了曾经的锦衣玉食。

往日纨绔的名声也并非虚传。

经历了破产,一无所无,睡过树林,睡过谷草床……重新看到这样的软玉温香,如同做梦一样,脑子里本就有点浑浑噩噩了,偏生小娘子还走过去,一屁股坐在那软香里,冲他拍了拍身旁的位置,无不诱惑道:"郎君,真的好软,要不要过来坐坐?"

盛情难却,坐一下就坐一下吧,三十贯呢。

他走过去,郑重地坐到了小娘子身旁,只觉屁股微微往下一陷。预想中的那股软香并没有让他失望,从屁股墩瞬间传到了脊椎骨。

谁还愿意挪动。

这还不够,小娘子继续灌迷魂汤:"郎君要不躺下试试,更舒服。"

谢劭转头看向她。

小娘子热切的眼神,让他想到了街头卖瓜的摊贩:"公子可以尝尝,不甜不要钱……"

他不由得埋头,看了一眼身上的袍子,一路逃难,来回就这么两身,落魄的不只是小娘子,还有自己。

虽说每日都洗干净了,可到底是旧了不少,与底下崭新的缎子对比太鲜明。

察觉到他的神色,温殊色心下了然,无须他开口,及时起身,走到门外,同立在廊下的闵章道:"去备点热水,你主子要沐浴。"

父亲曾经说过,要想迷惑顾客,必须得趁热打铁,一次把人彻底地迷晕,否则一旦等他清醒,前面的一切努力都白搭。

在谢家,她亲眼见到他对那张大床的痴迷,特意让晴姑姑照着谢家的那张床布置。

只要他躺上去,保管他再也起不来。

她一心只想把人骗到床上去,回到屋内,主动上前帮他去解腰间的大带,动作娴熟,完全不似早晨的笨拙。

谢劭本还在犹豫,坐了一下就行了,一进屋就往床上躺,成何体统。

可他低估了她的热情，人还没回过神，腰带已经在她手里了。身上的袍子一松，他错愕地看着她："小娘子脱人衣裳倒是挺快。"

温殊色也有些诧异。

她是第一次上手脱男子的衣裳，自己也惊叹有这样的天赋，认同他的说法："我可能就擅长脱，以后郎君的衣裳，就由我来脱吧。"

真难为了她，连美人计都用上了。

可这样的感觉似乎并不错，能让小娘子勾搭一回，三十贯更值了。

"那就请娘子好好发挥你的特长。"

脱衣还不简单。

温殊色道了一声"好"，踮起脚去找他圆领的纽扣，大拇指灵活地往下一按，扣眼一瞬脱开，麻利地把他的衫袍扒下来。

夏季的衣衫都很单薄，外面的圆领衫袍一褪，便只剩下了中衣。

本以为她怎么着也会犹豫，小娘子却特别急不可耐，手朝着他的交领处摸了过来，谢劭下意识往后仰了一下脖子。

温殊色手落了空，疑惑地看着跟前的郎君："怎么了？"

"确定要脱？"怕她误会，他事先提醒她，"里面可什么都没了。"

温殊色点头。

她知道啊，中衣不就是这样吗？她昨儿夜里穿过他的。赶紧吧，别磨蹭了，沐浴完上床躺一躺就知道三十贯的妙处了。

她的手又朝他伸来。

见她突然如此放得开，谢劭心里倒是打起了退堂鼓，在外跑了一日，又是夏季，此时身上早已有了一层汗。

两人成亲以来，除了手和脸，其他部位从未给对方看过，毕竟是头一回，务必要给她留下一个好印象。

他客气地推开她的手："娘子先把你的天赋收起来，日后自有你的用武之地。"

听到里面"呼啦啦"的水声，温殊色也没闲着，出去让晴姑姑准备好了朱印。

等人从净房一出来，她立马迎上前，殷勤地夺过谢劭手里的布巾，替他绞干了发丝，手忙脚乱地把人伺候到床上躺着。

见他闭上了眼睛，她凑上去问他："郎君觉得怎么样？"

"嗯。"

见他躺在那儿半天不动，温殊色知道这是起不来了，这会子倒是体贴起来："我知道郎君辛苦，赚钱艰难，没关系，郎君要是觉得太贵，横竖都是熟人，咱们可以退。"

她这不是废话，到了这时候他还能起得来吗？

终于明白那些欠账被追杀的人了。

宁愿透支自己的生命,也要一味地赊账,子钱家的利率有多高他们不知道吗?知道。但诱惑实在太大,经受不过。

他仿佛认命一般,睁开眼睛问小娘子:"三十贯没有,能先交十两银钱吗?"

小娘子点头道:"当然可以。郎君不急,银钱的事慢慢来。"转身把那张租赁拿出来,朱印也一道递到了跟前,"郎君只需按个手印就成。"

先前意志那般坚定,发誓要把自己的荷包上把锁,怎么也不能让这败家娘子榨干,半个时辰不到,最终还是身无分文,且还背了一笔债,甘愿签下了这份卖身契。

温殊色满意地收好了租赁,不忘掏出绢帕把他的拇指擦拭干净:"郎君要是困了,先睡一会儿吧。"

正要出去,突听身后的郎君道:"床确实软,娘子何不也躺上来感受一下。"

"早上睡得挺好,我不困……"

"被褥是晒过吗?太阳味挺好闻。"见小娘子目光瞟了过来,意识明显不坚持,这回邀请的人换成了他,偏头道,"里面还有一桶水,小娘子请吧。"

见她立在那儿不动,他又加了一个筹码:"睡一会儿,晚上带你去逛夜市。"

床铺好后,她压根儿就没躺过。

温殊色眼珠子一顿:"成吧。"转头望了一眼外面白花花的太阳,"天色好像也不早了,应该也能睡得着。"

从凤城出来,她就没有过上一天的好日子,好不容易住进了大宅子,谁不想躺在大床上,抱着香软的被褥,伸展开自己的四肢……

温殊色匆匆去了净房,沐浴完穿着温二爷的宽袍出来,见床上的郎君已经闭上了眼睛,估计是睡着了。她小心翼翼地从他脚边爬进去。

终于躺在了床上,她慢慢地把手脚舒坦开。

凉风从窗口吹进来,一点都不热,她扯过来一点被褥,搭在自己胸口,闭上眼睛凑在鼻尖深吸一口气。

这才是人过的日子。

郎君要是还想继续折腾,就让他折腾吧,横竖自己是再也不想陪他吃苦了。

她刚要翻个身,一睁开眼睛,余光便瞟见旁边一双眼睛正虎视眈眈地盯着她。

温殊色一愣,忙转过头:"郎君没睡着?"

"你把我吵醒了。"谢劭胳膊枕于脑后,趁机往里侧移了移。

温殊色抱歉地看着他:"我已经很轻手轻脚了。"

"嗯,我瞌睡浅,一旦被人吵醒,便再也难以入眠。"他偏头看她,"你呢,早上睡那么久,还睡得着吗?"

温殊色面色一滞,不是他邀请她上来的吗?感觉到了他的靠近,她往里让了让:"还行,睡一下应该能睡得着。"

"我睡不着。"

"啊?"

人已经入了他的狼窝,还装什么小白兔,横竖也是她先招惹的。谢劭缓缓地侧过身来,双眸渐深,直白地看着跟前的小娘子:"温二,咱们是不是还有一件事情没做?"

两人经历了一回生死,他对小娘子的心意,早已清晰明朗了,这辈子他想同跟前的小娘子白头偕老。

同样,他能感觉到小娘子也是在乎自己的。

虽说两人的开始并不美好,但好在如今两相情愿,一切都顺理成章。

眼下也算是脱离了困境,谢家短时间内不会有灭顶之灾,他原本是打算等回了凤城谢府,回到两人新婚的那张床上再办事。

但今日的时机实在是太好。

屋外艳阳高照,清风拂面,大宅子大床,孤男寡女,无人打扰……

天时地利人和,择日不如撞日。

他这一转身,温殊色的视线便自然而然地落在了他胸前,沐浴完后交领本就松松垮垮,此时露出大片的肌肤来,屋内光线充足,看得清清楚楚。温殊色眸子一顿,完全没听他在说什么,惊愕出声:"咦,郎君怎么比他们都白?"

谢劭一怔,慢慢品出了她这话的意思,脑子里的念头瞬间驱散了个干净,面色僵住:"你还看过谁的?"

"我兄长。"

谢劭目光一沉。

温淮那么大个人了,为何还要在自己妹妹面前袒胸?他不知道男女大防吗?

没等他喘回一口气,又听跟前的小娘子道:"还有裴卿。"

小娘子接着夸道:"郎君比他们都白。"

这夸奖半点都让人高兴不起来,自己的娘子,头一眼看到的并非自己的身体,太让人沮丧。

他突然没了精神气儿,翻过去仰躺在床上:"娘子一双眼睛,真没闲着。"

他这番反应太明显了,温殊色也察觉出来了不对劲,解释道:"其实我就……就看了那么一眼,也没瞧得很仔细……"

她话音一落,谢劭再次转过头来,脸色黑沉沉地盯着她:"你还想瞧仔细?"

温殊色忙摇头:"不瞧了,我谁都不瞧了。"见郎君神色凝住,意识到自己还没说对,明白了,"我要瞧,也只瞧郎君的。"

谢劭没再说话,收回视线,直挺挺地躺在那里:"那娘子动手吧,不用

374

客气。"

"郎君这是说的什么话,我一个小娘子怎么会主动去脱人衣……"

话没说完,身旁的谢劭便自己动了手,将上衣腰侧的带子一拉,胳膊抬起来,继续枕着头:"娘子请随意。"

真的很白。

窗外的光线正好照在他胸口的位置,身上雪色中衣晕出了一层白茫茫的光,里头的胸膛如同涂了一层蜜,细腻得发光,还挺结实……能看到一条一条的肌理。

再往下……

同样都是胸膛,他这番半遮半掩,反而更容易让人想入非非。

她心口突然跳了起来,越跳越快,非礼勿视。她实在受不了,上前一把替他把衣襟合上:"我看到了,郎君还是穿上吧,这样不雅观。"

"不满意?"

温殊色点头:"满意。"

"好看吗?"

"好看。"她其实也没看多少。

怕他再脱下去,她双手并用,人也压了过去,按住他的衣襟,夸赞道:"郎君英俊非凡,无论是脸,还是身体,都比兄长和裴卿好看。"

见他只盯着自己不出声,温殊色愣了愣:"郎君不相信?"

"相信。"谢劭喉咙轻轻一滚,嗓音有些哑,"娘子先把手拿出来。"

手……

她的手在哪儿?

掌心下及时传来了一阵起伏,温殊色很快找到了自己的手,好像摸的不是布料,手感不仅光滑还很滚烫,且掌心内还有个不容忽视的异物,说软不软,说硬不硬。

五雷轰顶!人定在那儿突然不敢动了,脸色一瞬从脖子烧到了耳根,动作却极为冷静。

父亲说,遇到任何事都不能慌。

越慌越容易出事,只要自己做到平静如水,才能迷惑对方的眼睛,让他瞧不出自己的心思。

她淡定地抽出手,替他理了一下衣襟,抬目看向底下郎君深沉的目光,眉清目秀,长得真好看,她弯唇冲他一笑,低下头轻轻地在他唇上一啄,随后……以迅雷不及掩耳之势翻身下床。

谢劭眼皮一跳,胳膊瞬间抓过去,还是捞了一个空。

她是泥鳅吗?

温殊色跌跌撞撞地爬起来,站在了安全的距离之外,脸上才露出了该有的慌乱："郎君，我不是故意要摸你的，你要相信我。"

谢劭被她撩拨得一身是火，极力压住火气，冲她微笑："温二，你过来。"

他这皮笑肉不笑的样儿，就差把人生吞活剥了，她又不是瞎子。

温殊色摇头："我就不过来了，郎君自己一个人睡一会儿吧。郎君要是想逛夜市，我完全没问题，有的是精神劲儿。"

她小心翼翼地移了两步，一把拽过木几上的衣裳："郎君好好休息，我就不打扰了。"转过身跑得比兔子还快。

"啪！"一道关门声后，耳边彻底地安静了下来。

谢劭盯住跟前还在浮动的珠帘，人半坐在床上，呆愣了半晌，方才回过神来。

花费了一场心思，一网撒下去，连颗虾米都没捞着，空荡荡的屋子内，只剩下木几上那张按了朱印的租赁。

闵章知道主子和三少奶奶要睡觉，没敢打扰，提完水后，便到了外面的廊下候着。

突然听到脚步声，他回头便见自家主子一脸阴沉。谢劭劈头便问："抄书的活儿问了没？"

闵章点头："问了，但奴才觉得公子做不了。"

"怎么就做不了了？"

"要想接活儿，得先给铺子免费写上六七万字，上头的人满意了，才能被聘用。"

"六七万？"谢劭一愣，愤懑道，"这不是剥削压榨吗？"

闵章没应。

五湖四海的人，个个都想来京都，可想要在京都立足，哪有那么容易。

大鄣最不缺的就是文人墨客。

抄书的行业已经饱和了，公子又何必非要去同人家抢饭碗呢。闵章从怀里掏出一张宣纸："不过，公子还有这个。"

谢劭瞟了一眼。

他自然认出来了，这是靖王昨日给他的告身——

"三公子本乃我王府军推官，如今到了京都，此职位自是用不上了，但本王已与陛下讨来了一份告身，三公子携此告身，随时可去领职。"

靖王的意思，是没打算让谢劭再回凤城。

当初谢仆射逼着谢劭离开京都时，谢劭便断了所有的官途梦，做了这么些年的纨绔子弟，已经习惯了，迟早要回凤城，还领什么职。

这么大个京都，他就不信找不到一个能糊口的活儿。

文不能讨活，那就用武。

日头西沉之时，谢劭带着闵章去了京都的码头，人还没摸到巷口，便见挑着扁担的各类挑夫排起了长队，甚至连妇人小孩都有。

见到谢劭过来，身旁几人蜂拥过来：

"公子要挑夫吗？不管多大的物件儿在下都能挑……"

"公子，价格实惠，保准替公子办到位。"

"公子是上货还是卸货？"

…………

闵章偷偷瞟了一眼主子，虽说主子身上的衣裳是旧了一些，但比起跟前的这些人，主子细皮嫩肉的，明显是个大户人家的公子哥儿。

谢劭抿了一下唇，眉头紧锁。

连个挑夫，竞争都如此激烈了？他不死心，问跟前的挑夫："你们一天干这个能赚多少钱？"

"运气好，能有个二三十文，运气不好，能管一顿饱饭就不错了……"

京都码头一天不知道停靠多少艘商船，上下卸装都得要人手。谢劭心下纳闷，继续问："码头上没活儿？"

"稍微有点家底的船家，找的都是自家人，就算没有挑夫，大头也是先让码头的船运商户先吃，咱们这些散挑夫，只能排号捡个漏。"

谢劭抬头往前一望，一条长龙望不到头："这么多人捡漏？"

要捡到何时？

那挑夫叹了一声："来京都讨日子的人太多，咱们又没读过书，只能抢一些体力活儿干，不至于沦落街头乞讨，被官兵捉住，驱出城去。"

因来京都的人实在太多，官兵每日都会清理一批，抓的都是路上乞讨之人，把人送出城门，劝其回到自己的家乡。

可来京都的人虽多，机会也多，今日乞讨之人，明日摇身一变，成为千贯大户的人，不在少数。

且大多数人能进到京都，已经费了不少力气，谁愿意再回去，只要有个活儿干，慢慢地等着发财的机会。

那挑夫见他半天不说话，复而又问："公子是有货要装卸？小的可以便宜些。"

此话一出，旁边的一位妇人也凑上来："公子，我更便宜……"

"公子，我气力大。"

谢劭看着挤到跟前的一堆人，头都挤歪了，此时他要是说一声，自己也是来抢饭碗的，跟前的这堆人，恐怕立马便会同他翻脸。

这些人已经很不容易了，他万不能再来抢活儿。

他回头招呼上闵章，又去了闹市。

干不了挑夫，跑堂洗盘子也行，为了能和小娘子住上大宅子，睡上大床，他已经彻底豁了出去。

他们连续去了几家客栈和酒楼，都被人拒绝了。

理由是各家招的只是奴才，长成他这样的，比主子还像主子，今后还怎么差使。

最后一家客栈的小二好心地替两人指了一个地方："两位公子条件这么好，来这儿也是糟蹋了，去前面挂彩旗的那家试试。"

两人谢过小二后，径直朝着那家走去。

他们到了门口，确实瞧见了招工打杂伙计的告示。

此时天色已黑，门前倒是安静，并不见宾客来往，闵章上前询问门房："请问这儿可还招工？"

那人瞧了两人一阵，眼睛一亮，笑得极为亲和："是招人，两位公子里边请。"

两人一前一后，跨入门槛。

不到半刻，两人逃命一般从里冲了出来。

谢劭喘着粗气，脸色都绿了，衣襟歪向一边，手捏住额头，两边的太阳穴突突直跳，气得咬牙切齿："去，把这儿给我掀了。"

闵章也没好到哪儿去，为了护住主子的清白，自己牺牲了不少，一边脸颊还有一道口脂印。

世风日下，京都的小娘子何时败坏到了如此地步，就不知道害臊吗……

闵章听到主子的吩咐，抽出弯刀便要回头，谢劭轻"嘶"了一声，又把他叫住："回来，把脸擦干净。"

主仆二人到了一处暗巷，各自整理好，确定对方身上没有半点痕迹，才从巷道出来。

找了快两个时辰的工，一无所获，还险些丢了清白。

谢劭再也没有心思找下去了，灰头土脸地回到了宅子，进门之前，还不忘回头交代："嘴巴给我闭紧点。"

这等丢人的事，闵章自然知道："是。"

院门没上锁，谢劭推门而入。

今夜原本答应了带小娘子逛夜市，如此也黄了，他以为她多半已经歇息了，没想到回到宅子，却见到了满院子的灯笼。

听到动静声，温殊色从一堆纱灯之间探出了脑袋，因手上不空，只仰起头来，远远地招呼了一声："郎君回来了。"

谢劭缓缓地走到她身旁，一脸疑惑："娘子做这么多灯作甚？"

"卖啊。"温殊色在绢纱上画完一笔，轻轻地吹了吹，转头看向郎君，两道眉梢被纱灯的光晕染出了一层喜色，雀跃地道，"今日听晴姑姑说，街市上卖的纱灯没我做得好，价钱还不便宜。横竖我也闲着，想着做几个拿去试试，谁知不到一炷香的工夫，全售了个空。"

她扬头指了一下堆在跟前的数盏纱灯："郎君走后，我便没停过，我做完，晴姑姑帮忙拿去卖，已经来回跑了好几趟。"

谢劭神色愣住。

小娘子又从腰间取下了荷包，递给他："郎君帮我数数，怕是快有半贯了，我再做上几日，应该很快就能把这个月的租金付上。"

谢劭木讷地伸手，鼓鼓的荷包内，全是一个一个的铜板，心头突然一阵五味杂陈。

太丢人了。

温殊色想了起来，搁下灯笼起身："郎君在外跑了半天也累了，进屋歇着吧，我去给你沏杯茶。"

"不用。"谢劭一把将她拉住。

他不配。

他跑了半天，一个铜板都没赚到，到头来还不如小娘子会赚钱。

温殊色见他面色不好，轻声问："郎君怎么了？"

谢劭挤出一道笑容："我不渴，娘子不必劳累。"

温殊色见他如此，便又坐了下来，埋头一面继续勾着纱布上的仕女图，一面轻声同他道："当初我跟着娘亲学做灯时，手笨得很，还被娘亲嫌弃，说谁敢买我做的纱灯，我还反驳她，将来我又不靠纱灯赚钱，没想到有朝一日还靠着这门手艺糊口了。"

她回头看了一眼郎君："郎君要是累了，先进屋早些歇息。我不困，再多做几个。"

谢劭没动，半晌后缓缓弯下身："我也不困，娘子教教我，怎么做。"

温殊色见他一脸真诚，还捞起了地上的一条竹篾，有模有样地比画了起来。想起曾经扎进他手指内的竹刺，这大半夜，她可不想再替他挑一回刺。她搁下纱灯，小心翼翼地从他手里拿出竹篾："郎君初学，竹篾会割到手。"

谢劭两手空空，有些茫然："那我能做什么？"

自己这番折腾，要的便是他这样的态度，体会到了辛苦，方才知道珍惜。温殊色抬头问他："郎君会画画吗？"

谢劭点头："嗯。"

"那郎君勾画，我来做框架。"温殊色指了指脚边的纱灯和笔，"这一盏我已画好了一面，另一面交给郎君，郎君喜欢什么便画什么。"

"好。"

早年在京都的十二年，谢劭也曾名动一时，画过不少让人称赞的画作，他翻过她刚画完的仕女图，对比一二，慢慢地落了笔。

两人各自忙着手里的活，耳边的蝈蝈声与夜色融为一体，一点都没觉得聒噪，反而空旷静谧。

温殊色用小刀在木棍上挑完了孔眼，瞟了他一眼，突然小声问道："郎君今日是不是出去找工了？"

虽有些丢人，但也不能骗小娘子，很久没动笔了，有些生疏，他全神贯注地勾完手里的画，才回答："嗯，没找到。"

听出了他的沮丧，小娘子开解道："找不到慢慢来，郎君不必着急。我有这门手艺在，大不了以后我来养郎君。"

小娘子语气豪爽，说完膝盖顶着竹篾，"啪"的一声折成了两半，再埋头用小刀剃起了刺。

笔锋一顿，谢劭侧目。

几缕发丝松开从小娘子的额侧垂下，她一身素衣，挽起袖口，青葱十指原本连阳春水都没沾过，此时却握着刀，干起了粗活儿。

她养他。

小娘子对他的真心和情谊令人动容，同时也令他羞愧难当。一股夹着燥热的夜风扑在脸上，谢劭心口蓦然一酸："温二……"

温殊色依旧埋着头："嗯。"

"是我食言了。"

温殊色诧异地看向他。

"新婚夜你我约法三章，我没办到，没让你过上好日子，抱歉。"

旁边的灯盏在他眸子内映出了两簇火，眼底清晰可见，微微闪着亮光，温殊色一愣，手中的动作也停了下来。

她突然有些心虚，怀疑是不是自己这一剂药下得太猛了，赶紧缓和道："郎君不要介意，咱们如今这样，全拜我所赐，郎君没休了我，我已经知足了。"

都打算做灯笼养他了，就算家底真是被她败光的，又如何？

人一旦被感动后，头一样便是开始反省自己，过去自己是不是哪里做得不好，不想还好，一想，越发觉得对不起小娘子。

新婚夜他竟然还同小娘子吵了一架。

真不是个人。

患难见真情，小娘子能为了他不顾一切折回来，救下他的性命，如今明知他身无分文，她却依旧不离不弃。

他谢劭何德何能，才得了这样一个要貌有貌、要情有情的小娘子青睐。

有妻如此，夫复何求。

谢家破产，说起来也不怪她。

"破产一事，皆因我自己太懒散不作为，并非娘子之错。我是你夫君，我该对你负责。只是往后要难为娘子同我一道吃苦了。"

谢天谢地，他终于醒悟了。

温殊色有了一种即将要苦尽甘来的希望，当下领了他的这份情，鼓励道："之前的事都过去了，郎君就不要想了，以后多努力便是。"

不用小娘子说，他也知道。

"好。"谢劭点头，突然伸手夺了她手里的小刀，"娘子教我吧，余下的灯笼我来做。"

温殊色愣住。

"日后这些灯，都由我来做，娘子不必操劳。"

事态似乎同预想的发展有些出入。

她绞尽心思、用心良苦，坐在这儿做了半夜的灯笼，断然不是当真想要他和自己做灯笼，为的也不是让他继承自己的衣钵。

她是想让他振作起来，好好地发挥自己的长处，做自己该做的事。

在凤城时，他明明就能做好，为何就不能去当官了？

突然有些沮丧，她已经尽力了，要不就这样吧，谢老夫人要怪罪就怪罪，是她能力有限，爱莫能助……

谢劭并没有察觉到她的神色，见她迟迟不出声，伸手拉了一下她的衣袖："娘子？"

"我不想卖灯，也不想做灯笼。"心底的那股恨铁不成钢都堵到了嗓门眼上，温殊色再也忍不住，突然起身，甩开他的手，满脸失望，毫不避讳地看着谢劭，语气陌生又冷硬，"你是打算一辈子做灯笼吗？就算一天能卖一贯、两贯，又能赚多少钱？能养得起家吗，能让我过上好日子吗？郎君知道我真正想要什么吗？我想要丰衣足食，想要成为人上人，还想当官夫人，想要活得光鲜，可郎君看看自己如今是何模样，连给我买几身衣裳都买不起。"

刺耳的话，扎进人心，比那刀子还锋利，见血封喉，耳边一瞬安静。

刚画好的灯笼，被她那一甩，也跌在了地上。

血液倒流太快，四肢有些僵硬，谢劭眼睁睁地看着那盏灯笼碰到了旁边的纱灯，慢慢地烧了起来，却做不出半点反应。

到了这份上，温殊色也不想再同他装下去："我并非真心想陪郎君吃苦。"

温殊色觉得他的想法有些过于天真："这天底下，又有哪个小娘子愿意吃一辈子的苦？或许也有，但我不是。"

她儿时经历过食不果腹的日子，自己的母亲便是因为没有银钱买药，慢慢地坏了身子，离开了人世。
　　她比谁都知道银钱和权力的重要。
　　就算自己告诉了他，谢家并没有破产，他还能继续挥霍，可凭他这副没有半点上进的模样，家底迟早还是会被他败光。
　　"我能与郎君共患难，是因为郎君乃我拜堂成亲的夫君，我承诺过郎君要同你过一辈子，便不会反悔。就算郎君以后想要继续过这样的日子，我也能陪在你身边不离不弃，但那些并非我心之所愿，更不是我喜欢的。"
　　小娘子所说的每一个字都带了刀子。
　　所以，从凤城到京都，一路上他所有的感动，都不过是她粉饰出来的和谐。
　　虽残忍，却更真实。没有突如其来的感情，也没有无端的爱，是他被后来的日子所迷惑，想得太简单，忘记了两人的开始。
　　不可否认，她身为夫人，做得很好，让他无可挑剔。
　　她那句话里，或许还有一句，她一开始想要同其过一辈子的人并非他，只是出了意外，被逼无奈只能选择他。
　　视线突然一阵模糊，谢劭坐在那儿没动，自始至终没说一句话。
　　都已经说到了这一步，断然也不能继续再待下去了，温殊色没去看他，把正院的大床让给了他，转身去了外面的院子。
　　出了长廊，她方才呼出堵在喉咙的那口气，后知后觉地发现心口不知何时已紧得发疼。
　　晴姑姑刚从外面卖完纱灯回来，迎面见到温殊色，脸上一喜，还没来得及禀报，便察觉出她神色不对，心头一跳："娘子这是怎么了？"
　　温殊色没应，眼泪顺着脸庞"哗啦啦"地往下掉，适才所言，皆为她的肺腑之言，可不知为何，会如此难受。
　　晴姑姑哪里见过她这副模样，急声道："可是姑爷欺负娘子了？"
　　温殊色摇头，一步跨进厢房，坐在屋内的木墩上，手背胡乱抹了一把泪，艰难地吸上一口气，咽哽道："姑姑，我的心好疼。"

　　翌日一早，闵章便去了正院里的长廊下候着。
　　昨夜见到主子和三少奶奶两人一道坐在院子里制灯，他没再打扰，退去了外院，并不知道两人发生了何事。
　　见人突然从里出来，闵章正欲问是不是要去卖灯笼，便听谢劭开口，声音沙哑："告身拿上，去兵部。"
　　闵章一愣，稀罕地露出一道笑容："主子能想明白，再好不过。"
　　谢劭没出声，从他身前走过，先踏出门槛。

闵章快步跟在谢劭身后，这才察觉，主子似乎还是昨夜的那身没有换过，气势也有些不对，整个人沉静了许多。

不知道主子是如何想通的，但能猜到，应该是三少奶奶劝了一番。

几人到了京都后，日子越发吃紧，险些连住处都没有，更不用说马车。人走出了巷子，在街头临时招了一辆，去往兵部。

一般的告身，是先由官员考核完毕，再经尚书仆射的同意，禀报给门下省，由门下省给事中核查完情况，无异议，便交给黄门呈报给皇上。

皇上同意后，即刻任职。

谢劭的告身却反了过来，是皇上亲自任命的，只需他自己拿着告身，去补一个尚书兵部的章印即可。

马车到了兵部，闵章同侍卫报了谢劭的名讳："谢家三公子谢劭，携告身前来，烦请通报一声尚书大人。"

朝廷六部中的人，几乎一半都跟着元明安站了太子的队列。

兵部尚书亦是如此。

太子被废后，这两日大家都没睡个好觉，不知道接下来到底是个什么趋势，太子毕竟是皇上唯一的亲儿子，被废，也能重新被立。

大家怕倒戈得太早，成了墙头草，太子一旦得势，再无自己的容身之地。

可心头难免又忐忑，皇上先是把太子驱逐出京都，接着把靖王留在了京都，而后又废太子，这一举动怕是动了真怒。

史上养子继位的先例并非没有，说不准，还真会把皇位传给养子。

圣意难测，事情没落定之前，他们底下的人也只能尽量做到哪边都不沾，哪边都不得罪。

这节骨眼上，突然听到谢家三公子前来索要告身章印，兵部尚书脸色一变，这不是要往他脖子上套绳子吗？

太子被废，谢家便是祸根，太子和皇后怕是对谢家已经恨之入骨。

且那谢家无论是不是谋反，能把刀尖对准自己藩主的人，往后的路，也算是彻底断送了，靖王必然不会再用。

不管他谢家三公子是从哪儿得来的告身，自己是万万不能沾手。

兵部尚书："就说我不在。"

"是。"

底下的人转身没走几步，兵部尚书又把他叫了回来，到底还是留了一个心眼："告诉他，我兵部不过是听差办事，若是门下省那边考核完没有意见，兵部自会盖上印章。"又嘱咐，"态度客气些，好好把人打发走。"

谢劭在门外等了两炷香，便等来了这么一句，一听便是在搪塞他。

闵章眉头一皱，便要发作，谢劭止住，面色平静，似乎并不意外，同那传话的人道了一声:"还望尚书大人说到做到。"谢劭转身又上了马车,去往门下省,直接求见右相元明安。

元明安刚进宫了一趟,安抚完皇后,回到门下,一身精疲力竭,正坐在软榻上撑头闭目养神,底下的人进来禀报:"元相,谢家三公子谢劭来了。"

元明安立马睁开了眼睛。

底下的人接着道:"谢三公子说有一份告身要大人授命。"

元明安缓缓地直起身,眉头微挑,眸子半眯起来,眼底暗光流转,面上带了几分看好戏的嘲讽:"请进来吧。"

半刻后,侍从再进来,身后便跟了一位年轻公子,踏着照进门内的一缕晨光进来,身影慢慢穿过那道雄鹰展翅的大屏风,步入了内堂。

昨夜一夜没睡,谢劭眉间带了淡淡的倦色,眸子却清明沉静,看不出半点憔悴。

至于那张脸,只要过人眼睛,从来没让人失望过。

皎如明月,清隽矜贵。

元明安眼皮子一掀,漫不经心地瞧过去,目光落到那张脸上时,也有一瞬的滞顿。

瞧得出来,谢劭身上的衫袍洗了几水,不再光鲜,可此时披在他宽肩窄腰的骨架上,倒凸显出了几分天人的凌云英逸。

不得不承认,有些人生来便是高贵的主儿,无论他眼下有多落魄,至少瞧上去,依旧光彩夺目。

人是认出来了,姿态却得摆出来,元明安面露狐疑:"这是?"

侍从忙道:"禀大人,这位便是谢家的三公子。"

谢劭依规矩朝他行了一礼:"元大人。"

元明安这才露出一副恍然大悟的神情来,笑道:"九年不见,谢公子曾经的风采本官还历历在目,今日一见,倒是越发英姿飒爽了。"

"承蒙元大人高看。"

元明安也没让人看座,继续坐在软榻上抿了一口茶,同他聊了起来:"你父亲怎么样?九年前一别,再也没有见过他了,听说这些年,在凤城当了一只闲云野鹤,日子赛过神仙,连陛下都心生羡慕。"

"家父不过一介布衣乡农,哪如元大人身居高位的威风。陛下乃大酆天子,心怀天下苍天,怎会羡慕胸无大志之人。"

他这番不落人口舌的反驳,有了他少年时从不愿落人下风的气势。

可就是这副模样,让人格外讨厌。元明安看了他一眼,曾经被他处处碾压着自己儿子的那股浮躁,又浮了出来。

元明安放下茶盏起身:"谢公子既然来了我这儿,本官必会好好招待。"

随后吩咐侍从，"给谢公子备宴，万不可怠慢。"

"多谢元大人好意，只是今日谢某为公事而来，不便打扰。"谢劭拱手谢了礼，道明来意，"谢某从王爷之处得了一份告身，独缺一枚章印，还请元大人授命。"

元明安笑了笑："不过是一个印章，有何可着急的。谢公子先下去歇息，我自会替谢公子安排妥当……"

元明安说完便往外走。

谢劭脚步却没动："元大人若公务繁忙，谢某便不再打扰了，既已来过，就此告辞。"

能略过他门下省，拿到这份告身，必是经过了皇上的授意。

这应当是靖王为了稳住谢三给的一点甜头，毕竟往后还得借助谢三的父亲谢道林在朝中的势力，为自己铺路。

他因太子一事，捅了皇上的肺管子，当下还没脱身，要是再因此等小事闹到皇上跟前，怕是正好给了靖王揪住自己的把柄，寻个由头惩治。

谢劭转身，快要踏出门槛了，便听元明安道："谢公子既然如此着急，便先办正事。"

元明安上前几步走到谢劭旁边，缓声道："只是这京都不比凤城，人多规矩也多，各门各处还得劳烦三公子亲自走一趟。"

想要一份告身，说简单也简单，说复杂也复杂。

当真要斗硬，先得查祖宗八代，还得考核身体，没有缺陷方才合格，一套流程走完，花上大半日的工夫都算是少的。

今日能来，谢劭便做好了心理准备，转头同那侍从道："麻烦带个路。"

元明安转头，看着踏道下的背影，突然出声道："这么多年过去了，三公子想必应该不怕狗了吧？"

当年他可记得，谢仆射亲自找上门，砸开房门的锁，把人搀扶出来时，谢三站都站不稳，哭得梨花带雨。

一个乳臭未干的毛头小子，尚且嚣张不到哪儿去，如今当了几年的纨绔，回到京都，他还能翻天不成。

谢劭脚步一顿，慢慢地停下来，回过头，眸色冰凉，眼底带着鄙夷之色，如同当年看元明安那般，面上带着轻视和倨傲："元大人不知，畜生不可怕，就怕人心连畜生都不如。"

说完，他没再看元明安一眼，转身让侍从继续领路。

穿过几道月洞门，侍从的脚步停在了一道门外，冲着里头的人喊话："给事中可在？"

当初谢家大公子谢恒，接到朝堂的任命书时，谢大夫人无处不炫耀，闵章记得确实是门下省的给事中。

本以为会遇上熟人。

片刻后从里走出来一人，岁及中年，面孔陌生，并非谢家的大公子谢恒。

见是元相身边的贴身侍从，那给事中问："元大人有何吩咐？"

侍从看了一眼立在台阶下的谢劭，凑到那人跟前低声交代道："这位是谢家三公子，元相嘱咐，让给事好好招待。"

朝中大多数的告身都是提前定好的，门下省这一关，不过是走走形式，有的人甚至只递个话进来，便给予通过。

元相今日特意派人来嘱咐，给事中岂能不明白。

他目光朝谢劭投来，扬声道："谢公子不好意思，麻烦稍等会儿，手头上的事还没办完，实在是脱不开。"

谢劭一笑，倒也没着急："给事先忙。"

侍从把人带到，便算完事，转身回去复命，留下谢劭和闵章两人立在门前干等。

时辰一点一点地过去，门口陆续有人进出，个个都低着头，或是相互说笑，唯独避开两人，目光不往他们身上看。

闵章在凤城才跟着谢劭，并不知道他之前在京都的日子，如今才看出来，官场竟然有这么多弯弯绕绕的治人法子。

这些人明摆着是在给主子使绊子。

闵章转身瞧了一眼院子里的滴漏，这都快过去半个时辰了，再这么等下去，怕是等到太阳落山，也未必能等到那位给事中忙完。

他实在忍不住，同谢劭道："主子的告身乃陛下亲自所授，何须让这等人为难，直接上三衙里当值，谁敢阻拦。"

"连一枚印都拿不到，往后如何在军中立足，岂不是让人笑话？"

见时辰差不多了，谢劭抬步走向门前，不顾侍者相拦，径直闯进了屋，立在适才那位给事中面前，问道："大人可忙完了？"

给事中没料到谢劭会突然闯进来，忙把桌上的卷宗摊开，一脸为难："还没呢，谢公子怕是还要再等会儿……"

谢劭看着他，面色再无半点和善："门下每日的事务，都有归案，五年前因你们门下省的延误，导致奏闻没能及时呈上，耽搁了大事，陛下便下令，明文规定，给事手上的所有文书，积压不可超过两炷香时间。谢某在外等了半个时辰，已给了大人足够的宽限，既然给事还要繁忙，要忙多久，请给谢某一个准确的时辰。"

给事中脸色一变，没料到他一个从凤城回来的人，倒是把门下省摸得清清楚楚。

能让他继续等,但时辰不能乱定。

元相既然让人把他送到这儿,本意也是让自己暗里使绊子,明面上不能撕破脸。给事中见好就收:"既然谢公子着急,那我便先替你处理。"

谢劭没再说话,从袖筒内掏出告身,放在了给事中面前。

给事中接过,一看宣纸和字迹,便知是从何处而来,心头一跳,吓出了一身冷汗,哪里还敢怠慢,没多问一句,忙翻出案册,当着谢劭的面添上记录,正欲递上给予通过的木牌,门口突然传来一道声音:"哟,这是谢三公子吗?"

谢劭转过头,看着门口进来的那人,从对方那张放大的五官轮廓中,依稀认了出来。

元家的大公子,元润。

当年谢仆射与元明安两人制衡朝堂,难免会被人拿来比较,比权势,比文采,甚至比起了各自的夫人和子嗣。

可惜元家的这位大公子,并没给元明安长面子。

无论文武,他一遇上谢劭,便被压制得死死的,没有一回赢过,因此便滋生出了更深的仇恨和妒忌。

谢劭的目光在他脸上停了片刻,没半点波澜,淡淡地收了回来,等着给事中。

被谢劭这般忽视,元润面色一僵,并没罢休,走到他跟前,拢袖又与他搭话:"怎么,三公子去了一趟凤城,连老熟人都不记得了?"

谢劭这才道:"谢某倒是想忘,可元大公子的名声,在九年前的一场狩猎中,便响彻了京都,谁人不知?"

可不是嘛,九年前元大公子狩猎遇上大虫,当场吓尿,被谢劭拖出来,所有人都看到了他变了颜色的裤裆。

元润嘴角一抽,恨不得将其扒皮抽筋。

终究不是十一二岁的年纪,不能因一言不合,说动手就动手。元润目光突然看向桌上的告身,沉声道:"三公子既然是来讨告身授命,给事可不能玩忽职守,所有入编之人,都得要身体健全,谁知道他三公子这些年在外,有没有缺陷,给事还不派个人过来仔细检查清楚。"

没看到告身之前,给事中或许还能听元润的话,如今一头大汗,两边为难。

元相都不敢明着把事闹大,他一个给事中,哪里敢冒头。

见给事中一副快把自己藏起来的窝囊德行,元润气不打一处来,冷笑一声:"怎么,他三公子莫非还有何特殊之处?"说完,伸手便要去拿案上的告身。

手还没摸到,便突然被擒住,元润还没反应过来,只听一声"咔嚓",手腕当下脱了臼。

钻心的疼传来,还不及痛呼出声,人又被谢劭按在了跟前的木案上,只见

387

其居高临下地看着他，眉眼锋利，面上带着当年那抹熟悉的讽刺："九年没见，还是这般无用。"

耳边传来一阵猪叫，谢劭拿起案上的告身和木牌，头也不回地走向门口。

刚下台阶，谢劭便见到了一人。

谢恒怀里抱着几本厚厚的档案名册，挡住了半边脸。头一眼谢劭还没认出来，经过身边时，谢劭察觉出对方愣在那儿没动，方才偏过头。

当初谢家大爷为了攀附太子，想尽办法把谢大公子送入京都，如今犯了事，太子因谢家被废，谢大公子自然也会跟着遭殃——他身上的官服，同屋内的几位都不同，想必也不再是什么给事中。

瞧这副模样，倒是像个谁都能差使的仆役。

谢恒大抵也没料到会在此遇上谢劭。来京都前谢家替他办的那场送别宴，有多热闹，两人都记得清楚。

曾经的自己光鲜照人，所有人见了他都会投以倾慕的目光，临走之时他还曾在谢三面前炫耀过，到了京都如何出人头地。

如今却被谢三瞧见了最为不堪的一面。

谢恒脊梁一僵，同谢劭对视片刻后，眸子内光芒一暗，突然埋下头，没说一句话，抱着书籍上了门前台阶。

见他如此，谢劭也没再同他打招呼，转身带着闵章出了门下省，去往兵部盖章。

早上谢劭一走，温殊色便起来了。

她昨夜睡得也不好，那些话一经说出来，她便知道两人的关系会面临什么，或许会回到最开始的陌生，甚至更糟。虽不后悔，心头却踏实不下来。

眼见天色慢慢暗沉，夜幕拉下，还没见人回来，她有些坐不住了："姑姑，你说他会不会不回来了？"

"娘子放心，姑爷不回来，他能去哪儿。"

温殊色没再吭声，正忐忑，突然听到外面的动静声，心头"咚咚"两跳，一瞬从圈椅里站起身来。

晴姑姑先出去打探，片刻后回来，高兴地同她道："姑爷回来了。"

温殊色忙迈出门槛，立在他必经的长廊上，等着那头的郎君缓缓走过来。

等人到了跟前，她像往日那般，唤了一声："郎君。"

夜色暗沉，她看不清他的神色，只模糊见其点了下头，没应她，脚步也没停。

第八章 郎君生气了

温殊色心口似是被针刺了一下,有些酸痛。

两人成亲以来,除了新婚夜惊讶于会看到对方,争吵过一回,后来的相处一直都很融洽,尤其是经历了一回磨难后,郎君对她几乎是有求必应。

往日里只要自己唤他一声"郎君",回应她的必然是一句,"小娘子"或是"娘子。"

他突然冷漠,她一时还不习惯。

再看看前面那道离去的背影,似是要与她分道扬镳,从此走上陌路。

但昨夜的那些话,是自己亲口所说,她嫌贫爱富,讽刺他无用,字字句句都扎在他心上,他还能愿意回来,已经不错了。温殊色忽视他的冷漠,继续跟上他:"郎君还没吃饭吧,我让晴姑姑都留好了,我这就去给郎君端……"

"多谢,不必。"简短的一句话,人也没回头。

这是不想同她说话了。

温殊色不再开口,安静地跟在他身后。

昨日夜里的那些纱灯,温殊色没再卖,都挂在了院子里,尤其是正院,灯火比起昨日亮堂了许多。

两人一前一后走在廊下,一路沉默。

到了门前,谢劭脚步止步,回头淡淡地道:"劳烦把门打开,我进去拿两样东西。"

终于听到他说话了,温殊色忙上前帮他推开门,借机与他攀谈:"郎君留在屋里的两身衣物我都帮你洗好了,天色已晚,郎君沐浴完早些歇息,被褥我今日也拿到外面去晒过,是郎君喜欢的太……"

早上她进正院屋内瞧过,床上的被褥整整齐齐,并没有睡过的痕迹,不知道他昨晚是在哪儿熬过去的,怕是一夜都没睡,今日她提前给他备好了,算是赔罪。

"温娘子。"谢劭打断她,脚步立在屋外没动。

果然生气了。

温殊色好生品咂了他这一句"温娘子",谢劭又道:"不必讨好于我。"

"温娘子贤良淑德,身为人妇,已做得很好,承蒙一路相伴,谢某感激不尽。"他语气平淡客气,没有她预料中的怒意,也没有任何感情,"我会尽量满足温娘子所提的要求,温娘子若是不满意,可自行觅更好的出路。"

他这话是何意。

温殊色眉心一跳,抬起头。

昨夜自己说完便走了,没去看他是什么神色,如今正面相对,檐下的两盏纱灯,正好悬在他头顶,把他的神色照得清清楚楚。

他眸子清清淡淡,与她的目光相碰,疏离又冷漠,再无往日的半点柔情。

即便是最初,两人相互看不对眼,哪怕他死皮赖脸,对自己明嘲暗讽,那目光里也是有温度的。

之后的这几个月,他的温言细语给了她错觉,以为他就是个好惹的,如今才知道这人冷漠起来,竟然如此不是个东西。

她觅什么出路。

自己嫁给了他,除了能指望他,还有何出路可觅。

"我知道昨夜那话你难以接受,可我也是为……"温殊色深吸了一口气,压住心口的酸胀,顿一顿,偏过头,"我并没觉得我昨夜的话有错。"

她本就是个贪慕虚荣的人,没法解释,也不想去狡辩。

谢劭似乎并没什么意外,没出声,也没再看她。

他侧身从她身边跨进屋,抬起乏旧的袖筒缓缓掏出一个荷包,轻轻地放在了木几上:"三十两银钱,我放在这儿。"又拿上被她折叠在床头的衣物,一言不发地出了门。

人刚从正院出来,迎面便碰上了抱着一捆被褥的闵章。

适才回来的路上,主子突然让他去置办床上被褥,闵章还不明白发生了何事,如今又见他从正院出来,正疑惑,便听主子道:"随便寻一间,拿进去铺好。"

把屋子收拾好,已经快到半夜,吹了灯,闵章从里屋出来,终于看出了苗头不对。

主子这怕是同三少奶奶闹上了。

且比之前更厉害,不光是隔了房间,还隔了一个院子。

翌日一早,谢劭洗漱完,也没在宅子里用饭,早早出门赶去了三衙。

昨日,谢劭已经让兵部尚书在告身上盖了印章。

今日,他直接去了马军司领职。

他前脚进去，后脚消息便传进了靖王耳朵："王爷，谢三公子今儿去了马军司领职。"

靖王一愣，神色露出意外："他倒突然想通了。"

谢家因谢道远谋逆，往后在凤城怕是难以立足。

这一趟相处，靖王早就看出了这位谢三公子的才华，区区凤城，实在是埋没了他。

靖王从一开始就没想过让他回去，原本想为他讨的是一份文职。

且靖王听说，温家大爷并没有站队太子，谢劭过去，也能被温大爷关照一二。

皇上却没点头，直接让刘昆备笔墨，当场落笔给了谢劭一份马军司都虞候的告身。

见到告身上的官职，靖王一脸意外："父皇不知，谢家这位三公子的志向，并不在官途，这回也是儿臣擅自做主。"

"他谢家什么情况，朕能不知道？"皇上说了一句没头没脑的话，"拿去给他，朕欠他谢家的，迟早会补偿。"

靖王听得糊里糊涂。

皇上却没多说，问起了他府中之事："世子最近怎么样？"

靖王一笑，摇头叹道："还是那副皮猴德行。"

"年轻气盛不都是如此，你儿时可比他野多了，单枪匹马都敢夜闯敌营……"

靖王一脸惭愧："让父皇忧心了……"

两人聊了一阵，仿佛又回到了过去在马背上打天下的日子，心头都轻松了下来。

皇上突然问他："可有回去看你母亲？"

"三月前去过。"

皇上登基后，封周家两兄弟为王爷，却独独没有替周家娘子追封，为此靖王也曾同皇上替母亲讨要过公主的封号。

可好几回，都被皇上搪塞了过去，见他时常提及母亲，并没有忘记，靖王也释怀了，没再坚持。

"朕老了，膝下子嗣又单薄，以后你多来宫中走动走动。"

这话里的含义，靖王岂能听不明白，脸色一变，忙跪在地上："父皇放心，儿臣誓死效忠太子殿下。"

他想效忠，人家可想要他的命。

"起来吧。"皇上看了他一眼，"瞧把你吓成了什么样。你我父子，多说说话怎么了？哪条王法规定，不准朕享受天伦之乐？"

这两日靖王几乎日日进宫，早上去，下钥了才回，这会儿听到谢劭任职的消息，人也在宫中。

刚听完底下人的禀报，后宫的一位太监便找上了门："王爷来京都也有几日了，皇后娘娘一直念叨着，今日备了酒菜，请王爷过去品尝。"

马军司都虞候，从五品，属禁军，归三司管辖。

见到告身上的名字，许指挥还有些不敢相信："是谢家三公子？"

属下笑道："正是，人已经在门口了。"

自从谢劭来了京都后，许指挥邀请了他几回，让他到自己院子来做客，都被他委婉拒绝，怎么也没想到，谢劭竟成了自己的部下。

许荀亲自去门外把人迎了进来，爽朗笑了两声："谢公子，看来咱们还真有缘。"

谢劭抬袖同许荀行礼："下官谢劭拜见许指挥。"

许荀上前一把托住谢劭的胳膊："谢公子不必见外，这些虚礼就免了。"当初要不是谢仆射对他的赏识，收他为学生，哪有自己今日。

"谢公子快请，我带你去转转。"

比起昨日在门下省的那番冷遇，截然相反，有了许荀的引荐，进了马军司后，谢劭一切都很顺遂。

温家大房得来的消息，还停留在昨日。

谢家三公子大闹门下省，当场把元相的大儿子元衙内的手腕给掰脱了臼。

这事儿不到片刻，便传出了门下省。

温家大公子在翰林院上值，一群人平时修修补补，没什么紧要的事，闲下来就喜欢八卦。

温家大公子听说后，回来便告诉了温大夫人。

温大夫人听完，再次庆幸当初嫁去谢家的不是自己的女儿，出言讽刺道："初生牛犊不畏虎，还真是不知天高地厚，走到哪儿惹到哪儿。"

温素凝倒是问了一句："领的是何告身？"

温大公子摇头，这个他还真不知道。

"谢家没被治罪，已是烧了高香，还能是什么告身，花了那么多银钱买来的员外郎，岂能浪费……"

温大爷下值后才听说了消息，一番打听，这才知道自己的那位侄女也来了京都。

他一回到府上，便叫来了温大夫人："缟仙也来了京都，你去打听一下，她在哪儿落脚。初来京都，她怕是连东南西北都摸不准，你把人接过来，腾出一间房，让她和谢三公子先且住下。"

温殊色来京都的消息，温大夫人一直瞒着，怕的便是这个结果，脸色当下一变："谢家三公子不是已经当了值吗？这院子就这么大，老大老二一家，两个姑娘，已经挤得没放脚的地儿了，哪里还有房间腾出来……"

温家大爷最瞧不惯的便是她这副小家子气，往日不觉，近两年来，越发尖酸刻薄，行事作风还不如远在凤城的薛姨娘。

当初她不打招呼，丢下老夫人，独自一人来京都，他知道老二已经回了京都，薛姨娘也在，便也没同她理论。

如今又是这副德行，他语气不由得冷硬："她就算是嫁进了谢家，她也姓温。办法是人想出来的，四进四出的院子，二十多间房，腾出一间，就如此困难？"

温家大爷见她半天不动，气得指了一下她鼻子："行！你不去，我自己去。"

温大夫人这才着急，追了出去："大爷……"

今日谢劲走后，温殊色便偷偷摸摸去了他昨夜睡过的房间，让晴姑姑悄悄在底下给他多垫了一床棕垫，又把他新置办的被褥拿出来晒。

正忙着，文叔便来了，人还在廊下，迫不及待地唤起了人："二娘子，二娘子……"

温殊色从被褥后探出一颗脑袋："文叔，我在这儿呢。"

文叔下了穿堂，走到温殊色跟前，一脸喜色："姑爷今日去了马军司当值，奴才特意打听了，官职乃马军都虞候。"

温殊色一愣："当真？"

"千真万确，从五品的官呢。"文叔伸了一个巴掌，又添了三根手指头，"每月俸禄八十贯……"

温殊色想起昨夜谢劲搁在木几上的三十两银钱。

难怪，如此有底气。

银钱不重要，他谢家和她温家都不缺银钱，只要他肯当官。

看来是自己前夜的那剂猛药起了作用，虽说过头了一些，好在终于有了效果。

她肩头上的重担卸了下来，连带着昨儿被他堵在心口的那口气也消了，同文叔道："晚上我带姑爷去觅仙楼吧。"

他要真走上了官途，自己也没必要再瞒着他，别说他累，这躲躲藏藏的苦日子自己也早受够了。

她恨不得立马去买几箱子新衣回来，金钗玉镯全戴在手上。

"二娘子放心，奴才回去便安排。"文叔想了起来，"大爷好像派人在找二娘子，二娘子瞧瞧，要不要告诉他行踪……"

温殊色一愣，倒是忘了这遭。

既然人来了京都，迟早就得相见。

"不必，我自己走一趟。"

温大爷派的人刚出去，便听门房来报，说温殊色来了。

温大爷赶紧让人把她请进来，招呼到了前堂，关心地问道："可找到了住处？"

温殊色点头："之前的一位姑姑家里亲戚留了个宅子，这回碰巧遇上，暂时在此处落脚。"

温大夫人松了一口气："那敢情好。"

温大爷眉头一皱，一个下人的宅子，能有多好，便说："一家人还是搬在一块儿来住吧，明日把姑爷也带过来，先将就住下，等你父亲到了京都后，咱们再去租个大点的宅子。"转头同温大夫人吩咐，"你去腾一间房。"

"我怎么腾？是腾几个公子的房，还是腾两个姑娘的房？"温大夫人没想到他一根筋，非要当那烂好人，人都嫁出去了，哪里有住娘家的规矩，真是笑话。

温大夫人实在忍不住，脖子一梗道："我看，干脆腾咱们的屋吧，宽敞。"

"你……"温大爷没想到她会当着温殊色的面，如此不给自己面子，怒目瞪着她，"你怎么说话的。"

温大夫人知道自己今儿要是松了口，往后的日子就难熬了。

她不顾温大爷的脸色，同温殊色道："别怪伯母说话直接，你也知道你大伯到京都还不到一年，手中没有积蓄，能租这么个宅子，已经很吃力。你两个兄长都成了亲，跟前的娃又闹腾，你大伯想一家人热闹，让咱们住在一处，可如今的情况，你也看到了，即便搬过去，也不会住得顺心。"

温大爷见她还在说，一巴掌拍在木几上："闭嘴！"

温大夫人吓了一跳，心头虽也发虚，却没让分毫："我这不是说的实话……"

"不过是让你腾一间房，你倒是一堆的道理，有你这么当人长辈的？行，就照你说的办，把你那屋腾出来。"

温大夫人愣了愣，一腔哭出来："合着我为了这个家操劳，也有错了。今日腾一间房容易，明日等老祖宗和二爷也来了，咱们是不是就得腾一个院子出来了？三公子还没许亲，等他来了，大爷是不是还要替他张罗亲事，准备彩礼，盖一座新房……"

温大爷神色一呆，显然没想到这些，但很快反应过来："如今说这些尚早，等人来了再想办法。"

"能想什么办法，难不成还得要我大房养他们一辈子……"

温大爷脸色铁青："何来如此说法。"

"大爷的意思难道不是？"

眼见一发不可收拾，温殊色忍不住起身："多谢大伯，我如今的住处挺好，就不来打扰了。"

都闹到这份上了，温大爷知道她断然不会再搬过来，一时气结，说不出话来。

有些话，是该说清楚了。

父亲和兄长开不了口，温殊色替他们来说："这些年大伯在家陪伴祖母，父亲在外赚钱补贴家用，都不轻松，算下来，谁也不欠谁的。

"如今大伯高升，仕途一片光明，倒是我二房不争气，败光了家底，不仅帮不上大伯什么忙，还得靠大伯来救济。父亲和兄长心中也有愧，在我临行前有过交代，今日大伯和大伯母都在，我便把话带到。父亲由衷祝福大伯能平步青云，大伯和大伯母放心，今后只管放手去谋前程，父亲此趟回来，不会再去福州，会留下来照顾祖母，以后我二房一家无论是好是坏，都不会前来打搅。"

屋内终于安静了下来。

温家大爷皱紧眉头。

温大夫人则长松了一口气："二爷倒是通情达……"

话没说完，温大爷再也没忍住，起身一巴掌挥在了她脸上："安氏在凤城也算是大户，我倒是要问问安家老爷，是如何教导子女的，怎么就教出你这么个势利东西。"

温殊色离开时，温家大房已闹得鸡飞狗跳。

坐在马车上，晴姑姑还叹了一声："大爷怎么发这么大的火？"

"大伯年幼被双亲抛弃，比起旁人更懂得亲情的不易。正因为他不是祖母亲生儿子，这份养育之恩，所背负的也比父亲更重，安氏这回是触了他底线。"

温殊色也没心思去管大房，话已经说清楚了，将来二房再好，有了今日这番话，大房也没脸再找上门来。

各过各的最好。

回到宅子，温殊色便哪儿都没去，等着她的都虞候回来。

可这一等，等到日落，等到天黑，月上枝头了也没见人回来。

晴姑姑见温殊色坐在圈椅内，一颗脑袋点了好几回，劝道："娘子去睡吧，奴婢等着，要是姑爷回来了，我叫娘子……"

温殊色昨夜本就没睡好，现下实在熬不住，便睡下了，再睁眼已经到了第二日早上。

谢劭一夜未归。

温殊色坐在妆台前，晴姑姑替她梳头，偷偷瞥了眼铜镜，见她脸色不太好，轻声道："昨夜闵章回来过，说姑爷刚去军营，很多地方还不熟悉，要忙几日，让娘子早些歇息，不必等他。"

温殊色没说话，心头那抹酸酸楚楚，很不是滋味。

什么要务需要他在深夜，人人都歇息的时候忙乎，他分明是在躲着她，不想见她罢了。

"娘子放心，文叔去打听过，姑爷昨儿夜里就宿在军营，没出去过……"

他要是出去，这桩婚姻怕也真到头了。

温殊色垂目，突然轻声道："姑姑，他是不是不会喜欢我了？"

前夜那双眼睛，冷冰冰的，她一想起来，便心慌。

他肯当官，总算没让她的一番心思白费，她应该高兴，可如今这样，她一点儿也开怀不起来。

身为女郎，谁不愿意嫁个人中龙凤的夫君，但作为男子，谁又不喜欢娶个心甘情愿陪着他吃苦的娘子。

就连共患难的那点情分，也被自己几句话扼杀了个干净，两人成亲本就是个错误，凭什么他当了官，就该让自己享受呢……

他都开始夜不归宿了，再这么下去，是不是就要给她一份和离书了。

晴姑姑一愣，自家这位二娘子，从小精神头十足，见了谁都是一副笑脸，很少看到她这般沮丧。

最初嫁到谢家，同谢三公子成亲，实属无奈，本也打算了将就着过日子，可两人朝夕相处，又经历了一场劫难，如今瞧来，二娘子想必是已经上了心，这人一旦动了心，便有了软肋。见不得二娘子吃亏，晴姑姑细声道："娘子这么好，谁不喜欢？俗话说夫妻床头吵架床尾和，说几句重话，姑爷便要与娘子永远生分，那也是他没福分。"

温殊色也不知道听没听进去，用完早食，想起自己昨日洗的那两身衣袍，已经乏旧，一时心血来潮，让晴姑姑去铺子里买了几匹布回来，要替郎君做身衣裳。

虽不会裁剪，她却会使针线，让晴姑姑教一下便好了。

她匆匆去他屋里翻出了一件旧衣，说风就是雨，照着尺寸裁剪缝制，埋头从早上忙到傍晚，午食只扒了两口，都没顾得上吃。

忙到黄昏，一套崭新的袍子终于赶了出来。

亮宝蓝交领长袍，配同色立领半臂，时辰紧迫，来不及绣上烦琐的花纹，只有衣襟上绣了两排翠竹。

虽简单，却也是温殊色一针一线亲手绣出来的。

她长这么大也只给家里人绣过手绢荷包，从未替人做过衣裳，没承想，头一回竟如此成功。她越看那袍子越喜欢，自己都被这份贤惠给感动了，雀跃地问晴姑姑："他会喜欢吗？"

晴姑姑一笑:"娘子做的,姑爷肯定喜欢。"

因这一件袍子,温殊色心情又好了起来:"都是一家人,抬头不见低头见,总不能一直不说话,等他今日回来,我先低个头吧。"

晴姑姑舒了一口气。

温家的三个姑娘,温老夫人为何独独喜欢二娘子,倒也不是偏心,着实是这二娘子讨人喜欢。

无论遇上什么事儿,难过不出一日,定能自己先想明白。就像是头顶上照下来的一缕太阳,让人完全消沉不起来。

"成,娘子累了一日了,先歇息一会儿。奴婢去备酒菜,晚上娘子和姑爷好生说说话。"

温殊色也没闲着,沐浴更衣完,特意换上了昨儿花重金新赶制出来的襦裙。

她忐忑地等着人回来,等到了天黑,院子里的纱灯都挂上了,左顾右盼,却只看到了闵章,身后依旧没有郎君的身影。

忙乎了一日的一腔热情,顿时灭了大半。

闵章从穿堂内下来,手里提着一个包袱,进屋递给了她:"上回三少奶奶做的两身新衣都好了,主子让我给三少奶奶送回来。"

温殊色没接:"他又不回来了?"

闵章垂目:"事务太繁忙,主子他……"

"嗯,刚上任,是挺忙。"她心头仿佛有什么东西突然被抽去,空了一块,回过神来,才察觉到了心口的疼痛。

从来没有一个人能让她如此难受过,这感觉她极为厌恶:"行,你转告他,他要是今夜不回来,我会遂他的意,明日便去自觅出路。"

她转头把手边上的那套衫袍,递给了闵章:"你身上的衫袍也旧了,今儿我让人给你置办了一身,你拿去穿。"

谢劭下值后,便同许荀留在了校场,天色黑了两人才下马背,一身是汗,通畅淋漓。

许荀把手里的长矛递给了旁边的侍从,看向谢劭,目露赞赏:"瞧不出来,三公子一身细皮嫩肉,倒不是个虚架子。"

"许指挥承让,平日里喜欢狩猎,也有锻炼。"

许荀有些意犹未尽:"今日就到这儿,咱们明日再来。"见他似乎并没有出军营的打算,转头问,"怎么,三公子今儿还住军营?"

谢劭点头:"许指挥先走。"

许荀倒也没看出来不对劲,以过来人的身份劝道:"虽说刚来多和大家相处是好事,可也别惹了三少奶奶不高兴。"

这女人一旦生起气来，不是讲道理就能说得通的。

"好。"

送走了许指挥后，谢劭回到住处，军营里人多地方小，普通的骑士都是挤在一张大通铺上。

因是都虞候，他才有了自己的一个单间。

沐浴完，他也没什么事儿，躺在床上，一闭上眼，眼前便是小娘子那张脸。

"郎君……"

他一个激灵，睁开眼睛，艰难地把那没心没肺的人和声音统统挤出脑子，强迫自己入睡。

可睡着后，他还是看到了小娘子那张脸，最初她还冲着他笑得灿烂，拿出了绢帕替他温柔地拭着汗："郎君，累不累？"

瞬息之间，只见那张脸陡然生变，一脸绝情地看着他："你是别痴心妄想了，我一点都不喜欢你……"

梦境牵连着现实，心口的恐慌和疼痛齐齐涌上来，他瞬间惊醒。

他睁开眼睛，外面月光正亮堂，不过才睡了一小会儿。

他捏了一下太阳穴，万万没料到自己这辈子会栽在一个小娘子手里，且还是心肠极坏的小娘子，现实里剜人心就罢了，梦里也不放过他。

可谁让他对人家动了心，除了自己一人伤心难受，能把她如何。

惹不起，躲总成了吧，谁知即便是躲到了天边去，她还能钻到他梦里来诛心。

他起来倒了一杯茶水，端起来仰头饮下，心头的烦躁还未来得及压下去，闵章便回来了。

温殊色同闵章说完那番话后，也没再等人了。

今儿白日没怎么吃东西，见夜里的月色好，她让晴姑姑搬了一张木几到院子里，摆上了备好的酒菜，一边赏月，一边大快朵颐。

身心正是舒畅，她便瞧见对面廊下的几盏纱灯下，走来了一道人影。

月白色的半旧袍子，负手而行，肩背笔直，俊逸的神态素性潇洒，似是不把一切俗事放在眼里，不是她那位夜不归宿的郎君，又是谁。

对面的谢劭自然也看到了她。

听闵章说完那话，他本以为她是闹了起来，心头还跳了跳，怀了几分期待，起码自己的消失，还是在她心上造成了一定的困扰。

殊不知到了院子里，他见到的却是这番光景。

清风月圆之夜，对着天上的明月小酌一杯，可不就是神仙一般的日子吗？

她潇洒自在得很，难受的只有他一个。

温殊色的目光一直落在他身上，见对面的人似是察觉到了她的目光，走着走着，脚步突然立在那儿，不动了，不仅如此，顿了片刻后，竟转身退了回去。

他这是什么意思？

温殊色愕然，是在她跟前一晃，然后一闪而过，告诉自己，他回来了？

他累不累，别不别扭。

酒足饭饱，离家出走的郎君也回来了，她再仰头看天上明月，突然就皎洁了起来。

即便只是来自己眼皮子底下晃了那么一下，好歹是回来了，既递了梯子他能顺势而下，自己也没必要再去追究。

今儿的酒是觅仙楼文叔送来的，入口甘甜清香，一点儿都不比醉香楼的差。知道他爱酒，她提上余下的半壶，起身给他送过去，找到亮起灯火的那间房，抬手敲了两下："郎君睡了吗？"

半天都没听见反应，灯下却有人影在动。

"咚咚——"

她拍了两声："郎君……"

拍第三下时，门扇终于从里打开，谢劭立在门内，依旧是一张拒人于千里之外的冷脸。

真没必要这样。

"郎君。"

她像往常一样，伸手去拽他衣袖，可手伸了过去，他却不动声色地把自己的衣袖挪开，语气冷淡："天色晚了，温氏请回吧。"

没等温殊色反应过来，才打开的门扇，再一次在她面前合上。

温殊色双眼盯着门板，愣了半晌，一股气儿冲上脑门心。

俗话说得好，可怜之人必有可恨之处。

她懒得管他。

她转身便往回走，走了几步，心头的气儿实在顺不过，要这么回去，八成又得失眠了，她从来就不是记隔夜仇的人。

她随即折身，门关了不要紧，这不还有旁边的几扇窗户吗？

走到照出人影的那扇窗前，她铆足了劲儿去推，试图把那扇窗撬出一条缝。

谢劭正打算吹灯，没想到那没心肝的小娘子又杀了回来，还在撬他的窗，他额角一跳，上前拉开木闩："温氏……"

他这一放，温殊色半截身子都冲了进来。

正好，离得近，气势更足，她仰头盯着跟前的人，不再客气："温氏、温氏……你还谢氏呢。"不给对方反应的机会，她随即问，"谢氏，请问，你想要食言而肥吗？"

一句谢氏，终究让谢劭那张淡然自若、纹丝不动了两日的脸崩了几分："何事食了言。"

她正等着他问呢:"你前儿夜里,是不是说过,谢家破产是你自己懒散不作为,不关我的事?"

不知道她到底想要干吗,但他自己说过的话,便不会不承认:"确实。"

"那你是不是还说过,对我心怀愧疚,因你没能兑现新婚夜对我的承诺,没让我过上好日子?"

谢劭听出来了,合着那夜她净记住了他说的话,自己说了什么,都不记得了?他目光看向她手里的酒壶,只觉脑仁跳得厉害:"你过的日子不好?"

小娘子倒没否认:"好啊,但郎君不开心。"

可喜可贺,她可算长了眼睛,看出来了自己不开心。

没等他松下一口气,小娘子又道:"可郎君有何不开心的呢?我头一日嫌弃郎君无用,第二日郎君就当了官,还是从五品,京官,这不是狠狠打我脸了吗?你应该高兴,甚至应该趁机来讽刺我,仰起脖子说上一句,宁欺白须公,莫欺少年穷。"

谢劭面上已微微有了震惊之色。

不愧是冷心肝的小娘子,他还真没想到这招。

这招好啊。

正酝酿该怎么现学现用,跟前的小娘子却无不惋惜地看着他:"可惜了,郎君错过了最好的报复机会,我已经无坚不摧了。"

谢劭早知道她有一口利齿,之前是对付别人,如今终于朝着自己下口了。

只要自己不听,不给她发挥的机会,她便不能得逞,他冷声下了逐客令:"温氏,你大半夜爬人窗,你知不知羞,出去!"

"我爬的是谁的窗?"温殊色两边脸颊明显染上了醉红,丝毫不放过他,"我爬自己夫君的窗,不是天经地义吗?我知什么羞?倒是郎君这副眼睛不是眼睛鼻子不是鼻子的模样,你气谁呢,气我吗?"温殊色原本已经挪出了身子,见他来赶人,索性又塞了个脑袋进去,"那不好意思,郎君气不着我,郎君越是这样我越高兴。"说完,她还爽朗地笑了两声,"不知郎君接下来还有什么打算呢,从五品的官,一个月不过八十贯钱,离我预想的好日子差得太远了。"

不顾谢劭已经赤白一张脸,她继续道:"郎君今日不在,我去了一趟温家,大嫂新置办的襦裙真好看。"目中溢出羡慕的神情,叹息道,"二兄长还送了弟妹一对耳珰,那白玉我这辈子都没见过。"

躲避了两日,谢劭终于正眼瞧向了跟前这位将"爱慕虚荣"四字发挥到了极致的小娘子,声音有些发抖:"我还能一步登天不成?"

"郎君是说要我等吗?那我恐怕等不及了,也不是我等不及,而是郎君的心,让人惶惶不安,我害怕自己种了一场瓜,到头来被别人摘了。"

"你何意？"

"郎君听不明白吗？我已经明摆着在质疑你是不是负心汉，变心竟变得如此之快。"

她还真是喜欢倒打一耙。

"我怎么就是负心汉了。"她怕是把话说反了吧，她要是个男子，不知多少姑娘要哭瞎眼……

"你对曾经舍命相陪的娘子，冷眼相待，怎么就不是负心汉了？"

在这事上，他永远说不起话来，到底是自己欠了小娘子，他压住被她气得心梗的怒意："你想如何？"

"郎君这话差矣，我能要郎君如何？为夫者，其妇之责，而后儿之义务，妻儿顾之，此乃真丈夫，郎君好好想想，妇之则为何？不就是对自己的妻子嘘寒问暖，爱护有加吗？"

谢劭一怔，那面上的神色已经彻底被她搅得千变万化。

好一阵惊愕之后，他不可置信地看着她："既要满足你的虚荣心，又要把你捧在心上，不好意思，谢某长这么大，还没见过如此贪心之人。"

"我怎么就不能贪心了？一手抓钱，一手抓心有何错？郎君是我夫君，这些不都是应该给我的吗？"她错愕地看着他，"难不成郎君还有别的想法，钱财感情两头分，钱财名声给我，感情再去分给外面的姑娘，若是那样，那姑娘可真倒霉，男人的嘴，骗人的鬼，感情什么的，最不可靠。"

瞧吧，在她眼里，一颗真心就如此一文不值。

相处了这么久，他如今才发现这女人根本就没长心。

谢劭一口凉气吸上来，费力地把她带偏的话头拉回来："简直胡搅蛮缠，何时来的姑娘。"

"就郎君如今的态度，早晚的事。"

谢劭终于忍不住，唇舌相击："贼喊捉贼，你是想为自己觅出路，找一个顺当的由头吧？"

结果，小娘子露出一副气死人的笑容："郎君果然聪明，我总不能在一棵随时都有可能伸出墙外的红杏树上吊死，放心，明儿我就去找。"

这还不算，她又庆幸地道："好在郎君是个谦谦君子，成亲至今，我还是清白之身，虽说被啃了两口，但无伤大雅，我就当是被小猫舔了嘴，并不吃亏……"

谢劭这辈子都没体会过何为眼冒金星，眼前的这位小娘子真是好本事。

只觉得胸腔都快要被撑破，非要把她生吞活剥了才解恨。

而对面的小娘子说完，似乎也意识到了这话似乎很不妥，及时止了声儿，视线心虚地往上一瞟，匆匆地瞟了一眼郎君。

果不其然，那脸色如同乌云，黑沉沉的，比任何一回都可怕，瞧得出来是真生气了。

识时务者为俊杰，再待下去恐怕真要吃亏了，她缓缓地把自己的脑袋挪出去，回头便往院子里跑。

身后郎君的脚步声很快传来，温殊色提着裙摆，两条腿走得飞快，可两人的距离还是在不断地缩小。

她转过身，扫了一眼气势汹汹的郎君，心头直跳："你、你干什么，你干吗跟着我？我给你说，你别再追了，搬出去容易，搬进来难，今儿夜里，我是不会让你进我房间的。"

似乎不管用。

最后一段，她只能跑起来，幸好很快就到了房门口，"啪"的一声把门关上，利索地扣上了门闩。

谢劭被关在门外："把门打开。"

温殊色知道人进不来了，心头的害怕减轻了几分，嘴又硬实了："不开不开就不开，郎君想进门，还是死了这条心吧。"

谢劭实在咽不下这口气，对上这样的小娘子，已经顾不上什么礼仪不礼仪了，伸手去推门。

温殊色吓了一跳，脊背死死地抵住门扇，慌张地道："你干吗？郎君这样，不觉得有失君子风范吗？"

外面的人声音似是从牙缝里挤了出来，学起了她刚才的无赖："娘子说笑了，夫君破自己娘子的门，天经地义。"

身后的门又被他一推，温殊色身子也跟着往前一趔趄，急忙劝道："那什么，天色不早了，郎君明日还要当值，听说马军司可不是那么轻松的活儿，一不注意就会有性命之忧，郎君休息好，保存好体力……"

门扇突然不动了。

还没等她松下一口气，旁边的一扇窗扇，突然传来了动静。

温殊色一双眼珠子瞪起来，急急忙忙奔过去，撑住窗户："谢三，你别乱来，你这样强闯就没意思了。"

外面的人没再推了："温二，有本事你开门。"

温殊色连忙摇头，不该逞强的时候一点都不逞强，立马道："我没本事。"

适才两人在外面的院子，隔着窗户突然吵起来的那阵，晴姑姑和闵章都在，早就听得胆战心惊了，却也不敢上前阻拦。

如今见这阵势，似乎有点不对劲了，两人赶紧跟过去。

这一瞧，还得了。

眼见姑爷就要翻窗了，晴姑姑心下一慌，忙同闵章道："娘子今夜是饮了酒，说话岂能作数，还不快把姑爷拉住。"

闵章知道这两位主子一个比一个厉害，今夜要是一对上，怕是收不了场，只得上前去拽谢劭："主子，先冷静，三少奶奶是醉了酒。"

谢劭心道，哪个醉酒之人，逻辑如此清晰，嘴皮子如此厉害？

她就是想把他气死。

被闵章拽下来，谢劭还在喘着粗气，这两日的憋屈和难受，终于找了一个发泄口，盯着跟前的窗扇，咬牙切齿："我今儿不办了她，我不姓谢。"

话音一落，"砰"的一声，跟前的窗扇摇晃了几下，里面的小娘子和那道细细的木闩终究没能抵挡住一位年轻气盛的男子力气。

窗扇被破开，温殊色惊愕又防备地看着立在窗外一脸愤懑的郎君，倒是莫名与刚才在外院的那一幕相似。

只不过两人换了一个位置。

他说的那句誓言，温殊色自然也听清楚了，他气势十足，恨不得把她揉碎了一般。她不由得越发心虚："谢氏，大半夜的，你到底想干什么？"

后头的晴姑姑头都大了，万没料到二娘子醉完酒，竟会如此虎，她只能尽力劝说清醒着的人："姑爷，娘子的酒量自来不好，今儿喝了半壶，说的话冒犯了姑爷，还请姑爷不要同她一醉酒之人计较。"

窗户一破开后，夜风互流，淡淡的酒气从小娘子身上飘进了鼻尖，再仔细一瞧，她脸上一片酡红，果然不正常。

谢劭还没出声，温殊色却不爱听了，反驳道："谁说我酒量不好，就醉香楼的酒，我喝两三壶都没问题，这觅……"

晴姑姑脸色一变，急忙出声阻止："娘子……"

好在温殊色还有几分理智，及时住了嘴。

谢劭努力平息流窜在心口的胀气。

大半夜被一个醉鬼气得七窍生烟，他也真是出息，神色一阵颓败，揉了两下跳跃的太阳穴，不想再看她这张欠脸。

她何止是酒量差，酒品也差。

他转身头也不回地下了穿堂。

怎么又走了呢？

温殊色一愣，心中纵然再得意，到底没了胆子再出言相激，悠然关上窗扇，这一闹腾，脚步有些飘，脑袋似乎都被他吵晕了。

她走去床边，一头倒下去，晴姑姑在外唤她也没听见。她沉沉地睡了一觉，睡来时，又是日晒三竿。

门扇昨夜被她上了闩，晴姑姑进不来，已经过来了几趟，最后一回，温殊色听到了叫门声，才起身去取了木闩。

晴姑姑端着水盆进来，担忧地瞧着她："娘子感觉如何了，头还疼吗？"

这一提醒，昨晚的画面便一幕一幕地浮现出来，温殊色脸色顿时发白，痴痴地立在那儿形同木桩，她都干了些什么……

醉酒失身节，果然没错。

这回是彻底完了。

上次的事还没过去，自己又把人给得罪了。她无比懊恼后悔："文叔说得对，那酒果然后劲儿大，往后我绝不会再沾一滴。"又绝望地问晴姑姑，"他人呢？"

晴姑姑见她一副悔恨模样，也不忍再提，宽慰道："娘子放心，姑爷已去当值了，走之前还关心娘子，让奴婢给娘子备上醒酒汤呢。"

他这不是关心她，是在提点她，她酒后失大德了。

谢劭确实是这个意思，她借着醉酒一通闹完，自己却要承受她那些话的后劲，一个晚上迟迟合不了眼，鸡鸣了才睡着。

卯时起来，他头昏脑涨，眼皮重得抬不起来。

到了军营，许指挥已经来了，知道他昨夜后来还是回了宅子，此时又见到他眼下的乌青，多半也猜出来了风向，凑过去低声道："别看咱们在外有多威风体面，家里的娘们儿一找起来，你就是柱头上冒出来的那颗木钉，任由她捶打。"

这话太形象，谢劭勉强一笑。

许指挥拍了一下他肩膀，安慰道："三公子千万要撑住。"

他自然得撑住，家中还有一位认钱不认人，贪慕虚荣的小娘子，那势利的嘴脸，无不激发他的上进心。

昨夜她那鄙夷的语气还清晰地索绕在耳边，从五品，不过才八十贯……

他舌尖一苦，提起精神，进入军营。

马军司都虞候手底下有三百余人，众人已经列好队，等着他检阅完，各就其职。

夏季烈日，谁也不愿意去跑侦察，轮到的一队人无精打采，翻身上马正欲出门，回头见谢劭也跟了上来，到嘴的抱怨声只得吞进了肚里。

武官不同文官，没那么多暗里操作，想要谋职位，拼的都是真本事，尤其是军营里的这些人，全靠手中枪杆子说话。

能者上位，一向是军营里的规矩。

可谢劭突然空降军营，且还是不小的都虞候，加之许指挥对他的颇多关照，军中已有不少人心生不满。

甚至被步军司那帮子人暗里讽刺他来错了地方，应该去殿前司任都知，样貌合群。

殿前司都知都是一帮子太监，这话侮辱性极强，连带着底下的人也跟着没了面子，其中一人心头早觉得憋屈，趁机讽刺道："外面太阳大，谢都虞一身细皮嫩肉，还是留在军营，免得晒黑了皮。"

此话一出，众人脸色各异，多数还是想看好戏。

谢劭笑了笑，并没出声，到了门口，并没有着急出去，等了一阵待身后那人的马匹一靠近，手中银枪突然横在那人的面前。

那人脸色一变，立马明白了他什么意思，自己能说出刚才那话，便没有怕过，反而觉得痛快："谢都虞，可别怪属下下你面儿了。"说完，那人猛往后一仰，手里的银枪朝着谢劭刺去。

谢劭同样一个侧身避开，银枪却没收回来，动作极快，完全不给那人喘气的机会。

几招过后，那人脸色慢慢地起了变化，不敢再轻敌，可就算是全力以赴了，似乎也并没有扳回局面，好不容易从那枪口下躲开，还没来得及还击，又被他压制住。

谢劭的银枪在他身前身后不断穿梭，枪头刺破风口，发出了一道道"呼呼"的震动声。

别说脚下的马蹄被逼得无法前行半步，就连马背上的身子都没有伸直过，那人顿时恼羞成怒，手中银枪一挑，劈头朝谢劭砸去。

谢劭俯身，银枪在后背打了一个璇儿，正面迎上。

枪头碰到的瞬间，那人只觉手腕一麻，还没反应过来，手中银枪已落在了地上。

士军没了武器，在战场上便等同于没了命。

那人坐在马背上，脸色一时赤白相交，谢劭收回银枪，一夹马肚："捡起来吧，心气不错，多练练，日后不愁升不了官。"

这回个个都不敢吭声了。

那人翻下马背，去捡银枪，脸色虽然不好看，倒也输得心服口服，跟在谢劭身后，眼中再无轻视之色。

一行人出了军营，去往梁门，日头烤在头顶上，火辣辣地晒，很快汗流浃背，街头上的行人却不减，依旧车水马龙。

远远瞧见堵在城门口的一队人马，见马车上全是一个个的木桶，谢劭转头，问身旁最近的侍卫："那是何物？"

亲眼见识过他的真本事，这会子大家都打起了精神，那人忙回禀道："从南城运来的蜜桃，每年这时候都会进贡。"

谢劭又问："送去哪儿的？"

"皇后娘娘的寝宫。"

谢劭瞧了一眼，缓缓驾马过去，守城的侍卫见是马军司的人，知道要来查货，正好偷个懒，齐齐从那太阳底下挪到了阴凉处。

早前便听人说马军司来了一位都虞候，长得比女人还标致，如今一看，最前头马背上那人，艳阳当空照在他身上，银冠下的那张脸，白白净净的，又俊又仙，可不就是比女人还美嘛。

不用猜也知道是他了。

谢劭没理会暗处投来的那些目光，翻身下马，亲自上前揭开了木桶盖儿，里面果然是一颗颗新鲜的蜜桃，转头问侍卫："运了几批进城？"

侍卫的目光正落在他脸上，没料到他会突然看过来，视线一对上，心头竟是"咚咚"两跳。

马军司的人岂能看不出来这些人的龌龊心思，适才被谢劭击落银枪的赵淮，上前一脚踢在那侍卫屁股上："龟孙子，问你话呢，你脸红个什么劲儿。"

三衙内都知道马军司的人最不好惹，那侍卫垂头，再也不敢乱看，回答道："今日这是第一批。"

谢劭闻言放下了盖儿，没再多问。

自从太子被废后，皇后便病了一场，吃不下东西。

到了傍晚，宫中的奴才见她还没宣传膳，便进来劝道："娘娘不进食，身子怎能扛得住，殿下要是知道了，怕是又该忧心了。"

一提起太子，皇后果然有了精神气。

从小到大，太子何曾离开过皇宫，皇上不顾父子之情，狠心把人赶出了皇宫便罢了，如今连太子的位置都没了。

人人都说帝王心凉薄，她总算明白了这话的道理，什么亲情比纸还薄，唯一的亲生儿子说废就废，不仅毫不关心，还日日召见他那不明不白的干儿子，他这是当真要扶持周家娘子生的那个野种了。

可惜最近她派去荆州的人，半点消息都没探到，那靖王就像是从石头缝里蹦出来的一样，压根儿就没有父亲。

她勉强坐起来，点头让人传膳。

饭菜摆上桌，却没有半点胃口，正打算让人撤走，太监又走了进来，低声道："娘娘，南城的蜜桃今儿到了，奴才让人给娘娘抬进去。"

太子知道她喜欢吃蜜桃，便让人在自己的封地上给她种了大片蜜桃树，每年到了这个时节，都会运来皇宫。

时间过得真快，一晃又到了蜜桃的季节，可惜身边再也没了太子的身影。

皇后伤怀一阵，吩咐道："抬进来吧。"

片刻后，进来了两名太监，弯腰把一筐蜜桃放在了皇后跟前，一人退下，另一人却立在那儿不动。

皇后正诧异，便见那"太监"抬起头来。

跟前的这张脸，不是她正想念的前太子周延，又是谁。

皇后一惊，吓得起了身，忙把屋里的人屏退干净，让人守好门，这才紧张地看着前太子："你怎么进来了？有没有被人瞧见？"

他父皇如今是恨不得把他打进地狱，这时要被人捅到他面前，怕是会要了他的命。

几日不见，周延脸上生了胡楂，先问候皇后："母后可还好？"

"我都好。"皇后点头，看了一圈周延，见人憔悴了许多，越发心疼，眼泪不禁流了出来，"你父皇怎会心狠，都怪母后无用，我儿命苦啊……"

周延安抚了一番，问起了正事："父皇最近是何打算？"

上回谢家三公子逃出南城之后，他便知道自己不会有好下场，但没想到，父皇当真会如此绝情，太子说废就废。

收到圣旨时，他是恨不得直接带兵攻到京都，却被几位家臣极力劝阻，这才暂时压住了火气。

可人在封地，不能及时打听到宫中的情况，书信来往怕被人发现，派人传信一两句又交代不清楚，还不如自己亲自来一趟，这才借着运送蜜桃，偷偷潜进宫。

皇后也正愁消息递不出去，忙把宫中的情况都告诉了他："你父皇如今是真把那位当亲儿子了，日日召见……"

周延气得脸色铁青，嘴角一阵抽搐："我看他是老糊涂了。"

皇后一愣，忙去捂他的嘴："太子慎言！"

"孤……我慎言什么，我还是太子吗？"周延喘回一口气，急得打转，"儿臣等不了了，再这般等下去，这天下就当真是那野种的了。"

皇后听出了他话里的意思，自己也曾想过，可这一步太冒险了，不到万不得已不能走："你先别着急，我再想想办法。"

皇上之所以废除太子，问题便是出在靖王身上。

就算皇上肯把这天下交给那野种，也得看天下百姓答不答应。

只要生而为人，谁又没有父亲？

"这宫里太危险了，你先且出去，千万别让人抓到把柄，明儿等我的消息便是。"

翌日一早，皇上刚更完衣，外面的太监便进来低声禀报："陛下，皇后娘娘来了，说是给皇上亲手熬了喜欢的鱼粥。"

太子被废后，皇上也听说了皇后生病的消息。

见她这几日，除了昨日宣见了一回靖王，并没有生出什么幺蛾子，他心头到底念着夫妻一场："宣进来吧。"

片刻后，皇后提着食盒走了进来，两三日不见，脸上带了病容，人确实消瘦了不少。

弄成这副模样，不过也是为了自己的儿子操心，皇上心头一软，关心道："听说最近身子不适，可宣了太医？"

这等子迟来的关怀，又有何用？

这两日她躺在床上，滴米不进，他可有派人来问过一回？自己怕是何时死了，他都不知道。皇后心口一酸，压住翻涌的情绪，笑着道："多谢陛下关心，臣妾无碍。"

皇上给她赐了座。

见两人难得坐到一块儿用饭，皇上好心劝说："早前便同你说过，慈母多败儿，这回的事，就应该让他吸取教训，洗心革面，好好做人，你也不必再为他忧心。"

皇后的心顿时凉了半截。

那是他的亲生儿子，他真能狠得下心。

可怜了她儿，被自己的父亲抛弃，如今还要她这个做母亲的也不管了。真让那野种坐上皇位，回头再要了他的命吗？

他周渊当初能坐上皇位，什么阴谋诡计不知，她就不信，他想不到这些。

他想到了，但他故意装作不知。

虎毒尚且还不食子呢。

"陛下说的是。"皇后拿起玉箸，替皇上布菜，轻声道，"陛下，臣妾倒是有一桩好消息。"

皇上疑惑地看向她："有何好事？"

"臣妾昨儿夜里听底下的人禀报，有一位从荆州过来的男子，在城门前往来了几回，非要嚷着见陛下。臣妾得知后，怕是什么心怀不轨之人，便替陛下把人叫到了跟前，本打算严刑拷问，那人却跪在地上，一声声叫着周娘子的名讳，一番盘问，臣妾才知，那人竟是当年辜负了周娘子的负心汉，靖王的亲生父亲。"

皇上上了年纪后，很怕吵，昨儿个几个太监才把树上的蝉捉干净，此时皇后说完，耳边便没有半点声音，死一般沉寂。

一旁的刘昆吓得不敢喘气。

皇上眼睑先猛颤了两下，手中瓷勺轻轻地搁在了碗里，一双眼睛眯起来，盯着对面的皇后，眸色带着探究，慢慢地越来越凉，轻声问她："靖王的生父？"

皇后心跳得极快，有心虚有害怕，可事情到了这一步，自己已没有了退路。

她不敢再去赌皇上对他那位养子的感情，会到哪一步。

怕这么等下去，她的儿子便彻底没了翻身的机会。

即便皇上想认靖王，可他始终只是一个养子，一个连父亲都找不到的野种，有何资格来夺她儿子的皇权。

皇后定住心神："那人能说出周娘子早年在荆州之事，说知道周娘子是何时怀了他孩子……"

跟前的木几，突然被皇上掀了起来。

木几上的汤水砸了皇后一身一脸，滚烫的粥贴在皮肤上，皇后一声尖叫，双手护住自己的脸。

皇上起身，立在她跟前，面色因愤怒变得狰狞，厌恶地看着皇后："朕当你元氏已知错，改过自新了，没想到你竟敢来算计朕。何人给你的胆子？是前太子还是你元氏一族？"

两人成亲二十多年，皇上多数时候不怒自威，何曾如此大动过怒气。

皇后身子微微颤抖，目露惊恐，头伏在地上哭着道："陛下，臣妾到底是哪儿错了？延儿他不只是臣妾的儿子，也是陛下的儿子啊！陛下忘了，他刚出生时，陛下把他抱在怀里，曾笑着替他赐了名，何其喜欢……"

"朕待他不好吗？他一生下来，朕就封了他为太子，只要他品行端正，做好自己的本分，等朕百年之后，座下的这把龙椅迟早是他的。可他都干了些什么？你元氏又干了些什么？贪心不足蛇吞象，真以为这天下就是他一人的天下，可以胡作非为吗？错矣！天下非一人之天下，乃天下之天下也！朕给过他机会，走到今日这步，他怪谁？皆是他咎由自取，德不配位，这天下要是落在他这种人手里，朕才会成为千古罪人。"

"陛下……"听出了他话里的意思，是不打算再给她儿机会了，皇后急忙爬过去惊慌地去拽他的袍摆，"臣妾知错了，延儿也知道错了，陛下，咱们把他叫回来，好好教导，他定不会让陛下失望，陛下，他是您唯一的儿子啊。"

到了这时候，元氏还不知道检讨过错，还打算拿这个来要挟自己，简直是既愚蠢又恶毒。

"那你想错了！"皇上冷冰冰地看着她，"你不是在查靖王的父亲是谁吗？朕告诉你，他是谁。"

皇后一怔。

皇上冷笑道："就是朕！朕就是靖王的亲生父亲，你高兴了吗？满意了？"

皇后瞪大眼睛，惊愕地看向皇上，那如老鹰一般锐利的眸子里阴霾密布，却不像是在说谎。

这等事不仅关乎他自己的颜面，还关乎着整个大鄞，且他一个九五之尊，又何须说谎。

细细一回想,往日被忽视的种种疑惑,全冒了上来。

周围的村民从未见到周娘子与男子来往,可周娘子的肚子却突然大了。

周家的三个兄长知道后,并没有去找那负心汉讨回公道。

周娘子的大兄长回来陪在身边,一直到生产……

孩子从一生下来就姓周。

周娘子离世,他毫不犹豫地将两岁不到的幼童带在了身边,从小以父自称……

登基之后,周家的两个兄弟都封了王位,却独独不给周娘子追封公主的名号。

皇后终于明白了康王当初对自己说的那句话,是何意。

他们兄妹……

皇后周身一凉,脸上没了半点血色,如此瞧来,怕也不是什么真兄妹。

难怪……

他将最关键的中州藩地给了靖王,对靖王比对太子还亲,太子为何能说废就废,因为他不只有延儿一个儿子,靖王才是他的长子。

皇后突然疯了一般,又哭又笑:"陛下还说什么要把皇位留给我延儿,您这一招瞒天过海,就是要我延儿替您那位私生子铺路啊!陛下难道忘了,当年若非我元氏一族,您何以能如此之快,在京都站稳脚跟?"

"如何?你元氏还有其他想法,不归顺天命,要与朕在朝堂上相抗?"皇上冷声嗤笑,"朕倒是想问问你元氏,当年谢仆射举荐元老为朕国舅,说元老恪守本分,你元氏温婉得体,与朕配得上。结果元老一去,你元家便忘恩负义,处处算计于谢仆射,在朝堂上作对,如今更是对其一家赶尽杀绝。谢仆射英明了一辈子,恐怕也就在你元家身上,折了自个儿的名声。"

"朕再说一回,太子如此,是他品德有亏。"皇上不想再看她一眼,冷声道,"送皇后回去,没朕允许,不得踏出宫门半步。你好自为之。"

"陛下……"

皇上走出寝宫,头也不回,刚到门外,便见靖王立在白玉阶下,脸色僵硬,动也不动。

皇上一愣,突然有些紧张,小心翼翼地看了过去。

到了不惑之年,都已为人父,没了少年时的叛逆,也没了青年时的冲动,看尽了人世之情,再大的事似乎一切都能平静了。

可也正因为如此,更难以开口,皇上张了张嘴:"朕……"到底是不知道该如何说下去。

良久后,靖王先问:"她是谁?"

皇上立马回答道:"她姓谢,单名一个念字。"

她并非周家人,大酆之前战乱不断,他们三兄弟也曾跟着父母几度搬迁,在一场战乱后,他遇到了一位深受重伤的妇人。

那妇人临终前,把尚在襁褓中的女婴交给了他,告诉他,女婴叫谢念。

父母将谢念领养在身边,把她当成了他的童养媳来抚养。

长大后,她也随着他唤父母为爹娘。

搬去的地方多了,渐渐地没人再认识他们,也没人再清楚他们的过往,所有人都以为她是周家娘子,连父母也慢慢地默认,最后还将其写到了周家的族谱上。

可在他心里,从未把她当成妹妹。

她十六岁那年,他给过她选择,问她可有心仪的人家,她主动上前抱住他,羞怯地同他道:"我只愿做兄长之妻。"

面对她的柔情,他没能拒绝,当日两人便穿上了喜服,对着父母的亡灵拜堂成了亲。

她是他的第一位夫人,靖王周谦便是他的嫡长子。

这辈子,他最对不起的女人,便是这位糟糠之妻,她陪着他走过了最艰难的日子,却没能熬到自己功成名就,没有过上一天的好日子。

登基之后,他没能封她为皇后,甚至连身份都没给她,他从不怕流言,但他却不能让他们的儿子受世人指点,唯一能做的,是将她的尸骨安葬在了自己的皇陵,等百年归去之后,便去与她同穴。

今日若非元氏胡乱攀扯,这桩秘密他这辈子都不会说出来,他和靖王也永远都只是养父养子的关系。

可如今已经被靖王听到,他便再也没有隐瞒的必要,又告知了她的身世:"她乃谢仆射的亲姑姑。"

真相被揭开,一切都明朗了。

为何当年父皇攻入京都后,在那么多的人才中偏生看中了谢道林,将其封为开国第一丞相。

又为何谢道林会在风光最盛之时,甘愿辞官,回到凤城。

儿时他并非不介意,也曾无数次地问过父皇,自己的父亲是谁,都没能得到答复。靖王僵住的神色,慢慢地变淡,目光一片黯然。

皇上一直看着靖王,见他如此,心头一抽,哑声道:"是朕对不起你们母子……"

靖王没应,片刻后行礼道:"父皇若无要事,儿臣先告退了。"

知道他一时接受不了,皇上也不勉强他,忙点头道:"行,你先回府上,好好歇息。"

前太子周延藏匿在京都，等了一天的消息，没想到等到的却是这样的晴天霹雳。

靖王竟然是父皇的亲生儿子，且还是长子。

那自己算什么？

胸腔的怒火将他整个人都烧了起来，坐立不安，原本应该属于自己的东西，被别人半路而劫不说，如今还来告诉他，那位一直被他尊敬，且以为只爱他一人的父皇，除了自己，还有一个私生子。

自始至终，父皇爱的只有那个儿子。

自己的太子之位没了，父亲也没了。

突然的落空如同被人遗弃，内心的恐慌化为了无尽的愤怒，不断拍打他的胸腔，吞灭他的理智。

他比任何人都明白，此刻要是自己不争不夺，便彻底一无所有，他的家，他的江山，他所有的一切，包括性命，都将消失。

周延沉下心来，吩咐身边的随从："立马传我命令，即刻派兵进中州，不惜一切代价，屠了凤城。"靖王不是来夺他的家吗？那就先让靖王的家人陪葬。

至于这京都，不是他不仁，而是父皇太让自己失望了。

从暗桩出来，周延压低头顶的草帽，带人穿过暗巷，一路到了元相的府邸。

元相也刚收到消息，同周延一样，内心极具震惊和惶恐，靖王一旦被立为太子，不只是周延和皇后，还有他元氏一族，一个都逃不掉。

是坐以待毙，还是放手一搏？

成了能登天，可一旦败了，便是灭族的灾难。

自己再加上前太子，到底有多少胜算，足不足以让他赌上全族人的性命，去冒这个险。

正打算派人去南城，先探探前太子的想法，人还没走出府邸，门房便过来悄声传话："殿下来了。"

今儿傍晚的一场火烧云，把天空烧成了血红。

京都的几道城门，日落前准时上了锁，到了亥时，靠近闹市的新宋门、固门、卫门，三扇城门却悄悄地敞开。

冷月下，几队铁骑，悄无声息地闯入了城门之内。

街头上热闹的人群没有半丝防备，突然被闯进的马匹冲散，惊魂未定，完全不知道发生了何事。

等行门指挥使得到消息，铁骑已兵分两路，一路杀向靖王府，一路到了皇城脚下的内城门。

"报——"一道呼声，惊醒了守城的兵将。

与此同时，沉睡中的内城门，也被震耳的马蹄声划破了宁静。

铁骑来势凶猛，熟门熟路地到了旧宋门，很快架起了云梯，爬到一半之时，突见漆黑的城门上方亮起了密密麻麻的火把，火光的光亮，把底下众人惊愕的神色照得清清楚楚。

也包括了前太子那张狰狞的面孔。

还没等前太子想明白是哪里出了岔子，一支马军司的骑兵，以雷鸣不及掩耳的速度，从左右两侧杀了过来，将其围在了中间。

厮杀声伴着血腥味，半夜才消停。

温殊色坐在灯下等了半宿，这回不仅郎君没回来，连闵章都没回宅子了。

倒不像是同她置气。

要是置气，昨夜他不会回来。

可惜昨夜她没把握好机会，知道自己酒后失了德，没那个脸再上门，本想等今日人回来了，她去问问，七巧节要来了，他有没有什么想法。

等到半夜，还没见到人影，估计八成是回不来了，她灭了灯刚要入梦，门外便传来了晴姑姑的声音："娘子……"

温殊色翻身起来，打开门，晴姑姑提着纱灯立在门外，神色着急："刚才文叔来了，说是今儿夜里前太子造反，内城门那边都快血流成河了，马军司的人也在里面……"晴姑姑还没提到"姑爷"二字，温殊色的脸色已经煞白。

温殊色返回屋内，匆匆忙忙地套上外衫，顾不了那么多了，坐上文叔的马车，一路赶往马军司。

马军司一片灯火通明。

伤员不断从内城门往里抬，赵淮和闵章把人从马背上抬下来时，湿漉漉的一摊血迹，已顺着马背往下滴。

"快，宣军医！"

两人把人抬进了屋内，军医很快上前查看，只见一支铁箭头，穿过了榻上人的肩甲骨，人倒是清醒的，面色却没有半点血色："我没事。"

赵淮眼皮子一抽。

自己在马军司待了两三年了，见过不要命的，可还从未见过像谢都虞这等拼命之人。

今夜，谢都虞临时叫上了所有的人马，埋伏在了内城门，只说了一句："想要立功的，就给我打起精神来。"

所有人都不知道出了何事，怎么也没想到前太子会造反。

马军司这一队人马，见到叛军时，确实个个都很兴奋，谢都虞更是发疯，竟一人冲进重围，在一众铁骑的刀枪下，生擒了前太子。他们要是再慢些，估计这会子人也就没了。

自大鄸建国,京都已经太平了二十余载,从未发生过动乱,今夜突然一场兵变,众人都没反应过来。

大半夜街头的人聚成了堆,宾客连姑娘戏曲儿都不看了,齐齐从酒楼茶馆里走出来,望着内皇城的方向,议论纷纷。

行门侍卫已在街头巡逻。

百姓个个都围了上去,询问里面的情况:"官差,贼人可压下来了?"

官差倒是给了大伙儿一颗定心丸:"区区叛贼,有何可惧。"

众人松了一口气,又有人问道:"是何等贼人如此大的胆子,敢在天子脚下叛变,陛下贤名,有目共睹,此人何等奸心,是要让大鄸百姓再次陷入战乱啊……"

"是啊,是啊……"

官差这回没答:"不该问的别问,总之是贼人没错。赶紧回去,到底是命重要还是瞧热闹重要……"

见官兵开始赶人,众人这才慢慢散开。

人群中走来两人,还在议论:"当朝能带兵悄无声息闯入城门之人有几个?听说要不是马军司的人及时把人堵在了内城门,今夜谁胜谁输,还真说不定……"

"行门这边烂了一堆,没有一个管用,光靠马军司三百余人去厮杀,也真是倒了血霉……"

温殊色心已悬到了嗓门眼上,再也不敢多听,把帘子一放,催前面的人:"文叔,再快一些。"

见她神色紧张,晴姑姑出声安慰:"娘子放心,姑爷吉人自有天相。"

听了这一路,温殊色哪里还能放心,急得声音都变了调:"姑姑,他要是有个三长两短,我这辈子该如何心安?早知道昨儿夜里说什么也要进屋去,把该说的话都说了。"

温殊色悔得肠子都青了:"天底下哪里我这样当人娘子的,先是一刀子把他戳得千疮百孔,前儿一壶酒再喝下去,险些又没把他气死。"她越想越觉得自己对不起他,"这回他要能平安回来,他想干吗就干吗吧,我定不会再逼着他了。"

晴姑姑继续劝说:"娘子先且不要自责,姑爷人聪明着呢,之前在太子的地盘都能完好无损地逃出来,如今在京都天子脚下,岂会出事……"

话虽如此说,等马车到了军营,见到里面进进出出全是伤员,一番人仰马翻的情景,晴姑姑心头也不免害怕了起来。

温殊色下了马车，匆匆进门，刚报上谢都虞的名字，便见侍卫一脸沉痛，一句话没说，埋头把人带了进去。

温殊色腿都软了。

一路上遇到好几拨盖着白布的担架，她想看又不敢看，生怕那担架上的白布一揭下来，看到的便是郎君的脸。

谢劭肩头上的箭头已取了出来，消毒后上了药，绑好了纱布，虽没伤到要害，但皮肉之苦免不了。

人躺在床上，疲倦地闭上眼睛，可伤口疼起来，脑袋也跟着一跳一跳，根本无法入睡。

闵章也受了伤，知道谢劭没事了后，下去找军医包扎，赵淮留下来守门。

赵淮刚推开房门，端着一盆血水出去，便听到了廊下的动静，抬起头，见一名侍卫领着一位小娘子匆匆下了闯堂。

此时虽是半夜，但军营里到处都是灯，亮堂如白昼。

小娘子一套雪色襦裙，绯色拖地腰带，裁剪冰绡，从一堆凌乱的刀枪旁走来，轻裾随风还，恍若画里跳出来的仙子。

赵淮一愣，这大半夜能寻到这儿来的，不用猜也知道是谁。

先前底下的人听说新来的谢都虞已经成了亲，众人还曾私下议论过，到底是什么样的小娘子，才配得上头儿那等绝世容颜。

如今一见，方才明白，还是自己见识少了。

这天底下还真就有配得上头儿的小娘子，一个俊俏，一个美艳，老天确实是个偏心眼儿，所有的眷顾都落在了头儿身上。

见人到了跟前，赵淮回过神，忙收回目光，毕恭毕敬地站着，唤了一声："夫人。"

温殊色却顾不得应他，一双眼睛直勾勾地盯着他手里的水盆，神色哀痛至极，没等赵淮反应过来，抬步便闯了进去，哭着喊道："郎君，我来晚了……"

赵淮来不及提醒，人已经进去了，只一脸愕然地站在那儿。

几乎是小娘子开口的瞬间，里面躺在榻上的人便立马睁开了眼睛，可在人闯进来的瞬间，又把眼睛闭上了。

这个时候，谢劭没料到小娘子会来，原本也没打算告诉她，是不想让她担心，但她还是来了，心头竟然有些欣慰和期待。

在南城山谷中，他身处险境，她前来找到自己的那一刻，还曾激动地扑进他怀里，痛声哭过。

如今自己这般身受重伤，躺着这儿，不知道她会怎样。

但能这般着急，想必是担心了。

金钱名利固然可贵，但比起一条活生生的人命，便显得太微不足道，自己受的这番苦楚，若是能将她的良心唤回来，也不算亏。

常言道失去了才会珍惜，等她再体会一把失去自己的滋味，便会想到自己的好，才会去反省她对自己说的那一番话，有多不应该。

适才赵淮怕影响他休息，屋内只留了一盏灯，床榻又靠里放在墙边，光线更暗。

温殊色进屋，望了一圈才找到人，一眼看过去，全身就数那张脸最为明显。

太白了。

温殊色这回是真吓哭了，蹑手蹑脚地上前，一面给自己壮胆，就算是真的见了阎王，那也是她的夫君，不会来害她，一面又害怕他真的醒不过来。她颤颤巍巍地摸到了床前，不敢去看，闭眼先一把拉住了他的胳膊，摇了摇："郎君，你醒醒，睁开眼睛看我一眼……"

唤了半天，榻上的人一动不动。

人都摸到了，似乎也没那么害怕了，她近距离看清了那张脸，当真是毫无血色，连嘴皮都泛白裂开了。她呜咽得更厉害了："郎君，你别吓我，你身上不是藏了不少刀子吗，上回你在船上'咔嚓'一声便割了那刺客的喉咙，多威风的劲儿，我一直都记得呢。在南城连太子都奈你不何，怎么这回就栽了这么大个跟头，掉到阴沟里去了……"

听那哭声，悲痛欲绝，小娘子许是真以为他死了，继续抱着他摇："郎君，我是你娘子，你别丢下我好不好，我错了……"

脑花都快被她摇散了，他仍努力屏住呼吸，等着她往下说，她到底错在哪儿了。

可还没等到下文，突然"啪啪"两巴掌，拍在了他脸上。

谢劭心中惊愕万分，怎么也没想到，自己都已成这样了，小娘子竟然还狠心下毒手。当小娘子的手在他胳膊上掐捏了两下后，他终于没忍住，咬牙出声："别叫了，我还没死。"

小娘子一瞬熄了声，连哭声都没了，一双眼睛直愣愣地看着他，等着他睁开眼睛。

两边脸颊还在疼，胳膊也疼，谢劭是真不想看见她，眼睛睁开，也没往她脸上瞟，不再存半分希望："抱歉，没死让你失望了。"

他怎么能这么想呢。

温殊色赶紧摇头，心头一慌，也不知道为何，便吐出了一句："没有，我只是想该怎么称呼郎君……"

谢劭一愣，目光到底是看了过去，昨儿一日不见，小娘子越发光彩了，随后便从她那双无辜的大眼睛内，明白了她这话的意思。

小娘子睚眦必报，果然没长心，他都快要死了，她还不放过，还要在他心口上来上一刀。

除了她酒后失德，两人好几日都没好好说过话了，如今一开口，颇有了一种雪上加霜，再也好不了的趋势。

他一时不知道是该把她毒哑，还是把自己耳朵戳聋。

他胸膛一室，呼吸跟着急促。

温殊色似乎也意识到了自己这话是有多要人命，赶紧道歉："郎君别生气，无论你姓什么，你都是我郎君。"

她还是别说话了，让他自生自灭吧。

他扭过头不再看她，也不想再同她说话，怕自己没死在前太子的箭下，被小娘子的一张嘴活活怄死了。

温殊色却极为高兴，知道郎君没死，还好好活着，比什么都高兴。

不管他愿不愿意搭理自己，她自顾自地忙乎了起来，体贴地替他张罗："郎君渴不渴？"

不等他点头，她贴心地在他的后颈子下垫了一个枕头，把人给撑起来，小心翼翼地把水杯递到他嘴边，轻声道："郎君，一次别喝太多，慢慢来，别呛着了，先润一下唇……"

水喂完了，她又问他："郎君饿不饿？"依旧不待他回答，她起身出了一趟房门，很快折回来，也不知道从哪里寻来了两个蜜桃，用刀子削了皮，再切成小块，一块一块地塞进他嘴里，"甜吗？"

小娘子的殷勤暂时缓解了她那张嘴对自己造成的心理伤害。他突然发觉她只要不说话，人也不算太坏……

"我知道郎君疼，睡不着觉。小时候兄长同人打架，被人在后背上戳了暗刀子，半夜嗷嗷叫，非要我在跟前陪他说话，说是只要听到我的声音，就不那么疼了，后来我才知道，我读了半宿的书，他压根儿就没听，早就睡了过去……"

经历了一场生死，走了一遭鬼门关，身子到底是太虚，他听着小娘子的声音，疼痛似乎渐渐地平静了下来，困意越来越浓。

不知过了多久，察觉到郎君脸上的疲惫，温殊色没再出声，微微凑近，看着他胸前裹住的纱布，血迹一层一层地浸到了外面，并不比裴卿上回的伤势轻。

一定很疼吧。

她将手抬起来，用自己的小巴掌，轻轻缓缓地替他扇起了风。

不知道是不是管了用，郎君终于睡了过去。

一夜漫长，等谢劭再睁开眼睛，外面已经大亮。人一醒过来，胸口的疼痛便尤其明显，他转头打算叫闵章进来，意外地看到小娘子竟还在。

人正趴在他床边，睡得香甜。

压在胳膊上的半边侧脸，已经变了形，此时一张嘴微微张开，嘴虽小，可那两片嘴唇却红润饱满。

瞧那副憨态，应该是趴了一个晚上。

他心口突然一暖，几次生死关头，都是小娘子陪在身边，比起这份情谊，先前的一切似乎都没什么好计较的。

他甚至起了一个连自己都想唾弃自己的念头。

势利就势利吧，哪个小娘子不势利呢，大不了今后自己尽量满足她，能得来这片刻的回报，也挺不错。

他睁眼仰躺在榻上，没出声也没去吵醒她。

过了一阵，闵章带着军医进来换药，趴在床边的温殊色才被惊醒，她脸上的睡意还未退去，慌忙直起身来，先看向榻上的谢劭。

四目相对，郎君的眸子大大地睁开，亮堂又清明。

还好，是活的……

见闵章带着军医进来换药，温殊色怕自己妨碍到，退到了一边站着。

同上回裴卿一样，他上身除了肩头绑住的纱布，也没有穿衣，但夜里盖上了被褥，只露出来了半边肩膀。

此时军医来上药，闵章上前先把他身上的被褥揭开，纱布下的一大片胸膛全部露了出来。

温殊色想瞧他的伤口到底有多严重，人凑得近，瞧得也认真，冷不防地看到一抹春光，目光突然被闪到。

可也只是晃开了一瞬，她又转了回来。

怕碰到他伤口，军医用上了剪刀，小心翼翼地剪开他肩头下的纱布，花费的时辰有些长，白茫茫的纱布没什么好瞧的，温殊色的视线不禁慢慢地错了位。

上回郎君大大方方地求着她看，温殊色却没怎么好意思，如今不同，借着堂堂正正的理由，看得正大光明。

这个角度，看得更清楚。

她实打实摸过一回，知道他的胸膛并不单薄，果然，从胸膛到腰腹，一块一块的肌肉，像是她小时候玩过的木头方块，不需要上手，用眼睛都能感受到，一定很结实，且随着他呼吸一起伏，似乎蕴含了某种她非懂却又似懂的力量。

再往下，便是裤腰……

非礼勿视。她不动声色地收回目光，自以为心思隐藏得很好，不经意地往郎君脸上一瞟，便对上了一双漆黑沉静，看破了一切的眼睛。

心虚肯定是心虚的，温殊色慌忙撇开视线，打算死不承认，尽量让自己的神色看起来一本正经。

军医终于剪开了纱布，露出里面缝合上的伤口，足足有五指那么宽，血迹已经干涸，黏在一起触目惊心。

谢劭的视线还没来得及从她脸上收回来呢，便见她打了个冷战，做出一副牙酸的表情，同时脚步也在往后退去。或许察觉到了自己的表现有些太过，她又假模假样地关心道："怎么这么严重？"

他算是知道了，只要和她在一起，自己情绪总是控制不住，忽上忽下，比跳崖还刺激。

谢劭眼睛一闭，胸口疼倒是不疼，就是堵得慌。

军医开始换药。

温殊色没敢往他伤口上看，光是瞧见他额头泛出来的水光，便知道他一定很疼。

可能怎么办呢，她什么忙也帮不上，情急之下上前抓住他的手，手指头擅自穿入他的指缝中，紧紧一捏，与他十指相扣。

她虽不能替他分担，但儿时她肚子痛时，祖母便一直握着她的手，痛感当真能缓解不少。

这番一直握着他的手，郎君也没挣扎，直到换完了药，她才松开。

等军医一走，温殊色又坐在了他的榻边，看着他被白纱重新绑住的肩头，嘘寒问暖："郎君感觉怎么样了，还疼吗？"

刚才那眼里的嫌弃明明白白，此时语气里的关切和紧张也不假，他终于明白，她不是对自己完全没有感情。

纯粹是个没心没肺的。

往后的日子是好是坏，恐怕还得靠自己来引导。

疼还是疼的，那么大一个铁箭头穿进身体内，血都流了那么多，能不疼吗？但大丈夫怎能言疼？他微微皱了下眉，没说话让她自个儿去意会。

温殊色自然看了出来，一副心疼却又不能替他分担的着急模样："郎君再忍忍，等伤好了，我带郎君去酒楼，摆上几桌，郎君想吃什么咱们就点什么，庆祝郎君大难不死，后福无疆……"

摆几桌，倒也不用。

上回的三十两银钱，一半乃靖王周济，另一半还是从许指挥那儿借来的。

俸禄未发，连小娘子的吃穿用度都满足不了，哪里还有银钱去挥霍。他谢了她的好意："不用铺张。"

温殊色不赞同了："这怎么能算铺张呢？郎君才从鬼门关回来，花多少银钱都值得……"

谢劭不吭声了。

怕自己再抠搜下去，惹急了小娘子，又得埋汰他无用，他想了想，道："应该会有赏银,去庆祝一回也无妨。"

受了这么重的伤,人都险些没了命,皇上要是连赏银都不给,岂不是寒了人心。温殊色点头:"赏赐没个上千两黄金,不升两级官品,郎君这一遭罪都白挨了。"实则按她心底的想法,黄金万两都不够。

郎君的性命千金不换,乃无价之宝。

她心头的话没说出来,谢劭听到她所说的,便是另一种解读。

那日知道前太子来了京都之后,谢劭并没有立即向上禀报,藩王无召进京,顶多警告一番,受点物质上的处罚,不痛不痒。

谋逆不一样。

等到前太子攻入内城门,便坐实了杀头之罪,能斩草除根,还能为自己谋一份官职,何乐而不为。

他一番策划谋算,等着鱼儿上钩,冲着的便是这份功劳。

他立了大功,皇上必然会给赏赐,可被她如此明码一标价,突然又有些忐忑了,万一达不到她的预想,小娘子是不是又会失望。

也没让他等多久,午时后,宫中便传来了消息。

昨夜元相元明安与前朝余孽勾结,大敞三道国门,引逆贼入大酆皇城,幸而被马军司谢都虞及时察觉,率领马军司三百余名侍卫,将其围在了内城门外,这才避免了一场后果不堪设想的祸事。

元明安及其同党当被押入大牢之前,自知没了后路,当场自尽。

马军司许指挥和靖王连夜追击同党,于天亮之前,将所有的前朝余孽,尽数收入网中。

皇上勃然大怒。谋逆者,无一例外,统统处死,在朝为官的元家儿郎全被黜,连皇后元氏都没能幸免,废除皇后封号,贬为庶人。

消息一出,一片哗然。

元家都已经做到了国舅的位置,朝中权势一半在他手里,还有什么不甘心的,要去勾结前朝余孽,灭自个儿的前程呢,这不是脑子有病,纯属找死吗?

短短半日,民间和朝堂便传出了无数种揣测,接下来的几道赏赐,便把大伙儿心中的猜测集中推向了一个方向。

赏赐一,马军司都虞谢劭,识破元家谋逆之心,并生擒逆贼,当居首功,赏黄金千两,封为殿前司指挥使,官职从三品。

赏赐二,谢仆射谢道林,虽辞官归乡,依旧心系朝堂,对其子教诲有方、循循善诱,即刻起官复原职。

赏赐三,靖王周谦,品德秀整,节俭爱民,贤明果决,且在此次兵变中镇压及时,没让逆贼逃出城外,立下大功,被册封为大酆太子。

这几道圣旨一出,如同地龙翻身,震惊了朝野。

没等大家过多猜测,朝中不断有人被大理寺传唤,牵扯进去的人,都是前太子周延一党,慢慢地,众人便也看明白了。

这怕不是什么前朝余孽,而是前太子同靖王的一场党争。

前太子被废,贬回东州,眼见大势已去,剑走偏锋,连同元氏一道谋逆,可惜没能成功,被谢家和靖王一道镇压,生擒交给了皇上。

皇上大失所望,为了巩固大鄄的江山,这才不得不放弃自己的亲生儿子,改立养子为太子。

这回也没人觉得奇怪了。

怪谁呢?一步错,满盘皆输。

从出身便身居高位,还是皇上唯一的亲生儿子,就算资质平庸,只要无大错大过,便会成为下一代君主,没想到竟然走到了这一步。

地牢内,前太子一身狼狈,手脚被铁链锁了起来,头发披散在脸上,再无往日的威风,可那眸子里的火焰,却没灭,一声一声地呼道:"我要见父皇,你们让他来见我……"

牢头被他吵得头疼,谋逆造反,都敢把刀对着自己的父皇了,到了这步,他还想要如何?牢头好心劝道:"殿下还是省点力气。"

"让他来见我,否则我死都不会安息,必要到他榻前好好问问他,身为人父,他可有半点公允!"说着说着,周延突然疯了起来,"我母亲才是大鄄的皇后,我才是他的嫡子,他周谦算什么东西,就是个私生……"

"你这个孽障!"话没说完,突然被一句呵斥声打断。

牢头一惊,回头忙跪在地上:"陛下。"

周延也立马住了嘴,一脸惊恐,朝着那道声音的方向望了过去。

皇上身上还穿着寝衣,匆忙之中,只披了一件大氅,此时双目通红,怒视着前太子。对于这个自己付出过心血努力培养的儿子,他恨其心性不正,屡教不改,更恨其不孝不义,敢把刀对上自己了。

这个逆子今夜是想攻入京都,杀了自己,登上皇位吗?

前太子周延终于回过了神,看着皇上,激动地喊道:"父皇,父皇您终于来见儿臣了,是儿臣错了……""扑通"一声,他跪在地上,膝盖并行地爬到门口,攀住牢门,失声痛苦,"父皇,儿臣错了,您就原谅儿臣吧……"

皇上一声冷笑:"朕原谅你?你都敢举兵来要朕的命了,你要朕如何原谅你?"

"父皇,是儿臣一时糊涂,儿臣怎可能会谋害父皇……"周延知道自己干了什么,也知道皇上不会再原谅他,可依旧存了一丝希望。

他不信，不信小时候抱着自己笑得开怀的父皇，会当真要他的命，脑子一闪，突然道："是、是母后，是她劝说儿臣，说若是儿臣再不把握住机会，不把那个野种除掉，父皇便不会要儿臣了，儿臣只有死路一条……"

皇上看着跟前，恍若得了失心疯一般的人，眉心突突两跳，不敢相信，他是自己的儿子。

今夜他是念着父子一场，才前来见这逆子一回，想听这逆子到底是有何苦衷，是没吃没穿，还是没地方住了，能逼到举兵造反的份上。

如今听到这逆子一番言语，也不需要问了。

本以为这逆子这回无论如何也知道错了，却没想到，他不仅有弑父之心，还有诛母之意。

元氏固然有千般不是，但对她的这位儿子无话可说，从小极为宠爱，费尽了心思，临死前一刻，还在为他求情，求自己给他一条活路。

可他呢，是何等的狼心狗肺？

为了开脱自己，居然把错处都推到了元氏身上。

皇上自问从小对周延的管教，并没有半点疏忽，怎么就养出来这么个不是人的东西。

气血猛地蹿上来，皇上眼前突然一黑，身子也跟跄了几步，被身旁的刘昆及时扶着："陛下当心身子……"

周延见他如此，以为他不信，还在继续诉说："父皇，还有元明安，是他怂恿儿臣，告诉儿臣，只要国门一开，儿臣便有五成的把握……"

他还在狗咬狗。

"你混账！"皇上猛地吼出一声，骂完似乎用尽了全身的力气，抬起手指，虚弱地指向前太子，"你看看你，你可有半点我周家的血性？你要是承认了你自己想造反，朕还高看你一眼，你不知悔改，这时候还在为自己推脱。百善孝为先，万恶淫为源，你三岁之时，我便手把手教你写下了这几个字，如今你二十有三，有妻有儿了，竟还没学会……"

皇上颤抖地上前两步，把手中那份元氏留下的血书，扔到他面前："亏你母后为了替你求情，宁愿自缢于寝宫，也要朕留你一条性命。你做了什么？竟然还想要她的命！她是你母亲，连父母都容不下之人，何配为人？你又有何资格来肖想这天下。"皇上满目都是对他的失望，痛声道，"朕这辈子做得最对的便是，废了你的太子之位。"

周延震惊于皇上的话。

听到那句母后自缢于宫中之时，他便没了半点声音。

周延愣愣地看着皇上手中那块写满了血红字迹的白锦，轻飘飘地落在了自己面前，他面色一阵恐慌，双目无神，良久才伸手，颤抖地拾了起来。

皇上再也不想看他一眼，转身吩咐道："即刻送他到荆州，没有朕的允许，不能踏进京都半步，若再犯，不必再留。"

即便到了这时候，念在元氏以死护子的分上，皇上终究还是留了他一命。

今日除了那几道明面上的赏赐圣旨，马军司的所有人也都得到了赏赐。

包括许指挥，升为禁军副统领，官阶上调一级。

马军司的侍卫不仅拿到了真金白银，每个人的头上都记了一道军功，有的人已在马军司干了五六年，一直没机会出头，这回总算扬眉吐气了。

大伙儿心头也都明白，若非谢都虞，压根儿就没他们什么份。

昨夜虽说谢都虞提前通知了殿前司，可那帮子人堵在城门上，架势做得足，一见到底下的人是前太子和元相后，便开始犹豫，真正动手的都是马军司。

马军司三百余人倾巢而出，自有折在内城门再也回不来的，能上马军司的人，从来不怕死。

即便是死，也立下了头等大功，为家族争了光。

他们怕的只是蹉跎了岁月，离开军营的那一刻，依旧默默无闻，再也没有了施展自己的机会。

知道谢劭来日便要去殿前司，不少人都想跟随。

黄昏时，等温姝色替谢劭穿好了衣衫，准备接回宅子养伤之时，赵淮最先进去，到了跟前，二话不说，直接拱手跪下："头儿，你带我走吧，我想跟着头儿，能干大事。"

谢劭觉得赵淮找错了人，这会子他什么大事都不想干，只想回去好好睡上一觉。

朝廷的赏赐一下来后，他便彻底松了一口气，无论是赏钱还是官品，都满足了小娘子所说的价位。

瞧得出来小娘子很满意，小娘子满意了，他才能放松。

他特意向许荀打听过了，殿前司指挥使一职，每个月的俸禄为五百贯，这还不是所有，算上服饰、粮食等各种补贴，一个月有一千多贯。

一千多贯便是一千多两……应该够喂小娘子这只吞金兽了，暂且他不想再奋斗。

伤口太疼，昨夜要不是周围有这些人时刻盯着自己，为给他们树立好榜样，还有小娘子在身边瞧着，他恨不得大声痛呼。

——痛煞我也。

铁箭头钻进肩胛骨的瞬间，他险些没晕过去，那样的经历，谁会想再来一回。

如今他是有了钱有了官，余生他只想陪着小娘子安稳地过日子。

但如此不求上进，影响军心的想法，他是断然不能说出口的，且小娘子还在身旁,妇凭夫荣,一脸自豪地等着他回话。于是,他坐在榻边,忍痛摆正了身子,看着跪在跟前的赵淮,逼不得已拿腔作势:"待我伤好,凡是愿意跟随我的人,都可前来,大鄘外患一直不断,缺的便是尔等这腔热血,放心,只要你们有真本事,我便不会让你们埋没。"

赵淮神色激动,目光感激又崇拜,再次把手拱到了头顶,朗声道:"多谢谢指挥。"

谢劭点头,作势要起身,小娘子反应迅速,立马上前搀住了他的胳膊:"大人当心……"

从三品,那是大官,担得起一声"大人"。

伤者为大,且还升了官,带了一千两黄金回来,怎么也没理由再让他住偏房了。

回到宅子后,温殊色一路把人领到了自己屋内:"郎君躺下,小心,别扯到伤口了……"

府上没有军医,且已经熬过最危险的那阵,余下换药的活儿,便落到了小娘子身上。

温殊色挺乐意,到了夜里,拒绝了闵章的帮忙,备好了剪子和药膏,上前亲手去扒拉郎君的衣裳。

不得不说,小娘子在脱人衣裳这事上天赋异禀。谢劭看她那架势,似乎恨不得要把他扒光,分明她才是小娘子,却让他突然有了一种自己吃亏的感觉。

奈何自己动不得,只能任她摆布。

他扭过头不去看就好。

衣裳褪干净了,小娘子却半天没动,谢劭心头一跳,回头防备地看向她,便见小娘子目光一动不动地盯着自己的伤口。他以为是又出血了,皱眉问道:"怎么了?"

温殊色没应,突然问道:"郎君以后会留疤吗?"

这不是废话?

那么大个血窟窿,怎可能不留疤,且估计还不小。

不等他回答,温殊色又轻叹了一声:"早知道上回郎君让我看,我就不应该客气,这下好了,我都没见过郎君完璧无瑕的模样。"

温殊色盯着他肩头下像虫子一样爬行的伤口,不知道以后会恢复到什么程度,但也不抱希望,兄长后背的那一刀,比这个浅小多了,如今还有一块伤疤呢。

她越想越后悔,满脸遗憾,一副追悔莫及的样儿,仿佛错过了天大的好事。

谢劭错愕地看着她脸上明明白白的嫌弃,胸口的气息又开始不稳了,自己都瘫在床上不能动了,她还在意什么完璧无瑕。

他明白了,想要和小娘子待在一起需要一颗强大的心脏,可他如今有伤在身,暂时强大不起来,便毫不客气地撵人:"你出去!"

"我不是嫌弃郎君。"温殊色看着又偏过头去的半张脸,知道他又误解了自己的意思,解释道,"郎君放心,无论郎君变成什么样,我都要。"

她戳起人来,能把人心都戳穿,哄起人来,又能甜如蜜糖。

但他如今有伤在身,经受不住这样的起起落落,他无奈地道:"你只管上药,把嘴巴闭上。"

温殊色也觉得自己过分了,忙点头,不再胡思乱想,专心替他换药。她一张嘴虽有些靠不住,但做起事来,却很仔细,生怕把郎君弄疼了,动作很轻,药膏涂完,又小心翼翼地把他扶起来,一圈一圈地替他绑上新的白纱。今儿早上军医换药时,她就在旁边,瞧着简单,如今才知道这是一门技术活儿,自己绑的纱布和军医绑的完全不一样。

很丑,像只蝉蛹。

不能说话,只能靠眼神交流,她抱歉地看向郎君。

谢劭读懂了:"无碍,你下去吧,我要歇息了。"

温殊色一愣,看着郎君闭上了眼睛,她下去,她下哪儿去?这房间还有这床不是她的吗……

如今他回来,顶多也是他们的。

她不想分房睡,奈何自己张不了嘴,只能上前轻轻挠了一下他搭在被褥外的手背,待他一转过头,便动了动嘴,委屈地看着他。

谢劭无力地道:"有话就说。"

她嘴巴一解封,立马噼里啪啦:"郎君夜里离不得人,我得留下来陪你,床这么宽,且我睡觉一向规矩,郎君放心,定不会影响到你……"

她睡觉规矩?还是算了吧。

他没去揭穿她。

他倒也不是怕她吵到自己,昨夜她已经陪着自己熬了一夜。伤口上的麻药一过,疼起来撕心裂肺,他担心夜里忍不住,惊醒了她,便说:"你还是送我回隔壁院子吧。"

见他如此,温殊色只能退而求其次:"我在地上铺一张床还不行吗?"

谢劭作势要起身。

"好吧……"温殊色只能放弃,"我出去。郎君好好躺着,夜里要是疼了,恐怕郎君就得自己忍着了,即便你叫我,隔太远,我也听不见……"

任凭她怎么说,谢劭闭上眼睛,都没动容。

风水轮流转,怎么也没想到自己有朝一日,会被郎君赶出去,但能有什么办法,人家受了那么重的伤,就该捧在手上,有求必应。

让，应该让。"

温殊色拿上换洗的东西，去了谢劭之前的那间屋，床榻上回晴姑姑偷偷收拾过，除了没有主屋的床大，褥子和垫子都一样。

且被褥还是郎君睡过的，她揉在怀里一抱，昨夜陪郎君熬了大半宿，今儿白日也没松懈，一躺下去，困意立马袭了上来。

一觉到了天亮，翌日早上刚起来，晴姑姑便进来禀报："裴公子过来了。"
昨日在军营，裴卿便来看了一回，知道人没事才回到了靖王府。
两个难兄难弟，从凤城出来，一个肚子上戳了一刀，一个肩膀上挨了一箭，九生一死，都去阎王跟前走了一遭，能活过来，这会子想必有很多话要说。
温殊色没急着过去，洗漱完，便开始忙乎。
昨日，她同郎君说的那句，"大难不死，后福无疆"，并非虚言，从今日起，郎君剩下的只有好日子了。
他好好当他的官，她来管家。
温殊色一件一件地吩咐晴姑姑："今日恐怕要姑姑多跑几趟了，来京都的这些日子全靠姑姑一人忙里忙外，往后宅子里的事只会更多。姑姑先去牙市挑两个机灵点的丫鬟，再选三五个婆子回来给姑姑打打下手，再去聘两个车夫，人要稳妥的，马匹和马车让文叔帮忙置办，都要选上等的。等过几日郎君伤好了，往后要上朝，不能失了体面，打听一下京都哪家的裁缝铺子最有名，价钱好说，把人叫过来，带上花样和颜色，我自个儿挑……"

宅子住着还算舒心，暂且不用挪动，等将来谢老夫人和公婆过来了，再一块儿搬也不着急。

晴姑姑得了话后，立马去办。

知道今非昔比，姑爷进京后虽得了一个从五品的官职，但甚少与人来往，多数人碍着前太子的关系，不敢上门来。

如今一场兵变，前太子彻底没了指望，太子换成了靖王，姑爷也成了圣恩正浓的大功臣。

从三品的大官，还是殿前司的指挥使，那可是日日陪在皇上左右的。

往后这门槛恐怕都要被踏破。

晴姑姑点头，匆匆去了牙市，先挑了几个丫鬟和婆子回来交给了温殊色，自己再出去接着跑。

郎君那儿有闵章和裴卿看顾着，温殊色不用担心，给买回来的几个丫鬟和婆子讲完规矩，亲自带着人到宅子各处分配活儿。

花了大半日的工夫，院子从里到外都浆洗了一遍，再摆上了花盆摆件，这才张罗人把牌匾挂到了宅子上。

简单的两个字：谢宅。

没承想，头一个登门的会是宫里的公公，公公身后领着几名太监，手里捧着一堆的布匹和箱匣。

见到温殊色后，那公公弓腰问安，一脸笑容："谢指挥的住处，可让奴才好找。"

今日早上皇上便下了赏赐，除了千两黄金，又让人挑了绸缎和金玉首饰登门来探望。

公公巳时出的宫门，浩浩荡荡的队伍穿梭在巷子里，挨家挨户地打听，寻到午后了才终于摸到了门。

大热天的，此时脑门上都出了一层汗。

两人来了京都后，确实没告诉旁人住处，今儿才刚收拾好，温殊色一脸歉意，一面致歉一面把人引进来："辛苦公公了。公公里面请，先吃盏茶歇息片刻，我这就去知会郎君。"

公公急忙制止："夫人不必客气。陛下特意交代过，谢指挥身上有伤，不能打扰惊动，谢指挥尽管安心养伤，等伤好了，陛下再亲自设宴相邀。"

温殊色谢了恩，客客气气地把人送出门。

人刚走不久，魏公子又带着魏家大夫人携礼上了门，原本冷清的巷子，一日之间突然热闹了起来。

消息传到温家大房那边时，一家人正在用饭，都在场。温大夫人捧着碗，久久没有反应，整个人痴呆了一般。

温家的大少奶奶埋着头念叨："听附近宅子里的人说，宫里的公公亲自登门，一行五六人呢，捧着好几匹贡缎，还有狐狸皮，手里抱着的漆木箱匣……"她比了个怀抱的手势，"有这么大，足足两个，抱在怀里沉甸甸的，当是装了不少玛瑙翡翠，金玉首饰……"

光是听着，就能让人眼红，更别说亲眼见着了。

按理说，谢三公子是温家的姑爷，如今立了大功，得以高升，温家应该高兴。

可一桌子人，没有一个高兴得起来，个个都埋头不说话，温大夫人嘴里的几粒米，半天都没咽下去。

天杀的，她哪里知道，谢家还能有如此造化。

那日温殊色上门来讨住处，明摆着就是两个拖油瓶。

她为了这个家操心，拒绝得合情合理，大爷竟然还出手打了她一巴掌。

她哪里受过这样的气，一哭二闹三上吊，是当真不想活了。

第二日，她却从老二那里得知，谢劭的告身是从五品。

自己的大儿子能在翰林院谋一个候补的空缺，每月拿着十来贯银子的补贴，都让不少人生了羡慕。

那谢家的三公子，竟然刚来京都，便是个从五品。

马军司都虞，掌着三百多人的兵权，实打实的官职，知道是靖王向皇上替他讨来的后，温大夫人总算看出来了点苗头。

怕不是靖王要得势了。

那时，她心头便隐隐有些后悔了，自个儿是不是做得太绝了。

万一谢家二房翻了身，她岂不是自断了后路。

怕什么来什么，才过了两日呢，前太子突然造反，元氏全族覆灭，靖王被封为太子，谢家的三公子成了头等功臣，直接一跃成了从三品。

殿前司指挥使，比温大爷的侍郎可威风多了。

她要早知道，那日就该听温大爷的话，把两人接来府上，今儿的那些东西，包括赏赐的千两黄金，进的便是温家的门啊。

因为这事，她这两日都没睡好觉，这会儿在座的估计心头都在怪她吧。

怪她把事情做得太绝。

金银钱财这些只是大家瞧得见的，真正让他们惦记的是谢家的地位。

谢仆射官复原职，谢家二房是彻底起来了。

原本凭借着温家和谢家的姻亲，温大公子和温二公子今后在朝中怎么也不愁，结果自己竟把温二娘子给得罪了，生生地掐断了后路。

也顾不得丢不丢人了，温大夫人肠子都悔青了，搁下碗，一把捂住心口痛声道："瞧我办的这是什么事儿。"

自从上回见她对温殊色那副态度后，温大爷对她已经失望透顶，直到如今，都没再理她。

见她这副模样，温大爷毫不留情地讽刺道："人有七贫时，七富还相报，图财不顾人，且看来时道。你安氏即便能屈能伸，能豁出去不要自己的一张皮，可我温仲峤还得要脸，你好自为之。"说完便离席而去。

可温大夫人哪里听得进去。

尤其是饭后再听温大少奶奶说："那宅子，我偷偷派人去瞧过了，也是四进四出，但比起咱们住的，多了个后花园，屋子也宽敞不少……"

温大夫人一愣："她不是说住的是奴才的……"突然反应过来，吸了一口气，失声道，"她莫不是故意的，迫不及待来同咱们划清界限，怕的便是咱们占了她好处。"

那温殊色自来奸诈，温大夫人越想越觉得是这个可能。

可知道了又如何，大家已经当着温大爷的面说清楚了，今后无论好坏，各不相干。

话是如此说，总不能连亲戚都不认了。

谢劭不是受了伤吗？他们理应上门去探望。有了温大爷那话，她是没脸也没那个胆子再上门，但小辈们可以。

温大夫人连夜把温素凝叫过来："我备些东西，明儿你走一趟吧。想必上门的人都是些有头有脸的，你去打个照面也好……"

自从温素凝同谢家大公子的亲事黄了后，一直到现在都没找到满意的人家，要么是她瞧不上别人，要么是别人嫌弃她温家乃外地人。

如今谢家得势，多少人排着队想要攀附，若是温素凝能借此攀个高门，将来也不愁了。

温素凝却皱眉摇了头："我不需要。"

温大夫人知道她气性高，叹了一口气，没再勉强，最后定下了温三娘子和温大公子，明儿一早前去谢宅。

温殊色忙了一日，夜里才去看郎君。

见他已经换了药，半躺在床上，她便端了木几上的药来喂他，瓷勺先放在嘴边碰了碰，不烫，小心翼翼往他嘴边送去："郎君乖乖喝药，早日好……"

温柔又讨好的语气，如同在供一尊菩萨。

她今日在前院的一通忙乎，谢劭都听说了，自己入了官场，又是殿前司，来的人必然不少。本以为她会厌倦这些应付，此时见她两边脸颊红润，一副精神抖擞的模样，他不由得好奇："你不累？"

温殊色摇头："不累。"

她喜欢同人打交道，之前父亲带回来的那些友人，都是她招待，祖母还曾同曹姑姑笑话过她："人人都想躲呢，她倒是往上凑，就没见过这等驴性子。"

可谁让她从小精神就好呢。

反而冷冷清清的日子她不习惯，她将瓷勺又凑近他的嘴边："郎君快喝，别凉了。"

这药要是被她一勺一勺地喂，今儿夜里他嘴里只怕只有苦味儿了，他躲过她手里的勺子，拿起碗仰头一口灌进了喉咙。

温殊色体贴地拿出绢帕替他拭嘴，拭完，并没有离开，凑近冲他一笑，低声问："郎君知道今儿他们都称呼我什么吗？"

离得太近，谢劭呼吸一顿，不动声色地往后避开一段距离，还能有什么称呼，问她："谢夫人？"

温殊色摇头，慢慢拖出一声否决的腔调，继续看着他："郎君再猜。"

那夹着嗓子的音调，再配上她摇头的神态，谢劭不确定，她是不是在对自己撒娇，但感觉挺不错，很是受用。他耐心地配合她："猜不出，你说。"

话音一落，便见小娘子嘴角往上一点一点地上扬，到最后实在是忍不住心头的喜欢，露出了两排银牙来："指挥使夫人。"

一句"指挥使夫人"，就能让她高兴成这样，不愧是爱慕虚名的势利娘子。

但他没觉得她这样有何不对，甚至很自豪。他被她这道笑容慢慢地感染，嘴角也跟着弯了弯："满意了？"

"满意。"温殊色点头，又往他跟前凑了凑，用着更低的声音道，"她们都比我大，有的还长过了我母亲的年纪，可见了我，还对我蹲了礼呢。"

这有何可奇怪的，妇人之间的尊贵，凭的都是家族地位。

如今自己是殿前司指挥使，她便是指挥使夫人。

若他有朝一日成了宰相，那她就是宰相夫人，谁敢不尊重她。

小娘子自然也看明白了："今日一堆人，个个都在拼夫君，一番比较下来，郎君才貌双全，可算让我长脸了。"

得到小娘子这样一句夸奖，实在是太难得了。

他庆幸自己没让她失望。

他很喜欢她这样的笑容，让他有一种一切都值得的轻松，可不知为何，越是喜欢，心头那股淡淡的失落越是明显。

那日夜里她对他说的一番话，他虽不怪她，可每每一回忆起来，字字句句依旧记得清楚，心口还是会忍不住隐隐作痛。

若他当真没了出息，是不是这辈子就再也看不到小娘子这样的笑容了。

他心里的想法自然不会让她看出来，陪着她笑了笑："娘子满意了就好，今日你也累了，回去早些歇息吧。"

温殊色今日确实高兴，以至于郎君如今撵她走，也没影响她的心情，伺候他躺下，体贴地替他掖好了被角。

她替他盖好了胸口的被褥，目光一抬，突然对上了郎君的眼睛。

两人的距离实在太近，一颗心被郎君那幽幽的目光搅得一团乱，突突跳了起来，床头的纱灯昏暗，夜色壮人胆，许是当真被喜悦冲昏了头，对视片刻，她眼睛一闭，俯下身，唇瓣在他唇上一啄，似乎还不过瘾，又轻轻地吻了一下。

感觉到底下郎君的僵硬，温殊色才猛然回过神来，脑子"嗡"的一声响。

她都干了什么。

她没敢去看郎君的眼睛，从床上起身，一副什么都没干的模样，躲在床边的光影之下，挡住了脸上的红晕，从容地道："郎君早些歇息。"

闵章出现得很及时："主子，水备好了。"

谢劭没应，呆呆地躺在那里，半天才找回自己的呼吸，反应过来刚才发生了什么，瞬间从床上坐了起来。

他刚掀开被褥，谁知那色胆包天的小娘子，突然又倒了回来，拂起帘子，凑进来一颗脑袋："郎君要我伺候吗？"

430

他心头的热意卡在腹部，还下不去呢，盯着跟前一脸挑衅的小娘子，脸色都红了不少，咬牙道："不用！"

"郎君不必客气。"小娘子说得诚心诚意，"郎君几日都没沐浴，是应该洗洗了，可军医交代过，千万不能沾水……"想了想，还是不放心，"郎君受了伤不方便，我还是留下来伺候郎君吧，我愿意……"

"温殊色！"谢劭脑门儿都炸了。

这一声总算有了用，温殊色不敢再说一句，迈进来的一只脚，快速地缩了出去："我走。"

转身从屋里出去，实则脸上也在发烫，他要真一口答应了，她恐怕跑得比谁都快。

她不过是想问他，她什么时候才能搬回去。

前太子造反被擒，靖王被立为太子，凤城那边的人很快便会过来，阿公又官复原职，必然也会来京都。

她嫁进谢家这么久，还没见过阿公阿婆呢。

总不能一见面，公婆便看到他们分房睡。

两日应该够了，再坚持一夜，明儿郎君要再不乐意，她只能撒泼打滚，强行入内。

第九章 早就喜欢你了

歇了一夜,第二日天一亮,又开始了新一轮的热闹。

温家三娘子和温家大公子上门时,京都有名的成衣铺子名秀阁也来了人,老板娘亲自过来的,正在屋内给温殊色量尺寸。

"老妇给人量了一辈子的尺寸,夫人这样的好身段,还是头一回见。"做生意的人一张嘴,见人说人话,见鬼说鬼话,吹得天花乱坠,一点都不能信。

可这样的话,听进人耳朵,谁又不高兴呢。温殊色也是个爽快人:"行吧,把你们的花样和缎子都拿上来,我瞧瞧,要是好了,今儿就下定金……"

名秀阁的老板娘立马让人把花色都呈了进来,温殊色坐在官帽椅上,一样一样地挑:"这个颜色好,给大人做两件圆领袍……"

说话的当口,外面丫鬟进来禀报:"温大公子和温三娘子来了。"

温殊色抬头望了一眼,面上并没半点意外,依旧带着笑:"快请进来吧。"

上回温殊色来温家的事,温大公子和温三娘子都知道,个个都没脸再上门,奈何两人被母亲点了名,今儿只能硬着头皮过来。

温大公子进门后把礼品交给了晴姑姑,询问道:"谢公子伤势如何了?"

"没什么大碍了,正养着呢。"晴姑姑领着二人去往前院,"大公子、三娘子稍等一会儿,娘子正在见裁缝,很快便结束了……"

温大公子点头,脚步跟着晴姑姑,目光不由得四处打量了起来。

如自己的夫人所说,院子确实比他们的大,两边的穿廊都要宽上一倍。

入院的穿堂宽敞明亮,打扫得干干净净,院内堆砌了十几个竹筐,里面装满了瓜果,丫鬟和小厮还在不断地往里搬。

到了前院,便见十来个绣娘捧着缎子,整齐地站在院子内,跟前的房门敞开,里面热闹的说话声传了出来。

"既然都喜欢,也懒得挑了,各留一个色,多做几身吧……"

"夫人这样的才是真正会过日子,不委屈自己,当花就花。那银钱留在手头舍不得花出来的贵人我可见多了,最后怎么着,要么被别人花了,要么想花自己都无福享受……"

见晴姑姑走了进来,知道人到了,温殊色没再多说,起身把名秀阁的老板娘送出了门口:"有劳张婶子走一趟。"

"夫人折煞老妇了,能替夫人效劳是老妇的福分。夫人要是想起来还有什么要求,尽管差人来知会……"

"成。"

温殊色跨出门槛一抬头便见到了刚进来的温大公子和温三娘子,热情地招呼:"兄长、三妹妹,快进屋吧……"

名秀阁的老板娘一出来,温大公子几乎一眼便认了出来,自己的那些同僚,皆是以能穿到名秀阁的成衣暗里来攀比。

听说一件衣裳,得要上百两……

转念一想,如今谢三公子,功成名就,确实有资格。

身旁的温三娘子也在盯着绣娘们手中的缎子,她长这么大,都没见过这么好的缎面,目光不由得看痴了去。

温三娘子听到温殊色的声音才抬头,上回见到还是在凤城温家,自来这位二姐姐给她的印象便是明艳生动,今日一身轻纱半臂石榴裙,高耸的鹅髻上坠着一串玉珠流苏,被廊下的风拂起,轻轻晃荡,身上的那份明艳比往日更甚。

温三娘子性子腼腆,这番一眼,面上便红了,唤了一声:"二姐姐。"跟在温大公子身后抬步进了屋。

晴姑姑去沏茶,温殊色领着温大公子和温三娘子入座。

温殊色一坐下便热情地问温大公子:"兄长最近如何?我来京都,还没顾得及找你说话呢,今日倒是让兄长先上了门。"

"是兄长疏忽了,今日才上门来。"他转而问她,"妹夫伤势可好些了?"

温殊色说:"兄长不必担心。人倒是生龙活虎的,早嚷着要下地,但昨日太子殿下派来了一名太医,不好说话,非得让他躺够半月才能下来,就他那样的闹腾性子,没把他憋死。"

温大公子一笑:"听太医的没错,伤筋动骨,如此严重的伤,是应该好好休养。"

今日出门前,温大夫人还曾交代过他:"到了谢家,你多与谢劭说说话,就你父亲一辈子循规蹈矩的性子,你这官职,还不知道何时才能上去……"

官场上趋炎附势的人,他见多了,极为厌倦这一套,听温殊色说完,倒松了一口气。

晴姑姑给两人奉了茶,温殊色又问起了温三娘子:"三妹妹来京都可还住得习惯?"

温三娘子点头:"习惯。"回答完想起来回礼,磕磕碰碰地问,"二姐姐呢,可、可住得顺心?"

"顺心。"只要与温殊色在一块儿,甭管你会不会说话,都能被她带起来,"三妹妹可过去旧曹门的那条闹市?"

温三娘子点头。

"我也过去,街头那家卖胭脂的不知道三妹妹有没有见到,水粉铺子做得像卖饼的,又摆在摊子外,我险些没吃下去。"

温三娘子"扑哧"一声笑了出来,总算没那么紧张了:"不怪二姐姐,不少人都上过当呢。"

见两人说了起来,温大公子只含笑听着没再插嘴,目光瞧向了木几上的一个香炉。

一缕青烟袅袅,烧着的是心字香。

上回他回温家时,还曾当礼物送给温殊色一盒,如今这屋内,熏了少说也有三炉,这还只是前院的一个屋子……

再想起母亲今日备的那礼,他顿觉芒刺在背,尴尬得紧。

奈何温大夫人提前有过交代,要两人待到黄昏才能出来,见温三娘子同温殊色聊了起来,温殊色又主动开口留两人用饭,便没再拒绝。

原本以为是宅子里的厨子准备饭菜,到了正午的点,却见觅仙楼的人一个接着一个地提着食盒走了进来。

盖儿一揭开,摆上桌的都是觅仙楼的招牌。

来京都大半年了,温大公子只去过一回觅仙楼,还是被一位同僚邀请,别说送菜上门了,要想吃到觅仙楼的招牌,还得提前预约。

他心中激起了不小波澜,不知道这一顿得花多少银钱。

黄昏时出来,两人坐上马车,均是垂头一言不发。到了温家门前,温大公子才看了一眼温三娘子:"母亲要是问你,见到什么便说什么吧,不必隐瞒。"

母亲目光短浅,这副嫌贫爱富,只知牟利,不肯吃半点亏的性子,是该好好长点教训了。

温三娘子自小胆小,即便要她编造,她也不知如何说谎,忙点头:"好。"

两人一进门,温大夫人立马把人叫了过去。

她先问温大公子:"如何?谢公子可见你了?"

父亲从小便教导他孝顺第一,他铭记在心,哪怕知道母亲有时候是错的,却从未忤逆过她。但他今日终于没有忍住:"谢公子身受重伤,险些丧命,尚且还躺在床上养伤,母亲这般迫不及待,心思未免太过于昭然若揭。"

温大夫人一愣,惊愕地看着温大公子,自己的这几个儿子和女儿,自小便懂事,让她省了不少心。哪里见过他们这般同自己说过话,她不敢相信这话是从温大公子嘴里说出来的,良久才反应过来,气得心头发紧:"有你这么说母亲的。"

温大公子看了她一眼,目中虽有自责和内疚,却没认输:"母亲心中是如何想的,不必孩儿多说。若是母亲想孩儿也成那趋炎附势之人,孩儿恐怕做不到,母亲还是另寻其人吧。"

温大夫人看着温大公子头也不回地破门而去,目瞪口呆地站了好一阵,才一屁股坐在榻上,捶起了胸口:"好啊,他如今也来嫌弃我了。我这都是为了谁啊,你们个个都清高,是我势利,是我看不起人!可我不就是想一家人都过上好日子吗?全靠大爷,他如今都四十了,还是个侍郎。那谢劭,才二十出头吧,人家已经是殿前司的指挥使,从三品,谢家二爷还是仆射,当朝左相,咱们能同人家拼本事吗……"

她"嗷嗷"哭了一阵,直呼自己命苦,完全忘记了之前自个儿是如何庆幸没同谢家扯上关系:"要是当初不是老祖宗偏心,非要换了亲,如今就该是大娘子的福气……"哪里有她温殊色什么事。

这都是命。

她稳了稳情绪,看向一旁垂着头的温三娘子,没好气道:"大公子嫌丢人,你该不会也觉得扫了面吧?都见着什么了……"

温三娘子不敢欺瞒,把今日从进门到出来遇到的看到的都说完后,温大夫人的脸色已经不能看了。

名秀阁,温大夫人自然听过,那日吴家夫人来府上,身上便穿了一件,那得意劲儿。可温大夫人心疼银钱,想着买一套房产,还要给温大娘子备嫁妆,一直没舍得买一件,那败家子居然把人给请上了门……

觅仙楼,温大夫人也知道,楼里单一盘花生都要一两银子,即便谢三得了千两赏金,怕也禁不住温二如此败。上回在凤城,温二就已经把人家家底都败光了,这回才刚得了官职,她竟还敢如此铺张浪费。

温大夫人心头又酸又疼:"败家子秉性怕是改不了了,那谢家三公子还能让她继续挥霍?瞧着吧,看她能快活到何时。"

温三娘子埋头,忍不住轻声嘀咕:"谢公子倒也没怪二姐姐,府上的银钱都是二姐姐在管。"

这话险些又让温大夫人岔过气,她花尽心思差使两个人跑了一趟,除了在自己心口上添堵,没半点用处,把温三娘子打发走后,温大夫人这一夜,更是合不上眼了。

温殊色的大手大脚,也终于惊动了谢劭。

看着小娘子坐在床边,眉飞色舞地同他规划未来:"院子还是太小了一些,你我住着合适，要等祖母还有公婆过来，便有些挤了。"她已经想好了，毕竟这是在京都，寸土寸金，且单谢家二房一家，也用不着像在凤城那样的大宅子，"咱们住一个七进七出，带后花园的宅子吧。"

安叔上回买的其中一套她已经看过了，同凤城温家的宅子差不多大，很适合。

谢劭半躺在床上，刚喝了她递过来的药，从嘴里苦到了心里，半天都没说上话，这两日她在外面忙活的事情他都知道。一日三餐送来的都是觅仙楼的东西，屋内的摆件也添了不少，听说名秀阁的老板娘也上门来了。

这些东西再贵，一千两黄金，应该够她折腾一段日子了，自己辛苦一番，不就是为了让她吃好穿好，但禁不住她突然要买房。

京都的房价多少，他自然知道，不能一棒子把她的希望都灭了，委婉地问："七进七出的宅子，多少钱？"

"咱们买的那套地段好，环境也好，离相国寺不远，不用出门也能听到诵经声，以后拜菩萨上香也方便……"

合着她都看好地段了。

他提着心，再次问道："多少银钱？"

"三千八百八十八贯，宅子是新建的，还没装饰，郎君要觉得合适，我明儿就让人动工……"

谢劭眼皮子一跳，心口猛地往下沉。

一千两黄金，便是一万两白银，统共一万贯钱，这才过去了两日……

按她这么个预算法，自己的伤怕还没好，荷包又得见底了。

尽管不想泼她凉水，可经历过身上只有几两银子，连给她买几身衣裳都付不起的日子后，他只能狠心先掐断她的梦想。

"谢仆射官居一品，拿的俸禄比我还多，二夫人又乃扬州香料大户，他们来了京都，还愁没有宅子住？"谢劭一副典型的有了媳妇忘了娘的不孝子模样，"他们要住，他们自己不知道买吗？"

看着温姝色震惊的脸，谢劭似乎也觉得自己的反应有点太像白眼狼，拿手碰了一下鼻尖，清咳了一声，问她："你喜欢和他们一起住吗？"

温姝色不明白他什么意思。

这是喜欢不喜欢的问题吗，公婆来了，难不成还要分开住？

谢劭又道："咱们两人住着不是挺好的吗？人一多，院子再大都不方便，谢二爷和二夫人的性格古怪，一向不好伺候，同他们相处久了我这个亲儿子都鼻子不是鼻子，眼睛不是眼睛，更何况你们婆媳……"

温姝色呆呆地看着他，脸上慢慢爬上了一丝隐隐的紧张和害怕，明显有了犹豫。

这还没见公婆呢，先把她吓成这样，真乃罪过。可他没了法子，先且保住钱财要紧："这宅子咱们两人住得挺好，你要是想买，便去同晴姑姑说，咱们买下来。"

温殊色半晌才从他那话里抽出神志，脸色不太好，摇头喃喃地道："这宅子恐怕买不了，只能租给郎君。"

这宅子是温家的。

"那便租着吧，咱又不缺钱。"这会子倒是大言不惭了。

养了三日的伤，今儿太医过来又放了里面的瘀血，夜里倒是轻松了许多，他顺势往床上一躺："这两日宾客多，辛苦娘子一人应付，早些歇息。"

温殊色这回倒是干脆，点头起身："郎君也早点休息。"

她浑浑噩噩地走出去，心头已被郎君的那句话，搅得七上八下。

她头一回做人家的儿媳妇，完全没有经验，之前躲了这么久的清静日子，如今丑媳妇终于要见公婆了，怎么可能不紧张。

自己的母亲又去世得早，不知道该如何同公婆相处，而且婆媳姑嫂之间的那些事儿，她没少听过。

正是因为这样，她才想要嫁去明家，有明夫人和明婉柔在，她不愁。

如今怎么办。

谢二夫人有那么难以相处吗？连自己的儿子都不待见？

温殊色心头越来越慌，问晴姑姑："公婆他们要是不喜欢我，我该怎么办？"

晴姑姑虽也没见过谢家二爷和二夫人，但想来都是一个道理，劝说道："娘子长得好，性格又好，这样的可心人，谁会不喜欢？"退一万步讲，"只要是姑爷喜欢，在二爷和二夫人面前替娘子撑腰，当父母的哪会不给情面……"

这话把温殊色难住了。

姑爷喜欢？

谢劭喜欢她吗？他好像从来没说过……

要不要去问问他？

实在是难受。

心中一有事，她从来都过不了夜，这才想起自己稀里糊涂地又被赶了出来，当下抱着自己的衣物，又折回了里院。

这几日宅子内多了不少的下人，见她气势汹汹地过来，大家忙垂目蹲礼："夫人。"

"你们都下去。"

"是。"

屋里的灯还亮着，温殊色一手提纱灯，一手抱着自己的衣物，立在门前先唤了一声："郎君……"

谢劭成日躺在床上，睡太多，哪里还有瞌睡，小娘子一走，也坐不住了，把闵章叫进去:"三少奶奶这几日花了多少银钱?"他转头看过去,目光突然一顿。

闵章刚沐浴完,换了一身亮宝蓝的新衣,布料倒是好的,可那样式和刺绣普普通通,且腰身一看就小了。

闵章似乎也有些别扭,吸了吸气:"奴才得去算算……"

"回来。"谢劭穷了这些日子,闵章也跟着他一块儿穷,如今都熬过来了,也不能亏待了闵章,"这衣裳找谁做的?尺寸都不适合,别穿了,扔了吧。明日去三少奶奶那儿领些银钱,自己再去做几身……"

闵章立在那儿没应,脸色有些为难。

"怎么了?"

"是三少奶奶前几日做给奴才的。"闵章低头看了一眼,觉得还挺不错,"除了有些紧,奴才倒是很喜欢。"

谢劭蹙起了眉头,目光从上到下,又把那件袍子瞧了一遍,衣襟处的刺绣,针脚虽不马虎,但普普通通几片竹叶,一看就是急于完工……

可这些都是次要的,谢劭问:"三少奶奶何时给你的?"

闵章并没察觉出异常:"主子受伤前就给了奴才,说是奴才身上的衣裳旧了,给奴才置办了一身。"

受伤前就有了……

她真贴心,连他的小厮都想到了,他却至今都还没穿过她置办的新衣。

亏他一进城就想到给她置办衣裳,她呢……

"你这身不适合,换下来给我,你自己再去做几身。"他明儿就穿在身上,让她看看,她是怎么虐待他的。

闵章一愣。

"怎么,不乐意了?"

不过一件衣裳,再喜欢,主子想要也得给。闵章点头应下:"成,奴才这就下去换。"

衣裳是抢过来了,谢劭心头却阵阵发堵,那没良心的东西,心里压根儿就没自己……

说曹操曹操到,心头刚骂完,门外便响起了小娘子的声音。

他脑门心两跳,不想搭理她了,躺在床上,假装没听见。

小娘子却没放弃,一声接着一声地在外唤他:"郎君,郎君……我知道你没睡着,你白日躺了那么久,定也睡不着,我也睡不着,就是想进来陪郎君说说话,没别的意思。"

说什么?

说她想到给闵章置办新衣,也没想到自己?

温殊色半天没听到他回应,开始拍门了:"郎君……"

闵章换好衣裳,从外间倒了回来,把适才那一身整整齐齐叠好,放在了木几上,抬头看了一眼床上假寐的人:"主子,三少奶奶在叫您。"

谢劭一瞬睁开眼睛。

他长了耳朵听不见吗?

"睡你的觉。"

闵章不敢再出声,去了外间,睁眼熬着,看他能坚持多久。

门外的温殊色突然不敲门了,去了里屋的窗扇处:"郎君是歇息了吗?那你安心地睡吧,千万别管我,我就坐在屋外,难得今儿晚上的风又大又凉,我吹一晚上吧。"之后便没了半点声音。

谢劭偏过头,外面静悄悄的一片。

这招死缠烂打,她也想得出来,可放在小娘子这头倔驴身上,似乎没有她干不出来的事儿。

熬了片刻,他终究是没忍住,也没好意思去叫闵章了,里屋对面有一扇窗,打开就能看到外面的情况。

他轻手轻脚地到了窗前,依旧没有半点动静。

他取掉木闩,往外一推,窗扇打开,果然,一眼就看到了坐在门前台阶上的小娘子。

听到动静声,温殊色及时回头,四目隔着夜色朦朦胧胧地对上,下一刻便听到温殊色一声惊呼:"郎君,你怎么起来了呢?赶紧去躺着吧,千万别碰到了伤口,也别吹了风,担心着凉。"

从打开窗户的那一刻,谢劭就知道自己完了,此时无奈地看着她:"你又想怎样?"

"我吹风啊,郎君没看出来吗?"温殊色扭着脖子同他说话,"我也没出声,应该影响不到郎君。郎君去睡吧,别管我了。"

她这副赖皮样,比自己还技高一筹。只能说从前坏事做太多,终于遭了报应,她就是来压制自己的。谢劭稳了稳情绪,柔声道:"回去睡觉,有什么事明日再说。"

"郎君为何非要我回去呢?我坐在这儿吹风,并没干涉郎君睡觉,风是天上刮下来的,也不是郎君的,郎君这般,可别怪我胡思乱想了。"

他倒是想听听,她怎么胡思乱想了,站在那儿等着她的下文。

她也没让他失望,转过身子对着里面的人道:"我问郎君,是不是今夜我坐在这儿,郎君当真睡不着?"

这不是废话嘛。

她在门前坐着,他能睡得着?

见他没出声,似乎默认了,温殊色更来劲了,继续问他:"此时郎君是不是有一种放心不下的感觉?恨不得出来,把我从这冰凉的地板上拽进屋内?"

她能说会道,谢劭已经没辙了。

"我明白了。"温殊色冲他一笑,"郎君不就是在心疼我嘛。"

她总算良心发现,体会到了他的心。他说:"既然知道,就起来吧。"

"好嘞。"温殊色瞬间从地上起来,抱着手里的衣物,来到窗前,和谢劭隔窗相望,两只眼睛在夜色中,灼灼生辉,"我听兄长说,只要心疼一个人,那便是喜欢。"她忽然往他跟前一凑,仰起头看向他,"郎君是不是喜欢我?"

太突然了,像是被人抓到了内心的秘密,心口"怦怦"漏跳了两拍。

小娘子的目光期待又自信。

谢劭能断定,只要自己一点头,那张脸必然会笑得比花儿还灿烂。若是换在昨儿,或是发现闵章的那身衣裳之前,他肯定就缴械投降,当下承认了,让小娘子乐个开怀,但此时心头明显还有一口气没顺过来。

"那小娘子呢,喜欢我吗?"说完,他心口不禁"咚咚"跳了起来。

"喜欢啊。"

她回答得太快了,快得没有任何犹豫,更没有半点羞涩,让人瞧不出一丝真心。他不死心地试探道:"那闵章呢?"

果然,小娘子毫无犹豫地道:"也喜欢啊。"

话音一落,隔壁正听得仔细的闵章脸色瞬息生变,猛地从榻上翻坐起来,紧张地立在那儿,都不敢呼吸了。

窗前谢劭的讽刺声,传进了夜风中:"小娘子好大的胸怀,海纳百川有容乃大,喜欢的人真多。"

"啪"的一声,谢劭毫不留情地扣下窗扇,把小娘子关在了外面。

咦……这是第几回了?上回好像也是这样把她关在了门外。

温殊色盯着眼前紧闭的窗扇,深吸一口气,再也没了好脾气:"谢三,你讲不讲道理。这不是你要问的吗?我说错了吗?我就是喜欢你啊,我也喜欢闵章啊。"

一波未平,再来火上浇油,外屋的闵章连死的心都有了,只求三少奶奶快莫要再提他了。

温殊色不想同谢劭讲道理了,直接立在门前:"谢三,你把门打开。这是我的屋,你凭什么一个人占了?那名秀阁的老板娘,今日亲自替我量了身形,我才一尺八的腰,细着呢,屋里那张床至少五尺宽,我就不信不够咱俩躺了……"

这一闹,动静太大,把外面的人也引了进来。

身后几盏纱灯缓缓而来,温殊色知道八成是晴姑姑和屋里的丫鬟。

到了这份上,她也不怕丢人,今夜不丢人,等到明日公婆上门知道两人分床睡,那才叫没脸。

温殊色把手里的纱灯和衣物往地上一搁,挽起袖口,扶了一下头上的高髻,再绕了绕胳膊上的披帛,做足了架势,最后一次冲着门内的人喊话:"谢三,你到底开不开门,你再不开我就要撞了啊!我数到三,一……二……"

身后的纱灯也到了跟前。

温殊色提起一口气,正要抬脚。

"儿媳妇让开,我来!"旁边一只手突然抓住她的胳膊,轻轻把她往边上一拉,温殊色还没反应过来,便见一位高挑的妇人,挡在了自己面前。

妇人一袭烟紫长裙套半臂,头梳高髻。来不及去猜想她是谁,温殊色便被前面那句"儿媳妇"炸得脑子空白。

跟前紧闭的房间也在妇人抬腿的一瞬间,从里打开,闵章立在屋内一脸惊慌,躬身行礼:"二爷,二夫人。"

"哟,知道开门了。"妇人收回伸出去的脚,扫了一眼里屋的位置,这才缓缓回过头。

妇人目光转过来的瞬间,温殊色慌忙垂下了头。

温殊色急急忙忙把挽起的长袖捋下来,往后退了两步,朝跟前的二人屈膝蹲礼:"父亲,母亲。"

苍天大地,她都干了什么……这回倒怪不得旁人,全砸在了她自己的手里。

知道谢家公婆这两日会来,今儿她还偷偷练了一番,怎么说话,怎么行礼,站姿坐姿,都拿捏好了,殊不知没算准日子,一切都白搭了。

祖母时常教导她,人与人的第一印象至关重要。要时刻提醒自己注意言行,谁知道什么时候便被旁人瞧见了你不好的一面,平时的努力岂不是都白费了吗?

这话可不就是说的她吗?她一向做得很好,偏偏这时候……

也不用隐瞒了,公婆已经知道了两人分房睡,还撞见了她如此泼辣的一面,以谢劭对两人的描述,今儿八成要逼着他休妻了。

也不知道谢老祖宗来了没……

她心头忐忑煎熬,尤其是耳边安静了下来,知道自己在被公婆打探,越发无地自容。

妇人侧身让出头顶纱灯的光,歪下头瞧了她一眼,大致见到了个模样,轻声一笑:"这一路上个个都说咱们儿子因祸得福,我还道是旁人嫉妒,如今瞧了儿媳妇,倒也明白了,果然是让谢三占了便宜。"

温殊色一愣。

今日来得匆忙,谢二夫人也没想到会撞见这一幕,知道这孩子怕是吓得不轻,没先与她说话,转身进屋去瞧那位"大爷"。

看看他何来的本事，把自己的媳妇儿关在门外。

谢仆射适才也怕温殊色尴尬，没急着上前，见夫人进了屋，才从旁边走了过来，看了一眼跟前恨不得把头埋在地心的小娘子，生怕吓着了她，轻声问道："是殊色吧？"

温殊色脑袋垂得更低了。

谢仆射一笑："放心，你母亲会替你做主。"转身也跟着进了屋。

两人的态度似乎与她想象的不一样，温殊色一时没回过神，愣愣地站在那儿。

旁边的晴姑姑及时扯了她一把："娘子……"

温殊色醒过神，赶紧跟上。

屋内，谢劭也没料到两人来得这么快，还是这大晚上的，如此不是时候。

小娘子在外面不知道还好吗？

谢劭抻长了脖子正往外看，便见快半年不见的母亲撩起了帘子，目光轻飘飘地看过来，打量着他。

谢劭一手捂住肩头，皱紧眉头，艰难地起身："母亲。"

谢二夫人配合着他的动作，轻"嘶"一声，进屋走到他跟前，抬起手，不顾他阻拦一把扯开了他的衣襟。

伤口已经换了药，今日刚清了瘀血，血迹浸出纱布之外，瞧上去这伤确实不轻，谢二夫人意外地看向他："何时如此拼命了？"

谢劭没答，匆匆把衣襟合上，坐回床上："母亲怎么回来了，外祖母伤势可好些了？"

"摔了一跤，问题不大，不过把养了半辈子的指甲给折断了，怄了几日，吃不下东西……"

谢仆射进来及时添了一句："膝盖也碰伤了，瘀青了好几天。"

谢劭抬起头。

所以，这两人为了外祖母断掉的指甲，躲在扬州几个月，看着自己倾家荡产，谢家大爷犯蠢谋反，他和小娘子一路被人追杀？

当初的诺言呢？

狗吃了。

谢仆射被谢劭一盯，自觉理亏，很快把矛头转移出去："你别这么看着我，我催了你母亲几次，她不急，我能有什么办法。"

"着急有用吗？"谢二夫人一腔接过来，立在床前，脸色平静淡定，"咱俩回来，一块儿被抓上，再全军覆没？他都这么大人了，媳妇儿都娶了，别人来杀他，他不知道逃命，又不是傻子……"说完，目光还轻瞟了一眼谢劭。

谢劭已经习惯了。

儿时自己无知，什么东西都喜欢往嘴里塞，谢仆射是属于大声呵斥他的人，谢二夫人则永远站在一旁，淡定从容："你管他干什么，他吃下去知道不好吃，下回也就不会吃了，没进他嘴，凭你说是香的臭的，他哪里知道。"

谢劭不想同他们说这个，也不看母亲，只揪住谢仆射："父亲当日一诺千金，可要如何解释。"

谢仆射面色惭愧，但也没什么好解释的，索性偏头扬起了脖子。

当初去凤城，是皇上的密旨，他能说吗？总不能老子走了留下一个儿子，让谢劭身处狼窝，与元明安那只狗去斗。

谢劭八岁那年，被元明安算计，把他和两只狼狗关在屋内。

要不是他赶去得及时，谢劭还有命？

况且皇上一开始并非有过立靖王为太子的想法，不过是把他留给了靖王当后路。

谢劭要是继续留在京都，被太子拿捏，等谢劭长大后和他这个老子对着干，那还不如养废了呢。

谢二夫人扫了一眼破罐子破摔的谢仆射，回头对上一脸乌黑的谢劭，叹了口气："不是挺好的吗？我听人说，都成殿前司指挥使了，从三品官职，还赏了千两黄金。"又轻声一笑，"有了媳妇儿的人，果然不一样，都知道拼命了。"听到珠帘的动静，她转过头，刚好瞧见轻手轻脚进来的温殊色，朝着温殊色温柔地招手，"儿媳妇，你过来。"

谢劭眸子一顿，也扭过了头，却见适才冲着自己嚣张跋扈之人，如今垂着一颗脑袋，都快缩到肚子里了。

吓成了这样？

她的虎胆呢，合着都是冲自己一人而来。谢劭颇有些恨铁不成钢，只能自己护犊子了，不待谢二夫人问她话，主动停息了争执："今夜晚了，你们先去安顿，明日再说。"

谢二夫人却当没听见，等着温殊色到了跟前，温声细语地道："你祖母啊，早把你夸上了天，说因祸得福，娶来的这位孙媳妇，打着灯笼都找不到，人标致不说，还聪慧伶俐，持家有道，是谢家的福气……"

谢二夫人转头乜斜谢劭一眼，兔崽子居然还把人关在门外，他知好歹吗？

谢二夫人的神色落入谢劭眼里，意思便全然不一样了。

她那一通话里，除了标致，那些词儿用在温殊色身上，简直就是讽刺。

小娘子已经被吓得不敢出声了，再一个败家的罪名砸下来，她怕是彻底直不起腰来了。

谢劭奈何不了谢二夫人，只能冲着谢仆射，先把一切的责任都揽在了自己身上："你的那些黄金，都被我花光了，粮食是我要买的，捐也是我要捐的，万两黄金，换谢家一个美名，也算圆了父亲的家国梦。"

他这牛头不对马嘴的一句，让谢二夫人当下一愣，回头与谢仆射相视，都是千年老狐狸，不用交流，便也明白了怎么回事，合着这还不知道呢。

　　谢二夫人眸子亮了亮，对跟前的小娘子不免又高看了几分。

　　就说呢，他怎么突然拼起命来了。

　　自己这儿子与常人不同，要真娶个规规矩矩的大家闺秀，指不定怎么受他的欺负。

　　一物降一物，就得要个不走寻常路的小娘子才能治住他。

　　这不是服服帖帖的吗？

　　之前温殊色瞒着，那是因为答应了谢老夫人，想要谢劭当官成才，如今他官居从三品，公婆也来了，她这败家子的冤名再不洗清，就当真要被扫地出门了。温殊色出声便要解释："父亲、母亲，我……"

　　谢二夫人突然捏住了她的手，没让她继续往下说，看向谢劭："那我的呢？当年承诺你的人可不是我。我的那些铺子，是你外祖父和外祖母给我的嫁妆，总也不该是你的吧？"

　　谢劭倒是豪爽："我赔你。"

　　谢二夫人也很爽快，点头道："好。"

　　时候不早了，两人为了赶路没同谢老夫人一道走水路，快马加鞭连夜赶到京都，找到这儿来，已是一身疲惫，没再打扰他们。

　　"你好好歇息，其他的，明日咱们再慢慢细说。"谢二夫人转身拉着温殊色，同谢仆射往门口走去。

　　温殊色的手被谢二夫人一直握在手里，一颗心忐忑不安，一时也猜不透谢二夫人到底是何意。待出了门槛，谢二夫人才松开她，低声同她道："银钱的事，祖母都同我们说了，委屈你了。"

　　温殊色一怔，抬起头来，这才看清楚谢二夫人的长相。

　　五官轮廓分明，同谢劭有五六分相像，皮肤白皙又细腻，一点也瞧不出来是快四十的妇人。

　　见温殊色终于肯抬头了，谢二夫人也在打量她。

　　五官长相没得说，见其一双眼睛落在自己的脸上，慢慢地灵动了起来，从震惊到惊艳，虽没开口，也知道她心里在想什么。谢二夫人莞尔一笑，出声夸赞："殊色也好看。"

　　温殊色脸色一红，意识到自己失礼，立马移开视线。

　　谢二夫人本念着头一回见面，态度得温和，不能把她吓着了，谁知竟撞见自己儿子把人关在门外，这口气得替她出了。

　　"他既有本事关门，总得给他个教训，下回要再赶你出去，便把租金加高，让他自己睡大街……"

温殊色愕然地望了过去。

谢二夫人没让她再跟着:"时候不早了,快些进屋去睡。有闵章和丫鬟收拾屋子,不用你操心,我和你父亲也累了,往后的事咱们明日再说。"

温殊色再返回屋内,这回谢劭已经自觉起身,立在床边,替她让出了床榻里侧的位置。

就算是天大的怨仇,温殊色如今也没心思再同他闹了。

温殊色已经沐浴更衣,褪了外面的衫子,穿着中衣自个儿爬去床上躺下,拉上被褥一盖,闭上了眼睛:"郎君快睡吧,有什么事儿就叫我。"

谢劭当她是吓傻了,跟着躺下,转头看着她一动不动的侧脸,于心不忍,安抚道:"你是同我谢劭拜过堂的正经妻子,你怕什么?家产之事,我不也同你保证过,不怪你,都是我的责任,你不必在意他们,更不用害怕。"

温殊色心头正掂量。郎君能这样说,她很欣慰,可耳听为虚眼见为实,忍不住也侧过头看向他:"郎君,我怎么感觉他们和你说的不一样呢。"

谢劭一愣:"她跟你说什么了?"

温殊色突然抿唇一笑,目光都明亮了起来,一半羞涩一半得意:"郎君,母亲夸我长得好看。"

谢劭满腔安慰的话,全被她这一句堵了回去。

就这点出息,一夸连立场都变了。他嘀咕道:"我也夸过你好看,怎么没见你高兴成这样。"

小娘子却一脸意外:"郎君夸过我吗?"

谢劭觉得她脑袋长得太神奇了,不该记住的,一直不忘,该记住的一样都没记住。

被他这番盯着一瞧,温殊色也开始去回忆,很快便想了起来,极为不屑:"郎君不过是骗我少买点衣裳,又不是真心。母亲不一样,我能从她眼睛里看出来喜欢。"

这一番话更戳心了。

要说她没心,真情假意她倒是分得清清楚楚,还知道揪住他的把柄,可她今夜那句喜欢,何曾又带了真心。都能从刚见了一面的人眼里看到喜欢,合着他天天在她眼皮子底下晃,她心盲眼瞎,就是瞧不见。

不能想,越想越心凉。

他转回头平躺在绣枕上,闭上眼睛:"早点睡。"

不知道是不是小娘子太过于紧张兴奋,没空来折腾他,乖乖地躺在一侧动也不动,一夜相安无事。

翌日一早,他醒来了小娘子还没醒,猜也知道,怕是大半夜才睡着。

他再低头一看,自己身上的被褥只剩下了一块边角,岌岌可危地搭在了自己的一侧腿上,其余全被小娘子裹在了身上。

这就是她所谓的睡相好。

这屋子四面通风,早晚有些凉,他伸手想去扯一点过来,又及时停了手——不能破坏现场证据,得等小娘子醒了自己瞧。

挨着冻干熬了一阵,廊下突然传来了脚步声,很快听到了谢二夫人的声音:"我煲了莲藕汤,给他们端进去……"

谢劭心头一跳,手疾眼快地从小娘子怀里扯过被褥,搭在自己身上。

被他这一拽,温殊色也终于醒了,意识到自己睡过了头,急忙翻身下床去穿衣裳,压根儿没往他身上瞧:"郎君醒了怎么不叫我一声……"

谢劭看着严严实实盖在自己身上的被褥,前功尽弃,一声不吭。

晴姑姑已端着汤盅立在里屋帘子外,朝里唤了一声:"二夫人刚煲了汤,说等姑爷和娘子醒了便能吃上。"

头一夜印象没留好,全靠后面掰回来,这一早上又睡过了,温殊色懊恼地拍了一下额头:"瞧我,就没一件事做好。"

见她紧张成这样,谢劭好心安慰她:"你要是怕面对他们,哪儿都不用去,好好待在这儿,我自会替你应付。"

温殊色却没领情,匆匆穿好衣裳才扫了他一眼:"郎君好好躺着养伤,有什么事就叫闵章。丫鬟我也给郎君请了两个,就在外面,郎君唤一声她们便会进来。我先去忙了……"

她走出去吩咐晴姑姑:"把汤拿进去吧,郎君已经醒了。"便头也不回地出了院子。

这一离开,她一直到傍晚都没再出现。

不仅如此,闵章和晴姑姑也不在宅子里。

晚饭的点儿,谢劭坐在木几前,看着桌上摆着的丰盛菜肴,终于忍无可忍,抬头扫向杵在跟前的两个丫鬟,沉声问道:"三少奶奶人呢?"

成日不见人影,她是忘了还有个躺在床上的病夫吗?

她忙,她有那么忙吗?之前两日,好在晚上这一顿她无论如何也会过来陪着他,今儿三顿,就没见到她人影子。

一丫鬟忙垂目禀报:"禀公子,三少奶奶和二夫人在外寻宅子去了。"

昨夜谢仆射和谢二夫人来得匆忙,能在外面的院子里将就一夜,但这宅子终究还是太小了,不能再住下去。

谢劭憋着一口气。

成,这两人一到京都,一个抢了他的小厮去宫中复命,一个抢了他的夫人去寻房子。

他们怎么就这么会来事。

小娘子也是,她嫁的人是他,他才是同她过一辈子的人,如今却把他一个人丢在这儿,是不是有点本末倒置了。

"把她叫回来。"他得好好告诉她,谁才是她最重要的人。

丫鬟见他脸色极为难看,赶紧出去报信。

可等到天黑了也没见到人影子,倒是闵章和谢仆射先回来了。

进屋后,谢仆射便坐在谢劭对面,提起茶壶替自己倒了一杯茶水,一口灌入喉咙:"你大伯死在了凤城。"

谢劭没觉得意外。

上回削藩的假圣旨一出来,皇上立刻派人去凤城捉拿谢道远。

派去的人是前太子那边的,到了凤城只会灭口。

谢大爷一番雄心壮志,围堵了王府后,等了两日,没等到朝廷的援兵,心头便开始着急了。

到了第五日,他已经心急如焚,一面猜到了自己恐怕是中了计谋,一面又存了希望。等了七八日终于看到朝廷的人来了,他一时激动,连问都没问,迫不及待地让人打开了城门。

还没来得及高兴,官兵手中的刀便对向了他,将其团团围住,宣读了真正的圣旨。

谢道远以下犯上,企图谋逆,即刻捉拿。

谢道远当场腿都软了,只能落荒而逃。

官兵追到了城外,痛下杀手之际,一批人马及时出现,护住了他的性命。

皇上早猜到了那假圣旨乃前太子所为,明面上派出去的人乃前太子一党,为的只是试探前太子,实则暗中派了人手,务必要保住谢道远的性命,活着带回来。

两队人马在凤城到京都的路上,一路厮杀。

谢仆射便是在此时出现,为了保住谢道远的性命,只能以退为进,暗中把谢道远又带回了凤城。

谢道远这才知道自己上了当。

但一切都晚了。

无论圣旨是真是假,谢道远拿刀对向自己的主子都难逃一死,不仅是他,整个谢家都不会有活路。

知道自己犯下了灭族的大罪,谢道远跪在谢老夫人面前,痛声忏悔,又去祠堂跪了一夜,做好了赴死的准备。

等到前太子的人马攻进凤城时,他头一个冲上去抵抗,战死在了城门外。

谢道远死后,周夫人也对外发了话:"谢副使乃奸人所害,并非叛逆,如今以死护城,将功抵过。"

一句话算是保住了谢家大房的一众性命。

"今日我去面见了皇上,皇上也给了我谢家恩赐,祸不及家人,不过你大伯母……"

从被周夫人送回谢家后,谢大夫人吴氏的神志便开始混乱。谢大爷一死,她彻底疯了。

如今大房一家子在凤城,日子也不好过,家里鸡飞狗跳,没一个能担事之人。谢仆射管不了,也不会再管,把谢老夫人接进了京都,其他人就看他们各自的造化。

谢劭听完面色平静,自己并非袖手旁观,阻止过了,谢大爷非要找死,自己也没办法。

谢劭抬头看向谢仆射:"然后呢?"这就是他给自己的交代?

谢仆射知道谢劭想问什么。

当年自己在他最风光得意之时,掐断了他的羽翼,强行把他从京都带到了凤城,不让他施展才华,拿金银去消磨他,可自己的儿子是什么样的秉性,谢仆射清楚,苗子好,养不废。

谢仆射故意装作不知,没回答他,露出几分自豪和讨好:"我听皇上说,是你生擒了前太子?可以啊,同为父说说,是怎么发现的前太子的端倪?"

能沉得住气,知道把自己这一功劳发挥到极致,不愧是他谢道林的儿子。

谢劭神色没有半点动容,目光死死地盯着谢道林。

就像当年,谢道林摔了他的墨宝,折断了他的剑,怒声告诉他,谢家不用他来争光,他这一辈只管吃喝玩乐便是。

如今这番又是为何?

谢道林能不要脸,想忘记就忘记,他做不到,记得清清楚楚。

见谢劭如此,谢道林没了脾气:"行了,父子哪有隔夜仇,你别以为我不知道,这些年你不是也没放弃吗?周世子弄的那兵器库,你可没少去,否则怎么会有这么好的身手,能生擒住前太子。殿前司指挥使,这可是从二品的官职,封你一个从三品,已经是在掩人耳目,怕落人口实,今后你要再往上,就要压在为父头上了,你还有什么不满意的?"

谢仆射心虚地别开目光:"你当年就算留在京都,也不见得会有这番成就,倒也确实吃了不少苦……"

谢劭眉心几跳,嘲讽道:"谢仆射几年没做官,连体面都不要了。"

横竖已经这样了,也没什么外人,谢仆射说:"我在自己儿子面前,我还要什么体面?错了就是错了,拿出态度面对便是。"挑眼看过去,"你说,你想要为父怎么补偿?"

谢仆射早年德高望重,手底下的学生无数,无不对他敬佩,也不是这番赖皮样,想必是同谢二夫人待久了,跟着不要脸了。

同一个打算不要脸的人是讲不了道理的,除非自己也不要脸,但明显谢劭不屑与其为伍:"我要听实话。"

谢仆射神色一顿,疑惑地看着他:"这不就是实话?是我犯糊涂,坑害了自己儿子的前途。"

"谢道林。"谢劭突然站起身,"你以为我好蒙骗?"

"你叫谁!"谢仆射也急眼了,"不孝子……"

谢劭提步往外走:"行,我立马进宫辞官。"

谢仆射眼角抽了抽,终究是服了软,对着他的背影道:"靖王是陛下的亲生儿子,他母亲是周家娘子,你亲姑婆。"

月上枝头,温殊色才同谢二夫人回来。

今儿一早两人便出去找上了文叔,从谢家买来的几个宅子中,挑中了温殊色之前所说的那套。

靠近相国寺,七进七出的大院子,虽是新建的,但只要肯花钱,装饰起来也简单。

往后一家人住,不能马虎,婆媳俩亲自去了宅子,把想要的效果和意见交代完,挑家具、挑床、挑摆件……

婆媳俩的眼光倒是极为相似。相处了半日,温殊色便同谢二夫人彻底相熟,不再紧张,一声一声的"母亲"叫得极为顺口。

两人逛了三条街,中午和晚上都在外面的酒楼里用餐。

用完餐回来,马车经过戏楼时,听到里面的热闹声,温殊色没忍住,掀开了车帘。

谢二夫人问她:"想去看吗?"

"改日吧,今日太晚,母亲也累了……"

"我倒是不累,择日不如撞日,谁知道哪天还有空。"谢二夫人也是商户出身,没那么多讲究,"去瞧瞧吧。"

两人听完戏,说了一路,进门时,温殊色手里还拿着一串糖葫芦,提起裙摆跟着谢二夫人跨进屋。

温殊色又递给她:"母亲真不要吗?"

谢二夫人摇头:"年轻时我也喜欢甜食,近几年牙疼了几回,也就没什么欲望了,待会儿吃完记得好好漱口,免得蛀了牙,可遭罪了……"

温殊色乖乖点头:"好。"

晴姑姑提灯在前引路,今日那戏听着无趣,后劲儿倒是挺大,谢二夫人轻叹一声:"姚十娘真可惜。"

温殊色也赞同:"最后还跳河了,岂不是便宜了那狐媚子。"

谢二夫人看了她一眼,见她一脸愤懑,觉得她还是年轻了一些,不吝教导:"姨娘固然可恨,归根结底,乃夫不正,说一百句,不如瞧他的行为,所以,当姑娘的能不能安稳地过一辈子,全凭出嫁前的那一眼,有没有擦亮眼……"

谢二夫人突然意识到,自己怕是好巧不巧地戳了儿媳妇的痛处,她出嫁确实是擦亮过眼睛,但架不住出了意外……

谢二夫人神色僵了僵,忙住了口:"早些回屋歇息,他要是再敢把你关在门外,明儿那扇门也不用要了。"

倒也不用谢二夫人出马,这回温殊色一进院子,远远便见到房门敞开着,不仅留了门,里头还燃着灯。

先前谢二夫人已派人回来同谢仆射和郎君打过招呼,温殊色并不着急,脚步悠悠地跨进屋,见郎君正躺在床上翻着书,她一面把手里买的一堆物件儿搁去木几上,一面扭着头关心地问他:"郎君,今日还疼吗?"

床上的人没有应她。

温殊色不明白发生了何事,微微诧异,东西搁好了,才走过去弯腰唤他:"郎君……"

见他依旧没抬头,她索性把自己的脸搁在了他的书页上,冲他一笑:"郎君,我回来了。"

谢劭被迫看着跟前消失了一日的小娘子,终于出了声:"我怕不是你的郎君。"

温殊色一愣,目光落在他脸上,细细打量了一番,抿着笑意:"你不是我郎君,那你是谁?"

今日那丫鬟回来禀报她和母亲进了戏楼时,他恨不得把她千刀万剐了,如今见到这张脸,又瞬间没了脾气,无力地问她:"什么时辰了?"

温殊色转头看了一眼滴漏,回答:"亥时。"

"你还知道回来。"

原来是为此事。

"今儿我陪母亲瞧宅子去了,母亲真不是郎君所说那般,她也喜欢听戏……"

谢劭并不想听,偏头打断:"嗯。"

"父亲回来了吗?听母亲说他喜欢饮高粱酒,明儿我去给他买几壶……"

堵在心口的闷气,实在憋不住了,谢劭突然一声嗤笑:"温殊色,是不是所有人你都能放在心上?"

看着她愣住的神色,他心口蓦然一揪,目光沉静地问道:"唯独我不能?"

夜灯下那双眸子幽幽地看着她，深邃如海，里头一抹隐隐的失落，似淡若浓，仿佛是她将他始乱终弃了一般。

温殊色心头一热，脱口而出："能。"

不知道他今儿是怎么了，但这个问题她能做到，她对上他越发深沉的目光，再次同他保证："能的，我会把郎君放在心上。"

她一副仗义的慷慨模样，似乎天底下就没有她解决不了的事儿，他心头的那股挫败感再次涌上来。这回他却没放过她，她就算是块朽木，他也得挖到她的心："那你说说，怎么放。"

怎么放？她一时也说不上来啊。

"郎君要吃糖葫芦吗？太甜了，母亲不喜欢吃，我也不喜欢，郎君喜欢吃什么，明儿我给你买？"

这就是她的放在心上。

"我从不贪图口腹之欲。"

这个温殊色倒相信，"穷困潦倒"后，也就最初两顿他不习惯，后面再也没有挑过，粗粮他也照吃不误。

不喜欢吃，温殊色凑上去轻声问他："那郎君喜欢什么呢？"

今非昔比，如今的他们不一样了，苦难日子都熬了过去，只要是郎君想要的东西，她都能满足他。

她对他总是毫无防备，看似她是热情主动的那个，可一旦等你靠近，便会发现那里面是空心的，能把人冻死。

他喜欢什么，她还看不出来吗？就是这么一张脸，日日搅得他心神不宁，白日虽没见到她人，可一闭上眼睛，处处又都是她。

她呢？他对她而言，是可有可无吗？

谢劭没答应她，目光深深地落在小娘子的脸上，对她的爱慕没有半点掩饰，她要骄傲，要得意，随她高兴……

他大胆地把心思敞开了给她看。

是珍惜也好，践踏也好，他都无所谓了，横竖被小娘子捏在了掌心，已经无可救药了。

温殊色呆呆地望着他。

他如此神色是为何意……

两人自成亲以来，闹腾过无数回，但她从未见他用这样的眼神瞧过自己，说不出来是什么感受，只觉得那一双眼睛像是一片汪洋大海，并不让人恐惧，却又让她慢慢地沉溺其中，心口紧张得快要跳出来了，身体却动不了半分。

她瞧得久了，目光里的诧异和疑惑慢慢地飘忽起来，随着郎君眼里的深海一道沉沦。

片刻后，谢劭微微扬起了下巴，她竟也低下头附身迎合。

唇瓣碰上的瞬间，心口的凌乱逼得她闭上了眼睛。

谢劭这回再也没给她逃跑的机会，伸出手紧紧扣住她的后脑勺，最初唇瓣纠缠还带着战栗和谨慎，能感受到他的柔情，到了后来便渐渐地失了控。

他把这几日自己所受的冷落，对小娘子的思念，全发泄了出来，太过于用力，甚至拉扯到了另一边肩头的伤口。

他也顾不得了，不想要命，只想要小娘子。

在她的低吟呜咽声中，他那颗空荡荡的心渐渐填满，终于找回了一点踏实感，缓缓地松了力，舌尖自她贝齿内的芳泽间退出，眸色幽深，意犹未尽地看向小娘子。

小娘子的神色也不太好，唇瓣被他亲得嫣红，一双眼睛也被逼得水雾蒙蒙，如同揉进了烟云，泪光点点。

心腹之间一股燥热袭来，他极力忍住，轻轻地抚了一下她的脸颊，手指往她下颚一按，哑声问她："明日还要去陪母亲？"

温殊色喘着气儿，脑子里一团乱，早已找不着北了。

上回在村子里，那短暂激烈的一吻，时间一久，几乎快要淡出脑海了，今儿这一顿亲，又把她的记忆拉了回来。

不知道两人的一张嘴亲吻起来，还能玩出这么多的花样，郎君那舌尖的动作简直让人脸红心跳，像是在做着某种禁忌的事，只有彼此才能体会到那份刺激和动容。

亲起来时要命，可心口的位置又有丝丝悸动牵引着她，迷迷糊糊之际，她似乎还滋生出了一股恨不得同郎君揉在一块儿的冲动。

她是怎么了？

她是个小娘子啊。

温殊色终于知道他说的喜欢是什么了。

她羞涩紧张……但内心深处又不得不承认，自己似乎也有些喜欢。

她明儿已经和母亲约好了，要继续去看被褥和幔帐的面料，估计还得忙上一日，说不准还得两日……

好在已经知道他想要什么了，温殊色道："郎君，我明白怎么把郎君放心上了，明日等我回来，我们……"终究是个女郎，脸色如同火焰在烧，偏过头把那句没羞没臊的话说完，"我们明日再继续亲。"

她这一句说完，起身匆匆去了净房，留下谢劭一人，在那滔天的火焰和热量之中挣扎沉沦。

先前要说什么来着，已经不重要了，小娘子把他推到了另一个大陷阱里，他挣扎不了，也不想挣扎。

第二日，温殊色还是被谢二夫人带走了。

她们先去了几家铺子挑褥子的面料，往日一堆的花样即便再相近，温殊色也能一眼瞧出不同来，找出自己喜欢的。

可今日也不知道怎么了，瞧什么都似乎一样。

手指头从那丝滑的绸缎上一划过，耳边便响起郎君一声："小娘子……"

昨儿夜里，她洗漱沐浴完躺在郎君身旁，正要闭上眼睛，郎君突然又问她："明日什么时候回来？"

她答："很快。"顿了一会儿，她终于从他的话里悟出了一些苗头，想起他的种种行为，侧过头问他，"郎君今日是不是想我了？"

过了一阵，谢劭才从喉咙里应出一声："嗯。"还没等她反应，随后一只胳膊伸过来，从她的后颈下穿过，把她搂进怀里，"睡觉。"

知道他有伤，怕碰到他，她蜷缩成一团，胳膊抵在他腰侧："郎君，小心伤……"

"无碍。"

行，他说没事就好，但她也不敢动，怕扯到了他的伤口。

自从郎君受了伤，衣襟就没系上过，安静地躺了一会儿，她才发现自己的指关节抵在了郎君光溜溜的腰腹上。

没察觉时什么感觉都没有，察觉了后，突然就不一样了，不过是碰到了一小块皮肤，冰凉的温度却慢慢地烧了起来，从她的指关节钻进心坎，烧得她心慌意乱。

不知躺了多久，见头顶上的郎君半天都没再动，应该是睡着了，虽说偷偷摸摸，乘人之危，并非君子所为，所幸，她不是个君子，且只需她把蜷缩的手指头伸展开便能碰到。还没开始行动，她已被自己的色胆吓得心跳加速，念头冒了出来，收是收不回去了，浪已经激到了几层楼高，只能下手，闭上眼睛，手掌盖上去。她还没来得及薅上一把，郎君突然抽出枕在她颈下的胳膊，顺便把敞开的衣襟也合得严严实实："明儿早点回来，让你摸。"

活了这么久，只听说小娘子勾郎君心的，可没听过郎君反过来吊小娘子胃口的。

可丢脸的是，她还真被他吊着了。

昨夜碰到的手感便如同眼下的绸缎，又滑又细，但又有些不一样。

郎君的要硬朗很多……

意识到自己在想什么，温殊色吓得一个激灵忙把手缩了回来，面红耳赤背过身去，生怕被谢二夫人瞧见，独自一人去了里间挑选。

日头从屋子的直棂窗外照射进来，光晕正旺。

快午时了,不知道郎君在干什么,应该还没用饭吧,会不会已经在想她了……

"娘子,娘子……"晴姑姑盯着她的手指头,见她都快把跟前的一匹绸缎搓出一个洞来了,目光痴呆,嘴角还含着微笑,像是中了邪,心头不由得一跳,连唤了她两声,才把人神志唤回来,提醒她,"二夫人已经挑好了,正等着娘子呢……"

上了马车,谢二夫人见她半天没说话,也察觉到了她的心不在焉,轻声问她:"怎么了,想什么呢?"

温殊色立马打起精神来:"没事,母亲接下来打算去哪家?"

她一脸归心似箭的迫切模样,心思都写在了脸上,谁还瞧不出来。

儿子和儿媳成亲时,谢二夫人和谢仆射都不在,由着谢老夫人一番糊涂,把两个无辜的小辈撮合在了一起。

收到消息时,也曾担心过,自己的儿子从来不是个吃亏的性子,旁的倒是不怕,就怕他把人家姑娘给欺负糟蹋了。

没想到两人一路从凤城逃出来,竟安然无恙地到了京都。

其中经历的艰辛和危险,昨儿夜里她都从谢仆射那儿听说了,现太子对温殊色也赞赏有加:"有胆有识,有情有义。"

都是风华正茂的年纪,年轻气盛,能一路走过来,患难见真情,即便是假的,也会处出来感情。

昨日谢二夫人把温殊色拉出来,也是想看看两人到底是什么情况,见那小兔崽子派人来了几回,便知道他是坐不住了。

如今见到温殊色的神色,谢二夫人心下也明白了,却不识破:"要是有事你先回去。我很久没来京都了,想多逛逛,恐怕没那么快回。"

没那么快,那估计自己还真是等不了了。

能有什么事呢?说自己突然垂涎自己的郎君了?

心头的真实想法不能见人,但只要想见一个人,便有千万种理由。温殊色一脸担忧地同谢二夫人道:"今日宫里的太医会过来诊断,也不知道郎君怎么样了。"

谢二夫人见温殊色终于说了出来,松了一口气,没再为难她:"既然担心,便回去瞧瞧。"

把谢二夫人送到铺子外后,温殊色才折回。

谢府的马车留给了谢二夫人,温殊色自己招了一辆,坐在车上,听着耳边车毂轮子碾压路面的声音,知道自己离家越来越近,头一回如此紧张,期待了起来。

晴姑姑已经观察她好一阵了,见她一会儿痴笑,一会儿撩一下车帘,一会儿又放下低头抿着笑,恍如着魔了一样,越发心慌,出声问道:"娘子到底是怎么了?"

温殊色摇头:"没怎么。"

过了一阵,她主动同晴姑姑道:"姑姑,郎君好像喜欢上我了。"昨夜她只当是自己回去晚了,他不高兴,可如今细细一想,到处都是蛛丝马迹。

郎君说想她,为何会想她呢,定是心里有她才会想她。

且他昨夜看她的那眼神,暧昧又深情,实在算不上清白,还把她亲成那样,就差把她吞下去,骨头都不剩了,不是喜欢又是什么呢……

晴姑姑总算知道她这一上午"病症"的由来了,瞧她这副模样,也忍不住替她高兴:"奴婢早说过,娘子生得好看,性子又好,谁遇上了不喜欢,姑爷喜欢上娘子,那是姑爷眼光好。"见她如此高兴,顺便也问了一句,"那娘子可喜欢姑爷?"

温殊色毫不犹豫地点头:"喜欢。"

她早就喜欢上他了,从他忍着饥饿,把那盘咕咾肉端在她面前开始,她便打算要同郎君过一辈子。

后来在渭城,他背着她,头上的发冠戳到了她额头,他回过头来问了她一句"疼不疼",那一刻,她对郎君便动了心。

多少个日夜,他把肩头给了她,他抱着她滚下马背,拼死把她护在身后,郎君身上有太多让她喜欢的地方。

她除了想和郎君过一辈子,当下最强烈的念头,大抵就是摸摸郎君的那几块肌肉……

到了正午,街头的人渐渐地多了起来,路上开始拥堵,马车比往日要慢。

她时不时掀开帘子瞧向外面,走走停停,真让人着急。

早知道今儿就该同母亲说好,她要留下来照顾郎君,也不用折腾这一遭了。

小半个时辰后,马车总算到了宅门口。她从车上跳下来,提起裙摆同晴姑姑一前一后,匆匆往里面赶。

进了里院的长廊,她突然又慢了下来,回头问晴姑姑:"我这么早回来,郎君会不会觉得惊喜?"

晴姑姑被她一停顿,险些撞上,无奈地笑道:"娘子只要回来了,姑爷肯定欢喜。"

但她还是想给他一个惊喜,没让院子里的两个丫鬟吱声,她轻手轻脚地跨入门槛,猜着他见到自己会是什么样的神情。

帘子一掀开,她的目光便往床上瞧去:"郎……"

"谢哥哥竟然还记得这事儿,我以为谢哥哥忘了呢。"

两边的说话声均被打断,蒲团上正欢颜笑语的姑娘,和对面笑如春风的郎君,齐齐朝着珠帘处瞧了过来。

同预想中的场面出入实在太大，温殊色一时愣住，忘了反应。

屋内的姑娘先起身，打量了她一眼，笑着问跟前的郎君："这位便是谢哥哥的夫人吗？"

谢劭点头，同温殊色引荐："二公主。"

温殊色这才回神，对方一身华贵，明显不是平常的身份，赶紧进屋蹲身行礼："臣女参见二殿下。"

二公主一笑："夫人不必客气，平身吧。本宫听说谢哥哥受了伤，早就想来探望了，奈何宫中生变，如今才得以脱身。"又抱歉地看向谢劭，"本宫可会打扰到谢哥哥？"

"无妨。"谢劭侧过头来，看向温殊色，一脸意外，"今日怎么这么早，忙完了吗，母亲呢？"

温殊色的心口蓦然一阵刺痛。

她没上前，双手垂在身侧，捏了捏披帛，脸色并没什么异常，没去看郎君的眼睛，扯唇笑了笑："我、我先回来取点银钱。母亲还没置办完，郎君好生招待殿下，我拿些瓜果来。"

她转身掀开珠帘，一步一步地走出去，越来越快。

跨出门槛，到了廊下，眼里的一滴热泪毫无防备地挂在了脸庞上，她急忙伸手去抹，眼里的水珠子却如同洪水决堤，怎么抹也抹不干净。

"娘子……"晴姑姑跟在身后急忙唤她。

温殊色摇头，尽量不让自己的声音打战："我没事，姑姑赶紧去拿些茶点，别怠慢了殿下。"

"娘子。"晴姑姑哪里放心得下。

"屋里没个人不行，我心口疼得紧，是不能再进去了。姑姑去看着吧，我到前院去歇歇。"温殊色不让晴姑姑跟着，一个人走出了院子。

正午日头晒在头上，让人脑袋发晕。

先前回来时的期待和兴奋，她所以为的一切，并不存在，活像是一场笑话。

郎君没有想她，见到她也没有半分惊喜，甚至她的出现，或许还给他带去了困扰。

今日她才发现原来郎君的笑容，除了她，也可以给第二个姑娘。

谢哥哥……

这样的称呼，她从来都没叫过。

心口越来越疼，像是要裂开了一般，呼吸都艰难了，她再也不想待在府上，恨自己怎就突然回来了。她抹干了眼泪，去往门口，跟门房说了一声："我出去一趟，晴姑姑问起了，就说我去找二夫人了，让她不必来寻，好好招呼客人。"

她叫上车夫，重新坐上马车，也不知道该去哪儿。太阳太大，她哪儿也不想去，走了一圈，最后让车夫把她拉去了旧曹门街头。

那是两人第一眼看到的京都。

丫鬟把话传到晴姑姑耳里，晴姑姑刚端着瓜果盘，给两人送了进去。

里头二公主还在同谢劭说着童年趣事，谢劭抬起头，见来的只有晴姑姑，皱眉问道："三少奶奶呢？"

尽管心头难受，晴姑姑还是顾及大体，垂目禀报道："三少奶奶担心二夫人银钱不够，出去给二夫人送银子去了。三少奶奶带话，说怠慢了二殿下，改日登门赔罪。"

二公主笑着道："三少奶奶言重了。本宫今日来也没提前打招呼，是本宫的唐突，三少奶奶去忙便是。"

谢劭没说话。

七月的天，日头正晒，人都回来了，她还要跑出去，她就不嫌累？

半个时辰后，二公主才辞别："谢哥哥早日把身子养好，我非得与你再赛一场马，把几年前丢的面子找回来。"

谢劭起身，礼貌地一笑："公主若想赛马，谢某奉陪，不过儿时的那一道称呼，谢某不敢当，还请公主往后直接唤臣名字便是。"

闵章出去送人。

谢劭打算更衣，今日太医和二公主一道来了府上，伤口换完药，立马便穿上了衣裳，勒得有些紧，不太舒服。

他正解着袖口，晴姑姑突然在外唤了一声"姑爷"。

谢劭停了动作："进。"

晴姑姑捧着一沓衣袍进来。名秀阁的第一批衣裳已经赶了出来，刚派人送过来了，里里外外几套，全都是姑爷的。

见到这一堆新衣，谢劭心头一喜，可喜可贺小娘子没把他给忘了。他指了床头的箱柜："放里面吧。"

晴姑姑打开柜门，一眼便见到了那套亮宝蓝的袍子，想起当初娘子一生气，转手给了闵章，不知道怎么又到了姑爷手上。

想必姑爷已经知道是娘子做的了，她一时欣慰，多了句嘴："娘子是头一回给人做衣裳，针脚虽比名秀阁的简单，但也是一针一线亲手缝的，姑爷能留着这袍子，娘子知道了定会高兴。"她把新袍子放了进去。

半晌后，才听到身后的人出声："她自己做的？"

晴姑姑一阵诧异，闹不明白他到底知不知道，点头道："姑爷去拿告身的那日，娘子念着姑爷的衣裳都破旧了，便去外面买了绸缎，亲手裁剪，一针一线，照着姑爷的尺寸做出来的一身，也不知道姑爷穿上合不合适。"

谢劭没回答她。

待晴姑姑一走，他立马走到床头，拉开柜门，取出了那身衣袍。

他匆匆褪下身上的衣衫，也没叫闵章进来伺候，一个人避开肩胛骨的伤口，小心翼翼地套在了身上。

折腾完，他额头上已生了一层细汗。

尺寸果然对了。

难怪闵章穿在身上会小，这压根儿就不是给闵章的。

他抬了抬袖口，再试着踢了下腿，再合适不过。

几日以来，心头从未如此熨帖过，穿在身上后便不想再褪了，他打算一直穿着，等着小娘子回来，当面质问她。

既然是亲手替他做的衣裳，为何会到了闵章手里。

等啊等，等到了傍晚，连谢二夫人都回来了，却还是没见到温殊色人影。

谢劭忍无可忍，走出院子，敲了谢仆射和谢二夫人的房门，门一打开，劈头便问谢二夫人："温殊色呢？"

谢二夫人刚回来，正解着头上的发钗，闻言一愣："她不在府上？"

谢劭立在门前，脸色难看至极："她不是陪你一起出来了吗？"心头早就装着对这两人的不满，说话的声音不免大了些。

谢二夫人盯着跟前突然同自己发火的儿子，很想一巴掌呼过去，但一时也不明白发生了何事，心头沉了沉，告诉了他实情："她今日想你想得厉害，午时便回来了，怎么没到府上？"话说完，便见谢劭变了脸色。

晴姑姑没料到，温殊色压根儿就没去找谢二夫人。

此时还没见她回来，想起白日里她那副伤心欲绝的模样，晴姑姑吓得腿都软了，再也没有忍住，哭着道："姑爷，赶紧去找三少奶奶吧，三少奶奶走的时候还在怄气，哭着呢。"

娘子适才一路回来，多么期待见到姑爷啊，晴姑姑都看在眼里。

一回来，却见到姑爷坐在屋内同二公主说笑，娘子心头得有多疼。

晴姑姑不知道姑爷和二公主到底是什么关系，但自己的娘子陪着姑爷出生入死过，虽然只认识了半年，不及青梅竹马来得早，可这份感情，并不比任何人轻。

二公主今日一声"谢哥哥"不应该，尤其还是当着娘子的面，不该如此称呼他。

姑爷如今是从三品的官职，也已成了亲，按理来说，二公主要么称一声"三公子"，要么称呼他为"谢大人"，再显得她尊贵一点，直呼其名都行。

娘子必定是听进了心里，伤了心，这会子天都要黑了，人都走了几个时辰了，上哪儿去找啊。

谢二夫人听完晴姑姑的话,脸色也变了,还没来得及质问跟前的罪魁祸首,谢劭突然转过身,径直往门口冲去:"闵章,备马。"

一行人刚出门口,便见到从马车上下来的温姝色。

她手里提着几壶高粱酒,怀里还抱着一个食盒,见到立在门前脸色苍白的郎君,愣了愣,知道自己八成没掐好时辰,谢二夫人怕是已经回来了。她忙冲他一笑,解释道:"我去给父亲买酒去了,我还买了郎君喜欢吃的咕咾肉……"

平日她一笑起来,总会让人忍不住跟着高兴,可这回没一人高兴得起来,大家心里酸酸楚楚的。晴姑姑立在谢劭身后,见到人回来了松了一口气,再看到她这模样,又止不住心疼,偏过头继续抹泪。

热热闹闹的门口,堵了一长串的灯火,没一人吱声。

谢劭身上的伤还未痊愈,急急忙忙走出来,肩胛骨的伤口已在隐隐作痛,可这时候他哪里还顾得了那点痛楚,眼里全是小娘子。

他走下台阶,朝着小娘子一步一步走去。

温姝色这才反应过来,神色一慌:"郎君你怎么出来了,赶紧回去躺着,太医不是说了要半个月才能下床……"

"都下去。"谢劭回头打发了身后众人。

知道人平安无事地回来了,大家也都安了心,鱼贯退进门槛内。

温姝色原本想着早点回来,在巷子口等一会儿谢二夫人,与她前后脚入门,没料到谢二夫人赶在了自己前面,见这阵势,想必是出来找自己的。她知道自己多半惹了祸,看着走过来的郎君,忙道:"郎君,对不住,我忘了时辰,耽搁久了,让你们担……"

谢劭立在她面前,轻声打断:"去哪儿了?"

温姝色把怀里的食盒提起来,对他扬了扬,依旧一脸笑意:"昨儿路过旧曹门时,我便闻到了香味,不知道是从哪儿传来的,今日出去找了一趟。闵章说得对,深巷子里藏着的小店,味道不一定就比酒楼的差,我尝过了,很好吃。郎君吃了好几日觅仙楼的东西,估计也腻了,尝尝这个吧……"

谢劭一直盯着她:"为何要出去?"

温姝色本也想好了说辞,如今不知道郎君已知道了多少,只能硬着头皮道:"本是出去替母亲送银钱,找过去母亲已经走了。"

谢劭无情地揭穿她:"母亲压根儿就没让你送过银钱。"

那便是什么都知道了,温姝色垂头,只能认错:"郎君,是我错了,我想偷懒出去逛逛,下回我听郎君的话,再也不乱走了。"

她编出来的说辞,谢劭依旧不满意,毫不留情地揭穿她:"母亲说,你是想我了。"

温姝色心头微微一抽,脸上的微笑也僵了几分,蒙混不过,只能点头承认:

459

"嗯,郎君在忙,便没打扰。"

"所以你便一人跑去了外面?"谢劭轻声问完,解释道,"我与二公主幼年一同长大,早年她于我有情,我接待她,是把她当友人看待,并无他意。"

温殊色点头:"郎君误会了,我并非介意,当真只是出去逛……"

谢劭揪住她的话不放:"我误会什么了?"

他这番刨根究底,誓要问她的心境,应该是听晴姑姑说了什么。

她虽从小没了母亲,但祖母和父亲在她身上花费的心血并不比旁人差,从小照着大家闺秀的规矩教出来的,自然懂得身为人妇,什么该为,什么不该为。

今日贸然跑出去,确实是她有失规矩,但她今后不会了。

温殊色替他宽了心:"郎君如今是朝廷命官,将来要打交道的人何其之多,今日二公主念着与郎君的交情,前来探望郎君,郎君热情招待,合情合理。倘若我都要记在心上,等到将来郎君当真纳了别的小娘子进门,我岂不是成了妒妇?"马车盖下的一盏羊角灯,光晕模糊昏暗,轻轻地落在她的眼角,她眼里含着笑意和豁达,却没了今儿白日匆匆赶回来见郎君时的期待和欢喜。

她是个什么性子,谢劭早就摸清了,说出来的话,心头必然也是如此想的了。

她一人出去了这几个时辰,想出来的便是这样乱七八糟的东西,她是想要退缩,再也不管他了吗?

肩胛骨的伤口在痛,心头更疼,他低声问她:"当真如此,我纳别的小娘子你也同意?"

温殊色点头:"郎君位极权臣,三妻四妾乃正常不过,我身为夫人,应该豁达,喜郎君所喜,好郎君所好,郎……"

这是她想出来的未来,谢劭实在听不下去,打断她:"温殊色,好好说话。"

她走了这大半天,逛了无数个小摊,买了一马车的东西,自以为已经想开了,如今被郎君质问,心口依旧还是隐隐作痛,但能怎么办呢?郎君这样的人,生来高贵,出生在京都,一生下来结识的便是皇亲国戚,她拿什么去计较?只怕再多的眼泪都不够流。

谢二夫人昨夜那句话只说对了一半,女人一辈子能不能幸福美满,虽说多半看郎君,但也并非全看郎君,有一半还是得靠自己来选。

她不要活成姚十娘那样。她想明白了,就算郎君将来身旁一堆的莺莺燕燕,她也不能落泪了。

不好看,还死得快。

她仰起头看向郎君,斩钉截铁:"我说的都是真话。"

谢劭好不容易揪住了她这只万年乌龟伸出头来,还没来得及瞧瞧是何模样,她又缩进去,死鸭子嘴硬不认账了。

百年铁树开了花,刚冒出了嫩芽,怎可能让她把它掐断,今夜一旦错过,她又会将头缩进壳儿，再也不会把心坦露出来了。

他不给她退缩的机会了："温殊色，我问你，我今日同二公主说话，你是不是难受了？"不待她回答，谢劭便堵住了她想狡辩的借口，"不能说谎。"

"嗯。"温殊色点头。

以后她尽量控制，控制不了就眼不见为净。

谢劭又道："我身上的这身衣袍，是你亲手做的，给我的？"

温殊色一愣，这才留意到他穿的衣袍。亮宝蓝的缎子，衣襟绣了几根简单的竹节，确实是她做的那身，不知道怎么到了他身上。她正疑惑，便听跟前的郎君道："我从闵章那里抢来的。"

温殊色愕然地看向他。

"我嫉妒，嫉妒娘子置办的第一件新衣为何不是给我的，午后我便穿上了，想等娘子回来，问问娘子除了夫妻之情，心里是否有我？"先前自己在心头还无数次地骂她心盲眼瞎，怨她看不见自己的真心，白长了一双好看的眼睛。

可如今，自己又何尝不是。

她从凤城一路陪着自己，生死关头，不顾自己的生命危险，毅然决然地回来救他，这不是感情又是什么？

他还想要什么呢？

看着跟前呆愣的小娘子，他既心疼又欣慰，伸出胳膊轻轻地抱住了她，彻底缴械投降了，把自己的心思剖开，同她道："温二，你不知道我等这一日等了多久，想让你喜欢上我，想你把我放在心上，想你多看我一眼，陪在我身边，只同我一人说话，可我每回要同你说起，你总能扯到天边去。"偏头继续道，"多少回了，我很想剖开你的心看看，里面到底有没有我。"

"我好不容易把自己劝明白了，我喜欢你，不必你来回应，你又突然让我看到了曙光，我高兴，高兴娘子心里也有我。"见小娘子半天都没动，他微微松开，低下头去看她的眼睛，细声哄着，"今日我也在等娘子，从早上便开始等了。"

温殊色原本清晰无比的脑子，被他这一搅和，又成了一团乱。

被自己喜欢的郎君诉说肺腑之言，她很难不动心，平静的心再次被挑得七上八下，"咚咚"地跳了起来，一时有些摸不准方向。

她抬起头看着他，目光对望了一阵。

没见到郎君时，她一人很好下定决心，如今见到了郎君，还被他这番引诱，秤杆子已然偏向一边。

她这大半下午的伤神劳心，岂不是都白费了吗？

她越看越觉得不对，分明是一段深情的告白，但配上郎君这么一张招蜂引蝶的脸，便像极了糖衣炮弹。

她突然转过头去，心头越发混乱了起来。

谢劭见到了她眼里的动容，一口气还来不及松下来，又见她转过头去，留了半边侧脸给他。

他心头莫名吊了起来，什么脸面都不顾了，低声哄着道："是我不好，不该在娘子回来时与旁人说话，娘子要怎么罚我都成，但不能不管我。"

他说得好不委屈，温殊色一愣，又回头看着他，郎君眸子深邃，眼底竟然还有了红意。

他这是干什么呢？鼻尖的酸楚冒了上来，温殊色噘了噘嘴，一副为难的样子："可是我、我也好不容易把自己劝回去，郎君这么一说，我又得想……"

话音一落，谢劭便松开了她，接过她怀里的食盒和两个酒壶，立在她跟前："娘子就在这儿想，我等你。"

这事儿可不是一时半会儿就能想明白的，她得慢慢评估风险，有希望便有失望，搞不好还会头破血流，不知不觉便成了姚十娘。温殊色还是有些为难："可我……"

谢劭步步紧逼："娘子快想，时辰不早了，咱们还得沐浴更衣，早些歇息。"

他这番明明白白的暗示，大有自甘堕落，准备牺牲自己的意思，温殊色惊愕地看着他，脸色腾地烧了起来，脑袋又热又晕。

她倒也没好色到如此地步……

"不要脸。"温殊色正不知该如何是好，突然一道声音从府门后传来，听了大半天墙脚的谢二夫人忍无可忍，"儿媳妇赶紧进来吧，外面风大，别被那股没羞没臊的怪风把耳根子吹软了。"

此话一出，门外两人顿时僵住没了反应。

风有没有把小娘子的耳根子吹软不知道，郎君的脸色倒是潮红一片。

就没见过如此为人父母的。

万不能再演戏给旁人看了，谢劭拉着小娘子的手，快步进了院子，一时也忘了自己的胳膊还疼着。进了屋，他把手里的食盒和酒壶放下，立在灯下打算继续与小娘子掰扯，小娘子却瞧见他肩胛的位置已有斑斑血迹浸出了他外面的袍子。

这伤养了三五日，好不容易没再出血了，这要是有个好歹，自己可脱不了干系。温殊色赶紧把人拉到了床边，替他解起了衣袍："郎君别动。"

谢劭也看到了血迹，疼还是疼的，但心还被小娘子吊着，今儿非要她给自己一个痛快，盯着小娘子："你想好了没有？"

温殊色不理他，继续解他的衣袍："我先瞧瞧郎君的伤口。"

她不回答，有了之前的经验，他自己开始解读了："娘子还是关心我的。"

温殊色一心都在他的伤势上，衫袍褪下来，下意识扔了出去。谢劭手疾眼快，弯下身用受伤的那只胳膊一把抓了回来："别扔……"

他这一弯腰一用力，里衣上的大片血迹更明显了。

温殊色看着他额头上冒出来的细汗，赶紧把人扶了起来："郎君不要命了吗？"

人一旦不要脸了一回，便会自暴自弃，变本加厉。

"不要了，娘子都差点弄丢了，还要什么命。"

温殊色没心情同他玩笑，纱布已被血迹浸湿了大半，她急忙把闵章叫进来，两人一道替他换了药。

今日太医过来又放了一回瘀血，好在只是崩了划开的那道伤口。

药换好后，绑上了白纱，闵章一出去，谢劭又开始了："你就给我一个痛快吧。我这般心中揣着事，伤也好得慢。"转过头一本正经地问温殊色，"郁郁而终，这话娘子听说过吗？人很多时候，不是被病魔折磨死的，而是被心困死的，人生三大悲，怨憎会，爱别离，求不得，也不知道我占的这是哪一宗……"

与郎君相处了这么久，见过他足智多谋、冷静沉着的一面，也见过他狡诈、耍滑头的一面，但他为人一向坦荡，重规矩，从没做过不要脸的事。

她有些意外，不知道该怎么回应他。

谢劭扫了一眼她震惊的面色，心下暗道，怎么着，只许州官放火，不许百姓点灯呢？这算什么，自己只是学了她的一点皮毛。

突然，他捂住心口，艰难地吸了一口气，似是在忍受着莫大的痛苦。

温殊色立刻便察觉到了，上前着急地询问："郎君伤口还疼吗？"

谢劭摇头："不疼。"

一看就知道是他嘴硬，温殊色不相信："我都瞧见郎君额头出汗了。"

她瞧见了就对了，谢劭有气无力地道："这不是伤口疼出来的。"

温殊色愣了愣："郎君还有哪儿痛吗？"

说完，她便见他伸出一个手指头，朝着自己心窝的位置点了点："怕是犯了心疾，疼得厉害。"眉头都皱了起来。

心疾之症，温殊色并没有见过，但知道自己的祖父便是因此症归了天，听祖母说发作起来甚是难受。

她紧张地问他："郎君何时开始的？今儿太医过来没一道替你瞧吗？"

"之前也没有，今日才开始的。"

温殊色瞧了他一阵，便也明白了，怕是今儿自己不松口，他能折腾一晚上。

"那我答应郎君继续喜欢你，郎君的心疾就能好了吗？"

谢劭转过头来，知道自己被她揭穿，也不害臊，弯唇笑了起来，心疾是假的，可疼痛却是真的，脸色有些发白："多谢娘子垂爱，为夫一定不会辜负你的真心。"

人说病榻上的美人，别有一番风味，好看的郎君病起来，也是同样的道理。

人没了往日的精神气儿不说,连平日里的聪明劲都没了,换了药后,他索性连衣衫都没穿了,躺在那儿,一副病弱的模样,似乎任凭她拿捏。

他都如此同自己示弱了,她还能怎么办呢。

温殊色瞥了两眼后,心肝颤了颤,极为鄙视自己,合着今儿大半日用眼泪筑起来的城墙,就这么土崩瓦解了。

其实她真不是那么小心眼的人。

"谢……"她试着叫了一下,"哥哥"二字着实吐不出来,哥儿妹儿的也不是人人都能叫出口的。

"郎君怎会辜负我呢,我跟着郎君只有沾光的份,没嫁给郎君之前,我怎么也没想到还有这样的福分,竟成了二公主的姐姐了。"她看向郎君,目光带着期待和兴奋,"我是不是也算皇亲国戚了?"

谢劭正沉浸在幸福美满之中,结果被她这一句又从美梦中拉扯了出来。

她揶揄起人来,一点儿也不含糊。

但他竟有些享受这样被质问的感觉,比她刚才在门外说的那一番气话,让人心头踏实很多。

她为何会在意?是因为她心里有他啊。

人逢喜事最容易头脑发昏,也喜欢对人许下承诺。

"你不用羡慕她,为夫以后给你赚个诰命回来,不比她威风?"

诰命?温殊色目光一顿,心里的那丝不适一溜烟儿散了个干净,凑上前不确定地看向床上的郎君:"郎君说的是诰命吗?"

"嗯。"

温殊色眼底露出期待,又有些忐忑:"我、我能行吗?"

见小娘子终于恢复了往日的鲜活,他一颗心越发膨胀,嘴瓢得更厉害:"怎么不行?你是我谢劭的娘子,你就是要天上的星星,我也会去给你夺下来。"

男人的嘴骗人的鬼,谁都知道的大道理,可为何还是有那么多人愿意沉迷,因为他们都戳到了对方的点子上。

她不贪心,不该要的不会要。

温殊色趴在床侧,仿佛那诰命已经唾手可得了,雀跃地问道:"诰命夫人,那能在衣裳上绣凤凰了吗?"

谢劭点头:"能,只要不当着皇后和贵妃的面压过她们便是。"

"这个我还是知道。"

还不止这些,谢劭忍着肩头的痛,逗小娘子开心:"每个月还有俸禄,你那位大伯母见了你还得行礼,皇家宴席,你也有资格参加。"

温殊色眉梢都扬了起来:"多少俸禄?"

谢劭没给她一个具体的数目:"那就看你夫君的官职是几品,官职越高,你的俸禄也会越高。"

他都从三品了，即便不再往上升，也足够她威风的了。

这样的待遇，她做梦都不敢想。

原本以为自己做指挥使夫人，已经算是达到了人生巅峰，殊不知人生的高峰压根儿就没有顶，只有你想不到，就没有郎君赚不回来的。

温殊色趴在床边呆了一阵，喟叹道："今年我才十七，满打满算也就十八，日子便活成了这样，岂不是戳人眼珠子吗？"

八字没一撇，已经被她说得像是板上钉钉，他就算豁出去这条命，怎么也得给她赚回来。

"戳了又如何，有我在，娘子就应该值得这世上最好的。"

郎君的嘴一夜之间解了封，妙语连珠，让她有些招架不住。

温殊色一点都不怀疑郎君的本事，感动道："郎君好好养伤，在郎君伤没好之前，我哪儿都不去了，就在屋子里陪着郎君。"

所以说，小娘子贪图势利有什么不好呢，紧要时候，至少自己知道该往哪儿使力。

人已经哄好了，他整个人都踏实下来，拍了拍身旁的位置："辛苦娘子，时候不早了，早些洗漱歇息。"

天色确实不早了，温殊色点头起身，想了起来，回头又蹲在他旁边，这回是诚心诚意地问他："郎君洗了吗，要不我帮你擦擦身子？"

刚崩了伤口沐浴有点困难，擦擦身子，不需要他动，应该可以。

这已经是小娘子第二回相邀了，听得出来与上回不同，不是故意来刺激他，他只要一点头，小娘子必然说到做到。

谢劭心头火焰直蹿，肩头上的伤口似乎又有了要崩裂的预兆，留得青山在不怕没柴烧，总不能和小娘子"浴血奋战"。

他倒不在乎流血，就怕没发挥好让小娘子失望了。他忍住脑子里的滔天巨浪，艰难地拒绝道："傍晚我已经洗过了，下回再麻烦娘子。"

温殊色道了一声"好"，匆匆去了净房，收拾完出来，郎君似乎累极了，已经闭上了眼睛，躺在那儿一动不动。

灭了灯，温殊色轻手轻脚地爬去了床里侧，折腾了这一日，心境大起大落，身心都有些疲惫，一躺下困意立马袭了上来。

正要闭上眼睛，身旁一只手突然伸来捏住她搁在被褥上的手腕。

温殊色一愣，还没回过神来，手已被郎君拉到了被褥底下，片刻后掌心便落在了一片光滑的肌肤上。

贴上去的瞬间，她便觉一片滚烫，都快挂到眼皮上的瞌睡瞬间没了，瞪大了一双圆溜溜的眼睛。

"为夫说到做到,娘子随意。"谢劭松开她的手腕,留下她的手掌让其自由发挥。

意思是她想怎么办就怎么办。

她真不是那种人,她和寻常小娘子一样,也很容易害臊脸红……

郎君的心跳声仿佛正在她掌心下轻轻地起伏,好像摸到了郎君的豆腐块,那日单瞧着便觉硬实得紧,不知道能硬到什么程度,五指试着轻轻地动了动。

郎君没反应。

黑灯瞎火,谁也看不见谁,她不过是好奇而已,既然让她摸,她还客气什么呢。

她五指往下一按,当真很硬,又不客气地薅了一把,像是石头,实在没忍住,侧头来看向郎君,惊奇地问道:"郎君的肚子怎会如此硬?"

"正常。"习武的男子都这样。

小娘子却觉得不正常,拿自己的来同他比:"我的就很软。"

说者无心,听者反应就大了。

小娘子的话音一落,谢劭的脑子里便勾勒出了一幅活色生香的画面,顿时一阵口干舌燥,躲过了小娘子要替他沐浴的请求,却没能躲过小娘子这一句她很软。

到底有多软呢?

他无法衡量,但可以无止境地想象,君子当久了,突然想做一回禽兽。

"是吗?我不相信。"

"真的很软,像棉花。"温殊色急于证明自己,另一只手似乎钻到了被褥底下在摸自己的肚子。

脑子里的画面瞬间流动了起来,如山洪猛兽,该想的不该想的统统往脑子里涌入,加速了他的血液流动,摧毁了他最后一点良心。他毫不犹豫地趁机下手,大灰狼想要引出小白兔,有的是招数,他慢慢地露出自己的爪牙:"怎么可能。"

温殊色窒了一下,似乎对他的不相信有些无可奈何。

她犹豫了一阵,突然挪回了自己的手,大抵觉得比起自己与他浪费口舌,还不如直接让他体会感受一回来得实在。像适才郎君那般,她也平躺着,非要证明自己的话没有骗人:"郎君不相信,你摸一下就知道了。"

小娘子终于中了他设下的陷阱,他心脏跳得更快了,深吸了一口气。他缓缓地抬起挨着她那一边的胳膊,手掌移过去,如同跋山涉水般漫长又急切,手指头刚碰到小娘子腰侧,不禁屏了呼吸,索性闭上眼睛,不让自己煎熬了,整个手掌落在了她的小肚上,隔着一层绸缎,也能感受到小娘子所说的柔软。

幽幽的体温,颤颤的起伏,要人命的,呼吸扼到了颈子,手却再也撤不出去,宁愿溺死也要继续。他手掌捂了一阵,手指头开始移动了起来,捻着那层碍事的绸缎,一寸一寸地往上移。

一颗贼心又慌又大胆,手指的动作快了起来,只差那么一点,就能摸到小娘子口中的棉花肚。

可到底是反着胳膊,似乎已经够到了极限,他心急如焚,翻身换成了另一只手,一时忘记了肩头刚崩开的伤口,疼得他一抽,不禁轻"嘶"出声。

这一声出来,温殊色也终于找回了自己的呼吸。

摸人和被摸原来全然不同。

她摸他时虽也心跳加速,但不会意乱,此时郎君的手贴在她肚子上,她不仅提着心,所有的触感都集中在那一只手掌上,难受又紧张,身子也跟着烧了起来,这不是在摸她的棉花肚,是在考验她的忍耐能力。

好在郎君力不从心,停了下来,她终于吸了一口气进肺腑,总算缓过来了。

她立刻把他的手拽了出去,一切责任都推给了郎君,自己依旧是大度的那一个:"郎君不着急,等你伤好了,我再让你摸。"

谢劭一脸挫败,躺了回去,木讷地睁着眼睛,遗憾和痛楚逼得他眼冒金星。

明儿还是把太医留下来吧。

温殊色见他半天没出声,料想应该是真疼了,贴心地问他:"郎君还在疼吗?"

他从牙缝里挤出一句:"无碍。"

那就好。

她也不敢再去摸郎君了,摸了还得还。

"那我睡了。"温殊色说完翻了个身,困是真困了,眼睛一闭,到了天亮。

这一晚小娘子睡得安稳香甜,谢劭却睁眼到了下半夜才合眼,第二日早上眼下一片乌青。

谢二夫人和谢仆射进来探望时,乍一瞧,吓了一跳。

谢二夫人出声就戳人心窝子:"这是怎么了,睡不着啊?"

谢劭没什么好脸色。

温殊色今日也履行了自己的承诺,没再出去,一直在屋内陪着郎君,把手中的药碗递给了他。见他一副不理人的态度,她忙替他回答道:"昨儿郎君的伤口裂了,应该是夜里疼,没睡好。父亲母亲用早食了没?我让晴姑姑去准备,要不今儿就在这边用饭?"

谢仆射和谢二夫人到了京都,一个忙着应付朝廷,一个忙着收拾宅子,还真没一道用过饭。

昨夜自己的儿子和儿媳妇闹了那一场,今日谢仆射也没心思去应酬,推了与同僚之约,留在了府上。谢二夫人的宅子也布置得差不多了,今日没再出门。

四个人难得有空坐在一块儿用饭,谢仆射和谢二夫人也没客气,留了下来。

自从谢劭封为殿前司指挥，得了千两黄金后，府上的吃穿用度便没含糊过，又恢复了之前在凤城谢府的日子。

算起来今日还是头一回招待公婆，温殊色不敢怠慢，给晴姑姑报了几道菜名，让她去觅仙楼买回来。

淳熬、汤饼、羊骨汤、金饭……

其中金饭最为讲究，用的都是昂贵的食材，鱼虾、鸡鸭羊鹅伴着调料一块儿煮出来。

觅仙楼一份，得卖到五十贯。

谢劭听得眼皮直跳，一份金饭都赶上了他一个月的租金。

知道自己的媳妇儿出手阔绰，可大多数花在自己看不见的地方，今日这一顿，才让他切身体会到了何为心疼。

自己能节约便节约吧。

饭菜一到，谢劭便对闵章吩咐："把昨夜三少奶奶提回来的咕咾肉热了，给我。"

谢仆射和谢二夫人同时抬头，温殊色愣了愣，道他是不想辜负自个儿的心意，劝道："郎君要是喜欢吃，待会儿我再去买一份回来。"

"那不得又花银子。"只过了一个晚上，又没坏，他执意让闵章去热。

谢仆射和谢二夫人捧着碗一脸平静都没吭声，内心却惊涛骇浪，这样的话从谢劭嘴里说出来，真是太阳打西边出来了。往日这顽劣之子，花钱眼睛都不眨，这几年不知道花了他们多少银子，别说一盘咕咾肉，就是他随手送出去的银钱，千盘都有了。

能有今日，怕是全归功于一人。

谢二夫人轻轻抬目，温殊色也埋着头没说话，手里的筷子替谢劭夹了几回菜："郎君多吃些，伤才能好得快。"

谢劭倒是都吃了，连着那盘热好的咕咾肉，这模样让人瞧了，莫名有些心酸。

即便如此，谢二夫人还是没想放过他。

不养家不知柴米贵，那些年自个儿在他身上受的气总得讨回来。

"你祖母最迟两日后便到京都了，你这宅子不够住。前儿我和殊色去外面看了，相国寺附近的那套宅子不错，咱们已经买了下来，装饰摆件也都订好了，待会儿你结下账。"

谢劭一口咕咾肉艰难地咽下喉，前日是听温殊色同他说了，母亲要买下那宅子，合着不是用她自己的钱。

上回他便算过一套宅子买下，再加上布置，恐怕得要五六百两黄金，他那一千两黄金怕是不保了。他皱眉道："你们没钱？"

谢二夫人没答，把问题抛给了他："你觉得呢。"

谢劭没再说话。

自己的媳妇儿把人家的家产都败光了，如今赔上一套宅子也是应该的。

谢二夫人又道："我和你父亲刚来京都，手里没有银钱，府上的开支，也得劳烦你先垫着……"

一顿饭吃完，谢劭感觉自己又山穷水尽了。

谢仆射和谢二夫人一走，谢劭便让闵章去太医院把那位太医请了过来。

他不能再躺着了，得赶紧养好伤，上朝赚钱养家，还得给小娘子挣诰命……

夜里，两人躺在床上。谢劭突然把小娘子的手捏在掌心，轻声劝道："那一千两黄金，你拿去随便开支，但皇上赏赐的那些东西，你得留着自己傍身。在我没拿到俸禄之前，任何人都不能给，万一有个意外，别紧了自己。"顿了顿，道，"我不想你再吃苦。"

不想再看着小娘子为一日三餐发愁，不想让她看到喜欢的绸缎而买不起。

他想一直看着她这副光鲜艳丽的模样。

小娘子手指缝宽，不知道节俭，银钱花出去容易，进来难，他得保证永远都有她的那份。

今日那一盘咕咾肉，让温殊色已经有些难受了，如今听了他这一番话，心头涌出一股暖流，又心酸又心痛。

之前她绞尽脑汁，想让郎君尝到苦头，懂得银钱的来之不易，以此好好奋斗。如今郎君成了她心里盼望的模样，可不知为何，她并没有开心，反而有些心疼了。

温殊色侧过身向他，床前的罩灯还没有灭，把郎君的眉眼照得温润如玉，像是朝阳下的一片海，让人忍不住想拥抱靠近。

自己何来的运气，嫁给了他谢劭。

心头蓦然一刺，疼得她声音都有些哑了，她轻轻地拉住了他搭在被褥上的手指："郎君。"

谢劭心头一跳，她莫不是连这个都没保住？

"怎么了？"

温殊色却看着他的眼睛，认真地道："那夜的话，我不该说。"

她不该那样伤害他。

他这般在乎她，舍不得她受一丝委屈，恨不得把心窝子都掏给她了，她却把他戳了个千疮百孔。

她知道他那日一夜没睡，就坐在这屋子里，坐到了天亮，心头可想而知，得有多难受。

她眸子里不知不觉噙满了水雾，都是在心疼郎君，真心地同他道歉："我错了，郎君原谅我好不好？无论郎君是贫苦还是富贵，我都喜欢，不是夫妻之情，是男女之情的喜欢。"

小娘子的声音一落，眼前的灯火都仿佛静止了一般。

谢劭的目光一转，紧紧地看着跟前的小娘子，心像是泡在了染缸里，五味杂陈，什么滋味儿都有，高兴、感动……更多的是苦尽甘来的欣慰。付出的感情得到了预料之外的回报，胸口后知后觉地被一道喜悦冲击，比起高兴，竟有一种想要流泪的激动。他望着小娘子的泪眼，眼底也慢慢溢出红意，嗓音嘶哑："我从未怪过你，又何来原谅之说。"

他不怪她，只恨自己让她跟着受了苦。

他难受，全是因小娘子的那席话里，对他没有半分真心。

如今四目相对，灯火在彼此的目光之中跳跃，从最初的相互抵触，到如今成了彼此心中的眼珠子，所经历的过程，一幕一幕地从两人的脑海里闪过，一切都明明白白，又何须多言。

人心都是肉长的。

这样的相濡以沫，怎可能没有感情。温殊色没忍住呜咽一声，撑起身来，凑上去亲上了郎君的嘴唇。

底下的郎君眸子一颤，只呆了片刻便反应了过来，热情地回应着小娘子。

与之前的几次吻不同，这次的亲吻中含着浓浓的情意，更为放肆激烈。谢劭很快占了主动，扬起脖子咬着小娘子的唇，露出的喉结不断滚动。

温殊色本是一时冲动，就想亲郎君一口，没料到似乎打通了郎君的任督二脉，他发了狠地亲她。

尽管已经天旋地转没了神志，慌了神，她还是小心翼翼地避开他的伤口。但郎君已经不顾一切了，一双手不知何时握住了她的肩头，舌尖探入她的唇齿内，探索乾坤，握在她肩头的手掌也在一寸寸地往下滑去，肩头、胳膊，他终于摸到了小娘子口中那一尺八寸的细腰。

当真是细如杨柳。

脑子里又浮现出她立在街头，抬起胳膊歪头扶着发髻，梅红腰带下的那截纤纤细腰，此时正在他的掌心之内，手指头终于挑开了昨夜没解开的绸缎。

她没骗他。

确实像棉花。

这回他是把昨夜她占的那点便宜，连本带利地全讨回去了，温殊色身子紧绷："郎君……"

两人成亲这么久，他能忍到现在，已是给了她最大的尊重。

成亲得太过匆忙，新婚之夜的事她不是很懂，但能明白个大概。

温殊色没把他推开。

可片刻后，耳边突然传来一道闷哼，郎君的动作明显慢了下来。温殊色赶紧起身，惊慌地看着他的肩头："郎君，你是不是又出血了……"

谢劲咬牙抽回了那只疼得发麻的胳膊，额角两边一阵一阵地跳，没有一刻能比当下更痛恨身上的这道窟窿。

瞧小娘子说的是什么话，他出血，他能出什么血……

心中极为不甘。

小娘子就在自己跟前唾手可得，也愿意让他得了，又一个天时地利人和，如此浓情蜜意之时，尤其适合和小娘子更进一步谈情说爱，他竟然如此不争气。

一口郁气堵在胸口，比肩头伤口的疼痛还让他难受，脸色难看至极。

实则要办也不是问题，他倒不怕疼，大不了再流点血。

他脑子里的念头越冲越猛，盯着小娘子的眸光也越发深邃，大有要豁出去一切的意味。

温殊色被他瞧得有些心慌，唇瓣和舌尖被他那一番咬搅之后，如今又麻又疼。

温殊色及时安慰道："郎君还是先养伤吧，养好了什么没有？我就在郎君身边，又不会跑。"

小娘子说得很真诚。

寻常夫妻新婚之夜便会圆房，可她和郎君成亲并非彼此所愿，未能行周公之礼，熬到如今郎君已喜欢她，她也喜欢郎君了，圆房乃迟早之事，为了这一回，让郎君再躺十天半个月，实属不值当。

小娘子说得也对，她是他的娘子，早晚都是他的。但他又怕她一觉睡醒后突然反悔，那自己岂不是要为今夜的错过而悔死，他得先把话说清楚："娘子的意思是等我伤好了，干什么都可以吗？"

他见过她的滑头，做好了心理准备，她要是犹豫半分，他今夜就算重新把那血窟窿弄崩裂，也要把事情办到位。

温殊色倒是很干脆地点了头："我是郎君的，郎君想怎么样就怎么样。"

多美妙动听的一句话，是个郎君听了谁不心动，终于把心头的那点遗憾缺口填上了，他眼里的执念渐渐散去，伸手抚了抚小娘子的头："睡吧。"

温殊色话说得很满，心里实则很虚。

她与郎君成亲乃突发之事，并没做任何准备，自己又没有母亲，祖母那夜伤心欲绝也顾不上教她新婚之夜的礼数。

她知道的，仅是跟着明婉柔偷偷看过一本画册……

两人本以为只是寻常的风月本子，谁知一打开，便见到了一男一女衣衫不整的画面，虽说心底都对其非常好奇，可碍于情面，赶紧将其扔掉，还和明婉柔一道唾弃卖书的没有良心，居然敢卖这等伤风败俗的东西。

事后，她不确定明婉柔有没有捡起来看，但自己实在好奇，又去买了一本一模一样的回来。

乍一瞧不得了，让人脸红心跳，可仔细瞧了后，压根儿又没什么，不过是郎君抱着小娘子，要么小娘子的衣衫落下肩头，要么郎君的衣襟敞开，该露的一点都没露。

也就那样……

她不知道，郎君应该知道，被他这番亲过后，横竖也睡不着了，她侧过身想同他聊一会儿："郎君，你困吗，不困咱们说会儿话呗。"

谢劭心头的燥火还没下去，这会子哪里来的瞌睡，侧头看着她："娘子想说什么？"

"你去过花楼没？"

这一句石破天惊，谢劭胸口所剩的热火一瞬熄了，半晌都没回过神来，万没想到这时候小娘子要和他算旧账。

他庆幸自己在过去的二十年里，虽光顾过烟花之地，但并没有做过任何对不起小娘子的事："耳听为虚眼见为实，娘子不要相信外面的那些流言蜚语。"对小娘子也没什么不能坦白的，"我是去过花楼，只饮酒，未曾要过姑娘……"

温殊色神色意外。

谢劭心头一紧，就差对天发誓了："娘子信我，谢仆射严以律己，极为看重德行，自小便与我定下了三条规矩。"

温殊色好奇地问："哪三条？"

"不贪淫不占赌。

"烟花女子不能碰。

"未经正妻同意，不得纳妾。"

温殊色更为惊愕了，盯了他一阵，喃喃地问道："那郎君，是从未碰……过姑娘了？"

这样的问题，在几个兄弟面前说出来丢人，但在小娘子面前就不一样了，那是他洁身自爱，对小娘子忠贞不贰。

他得意地点头道："嗯。"

本以为小娘子会开心，却见她突然一副懊恼之色，叹息道："那可怎么办？"

谢劭愣了愣，不明白她这番惆怅从何而来，又听小娘子道："郎君没有经验，我也不懂，那我们该如何圆房……"

小娘子那颗脑袋，简直让人捉摸不透，合着这半天，她是在担心这个。

谢劭那股刚被压下去的燥热又有些浮起来的势头，含糊其词地道："娘子放心，有些事不用会，水到渠成一切也都成了。"

水到渠成，怎么个成法……

小娘子还是没能明白，但多少有些害臊，没再问了。

两人各自揣着心事，也不知道何时才睡着的。

翌日一早，趁着小娘子去净房洗漱的工夫，谢劭把闵章叫了进来，附耳吩咐了一句。

闵章一愣，担忧地看向他肩头："太医嘱咐过，主子不能用力……"

谢劭一记冷眼："用得着你提醒。"

主子说话，属下照办便是。

很快，闵章回来，到了床前，余光瞟了一眼身后正替谢劭打扇子凉药的温殊色，偷偷摸摸从怀里拿出了一本册子，快速地递给谢劭。

温殊色瞧过来的瞬间，谢劭手疾眼快，一把塞到了枕头下，面色不改，瞧不出半点异常。

温殊色并没察觉，药冷得差不多了，端过去给他："郎君喝药了。"

昨日，谢二夫人和谢仆射把他的几百两黄金卷走之后，今日都不在，一早便去了新宅子，打算先搬过去。

这么大个宅子，除了下人，就他和小娘子了。

杂念一起，心猿意马，药吞下去也感觉不出味道，小娘子既然不懂，如今学也不晚。

"娘子今日可有事要忙？"

温殊色摇头："没有。"她接过碗，瞧了一眼他肩头的伤，好在没流血了。

她疑惑地道："我最大的事，不就是把郎君的伤养好吗？"

小娘子一本正经，全然不知那话有多撩人心。

昨夜虽没成事，也算是破了戒，一旦开了个口子，人也跟着莽撞了起来，见小娘子要转身，他突然一把从身后搂住了她的腰。

温殊色手里的碗险些落地，她跌坐在床上，一脸惊慌："郎君，你干什么呀？"

他肩头上有伤，但嘴上没伤，不害臊地看着小娘子："亲一下为夫。"

温殊色的脸蓦然一红，转头忙往外看去。闵章刚好转过身，想必也听到了。

她一脸讶然："郎君怎么突然不知羞了？"

谁知换来他更不要脸皮的话语："我亲娘子，何来的羞？"没等她挣扎，他替她宽了心，"父亲母亲都不在，娘子放心……"

他这是什么话，父亲母亲不在，就能……

"娘子不愿意？"他低语一声，胳膊收紧，把人圈进了怀里，与她眸子对着眸子，亲密无间，四目只差毫厘。

白日比夜里的光线好，更能清晰地瞧清郎君，精雕玉琢的五官，不愧在凤城时他艳名远播，此时那眼底的波纹微微荡漾，心有所思地瞧着她，活像个勾人魂儿的妖孽。相处了这么久，她仿佛今儿才真正认识这个人一般，一面觉得他没个正形,一面心头又跳得欢。他离得太近,她气儿都不敢喘了,渐渐沉迷于他的美色勾搭中无法自拔。

她红着一张脸,在他的注视下,仰头凑上去在他的唇上一啄:"够了吧。"

够肯定是不够的,小娘子的嘴儿香甜得很,怎么亲都不会够。

但他刚喝了药,断然不会把苦味渡进娘子的嘴里。人不能太贪心,知足常乐,他没再为难她,圈着她的腰道:"娘子不是担心圆房之事吗?为夫找到了解决的法子……"

她人还坐在他腿上,没能起得来,适才那一亲,在她的认知里,已经不合礼法了,又听他说起了圆房之事,脸上的红意更浓。

夜里她躺在郎君身边,有昏暗灯火给她壮胆,什么都容易说出来,但白天不同,阳光一照,心底的妖魔鬼怪便现了形。

试问哪个小娘子会有如此色心,主动要同郎君商谈圆房之事的。

"郎君既然知道了,下回就靠郎君了……"

这事确实得靠他,但这个问题不是她先问的?

横竖没什么事,两人事先了解一下,有个心理准备,以免到时候吓到了她。

"你不想知道吗?"

谢劭身子往后微微一仰,手刚伸到枕头底下,屋外的晴姑姑突然立在珠帘外,高兴地禀报道:"公子,三少奶奶,周世子和明大娘子来了。"

两人齐齐一愣。

呆了片刻,温殊色立马从郎君的怀里起身,脸颊上的羞涩瞬间不见了踪影,被喜色代替:"快请进来吧。"

谢劭也及时缩回了手,也被这消息分了心神,倒是来得挺快。

上回同明婉柔一别,如今也快一个月了,临走之时也没同她打招呼,经历了一场生死,险些就见不到她了。

温殊色走出去迎接。

周邝和明婉柔刚被下人带到里院,两人一前一后下了穿堂。明婉柔一身鹅黄间裙,比起往日苗条了许多,正问身旁的丫鬟:"三少奶奶还好吗?"余光瞟见一个人影从屋里走出来,抬头瞧去,便看到那张朝思暮想的脸,嘴角突然噘了起来,提着裙摆疾步便冲上台阶,一把将其抱住,激动地呜咽,"缟仙,我以为这辈子都见不着你了……"

温殊色在来京的路上九死一生,明婉柔在凤城同样不好过。

凤城兵变,又遭遇了前太子攻城,战火滔天,城门都被烧毁了,能活着来京都见到温殊色,如同做梦一般。

故人相见,谁不动容。温殊色的眼圈也发了红:"阿园,你怎么瘦成了这样……"

　　也没有温殊色说的那么夸张，明婉柔照过镜子，不过是脸小了一圈，五官比之前更清晰，她还挺喜欢如今的模样。

　　反倒是温殊色，明婉柔上下把她瞧了瞧，有些纳闷："缟仙，你这又是破产，又是逃难的，怎么就没见你消瘦，还是这般明艳照人。"

　　前半句不太中听，最后一句讨人喜，温殊色面上的幸福之色毫无遮掩："是郎君把我照顾得好。"

　　明婉柔被她脸上那抹春风得意晃得一愣。

　　周邝也走上前来。

　　周邝倒是同分别之时变化了许多，目光沉稳，整个人褪去了往日的浮躁，看来这一场仗，打得确实不轻松。

　　他还是同往日一样，笑着称呼她一声："嫂子。"

　　靖王被封为太子后，周邝如今也成了皇太孙，不能再像在凤城时那般随意，温殊色对其蹲身行了一礼："周世子。"

　　外面说话的那阵，屋内的谢劭早就披上了衣袍，温殊色领着两人刚进来，谢劭正好掀起帘子。

　　凤城一别，经历了太多，再看着昔日的兄弟，恍如隔世一般。周邝道了一声："谢兄！"喉咙一哽，眼里也有了湿意。

　　两兄弟相聚，太多的消息要分享；两姐妹重遇，也有衷肠要诉。

　　各自问过安后，互不干扰，温殊色带明婉柔去了里屋，谢劭同周邝坐在了外间的茶案前。

　　一坐下，明婉柔便开始对温殊色滔滔不绝。

　　"我俩这命，怎就如此相似呢。从小到大，每回倒霉，你都走在我前面，我前脚还担心你，后脚就跟着跳进坑里……"

　　先是温殊色嫁给了纨绔谢劭，还没等她好好安慰呢，她自己又被许给了与谢劭齐名的周邝。

　　知道谢家出了事，担心温殊色的下落，她还没来得及派人打听，紧接着她自己也卷了进去。

　　若无意外，她这会子都该嫁进王府了，谁知谢大爷突然谋反，派兵把王府包围了起来，明家作为王府的姻亲，一时也被架在了火上。

　　明家共有三房，除了明婉柔这一房，其余两房的人一听说来了圣旨要削藩，个个心头都有了犹豫。

　　若圣旨是真的，明家只要一沾手必定会被一道拉进深渊；若圣旨是假的，等过几日也就有了结果。

　　明家最好的办法是明哲保身，按兵不动。可作为将来世子的岳丈，靖王府有难,明家二爷怎可能不管不问,明二爷不顾明家大房和三房的反对,当日便带着明二公子去靖王府门前同谢家大爷谢道远理论,结果一道被谢道远赶了进去。

自己未来的夫君,以及父亲、兄长都被关在了靖王府,明婉柔急得打转,走投无路之下,上门找了崔哞。

谢劭和裴卿一走,与周邝要好的人,只剩下了一个崔哞。

她想着他一定能帮忙,这一找上去,正好撞到了缺口上,崔哞被周邝压榨,一会儿要全凤城的火油,一会儿要全凤城的铁匠。

偷偷摸摸办事,就差个能靠得住的跑腿的,她一来,再合适不过,被崔哞安排在暗桩,专门负责在地道内同他和周邝对接传信。

一来一往,她和周邝虽没能办成婚礼,却彼此熟悉了不少。

战乱的那一阵,她也没有歇着,前方城门她帮不上忙,后方救援,她没有一刻停下,从门外汉成了半个大夫。

前太子的人马攻来凤城时,来势汹汹,云梯架上来,差点就翻过城墙了。周邝亲自带着王府的兵将和百姓,杀到城门,回来时一身是血,她人都吓傻了,衣不解带地照顾了两日。得知靖王被封太子的消息后,周夫人和周邝不得不入京,周邝的伤还没好,路上得有个人照看,府上的府医一大堆,周邝谁都不要,点名了要明婉柔陪着。

周邝身上的伤虽多,但没谢劭的那一箭致命,一路上边走边养,到了京都,好得差不多了。

明婉柔从温殊色离开那日说起,说到她和周邝是如何到的京都,又听温殊色讲了离开凤城后同谢劭经历的艰险。

两人一会儿脸色惨白,惊呼出声,一会儿又目露敬佩,夸对方太了不起。谁都没能逃过这场风波,算是另外层面上的共患难,要说的话太多,没个章法,想到哪句问哪句。

一场兵变,把明婉柔和周邝的婚宴搅了,温殊色担忧地问道:"婚宴怎么办,可重新选好了日子?"

明婉柔点头:"选好了,就在下个月初六。太子妃说婚礼在京都筹办,我二兄长也跟了过来,先在京都找个安身的地方,好让我风光出嫁,父亲母亲过一阵处理好了家事再来京都……"

也是,靖王都成太子了,明婉柔嫁给了当今的皇太孙,总不能还把娘家人留在凤城。

温殊色不由得喟叹:"之前你还嫌弃人家周世子放荡不羁,放狗咬人家,如今这摇身一变,都成皇太孙妃了。"

明婉柔瞪大眼睛,不乐意了:"谁放的狗……"

女人一聊起来，便没完没了，不知不觉到了正午，外面的两位郎君都谈完了，两人还是一副热火朝天的样子。

听她说和谢劭共了一场生死，明婉柔是彻底死心了："如此瞧来，你我当真没有姑嫂的缘分。"

温殊色没想到明婉柔还念着这事："你不是说咱们将来要做亲家吗？"

明婉柔自然记得，视线突然看向温殊色的肚子，支支吾吾地问："那……那你有了吗？"

温殊色一愣，顺着她的目光瞅了一眼自己的肚子："我、我应该有什么？"

明婉柔身子往后一仰，声音有些惊愕："你、你该不会还没同谢公子圆房吧？"

外屋聊完的两位郎君，刚走进来，脚步同时顿住，停在了珠帘之外。

一个极度好奇，竖起耳朵。

一个不禁屏住了呼吸。

温殊色看着明婉柔惊讶的模样，心头掂量起来，今日她要是告诉明婉柔实情，来日明婉柔嫁给周邝，就她那藏不住话的德行，一定会分享给周邝。

男人在外要的便是一张脸，成亲了这么久没圆房，要是被他兄弟知道了，岂不是抬不起头嘛。

万不能把他的面子都丢了。温殊色扫了明婉柔一眼，怨其看不起人："都这么久了，怎么可能没圆房呢。"

明婉柔松了一口气，脸色却慢慢红了起来。两人从小一块儿看的风月本子不少，自小无话不谈，她心中实在是好奇，忍不住问："那……什么感觉？"家中的嬷嬷同她说，头一回会很疼，她心里一直很害怕。

鬼知道是什么感觉,温殊色想起昨儿夜里的那一吻,应该也是八九不离十了，摆出一副过来人的老练模样："就，怎么说呢……感觉快要死了，又挺快活。"

小娘子这一番语出惊人，太令人意外，不仅屋内的明婉柔被震到，如同一只呆鹅般面红耳赤，屋外的两位郎君也被震住。

谢劭负于身后的拳心不禁松开，不动声色地缓了一口气。

周邝转头看向他，目中无不佩服，不愧是谢兄，从结识到如今，无论何事，他总是走在四人前面，堪称榜样。

怕小娘子再妙语连珠，便宜了旁人的耳朵，谢劭拉着周邝回到了外屋，坐在蒲团上继续喝茶，等着小娘子们畅所欲言慢慢探讨完。

先前周邝与谢劭说起凤城的兵变，脸色沉重，如今面上才得了一丝轻松。

到了京都，他听说谢劭受了重伤，来不及进宫，便先过来探望，路途上也不便收拾自己，此时脸上留下了青色的胡楂儿，即便是笑起来也比往日多了几分成熟，打趣道："想起谢兄当初成婚，见是温家二娘子，魂儿都差点吓出来，谁能想到还有今日的美满滋润。"

确实没想到。

新婚夜,小娘子那张比自己还要惊愕的脸,至今谢劭都还记得。

见周邝一脸倾羡,谢劭心头倒是很受用,没料到小娘子会给足他面子,让他这会子能挺直胸膛说话:"不是下个月就到婚宴了,你不必着急,很快也能美满滋润。"

"谢兄说得对,好事不怕等。"小娘子之间有悄悄话,男人同男人也有他们自己的高谈阔论,周邝笑了笑,凑过去道,"想当初,咱们四人打赌,谁先成家,谁头一个抱得美人归,崔晔那厮大言不惭,扬言自己必会成为头一个一亲小娘子芳泽之人,谁知如今连个喜欢的姑娘都没寻到,结果还是被谢兄占了先,也只能排在第二。"

谢劭眼皮一跳,扫眼过去,盯着周邝得意的模样,听他这口气——

"亲了?"

周邝被他如此一瞧,面色有些尴尬,接着红着脸点了头。路上没忍住把人按头亲了,虽说胸口挨了一拳,但那都是小情趣,无伤大雅。

有些事自己好了,不一定就能见着别人也好。谢劭突然有些见不惯周邝显摆的嘴脸,他亲都没成怎么就先亲上了?想想自己为了亲上小娘子,花费了多少心思……

只是亲了?

两人这一路孤男寡女,又是未婚男女的身份,以周邝这猴急的性子,很难说。

谢劭掩盖住心头的酸味,说得一本正经:"小娘子的清誉比什么都重要,婚宴也没几日了,世子还是循规蹈矩得好。"

在家国大事上,说不定将来哪一天,他能跪在周邝面前俯首称臣,但在这样的私事上,他不能输。

周邝这些年能像条尾巴时常跟在谢劭身后,是因为了解谢劭此人的品德。

虽说谢劭表面瞧着不羁,实则是个极为重规矩讲义气之人,他心头对其一直很敬佩。听谢劭这般说,他点头道:"这个谢兄放心,我还是知道分寸的。"

谢劭端着茶盏抿了一口,自己这番拿腔拿调,小人了一回,但知道他还没成事,心头便也平衡了,问他:"什么时候进宫?"

"横竖已到了京都,不急这一会儿。"周邝望着外面照进门槛的太阳,期待之余眼里露出了几分惆怅,"本想同谢兄待在凤城逍遥快活一辈子,谁能想到,有朝一日,会和谢兄一道来了京都。"

"此乃天命,世子命里不该平庸。"

周邝看向谢劭,见其面色认真,再无往日面对他时的嬉皮笑脸。

成长的代价,便是有些单纯美好的东西,突然悄悄地消失不见。

周邝心头莫名有些失落。

自己的父亲成了太子,他也很意外。

"谢兄,你知道我的,论起吃喝玩乐,我有八百个玲珑心眼,可唯独没有野心,如今赶鸭子上架,我靖王府一家都到了京都,肩负起了承接大酆的大任,我也不知道自己有没有这个本事在京都立足。要我想,我还是想回到之前的日子。但无论往后的路如何,我依旧还是之前的周邝,还请谢兄同往日一般待我,该吃吃该喝喝,咱俩,再加上裴卿、崔哗,依旧是四兄弟,日子不变。"

话虽如此说,可各人心头都知道已经回不到从前了。

他不是从前人人口中的纨绔谢劭,周邝也不是从前任性莽撞的愣头儿青。

这回到了京都,周邝身上背负的东西只会更多,一旦进宫,怕是再也回不到之前那样的逍遥日子。

"兄弟之情又何须以酒肉来叙。世子放心,家中内子志存高远,我怕也回不到从前了,已打定主意,从今往后一心效力于朝堂,若能有幸与世子一道建功立业,为天下百姓谋福,乃谢某的福分。"

周邝一愣,久久看着谢劭,一双眼睛越来越亮,一时激动举起案上的茶盏:"今日我借谢兄的一盏茶,敬谢兄一杯。待来日谢兄的伤好了,我再备上酒菜,咱们兄弟好好聚一场。"

比起外面两人的沉重,屋内的谈话轻松多了。

温殊色那一句话说完后,明婉柔一张脸便红成了朱砂,心底却又极度疑惑,实在忍不住怀疑地问道:"这事儿还、还能快活?"

温殊色牛鼻子老道般一通瞎扯,也不知道自己说得对不对。明婉柔要是再问下去,八成就要穿帮了,于是她把问题抛了出去:"那得看周世子了。"

明婉柔更不明白了:"还得看人?"

温殊色点头。

明婉柔吸了一口气,把她这一番话细嚼了一番,片刻后屁股往前移了移,抬头扫了一眼屋内的丫鬟,离得挺远,再看着温殊色,神色有些别扭,酝酿了一阵,嗫嚅道:"那……那谢公子有何法宝?"

温殊色一惊,抬眼愕然地看着明婉柔一张大红脸。

两人愣住,齐齐别开目光。

太羞人了。

换成别人,明婉柔定不会问这些,就因为对方是温殊色,是无话不谈的好友,她才敢开口。她偏过头去捏着手指头解释道:"我、我就是怕受那份罪,你知道的,我自小怕疼……"

温殊色倒不是想藏着掖着,兔子拉车,不懂那一套,还又蹦又跳,说的就是她这样的人，一顿吹嘘完，又给自己找上了难题。

法宝，能有什么法宝……

温殊色想了一阵："这种事，我不太好说……"她压根儿就说不出来，"只可意会不可言传的玄机，即便我告诉了你，周世子也未必能领会。"

这个不用担心，明婉柔又凑近她一些："缟仙但说无妨，你别瞧着周邝一副傻气模样，实则聪明着呢，谢、谢公子都能办得到，他应当也能……"

只要不疼，怎么着都成。

刚成亲那会儿，温殊色当着明婉柔的面，恨不得把谢劭给贬低得一文不值，可一旦喜欢上就全然不同了，胳膊肘再也没往自己的好友那边拐，尤其对方未来的夫君，和自己的夫君还是兄弟，便有了该死的胜负欲。

听她这么一说，心头有些不赞同了，温殊色规劝道："我倒是觉得你不用担心。"

明婉柔疑惑地看着她。

这话太过于露骨了，即便是阿园，温殊色也难以启口。她以手掌挡住自己的嘴，贴到了明婉柔的耳朵旁，悄声道："还记得咱们之前看过的话本子不？上面不是写了，有的人就轻轻戳一下，如同被蚂蚁咬了一口，一点都不疼。"

明婉柔一愣，脸色又红又惊讶："那、那你……"

怕她没完没了，温殊色索性顺着她的话安抚道："我是挺疼。"

这话把明婉柔有限的脑子搅得越发糊涂了，纳闷地嘀咕道："这怎的还一会儿快活，一会儿又疼了呢……"

眼见自己就要被拆穿，温殊色想快速把话头盖过去："我听人说，有的人圆房便是如此，没什么感觉，针刺一下就过去了，并不影响生儿育女……阿园可还记得周世子曾经说过的那句话？后来他不是同你解释清楚了吗？说了不会让你失望，说不准便是这类……阿园就别担心了，能嫁给周世子是阿园的福气。"

明婉柔似懂非懂，听她如此说，松了一口气。温殊色也彻底地解脱了，赶紧岔开话题："你一人来京都是何打算，明二公子可找到了住处？若是不介意，就住我这儿吧……"

"我倒是想呢，恨不得和你去逛逛京都，可周世子身上的伤还没好，夜里离不得人，我得跟着他一块儿进宫。"

温殊色神情古怪地看着她，宫里那么多太医，要她担心……

温殊色也没挑明，棒打鸳鸯的事儿她做不出来。温殊色说："行，那你先进宫照顾世子，等世子安康后，咱们再好好相聚。"

屋外的两位郎君又饮了两三盏茶，小娘子们终于说完了话，并肩走了出来。

蒲团上的郎君们跟着起身。

看到周邝已经在等着自己了，明婉柔没再耽搁，依依不舍地同温殊色道别：

480

"先等着我，过不了几日我便上门来……"

"当真不留下用饭？"这头谢劭也跨步送周邝出门。

周邝一到京都便先来了这里，周夫人已经进了宫，他不能耽搁太久。

"见到谢兄无碍，我便放心了，不用谢兄挽留，改日我会不请自来。"周邝回头看向明婉柔。明婉柔松开了温殊色的手，脚步"嗒嗒"地走到他身后。

谢劭欲上前相送，被周邝止住："谢兄有伤在身，请留步，在家好生休养，争取早日康复。"转头看向温殊色，礼貌地点头，"嫂子，先走了。"

"世子常来。"温殊色送了一步，同谢劭立在门槛外，目送着两道身影消失在对面的长廊下。

人走了，彻底看不见了，两人的视线望向彼此，眼神一交汇，各自揣着心思。

"这么久，都说什么了？"谢劭瞒住了自己和周邝偷听墙根的那一段，故意试探，"莫不是又在说我坏话？"

毕竟只听了一段，不确定小娘子有没有坚定自己的立场，把自己给卖了。

且小娘子的那一番话明面上看似是给了他威风，实则其中苦涩只有他知道。他这么个大活人，同小娘子住在同一个屋檐下，睡在同一张床上，临了竟要小娘子胡编乱造。

作为男人，这是毁灭性的打击。眼下唯一能弥补的便是让小娘子的话得以实现，加倍地让她快活。

温殊色难得和郎君心灵相通，同样心急如焚。

自己一番豪言壮志，在明婉柔跟前夸下了海口，但到底是纸上谈兵，说得对不对自己都不知道，等明婉柔新婚夜一过，便也什么都知道了。

万一明婉柔杀个回马枪，来质疑自己，自己该如何收场。

唯一的解决办法，便是在这之前，同郎君真正圆了房。

下个月初六，还有多少天。

今儿是十号。

还有二十多天。

郎君的伤能在这之前好利索吗？

她有些心不在焉，郎君能这么说，八成是还记得她上回爬梯子同明婉柔说的那番话："以前是我目光短浅，没看到郎君的好，如今郎君在我眼里，赛过了天上的神仙，没有什么是郎君不会的，样样顶尖，我只有夸郎君的份，怎会说郎君的坏话呢……"

她话里有话，他岂能听不明白，进屋便同闵章吩咐："这伤口的药效是不是过了，把纱布取下来，再抹一层。"

药早上刚换过，不到半个时辰，闵章还没闹明白发生了何事，一旁的小娘子倒是积极得很："那我去给郎君煎药。"

一个三顿的药喝了五顿，伤口的纱布也换了两三回，瞧得出来小娘子这回是真急了，每回换药，她眼珠子都凑到了他肩头："怎么样，郎君有没有觉得好点？"

小娘子如此着急，他怎能泼她的凉水，且自个儿也恨不得立马痊愈，自欺欺人："好像比早上好了许多。"

这话小娘子爱听，她越发体贴："郎君从现在开始，只管躺在床上，不能再动，其他的交给我。"

第二日早上太医一来，两人都有些紧张，目不转睛地看着太医拆了纱布。没等太医开口，温殊色先问："大人，如何了，还要多久才能好？"

谢劭接着问："还有多久才能使力？"

太医意外地瞧了两人一眼，自己刚开始过来时，还被谢劭嫌弃啰唆，赶回了宫，如今倒是着急了，可太医却不急了，一面上前查看伤口，一面慢慢地道："伤筋动骨一百日，指挥使安心休养便是。"

话音一落，对面的小娘子脸色陡然一变，如同霜打的茄子。

一百天，她一世英名即将无存。

"我怕是等不了那么久了。大人可有好得快的法子？"谢劭也不乐意听，一百天，他宁愿浴血奋战。

"老夫要能有更好的法子，还能瞒着指挥使？"太医也没再吓唬他，"浓血已清干净，伤口愈合得挺好，再过个四五日，便能活动胳膊，但指挥使想要彻底好利索，还是得等百日才更稳妥。"

谢劭和小娘子只听到了个四五日，后面的话一概忽略。

等太医一走，温殊色便给了他无微不至的关切："郎君饿不饿？我去煲点汤吧，郎君喝一些……"

谢劭也没客气，接受了小娘子的投喂，一日之内，两人不约而同地朝着同一个目标努力。

到了夜里，那胃里已经被罐得满满的，躺在那儿一动不动，夜深人静，小娘子半天没动，应该是睡着了。

他扭头一看，便看到了两只亮堂堂的大眼睛。

小娘子还没睡呢……

见他望过来，温殊色目光炯炯地问道："郎君觉得怎么样，还疼不疼……"

胳膊倒没怎么痛，胃好像有些烧。

她如此翘首以盼，奈何自己动不了，当真是要人命了。到了这个份上，两人心知肚明，也没必要再装，他侧头问道："娘子知道怎么圆房了吗？"

他突然问出这么一句，温殊色有些害羞，把被褥遮了一半在脸上，留出一双眼睛，再一次暴了一句惊雷："就……那么个地方，郎君总不能错。"

小娘子语不惊人死不休，可怜了郎君，一股血液猛地往头上蹿来，不等他反应，鼻尖突然一热，似是有什么东西冒了出来。

外屋还留了一盏灯，温殊色一眼便瞧见了，惊慌地坐了起来，伤心欲绝，泫然欲泣："郎君，你这胳膊还没好呢，怎么鼻子又流血了，何时才能好啊？你老实告诉我，你还有什么毛病，等明儿太医过来，咱们有病赶紧一块儿治了……"

谢劭脑门一跳一跳的，深吸一口气，一面拿绢帕捂住鼻子，一面有气无力地止住小娘子的嘴："我好得很，是你补得太过了。"

今儿的那汤里，她到底炖了多少株人参？

温殊色一脸无辜："我就炖了三株，一锅汤一株。郎君如此不受补的吗？看来还是身体太差了……"

小娘子是来气死他的。

他撑起身子坐在床上，狼狈地擦拭着鼻血，用了两张绢帕，终于止住了，他是再也经不起小娘子任何刺激了。

欲速则不达，只能想办法先转移小娘子的注意力，让她先放过他的身体，从旁的地方使力。他反手从枕头底下把那册子拿出来递给她："娘子要是睡不着，咱们可以先研究下。"

温殊色愣了愣，伸手接过："这是什么？"

谢劭随口答道："法宝。"

第十章 良辰美景

温殊色一惊,今儿她和明婉柔就那么一说,没想到郎君还真有法宝。她雀跃又兴奋地打开,可惜光线太暗瞧不清,她急急忙忙下床去点了一盏灯,放在床头,再回来靠在郎君的身侧,重新拿起册子。

册子上全是画,没有字。

那画面和自己之前看到的也不一样。

小娘子和郎君身上干干净净,甚至干净得有些过分……

这……什么东西?

谢劭扭过头,一直看着小娘子。只见她的神色从刚开始的期待变成惊愕,再是茫然,最后眼珠子一瞪,"啪"的一声把册子合上,傻愣愣地坐在了那儿,即便灯火昏暗,他也能感觉到她脸上的红晕。

初生牛犊不怕虎,不知道的时候什么话都敢说出口,如今也知道害臊了。

这就对了。

自己鼻血流了两张绢帕,见她这样,心头找回了一些平衡。他故意问她:"娘子怎么了?"

结果,小娘子转过头来,双目怨怼地看着他,一脸委屈,声音嘤嘤呜呜:"郎君怎么给我看这个呢?我、我可怎么办啊,我眼睛不干净了。"

谢劭一愣,不明白小娘子嘴里的"不干净"是何意。

温殊色继续哭诉:"我、我竟然第一眼看的不是郎君的……"她说得悲恸,真真切切地觉得那册子上面的东西污了她的眼。

谢劭终于认命了,小娘子就是来要他命的。他用绢帕捂住鼻尖,无奈地道:"这是避火图,里面的人物都是假的,不存在,只为引导……"

温殊色愕然了一阵,似乎松了一口气,很快又露出了疑惑,眼睛盯着他,面上慢慢地蒙上了一层绯红:"这么说,郎君的不是这样的吗?"

谢劭眼皮子一颤,感觉眼前的灯火连带着也跳跃了几下,好不容易止住的鼻子又有了热意，一发不可收拾，血液都浸透出绢帕滴到了身上。

温殊色也被他吓到了，再也顾不得那画册，人要紧，起身手忙脚乱地把他扶起来，搀着他去往净房，照着儿时祖母照顾自己的法子，拿了布巾沾了凉水，贴在他的鼻梁上，让他仰起头。过了一阵，见血流没那么猛了，她才呜呜哽咽："郎君你到底怎么了？我听人说内出血是大事，我让闵章把太医叫过来吧……"认命了一般，"我想明白了，咱们不圆房了，旁人笑话就笑话吧，面子丢了不怕，至少咱们要活得长久……"

谢劭望着屋顶上的横梁，自己的脑子并不算笨，可每回碰上小娘子总会束手无策，隔着湿漉漉的绢帕，替自个儿正名："我没疑难杂症，不过是心火重，你让我冷静一会儿，自然就好了。"

圆房她也不用担心。

"娘子要是愿意，别说胳膊上戳出一个窟窿，就是断了，今夜也能满足娘子。"

内外都有伤了，他倒没必要充胖子。

心火重？她更不明白了："刚才是我在看，又不是你看，你哪里来的心火？"又恍然大悟，"郎君是不是也看了？"册子能交给她，他之前必定也看过。

"郎君也不清白了。"不待谢劭回答，温殊色心里的愧疚顿时散了大半，呼出一口气，"咱俩算扯平了。"

她这是什么歪理。

折腾了半夜，谢劭的鼻血终于止住。两人躺在床上，颇有些精疲力竭。

册子是万万不敢给她看了，谢劭拿过来重新塞在了枕头下："娘子先睡，四日后，为夫必定不会让你失望。"

温殊色伺候了他一日，累得一塌糊涂，尽管被那册子冲击了认知，也抵不住困意："好，郎君说什么就是什么。"她闭眼侧身面朝着他，手指头捻着他胳膊上的里衣，轻轻地搓着。

也不知道她这是什么样的怪癖，每晚睡前，或是半夜醒来，手都会摸过来，找到他的胳膊或是胸膛，手指头搓着他身上的缎子，搓上好一阵才能睡着。

她这般搓着，他怎睡得着。待胳膊上的手指头没再动了，他才缓缓侧过头，看着她熟睡的面孔，巴掌大的小脸，恬静乖巧。实在难以想象那双眼睛睁开时，是何等的活跃，要人命。

被小娘子气起来时，他也会怀疑自己到底前辈子造了什么孽，竟然喜欢上了这样的小娘子。

可未必不是一场福气。

有了小娘子在身旁，每天都能丰富多彩，从不会枯燥，他唯一需要做的便是练一身纹丝不动的本事。

谢劭又是半夜才睡,许是被那三株人参补到了精神,睡得死沉。翌日,他睁开眼睛,日晒三竿,小娘子也不在身旁。

床前不知何时放了一个木箱,里面正腾腾地冒着冷烟。

七月的天正热,但这院子在建造时便花了心思,两边有竹丛和房梁挡住日头,四边直棂窗一打开,便是一股风,外屋搁上一块冰,能凉到里面来,受伤后担心他染上湿气,小娘子没在里屋放过冰块。

今日有这么热吗?

温殊色很快进来,手里端着药碗,进来见他醒了,面上露出阳光般的笑容:"郎君醒了。正好,药也好了。"

"娘子辛苦。"他翻身要坐起来。

温殊色瞧见立马止住他,上前把药碗搁在木几上,小心翼翼扶他起来:"不是说了,郎君不能动吗?"

他没那么娇气。

肩头的伤今日似乎好了很多,适才自己瞧过,太医缝制伤口时用的是桑白皮,不需要拆线,如今缝线的地方已经结了一层痂。

但今日温殊色没再去看他的伤口,她有了另外的担心:"郎君火气重,我让人把冰块移到里面来了,给郎君泄泄火。"遂问他,"郎君感觉身子如何?有没有酸软无力或是哪儿疼,郎君一定要说出来……"

她还在怀疑他的身子。

他无奈,午时太医过来时,便当着小娘子的面问太医:"大人再替我把一下脉相。我家内子忧心,恐外伤牵引到了内脏,瞧瞧有没有什么隐患的疾病。"

温殊色被他这一说有些心虚,她可没这么说……

太医是皇上特意指派给谢劭调理身子的,不只是肩胛骨的伤,要是其他地方出了毛病也得担责。他忙伸手替他号脉,片刻后语气松缓:"指挥使大人脉相沉稳、平和流畅,夫人不必忧心,很康健。"

温殊色眉眼瞬间舒开,谢劭瞟眼过来,正好捕捉到她面上那道轻松的神色。

总算不再质疑他的身体了,太医走后,温殊色也没给他折腾补药,陪着他坐在床边,一双眼睛来回在他脸上瞧着。

她一会儿盯着他鼻子,拿手比一比,一会儿又把手放在他脸上,测量了一番,再是眼睛,盯了一阵,再闭眼沉思。

她这样的奇怪行径,让人心头发慌,还不如让他喝补药呢。他出声问:"娘子怎么了,是我长得不好看吗?"

温殊色摇头:"郎君是天底下最好看的,什么都好看……"

谢劭还没闹明白她到底在打什么鬼主意,温殊色便起身拂起珠帘,唤晴姑姑进来:"姑姑替我备一套颜料和画笔来吧,我作画用。"

原来是要给他作画。

倒能解释她适才的一通古怪行为,小娘子还从未给他作过画,他心头格外期待,不知道她会把他画成什么样。

怕打扰到她影响她发挥,谢劭一声都没吭。

温殊色一人安安静静地坐在梳妆台前,提笔埋头认真描绘。

她从上午画到黄昏,除了三顿饭,一直没停过。谢劭不由得疑惑她到底画的是怎样一幅画,见晴姑姑都进来添灯了,这才催了一声:"娘子,画好了吗?"

温殊色也没料到时辰过得这么快,起身把没画完的画儿遮上,揉了揉发酸的肩头,扭了扭僵硬的脖子,回头看向郎君,朝着他疲惫地走去:"还没呢,今日怕是画不完了,明日我再继续,到时候给郎君一个惊喜。"

好东西不怕等。

他倒也不着急这一会儿,实则自己也有事瞒着她,今儿一天,他的肩胛骨都没再疼了。

第二日,两人依旧各忙各的,谢劭默默地养着他的伤,温殊色继续作画,又画了整整一日,从早上熬到夜里挑灯。谢劭催了几回,温殊色嘴里嚷着:"快了,快了……"到了戌时三刻才放下了画笔,大功告成,回头冲着郎君露出了胜利的笑容,"我画好了。"

谢劭早已洗漱完毕,半躺在床上,细细一瞧,便会发现今儿他身上穿的里衣与往日不同,白色纱罗更薄更透。

可小娘子这会儿正藏着自己的心思,并未察觉,她把画好的画收进袖筒,正要往床上扑去。谢劭的一只脚却抬起来,把人挡在了外面:"先去沐浴更衣。"

温殊色一愣,低头扫了一眼自己身上,衣裙上沾着不少墨迹。果然,郎君也是个精致的讲究人,她喜欢。

"郎君等我,我很快就好。"

谢劭一笑,今儿仿佛格外沉得住气:"不着急,娘子慢慢洗。"

郎君沉得住气,她沉不住,匆匆去了净室,从袖筒内取出画搁在了干爽处,脱衣解带,泡进浴桶里,脑子里全是一幕幕活色生香的画面。

浴桶里的热气一蒸,脸色更红,画的时候不觉,如今后劲儿太大,"啪啪"拍了两下脸颊。

为了与明婉柔整个输赢,她当真连自己是个姑娘都快忘了。

时辰不早了,她担心郎君睡了过去瞧不了她的惊喜,今日不是白赶工了吗?洗完后头发一通乱绞,半干半湿顶在头上,她套上里衣就着急地走了出去。

还好郎君没睡。

她从床尾爬进去,移到他身旁,先卖起了关子:"郎君久等了。"

"无碍。"谢劭早瞧见了她藏在身后的东西,明知故问,"娘子忙乎了两日,到底画的是什么？"

"画的郎君。"

果然……

温殊色又道："还有我。"

谢劭一愣，还带双人的？难怪花费了两日，小娘子画工了得，用心也良苦。他越发期待了起来，不知道自己在她笔下到底是何模样："娘子给我瞧瞧。"

温殊色终于把身后的手伸了出来，将那本费时了两日的册子递给了郎君，人羞涩得抬不起头来："郎君再看看？"

青绿色的风景假山，底下跪着两个人儿，这封面简直太熟悉了，不就是他枕头下藏着的避火图吗？

他眸子突突两跳，伸手再往枕头底下摸去，哪里还有东西。

他已经顾不得去想小娘子是何时顺手牵羊的，不明白她这是何意，难得有他谢劭忐忑不安之时，预感到不会有什么好事，接过那画册本子，翻开一瞧，上面男女的脸和身段儿已经面目全非，全被篡改了。

改成了……

他和小娘子的模样。

谢劭的一双眼睛快要喷出火来了，温殊色瞅了他一眼，细声道："你让我头一眼看旁的男子，我不习惯，郎君也一样，我一想到郎君身旁的小娘子我就别扭，无论那人物是不是真的……就这样换上咱们的脸，身子的部分，我、我能改的都改了，余下没改的，我也不知道郎君是什么样。"

余下没改的，还能剩下什么……

不能再细看了，小娘子好深的功夫，无论是心头的燥火还是身上的反应，都足以让他灭顶。他抬起头看着跟前色胆包天的小娘子，喉咙都被逼哑了："温殊色，你是不是觉得我胳膊有伤，不能把你怎么样，便这般一而再再而三地来挑战我？"

温殊色不明白他怎么会这么想，忙摇头："没有，我觉得郎君很厉害。"

"你知道一个小娘子同自己的夫君讨论避火图，甚至篡改成彼此的样貌，下场会是什么吗？"

温殊色继续摇头，能是什么下场："郎君莫非还能吃了我？"

她这不是为了他们好吗？

只剩下两日了，提前学一些，总比临时抱佛脚要强，她这一改，两人看起来也不会觉得尴尬。

话音一落，人突然被郎君捉住肩膀，按在了旁边的枕头上，郎君侧身欺过来，支起胳膊，一双眸子居高临下地看着她，眸色如同火焰，似是要把她融化，又似寒冰，让人心头打战。

他这副模样,确实能把她吃了。

温殊色轻轻地推了推他:"郎君,你不喜欢?我可是画了两……"

话没说完,她感觉到郎君的脸一点一点地凑近,近到了与她鼻尖相贴,呼吸相交。她心跳陡然一快,似是猎物嗅到了某种危险,有些慌,但很快便稳住了心神,断定了这会子郎君不会把她怎么样。她两排眼睫轻轻地往上一扇,羞涩肯定羞涩,眸子含烟,怯怯地看着他:"还有两日,郎君可以先看看……"

她把一本册子的脸都改完了,其他地方自然也瞧了个七七八八。

"好。"谢劭人却没动,"娘子翻开给我瞧瞧。"

这怎么翻开给他看?他靠得太近,她有些呼吸不畅,不动声色地往后移了移:"不是这样看,我先睡,郎君慢慢看。"说完,她作势要翻身。谢劭一条腿横过去,把人钩了回来。

温殊色一愣,呆呆地看着他搭上来的一条腿,他,要干啥……

谢劭脸色倒是平静,温和一笑:"娘子费了如此心血,我一个人瞧万一琢磨不透,岂不是浪费了娘子的一番苦心吗?劳烦娘子一道陪着我瞧吧。"

他一副自己不一块儿瞧不会罢休的模样,温殊色一时也没了招儿。

为了赶工,实则自己画完后并没仔细看,看就看吧。她伸手把册子摸过来,床头的灯今夜好像换了一盏,比往日明亮许多。

随手一展开,她的目光落在画册上,郎君的目光便盯在她脸上。几息过去,她的脸烫得自己都能察觉到,偏过头,一下把那册子递到了他眼前:"郎君自己瞧吧。"

也不知道他看到了没有,她两手摊开画册,把画面对着他。

耳边静悄悄一片,郎君半天都没出声。

手有些软了,温殊色转过头,见郎君一双眼睛盯着画面,正瞧得目不转睛,面上的红潮一波压过一波。

旁人成亲都有长辈专门教导,他俩真可怜,全凭自己折腾摸索。

"郎、郎君看完了吗?"

谢劭没应,突然问道:"娘子的也只改动了脸?"

她自己啥样,她也不会常照镜子看,但除了脸,她还修了一下腰身,画上的人腰太粗了,她没那么难看……

她脸色辣红,索性不多说了,敷衍地点头:"嗯。"

"我看完了。"

终于结束了,温殊色收回发酸的胳膊,解脱了一般,正要躺回被褥里睡觉,肩头被一只手摁住。他出声:"娘子不试试吗?"

温殊色身子一绷,神色愣愣地看着郎君,试,怎么试?

谢劭眉梢扬了扬,道:"纸上谈兵,谁知道对不对呢。"

这是什么话，都这般清楚了，还能错吗？

"娘子别紧张，今夜咱们只做商讨，我有伤在身，又不能把你如何……"

说得这般可怜，估计心里也很难受。说得也对，画册都瞧过了，也不差这么一回，人在这儿，是对是错一试便知。

温殊色点了下头。

可接下来却没半点轻松，谢劭的手指头缓缓挑开她的交领，一步一步地照着那册子来。

床头的灯火太耀眼了，心头的羞涩没处躲藏，她想让他把灯灭了，谢劭反驳了一句："灭了灯瞧不见。"

就这么被强光照着，温殊色无法退缩，心越跳越快。谢劭似乎感觉到了，轻轻啄了一下她的唇："娘子放心，为夫照着册子，一步也没错。"

是吗？

他能快点吗？

她不说话，谢劭继续按照册子来，一丝不苟，分毫不差。

雪色丝绸松开的瞬间，温殊色呼吸一窒，闭上了眼睛："郎君，你快些……"

"好。"他把她的腿分开了一些。床头灯盏的光线溢在床上，正好投在底下的人影身上。

谢劭的眸子暗如深海夜空，附耳低沉地说出一声："谁给你的狂胆子？"

人沉下去。

恍如他腰间的弯刀送入刀鞘，刚打造出来的刀鞘，还未与刀身契合好，暗黑的一条道，曲曲折折，几番阻拦。但架不住刀尖的锋利和汹涌，颤了几颤，刀柄顺利地卡在了鞘口。

头皮都麻了。

底下的小娘子眼睛瞬间睁大，死死地抓住了跟前的漂浮之物，一口气喘在喉咙，声儿都没了。

比起郎君的突如其来，先前的那些东西，确实是纸上谈兵。

没有任何预料，痛楚来得太快，人都要喘不过气儿了。她想踢他蹬他，腿却提不上来，唯有一双手并用，狠狠地掐在了他的小臂上。

谢劭却是另外一种难受。

他动弹不得，无边的战栗渗入每一个毛孔，滋味儿让人销魂断肠，酣畅欲死，脑袋也有瞬间的空白。

小娘子还在挣扎。

顷刻之间，滋味儿灭顶冲来，他险些就要交待在她这儿了。

可知道若是在此时了结，留给她的便只有痛苦。以她的性子，一朝被蛇咬，将来他欲再行，怕是又得费上一番工夫。

他额头两边的青筋都绷了起来。他沉住气,低头吻她,唇瓣温柔地在她唇上描绘,轻声安抚道:"温二,已经成了,莫怕。"

怎不害怕?这与她想象的完全不同,她都快疼死了。她泪眼楚楚地望向他,如今才明白,并非那册子上画得可怕,郎君除了脸和身子不像,其他倒是有得一拼。眼泪花儿噙在眼眶内,刚漫出眼角,便被郎君吻掉,抿在了唇齿之间……

比起最初的一道冲击,郎君温和了许多。

听他说完那句成了,温殊色仿佛完成了一件压在心头的重任,身心都放松了一些。

方才察觉那痛并非持久不断,来得快去得也快,意识慢慢地随郎君移动的唇夺了去,床头的灯来不及灭,依旧明亮,可终究是深夜,周遭一切皆黑唯有身前的这道光束,反倒让人沉迷沦陷。

夜色携着雨雷轰然落下。

刀鞘不适应紧紧相咬,刀身被憋得难受只能退出来再入鞘,非得让其容纳自己。几番适应后,刀鞘黑暗的狭道终于渐渐地通畅,刀风呼啸,刀鞘一阵震颤,枕心上那株彩线绣成的芍药,也从万千青丝之间露出真容,娇艳欲滴。

她自小主意就多,仿佛是老天给她单独开的一扇窗,一言定乾坤,怎么也没想到上回同明婉柔的那一番瞎扯,还真被说对了。她人悬浮在空中,只余了一口气吊着艰难地喘着,五指被郎君扣住,将死未死。

没有长辈教导,两人自己一番琢磨把事办成了。画册子引入门,余下的犹如郎君所说,水到渠成。

瞧着那画册子时,她虽也有异样,可哪里知道还有这么多的名堂。细细密密的感触从四面八方包裹而来,将她和郎君隔离于当下的世界,不知道要漂浮到哪儿去。

泪珠子再次落在了脸庞上,也不知自己为何要落泪。

无边的昏暗过后,郎君的唇瓣再次回到了她的唇上。温殊色懒懒地靠在他怀里,半天才找回自己的声音:"郎君,咱们是真夫妻了吗?"

"嗯。"真得不能再真。

谢劭的后背也生了一层细汗,俯身亲了一下她眼角,手指轻柔地替她拂开脸上的湿发,深邃的黑眸刚从火焰中归来,还留下一些火星在跳跃,瞧着她雾蒙蒙的眼睛,胸口阵阵滚烫:"娘子这辈子再也逃不掉了。"

什么明二公子,再谋出路,他绝不会给她机会。

两人虽错误地闯入了旁人的新婚之夜,但人是对的。

他无比庆幸那个人是她,是这个不知天高地厚、无时无刻不撩动他心弦的小娘子。

他侧身把小娘子裹入怀里,两人相拥再无任何相隔,心口贴着心口。他感受着她的心跳,叹服这世间竟然还能有如此欢悦,这些都是小娘子给他带来的。他感激地蹭了蹭小娘子的脸颊,手指头抚着她背后的蝴蝶骨:"娘子还难受吗?"

温殊色摇头又点头。她自己也不知道是不是难受,人这会子是半死不活。

从未有过的羞涩几乎让她睁不开眼睛,她蜷缩在郎君怀里。平日那般旺盛精力的人此时也全无,懒懒在瘫在他怀里,动也不想动,却撑着气儿应了他:"不难受,能和郎君成为真夫妻,我欢喜着呢。"

没等到百日,也没等到四日,郎君提前成了事。

虽身子有些受不住,心却踏实了。

什么滋味儿,从地上到云端,郎君让她体会得明明白白,以往再亲密无间,也不抵当下这番相拥相抱时的浓情蜜意。

难怪那些不认识的新人,新婚一夜之后,便熟悉了。

他们不同,并非从身体开始熟悉,而是花费了无数个日夜,从相互抵抗到真正地认识彼此,一点一点地磨合,比旁人多走了许多的弯路。

可正是因为走的这些弯路,才让他们彼此之间的爱慕更真实、更牢固。

此时里外的心都连在一块儿,滋味儿让人上头,是彻底分不开了。

新婚夜里的缺失弥补上了,她便是完完整整的谢家三少奶奶了。她不逃,要一辈子赖在郎君这儿。

小娘子的嘴甜起来,有种让人丧失记忆的能力,全然忘了她那张嘴曾把人戳得抓狂。他亲了亲她的眼角:"我也欢喜。"

小娘子从里到外,无论哪儿都让他欢喜。

他手指头无意识地在她的蝴蝶骨上打圈儿,今夜灯火明亮,头一回看小娘子,便把她看得清清楚楚。

册子上的画面,哪里比得上小娘子半分。

他抚在她背上的手慢慢地重了起来。她往他怀里拱了拱,手掌碰到了他的豆腐块儿,是真结实。

之前的好奇今儿夜里一股脑儿地全满足了,她后知后觉地想起他的肩胛骨,一瞬睁开眼睛,仰起下巴瞧去:"郎君的伤……"

谢劭垂目,望着她关怀的目光,热流涌上来,轻啄了一下她仰起来的唇:"我没事,娘子不用……"

温殊色的手突然在他腰间一掐,没有半点多余的赘肉:"郎君骗我。"

小娘子撩人的手段自己从来不知,谢劭眸子里的波澜又有了被搅动的趋势,喉咙一滚:"怎么骗你了?"

"你分明弱不禁风。"

谢劭眸子一跳。

适才求饶的人到底是谁？

他还没来得及同小娘子理论，自己今夜的表现哪里让她有了弱不禁风这样的印象，小娘子又嘀咕道："怎会有如此威风呢，看来我炖的那三株人参果然没白费……"

小娘子真是不长记性。

他不想再去怜悯她了，把人翻过来，想象中的那一对蝴蝶骨果然完美无瑕，能勾人魂要人命。

今日是一位刚买来的丫鬟在外守夜，能被晴姑姑挑来放在正屋伺候，便是个机灵。听到屋内最初的那阵动静声，丫鬟心头便明白了大概，赶紧把火房的人叫起来，先烧水。

等到半夜，还没等到传唤，丫鬟以为里面的人已睡着了，过了一阵却见主子披着一件松散的衫子，拂开珠帘唤了一声："备水。"

温殊色这一觉，睡到第二日午时才醒来。

周身如同被人打断了骨头重新装上，哪里都不对劲，尤其是一双腿酸软得几乎站不起来，还有那处昨夜抹了药后疼是不疼了，可一动又酸又麻。

身上倒是干净清爽，床上的褥子昨夜郎君已经换过，她身上的汗渍、水渍……也被郎君擦洗了干净。

"娘子醒了？"谢劭刚洗漱完出来，今日终于穿上了正装，名秀阁的手艺不愧乃京都第一，象牙白绣金丝的圆领衫袍，配碧绿玉带，比她做的那身亮宝蓝高贵多了。昨儿还躺在床上一副病恹恹的郎君，像是狐狸吸了人精华，一夜之间神清气爽，一脸的意气风发。

温殊色呆了呆。

他不累吗？

昨夜郎君似是饿虎附身，狠了心地折磨她，最后自己悬在那床沿上，动是动不了了，迷迷糊糊被郎君扛着去净室，放到了浴桶内。

全身上下都是郎君替她清洗的，连发丝都浇淋了一回，自己睡过去之前，郎君还盘坐在床榻下，替她绞着发丝。

动得比她多，睡得比她晚，起得比她早，精神劲儿还比她好。

天理难容。

她不服输地爬起来，双腿软得厉害，硬气地撑着腰也不要郎君扶。话本子上写的都是洞房花烛，郎君一夜精气耗尽。

到了她这儿就反过来了，岂不是让人笑话。

她迈着发酸的腿，一步一步往前，结果一下床前的坎儿，原形毕露，身子往边上一歪。惊魂之间，谢劭一把将她抱了起来，打横往净室里走去："娘子先去洗漱。"

面子是全无了,心头的怨气儿都对准了郎君,她一声不吭,照着他一边完好的肩头咬了一口。

昨夜他八成是把自己当泥人儿捏了。

她势头做得凶狠,可那两排银牙落下,并未用力,咬得人不疼不痒的。

谢劭主动给她长威风:"娘子使力。"

屋外,闵章掀帘来禀报:"公子,太医来……"话没说完,便瞧见公子把三少奶奶扛上了肩头,心头有了数,不用瞧了,公子已经好了。

从里屋退出来,刚出门槛,闵章便见到了之前在靖王府伺候裴卿的小厮。

闵章往他身后瞧去,没见到裴卿,面露疑惑,待人走到跟前,主动问道:"裴公子有何事?"

那小厮名叫阿福,是现太子赐给裴卿的仆役,一双眼睛清明有神,一看就是个机灵的人。他同闵章笑了笑:"公子知道三公子在养伤,不便前来打扰,小的今日来,是来找闵公子。"

闵章一愣。

阿福便凑到闵章耳边低声道:"小的过来只为求一物……"

听到"避火图"几个字,闵章一脸意外。

裴公子也许亲了?

阿福看出了他的疑惑,解释道:"倒并非裴公子用。"阿福想起早上来府上传信的太监,自个儿也是一脸蒙,"是皇太孙想要。"

果然,闵章皱眉质疑:"皇太孙?那宫中什么没有……"

不就是吗?坏就坏在皇太孙如今十八了,按照宫里的年纪,孩子都该有了,谁能想到他还没启蒙呢。

若不着急,新婚前一夜宫里的太监会给他抬一箩筐进屋,可不知道昨夜皇太孙受了什么刺激,不朝太监们开口,闷着声儿不出,今日一早便派人找上了裴卿。裴卿一条光棍,哪里有这东西,只能让人求到了谢劭这儿来。

"裴公子说谢指挥一向喜欢收集这些东西,小的只管来找闵公子拿。"

闵章一噎,这话万不可让三少奶奶听见,主子也就嘴皮子厉害,爱面子,哪里收集了那么多,唯一一本前几日自己要了去。

人都求到跟前了,也不能让人空跑一趟,昨夜一过,如今主子怕是也不需要了。闵章同阿福道:"你稍等一会儿,我去问问公子。"

闵章折回去时,谢劭正一人坐在蒲团上候着小娘子。温殊色没让他伺候洗漱,把人赶出来唤了晴姑姑进去。

伤恢复得比太医诊断得要快,他不急着进宫复命,大难不死,先陪小娘子温存两日。

受伤后躺了这么久,全凭小娘子无微不至的照顾,今夜他想带她出去吹吹风,正打算起身去唤闵章,见人进来了,劈头便吩咐道:"你去觅仙楼订个位。"

吃了这么久觅仙楼的饭菜,人还没去过呢,娘子既然喜欢那里的酒菜,今夜花重金奢侈一回又有何妨。

闵章应了下来:"好,奴才这就去办。"回复完却没走。

谢劭看了他一眼,见他一副欲言又止的模样,一朝被蛇咬十年怕井绳,心头一跳:"怎么了?二夫人买完宅子,不是还余下了几百两黄金,待会儿找三少奶奶结便是……"

闵章赶紧道:"裴公子身边的小厮阿福来了。"

谢劭看着他,然后呢?

闵章抬头扫了一眼净室的方向,见三少奶奶还没出来,忙走近两步,凑到谢劭身旁低声道:"来问公子借避火图。"

谢劭同他适才的神色一样:"他一个百年光棍,何来的兴趣?"

闵章声音放得更低了:"说是周世子要用,撒不下面儿问太监要,找上了裴公子。"

谢劭明白了,裴卿又找到了他。可惜了,他也帮不上忙:"我没有,让他自己去外面买几本便是……"

闵章愣了愣,以为他是忘记了,帮他回忆:"奴才前几日给过主子一本。"

话音一落,便见谢劭回头冷眼盯着他:"没有就是没有,到底谁才是你主子,你脑子被驴踢了,多此一问。"

册子已经被小娘子改成了他和小娘子的脸,拿给周邝,让周邝看着他和小娘子……

怎么可能!

不明白自己为何被骂,但见主子脸色被气得通红,闵章哪里还敢问,赶紧埋头退了出去,答复了阿福:"主子这儿也没有。皇太孙想要,就让他派人自己买吧。"

经闵章这一提,谢劭也想了起来,忙去床上把那画册从枕头底下找出来,找了个匣子装进去上了锁。

这几日,谢仆射和谢二夫人已搬到了谢家的新宅子,谢劭因身上有伤不宜挪动,与温殊色继续留在了这儿。

如今人好了,搬家的事却只字不提,谢劭也没派人过去知会。

难得与小娘子浓情蜜意一会儿,他又不傻,让人来破坏。

小娘子半个时辰才出来,依旧梳着高髻,今日穿的轻纱上衣比往日密实一些,乃实地纱所制,配上暗花后几乎瞧不见肌肤,两边肩头遮挡了起来,下面一条抹胸长裙又拉到了胸前,只能瞧见颈项正下方的一段锁骨。

人一旦沾了荤腥,果然看什么都不一样了。

小小一方天地,也能令他心旷神怡。他的目光不动声色地移到小娘子脸上,两边脸颊明显比往日多了一份说不出来的风韵。

不能再看了。

半盏凉茶入喉,稍微平息了一些,小娘子坐在他对面,起来得太晚,早食没有赶上,只能和午食一道吃。

饭菜呈上来,见都是一些普通的菜肴,谢劭便提前给她透个底:"娘子少吃些,待会儿我带娘子去觅仙楼。"

温殊色似乎有些意外,神色顿了顿,随后高兴地应了下来:"成,那我等郎君。"

他知道她累了也没让她动,两人坐在屋内,纳凉唠嗑,歇息了一个多时辰。等到太阳西沉,闵章终于回来了,却禀报道:"主子,觅仙楼今儿没位了。"

谢劭一愣,捏着小娘子胳膊的手也顿了下来:"没报我的名?"

"报了。"闵章脸上一团菜色。

想起那跑堂的一脸无奈,同他哈腰道:"公子不知,今儿夜里二公主在这儿包了场子,说要给杨家六娘子庆生辰。实在抱歉,小的先给谢指挥赔不是,待今日一过,明儿就好了,要不小的给公子留个明日的位?"

等什么明日。

他已经同小娘子说了,小娘子为了这一顿,午饭都没吃几口。

二公主既然包了场子,他和小娘子再去也没什么兴致,便说:"你再去瞧瞧别家。"

京都人多,最不缺的便是酒客,都这个时候了,无论哪个酒楼怕是都没了位置。

但以主子的身份,二公主的场子不好去争夺,旁的地方还是不成问题。

闵章正要出去,温殊色却突然道:"不过办一个生辰,一层楼便也够了,再热闹些包下前堂一栋,足够威风。后院那么多的小阁,用也用不上,怎就不让人进了呢?"

她抬头问闵章:"你问的是谁?可见到掌柜了?咱们就只占一个小阁,安安静静地吃顿饭,妨碍不了旁人,人要讲理……"

这个闵章倒是有经验,上回三少奶奶便是以一张嘴,让两人在觅仙楼白蹭了一顿饭。

闵章的目光看向对面的主子。

没什么好犹豫的,小娘子不介意那就去,谢劭起身:"觅仙楼。"

主意是他先提出来的，说了带小娘子去觅仙楼便不能食言，大不了到时自己去同二公主讨一个人情。

黄昏时，一辆马车缓缓朝觅仙楼而去。

觅仙楼位于朝门闹市，与旧曹门相连，乃京都最热闹的一条夜市。

两人上回一道逛街，还是在刚进城的那日，谢劭兜里揣了十两银子，三个人的生计全在那里面，连给小娘子多买两身衣裳都买不起。

如今谢劭成了从三品大官，虽谈不上大富，但至少不会缚手缚脚。兜里有了银钱，心头也有了底气，他拂开车帘，望着道路两旁的小摊，记得她甚是喜欢这些新奇杂耍，人逢喜事精神爽，今夜只想讨小娘子欢心。

"娘子想要什么，为夫今夜都买给你。"

连一盘咕咾肉都舍不得倒掉的人，难为他愿意铺张浪费。在屋里坐了这大半日，一双腿脚是恢复了，如今坐上马车一抖，腿心却还是一阵阵酸胀，不想郎君夜里睡不着觉，温殊色摇头道："我不喜欢这些。这些个杂耍也就图个新鲜，买回去还不是堆在那儿，日子一久成了破难，浪费钱还难得清理……"

她突然勤俭起来，谢劭还有些不习惯，心头已经打定了主意要把她当个神仙供起来养了，她却要过回平常的日子，反倒让人失落。他大言不惭地助长她的胃口："只要娘子喜欢，浪费了又如何。"

果然没有被饿死的娘子，只看郎君肯不肯为你花银子。见他非要替自己买一个物件，温殊色指向卖海边摆件的摊位，要了一个海螺。

她的嘴对着海螺口呼出一声："郎君。"再贴到郎君的耳朵上，娇滴滴的回声从海螺内传来久久不消，震得人心头酥麻。

没承想这东西还有如此玩法。

刚体会过快活的郎君，色欲熏心，心思再也无法单纯。

他想入非非，小娘子全然不知，手指头抚了抚海螺轻声道："父亲头一回去福州，回来便送给我一个海螺，我喜欢得很，觉得这东西太神奇了，整日对着母亲的耳朵喊话，非得要母亲回答，只有母亲的声音透过海螺传出来，才会听出一丝力气……"

触及小娘子的伤心事，心头的杂念瞬间散去，谢劭伸手从小娘子的手上把海螺拿过来："我试试。"

见郎君要喊话，温殊色配合地把耳朵贴了过去。

"缟仙。"

温润的一道声音，低沉磁性，唤到了人心坎上，心肝突然跟着颤了颤，那头的声音再次传了过来："我喜欢你。"

很喜欢。

马车继续往前,繁灯的光芒从荡起的车帘缝隙内溢入,划过了车内小娘子的眼睛。

灵动的一双瞳仁如同定格了一般,久久不动。

光停了。

耳边也安静了。

只剩下了回荡在海螺内郎君的声音。

一道吻轻轻地落在了她的脸侧,像是三月里的春风,拂人心弦。

京都一到夜里,几大酒楼便人满为患。

其中觅仙楼楼如其名,主打一个意境,酒楼靠水而建,后院有一方池子,也不知道是何原理常年雾气缭绕。雾气浓烈之时,整座楼都被腾在了云雾之中,如仙如梦。

夜里的华灯再一照,歌声从里面传出来,不似仙境胜似仙境。

今儿二公主替杨家六娘子办生辰,不能有闲杂人等在场,把整座酒楼都包了下来。天色一黑,酒楼前的马车便排成了长龙,前来赴宴的都是京城内的权贵。

闵章停好马车,谢劭牵着温殊色的手下来,随着前面的人群一道前行。

杨家凭借着贵妃和杨将军的名头,在京都的地位一向很高,这回更是有二公主设宴庆贺杨家六娘子及笄,前来的人都得给面儿,名为参加生辰宴,多数是奔着结交而来。

若哪家公子能攀上杨家六娘子,也算是鲤鱼跃了龙门,是以,今日前来的倒也不全是女眷,也有各家体面的郎君。

今儿来生辰宴的人都是提前派了帖子的,担心牛鬼蛇神混进来,觅仙楼门口站着三五个小厮守着门,见了帖子才放人。

前面的人一路顺畅,到了谢劭和温殊色这儿,两人双手空空。门前的小厮一愣,又见两人气度不凡,不敢得罪,态度客气地道:"还请二位出示一下帖子。"

"没有。"谢劭拉着小娘子,坦荡大方,言语谦卑有礼,"今日我携内子前来,不为杨家六娘子生辰,只占东家一处小阁,还请掌柜的行个方便。"

那就是没有拜帖了。门口的小厮一脸为难:"贵人不知,今儿二公主包了场子,除非有拜帖,否则小的们也不敢放人进去。"

"二公主在何处,可否知会一声?"

身后陆续有人前来,见竟然出了岔子,目光都望了过来。

谢劭回京的日子短,到了马军司后,还没任几日的职又受了伤,很少有人认识他。

门前的小厮还没发话,身后一位公子突然出声:"我看这位仁兄,就别挡着大伙儿的道了，有拜帖进，没拜帖便靠边站，别耽搁了大伙儿的时辰。听我一声劝，回去再奋斗个几十年，下回二公主设宴，也不见得就没希望。"

　　京城内到处都是高官，不乏仗势欺人、狗眼看人低之辈。

　　谢劭面色平静，没有理会，见小厮为难，自报了家名："在下姓谢，单名一个劭字。家中内子久仰贵楼美名，今日想前来一睹风采，还望行个方便。"

　　名头一报，身后那位公子脸上再无讥刺嚣张，也不吱声了。

　　京城姓谢名劭的还能有谁，不就是当朝谢仆射的儿子，如今刚立功得了圣宠的谢指挥吗？

　　元家一倒，朝廷上只剩下了一个谢家和杨家。

　　今儿二公主这拜帖乃女眷之间的交际，谢公子刚来京都，怕是一时没周全到。众人不敢出声，心头却有了看热闹的兴头。

　　谢家离开了京都几年，如今回来，那还能是之前的样儿吗？

　　大鄮的商户地位早已不是从前，皇上大兴贸易，鼓舞大伙儿发家致富，甭管你是谢家还是杨家，要硬闹起来，面子上折了不说，官府还会记上一笔。

　　酒楼要想在京都这种一跟头摔下去，便能砸到一个当官的地方立足，头一样便是讲诚信。小厮就差把头给折到胸口上了："能得夫人的赏识，那是咱们觅仙楼的福气。可今日咱们应承了二公主在先，规矩定在了这儿，实在对不住。这样，谢指挥和夫人明日再来，我觅仙楼备好酒菜，不收分文，同谢指挥赔个不是。"

　　话说到了这个份上，再坚持下去就不好看了。可若是就这般走了，恐怕明儿便会成为一桩笑话。

　　二公主收不收得了场，不该他们来发愁，日子优渥的人一闲下来，谁不盼着点热闹发生。

　　谢劭并非那等胡搅蛮缠之人，但今日已经答应了小娘子，必须做到，心头的那股横劲儿好久都没出现了。想当初在凤城，他只要往门口一迈，几家酒楼谁不给他面儿。

　　老实人当久了，忘记了自己也曾是个纨绔，谢劭对那小厮的一通言语丝毫不买账，笑了笑："倘若我儿非要进呢？"

　　温殊色心头一跳，这混账东西，狠起来酒楼怕是都要被掀了。她忙把人往身后一拉，上前同小厮道："你去把文叔叫来，我同他论理……"

　　闵章见识过三少奶奶论理的本事，万事和为贵，讲不通了他再动手。

　　小厮听她说起了文叔，又是一愣，还没想好该如何是好，身后突然一道声音唤来："少……二娘子来了。"

　　也不用去叫文叔了，上回接待过温殊色和闵章的那位小厮走了出来，惊呼道："二娘子今日过来怎么不让人提前打一声招呼，小的也好派人去接。"

迎出来的小厮横眼扫了一眼门口的几个小厮，大抵也明白了是怎么回事，他全然忘记了自己头一回的嚣张，斥责道："这是怎么了？眼珠子白长了还不如挖了不要。"转身再对着温殊色和谢劭，态度极为热情，"姑爷请，二娘子请。今日前堂被二公主包了场子，小的让人腾出一间小阁……"

这突如其来的转变，让看热闹的人都没明白是怎么回事。谢家的名头都不管用，那位谢家三少奶奶温二娘子一句话，人倒是进去了。大家面面相窥，也不敢多问，热闹瞧不成，顶多少了一桩乐子，得罪了谢家那可是关乎着家族命运。

众人不明白，谢劭同样满腹疑惑，走在温殊色身后，看着小娘子同小厮聊了起来："最近人多吗？"

"二娘子放心，咱们觅仙楼从不缺人，只要一开张，一个早上甭管是小阁还是大堂，座儿全被约满……"

瞧这样，两人似乎熟络得很。

谢劭回头看向闵章。

这是要让他解释，闵章会意，小声禀报道："三少奶奶上回来过一回，以理服人，认识了这儿的小厮。加之平日的饭菜订的都是觅仙楼的，想必已经熟悉了。"

所以今夜才给了这个面儿。

这京都还真是奇怪，从三品的官都不好使，全靠一张嘴了。

小厮把人领到了后院单独的一处亭台小阁，回头同温殊色和谢劭又鞠了一躬："谢指挥、二娘子稍候，先坐会儿，小的这就去张罗酒菜。"

人一走，谢劭便一脸狐疑地看着温殊色。温殊色主动解释："觅仙楼一位跑堂的伙计，我与他相熟。"

这个不用她说，他也看出来了："娘子今儿的面子比我都大。"

温殊色笑了笑，替他摆好了茶杯："可不是嘛。花钱的才是大爷，郎君以后也该出来多走走。"

那头二公主正陪着杨家六娘子说笑，又进来了几位贵妇，同二公主行完礼，又奉上了给杨六娘子的贺礼，落座后便说起了适才门前的一幕。

"今儿可是奇了，那温氏到底什么来头……"

二公主性格随和，也不摆架子，京城的女眷们都喜欢和她亲近。说话的人是永昌侯府家朱家的二少奶奶，皱眉道："谢家的名头没管用，温氏一开口，觅仙楼的小厮立马把人请了进来。二殿下今日可是清了场的，那规矩定死了，按理说没了拜帖，可不能放人……"

二公主怎么也没料到谢劭会来，他伤好了？她愣了愣，自怨道："怪我，是本宫疏忽了。"赶紧差身边的宫娥，"你去找觅仙楼的人送几样菜过去，就说是本宫不知谢公子今夜前来，给他赔罪，失礼之处还望他别记在心上。"

宫娥很快走了出去。

屋内继续说着话，多数都在讨论谢家的三少奶奶温氏。

"谢家这样的高门大户，怎就同门槛如此败落的人户联了姻，那温家大爷是个侍郎吧……"

工部侍郎，那可是温家大房一家的骄傲，但在这些有伯爵在身的贵妇圈子里，便也瞧不上眼了。

且这位温二娘子，还不是温大爷所出，是温家二房一个普通商户之女。

要是放在之前，温家老爷子太傅的名头，倒也能算是书香门第，如今大酆建国都二十多年了，温家那道文昌帝赐的牌匾早就被取了下来。

还有何荣誉可言。

"我倒是还听说了一个消息，也不知道准不准确。"

女人堆里的话一向捕风捉影，哪里管消息准不准，只愁没有新鲜事儿可听。

"我听说，这当初成亲的人压根儿就不是谢家三公子，而是谢家大公子，那温家也是，嫁进谢家的本该是温家大娘子，结果抬上府的却是二娘子……"

消息太让人震惊，众人齐齐呆住。

"老天爷，竟然还有这等子事。新人成亲，名字衙门没登记？"

一个藩地哪里有京都这么多的规矩名堂。

"这个我倒是知道，凤城的规矩是新人洞房后才去衙门立门户……"

"你这消息可靠？"杨家六娘子问永昌侯府朱家的二少奶奶。

"应该可靠，昨日婆母见了温家大夫人，那温大夫人在饭桌上提起这事，还抹了泪呢……"

温家大夫人亲口所说，错不了了。

同样是偷桃换李，到头来同情的只有权高位重者。

"可怜了三公子，这是硬逼着娶人了，若论家世人才，谢三公子尚公主都有资格……"这样的话也就只有杨家六娘子敢说出来。

几人偷偷地朝着二公主望去。二公主似是没听到一般，呆呆地坐在那儿，一时走了神。

杨家六娘子瞧了一眼失魂落魄的二公主，再清楚她的心思不过，过了一会儿突然低声在她耳边道："表姐这是还没忘呢……"

早年的青梅竹马，加之又是那般耀眼之人，怎能不让人心动，情窦初开的年岁还没明白过来那份感情到底为何，人便已经离开了京都。

再归来，已为人夫。

那人比起当年更加光彩夺目，自己在见到他的那一瞬间心神仍有些不宁，可又能如何。

他已经成了亲,有了自己的夫人。

那温家的二娘子她见过,生得明艳动人,如明珠一般的可人儿,论其容貌,怕是还在自己之上。

要说没什么感触不可能。

曾经年少时的倾慕对象,如同月光一样的存在,这世上再好的小娘子,也无法同他相配。

温家二娘子能让谢哥哥甘愿娶她为妻,定有她的过人之处。谢哥哥看中的要么是样貌要么是才华,如今却得知两人竟然是这样的成亲方式。

心头酸酸胀胀,莫名生出几分不甘来。

自己的求而不得,在别人那儿如此简单,谁又甘心呢。

身旁的杨家六娘子看准了二公主的心思,自责道:"二殿下哪里有错,要怪也是怪我,办了一场生辰,竟把谢指挥和谢少夫人拦在了外面,该罚。"转头吩咐身边的丫鬟,"你去把谢少夫人请来,就说今日是我的疏忽,亡羊补牢,望她给个面子,我自罚三杯。"

偷桃换李的事情刚暴露出来,她这番相邀,明眼人心头怎不明白是何心思,怕是请过来看笑话的。

丫鬟走了出去,一旁的二公主也没出声阻止。

今日借了小娘子的面,两人才能在这不向高官低头的觅仙楼内找到一处座儿,虽有伤在身不能饮酒,但今夜并非自己寻欢,只为让小娘子开心,他不能饮酒,小娘子能。

谢劭打算等人进来,把这儿最好的酒菜都点一遍,斥巨资请小娘子吃一回大餐。

这一等,小半个时辰后,那小厮才返回来,手里提着一个金身茶壶,依旧一副笑脸,上前替二人满上了茶杯:"这是今儿午后灵山运来的朝露,茶叶乃云山嫩芽,只取中间的一枚嫩芽,刚入口时有些苦涩,过后口齿内却有一股清甜味儿,谢指挥和二娘子尝尝……"

紧接着,觅仙楼的侍女手里捧着各式各样的菜肴,鱼贯而入。

小厮立在一旁一道一道地介绍着:"香煎深海鳕鱼,蒸虎斑,焗海参,盐焗海螺,爆炒蛤蜊……"

一碟一碟的金蝶银盘,摆在二人跟前。纵是见惯了奢华的谢劭,目光也慢慢地凝住,手指头轻轻地磨蹭着茶杯。

身后的闵章则已目瞪口呆,宫廷贡品怕也没有这样奢侈。

深海里的东西,并非常人能捞着,比黄金珠宝还珍贵,这一顿,恐怕连当今皇上也不一定能吃得如此齐全。

觅仙楼作为一大酒楼私藏些镇楼之宝不足为奇,奇的是竟舍得拿出来招待公子和三少奶奶。

这得要多少钱……

闵章向来不是个显脸的人,此时脸色也变了,今夜一顿之后,只怕公子又要回到从前了。

闵章下意识地瞟了一眼公子,果然,公子脸上那抹挂了一日的春风,明显有了崩塌的趋势。

相比之下,三少奶奶就冷静许多,一双眼睛惊喜地盯着桌上的盘碟,兴奋地问:"还有这些东西?"

小厮起身笑着道:"今年海错的货收获不错,这些个宝贝都是特意留着给二娘子的,不同于旁的菜,吃的是一个新鲜。这不,一直养在海水池子里,就等着二娘子和谢指挥过来。"

连他谢指挥都被拦在了外面,也不知道怎样的贵客才能在觅仙楼享受如此周到的待遇。这小娘子不是一只普通的吞金兽,她能吞金吞海,谢劲的心沉了又沉。

温殊色抬头同小厮道了谢:"费心了。"

"应该的。"小厮躬腰道,"二娘子和谢指挥慢慢用,小的就在外面候着,有何需要,唤一声便是。"说完领着侍女们鱼贯退出。

人一走,温殊色便拿起了桌上的竹筷,递给了对面的郎君:"郎君快吃,今儿咱们有口福了。"

口福是有,几百两黄金估计得见底了。

温殊色似乎成心要拿他开心:"郎君说了,我喜欢什么便点什么,旁的我这几日都尝过了,唯独惦记着这一口海错,可让郎君为难了?"

"不为难。"已经要倾家荡产了,腰断了,爬起来也得给她撑着。

"郎君快吃。"温殊色替他布菜,夹了一块海参放在他碗里。

谢劲盯着没动,这一口下去比黄金还贵,自己这粗胃就不要浪费细糠:"还是娘子吃。"

"郎君莫不是要看着我吃光不成?银钱都去了,郎君不要在意这些,饱饱吃上一顿,明儿如何,咱们再想法子……"

小娘子这有多少用多少的性子,早就名扬在外,改是改不了了,只能自个儿辛苦一些,幸在伤也好了,明日便去当值吧……

两人正在里面吞金,二公主那几道赔罪的菜也送了过来。

觅仙楼的后厨管事送了过来,见到那小厮,把食盒递了过去:"适才二公主派了宫娥传话，点了几份菜，说要给谢指挥赔礼，你给他们拿进去。"

温殊色想要做隐形少东家，文叔只能瞒着她的身份，如今觅仙楼内知道温殊色身份的人并不多。

也就那日的小厮和文叔。

这会子少东家正和姑爷吃着好东西，哪里还有空胃吃这些寻常菜，小厮从管事的手里接过来，并没有往里面送。

里面的郎君和小娘子自然也知道这一顿价值不菲，没有丝毫浪费，一桌子的海错，大部分下了小娘子的肚。

连茶水都喝不下了，温殊色起身憋着气儿缩起了小腹，苦恼道："阿园之前比我胖上许多，如今我怕是比她还胖了……"

谢劭把她细细瞧了一圈，语气坚定，说了小娘子最想听的话："娘子更瘦。"

所以为何一定要找个自己家的郎君呢？紧要时，他能向着自己，哄自己开心。

她是撑得再也坐不下去，今儿前堂一栋楼被二公主包下，曲儿是听不了了，觅仙楼后院的景色不错："郎君，咱们去吹吹风，消消食吧。"

谢劭自然乐意奉陪，替小娘子去取披风。

门外的小厮听到了里面的动静，估摸着差不多了，正打算把食盒送进去，杨家六娘子身边的婢女又来了，邀请温殊色去参加她的生辰宴。

谢劭和温殊色刚走到门前，丫鬟的说话声全听见了。

自己和郎君今夜无意闯了杨家六娘子的生辰，如今人家特意派人来邀请，便是给了她面子，总不好驳了。

郎君和她都是初来乍到，今日这场宴席来了不少的高门世家，维持好关系最为紧要。

既是杨家六娘子相邀，郎君的那位好妹妹二公主定也在，要是她再当着自个儿的面来上一声谢哥哥，不知道自己还能不能忍住。郎君还是留下来比较让人安心。

"今日六娘子生辰，围在跟前的怕都是女眷，郎君去了也无趣，还不如去后院水榭，那边都是些年轻公子，郎君还能说得上话。"

今夜除了小娘子，谢劭对谁都没兴趣，知道她喜欢热闹的场合，把手里的披风递给了她："我就在这儿，快结束了知会一声，我先去马车上等你。"

温殊色应了一声好，往前走了两步，突然又过头冲到他跟前，脚尖一踮，照着他的脸颊便亲了一口。

她亲完转身就走，没去看郎君愣住的神色，也没顾周围人看热闹的目光，手提裙摆，跟着杨六娘子身边的侍女匆匆去往前堂。

头一回去见杨家六娘子，还是人家的生辰宴，总不能空着手去，温殊色抬步上前堂二楼雅阁前,落后几步同那名小厮附耳吩咐了一句:"去吧,办好了,咱们之前的那恩怨便一笔勾销,我让文叔升了你的职,给你增薪资。"

小厮眼角都笑起了褶子,连连点头:"少东家放心,小的这就去办好。"

温殊色跟着侍女继续往前,到了最大的一间雅阁前,侍女回头让出了路:"谢少夫人里面请。"

守在门帘处的侍女往里通传:"二殿下,六娘子,谢少夫人来了。"

里头的一群妇人正围着二公主和杨六娘子说笑,闻此一言,前一刻还沸腾的场子突然鸦群无声,个个望了过来。

瞧见从珠帘后走出来的那小娘子时,众人眼里一瞬都划过了惊艳。

京都地大物博,从不缺长得好看的小娘子,可鲜有她这般一眼瞧去就活力四射的美人儿。

一半的人还在愣着,一半的已经回过神来,神色各异,等着二公主和今日的寿星发话。

谢劭受伤后,前来府上探望的人不少,今日场子内却只见到了两个熟面孔,一位是二公主,一位是魏家大夫人。

温殊色自来便不是怕生的性子,上回已经见过了二公主,先上前蹲了个礼,二公主含笑虚扶了一把:"夫人不必多礼。"

猜着坐在她身旁穿着一身繁花似锦的小娘子,便是今儿的寿星了,温殊色上前道了一句祝福:"今儿打扰到了六娘子生辰,还望六娘子见谅。"

杨家六娘子是双丹凤眼,一笑起来,便给人一种精明的印象:"二娘子说的哪里话,不过一个生辰,弄出这么大的阵势,还占了地儿,岂不是张扬了吗?给二娘子添了麻烦,今儿说什么也该是我向二娘子赔不是。"

话虽客气,可有心人一听便能发现名堂,杨六娘子没叫她谢夫人,唤的是二娘子。

"六娘子及笄,人生仅此一回,想要图个热闹罢了,谈何张扬。"

温殊色态度真诚大方,一席话让人挑不出半点错来。杨六娘子笑了笑,同身后的丫鬟道:"还不快去给二娘子看座。"

前面的位置都坐满了人,温殊色只能排在靠着门口的位置。

落座后,杨六娘子继续同她聊着:"二娘子是何时来的京都?我怎么没接到信儿呢。谢家同我杨家也算是世交,若是提前说一声,父亲必会派人前去接应。"

杨六娘子的生父乃杨将军的长子,国公府的世子。

前太子被废之后,谁人不知温殊色和谢劭是如何来的京都,这话太过于场面了。

杨六娘子今儿是寿星,同二公主一道坐在高台上,她能一眼看到温殊色,而温殊色想要看她,身子得往前微倾才能见到人。温殊色答道:"世子爷朝事繁忙，我和夫君不过是来一趟京都，又非公务，哪里来的面儿劳烦杨大人。"

杨六娘子话说出来便有些后悔了，牵扯到了朝堂，说的还是谢家，没有讨到半分便宜，还险些惹了口祸。

谢家不能提，温家总可以，杨六娘子又问她："二娘子是凤城人？"

温殊色点头："是。"

"上回听侍郎夫人说令尊在福州做什么小买卖，不知道做的是哪门生意？"

前头的那些话还算客气，这一句多少带了点鄙夷。

温殊色似乎并没听出来，笑着道："家父和兄长都在福州下海，已有好几年了，今年才留在凤城，谋了一个员外郎的管职。"

员外郎，顾名思义不就是花钱买来的官职。

不用问也知道，必是谢三公子为了自个儿的颜面，替她温家二房买来的一份官职。

杨六娘子捂嘴一笑："温娘子人在凤城，不知道当年谢三公子的威风，多少小娘子倾慕着呢，论福气气运，怕是没人能比得过温二娘子了。"

就差明说，她这样的家世，能嫁给谢劭，是她走了狗屎运。

温殊色点头，笑着道："这个我倒确实不知。不过我瞧着郎君如今也没好到哪儿去，天生一张招蜂脸，若是没成亲，少不得拈花惹草，非得逗上外头的野花儿惦记。"

杨六娘子一愣，身旁的二公主脸色变了变，抬目看向温殊色。

温殊色脸上的笑意真真切切，一半埋怨，一半得意，一副小娘子娇羞之态，十足的显摆……

二公主心头闷得慌，不想再听她们说话，兴致缺缺地别过头。

杨六娘子见自个儿把人叫过来，不仅没痛快，反过来还添了堵，心头乱了分寸，急功心切，出声问道："适才我听伯爵府的朱二少奶奶说，二娘子和谢三公子的这一桩姻缘，来得实在让人震惊，二娘子原本想嫁的并非谢三公子？"

没料到杨六娘子当场拖人下水，一旁伯爵府的朱二少奶奶脸色极为尴尬。这等子事背后说说便罢了，当着人面儿揭穿，这不是逼着她与人撕破脸吗？

好在温殊色也没问谁是伯爵府的朱二少奶奶，爽快地兜了底儿："这事儿怎还传出来了？不过传话的人只知其一，不知其二。我与郎君早就相识，正瞅这辈子怕是要错过缘分了，谁知在洞房夜与郎君相遇，如今一提起来我和郎君都觉得不可思议，想必到了暮年，也是一桩难忘的回忆……"

本以为她会藏着掖着，如今她这般大大方方地说出来，在场的人倒没了之前看热闹的心了。

就算是两家临时换了新娘新郎，两人也已经拜堂成了亲，当事人都没说什么，生活得好好的，旁人又有何资格说道。

杨六娘子却想不通,端起茶盏抿了一口,轻声道:"谢三公子出身书香名门,自来重规矩,即便是错了人,想必也不会说什……"

话还没说完,外面的侍女急急进来禀报:"谢三公子来了。"

杨家六娘子神色一顿,旁边二公主也转过了头,里头的人还没反应过来,珠帘已经被拂了起来。

谢劭看着坐在末端的小娘子,脸色沉静,语气极为轻柔,同她伸手道:"娘子,该回了。"

温殊色仰头,也没问他为何会出现,点头起身。

二公主这才反应过来:"谢哥……"

谢劭顿步,没去看二公主,而是看向了杨六娘子:"杨六娘子既如此好奇我与娘子的过往,问我便是。"

杨六娘子是听了朱家二少奶奶的话,才敢把人请过来,没料到谢劭会找上门如此质问她,想必是听到了里面的说话声。当场被人抓到嚼舌根,是个人脸上也挂不住,她双颊绯红:"谢三公子误会了,我并非……"

"换亲是我的主意,手段虽不光彩,但与娘子情投意合,事后也有去衙门登记,合理合法,就不劳杨六娘子再费心拆我姻缘。"

一个刚及笄的小娘子,在自己的生辰宴上,被一个从三品的指挥使当面斥责拆他姻缘,这要是传出去,她哪里还有脸,怕是一辈子的心结。

她一时面色辣红,急得连嘴角都颤了起来。

二公主也没好到哪儿去,谢劭适才进来,别说行礼了,招呼都没给她打。

二公主清楚他的性子,只要惹了他,他谁的面子都不会给。恐怕在他心里,自己今夜坐在这儿,便也成了欺负他夫人的一员。

他就如此喜欢温二娘子吗?二公主心头着急又难受,很想问问他若是自己和那位温二娘子比呢,可又怕他往后再也不理会自己了。

罢了。

他已经成亲了啊。她问明白了,又能如何呢。

二公主心里头沉甸甸的,再也没了兴致,起身欲追出去致歉,身后的雕花窗外突然一道光划过,随后"砰"的一声,绚丽的光芒点亮了半个夜空。

尚在游魂的杨六娘子也是一愣,今儿怎的还有烟花?

小厮很快进来,笑着同她道:"少东家说,头一回见六娘子没来得及备礼,这烟花便送给六娘子当生辰贺礼。"

杨六娘子更困惑了:"少东家?"

小厮弯腰,也没再瞒着:"适才进来的温家二娘子,谢指挥的夫人,便是咱们的少东家。"

觅仙楼，京都四大酒楼之一，名声响彻大鄾，乃京都高门大户日常光顾的奢侈之地，多少世家贵公子以来此消费而彰显自己的地位。

背后的东家原本乃一位家底殷实的本地富商，因近几年沾上了赌，家产败了个七七八八，听说不久前把酒楼都转了手，新东家是一位外地来的富商，一直没露过面，负责打理的是一位姓文的掌柜，谁能想到会是凤城的温家。

适才在众人眼里，家境落魄、经商为生的温家二爷，居然是这样的大富商。

杨六娘子的一张脸被跟前的烟花光芒一照，血色尽失，又愣又呆。

二公主也停住了脚步，没再往前。自己堂堂一国公主，今儿竟被人给狠狠打了一巴掌，丢了面儿不说，怕是连声誉都没了。她一向以平易近人、亲和守礼被人爱戴，父皇也曾拿她来为姐姐妹妹们树立榜样，可自己今夜怎就如此肤浅庸俗了，眼睛一闭，脑袋都是黑的。

伯爵府朱家的二少奶奶头一个出声，压着声音恨道："这温家大夫人，简直把人当猴要了，口口声声说温家二房不久前被温二娘子败了家，连带着把谢家也弄破了产，怎的如今还变出来了这么大个酒楼了？合着她是觉得我伯爵府知道了他们温家的财力，会去讨要不成？"

朱家二少奶奶今日在场可没少说温家二房之事，知道杨六娘子邀请温家二娘子来，也是因为自己的那些话，可到头来却发现一切都是假的，连带着杨六娘子和二公主也一道丢了面儿，她该如何收场……

若是让婆母知道，自己这一趟惹了这么大祸，不知道会如何罚她。她心头害怕，赶紧替自己圆场，把矛头都指向了温家大夫人。

一群贵妇，平日里聚在一起嚼舌根，不是说这个便是说那个。二公主悔得不行，恨自己今儿怎就魔怔了，同这些人搅在了一起。

烟花还在半空中绽放，二公主回头同杨六娘子辞别："表妹今日好生享乐，天色晚了，本宫得回了，就不陪表妹了。"

知道自己好心办坏了事儿，杨六娘子哪里还敢挽留，把人送到了门口，快快然回来。好好的生辰搞成了这样，哪里还有好心情享乐，她打起精神陪着大伙儿把那一场烟花看完，熬到吃了酒楼呈上来的长寿面，送走了宾客，方才喘回一口气来。她坐在椅子上沉默了一阵，突然掩面哭泣："我这是过的什么生辰，怕是要让人记上一辈子了……"

温殊色被谢劭当着众人带出了雅阁后，一路往楼下而去。

手掌被郎君握在手里，宽大的掌心几乎把她整只手包裹住，她偏头瞧向他的侧脸，即便是紧绷起来，也是那么好看。

郎君适才的一席话把两家换亲的所有过错都揽在了自己身上，言下之意是他肖想她已久，先喜欢的人是他，给足了她的面子。她这才问他："郎君，你怎么来了?"

谢劭侧目,这回换成他恨铁不成钢了。他要不来,她是不是还要继续被人欺负?

适才她一走,他便想了起来,这小娘子颇有些窝里横,对外永远一副笑脸。

今日杨家六娘子生辰,加之二公主组局,前来的都是一些京都有名的贵妇。

贵妇,顾名思义长舌妇。

小娘子心思单纯,误入进去,不就是小白兔闯入了狼窝,任凭旁人欺负了。

这一想,他便再也等不住,小娘子还是跟着他去散步消食更为妥当。他人一上去,还没进屋,便听到了杨六娘子的那番话。

两家换亲都有责任,那杨六娘子一张巧嘴,为了讨好他谢家把自己摘了出来,错全压在了小娘子身上。

质疑他不喜欢她?

不就是笑话吗?谁说不喜欢了,小娘子就是他的命根子。他捏了捏小娘子的小手,没回答她,低声斥责道:"你倒是把你平日撑我的那套出息拿出来,那六娘子能斗得过你?"

郎君一副护食的模样,温殊色心头一悸,涌出一股热流,踏实又温暖。

不知从何时起,身旁似乎只要有郎君在,她永远都不用担心,就算天塌下来,郎君也能替她顶着。她轻轻地靠向郎君的肩头,低声嘀咕道:"那是因为郎君都让着我……"

小娘子软软的嗓音,带着撒娇,最能触动人的保护欲。他无奈地道:"所以,我捧在手心里养着的宝贝疙瘩,你就这样任人欺负?"

这是哪门子的情话,好听又要命。温殊色惊愕地抬眸,看着郎君眼里毫不掩饰的偏爱,快要溺死在他的温柔里,夸赞道:"郎君的嘴终于能吐出花了。"

想起新婚夜他对她说的那句"言不过多,你家人就没管教过你",能有今日这番转变,都是她拿自己的血肉为盾,磨炼出来的。如今开花结果了,谁也不能再来抢。

"郎君放心,下回我不会客气,家有一位长得招人的郎君,怎么着也得努力。"

瞧吧,她这张嘴撑起自己时,何时落过下风。

两人从楼上下来,文叔刚从礼部尚书家赶回来,迎面走来,热情地招呼了一声:"二娘子……"再看向她旁边的郎君,以为温殊色已经兜了底,脸上露出了欣喜,"姑爷今儿可算是来了。"

先前小厮一声姑爷,谢劭便觉得奇怪,如今又听到一声,心下疑云重重。

温殊色也没去制止,问道:"文叔上哪儿了?"

文叔正有事找她呢,做了个请的姿势:"二娘子进来说吧。"说着把二人往一楼的雅阁带去,边走边问,"最近的菜可合口味?"

温殊色拉着郎君跟在他身后:"挺好的。"

"饭菜装了盒再走这么一趟,味道便不如刚出锅的新鲜,二娘子得空,还是常来酒楼吃,味道更好。"说着,文叔又问,"李七可有上海错?"

温殊色点头:"刚用完。"

"味道如何?"

温殊色笑着赞了一个字:"鲜。"

人到了雅阁,文叔替两人让出座,自己也坐了下来,说起了正事:"这回新太子册封,陛下极为重视,几日后便要在宫中设宴,请百官前去庆贺。几日前陛下便宣了礼部,让礼部的姜尚书在京都四大酒楼之中挑出一家,进宫献菜。"

若是觅仙楼能中标,皇上的酬劳和赏赐是其一。四大酒楼在京都每日都人满为患,倒也不是差那几个钱。

这其二便是名,这才是真正让四大酒楼挤破头的目的。

能在太子的祝贺宴席上献上自家酒楼的名菜,名气便会提升一截。往日四大酒楼不分仲伯,各有各的优势,若是哪家中了标,便会同其他三家拉开距离,拔得头筹,成为京都第一。

"今日礼部尚书招了咱们四大酒楼的东家走了一趟。"

这些都是酒楼内部的管理之事,掌柜的能找她来说道,不知这小娘子同酒楼的关系,何时好到了如此地步。

温殊色没去看郎君的神色,关心地问文叔:"如何了?"

文叔摇头:"四大酒楼的人都被招到了大堂内问话,也没说旁的,只问了各家的拿手菜,之后便让咱们散了。"

到底是中意哪家,还真摸不准。

但做生意的都有经验,一旦摸不准的东西,八成是要黄了。

文叔也着急,自己曾经只是一名普通酒馆的掌柜,得了温二爷的赏识,把他带到身边,在福州的那么多年,一直都是自己在替温二爷掌管家产,也曾失过手亏过,温二爷却并没有怪罪,权当是给他长经历,如今更是放心地把这么大座酒楼交给了他。这是对他莫大的信任,他不能错过任何让酒楼出名的机会,暗中也在使力。

"老奴派人打听,姜尚书家里倒是有一件宝物在转手。"

温殊色一愣:"是何宝物?"

文叔低声道:"家传之宝,老奴见过,倒是个真家伙。"

温殊色眉头皱了皱。

能把京都四大酒楼的东家收进网中待宰,这样的肥差千载难逢,谁又愿意错过,什么法子能让自己捞到好处,又能不沾身,让上面的人查不出证据。

"其他三家都出了价。"文叔伸出手指头比了个数字,"咱们要是再往上加,另外三家必然也会再往上,到时候弄出个天价来,姜尚书收不了场,就怕到头来谁都讨不到好。"

能在京都做到这么大,四大酒楼个个都不缺钱,这一招标,真要撒起钱,恐怕比赌还厉害。

温殊色低头沉思。

文叔一时也想不到办法:"上回二娘子给老奴的十几万两,再加上酒楼的流动资金,真要竞争,咱们也不虚……"

文叔说得平静,旁边的谢劭和他身后的闵章却平静不了。

十几万两!

小娘子给的!

他那黄金也才一千两,还被母亲拿去一半买了宅子……

心头一道猜疑划过,谢劭眉尾一扬,目光紧紧地看着小娘子。

温殊色正忙着,倾身同文叔吩咐道:"文叔去拟一份买卖的合约来,咱们先付一部分定金,余下的银钱设上一个两天的期限,违约的赔偿部分,写上十倍。"

都做到了礼部尚书了,既是家传之宝怎可能舍得转手。

文叔一愣,头一下还没反应过来,倒是身旁的谢劭目中露出了敬佩,小娘子这颗脑袋机灵得很。

过了一阵,文叔终于回过神来:"老奴明白了。不愧二爷时常把二娘子带在嘴边夸赞,少东家果然聪慧,老奴这就去找人拟好,给姜尚书送过去。"

温殊色点头:"好,文叔去吧。"

文叔起身对谢劭弓腰,抱歉地道:"姑爷头一回来,老奴没招待好,姑爷想吃什么尽管同底下的小厮吩咐。"

今日温殊色并没有刻意再去隐瞒,先前的一番对话,郎君怕是早就怀疑了,如今文叔一句"少东家"彻底地暴露了她的身份。

不知道郎君会是什么反应,但想来应该不会太平静——

家中曾"穷"得揭不开锅,为了维持生计,他被逼着去做了员外郎。

手里得了几两银子捏了又捏,一分钱掰成两分来花,自己舍不得吃,日日啃干饼,却给她这个京都大富豪买了咕咾肉吃。

偷偷去抄书赚钱,只为存些私房钱,以备不时之需,甚至为了一点酬劳,与抄书的老板吵起来。

天没亮便起来,日落才归,一个月才二十两银钱,还不够她卖出去的一盘菜赚得多。

到了京都,住不起酒楼,选了一家便宜的客栈,绷紧了身子不敢动,生怕把床弄响了。曾因为给她买不起衣裳,险些落了英雄泪,被她一通扎心的嘲讽,逼着去领了告身,不惜以命相搏,赚取赏钱,只为让她能过上好日子。

不想看到她跟着自己吃粗糠,不想见她比别的小娘子穿得差,更不想看到她因为自己的贫穷而脸上无光。

今儿他一心想请她来觅仙楼吃一顿山珍海味,想博得她的开心,哪里又知道她竟是腰缠万贯的少东家。

若换成是自己,就凭经历的这些种种,非得要扒对方一层皮。

温殊色心里也做好了准备,要接受郎君的汹涌反击,目光偷偷地瞟向旁边的郎君。

谢劲的脸色如她所预料那般复杂难测,半晌才憋出一个笑容来,同文叔道:"一家人,不必见外。"

文叔转身走出去。

门一关上,屋内便陷入了安静。

温殊色提起茶壶:"郎君,喝杯茶,冷静一下。"

谢劲扯起嘴角,凉凉一笑,从她手里夺过茶壶:"哪敢有劳娘子。娘子乃觅仙楼少东家,家财万贯,身份金贵,为夫可担不起。"

瞧这阴阳怪气的语调,怕是气得不轻。温殊色嘴巴嘬了嘬,凑过去抱着他的胳膊,轻声哄着:"我也是进京都后才知道的,郎君相信吗?"

"娘子信口雌黄,我该相信吗?"

温殊色回头指向闵章:"真的,不信你问闵章。上回我同他过来,那小厮鼻子不是鼻子眼睛不是眼睛,我还难受着呢,想着将来有一日等郎君有了出息,非得讨回一口气。谁知道那小厮的报应来得如此快,我竟然是觅仙楼的少东家,郎君不知道,我心里有多畅快。按理说,温二爷骗了我,我该生气才对,但我心里一点都不怪他,这世上谁不想自己受这等子幸福的欺骗呢,家中老父前一刻还吃不起饭,后一刻便告诉你,他不过是在体验人生,实则是个大老板。"

"嗯,你继续编。"

小娘子心里打的是什么算盘,他还能不知道,无非是想告诉自己,有一个腰缠万贯的娘子,他应该值得高兴,而不是同她算账。

可惜,他被小娘子骗得太苦了,高兴不起来。

见他不着道,温殊色只能坦诚道:"郎君这么聪明,我即便编得天花乱坠你也不会信。可我也是一片苦心,想着郎君的处境不太理想,不愿给郎君增添压力,只能先瞒着没告诉郎君。"

他有何压力?他不太明白小娘子的苦心。

温殊色一副忍得好苦的神色,解释道:"郎君穷得都快揭不开锅了,我要是告诉郎君我父亲有很多钱,可以养咱们,郎君愿意吗?"

不待郎君回答,温殊色替他道:"郎君自来心气儿高,岂不是没有面儿吗?

郎君也曾是富甲一方的贵门公子哥儿，当年何其威风，若是背后被人指点，说上一句郎君吃软饭，郎君心里怎么想？"

谢劭默默地端起了黄金做的金盏，没说话。

"再说了，这座酒楼实则也不是我的，温二爷他姓温，可我不是。"

她不姓温，这倒是奇了。

温殊色轻轻地挨过去，歪头看着郎君，弯唇一笑："我姓谢，我是谢少夫人。"

小娘子一笑起来，一向有融化冰川的本事，还想等着她来解释，解释什么？到头来又把自己给堵上了。谢劭身子往后一仰，舌尖极为苦涩："你实话告诉我，温……岳丈他到底有多少钱？"

有多少钱，这个还真不好算。

她也没算过，除了一座酒楼，她慢慢同他坦白："郎君还记得我从凤城带过来的那个包袱吗？"

谢劭自然记得，一路像护宝贝一般，睡觉都不离手，莫不是里头都装着黄金？

温殊色给了他肯定的答案，点头道："里面都是京都钱庄的银票，一共十八万两，临行前父亲给我的，让我带来京都花销。"虽说是她强抢来的，也都一样。

谢劭又抿了一口茶，尝不出什么味儿来，只为润口。小娘子都已经是觅仙楼的少东家了，还有什么可让他意外的。

温殊色又道："还有两间米面铺子，五十亩良田，三处宅院……"她顿了顿小心翼翼地看向郎君，"咱们如今住的宅子，也是。"

果然，谢劭无法淡定了，手里的茶盏晃荡了一下，快速放在了桌上，回头盯着小娘子，脑袋"嗡嗡"响，深吸了一口气。

温殊色见状赶紧道："郎君放心，你给我的三十两租金，我都存着呢，一分钱都没动。我虽不姓温，但住他温二爷一处宅子还是可行的。"

他得感谢她的慷慨。

温殊色继续道："郎君，郎君千万不要有压力……"

他哪里来的压力，他是这个意思吗？不是应该生气，她分明有钱藏着，非要装得一穷二白，陪着他过苦日子。

她装得有多像啊，难为她了，陪着他住廉价的客栈，还大言不惭，说那宅子是她那位姑姑侄子的，自己是有多蠢，才会被她骗。

她还演了那一出做灯笼去卖，几句话差点把自己心都戳成筛眼子了……

她温二就是个没良心的。

他气得不想理她。

温殊色倒是越扯越偏："郎君如今已是从三品的官职了，将来前途不可限量,且一介商户岂能同朝廷命官相比。郎君不是说了吗？将来还要替我挣诰命呢,我这是高攀,即便娘家有再多的钱财也不能给我这样的尊贵和荣誉。"

小娘子不是在替他开脱,她是在明明白白地压榨他。

"郎君放心,觅仙楼的东西我一直都没给钱,咱们白吃白喝,白住都成……"温殊色"嘿嘿"笑了两声,仿佛占了天大的便宜,把自己同富商温二爷撇开,非要同郎君捆绑在一起。贫穷还是富贵,看的不是自己的父亲和娘家,而是跟前的郎君。

再想起她那晚说的那话,她愿意同他吃苦,但不喜欢,含义便完全不一样了。

如同富家千金为了情郎,甘愿放弃美好优渥的日子,同他这个穷小子一道吃苦,心头的气儿瞬间泄了大半。

他有什么好气的呢,小娘子的话不无道理。银钱是温家的,就算也有小娘子的份儿,那与他也没有关系。

若算上今日的这顿海错,他依旧身无分文。

见他面色慢慢地平静了下来,温殊色暗自缓了一口气,手指头悄悄地钩住了他衣袖："天色不早了,郎君,咱们回家吧。"

谢劭由着小娘子把他牵了出去。到了酒楼前的马车旁,谢劭转身回头又打量了一番跟前的三层高楼,滂沱繁灯迷人眼,一片人声鼎沸,瞧见的全是纸迷金醉……

小娘子适才那句话说错了,应该是他感叹,家有一位腰缠万贯的天仙娘子,他怎可能不努力。

一餐饭吃出了个富商小娘子,先前的那份豪迈在小娘子面前便成了班门弄斧,再也没了底气。小娘子话都已经放了出来,她不姓温,她是谢少夫人,总不能让她的日子还不如温家。

今儿早上还想安于现状,和小娘子过两日清闲日子,如今再也没了心情。谢劭坐在马车上时心头便开始筹谋,一回到宅子,立马同闵章吩咐："准备一下,明日进宫。"

一番耽搁,沐浴完已经过了亥时,见谢劭时不时走一会儿神,知道他在努力消化,温殊色尽量不去打扰。

适才郎君没有冲她蹬鼻子上脸,甚至上马车时还一如既往地扶着她上去,坐在马车上,也没有松开她的手,一路握着回到了宅子。能做到此份上,已是千载难逢、万里挑一的好郎君了。

躺在床上见郎君还睁着眼睛,她主动侧身抱住了他,轻声问道："郎君,你生气吗？"

她可能还有事瞒着他。

但谢家的事情,不该她来说。谢老夫人过两日便到京都了,到时候定会告诉郎君。

他们两家谁都没有破产,郎君不仅有权还有钱,人又长得好看,还才华横溢、文武双全,天底下就没这般完美的郎君。

哪个小娘子见了,不动心。

但他却是自己的,她心头生出一股得意来,庆幸在新婚夜遇到的是郎君。又有一丝后怕,若她嫁的人当真是谢大公子,而非眼前的郎君,她该怎么办?

她错了,她冤枉了菩萨,不该刮了菩萨的金身。

待他日回去凤城,她定要去庄子上,让祥云重新去给那菩萨塑上一层金身,再点上几炷香,向菩萨赔罪。

谢劭看着小娘子一副做错事求原谅的神情,心底余下的一丝别扭彻底化为乌有。他伸手过去揽住她的肩头,柔声道:"没有,为夫娶了一位富商娘子,为夫应该高兴。"

话音一落,怀里的小娘子突然抬起头来,亲吻了他一下,一双眸子含情脉脉地看着他:"郎君真好,我以为郎君知道了,非得扒我一层皮呢。"

她倒是有自知之明。

谢劭一笑,手掌轻轻地在她的肩头摩挲,低声道:"娘子宁愿放弃好日子,也要跟着我吃苦,待我如此真心,我怎能辜负?"他低头看着她仰起来的朱唇,隐隐的轮廓,幽幽的香气,在朦胧的夜色下无不勾人无限遐想,气不气的,都无关紧要了,心思已经偏了方向,"旁的为夫暂且还在努力,唯独一样能办到。"

小娘子全然不知道危险,呆呆地问出一句:"办到什么?"

谢劭没应,唇压下去含住她的唇瓣,一番描绘,舌尖把小娘子搅得七荤八素,又移向她的耳垂,轻轻一咬,哑声道:"让娘子快活。"

唇瓣在她颈项之间游走,温殊色哪里还有力气反抗,惊愕于他这是哪门子的歪理:"郎君你要不要脸……"

话没说完,郎君伸手拨了一下昨夜刚采摘的药勺花蕾,小娘子惊呼一声,声儿全被郎君堵进了喉咙里,细细碎碎……

翌日起来,温殊色旧伤添新伤,夜里被郎君拿他治疗肩伤的金疮药替她抹了一层,一阵凉飕盖过了火辣,待药效一过,又是昨儿那番感觉,又酸又胀。

谢劭早早进了宫,去领命上职,走之前狠狠在她后颈子上留了个唇印:"娘子在家好生歇息,为夫去努力。"

晴姑姑昨儿还同她说"姑爷这个年岁,正是身强力壮的时候,一旦破了戒,娘子便要受苦了",她还不明白是何意,今儿总算知道了,他哪里是身强力壮,他就是头驴。

他是没生气也没扒自己皮,只是把心头的那口气都使在了她身子里头。看着铜镜中自己颈子和肩头上的伤痕,她咬牙骂了一声:"狗东西。"她还怎么出去。

她不能出去,文叔便找上门来,见到温殊色时一脸神色奕奕:"老奴照着二娘子所说的,昨夜把那合约拿给了姜尚书,姜尚书今儿一早便派人送了过来。"说着,他从袖筒内把合约拿了出来,递向温殊色。

温殊色接过,一展开,便看到了合约上已经按上了姜尚书的手指印。

这便是成了。

温殊色松了一口气,把合约还给了文叔:"当官的人脑袋里面有十八道弯,这里头的名堂,谁猜对了谁便是赢家,文叔回去备好银钱便是。"

两日后,其他三家的人还在相互试探所出的价格,觅仙楼突然退出了竞价,不买姜家的传家之宝。

因事前已经与姜尚书签了购买合约,文叔算是违约,照着条款上的赔付价格,一分不少地赔偿给了姜尚书。

姜尚书叹了一声,说是败了心情,既是天意,便继续留着家传之宝,不打算卖了。

其他三家还没闹明白是怎么回事,两日后向太子宴席上献菜的酒楼,便定在了觅仙楼。

文叔忙得脚不沾地,温殊色也去酒楼帮忙,同文叔确定完要献的酒菜,刚出门口便见到了立在门外的温家大夫人。

几日不见,温大夫人憔悴了许多。

自从上回温家大公子和温三娘子去了一趟谢家回去后,温大夫人便睡不着觉,后悔也无用,奈何自己把路堵死了。

说好了不相干,如今人家过得再好,她也没脸上门,一直到今日,伯爵夫人找上门来,一进屋,便含笑怨她:"我是当真拿大夫人当姐妹,大夫人却还是信不过我,藏着掖着,把我瞒得好苦。"

温大夫人听得一头雾水,心头直犯"咯噔":"自从我温家来了京都后,承蒙伯爵夫人看得起,拿我当姐妹,我感激还来不及呢,哪里还敢有所欺瞒,不知夫人所说的为哪桩?"

伯爵夫人一笑:"大夫人还同我装呢,要不是前几日杨家六娘子及笄,二公主替她在觅仙楼办了一场酒宴,我还不知道那觅仙楼的东家,竟然是温家二爷。这回太子庆贺宴席,选中了觅仙楼献菜,这么好的事儿,之前倒也没听大夫人提起过,这不是欺瞒是什么呢。"

温大夫人脑袋一阵"嗡嗡"直响,表情惊愕又痴呆,半天都没反应过来。

伯爵夫人这才看出来了名堂,疑惑地问:"大夫人莫非还不知道?"

她要是知道,她能做出那般蠢事儿吗?

温二爷、温殊色……那死丫头,竟然瞒着她这么大的事儿,到底是何居心。

温大夫人脸色发白,前些日子自己还当着伯爵夫人的面,埋汰二房的没出息,不求上进,全靠着大房拉扯,这才过了几日……都是一家人,二房竟然没有破产,还在京都买了这么大一座酒楼,把大房蒙在鼓里,旁人还比她先知道。

伯爵夫人那疑惑的目光,像是一道刺一道刑,让她脸都要臊尽了。她张了张嘴,勉强扯出了一个笑脸:"伯爵夫人哪里话,我这也是前几日才知道这事儿。夫人不知我温家那位二娘子自小被她祖母宠坏了,花起钱来大手大脚,二爷为了保住家财,也是煞费苦心,连着咱们也被瞒着……"

"这话我倒是信了。二娘子出手确实大方,听说还给杨家六娘子送了烟花助兴。"

温大夫人也不知道是怎么把伯爵夫人送走的,等马车一离开巷子,回头便是一句:"老天爷啊,这杀千刀的败家子,瞒得我好苦啊!"

觅仙楼,连温大爷都只去过一两回。她平常吃上那里的一盘菜,都觉得倍有面子,如今却告诉她,那酒楼是温家二爷开的。

什么脸面不脸面,哪里还顾得上?她立马让人备上马车,匆匆忙忙地赶到了酒楼,到了门口驻足仰头看着跟前的气派大楼,心里血都要滴出来了。

当初温殊色败光了温家家底,二房的人连带着老祖宗穷得连一顿饭都吃不起,那温三公子回来身无分文不说,还找上了自己张口就要银钱,让她给老祖宗置办好生活,也没同她说二爷在外发了财。

怨自己目光短浅,被温殊色一气,她便把二房看轻了去。

眼前这座酒楼,得要多少银钱,每天进账的数目怕是都要赶上温大爷半年的薪资了,不知道温二爷到底是何时买下来的……

温殊色竟然在他们面前装穷,这是要故意防着他们吗?

温大夫人心头涌出一股酸涩与懊恼,又夹杂着无尽的愤恨,烧得她心窝子如同沸腾的开水。她疾步上前到了门口,不待小厮问,劈头便道一句:"我是温家大夫人,你们掌柜的呢?"

温殊色虽没有刻意隐瞒自己少东家的身份,也并没有特意往外传,守门的小厮新进酒楼不久,并不知道这酒楼的东家是谁。

听她报了温家大夫人的名头,小厮也没放人进去,遂问道:"夫人预订了位置?"

温大夫人脸色一变,克制地笑了笑:"我订什么位置,这酒楼不就是我温家二爷的吗?"

小厮愣了愣,正欲去请示堂内管事,回头便见温殊色和文叔走了出来:"掌柜的……"

文叔和温殊色也看到了温大夫人。

往年温二爷回凤城,每回身边都是带着文叔,温家上下文叔也都认识,他忙上前打了一声招呼:"大夫人今儿怎么来了?"

温大夫人心头存着气,言语揶揄道:"我要不来,我都还不知道咱们温家还有这么大一座酒楼呢。"

文叔笑笑,没有说话,退到一边。

温殊色面色平静,含笑道:"伯母来了。"

温大夫人能对一个奴才撒气,却也不敢再同温殊色使脸子,面上立马挂上了笑容,亲热地上前,想去挽温殊色的胳膊。温殊色正好抬手扶了一下头上的高髻,温大夫人手落了个空,倒也没在意:"你这丫头,怎也不告诉咱们,二爷何时在京都置办了这么大的家产?都是一家人,我们也好过来搭把手帮帮忙。"

"倒也不忙,不麻烦伯母。"

温大夫人往楼内楼外一张望:"这么多人,哪能不忙呢。二爷又不在,你一个姑娘家顾不上这些,人心难测,用外人哪里能放心,谁知道背后有没有耍心思,明儿我把你二兄长叫……"

"谁是外人?"温殊色疑惑地问,"文叔吗?"回头看向文叔。

文叔低着头,没吭声。

"伯母说错了,他不是外人,他是我温家二房的恩人,父亲的生意一半都是文叔经营而来。"温殊色笑了笑,"别说旁人了,就算兄长温淮今儿在这儿,父亲也不一定就信得过。"

温大夫人本是和她说悄悄话,却不料被她这一声挑出来,脸色一阵尴尬:"瞧这丫头,我哪里怀疑文叔了,我的意思是让你二兄……"

"二兄长的志向在官途,将来是位极人臣之人,这等子低贱的活儿,怎能让他来做,伯母可问过大伯和二兄长了?"

自个儿今日来温大爷都不知道的,要是知道她是什么心思,八成又要急眼了。

"那你大姐姐也……"

"大姐姐还未许亲呢,总不能过来抛头露面。"温殊色不紧不慢,笑着打断道,"伯母用过饭了?"

从伯爵夫人那儿一听到消息,温大夫人马不停蹄地赶了过来,哪里用饭,此时正是饭点,人都来了,自是要在酒楼里用一餐。

温殊色让文叔把人带到了二楼小阁:"伯母先用饭吧。"

温大夫人倒也不急,酒楼在这儿,只要是他们温家的便跑不了。

温大夫人进了小阁,东瞅瞅西瞧瞧,每一样摆件都比自己屋里的值钱,心头早就惊愕万分,天杀的,这温二爷到底瞒着他们赚了多少银钱。

金壶茶水一上,连小菜碟子都是银子制成的,来了京都也有几个月了,却不知原来还有这样的奢华，她这辈子都没见过。

温殊色没跟着进去，谢家老祖宗到了港口，谢二夫人已去接应了，她还得赶回去，吩咐文叔："她要吃什么都给。"

文叔神色迟疑，凭这位温大夫人的个性，照着她的要求来，恐怕这一顿损失不小。

温殊色没多说，只道了一句："人怕出名猪怕壮。"

文叔明白了："行，二娘子放心去忙。"

如文叔所料，温大夫人坐在这般处处都是银钱堆积的屋子内，一想到这些都是温家的东西，心气也高了，把酒楼内的名菜都点了一遍："好不容易来一趟，总不能只顾着我一张嘴，待会儿再装些盒，给大爷和哥儿姐儿带回去。"

文叔说成，照着她的吩咐来。

觅仙楼主打吃食，每一样都是精心制作，味道顶尖。温大夫人一样尝了一口，那味道蔓延在舌尖上，让人忍不住流津，强撑镇定，心头把温二爷和温殊色骂了无数回。往日她大房照顾了老夫人这么多年，二房竟然背着他们吃起了独食。

这么多好东西，她手到擒来啊……

她一面妒忌，一面又心怀不甘，盘里的东西即便是山珍海味，也突然没了味道。

不成，她要去看看，这酒楼到底奢华到了什么地步，她心里得有个底，从小阁出来，让文叔带着她去了后厨。

有温殊色先前的吩咐，文叔也没拒绝，将其领到了后厨。

适才温殊色和文叔把太子宫宴上献的菜色已定了下来，定的菜色以觅仙楼的特色海错居多。

后日便是太子的宫宴，所有的海错都得提前搬出来，一一检查，保证新鲜，再往宫里送。

温大夫人一进去，便见到了那水池子里放着两只像极了虾子的东西，长三尺余，前有二钳二寸余长，红须长有尺余，有双目十二足，身绘纹路如虎豹，五彩皆具，其状魁梧尤异。

温大夫人眼睛一亮，问道："哟，这是什么东西？"

文叔回道："神虾。"

温大夫人从前只听说过，从未见过，当下叹了一声："我的老天爷，竟然还真有这东西……"也不知道吃起来是何滋味。

"这东西当真能吃吗？"

文叔点头道："深海里的神虾，极为难得，这么一只千两也难求，其味道鲜美，旁的任何东西都比不上。"

千两难求。

这池子里共有三只呢,有这么大个酒楼在,钱倒是其次了。

上回听伯爵夫人说起,她早年进宫吃过一回,小小的一团肉,入口似神仙,多年都没忘,如今自己家的酒楼何止一口,几大只呢,若能尝到这东西,够她有面儿的了。温大夫人回头看向文叔,笑了笑:"那你帮我做一只吧,我和大爷都还没尝过呢⋯⋯"

文叔一愣:"大夫人,这个恐怕不行,这等送进⋯⋯"

"怎么着就不行了?我温家自己的东西,我吃一只怎么了?"

"大夫人旁的什么都可以,唯独这个⋯⋯"

"我今儿还偏就要这个了。"温大夫人不耐烦地打断,"他二爷能闷声发大财,是因为什么?他身后无后顾之忧,有我大房看顾老夫人,怎么着,如今我大房想要吃一只虾子都不成了?"不容文叔再说,"谁是主谁是奴得分清楚了,你只管做,有什么事儿我担着⋯⋯"

温家大爷刚下值回来,便被温大夫人叫到了屋内。

看到满桌子的菜肴,温大爷一愣,很快便明白了是怎么回事。

那日杨家六娘子及笄礼之后,宫中都传开了,知道觅仙楼的东家乃温家二爷,不少同僚纷纷来问他,都说他深藏不露。他心头虽也震撼,但想起那日温殊色上门来说的那几句话,做官做了这么久,怎不知道她的意思,二房一家怕是早就看出来了他大房的势利,借此来试探,结果自己那位夫人让人失望透顶。

从今往后大房如何富贵,二房都不会前来沾光。同样的道理,二房再发达,他大房都不该前去讨要好处。

他遂同同僚解释两家早已经分了家。

前儿他才同大夫人打过招呼,不再让她上门,今日瞧这阵势,她八成又把他的话当成了耳旁风。

温大爷脸色一黑,嘴里的话还没来得及斥责,温大夫人先惊愕地道:"大爷可知,京都的觅仙楼竟然是二爷开的?"

见温大爷脸色平静,没有半点意外,便也知道他多半已经听说了。她怕又触了他的逆鳞,低声解释道:"我今儿是碰巧遇到了二娘子,二娘子把我叫进了酒楼,放了话喜欢吃什么便点什么⋯⋯"

温大夫人让丫鬟把其余的食盒打开,自个儿提了那只蒸好的龙虾,当着温大爷的面,神神秘秘地揭开:"大爷可见过这样的神虾⋯⋯"

温大爷一愣,这东西极为难得,脸色再次沉了下来,斥道:"你是不是又干了什么丢人之事?"

"天地良心,我好心让觅仙楼的大厨做好,带回来给大爷吃,大爷何须发这般脾气。"温大夫人心头还憋屈呢,"二爷瞒着咱们开了这么一家大酒楼,每天不知道要赚多少银钱,今日咱们就吃他一顿饭,也过分了?"

不顾温大爷的脸色,她把家里一众小辈都叫了过来,一只神虾一人分一块,都尝了味道。

今日谢老夫人到了京都,谢家一家团聚,温殊色一直陪在身旁,抽不开身。

收到消息时,已是傍晚。

文叔急得背心都生了汗:"神虾一共就三只,陛下、太子、贵妃一人一只,原本刚刚好,菜谱老奴都送到光禄卿手上了,那大夫人到了后厨,死活要吃,老奴拦也拦不住,只能给她宰了。"

温大夫人是什么人,温殊色心里自然清楚,她怕是恨不得把酒楼收入自己囊中,事到如今能有什么法子。

"两只就两只吧,你去报给光禄卿,怎么分配,他们自个儿心里有数。"

文叔按照她说的报上去,光禄卿也难办:"不是三只吗?"

文叔不好说是进了温家大房的嘴,只道:"死了一只。"

死了倒是没有办法,光禄卿把单子上贵妃的名字划去,一只给皇上,一只给太子。

原本这事也就过去了,可文叔瞒了下来,架不住温大夫人自己说了出去。翌日,温大夫人约了伯爵夫人去看料子,便与她讨论起了神虾的味道。

伯爵夫人往外再传时,手上的动作又比温大夫人当初多划了几寸:"温家大夫人说,那神虾有四尺长,你们可见过?"

这一传很快便传到了杨家人耳里。杨家六娘子上回在温殊色身上吃了大亏,伯爵府朱二少奶奶虽也有错,可归根到底算起来都是那位温大夫人故意散出了假消息。

"前儿还说人家吃穿都成问题,今日又说去酒楼吃了一只神虾,她那嘴里吐出来的话到底哪句是真的,哪句是假的。"

神虾岂是一般人吃得起的。

杨六娘子从未见过,只听父亲说过。皇上登基时,曾得了五只,自己一只,其余四只分给了有功勋的世家。

杨家便分了一只,父亲还以此为骄傲。

杨家六娘子起初还以为是温大夫人为了面子吹牛皮,直到第二日去了宫中参加太子的庆宫宴,看到了皇上和太子跟前摆着的两只神虾,这才知道温大夫人所说并非为虚。

可接着,她便察觉出了不对。

皇上和太子有,贵妃娘娘却没有。

不仅是她,其余人也都瞧了出来。高门贵妇圈子说小不小,说大不大,昨儿一日，不少人都听说温大夫人去觅仙楼吃了一只神虾。本是值得在所有人面前炫耀的一件事，但如今这个局面，便不是什么好事儿了。

贵妃都没有，她温家大夫人却吃了。

座席上当场便有人议论了起来，光禄卿很快听到了消息，赶紧让人把文叔叫过去："你不是说那神虾死了吗？怎么温家大夫人却说她前儿吃了一只？"

文叔哪里料到温大夫人会把此事拿出去炫耀，只能流汗解释道："确实是死了，才做给了温大夫人。"

光禄卿一声冷笑，也没同他拐弯抹角："我可是听说，那温大夫人逢人便说神虾四尺长，一捞起来活蹦乱跳。今日宫宴，大伙儿是见到了，贵妃娘娘没有神虾，温家大夫人却吃了，这事儿的后果，与我可没有多大的影响，今后为难的谁，你们应当清楚。"

文叔怎么不清楚，自己已劝过了，也替她找了个由头，可耐不住温家大夫人自己找死。

从光禄卿那儿出来后，文叔便派人去知会了温殊色。

今日设宫宴为太子庆祝，朝中但凡有点脸面的官员，都被邀请在列，温殊色身为殿前司指挥使夫人，也来了。

宫宴时，她就坐在谢劭旁边，离主位并不远，也看见了贵妃跟前没有神虾。

一共两只，想也知道光禄卿会如何安排。

今日是太子主场，皇上的不能少，只能把贵妃的那只抹去。温殊色的目光往后面温家大爷的位置探去，温家大爷的脸上已经没了半点血色。

温大夫人更是，呆呆地坐在那儿，人如同痴傻了一般。

她哪里知道那神虾是今儿的压轴菜，是呈给皇室的。那日她亲眼所见，池子里一共就三只，自己吃了一只，剩了两只。她竟然把贵妃的那份吃了。

菜一上来，温家大爷面上便是一阵惊愕，后来见到贵妃面前迟迟没有摆上神虾，心头便有了不好的预感。他转头紧紧地看着温大夫人，压低了声音质问："那神虾到底是怎么回事？"

温大夫人已没心思理会温大爷了，比这更坏的是她已经把自己食用神虾的事儿说了出去，今儿在座的恐怕都知道了。

完了。

她全完了。

温大夫人不敢告诉温大爷，吓得瘫在了那儿，喃喃地道："那死丫头居心叵测，她是想害死我啊……"

温殊色一脸平静，收回视线安静地用膳。

一场宴席瞧着热闹非凡，实则沉闷无比。谢劭作为朝堂的新贵备受关注，顾着应付官场,不仅臣子们忙着与其搭话,皇上和太子也轮番问话。

"谢爱卿不愧是朕的功臣,自己老了,竟还养了这么个优秀的儿子,继续为我大酆百姓造福,要轮功,今日你当居头功。"

谢仆射忙起身弓腰拱手:"能为陛下分忧是臣子的福分,何来的功劳。犬子刚入朝,性子难免有些野,不足之处还请陛下、太子殿下尽管训斥。"

妇凭夫贵,大伙儿的目光难免会关注到温殊色身上。

皇上虽没见过谢家的这位少夫人,但太子见过,且很了解。

当着百官的面,太子不吝夸赞道:"谢少夫人的聪慧和果断本王曾亲眼见过,我大酆鲜有这般才貌双全的小娘子,巾帼不让须眉,谢少夫人担得起。"

温殊色起身谢了礼。

都是一些场面话,听着鼓噪,可有时候却不能少。

当今皇上一句话,新太子的一个眼神,都能左右一个人的命运。

宴席一散,谢劭被太子叫去继续叙话,温殊色这头无须她自己找地儿,自有一堆贵妇带着她去了御花园。

温殊色不是个认生的人,见了谁都能大方谈笑。魏家大夫人看在了眼里,见她跟前的人都说得差不多了,才走过去打招呼。

魏家大夫人乃魏允魏公子的母亲,她听儿子提起过这位谢家的三少奶奶,赞不绝口。

那日杨家六娘子的场子一散,魏家大夫人便拉过魏公子,同他道:"杨家你这位六表妹,这些年心气被养高了,你招惹不起。"

魏允点头,知道魏大夫人在替他相看人家,红着脸道:"若是可以,母亲就帮我找一位像谢家三少奶奶那样的小娘子。"

要找这样的姑娘,可不容易。

温家二娘子不成,这不还有温大娘子和温三娘子。早听说温大娘子的贤名,这不前日托了媒人上温家,可也不知道怎么了,温家大夫人一直没回信儿。

没说答应,也没说不答应。

魏大夫人想等宫宴一过,亲自上门一趟,问问温大夫人的意思,却从伯爵夫人那里听说了神虾一事。

温家大房刚入京不到一年,她鲜与那位温家大夫人接触,听伯爵夫人对其评价极差,耳听为虚眼见为实,她一向不太相信别人的谣言。

可那神虾一上来后,她便明白了,不用自己再跑一趟温家。

温家大夫人这一遭,后果可想而知,怕是温家大爷都会被连累。

自己并非那等趋炎附势的人,但也不能知道是个火坑,还往里面跳,这门亲事便算了。

魏家大夫人过去同温殊色问了谢家老夫人安："听说老夫人到了，身子骨可还好？"

温殊色点头："多谢魏夫人挂记，老夫人都好。"

这也不过是场面话，谢家大房遭了一劫，谢大爷虽是被自个儿害死的，于谢老夫人而言，乃白发人送黑发人，经历了人生一大悲事，人比之前憔悴了许多。

谢家大房一家在凤城，也是谢老夫人的一块心病。

谢大夫人犯了疯癫，所有的事儿都压在了谢二公子头上。那谢二公子往日便是个靠不住的人，只知道花天酒地，如今家里出了事手不能提肩不能挑，不仅不担事，脾气还差，见谢二少奶奶和娃哭闹得厉害，屁股一拍几日都不回家。谢二少奶奶抱着个奶娃，起初也是一哭二闹三上吊，可又有什么用，人已经嫁过来了，孩子也有了，自己倒是想跳河一了百了，又舍不得娃，勉强打起精神撑起了家。

屋里还有两个待嫁的小姑子，以前是她们挑着别人，谢大爷一死，轮到别人挑她们了。好在谢大娘子之前定了一门亲事，就等着出嫁。谢二娘子这个也不满意那个也不满意，闹到现在，彻底无人问津。

谢家二爷和谢二夫人带着谢老夫人离开凤城前，也曾想过带谢二娘子到京都说一门亲，可谢二娘子把门关得死死的，尖着声儿嚷道："我这辈子就算嫁不出去，也不要你们这样忘恩负义的亲人来假情假意。"

谢二娘子自小被谢大夫人宠惯了，脾气又臭又硬。谢大爷的死，谢二娘子心头一直记恨二房袖手旁观。见她如此，谢二爷和谢二夫人也没再勉强，只带着谢老夫人离开了凤城。

朝中大乱，谢二爷和谢二夫人急着赶路，骑马走了官道，谢老夫人身子骨经不起折腾，谢二爷和谢二夫人便让曹姑姑和几个丫鬟陪着，走了水路。

温殊色前儿从酒楼出去，谢二夫人已经把谢老夫人接到了新置的宅子，见到谢老夫人的头一眼，自己差点不敢认，不仅面色憔悴了许多，人也瘦了。见到温殊色和谢劭，谢老夫人脸上才有了点神采。许是路途劳顿，谢老夫人这两日精神都不太好。谢二夫人伺候在跟前，寸步不离。

魏大夫人并不知道实情，便道："等过两日，我再上门去拜访她老人家。"

"大夫人有心了。"

魏大夫人一笑："少夫人还同我客气什么。"

上回谢劭受伤，魏大夫人带着魏允上门来探望过，两人已经相熟。

自己的儿子在凤城受了这位谢家少夫人的恩惠，最后几人又一道从南城逃命过来，这份情谊也让两家人走得更近。

魏大夫人有事也没瞒着她，找了个四下无人的地方，同她道："京都天子脚下虽繁荣热闹，但人多嘴杂，各人都有一颗玲珑心，你真心待旁人，旁人不一定领情。"温家大房再如何那也姓温,是谢少夫人的娘家,亲事成不了,但得给他们提个醒。

"我前儿派了人去温家说亲,本打算要了温大娘子来配给允哥儿,温大夫人却没给我答复。婚姻之事讲究你情我愿,我倒是能理解,想必是温大夫人有了旁的打算。可昨日伯爵府朱夫人却突然派了人上门来我魏家说媒,这事我也不知道猜得对不对,但听媒人说,前日去温家时那位伯爵府夫人也在。"

温殊色一愣,惊愕魏大夫人看上了温大娘子,又惊愕温家大夫人居然拒了。

魏家的家主乃户部侍郎,魏家家风严谨,魏大夫人杨氏乃杨将军的亲生女儿,颇受杨将军喜欢,跟前的魏公子无论是家世还是人品本事,在京都已算好门户。

魏允,温大夫人都看不上,她到底要把女儿嫁给谁?

天王老子吗?

"若是我猜错了,少夫人权当没听见。"魏大夫人算是明白了为何自己的儿子想要找这样的小娘子,那脸上的笑意瞧久了,自己的心情都跟着明朗了起来,"少夫人放心,我魏家并非大富大贵的门户,可跟前也就这么一个儿子,不图权贵,只想谋个品行端正的姑娘。伯爵府的亲事我已回绝,温大娘子那边,算是我魏家与温家无缘了吧。"

温殊色听明白了,谢过了魏大夫人:"承蒙夫人看得起,是我温家没有这个福分。"

同魏大夫人说着话,见时辰差不多了,温殊色便一道从御花园出来,刚下长廊,便看到了一脸灰白的温家大爷。

席上见到那只神虾后,温大爷便没一刻轻松。下了宴席,平时同他要好的一位同僚把他拉到一边,一时着急,也顾不得那么多,直接指责道:"温侍郎行事一向谨慎,这回怎就如此糊涂……"

温大爷听完,脑袋一昏,脚步当场几个趔趄,被友人扶住才缓过来,一步一步地走出来,正找着温大夫人,人没找到,先见到了温殊色。

魏大夫人见此没再打扰,与温大爷打了一声招呼,与温殊色辞别,折回了宴席。

适才在宴席上温大爷也看到了她和谢劭,只远远点头打了一声招呼,并没有交谈。上回温殊色上门,被温大夫人一通嫌弃送出了门,至今温大爷都没脸,他勉强挤出个笑脸招呼道:"缟仙。"

温殊色蹲了礼:"大伯。"

"上回谢三公子受伤,大伯也没能前去探望,替我向谢三公子赔个不是,改日我再登门拜访。"他实在没心思同她说下去,"你先慢慢逛,我去找你大伯母。"

温殊色瞧见了他的脸色,知道他这会儿什么都清楚了。以往她从未同这位大伯说过家中正事,今儿忍不住,她唤住了温大爷,直言道:"大伯要是再如此纵容下去,将来不仅是仕途,家中几个小辈也会受到牵连。大伯是读过圣贤书的人,有些道理比我更明白,妻贤夫祸少,子孝父心宽,无论是官场还是家庭,都忌讳贪图小利之人。这些话我作为晚辈原本不该说,可我同大伯一样也姓温,都是温家人,不愿看到温家走到穷途末路。"

看着温大爷脸色越发惨白,甚至带着羞愧之色,温殊色又道:"适才魏家大夫人同我说,前儿她派了人上温家提亲,想要讨娶大姐姐,大伯母却迟迟不肯给答复,不知道大伯清不清楚此事。"

温大爷脸色一变,目中露出了诧异,很明显,是不知情了。

"魏家派人去温家说亲之时,伯爵府朱夫人也在,我不知道大伯母和伯爵府夫人说了些什么,但伯爵夫人昨日却去魏家说了媒。魏大夫人今儿来同我解释,魏家不是那等怀有报复之心之人,并没有同意伯爵府的亲事,大姐姐这头,魏家也不会再考虑。"

烈日当头,气血涌上来,温大爷又有了晕厥感。

知道他在找谁,温殊色替他指了路:"大伯母已经出了宫。"

温大爷强撑着理智,深一脚浅一脚地上了殿门前的马车,匆匆赶回家,果然温大夫人已经回来了。

宴席一散,温大夫人便身在了旋涡之中,四面八方的目光都朝着她望来。

那杨六娘子更是个难缠之人,堵到温大夫人跟前,开口便道:"今儿觅仙楼的菜色当真让人眼前一亮,尤其是那两只神虾,个头多神武,连贵妃娘娘都没吃上。"她盯着温大夫人问,"不过听说温大夫人前儿才吃过,不知道是何滋味?"

温大夫人知道自己惹了大祸,红白一张脸,半天都没说出一句话来。

气氛正紧张,贵妃离席往跟前走了过来。

众人行礼,温大夫人头也不敢抬。

贵妃言语倒是温柔:"免礼。今儿乃太子宫宴,大家都随意,玩得尽兴。"

待人从跟前走过了,温大夫人鬼使神差地抬起头,目光正好与前面回头看过来的贵妃对上。贵妃轻轻一笑,虽没说一句话,却要了温大夫人的命。

温大夫人哪里还敢待在宫里,来不及同温大爷打招呼,逃也似的出了宫,回到府上坐在屋内一直心惊胆战,几个小辈问什么,她也不说。

此时见到温大爷,她慌忙从椅子上起身,紧张地唤了一声:"大爷……"

温大爷没应,也没说话,缓缓地走过去,坐在她身旁的软榻上,脸上的神色比起在宫中已经平静了许多,一时竟看不出喜怒。

温大夫人从未见他如此模样,心头越发慌乱:"大爷,我也不知道那神虾是宫宴的贡品,要是知道,就算借我一百个胆子我也不敢吃啊。"声音一提,"我早就知道他二房不存好心,早前瞒着咱们,说什么破了产,暗中却盘下了觅仙楼,不就是怕咱去沾了他们的好处吗?这回心肠更是狠毒了,居然把贡品给了咱们,那死丫头是想要咱们命……"

温大爷一句话没说,等她说完了,才抬头吩咐自己的小厮:"备笔墨。"

温大夫人不知道他要干什么,往日自己做错了事,他气起来指着她鼻子骂,这回如此安静,倒让她心悬了起来。

小厮很快拿了笔墨过来,温大爷当着温大夫人的面,写了一份和离书,完了递给她:"最好别撕,撕了我也还会再写第二封,不过无法保证言语还能这么客气。"

温大夫人识字,盯着那休书瞪大了眼睛,久久都没反应过来,半晌才抬头,看着温大爷,不可置信地问:"大爷,你要休了我?"

"和离书。"温大爷解释道,心口的怒意,早已经在回来的马车上泄了个干净,剩下的只有失望。

什么和离书、休书,不都是一个意思,他居然要休了她。

她嫁进谢家二十多年了,为他温大爷生了两个儿子、一个女儿,替他照顾一家老小,如今熬到人老珠黄了,他居然还休了自己?

温大夫人脸色一变,脸上再无半丝愧疚:"你凭什么能休了我?温仲峤你的良心呢?"

温大爷不说话,态度坚决。

温大夫人心头一沉,声音都抖了,哭着道:"我有何错?我不过是吃了一口神虾。你们没吃吗?温家上下老小都吃了,如今是你要把责任都甩在我一人身上?休了我你就能重新得到陛下的赏识、消除贵妃对咱们的成见,你温仲峤的算盘打得真好……"

温大爷眉心一跳,先前压住的怒气慢慢地又被勾了出来,胸口一阵阵地发紧。

尽管如此,他还是忍住了。

两人撕破脸,不求能体体面面,但尽量做到和平。他缓声同她道:"我念你替我照顾了这么多年老夫人,念着你替我生儿育女,这份和离书是我对你最大的宽容。至于家中的财产你瞧瞧,喜欢什么都带走。"

温大夫人见他动了真格,再也没了好脾气,一把撕了那份和离书:"你凭什么休我?这个家我待了二十多年,你有何理由休我?"

"我为何不能休了你?"温大爷一样一样地念给她听,"你丢下家中年迈的老夫人,不管其死活一人上京,此为不孝。你言多挑拨,使我温家大房和二房不睦;你贪图小利,把我温家送到了风口浪尖,此为不贤;你听信谗言,坏了子女的好姻缘,此为失德。"

不孝不贤又失德，哪一桩不够休了她。

自己能容忍她到至今，已是仁至义尽，心中念着她跟着自己这些年不容易，知道她喜欢过好日子，自己也在努力。

她做错事，他哪一回不是同她讲道理，她可曾听过一回？

屡教不改，再如此下去，温家都要葬送在她手里。

自己五岁时便被生父生母抛弃，靠着捡烂菜色为生，有幸被温家老爷抱回去养在了膝下，一个家，一份父母之情，于他而言比什么都重要。

谁都不能破坏。

温大夫人却并不认同这些，反驳道："我何时坏了自己子女的姻缘？咱们大娘子马上就要说亲了，前儿伯爵府朱夫人亲口递了话，说选个好日子，派媒人前来，要把我家大娘子指给小爵爷，将来大娘子嫁过去，便是伯爵府的世子夫人，多风光……"

温大爷目光平淡，对她已失望透顶，告诉了她："伯爵夫人昨日已经去魏家说了亲。"

温大夫人一怔，面上瞬间退了颜色，喃声道："怎么可能，她亲口说的，要我拒了魏家的亲……"

温大爷扫了一眼温大夫人惨白的神色，不想再多看她一眼，起身同她道："和离书你既然撕了，我等会儿再写，你要再撕，我便只能给你休书。我已派人去了安家，通知令尊与舅家，过不了几日，他们便会来京都接你回去。几个孩子那儿，你好好道别，往后也依旧认你为母亲，与你来往与否，全凭他们自愿，我不干涉。"

他越是这般平静，温大夫人心越往下沉，他这是真打算要休妻啊。

她回娘家？她哪里来的脸啊？

她孩子都这么大了，这是要逼死她啊。

温大夫人心里终于开始害怕，顾不得脸面，忙追上去，一把拽住温大爷的衣袖，苦苦哀求："大爷，大爷我错了，你就原谅我这一回，往后你说什么我都听你的，求你不要休了我。我已为人父母，孙子都有了，你休了我，让我回凤城，我有何脸面回去见父母……"

温大爷从她手里一点一点地抽出自己的衣袖，平静地看着她："安氏，你我夫妻之情已经没了，你的脸面也不是我替你丢的，而是你自己的一言一行所为。我这辈子最大的心愿，便是一家人安好，也请你放过我，我温家不能再容你。"

第十一章 人生漫漫，有你陪伴就好

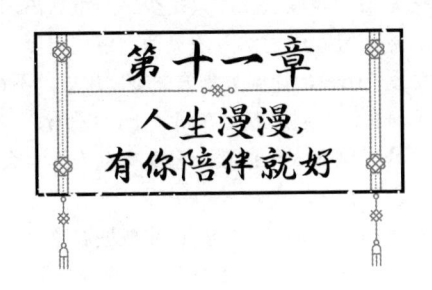

温大爷态度坚决，从宫中出来的路上便想好了，安氏无德，迟早会把他、把温家带入深渊。

温大夫人如何央求也没用，温大爷回到房中，再次写了一封和离书，让小厮给温大夫人送过去："最后一封和离书，撕了就等到凤城安家来接人，再给休书。"

温大夫人看着再次送到自己手里的和离书，知道温大爷是动了真格。她心头害怕又悲哀，到底有些心虚不敢再去撕，哭着道："我还不如死了呢。"

几个小辈赶过来时，温大夫人正往脖子上挂白绫，底下的丫鬟拦都拦不住。

温大公子上前去扯白绫，温素凝把人从凳子上拽下来。温大夫人瘫在地上，也不怕被小辈看了笑话，哭天喊地地道："你们的父亲要休了我，我活着还有什么脸，让我去死……"

知道今日两人进了宫，小辈们还期待地等着二人回来，给他们讲讲宫中宴席上的趣事儿，殊不知自己家成了趣事。

温大公子去找温大爷，温大爷不见，温大公子一掀袍摆跪在门外，扬声道："前儿母亲拿回来的神虾，孩儿也吃了一块，父亲今日要罚母亲，便请将孩儿一道罚了吧。"

那神虾肉，除了温大爷和温三娘子，大房一家老小都尝了味。温大公子一跪，温二公子和温素凝也都前来跪在了门外。

温大爷房门紧闭，谁的话也不听。

最后，温大公子心一横道："父亲，母亲贪图小利，愚昧无知，确实有错。可孩儿以为母亲如此，其初心是想一家人能过上好日子，只不过母亲用错了方法。父亲与母亲已成亲几十载，孩儿如今也已成亲，有了自己的孩子，还请父亲和母亲给孩儿，给温家的后代们做好表率，给晚辈们一个完整的家庭，母亲有错便罚，父亲可以将其送回凤城温家，从此不再进入京都，万不可让孩儿们没有母亲。"

不再进京都，一人留在凤城老家，只是少了一纸和离书，保住了温大夫人的脸面，不至于让她回到娘家成为别人的笑柄。终究夫妻一场，温大爷也没做得那么绝，照着温大公子所说，让温大夫人即刻回凤城，不得再来京都温家。

温大夫人听说了消息，一屁股跌坐在椅子上，再也没了指望。

温家二房在京都开了这么大个酒楼，温家一家人迟早会来京都，她回去，不就是一个人孤独一辈子了吗？

但比起被年过花甲的父亲接回安家，待在凤城温家已给了她一条活路。知道是温大爷最后的让步，温大夫人趴在榻上，大哭了一场："当初温家穷成那样，我嫁给他我能图啥？不就是图他有一身才华，将来有一日飞黄腾达了，我也能跟着享福。如今却告诉我，往后他的荣华富贵，都没有我的份儿了。"越想越悲伤，"我这后半辈子该怎么活……"

哭归哭，温大夫人还是得走。

温大爷船都给她找好了，傍晚启程。

温大夫人怕惹恼了他，让人送信回安家，匆匆忙忙地收拾东西，又与几个子女和孙儿道别。轮到温素凝时，温大夫人心疼难当："都怪我鬼迷心窍，着了别人的道，错过了魏家这么一门好亲。我这一走，你该怎么办，翻了年你都十八了……"

温素凝没说话，要说不怨是假的。来了京都后，温家地位高不成低不就，上门说媒的人不少，但没一个让她满意的。

魏家不同，无论是家世还是那位魏公子，都是她梦寐以求想要嫁入的门户，好不容易上门来提亲，却被自己的母亲给搅黄了，她甚至连挽留的机会都没有。

但母亲人都要走了，这一别不知道多久才能见到，温素凝没去责备她，也没说原谅的话，避开不谈："母亲想想，还有什么东西要带……"

温家大爷离开后，明婉柔身边的丫鬟又找上了温殊色。

明婉柔在宫里照顾周邝已有一段日子，周邝身上的伤早好了，还有大半个月便是两人的婚期，明婉柔得先出宫准备出嫁。

知道明婉柔要走，周邝不乐意。宴席上，明婉柔一直同周邝在周旋，没顾得上与温殊色说上话，宫宴一散，怕待会儿人先走了，她赶紧派人来找温殊色，让温殊色等会儿自己，她回去东宫收拾东西一道出宫。

温殊色等了小半个时辰才见到人。

明婉柔匆匆出来，手里就提了一个包袱，两边脸颊染上了红晕，眸子里噙了一汪春意，唇瓣也红得发亮，这副模样，过来人一见便知道发生了何事。

见温殊色抿着笑意盯着自己瞧，知道她已经吃过了猪肉，什么事儿都瞒不过，明婉柔便捂住脸不让她看:"快别瞧我了,都羞死人了,赶紧上车走吧。"

今日谢劭参加完宴席,还得在宫中当一个时辰的值,原本约好了在内城门那儿等一阵,等郎君下值后一道回家,如今明婉柔一催,温殊色也没等人了,差了个丫鬟过去传话:"我同明家大娘子先走一步,让郎君不必着急。"

两人走出内城门,明家二公子已在外候着了。

今日宫宴明二公子也在,前几日,明二公子在京都买了一座宅子,作为明家安身的住处,宅子都布置好了,就等着接明婉柔过去住。

上回见明家二公子还是在凤城明家,明二公子的模样与之前比倒没什么变化,两人夫妻做不成,但友情还在,有明婉柔的这份感情在,日后免不得要时常见面,谁没有个过去,倒不如大大方方,日后更好相见。

温殊色朝他一笑,招呼道:"二公子。"

明二公子没什么变化,但细细一瞧小娘子,却有了一些不同。

许是为人妇,身上多了一股连她自己都没察觉出来的妩媚,比起往日越发耀眼了。

明二公子的目光在她身上停留了两息,心口突然跳了起来,立马收了回来,一出口还是习惯叫回她之前的名儿:"二娘子。"

明婉柔来了京都后,还没有与温殊色好好逛过,眼下时辰还早,择日不如撞日,正好自己有话同她说。

明婉柔拉着温殊色上了自己的马车,同晴姑姑道:"劳烦姑姑同谢家老夫人和二夫人说一声,就说三少奶奶先借我一阵,天黑之前,一定把人还回去。"

晴姑姑看向温殊色,等着她发话。

温殊色知道明婉柔的脾气,自己今日要不答应,她能一路缠到谢家。温殊色同晴姑姑点头道:"姑姑回去传话吧,我很快就回来。"

马车一上路,明婉柔便把直菱窗关得紧紧的,回头一脸苦闷地看着温殊色:"缟仙,上回你说的那些话,我觉得周世子,他可能不是那种人。"

温殊色心头"咯噔"一跳:"哪些话?"

"就……"明婉柔脸色一红,凑到她耳边,"你不是说,新婚夜有的人不疼吗?周世子说可能要让我失望了,会疼死我。"

这头蠢驴。

温殊色惊愕地盯着她,有了不好的预感:"你、你怎么问的?"

提起这个,明婉柔恨不得钻进地缝里,多余的细节她没说,只含糊说了个大概:"我这不是和周世子都没经验,他问我紧不紧张,我说不紧张,又问我怕不怕,我依旧摇头。谁知他不相信,还问我为何不紧张不害怕,这不你上回告诉过我,说洞房夜针刺一下就过去了,我便同他实话实说。他愕然了一阵,便告诉我人与人不同,他可能无法做到像针刺,也许会让我很疼……"

温殊色脑子里"嗡嗡"响,整个人都炸了起来:"我不是针刺!"
"可你不是说……"
"我说的是有些人,像周……"完了,这蠢女人,郎君的一世英名都被她毁了,不知道周世子是如何揣测郎君的。温殊色又气又急,也不再客气,压低了声音对着明婉柔的耳朵,替郎君正名,"在凤城时,我便同谢三行了周公之礼,整整两炷香,简直不是人过的日子,当夜人都下不了床,至今还带着伤呢……"
明婉柔眼珠子一瞪,脸色都变了。
温殊色继续道:"还有……"
马车走了一路,明婉柔脸色不停地在变换,一时红一时白。

谢仆射与谢劭一道进的东宫,知道谢劭待会儿还得当值,今日皇上和太子都饮了不少酒,人一高兴话也会多,得给他提个醒儿。
从宫宴下来,谢劭便换下了宽袖,此时身着殿前司指挥使官服。
藏青色箭袖劲装,皮革断臂,腰佩弯刀,发丝尽数束进银冠,肩背笔直,相貌仪表堂堂,这身皮囊确实招摇。
有时候太耀眼,便会灼人目。
十二岁之后,谢仆射便没有再同他说起了官场之道,今日老话重提:"伴君如伴虎,你这个位置祸福相依,过口的话要斟酌三思,父子尚且能离间,何况君臣……"
倒是好久没听到他这样的语气,谢劭讽刺一笑,揶揄道:"多谢谢仆射教导,不必操心。"
跟前就这么一个儿子,自己已经年迈,在朝堂上的年数一个巴掌都能数得过来。只要涉及朝堂,便没有安宁平静的时候,他怎么可能不操心。但育儿和带学生不一样,往日的良师到了自己儿子这儿,颇有些束手无策了。
"好好努力,前途不可限量,你起步高,一入朝便谋了个殿前司指挥使,以你的聪明才智,只要没人给你使绊子,将来未必就不能超过我。"
谢劭突然看向他,谢仆射还道他要请教朝中的问题:"有话就问。"
"您俸禄多少?"
谢仆射一愣,万没料到他会问这个,平日里有谁会直接问对方俸禄多少。可奈何问的人是自己的儿子,于是他如实回答:"一年俸禄万余贯银钱,职钱另算,绢布、粮食、牛羊每月比你多三倍……"
人比人气死人,谢劭没再说话,跨步进了东宫。

太子住进了东宫后,昔日的周夫人、周世子也都进了东宫。
谢劭要当值,同太子没说几句,留下谢仆射在里头陪着太子,自己一人先出来，刚出门口，便被周邝拉到了一旁，悄悄地递给了他一瓶药丸："谢兄拿着，不必言谢。"

谢劭一愣，瓶身上没写字，不知道是什么东西。

周邝神色古怪，似是怕他尴尬，别过头没去看他："这是我偷偷找太医调理出来的药丸。这事儿也没什么难以启齿的，病治好了要紧，别让嫂子失望。"

话都说到了这份上，怎不知道里面是什么东西，谢劭眉心几跳，并没领情，一把给周邝塞了回去："留着你洞房用。"

"谢兄，谢兄……"周邝追了出去，一副苦口婆心的样子，"这没什么好丢脸的，我也不会笑话你，嫂子都说了……"

今日皇上饮了不少酒，人早早歇下，由刘公公在一旁守着，没什么吩咐。

一到下值的点，谢劭立马出了宫，回到谢家的新宅子，天色还没黑。

谢老夫人到了京都后，两人才搬进了新宅子，谢劭径直回了自己的院子，却没看见小娘子，却匆匆出来去谢老夫人院子里请安。

过去时，谢二夫人正陪着谢老夫人在海棠树下乘凉说着话，安叔也在。

谢老夫人今日精神不错，隔着长廊都能听到笑声："你是不知道，那丫头机灵着呢，有事儿她藏得住，一点马脚都没露出来，粮食一卖，所有人都信了……"

"祖母，母亲。"谢劭到了跟前，还是没看到温殊色，但人都来了，只能上前先问安。

一旁安叔手里捧着一沓地契，弯腰唤了一声："三公子。"

谢老夫人见是谢劭，神色一喜，招呼他坐到自己跟前。看着他身上体面的官服，她越瞧越喜欢："菩萨保佑，我孙儿还能有今日这番造化。"

谢老夫人受了一场打击，加之又有些晕船，缓了这几日身子骨也恢复了不少，也终于有了精神同他说话："当初祖母不忍见你自暴自弃，还想着替你把温家大娘子换来，谁能想到阴错阳差，竟然被咱们捡到了一个宝。殊色那丫头，不仅人聪明，还是个会持家的。"

再次在温殊色身上听到了"持家"两字，谢劭还是有些疑惑。他当是祖母喜爱她，看什么都顺眼了，往屋里望了望，不知道人去了哪儿。

正欲问，谢老夫人轻声一叹："要不是她，咱们谢家的家产真就败光了，哪里还有这些宅子和铺面良田，亏她还蒙受了这些日子的冤枉。"

谢家的家产还在，只不过换了个地方，搬来了京都。

相国寺边上的宅子，也不是用他谢劭的赏金买的，原本就是谢家的。

小娘子自始至终都知道，就在一旁眼睁睁地看着他吃苦，看着他被钱财逼得走投无路……

果然是个会持家的贤妻。

谢劭内心波涛汹涌,面上却一脸平静,转头问谢二夫人:"她人呢?"

"去了明家,说晚点回来。"谢二夫人瞅了一眼他脸色,奉劝道,"别给自己找事,收不了场,还得自己去拾脸面。"

每回温殊色只要和明婉柔在一块儿,时辰总是紧迫不够用,天色黑了,她还在明家。

明婉柔到了京都后一直关在宫中,今儿初次到闹市,瞧什么都新鲜,尤其知道今后进宫后,出来的机会更少,恨不得把一辈子的热闹都看完。成衣铺子、首饰铺子、酒楼,走马观花地瞧了一遍,两人的腿肚子都酸了,坐上马车时已是黄昏。明婉柔非得要温殊色一道去明家的宅子,先认个地方,下回好来走动。

"你不说了三公子极好说话,他什么都听你的吗?不过是晚些时候回去,三公子定能理解,你着急个什么劲儿。"

上回同这蠢驴显摆,无意之中造成了大误会,把郎君的名声都毁了,温殊色多少有些愧疚,想要弥补,在明婉柔面前,恨不得把他夸出一朵花来。

听她这么一说,温殊色拗不过,只能先跟着她到了明家。

人都到了,总得进去坐坐。

明二公子让人备了酒菜,三人饮完了两壶酒,明二公子才挑着盏灯纱走在前面,同明婉柔一道把人送到门口。

明家的人过几日就来了,可家中姐妹,自来与明婉柔不亲,明婉柔再三叮嘱温殊色:"成亲前一日,缟仙你一定得来,我怕没人同我说话,冷清得很。"

温殊色被她念叨得耳朵都起了茧子,点头道:"你就把心放肚子里,我保证早早就来。"

"可惜你上回成亲太匆忙,我连半点信儿都没收到,更别说去陪你……"

这话勾起了明二公子自己的一段往事,再听下去不太妥,脚步快与两人拉开了一段距离,打算先去往门口候着。刚出门,他便看到了停在巷子外的一辆马车,马车旁立着一名郎君,手里提着一盏灯,身上的官服还未换,朦胧光晕洒在他脸上,如蒙了一层月华,俊逸翩然。

明二公子一愣,招呼道:"谢指挥。"

谢劭点头回礼:"二公子。"

初时听到二娘子嫁给了谢家三公子时,明二公子伤心之余,还曾替二娘子不值。谢劭此人他之前接触过,虽聪明,但不务正业,整日花天酒地,担忧她往后的路不好走。如今再一看,倒是自己有眼无珠,没能瞧出他隐藏在背后的才华和胆识。

郎才女貌,谢劭与二娘子倒是天造地设的一对。

曾经喜欢过的人,他做不到没有感觉。他心头微微一酸,很快压下。谢劭能找到这儿来,必是在担心二娘子。他解释道:"三少奶奶与家妹自小关系要好,今日家妹任性,多留了她一阵,让谢指挥担心,实属抱歉。"

"无碍,刚下值,顺路过来一道接回去。"

两个小娘子还在后面说着话,迟迟没出来。明二公子客气地邀请道:"谢指挥都到了门口,何不进寒舍坐坐,饮一杯茶水。"

谢劭没动,礼貌一笑:"天色已晚,等来日二公子有空,谢某再上门来打扰。"

明二公子没再勉强。

两人相对无言,在夜风中尴尬地立了一阵,小娘子们才走出来。

明婉柔把手里的纱灯一提:"小心门槛,这么晚回去三公子当真不……"目光一抬,看到门外马车旁的人,顿时住了口。

没料到谢劭会过来接,温殊色也愣了愣,忙同明婉柔和明二公子辞别,走到了郎君跟前,诧异地问:"郎君怎么来了?"

谢劭没答,同她身后的明二公子和明婉柔点头道别,转头挽着小娘子的胳膊肘把人扶上了马车。

知道自己耽搁太晚了,温殊色有些心虚,一上去便抱住郎君的胳膊认错:"今日陪阿园说话,一不小心忘了时辰,是我不对,不会有下回了,郎君担心了?"

这话听着像是夜不归宿的醉汉酒鬼,越是保证,越没有可信度。

谢劭侧目看向小娘子,人畜无害的一张面孔,说什么都能让人相信。

想自己在官场上,什么鬼神瞧不出来,却屡次三番栽在她手上,上了一个又一个的大当,永远不知道她那脑瓜子里还有多少事情瞒着自己。

祖母说得对,她骗起人来诚意满满,鬼知道她今日是不是醉翁之意不在酒,恐怕见明二娘子是假,会旧情人是真。他阴阳怪气地吐了一句:"嗯,怕你不回来了。"

"我怎么可能不回来呢。"小娘子的嘴骗人的鬼,哄起人来一套一套,"我生是你谢三的人,死是你谢三的鬼,再晚我也得归家。"

她要是个儿郎,凭她的口才早就妻妾成群了。一阵无力袭上来,他突然不知道该怎么对付她这软磨硬泡的性子,钻起了牛角尖:"我没名字?"

温殊色微微一愣,偏头凑到他跟前,轻声道:"郎君,夫君……"小娘子眼里抿着笑,明明白白地嘲笑他的小心眼儿,"闲颐?"

同小娘子谈正事,压根儿就不能看她这张祸害脸,很容易就忘了自己要说什么。谢劭伸手把她的脸掰开:"温殊色,你嘴里可有一句实话?"

温殊色不明白他这话是什么意思,捂住自己的胸膛:"一颗真心,郎君想听什么实话?"

她那颗假真心,找上一句实话确实艰难。他提醒她道:"你好好想想还有什么事瞒着我。"

温殊色当真认真地想了起来,半晌后问道:"郎君是指哪样?我实在猜不出来。"

谢劭眼皮子微微一颤。

"你是不是吃醋了?"自己这么晚归家,来的还是明家,明二公子又在,他心头定是别扭了,她出声宽慰道,"这点郎君放心,我心眼小只能容下一个郎君。"

小娘子的甜言蜜语张口便来,他不得不怀疑:"这话你以前也与明二公子说过?"

他这话问得太没道理,温殊色理解他吃醋,但不能污蔑她,更不能看轻了她。"郎君觉得我是那样的人吗?"

换作任何人,也知道这话该怎么回答。可温殊色看了他片刻,却听到了一句:"我不知道。"若无换亲之事,小娘子嫁的人便是明二公子。明二公子性子稳重可靠,当不用她费心来哄骗欺瞒。

温殊色愣了愣:"郎君怎么能如此想我?"她松开他的手,脸上的笑意也没了,"我同明二公子清清白白,虽对彼此有意,也从未有过半点逾越。别说这样的情话,就连单独相处都刻意在避讳。我出身虽不是什么名门,但家教还是有,你要是介意……"顿了顿,想了起来,"就算你介意,倒也没得选择。"

他顾不得去纠正被小娘子扯歪的话,满脑子都是那句"对彼此有意",密密麻麻的细针一点一点地往心口上刺。

他心头不舒服,说出来的话自然也不好听:"你可算说了一句实话。你对明二有意,对我也有意,你博爱得很,横竖嫁给谁都是一样的说辞。"

温殊色惊愕地看着他,不明白他这是哪里来的脾气:"你别总挑我的事儿来说。我再如何,总比你那青梅竹马拎得清,一声声谢哥哥叫得多亲热。她不知道你为人夫,你不知道吗?我还没同你计较,你倒是蹬鼻子上脸了。我博爱,谁都喜欢,你不稀罕听,我还懒得说了呢。"好久没被他气成这样,心梗得厉害,气儿都顺不过来了,她推开车窗唤了车夫一声停车,车子还没停稳,便跳了下去,提着裙摆疾步往回走。

谢劭紧跟而上:"我同你好好讲道理,你为何要下车,你要上哪儿去?"

温殊色头也不回,气到极致,理智也没了:"我不想同你说话,你管我去哪儿。你回你的家,我这就去找明二,问问他愿不愿意听,我说给他听,不然岂不是白遭了你谢劭的污蔑。"又道,"当初你也不是完全没有选择,是你谢劭先提出来要将就。你在说这话之前,就该把我祖宗八代都打探清楚,免得如

536

今再来后悔，同我算账。"

"温殊色！"她就是只白仙刺猬，好了能驱除百病，招财消灾，一旦惹急了能刺得你千疮百孔。

温殊色充耳不闻，脚步如风，黑漆漆的巷子没有半点灯火，却能瞧清楚。她越走越快，奈何腿没有郎君的长，很快被揪住。

谢劭抓住她的胳膊："你去试试？"

温殊色性子服软不服硬，泪珠子在眼眶里打转，就是不往下掉："我这不是在去的路上吗？你拉着我，我怎么试？"

他就知道自己有朝一日一旦惹了她，她立马会回头，不会存有半点眷念。他没有小娘子的硬气，他赌不起，紧紧抓住小娘子不松手："你说过喜欢我，别不认账。"

"郎君不是不稀罕吗？"

"我不稀罕的是你那些假话。"

今夜从一见面，他便古怪得很，温殊色不知道他是怎么了，也不想去猜。

"郎君有什么话就直说，别这么把人心当豆子来磨。"

谢劭看着她，直接问道："谢家当真破产了吗？"

温殊色终于明白了他的反常，神色一顿，知道谢老夫人多半已经告诉他了。她如实道："没有。"但这事细算起来他并没有吃亏，若非自己和谢老夫人瞒着他，步步紧逼，他不会有今日的成就，不明白他怎么这么大的火气。

"谢家没破产，不是挺好的吗？郎君如今做了官，又有钱财傍身，你应该高兴。"

和没良心的人说话，心肝子都要被戳破。他问："可你从未想过，我难不难受？"

确实让他吃了不少苦，温殊色语气软了下来："这主意也不是我一人出的，是祖母千叮嘱万嘱咐，要我定要配合她，希望郎君入仕途做官。郎君是受了不少苦楚，可风雨后见彩虹，郎君如今不是熬过来了吗？"

"我入官途是为了什么？是为了我自己和谢家吗？"他恨她白瞎了一双眼睛，"我不想看你跟着我挨饿，不想见你比旁的小娘子过得差，想给你这世间最好的。那日你看中了铺子里的几身衣裳，我买不起时，你可知我有多难受？我恨不得替你去抢去劫。

"我能为了你、为了我们将来的孩子拿命去拼，但要换成其他任何一个人，我都不行，只有你温殊色有这个本事。"

一番表白，真诚又直白，对比她适才的那席话，她一下就成了小肚鸡肠。

眼泪还在眼眶内打转，气儿已经没了，温殊色呆呆地看着郎君："我……"她说的也都是气话。

这辈子的脸面都折在了小娘子手上,也不在乎这一回了。他缓缓地松开她的手,问她:"你还要去找明二吗?"

小娘子猛摇头。

他也没指望能从她这儿找回同等的感情,难道他还能同她生气,质问她为何一言不合就想要另觅出路,不能对他有点耐心?万万不能。小娘子递了个木梯过来,他只能顺着往下爬:"能回家了吗?"

温殊色忙点头:"能。"

谢劭守住最后一道颜面,没去牵她,转身走在前面替她引路,他早就习惯了这等揣着怒气找上门,惨败而归的局面。

怕小娘子瞧不清路绊了脚,他走得很缓慢,没走几步身后的小娘子突然上前一把抱住了他的腰。

她双手从他背后伸到腹前,紧紧地搂住他,脸挨着他的背,愧疚地道:"郎君真好,是我没想周到。"

她能看到他的好,还算有救。

为了让他成才,她不惜背上了败家的骂名,与他一道吃过的苦楚都为真,他怎会怪她。

"不怪你,娘子能如此,终究是我没能让你安心。"他轻轻掰开她的手,蹲下身,"上来,我背你。"

温殊色没动,体贴地道:"郎君累了一日,我自己走吧……"

话音刚落,人便被谢劭转身抱在了怀里,他拿嘴轻轻地去啄她的唇:"我已与母亲说了,今夜回去得晚,不用留门,咱们住温家宅子。"

这一笔账输了阵,另一笔总得讨回来。

车夫还在后面看着,温殊色一躲:"还有人……"

谢劭什么也听不见,唇瓣碰到了小娘子的耳垂,泄愤似的一口含上去,淡薄星光半遮半掩,也不知道有没有落入人眼。回到马车上,他又把小娘子搂进怀里放在腿上,两边直棂窗落下,关得死死的,挡住了春光夜色。

两人搬去谢家新宅子后,温家的屋子还留着。

没人打扰,今夜想怎么来就怎么来,谢劭打定了主意要报仇雪恨。

在马车上小娘子的衣衫便已松散,马车一停,谢劭迫不及待地抱住小娘子,直接踢门进院。

"郎君,你先不要乱来,别碰……"

"横竖无人,怕什么。"

眼见形势要不可收拾了,立在院落中的那道被忽视的模糊人影,不得不出声提醒:"咳——"

抱住的两人齐齐愣住，转头惊愕地看了过去。只见隐壁后立着一人，连夜色都掩饰不住温淮脸上的那抹尴尬："二妹妹，妹夫。"

脑子"嗡"的一声，温殊色恨不得找个地缝钻进去，慌忙从郎君身上跳下来，躲在了郎君身后，拖着哭腔道："兄长，你就不能早点咳吗？"

温淮倒是想早点出声，可两人一进来便是那副模样，没给他出声的机会。

温家的这宅子现在只留了一个仆人，这会子不知道去了哪儿，门前只挂了一盏昏暗的灯。温淮也是刚到不久，照着温殊色在码头留下的地址找上门来，叫了一阵门，没人应，便捡了一根树枝探进门缝，把门闩给拔开了，进屋后里头一团漆黑，正欲出声唤人，身后倒是有了动静。

新婚夫妇花样多他能理解，他这位妹夫不仅力气大，还长了一双夜视眼，人抱在手里走那么快，黑灯瞎火也不拍摔着。赶了这一路，温淮一身风尘仆仆，理了理身上的衫袍从隐壁后出来，藏住脸上的尴尬，摆出兄长的姿态板正脸念叨："手头上再紧，屋里总得留个人、留一盏灯，你瞧瞧这样，像什么话。"

一语双关，也不知道是说灯，还是在说两人的行为。

温殊色没脸见人，背着郎君整理衣衫。谢劭沉了一口气，看着跟前与夜色相融的一张黑脸，他往那儿一站，鬼才瞧得见他。谢劭顿了顿，唤道："兄长。"

在凤城时，温淮也没听过这位矜贵公子哥儿叫他兄长，突然一声颇为受用。温淮从怀里掏出个火折子，微微火光一亮，那张黑脸才从夜色中显露出来，倒是比之前白了一些："妹夫近日可好？"

"都挺好。"舅子今夜要不来，他更好。

身后的温殊色还在整理衣衫，谢劭又问："何时到的？"

"刚到不久。"温淮抬头扫了一圈宅子，"这宅子不小，不知道一个月要花多少银钱。照我说，就你们两个人住，不如租个小点的，余下的银钱，起码给院子添上几盏灯，请两个人。得亏今儿夜里来的是我，要是心怀不轨之人进来，这院子里的东西怕都没了。还有那门闩，我一挑就开了，一把锁也花不了多少银钱，自己去铁匠铺子找旁人不用的生铁，几文钱便能搞定……"

过了一个月多的穷日子，昔日的富家少爷也知道了柴米油盐贵，絮絮叨叨，一张口全是日子。

这番斤斤计较的模样，莫名熟悉。

谢劭瞧在眼里，今儿堵在胸口的那股郁气，彻底化开——自己虽惨，但这世上似乎一直有个比自己更惨之人，跟前的这张黑脸突然也没那么碍眼了。

谢劭招呼道："兄长刚到，路途劳顿，先进屋再说。"

温殊色的衣衫终于整理好了，从郎君身后出来，这才打量了一眼温淮："兄长一个人来的？"

"祖母和父亲担心你，要我先来瞧瞧。"

一行人就着温淮手里的火折子进了里院。仆人终于提着灯笼不知道从哪儿冒了出来，到了跟前，连连致歉："今儿奴才吃坏了肚子，还请娘子和姑爷见谅……"

　　宅子里就一个奴才，好在之前屋子里的褥子还没来得及撤，温殊色把温淮安顿在了之前谢仆射和谢二夫人的屋子，再让奴才去烧水沏茶。

　　"兄长吃过饭了没？"

　　温淮点头，打开自己的包袱，取出了几个油饼："在南城我买了好几个，还没吃完，你们饿了没？我去热热，还挺香……"

　　今日刚吃了一顿宫宴，肚子里全是山珍海味，夜里明家二公子又以好酒好菜招待，怎可能会饿。

　　越瞧越可怜，如今恐怕就他一人还蒙在鼓里，温殊色摇头："我不饿，父亲没告诉……"

　　"天色已经晚了，明日再热吧。"谢劭一副面不改色的模样，明摆着就是要找个垫背的，与他感同身受。

　　温殊色理亏，也不出声了。

　　温淮见她话说了一半，问："父亲没告诉我什么？"

　　温殊色耳根子软，不敢得罪郎君，只能牺牲兄长，问道："兄长还打算回去吗？"

　　"怎不回去。案件积压了一堆，我耽搁不了几日便得回去了。"温淮从袖筒内掏出一个荷包，递给温殊色，"京都花销大，兄长身上也没多少。这是上个月的俸禄，统共十两，你先且拿去周转。"

　　温殊色没接。

　　谢劭伸手接了过来："多谢兄长。"

　　温淮点了下头，问谢劭："妹夫在京都可有谋职位？王爷被封太子，妹夫当也在太子殿下麾下任职。"怎么连一盏灯、一个仆人都买不起了？

　　谢劭把银钱放在温殊色面前，笑道："一介武官，没什么出息。"

　　这时候，京都和地方藩地的差异便体现了出来，谢家封官的圣旨都出来了有十来日了，兄长还没听说。

　　唉，自己造的孽，终归都报应在了兄长身上。

　　问完祖母和父亲的情况，知道两人都还好，温殊色便也放了心："时辰不早了，兄长先去沐浴早些歇息，有事明日再说。"

　　是不早了，客船隔壁住了一对小夫妻，温淮几夜都没睡好觉："行，你们也早些歇息。"起身跟着仆人去了外院。

　　人一走，谢劭便把房门关上，回头看向坐在高凳上一脸提防的小娘子，毫不掩饰地解了自己的腰带："离天亮还早，娘子不必失望。"

温殊色想起在马车上,和进屋的一幕,心头发虚:"郎君,兄长就在外面,改日吧,改日我任凭郎君处置……"

天王老子来了,他今儿也得要小娘子哭天喊地,质问她自己到底是不是针刺。

他上前握住小娘子的腰身一提,提到了旁边的木几上坐着,不顾她的惊呼,手掌擒住她的脚踝,搭上肩头,咬耳道:"改不了日。"

翌日,谢劭出门时,温殊色没能起得来,瘫在一团刚掀起的狼藉之中,睡得死死的,四肢酸软,眼睛都睁不开。

谢劭打了水进来,把她黏糊之处擦拭干净。小娘子嘟嘟囔囔,碰到那处时下意识去踢他。小小的一双足,也就他巴掌长,踹在胸口,毫无力气,不痛不痒。

该瞧的该做的该听的,昨儿都得到了,他现在神清气爽:"娘子先歇息,今日我休沐一日,带兄长去酒楼,待会儿晴姑姑过来接你。"

管他去哪儿,她是动弹不了了,捂住被子点头,齁齁地应了一声:"嗯。"

谢劭起身穿戴好,去了外院温淮的门前,正打算抬手叫门,腰杆子突然一闪,一股刺痛传来,当是昨夜纵欲过头了,忍不住拿手扶住。

温淮正好打开门,眼底下一片乌青格外明显,瞟了一眼门外扶着腰的谢劭,目中露出了讽刺:"这京都天干物燥,不比凤城雨水多,妹夫还是吃点下火的东西,免得坏了身子骨。"

昨夜那动静声隔着院子都传了过来,自己妹子虽说从小结实,但也耐不住他这般折腾。

当兄长的心疼自家妹子正常,都是男人,有些话不用明说。谢劭多少有些不好意思,别开目光,不动声色地挺直了腰身,装聋作哑:"缟仙还在睡,我带兄长先去逛逛。"

来了京都,自然得去看一眼。

昨夜黑灯瞎火瞧不清,天色一亮,再看这宅子,温淮心头犯起了嘀咕,问谢劭:"这宅子得多少银钱?"

"熟人的宅子,半折,一月三十贯。"自己经历过苦楚,却没有半点共情之心。

"三十贯……"那得他三个月的俸禄,温淮的心都在滴血,"两个人住,用不着这么大宅子……"去租个两间房的小院子便是。

谢劭没应他,带他去了觅仙楼。

之前温淮听温家大房说过,觅仙楼乃京都四大酒楼之一,是京都的一大门面,还不知到底是何等酒楼如此大的名气,今日才长了见识。

因一场宫宴,皇上给觅仙楼赐了一个"鲜"字,挂在了觅仙楼牌子的上方,名气大增,一日之内压过了其他三家酒楼位居第一。楼前车水马龙,来这儿订位的人太多,供不应求,多数被拦在了门外。

温淮立在拱桥外,抬头久久地凝望对面气派的酒楼,见谢劭径直往里走,有些不敢上前:"妹夫不用客气,不过是一顿早食,随便吃点东西填饱肚子便是,昨夜我还剩了几个饼……"一面说一面跟着谢劭,照这阵势,先不说能不能进去,即便进去了,少说也得几两银子,且谢家大爷叛乱之事,对谢家多少有些影响。谢仆射一家又都到了京都,日子越发艰难。

要是之前温家没破产,他一人也能养得起,可如今兜里干干净净。温淮再次劝道:"妹夫赚钱也不易,家中尚有几张嘴等着……"

"谢指挥来了。"门前小厮一声打断,迎上前来。

温淮没反应过来,甚至还回头扫了一眼周围,见那小厮的目光确实在身前的谢劭身上,正疑惑,便见谢劭点了下头,转身扫了他一眼,引荐道:"家中舅子远道而来,备间小阁。"

小厮被他这一绕,同样没回过神,看向他身后的温淮,笑着道:"公子里面请。"

温淮呆呆地跟了进去,拉了一把身旁的小厮低声问:"你刚刚叫他谢指挥?他在哪儿当值?"

小厮一愣,很快便回过神。谢指挥进殿前司不过才十来日,舅家不知情也能理解。他解释道:"谢指挥乃殿前司指挥使,自然是在殿前司当值。"

舅家……小厮猛然一个激灵,提着心问道:"公子贵姓?"

"免贵姓温。"

"可是温家三公子?"

温淮点头:"正是。"疑惑道,"你怎么知道?"

"二娘子时常提起您。"小厮吸了一口气,庆幸自己这回终于长了心,"三公子里面请。"待人一走,他立马唤来一个跑堂,"赶紧把文叔叫回来,少东家三公子来了。"

温淮没心思去计较小厮后面的话,已经被他那句殿前司指挥使给炸得脑子发蒙。

一介武夫,亏他编得出来。

殿前司指挥使,起码是三品的官,一月俸禄得上百贯了吧。

温淮嘴角一抽,看着跟前被揭穿也面不改色的人,心疼起了自己那十两银子,一个月入百贯的三品大官也好意思收他月入十贯的人的银钱。

"恭喜妹夫高升。高升是好事,妹夫倒不用如此妄自菲薄,藏着掖着。"

"兄长也没问我。"上楼到了雅阁门前,谢劭立在门槛外,回头把人让进去,跟着进屋吩咐小厮,"上一壶新茶。"

所谓新茶便是十日内刚采摘的毛尖。

很快,小厮捧着金壶进来,给两人满上了茶水,熟络地招呼道:"谢指挥想吃什么,二娘子今儿怎么没来?"

"她今日有事。"

能有什么事。妹夫身强体壮,一身好本事,人还躺在床上。

温淮看着那金茶壶,再看着摆上的几样银蝶小菜,眼皮子一阵打战,老祖宗和老父亲在家担心她吃不饱穿不暖,两人在京都过得居然是这等好日子。

听小厮的口气,就知道二人没少来,他又想起了昨夜自己那十两银子……要是要不回来了,只能把那十两银子吃回来。

"兄长想吃什么,随意点。"谢劭抬头吩咐小厮,"给他报一下菜名。"

穷太久了,不知道如何下手,习惯去问价格,一听最便宜的一道菜都得要十几两,顿时焉了气。

指挥使也是拿俸禄,不能这般糟蹋,温淮出声:"算……"

谢劭主动道:"特色菜,一样来一份。"

一样一份,那得多少钱?温淮心头一跳:"妹夫不必破费,我胃口一向小,来两道小菜足够……"

"兄长头一回来觅仙楼,自要招待好。尝尝这里的特色,瞧瞧与凤城的有何不同,旁的事兄长不用担心。"

他如此大度要款待自己,少说也得破费百两往上,倒是自己小肚鸡肠了。温淮恭敬不如从命:"多谢妹夫。"

谢劭替他满上了酒:"兄长请。"

美酒一入杯,便能闻到一股清香,温淮好久都没喝过这般品相的酒了,端起抿了一口,果然清香甘甜,随口一问:"这酒多少银钱?"

"二百两一壶。"

二百两……

温淮顿觉喉咙里的那股甘甜消失了,自己一月的俸禄十两,二百两……他算算得赚多久。快两年的俸禄,一顿就给喝了。本不该问,他又实在有些担心,不知道谢劭今天有没有带足银钱,自己身上仅有的一二两银钱,是回凤城的路费,动不得。

"谢指挥一个月多少俸禄?"

谢劭抿了一口酒,随口道:"三百贯。"

温淮眼角一颤,京都官员的俸禄都这么高的吗?

"禄粟、茶酒、布匹等补贴另算。"比上不足比下有余,谢劭瞟了一眼温淮那张青白的脸,心头之快,终于抚平了这两日所受的创伤。

"兄长吃好喝好,不必在意。"谢劭提起那二百两一壶的酒水替他满上。

已经开了壶,饮了一杯,退是退不了了,三百贯一月,还有酒水补贴,倒也把他吃不破产。

温淮渐渐放开,两杯酒下肚,菜也来了,平日里自己吃个肉,抠了又抠,算了又算,买回去多数都给了老祖宗和老父亲,自己沾点肉味儿便行。

今日这一桌子,鱼牛羊、海错,应有尽有,甚至比温家没破产之前他吃过的还要奢侈丰盛。

早年自己曾听说过这位谢家三公子的名声,哪儿有热闹哪儿便有他的身影,吃喝玩乐样样精通。

之前谢家被自己妹子败了家,没给他继续发挥的机会,如今当上了指挥使兜里又有了点银钱,八成是又恢复原样了。

这点倒同那败家子一个样,身为兄长他有劝诫的责任:"妹夫俸禄虽高,但一家子花钱的地方也多,京都物价又高,过日子还是要节俭一些。这酒楼不过吃的是一个气派和体面,要论味道,深巷子的小铺不一定就比它差。"

他煞费苦心,对面的郎君却回了一句:"上回擒获前太子,得了千两赏金,倒也用不完。"

温淮呆着不说话,彻底闭了嘴。

千两赏金……

谢劭拿起筷子递给他:"兄长先尝尝味道。空口无法评判,觅仙楼能有如此名气,自有它的道理。"

温淮释然了,有个家财万贯的妹夫,他还有什么可顾忌的,放开了吃。

一顿早食吃了几百两银钱。见时辰差不多了,温殊色应该醒了,谢劭吩咐小厮:"做一道鱼粥,再炒一盘蛤蜊,待会儿我带走。"

小厮点头:"是。"

谢劭回头看向温淮,解释道:"成了亲,便是如此。待兄长将来成了家便明白了。"

一说到这事儿上,温淮便有了不好的预感。

果不其然,谢劭问道:"兄长许亲了吗?"

上次回来,祖母倒是替温淮看了一家,若是往日的温家,或许还有可能,可如今温家破产,对方嫌弃温家太穷,没说成。

"兄长今年二十二?"

温淮不太想谈论年龄,含糊地点了下头。

"确实比我大。"

这番揶揄,山珍海味,美酒佳肴,也不是滋味儿了。

"走吧,缟仙还在等着呢。"温淮想好了,往后没有家妹在,他是断然不能单独再同这位妹夫待在一处。

这位妹夫戳起肺管子来,就没给人留活路。

他不想与这样的人再多说一句:"多谢妹夫招待。"

他起身正欲往外走,跟前的房门突然从外被推开,门外进来一人,弓腰疾步到了跟前,抬起头激动地看着温淮:"三公子,您可算来了。"

温淮也认出来了,惊呼一声:"文叔?"

文叔怎么在这儿?父亲不是说船翻了,把手下的人都遣散干净,文叔也回了自己老家了吗?

文叔应当是日子不好过,出来又另外找了活儿。

文叔跟了父亲多年,同自己的关系也挺好,自己之前还惋惜了一番,如今他乡相遇,怎么着也得说几句话聚一聚。

谢劭却等不住:"你们先聊,鱼粥放久了不新鲜,我先给缟仙送回去。"

温淮还没应,文叔先道:"成,二娘子喜欢吃的蟹也来了货,让她这两日抽空过来,清蒸蘸醋,别有一番风味。"

谢劭点头,看了一眼温淮:"兄长慢慢聊,我先走了。"

横竖自己也知道宅子在哪儿,待会儿找过去就好。温淮没再管他,做了个请的手势让文叔坐在对面:"文叔何时来的京都,最近可还好……"

谢劭提着鱼粥及时跨出门槛。

温家,温殊色刚起来梳洗完,看着铜镜中自己颈子上的痕迹,庆幸昨儿夜里回的不是谢家。

这狗东西,他就是头驴,不知道累还咬人……

饶是晴姑姑这个过来人,早上进来瞧见那一幕,也不免脸红耳赤。

这姑爷折腾起人来,还真是花样百出。

屋打扫干净,床榻上的褥子也换了,唯独娘子身上的痕迹一时半会儿消不了,晴姑姑拿了祛瘀的药膏一边替她抹一边心疼:"娘子细皮嫩肉,一有了印子瞧着就明显,最近谢家没什么事,谢老夫人身子骨也好了起来,三公子又过来了,娘子就在温家多住两日,等这痕迹消了再回。"

可可不是吗?这会子叫她顶着满脖子满肩头的印记回去,她哪里有脸。

也不知道那小心眼儿把兄长带去酒楼怎么样了,也能猜到,怕是好不到哪儿去。唉,兄长也是个可怜人。

"明日再去牙市请几个人来,把门匾也换了,这宅子虽不大,但风景格局却极好,冬暖夏凉,适合祖母住,等将来兄长说了亲,有了孩子再换个大点的也不迟。"

晴姑姑点头,遂问道:"这回三公子来京都,可有再回凤城的打算?那么大个酒楼,单靠着娘子也不是办法,得有个当家做主的人撑起来才行。"

父亲当初在京都买下酒楼,便做好了来京都的打算,一家人都过来了,没有他温淮一人还回去的道理。"

温殊色一笑："来时父亲也没告诉他，兄长还惦记着他那员外郎的职位呢。"

晴姑姑愣了愣，喟叹道："娘子当时出那主意，不过是为了防家贼，到头来，倒是把谢、温两家的三公子套了进去，至今还蒙在鼓里。"

这会子还蒙在鼓里的，只有自己的兄长。温殊色说："昨日安叔上了谢家，谢老夫人什么都告诉郎君了。"

晴姑姑手上动作一顿，看向娘子，倒也明白了她这身痕迹为何而来："娘子这番忍辱负重，不也是为了姑爷，姑爷应该感激娘子。"

晴姑姑只知其一不知其二，夫妻之间的事，旁人无法体会。温殊色碰了碰耳垂下方的一块红痕，一双眼睛明亮，映出璀璨光芒，轻声道："他怪我不心疼他呢。"

晴姑姑没听明白，但瞧她的神色，知道自己白担心了。

"等下回温老夫人和二爷过来，看到娘子今日这般，不知道有多高兴。尤其是老夫人，往日老奴不敢说，怕娘子担心，听曹姑姑说，老夫人最初得知娘子嫁的人是姑爷，当初晕了过去，醒来便流泪，一个劲儿地自责，说是她害了你。哪里知道你歪打正着，娘子还能有今日的造化。论本事、论长相，姑爷在京都那都是风云人物，不知道多少人羡慕，反倒是大公子……"

当初谢家大公子大费周章到了京都，却被元家和太子当着人质扣在了京都，等谢家大爷的价值利用完了，谢大公子便成了弃子。

上回温殊色听谢劭提起过，谢大公子只做了半个月不到的给事中，谢家大爷谋反后，元明安贼喊捉贼，把谢大公子贬为尚书省跑腿的。

后来太子谋反，元家跟着一并被灭，谢大公子虽不再经受白眼与欺负，但因谢家大爷谋过反，也再没了翻身的机会。

谢劭上回受伤，也没见谢大公子来，只派人送来了几样补血的药材。

谢大公子的心境，也能理解。

从前在凤城人人一说起谢家，谁不夸他谢大公子有出息，再说起谢家三公子个个摇头，背地里叫其纨绔，骂其烂泥扶不上墙。

如今谢家最有出息的却是那块烂泥，曾经被人捧在天上的月亮反倒是掉了下来，蒙了尘，没了半点光辉。

谢劭被封为谢指挥，谢仆射官复原职，二房又恢复了往日的荣耀。再看谢家大房，再无翻身之地，家里一盘子散沙，疯的疯，闹的闹，整日鸡犬不宁。

一个天上一个地下，换成谁都接受不了。

谢老夫人前两日还在念叨，说怎么不见谢大公子上门。谢仆射答应了她，会把人带过来，估计这两日便会上门。

温殊色不知道若新婚夜谢家没有换新郎，与她成亲的人是谢家大公子，如今会是什么样的日子。

但眼下,她无比庆幸谢家也换了亲。

晴姑姑把簪子给她插在高髻上,铜镜里映出一张春风笑颜。温殊色突然轻声道:"之前我想嫁给明二公子,是为了图个省事。明二公子知根知底,又有明婉柔在,将来嫁过去,我能轻松自在。后来祖母要我换亲,我虽没见过谢家大公子,但崇拜其名声,也是想着将来也能过上好日子。可这些幸福就如同镜花水月,一碰就消失了,唯独待郎君不同,对他的喜欢,是一点一滴慢慢地刻在心上的。"

珠帘外抬起一只手,闻言一顿,缓缓地收了回去。

"母亲走得早,我被祖母养成了一身娇气,怕苦怕累,在旁人身上我只想图谋一份幸福,可待郎君,我却愿意陪他同甘共苦。

"南城那回我去找人救郎君,当真是害怕极了,并非害怕受苦受累,是害怕再也见不到郎君,从大山雨水里蹚出来,不敢耽搁半刻,这辈子最大的勇气和本事都用在了那一日。昨日我去宫宴,杨家的侯夫人同我说起,提了一句:不似当时,小桥冲雨,幽恨两人知。

"他杨家对太子有恩,如今想要更上一层楼,连谢家也想捆绑上。不惜费尽心思,还同我讲了一个平妻和睦相处的事例。他们什么意思,我岂能不明白?她二公主体体面面的人物,能不顾世俗的眼光,屈尊与我做平妻,在众人眼里是给了我面子,可凭什么我要承她这面子?郎君在凤城被人指鼻子时,她在哪儿?郎君被太子追杀险些丧命,她又在哪儿?她爱的是郎君的光鲜,我爱的是郎君的全部,风雨里走过来,用命养成的大瓜,谁要想抢,都没门儿。"

即便对方是公主也不能。

昨儿她也是如此回绝的侯夫人:"晚辈只听说过将军府上只有一个侯夫人,便是夫人您,断没听说杨家还有第二个侯夫人。"

郎君能为了她拿命去谋官途,她怎可能让旁人来窥觑。

杨家侯夫人说得没错,而今丽日明金屋,春色在桃枝,不似当时,小桥冲雨,幽恨两人知。

可即便是平淡如水的日子,她也有信心与郎君一道携手走下去。

"我身子结实,将来我能替他谢家生孩子。有朝一日他要是真倦了,想纳妾,也不是不可以,我去找身妾室的衣裳来,他想要什么样的,我便打扮成什么样的,总能满足他。"

小娘子一番话,从东边扯到了西边,外面郎君的心情也跟着跌宕起伏。

字字句句如同绵绵春意,溢入心房,柔软甜蜜,足以让他骄傲得意,从此在小娘子面前彻底抬起头来,他却没有半分高兴,眼角被逼出了红意。

他谢劭这辈子何其有幸,遇上了小娘子,得了她的心。

待小娘子平息下来，同晴姑姑说起了温家的事，谢劭这才拂起珠帘，装作没听见，若无其事地走了进去，冲着小娘子扭过来的半张侧脸，宠溺一笑："娘子起来了？"

他不用她来表白，她只需要知道自己喜欢她就好。

妆容已经收拾妥当。晴姑姑见人回来了，蹲身行礼："姑爷。"先退了出去。

谢劭把手里的食盒放在桌上，揭开食盒盖儿，招呼小娘子过来用饭。他一路上都把食盒抱在怀里，鱼粥的余温还在，一滴都没散出来。

抬头见小娘子双手捂住颈子，似是落了枕，他关心地道："娘子脖子怎么了？"

他还好意思问，温殊色脸色一红，抓起旁边的一块引枕砸了过去。谢劭头一偏，也看到了她颈子上的痕迹，没脸没皮地一笑："娘子要谋杀亲夫吗，来……"他双手搭膝，主动把头凑了过去，"要拧哪一块，随便娘子选。"

他抻长脖子，任她宰割，温殊色反倒消了气儿。

这张脸沉下来，狗都怕，可一旦笑起来，温润如玉，哪个小娘子能抵抗得了。当日他就是用这张笑颜，把二公主迷得七荤八素，要来和她做姐妹。

"郎君这张脸，就是个祸害……"

温殊色伸手捏住了他一侧脸颊，手上压根儿没用力，郎君却"嘶嘶"叫了起来："好疼好疼……娘子饶命。"

温殊色被他逗笑："我都没用力，你能再假些。"

窗外的一缕光线落在她眉眼之间，面孔如同三月绽放的桃花，染了一层粉粉的羞涩，人比花还娇艳。谢劭定神瞧了一阵："那娘子亲一口。"

"不要脸。"温殊色把他推开，问起了正事，"兄长去觅仙楼了？"

"娘子放心，已经交到了文叔手上。"他把鱼粥端到她跟前，"娘子快用饭，都快坨了……"

当日温淮没回温家的宅子，住在了酒楼，看了半宿的账本，翌日一早，又被文叔带着去见官场上打点的人。

一番忙乎完，等空闲下来，已到了第三日，温淮匆匆忙忙杀到温家宅子，气势汹汹地要找那对奸诈的小夫妻算账时，谢劭和温殊色已回到了谢家。

温淮气得一跺脚，连带着自个儿的妹子一道骂："狼心狗肺，简直绝配，两人就没一个好东西。"

可惜两人听不到。

两日后，谢家大公子上了门。

谢劭送温殊色出门去明家，刚到门口，便见谢家大公子正好从马车上下来。

人还是那个人，脸上却再无往日的神采奕奕，像是被蒙了灰的金子，一下褪去了光芒，整个人都沉静了下来。

上回在门下省匆匆一见，谢大公子正值落魄，没脸与谢劭相认，今日既然决定了上门来，便也做好了心理准备。

看了一眼两人牵着的手和门前停放的马车，谢大公子笑了笑，问道："三弟弟妹要出门？"

不知道他今日来，但人都上门了，两人不好再走。

"不急。"谢劭把人请进来，待他的态度还是与之前在凤城一样，仿佛这一切的变故从未发生，语气轻松如常，"祖母念了兄长好几回，就等着兄长。"

谢大公子眸色轻轻一顿，问道："祖母身子可还好？"

"车途劳顿，刚到京都时躺了两日，近日好了许多。到底年岁大了，不似之前。"

谢劭没明说，但谢大公子心里岂能不明白是何缘故。家中出了那么大的事，险遭灭族，父亲已去，她老人家遭受了打击，身子怎可能会好。

谢大公子沉默，没再说话，跟着谢劭一路到了谢老夫人的院子。

知道谢老夫人有话要同谢大公子说，谢劭和温殊色把人送到门前没再进去，留在门外等着。

谢老夫人刚喝了药，南之正扶她去榻上躺一会儿，听外面的丫鬟来报说谢大公子来了，神色一愣，忙吩咐道："赶紧请进来。"

谢老夫人折身又坐回了软榻上，目光盯着里屋的那道门帘。片刻后，脚步声从外而来，屋外的丫鬟打起了帘子，很快珠帘后钻进来一人。

上回谢老夫人见谢大公子，是在他的送别宴席上，一身精气神，脸上的光彩夺人眼，至今谢老夫人都还记得，不忍心去泼他凉水，临行前只交代了他一句话："本分为官，脚踏实地做人。"

可官途之上，哪有如此简单。

如今身上的那抹光芒一下暗淡了下来，脸上也没了光彩，人瞧着消瘦了不少。谢老夫人心头一酸，先出声道："瘦了。"

谢大公子也瞧见了谢老夫人，印象中的那股精神头没了，一夜之间老了好几岁。他心中不免也有了酸楚，上前掀袍跪在谢老夫人跟前磕头道："孙儿不孝，前来请祖母安。"

"快起来。"谢老夫人弯身把人扶起，让他坐在了自己身旁。

谢家大爷虽是个脑子愚昧的，那也是她的亲儿子，在生时恨其目光短浅，心胸狭隘，如今人不在了，一切的对错也都跟着他入了土，留下的便也只有白发人送黑发人的悲凉。

之前二房落魄，如今换了大房，为人长辈，总会为了过得不好的那一个操心。

南之捧了茶，谢大公子抿了一口，放下了茶盏，谢老夫人才温声问："同祖母说说，最近过得如何？"

他过得如何，所有人都能想得到。

谢家大房遭难后，他在元明安的手底下过了一段暗无天日的日子，后来元家覆灭，虽没人再欺辱他，但他的父亲曾背叛过太子，身边的人待他都保持了一段距离，没人问他过得如何，见了面也是寒暄几句，对其家事避而不谈，唯有今日谢老夫人问起。

心头如针刺了一下，谢大公子面色不动，笑了笑："都好，祖母不必挂心。"

"你是我的亲孙子，我怎能不挂心。"谢老夫人道，"元家一灭，门下省归到了杨家。杨贵妃膝下无子，只有三个公主，要想将来在宫中有一席之地，只能依靠投奔太子，先前在前太子与太子的一场争斗之中，杨家和我谢家都有功劳。你二叔和你三弟得到了应有的赏赐，杨家也升了几个官职，可谓双赢。如今谢、杨两家在朝堂上不分仲伯。

"之前杨家能同我谢家和睦相处，是因都有共同的目的，可一旦有了利益冲突，都会有防备之心，谁又愿意助对方强大。

"你父亲一事，算是把你的前程一并也断送了。杨家不想沾手，你二叔无法沾手，你也就成了那个被遗忘之人。你过的是什么日子，祖母怎不知道。如今问你，是想告诉你，家族存亡固然紧要，可你别忘记了，你也是我的孙儿，有什么苦楚，你不便对旁人说，到了祖母这儿，你不用再逞强。"

谢老夫人声音温和，字字句句都透着对他的心疼，乃谢大公子离开凤城，来京都后感受到的第一缕亲情和关爱，眼里慢慢地有了红意。

人生难料，虽说经历的一切都是在成长，可从天上掉进泥里的滋味儿，确实不好受，也没人来问过他。

父亲死了，母亲也疯了，本以为在这个世上，再也没有了他可以放松和避风的地方，也没有人会再关心他，他只能独自一人前行，强撑到现在他一滴泪都不敢流，生怕自己一流泪，便会被恐慌和懦弱打倒。

如今听完谢老夫人的话，知道这世上还有人在真正地关心他、惦记着他，他终于没有撑住，表情慢慢地趋于崩溃。

谢老夫人看出来了他的难受，又道："为官为民者，不一定就要爬到万人瞩目的位置，才能体现自己的价值。就拿城门前看门的那些个侍卫来说，你瞧着渺小，可一旦敌人攻入城门，第一个保家卫国的便是他们，于家国和百姓而言，他们不应该被称为一声英雄？只要心怀天下，有本事在身上，脚踏实地一步一步地来，不管在哪个位置，都能有自己的成就。

"你是我的孙儿，我谢家人从来不服输，祖母信你，你能把日子过好。"

谢劭和温姝色在院子里等了半炷香的工夫，便听到里面传来了隐隐的痛哭声。

当日谢大公子留在谢家吃了午饭，谢老夫人、谢仆射、谢二夫人，以及谢劭和温殊色都在。饭桌上，谢仆射问了谢大公子目前的情况，打算过了这阵风头，把人提出来，提到尚书省来，将来大房的造化就只能靠他了。

谢大公子哭过那一场后，人也放松了不少，似乎放下了一般，与几人说话，也没了避讳。

午后，谢劭把他送到了门口。上马车前，谢大公子突然回头道："论眼光和才华我都不如三弟，兄长在此祝福三弟在京都大展宏图，一切顺遂。"

第二日，谢家便收到了谢大公子递回来的消息，谢大公子去求了太子恩赦，恳求回到凤城继续担任县令，替父赎罪。

太子应允了。

谢大公子连日赶回了凤城，没与谢家人辞别，只留下了一封书信，托付谢仆射照顾好谢老夫人。

父亲已故，母亲犯了疯癫，家中二弟担不起大任，家里离不开他。

只有回到凤城，才是他最好的选择。祖母说得对，无论在哪儿，谋的是什么职位，只要心怀家国，都能为天下百姓做出一份贡献。

谢大公子回凤城后不久，东宫便颁发了一道告示。

太子收裴卿为义子，改名周安，封中州节度使，回凤城，接替曾经太子的藩王府。

告示一下来，宫中一片哗然。知情的倒觉得乃情理之中，裴卿初来京都身受重伤，靖王衣不解带地守了他两日，换药的活儿都是亲自动手。

裴卿病还没好利索，便替靖王挡住了前太子的兵马，让靖王府免遭一劫，一来二往，朝夕相处，不似父子胜似父子。

事后，靖王封为太子，谢家和杨家等有功劳的人都得到了赏赐，唯独裴卿的赏赐一直不见动静。不承想，是有大恩惠在后头。

不知情的臣子考虑到前太子的前车之鉴，斗胆前来提醒太子："殿下可别忘了自己的今日是如何得来。"

太子大方一笑，自是想到了这一点，也知道朝中不少臣子都在担心此事："倘若皇太孙将来德行有亏，走了前太子的老路，这江山交到明主手上，又何尝不可？"不待臣子再劝，太子心意已决，直言道，"历来皇朝，最忌讳疑神疑鬼，猜忌乃先亡之兆，未雨绸缪砍掉自己的羽翼，只会让别人看到你的脆弱，趁势吞灭，周家子嗣单薄，河北、河西两位皇叔伏法，无人看管，前太子的东州，孤的中州，一时之间几处要地都没了人把守，如此下去，我周家的江山，不是被辽国攻破，便是被你们当中哪一位所取代。无论是内战还是外敌，苦的都是黎民百姓。如今周安替我大鄘守住要塞，断了辽国乘虚而入的念头，有何不妥？"

臣子们在听到那句被你们当中哪一位取代后，个个的头都磕在了地上，无人再敢吱声。

告示下来，裴卿只等皇太孙周邝完婚。

昔日拜把子的兄弟，成了自己的亲兄弟，周邝性子豪爽，完全没有臣子们所说的猜忌，乐在其中，极为高兴："从今往后，我为大，你为小。往后见了我，你再不能唤我世子，更不能直呼我名，叫声兄长听听。"

裴卿的年纪实则比他大，以往周邝唤他裴兄，如今身份一变，反过来了。

裴卿扫了一眼他得意的模样，实在是别扭，别过头，半天才憋出一句："周兄。"

周邝不依不饶："你这一声和你叫谢兄有什么分别？亏你还扭捏一阵，我不像你，我立马就能改口，二弟……"

裴卿被他闹得不胜其烦，跑去找谢劭。

后日是周邝大婚，近两日没人再来约束他，周邝难得清闲，也一道溜出了宫。

到了谢家，两人刚进谢劭的院门，便听到了一道熟悉的声音："那他什么时候才出来？我崔家的全部家当啊，全赔在了里头。火油你知道有多贵吗？那群唯利是图的百姓，坐地起价，这回我是被他们压榨了个干净，全城的都被我买下来给了他周邝，他可答应了事后所有的花销，双倍与我结算……"

周邝一只脚都踏进去了，立马收回来，正要转身走人，院子里说话的人突然回头，眼尖地看到了一截衣袍："哟，皇太孙来了，你跑什么啊……周邝！"

凤城的一场战事，所花费的八成是他崔家的银子，仗打赢了，崔家也倾家荡产了。周邝许诺给他的银钱却迟迟没有到位，眼见凤城的首富要更名了，崔哗只能杀来京都要钱。

今日崔哗刚到，先找到了谢劭，知道谢劭并没有破产，且在京都还有了这么一座气派的宅子后，又羡又妒，心中越发焦灼。

人追到了穿堂，周邝见躲不掉，才退回来，看着对面的崔哗做惊讶状，兴奋地道："崔兄什么时候来的，怎不派个人知会一声，我也好去接你。"

崔哗嘴角一抽，很看不起他的装模作样，揶揄道："皇太孙宫中事务繁忙，哪敢劳驾您。"

昔日凤城的四大纨绔，如今齐聚京都。谢家没破产，谢劭又成了组局的人，府上没东西招待，索性把人请去了觅仙楼。

今日温殊色不在，后日便是周邝和明婉柔的大婚之日，温殊色一早便去了明家。

四人浩浩荡荡地出了谢府，上了马车。

一路上，周邝都在和崔哗争论，到了觅仙楼，两人还没争论出个结果。崔哼对周邝的抠搜嗤之以鼻:"堂堂皇太孙,区区一百万两银钱,也不至于赖账。你要是手头紧,这不还有太子殿下嘛,明儿我便去找太子妃……"

你倒是去啊。

来了这半晌了,也没见他找去宫里,不就是看自己好欺负。周邝说:"我早说了你那账目不对,我没法替你结。想结账,你好好算,别把奸商那一套用在我身上。九两添一两,你凑成整数我没意见,当是给你的利,可五两一钱,你也凑成整数,你的良心呢?有你这么坑兄弟的……"

"这不是四舍五入吗?"

周邝一声冷嗤:"舍在哪儿的,我怎么没见到哪里舍了?"

"不是我不愿意舍,是恰好没有……"

与奸商说话,简直费神,周邝头都疼了,回头把裴卿拉过来:"有什么事你同我二弟说,横竖过几日他要回凤城,你和他慢慢算。"

"二弟?"四人中就他周邝最小,哪里来的二弟?崔晔愣了愣,完全不知所云。

裴卿替他解释完,崔晔久久都没回神。

几人来京都的事,崔晔都听谢劭说了,知道裴元丘死在了南城,生前他抛妻弃子,置裴卿母子于不顾,后来自己无所出了,又回到凤城,想接裴卿到京都,延续裴家的血脉,谁知到死都没能如愿。

裴卿认太子为义父,改名改姓,日后再辉煌也与裴家无关,这回裴家是彻底断了香火,也算是报应。

"周安,这名字好……"崔晔反应过来,顿觉哪里不对,"合着你们一个个要么当了高官,要么成了皇亲国戚,就我一个商户?"崔晔一脸挫败,"我一个本本分分的老百姓,你们还好意思扣我银钱……"

裴卿却没有半点同情心:"把账本带上,今夜住我那儿,我同你算。"

三人走在后面继续掰扯,前头谢劭先进了觅仙楼,招来小厮问道:"少东家呢?"

温淮从进觅仙楼,便忙得脚不沾地,文叔把所有的账目都交给了他,别说惦记着回家,一个晚上都只能睡两三个时辰。他一见到谢劭,便想起上回自己被谢劭耍了一通,还有那桌谢劭"请"自己吃的酒菜,脸色一黑。他还没来得及发作,谢劭先道:"劳烦兄长安排一桌酒菜,今日我招待友人,账先记上,缟仙来结。"

缟仙来结,她能结?

这夫妻俩就没一个好心眼儿,好歹也是个月入三百贯的指挥使,好意思吃白食。温淮说:"不用结了,从分红里面扣。"

"哟,这不是温三公子吗?"

温淮探头望去,也认了出来,果然是友人,凤城的纨绔子弟来祸害京都了。他内心揶揄,神色不动地笑着招呼:"崔公子。"

"你怎么也来了京都?"崔哞打量了他一圈,"是来京都谋事了?"

温淮一笑:"对,开了间酒楼。"

一间酒楼?

这酒楼是温家的?崔哞抬头环顾了一圈,眼皮子眼见地打战。

说得可真谦虚。

之前在凤城,谢家是靠着谢仆射的老本和谢二夫人的水粉铺子,积蓄大过利润。温家是靠着温二爷的海产,大部分财产并不在凤城,唯独他崔家是凤城最大的生意人,手头上的买卖占了凤城六七成。可如今呢,凤城一场战争,内耗严重,他崔家的钱都被套空,还没收回来。

作为生意人,哪受得了眼睁睁地看着别人赚大钱,自己无动于衷。饭桌上,崔哞终于停止了与周邝的争论,主动让步道:"利我不要了。五间米粮铺子,五间铁铺,盖好官印给我,余下的本钱,再替我开设两间钱庄。"

他也要待在京都赚钱,什么官什么皇亲国戚,他一点都不稀罕,真的……

这辈子他只爱钱。

百万两银钱,要周邝一下掏出来还真有点吃力,就算他爹是太子,如今刚上位一时半会儿怕也凑不出来,不过崔哞说的这些铺子倒是可以,官印抵了利,双方都不吃亏。

周邝同意:"你不回凤城了?"

"两头跑。兄弟在京都,我总不能不走动,往后我和裴……周兄在凤城,谢兄与周、兄?"崔哞看着周邝,实在是拗口,这一调位,合着自己还成了最小的了,不过,小有小的好处,"也好,媳妇儿没有,我也没那个脸为人兄。"

几杯酒下肚,崔哞心头的那份不甘终究还是表露了出来,转头看向裴卿:"周安兄,就剩咱俩没娶亲了。来打个赌,谁先找到媳妇儿,谁来当老三……"

里面喝得热火朝天,温淮时不时看上一眼,嘴上虽损,但自己妹夫请客,还是得给他撑起面子,上的都是好酒好菜。

这头提着空酒壶出来,不承想转角处冲出来一小娘子,一个没收住脚步,撞了个满怀。

小娘子的幽香柔软扑面而来,温淮心惊肉跳,吓得赶紧退开几步,连连道歉:"抱歉。"

"无碍,是我没长眼睛。"

小娘子声音干脆清甜,温淮诧异地抬头,便见到了一张芙蓉面,脸型偏圆,肤色粉粉嫩嫩,嘴角有两道酒窝,五官竟有几分熟悉。

温淮确定自己没有见过,忙收回视线:"客官可是要找位子?"

小娘子摇头:"我找人。"看了一眼温淮问,"你们少东家在哪儿?"

温淮一愣。

小娘子又道:"能否麻烦你替我带个路。"

温淮不动声色,低头打探了一下自己。刚来京都,新袍子还在做,他身上穿的是文叔的衫子:"客官找少东家可有何事?"

"我今日出来没带银钱……"

这两日实在是被坑得厉害,有些怕了,温淮一脸防备,不由得挺直了腰身。

小娘子见他变了脸色,急着解释:"并非我要赖账,实属出了点意外。进酒楼前,我腰间的荷包还在,吃了一顿饭,便不见了踪影。"又道,"我也没怨你们酒楼管理不当,是我自己没保管好。我姓余,著作佐郎乃家父,今日这一餐先记账,我回去取了银钱便送过来……"

余家,著作佐郎……温淮终于知道为何这小娘子有些熟悉了。

自己当参军经手的第一个案子,李家和余家四娘子的和离案,最后以失败而告终,他永远都忘不了余四娘子走之前绝望的目光。

跟前的小娘子应当是余四娘子的妹妹,他问:"家中四娘子可还好?"问完才觉得唐突。

对面的小娘子也是一愣:"你认识四姐姐?"

"我乃凤城人,曾经见过四娘子。"

四姐姐确实嫁去过凤城,那段暗无天日的日子,余家人都不想再提。小娘子点头:"挺好的,下个月成亲。"

倒没想到余四娘子这么快就找到了另一段姻缘,他压在心底的一块心病,终于消失:"小娘子回吧,今日这一顿就算我请了。"

"那怎么能行。你也是个跑趟的,我总不能讹了你的银钱。小哥贵姓,今日就算天黑了,我也得给你送过来。"

温淮一笑,报了自己的名:"姓温单名一个淮字。"

"我姓余,家中排行第六,名为云霜……"

温殊色一直到傍晚才回来,回到谢府,谢劭还没回来,听晴姑姑说凤城的崔哗来了,几人正午去了觅仙楼后便没回来。

这几人聚在一起,八成已醉死在里面。当下,她又赶去觅仙楼。

许是很久没这般放松过,周邝喝得如同一摊烂泥,被公公架着胳膊拉出酒楼,刚出来便看到了前来寻人的温殊色,大舌头唤了一声:"嫂子。"

温殊色见他脚步东倒西歪,面如猴子屁股,能料想到里面郎君是何模样。

"多谢嫂子在明娘子面前美言。"人一醉,正好又见到人,藏在心底的话便兜不住了,周邝豪迈地拍了拍胸膛,"嫂子放心,谢兄的病包、包在我身上,

555

我、我一定给他，治、治好……"

温殊色脸色一变，也没顾及场合，这两人半罐水还想笑起真正懂得耕地的庄稼汉了。

"不劳皇太孙费心，郎君好得很。倒是明娘子那头放心不下，今儿还在为皇太孙当初的那句话忧心，不过您放心，我已经安慰好了。甭管皇太孙有无难言之隐，后日一早明娘子都会坐上宫中辇轿。"

周邝愣愣地看着跟前无论是脸色，还是言语都不太友善的小娘子。

谢兄没毛病？

她那话是何意，他还能有何难言之隐……

没等周邝回神，温殊色便同他身边的太监道："天色不早了，公公们赶紧送皇太孙回去吧。"

周邝今日出来，本就是偷溜的，又待到了这个时辰，喝成这样，身边两位公公心头早就着急了，赶紧把人连拉带拽地扶上了马车。

等温殊色进去，温淮也扶着同样一摊烂泥的谢劭走了出来。看到温殊色，温淮一脸黑："你倒是来搭把手，把人接走。"

温殊色惊呼一声："你怎么让他喝成这样。"

温淮险些把人扔在地上。谢劭自己要喝，他还能封住谢劭的嘴？温淮一肚子的憋屈，一句话也不想同她多说，怕自己被气死："马车在哪儿？"

小厮把账单送进小阁时，屋里只剩下了崔晔和裴卿。

"一共是三千六百七十一两，哪位结账？"

三、三千多两……他觅仙楼是在讹人吧？

崔晔看向裴卿，醉眼蒙眬："他说什么？"不待裴卿答，一头倒下去砸在他身上，再也没了动静。

裴卿深吸一口气，片刻后艰难地掏出了自己的荷包："抹个零，三千两，开张单子。"这会子都能醉，明日酒总该醒了。

等温淮把人送上了马车，温殊色才跟上去，抱着郎君的头，让他躺在自己的膝上，关怀地道："郎君难受不？"

谢劭点头："嗯。"

"那我给你捏捏。"温殊色的手指头轻轻地替他揉着太阳穴，"舒服了没？"

"舒服了。"谢劭闭着眼睛享受。

捏了一会儿，温殊色才察觉出不对，没有闻到酒气，再看郎君，人仰躺在她怀里，脸色如常，毫无红意。她顿时明白了，手指头在他的脸上轻轻一拧："你就装吧。"

被小娘子瞧了出来，谢劭睁开眼睛，冲小娘子一笑，眼里哪还有醉态："你兄长赚钱不容易，咱们不能吃白食。我若醒着，今夜这一顿不都得割我的肉？今非昔比，以往我没成亲，一人吃饱全家不饿，请他们没关系。如今不同了，娶了娘子，我得养娘子，等将来我们有了孩子，还得替孩子打算，哪里还能再挥霍。"

温殊色愣了愣，有些意外，知道了两家都没破产，他还能如此节俭。她由衷地夸赞道："郎君果然变了，知道过日子了。"

谢劭对这样的夸赞，接受得理所当然，继续躺在她怀里，赖着不起来："今日到明家过得如何？"

"挺好，明家人今儿早上都到了，有明家大夫人在外张罗，我陪着阿园在屋里偷闲，下午明家的远房亲戚也到了。"她突然来了精神，看向怀里的郎君，"我今儿见到了一样宝物。"

谢劭眉头一扬："什么宝物？"

"金扇。"

谢劭神色一顿。

温殊色饶有兴致地道："今日那吴家的小娘子拿在手里，远远瞧着就觉得闪人眼睛，近了一看，竟然是黄金而制。细细的金丝极为匀称，勾了一幅嫦娥玉兔的画面，栩栩如生。也不知道出自哪个工匠，如此心灵手巧，想来价值不菲……"

谢劭知道自己该说什么话，眼睛都没眨，道："买。往后只要娘子喜欢的东西，不用考虑，也不必来问我，统统都买回来。"

崔晔羡慕他银钱多，多吗？他怎么觉得还远远不够？

且娘子的一品诰命还欠着呢。

想起来一事，谢劭握住小娘子的手，低声道："前太子在太子宫宴当日便死了，死前在路上的一块石头上留下了一番话，倒像是大彻大悟了，阐述了自己的过错，又提及与陛下的父子之情。官差把那块石头送进了宫中，陛下见了后，身子越发不行了，如今全靠太医用药吊着，等皇太孙大婚一过，恐怕也熬不了多久。"宫中的事，谢劭习惯同她商议。

小娘子的脑子也很聪明，每回一点就通："杨家怕是坐不住了。"

谢劭伸手捏了一下小娘子的鼻尖："娘子果然机灵。杨家趁陛下还有一口气，已几次暗示，要他封贵妃为皇后。"

虽做不了几日皇后，可待皇上驾崩后，贵妃便是太后，关键时候也能成为制衡太子的人。

温殊色摇头道："陛下应该不会答应。"

皇上迎娶前皇后，是为了巩固自己在京都的权势，如今前皇后一去，尸骨未寒，前太子也跟着碰死在了石头上，皇上再冷硬的心肠，心头也会有郁结，这时候是万万不会晋杨贵妃的位。杨家估计也知道，只不过没了办法，死马当活马医，打算去碰碰运气。

谢劭点头："太子一登基，杨家人必会前去讨要好处。"

皇上不追封，太子登基后，也能晋升贵妃的位。

但历朝历代没有哪个君主，愿意给自己制一副茧，且太子知道了自己身世后，又怎可能认旁人做母亲。

"上回宫宴太子召见了我与父亲，听那意思是不会追封贵妃，就怕杨家到时翻脸。太子的打算，是要我谢家来平衡朝堂。"

谢家除了谢仆射，便是他谢劭。

谢劭终于舍得从小娘子身上起来，神色认真地道："我打算参加科考。"如今的殿前司指挥使，一半是他以计谋和性命谋来，另一半是气运。虽救驾有功，但朝中之人瞧不出他的才华和实力，若想做大官，位极人臣，得让满朝文武心服口服。

唯有重新参加科考，让所有人看到他的实力，才能堪得起重任。

温姝色很少见他这般肃然，一时愣住。

当年若非郎君去了凤城，以他的聪明才智，早就参加完了殿试。

如今再从头考取，倒不担心他没那个本事，就怕受到昔日同窗的异样目光。

"郎君不必有那么大的压力，我能有如今的日子，已经很满足了。郎君要钱有钱，要官有官，长得又好看，不知道是多少小娘子心头的如意郎君，外头的人个个在议论我能嫁给郎君，是几辈子修来的福分。郎君要再努力下去，等到将来位极人臣，窥觊你的人只会更多，那我岂不是更危险了？"

往日她巴不得把自己当牛使，如今终于知道心疼他了。

"正因为如此，我才更应该努力。"谢劭搂住小娘子，双手把她圈在怀里，闻着她身上那股让人安心的幽香，柔声道，"我不想你被人看轻，不愿意听到你配不上我的话。他们目光短浅不知内情，哪里知道我谢劭能有今日，实则全仗着娘子的训导。"

可这些话，他总不能同每个人都去解释，只有替她争一纸诰命回来，她才能在一众贵妇之中得到尊重，不会再遭人白眼。

今日谢劭虽没有醉，但还是饮了一些酒，呼吸慢慢地吐在小娘子的后脖子上："娘子的好，谁娶了谁知道……"

四人在觅仙楼闹了大半日，个个喝得酩酊大醉，不省人事，到了第二日一早起来，又都精神抖擞，该干啥干啥。

崔哞当夜非要和裴卿挤在一张床上，等裴卿一醒，崔哞立马跟着起来："周兄，铺子的事，什么时候办……"

明日便是皇太孙大婚，周邝忙得不可开交，无暇再顾及崔哞，全权交给了裴卿。

裴卿昨夜被他缠了一夜，早上一起来，又听他念经，实在受不了："皇宫在这儿又不会搬迁，等皇太孙大婚后，再置办不成？"

崔哞说不成："银钱在外没收回来，我一刻也等不了。昨日夜里你倒是睡得踏实，可我睡不着啊。裴兄……啊，周安兄您就可怜一下我吧……"

一看，崔哞的眼圈确实一片乌黑。

裴卿是个实诚性子，答应的事不会推脱，不该吃亏的也不会当冤大头，把昨儿晚上花销的三千两单子拿出来，按照四个人分摊："银钱先结了。"

崔哞心头一沉："裴兄，你以前不是这样的……"

"我叫周安。"

"对，周兄。"崔哞一叹，"果然，那句老话没说错，越有钱越抠。你之前一个月赚十几两银钱的时候，倾家荡产都能拿出来招待我们，变了，都变了。"

话音一落，一件衫子扔过来兜头罩在他头上，裴卿堵住了他的嘴："我短你吃穿了？赶紧掏钱，别那么多废话，再晚点官府该午休了。"

崔哞只得不情不愿地掏出了一张银票，骂骂咧咧地甩给裴卿："你又没媳妇儿，你抠搜个什么劲……"

裴卿不理他的东拉西扯，等从崔哞手里拿到了他该出的那份银钱，才带着人去了官府，置办铺子。

明日皇太孙大婚，不仅宫中热闹，京都街头，各官府衙门也都是一片喜气，裴卿亲自带着崔哞去了街道司。

被太子收为义子后，裴卿头一回出现在官府人跟前，街道司当差的尤其客气："周公子有什么吩咐，打发个下人过来便是，何必亲自跑一趟。"

裴卿拿到了开设钱庄和粮食铺子的资格官印，又带着崔哞去看铺子。

"先说好，位置太好的，皇太孙买不起，我也买不起。"裴卿提前打碎了崔哞的如意算盘，"中大街别想了，太贵，街尾的你估计也看不上，街头的位置最合适你，就凭你那张嘴，只要有人经过你门前，荷包里剩多少，还不是你说了算。"

这回崔哞倒没再说什么，他确实有这本事。

两人去了旧曹门和新南门几个街头挑选店铺。街头上人潮拥挤，两人从马车上下来，目的明确，长腿走得甚是匆忙。

快速地穿过人群，裴卿刚要抬步跨入铺子，袖口突然被人一拉扯。他诧异地回过头，便见一位身穿素衣、肤色白皙的小娘子冲他一笑。

许是追了不短的路程，她气息急喘，双颊也染上了红晕。

裴卿一愣，很快认了出来："哑女？"

哑女见他认出了自己,高兴地点头。意识到自己失礼,她忙松开他的衣袖,理了理自己凌乱的头发,端端正正地立在那儿,神情局促不安。

南城山里一别后,裴卿原本没打算活了,后来侥幸保住了一条命,一连串的事情太多,他一时忘记了村庄里那位可怜的姑娘。

没料到她今日会出现在这儿,裴卿问:"你怎么来了,你父亲呢?"

哑女神色一阵躲闪,没说话,抬头看了他一眼,微微一笑,似是见到他平安无事便放心了一般。她匆匆取下肩头上的包袱,从里掏出了一个纸包,正欲递过去,目光却瞟见了裴卿脚上的那双绣金丝祥云纹的长靴,神色一顿,伸出去的双手又缩了回去。

裴卿瞧在眼里,轻声问道:"给我的?"

哑女点头又摇头。

裴卿主动伸手接过:"多谢姑娘。"回头瞧了一眼看热闹的崔晔,"你先看,看好了定下来便是,我有事先回了。"

不等崔晔发话,裴卿便同哑女道:"你初来京都,一个小娘子不好找地方,先到我的住处安置,旁的事,咱们再慢慢说。"

哑女却连连摇头,抬头看向他,眸子内划过一抹难以言说的悲痛,欲言又止。

裴卿眉头一皱:"怎么了?"

哑女埋头,正要从袖筒内掏出那把裴卿当初留给她的匕首,身后突然响起一声"周公子",哑女转过头,便看到了街头上的两名侍卫朝这边走来,她脸色一变,忙背过身,来不及同裴卿道别,瞬间往前逃窜。

等裴卿反应过来,人已经湮没在了街头的人潮中。

皇太孙明日大婚,皇上龙体又欠安,谢劲天没亮便进了宫。

知道晚上要去陪明婉柔熬通夜,温殊色早上不忙不忙睡了个好觉,巳时才起来。梳妆好,打算出门之际,温淮跟前的小厮匆匆忙忙进来禀报:"二娘子,老夫人和二爷来了京都,人刚进府,三公子让小的接二娘子过去。"

温殊色一愣:"这来了怎么没递个信?是走的官道还是水路,谁去接的人……"

她问了一连串,跟着小厮匆匆往外走。

"三公子刚走不久,二爷便带着老夫人来了京都。走的是水路,一个时辰前到了巷口。两人自己找上了门,三公子听说后也刚从觅仙楼赶回去……"

温殊色越听越担忧:"二爷走哪儿如今是连信都不会捎了,自己皮糙肉厚,倒也不怕,老祖宗却得跟着他受累。"

她急急忙忙上了马车,赶去温家,一下马车,便见门口立着一位梳着双髻的丫头。

不是祥云又是谁。

见到温殊色，祥云一声哭腔拖出来，冲上前去搀扶："娘子，奴婢以为这辈子再也见不到娘子了……"那日娘子和姑爷说要出去赏星星，她便没跟着，谁能料到这一赏再也没有回来。

谢家大爷连夜封了府门，谁也不能进出。知道出了事后，她生怕自己成了娘子的累赘，抱了一床被褥，爬到了游园的凉亭上，先扔被褥，人再跳下去，可惜还是没来得及，娘子已经走了，她只能暂且回到温家。上回温三公子来京都，她本想跟着他一道，温三公子没答应，说习惯了一人，不喜欢身边有个丫鬟跟着。

好在温三公子走了不久，温老夫人便同温二爷决定，要一块上京都，连薛姨娘也来了，走的时候一把锁锁上，府上是一个人都没了。

终于见到了娘子，祥云激动道："娘子受苦受难之时，奴婢只恨不在娘子身边，娘子如今可还好？姑爷呢？"越问心头越慌，嘤嘤呜呜道，"奴婢该死，没能照顾好娘子，错过太多了，以后只求能在娘子身边当个跑腿的，娘子千万不能不要奴婢……"

从门口哭到里院，温殊色见她眼睛都红肿了，安慰道："我和姑爷都挺好。放心，第一丫鬟的位置还给你留着的。"

祥云这才破涕为笑，擦干了眼泪："娘子真好。"

温老夫人住进了温殊色和谢劭之前的那间院子。这会子温家大爷和温家的几个公子姑娘都来了，温二爷、温淮也在，一大家子人挤满了一屋子。温殊色进去，里面一片说笑声，好久没这般热闹过。

温大爷正问温老夫人："母亲可觉得胸闷，有的人走在海上时不觉，一落脚才头昏脑涨。"

温老夫人一副精神气儿，哪里像是胸闷的人："我没事，年轻时坐多了，不会晕船。"

"京都的天比凤城热，祖母先喝一碗糖水，解解暑气。"温淮从食盒里端了一碗绿豆糖水刚递到温老夫人手里，温殊色便走了进来。

看着软榻上熟悉的面孔，人倒是没变，还是之前的模样。

上回一分别，走得匆忙，险些阴阳两隔，温殊色眼眶一热，噘着嘴唤道："祖母。"

温老夫人听到了心头一直牵挂的嗓音，心头一颤，抬起头来。

温殊色已经扑了过来，双膝一跪趴在她膝前，仰头看着她，满目思念："祖母可算来了，缟仙日日做梦都梦到祖母到了码头，我上船去接呢。"

"怪祖母，想给你们一个惊喜，倒没圆了你的梦。"温老夫人一笑，伸手摸了一下她的脸颊，"咱缟仙越发光鲜了。"

温殊色在温老夫人面前，自来是个赖皮："天生丽质，是祖母养得好。"

温老夫人笑骂了一声："不害臊。"眼里的疼爱却越来越浓，"赶紧起来，地上凉。"

等坐在了温老夫人身旁，温殊色才看向对面的温二爷，笑着招呼："父亲，果然凤城养人，这才过了多久，便白了许多。"

温二爷勉强扯出一个笑脸，对她实在没什么好脸色。

她临走之前，他枕头里面的钱是一张都没有给他留，原本是假破产，硬生生地搞成了真破产。战乱的那段日子，物价又上涨，米都买不起，更别说吃荤，连做梦他都在吃肉，着实受不了了，便掐着点儿去温老夫人那儿蹭饭。这回来京都的路费都是老祖宗出的，横竖这张老脸是没了，一肚子的怨恨，再看到温殊色的光鲜体面，他能高兴得起来才怪。

温家除了温大夫人，人都到了。众人轮流同温老夫人说着话，午饭便让觅仙楼送来府上，吃了个团圆饭。

饭后，温大爷主动找了温老夫人禀报，把温大夫人的所作所为都告诉了温老夫人听，温老夫人没什么意外。

从安氏毅然决然地离开凤城时，温老夫人便知道这人的秉性一旦形成，很难再改。

这些年要说自己托了安氏的照顾，还真没有，家里有她没她一个样。

自己的身子骨硬朗，没什么毛病，即便温二爷在福州跑船的那些年，安氏一个月也难得进来院子里一趟，别说照看，哪回过来，不得顺点东西回去。

一个主母的做派，还不如妾室。虽说自己不需要谁来照看，可薛姨娘日日来跟前请安，无论风雨，几十年如一日。

之前想着安氏的秉性再如何，也为温家生儿育女，养了三个孩子，自己睁一只眼闭一只眼，日子也能过。万万没料到，她到了京都，不仅没有收敛，还做了如此糊涂之事。

恶毒就算了，她还蠢，温家的未来、儿孙的福气断不能断送在她手上。

温老夫人说："既然已经决定了，就这么办吧。凤城的宅子她住了这么多年也习惯了，只要不再惹事断我温家的气运，养她一辈子也没关系。安家老爷子最为注重颜面，你要送她回安家，她还能活命？安老爷子恐怕当日就能给她一条白绫。"

"大娘子错过了魏家，确实可惜，可咱们温家的家世比上不足比下有余，你好好为你的官，老二做他的生意。京都大，门户也多，只要咱们温家的门户兴旺，自有人找上门来，什么哥儿姐儿的，还愁娶不到好亲、嫁不到好人家？"

温老夫人一番话，处处都在为大房考虑。温大爷想起之前的事，心头阵阵愧疚，跪在温老夫人跟前，磕了一个响头："孩儿受母亲养育之恩，不仅没孝敬母亲，还让母亲为孩儿操劳费神，孩儿向母亲请罪。"

温老夫人看着他,叹了一声:"你啊,心头最大的坎,便是把自己和二爷撇开,认为你不是我亲生的,更应该回报我温家,处处限制自己,想要做出一番成就,替我温家扬名,好完成你父亲的心愿。可在母亲心里,拿你和二爷从来都是一样,你们的好也好,歹也好,那都是我的儿子。你不必有那么大压力,活好自己,即便是有错处,为人母的又怎会不包容。"

温大爷的头磕在地上,久久没抬起来,片刻后,肩膀微微地颤动起来。

当年温家老爷子把他抱回来的那夜,他跪在自己面前,也是这副模样,不敢哭又忍不住。没有亲爹亲娘的孩子,事事都喜欢闷在心里,一味地想要证明自己的本事,讨人欢心,反而把自己越撇越远了。

温老夫人心头一酸,上前握住他的胳膊,把人扶了起来:"起来吧,都多大人了,别让孩子们瞧见笑话了你。"

吃完饭,温家大房走了后,温殊色才进去,握着温老夫人的手扶她去榻上躺着:"精神再好,也不能累着,祖母先躺会儿。"

温老夫人睡也睡不着,便躺着同她说话。每回一见到自己的这位孙女,温老夫人心情便会莫名放松,笑问:"姑爷待你可好?"

小夫妻俩的事,温老夫人从温淮那儿听说了一些,似乎恩爱得紧。

温殊色点头:"好得不能再好了。我要好好感谢祖母,要不是祖母当初的明智,我哪有今日的幸福。"

如今是好了,可温老夫人每每回忆起当初的决定,仍旧心有余悸:"是上天在庇佑咱们缟仙,命里带了福气,走哪儿沾哪儿,什么都能顺遂。"

老祖宗说话果然有学问,温殊色替她披好被角:"那也是祖母替我在菩萨面前求来的。祖母说了这半天话,歇息一会儿……"

温殊色一整日都待在温家,傍晚时,谢劭下值后听说了消息,匆忙赶过来。

人的气运起来了后,身上的气势都不一样了。往日温老夫人也见过谢家这位三公子,人倒是长得好,但走哪儿都是一副懒散样,仿佛没长骨头。如今再一瞧,只见人跨步进门,高高的个头,肩背宽阔又笔挺,一身的精神气儿,恍如脱胎换骨一般,脸上的神色也带着一股子上进的正气。他走到跟前,袍摆利落地一掀,跪下行礼:"祖母。"

温老夫人终于明白了缟仙的那句"这京都我不知道还能不能找出第二个像郎君那样一身光彩的人来,横竖我是没见着"。

温老夫人一来,天黑了温殊色才赶到明家,谢劭把人送到后,去了裴卿那儿接崔啀。

温殊色进屋,明婉柔已经穿戴好了,正在梳妆,一双眼睛左顾右盼,好几回都被嬷嬷拉了回来:"皇太孙妃,可别再动了,免得盘不好还得重来,再坚持一阵,很快就好了。"

明婉柔刚扭过头,余光便见温殊色匆匆走了进来。她松了一口气,僵着脖子埋怨道:"你怎么才来,星星月亮我都盼来了。"

"老祖宗来了,耽搁了些时辰,还好赶上了。"温殊色让人搬了一张高凳,坐在明婉柔旁边,看着嬷嬷替她梳妆。

梳头的嬷嬷是明大夫人从凤城带过来的,一双巧手自然不说,人也是个有福泽的,家中儿孙满堂,家族和睦,每梳一下,便替明婉柔念一句祝福的词儿。

温殊色瞧得仔细,只见那一丝一缕到了嬷嬷手里,每一根发丝都给梳得规规整整,自己的那场婚宴办得匆忙,人也是浑浑噩噩的,至今回想起来,都不记得梳妆的环节。看完明婉柔的婚宴,她方才知道姑娘出嫁还有这么多的讲究和乐趣。

明婉柔瞟眼瞧见她一脸发痴,轻声道:"羡慕了?"

温殊色摇头:"不羡慕。"

明婉柔噘嘴,鄙视她的口是心非,待妆容梳好了,才轻声同她道:"你要觉得遗憾,咱们找谢指挥替你补上,这回我一定要给你送亲。"

亏她说得出来,哪里有人成亲成两回的。温殊色确实羡慕明婉柔有一个属于自己的婚宴,但人与人不同,缘分也不同。

她和郎君的婚宴特殊,与所有人都不一样,反而记忆深刻,每每回想起来,都会感叹这一份婚姻的来之不易。只要两人的日子过得好,又何必再去补办婚宴,岂不是画蛇添足了。

"不遗憾。阿园是我见过的第一个新娘子,瞧完你出嫁,等将来儿孙成亲,我也算有了见识,能给他们出出主意。"

明婉柔脸色一红:"刚成亲,就考虑起儿孙来了,你也不害臊。"

"我害什么臊,我都成亲大半年了。"

自从她听错了温殊色的话,传给了周邝之后,每回同温殊色说话,都会被中伤一回。她知道自己说不过温殊色,质问道:"你是来送亲,还是来显摆的?"

温殊色收敛住,不逗她了,说起正事:"进宫后不比在明家,自己多留个心眼儿。"

明婉柔心头正为这事儿发虚呢,苦着脸道:"我能有什么心眼儿,我倒是想学奈何嘴巴兜不住,三两句话心里的事便被人诈了出来。之前吧,咱们两家只隔一道墙,我有个事,还能找你商议。往后一个在宫墙外一个在宫墙内,我要遇上事,找谁拿主意去?

"当初许亲之事,皆道是我明家高攀,如今靖王被封了太子,我成了皇太孙妃,个个都觉得我走上了狗屎运。你不知,老祖宗昨日拉着我说了一夜的话,字字句句没离开过家族荣誉,那意思是明家的将来,都系在了我一人身上。这不是往我脖子上套绳子吗？我在前面拉车，后面坐着明家的人，全凭我一人使力了？我这粗脑子哪里有这么大的本事。我与周……皇太孙成亲不是来贪图这份荣华富贵，是觉得他是个可以依靠托付终身的人，我只想安安稳稳地过着相夫教子的日子，若要我为家族干大事，那他们恐怕就要失望了。"

这话倒是真的，就明婉柔这直脑子，连家里的几个姐妹都玩不过，更何况进宫后一堆的牛鬼神蛇。自己上回都被杨家六娘子摆了一道，换成是明婉柔，恐怕连对方的讽刺都听不出来。

可这样的人，也有她的好处，听不明白活得轻松，万事不计较，倒让对方没了用武之地。温殊色宽慰道："太子妃同皇太孙说亲之时，明家共有三个姑娘，你知道太子妃为何偏偏看上你吗？"

明婉柔一愣，倒有了自知之明："瞧我笨？"

虽是事实，但有另外的说法。温殊色说："你心宽。"

明婉柔叹了一声："就你会说。"

往日自己稍微一糊弄，便能让她忘了自个儿想说什么，想来明家人怕是给了她不小的压力。温殊色继续道："人人都道聪明人好，但多少家中纠葛不都是聪明人为出来的。傻人有傻福，你如今不就验证了这句话吗？明家几个姐妹，哪个有你嫁得好。你看皇太孙，不单是身份地位高，样貌虽说比不过我家谢指挥，但长得也是一表人才，相貌堂堂。最紧要的一点，皇太孙喜欢你，能把你当成宝一样宠着。好郎君本就难求，能喜欢你的好郎君更难求，你应该高兴。"

没见过夸别人还连带着把自个儿夸一顿的，明婉柔哭笑不得，心境倒开阔了："你说得对，我嫁我的人，活自己的就好。"

两人说了一阵话，明家大夫人便来了。母女俩有体己话要说，温殊色不好再待在屋里，去了外屋等着接亲的时辰。

天光刚亮了一道小口，外面便有了动静。

一串震人耳膜的爆竹声后，接亲的太监唱道："恭迎皇太孙妃上辇。"

后院忙成了一团，温殊色急急忙忙地进去，同明大夫人一道扶着明婉柔的手，跨出了门槛。

温殊色正欲松手，明婉柔突然一把捏着她："缟仙，我有点怕。"

温殊色知道她怕的是什么，鼓励道："别怕，一夜就过去了。你瞧我这不是都过来了吗？还不是身强力壮。"

明婉柔吸了一口长气："等我出宫来找你。"

"好。"

等候在门外的明二公子上前，从明大夫人和温殊色手里接过明婉柔，缓缓地朝着门口走去。

温殊色跟在人群中，看着明婉柔上了巷子内的辇轿，热闹声渐渐地移到了门外。

明婉柔的辇轿刚升起来,巷子另一头十几道烟花突然齐齐蹿上了高空。绚烂的火光,把烟青色的天际染成了一片彩光。

人群一阵喝彩,温殊色跟着众人仰起头看。祥云立在她身边,从没见过这么大的烟花,叹道:"娘子,真好看。"

温殊色点头,确实好看:"记得向皇太孙结账。"

上回自己送给了杨家六娘子一场烟花,传出去后,不少人前来觅仙楼询问。

周邝也听说了此事,想要给明婉柔一场盛大的婚礼,让全京都一道跟着热闹,那日到觅仙楼喝酒时便再三交代过温淮,要备上最好的烟花,沿途放一路。

这头的烟花刚燃尽,远处的烟花又开始了。普通的人家迎亲,怎舍得如此烧钱,真是百年难得见一回。府上看热闹的人太多,祥云生怕温殊色被挤,伸手替她挡住了人群。

新娘子都走了,温殊色没再留,随后出了府,跟在辇轿后面。她也没上马车,一面瞧着烟花,一面往前漫步。

记得她头一回来京都时,满目的热闹却觉得离自己很远,如今终于同自己息息相关了,她也成了京都显贵的一员。

往后,她将继续陪着郎君,在京都的这片土地上扎根,绽放出属于他们的那一朵火焰。

从巷子出来,温殊色脖子都望酸了,刚低下头,便瞧见了从人群中迎面走过来的郎君。

爆竹的光亮映在他身上,灼灼生辉。长得好看的郎君,百看不厌,小娘子看得入神,停了脚步等着他。

谢劭也瞧见了她,脚步加快,疾步到了跟前:"怎么走出来了?"

温殊色同样意外:"郎君怎么出来了?"今日皇太孙成亲,宫中热闹混乱,皇上身边离不开人才对。

谢劭没立马应她,伸手过来牵住了她的手,手指头紧紧地同她扣在了一起,抬眸望了一眼欢腾的人群,倾身附耳道:"陛下驾崩了。"

温殊色一怔。本以为皇上能撑过皇太孙成完亲,结果还是没能挺过去。这时候驾崩,阿园和皇太孙两人圆房,不得再等上一年。

温殊色倒吸一口凉气,真可怜……

"除了太子、太子妃和内务伺候的两名太监,无人知道。陛下临行前有交代,先停丧不发,等皇太孙的婚宴结束,明日午时之后再敲丧钟。"

皇上停丧不发,便是为了新婚的二人着想,至今阿园和皇太孙都还蒙在鼓里。

只要不是婚宴变成丧宴就好,温殊色担忧的却是另外的事:"贵妃那儿……"

"太子的人在外守着，没人进得去。父亲已经入宫，今日皇太孙大婚，没人怀疑，杨家的人暂时还不知道。"

等到明日丧钟一响，朝中恐怕又是一场风雨。

皇上留下了遗旨。

一、太子周谦登基，封皇太孙周邝为太子。

二、贵妃不能与其同穴，与皇后一道另葬周家皇陵。

…………

第一条理所当然，第二条对杨家而言不太友善。

杨家的太后梦没了，贵妃只能是个太妃，且贵妃死后还不能进皇上的墓穴。纵然再大的肚量，杨家这回恐怕也不会善罢甘休。

但前路再艰难，谢劭也要"铁头"迎上，为了小娘子，为了他们美好的将来。

谢劭轻轻地握住小娘子的手，手指头同她扣在一起，看了一眼远处还在不断绽放的烟花，偏头问她："娘子羡慕了？"

今日第二回被问是不是羡慕了。

温殊色依旧摇头："这世间美好的人和事物，何其之多，我又怎羡慕得过来。我羡慕旁人，旁人也在羡慕我。日子是自己过出来的，好与否，只有自己清楚。没成亲之前我还怀有满腔抱负，如今就只剩下了一个，和郎君恩爱到白头。"

只羡鸳鸯不羡仙。

风雨无处不在，只要有郎君陪伴就好。

小娘子嘴真甜，心头的阴郁扫光，随着跟前的烟花一道绽放，谢劭肩膀轻碰了过去，问道："娘子还有过什么抱负？"

什么抱负？

多看几位长得俊俏的郎君？去一趟乐坊，点几个公子爷奏曲儿？

这些"抱负"断然是不能同郎君说的。她嘴巴一张，便开始胡编乱造："找个好郎君，生个胖娃娃……"

谢劭嘴角扬了扬，被她一念叨，脑子里莫名幻想出了婴孩的模样，心口滚烫："娘子放心，为夫一定努力。"

人群越来越多，都朝着巷子外挤了过来。谢劭把小娘子拉到了身前，紧紧拥入怀中。

烟花绽放之时是好看，可燃尽后却留下了滚滚浓烟，一股风突然席卷而来，烟雾扑面呛人口鼻。谢劭忙抬起衣袖口，挡在了小娘子的面上。

山岚雾霭，人生漫漫长路变化莫测，只要有娘子陪伴就好。

番外篇

【1】

皇上昨儿半夜闭的眼。

病来如山倒,自上回在地牢见完前太子后,皇上便一病不起,之前埋在骨子里的那些个病根一个接着一个地冒了出来,身体再也不如从前,本已卧床不起了,谁知前太子在被押送的路途中写下了血书,接着一头撞死在了石头上。

人人都道皇权下亲情单薄如纸,可为人父,又怎能当真做到无情无义。想起襁褓中的前太子,一双眼睛清澈透亮,看着自己咯咯直笑,学会说话时第一声唤的便是"父皇"二字,后来……为何会走到今日的地步,除了他母亲的教导,到底是这江山的位置让前太子蒙蔽了心智,父子俩渐行渐远,人老了,除了江山地位,也开始眷恋起了亲情。

前太子的那一封血书,对皇上打击不小,躺在床上,再也起不来了。

明日便是皇太孙大婚,被喜气一冲,皇上夜里难得有了几分精神,睡不着要刘昆扶他起来。皇上几日都没怎么进食,这会儿倒忽然有了食欲,想吃点大鱼大肉,刘昆赶紧让人去置办。

膳食张罗好,皇上用了半碗粥,吃了不少鱼片,还小酌了一杯,面色红润,丝毫没有困意。夜深人静,皇上开始回顾起自己这一生,问刘昆:"你跟了朕一辈子,可后悔过?"

刘昆慌忙摇头:"奴才能在陛下跟前伺候,是奴才的福气。"

皇上叹息了一声:"你啊,就是个死心眼儿,但凡活泛一些,如今也是身居高位,儿孙满堂了。"

刘昆道:"奴才这条命是陛下捡回来的,若非陛下,奴才早就成了阴曹地府里的一缕冤魂,奴才一点都不后悔。跟着陛下享受富贵,不知令多少人羡慕,奴才的福气厚着呢,都是陛下赏赐的。"

"朕还能赏赐福泽了。"皇上笑了一声,"你这张嘴,这些年朕还真离不得。"顿了顿,又道,"这几日朕时常梦到念儿,她一会儿哭一会儿笑的,朕怎么劝说都不听,她是不是还在怨恨朕……"

刘昆忙道:"陛下这是心里念着娘娘,日有所思,夜有所梦。"

所有人都不知道,只有刘昆清楚,早在皇上登基之时,便悄悄追封了周娘子谢念为皇后。

是以,无论太子如何为周家娘子求取"公主"封号,皇上都没有答应。

"朕怎能不念她。"

这辈子他为了坐上这个位置,对不起的人实在太多。可最让他愧疚放不下的,只有谢念。生没能给她一天优渥的日子,死后不能公开给她一个名分,终究成了心头一道无法释怀的结。带着这样的遗憾,他哪里有脸去地下见她,即便她不责备自己,自己又怎会安宁。

"你找个时机,让她归宗吧,告诉这天下,她是朕的第一位皇后。"

刘昆躬身点头:"奴才明白。"

"至于太子的身份,养子也好,义子也好,他都是朕的儿子。"几杯酒下肚,皇上慢慢地疲惫起来,"杨家,朕已给了不少。这些年朕为了杀皇后元氏的风头,独宠她贵妃,她虽没得皇后的名,享受的一切却比皇后还要丰厚。朕都到了这个岁数,她又何必执着于皇后之位?人性贪恋,给多了便是祸,元氏便是个例子。"

刘昆认认真真地听着。

"若朕熬不过今夜,先停丧不发,封闭消息,待皇太孙大婚后,后日午时再敲丧钟。"

皇室子孙单薄,一年守孝,耽搁不起啊……

"陛下万岁之身,必能撑住。待皇太孙大婚,再过上一年,陛下还能瞧见小重孙。"

他倒是想再多活几年,看着太子登基,周家子嗣兴旺,天下稳定,可多活了几年又如何,这天下江山,何时又稳定过。

话音刚落,外面的太监便进来禀报道:"陛下,太子殿下来了。"

自从太子知道了自己的身份后,只在最初问了那句"她是谁",之后再也没有问过皇上关于自己身世的话。但待皇上,他依旧如从前,该尽的孝心半点没有懈怠。皇上病倒后,太子早晚都会来一次。今日皇太孙大婚,他过来得晚,听说皇上还没睡下后,这才让人进来通传。

进去后,见皇上还坐在软榻上,跟前摆了一桌的酒菜,太子微微一愣:"父皇今日身子好些了?"

皇上强撑起精神,让刘昆给太子添了一副碗筷和酒杯:"咱们父子俩好久没饮过酒了。记得当年在战场上,望着对岸的江河,你我手提酒囊,敬天地敬亡魂,把这天下踩在脚下,势在必得,何其壮哉。如今……"抬头看着跟前的太子,风骨犹存，可那额头和眼角，也布上了细细的褶皱，叹道，"你也老了。朕的孙儿都娶亲了，朕又怎能不服老……"

太子见皇上又提起了酒壶，劝道："父皇正在用药，小酌两杯便可，当心身子。"

皇上却没听劝，定定地看着太子，道："朕不能陪着你走完这条路，余下的路，还有朕打下来的江山，就交给你了。"

太子心头一跳："父皇身子很快便会好……"

自己的身体自己清楚，早就问过太医，撑不过几日，如今能坐在这儿，不过是回光返照罢了。皇上摇头道："我要去见你母亲了。"

太子喉咙轻轻一滚，没有发话。

"朕知你心头怨朕，替你母亲不平，朕又何尝心安过一日。你母亲嫁给我之后从未抱怨过，哪怕吃不饱饭，也是一副笑颜。她在我面前永远都在笑，唯有最后看了你一眼后，流了泪。"酒入喉，上了头，皇上突然埋头，声音哽咽，"我对不起她……"这一埋头，便再也没抬起来，脑袋缓缓地歪向一边。

皇上倒下去的瞬间，太子扑过去，及时伸手托住了皇上，失声道了一句："父亲。"

刘昆一愣，很快反应过来，双腿一软，跪在了地上，哭喊道："陛下……"

太医进来，人早就咽了气，再尽力也没有回天乏术。

刘昆宣读了皇上的遗愿。

太子招来谢劭，让他亲自带人把皇上的寝宫围起来，谁也不让进。

一直守到后半夜，裴卿过来换班，谢劭才得以歇息。

准备新婚的人丝毫不知消息，热闹继续。

皇家的亲事讲究多。天刚亮，明婉柔便从明家出发，跪天地，跪太庙，一套规矩下来，黄昏时才进了洞房，坐上喜床，又是一番新的折腾，合卺酒、结发……完事后，天色已经黑透，屋里点满了手臂粗的红烛。

管事的嬷嬷和其他人退下去，身边的婢女这才拿走明婉柔手里的团扇。凤冠上的流苏海珠挡住了面孔，还是瞧不清楚人，周邝走过去同她一道坐上了喜床，侧身问道："累吗？"

越是到这时候越紧张，明婉柔一晃头，流苏珠子噼里啪啦直响："不累。"

周邝伸出手，手指头轻轻地拨开挡住她面容的流苏。明婉柔下意识地往后一缩，抬眸朝他望来，眼里带着防备，又怯又羞，由着他把海珠流苏搭在了喜冠上，费力回忆嬷嬷交代的新婚夜事宜，起身诚恳地对皇太孙道："臣妾替殿下更衣吧。"

周邝狐疑地看了她一眼："你穿成这样，怎么替我更衣？"

明婉柔一愣:"那……"

"你先过来,我替你脱了,你再帮我脱。"

乍一听这话有些不对,可细一想,似乎也没什么毛病。嬷嬷交代了她替皇太孙更衣,但也没说皇太孙不能替她更衣。

婢女被周邝打发了出去,自己头上的喜冠确实也拆不下来,明婉柔乖乖地走过去坐在他身旁,把头往他跟前一凑:"有劳殿下了。"

周邝头一回触碰小娘子的发钗,见那玉簪金珠卡在发丝上,珠光宝气,晔晔照人,柔美又精致,一时不知道该从何处下手,端详了一阵才抬手。他生怕扯到了她头发,折腾了半天,还是没把喜冠取下。小娘子没发话,他自己先急了起来,索性一把把人抱在了膝上趴着:"你先且趴一会儿,很快了。"

明婉柔被他按在怀里,脸朝下,鼻子险些都堵住了,不得已双手撑起下颚:"不着急,殿下慢慢拆。"

片刻后,热热的呼吸透过红火的婚服,慢慢地浸在了皮肤上,周邝心口一股燥热,越来越着急,一副喜冠取下来,手都有些抖了:"好了,你起来,我替你脱婚服。"本以为那喜冠已经是最麻烦的东西了,谁知到了婚服,一排盘扣,卡得死死的。他再也没了耐心,取了桌上适才两人结发用过的剪子,盘扣上的海珠也不要了,一剪刀剪下去。

明婉柔大惊失色:"殿下,珠子……"

婚服是太子妃让宫人赶出来的,每一颗珠子都是精挑细选,这一剪刀下来,少说掉了有十几颗。

得多少银钱。

"不要了。"春宵一刻值千金,哪里还有工夫去顾及那劳什子海珠。

本还打算等小娘子替自己更衣,这一来,也没了兴致,他自个儿三两下退了婚服,同明婉柔一样,只留了里头雪色的里衣。

接下来干什么呢?她突然想了起来:"殿下不用出去招待宾客?"按嬷嬷所说,她该先去沐浴,然后等殿下招待完宾客回来,再行周公之礼。

他好像乱了顺序。

"母妃有交代,今日不用我去答谢宾客。"后面的话他说不出口。

太子妃的原话是:"都二十一了吧,天可怜见的,你父亲这个年纪早就有了你。你好好努力,做好该做的,旁的事不用你操心。"

往日在凤城时,靖王和周夫人何曾给过他压力,他爱咋的就咋的,他不成亲也没人催他。到了京都后,靖王和周夫人的身份一变,人也变了,不仅是他们,皇上、朝中臣子明里暗里都在给他压力,今儿夜里怕是个个都在翘首以盼,等着他完成一项大任务——最好是明儿就能造出个婴孩来。

周邝虽不适应这样的日子,可奈何对方是自己喜欢的小娘子,旁人越催,越能调拨他的情绪。若非出了一场动乱,他早就抱得美娇娘了。

　　莫名乱了顺序,提前了一步,明婉柔瞬间不知道自己该干什么了,人杵在那儿还在犹豫,突然被周邝打横一抱,走去了床榻。

　　红艳艳的幔帐一放,过了一阵,除了几件衣物陆续被丢出来,里面什么也看不见。

　　周邝不知道自己到底是哪个环节出了错,想起曾经在她面前立下的豪言壮志:"放心,我不会让你失望。"

　　还有前些日子她从嫂子那儿听来的话,说女子洞房不过是如同针扎,一下就过去了……

　　自己怎么回复的?告诉她,恐怕自己要让她失望了,做不到针扎,一下也过不去。再瞧如今,不是自己打自己脸吗?

　　他心头挫败又愧疚,睁着眼睛陷入了自我怀疑,久久无法平静。

　　明婉柔身子黏糊得很,同样睡不着,但想起嬷嬷临时交代的话,两炷香后才能叫水。硬生生地熬到了时辰点,她才偏头轻声问:"殿下,睡着了吗?"

　　"怎么了?"

　　"时辰到了,殿下可以叫水了。"

　　这话如同一把带刺的利刀子,在周邝原本就已受伤的自尊上,狠狠扎了一刀。他眼皮子颤颤一跳,转头瞧着躺在自己身侧的小娘子。

　　两人最初许亲,他并非十分满意,倒不是不喜欢她,而是想同父亲和母亲一样,凭自己去找个投缘的姑娘。但这样的姑娘可遇不可求,二十一年了,也没遇着一眼就能让人心动之人,只能对母亲妥协,打算去瞧瞧那位明家大娘子到底是何模样。人是见到了,她同嫂子一道趴在墙头上,一笑起来,嘴角两个酒窝极为明显,头一印象笑靥如花。这一面的代价便是自己屁股蹲上的肉也掉了一块。不打不相识,亲事成了板上钉钉之事,到底是认了命。从此之后自己的命运便一点一点地与她相连在了一起。

　　凤城动乱,谢大爷围困了王府,虽有地道出入,但王府的人多少受了些影响,人出不去,外面的谢大爷随时准备攻入,形势一度糟糕至极。

　　明家长辈是什么打算,他心里清楚得很。两家本就没有多少渊源,更不会为了一桩还未成的亲事,将自己家族置身于未知的风险之中。人性皆如此,他也能理解,本没抱任何指望,那日却在崔咩的暗桩内意外地遇到了她。

　　她抱歉地道:"父亲和兄长实力有限,一来就被擒了,没帮上什么忙,世子和周夫人千万要保重,往后世子要找崔公子,便由我来跑腿。"

　　他人还在外面,并不知道府中的情况,诧异地问:"他们怎么来了?"

　　"他们是世子未来的岳丈和舅子,世子有难,自然得来。"

她说得理所当然，恍如将他当成了雷打不动的未婚夫。夫妻之间尚能同甘共苦的本就不多，何况两人还未成亲。那一刻，他才明白了，为何母亲看上了明家大房。明娘子有情有义，未来的岳丈和大舅子也都并非唯唯否否之人。

之后前太子的大军前来攻城，这一点更为体现了出来。

父王驻守中州之后，一心治理民生，并未养兵，手头上得力的兵将几乎都派去了辽国边界。前太子的兵马一来，攻势凶猛，不少人被吓退。为了鼓舞士气，自己冲在前方，身后头一个跟上来的便是明家大爷和明二公子，两人陪着他一道杀出城门。

攻城的那几日，如同末日一般，每日都有士兵受伤。夜里去到军医处，看着她前前后后不停地跑腿，碾草药，备纱布，端水……忙碌的身影穿梭在残兵血腥之间，如一盏明灯，点在他心口，点燃了他的熊熊斗志，再艰难，也觉得周身都是力气。

他被人从城门外抬回军营处时，神志已经不清，迷迷糊糊看到一张脸凑在眼前不断地唤他："世子，世子醒醒，你别睡，我陪你说说话。

"我兄长的马匹总是蹶蹄子，你知道为什么吗？

"因为它高兴。

"缟仙说烧开的水，千万不能喝。

"为何？

"因为烫嘴啊……"

军医在一旁替他处理伤口，他便听她扯了半夜的瞎话，突然明白了，缘分从不给准备的机会，它可能会以任何你意想不到的方式出现，即便是俗套的婚约。

他受伤的几日，她一直陪在他身边，半吊子医术替他换药倒也足够。

"世子，我要脱你衣裳了，你别介意，就把我当成军医，不要有任何负担。"

他一个大男人，能有什么负担。可当她温软的手触碰到他的皮肤时，难受的还真是他自己。

她倒是摸得理所当然，毫无男女大防，脸色都不见红一下。见她如此云淡风轻，他心中极为不甘，非得要把她的脸色逗红才甘心一般，好几回赖皮赖脸摸着她的手不松，手指头还曾故意摩挲她的掌心。结果没让她脸色红上半分，她完全不解风情，质疑地问道："你是哪里不舒服吗？"

心思单纯是好事，全靠他来调教，她越是迟钝，他越挫越勇，想尽各种办法和她在一起。来京都的路上，他拒绝了跟来的军医，点名让她照顾，不惜厚着脸皮与她道明了原因："娘子的手轻，柔软又细腻，换药我不会疼。"

她一点都没怀疑，甚至还很高兴："是吗？我用了缟仙给我的膏脂，天天擦着呢。"

调教的过程太过于艰辛漫长，往往是他自己憋得难受，她却没明白到底是何意,他实在是忍不住了,在马车上把人搂在了怀里,强行亲了。

终于看到她面红耳赤的模样,似乎被吓得不轻,她一拳头砸在他胸口上,呜呜咽咽地道:"你、你怎么能这样?母亲说了,亲吻是要留在洞房夜才能给世子的,提前被你夺了,那我洞房夜怎么办,拿什么给你……"

平日看她认药材,替自己换药,脑子还挺灵光,手脚也很麻利,一旦遇上男女之事,简直一片空白。

她全身上下都是宝,难道就只有亲吻吗?不是还有很多吗……

且亲吻了一回,又不是不能再来一回。他捂住心口替自己解释:"娘子别急,咱们先来练习,万一临到关头不会呢?"又问道,"你会吗?"

她愣了愣,摇头道:"不会。"

"正好,我也不会,咱们可以相互切磋。"

一时激动过了头,词儿没用对,大灰狼尾巴现了形,她反应过来他是在调戏她,气得一日没同他说话,后来他装病才博来了一丝同情。

一路朝夕相处,再到东宫,住在同一个屋檐下,他身体健全,是个正常的男人,哪里忍受得住。

前前后后亲了她几回,最初唇瓣只含住她的唇,轻轻地一口一口,反复啃咬着她的唇瓣,慢慢便不能再满足。分别那日,他一时情难自禁,舌头撬开了她的唇,滑入她的唇齿之内,勾住了她的舌紧紧裹住,恨不得将其吞进肚里。

分别的这些日子,一到夜深人静,他脑子里便是她被自己亲得乱了神志的画面,肖想了许久,如今人终于娶进门了,就躺在自己身边,名正言顺地可以碰了,他却不争气……

见他躺着半天没吭声,也不给她让位下床,明婉柔又轻声道:"快三炷香了,殿下可以叫水了吗?"

话音一落,身旁的郎君突然把人又捞了过去。

地漏里的时辰一点点过去,再瞧着小娘子醉红潮湿的脸颊,重振起来的雄风,终于让他又找回了自信,他这才游刃有余地慢慢与她相磨,花了半夜,万般手段都用在了娘子身上。

明婉柔周身骨头如同散了架一般,从旁人嘴里听得再多,也不如自己亲身体会一次,终于体会到了温姝色的那句什么叫快死了,又很快活。

最后,她躺在床上动也动不了,第二日没能下得了床。身旁的皇太孙也没好到哪儿去,为了一雪前耻,纵欲过度,也没能起得来。

两人一道睡了个懒觉,过了巳时才醒来,被宫女们伺候好洗漱,用完早膳,各自坐在软榻上。

按照宫中规矩,两人新婚要在婚房待上七日。

这七日没有紧要之事,无人会打扰皇太孙。两人无所事事,坐了一阵相视一望,大眼瞪小眼。

温饱思淫欲。

尤其是初尝了甜头的青年,一身的阳刚之气,存放了这么多年,如洪水决堤,脑子里的画面挥之不去,全是不能言说的场面。闲着也是闲着,横竖所有人都知道他这几日会干啥,他也没什么不好意思。见屋里的婢女退去后,他放下茶盏,转过头正儿八经地唤了一声身旁的娘子:"皇太孙妃,你好些了吗?"

明婉柔一碰到他那目光,便知道是何意,忍不住打了个哆嗦,还痛着呢,他还要来吗?

"殿下,来日方长,明儿吧,今日我实在不行了……"

周邝碰了一下鼻尖,思忖半晌,讨价还价:"晚上吧,太医说给皇太孙妃用的是最好的药,半日便能好……"

出嫁前嬷嬷交代过,为人妻,最首要的一点便是要满足自己的夫君,只有把夫君喂饱了才不会有心思去惦记旁人。

能嫁入皇室,明婉柔提前便有了思想准备,周家子嗣单薄,她断然不能独占他,但他所提的要求,自己会尽量满足。

既然能好,只要不难受,也行。

七日新婚,他和皇太孙妃要一直待在一起,无人来打扰,也不知道是哪个善解人意的祖宗定下来的规矩,简直体贴到了家。

这头刚感谢完祖宗,到了正午时分,突然一道丧钟敲下来,闷闷沉沉,连续敲了九声。

屋外的太监奴婢跪了一地,有人悲切地呼道:"皇上驾崩了。"

明婉柔还没反应过来,周邝突然起身,对她说了一句:"你先待着,我先去一趟。"

周邝疾步冲出屋子,奔向皇上的寝宫。外面已整整齐齐跪了一片,谢仆射和杨将军都在,周邝匆忙进屋,刚进去便听到了杨贵妃的哭声:"陛下,您怎么舍得丢下臣妾……"

周邝进屋看向龙床,皇上身上的寿衣都穿戴好了,太子和太子妃坐在一旁,正交代底下的人操办丧事。

杨贵妃还陷在悲伤之中:"你们不是说还能熬几日吗,这是怎么回事?"

太医跪在一旁磕头在地,被问也不吭声。

昨夜杨贵妃来过,被太子的人拦在了外面,心头多半也猜到了皇上怕不是才落的气,这会子敲钟,是为了给皇太孙大婚错开日子。

比起皇后,杨贵妃陪在皇上身边的日子更多,论感情,这些年皇上与她彼此知心,更像夫妻。可皇上临行前却没有宣见她,对她连只言片语的交代都没有,这不正常,她不得不怀疑是太子使了绊子。先前前太子与靖王相争,她站了靖王,一是看不惯皇后的耀武扬威,二来也是摸清了皇上的心思,皇上对靖王的看重超出了皇后和前太子的想象。是以,她杨家帮助靖王登上了太子之位。可人一旦到了那个位置,不是自己的家人,又怎会一直惦记着以往的恩情。

杨贵妃只恨自己这辈子没有诞下一位皇子,连扶持上位的机会都没有。事到如今,心头虽有质疑,她也不敢吭一声。前皇后一死,本以为凭着她与皇上的感情,皇上怎么也会封她为皇后。她膝下没有皇子,太子同样没有母妃,等她成了皇后,把太子归在她名下,将来杨家和太子便是共赢的局面。可她隐隐提了一回,先是被皇上岔开,再提皇上便拒绝了她:"朕的年纪大了,也不知道还能活多久,安安稳稳过一日算一日。你把几位公主养大,许门好亲,杨家的地位摆在了那儿,只要门户不败落,凭杨家的实力,无论将来是谁在朕这个位置,都有你们的一席之地,贤者永不会被埋没。"

要说失望,必然是有的。门户败不败落,还不得看皇上愿不愿意让他们杨家败落。她跟了皇上这么些年,自认为很了解他,临到头了,才发现自己从未看清过他。皇上在时她至少还是一位宠妃,不在了,她便成了一无是处,只能待在后宫等死的太妃。她心中对太子瞒住皇上驾崩时辰一事介怀在心,同样不敢明着指出来,等她趴在皇上的床榻前一通哭完,门外的臣子们也都陆续赶了过来。

刘昆当着众人的面宣读了皇上的遗旨。

前头还算好,后面两条,一是追封谢家谢念为皇后,二是皇上下葬后即刻封陵。

杨家的人听完,除了杨将军,个个都变了脸色。不仅皇后之名没有了着落,杨贵妃死后还不能与皇上同穴。

这天下已经是太子的了,一朝天子一朝臣,杨家在这节骨眼下本该忍气吞声,可这样的事,杨贵妃哪里忍得了,抬头质问刘昆:"皇上的结发妻是林氏,为何姓谢?"

刘昆拿出已经死去的两位皇子的生辰八字,道出了当年的真相:"大皇子、二皇子均为陛下养子,陛下在登基之前,只娶过一位妻子,姓谢名为念,四十一年前,她诞下了第一位皇子。"刘昆把当年皇上和谢家娘子的婚书呈上,跪在太子面前。

红纸黑字写得清清楚楚,是皇上的字迹。

那才是皇上真正的结发之妻,是他爱了一辈子,到死都还在惦记的女人。自己跟了皇上这么多年,竟然从未听皇上提过一句,皇上是藏得有多深……杨贵妃一阵心凉,看着床上的人只觉得陌生,她瘫坐在地上,人也痴了一般。

那谢氏乃谢仆射的亲姑姑,所诞下的大皇子,还能是谁……

四十一年前……太子不正好四十一岁。

好一招瞒天过海。这些年皇上费尽了心思，为的都是替他的这位亲儿子铺路，连自己都蒙在了鼓里。什么贤者永不会被埋没，不过是皇上拿来搪塞自己的理由，自始至终在皇上心里，怕是只有那位死去的谢氏吧。

死了总归是埋在皇陵，陪不陪在皇上身边她都无所谓。最为打击的是，她做了一辈子的皇后梦彻底断送了，到死了都没能赢过元皇后。她没有了半点心情，夜里守灵时也只在跟前跪了一阵，以身子不适为由早早地回到了寝宫。

杨家世子听说消息后，很快找过来，急忙问她："姐姐，这老皇……陛下怎如此无情无义，姐姐该怎么办？"

她能怎么办，白日父亲已经来劝说过她："杨家靠的是自己的本事，走到了今日的位置，不需要再锦上添花。你好好过日子，膝下还有三位公主没出嫁……"

什么意思，杨贵妃听明白了，是让她为了三个公主忍气吞声。与元皇后斗了大半辈子，她学会的最大本事，便是一个"忍"字。她沉了沉气，同杨世子道："来日方长。当好你的小侯爷，万莫要生事。"

她杨家一路走过来，堂堂正正，无论是名声还是脑子，都不是当初的元家。

杨世子走后，杨贵妃没再回到灵堂，沐浴后歇息了。天快亮时，二公主过来探望，杨贵妃才起来。看了一眼二公主脸上的疲惫，想来是一夜都在灵堂守着，杨贵妃叹了一声："你父皇在世时，对你疼爱有加，替你许了几处亲，你都不满意。如今好了，人走了，你要想自己再挑，怕没那么容易。"

二公主倒无所谓："要找个自己不喜欢的，一辈子不嫁也成。"

杨贵妃冷哂一笑："你是喜欢谢家那位三公子吧，可人家已经结了亲。"想起那日杨家侯夫人带回来的话，沉思道，"那温氏商户出身，瞧着一张笑脸，人倒是个厉害的。你要非那位三公子不嫁，平妻就别想了，你斗不过她，我皇家的公主，也不屑得与旁人共侍一夫。温家……有钱是有钱，一座觅仙楼抵上咱们几个金库了，钱也惹人眼，就看他能不能守得住。"轻声念道，"温家大爷，一个侍郎，不足以为患。"

元皇后还在世时，二公主来杨贵妃这儿十次有八九次贵妃都是在与她斗，本以为元皇后一死，母妃也就该安静了，可人只要活着一口气，就不会有真正的安宁。

父皇尸骨未寒，太子等到三日头丧一过，立马便会登基，杨家的势力眼见被削弱，除了自己的意愿，作为朝中新贵，将来新皇的左膀右臂，母妃必然也是希望能同谢家结成亲家。

可谢仆射跟前就一个儿子。

二公主脸色有些发白，摇头道："母妃别为我操心了，我不会嫁给他。"

今日守丧，谢劭也在。

太子和皇太孙跪在灵堂最里面，外面是三位公主和一众嫔妃，不吃不喝跪上一日，没几个人受得了。见杨贵妃一走，几个嫔妃也都相继寻着由头离去，到了半夜，等二公主回头，身后只有寥寥几人。

三公主和四公主也没了踪影。

旁的嫔妃倒罢了，有的进宫后恐怕连父皇都没见上一面，三公主和四公主不应该偷懒，父皇生前没少疼爱她们。她起身打算去揪人回来，在门口遇上了谢劭。见其腰佩弯刀，一身素色官服立在灯火底下，听到动静声转过头来，双目清明有神，穿过黑夜落在人身上，仿佛戳进了人心底。

二公主愣了愣："谢指挥还在呢。"

谢劭点头："二公主要回宫？"

二公主摇头："夜里守灵是辛苦，但如此几人，未免太冷清了，我去叫些人过来吧。"

皇上生前是个明君，死后也没有兴殉葬那一套，今夜前来守灵者并没有死规矩规定谁要守到什么时辰，跪多久全凭自愿。

原本有杨贵妃在，谁也不敢离开。杨贵妃一走，个个心头都有了计较，相继离去，剩下只有寥寥数人，确实有些清冷。

前面一段路灯火没那么亮堂，谢劭手里正好提着灯，送了她一程。

二公主安静地跟在他身后，快下长廊了才道："多谢谢哥哥。"

谢劭脚步一顿，手里的灯突然不往前移了。

二公主诧异地回头，便听他道："当年谢某被困元家柴房，殿下及时知会家父，带家父从元家手中救回谢某一条命，谢某心存感激，这些年一直没忘，把殿下当作恩人。此事我也同内子说过，内子对二殿下同样心生感激，待陛下丧事一过，内子打算在觅仙楼宴请二殿下。"

连他的过去，都和她说了吗？心口似是有什么东西坠了下来，二公主愣了愣，一时忘了回应。

谢劭又道："我与内子相识相知相爱，不怕二殿下笑话，谢某爱她到了骨髓，这辈子只会有她一人。"

他话里的意思，二公主岂能听不明白。

杨家舅母那日在宴席上同温氏说的话，她早听说了，虽然怪舅母擅作主张，可内心又莫名怀了几分期待，想看看谢劭的反应。

每每回忆起年少时两人的相处，她能确定，不只是自己对他有意，他对自己也是有几分喜欢的。

她不信，他当真就能忘了。

但如今这番话，便是将她的一切幻想都打破了。心思被戳破，二公主脸色发烫,心却冰凉,装出一副不在乎的模样,勉强笑道:"谢指挥和令夫人伉俪情深,真令人羡慕。"

一生就爱她一个。

谁不羡慕。

谢劭往前走了两步,把手里的灯递给了她:"二殿下也会幸福。"

话都说到了这个份上,她岂能再强求?到底是自己错过了,怕母妃还坚持,她把话说得更明白了:"我不喜欢他了,母妃往后莫要再为我操这个心。"

三日后,新皇登基,册封周邝为太子。

先皇去世,谢劭在宫中守了三日也没回家。期满后,新皇登基,谢劭又在宫中耽搁了一日,快要下钥了才得以脱身。

他刚出殿门,便见小娘子立在前方甬道下的一团昏黄光晕之中,手里摇着刚买来的金扇子,被灯火一照,闪出一道炫目的光芒。

金扇子今日早上才送过来。国丧期间,温殊色将它藏了一路,等到郎君到了跟前,她才从宽袖中掏出来,上了马车故意往他身上扇了扇:"郎君热吗?"

七月过后,早晚的天气已经没有那么热了,风一吹,身上还有些凉飕飕的。

"不热。"谢劭知道她的目的不是为他扇风,目光探向她手里的金扇,赶制倒是挺快。

"那你感觉到风了没有?""呼呼"又往他脸上扇了几下,金扇子瞧着体面,可拿在手里沉甸甸的,还不如芭蕉扇扇得轻松。很快,她手腕便酸了。

谢劭瞧在眼里,伸手接过,金灿灿的扇面缓缓摇在她头侧:"凉快了吗?"

凉不凉快不要紧,这东西也不是拿来扇风的,作用在显摆。

"郎君觉得这雕刻好看吗?"

谢劭把扇子拿到羊角灯底下,仔细地瞧了瞧。扇面上雕刻镂空出来的人物竟是财神爷,能做出这样的工艺,怕是比黄金还要贵。

"好看。"财神爷哪里有不好看的。

小娘子又道:"酒楼的分红进了账。"

果然招财。

"国丧时期,酒楼会受到影响,钱财先留给你父亲和兄长,拿去周转,待过了国丧再分也不迟。"

"影响倒也不是很大。不过是不宰羊饮酒,酒楼做好了准备,备了不少素菜和甜点。今日新皇登基,又册封太子,前日太子妃便从觅仙楼订了一大批糕点。"

谢劭诧异地看向她,没想到她动作如此之快。

温殊色面色平静:"阿园都成太子妃了,我要是连这点便宜都占不到,这些年岂不是与她白混了。"

就没有小娘子赚不到的钱,也不知道周邝那金库会不会空。

担心他干吗?小娘子是自己家的了,能从旁人手里捞到钱财,说明她有本事。谢劭说:"记得收账。"

崔哞从凤城跋山涉水来问周邝要账,结果现银一分都没讨到,要来的只有几个铺子,身上没有银钱,觅仙楼又不敢去,怕被温淮记账,只能赖在谢家和裴卿家,轮流蹭饭。

待七日国丧一过,裴卿便要带着使命驻守凤城,崔哞又能蹭他的船一道回。

知道谢劭回来了,第二日一早,崔哞便来敲了门,倒不是找谢劭,而是找温殊色:"我回凤城后,铺子的事劳烦嫂子帮我照看一下。"

自从上回知道温殊色做空粮食,把银钱全转到了京都之后,崔哞对她佩服得五体投地。当时他要有她那个觉悟,早早把崔家的财产转到京都,而不是被周邝征用,如今京都的那觅仙楼恐怕就是他崔家的了。

温殊色还没开口,谢劭接了话:"她一天事情那么多,每日要看顾两边的老夫人,管理谢家宅务,还得兼顾觅仙楼,哪里有空。"

空手套不着白狼,崔哞只能有偿聘请:"一月二十两,当给嫂子的跑路费。"

"这是银钱的事吗?我说了她没空,二十两跑路费,她恐怕还得贴,你今日一顿吃的都不止这个数。"

崔哞一咬牙:"一月二百两。"

温殊色:"成交。"

从谢家出来,崔哞脸色铁青,心中暗骂了一路:"奸夫贼妇,乘人之危,唯利是图……"

为了赶在裴卿回去之前弄好铺子,崔哞这几日忙得脚不沾地,挂牌、请人、进货……夜里只睡两个时辰。

国丧期间不宜大张旗鼓,几个铺子开门那日只在门前摆了一尊财神爷像,点了几炷香,祭拜完便匆匆地收了起来。

铁铺子开张那日,很快迎来了第一位客人,是个十六七岁的姑娘,身穿青色粗布,男装打扮,肩挎包袱,皮肤白皙干净,一张脸笑脸盈盈:"掌柜的,这块生铁怎么卖?"

昨夜同裴卿清算几个铺子的花费,熬到半夜,这会子崔哞眼睛都睁不开,见是个散客,他无心思接,随口便道:"六两。"

姑娘也没讲价:"成,帮我包起来。"

崔哞替她包好,姑娘掏出了一张百两的银票让他找零。

崔哞被周邝榨干后穷得叮当响,来到京都省了又省,蹭吃蹭住,身上的银钱倒没花多少,把零钱都掏了出来,清点完,还差了一两。

姑娘接过去数了一遍,确实少了一两,大度地道:"算了。一两银钱,你再多给我一块铁疙瘩吧。"

崔哱尤其喜欢和这样的顾客打交道,爽快。他赶紧让人去库房取了一小块边角铁疙瘩出来,给了那姑娘。那姑娘也是个好说话的,拿了东西走人。

崔哱回到柜台后,打算记账,才后知后觉发现那姑娘压根儿就没给他那张一百两的银票。

人家不仅白拿了他两块铁,还把他的零钱也骗走了。

崔哱周身一寒,瞌睡一下全醒了,慌忙追上去。街头上哪里还有人,早就不见了踪影。

他做生意这么多年,一把算盘打得"啪啪"响,从来都没有他吃亏的份儿,今儿居然栽在了一个姑娘手上。他又气又恨,直跺脚叹气,一个上午都没了心情。午时到了谢劭那儿蹭饭,素了几日,今日难得上了几个带肉馅儿的馒头,崔哱倒是想一口一个,把损失都吃回来,可奈何胸口堵了一口气,喝水都觉得堵喉咙。

"杀千刀的,瞧我逮到人,不扒她一层皮。"

可京都这么大,茫茫人海,哪有那么容易找到人。也没给他寻人的机会,两日后,国丧过了七日,裴卿出发去藩地。

皇太孙被封太子后,裴卿,也就是如今的周安,相继被赐封为宁王,驻守中州。

裴卿走的那日,太子和太子妃亲自将人送出宫。

太子新婚第二日,便穿上了孝服。孙辈的孝期为一年,虽已迎娶了太子妃,但接下来为期一年守孝,都不能同房。

先帝发丧当日,太子便搬出了婚房,回到了自己的寝宫。

前几日尚且还处于悲痛之中,没心思想旁的事,七日一过回到东宫,见到太子妃与他分床睡,太子心头这才有了感触。

尝过甜头的人,突然中断,要再素上一年,恐怕是什么滋味儿都忘了,又得重来。

看出了太子眼下的一丝落寞,上马车前,裴卿与他单独说了几句话。裴卿头一回正经唤他为皇兄:"父皇刚登基,朝中几股势力还未平衡,身后固然有谢家撑着,但多数事务也得靠皇兄自己做决断。皇兄的聪明才智,并不在旁人之下,唯有城府还不到火候,皇兄日后多加克制,免得被有心人瞧出了短柄,加以利用,让皇兄陷入两难。"

昔日的兄弟,成了一家人,两人的关系比起之前到底不一样了,一心都在为江山社稷着想。

周邝知道他的意思。

来京都第二日,杨贵妃便来见了他一回,言语之间的暗示,他也听了出来。

杨贵妃跟前没有皇子,杨家要想继续在朝中有一席地位,最好的办法便是与未来的新皇攀上关系。

　　杨家出了一个贵妃,又怎不能再出第二个。可惜父皇无意再纳娶,母后也不是个好惹的人,老的无从下手,便把主意打到了他这个年轻的身上。

　　他虽与明家定亲,但身为皇室,后宫不可能冷清,何况父皇这一脉只有他一人。

　　杨贵妃打算把杨家六娘子许给他。

　　杨家那位六娘子他听说过,从太子妃口中得知,在觅仙楼本想戏弄嫂子一通,不仅没成功,反被嫂子将了一军,自个儿的名声也丢了。

　　明家的家世,哪里能比得上杨家,这样的人要是来了他东宫,阿园岂不是被欺负的份。

　　他没同意。杨贵妃前后又同他说了几个,全是杨家人,他一个也没看上,总觉得那些个姑娘眼珠子里满满的都是算计,与其在阿园身边埋下威胁,还不如让他子嗣单薄着呢。

　　但这话断然不能往外说。

　　裴卿说得没错,人一旦进了宫墙之内,便不能再像从前那般随心所欲,心头想什么便说什么。如今嘴巴一张,一句话一个词儿,都得拿捏好,得让对方摸不清自己的心思。在这宫中只要稍微走错一步,便会被束缚手脚。

　　"放心,我心里有底。"

　　父皇刚登基,如今能算计到他们头上的,也就只有女人,在这节骨眼上,替先皇守孝一年,未尝不是好事。

　　朝中有父皇和母后在,旁人掀不起多大的风雨。他反而嘱咐裴卿:"凤城内乱,父皇登基的消息估计已经传到了辽国,辽军对我大酆虎视眈眈,想必不久后便会来试探,你要当心,庆州一带多加提防。"

　　"好。"

　　同周邝说完了话,裴卿转身看向不远处的明婉柔,恭敬地行了一礼后,转身上了马车。

　　港口的官船早就备好了,共三层,船身长一百二十余尺,高二十尺,一艘船占了半个港口,船头雕刻了一头雄鹰,气派十足。崔哞抬头往上望,心头的酸水不断往外冒:"果然都是命。这大家伙,我得赚多少钱才能造出来,人家只需认个爹……"

　　话没说完,脚尖一阵刺痛,崔哞痛呼一声。裴卿面无表情地从他面前走过,脚后跟又在他脚上一碾。崔哞痛得眼冒金星,抱脚往前跳了几步:"你是不是又长重了,怎如此沉?"

　　来到京都后,没了凤城的规矩束缚,裴卿日日都在院子里操练,一日都没歇停过,如今腹部和胳膊全是肌肉,不仅长重了,还魁梧了。

裴卿懒得理他，走去前面与谢劭和温姝色道别。

寒暄完，知道两人有话要说，温姝色主动退到一边。温姝色走远了，裴卿才问谢劭："今后如何打算？"

先帝驾崩后，谢劭在朝中的位置并没有变化，依旧是殿前司指挥使。

就算新皇想重用他，没个正当的理由也无法加官进爵，想要升官，要么有功要么有本事。他前几日无意听人说起一事，问道："当真要科考？"

谢劭点头："考吧，都到了这一步了，还能退回去不成？"

可不是吗？都到了赛道上了，只能往前冲。

"科考后呢？"以他如今的身份地位，就算文采再出彩，为避免落人口实，多半成不了状元。

就算成了，最多也只会给他升一个阶品，从三品升为正三品。三省六部正三品的官职，还不如他的指挥使权力大。

谢劭道："前太子周延死后东州合并到了京都，但两个王爷的河西、河北却没有。"

周延在世之时，河西、河北两地的赋税便有了问题，地方官员给朝廷的说辞是战后重建，需耗费人力财力，但削藩之后，受牵连之地朝廷均拨发了不少款项，赋税也相应减半。如今两年都快过去了，赋税不仅没到位，边关将领还多次上奏请求朝廷拨发粮草，抵御辽军入侵，要的数目越来越高，先帝曾几回派人过去调查，均没个结果，有的人到了地方不见了踪影，有的甚至连城都进不去。

这便是前太子执意要削藩的后遗症。周家的两个王爷虽也贪墨，但怎么着也姓周，再贪婪，也不会干卖国之事。

权力一旦落入外姓人手中，就不一样了。

今日听来不少传言，说河西、河北有将士同辽国人来往密切，有打假仗赚取粮草的嫌疑。

新皇刚登基，底下那些老油条多少有几分试探新皇能力的心思，待先帝入陵之后，这事儿迟早得要解决。

谢家想要在朝中站稳脚跟，光凭扶持之恩走不长远，还得有自己的功勋，况且这朝堂放眼望去，没有人比谢劭更合适。

等乡试结束后，谢劭便会请示新皇前去河北、河西一带。

裴卿一愣，那地方被两位王爷管制多年，一盘散沙，只图自己的利益，可没有谢家的关系在，此番一去，怕是九死一生。裴卿回头又望了一下同崔晔正说话的温姝色，低声问他："嫂子同意？"

谢劭要去龙潭虎穴里闯，小娘子怎可能会答应："先斩后奏，她最近正好在折腾丝绸这一块，河北、河西直通西京，还能给她拉点生意回来。"

裴卿深吸一口气："你是走火入魔了吧。"

谢劭以前可不是这个样子，一副懒散样，能坐着绝不站着，得过且过。如今是被嫂子打通了任督二脉，打算官场、商场两手抓了。裴卿劝说道："天下的钱财赚不完，何不图个平顺。"

谢劭一笑，反问："何为平顺？"

止步于此就能平顺了？

不尽然。

到了这个位置，财越多，官越大，越需要守，只有让自己更强大了，才能让惦记着他们的人退避三舍，不敢生歹心。

何况当下谢家的官途正当红，谁会错过。

裴卿没再说话，此一别，几人都有自己的生活和前程、使命要奔波，心中的千言万语化为了一句："谢兄保重。"

谢劭拍了一下他肩膀："周弟保重。"

【2】

裴卿从袖口取出一只荷包，递给谢劭："当初来京都，欠嫂子的药钱。"

从南城出来时，裴卿身受重伤，温殊色掏出了身上所有的银钱，拿给他治病，他答应日后赚到钱了，还给她。荷包里有六百两，是当初温殊色给他的百倍。

"替我同嫂子说一声感谢。"

谢劭没客气，接过来，问他："想明白了？"

裴卿目光有片刻的茫然，转头看向前面的官船："我也不知道算不算想明白，但最近做的梦少了。既已姓周，便是新生，人世间走一遭，也该是时候为自己好好活一回了。"

巳时末，裴卿和崔哞登上了官船，前往凤城。

裴卿同幕僚议事，崔哞回了船舱休息。

坐上官船，有独立的船舱，和崔哞来时贪便宜搭上的无座客船完全不同。

有几个皇室的兄弟还是不错的，只需往身边一靠，荣华富贵也能沾上边。在京都的几日，崔哞忙忙碌碌，每日都没睡好，没走之前处处都放不下，满脑子都在操心铺子的事，如今船到了江心，两边窗户的河风吹进来，耳边听着江水拍打着船身的声音，心里的浮躁慢慢地平静，沉沉地睡了一觉。

醒来已是晚上，睡了一日背都痛了，崔哞披上衫子起来去找裴卿喝酒，敲了几下门，也没见应。

裴卿白日里一直在忙，底下的幕僚刚上任，对新去的藩地充满了斗志激情。几人侃侃而谈不知疲倦地为他出谋划策，裴卿哪里敢打断，从早到晚一直陪着，眼皮子都没合一下。

这会子他刚睡着,被崔哞叫醒,他一阵鬼冒火:"大半夜你不睡?要喝自己喝,我没兴致。"

被拒绝,崔哞提着酒壶去了甲板。除了守夜的船夫和侍卫,甲板上空无一人,崔哞独自趴在护栏上,一边饮酒,一边欣赏起了江河上的风景。

夜里没有繁星,月亮倒挺圆,银光洒上江面,照出一大片波光粼粼的光晕,宽阔的江面上,苍穹压得很低,一抬头仿佛触手可及一般。

这一趟京都之行,他算是开了眼界,一颗野心也开始蠢蠢欲动。

京都中粮食和铁的店铺,是崔家打通向外的一条大道,往后他要涉足的地方不仅是京都,而是整个大鄘,先是粮食和铁。

辽军这些年总喜欢动手动脚,大鄘的朝堂上多了一位足智多谋的谢兄、一位武力高强的裴兄,再加上一位脾气火暴的太子,大辽和大鄘迟早有一场仗要打。

一遇战事,粮食和铁永远不可缺。

看在兄弟的面子上,他到时候给他们打个对折……

吃喝住行,他也要涉猎,一座觅仙楼哪里够,他起码得在各大都市,再建十来座,他要的是大鄘各地都有他崔家的产业。

大半壶酒入喉,人已飘到了半空,俯身看向江面上的月光,不知何时竟成了金灿灿的金山。

这世上就没有他崔家办不成的事。

想当初自己的父母离世之时,所有人都觉得他不行,但这些年,面对虎视眈眈的家族长辈,他照样能挑起大梁。

他这辈子最喜欢的就是钱,最大的志向便是成为富可敌国的大商户。

若是可以,等到大业有成的那一日,再娶个漂亮贤惠的娘子,替他在家里算算账,生个大胖小子,等胖小子长大了,再继承他的巨额家产,只管吃喝,成为真正的富商二代。

"救命……"

突然,金灿灿的金山上,传来一道呼救声。幻想中的金山随着这一声瞬间消失,只见江面上一艘小船被浪冲击,不断地往下沉。船上站着一人,拼命朝他摇手:"喂,这位官差,你听见了吗,救命啊……"

"关我屁事。"他又不是官差,美梦被打断,心情也不好,他从不是个爱管闲事之人,转过头,当没看到。

刚走两步,身后"砰"的一声,有什么东西落地,崔哞愕然回头,便见一只如同八爪鱼一样的铁钩子,钩在了甲板上,离他的脚后跟不到三寸。他酒都被吓醒了八分,咒骂一声:"何方逆贼如此大胆,竟敢袭官了。"他匆忙趴在栏杆上,看向江河。那船已经沉没,只剩下一只角翻在江面上,船上站着的人不见了。他下意识地看向江面，果不其然，那人身上套着绳子，正在河水里挣扎，朝官船爬来。

官船可不比客船，这么高，那人能上来吗？

崔哗怀着几分好奇，也忘记了去叫人，趴在栏杆上看着那人拼尽全力，扯着绳子往上爬，胳膊和腿瞧着细，力气却不小，还真能爬上来。

一到了甲板，那人显然是用尽了力气，瘫在地上，侧过头看着跟前自始至终袖手旁观、看热闹的人，怒目一瞪，喘着粗气道："见死不救，你也配为父母官。"

这话一点攻击性都没有，崔哗两手往袖筒里一插："不好意思，我不是官，我只是个搭船的。"

他正要转身回船舱，突然反应过来，神色一凛，没等对方反应，一个箭步冲上去，如同一块石板压在了那人身上，还掐住了那人的后脖子："大胆贼人，老实交代，夜里偷袭官船是有何目的，有何居心，受何人指使！"

那人刚起来，被他一摁，又倒在了甲板上，额头着地，撞得眼冒金星。听完他这一通质问，那人心头忍不住骂了一声傻子，艰难地扭过头。适才在江面上，她没看清崔哗的长相，如今甲板上有灯光，终于把人看清楚了。她神色愣了一瞬，随后恍然大悟："果然是傻子。"

她后脚跟往上一踢，想踢中崔哗的要害，可惜他实在是太沉，没踢到。她心平气和地同他道："你能不能先下来再说。"

"你看我傻吗，我下来你不就跑了？"

"我船都没了，我往哪里跑？"那人气到无语，"猪都没你这么沉。"

对于这点，崔哗否认道："我这算什么，换成里面那位，你能当场被坐死，还能让你在这说话？"

不给她逃跑的机会，崔哗冲着里面的人喊道："来人，有贼人！"

"贼你个头。"那人扭着脖子，把自己的一张脸撑到了崔哗的眼皮子底下，"你好好看看，认不认识我？"

裴卿到底是被吵醒了，人出来还没走到甲板，便听到了外面的争吵声。

他推开门，一眼便见崔哗背着这边，双手叉腰，面红耳赤同人争论道："我的一百两呢，你何时还给我？"

一位姑娘的声音传来，倒比他平静许多："你那柜台上明明写了，钱货当面点清，离开柜台概不负责。"

"我那是良心所为，是怕你们拿漏了东西，怎会料到你年纪轻轻，好的不学，学骗人这一套。你知道我兄弟是谁吗？还敢在太岁爷头上动土。"

"你兄弟，宁王殿下？"姑娘一阵诧异，"你骗人吧，宁王殿下怎会同你这样的蠢人做兄弟。"

他蠢，哪里蠢？没被她骗之前，他聪明着呢。

自个儿一辈子的英名，算是被她全毁了。酒劲一冲上来，他脑袋都炸开了，眼冒金星，说话都结巴了："你……"

"怎么了？"裴卿及时走了出来。

崔旿终于看到了救星，气极，也不想同她再理论，甚至那一百两银钱都不想要了，指了一下跟前的姑娘，语气冷漠干脆："裴兄，把她扔下去。"

没想到崔旿真是宁王的兄弟，姑娘愣了愣，心头有些发虚，慌忙跪下行礼："王爷，都是误会……"

裴卿睡到一半被吵醒，脑袋都是疼的，问道："你是谁？"

那姑娘抬起头，下巴一扬指向一旁的崔旿："他朋友。"

"我何时有你这样的骗子朋友了？"崔旿眼皮子一抽，"裴兄，扔下去，此人虽是女子，但适才我瞧她徒手爬上甲板，身手绝非普通之人。先前在京都无意见过一面，心术又极为不正，莫不是哪里来的奸细。"

人傻，心倒是歹毒得很。

姑娘突然上前一把拽住崔旿的袍摆，痛彻心扉地哭了出来："公子冤枉啊，不就是一百两吗？要不你看看我，要是觉得合适，我给您当丫鬟，抵了那一百两的债如何？"

谁缺丫鬟了，他只要银钱！

"你那日身上不是有吗？"

姑娘神色更悲痛了："船不是沉了嘛……"

报应。

一百两买了一艘沉船。

崔旿心头的气消了一些："你是何人，姓甚名甚，不可有半点欺瞒，都报上来。"

"小女姓姜名瑶，家住福州，乃渔夫之女。所说之言句句属实，请公子、王爷明察。"

渔夫之女……

那块八爪鱼的铁钉耙倒能解释得通。

无论是谁，到了凤城让人一查便知道，这半夜江面上就他一艘官船，总不能当真把人扔下去。裴卿看了一眼崔旿："看好她，待到了凤城，再查明身份。"

崔旿：为什么是我看管，和我有什么关系？

"裴……"

"公子。"身后姑娘唤住崔旿。

崔旿回头，便见她灿烂地冲他一笑："有吃的吗？馒头也行。"

没把她喂鱼都是好事了,她还想吃!

不过看样子,她似乎是真饿了,唇色发白,脸色也苍白,身上不用说全湿了,还在滴着水,凭裴兄的仁义,把她丢下去喂鱼是不可能。既然不能痛快,只能减少自己的损失。崔晔问:"你刚才所说,以身抵债可还算数?"

姜瑶似终于看出了他的厉害,毫不犹豫地点头:"算数。"

"那行,你等会儿。"

崔晔先进屋,问裴卿要了纸笔,再出来同姜瑶道:"一百两银钱,以牙市的价格,一年三十两,你得被我差使四年,白纸黑字,画个押,对彼此以后都好。"

姜瑶质疑:"一年三十两的价格,一百两银钱,怎么就四年了?"

"余下的是利息。"

人是个傻的,算盘倒是打得利索,但人在屋檐下不得不低头。

"成。"

崔晔把条款一项一项地写完,手指头按进朱印,盖上了自己的指印后,把朱印递给了她:"姜姑娘,请吧。"

姜瑶瞟了他一眼,没接,直接把手指头放在嘴里一咬,血珠子溢出来,往那纸上一盖:"可以了。"

崔晔:嘶……

姜瑶见他把契约收入了袖筒,又问:"能给我点吃的了吗?"

崔晔领着她到了自己的船舱,指了指桌上白日没动过的饭菜:"馒头都在那儿,自己拿。"

姜瑶连碟带馒头全端走了。

崔晔刚关上门闩,外面便传来了敲门声。崔晔打开门,便见姜瑶的目光从他胳膊下看向他桌上的菜:"我还可以要一个菜吗?"

反正他也不吃了,给她就给她:"拿吧。"

人出去,崔晔再次关门,人还没走两步,身后又响起了敲门声。

崔晔不耐烦,门一打开,便没好脸色:"你又怎么了?"

姜瑶突然从他身侧挤了进来:"我不是伺候公子的吗?作为公子的丫鬟,我应该时刻与公子形影不离,共处一室才对。"

她是没地方去吧。

崔晔看着她把馒头和菜摆回了桌上,吃得狼吞虎咽,算了。

"吃完自己去外面船舱找个地方睡,我睡觉不习惯有人。"

姜瑶点头,待把嘴里的馒头咽下去,才道:"你就不怕我跑了吗?"

这真是个好问题,崔晔防备地看着她:"你会跑吗?"

"不会。"

才怪。崔晔指了一下门后的位置:"就那一块,不可逾越。床上的褥子我用不上,你拿下去垫,记得把身上的湿衣脱了,换身干爽的,别弄湿了……"

她吃她的,崔哗躺去了床上,醉酒后本来就累,被这不速之客一打扰,更累。

他躺在床上闭上眼睛,也不敢当真睡,提防她趁机对他下狠手。

半响没听到动静声了,他睁开眼侧头便看到了少女一片光滑的肩背。他心头一跳,慌忙转过头,耳朵都烫了起来:"你干什么!"

"你不是让我把湿衣都脱了吗?"

崔哗手捂住眼睛,生怕捂得不结实,看到了不该看的,脸都捂变了形,气恼地道:"我没让你当着我的面脱。"

他这双眼睛,跟了自己二十年了,一直干干净净,是要留着看将来夫人的,万不能被毁了。

"公子有干净的衣裳吗?"

崔哗声音都变了调:"你没带?"

"你不是看着我徒手爬上来的吗?"

"你没有换洗衣裳,脱什么脱。"

"不是公子让我脱的吗?"

她哪里是来抵债的,她是来要他命的。可都已经到了这份上,再把人赶走,他的馒头、他的菜,都得搭进去,岂不是更亏?

"你把衣裳先穿上,我去替你找。"

【3】

裴卿就躺在两人隔壁,隔一阵耳边传来"咚咚"几声响,睡不着,睁开眼睛听两人对话,终于听明白了是怎么回事。

崔大少爷被一个小姑娘骗了,还成功了。

百年一遇的奇事。

他扯着嘴角,听了一阵笑话,隔壁的动静慢慢地平息,似乎都睡着了,他却合不上眼了。

嘴角的笑意彻底淡去,他侧头看向窗外,一片漆黑。江河的潮湿扑在面上,夹着河风,有些凉,又有些闷。

这些年经历太多,太过于熟悉,每回这时候,他很快便会陷入"溺水"的边缘。

虽有一段日子没有发作了,但他还是习惯性地从枕头下摸出短刀,等了片刻,"溺水"的窒息没有传来,眼前倒是突然出现了裴元丘的脸。

是在南城,他见裴元丘的最后一面。那张脸爆出了青筋,布满了着急和恐慌,用尽了力量,冲他吼道:"走啊!

"我有愧于你们,但我不后悔。

"身为裴家的子孙,我完成了我的使命,我也为裴家的后代铺好了路,就算将来我纵然不得好死,史册上大理寺卿一职的名字,也有我裴家之姓。"

那番话从裴元丘嘴里说出来,他并不意外,在裴元丘抛妻弃子的那一刻,便被权势蒙蔽了眼睛。

最后,裴元丘所救的也不是他裴卿,而是自己努力了一辈子,为裴家争取来的希望。

这辈子他最痛恨的便是权力,最后却成了身份显赫的王爷。

周谦收他做义子,并非在他救了周谦之后,而是在他受伤躺在病榻上,高热后发作了,出了一场"溺水"之后。

从南城出来,他没想过要活着,梦魇时见到了母亲,回到了母亲自缢前的那一夜。

她做了一顿丰盛的晚餐,把他拥入怀里,拉起他的衣袖,数着他胳膊上被她打过的痕迹,一声一声地同他道歉:"对不起。"

裴元丘走后,比起疼痛,他最怕的便是母亲的眼泪。他抱住母亲安慰道:"母亲打我是我不听话,我一点都不痛。"

母亲没说话,紧紧地抱住了他一阵后,拿出手边的一方小匣子:"母亲这些年在码头上赚了些钱,都存在这儿了,你拿去,好好保管,往后一定要省吃俭用。"

他不明所以,看到那些折痕陈旧的零散银票,惊愕地问:"母亲,我们是有钱了吗?"

"嗯,有钱了,你多吃点。"母亲把肉全夹进了他碗里。那一餐饭他吃得最愉快,因为他看到了母亲露出了久违的笑容。

直到临睡前,母亲还陪在他身边,坐在床沿上,轻轻地拍着他的背,问他:"你恨你父亲吗?"

他抬起头,望着母亲未到三十,却已两鬓斑白的容颜,回答得咬牙切齿:"恨。"

母亲却摇头:"我该恨他,你不该。他是你父亲,他对你有抚养的义务,若有一日他回来找你,你记得一定跟着他走,等到不饿肚子了,方才能出人头地。"

他怕惹母亲不高兴,没去同母亲争辩。

母亲又摸着他胳膊上的伤痕,低声道:"别怪母亲。母亲是爱你的,只是生病了。"

"我不怪母亲。"他猛摇头,看着她,关怀地问,"那母亲能好吗?"

母亲冲他一笑,点头回答:"能好。"

她所说的能好,便是结束了自己的生命。

她早就谋划好了,去码头扛麻袋、绣花,能做的苦力,她都去做了,为他攒下了足以生存的钱财。然后,她把对他唯一有威胁的人也带走了,只留下了白纸上的寥寥几字。

吾儿：

母亲走了，这个世上再也没有人能伤害到你，好好活着。

梦境到了头，熟悉的海水窒息瞬间包围上来，他全身是汗，躺在榻上，一声声地低唤："母亲，母亲……"

"裴卿……"

等他醒来时，周谦正坐在他旁边，没问他做了什么梦，只温和地道："出了汗好，退了热，就能好了。"

烧了两日，他也断断续续魇了两日，每回醒过来，周谦都陪在他身边。

挪屋子那日，周谦扶他起来，坚持把他背到了自己背上，笑着道："我虽年纪大，但背你们这样一个小辈还是不在话下。"

在周谦的背上体会到的那股温热又陌生的感觉，是他这辈子从未在裴元丘身上体会到的。

是以，当周谦问他："裴卿，你愿意做我的儿子吗？"

他没有多想，毫不犹豫地跪在了周谦跟前："我裴卿孤独之人，如浮萍无依无靠，何德何能，承蒙王爷如此厚爱。"

周谦道："谁说你乃孤独之人了？你父亲裴元丘的做法我虽不赞同，但其才能在朝之人有目共睹，最后一刻，却为了护住你，将一辈子的努力毁于一旦；你母亲辛苦一辈子把你拉扯大，最后的选择，也是想让你能不被伤害地活在这个世上。他们都爱你，只不过那份爱被生活所逼单薄了一些，极端了一些。裴卿，这世上的爱，不一定都是完美的，恨也一样，人生亦没有绝对的对与错，何况人心复杂难测，爱恨谁又能说得清呢？所以，无论你是什么样的心思，我都能理解。

"你与周邝本就是兄弟，我膝下子嗣又单薄，一切皆是缘分，愿我能庇佑你一段路程。你可有小字？"

他哑声答："有，宴卓。"

"杰出卓越，好名字。你生父生母为你赐下了望子成龙的愿望，那我便赐你一个'安'字，往后你就叫周安，平顺安康。

"每个人都有对与错，拿我来说，我护住了大酆的苍生，可惨死在我刀下的那些辽人，他们又何尝没有妻儿，又何尝不恨我？爱与恨不过是选择和立场不一样，我说这些不是要你屈膝去原谅他，而是要你学会自己放过自己。"

胸口的闷意，慢慢地消退。

义父的话，替他为内心那份已经不如最初那般坚定的恨意，找了一个说服的理由。

他恨？

他该恨谁呢？

裴元丘的遗体，他最终还是让人挖了出来，带去凤城，安葬在裴家，让裴元丘的亡魂得以落叶归根。

溺水的感觉没了，脑袋还是会疼，一下一下地炸开，裴卿起身灌了几口凉水入喉，再躺回床上，慢慢地闭上了眼睛。

放过自己，何时才能彻底做到……

夜色不知何时慢慢地褪去，翌日日头洒上了甲板，裴卿才被隔壁一声"什么，我凭什么要给你买衣裳"吵醒了。

裴卿起来洗了一把脸，出门时崔哐还在争吵："你说，你还需要什么，一次性说完，我心脏一向不好，要钱就是要我命……"

往日崔大少爷一毛不拔，这回倒遇上对手了。裴卿去甲板外找了个清静的地方，接着睡。

阿福找了好一阵才找到他，上前禀报道："京都几处都来了信，没见到王爷所说的那位姑娘。"

那日哑女话没说话，突然逃窜，裴卿一直在让人找，这么久都没有消息，人必然已经不在京都了。

萍水相逢，却有了几分同病相怜，瞧她吓成那样，他猜到她多半是遭遇了什么。

没想到她还能有如此勇气。

"接着找，别吓着了她。"

"是。"

阿福："还有一事。"他从袖筒内掏出一本册子，左右看了一阵，神神秘秘地递给了裴卿，"上回太子问王爷要，得知王爷也没有，这不昨儿走的时候，偷偷给了奴才一本。"接着又掏出第二本，"这本是闵章给的，说谢指挥专门为王爷买回来的……"

裴卿不用看也知道是什么东西，脸色一沉，抬手正欲往江河里扔，被阿福及时止住，道："珍藏版。来日方长，王爷说不定就能用上呢，总不能像太子当初四处去求人……"

官船行走在江面上，威风和气派吸引了方圆十里的目光，沿途经过了一个州府，皆有船只上前邀请落脚，裴卿全拒绝："不用停，径直回凤城。"

五日后，船只到了中州府凤城。凤城县令谢恒带着衙门的人，亲自到城门口迎接。

往日裴卿还是谢恒手底下的一名捕快，如今身份一变，成了皇室之人，身份尊贵的王爷，谢恒见了他，还得跪下行礼。

裴卿知道谢恒的难处，昔日站在云端的人突然落入尘埃，每弯一下腰折的都是自个儿的尊严。当着众人的面，裴卿一把扶起了他："谢大人起来吧。"

谢恒站直，抬起头来，神色意外地平静淡然，似比之前沉淀了不少。他笑了笑，大方地道："欢迎王爷回来凤城。"

裴卿也报以一笑："还得请谢县令多指教。"

凤城经历过一场内战，人力、物力损失了不少，到凤城的当日，裴卿便让谢恒把官船上的物资卸下来，设粥棚、面棚，安抚城中百姓。

夜里，裴卿才听人说，谢县令今日亲自去了街头施粥。

"百姓根本不买他的账，揪住谢家大房叛变的事儿不放，暗里对其侮辱，听说今日从街头回来的路上，又被人泼了一身污水。"

谢恒在向皇上递奏折回凤城时，早就想到了这一日。裴卿没什么意外："人心都只是看眼前的利益，这一关还得他自己扛。谢家怎么样了？"

"这谢大公子倒也是个人才，回来的第一天便上了酒楼，把一摊烂泥的二公子揪了出来，当着众人的面，从家谱上去掉了二公子的名字。二公子醒来不仅家回不了，身边还跟着媳妇和孩子，在外风餐露宿了两日。二少奶奶高烧，孩子也高烧，小娃还没满一岁，二少奶奶又瘫在那儿叫不答应，二公子这才知道着急。夜里，二公子便抱着高烧中的孩子，跪在谢家门口，磕头求饶，哭着让大公子看在昔日手足的面子上，把孩子和二少奶奶放进去。

"大公子倒是依了他，但有条件，二公子每月得支付抚养费，一旦没见到银钱，二少奶奶和孩子又得被扔出去。二公子被逼无奈，如今正在拉车呢。"

同谢兄处了这么多年，他早就知道谢家大房一个个被谢仆射的黄金腐蚀得没了生存能力，如今没人再纵容，经历过风雨，也该醒悟。

阿福继续道："谢大夫人是没得指望，疯起来见谁咬谁，听人说前不久把大娘子咬了，手腕上的一块肉都没了。大娘子哭得昏天暗地，一气之下让人下了猛药，大夫人服下后躺在床上是动不得了。大公子回来叫大夫人，她都没认出来，只圆溜溜地睁着眼睛，什么也不知道，估计时日也不多了。

"为了赶在孝期之前出嫁，大娘子和二娘子这几日正急着议亲，都是大公子出面。"

摊上这么一家子人，谢大公子这辈子也就只有辛苦的命。

想起谢大公子之前脸上的神采，裴卿也有了片刻失神，家家有本难念的经，生而为人，都长了一颗心，谁的苦楚不是苦？

还不是得硬扛。

在元明安手底下，谢恒什么样的侮辱没经历过，钻裤裆、被拳打脚踢……

如今这一点污水实在算不得什么，回到家中，沐浴更衣完，他又去了书房看书看到半夜。

第二日到了衙门，正处理手中案件，外面突然传来一阵鼓声。

"何人敲鼓？"

都监缓缓进来禀报："是个哑巴，能鸣什么冤。"言语之间一股讥刺味儿。

这世道真的可笑，哑巴也敢敲鼓了。

谢恒抬头，目光肃然："哑巴敲鼓，不是更有怨？"不理会都监轻视傲慢的神色，吩咐道，"升堂。"

都监跟在他身后，对他这副官威极为不屑，他以为他还是之前的谢恒？

叛贼之子，还有脸回凤城？要不是沾了二房谢仆射的光，他还能回凤城做官？也正是因为这点，底下的人虽心中对他有看法，也不敢明着对他使绊子，只在暗里耍一些小手段让他出丑。

于谢恒而言，如此便够了，暗里怎么样都行，只要明面上配合。

谢恒戴好官帽走出去。敲鼓的人已跪在了下方，是位姑娘，一条衣袖被撕了半截，露出了白皙的皮肤，跪在地上紧紧地抱住了胳膊。

周围围满了人，谢恒转头先同旁边的小厮道："拿件衣裳给她。"

小厮进去很快拿了一件披风，搭在姑娘的身上。

谢恒这才问："姑娘敲鼓，有何冤？"

姑娘抬起头，刚看向身旁的捕快，那捕快倒是先发制人："她是个杀人犯，杀了她爹。"

裴卿一回来，便有忙不完的事。凤城重建，中州边关几个要塞的防守一样都不能落下，天没亮就起来，半夜才歇息。

得知哑女的消息时，哑女已经被谢恒关进了牢房。

谢恒的心腹把一方绢帕递给了裴卿："谢大人说，这绢帕是从那位姑娘身上所搜来的，见有王爷的名字，特意差小的来问王爷，是否认识此人。"

裴卿一眼便认了出来。

手帕是他当初在南城山头的村落中，临走之际心生悲悯，想给哑女一个平顺的后半生，送给她当作日后与谢兄联络的凭证。

他一生只送过她一人。

本以为她还在京都，没想到人竟然来了凤城，难怪他的人一直找不到。

在去地牢的路上，谢恒的小厮便说了事情的来龙去脉："那姑娘貌似不会说话，追她的捕快乃南城那边的官差，据说是个村长的儿子，指控她杀了自己的父亲。大人再三确认是否属实，那姑娘一声也没分辩，点头对杀父之事供认不讳。但也指控了那名捕快，给大人看了胳膊上的伤，上面有几处抓痕，应该是那捕快见色起意，生了歹心。南城那边乃京都管辖，大人无法定罪，只能将人暂且扣留。如今两人均在牢里，如何处置，大人等着王爷的示下。"

经历过刀剑和生死，阎王殿前走了一圈，裴卿再回到凤城，脸还是之前那张脸，但神色和气度却不一样了。

成熟了，也干练了许多。

到了县衙，谢恒还没走，挑灯等着人来。听到外面的脚步声，他便知道裴卿确实认识那姑娘，迎出去把人带到了地牢，吩咐官差把牢门打开。

牢房内，哑女正缩在角落，听到牢门传来的动静声，又往后退了退，防备地抱住了胳膊。瞧见一盏灯朝着她照了过来，光芒刺着眼睛，她没看清是谁，也不敢看，只紧紧地蜷缩住身子。等裴卿走到跟前，把手里的灯盏搁在了地上，半晌都没出声，哑女才缓缓地抬起头来。看到裴卿的脸后，哑女眸子一怔，呆了片刻，立马又躲避开，更不敢看他。

裴卿握住她的胳膊："先起来。"

哑女直摇头没动，拒绝了裴卿的相救。

她杀了人，得偿命。

能到了这儿，干干净净地死去，她已经很知足了。

她只是嘴不能说，耳朵却听得见。那日裴卿同裴元丘心腹所说的话，她都听见了，她知道他是谁，也知道与他同行的那位公子和姑娘的身份。

那些都是她遥不可及的尊贵人物。

她何德何能，能得了他的垂怜。那一方手帕留在她这里，她从未想过要拿出来，但那把他留给她的短刀，她却派上了用场。

她终究还是杀了自己的父亲。

几人走后，父亲将在他们身上吃的苦头、受到的侮辱，全发泄在了她身上，对她的鞭打变本加厉："那公子不是同情你吗？你怎么就没问他要点银钱？"

父亲从她身上搜刮走了姑娘留给她的二两银钱后，仍不死心，日日逼问她："他们有没有告诉你，到底是什么人？还有没有给你留什么东西？"

鞭子抽在身上，她苦苦求饶。

终有一日，他醉酒后，把她推到床榻上，狰狞地告诉她，她不过是他从旁人家里偷来的婴孩，她压根儿没有母亲。

他说要把她卖给村长的捕快儿子，但卖之前要她先伺候他。

面对那张陌生而丑陋的嘴脸，她没忍住，用了裴公子留下的那把刀，将养育了她十几年，而她也真心奉她为父的人杀了。

裴公子告诉她"为自己而活"，可她连自己是谁都不知道，她如何活？

她杀了人，该偿命。

白日从谢大人那儿，她已经知道裴公子如今已贵为王爷，他能安然无恙地活下来,能有今日的地位,她为他高兴。

他那般善良高贵,她不能去脏了他。

被村长的儿子追了一路,她逃到了这儿,已费尽力气,能找到明事理的官差,干干净净地上路,于她而言便是解脱。

裴卿没拉动,便俯下身直接把人抱了起来。不顾她惊愕的神色,他平静地道:"杀了便杀了,我宁王想要护一个人,还护不了吗?"

幸好有那位捕快,哑女说不了的话,裴卿都从他嘴里逼问了出来。

"王麻子连媳妇儿都没有,能生出那么好看的女儿?山头上的村民暗里谁不知道是他从外面偷回来的……"

最初王麻子一心想要有个娃,终于拐回来了一个,对娃倒是真心疼爱,可好景不长,抱回来没几日,突然发现她竟然没声儿,不吵不闹,连哭都不哭了。

为了让她说话,王麻子什么招都使出来了,恐吓毒打。但无论他怎么打,她只流泪,就是发不出半点声音。

没过多久,村里的人就都知道了,暗地里,大家嘲笑他拐了个哑巴来。王麻子心头有气,回来后全发泄在哑女身上。

一是怕她跑了,二是不想被人嘲笑,王麻子特意将家迁到了山那头,也不让哑女出来见人,只要走出山头,便会被揍。

一晃很多年过去,捕快前些日子休沐探亲,无意中见到了哑女,被其美貌吸引,得知是王麻子的哑女后便动了歪心,出了二十两的价钱,让王麻子把哑女卖给他。

村长的儿子给他当女婿,还是个在南城当差的捕快,往后他这个当岳父的岂不是也跟着长脸了。

王麻子自然乐意。

可当哑女穿上捕快买回来的嫁衣后,那一刻,王麻子才突然察觉哑女的姿色。

他觉得自己养了她一辈子,她总得先报答他。

之后便有了哑女杀人的一幕。

等捕快抬着轿子来接人,可怎么也没想到,王麻子倒在血泊中,已经死了,哑女不知踪影。

捕快靠着南城的人脉,很快就有了哑女的消息,一路追到了京都。那哑女瞧着娇小,可干了十几年的农活,腿脚灵活如兔子,愣是被她逃了几回。

好不容易在凤城抓住了人,他又被她一口咬住手背,肉都险些掉下来了,只得松手,一个不留神,她竟有胆子跑去衙门敲鼓。

捕快图色不成,被耍了这一路,还自个儿被关进了地牢,一时恼羞成怒,不知裴卿的身份,激动地道:"那匕首在我手上乃物证,我亲眼所见王麻子的死状，便是人证。身为捕快，我有义务和责任逮捕她归案，她却污蔑于我，让我也陷入牢狱之中。大人眼睛雪亮，定不会让这等手刃养父之人得逞，还请大人放我出去，把人交给在下，由在下带回南城处置。"

小妮子敢与官斗，这回要落在他手上，他非要弄死她不可。

说完好半天了，却没见跟前的人反应，捕快喊道："大人……"

裴卿问："人证物证，都是你？"

捕快点头。

裴卿同阿福使了个眼色："干脆点。"

没等捕快反应过来，阿福上前一刀子划了他喉咙。

裴卿转身看向身后一脸冷静的谢恒："劳烦谢大人处理一下。"

哑女被裴卿带到了宁王府，安排在了后院："你安心住下，想去哪儿便去哪儿，没人会再抓你。"

哑女要对他行跪礼，被裴卿扶住："你没错，不必跪。"

哑女愣了愣，呆呆地看着裴卿，她杀了人，怎会没错。

"要是我，我早就杀了他。"裴卿抬手轻轻地碰了碰她的头，安抚道，"不用怕。"

裴卿与其他三人相比，属于五大三粗的类型，即便嘴角扬起微笑，也看不出半点风雅，反而越笑越憨厚。

可在哑女眼里，便是最好看、最温暖的。

夜里，梦魇再次把她逼醒后，哑女便想起了那个笑容。她走投无路地到了他的书房外，怕被发现，蹲在了长廊的柱子后，偷偷地看着那屋子里亮起来的光。

养父一死，在这个世上，她相熟的人只有裴公子。

除了养父，他是头一个与她说话的陌生男子，也是唯一一个待她温柔之人。

噩梦和未知的恐惧，比起她一人住在林子里还要可怕。只有这般靠近那丝温暖，她才没那么害怕。

裴卿半夜从书房出来时，便见前面的廊下蹲了一道影子。

走过去后，哑女不知已蜷缩了多久，一双腿发麻，一时起不了身。

裴卿看了一眼她苍白的脸色，问道："害怕？"

哑女点头。

从深渊里出来的人，知道待在深渊里的滋味，裴卿把她拉起来，伸出手轻轻地抱住了她："别怕，我在呢。"

哑女知道自己不该碰他的，可她控制不住，贪念那份温暖，不禁也轻轻地拽住了垂在他腰侧的衣袖。

感觉到了她对他的依赖，裴卿微微愣了愣。

他这辈子被无数人照顾过，母亲、谢兄、周邝、崔哼，最后是义父……从未想过有朝一日，他也会成为旁人的寄托。

　　心头的自艾自怜，化成了一股强烈的保护欲，他低头同哑女道："住我屋里吧。"

　　过了一段日子，王府内便传出流言，说王爷身边新收了一位贴身婢女，不仅伺候王爷的吃穿，还同王爷同吃同住。

　　谣言一起来，个个都开始议论。有人叹息，那婢女虽聪明伶俐，可惜是个哑巴，不然凭其姿色，怎么着也能封个侧妃。

　　阿福："王爷，有件事，小的不知当讲不当讲。"

　　裴卿乜斜他一眼："本王让人把嘴巴替你缝上。"

　　"还是不辛苦王爷。"阿福欲言又止，"都在传……"

　　"传什么了？"

　　"王爷是不是要收哑女做通房……"

　　裴卿眉头一皱，还未发话，便见崔哗从门外走进来，同前些日子的精神劲全然不同，整个人像从水里捞出来的一样。他拖着双腿，走到裴卿跟前，有气无力地瘫在椅子上："王爷，我要报官。"

　　裴卿纳闷："被打劫了？"

　　也差不多……

　　"我被骗了，裴兄，我又被骗了……"崔哗半点面子都不要了，当着侍卫的面，抱住裴卿的大腿，哭得稀里哗啦，"那该死的姜骗子！裴兄一定要替我找到她，这回她说什么你也不能相信，见到人，直接绑了扔到海里，不行，活要见人死要见尸，我还是要亲手宰了她。"

　　裴卿听得云里雾里："姜姑娘？"

　　"姜什么姑娘，她就是个骗子。"崔哗肠子都悔青了，"五百两啊，铺子昨儿收来的一笔款，全被她卷走了……"

　　原本他也不相信她，可她实在是太会了，做起事来麻利又机灵，还能替他算账收款，甚至还给他出谋划策，打倒了竞争方。

　　短短半个月，她便让他放松了警惕。

　　这不昨儿刚把一家铺子的账房交给她，早上便发现，人财两空了。

　　五百两银钱对他来说不多，可那是他的尊严啊。

　　哪有一个精明的生意人，被骗了一次，还会再被骗。这口气，他讨不回来，这辈子都会被人嗤笑，也不用做生意了。

　　裴卿也有些意外，自己都亮明了身份，平常姑娘怎会有胆子在王爷的眼皮底下行骗。

　　一番查下来，福州倒是真有个渔女叫姜瑶，可人家一直都在家里，从未离开过福州。

画像都拿了过来,两人模样完全不一样,正主是黑珍珠美人,女骗子则白成了一道光。

裴卿接着让人查,半个月过去,一点音信都没有,最后还是谢恒给了个线索:"我听说,河西、河北两位王爷一倒,城中官僚混乱,倒是出了一些有名的江湖人士,照崔公子的描述,有一人比较符合。"

"谁?"

"淮夭,在外的名号为菩萨娘娘,擅长易容术,腿脚功夫不错。"

能徒手爬那么高的墙,肯定是她。

崔晔忙问:"她是干什么的?"

"江洋大盗。"

崔晔:"果然不是个好东西。裴兄,借我些人手,我要去河西。不把人抓回来,我也不用回来了。"

【4】

京都东宫。

温殊色看着两个丫鬟小心翼翼地搀着太子妃进来,平坦的小腹看上去什么都没有,里头却已经有了货真价实的小皇孙。

自己呢,月信刚过十来日。

想她同谢劭成亲那会儿,阿园才同周世子定亲,后来自己和郎君把床都压塌了,阿园才成婚。

这辈子她什么都走在阿园前面,先成婚,也先圆房,可有什么用呢?阿园比她先有了孩子,将来无论是男是女,自己的孩子都要称阿园肚子里那位一声"哥哥"或"姐姐"。

父母不争气,孩子都要矮一截。

郎君每日也在努力耕耘,自己的身子大夫也看过了,好得很,不知道问题到底出在了哪儿。

明婉柔完全不知温殊色脑子里的嫉妒和羡慕,坐下后,替她着急:"听说今儿皇上下旨,谢指挥要去河西、河北了?"

温殊色的心思还停留在自己不争气的肚子上,一时没回过神,愣了愣问道:"去哪儿?"

"最近父皇和殿下都在为河西、河北的事头疼,那地方是个人都能瞧出来已病入膏肓,可父皇派了不少人去,就是摸不到病因。正愁寻不到合适的人选呢,你家谢指挥今日倒是来了,主动请缨要去河西、河北追查赋税,等科考一过,立马就得出发……你不知道?他没给你说?"

说什么?昨儿他还说等这段日子忙完,他腾出点空闲,要带她去廊西看红叶呢。

明婉柔瞧了一眼温殊色呆愣的脸色,叹了一声:"我就知道。太子劝说了好几回,谢指挥也没听,这一去少说得大半年,要是再长点,估计得要一两年……"

一两年。

阿园肚子里的孩子都能唤娘亲了。

他那野心到底是何时膨胀起来的?

温殊色急急忙忙赶回去,谢仆射和谢二夫人已堵在了门外,一个板着脸满目愤然,一个面色虽平静淡然,一双眼睛却也是紧紧地盯着跟前眼神左躲右避的郎君。

"你着急什么呢?殿前司那是多少人梦寐以求的位置,你不到半年就上去了,还不满足?"

谢二夫人双手插进袖筒,不咸不淡地附和道:"有野心了呗。"

河西、河北之地,混乱已久,几个喂不饱的老油条大将,非一般老奸巨猾之人应付不来。谢仆射这头正在寻着人,结果自己的儿子突然横插一脚,主动请命。

谢劭才活了多少年?能斗得过那帮子老狐狸。一下早朝,谢仆射便被皇上叫去,告诉他,河西、河北的人选已经定了下来,是他的亲生儿子,谢劭。

谢仆射还能说什么呢,说自己就这么一个儿子,舍不得儿子去送死?

当着皇上的面,谢仆射不好发作。一回来,谢仆射就差拿手指头点谢劭的脑袋了:"欲速则不达,明日不是就要进场科考了?凭你的脑子怎么着也该进前十,有了功名,再进尚书省,我这把老骨头还能折腾多久,再过几年,这位置迟早都是你的。"

谢二夫人火上浇油:"不仅有个高官爹,还有个家财万贯的岳丈。"

可不是。

要官有官,要钱有钱,他这辈子即便是躺着也能富贵,自从见识过他不要命的冲劲儿,两人心头都有了余悸。

"不是我不相信你有这个本事,这两地的局势复杂,并非你一人去了就能摆平的。"谢仆射看他的眼神,就差把"不自量力"几个字拍在他脑门心上。

夫妻俩难得如此默契,一唱一和。书案后的谢劭,面色似乎也有了松动和后悔:"父亲母亲说的孩儿都明白,但……"没等两人松口气,便平静地拿起匣子里的圣旨,抱歉地道,"陛下已经下旨了。"

所以,他们说这些也没用,来不及了。

一句话把两人的话堵死了。谢二夫人被噎得一个趔趄,不想再同他费半句口舌,拉着自己的夫君转身出去:"管他干什么呢,看他怎么同温殊色交代。"跨出门槛,便见温殊色立在了台阶上。

治他的人来了。

圣旨都下来了,再阻止也没用,只能想办法,选一个经验老到之人带他过去。

谢仆射和谢二夫人一走,谢劭疲惫地揉了揉太阳穴,明日便要进考场了,正要抽出书籍温习,余光瞧见门外进来了一道影子,神色一顿,抬起头来,看到那张明艳的脸庞时,心头终于有了几分发虚,起身笑着道:"娘子回来了,不是说要待到午后吗?"

温殊色没应他,走过去坐在他案旁的圈椅内。

谢劭歪着头瞧了一阵。小娘子一脸平静,可越是这般瞧不出喜怒,越让他心头忐忑不安。他搁了书本走到小娘子面前,弯下腰打算以柔情讨饶,小娘子却转头看向他:"郎君何时走?"

"九日后。"圣旨都下来了,也没什么好瞒着的了。

那就是科考一结束就走了。

温殊色起身:"我去替你收拾东西。"

她这般洒脱,没有预想中的质问和怒意。照往常的经验,小娘子怕是气到了极致。他及时拉住她手,不让人走:"生气了?"

"我生气有用吗?"温殊色回头,神色平淡,"郎君不是都说过了吗,圣旨都下来了,谁阻止都没有用。"

那是他对谢仆射和谢二夫人的说辞,对她的说辞却不一样。他从身后轻柔地抱住小娘子的腰,下巴抵在她肩头上,低声道:"京都地处中原,海错的价格居高不下。觅仙楼单靠岳父在福州的人脉和货源,海错一直供不应求。而辽国靠海吃海,为夫听人说辽人尤其擅长下海,海产丰盛时期,一只海参卖到了几文钱的低价。"

生意人果然听不得"便宜"二字,小娘子的眼睛轻轻动了动。

"河西、河北两地与辽国交界,只要关口一打开,买到辽国低价的海错,再送回京都,觅仙楼的生意至少得翻三五倍。"他看向小娘子,又轻声道,"你不是还想做布匹生意吗?待我将河西整治好了,娘子别说开一个布桩,十个都成。"

见小娘子脸上的神色逐渐松动,他又开始了他一贯擅长的许愿:"往后我来当官,娘子只管发财。"

可小娘子也不是个傻的:"这么好的事轮得到你?"

"所以,吃得苦中苦方为人上人,要想得到这些富贵,只能险中求。"谢劭继续攻心,"朝中合适的人选,只有杨家和我谢家,凭着两家在京都朝中的地位,方能压得住那些狂妄之人。我谢家不去,就得杨家人去。杨家盘踞在京都这么多年,根深蒂固,杨将军早年跟着先帝打天下,立下了汗马功劳,封为开国侯。我父亲乃文官出身功名难挣,又离开了朝廷九年,官复原职后,虽勋至柱国,却无袭爵,要想平衡住这碗水,就得靠我谢家先往前迈一步。"

武将立功快,再以科考加持,等他得了勋爵,方才能为小娘子挣一纸诰命回来。

见他从利益扯到了家族兴旺上,小娘子彻底没了说话的份。

"娘子放心,这一趟我有九成的把握。"为了让她更放心,他又给她一颗定心丸,"崔晔的岳丈在河西,有他关照,这一趟不会那么辛苦。"

温殊色一愣:"崔晔回去才两个月,何时成了亲,我怎么不知道?"

"快了。"崔晔如今逢人就说,自己是河西淮家的上门女婿。

凤城都快传遍了。

郎君吹得天花乱坠,替她分析了利弊,再抛出诱惑,把她的顾虑方方面面都想到了,她还有什么可担忧的。

她突然明白了:"我算是发现了,郎君藏得太深了,哪里是什么纨绔子弟,一颗野心埋在骨子里。恰好遇见了我这么个爱财之人,正中下怀,被激活了,如今就如同一头猛兽……"

小娘子说的倒是大实话。

被掐断的幼苗重新长了起来,胸中宏图势不可当。

"什么兽?"谢劭故作没听明白,脸突然凑到她颈项下,瞧见她白皙的耳垂被屋外的阳光一照,细腻透亮,透出了里面的细小血管,他张嘴一含,轻轻一磨。

温殊色打了一个战,身子都软了半边,惊呼道:"大白日,郎君想什么呢。"

"如娘子所想。"他胳膊一滑,一把搂住小娘子的腰,打横抱进了里屋。

一趟河西、河北之行,如阿园所说,少则半年,多则一年郎君才会回来,旁的事情她还可以闷在心里,可肚子里有没有货,一眼就能看出来。

原本就已经心急了,这一走,岂不是又得耽搁上一年半载。

郎君急,她也急。

扶住酸胀的腰,温殊色咬了咬牙,转头看向刚平息下来的郎君:"郎君你累吗?"

他不累。

在小娘子身上只有快活。他闭着眼睛把人捞到了怀里,指腹抚着她的脸颊:"分别在即,难免浪荡了些,娘子受累了。"

"我不累。"

谢劭诧异地睁开眼。

小娘子缓缓地趴在了他身上,一副视死如归的模样:"郎君要是不累的话,辛苦你再多来几回。"

若能成功最好,他出去拼搏,她在家负责养娃,等他功成名就,回来正好能摘了。

这样一算,还能同阿园的孩子同年,不过是小些月份。

九日后,科举一结束,谢劭便踏上了去河西、河北的路。官船从港口出发,人却走的是官道。

他一身便衣坐在商队的马车内,送行的只有温殊色和温淮。

中秋已过,如今夜风一吹,身上一件薄棉披风都顶不住那股寒凉。温殊色双手插进袖筒,立在温家搭建的布棚前,任由冷风吹起脸侧的鬓发,只远远地看着马车,没进棚,也不愿上前。

谢劭撩帘,看了她一阵,只得同跟前的温淮道:"照顾好你妹妹。"

"你还是操心你自己吧。平安回来,比给她什么都重要。"到了今日这步,权势和财富她哪样稀罕。

说到这事上,谢劭正要问他:"为何不科考?"

他早便把书捎带给了温淮,也将温淮引荐给了之前的先生,为温淮争取了乡试名额。

温淮倒好,不去。

"我这辈子,最不喜欢的便是读书,捞个员外当当就够了。争取功名这事儿,还是交给子孙后代。"

子孙后代。

亲事都没着落,还子孙后代。

谢劭的眼神里已经带了明显的讽刺,温淮都看清楚了,不需要他再说出来。

没再去福州,温淮脸上的一层黑皮慢慢地在泛白,没有了之前那般发亮,五官也明朗了起来,越看越耐看。

谢仆射家就谢劭一个,但谢家还有一个大舅子还没许亲。

且这大舅子的条件还不错,家财万贯的少东家,骨相也不差,放在京都依旧抢手。

"杨世子近日约你了?"

杨六娘子没能如愿进东宫,二公主也没能进谢家。几层关系都没攀上,杨家不会甘心,剑走偏锋,难免会看上这块裹着黄金的黑炭。

听说杨世子跟前的杨大公子,最近频繁去觅仙楼,见到温淮便称兄道弟,尤其热情,还邀请了他去这个月底的秋社。

八成是要塞杨家哪个屋里的表姑娘给温淮。

旁的倒还好,将来自己要叫一声嫂子的人,最好要深思熟虑,人品要好好筛选。

温淮知道谢劭在担心什么:"放心,我心里有数,不会拖你谢家后腿。"

他一句话点明,谢劭也没否认,最好是找个站在谢家这边的,免得将来产生分歧。

话说完了,谢劭再次看向远处的小娘子,冲她一笑,出声唤道:"缟仙,我走了。"

【5】

站在冷风底下的小娘子一身鸦青色的披风盖到了脚踝,闻声,眸子轻轻颤了颤,盯着马车内探出来的那张脸。

昨夜分别之际,该做的事做完了,该说的话也都说完了,没有什么好嘱咐他的了。她立在那儿犹豫了片刻,终究还是没上前,怕自己再多看一眼,会忍不住把人拽下来,反悔抗旨了。她动了动唇瓣,回道:"一路小心。"

郎君似乎还不满足,并没放下帘子。

"早点回来。"温殊色心头蓦然一酸,扭过头去。

"好。"谢劭爽朗地应了一声,手里的帘子到底落了下去。

为了避人耳目,能准确探入河西、河北的内部,谢劭并没有搭乘官船,而是以商人的身份进入两地。

前去的马车有三辆,他身边的几人也都是当初从马军司出来的人。赵淮成了谢劭的车夫,听他吩咐了一句"走吧",方才扬鞭出发。

马蹄子往前一迈,车毂轮子"咯吱"几声,缓缓地往前驶去,很快消失不见了。

风一吹,温殊色心里空荡荡的。

同郎君成亲以来,两人还从未分开过,在南城时虽说处境艰难,日日都在逃命,但好在两人在一块,心头踏实。

这一去得要多少个日夜。

回去的路上,温殊色埋着头,也不吭声。温淮知道她心里放不下,安慰道:"你在京都,他心里有数。"

来京都的头一日,他便见识过了两人之间的浓情蜜意,有家有室的人了,谢劭就算要把脖子往刀下送,也总会有所顾忌。

"最近你要闲着,来酒楼搭把手,别光顾着吃红利。"有事忙,日子才过得快。

"你哪只眼睛瞧见我闲着了?"

他这么说,温殊色不乐意了。崔晔的几间铺子开在京都,一拍屁股走人,她每月拿着二百两的佣金,不仅要替他对账,还得处理纠纷。

谢、温两家的老祖宗成日忙着找她唠嗑儿，阿园隔三岔五地宣她进宫，让她前去解闷儿，平日里还要应付上门拜访的贵妇们。

　　这不，月底又有个秋社，谁说她不忙了。

　　想起谢劭刚问他的话，她突然看向温淮："兄长也收到帖子了？"

　　温淮点头："杨大公子几番相邀，我要不收，便是不识好歹了。"

　　在觅仙楼，他的面儿大，谁人来都会同他招呼一声，可一旦行走在外面，官场上的那些人立马便会换上一张嘴脸。

　　这便是商户和官僚的区别。

　　是以，那些高官子弟如何在觅仙楼同他亲热自吹，也很少有人给他递这种场合的交际帖子。

　　杨大公子这回倒是个例外。

　　目的为何，温淮心里有数，温殊色也明白。

　　秋社是杨家侯夫人所办，设在杨家郊外的梅林庄子，邀请前去之人皆是京都的达官显贵，为了给杨家那位六娘子看夫婿。

　　杨六娘子乃杨世子所出，前面连续生了三个儿子后才得了这么一个闺女来，世子格外宠爱她。及笄后，世子本打算让前贵妃帮衬着送进宫，可谁知道周邝新婚第二日，先帝驾崩，再一提，周邝便以守孝之名推了。

　　入不了宫，只能找个家世好、品貌兼得的郎君。

　　京都城内根基结实的高门大户，一捞一大把。

　　温家有钱是有钱，可谁不知道二房只是个商户，家里的两个员外郎，都是花钱买来的。

　　杨家六娘子断然不会许给他温家，但杨家也不止这一个姑娘，庶出的还有好几位，就算杨家没有姑娘，这还有表亲嘛。

　　谢家没缝让他们叮，岳丈家都不放过，这是要想尽法子把谢家捆住。

　　"兄长来京都这么久了，可有瞧上的小娘子？"温殊色问得直白。

　　一个当兄长的，被自家妹妹赶在了前面，还反过来操心自己，温淮脸上有些挂不住，含糊道："整日都在忙酒楼之事，哪里有心思想旁的。"

　　"兄长之前没想，如今得想了。如今想还能找个自己心仪的，再晚些就得祖母和父亲替你选了，就怕到了最后，兄长、父亲和祖母，谁都选不了。"

　　温淮也是二十出头的人了，知道利害，即便温殊色已经成婚嫁了人，在自己心里也还是那个哭着找娘的小姑娘，他还不需要她来说教。

　　"没闲着就好，找点事做，日子过得快，我的事自己知道，不用操心。"

　　回到谢家，温殊色去看了一回谢老夫人，老人家生完一场病后，身子虽恢复了，但到底是上了年纪，没有之前利索了，每日都是让南之陪着她在院子里打转，巴不得有个人来同她说话。

叨叨完，便到了正午，在谢老夫人那里用完饭，温殊色刚出来，府上的管家来找，秋季一过马上就得入冬，得提前筹备银骨炭。

还有秋季的衫子，府上每个人都要置办。

白日里忙忙碌碌，眨眼就过去了，温殊色心头倒没什么感觉，到了夜里，一个人躺在床上，冷冷清清，油灯里的灯油都快熬尽了，还是没睡着。

她一闭上眼睛，更觉孤寂。

同郎君同床共枕也就大半年的工夫，真不知道自己成亲前那十几年是怎么活过来的，熬到亥时末，让祥云进来灭灯，强迫自己入睡。

秋季一入夜，越发凉，床上的被褥已被晴姑姑和祥云换成了厚实的棉被，有郎君在没觉得冷，如今一人，到处都是冷飕飕的，这才第一夜呢……

不知道郎君到了哪儿。

睁眼闭眼，脑子里都是那张脸，温殊色抱着被褥来回翻滚，不知道何时才睡着。

第二日起来依旧是老样子，白日忙得脚不沾地，夜里难眠，如此过了十几日，便到了月底的秋社。

说是今日有投壶和马球，温殊色虽在凤城也见过，但还没见过京都人玩，一早起来收拾完，带着祥云一道上了马车。

金秋的日头一照，气候正适宜，不冷也不热，马车到了郊外，温殊色让祥云把帘子撩了起来，一路瞧过去，四处金黄。

她也看到了郎君所说的红叶，当下嘟囔道："他那张嘴越来越不可信了。"

温殊色这几日的难受，祥云都看在眼里，这人啊，最熬不过的就是思念，想当初自个儿被娘子遗留在了凤城，是何等的煎熬。她不由得宽慰道："姑爷是去替娘子争功名了，娘子就好生盼着吧，等姑爷回来，个个都得羡慕娘子……"说着话，一抬头便见到了前面转弯处的一辆马车。

各家各户的马车大多数一样，但身旁马匹上的公子爷却眼熟得很。不就是温家的大公子吗？

自上回温家大夫人闹出来的神虾之事后，也算是在京都出了一回名，温大夫人惹了一摊子事，人走了，温家大房在京都的日子却不好过。

别说杨家，平日里同温大爷走动的一些臣子，也都退避三舍。

温大爷的工部侍郎，与杨家将军和谢仆射那样的人比，虽显得微不足道，但放眼朝中，除了几个曾跟随先帝打过仗的臣子，温大爷在一众后起之辈中，还是有些威望。

前几年，工部水利贪墨严重，先帝便是见他在凤城做了十几年的县令，不仅没有埋怨，每笔账都清清楚楚，没有贪墨一分一毫，前太子和杨贵妃举荐的几个人先帝都没要,直接把人调了过来,空降到了工部,封为侍郎。

为官一年,工部的风气慢慢地被纠正了回来,先帝也颇为满意。

温大爷以此在朝中也结实了一些志同道合之人,新皇登基,同样是位明君,若无意外,再如此努力几年,争取一个开国伯的爵位,也不是不无可能。

偏生出了这样的家丑。

以节俭为名的温侍郎,却吃了原本属于贵妃的神虾,先帝和杨贵妃虽没说什么,但一向敏感的官场,一个眼色,一句神态,便能刮起一场大风。

不仅温大爷在朝中抬不起头,膝下的子女也一样,走到哪儿都会被人暗地里拿眼神打量几眼。

先帝在时,温家的人为避风头,只能足不出户,先帝驾崩,杨贵妃成了太妃,新皇登基后,温家大房的人才松了一口气。

可先帝虽走了,杨家的实力摆在了那儿,没有人愿意去得罪杨家。

起初同温家大房走得近的门户,遇上宴会碍着面子还会派人来送帖子,见温家没脸出来走动,渐渐地,连帖子也不送了。

今日倒是稀奇。

杨家竟然主动邀请了。

马背上的人是温家大公子,那马车内应该便是温家两位至今还未许亲的大娘子和三娘子了。

这么说姨娘也来了?

温家大夫人被赶回凤城后,温家后宅的事务都是薛姨娘一手操办,薛姨娘没有温大夫人的强势,性子本分老实,人也懦弱,往日在凤城便最怕热闹,如今来了京都,只会更怕。

可温大夫人一走,温家后宅总得有个人担着。

温大爷没有休温大夫人,也没有再纳妾的打算,这样的场合,温老夫人又走不动,要想小辈们长见识,只能靠薛姨娘。

这头正瞧着,前面温家大公子似是有所察觉,回头瞧了过来,远远冲温殊色点了点头,倒也没刻意停下来等她。

等到了庄子,从马车上下来,温殊色才上前。

来的果然是薛姨娘,薛姨娘领着大娘子温素凝和三娘子温素缨,一下车,望了一眼花花绿绿的人群,瞬间腿都软了,不知道该去哪儿。

薛姨娘的出身也不差,是个秀才家的姑娘。在家时还好,她虽温暾,但能同温老夫人叨叨一整日,唯独一遇上人群,便不知道该如何是好,更不喜欢同人搭讪。

但想到临走前,温老夫人交代的话,薛姨娘咬牙掐了一下大腿,硬着头皮往里走。

刚转身,便听到身后温殊色唤了一声:"大姐姐,三妹妹。"

薛姨娘随着温家的两位姑娘回头。温殊色提着裙摆追上,今儿梳的是坠马髻,秋红色的一袭石榴裙,红扑扑的脸颊一如既往的鲜活,往温家大房几人跟前一站,高贵明艳,地位高低一眼便能瞧出来。

温素凝神色淡淡地笑了笑,没什么话说。

温素缨自上回去了一趟温家后,和温殊色聊了一通,没之前那般生疏,见到人眼里还有些高兴,抿唇唤道:"二姐姐。"

先前在路上,薛姨娘已经听温大公子说了,温二娘子也来了,碍于温家大房如今的名声,出发前温老夫人便嘱咐过,今日不能给温二娘子添麻烦,唯一要做的事,便是带温素凝露个脸。

翻了年,温大娘子十八了,之前错过了魏家,肠子都悔青了,之后倒是有几户来温家说亲,别说魏家的大公子,就连之前的谢家大公子都比不过,大娘子心头一直郁结,一个也没看上眼。

前几日,温大爷发了一通火,问她到底要挑到何时,温素凝却来了一句:"父亲把我送去当姑子吧。"

自己的儿孙,谁不盼着点好,要不是温老夫人在温大娘子新婚当夜换了人,温大娘子的亲事也不至于耽搁到现在。

温老夫人心中到底有愧,杨家刚好给了帖子,便厚着脸皮接了,让薛姨娘和温大公子带着温大娘子、温三娘子出来一并露个脸。

今日杨家为了给杨六娘子选夫婿,全京都的世家贵族都邀请了,人多机会多,选择也多。

要是再没有找到满意的,只能让温老夫人来定了。

薛姨娘怕生,本想直接去温家的席位上,再让温大公子领着两个妹妹去转转,见温殊色主动过来打招呼,对她欠了欠身:"二娘子。"

"姨娘不必见外。"都是温家人,打断骨头连着筋,也不能真不管,温殊色脚步迈上台阶,"走吧,一道进去。"

薛姨娘才来京都月余,自己一个姨娘,平日里没资格露面,如今把骡子牵出来当马使,心头发虚,正愁里面的贵妇姑娘她一个都不认识,有了温殊色带路,松了一口长气,当下道谢:"有劳二娘子了。"

谢家今日只有温殊色一人前来,谢二夫人不喜欢这样的场合,跟前唯一的儿子已经成了亲,也没必要来。

听说温家大公子前不久终于从翰林院出来,进了枢密院,任职枢密院编修,有了官阶,正八品。温殊色同他贺了喜,语气亲密随和,仿佛两家什么都没发生过,依旧是一家人。

温素凝和温三娘子跟在身后,目光不动声色地落在了温殊色身上。

温素凝的性子随了父亲，安静沉稳，自幼不喜欢太活泼的人，而她的这位妹妹偏生一副笑颜，无论何事都没个正形。

往日里只觉得温殊色嬉皮笑脸、不知轻重，如今再瞧，突然才察觉，那明朗的笑容里无一不带着精明。

当初温殊色夺了她的大婚，嫁到了谢家，嫁给了那位更不着调的谢家三公子，她还曾劝说过温殊色，早些离开，来京都觅一方天地。后来见到温殊色和谢三公子那般落魄地出现在街头，自己心头更是觉得她愚蠢。

回头想想，温素凝觉得自己才最可笑。

温殊色哪里愚蠢了，她心思如网，这天底下怕是没几个人能算计得了她。

她早就看出了谢家二房会翻身，暗里捡了个宝，却以悲惨来示人，藏了谢家和温家的银钱，来京都置办了自己的酒楼和房产。

银钱确实是温家二房赚的，但母亲那话也没说错，是二房先对他们大房生了提防之心。

谢家有官相护，二房不再需要倚仗父亲，便也没有了必要把银钱填进他们这个窟窿里。

谁也不会把银钱浪费在对自己没价值的人或物上，人性皆如此，她理解，输了就是输了，并没有像母亲那样生恨。

不过是和从前一样，她喜欢不起来。

温素凝的视线轻轻地挪回来，再也没看一眼，目不斜视地跟在她身后，进了杨家的庄子。

杨家的二公子正在迎客，瞟见门口又进来了人，转头一看，先见到了温殊色，愣了愣，本以为谢劭不在，她不会来。

杨二公子同跟前的客人打了一声招呼，转身匆忙迎上："少夫人可算来了，内子今日已经念了少夫人几回。只是可惜了，谢兄今日不能来，等他凯旋，咱们再为他风风光光地办一场。"

杨家的宅务，都是杨二公子在打理，其人处事为人八面玲珑，极为圆滑。杨家二少奶奶，温殊色统共就见过两回面，并不熟悉。她笑着道了谢："多谢杨公子招待。"

"温兄，咱们待会儿场上见。"杨二公子对温大公子也亲热得很，拍了一下他肩膀，再看向他身后的薛姨娘，神色温和自然，没半点怠慢和看不起，甚至还客气地打了招呼，"夫人也来了，快请进。"

一句"夫人"，倒是让薛姨娘红了脸，正要去解释，温殊色回头一笑，同她道："走吧。"

先帝一去，杨家的太后梦落空，在朝中的势力瞧着没什么变化，但只有他们自己知道，一步一步地在悬空。

如今这般，是想先笼络人心了。

一行人跟着杨家的仆役去往席位，一路引起了不少目光。

神虾的事情出来后，个个都在等着看温家大房如何收场，尤其是想看看那位温大夫人的笑话，可惜，一直没见到人。之后也不知道从哪儿听来的，说是温大爷一怒之下，把人扫地出门了。

谁都不知道真假，见如今温家的人来了，却没见到温大夫人，出来的竟是个妾室，心头便都明白，那传言怕是不假，温大夫人是当真被赶出了温家。

若今日只是温家大房在，估计不少人要借机前来看热闹，有了温殊色在，个个倒是收敛了。

谢仆射官复原职后，势头比起当年只增不减，打断骨头还连着筋呢，谢家这位少奶奶，也是温家人。

温殊色今日本是为了给自己的兄长温淮坐镇，但大房薛姨娘都出来了，便知道祖母的难处，不想让她多操心，哪儿都没去，一直陪着薛姨娘坐在席位上不动。

魏夫人最先过来，面上含着笑："三少奶奶还真来了，听子钦说起，我还不相信呢。"

子钦是魏允的小字。

温素凝自打坐下来后，面色便一派淡然平静，此时见到魏夫人，神色终于动了动。若非自己母亲着了伯爵府朱夫人的道，跟前的这位夫人，已经是自己未来的婆母了。

听着温殊色同对方一句一句地闲聊着，温素凝心口突然一阵发闷，酸酸涩涩，她不知道这种感觉是什么，只觉得不太好受。

大抵是自己稀罕渴望而得不到的东西，她温殊色却可以。

席位四周都装了一层卷帘，此时正对阳光的那一面，卷帘收到了底，阳光溢进来投在地板上，明暗相交的一条线，将两人前后的座席分割开，温殊色坐在阳光处，她坐在了温殊色的影子里，而那一条氤氲在两人身上看不见的鸿沟，便是她和温殊色的距离。

自小她便善会精打细算，不知道是哪一步算错了。

身旁温三娘子唤她，要不要出去看后院的枫叶时，温素凝难得没有拒绝，随着她一并离开了席位。

两人刚离开不久，魏允便来了，说是来寻魏夫人，实则是想来同温殊色叙旧，顺便看一眼母亲上回所说的温家大娘子。

从在凤城第一回见到温殊色，魏允便被小娘子的明媚所动，奈何遇见得太晚。

在南城山里逃难之时，谢劭也察觉出来了，无人之时曾直白地问过他："喜欢她？抱歉，谢某捷足先登了。"

他自然不敢肖想,但脑子里却慢慢地生出了一个固执且疯狂的念头。哪个姑娘不重要,他这辈子若是非要娶,那就娶小娘子身边的人。
　　这一点倒是同魏夫人的想法一致,温家二房就一位温殊色,大房却还有两位姑娘。先前温家大夫人识人不清被朱家摆了一道,魏夫人本已没了这个打算,魏允倒是不介意这些。
　　若是温家能答应,他再上门一次也无妨,今日听说温家的姑娘都来了,本想过来瞧瞧温大娘子的样貌,可惜,温大娘子不在。
　　温殊色到底已经嫁了人,做不了温家的主,薛姨娘又是个不善说话的人,魏夫人问一句,薛姨娘答一句。
　　怕也是个做不了主的,若当真还想同温家做亲家,只能去找温老夫人。
　　他一个外男,在这儿待久了也不好。留了魏夫人继续同温殊色说话,魏允先出去,去找在后院赏红叶的魏家其他公子。

　　那头,温素缨跟着温素凝出去,心头正诧异大姐姐今儿个竟愿意同自己出来了,温素凝的脚步一顿,却没往后院拐。
　　温素缨疑惑:"大姐姐不去看红叶吗?"
　　温素凝觉得她是没长脑子,外面一堆的人都等着看她们笑话呢。
　　"走走就是了,你还当真要去,还不够让人笑话?"
　　温素缨脖子一缩,没再说话。她从小就怕自己的嫡母和嫡姐,如今嫡母走了,对长姐的敬畏依旧还在。
　　长姐说不去那就不去吧。
　　两人没往枫林里走,去了隐蔽的假山,没有人瞧见,还能躲个清静。
　　很快前面便是出口,再往前,还是会绕到外面的人群中,恐怕魏夫人一时半会儿还不会走,温素凝寻了一处石阶,给温素缨让了一块:"坐会儿吧。"
　　温素缨对温素凝除了敬畏,很少与其亲近。
　　同她说的话,还不如温殊色的多,温素凝不开口,她也不敢吱声。坐了一阵,耳边突然听到了脚步声,温素凝正欲起身,说话声从假山另一侧传了过来。
　　"嬷嬷,能成吗?"
　　"怎么不能成?表姑娘来府上也有好几年了,平日里夫人怎么待您的,表姑娘心里应该清楚,吃穿样样可都没亏待过。夫人说了,让姑娘放心,替姑娘看的这位公子,无论是家世和样貌,都配得上姑娘。"
　　"既如此,何不托媒……"
　　"要是能托媒,夫人又何必费尽周折替表姑娘谋划……这好的姻缘都是靠自个儿争取来的,夫人已经给了姑娘机会,姑娘想要日后飞黄腾达,就看今儿这一搏了。"

姑娘没再说话。

嬷嬷便道："待会儿等人一进去，表姑娘只管叫上一嗓子便成了。"

人往里走去，慢慢地没了声儿。

温素缨早就目瞪口呆，惊愕地转过头看向温素凝："大姐姐，她们这是要坑人啊……"

婚姻之事，不是该父母之命媒妁之言吗？若是看上了哪家，先得找媒人上门，正大光明的提亲才是。

这见不得人的手段，简直就是害人害己。

温素凝却没理会她，起身道："走吧。"

管她们坑谁，今儿的主人是杨家，适才说话的人必然也是杨家的人。

温家上回因神虾之事得罪了太妃，受到的教训还不够大？这回杨家能送帖子过来，便是给了温家的台阶下。这节骨眼上，再去与杨家作对，那温家往后在京都，就当真没有一席之地了。

"大姐姐……"

温素凝不耐烦："走。"

温素缨欲言又止，犹豫半刻，到底是跟在了她身后，到了半路，突然一把扯掉了腰间的玉佩，慌张地看着温素凝道："呀，我玉佩不见了。"

温素凝回头，脸上的不耐烦更甚。

本是无意撞见了别人的局，她落了个东西在那儿，还是贴身的玉佩，要是事后被人发现，误会就大了。

温素缨在她发作之前忙道："大姐姐先回去，我回头找找，很快回来。"说完也不敢去看温素凝的脸色，转身埋头往回头，被她拽下来的玉佩捏在掌心内，不由得出了汗。

要是没听见便好，已经听见了，当什么都没发生，实在是良心过不去。

她不戳破，站在路口，给人提个醒也好。

她刚返回到假山，便见一位公子抬步要进去，情急之下压着声儿忙唤了一声："公子请留步……"

温素缨同薛姨娘一样，整日待在府上，很少出来，不擅与人交流。

当下见那陌生公子，扭着脖子目光大刺刺地看着她，她更不知所措了，半天才磕碰出一句："里面有、有蛇。"

"蛇，在哪儿？"

温素缨不擅长说谎，意识到自己这般被男子打量不太妥，忙转过脸，背着他抬手随意指了一下："就、就在里面。"

今日为招待大伙儿，杨家的下人把庄子里里外外都清理了一遍，且眼下气候凉了，不太可能有蛇。

魏允随着她的手势,探头看了一眼,不由得朝她走了两步:"刚看到的?往哪个方向去了?"

温素缨感觉自己随时都会被揭穿,敷衍道:"那儿,那里。"

见她指的方向与适才指的不一样,魏允眉头一皱,疑惑地问道:"到底是哪儿?"

温素缨又慌又急,耳朵都红了,生怕他怀疑自己在撒谎,急着解释:"这蛇爬起来就很快,刚才是在这儿,可如今定是跑不见了,我也不知道它去哪儿了,公子不要进去就是了。"

魏允愣了愣,他不过是问了一句,这小娘子也不知道是哪家的,竟然急成了这样。

正欲问,身后又有一人走了过来。

温素缨听到动静声,错愕地回头。

温淮来得比较晚,听杨家大公子的小厮说,杨大公子有事找他,刚寻到这一处,看到温素缨,神色一愣:"三妹妹。"

温素缨同样一脸意外:"三哥哥?"他怎么也来了这儿。

温素缨去寻玉佩,温素凝便往回走,路上走得很慢,本想等温素缨一道,一直没见人跟上来,便没再管。

回到席位,魏夫人已经走了。

温殊色身旁的位置又换了一位世家夫人,是著作左郎余家夫人。

温殊色从温淮哪儿听说了消息,问余夫人:"四娘子如今可好?"

"多谢少夫人还挂记着,都好。"

余四娘子原本定好了上月成亲,遇上了国丧,改到了明年立春。夫家的郎君是同余四娘子一道长大的青梅竹马,前些年奉旨在外,年前才被调回来,至今尚未婚配,听说余四娘子和离了后,立马上门来求亲,也不在意余四娘子嫁过人,有了孩子,几次登门余家,话语举止之间,细心又周到,倒是个真心实意待她的人。

想起兄长初次上任,人生中的第一个案件便是余家四娘子,结果成了那样,还差点落了泪,她不禁莞尔:"四娘子能幸福,我兄长也该安心了。"

说起这事,余夫人叹了一声:"一时识人不清,也让她吃尽了苦头。从凤城回来,她便同我和她父亲说了,那时她一人在他乡,无一人可以依靠,唯有温家三公子站在她这边,这份恩情,她一直记在心……"

温素凝走了进来。

余夫人话被打断了,回头望去,见是温素凝,神色柔和,笑着招呼道:"这位就是温家大娘子吧?"

听余四娘子说,温家在凤城时,素有贤名,前几日上温家说媒的人户中,也有余家。

余夫人本想着与温家有缘,想来个亲上加亲,但瞧媒人话里的意思,温家大房似是没同意。

余老爷身上的贪墨之案虽已了结,自证了清白,但就算他官复原职,也不过只是一个著作左郎,温大爷却是工部侍郎。温家看不上余家,乃情理之中。

亲事攀不上,情谊还在,余家夫人客气地招呼完,温素凝也礼貌地回了礼,自然也认出了余夫人。

但无论是门户,还是论公子的本事,余家都不如魏家。

曾经同自己擦肩而过,险些就成的亲事,突然飞了,便成了遗憾,越发让人执着。再要她往底下看,又怎么能入得了眼呢。

温素凝和温素缨两人一道出去,此时只见温素凝一人回来,没见到温三娘子,薛姨娘疑惑地问:"三娘子呢?"

温素凝也纳闷,她捡个玉佩,怎半天还没回来,偏头正往后瞧去,便见温三娘子掀帘走了进来。

回来的不只是温三娘子,还有温淮。

两人的脸色都不太好看,尤其是温淮,脸本就有些黑,神色一沉,这段日子白回来的那点肤色,仿佛又白搭了。但身子结实后,整个人硬朗了不少,这一张黑脸,倒是越看越顺眼了。

温殊色见他那脸色,不明所以。

温淮心里却已经清清楚楚。

魏允不过是想抄个近道去后院的枫林,意外到了假山,他温淮才是那个真正被杨家等着进假山之人。

起初听小厮传话说杨大公子得了一幅画,不知道真假,今儿特意带了过来,让他前去假山后的厢阁内品鉴一番。

杨大公子在觅仙楼也曾同他提起过这事儿,他倒是没有怀疑。

今儿要不是三妹妹,自己还真就着了道。

杨家想要通过他同谢家捆绑上,他能理解,但这样的手段,很让人不齿。

到底是做过官的人,日子虽短,正气尚在,不屑与这样的人家再周旋,他本打算送三妹妹回到席位,与温殊色打一声招呼便走,见有外人在,先忍了心头的怒气,朝其弯身点了下头。

"是三公子吧?"余夫人听余四娘子说过,温家三公子人长得不错,唯独一点,黑了些。

跟前这人,便是同她说的一样了。

见他面露疑惑,余夫人自个儿道:"著作左郎余家,当初在凤城,公子于我余家四娘子的恩情,还未来得及感谢三公子呢。"

温淮一愣,没想到是余家夫人,忙道:"温某汗颜。不过是分内之事,不足挂齿,且也没帮到什么……还请余夫人代晚辈替四娘子道一声祝福。"

余夫人点头,也瞧出来了几人面色不对,怕是出了什么事,没多留,笑着道:"改日我余家备上薄酒,还请温公子赏个脸。"

"余夫人客气了。"温淮又行了一礼。

人走了,温淮适才脸上的那抹黑沉,也跟着消了许多,没等几人问,同温殊色和温家大公子道了一声:"兄长和妹妹们好好玩,我有事先走一步。"

这才刚来呢,就走了?

温殊色还未反应,温淮转身走了出去,知情人只剩下了一个温三娘子。

那头余夫人回去后,看了一眼余家公子,惋惜道:"大娘子人我瞧见了,样貌是好,但目光寡淡,过于清高了些,不是我余家人。"

余家公子一笑:"姻缘讲求缘分,母亲不必为难。"

余夫人想起适才温家三公子的脸色,心头料定是出了什么事,这样的场子,是什么目的,大伙儿心头都知道。她转头问余家公子:"六丫头呢?"

"去了后院,应该快回来了。"

温淮离开席位后,脚步便匆匆去了门外,酒楼里一堆的事情要忙,又白费了他半日工夫……

脚步越走越快,他从拱桥上下来,刚拐了个弯,便与一位姑娘迎面撞上。

姑娘一愣:"小哥。"

温淮也认出了她,驻足道:"六娘子。"

那日余家六娘子丢了荷包,没钱付账,找了温淮"垫付",倒是说话算话,当日黄昏便亲自过来把银钱还上了。

但她至今都不知道他的身份,此时碰见,震惊又疑惑:"你怎么在这儿?"

温淮目光微微一闪,笑着道:"我家主子今日被邀,小的也跟了过来。"

瞧了一眼她手里拾来的红叶,四五张,巴掌大,拇指轻轻地压在掌心内,也不知道是红彤彤的枫叶把那只手衬得白皙如玉,还是那只纤纤玉手让枫叶鲜活了起来。

他心念一动,轻声问:"六娘子喜欢枫叶?"

余六娘子瞧了瞧手中随手拾来的几枚枫叶,仰头看了一眼头顶的蓝天,日头晃眼,下意识地抬手挡住,手中的枫叶落在她的眉眼之上,白皙的脸上映出了一层纱红的光晕,艳丽如一幅画。

温淮忘了挪眼。

余六娘子弯唇冲他一笑:"白云红叶两悠悠,谁不喜欢呢。"

温淮笑了笑，为她让出了路。

待余六娘子从他身旁走过，方才抬步，走了没几步，余六娘子突然回头唤他："小哥。"

温淮回头。

余六娘子身子大半隐在了石墩后，只探出个头来，问道："你们酒楼还有炒蛤蜊吗？"

温淮一笑："有。"

"过几日我想过去觅仙楼，小哥能否帮我留个座？"

"好。"

余六娘子似乎还有话说，目光一垂，脸色有些尴尬，微微泛了红。温淮也不着急，立在那儿等着她开口。

余六娘子嗫嚅片刻，小声问道："那后日有打折吗？"

后日是母亲的生辰，母亲就好一口蛤蜊，奈何自己囊中羞涩，父亲俸禄又有限……但蛤蜊这东西一直以来供不应求，又怎会打折。她意识到自己失了言，忙道："没有打折也行，麻烦小哥定要帮我留一份。"

"有。"

六娘子一愣，不知道他回答的是哪句。

温淮一笑："有折扣。"

温淮一走，又听温三娘子说了事情的始末，温殊色也待不下去了，马球还没开始，便走了。

薛姨娘一看这形势不对，哪里还坐得住，连谢家的大舅子都能被算计，差点着了道，何况温家的两位姑娘。

薛姨娘白着脸感叹了一声："果然，这外面的坏人多，咱们还是回去吧。"

温素缨立马起身。

温素凝没动。

这些年被温大夫人压制，不只是温素缨怕她们，薛姨娘也有些怵这位大娘子："大娘子是还想留？要是想留，那、那咱们再坐会儿吧。"

话还没说完，温素凝一下起身："走吧。"

薛姨娘松了一口气。

温大公子这会子已经去了场上，薛姨娘交代小厮："给大公子说一声，就说我身子不适，先带两位姑娘回去了，让他慢慢玩。"

交代完，两个姑娘已经出了席位。

温素凝看了一眼身旁的温素缨，倒没想到她会骗自己，更没想到杨家要害的人竟然是三哥哥。

若不是温素缨生了恻隐之心,恐怕三哥今儿就着了道。见温素缨低着头,不敢看她,她道:"你救了三哥,成了功臣,有何可抬不起头的。"

"大姐姐……"

"往后有什么事,你对我实说便是,别再骗我。"有了温殊色在前,她越发容不得旁人的欺瞒。

"知道了。"温素缨背着温素凝吐了下舌头,心里暗道,她要是实话说了,长姐会让她倒回去吗?

这一趟算是白来了。

温家一来就走了,很快传入了其他人耳朵,旁人不知道发生了何事,魏夫人这边却清楚。

魏夫人听魏允说完,脸色一沉,气得把手中的茶盏往木几上一抛,斥责道:"这一家子行起事来,是越来越邪了,竟生了这样的龌龊心思,莫不是忘了元家是何下场……"

魏夫人压住火气,同魏允道:"把你大舅叫过来,这事儿我倒要问问他知不知道,你外祖父知不知道。"

也不用魏允去叫,杨大公子自己来了。

一到席位,杨大公子额头上都是汗,劈头便问魏允:"温淮他人呢?"

魏允不搭理他。

杨大公子着急地捶手:"这事我也不知情。你说,那丫头要是真看上了人家,咱们寻个媒人上门便是,这么一闹,我、我杨家的脸往哪儿搁啊。"

魏夫人一声冷笑:"哼,如今你是要把错处都怪罪到一个小姑娘身上了?她承担得起吗?她也是你亲姨母的孩子,是你表妹!"

杨大公子连连点头:"姨母说的是,是我糊涂了,表妹怎么可能行这龌龊事,定是她身边的下人,为了借住攀势,竟出了这馊主意……"

魏夫人眼睛一闭,失望透了顶。

她再也不想待了,起身同杨大公子道:"甭管是谁的主意,你去同你母亲说,别把杨家的路走窄了。"

坐上了马车,魏夫人心头的气还没消,同魏允道:"你那大舅,心比天高,你外祖父战场上拼来的功勋和名声,迟早要被他折腾尽。"

之前还好,先帝一走,杨家没捞到太后的位置后,个个都疯了。

魏允心中虽也不齿,但并未发言。

"得亏了温家三娘子及时止住,不然,往后我是没脸再见三少奶奶了。"魏夫人看了他一眼,突然问,"见到大娘子了吗?"

知道杨家也给温家递了帖子后,魏夫人今日专程带着魏允过来看温家大娘子。

谁知阴错阳差,温大娘子他没见着,温家三娘子他倒是见到了。

他脑子里蓦然浮现出一张脸,小姑娘拉着温淮要往外拽:"三哥哥赶紧回吧,里头有条大蛇,小心将你吞了。"

"大蛇?"温淮一愣,"这季节哪里来的大蛇。"

那温三娘子急得双颊生红:"三哥哥怎么听不懂呢,里头的是美人蛇。"

温三娘子个头比温殊色矮了一些,身上的灵动倒是有几分像。许是想起之前她诓骗他的认真言行,她有些不好意思瞧他,待同温淮一道折回时,方才小心翼翼地回过头。

殊不知,正好与他目光对上。

那瞬间被抓包的惊慌模样,让他想到了自己狩猎时看到的一只野鹿,还挺有趣。

他心头想着,不由得弯唇笑了起来。

魏夫人看得云里雾里的,狐疑地问道:"怎么了这是……"温家大娘子样貌倒是好看,但身在京都这些年,他什么样的美人没见过,当不至于如此。

"温家三娘子,母亲听说过没?"

他突然一句,魏夫人一时没反应过来。

魏允看了一眼魏夫人,目光一瞬又避开,脸上抱了几分羞赧,如实道:"今日孩儿没见到温家大娘子,见到了温家三娘子。"

魏夫人一愣,越发专注地看着他。

虽说婚姻之事,需同父母沟通商议,但到底有些羞于开口,魏允拿手碰了一下鼻尖,扭捏道:"若母亲愿意,可否帮孩儿瞧瞧温家那位三娘子。"

魏夫人何曾见过他如此羞赧的一面。

温家的三娘子她倒是还没见过,惊叹今儿的一面之缘,竟让他改了主意。

温三娘子乃温家大房的庶女,之前听人说过,性子胆怯,走哪儿都是埋着头,不爱与人搭话。但今日这般,能留下来戳破杨家那龌龊事,瞧来并非当真是个懦弱之人。

能识大体,自轻重。

"魏家你三叔婶,也是庶女出身,可当年你祖父祖母派去的聘礼,和给我杨家的一样,一件也没少。魏家倒没那么深的门第规矩,只要是你自个儿看准了眼,母亲走一趟又有何妨。"

温老夫人当日正歪在榻上歇着,曹姑姑进来说薛姨娘和两个姑娘回来了,心头一震,望了一眼窗外的天色:"这么早,出了何事?"

还没等曹姑姑去打听,温殊色便先进了院子。

温家如今虽不是什么高门大户,但温家老爷当年曾为一代帝师的事不假,算得上是书香门第。且温家大爷如今官至侍郎,温家二爷又是京城内有名的富商,论起败落,还谈不上。

若是在凤城,也算是体体面面的人户了,就因为在京城的根基不深,才会被人以为是好捏的软柿子。

"文博人品样貌都不差,手里又握着一座金山,我温家还愁找不到姑娘?需要他杨家来操心。"

温家大房的两位公子已成了亲,温家的公子哥儿只剩下温淮没有娶亲,在凤城时温老夫人原本也在为其看着门户,只不过还没来得及,凤城便出了事。

如今一家子初来京都,忙着安顿,加之温大娘子年岁摆在了那儿,先紧着她,温老夫人一时没顾得上温淮,险些就让人钻了空子。

缟仙已经嫁给了谢家,他温家再娶亲,岂能同杨家沾上关系?

将来谢、杨两家要是有个什么决断,是不是得她温家从中周旋,要是周旋不当,温家也要跟着决裂了?

"杨家倒是给咱们提了个醒,拖不得了,早些定亲吧。"温老夫人看向温殊色,"你们母亲走得早,你那婚事,祖母头脑一热一句话便定了,得亏菩萨保佑,赐了你一桩好姻缘。这回你兄长的婚事,咱无论如何也要好好把把关,可惜我温家来京都的时候短,不太了解,谢二夫人早前生活在京都,倒是知根知底,今日回去你问问谢二夫人,帮忙把京都适合咱家的门户都挑出来。"

这样的想法,可谓顾全了谢家。

温殊色知道祖母的意思,她将来的亲嫂子,关乎着她和兄长将来的关系,确实得慎重。

当日回去后,温殊色便同谢二夫人商议,避开了所有同杨家有来往的门户,剩下的也就不多了。

温殊色把名册拿给了温老夫人,虽不是什么高官侯爵,但个个家世都清白。

温老夫人从头翻到尾,最后目光定在了余家,问温殊色:"这余家,可是当初有位四娘子嫁进了凤城李家?"

温殊色点头。

温老夫人一笑:"你兄长为了这位四娘子,翻了大半本律法,不惜与李家闹翻,也要为其挣个输赢来,前不久余家夫人还来了府上,特意同我道谢,听那话里的意思,是想亲上加亲,有意于大娘子。"温老夫人一叹,"但论起门户来,余家不及你大伯,大娘子没瞧上……"

温大娘子一心要嫁个有前途有本事的人家,但温淮不同。

同温二爷一样,温淮对功名之事,自小便没什么兴趣,他那酒楼,这辈子怕是丢不开手了。

高门大户里的姑娘看不上他,他温家同样也不会娶一尊佛回来供着。

余家的门户最为合适,如今家里只剩下一位六娘子未出阁。第三日,温老夫人便派了媒人上余家提亲。

余夫人听完媒人的话,愣了愣,本以为与温家做不成亲家了,倒没想到反过来,自家也能嫁姑娘。

温家三公子,京都谁不知道,觅仙楼的少东家。

回想起前日在杨家匆匆见到的温家三公子,黑是黑了一些,但五官尚好,气势也阳刚。

且听说觅仙楼都是他在经营,并非那等等吃等喝、游手好闲的富家子弟。

温家细算起来,还是书香门第,温家大爷在朝为侍郎,温三公子的妹夫又是谢仆射的独子,三品殿前司指挥使……

他余家无论是官途还是家世,皆是高不成低不就,真论起来,算是高攀。

当日,余夫人便同余家老爷商议了一番,两人均觉得满意。夜里余夫人把余六娘子叫到跟前,说了温家前来提亲的事儿。

余六娘子听完,呆了半天,惊愕地问道:"温家三公子,可是觅仙楼那位少东家?"

余夫人点头,还以为她不乐意,便又听她道:"那岂不是往后咱们吃蛤蜊,都不用给银钱了?"

余夫人被她噎住,哭笑不得,一指头点在她额头上,笑骂道:"成日就知道吃,这回是合你意了。怎么,满意吗?"

余六娘子没什么不满意的,父母同意,必是已经替她看好了那位温三公子的人品。

她也是个有自知之明的人,觅仙楼在京都乃数一的大酒楼,温家的家境殷厚,几辈子都吃不完,身后又有谢家撑腰,自己能嫁过去,那是掉进了福兜里。

被余夫人戳破了心事,她脸颊红扑扑的,羞涩地应道:"女儿满意。"

满意就好,余夫人松了一口气。

想起家里的余四娘子,当年便是不肯听自己和她父亲的话,被那位人面兽心的李家公子蒙蔽了双眼,最后落得那般下场,和离是和离了,两个孩子却还在李家手上捏着不放,成了余四娘子心头的死结。

虽要二嫁了,余四娘子心头一直没放下,近些日子余家也在想尽办法同李家周旋,瞧瞧能不能把两个孩子接过来养上几年。

一个余四娘子就够了,旁的几个娘子的亲事能省心,也算是余家祖先显了灵。

温家的媒人头一日来,余夫人第二日便派了媒人上温家,没有半分拖拉,应得很爽快。

得了余夫人的回话,温老夫人让人备好了活雁,亲自上门。

温淮扶着温老夫人上马车,叮嘱道:"祖母慢些,午后我再派人来接您。"

"你忙你的,有曹姑姑在,不用你操心。"温老夫人转头看向他,缓了口气,道,"这回你倒是应得干脆。"

去余家说亲前,温老夫人先问过了温淮,听说是余家六娘子,温淮一句话也没问,一口便答应了:"全凭祖母做主。"

她做主,也得儿孙满意。

难得他这回没像温大娘子那般,当头倔驴,温老夫人叨叨道:"亲事定下来后,你也能尽早成家,我温家的三位公子,就你最晚。"

温淮点头:"祖母费心了。"

温老夫人的马车走后,温淮才去往觅仙楼。

温二爷来了京都后,整个人都懒散了下来,说什么自己这些年太累,眼下儿女都已经长大了,是时候享福养老了,当起了甩手掌柜,成日同京都的一棒子老爷们聚在一起逗鸟,觅仙楼所有的事都丢给了温淮。

自上回觅仙楼在太子的宫宴上献菜后,名声大噪,生意比往日更兴隆,温淮几乎忙得脚不沾地。

人一到觅仙楼,被温殊色升为管事的跑堂小厮便迎了上来,悄声道:"少东家,小的照您的吩咐,把余家六娘子要的菜都备好了,等人一来便能立马下锅。"

温淮却道:"今日她忙,来不了,东西先放着。"

小厮一愣,果然当日余家六娘子没来。

两日后,余家六娘子方才出现。

而觅仙楼上下都已经知道了,自己的少东家同余家六娘子定了亲。

余家六娘子是黄昏时过来的,来时戴了一顶帷帽,没露脸,问门前跑堂的小厮:"那位小哥今儿在吗?"

哪位小哥?门前的小厮不知道她问的是谁,一脸疑惑,又听六娘子道:"就那位长得最高,脸有些黑的跑堂小哥。"

余六娘子也很懊恼,上回小哥倒是告诉了她名字,谁知自己转个眼就忘了,在杨家庄子上,她也不好意思再问。

小厮还是不明白她说的是谁。

脸有些黑,有一人倒是符合这描述,但不是跑堂的,是他们少东家。小厮刚摇头,便见少东家从她身后走了过来。

温淮对着余家六娘子的背影唤了一声:"六娘子?"

余六娘子一愣,转过头,看到了自己想找的人,急忙提着裙摆走了过去,知道自己说的话被听到了,道歉道:"实在抱歉,我记性不好,忘了小哥的名讳。"

"无妨。"温淮一笑,没介意,但也没再告诉她,问她道,"一份蛤蜊?"

余六娘子点头:"劳烦小哥了。"

大堂来往的人多,温淮看了一眼楼上的小阁:"六娘子先去楼上,稍等一会儿。"

她正有此意。

两日前,她已同这座酒楼的少东家许了亲,为防被人认出来,特意戴了帷帽。

温淮领着她上楼,余六娘子跟在他身后,觅仙楼造价高,卖的东西也贵,她还是第一回到楼上的小阁,听人说没有百两,下不来。

今儿托了小哥的福,她得以前来。

到了门前,她才回过神来,不往里面走了,为难地道:"小哥,我身上的银钱只够买一份蛤蜊,入了小阁,我点不起酒菜,待会儿你帮我装盒,我就在这儿等着吧。"

楼上来往的人少,她站一会儿没关系。

温淮人已经进来了,见她如此,突然一笑:"六娘子不必见外,今日蛤蜊不收你钱。"

余六娘子听出了他话里的意思。她与觅仙楼少东家定亲之事,怕是已经都知道了,她忙摇头,走近一步,神色慌张:"小哥万万不要道出我的身份,我不是来吃白食的。"

温淮沉默了一阵,配合地点头:"小阁今日还没人订,你先进来吧,不收费,外面人多。"

余六娘子松了一口气,这才抬步进去。

温淮见她坐在了座上,折身下楼,过了一阵,亲自提着茶壶进来,替她奉上了一盏茶,立在她身旁,也没坐,似乎随时等着她的差遣。

她不过是来买一份蛤蜊,统共就消费几两银钱,担不起这样的伺候,回头不好意思地道:"小哥不必关照我,你去忙你的吧。"

温淮道:"不忙。"

也是,他已经知道了自己的身份,想必不敢怠慢。余六娘子没再勉强。蛤蜊得新鲜下锅,一时半会儿上不了,得等一阵。她抿了半盏茶,实在没忍住,轻声问身旁的温淮:"小哥,你们少东家今日可在?"

温淮面上不显:"六娘子要见他?"

余六娘子猛晃头:"没有。"顿了顿又小声道,"有些好奇罢了……"

定了亲,谁不好奇将来另一半的长相。

温淮眼神微微一躲,应道:"他在忙。"

"倒也是,这么大一座酒楼,他打理起来,必定很累。"余六娘子善解人意地道,抿了一口茶,突然问,"听人说,你们少东家也有些黑。"

她是听母亲说的。

温淮一愣,没应她,反问道:"六娘子不喜欢肤色黑的?"

余六娘子那话问完就有些后悔了,跟前的小哥也挺黑。

且她已经与少东家定了亲,当着他手下人的面更不能以貌取人,她诚心道:"黑一些倒挺好的,比那些肤色白的人,瞧着健康。"

温淮目光瞟过去,便见到了六娘子一排下敛的眼睑。

这话连她自己都说得心虚。

蛤蜊很快拿了上来,已经装好了盒。小厮递到温淮手上:"少……"

"去忙吧。"温淮打断,转身把食盒递给了余六娘子,"趁热吃,若是凉了,回锅热一下便是。"

余六娘子点头:"多少银钱?"

"一两。"

余六娘子一愣,这么便宜?

温淮一笑,解释道:"今日有折扣。"

这几日,温老夫人给温淮议亲,温殊色便住在了温家。

太阳西沉之时,温淮打包了几样觅仙楼的吃食送上门。温殊色午睡才刚起来,洗了一把脸,坐在梳妆前,正抹着雪肌膏。

祥云在一旁:"文老板说,这是秋季最新款,不仅能润肤,还能美白,娘子用了几日,感觉如何……"

"还不错。"听到动静,她从铜镜内看到了温淮的身影,正好饿了,"兄长,今儿吃什么?"

温淮把食盒交给晴姑姑,目光瞟了一眼她妆台上的面脂:"是在屋里吃,还是与祖母一道用?"

中午温殊色困得很,温老夫人叫用饭,也没什么力气,端着碗都能打瞌睡,温老夫人见她那模样,以为她因温淮的亲事操劳了,赶紧打发了她回房,如今歇了一觉,精神好了一些。

"我去陪祖母吧。"

温淮已经吃过了,没跟着过去。

温殊色前一刻肚子还饿得"咕咕"叫了两声,待曹姑姑摆完桌,一见到饭菜却没什么食欲。

菜色是温淮照着她的胃口而定,不应该才对。

温老夫人也看出来了:"今儿是怎么了,饭菜怎么都不合胃口?"

温殊色想了想:"近几日天气转凉,想必是昨儿夜里踢了被子,受了寒,祖母千万得当心,别也凉着了。"

温老夫人一阵心疼,吩咐曹姑姑熬了一碗姜汤。

这家里没个男人在,夜里连个暖被子的人都没。她低声问温殊色:"三公子近日可有来信?"

温殊色摇头:"没有。"

是真没有。

进河西前,谢劭还托人捎了一封信回来,报平安,说是人已经到了河西的关口,之后,再也没了音讯。

本就是走的一条暗路,想必也不会打草惊蛇,给人留下把柄。

她唯一能做的便是等。

等到来年夏季还是秋季,全看郎君的本事。

见她神色低迷,温老夫人劝说道:"三公子不似从前,人聪明,事情考虑得周到,行事也稳妥,你就安心等着吧,等不住了,就来祖母这儿,多陪陪祖母。"

温殊色在外人面前,从不露悲,笑着点头:"嗯。"

她正埋头艰难地扒着碗里的饭,温老夫人又道:"今儿魏家来提了亲。"

之前温大夫人把魏家的亲事搅黄了,温大娘子至今都没走出来,如今再次上门,是好事。

温殊色也没在意。

温老夫人却道:"魏夫人看上的是三娘子。"

温殊色一愣。

温老夫人一声长叹:"当真是造化。听魏夫人说,在杨家庄子上那日,魏公子与你三妹妹见了一面,看对了眼,要不是你兄长在议亲,魏家早就上门来了……"

温殊色意外之余,不免有些唏嘘。

那日魏夫人带着魏公子特意来看温大娘子,谁知温大娘子没见到,倒是看上了温三娘子。

温素缨胆子虽小,容易脸红,关键时候,是个能分得清大义、懂得护主的人,样貌也不差,不论身份,单论人,配魏公子倒是能配上。

可温家的人都知道,温素凝早就看上了魏家,以她那颗自尊心,此时家里不得闹翻了。

果然,温老夫人道:"你大姐姐一天没吃饭了。"

能吃得下吗?温家三位小娘子,自小就数她温素凝最聪明,在凤城的那些年,外人见了谁不夸上一句。

之前她还劝过自己,到京都来觅一番天地。

如今不仅自己,连她底下庶出的妹妹都越过了她,她那般好强的人,怎可能咽得下这口气。

温家大爷也知道她心里难受,今儿一早便站在门前劝了她:"为父知道你心里难受,但有父亲在,这辈子不会亏待了你……"

温素凝半天都没有出声。

薛姨娘听说了消息后,也想过去劝说几句,被温三娘子拉住:"这时候,姨娘就别去添火了,咱们去了,大姐姐只会更生气。"

薛姨娘无奈,只能等,回头瞥了一眼温三娘子,轻声问道:"你怎么想的,想嫁吗?"

温三娘子是温家的庶女,能嫁去魏家那样的门户,是求之不得的好事。但真要嫁了,便是同温大娘子彻底结了仇,将来这个家里估计也不会安宁。

今日魏家来提亲时,温素缨才知道,那日自己在庄子上见到的陌生男子便是大姐姐一心想要嫁的魏家大公子。

若是只为了温素凝考虑,她不该应下这桩婚事。可她这辈子,为何又一定得为温大娘子考虑呢。

魏家头一回来提亲,温大夫人已经拒了,大姐姐甚至与魏公子一面都没见到,压根儿就没情意。

温三娘子虽是薛姨娘所生,从小却被养在了温大夫人身边,这些年在温大夫人和温大娘子的压迫下长大,那股子对她们的恐惧,已经刻在了骨子里,一辈子都走不出来,也正因为如此,她想要摆脱。

她做不到只是为了让温素凝心里好受一些,便去断送了自个儿的前程。

父亲若是不答应,不让她嫁,她便不嫁。

可要是问她的意思,温三娘子轻声道:"姨娘,我愿意的,我想嫁。"

薛姨娘愣了愣,半刻后一叹:"那咱们就待着吧,别过去了。"

温大爷劝了一番,还是没有半点用处,午后便到了温二爷家,过来找温老夫人,问温老夫人的意思。

温老夫人知道温大爷自来看重温大娘子,许是也觉得有些心理不平,才没急着答应这门于温三娘子而言,难得一求的好亲,而是跑来问她的意思。

温老夫人心头早有了一把称,回复了温大爷:"儿孙有儿孙的福,自古姻缘都得讲求缘分,大娘子的缘分,怕是不在魏家。"

温大爷听明白了,沉默片刻后:"母亲说得有理。"

温大爷得了温老夫人的话,估计明日便会回魏家的话,亲事一旦定下来,温大娘子这口气估计一辈子都顺不过来了。

越强势的人,自尊心越强。

同样也是自己的孙女,也有些心疼,温老夫人放心不下,打发了温姝色:"明日我去一趟大伯家,你早些歇息,温家这边也没什么事了,你回去好好陪陪谢家那老东西,孙儿不在,孙媳妇儿也被拐跑了,指不定心头怎么骂我呢。"

谢、温两家隔得不远,温姝色早上睡到日晒三竿才起来,洗漱完净了脸,坐在梳妆台前，让祥云拿来了雪肌膏。

一拧开盖儿却发现少了一大坨，温殊色盯着被抠走一大坨的脂膏，愣了愣，呼出声来："是谁偷了我的面脂？"

曹姑姑和祥云也觉得惊愕。

之前娘子在谢家用的面脂，时常也会少上一截，最初屋里的人都不知道是怎么回事，直到娘子在姑爷身上闻到了味儿才断了案。

是姑爷背地里偷用娘子的面脂，抹他那块肩甲上的伤痕。

几人知道后，谁也没去揭穿，可如今姑爷又不在身边，谁敢偷？

[6]

温大爷问过温老夫人后，有了温大夫人的教训在前，第二日便派人回了话，应下了魏家和温三娘子的婚事。

温素凝的门扇从昨日一直没打开过。

温大爷劝了，温大公子和温二公子也去劝了，均没声儿。薛姨娘早早起来煲了汤，交给了她的贴身丫鬟："就说是灶房那边做好的，一日都没吃东西，别伤了身子。"

这头刚回去，温老夫人便来了。

温老夫人亲自在门外唤了一声"大娘子"，温素凝这才开了门。

温老夫人进去后，见她穿戴整齐，面色平静，并无半点颓废之态，沉静地坐在温老夫人身旁。

屋里的几个孙子孙女是什么样的性情，温老夫人都知道，若温大娘子是个男儿，说不定比屋里的几个公子还要有出息。她聪明，遇事善于分析，总能找到对自己最有利最省事的那一条道路，不容易被人情世故所干扰。

温老夫人轻声问她："心头委屈？"

温素凝摇头："孙女到了今日，沦为众人笑柄，皆造化所致，无话可说。"

"笑柄？"温老夫人一嗤，"人活一世，为了当那人上人，光鲜体面地活着，谁没做几件跌面的事，谁又能笑话谁呢。"

温素凝垂头又不说话。

"祖母今日来问你，你心里是什么打算？"

温素凝茫然地道："不知道。"以往自己想要什么，想要走一条什么样的路，她心里清清楚楚，可如今这个世道上的一切，却在告诉她，命运胜于一切，你怎么努力都没用。

她年岁不小了，温家的三位姑娘中她最大，亲事却落在了最后，京都对她有想法的世家，这段日子该来的都来了，没上门来的，便也不会再来。

与其将就，她倒不如孤独一生。

温素凝想了一日，此时把想法告诉了温老夫人："祖母，我这一生怕是与红尘无缘了，我愿意长伴青灯。"

"你以为长伴青灯就能逃避一切，安宁一生了？"温老夫人轻叹道，"人活着，只要喘着一口气，就没有真正能容你安宁的地方。"

"祖母欠你一场婚宴，早晚都得还，今日便是来问你，祖母倒是有个能让你体面出嫁的法子，你可愿意？"

半个月后，温素凝收到了从凤城来的一封信。

信纸上只有一句话：杨柳青青著地垂，杨花漫漫搅天飞。

署名：谢恒。

温素凝的眸子微微颤了颤。

杨柳青青著地垂，杨花漫漫搅天飞。柳条折尽花飞尽，借问行人归不归？

自婚宴被二妹妹替嫁之后，她的生辰八字和名册都被退回了温家，从此与谢家再无瓜葛。

谢家大房遭难之时，谢恒从给事中沦落为跑腿的闲杂，听到消息，她也只呆了片刻，惆怅地叹了一声，感叹命运弄人，若非劫难，谢家大公子不该如此。

虽有同情，但也是以旁观者的身份，替他可惜了一番，而她这一生，还有很长的路要走。

京都天子脚下，到处都是高官显贵，她要嫁一个家世好，比谢恒还要出色的郎君，并不难，可命运偏不让她如意。

她明白祖母那日话里的意思，若是她与谢恒成亲，不仅能摆脱自己不如人的笑话，还能捞到一个忠贞不贰的好名声。

谢家大房的劫难已过，谢恒虽回到了凤城继续担任县令，但有谢家人在，前途不尽然全毁。

可她对他到底有没有情，谢恒知道。他陷于沼泽之时，她没有伸出半点援手，如今他走出来了，又怎会好心来全了自个儿的名声。

她以为，谢恒不会答应。

如今信件上的寥寥几字，都像是行至末路，突然从深渊底下递过来的一座桥梁。

她轻轻地捏住信笺，抬头望向窗外的天空。

她一心想来京都，想把这里的繁华收入囊中，站在最顶端，与这里的繁华融为一体，可那繁华太耀眼了，刺目戳心，不让她靠近。

温老夫人临走之时同她说："你自小便恪守规矩，事事都讲求一个'利'字，但你忘了，人心是活的。"

"一生不过尔尔，不必恪守成规，算计之前，当也以心为先。"

几日后,温老夫人便放出了温素凝和谢家大公子定亲的消息。

消息一传出来,个个都对温素凝刮目相看,说她心中不忘旧情,连魏家这么好的亲事都拒了,只为等谢家大公子。

她要的繁华谢恒给不了,但给了她一道可以继续往下走的美名。

温素凝离开京都的那日,正好放榜。

祥云和谢二夫人跟前的小厮一早就去守着了,晴姑姑正伺候温殊色用早食,便听到外面的欢笑声。

闻到声儿,晴姑姑便猜到了是好事,把一碗清淡的菜梗粥放在了温殊色面前,笑着道喜:"娘子放心了,奴婢就说姑爷肯定能中。"

谢劭中了举,接下来继续等明年的会试。

谢二夫人拿银钱出来打赏了院子里的仆役,每个人都沾了喜气,但谢举人本人却不在京都。

两个月过去了,依旧没有信回来,连着崔吽也没了音信。

温殊色越来越没有胃口,本以为不沾油腥便没事,谁知早上一碗粥喝下去,立马呕了个干净。

起初温殊色说是自己染了风寒,屋里的人都没在意,谢二夫人得知她呕了后,赶紧叫了大夫上门。

一号完脉,大夫便笑着道喜:"恭喜夫人,有喜了。"

两人成亲大半年,前几个月那般努力,都没有动静,没想到人走了,孩子倒是来了。

温殊色如愿以偿,松了一口长气,虽输给了阿园,但好在都是同一年。

谢仆射和谢二夫人更是乐开了花,儿子不在,孙儿却来了,谢二夫人比自己怀孕还紧张,请了外头专门照看孕妇的婆子,一日三餐,全照着温殊色的胃口来,想吃什么立马做。

尽管那婆子变着花样来,温殊色还是吃不下,严重时酸水都能呕出来。

温老夫人得知了消息,放心不下,吩咐温淮:"缟仙这两日害喜害得厉害,饮食上你多费些心,海错你就别给她吃了,那东西吃多了寒气重,你多煨点汤……"

温淮听温老夫人叨叨完,领命去煲汤。

怕凉了,温淮直接抱着汤罐子上了门,一进院子,便看到几位仆人立在廊下,手里端着托盘,荤素都有,就等着里头的人传唤。

祖母还担心什么呢,谢家这是把她当菩萨供着。

汤煲好了,也不能浪费,温淮抱着罐子进去,温殊色正懒洋洋地歪在榻上,温淮平日里见惯了她的精神气儿,突然萎靡,也有些担心,凑近摸了一下她额头:"怎么,很难受吗?"

"嗯。"温殊色吃力地点了下头。怀孕后,她对气味尤其敏感,温淮一坐过来,她便闻到了一股熟悉的气味。

温殊色一愣,吸了吸鼻子,往温淮身上凑去,仔细嗅了嗅。

温淮被她的动作一惊,防备地看着她:"你干什么?"

温殊色再次断了案,终于知道自己丢的那一大坨雪肌膏去了哪儿,但并没有给他郎君一样的待遇,毫不留情地拆穿道:"兄长,你偷了我的雪肌膏。"

温淮面色一僵,立马站起身来狡辩道:"你,胡说。"

温殊色揪住不放:"我那一瓶还是新的,买回来就用了两三回,你的手真黑,每次过来就要挖那么大一坨,都被你挖见底了……"

温淮耳尖都红了,不得不承认,继而吐槽道:"你那一瓶也太小了……"他脸大,能不多挖一些吗?

"是白了一些。"温殊色打量了他一番,"不过我那儿还有更好的,保准兄长擦上几日,立马就能白回来。"

温淮的心思被戳穿,抬步就要走。

温殊色忙唤:"祥云。"

"奴婢在。"

"把我的雪肌膏都拿出来吧,收拾好拿给兄长。"她有孕在身,这些个东西暂时也用不上了。

温淮的脚步硬生生地卡在门槛内,到底没舍得走。

"兄长记住,一日三回,多抹点,待来年成亲之时,便能白成玉面郎君了。"

温淮没回头,从祥云手上快速地夺过包袱,夺门而去。

只不过没等到来年成亲,温淮却提前见到了余六娘子。

余家老夫人六十大寿。

国丧期间,不兴作乐宴会,但关起门来,吃一顿团圆饭也不会有人前来管制。

余家虽没邀请,作为余家未来的孙女婿,老夫人六十花甲,温淮不得不上门。

早上起来,温老夫人便把温淮叫到跟前,吩咐他要备什么礼过去,温淮坐在一旁,难得出了神。

余家的六娘子至今还当他是跑堂小哥呢,今日一去,身份定会暴露,也不知道她会是什么反应。

气候不知不觉到了深秋,头顶上的太阳被云层遮住,若隐若现,没了半点温度。

余家住在内城之外,坐了两个时辰的马车才到。

余家的大公子已经候在了门前迎接,温淮从马车上一下来,余大公子便迎上前招呼道:"昨儿我便派了人同温公子送信,老夫人今年不办寿宴,酒楼生意忙,不用过来跑这一趟,想必下人没把话带到。"

温淮一笑:"老夫人过寿,我怎能不来。"转身吩咐小厮卸马车上的贺礼。

"今日风大,温公子快进来。"

即便余老夫人提前说了不过寿宴,还是有不少人上门,一早府上便忙碌了起来,余六娘子尚在待嫁,还是余家人,忙起来也在帮着搭手,正提着茶壶往各个屋里送茶水。

今日的风确实大,廊下的风一吹,一股凉意袭来,余六娘子裹紧了身上的披风。今日祖母大寿,来府上的人很多,这会子已经进来了好几拨,听到廊下的动静,余六娘子回过头,便见对面廊下余家大公子领着一人走了进来。

隔得太远,那人又隐在兄长身后,余六娘子没瞧清。

来者是客,她该让路。

她脚步停在一侧,埋着头,披风上有一排雪白的毛领子,半张脸都陷入了毛茸茸的领子之中,白皙的肤色,犹如冬季里的第一捧雪。

脚步声由远至近,很快到了跟前,余六娘子目不斜视,侧身等着人从她跟前经过,余大公子的脚步却停了下来。

余家与温家定亲之后,两人怕是还未见过面,今日余老夫人大寿,温公子上门,必然会碰面。

本打算待会儿两人寻个机会,不承想进门便碰上了,倒省了事,怕温淮不认识,余大公子特意冲余六娘子唤了一声:"六妹妹。"

余六娘子抬头,目露疑惑,余光瞟见他身后的人,眸子一惊。

小哥?

他也来了,那温家三公子……

她目光往温淮身后探去,没再见到人影,正疑惑,便听余大公子道:"六妹妹既然在,便先领温公子进去。"

温公子……

谁?

余大公子身旁就只有一个小哥。

余六娘子看向温淮的目光越发惊愕。对面的温淮面色平静,冲她一笑:"有劳六娘子了。"

比起初次相见,温淮的肤色白了一些,做了一场官之后,身上那股常年在外的风霜淡去,多了几分儒雅,尤其是一笑起来,谦卑有礼,还有几分书卷气。

这样的人,哪像是酒楼的老板了。

余六娘子呆在了那儿。

余大公子折身回去,走了好远了,余六娘子才反应过来,木讷地转过身,也不知道自己是怎么开口的："温、温公子请吧。"

温淮缓缓地跟在她身后。

廊下除了风声，便只剩下了两人的脚步声，余家的宅子没有温家的大，绕完长廊，跨过门槛，前面便是厅堂了。

快下穿堂之时，余六娘子实在忍不住，小声道："你，怎么骗人。"想起上回去觅仙楼的事，脸色一阵辣红。

自个儿藏着躲着，不想让人识破她的身份，特意找了熟人，怎么也没料到那"熟人"竟是正主。

那日她同他说的话，到了此时，都成了她一人的窘迫。

他可真能装。

脸色火辣辣地烧，一股凉风从身后席卷而来，在耳畔留下了几道"呜呜"声，她不确定他有没有听清。

等那股风过去后，便听身后的人突然道："不是温某骗了六娘子，是云霜姑娘没记住我名字。"

头一回见面，他便已报了家名，只不过她没放在心上。

她忘了，他却还记得，余六娘子脸上的热意瞬间到了耳根，脚步生生顿住，又尴尬又羞。

正不知道该如何回应，又听他低声提醒道："当心茶凉了。"

匆匆把人领到了前厅余老爷跟前，趁着温淮同余老爷打着招呼，余六娘子忙把手里的茶壶交到了丫鬟手上，转身便走了出去。

半路上，余六娘子遇上了过来送炭的丫鬟。

丫鬟瞅了瞅她的神态，诧异地问道："娘子脸怎么这么红？"反应过来，朝着她身后的厅堂内望去，打趣道，"是温三公子来了吗？"

余六娘子羞得瞪了她一眼，没答，摸了一下发烫的脸颊，逃也似的回了院子，再也没有出来。

国丧期间，寿宴不宜大办，上门来的都是同余家沾亲带戚之人。

余四娘子那位未婚夫陈公子也来了。

许是听余四娘子说了之前的事，陈公子一见到温淮就格外热情，同余老夫人和余家夫妇寒暄完，两人便坐在了一处。

陈公子先对温淮感激了一番，后才说起了自己同余四娘子之间的情缘。

陈公子与余四娘子乃青梅竹马，只因陈公子被前太子周延派去了河间府一带，一待便是五六年，后来前太子周延削藩河西、河北，所掌控的证据，都是陈公子为他提供的。一直到两位老王爷下台，陈公子才得以回到京都。

回来后，余四娘子早已嫁了人。

前太子周延一事，牵扯太广，陈家好不容易抽出身来，正要为陈公子选一门亲事，余家的四娘子却又回来了。

听人说了李家的事，陈公子又气又心疼，不介意余四娘子已嫁过人，第二日便派了媒人上门去提亲。

说到两个孩子，陈公子思路倒是清晰："孩子若是来了京都，在母亲身边长大，将来无论是受到的教育还是前程，都比在凤城好，李家一门一心想要来京都，两个孩子姓李，将来仍是他李家的骨肉，李公子即便不想放人，李家的老爷和老夫人也能想明白。"

听他的意思，这是要把孩子接到陈家，温淮诧异："陈老夫人同意？"

陈公子一笑："同意不同意，还不得看我的决心。"

谋事在人成事在天，诚心要求一事，又有何办不到的。

当初余四娘子的案子，如同一根刺扎在温淮心口，如今见她能有这样的美满归宿，彻底地释怀了。

听他提起了河间府，温淮免不得多问了几句："河西、河北那边的形势，陈公子可还有消息？"

知道温淮是在为谢指挥担心，陈公子也没有欺瞒，同他讲了河西、河北的局势："两位王爷一入狱，边关更乱，官僚只手遮天，富得能滴油，穷得能饿死，不过谢指挥此去，我相信，必能有所收获。"

此时离宴席还早，见外面的风小了一些，陈公子提议去外面走走："因两家世交，我时常过来，比温公子熟悉一些，倒是能做向导。这后院有一棵余家先祖种下的枫树，据说至今已有百年，这几日红叶正浓，温公子可有兴趣观赏？"

温淮道了谢，跟着陈公子一道去了后院。

余家的姑娘多，今日上门来的都是自家人，除了陈家公子和温淮还未成亲，其余的都已是余家的姑爷，这会子都陪着娘子和孩子在余老夫人身边说话。

风确实没了刚才大，到了枫院，仰头一瞧，一棵参天枫树越过了屋顶青瓦，茂盛的枝叶红黄相见，占据了大半个院子，树底下的青砖石上也铺了厚厚一层。

上回杨家庄子里的枫林，怕是找不出一棵这样的。

前人栽树后人乘凉，余家因为舍不得这棵枫树，几代人都没挪过院子。

房屋破损了修补一番继续住，尽管家里的人丁多，也没搬家，几个姑娘挤在了一个院子里，就在枫院隔壁。

两人在枫树底下立了一阵，就听到了几道脚步声。

温淮回头，便见余四娘子和余六娘子从身侧的月洞门内走了出来。

许是没想到温淮也在，余六娘子愣了愣，脚步顿住正犹豫要不要转身回避，余四娘子一把牵住了她的手腕，一道拉了过去。

上回余四娘子离开凤城，温淮不惜追到了城门口，誓要替她讨回一个公道，那时候的余四娘子一身落魄，人也憔悴。

再次相见，人精神了许多，面上含着一抹笑意，与在凤城相比，恍若两人。

余四娘子先打招呼："温公子。"

温淮回礼："四娘子。"

两人各自问了对方的近况，又聊了一些凤城之事，余四娘子才笑着道："没承想，我余家同温公子还有如此缘分。"回头瞧了一眼躲在自己身后的余六娘子，笑着同温淮道，"家妹往后就劳烦温公子多看顾了。"

温淮点头："应该的。"

余四娘子同跟前的婢女使了一个眼色，婢女忙上前，将手里的一个包袱递给了陈公子："娘子说天气寒了，做了一对护膝给公子，望公子不要嫌弃。"

陈公子一笑，伸手接过，目光瞧向余四娘子，面色露出几分腼腆，瞧得出来很开怀："多谢四娘子，我怎会嫌弃。"

同样都是有未婚夫，身后的余六娘子却两手空空。

余六娘子下意识地抬身，温淮的目光正落在陈公子手上的那对护膝上。

虽说知道他今儿要来，但她一时没想起来这桩，并没有准备什么东西，尴尬地捏了捏手，退到了一边。

余四娘子和陈公子有话要说，温淮也识趣地转过身，两人一前一后往里侧走去。

余六娘子听到身后有人跟了过来，心头知道是谁，转过头，目光与温淮对上时，心头还是跳了跳，忙收回视线，埋头轻声道："下回我再给你。"

"嗯？"

余六娘子脸色微红："我没准备礼物。"

"不必在意这些。"

枫树挡住了陈公子和余四娘子，这边瞧不见外侧，那头也瞧不见里面，余六娘子没再走了，素色长裙齐脚踝，裙摆罩住了大半个鞋面，露出了一截精巧的鞋尖。

两人沉默了一阵。

温淮先动，脚步往她跟前走了两步，距离突然拉近，余六娘子呼吸一紧，埋着头，脚指头忍不住抓住地面，努力不让自己后退。

隔了两步远，温淮停了下来，伸手递过来一个小巧的方匣子："给你。"

余六娘子一愣，看着陡然递到自己眼皮子底下的匣子，越发羞愧难当，吞吐道："公子也不必客气……"

"不是什么贵重之物。"

未婚夫妇之间相互赠东西，再正常不过，总不能因为自己没有准备，就拒绝了对方的赠礼。

633

"多谢温公子。"

余六娘子伸手去接,指尖不慎碰到了他掌心,心头一跳,手缩回来得太快,匣子落在了地上。

"对不起。"余六娘子一慌,急忙道歉。

"无碍。"温淮先一步蹲下,拾了起来,这回没再伸手递给她,俯下身,轻轻地握住了余六娘子的手腕。

不等余六娘子反应,他低声道:"摊开。"

手腕虽隔了几层布料,却是头一回被一个男子如此握住,她心口"咚咚"狂跳了起来,竟乖乖地听了他话,摊开了手掌。

温淮把匣子放在了她掌心。

他指尖还是碰到了她,手掌内又烧又痒,余六娘子一时忘了反应。

温淮抬眸瞧了一眼她红彤彤的脸颊,担心又掉下去,手掌卷住她的五指,轻轻一裹:"拿好了。"

滚烫的温度覆在她的手上,陌生的触感让她心尖莫名一悸,余六娘子慌忙去抽开。

温淮没松,余六娘子便也僵住不敢动。

僵持不过两三息,心跳恍若已到了嗓门眼上,绯色再次爬上耳根时,又听到他道:"下回想吃蛤蜊,过来便是。"

人走了好久了,余六娘子脸上的热意却迟迟不消。

余四娘子过来,见到她手里的小匣子,好奇地打趣道:"温公子送妹妹什么了?"

余六娘子也不知道,被夺去的魂儿这才拉了回来,当着余四娘子的面,揭开了匣子。

长这么大,余六娘子从未见过这么大的黑色珍珠,当是南海的黑珍珠。

余六娘子愣住。

这叫不贵重吗?

余家的家底哪里能比得上温家,就算是把自己所有的家产变卖了,她也给不了同等价值的回礼。

为了感激,除了一双护膝,余六娘子又给他绣了一个荷包和几条绢帕。

完工的那一日,已过了立冬。

京都的第一场雪落下,余六娘子的东西正好到了温淮手里。

小厮把东西交到温淮手上,哈着一口白气,笑着道:"六娘子托人带过来的,公子这个冬季当也不冷了。"

温淮一脸春风从外进来,温殊色正坐在屋里算账,瞥见他手里的包袱,再瞧瞧他面上的春色，不用猜也知道是谁送来的东西。

三十年河东三十年河西，以往自己和郎君恩爱之时，他受了不少罪，如今轮到自己了。

"兄长最近白了不少。"也不知道是不是男为悦己者容的缘故，那张脸比起之前不仅白了，还越发耐看了。

雪肌膏应该抹了不少。

温殊色把手中的账本给他放在了桌上："余下的你来算吧，我出去走走。"

温淮见她又来了书房，忍不住唤了一声："祖宗，你就不能少折腾点。"搀着她从官帽椅上起来，"外面风大，就在屋子里转转。"

温殊色已有四个多月的身孕，平日里厚实的披风一遮，瞧不出什么，此时披风取了下来，才能依稀瞧出隆起的小腹。

过了孕吐，人轻松了许多，精神劲儿又回到了从前，这不在家待着闲不住，硬要过来帮着温淮对账本。

自从她有孕之后，无论是到谢家还是温家，走哪儿都被人当祖宗伺候。

受周围人影响，他自己也下意识地把她当成了祖宗。

大夫吩咐了不能坐太久，更吹不得风，温淮将人扶起来，交给了晴姑姑，方才松了一口气："管好崔公子的账本就行了，我的事不用你操心。"

很平常的一句话，却不知道哪里捅了她的伤心处，见她立在那儿，嘴角一压，双目噙泪："行，你们个个都嫌弃我了。"

温淮无语，他哪里嫌弃她了。

"兄长不就是欺负郎君不在吗？"

成，又来。

温淮头都大了，没怀孕前，好好的一爽快妹妹，怀了孕突然就变成了小气包，忍不住头疼："你能不能别那么矫情……"

话一说完，温殊色眼眶里那眼泪便摇摇欲坠，温淮当下慌了神："祖宗，你就直说了，你想干什么。"

温殊色见好就收："我想去堆个雪人，你别告诉祖母。"

"不行！"

"那我就要哭了。"

"温殊色，你讲不讲道……"她怎么就逮着他一个人折腾。

"这日子太无聊了，要是郎君在一定会答应，如今留下咱们孤儿寡母，大舅不亲，二舅不疼的……"

"成，我去堆，你想要什么样的兄长都能给你堆出来。"温淮把东西搁在了木案上，有气无力地看着面前的戏精，"这是最大的让步，别得寸进尺。"

于是，在京都的第一场雪底下，温殊色终于有了第一个雪人。

雪人戴上了干草编制的发冠，后退几步乍一看那造型，神似一人。

温淮心中一动，看向身后廊下指挥了半天的小娘子，怨气一溜烟儿没了。

那位谢指挥，离开四个月了，依旧杳无音信。

但前去河西、河北的官船一日没撤回来，便说明人还在，并没出意外。

暗处的身份，怕是还没到亮出来的时候。

温淮从雪地里滚了一个雪球，走到温殊色身旁，先用绢帕垫在她掌心，再把雪球放上去：“要是太冷了就扔了。”

温殊色没应，目光看着远处的雪人，双目发红：“多谢兄长。”

她是想人想疯了。

温淮深吸了一口气，抖了抖身上的积雪，咬牙道：“他要是再不回来，我也要疯了。”

即便他温淮真疯了，谢劭也没回来。

直到年关，温殊色方才收到谢劭的第二封信。

送信的人一身风尘，到京都时，身上的旧伤已经结了痂，新伤还在淌血。

山高皇帝远，何况还是一位刚登上位置的新皇，独霸一方久了，便也以为那地方当真成了自己的，想做一回土皇帝。

朝廷的人马进不去，进去了也是被圈在一处，要么被诱惑所腐蚀，要么被拦在外，永远看不到真正想看到的。

为了找到证据，谢劭没跟着官船，走的是暗路。

河西、河北的官僚也不傻，官船一到，没见到人，必然会怀疑。

明面上还有一道身份摆在了那儿，多少会顾忌，不敢对他动手。但他既然自己选择了不要身份，对方岂能客气，怕是正合心意。

暗地里死了，谁知道。

知道谢劭人已经到了关口后，从河西、河北出来的信使，都会被拦住。

这一趟出来不容易。

信是两个月前谢劭写的，信使赶在了除夕夜，终于把那封平安信交到了温殊色手上：“少夫人放心，主子说了，在没完成答应少夫人的事之前，他不会有事。”

信来得虽有些迟，但厚厚几页纸，写满了他当下的处境和对温殊色的相思，把这几个月的担忧和思念，全弥补上了。

知道人没事，心里安稳了不少。

谢二夫人曾同她说：“你父亲没把他翅膀折断之前，他那股傲气，能登天。”

正如自己之前所想，谢劭的那颗野心并非后来被逼出来的，而是从小就埋在了心底，如今鱼入了海，给了他施展的空间，河西、河北没个结果之前，以他的性子，是不会回来的。

许是为了稳住她,信上还写了海错的价格和丝绸生意的规划。

心中对未来的期盼跃然在纸上,一家人都等着他胜利归来。

谢老夫人瞧完了信后,递还给了温姝色,叹了一声:"以前见他无所事事,老在我眼皮子底下晃悠,担心他这辈子没什么出息,如今倒是有出息了,人却又不在身边,也不知道我那一番相逼,是不是对的。"

没出息的子孙,也有好处,至少能一直陪在自己身边。

谢大爷出事之后,谢老夫人的身子大不如从前,虽也有说有笑,但已不如往日的精神气。

家族重要,还是人命重要?活了一辈子,到死了,她恐怕也无法参透。

谢仆射怕她太过于担忧,安抚道:"人生自古两难全,他那么大人了,知道自己想要什么,母亲不必多想。"

新皇上位几个月,朝廷的局势看似平静,背地里的暗涌却不断。

元氏一倒,朝廷上那些喜欢拉帮结派,替自己找个倚仗的人,顿时没个方向,如同无头苍蝇,有的急于投奔,有的则四处奔走,探查着局势。

而如今朝堂的势力,无外乎就谢、杨两家。

一朝之中两位宰相,相互制衡,乃百年来不变的规矩,在利益和局势面前,昔日的盟友谢家和杨家,也就成了对立面。

杨将军或许对谢家还有几分旧情,但杨家其他人没有。

先帝驾崩之后,杨将军的身子也大不如从前,侯府之事,多数是由杨家的世子爷在处理。

杨家世子的性子与杨将军有所不同,太平盛世长大的孩子,没见过战乱,所有的心思便花在了家族利益上,把朝廷当成了战场。

一面想拉拢,与谢家扯上姻亲,在关键时候好掣肘谢家,一面又急于抢在谢家之前,让杨家后辈占据朝廷的重要位置。

上回谢劭主动向皇上请命,前去整顿河西、河北,等杨家明白了其中的深意后,已经错失了先机,只能把力气使在宫中。

科考前,杨太妃借着自己的寿辰,将杨世子写的一篇祝寿词献给了皇上。

那首词不仅是贺太妃的寿,连带着夸了皇上对太妃的孝心。

杨太妃虽没被封为太后,但先帝也没有封其他人为太后,皇上要想在天下人面前树立自己的孝心,只有太妃能成全。

杨太妃想将杨家世子调配到门下省。

元氏覆灭后,先帝让杨将军接手了门下省,如今杨将军已年迈,尤其是一场病落下,也不知道能不能起来,若起不来了,杨家这宰相的位置,总不能落到旁人手上。

杨家能不能再次回到之前的辉煌,就看这回杨家世子能不能进入门下省,任职给事中。

皇上打了个太极,将事情拖延到了明年。

虽没同意,但也给了杨家的机会。意思很明白,机会他愿意给,但杨家世子得有一个让他提拔上位的正当理由。

杨家世子最近几个月忙得不可开交,一身便衣到街头上去体察民情,又是捐粮又是捐布,更为科考的学生们,盖了一座歇脚的学院,不仅提供吃穿,还能免费得到各种有助于科考的书籍。科考一过,杨家世子确实留下了一片好名声。

但想要进门下省,还差些火候。

谢家这头倒是不着急,那臭小子看准了先机,拿命去赌,若能立功回来,别说进自己的尚书省了,还能被封爵授勋。

没在刀尖上走过一遭,将来拿什么去承受这些荣誉?

谢劭走之前,谢仆射一万个舍不得,如今倒是越想越开了。

有家有室之人,自己的夫人和孩子还在等着,没有那个把握,他不会贸然行事。

一家人轮番瞧完了信,心头都松了松。

除夕夜要守岁,谢老夫人、谢仆射和谢二夫人围着火炉子打算熬一夜,温殊色怀有身孕,孕吐过后,尤其嗜睡。

温殊色坐了一阵坚持不住了,撑头打起了瞌睡,谢二夫人瞧见,赶紧让晴姑姑和祥云将其送回了院子。

外面还在落雪,暖阁内烧了地龙,暖烘烘的,一点都不冷,沐浴更衣完,祥云扶着温殊色躺下。

正要退出去,温殊色叫住了祥云,让她把那封信拿进来。

等祥云吹了灯,走出去了,温殊色便把那封信盖在了自己的肚子前,低声道:"这是你父亲,来,给他道一声新年祝福。"

祝福什么呢。

"祝郎君平安顺遂,早日回来。"

京都的新年,比凤城热闹多了,从除夕当日到元宵,街头上每日都是张灯结彩,人山人海。

等一切安静下来,街头两边的柳树,不知何时已抽出了绿芽。

有身孕在身,温殊色很少再出去,整日能活动的地方,只有谢家的院子,知道她闷,祥云想方设法地把外面的消息带到她耳朵。

"据说,温大夫人知道大娘子也回了凤城后,哭了几天几夜,把大爷从头到脚骂了一遍,说大爷心狠,不认糟糠之妻便罢了,连自己的女儿都不要了,还跑去知府大闹,说是谢大公子用了什么见不得人的法子,把大娘子蒙骗了回来。"

温素凝回凤城那日，谢家大公子亲自去港口接的人，很多人都看到了，旁人眼中两人乃情深义重，但温大夫人什么都清楚，骂温素凝脑子糊涂了，京都不好，偏要回凤城往火坑里跳。

"温大夫人整日没完没了，隔着一条街都能听到哭声。大娘子也是个厉害的，竟然去把安家老爷请来了。"

温家一家人都搬去了京都，当初温大夫人一人回了凤城，是砸了温家大门的锁才进去的府邸，这事儿安家老爷早就听说了，心头猜测多半是出了事，但既然姑爷温大爷什么都没说，碍于面子，他便也当什么都不清楚。

可温大夫人却半点没有收敛，依旧不知悔改，要再这般闹下去，安家的脸迟早都保不住。安老爷到了温家宅子，一句话都没多说，让安家的大公子捧上一条白凌："十几年的养育之恩，你就让我图个清静吧。"

"安家老爷走后，温大夫人彻底闭了嘴，再也没有闹过。谢大公子再上门提亲，也没听温大夫人吭一声，爽快地交出了八字。"

祥云说得绘声绘色："谢家屋里的两位姑子，也被制得服服帖帖，这不年前两人都定了亲，整日缠着要同谢大公子要嫁妆吗？大娘子得知后，派人给两位姑子一人送了一把菜刀，并丢下话口，说她们想要多少都可以，自个儿凭本事去外面抢。"

谢家大房能沦落到如此地步，本就是因谢大爷谋逆。

这一刀不外乎是在提醒两人要知趣，认清自己的身份，别把谢家再往深渊里拽。最后两人的嫁妆都是温素凝定下来的，一人半抬，从谢家大夫人的妆匣子里拿。

两位姑子不乐意，闹着要谢大公子多添一些，温素凝态度强硬，一口回绝："女儿出嫁，由父母置办嫁妆，乃百年不变的规矩，哪里还要哥哥出的道理？"

也不知道温素凝在说这句话的时候，会不会想到当初她和娘子的事。只有事情落在自己的头上，体会过其中滋味，方才能理解他人苦。

想来她应该是明白了。

几个月的工夫，谢家大房几乎个个都怕温素凝。

那谢家二少奶奶，原本十指不沾阳春水，如今也知道自个儿洗衣做饭，照顾孩子了。谢二公子更是，抄书拉车，干得格外起劲，每月按时上交银钱，生怕晚上一日，惹了自己那位准嫂嫂不开心。

"说来也奇怪，谢家的一摊子烂事，大娘子一去，都治好了。"

温殊色也没想到，叹了一声："大姐姐的一身本事，倒是有了用武之地。"

都说天定的姻缘，雷都打不散，兜兜转转她还是嫁给了谢大公子。

温素凝成亲那日，温家除了温老夫人和温殊色不宜奔波，其余人都回了凤城。

温殊色也托温淮送上了贺礼。

那一场被她和谢劭抢占了的婚礼,最终还是还给了温素凝和谢大公子。

等温淮从凤城回来,京都春季的气息正浓,温殊色出门时,不用再披上厚实的披风,因此隆起的肚子越发明显。

温淮把一个包袱递给了她:"这是王爷托我带给你的,说是哑女的心意。"

温殊色一愣:"哑女?"

"再过一段日子,怕是该叫王妃了。"

一进凤城,温淮便听到了那位新上任的王爷和哑女之间的传言。

说王爷进了凤城后,偌大一个后院,就安置了一位哑女,几个月了,两人同吃同住,形影不离。

温淮进府拜见的当日,见裴卿牵着一位清丽的姑娘从里走了出来,便知道传闻不假。

虽说那哑女不会说话,两人之间的默契却极高,一个眼神,一个动作,便能知道对方在想什么。

南城深山里的那一别,本以为再无交集,温殊色怎么也没想到裴卿还会去找哑女。

温殊色打开包袱,里头全是婴孩的东西,鞋袜、帽子、衣裳,整整一套。

哑女亲手绣的。

藩王无召不得入京。

"王爷说等妹夫回来后,他递奏折到南城,让你们把孩子抱出去,给他瞧瞧。"

【7】

裴卿那样曾断绝过生念的人,再活着,便也没了世人的执念,所要的东西也与旁人不一样,比起权势,他更需要的是心灵上的陪伴。

是以,比起家世高贵的世家女,与他身世相近的哑女,更能走进他的心里。

想起他手腕上曾经的伤痕,也不知道他的自残症好了没。

裴卿想瞧孩子,那也是先瞧太子殿下的。

明婉柔肚子里的孩子比温殊色的大了三个多月,春季一过,就该临盆了。

趁六个月的身子还轻松,温殊色挺着大肚子,进了一趟东宫看明婉柔。

肚子里多了一个孩子,明婉柔好不容易消瘦的脸又饱满了起来,精神也饱满,红光满面,看得出来孕期调理得也不错。

过了一个年,见谢劭还没回来,明婉柔知温殊色寂寞,怕她心头不好受,不敢流露出半丝得意:"缟仙,我挺羡慕你的。"

她堂堂太子妃,要什么没有,用得着来羡慕自己?温殊色狐疑地看着她:

"羡慕我什么，羡慕我郎君不在身边，我独自一人怀孕，独自一人生产？"

两人各自得意之时，彼此较劲想方设法地要压倒对方，当真一方遇到了难处，却恨不得让自个儿看起来更悲惨一些，好让对方心理能平衡。

明婉柔不赞同她这说法，同她掰扯："你那叫独自一人？谢家、温家哪个不把你捧在手心，谢二夫人简直把你当成了菩萨供着，前些日子进宫，谢二夫人还同母后取经，问起产婆的事，你要是这会儿喊一声痛，谢家屋顶都能被掀起来，虽说谢三公子不在，但你不也能图个清静……"

图什么清静？

温殊色一脸疑惑。

明婉柔被她这么一瞧，心头的事一时没藏住，脸色腾地红了起来。

见她这副神色了，温殊色岂能不知道是何意，愕然道："你也不怕孩子……"没等她说出来，明婉柔一把捂住她的嘴："不是你想的那样。"

"我想哪样了？"

"真没有。"明婉柔急了起来，"还在孝期呢，咱们也不能……"是没同房，但两人躺在一处，周邝身为血气方刚的男儿，哪里忍得住，难免擦枪走火，每回都是周邝喘着粗气去净房而收场。

"说了你也不明白。"

她这是在嫌弃自己无知了，温殊色正欲发作，明婉柔神色一暗，叹了一声，突然道："缟仙，你说我要不要松口，让他纳一位侧妃，或是良娣？"

她确实是没个清静。

一个孕期，要么是见到前朝的臣子一心往周邝怀里塞人，要么便是被京都各位贵妃相缠，明里暗里地，要把自家的姑娘送来与她做姐妹。

包括明家。

那日祖母进宫，话都说到了明面上，与其让旁的家族来分这杯羹，为何不能从明家的姑娘里再选一位进来。

明家老祖宗的原话是："自己人进来，才能与太子妃一条心，等将来太子妃诞下郡王，身旁也能有个能用之人，帮衬一二。"

身在皇室，她有这个觉悟，这辈子与周邝做不到一生一世一双人。

只是这往后要进来的人，她要斟酌一二。

她脑子一向不好使，虽说进宫才一年，宫里的那些个明争暗斗还没轮到她身上，但迟早会有那么一天。

比起旁的家族，明家的人确实更让她放心，可明老夫人让她在家中的几个晚辈之间，指出一个人选时，她却定夺不下来。

今日温殊色来，她正好问问谁更合适。

温殊色却没答，反问她："你想吗？"

"啊？"

温殊色又问她："你想要太子纳侧妃吗？"

这是她想不想的问题吗？从靖王被封为太子后，她的命运便彻底变了，所有的人都在告诉她，她肩上所承担的责任。

若为了这天下想，为了周家想，她自然希望东宫子嗣众多，人丁兴旺，可若是只为了自个儿想，这天底下的小娘子，谁又愿意挺着个大肚子，听旁人为她的夫君选着别的姑娘。

心里也难受过，但周围的声音都在告诉她，她的那份难受不应该。

当着温殊色的面，明婉柔不用遮拦，摇了摇头，说了真心话："不想。"

"那就不想。"温殊色自来是她的谋士，这回也不例外，"孩子再多不是自己的，能亲吗？这深宫高墙之内，从古至今，有多少下狠心的不是自家人？手足尚且能相残，何况隔了肚皮，太子要是想纳妾，他自己去答应，你去应承什么呢？给自己的夫君挑姑娘，当真是笑话。"

温殊色见她一脸呆样，又问道："你喜欢太子吗？"

明婉柔脸色一红，自己这辈子就接触过周邝一人，他是自己的夫君，她自然喜欢。

"当真喜欢一个人，他即便多看别的姑娘一眼，你都会觉得难受，哪里能容得下第三人，你莫要做那糊涂事，给自己添了堵，还寒了太子的心。"

明婉柔一向听温殊色的话，并非对她言听计从，而是每回温殊色都能说到她的心坎上。

这回的话也一样，她听进了心里。

杨太妃再带着杨家夫人进宫来看她时，明婉柔便一头晕了过去。太子吓得不轻，皇上和皇后也被惊动到了。当日，皇后便下了一道令，无论是谁，都不能踏进东宫半步，要是惊扰到太子妃肚子里的孩子，以死罪论处。

临盆之时，明家的人也没能进来。

皇后和太子在产房外守着，从头一日黄昏发作到第二日早上才生下来，一声哭啼从屋内传来，格外响亮。

太子头一个奔进去，蹲在床边，紧紧地握住明婉柔的手，一头冷汗，像是自己也经历了一场劫难："辛苦太子妃了。"

是位小郡王。

嬷嬷把小郡王包裹好，抱给了太子："恭喜殿下，小郡王健康着呢。"

周邝回头，便见到了一张小小的脸，大张着嘴巴，不停地号叫，瞧不出来长相，但那一眼却牵扯到了心底。

那是他的儿子。

一股暖流涌入心房，眼眶内溢出了水雾，他小心翼翼地伸手，不知道该怎么抱,照着嬷嬷的吩咐,僵硬地抱在怀里,呆呆地看了一阵,抬头看向床上虚弱的明婉柔,扬唇一笑:"阿园,我们有孩子了。"

那笑意纯粹,盖过了身上四爪龙纹的威严,仿佛又回到了在凤城时的单纯模样,仅仅是身为父亲的喜悦。

皇室人丁本就凋零,前太子谋反,先帝一去,更为单薄,如今终于添了一位小郡王,全宫上下皆欢喜。

待消息传到殿外,立在殿外等候的臣子,齐齐跪拜。

温殊色得知时,已是下午,晴姑姑正陪着她在院子里散步,祥云匆匆从外进来,人还在廊下,先忍不住向她开口了:"娘子,娘子……太子妃生了,是位郡王,母子平安。"

祥云生怕温殊色担心,一口气全禀报了。

"当真?"

怀胎十月,终于熬到了这一关,温殊色一脸兴奋,若是个小郡王,阿园就轻松多了,至少近段日子,不会再有人急着往东宫内送女人。

温殊色刚松下一口气,又紧张了起来,她倒是解脱了,自己还没呢。

也不知道阿园顺不顺遂。

"她何时生的?"

祥云看出了她的紧张,忙道:"昨儿夜里发作,早上就生了,一切都很顺遂,娘子也会顺遂。"

说得轻松,这不也痛了一夜了。

太子妃先卸了货,温殊色的日子更为漫长,度日如年,不知道肚子里的孩子是男是女,每日都在同院子里的丫鬟们猜测,今儿希望是男孩,明儿又希望是女儿。

无论是男是女,她都喜欢。

不知道郎君何时回来,能不能赶上孩子出生。

众人知道她在盼什么,个个都不敢在她面前提起谢三公子,眼见着临盆的日子越来越近,谢仆射和谢二夫人也在着急。

谢二夫人着急起来,连着谢仆射一块儿损:"有其父必有其子,你们这爹当得可真轻松,只管拍屁股走人,等回来了就有个娃了。"

"你说儿子就说儿子,别睁眼说瞎话,我哪像他,你当初有身孕,我日日相陪,不过是最后生产,我不知情况,从宫里赶出来,晚了半个时辰。"

就是那半个时辰,谢劭落了地,已被谢二夫人说叨了大半辈子了。

要是那兔崽子还不回来,他这辈子怕是都抬不起头。

立夏那日,河西、河北的军情终于传回了朝堂。

半年前,辽国同河西、河北打了几场假仗后,尝到了甜头,为此上了瘾,动不动就来骚扰一回。

统领河西、河北的两位大将,也逐渐意识到了问题,但碍于朝廷还在背后,大辽开的价再高,也没有真正打起仗来,消耗得数量大,只能一面同辽国讨价还价,一面与朝廷派来的谢劭周旋。

知道谢劭没在官船上时,两位大将便下了杀心,却一直没找到人。

偏生这时,辽国不讲信誉,打了一场真仗,两名大将连夜前去谈判,辽军想要给大鄄新皇一个下马威,并不买账,攻势凶猛,加之两地的兵将假仗打习惯了,一时没有反应过来,两日之内便丢了一座城池。

两位大将焦头烂额,提高了谈判的条件,让辽国收了好处,暂行先退兵。

两位大将将钱财凑好,秘密运去了辽国。

半路上却被一个两地之间以盗窃为生的江湖门派,当地人称为菩萨娘子的团伙劫了军队,把送去辽国"议和"的财物全掠走了。

辽国没收到财物,兵将再次逼近,在城门外叫嚣。

谢劭虽然不在官船上,但还有其他随行的朝廷官员在,两名大将尽管再震怒,也不敢以真正的罪名,明目张胆地派人捉拿,最后用了一个清缴土匪的名头,派军攻入山头。

到了那儿,别说是人了,一个铜子儿都没见到,人去楼空。从此,河西、河北的大将,不仅要应付辽国的骚扰、搜查谢劭的下落,还同江湖门派打起了猫捉耗子的拉锯战。

此等局面,一直僵持到了春季,以大鄄军中的一名无名小将,意外杀了辽国的一位将领,并烧了辽国的粮仓为导火索,辽国向河西、河北正式发起了战争。

一场仗打了一个多月,河北、河西的地盘连续被吞。

河西、河北的大将终于意识到了严重性,一封急报送回京都,要求增加援军,但辽国早有准备,野心膨胀,大军一路攻到了河间府。

眼见大势已去,辽国欢呼之际,突然从太原府杀出来五万兵马,如同神降,击退辽国。

几日后,辽国大败,退出了河间府。

五万兵马却没有片刻停留,追着辽国往外赶,所有的粮草和装备,都跟在了大军身后,没有后顾之忧,五万大军一月之内,把河西、河北两位大将丢失的城池尽数夺了回来,且将辽国大军逼到了原来的边境十里之外,摧毁了辽国建立在边关的瞭望塔。

新皇即位之后,同辽国的第一场仗,由谢劭主帅,中州节度使宁王周安援助。

皇上令宁王屯兵五万在太原府,朝廷的粮草绕了一个大圈,没有交到河西、河北两位将士的手上,而是给了河东宁王周安。

这一战,彻底地架空了河西、河北两位大将。

昔日两位大将大言不惭,以边境安危为筹码,威胁朝廷的那些手段,便成了打自己嘴脸的催命符。

知道大限已至,两位大将想要渡河,被谢劭的兵马堵在了江河岸上,尽数落网。

通敌的证据已有,只等押回京都问罪。

捷报传回京都时,天气已经转暖,院子里的几棵石榴树,已落了花瓣,开始结果。

一屋子人终于喘了一口气,从边关到京都,快马十来日,正好能赶上温姝色临盆,就看温姝色肚子里的孩子等不等他爹了。

以往边关没有消息传来时,晴姑姑和祥云不敢在温姝色面前提谢劭半个字,如今有了消息,祥云才敢提及:"娘子再坚持一阵,姑爷很快就回来了。"

但比起等待谢劭,温姝色对肚子里那位还未出世的小祖宗更为忐忑。

明婉柔也坐完了月子,听到谢劭传回来的捷报之后,缠着周邝陪她去了一趟谢家,看温姝色。

还有几日临盆,温姝色越来越紧张,谢二夫人请来的产婆已经住在了府上,随时等着接生。

明婉柔虽一脸幸福地告诉她:"痛完也就过去了,如今孩子落地,瞧着他的模样,什么都值了。"

可温姝色还没见到孩子,不理解那种感受。

听明婉柔说腹痛从头日晚上痛到第二日早上,心头七上八下,又怕又期待,死死地抓住太子妃的手,苦着脸道:"阿园,你都熬过来了,我怎么办啊。"

两人从小到大,明婉柔就没见温姝色怕过什么,这回却在她脸上瞧出了害怕,埋藏在心底的保护欲瞬间被激发了出来,搂着她安慰:"缟仙别怕,有我呢。"

"缟仙可知道,孩子生下来,何时睁眼的吗?"为了消除她的紧张,明婉柔试着转移她的注意力。

"何时?"

"生下来就睁眼了。"

温姝色一愣:"产婆不是说几个时辰后才睁眼吗?"

"小郡王不一样,眼睛雪亮着呢,一双眼睛这瞧一会儿,那瞧一会儿,机灵着呢,哭声也大,产婆说这般有力气的婴孩很少见,将来身子肯定强壮。"

"你那些补品没白吃。"

"咱们可说好了,你这胎要是个闺女,便得做我的儿媳妇。"明婉柔生怕她不同意,斩断了她的后顾之忧,"将来等她进了宫,有我护着她,谁敢欺负?"回头瞧了一眼屋外的周邝,凑近温姝色耳边小声道,"且周家几代单传,咱小时候可发过誓，有难同当，有福同享。这天底下也就只有我儿子能配得上你肚子里的闺女。"

"你这是在画饼。"腹部突然一紧，温殊色吸了一口气，"你怎知道我怀的是闺女？"

"没关系，哪一胎都行。"

温殊色被她的执着逗笑了，嘴角的笑容还未来得及收回来，便被腹部的一阵绞痛，痛得皱紧了眉头。

谢二夫人每日都会派人去城门口。

七八日了，小厮都没见到人影，今日继续去蹲守，日头西沉之时，终于听到了动静，抻长脖子朝前望去，只见蜿蜒的官道上扬起了一片尘土，片刻后几匹快马从城外疾驰而来。

小厮精神一振，紧紧盯着来人。

很快，几匹快马到了城门口，速度并没有减慢，其中一人高呼道："殿前司谢指挥，凯旋，奉命回京。"

城门口的侍卫立马让开了道。

没等小厮上前拦截，马匹已冲入了城门内，回过神来的小厮赶紧追上："谢大人，三公子，三公子……"

声音传入耳朵，前方马背上的人回头，匆匆留了一句："进宫复命，即刻回府。"

熟悉的声音，确定是谢三公子没错了，小厮这才赶紧勒马，急急忙忙地赶回了谢府。

府上正忙得不可开交，丫鬟婆子不断进出，一会儿送食物，一会儿送水，稳婆也已进去了一个多时辰。

太子和太子妃本是来探望的，没想到正好赶了个巧，人便也没急着回宫。

刚发作那阵，谢二夫人便让人给温家送了信，这会子温老夫人和温淮都赶了过来。如今一堆的人都在院子外等动静，最该回来的人却没出现。

谢二夫人让人去门口看了几回，终于见到小厮一脸高兴地赶了回来，没等他开口禀报，谢二夫人先问："人呢？"

"三公子进宫去了。"

谢二夫人一愣，咬牙道："都这时候了，还进什么宫，赶紧去把人叫回来。"

小厮又折了回去。

在路上奔波的人不觉得，等的人却煎熬。

黄昏时，温殊色的腹痛越来越密，疼痛起来，忍不住呻吟，声音传到屋外，谢二夫人一颗心如同在锅上煎。

生谢劭那会儿都没这般紧张过，谢二夫人捏着拳来回踱步，问身边的丫鬟："人还没回来吗？"

丫鬟又去了门口。

里院就明婉柔和谢二夫人守着，太子和温淮不便进来，温老夫人年岁大，担心她受不了，没让她进来，同谢家老夫人一并在外候着。

天色很快暗了下来，又过了一个时辰，里头稳婆的声音传来："少夫人，很快了，再坚持一阵。"

这是要生了。

谢二夫人也不盼着谢劭能赶回来了，立在门外双手合十，闭眼嘴里念着："菩萨保佑……"

府门前的巷子外一道马蹄声传来，疾驰到门前，马背上的人翻身跃下马背，径直冲入府门。

等不到身后小厮手里的灯笼，一人从灯火朦胧的廊下奔走而来，守在院子外的几人听到动静，回头尚未看清楚来人，便听见一道熟悉的声音："祖母，孙儿先进去。"

众人齐齐一愣。

回来了。

脚步声到了房门前，听到明婉柔惊喜地唤了一声："谢公子。"谢二夫人才睁眼。

快一年没见了。

谢二夫人的目光轻轻地落在他身上。

战事一结束，谢劭便赶了回来，留下副将赵淮在后方整顿，一路马不停蹄，刚回城便进宫复命，身上的衣裳还没来得及换，藏青色剑袖圆领衫袍，腰佩弯刀，干脆利落。许是在战场上磨炼了一番，身姿比起之前越发挺拔健壮，脸上也刻下了这一年所经历的风霜，长出了浅浅的胡楂，夜灯下一双眸色沉静深邃，透着隐忍的急切。

这番模样，倒像个真正的武将。

变化还挺大。

"母亲。"谢劭同谢二夫人行了一礼，抬步从她身旁走过，脚步停在门扇外，手中紧紧地握住了一道卷帙。

铺天盖地的疼痛席卷而来，再也没有喘息的间隙，温殊色周身是汗，神志散乱，连身边有谁都不清楚，更不知门外之人，在无边的苦海里挣扎，心中默默数着时辰，不知何时才能结束。

煎熬之时，耳边突然传来一声："缟仙。"

熟悉的声音，恍如做梦一般，散去的神志慢慢被拉回来，疼痛更为清晰。

祥云听到这一声，都快哭出来了，跪在床边，捏住温殊色的手，激动地道："姑爷回来了，娘子，姑爷回来了，娘子再坚持一阵……"

不是梦吗？

一股撕破骨髓的痛楚从腹部袭来，温殊色疼得脸色发白，稳婆见时辰差不多了，赶紧道："少夫人，很快了，先慢慢用力，不着急，跟着老妇一道调节气息……"

稳婆是谢二夫人从皇后那儿求来的，接生经验丰富，经手的产妇事后不用吃什么苦。

可再好的经验，还是得靠自己闯过那道鬼门关。

虽隔了一道门，但里面的痛苦挣扎，外面都能听得清楚，门外三人谁也没有说话。

谢二夫人一口气屏住，险些憋岔了气，一侧目，便见门前的谢劭，笔挺地站在那儿，双手握拳，手背蹦出了青筋，上半身隐了光影之中，被夜色遮住，看不清他的神色，想必也在紧张。

谢二夫人想缓解一下，主动问他："何时回来的？"

谢劭立在那儿动也不动，也没答，似是没听见一般。

谢二夫人吸了一口气，没再开口，转身吩咐丫鬟："替公子去取一件干净的披风来。"

夜色寂静了片刻，一道响亮的哭啼声从屋内传来，谢二夫人和明婉柔一口气松下来，身子都软了。

门扇从里被打开，明婉柔抢先问："是小公子还是小娘子？"

"回太子妃，是位小公子。"

明婉柔脸上明显地露出了失落。

儿媳妇没了。

晴姑姑抬头看向堵在门口周身紧绷的谢劭，蹲了一礼，笑着道："恭喜三公子，少夫人母子平安，进去瞧瞧吧。"

谢劭立在那儿却迟迟没有动静。

门扇打开后，里头的灯火溢出来，这才照清了那张脸，神色憔悴却暗藏着激动，眼眶内布了薄薄一层水雾，早已红成了一片。

从离开的那一刻起，每日都在思念。

小娘子的容颜，小娘子的笑，夜深人静之时，便是蚀骨的思念，熬过了冬季，熬过了春季，日子一日一日地生生熬了过去。

战争结束，他来不及卸下盔甲，一路快马加鞭，奔着小娘子的方向归去，只为早些见到她，然而到了跟前，这一道门槛，突然不知道该怎么跨进去了。

亏欠和心疼，让他迈不动双脚。

怀胎十月，他没有一日陪在她身边，作为孩子的父亲，她的夫君，他没有尽到半点照顾之责。

他没脸进去，不知道该以何颜面去面对她。

丫鬟匆匆取来了披风。

谢二夫人接过，罩在了他身上，拉紧系带："一身尘土，别进去染了母子俩，抱孩子之前，记得先净手。"抬头看了他一眼，催促道，"进去吧，好在赶上了，要没赶上，看殊色怎么骂你。"

她该骂他。

谢劭终于抬步，跨了进去，缓缓地绕过屏风，婴孩的哭啼声还在继续，一声一声地扯着人心，期盼又小心翼翼，以至于不敢轻易抬头去看。

刚绕过屏风，晴姑姑便端了盆水来："公子，先净手吧。"

"好。"谢劭转头把手中的卷帙先递给了祥云。

知道对面的小娘子已经看到自己了，他心脏狂跳，眼皮也在打战，强装镇定地埋头在盆里把一双手洗净，再接过丫鬟递过来的布巾擦干。

他又掖了掖披风的领口，收拾妥当了才转过头，抬眸看向躺在床上的小娘子。

时隔了几个季节。

他触碰到那双眸子的瞬间，喉咙如同刀割一般，一双眼睛模糊蒙眬，半刻才扯起了唇，哑声道："我回来了，缟仙。"

从他一进来，温殊色便一直在看着他。

不知道分开了多久。

起初还能记得日子，后来一双手数不过来了，便也懒得记得。

如今那道身影，像是一眨眼，又像是隔了好几个春秋。

等他抬起头，向她瞧来之后，两行泪毫无预兆地落了下来，心口发紧，绷得难受，心头的思念也好，苦楚也好，此时都化作了一股委屈，她紧紧地抿住唇，不敢再看他，只好偏过头去。

脚步声渐渐靠近，停在了她的床边。

她余光瞟见他蹲了下来。

片刻后，垂在被褥上的手，突然被一道微凉的温度轻轻碰了一下，久违的触感，熟悉又陌生，像是投进湖面的一颗石子，搅动了等候春风的一汪春水，心脏一紧，又酸又疼，眼泪再次落了下来。

她没躲开，那只手掌便试探地往前，慢慢地裹住了她的掌心，一点一点地用力，到最后紧紧相握。

又柔又软的触感，顷刻之间融化了人心，他的指腹一下一下地蹭着她的手背，似乎此时才终于有了实感。

他回到了小娘子的身边。

鼻尖的酸楚袭来，及时埋下头去，挡住了眸子里的泪，谢劭再次致歉："温二，对不起。"

他很想她。

每时每刻都在想。

温殊色转过头，看着他伏在自己的身边，怀胎十月，没有夫君陪她待产，她是觉得委屈，可如今他道歉了，她又心疼了。她抹了脸上的泪痕，柔声道："回来了就好。"

待心头的疼痛过去，谢劭才抬头，目光小心翼翼地看向床上虚弱的小娘子，从她的眸子里找回了曾经的熟悉，眼底的思恋才尽情地释放了出来。

"是不是丑了？"见他盯着自己，温殊色目光躲闪，后期吃得多，感觉自个儿是胖了一圈，她都不敢照镜子。

谢劭摇头："好看。"

"这还叫好看。"自从怀孕后，她便再也没有用过脂膏，也没擦过胭脂水粉，此时周身疲惫，脸上怕是半点血色也没了吧。

"好看。"谢劭重复了一遍，伸手把粘在她额头上的头发拂开，手指头碰到了她的脸侧，再也不想挪开，满眼都是心疼，"娘子受苦了。"

确实很苦，太痛了。

他也好不到哪儿去。

往日一身的细皮嫩肉，那张脸比小娘子还要白净，如今竟也染了风霜，黑了一些，眸子里的懒散褪尽，透出了坚毅。

比之前成熟了不少。

注视片刻，微妙的陌生感竟让她生出了奇妙的羞涩，她避开他的目光，低喃道："那你以后对我好点。"

"嗯。"她叫他做什么他就做什么，命都能给她。

晴姑姑见两人平复了一些，才同稳婆使了个眼色，让她把孩子抱上前。

小团子已经没再哭了，睁着一双眼睛，左转右转，安静地吸着自己的嘴巴，模样尤其讨人喜。稳婆抱着上前，笑着恭喜："三公子回来得正好，瞧瞧，小少爷长得真俊。"说着便要把怀里的孩子递给他。

谢劭愣了愣，慌忙起身，颇有些手足无措。

稳婆一笑："头一回当父亲，都是如此，不用怕，三公子像老妇这样，抱在怀里便是。"

谢劭紧张地伸出手，还是有些忐忑。在河西、河北的这几个月里，自己的一双手不知道取过多少条人命，如今面对这样的小生命，却紧张地屏住了呼吸，不敢用力，小心又谨慎地托住了他，怀里的小东西太轻了，轻到感觉不到自己已经把他抱在了怀里。

人也小，巴掌大的脑袋，小脸彤红，脸上还有细细的绒毛，一双眼睛睁开了一阵又缓缓地合上，似是疲惫得很，转眼便又睡上了。

这是他和娘子的儿子。

小小的东西，却有软化人心的本事，饶是战场上的骁勇男儿，此刻也没了半点抵抗之力，一双手不敢用力，怕弄疼了他，同样也不敢放松，怕摔着了。

小团子却在他怀里懒懒地打了一个哈欠，手指轻轻地动了动。

可爱的萌态，直击人心底。

心化了，眼眶也红了。

"郎君看够了吗？"温殊色见他半天不动，提醒他，"我还没见到呢。"

"好。"谢劭这才回过神，慢慢地蹲下，极为小心把小家伙放在了温殊色的旁边，"娘子看到了吗？"

"嗯。"温殊色定眼瞧着。

尚在肚子里时，她便好奇，他到底长什么样，是像自己多一些还是像他父亲多一些，如今见着了，却看不出来到底像谁。

只见小家伙眼睛闭着，睡得极为香甜，小鼻子小嘴巴，那嘴巴当真是小，怕是只有她的指腹大。

"怎么都不像？"

谢劭不认同："像娘子。"

"你怎么看出来的？"

"神似。"

睁眼说瞎话这点倒是没变。

一旁的稳婆笑了笑："公子还小，等以后长开了就知道像谁了。小少爷先交给奶娘，少夫人刚生完身子还虚着，好好躺会儿。"

奶娘早就候着了，听忙上前来抱娃。

谢劭起身让开了地儿，刚要坐下，稳婆又道："三公子也请先回避，少夫人这儿老妇还没处理好。"

谢劭看向温殊色，不太想走。

温殊色也不想他留，不想让他看到血腥，逗他道："能跑的那个人又不是我，你怕什么。"打量了他一眼，看出来他回来得匆忙，"郎君还未更衣吧，更完衣再过来。"

确实是一路风尘。

谢劭转头看向祥云，从她手里拿过了刚才的那副卷帙，弯身放在了温殊色的床头："给娘子的，先放在娘子这儿。"

待人出去了，温殊色才侧目。

卷帙以玉为轴，卷面为蚕丝，不需要她去打开，也知道了里面是什么。

他做到了。

画给她的饼，他都给了。

曾经自己一句不想陪他吃苦，将他逼到了官场，坐上了马军司副指挥使的位置，为争一份军功，他险些丢掉了性命，也为她挣来了三品夫人的荣光。

河西、河北的战事，她都听兄长说了。

他谢劭同样是拿命在博，信笺上"平安勿挂"的背后实则是刀光剑影，稍微走错一步，失败一局，便是粉身碎骨。

新皇登基，对外的身份仍然是养子，想要稳固朝堂，稳住江山，便要树立威信。

朝中如此，边关更需要震慑力。

河西、河北动乱，恰好是一个新皇建立威信的契机。

契机有了，便是人选。

杨家因"太后"一事，已与新皇生出了隔阂，能让新皇相信的人只有谢家。

谢劭在赌，新皇也在赌，赌谢劭能平定河西、河北两地，能赢了同辽国的一场大战。

如实赌赢了，新皇不仅树立起了威信，还能名正言顺用谢家的人。

若一个平定河西、河北的功劳还不够，那么从辽国手中夺回被侵占的几座城池，解救了上万流失在外的百姓，让辽国主动签下了休战条约，这样的功勋，就算是当年的杨将军也及不上，足以得到最高的赏赐。

何况一朝天子一朝臣，新皇要封他，谁又敢反驳。

谢劭的出身虽决定了他的官途不会平凡，但不平庸。

这是她的郎君以命相搏，靠自己的本事为她争取而来的护身符，温殊色没去打开，紧紧地把那卷帙握在了手里。

实在太疲惫了，稳婆替她处理好身子后，她便沉沉地睡了一觉。

醒来时，天色已经亮开，察觉到手中的卷帙不在，她下意识去摸。

"在这儿，没丢。"见她睁开眼慌张寻找，谢劭忙把卷帙重新塞到了她手里，轻声问，"饿了吗？"

原本说好等他过来，没想到自己竟然睡过去了一个晚上，她抱歉地看着他："郎君歇息了没？"

"歇了。"昨夜洗漱完后，他就在她床边趴了一夜，见她一夜抱住卷帙不放，脸上都留下了印记，才轻轻地从她手里抽出来。

没想到刚挪开，她便醒了。

谢二夫人一早便让人备了清淡易入口的食物，谢劭扶着她起来，在她身后垫好了引枕，起身去外面盛了一碗鱼粥。

她虽有些乏力，但手还是能动，不太习惯旁人来喂，伸手去夺："我来吧。"

谢劭却没松手，抬头看向她，诚恳地道："请娘子成全我一回，做梦都想喂你。"从知道她有孕之后,每耽搁一日,于他而言都是煎熬。

那些被他错过的日子,他都会慢慢地弥补回来。

知道他心中有愧,温殊色没再动,由着他一勺一勺地喂进嘴里。

昨夜灯火模糊,加之太激动,她都没好好看他的脸。

如今郎君沐浴完已换了一身衣袍,依旧是青色的圆领长袍,但比昨夜那一身要高贵许多,肩绣金丝云纹,玉冠束发,端坐在她床边,手里的碧绿瓷碗抬了这一阵,稳稳当当,丝毫不见晃荡。

郎君还是那个郎君,却又不一样了,身上的青涩不知何时已褪去,骨子里散出的稳重之气,把他的五官棱角,雕刻得更为分明。

河西的风,没把人吹沧桑,还能越长越好看了。

察觉出了她的目光,谢劭眸子一掀,柔和地看着她:"怎么了?"

温殊色没有撒谎:"看郎君啊。"

谢劭一笑:"不认识了?"

温殊色被他那一笑,终究染红了脸颊,撇开目光,吞下他喂过来的粥,含糊道:"嗯,更好看了。"

谢劭看着她嫣红的脸颊,心底暖流涌上来,嘴角微微上扬,把最后一口粥喂进了她嘴里,便摆正了身子,凑近了一些,低声同她道:"娘子随便看。"

温殊色瞟了一眼他含笑的眼睛,心头突突直跳,要她看,她又没胆子再看了,反倒被他盯着看。

被盯了片刻,她脸已经烧了起来,只能岔开话题:"郎君吃了吗?"

"还不饿。"

"哦,不饿也得吃些才好。"

见她还没放开,谢劭也没再为难,问道:"饱了吗?"

"嗯,饱了。"

谢劭起身去放碗,折身回来,便见她盯着手里的卷帙在看。

卷帙被她捏了一夜,上面的封口却还没有打开,想必她已经知道了里面是什么,他重新坐回她身旁,轻声问她:"不看看吗?"

看是要看的,不过——

"既是郎君送我的,郎君便同我一道打开吧。"

谢劭昨日回到京都,还不及更衣,匆匆进宫复命,便是为了去求这一道恩赐,想要在回府之时,作为礼物赠予她。

皇上拿给他的时候,他就已经看过了。

"好。"谢劭接过,看了一眼床榻,"我能坐吗?"

当然可以。

出了一趟门,倒是突然客气了,温殊色往里侧挪了挪。

653

谢劭坐上了床榻，身子往她身后靠去，半边胳膊碰到了她的肩头，见她并不排斥，才又靠近了一些，半拥着她，展开了那道他答应了小娘子的诰命。

见到七色蚕丝时，温殊色心头便是一跳，有些紧张，先问道："几品？"

"一品。"

温殊色愣住，谢仆射也才一品，再得宠，一家岂能容得下两个一品官。

"父亲今日辞了官。"

元氏一倒，杨将军接手了门下省，父亲官复原职掌控尚书省，新皇登基，朝中局势便以谢、杨两家分成了两股。

但比起杨家，父亲早年门下的学生众多，在朝中的势力明显占了优势。

可也正因为如此，谢家的处境更艰难，人脉太广，何尝又不是一种牵制，早年先帝虽假意罢免了谢仆射，但手上的学生犯事却是真。

谢家还要继续往前走，就得丢掉这些看似于谢家有利的枷锁。

再亲近的关系，也要分清楚君臣的界限，这点谢家比杨家能想得开。

比起对朝中人脉的牵制力，一国之君，更愿意选择赐予臣子高官厚爵，是以谢仆射没有一味地像杨家那样去拉帮结派。

谢仆射一直再等，等谢劭带着功勋归来。

谢劭归来的那一日，便也是他辞官的时刻，一个影响了两代帝王的重臣，脱掉了身上的层层关系网，归还于朝堂，作为一名贤名的新皇，自然喜闻乐见。

但同样，新皇给了谢家另外一条路，封谢劭为尚书令，官居一品，赐国公爵位，勋极上柱国。

双赢双利的局面，新皇和谢家都满意。

这些赏赐，昨夜就已经下来了，等今日早朝谢仆射辞官后，新皇便会颁发。

至于手上的这道诰命，是谢劭同新皇额外求来的。

曾经小娘子把他从沼泽里拉出来，如今他的荣光便永远都有她的一份。

他要给她一辈子的富贵，说到做到。

尽管温殊色能理解他的说法，但……

郎君二十二。

她才十九。

一品诰命夫人……会不会太招摇了一些。

转念一想，这是郎君拿命博来的，招摇了又何妨？

见她发愣，谢劭伸手轻轻点了一下她鼻尖，故作一副无奈状，逗她道："怎么了，还不够？那为夫就该去篡位了。"

温殊色转身一把捂住他嘴："够、够了。"

一品诰命夫人，一朝能有几个？

温软的掌心盖在唇上，两人的距离拉进，眸子内倒映着彼此的身影，压制在心头的思念，终于没再忍住，谢劭深深地看着她："那为夫能抱一下吗？"

"嗯。"鬼知道这一个拥抱她等了多久。

大着肚子时，她还曾想过他要是回来了，两人该如何拥抱，盼星星盼月亮，盼到春暖花开，夏蝉鸣啼，终于等到了郎君。

怎么会不让他抱呢。

温殊色主动依偎过去，双手搂住他的腰侧，脸埋在他结实的胸膛上，再也不似梦里的缥缈，一切都很真实，能清晰地听到他的心跳声。

"缟仙。"

"嗯。"

"好想你。"

那是发自肺腑的倾诉。

温殊色鼻尖一酸，头埋在他怀里，终于找到了那份可以让她放心依靠的温存，嗡声道："我知道。"

"想我了没？"

"想了。"一点也没比他少。

谢劭胳膊一收，紧紧地揽她入怀，低头嗅着她身上的味道，良久又道："能亲一下吗？"

"嗯。"

【8】

温殊色在床上躺了一个多月，谢二夫人才发话放人下地。

一得了令，她便像从牢房内刚出来一般，立马从床上翻下来。

小公子被奶娘抱出去，哄睡着了。

温殊色吩咐晴姑姑和祥云备水，她要沐浴："把那件梅色的衫子找来，太久没见光了，身上都快长蘑菇了，我得出去晒晒太阳，鲜艳鲜艳。"

晴姑姑笑笑，让祥云替她搓身子，自个儿出去找衣裳，刚从橱柜内翻出那套今年刚缝制的梅色衫子，转头便看到了从外进来的谢劭。

谢劭身上还穿着官服，明显才从宫中回来。

"大人。"自姑爷在河西、河北立了大功，回来后，便被皇上赐为一品官，乃同中书门下平章事，成为朝中最年轻的内阁要员，府上的人也不能再像往日那般一口一个姑爷，叫三公子的都少了，要么叫一声相爷，要么叫大人。

谢劭点了下头，转头见床上没人，愣了愣，问道："少奶奶呢？"

晴姑姑道："今儿月子期满，二夫人刚派人来话，说可以出门了，少奶奶高兴着呢，正在沐浴，打算待会儿出去看看雪景。"

有了一品诰命在身，且孩子都有了，晴姑姑也没再像之前那般唤温殊色为

"二娘子"了。

"大人先坐会儿,奴婢给您沏一盏茶。"说着,她便要放下手里的衣裳。

谢劭忽然伸了手:"给我吧。"

晴姑姑一愣。

少奶奶在屋里坐了一个多月的月子,大人便陪了一个多月,每日除了上朝,其余时间都在这儿,连书房都挪了过来。

少奶奶每回轰人,都没轰走。

好几回晴姑姑进来,都见到少奶奶被大人压在那枕头上,亲得气儿都喘不过来,那衣衫半退,最后还是碍于少奶奶的身子,大人不得不停下来。

一个多月,加上先前两人分开的那些时日,怕是要憋坏了。

今日终于熬出来了,想发泄的可不只是少奶奶一人。

晴姑姑明白,把衣裳递给了谢劭,走到净室门外,冲里头唤了一声:"祥云,出来一下。"

祥云以为是她找不到衣衫,放下手里的瓜瓢,走出去,一掀帘子便看到了谢劭,神色一怔,还未来得及发话,便被晴姑姑一把拉了出去。

温殊色很久没这般泡过澡了。

谢二夫人也不知道从哪儿听来的说法,说刚生完孩子,不能泡浴桶,平日里便匆匆淋一下,赶紧擦干了身子回房。

今日难得放松,她躺在浴桶内,懒懒地闭上了眼睛,听见脚步声,以为是祥云,并没有吭声。

半刻后,有水淋在她肩头。

在床上躺太久,她正觉得肩头有些酸,轻声道:"帮我捏捏肩。"

手指落下来,轻轻柔柔,又不失力道,很舒服,温殊色微微仰头,闭着眼睛享受。

月子里她没见过日头,各种补药补着,肤色越发白皙细腻,落在她肩头的手指,慢慢地挪了位置。

起初,温殊色并没有在意,直到……

她陡然睁开眼睛,转头一看,看到了一张清隽的郎君脸,红意瞬间爬到了脸上,下意识护住胳膊:"怎、怎么是你?"

"失望?"谢劭身子倾过来,盯着她,蹭了一下她脸颊,眸子里的笑意温柔,"不想看到我?"

温殊色被他下颚蹭得发痒,忙躲到了另一边,水一荡漾,覆在里面的一层花瓣也跟着漂浮。

两人的目光齐齐跟着那花瓣移动,温殊色一着急,一捧水洒过去,泼在了他脸上:"你别看。"

"我没看。"

温殊色瞪大了眼:"你分明在盯着。"

谢劭倒是能屈能伸:"我眼瞎。"

一个月前,他刚回来时,温殊色还觉得有些陌生,不过短短两日,他那股不要脸的劲儿,便让她彻底找回了熟悉的感觉。

她一张嘴发麻,每日都在怀疑是不是肿了。

见识过他的厚脸皮,温殊色没同他掰扯,问:"你进来怎么也不吭声,今日怎么这么早?太子没留你用午膳?"

"我要出声了,娘子能让我进来?"后半句他没答,他起身摘下头上的官帽,又去解圆领上的纽扣。

温殊色一愣,结巴道:"你、你等会儿,我很快就好。"

谢劭回头看了她半晌,眸子内的神色怎么看都不安好心:"你确定这时候要出来?"

温殊色又是一捧水花洒过去,谢劭纹丝不动,由着她浇,把一身中衣都浇透了,才回头看向她,一边解一边缓缓地朝她走过去。

温殊色正看得起劲,忽然被一件湿透的中衣罩住了头。

浴桶内顿时水花四溅。

两个时辰后,温殊色才出来,瘫在了软榻上,头搭在榻沿,一头湿发垂下,被谢劭拢在手里,慢慢地替她绞着。

说好的游园泡了汤,她睁开眼睛,见上方的人还看着自己,双目忍不住凝过去,声音都哑了:"别瞧了。"

"为何不能瞧。"谢劭俯身,轻轻地亲了一下她的唇,望着她的眼睛,"夫人这张脸,怎么也瞧不够。"

从回来后,这样的话他每日都要说一遍。

似乎要把那些他没见到她的日子都弥补回来,温殊色也百听不厌,没去躲了,回望着他:"郎君也是,太好看了,秀色可餐。"

一场分别,胜似新婚,一个多月,两人每日如胶似漆,什么话都说,却也在克制,如今心头的思念终于能尽情地发泄,哪里肯罢休。

谢劭啄了一下她鼻尖:"饱了?"

温殊色点头:"饱了。"

谢劭又啄了过来,抗拒道:"娘子没饱……"

奶娘掐着时辰过来,原本是想给两人看一眼孩子,脚步刚到门口,听到了里面的动静声,忙抱着小少爷回来。

奶娘走得太快，许是觉得在逗他，小团子竟"咯咯"笑了两声。

廊下守着门的晴姑姑忙从奶娘手里接来了娃，走去对面的院子："咱们运哥儿，真机灵，从小就爱笑……"

谢家的长孙，取名为"谢安"。

小字，少蕴。

乳名，运哥儿。气运的运，亲爹给他取的，意为气运好。

【9】

两年后，春社。

四月的京都繁花争艳，春气正浓，太子发了帖子，请了京都的大半个世家前往西郊狩猎。

公子爷们儿无论老少，都喜欢在马背上争个输赢，人一到西郊便奔去了猎场，余下一群女眷留在庄子里赏花喝茶。

太子妃明婉柔近段日子刚学了纸牌，正在兴头上，拉了一桌子人陪玩，几场下来，她倒是赢了，坐在她旁边的温殊色跟前的银子，却越来越少。

先前在凤城，不兴玩牌，温殊色还不知道自己的短板在哪儿，到了京都，方才知她与赌八字犯冲，逢赌必输。

拜菩萨也没用，不灵。

这样的运气，也算在京都出了名，谁家一设牌场子，头一个想到的就是她。

她倒是不缺银子。

夫君谢劭官至尚书，位高权重，娘家温家又是富甲一方的商户，京都的半个酒楼产业都是温家的，还有这两年的丝绸生意，温家做得风生水起，就算是平日手指头缝里流出来的，也够她来输。

银钱是一回事，输了败的是心情，祥云怕她闷闷不乐，去林子里折了几枝盛开的桃花，扎成了一捆，回来递给了温殊色："花能带来好运，少夫人捧着摸牌，定能转运。"

太子妃明婉柔却笑道："你这是桃花，旺姻缘，又不是财运。"

果不其然，还是输了。

温殊色对自己的手气早就有了认知，谁知有一个人比自己输得还多——她那弟媳妇儿，余家六娘子余云霜。

余六娘子去年进的温家的门，如今肚子里正怀着，熬过了孕吐的前几月，嫌院子里闷，今儿也跟了过来，按理说有身子的人运气当好才对。温殊色纳闷地问："你怎么比我输得还多？"

余六娘子笑了笑："咱们家就没那个赌运。"

天下诸多好事，都是从舍得花钱做起的，温家对人对事从不吝啬，几个小钱，能让大伙儿开心一番，何乐不为。

温殊色知道她是什么心思，叹息她那兄长温淮自来一团傻气，也不知道哪辈子积来的福气，讨了个好媳妇儿。

许是怕她一个人输，故意往外施财来的。

怀了身子的人不能坐太久，银子也输光了，温殊色扶她起来，同一脸满足的明婉柔道："太子妃今日手气不错，天气好，咱们去走走吧。"

余六娘子才四个月的身子，瞧上去并不臃肿，但左右两个丫鬟依旧小心翼翼地搀扶着，不让她往人群里钻。

明婉柔和温殊色被众人拥簇，很快走在了前面。

小郡王和运哥儿已有两岁，正是好动的年纪，什么都贪新鲜，一出来便闲不住，这会子被宫中的嬷嬷和晴姑姑带去了小河边扔石子去了。

两人难得躲了个清静，温殊色瞧了一眼明婉柔手上刚赢来的钱袋子，心下了然，问道："太子昨夜没少教你摸牌吧。"

明婉柔神色一慌，急忙捂住她嘴，朝周围望了望，见没人才放手，小声道："这事儿要让旁人知道了，我非得背上妖妃的名声不可……"

温殊色不再出声。

她那名声怕是已经传出来了。

明婉柔反问她："你摸牌这么差，怎不让谢大人教教你？当年他一杀三，连太子都是他的手下败将……"

"教了。"没教好。

每回教着教着就歪了。

春光一照，温殊色脸色泛红。

一行人缓缓穿梭在花丛之间，说说笑笑，都跟在两人身旁。新皇上位后，两年的时间京都内添了不少新贵，周围几道偷偷瞥过来的目光，不是敬畏，便是艳羡。

温殊色再想起自己初到京都那阵，被世家贵府笑话是个商户，上不了台面，配不上谢劭。

现如今，她是一品诰命夫人。

京都世家像她这个年纪的命妇，她还是第一人，谁人能极？

明婉柔也想到了这儿，收好了钱袋子，轻声叹息道："你说，咱们在凤城那会儿，就是两个傻姐儿，怎会料到有今日这般好日子。"

她以为温殊色嫁给了谢劭，这辈子就完了。

自己许给了周邝也完了。

最后两个纨绔，一个成了太子，一个成了内阁大臣。

她们没如预想中那般完了，反而越活越尊贵，其中的落差和感悟，两人最有体会。尤其是明婉柔，从动不动就哭鼻子的深闺姑娘，一举成了太子妃，本以为自己做不好，谁知到了那个位置，也能应付。

甚至歪打正着，她那样的单纯性子，遇上弯弯肠子，能把人逼疯，到了跟前谁都得捋直了肠子同她说话。

就比如前些日子，大臣们的夫人使出浑身解数，非要把自己家里的女儿塞进宫来，与她做姐妹。

明婉柔点头答应，选了几个喜欢的，当场便让宫女准备了猪头肉，与几人结拜成了真正的姐妹。

一群臣妇见此瞠目结舌，只能捋直了心思明着与她说了，东宫那么大，诸多事务繁忙，她一个太子妃忙不过来，担心伺候不好太子，还得再纳侧妃和良娣。

明婉柔纳闷了，将自己养得白白嫩嫩的双手一摊："我整日清闲啊。"

臣妇们又是一阵面面相觑，后宫没有太后，皇后也是个油盐不进的，没人管得了她太子妃，只能她们这些臣妇来提醒督促，被明婉柔这番一绕，众人也没了心思与她周旋，捋直了肠子，直言道："身为一国太子，开枝散叶是为国之大事，如今太子妃跟前只有一位小郡王，太子得再纳妃，为皇室添子添福。"

多子多福这事儿明婉柔确实办不到，生了一个小郡王，要了她半条命，如今回想起来肚子都疼。

再多生，她又能生几个？

"你们同太子说吧，他愿意纳谁，本宫没意见。"

"后宅之事，还得太子妃做主。"

明婉柔不乐意了："意思是好人你们做，坏人本宫当呗，合着说不动太子自个儿纳妾，你们便跑来本宫这里游说，本宫吃饱了撑着给他硬塞一个姑娘进来，再与他生出间隙，感情破裂，给自己找不痛快？我好好的太子妃不当，又不是脑子出了问题，非要这般吃力不讨好。"

别瞧明婉柔平日里性子一向温顺，发起火来，颇有威力。

碰了几次钉子，便再也没人提起。

事后，明婉柔找温殊色说起此时，温殊色还夸了她，有长进了。

明婉柔摇头，心里如同明镜，笑着道："何来的长进，不过是仗着有人撑腰。"

这话没说错。

要是太子没给她足够的爱，又或是皇后不站在她这边，她哪里有底气说出那番话。

可她的这些烦恼，温殊色压根儿就没有。

两年前，谢劭替她求了那一纸诰命回来后，大家都知道了她是谢大人的眼珠子，谁有那个胆子在她跟前提纳妾之事？

没了那道宫墙围着，少了拘束，温殊色的日子比她自由多了。

前段日子裴卿大婚，谢劭还带着她回了一趟凤城。

两人故地重游，见到了不少故人。

谢大公子听说人回去了后，亲自去王府请的人，自谢大爷叛变后，谢劭和温殊色还是头一次回谢家。

还是昔日的宅子，可已没了往日的荣光。

但好在谢大公子和温素凝齐心协力，如今谢家大房的日子也过得不差。

谢大公子顶替了之前谢大爷的位置，从哪儿跌倒，就从哪儿爬起来，他比任何人都清楚，想要去掉谢大爷留下来的一身污泥，唯有重新走一回那条路，用一生的忠诚和廉洁来告诉世人，他的选择。

温素凝也带温殊色去了她曾经住过的院子，里面的陈设倒是一点都没变。

温素凝道："知道你也不会再回来，但里面的东西我不会碰。"

温殊色虽在谢家待的日子不长，但这院子承载了太多回忆，她的新婚之夜，与谢劭最初相处的点点滴滴都在这儿……

院子里一切都没变，却又一切都变了。

回忆并非脚下要走的路。

只要身旁的那个人在，还可以留下很多美好的回忆。

温殊色没有住在谢家，谢过了温素凝，吃了一顿饭后，便同谢劭离开了谢家。

温殊色也没去温家，连温大夫人的面都没见。

丢了那么大个面，温家大夫人这回倒是安静，也没凑上来。

两人去了温殊色曾被罚去的庄子上，过了一段悠闲日子，顺便把那尊刮去了金身的菩萨，重新塑上了。

那菩萨也是个多灾多难的，金身刮了又塑，塑了又刮，折腾了好几回，这回终于是塑了回来。温殊色跪在跟前，念了几日的经，说是要为自己的鲁莽和心急赔罪忏悔。

走的时候，温殊色还一并将其带来了京都，如今便放在宅子里，每日供着香火。

感叹了一阵，明婉柔最终给两人的人生下了一个结论："这都是命，咱俩命格旺，无论嫁给谁，都会有好日子。"

她倒是会往自己脸上贴金。

温殊色笑骂了一句，越来越不害臊了，拿着手里的一捆桃花，继续往前，花林还没到头，便听到了身后一阵马蹄声。

一回头，温殊色便见谢劭翻身下马，手里提着一只刚烤好的野兔。

温殊色一愣。

旁人比赛狩猎，他倒好，烤兔子来了。

谢劭不以为然,也没在意周围人的目光,朝她走了过来。

朝中为官之人都知道,谢劭是块铁板,踢上了就得疼上好一阵,家里的女眷也有所耳闻,见到人个个都不敢吭声,安静地看着他上前,拉住温殊色的手,边说边去向营帐:"昨日闵章烤的那只兔子,味道太差……"

温殊色最近确实迷上了烤肉。

昨夜吃得挺好。

"我觉得还行啊。"

"那是你没吃过我烤的,待会儿你尝尝这只……"

…………

两人不见了身影,众人才慢慢收回目光,面上多多少少都露出了羡慕。

明婉柔这才回过神,愕然地问一旁的祥云:"你家大人,今日莫不是专为烤兔子来的?"

祥云见怪不怪。

别说兔子了,每日回到家,大人还替夫人捏脚呢。

大人瞧着在朝堂上威风,只要一回家,碰到了夫人,什么规矩道理,统统作废。